Contemporánea

Carmen Boullosa, novelista, poeta y dramaturga, recibió el Premio Xavier Villaurrutia, el LiBeraturpreis de la Ciudad de Frankfurt por la versión alemana de *La milagrosa*, el Anna Seghers otorgado ese año en la Academia de las Artes de Berlín por el conjunto de su obra, el Premio de Novela Café Gijón y distinciones del Senado del Estado de Nueva York y de los concejales de la Ciudad de Nueva York.

Su novela *Texas*, traducida al inglés por Samantha Schnee, fue finalista en varios premios, entre éstos uno del PEN, y obtuvo el Typographical Era. Ha sido becaria de la Fundación Guggenheim, del Cullman Center de la biblioteca pública de Nueva York, profesora distinguida en las universidades Georgetown, Columbia y San Diego State, Cátedra Andrés Bello en NYU, Cátedra Reyes en la Sorbonne, profesora visitante en la Universidad Blaise Pascal de Clermont Ferrand, y ocho años en la Universidad Pública de la ciudad de Nueva York, CUNY, en City College.

Sus más recientes publicaciones son *Hamartia o Hacha*, *La Patria insomne* (poemas), *Narco History* (ensayo, coautoría con Mike Wallace), y su decimoctava novela, *El libro de Ana*. Por el programa de televisión *Nueva York* de CUNY-TV, que recupera las contribuciones de los hispanohablantes a la vida cultural de Nueva York, ha recibido cinco Emmys.

Carmen Boullosa

El mundo
Novelas II

Biblioteca Carmen Boullosa

DEBOLS!LLO

El mundo
Novelas II

Primera edición: agosto, 2018

D. R. © 2018, Carmen Boullosa. Obra reunida, Tomo II
D. R. © 1991, *Son vacas, somos puercos*
D. R. © 1994, *Duerme*
D. R. © 2005, *La otra mano de Lepanto*
D. R. © 2008, *La virgen y el violín*
D. R. © 2016, *El libro de Ana*

Publicada mediante acuerdo con VicLit Agencia Literaria

D. R. © 2018, derechos de edición mundiales en lengua castellana:
Penguin Random House Grupo Editorial, S. A. de C. V.
Blvd. Miguel de Cervantes Saavedra núm. 301, 1er piso,
colonia Granada, delegación Miguel Hidalgo, C. P. 11520,
Ciudad de México

www.megustaleer.mx

ISBN: 978-607-316-911-0

Impreso en México – *Printed in Mexico*

El papel utilizado para la impresión de este libro ha sido fabricado a partir de madera procedente
de bosques y plantaciones gestionadas con los más altos estándares ambientales, garantizando
una explotación de los recursos sostenible con el medio ambiente y beneficiosa para las personas.

Penguin
Random House
Grupo Editorial

SON VACAS, SOMOS PUERCOS

Quien no hurta en el mundo no vive. ¿Por qué piensas que los alguaciles y jueces nos aborrecen tanto? Unas veces nos destierran, otras nos azotan y otras nos cuelgan, aunque no haya llegado el día de nuestro santo […] Porque no querrían que adonde están hubiese otros ladrones sino ellos y sus ministros; mas de todo nos libra la buena astucia.

QUEVEDO, *La vida del Buscón*

EL ESCLAVO

Ser el esclavo que perdió su cuerpo
para que lo habiten las palabras.
Llevar por huesos flautas inocentes
que alguien toca de lejos
o tal vez nadie. (Sólo es real el soplo
y la ansiedad por descifrarlo.)
Ser el esclavo cuando todos duermen
y lo hostiga el claror decisivo
de su hermana, la lámpara.
Siempre en terror de estar en vela
frente a los astros
sin que pueda mentir cuando despierten,
aunque diluvie el mundo
y la noche ensombrezca la página.
Ser el esclavo, el paria, el alquimista
de malditos metales
y trasmutar el tedio en ágatas,
en oro el barro humano,
para que no lo arrojen a los perros
al entregar el parte.

EUGENIO MONTEJO, *Alfabeto del mundo*

Primera parte

Que trata de la llegada de Smeeks a Tortuga y de cómo y con quiénes aprendió el oficio de médico y cirujano.

UNO

¿Verlo? Todo lo he visto. Por algo tengo los ojos de J. Smeeks, a quienes algunos atribuyen el nombre de Oexmelin, y quien se dice a sí mismo públicamente, para no llamar la atención sobre su persona, Esquemelin, Alejandro Oliverio Esquemelin, aunque mi nombre sea Jean Smeeks, o El Trepanador cuando compañero de correrías de J. David Nau, L'Olonnais entre los suyos y Lolonés para los españoles, hijo de un pequeño comerciante de Sables d'Olonne —de ahí su sobrenombre—, vago cuando niño, y de tan largas piernas y cuerpo tan ligero que a veces desaparecía de casa por varios días.

¿Oírlo? Yo lo he escuchado todo, porque tengo también los oídos de Smeeks. Juntos, ojos y oídos, empezarán conmigo a narrar las historias de Smeeks en el mar Caribe y de aquellos con quienes compartí aventuras, como el ya mentado Nau, L'Olonnais, de quien oí decir se dejó contratar por un colonizador de Martinica de paso por Flandes, con quien firmó contrato de tres años para las Indias Occidentales, un amo brutal, bueno sólo para golpearlo sin cansarse, por el cual, al poco tiempo, pero ya en Martinica, el joven Nau encontró la esclavitud insoportable. Qué bueno que fue ahí, porque en el viaje no le hubiera quedado más que echarse de cabeza al mar, aunque tampoco imagino cómo hizo Nau para huir del amo en Martinica, porque era tan imposible hacerlo como en el medio del ancho mar, y no puedo explicar aquí cómo fue que escapó porque nadie contó nunca con qué artimaña (él, que era tan bueno para tramarlas) huyó con bucaneros de Santo Domingo que vendían pieles en Martinica, atraído por la vida libre, que, había oído decir, llevan estos hombres, sin esposa ni hijos, perdidos en los bosques durante un año, o a veces dos, en compañía de otro bucanero que los socorre si enferman y con quien comparten todo, pesares, alegrías y cuanto tienen, dedicados a cazar y descuartizar los animales cuya carne secan al sol y ahúman con leña verde para vender, o a los colonos de las islas vecinas, o a los barcos holandeses o a los de los filibusteros que buscan matalotaje, vestidos con un sayo suelto hasta las rodillas en el que es difícil ver la tela de que está hecho por andar siempre cubierto de plastas de sangre, sujeto con un cinturón en el que suelen traer cuatro cuchillos y una bayoneta; pero cuando se ve Nau entre los bucaneros, el jefe le impide su independencia, y lo tiene, amenazado de muerte, como su sirviente, durante meses, dándole tan malos tratos que Nau enferma pues son los tales bucaneros cruelísimos con sus criados, en tal grado que éstos preferirían remar en galera, o aserrar palo del Brasil en los Rasp-Huys de Holanda que servir a tales bárbaros, y un día, por la enfermedad, no puede seguir a su amo, doblado hasta el suelo por los pesados bultos de pólvora y sal con los que siempre carga sus espaldas, amo tan cruel que, en un ataque de ira, lo golpea con el mosquete en la cabeza, medio matándolo y abandonándolo, solo, con las moscas de fuego y tres perros por única compañía, creyéndolo muerto: las moscas de fuego iluminan su alrededor en las noches oscuras, con los cuerpos que se encienden en intensa luz, como no hemos visto salir del cuerpo de ningún insecto en toda Europa, y los perros lo cuidan, lo alimentan cazándole jabalíes, hasta que, a base de comer carne cruda, se restablece su precaria salud y se alivian las heridas, borrando los animales, con su bondad, los golpes del amo y aliviando las fiebres que también debía a los malos tratos del cruel bucanero. Nau lleva una vida solitaria durante meses, interrumpidos cuando topa con él una pareja de bucaneros que le tiene compasión y lo nombra bucanero, enseñándole, primero que nada, a comer carne cocida, a prepararla, como ellos acostumbran, a la usanza de los indios araucos, en la forma que llamaran "bucan" y que ya explicamos aquí, y a hacerse de calzado, fabricándose a sí mismo los mocasines que esos hombres suelen usar y que hacen de la siguiente manera: apenas matan al puerco o al toro, recién desollado, meten el pie en la piel que recubría la pierna del animal, acomodan el dedo gordo donde ha ido la rodilla, la suben cuatro o cinco centímetros arriba del tobillo y ahí la amarran, hecho lo cual la dejan secar sobre el pie para que cobre horma.

Nau era un cazador muy hábil, pero, atraído por otro tipo de vida más audaz, más aventurera y más cruel, abandona la compañía de los bucaneros, no sin antes regar los sesos de su anterior amo por el suelo del bucan que habitara, dándole un merecido y bien dado golpe de hacha mientras dormía.

Fui también compañero de Henry Morgan, el más famoso de los ingleses en el mar Caribe, según supe de primera fuente, hijo de un labrador rico y de buenas cualidades que, al no sentir inclinación por los caminos del padre, se empleó en el puerto en algunos navíos destinados para la isla de Barbados, con los cuales determinó ir en servicio de quien después le vendió. Eso fue lo que supe, pero muchos años después de darlo como un hecho, Henry Morgan nos obligó (al editor y a mí) a añadir un párrafo en el libro: "Esquemelin se ha equivocado en lo que concierne a los orígenes de Sir Henry Morgan —hubo de agregarse a la edición inglesa—. Éste es el hijo de un gentilhombre de la antigua nobleza, del condado de Momouth, y él nunca ha sido servidor de nadie, salvo de su Majestad, el rey de Inglaterra". ¡A saber! Para entonces el traidor de Morgan era tan rico y poderoso que podía decirse a sí mismo hijo de quien fuera. Otra cosa es que haya quien lo crea. Yo, con los ojos y oídos de Smeeks, lo único que puedo hacer al respecto es no hablar en este libro del traidor Morgan, y dedicar todas sus páginas a nuestra estadía en el Caribe para la memoria del

Negro Miel y para hablar de Pineau, de quienes yo aprendí el oficio y la verdadera Ley de la Costa.

Para un par de ojos y un par de oídos fijar las imágenes y los sonidos en el orden temporal en que ocurrieron no es tarea fácil, su memoria gusta burlar la tiranía del tiempo. Pero aunque salten a nosotros, desordenadas, imágenes como las de los pájaros atacando a los cangrejos en la arena de alguna isla del Caribe para comérselos, corrompiendo el sabor de sus carnes tiernas con la hiel de los cangrejos que enturbian la vista y nublan la razón de quien los coma en exceso, y el sonido herrumbroso del tronar de sus duros picos destruyendo los caparazones, intentaré domarnos para empezar por el principio de la historia que deseo contar, con el momento en que Smeeks pone los dos pies en uno de los treinta navíos de la Compañía de Occidente Francesa que se unen en el cabo de Barfleur, con rumbo a Senegal, Terranova, Nantes, La Rochelle, San Martín y el Caribe, un navío llamado San Juan, montado con veinticinco piezas de artillería, veinte marineros y doscientos veinte pasajeros, con destino a la isla Tortuga, cuyo gobernador sería en el corriente 1666 Bertrand D'Ogeron, que más de un motivo nos daría para odiarlo.

Zarpamos el dos de mayo. En el navío van muchos otros jóvenes como Smeeks, jóvenes que han mendicado por las calles, que han trabajado de sirvientes, que han sido vendidos por sus familias, y que los colonos o la Compañía contratan por tres años con el anzuelo de las riquezas de las Indias Occidentales, de las aventuras, las nuevas, desconocidas y distintas tierras, pero sobre todo con el anzuelo de abandonar la Europa, con nosotros tan poco generosa. El San Juan no va solamente cargado de jóvenes y de marineros, también viajan en él hombres de guerra contratados para defender los intereses de la Compañía, comerciantes, hombres maduros que no saben a ciencia cierta con qué se enfrentarán, algunos con experiencia en muchos viajes, los más emprendiendo el primero, aventureros de distintas ralas, colonos que han ido a traer mano de obra, algún representante del Rey con sus criados y secretarios que viajan en cabina aparte… Para ser franco, tenía bastante con lo propio como para poder pasar revista a los doscientos veinte pasajeros del San Juan: Smeeks no usa el tiempo para observar a los que van con él o a los que viajan de distinta manera, Smeeks usa el primer tiempo del viaje, un tiempo tan diferente al tiempo en tierra firme, mucho más largo y monótono, para tratar de alcanzarse a sí mismo: hace pocas tardes, él era un muchacho de trece años vagando sin rumbo en Flandes, algunas veces haciendo de criado, si corría con fortuna (hasta excesiva buena fortuna, como cuando aprendí a leer y escribir por un amo clérigo que parecía estimarme más que a un criado, y más que a un muchacho), otras sobreviviendo quién sabe cómo, cargando bultos, acarreando víveres en el puerto, afuera de la casa donde se me crio de niño y que no era ni la casa del padre ni la casa de la madre, donde no recibí nunca buenos tratos o suficiente comida para tener en paz las tripas, donde ya no se me permitía dormir, pero alrededor de la cual me había dado por vagar, sabía que sin sentido, sin para qué, porque allá adentro me esperaba nadie, no había nada para mí ni estaban dispuestos a seguir cargando con un estorbo que ya tenía trece largos años y que ya hacía más de cinco se había rascado con sus propias uñas y se debía seguir rascando y debía rascarse tanto que por qué no hasta llevaba comida a la casa. Mi primer trabajo había sido de criado, de criado de un criado si soy más preciso, pero me duró poco porque tuve la suerte de topar con el clérigo que… ¿Para qué retroceder más? Allá, en el patio de atrás de los años, no me espera ningún recuerdo merecedor de ser traído al presente, ni que ayude en algo a la historia que deseo contar, la historia de Smeeks en el mar Caribe. Avanzando, me uno al viaje donde Esquemelin trata de reunirse a sí mismo, de hacerse a la idea de que es él el muchacho que mira con paciencia la madera en que remata la bodega donde duermen a bordo del navío los muchachos, como si viera en sus vetas los arañazos de la mar sobre la necia brea que bajo el agua cubre el casco del buque, aunque en realidad, con la mirada fija, no está mirando, como no es similar la madera al agua de la mar.

Una de esas primeras tardes, todavía desconcertado por verme en un viaje que nunca imaginé, que no busqué, un viaje salido de la nada un día cualquiera, cuando deambulaba sin visos de cambiar la casa de mi pobreza, como si el viaje fuera fruto de las artes insondables del mago cuya sabiduría le permitiera obtener materia de la nada, aparecido sólo porque oí decir que un hombre buscaba brazos para ser contratados por la Compañía de Occidente Francesa, y fui a su encuentro, una de las primeras tardes en el navío, decíamos, con los ojos vacíos clavados en las vetas, se acercó a mí otro de los jovencitos con quienes comparto el viaje, un jovencito callado y tímido, que camina poco y lento, con pasos pequeños, con la cabeza baja aunque el cuerpo erguido, esquivando las conversaciones y las chanzas, y que, cuando subimos a cubierta a recibir en escudilla de barro o plato de madera la porción diaria de comida caliente (siempre mal aderezada por las manos de los marineros viejos y guisada o cocida sobre los hierros del fogón de carbón y brasas que reposan en la cama de arena en la cubierta, adentro de calderos enormes en los que aventaban con desgano, casi sin reparar en ver qué iba junto a qué, garbanzos, arroz, tasajo, ajos, alcaparras, almendras, anchoas, ciruelas pasas, carne de membrillo, mostaza, pescado seco, tocino añejo, sardinas, lentejas, de todo muy poco, es verdad, pero revuelto, y de los que se salvaran de parar en el caldero sólo los bizcochos, la miel, el vino y una vaca que se llevaba a bordo para procurar leche y quesos a los pasajeros de privilegio entre los que yo, por supuesto, no me encontraba —junto con agua para beber, tales eran los bastimentos que llevaba a bordo el San Juan para quienes pertenecían a la Compañía, pero cada pasajero ajeno a ella se hacía responsable de su propio matalotaje, muchas veces con poco tino porque se corrompían seguido sus mal saladas carnes, se pudrían los granos y los bizcochos, a veces hasta los odres y pellejos donde guardara el agua o el vino, motivos por los cuales los oídos escuchamos durante el trayecto marítimo quejas reiteradas por la poca bondad de la comida, y lamentos dolorosísimos de quienes padecieran hambre y sed locas por la impericia al preparar en tierra el matalotaje —) cuando, como decía, estábamos en cubierta para recibir nuestra porción diaria de alimento caliente (a la mañana y a la noche bajaban bizcochos y semillas a la bodega en que dormíamos para que no estorbásemos), él se mantenía aparte, como si fuera gente de calidad de cuchara forjada, aunque esto no fuera cierto, según dejaba ver su muy pobre vestido, rehuyendo los corros de quienes hacían burlas y chanzas mientras llevábamos con los dedos de las manos la comida triste, casi incomible, a nuestras bocas disgustadas pero siempre apetentes.

No solamente su extraña y triste manera de comportarse hacía notorio a este muchacho. Era más característico por sus rasgos hermosos, aunque, la verdad sea dicha, puede que yo no hubiera reparado en esto antes de lo que voy a contar. Como muchos de nosotros, aún no tenía forma alguna de pelo cubriéndole la cara, pero mejor que el de ninguno de nosotros era el tono sonrosado de su piel que se adivinara suave en extremo. Aquella tarde no pensaba yo en esto, por supuesto, y tampoco pensaba en nada, como si para hacerme a la idea de que era yo el que viajaba en el San Juan, con rumbo a la isla Tortuga, de la que había oído hablar muy poco pero siempre de modo incomprensible, necesitara descansar en una especie de vacío mental, cercano al hastío, fácil de alcanzar porque ya hacía días que habíamos dejado tierra firme y la mayor parte del tiempo la pasábamos encerrados en lo que la tripulación llamaba pomposamente "Cabina de la Compañía" pero que no era más que una bodega de la que solamente nos permitían salir a ver la mar cuando fastidiaban nuestro apetito con sus guisos inmundos. Debí pensar, si no en lo peculiar que era el muchacho, en algo, en lo que fuera, para que el "golpe" no cayera artero y eficaz en un ser desprevenido, en mí, el pobre Smeeks de cabo a rabo distraído cuando sucedió lo que relataré; debí pensar, por ejemplo, en lo extraño que era que él se me aproximara tanto, él, que parecía rehuir, hasta donde se lo permitían nuestras condiciones de hacinamiento, cualquier cercanía, y debí reaccionar antes de que me ocurriera lo que después me trajo tanto dolor y tan minúsculo beneficio. Sí, la cercanía del joven debió inquietarme, pero ni lo vi, y también debió extrañarme el que empezara a hablar conmigo y, más todavía, el tono de su voz. Me habló, al principio, no sé de qué, pero cuando consiguió llamar mi atención me preguntó mi nombre (yo no le pregunté el suyo) y continuó hablándome con voz dulce y suave de cosas a las que no di mayor importancia, pero que me eran gratas y me adormecían al tiempo que me rodeaban con una amable calidez que podría llamar sin equivocarme confianza y que hacía que no tuviera sentido negativo el que él se fuera acercando más y más a mí, hasta que su cuerpo quedó pegado por un costado al mío y sus palabras, continuas, uniformes, procuraran que se me restregase por el movimiento con que él las expulsaba de la boca. De pronto, sin violencia, al ritmo de la charla, tomó mi mano y la acomodó entre la ropa que cubría su pecho, hasta alcanzar la piel, y al mismo tiempo, casi interrumpiendo la sensación de azoro de la palma de mi mano ante la sorpresa de la forma con que la había juntado, me preguntó, mirándome fijo a los ojos:

—¿Habías tocado antes a una mujer? —y sin esperar mi respuesta ni separar mi mano azorada e inmóvil de su pecho, agregó—: A mí me han tocado más hombres que todos los que viajan en este navío. Pero eso se acabó, quiero que lo sepas. Por eso voy a cambiar de tierras. Y prefiero pasar por hombre, aunque los hombres sean seres que desprecio, que seguir siendo una puta. Se acabó.

Repitiendo esta frase, zafó con enojo mi mano de su cuerpo y de sus vestidos (¡como si hubiera sido mi voluntad quien la pusiera en tal lugar!), se separó abruptamente de mi compañía, mirándome de reojo con intensa furia, poniéndome el membrete de enemigo, y se incorporó a un corrillo que perdía el tiempo fijando las miradas entre ellos mismos, porque no había ningún otro punto en que pudieran acomodarlas y estaban hartos de mirar las vetas, sin conversación que los sacara del aburrimiento. No separé ni por un instante la mirada de ella; no sabía si quería confiar a todos lo que a mí me había herido la mano, primero, hasta este momento, sólo la mano, y que después se alzaría como una enfermedad aciaga sobre el resto de mi cuerpo, de mi pensamiento, de mi sueño, de mi apetito, de mis palabras… ¡No había peor lugar para verme herido de amor, porque ahí en nada podía yo distraerme!

En lo que restó del viaje, y fue mucho, hubiera o no buen tiempo, traté por todos los medios de volver a hablar con ella, con la hermosísima mujer vestida de muchachito, pero con la misma constancia ella se empeñó en esquivar y desviar la mirada, siendo lo más que conseguí que un día, sólo un día más, me dirigiera la palabra, pero no me habló como hablándome a mí, sino que me habló como si hablara con uno que no fuera yo, con cualquiera, con el que fuera y no con el que ya entonces tenía herido el cuerpo entero por la eficaz munición que era en mí su pecho suave y firme: "…en las tierras a que vamos, he oído decir que no hay lo tuyo y lo mío, sino que todo es nuestro, y que nadie pide el quién vive, ahí no se cierran las puertas con cerrojos y cadenas, porque todos son hermanos de todos. Lo oí decir. Y que la única ley es la lealtad a los hermanos, para serlo no se puede ser débil, o cobarde, o mujer. Aun siéndolo, veré cómo formo parte de esa vida, que es la vida mejor", y no me habló viéndome a los ojos, habló para que cualquiera (aunque ese cualquiera fuera yo) la oyera.

No fue difícil descubrir lo bien que se guardó ella de confesar a alguien más que era mujer, porque de nadie más procuraba mantenerse lejos, mientras que Smeeks quería, es verdad, volver a sentir en la palma de la mano la suavidad de su pecho, el primero de mujer que había tocado, pero también, o encima de eso, estar cerca de ella, volver a ser su confidente y amigo, ser parte de ella, escuchar su dulce voz y, ¿por qué no?, encontrar qué más guardaba bajo las pobres y tristes ropas engañosas, preguntarle por qué caminaba así, lenta e imprecisa y si no quería que la tocara no la tocaría, ser de la manera precisa que ella quisiera, pero ser de *ella*… Imaginaba charlas que podría, o quisiera poder, sostener con ella, en una de las cuales oí decirle "Entiendo que no eres un hombre, pero no importa tanto; entiendo que, a pesar de ser mujer, busques, como los demás, vivir lejos de la crueldad y de la miseria", porque yo quería ser comprensivo para estar cerca de ella. Esa charla imaginaria la recuerdo muy bien porque ¡cuánta fue mi burla pasado el tiempo! ¡No sabía Smeeks lo que le esperaba! Primero el viaje: ni ella ni la mayoría de nosotros había puesto antes un pie en alta mar, ¡menos íbamos a imaginar lo que quiere decir tener los dos pies durante más de treinta días en constante bamboleo! El marco de quien no toca firme en seiscientas horas no cae en la palabra mareo, y quién sabe cómo se llame cuando tarda días en dejarnos ya en tierra. Después el horrible aburrimiento en que los viajeros se hundían, encerrados en la cabina diez veces más pestilente cuando se desató la borrasca, como ya contaremos…

Para mí, en todo el largo viaje, a partir del encuentro, no hubo punto de aburrimiento: llenaba cada uno de los segundos, como si fueran rincones de un cuerpo disecado, con la expectativa de tenerla a *ella* cerca, a su cuerpo, a sus ojos, a su voz, infundiendo al tiempo la realidad artificiosa de mi amor por la que era ella exclusivamente para Smeeks, y escapando así del aburrimiento pegajoso en que los demás parecían venir sumergidos. ¿Qué me emocionaba tanto en *ella*? Los ojos no vieron nada, los oídos no escucharon nada que pudiera sobresaltarlos. La materia con que yo hacía cobrar al tiempo otra verdad al retacar con ella cada uno de sus segundos, surtía a chorros del foco de la palma de la mano con que había tocado su pecho, y en las noches, desesperadas de amor, apretaba la mano con fuerza hasta sangrar la palma con las uñas para ahogar el flujo de la emoción que tanto me torturara y en la que yo confiara tenía curación en una posible saciedad.

Durante años, no pude más que burlarme de ese muchachito emocionado con la carne de mujer guarecida en la oscuridad de la ruda tela de camisa de varón pobre. ¡No hace falta decir que el corazón hilaba a borbotones el paño estrambótico de días cargados con el sentimiento de desear tocar otra vez y otra y otra ese pequeño trecho de carne que adivinaba blanca, que sabía infinitamente dulce e impregnada de un olor desconocido por mí, el olor de mujer! ¿Y cómo lo sabía impregnado de tal olor? ¡Porque con la palma de la mano enamorada, leía el olor de ella…! Cuarenta años después me producía risa de burla aquel muchacho, ilusionado con un trecho de carne, sólo para él carne en el viaje, expuesta y pudibunda en un mismo gesto, porque hubo un día en que pude haber forrado la mar que cubre el globo con la piel de la carne que se nos entregó a cambio de monedas y servicios en los burdeles de Jamaica y Tortuga y vuelto a forrar dos veces con la piel de las mujeres forzadas, sin que yo les diera más valor que el de las pocas monedas (siempre vueltas nada en nuestras manos) y el ser la contraparte del sueño de violencia en que yo viví treinta y siete años inmerso… Y aún ahora, algo que parece ternura me mueve, viéndolo a él en mi memoria, a la risa…

A partir del momento en que me hizo el cómplice-enemigo de su secreto, el viaje cambió para mí, enmedio de los temores, el hedor de los vómitos y el invencible mareo que parecía envolvernos a todos, como un manto hecho de aire y mar, y se convirtió en el marco para la excitación encarnada en ese pequeño trozo de piel, suave y firme, detenida casi horizontal por milagro, que a ratos era mi delicia y otros mi tortura afiebrada. Yo no podía contenerme y me veía obligado a compartir mi encierro con decenas de adormilados muchachos, aturdidos por el encierro y golpeados por la desilusión: ¿quién de ellos creyó que el viaje podría ser tan aburrido? Ninguno, y menos aún que la peligrosa borrasca no representara para los pasajeros más que la obligación de permanecer, ocurriera lo que ocurriera, encerrados en la bodega-cabina, y que al topar con un barco pirata éste huyera en el momento de medir fuerzas.

Quería tocarla una vez más, aunque fuera una vez... ¿Y para qué iba yo a tocar el trozo de piel de una mujer que no podía ser mía, porque yo no sabía cómo hacer mía una mujer, y porque las condiciones de hacinamiento en que vivimos apilados los contratados por la Compañía, acomodados como zanahorias en una arpilla en las bodegas del navío junto a los bastimentos que ya enumeré, al lado de la vaca que no paraba de mugir, condiciones que nos hacían ahí tener más de cosas que de personas, más de alimentos que de creyentes? A pesar de la oración matinal y de que a cada cambio de guardia nos reunieran nuestras voces en el rezo, éramos tan infieles como las habas, hacinados en esa triste bodega que en nada se parecía a nuestras aspiraciones, sueños y anhelos por los que era soportable el viaje insoportable, ni tampoco a las tormentas y las esclavitudes que nos esperaban, sin que lo supiéramos, en la tierra nueva. ¿Y qué iba a hacer una haba —en esas condiciones yo lo era— con una mujer? ¿Por qué no bastarían para humanizarnos nuestros rezos? ¿Qué faltaba decir cuando al empezar el día, el grumete que anunciaba el amanecer, cantaba:

Bendita sea la luz
y la Santa Veracruz,
y el Señor de la Verdad,
y la Santa Trinidad,
Bendita sea el alma,
y el Señor que nos la manda.
Bendito sea el día,
y el Señor que nos lo envía.
Dios nos dé los buenos días;
buen viaje, buen pasaje tenga la nao,

señor capitán y maestre y buena compaña, amén.
Así faza buen viaje, taza;
buen día dé Dios a vuestras mercedes,
señores de popa y proa?

¿Nos faltaba repetir o añadir alguna palabra al unirnos a su canto?

Cuando la veía pasar, con ese caminar suyo tan peculiar, llevando la escudilla entre las manos, que era cuando tenía más trecho para desplazarse, o cuando con malicia me rozaba como si no se diera cuenta de que ese cuerpo que tocaba era *yo*, su confidente, el único que conocía su secreto, para ella el único hombre en todo el barco por ser el único que la sabía mujer y que por ella se echaría de cabeza al mar para que me devorara en la desesperación de no poder poner mis dos palmas (ya no me contentaba con una) en las partes todas de su cuerpo, el único que se echaría de balde y de cabeza por *ella* en el profundo, interminable, mudo mar… De balde, porque si yo era para *ella* el único hombre de todo el barco, entonces era el único ser del cual *ella* no querría saber nada ("eso se acabó", había dicho), su confidencia me había borrado por completo del mapa. En cambio, los demás sí tenían interés para ella, o para él que era ella. Los que le hablaban de las historias marinas con que todos vestíamos el peludo miedo que despierta la noche oscura en alta mar, la hacían abrir los ojos como si éstos se le quisieran ir, como si éstos tuvieran la intención de desorbitarse, y los que se negaban a enseñarle los rudimentos de los más sencillos oficios necesarios para la navegación ejercían aún más atracción sobre ella, desde los grumetes que la empujaban para que no viera cómo mantenían las cuerdas de las velas en buen estado o cómo achicaban el agua que había hecho el navío, o los marineros viejos que interponían sus gruesos cuerpos para que no pudiera averiguar cómo mantenían vivo el fuego sobre la arena en el que calentaban los torvos guisos con que torturaban nuestros paladares a mediodía… Todos los marineros de oficio o grumetes principiantes, los que iban en busca de aventura o sustento, los que no sabían a qué iban, los que ya se arrepentían de estar yendo, los que habían cruzado el mar océano más de una vez o nunca antes habían viajado, los que habían mendicado, los que habían sido vendidos por sus familias, todos, todos tenían más interés para ella que yo, porque yo era el depositario de un secreto que me ligaba ardientemente a ella… El recuerdo febril de aquello que me hizo sufrir tanto (porque es sufrimiento el mal de amor) me está haciendo romper el orden, mejor retomarlo para poder contar cómo transcurrió el viaje:

Primero que nada había que rehuir a los ingleses. Junto a la isla de Ornay, cuatro fragatas esperaban la flota para asaltarla, de las que no sólo temíamos ser despojados de toda mercancía, armamento y matalotaje, sino padecer su crueldad. Mientras se sospechaba su ataque, mucho se habló de horrores perpetrados por piratas ingleses a los que yo sumé en la imaginación con los peligros que mi compañera corría por ser mujer, y que yo enfrentaba (en la imaginación, también) valeroso, salvándola de una y mil maneras, todas heroicas, de la lujuria y la violencia de los ingleses. Afortunadamente algunas nieblas se levantaron, impidiendo que fuéramos vistos y evitando que cayéramos en manos de ellos. ¡Quién me iba a decir entonces que J. Smeeks formaría parte de tripulaciones de tal ralea! No lo hubiera creído, como ahora me es difícil creer en la piedad que entonces sentí por mi compañera y en la fidelidad por su piel.

Durante la primera parte del viaje, navegamos siempre cerca de las costas de Francia. Los habitantes costeros nos veían pasar alborotados y atemorizados, tomándonos por ingleses, sin sospechar que compartíamos el temor por el mismo objeto, que el motivo por el cual estábamos a su vista era protegernos de los hombres que ellos temían. Arbolábamos nuestras banderas, pero ni así se confiaban, ni en los cascos de los navíos pintados de colores vivos, ni en las velas decoradas con cruces y escudos: por su temor, veían en nosotros la garra de la rapiña inglesa buscando un buen punto para hacerse fuertes y asaltar sus pueblos. Vernos como asaltantes preparó en algunos de mis compañeros el nacimiento de la llama de la ambición: deteniendo en las manos la escudilla hedionda, devoraban con los ojos las casas de los adinerados, y fantaseaban que las opíparas comidas preparadas bajo su techo por mujeres hermosas mientras cantaban (mujeres de pechos exuberantes y blusas de amplio escote) se podrían estar cociendo para ellos...

El viento nos fue favorable hasta el cabo de Finisterre, donde sobrevino una grandísima borrasca que nos separó de las otras naves. Durante ocho largos días, el mar echó de una parte a otra a los pasajeros, y la tripulación se esforzó veinticuatro horas diarias por guardar bajo control la nave. El primer día de la borrasca, cuando aún no arreciaba tanto, en castigo a una notoria indisciplina, el Capitán había obligado a un tripulante a subir y permanecer en lo alto de la verga, sin amarrar, y había caído al mar agotado. Con una cuerda lo rescataron del mar agitado, pero bien pudo el Capitán castigarlo, si su autoridad así lo decidía, con la muerte.

Como es necesario al encontrar vientos furiosos, replegaron todas las velas, porque los cascos no soportarían el peso de los enormes velámenes jalados con ira en toda su extensión, así que los marineros confiaban, para el rumbo de la nave, sólo en su suerte. Los carpinteros y calafates no tenían momento de reposo, reparando y revisando aquí y allá, y achicando varias veces al día, no sólo, como es cuando hay buen tiempo, por las mañanas, lo que el barco ha hecho por las noches. Nadie podía caminar la tabla que sobrevuela las dimensiones del navío para descomer sobre el mar, porque el movimiento lo hacía peligrosísimo, así que cagaban y meaban los tripulantes sobre la cubierta, los pasajeros en las cabinas en que veníamos hacinados, entre los vómitos revueltos de quienes no sabían comportarse como gente de mar en la borrasca que si empezaron a ser expelidos en un rincón, junto a las demás suciedades, acabaron embarrados por todos sitios, de modo que quien no había vomitado, vomitara. La vaca, atada dos a dos de las cuatro patas, se negaba a beber agua, y en medio del desorden casi se hacía invisible por su pésimo aspecto, y echaba al aire un continuo *mu* lastimero que más la hacía gato del navío que la digna vaca proveedora de leche.

Los que no hacían agua por todos los canales, mordiscaban bizcochos y pescado seco cuando el miedo no les impedía comer o las náuseas provocadas por las náuseas vecinas. El reloj de arena se había humedecido, las horas pasaban sordas, porque nadie cantaba su cambio, ni al izar las velas se oía lo que repetían en el buen tiempo a coro:

> *Bu iza*
> *O Dio ayuta noi*
> *o que somo — ben servir*
> *o la fede — mantenir*
> *o la fede — de cristiano*
> *o malmeta — lo pagano*
> *sconfondi — i sarrabin.*

No podía ver nada las noches de nubes cerradas de la borrasca, y en nada me iluminaba el brillo de mi amor por ella. Se oscurecía tanto la oscuridad que ni nuestras propias manos eran visibles. Todos temíamos más cuando, en esa oscuridad, amainaba la borrasca, cuando el zangoloteo del barco se hacía más lento, como si empezara un baile fúnebre. Ciegos del todo en esas noches ciegas, sin luna y sin estrellas, el faro del navío apagado por la borrasca, la oscuridad total dejaba ir nuestras fantasías a tierras y seres que, se decía, habitaban el mar: creíamos llegar a islas sin retorno, nos imaginábamos a punto de topar con peces tan grandes como islas o barcos fantasma, trombas devoradoras, pulpos inmensos, anfibios extraños que rodeaban a los marineros de la cubierta con sus raros tentáculos y los atesoraban en los fondos marinos… Ante prodigios y monstruos, ¡yo me veía salvándola a ella!… Quienes conseguían vencer el miedo, a pesar del temor de navegar sin la orientación de las estrellas y sin velas, entregados a la voluntad de la borrasca, imaginaban las islas maravillosas de la Antilia, la de las Siete Ciudades, la de San Barandán, la de las Amazonas, todas ellas de grandes maravillas y tesoros, y alguno llegó a pensar en la Fuente de la Eterna Juventud, creyéndola en la tierra más a mano... Las voces, nunca demasiado altas, iban y venían por la bodega sin que distinguiéramos quién pronunciaba y describía cuál maravilla o monstruo y hubo un momento en que formamos todos (incluso yo, tan distinto a los demás por mi apego a ella) algo parecido a un solo cuerpo a quien no le molestan sus propias excrecencias y sobre el que las horas, encerrándolo, se han detenido en un tono gris idéntico al no y al sí, al ahora y al siempre y al nunca...

Cumplió ocho eternos días la borrasca cuando la vaca murió. Pareció que bastara con su muerte para que se restaurara el buen tiempo. Sin su mugir continuo, las horas nuestras se descongelaron, y entre todos regresamos a la bodega a un estado que en algo se parecía a su primer aspecto, a aquel en que nos había recibido con sus maderas grasosas y las ratas impúdicas brincando por aquí y por allá y la temperatura despertó también, subiendo hasta llegar a hacerse insoportable en la bodega... Los marineros viejos encargados de la cocina destazaron la vaca ayudados por el barbero, el único de brazos más jóvenes que no estaba afanado en comprobar el estado del navío. Parte la cocieron en los calderos, parte la salaron y la pusieron al sol para que se secara, pero toda ella, silenciosa y sin leche, terminó en las barrigas de la tripulación y las de los más hambrientos pasajeros.

Retomar nuestra marcha no fue difícil, a fuerza de trabajar el barco; gracias a que la tempestad no despertó en toda su furia se había conseguido conservar las anclas, las cuerdas, las velas y las barcas.

El tiempo fue muy favorable hasta el Trópico de Cáncer, y desde ahí nos fue muy próspero, de lo que nos alegramos infinito por tener gran necesidad de agua, tanta que ya estábamos tasados por persona a dos medios cuartillos de ella al día. La sed ya lastimaba hasta a los ojos, si en ese momento los hombres hubieran requerido lágrimas, como en medio de la borrasca, para calmar su desesperación, no hubieran ellas podido salir: estaban secos los ojos, de tan sedientos. ¿Cómo, con dos cuartillos diarios de agua y dieta de alimentos salados, iba a llegar a los ojos la poquita agüita necesaria para derramar lágrimas? Ni una gota del agua les correspondía…

Fue entonces cuando uno de los marineros más recios y enteros enfermó. Sus encías se hincharon tanto que era imposible mirarle los dientes. El barbero las sangró: un humor negro salió de ellas. Se deshincharon con el sangrado, pero el marinero quedó en pocos días sin un diente, ni una muela ni un colmillo, y se lamentaba a gritos:

—¡Cuatro muelas solía tener en esta parte, porque en toda mi vida me han sacado diente ni muela de la boca, ni se me ha caído ni comido de neguijón ni de reuma alguna!

El lamento sólo escondía uno más triste. Él ya sabía el desenlace de su enfermedad. Era escorbuto. Lo siguiente era que se hincharan los miembros en medio de horrendos dolores, los sangraría el barbero, sacando de ellos pestilentes humores, y después, sin remedio, vendría la muerte.

Cerca de las Barbados, un corsario inglés trató de darnos caza, pero en cuanto vio que no llevaba ventaja suficiente huyó. Intentamos cazarlo, sin poder hacerlo volvimos a nuestra ruta.

Pasamos costeando Puerto Rico, agradable isla guarnecida de frondosos árboles y florestas hasta la cumbre de los montes. Vimos también la isla de La Española y yo oí, con pánico y dolor (aunque también ya ansiaba el término del viaje) que estábamos a punto de llegar a nuestro destino.

Treinta y cinco días después de zarpar, el 7 de junio de 1666, sin haber perdido un solo hombre en el viaje (el enfermo de escorbuto, sin dientes, con ambos brazos hinchados y ya sangrados, aún vivía) anclamos en la isla Tortuga.

34

DOS

Mi llegada a la isla Tortuga estuvo cubierta por un velo que caprichosamente se me pegaba al cuerpo y al alma, entorpeciéndome para todo, y al que no haré mal en llamar "desilusión". A los contratados por la Compañía nos pasaron tan apresuradamente por cubierta y tan cargados de bultos, como verdaderas hormigas, que no hubo tiempo alguno para apreciar desde ahí la isla, y no pude ver nada del lugar al que había llegado.

En el momento de poner pies en tierra, nos esperaba un capataz que nos dividió apresuradamente en cuadrillas con gran orden y rapidez, al mando de los cuales muchachos de nuestra edad, pero desenvueltos colonos de Tortuga (o que entonces me lo parecieron, aunque después supe que si estaban haciendo tal labor era por ser la mar de torpes), nos guiaron de inmediato a los sitios donde dormiríamos y comeríamos: grandes galerones que imitaban las construcciones de los naturales en las que no había adorno o revestimiento, ni mueble alguno, y que deslucían a mis ojos como cascarones de triste pobreza en los que no pude ver alguna cualidad, asándome en un calor que consideré inexplicable y que sólo con el tiempo aceptaría como la temperatura natural, aunque siempre insoportable, e invadido por la zozobra de no saber dónde había acabado ella, y que recrudecía la calidad del clima, si en algún galerón cercano, o si, cosa que sentía y temía, en otra isla, hecho que no tardé en corroborar, porque no la vi por ningún lado. No era claro para entonces si yo querría haber llegado a Tortuga o si querría que el viaje no hubiera terminado nunca. Yo me defendía del dolor del amor viéndola, y el retrato perfecto de la infelicidad consistía en dejar de verla.

Por otra parte, aún no me enteraba de la prohibición que ella ya conocía de seguro: las mujeres no podían vivir en Tortuga. Lo suficientemente arrojada como para viajar pasando por hombre, no parecía dispuesta a vivir escondida detrás de una máscara, a la que en treinta y cinco días había traicionado por lo menos una vez con la confidencia que yo sé ella necesitó para que siquiera uno en la inmensidad del mar la supiera mujer, así que era imposible pensar que hubiera podido permanecer oculta como mujer sin necesitar traicionar su intento si residía en la isla.

En la madrugada del siguiente día nos llevaron a los campos de trabajo: a algunos a cosechar café, tabaco o raíz para el cazabe, a otros a empacar, a cargar, a trabajar en casas de los dignatarios de la Compañía. Lo que me tocó en turno cosechar no me dice nada, porque habría de durarme tal asignación muy pocos días, insuficientes para aprender a hacer lo que el capataz intentaba por la fuerza obligar en mi cuerpo torpe de tristeza, del mareo que no se iba aún y del cansancio por ocupar las noches pensando en ella, cubierto del velo que he descrito líneas arriba, al que llamé desilusión, pero al que la calidad estrambótica del clima, lleno siempre del sol que exacerba la crueldad en los corazones de los hombres, tornaría por otro, porque todo cambiaba en Tortuga, de manera tal que tardé días en descubrir que si evitaba estar bajo el rayo directo del sol el calor se hacía más soportable, meses en aprender a entrecerrar con maña los párpados para que el sol no me encegueciera, y años para encontrar el movimiento pertinente en mi entendimiento de modo que Tortuga no se me escapara de forma en forma, insistente e imprecisa. El físico mismo de Tortuga era estrambótico, arrítmico como los cantos que escuché en sus noches: ritmos musicales que nunca imaginé existieran, ritmos insanos, enloquecidos, negros como la piel de quienes los desataban que me ruborizaron en nuestros primeros encuentros, que siempre deseé no escuchar y que, de no ser costumbre en los Hermanos de la Costa no prohibir lo que a otros apetezca aunque sus gustos nos sean desagradables o irritantes, yo hubiera dicho que era necesario prohibir, por el bien de nuestros espíritus y el crecimiento de nuestras mentes, porque los sonidos que producían con las palmas y otras partes del cuerpo, y con pieles restiradas en bastidores y cajas de madera, siempre golpeando hasta producir la febril imagen de lo que sólo es posible cuando los cuerpos se restriegan en la negra ceremonia de la carne, no pueden ligar a algo grande o noble ni hacer los fundamentos de otro mundo que no sea el del ataque o el de la desesperación que anhela el ataque, como nos ocurría en la cerca de violencia en que vivíamos… Supongamos que hubiéramos podido prohibir tan dañinos ritmos. ¿Hubiéramos podido prohibir el clima y el aspecto de Tortuga? Porque no sólo la música aquella fermentó nuestros corazones y preparó nuestros cuerpos, exacerbó nuestra sed de ataques, de violencia y dispendio… También nos aconsejaban los abundantes árboles que en el terreno pedregoso y abrupto de la isla montañosa y llena de peñascos echaban sus raíces sobre las rocas, trenzándose sin encajar, descubiertas y enlazadas como las ramas de hiedra en una pared, y los acantilados, cocidos de grutas, que con franjas de arena aquí y allá bordean la isla… Es tal la naturaleza peculiar de Tortuga que las aguas traslúcidas de esos mares, al aproximarse a sus costas, pierden transparencia, lo que me hace pensar que la dureza del clima de la isla tal vez las pusiera a hervir, ya que ninguna frescura agregan al aire ardiendo, así como las raíces expuestas de los árboles no quieren encajar en sus piedras, como si fuera la dureza del clima quien se los impidiera, y que por esto, desdiciendo su naturaleza de raíces, permanecieran expuestas al aire, aunque el aire aullara caliente, antes que enterrarse en el terrible calor de su tierra. Hervida, quemada, cocida por su clima, Tortuga hacía cambiar a quien se le aproximase.

En el navío en que llegué venían hombres de guerra, como ya he dicho. Ellos también habían sido contratados por la Compañía de Occidente Francesa para intentar arrancar pagos pendientes, o la devolución de las mercancías, a los colonos de Tortuga que se negaban a respetar convenios a los que se oponían por no ser de su Ley. La Compañía había tomado posesión de la isla en 1662, plantando para sí aquella colonia con sus comisarios y criados, y ordenando a los habitantes de la isla comprar a la Compañía todas sus mercaderías, anunciando para congraciarse que las compras serían a crédito. Pero una cosa fue la imposición de la Compañía y otra muy distinta la ejecución.

Los agricultores fueron los primeros contra los que decidieron ir los hombres de guerra, por ser las víctimas más fáciles. El elegido fue El Turco, allanaron su habitación llevándose cuanto hubo de valor, lo golpearon cuando intentó oponerse y, soltando sus caballos sobre los campos de tabaco que esos días apenas levantaban del piso, redujeron las matas a lodo y hierba arrancada, pensando así amedrentar a los demás y obtener los cobros, único objeto de su estancia en Tortuga, tras lo cual regresaron al navío anclado frente a Cayona, según ordenara el gobernador impuesto por la Compañía, creyendo, imbécilmente, ponerlos así a salvo de posibles ataques de los colonos. En la madrugada siguiente, encontraron asesinado al de la guardia nocturna, con la boca y las orejas y el vientre abiertos, rellenos de las matas arrancadas al sembradío de El Turco y un mensaje escrito sobre la cubierta con sangre de sus miembros mutilados, usados a su vez como pinceles, casi deshechos de tanto ser untados en las vigas: VACAS SOIS, COMO VACAS COMERÉIS TODOS PASTO. El hilo de sangre del cuerpo corría enmarcando la frase, escurriendo hacia los trancaniles y los embornales, como si el cuerpo fuera una fuente de sangre. Al llamar el Capitán a todos a cubierta, fueron abruptamente abordados por fieros Hermanos de la Costa, llegados a ellos en canoas, cargando abundante alimento para los hombres de

guerra que rendidos fueron obligados a comer matas tronchadas del campo de El Turco, revueltas con lodo, mierda y malas
yerbas, ingestión que mató a más de uno y que a los demás
tuvo durante días sumidos en horrendos dolores, luego de los
cuales abandonaron Tortuga, por lo que los comisarios ejecu-
taron la orden que también había traído para ellos el San Juan:
que si ni con los hombres de guerra podían cobrar o hacerse
de retornos, vendieran cuanto tenían en su poder, propiedades,
mercancías y criados a su servicio, decisión que, como incluía
el retiro casi absoluto de la Compañía, cayó con júbilo en los
colonos, que no prodigaron para hacerse de los bienes, discutiendo los precios que, de por sí, no eran tasados con impuni-
dad por los comisarios, infundidos por una mezcla de respeto,
miedo, algunos admiración y los más odio por los Hermanos
de la Costa, ganadores abusantes en este comercio.

"Dicha" era el sentimiento que rondaba en Tortuga durante
esos días, pero no para mí, porque fui adquirido, para mi mala
fortuna y peor suerte, por el más tirano y pérfido hombre que
calentara el sol en Tortuga, el gobernador o teniente general
de aquella plaza, impuesto por la misma Compañía. "Dicha"
y "Libertad" rondaban en Tortuga, porque los Hermanos de
la Costa decían no deber más lealtad que a Dios y al mar, pero
no había libertad para mí porque no tenía yo ni un céntimo ni
a quien pedirlo para pagar el precio que mi cruel amo pedía
para darme libertad y franqueza, trescientos reales de a ocho.
Su trato era insoportable y era imposible escapar.

Había esclavos que ya lo habían intentado, de él o de amos
igualmente crueles. Yo los vi colgados, ahorcados, expuestos a la
vista de todos hasta que los gusanos y los pájaros no dejaran de
ellos más que huesos. Entonces caían sus partes descoyuntadas
al suelo. Otros habían recibido como castigo por su intento
que el amo les hiciera cortar una pierna y llegaron a ser tan
habituales los esclavos sin pierna que un francés en Martinica
inventó una manera de asegurar esclavos remedando los que
ya había así, el uso de una corta cadena sujeta por un extremo

a un collar de hierro, y por el otro al tobillo, rodeado por hierro como el cuello, de modo que algunos esclavos, teniendo sus dos piernas, andaban cojeando como si sólo tuvieran una, llagándose con el calor infernal que se condensaba ensolecido en el collar metálico y en el aro en torno al tobillo.

Un esclavo que escapó fue cogido en el bosque. El amo le hizo amarrar a un árbol, donde le dio de palos sobre las espaldas y le bañó en sangre tanta que escurría sobre la tierra. Entonces el amo hizo que le refrescaran las llagas con zumo de limones agrios, mezclados con sal y pimienta molidos, dejándole, en aquel estado, amarrado al árbol para veinticuatro horas después repetirle el tormento, hasta que de tanto golpearle y maltratarle el esclavo murió, no sin antes gritar, con una voz aguda y pegajosa, que pareció llegar más allá del bosque y perderse en el mar:

—¡Permita el poderoso Dios de los Cielos y la tierra que el diablo te atormente tanto antes de tu muerte como tú has hecho antes de la mía!

Tres o cuatro días después, cayó en el amo el espíritu maligno. Sus propias manos fueron verdugo de sí mismo, dándose golpes y arañándose de tal modo la cara que llegó a perder su forma, hasta que murió en un charco de sangre, como su esclavo, recrudecido su tormento con la sal y la pimienta de un castigo que él no esperara, porque lo natural era que los amos hicieran cuanto viniera en gana a su mala voluntad y podían dar al esclavo, de la raza que fuese, cualquier maltrato y de querer la muerte, porque a nadie le incumbía, de modo que, para los esclavos, la única escapatoria posible (hago de lado a Nau, siempre extraordinario), si no podían resistir el plazo de tres años de su contrato, cuando eran franceses y de siete cuando ingleses, era la muerte. Los esclavos blancos (a los negros o matates les hacen trabajar menos que a los europeos, pues dicen que deben conservar esos esclavos por serles perpetuos, y los blancos, en cambio, ¡que revienten!, ya que no están más que tres años a su servicio), algunos antes y otros después, caían en cierta enfermedad que llaman ellos allá coma y que es una total privación de todos los sentidos y que proviene del maltrato y mudanza del aire natal en otro totalmente opuesto. Si, como todos sabemos, las personas mueren de tristeza, de desilusión, del ánimo que sucede a una decepción amorosa, ¿cómo no iban a morir los esclavos franceses bajo tratos crueles en tierras tan distintas a las que están acostumbrados? No oían, no veían, no sentían el calor intenso, nada les dolía, no sentían hambre ni sed: antes de morir entraban al reino de las piedras.

Yo no era el único esclavo del gobernador, pero sí el único blanco, así que, por las razones ya dichas, me tocaba la peor parte, el trabajo más duro. Mi condición no era tan recia como para resistirlo, porque yo aún no me acostumbraba a Tortuga, por el estado de mi corazón convaleciente, y por mi cuerpo, atormentado de hambre, creciendo cuanto mi naturaleza, tal vez tocada por Tortuga, con prisa y exceso, le dictaba (en poco tiempo me hice un hombre alto, excesivamente delgado, un hombre y no un muchachillo, al cual Ella no se atrevería ya a confesar su secreto como lo hizo a mi cuerpo bajo, de niño). Varias veces estuve a punto de quebrarme bajo los palos y rigores del gobernador, y sin duda lo hubiera hecho de no haber tenido dos consuelos: la habitación, menos extraña, desnuda y severa, construcción en piedra que formara parte del fuerte de la isla, y, el segundo, de mucha mayor importancia, los tratos de quien ocupara la habitación vecina, Negro Miel, que, medio ciego, me acogiera sin tomar en cuenta que yo era un blanco francés, encontrando en mí, únicamente, un chico atormentado por un amo cruel. Tanta compasión desperté en Negro Miel cuanto cariño me cobró y generosidad me manifestó, legándome, por una parte, su sabiduría, y, por otra, la eternidad en su recuerdo, como ya explicaré. Ayudó también a mi sobrevivencia mi habilidad para suplir trabajos con mentiras, aunque de diez que echaba en una me atrapaba el amo y a punta de azotes me la cobraba.

Quiero ceder a Negro Miel la palabra, tal como la escuché varias veces, estuviera curándome la espalda herida por palos, dándome a hurtadillas porciones extra de alimentos, carne ahumada, pan de cazabe, frutas y plantas que él conocía de Tortuga, a las cuales, tal vez, debo mi exagerada altura, o restaurando mis agotados miembros con pócimas que me administraba y me enseñaba a preparar y recetar con tiempo arrancado a mi trabajo, a espaldas de mi amo, ayudado por mis hábiles mentiras:

Relato de Negro Miel

"Yo nací donde la tierra alcanza su perfección. El clima es perfecto: ni el calor ni el frío incitan a cubrir el cuerpo porque el aire arropa la piel con delicadeza. Hay prodigios y abundancia de frutos, y las plantas, sin excepción, son comestibles de la flor a la raíz, pasando por la semilla, el tronco, las hojas, las ramas. El agua corre en brazos frescos, como el que aquí en Tortuga fluye sin parar adentro del fuerte, cruzando la tierra aquí y allá, para que nadie sufra jamás sed y para que la tierra esté cubierta siempre con verdor. Las cebras, los leones, las jirafas, los elefantes, el antílope: éstos son algunos de los prodigiosos animales que, tan variados como los frutos, pueblan el perfecto valle en que nací. Desde muy pequeño, mi padre, mi madre y sus hermanos me enseñaron los secretos de la naturaleza, qué espíritus se esconden en las formas, y su invocación para curar enfermos, sanar heridas, desaparecer tristezas. Aprendí también el francés, y a escribirlo, porque el hermano de mi madre vivió en ciudad de franceses varios años. Para dejar de ser niño, fui iniciado a la virilidad. Entonces aprendí los mayores secretos. Una nueva iniciación, la que llamamos Entrada al Mundo, tuvo lugar cuando cumplí diez y ocho años. En ella cosieron a mi pecho, transversal, desde mi hombro izquierdo al costado derecho, la banda de cuero y tela que identifica a quienes venimos de allá donde la naturaleza alcanza su perfección, y terminado el rito salí de mi tierra, creyendo que regresaría, como lo habían hecho todos los míos, sin imaginar siquiera que yo sería arrancado para siempre de mi amado valle. Por eso Negro Miel no ve más. Prefiere que su vista se ocupe de los recuerdos, de lo que sus ojos no podrían ver si se abrieran. Por eso Negro Miel sólo habla en voz alta en francés. Debemos conservar en silencio las lenguas que nos enseñaron nuestros padres, para que no se gasten, para que adentro de nosotros mismos se esmeren en silencio en conservar nuestros espíritus en alto y así no nos ignoren los dioses y nos protejan. La primera aldea a que serví entabló luchas cruentas con otra aldea vecina. Yo hacía caso omiso de las batallas, a las que mi sangre es tan opuesta, mi tiempo transcurría sanando heridas, curando enfermos, fortificando saludes quebrantadas, pensando, cuando estaba a solas, en que después de setenta lunas llenas volvería con los míos, al valle donde todo es perfección, a enseñar a los niños cuanto me habían enseñado a mí y cuanto había aprendido en las setenta lunas, y a tener con una de mi sangre el bien de la descendencia.

"Las luchas se recrudecieron y los de la aldea en que yo habitaba fueron vencidos; junto con los demás varones, ignorando mi sangre, fui tomado prisionero en prenda de la derrota. Pensé verme libre de inmediato, distinguido por la banda que me cruzaba el pecho, en la que cualquiera sabía yo guardaba remedios para todos útiles. Lo que no imaginé es que caería en manos de ingleses, vendido como los demás por los de la aldea victoriosa que actuó como si fuese de bárbaros. Enterrado para hacer el viaje en la bodega del barco, supe que iría a lugares de los que nunca sospeché siquiera su existencia, sin que pudiéramos mirar hacia dónde, viajando en la sentina como mercadería, atados con cadenas al cuello, a los tobillos, a los puños, asándonos, suplicando aire fresco, o por lo menos que cesase el bamboleo. El navío en que viajábamos fue abordado por piratas franceses, y se enfilaron hacia las Antillas. Son usuales los ataques a buques negreros, pero en estos piratas no era costumbre hacerlos, e incluso les inspiraba repugnancia, ahora necesitaban recursos para armarse porque preparaban una ambiciosa empresa en el mar Caribe, por lo que, como no es usual, conservaron ambos navíos, aquel en que ellos llegaran, más el barco abordado, y se enfilaron con rapidez a la venta del jugoso, aunque desagradable botín.

"En cuanto bajaron a reconocernos, oyéndolos hablar entre sí, hice notar en voz alta mi correcto francés, pero lo único que obtuve fue una helada mirada a mis cadenas, quien la dirigió no la puso en mi cuerpo, certificando solamente que el negro estuviera bien sujeto y haciendo sonar su látigo muy cerca de mí, casi rozándome y lastimando a quien tenía más próximo, aunque no estaba atado a mi propia cadena, un viejo que se deshacía en lágrimas, lamentando en voz alta su suerte, llorando por sus hijos y sus nietos y renegando de que no hubieran respetado su edad, con toda razón, ya que cuando nos fueron subiendo en mar abierto a la cubierta para seleccionarnos y tasarnos, a él lo tiraron por la borda considerando que no había que desperdiciar por él comida, si era tan viejo que poco se podía obtener en su comercio, cortándole antes las manos, los pies y la cabeza, en ese orden, para no tener que rehacer la cadena en que venían atados otros seis, ni bajar a la bodega carne a podrir.

"Cuando tocó mi turno de subir a cubierta, tuve un golpe de suerte que me ha valido la vida en Tortuga. Nos subieron a siete al mismo tiempo, porque tantos era el número que mi cadena sujetara de cuello, puños y tobillos, enceguecidos por el sol que no entrara nunca a la bodega donde nos traían enterrados, en la que sólo se colaba un poco de luz cuando entreabrían la escotilla para bajar la comida y para que pasaran los que la regaban en los comederos, cuando eran los ingleses cinco hombres armados hasta los dientes (porque eran cobardes, si estábamos inofensivamente fijos, como un clavo a la pared) que se divertían dejándola a veces afuera del alcance de alguno, y ahora un francés que con helada paciencia la acomodaba en los comederos de madera cercanos a nuestras caras, de los que comíamos más como ganado que como personas, sin valernos de nuestras manos encadenadas para acercar la comida a nuestras bocas. Vencí antes que los otros seis el deslumbramiento, o por lo menos antes que uno de ellos, porque vi cómo caímos cuando alguien tropezó, aún ciego por la luz en cubierta, y, como estábamos atados de la misma cadena, los siete fuimos a dar al piso. Me quedó frente a los ojos una bota de cuero abierta a cuchillo para no irritar la herida que no quería cerrar, y supe de inmediato que ésa no era herida de arma o cuchillo, sino una vena enferma, reventada a flor de piel, y así lo dije, en el suelo, en voz alta y en francés, y agregué que yo sabría curarla con los remedios que traía en la banda del pecho. El de la bota, contramaestre de la expedición y capitán del buque negrero, porque el Capitán viajaba en el navío filibustero, dio la orden de que me soltaran de la cadena de siete a la que yo estaba soldado y mandaron traer del otro navío al herrero para que con sus herramientas me liberara, y viendo que tardaba, yo dije que no era necesario que me soltaran para que yo curara, porque para sanar heridas, alejar enfermedades y curar tristezas eran los de mi sangre y que si su Excelencia el de la bota abierta me permitía que los siete nos acercáramos, ya que no podía yo moverme sin los otros seis, que lo empezaría a curar de inmediato y con gusto. Dio orden de que nos acercáramos. Los siete nos hincamos para revisar la herida. Los siete nos juntamos más los unos a los otros para que la cadena permitiera a mis manos sacar de la banda un polvo de hierbas secas que quita el dolor si se rocía sobre una herida soplándolo con aliento lento. De nuevo los siete nos inclinamos ante el de la bota, ahora más, casi con la cabeza al suelo para que yo aplicara el polvo. Luego nos levantamos para que diera aire fresco a la herida empolvada y pedí miel o azúcar si no tenían miel. Hubo miel en el otro navío. Llegó junto con el herrero, envasada en un enorme barril porque no dije que sólo requería de un poco. Antes de que empezaran a golpear la cadena para liberarme, apliqué miel sobre la herida (en la que desde ese momento, por el polvo engañoso, ya sentía alivio) y repetí la aplicación los días siguientes, hasta que después de siete cerró por completo. Ya sin cadena al cuello, eché mano de los remedios que traía conmigo, quité una jaqueca desesperante a uno de ellos, les alejé los molestos piojos a los que lo permitieron, colocando una semilla de mis tierras en su oreja derecha, y malestares de todo tipo a quien los padeciera, remedios que me llenaron de crédito, de modo que cuando llegamos a Cuba a cambiar en el contrabando los esclavos por pólvora y armas con el español con quien ya lo tenían convenido, ya había sido yo admitido en la Fraternidad de los Hermanos de la Costa, jurándole fidelidad, abandonando el nombre que me dieron mis padres por el de Negro Miel, y reconociendo el contrato que me dieron a firmar y en el que estampé con clara letra mi nuevo nombre, para sorpresa y regocijo de los demás Hermanos que no creían posible que un negro supiera leer y escribir. Por esto, y por saber curar, no entré a la Cofradía como matelot, no tuve amo ni a quién lavar su ropa, hacerle la comida, limpiarle la choza, cultivar su huerto o permanecer en los combates a su lado y protegerlo durante dos años como cualquier aspirante que ingresa a Tortuga, aunque, lo que sí es cierto, es que condicionaron mi pertenencia a la Cofradía a que la aprobara el Consejo de Ancianos Filibusteros, ante los cuales juré frente a la cruz y la biblia mi lealtad al llegar, como si yo fuera a un tiempo católico y protestante y escribí la frase que me dictaron para que se viera que era hábil mi puño con las letras. Cuando llegamos a Tortuga, mientras todos se preparaban para la expedición, recorrí gran parte de la isla caminando, e incluso crucé en canoa a Tierra Grande buscando materia para abastecer mis remedios, la cual encontré más de lo que esperara, alegrándome en extremo, pero sentí que eran tan grandes los espíritus en Tortuga que me hice de un perro para que me acompañara y previniera y protegiera de sus cercanías, y así pude vencerles el miedo.

"Antes que me diera tiempo de pensarlo dos veces, zarpamos con nuestro Almirante. Ya te he dicho cuán ajena es mi sangre a las batallas. Imaginarás mi repulsión cuando conozcas el comportamiento de los filibusteros, porque mira que son fieros para atacar, crueles con sus vencidos y también inmisericordes con los débiles. Para mi fortuna, aquella primera expedición fue extraordinaria, Smeeks, extraordinaria. No fue después del primer ataque cuando decidí no volver a firmar contrato, sino después de verles sus crueldades y cuánto gustan hacer correr la sangre. Pero admiro a los filibusteros. Son nobles, son leales…".

Yo a todo asentía, como si comprendiera aunque no entendiera ni pío, pero con sus pláticas, para las que arrebatábamos el tiempo a mi amo (si se daba cuenta me cobraba a palos las labores que yo no había hecho o con las que lo había engañado, o mi torpeza y cansancio por haber permanecido la noche con los ojos abiertos escuchando a Negro Miel, escuchando sus artes y secretos en lugar de dormir y reposar para tener fuerzas en las temibles jornadas de trabajo a que me obligaba el Teniente General de la isla), fui aprendiendo, no sólo a reconocer las hierbas curativas (a verles, según sus términos, "su espíritu") y cómo prepararlas y aplicarlas y para cuál ánimo o padecimiento, sino también quiénes eran los filibusteros, la organización de los Hermanos de la Costa, su Cofradía, y a amar, a través de su charla, términos en los que yo jamás había pensado: "libertad", "igualdad", pilares de la Cofradía. Me hablaba de Tortuga y yo fui aprendiendo a fascinarme por la isla, creyendo, de alguna manera sorda y en cierto modo correcta, que Tortuga quedaba muy lejos de mí y que Negro Miel era mi único nexo con tal sitio, un lugar al que yo querría ir y del que continuamente me arrancaban los palos y las crueldades del amo.

Negro Miel me contó los pormenores de su primera intervención en un ataque filibustero, que no fue, según él mismo dijo, de naturaleza violenta, sino de la de Hawkins, pirata que, odiando la sangre y amando las ganancias, engañaba y hacía trampas, y que en más de una ocasión de sus propias víctimas sacó los compradores de los bienes recientemente arrebatados. Una cuadrilla desembarcó en las cercanías de Campeche y esperó, un poco tierra adentro, agazapada, el paso de un grupo de españoles, a quienes rindieron a golpes, desnudaron y amarraron con múltiples nudos y lazos, amordazándolos de tan mañosa manera que llevara tiempo quitarles las mordazas, y vistiendo sus ropas y fingiendo sus pasos (cosa que divirtió mucho a Negro Miel, porque él mismo vistió de español, aunque fuera un español imposible) encaminaron apresurados sus pasos hacia la plaza de armas, donde empezaron con aspavientos, fingiendo miedo, a gritar, en el buen español de los filibusteros franceses e ingleses: "¡Los piratas, los piratas, atacan los piratas!", lo cual era verdad, porque señalaban hacia el punto donde ellos mismos habían atacado, mientras Negro Miel, para que no le vieran la negra cara, la tapaba con las manos envueltas en vendas, gritando como si el demonio le estuviera picando los ojos, fingiendo una herida que ni tenía… ni tendría, porque salieron los hombres bien armados corriendo hacia donde se les señalara, un poco tierra adentro, mientras los demás barcos piratas, recibida la señal convenida, entraban en la bahía, se apoderaban de la Fortaleza, rendían a la población y cerraban la entrada a la ciudad con tan fuerte ejército que Negro Miel no oyó un solo estallido de pólvora: los hombres armados corrieron hacia Champotón por más refuerzos, viéndose pocos para enfrentar el ataque filibustero. Desvalijaron apresuradamente la iglesia de la ciudad, tomaron el Palo de Campeche, lo habían embodegado, así como cargas de cazabe y algo de oro que habían conseguido arrancar a los ricos más pusilánimes, y subieron a sus barcos, felices de haber ganado botín sin mayor esfuerzo, justo cuando llegaban los hombres de armas con tantos refuerzos que sería imposible reducirlos.

Más sangre vio Negro Miel en el piso de la cubierta del barco negrero derramada para librar de las cadenas y echar al mar al viejo mutilado, que en el asalto a Campeche, pero, en cambio, de su segunda y última expedición no me quiso contar nada, explicándome que había cosas que era mejor no repetir y que, por otra parte, bastante iba a tener yo de eso si me quedaba en Tortuga, porque, aunque él no había vuelto a participar en ninguna expedición, podría llenar la isla de tinta, si ésta fuera de papel, con narraciones de atrocidades y violencias de los Hermanos en la persecución de sus botines. Y todo, ¿para qué? —agregaba siempre Negro Miel—, si los Hermanos, siendo como eran gente buena, sabían de sobra que los bienes son poca cosa, puesto que los despilfarraban en menos tiempo del que a él le llevaba contármelo, en excesos que un muchacho de mi edad no debía oír.

Hubo otras cosas que tampoco me platicó. Una de ellas, de haberla hablado antes, me hubiera ahorrado mucha vergüenza, y enojo a las mujeres de La Casa de Port Royal, pero la única mención que hizo de burdeles no fue en ese sentido, y se le escapó en sus últimas palabras. Porque Negro Miel enfermó (o pareció que enfermó) y, negándose a aceptar sus propios medicamentos, se consumió aceleradamente ante mis propios ojos, para mi desesperación y tristeza, argumentándome que ya había llegado su hora, sin explicarme sino hasta el final por qué, cuando me dijo:

"Me voy. Sé que debí hacerte huir con los filibusteros y no dejarte en manos de quien no sigue la Ley de la Costa. Pero nó te abandono, Smeeks. Mi muerte no es natural. Para el veneno que me dieron no hay remedio. Mi sangre queda trunca. Yo no sembré la tierra con otra de mi estirpe. No di a nadie la sangre del conocimiento, pero a ti te he enseñado todo lo que se puede aprender. Negro Miel te pide, ésta es su última voluntad, que siempre lo recuerdes, para que mi estancia en la oscuridad de la tierra no sea toda desolación. Por tus recuerdos entrarán a mis sombras lo que vean tus ojos, y cuando tú mueras lo que vean tus hijos y los hijos de tus hijos, porque a ellos les hablarás de Negro Miel y me recordarán sin haberme conocido, como yo recuerdo a mis padres, a los padres de mis padres y a los abuelos de ellos. ¡Légame tu sangre a mí, que desparramé mi simiente entre Hermanos y en burdeles de Port Royal, sin reparar en que llegaría mi muerte! Y respeta la Ley de la Costa encima de otra Ley".

Traté de darle serenidad con mil y un palabras y muestras de afecto nacidas de la mayor sinceridad. Y le hice un juramento al que aún soy fiel y que me permite narrar a ustedes mi historia: "Te recordaré siempre, y de tener hijos a ellos les hablaré de ti y ellos a sus hijos, pero si no tengo descendencia, te prometo, Negro Miel, que yo venceré a la muerte en nombre de tu memoria, y yo mismo, con estos ojos que te ven morir, estos oídos que te escuchan y este corazón que te ama, te recordaré siempre".

TRES

Es fácil adivinar, sin que yo lo diga, el dolor y la desolación que me causó la muerte del Negro Miel. Creí perder con él la capacidad de sobrevivir. Me flaquearon las fuerzas, recrudecida mi debilidad por los palos del amo, enfermé. Lo que no tardé en ver era que no era falsa la frase de Negro Miel, "no te abandono, Smeeks". No, ni muerto me abandonaba. La enfermedad que me trajo el dolor de su desaparición hizo que mi amo decidiera venderme para no perder las monedas con que me había adquirido, como si no las hubiera ya desquitado, con creces, porque en tan poco me había comprado a la Compañía que medio muerto me vendió en más, aunque no en tanto como hubiera podido hacerlo de encontrarme sano o por lo menos no tan enfermo. Mi estado era deleznable, y estoy seguro de que nadie hubiera tirado su dinero para adquirirme sino Pineau, el noble y generoso Pineau, que gastó setenta piezas de a ocho en uno más muerto que vivo.

No tardé más que lo que me llevó recuperarme, con los cuidados fieles de mi nuevo amo, en saber que Pineau deseaba que yo supiera que él era enemigo de la esclavitud de los blancos y de los negros y de los matates por considerar bárbaro atropello traficar con personas como si de cosas se tratara, que siendo como era enemigo de lo propio y lo ajeno deploraba doblemente que alguien creyera ser dueño de una persona, que había pagado al teniente general de la isla las monedas convenidas por mí no por ser dueño de Smeeks sino por Negro Miel, y cuando le pregunté que por qué por Negro Miel, me contestó que yo aún era muy joven, que no debía explicarme, y como insistí dijo llevar una década tratando de que Negro Miel compartiera con él sus conocimientos, que le había ofrecido, primero, su interés, lo que no era poca cosa, porque Pineau era el cirujano más apreciado en la isla y el único que lo había sido antes en Europa, después intercambiar conocimientos, a lo que Negro Miel había contestado, *Olvida eso, Pineau, yo no soy carnicero, no quiero aprender de tus tijeras y tu cuchillo, no me gusta hablar con esas cosas*, y no le había ofrecido oro o monedas porque sabía que además de ser inútil se enojaría con él Negro Miel, pero sí cuanto objeto cayera en sus manos que le pareciera pudiera ser atractivo para Negro Miel, como el vaso que al morir él me había yo quedado, un vaso de vidrio de Bohemia que representaba en colores a un hombre con un cinto del que pendía su caza, liebres blancas, pardas y grises que lo miraban con los ojos abiertos, y entre ellas, en la misma posición, una mujer mirándolo también (al cazador), como las liebres desnudas, mientras el hombre altivo, altanero, detenía con una mano la espada y con la otra un arma de fuego, vestido como un caballero, un sombrero de plumas y finas medias, escena de coloridos vivos y con un par de leyendas, por las que Negro Miel me dijo un día:

—Tú que ves, y lees y escribes, lee qué dice ahí.

—No puedo leerlo.

—¿Por qué no has de poder?

—Porque está en una lengua que escasamente comprendo.

—Lo mismo me pasó a mí con ese objeto, cuando lo tuve en las manos y oí de Pineau su descripción, supe que era un objeto hecho de algo que escasamente comprendo, ¿para qué cargarla a ella ahí? Por su culpa el cazador va más lento.

En cambio a mí, me dije, que no soy vidrio fino de Bohemia, como sí lo es Pineau, Negro Miel me regaló sus conocimientos, y así Pineau me compró, salvándome porque yo era el libro escrito de Negro Miel. Descubriría con el tiempo que había otra lealtad entre él y Negro Miel y que aunque tal vez le interesara la sabiduría africana no iba jamás a echar mano de ella, que me había adquirido por un motivo distinto al que él me confesara.

No era Pineau el único que sabía de mi nexo con Negro Miel. En cuanto me recuperé de la enfermedad, que no era más que tristeza y debilidad, pero que me hubiera matado de no aparecer Pineau en mi vida, un mensajero llegó con un escrito para Pineau. En cuanto terminó de leerlo, me dijo: *Vamos, y carga con todos tus remedios* y partimos hacia Jamaica, isla que yo no conocía.

La ruta a Jamaica me pareció entonces de una excepcional belleza, porque era la primera vez que yo veía la salida de Tortuga, la playa de Basse Terre donde Cayona está asentada, la bahía que forma la barrera de coral, de aproximadamente doscientos metros, el canal que se abre entre los corales sumergidos por el que hay que entrar y salir con cautela y pericia, el color del mar que, conforme dejábamos los corales que rodean Tortuga, se iba volviendo prodigiosamente traslúcido, como lo es, según lo supe después, en gran parte del mar Caribe. A la distancia, se subrayaba la peculiar geografía de Tortuga, montañosa y llena de peñascos, de vegetación exuberante y terreno pedregoso y abrupto, de grandes acantilados, de cuarenta kilómetros de largo y de ocho en su parte más ancha, pequeña en comparación con las enormes islas que la rodean. Dimos la vuelta a Tortuga y a Santo Domingo (sólo siete kilómetros las dividen), la Tierra Grande que había sido abundante en ganado cimarrón, reproducido con largueza debido al clima, multiplicando con mucho el pie de ganado traído por los primeros colonos, cimarrones que habían hecho —según me iba explicando ese día Pineau— la abundante caza de los bucaneros, y que, para deshacerse de éstos, los españoles la habían tratado de exterminar y casi lo habían conseguido, dejando tan pocos ejemplares que habían lanzado a los bucaneros al mar por comida. Los españoles, matando animales, se habían ganado sus peores enemigos.

—¿Y no queda ningún ganado?

—Algo hay, suficiente para que aquí y allá una partida de astutos bucaneros sobreviva, pero a los colonos no les es fácil cazar cuando se ven obligados por los ataques a refugiarse en el bosque.

—Como los jabalíes en Tortuga.

—Exactamente.

—Pineau, yo ayudé a envenenar perros.

—¿Sí? Espera que volvamos a Tortuga para ver algo que te hará entender mejor lo de los perros.

Y cambiamos la plática, sin regresar más a lo de los perros. De regreso a Tortuga, cumplió con lo que me dijo. Caminando hacia el norte, me llevó a un pozo enorme, como de treinta metros de profundidad por cincuenta de diámetro, llamado por algunos Grutas de la Llanura. Descendimos desenrollando cuerdas y ayudándonos con las raíces y las ramas de los árboles que brotan de las paredes. Llegamos al fondo, el pozo se ensanchaba formando una galería de altos techos cubiertos de estalactitas. Ahí estaba lo que Pineau venía a enseñarme: algunos aún con sus largos cabellos y restos de ropas (enaguas las mujeres, los hombres sólo cintas bordadas), reposaban decenas de esqueletos de indios caribes, sin huella alguna de carne, indios que, según me explicó Pineau, huyendo se escondían en las grutas y que preferían permanecer ahí y morir de hambre y sed, que salir y morir emperrados. Cuando los colonos vieron exterminada toda la población aborigen, soltaron libres a los perros que habían hecho traer de Europa, por salir de la carga de alimentarlos, y éstos se reprodujeron con tal intensidad que llegaron a casi eliminar los jabalíes de los bosques de Tortuga, de modo que el gobernador hizo traer veneno de Francia y, como yo bien sabía, si con mis manos lo había hecho, abriendo algunos caballos en canal, los envenenó para que los perros se envenenaran con ellos. Murieron por cientos con tal estratagema, pero no se consiguió erradicarlos, como era la intención de D'Ogeron, y seguían siendo merma de la caza natural de Tortuga.

Cuando llegamos a Jamaica, el mensajero nos hizo caminar apresurados por las calles de Port Royal. Yo no conocía ciudad más rica ni más vistosamente engalanada, de coloridas casas de piedra y madera, con flores adornando aquí y allá, fuentes y jardines y rotondas, tan diferente a las calles lodosas y los edificios grises de mi ciudad natal y a las parcas, severas y tristes de Tortuga. Parecía hecha para la fiesta, Port Royal, y las mujeres cruzaban, riendo descaradamente, las adoquinadas calles, muy adornadas con finas telas, sombreros, medias que coquetamente dejaban ver sus cortos vestidos... Para un joven como yo, traído de la pobreza a la esclavitud, Jamaica parecía Jauja y hadas de alegría y bien sus hermosas mujeres. Así que el mensajero tiraba para que nos apresurásemos y mi cabeza jalaba para que nos quedásemos, porque los ojos se me iban entre tanto color, tantos escotes, tantas flores y fachadas de vivos colores y tobillos desnudos o cubiertos por delgadas medias...

Por fin llegamos a nuestro destino. Era, tal vez, la casa más imponente de todo Port Royal, alta como una iglesia, rodeada de un hermoso y esmeradamente cuidado jardín, habitado por flores, pavorreales, faisanes y patos, con estanques en los que nadaban cisnes pequeños, de cabeza y cuellos negros y una raya blanca sobre los ojos. ¿Qué era este palacio al que habíamos sido traídos? No tomamos la entrada principal, sino que bordeamos la casa hacia su costado izquierdo, desde donde se veía el foso profundo en que languidecía inmóvil, bajo el rayo de sol, un animal enorme, aplastado como serpiente, pero con fauces como de lobo, al que, según me dijeron, había que llamar caimán, y éste, en particular, el caimán del templete, porque parecía puesto ahí para proteger al que adornara este lado del jardín con sus también vivos colores, asombrosos en el templete de reminiscencias romanas.

Entramos por la puerta del costado izquierdo a una sala (no sabía yo que ésta era "una pequeña salita" de La Casa) ricamente amueblada, con cortinas y tapetes finos, un candil al centro, la mesa laqueada... No alcancé a revisarlo todo cuando la Señora entró. ¡Cómo lamento, aún, haber perdido el tiempo de mi trayecto y mi llegada sin preguntar para qué había sido requerido! Siempre es así mi carácter: presto atención a lo que no debiera, me entretengo observando los detalles y dejo escapar inadvertido lo más importante; mirando las pequeñas cosas, desarticulo el todo que conforman...

La Señora pidió hablar a solas conmigo, y el mensajero y Pineau salieron de la sala.

—Nos ocurrió otra vez, de nuevo a la luna llena, al mismo tiempo todas, y he tenido que —me dijo y aquí rompió a llorar— cerrar La Casa porque ninguna puede trabajar. Además, todo se nos va en llorar y pelearnos, porque ahora no hay quien no se ponga susceptible con la llegada del Tío Rojo, y ahora no hay Negro Miel que nos ayude... ¡Imagínese! Si ya nos pasó este mes, nos pasará el siguiente y el siguiente y el siguiente... ¡Y si llegan —no paraba de llorar, estaba realmente acongojada—, y si llegan con gran ganancia uno de esos días los perderemos a todos! ¡Es nuestra ruina! ¡Haz lo que Negro Miel, te lo suplico! Dicen que a ti te lo enseñó todo... Cámbianos el día, como él hizo, para que a unas las visite en una fecha y a otras en otra, y así!... ¡Esa maldita luna llena...! Quítanos a todas ese ritmo, porque si cae en luna llena, como bien lo sabía Negro Miel, nos trae dolores, inflamaciones, y nos revienta los nervios. ¡Esto no puede ser! La servidumbre no se da abasto lavando lienzos. El agua del estanque de atrás parece un río de sangre, ven...

Me tomó de la mano y salimos de la sala hacia el patio interior. Yo no salía de mi desconcierto. No sabía de qué me estaba hablando, no entendía nada, y ella no me daba tiempo de pensar porque hablaba de otra cosa, contándome cómo había sido su vida cuando fue amante del pintor francés. ¿Cuál río de sangre?, me pregunté cuando lo vi ante mis propios ojos, las esclavas negras tallando en las piedras de lavar grandes lienzos cubiertos de sangre que despedían un olor que yo ya conocía, sin recordar bien de dónde, allá atrás, cuando era niño... Ella no me soltaba de la mano ni dejaba de hablar: *si no traes suficiente medicamento, regresa antes de que pasen las semanas, por favor, así te cobras también tus servicios con la que escojas de nosotros, si quieres conmigo, o con la que prefieras, y puedes venir siempre que quieras, como vino siempre Negro Miel... siempre, hasta antes de conocerte, porque entonces ya no nos tuvo fe...* No resistí, o mi torpeza no resistió la necesidad de mostrarse, porque bien pude haber cerrado la boca y aunque la visión de tal río de sangre me clavaba los pies al piso, porque yo aún no tenía tratos con la sangre, tirado por la mano de ella pude haberme dejado guiar sin abrir la boca, pero dije:

—¡Quién les hizo eso! ¡Dónde están las heridas!

—¿Las heridas de qué?

—¡Las de la sangre!

La Señora me llevaba suavemente de regreso al interior de La Casa, aturdida también, y sin intentar calmar mis aspavientos me hizo subir las escaleras. No sé en qué momento me quedé en silencio. Mi voz las había convocado a todas. Estábamos en una alcoba inmensa y ellas me rodeaban, pasando de una a la otra en murmullos la frase que me definía, es el de Negro Miel, la mayoría en prendas interiores y con los cabellos sueltos, como si fuera medianoche aunque fuera mediodía, hasta que, cuando reinicié mis preguntas estúpidas ("¿quién es la herida?" o "¿dónde están las heridas?" o "¿para qué me llamaron a mí? Traigamos a un hombre armado que las vengue"), la Señora con quien había subido las escaleras gritó ¡Éste no sabe nada!", entre enfurecida e histérica, y algunas estallaron en risas, otras a llorar, otras dieron media vuelta, y una chiquita, tan joven como yo, de profundas ojeras, me acercó su cara para preguntarme:

—¿De veras no sabes?

—¿Qué he de saber?

—Lo del Tío Rojo. ¿No te lo enseñó a domar Negro Miel?

Dije que no con un gesto de la cabeza, y las que restaban en la alcoba empezaron a hablar entre sí:

—¿Se lo habrá enseñado con otro nombre?

—Pregúntale.

—Oye, tú, ¿cómo le llamas a lo que nos visita todos los meses a las mujeres?

Yo no entendía nada, y no sabía qué hacer, entre avergonzado y humillado, al borde de las lágrimas. Entonces entró Isabel, perfectamente arreglada y vestida como para una fiesta, rubia y enorme, y preguntó:

—¿Es él? —como si hubiera otro hombre en la habitación con el que pudiera confundirme. Se me acercó, y sin sentarse ni aproximarse a mí, como si yo le produjera ascos, sin mirarme a los ojos, me explicó, presentándose—: Yo soy la mujer con la que solía dormir Negro Miel, si no le daba la gana acostarse con otra. Lo que necesitamos es que nos traigas el remedio de la yerba suelta. ¿Lo conoces?

Asentí con la cabeza. Me había quedado mudo.

—¿Lo sabes preparar?

Volví a asentir.

—Vete a tu isla, encuentra la yerba, prepárala, y vuelve para dárnosla, escalonada, como hacía él para quitarnos la visita simultánea. Y de paso busca alguien que te quite lo pendejo.

Dio la media vuelta para irse. Antes de salir de la alcoba, giró la cabeza, y con un guiño coqueto agregó, bajando el tono imperativo de sus frases:

—Si allá no hay quien te lo quite, no te preocupes. A tu regreso nosotras te explicamos todo.

Regresé, por supuesto, apenas tuve listo el remedio. Isabel se encargó de explicarme qué corresponde a un cuerpo de mujer. No diré que haya sido para mi agrado. Yo tenía que hacer lo que hasta entonces sólo me habían hecho a mí, lo supe cuando Isabel pasaba apresurada en mi ropa sus manos y acomodaba las mías, atolondradas, en su espalda y en sus dos pechos, provocando en mí un estremecimiento radicalmente distinto al que un día provocó otra teta en mi palma, y tan radicalmente distinto que en una zona oscura se igualara. Sobrevino la erección, lo que sólo me había ocurrido a solas, y sin que yo lo deseara me vi adentro de su cuerpo. Agité mis caderas como las agitara contra mí Negro Miel y no pude evitar pensar en él y romper a llorar al tiempo que confusamente mi verga rompiera en agua adentro de Isabel. No, no fue grato. Sentí que mi llanto se sumaba al río colorado que había nacido en los lienzos, y pensé en el clérigo que me enseñara a leer y que por primera vez usó mi cuerpo y recordé el dolor... Todo en el mismo instante, cuando aún estaba yo adentro de Isabel, vaciándome, y en el mismo instante, también, pensé que la aversión por la mujer no incluía a Ella, sí, pensé en Ella otra vez... Pensé que su cuerpo jamás exudaba el rojo maloliente, pensé que ya no lo usaba nadie, pensé que lo habían usado muchos, pensé que Ella y yo juntos haríamos otra la ceremonia de la carne y empecé en el mismo instante a fabricar el culto erótico por Ella, un nuevo oculto ritual que sólo con Ella podría compartir y que, como se hizo, se desbarató sin que yo me diera cuenta.

Supe administrar la yerba cada que fue necesario, porque la convivencia y la luna las inclinaban a menstruar los mismos días, y, después de errar las primeras veces, encontré qué darles para evitar los cólicos y las hemorragias dolorosas, así como las inflamaciones, aunque nunca fui, como un día lo fue Negro Miel, conformación de La Casa, porque no fui cirujano en tierra sino que practiqué mis conocimientos en las expediciones filibusteras, aunque, como Negro Miel, regué en ella, cuando no en un hombre, parte de mi escasa simiente (a decir verdad, pocas veces bastaron para vaciármela), y aprendí a provocar (Isabel recordaba también el nombre del remedio) la aparición del Tío Rojo en aquellas que temían se les hubiera retrasado por amenaza de embarazo, y desde que yo me hice cargo hasta que Port Royal, como una nueva Sodoma, fue barrida de la faz de la tierra por una gigantesca ola —deseando limpiar de vicios y fiesta perpetua la costa de un mar traslúcido, limpio, radiante—, no hubo un solo vástago engendrado en La Casa.

CUATRO

Puede que la curiosidad haya ardido algún día en Pineau. Lo que yo veía ahora era que Pineau no tenía la prisa que provoca el ardor de la curiosidad viva; con calma, Pineau iba sacando de mí información lentamente, preguntando las más de las veces mucho más de lo que yo podía contestarle acerca de las artes de Negro Miel y a veces no queriendo saber nada de lo que yo sí conocía. El libro que decía haber encontrado en mí tenía pocas páginas escritas, y las más de las veces incompletas o borrosas. Lo que yo sentía es que yo era más bien la sombra de lo que un día supo Negro Miel, y no se podían leer en mí sus rasgos, pero tal vez lo que él quería hacerme sentir es que la sabiduría de Negro Miel tenía mucho de ilegible a sus ojos, y que era en sí manca o incompleta. Lo que es muy cierto es que por cada información que obtenía Pineau de mí, él me retribuía con cientos. Puso en mis manos el tratado *Brive collection de l'administration anatomique* de d'Ambroise Paré y cuando ante mis propios ojos practicaba las curaciones, yo tenía que acercarle, con las mismas manos con que sostenía el tratado de Paré, las vendas que había preparado, las tijeras y los cuchillos que había afilado, y los cinceles, el bisturí, y limpiaba de sangre la mesa en que operaba al enfermo. Me explicó que Paré había abolido la costumbre de tratar con aceite hirviendo las heridas por arma de fuego, y que había sido el primero en practicar la sustitución del hierro candente por la ligadura arterial en las amputaciones, pero no me dejó aplicar sobre su mesa de cirujano ninguno de los remedios de Negro Miel, ni el que conocía para bajar el flujo de una hemorragia en una herida, desaparecer el dolor, dormir una persona, bajarle la ira, subir el ritmo de su corazón… ¿Por qué no me lo permitía? ¿Para qué —yo me preguntaba— quería entonces los conocimientos de Negro Miel, si no era para usarlos? Se lo pregunté y no me lo contestó, él, que tanto hablaba y que tanto parecía ansioso por enseñarme, como si hubiera querido al heredero de los conocimientos de Negro Miel para que los olvidase, ahogadas mis facultades en aprender los rudimentos del que asiste a un cirujano y en hacer sus rutinas, cuidar de la cocina, de la pequeña hortaliza que teníamos atrás de la cabaña, limpiar su ropa de las manchas de sangre (*soy un cirujano y no un bucanero*) y, lo más atractivo para mí, acompañarlo en sus expediciones por la isla, para las cuales tenía tiempo cuando no era el regreso de alguna expedición filibustera, porque regresaban o malheridos o malcurados de las batallas, maltratados por los barberos improvisados que traían a bordo. Con gran desagrado, vi por primera vez cómo abría el cirujano la piel y los músculos, rastreando los órganos en busca de una bala. ¡Más fácilmente se hizo a la sangre cualquier filibustero, empujado por la excitación de la lucha, peleando para defender su propio cuero, que yo, entre las palabras de Pineau, endurecidas mientras golpeaba contra un hueso o mientras jaloneaba con la dureza de algún músculo que se le resistiera (*la cirugía hace al hombre su propio amo o un cirujano debe defender la libertad del hombre o su libertad de culto y pensamiento*)! ¡Sus cálidas, hermosas palabras, se veían endurecidas, desde mi estupor, cuando las bañaban los lamentos del enfermo o el chisguete de sangre o la pierna que por fin yacía cortada junto al torso maloliente del paciente que parecía deshacerse en la sangre que brotaba! *La cirugía es el arte que el hombre practica sobre el cuerpo de sus hermanos para hacerles el mal más soportable; la cirugía hace humilde a quien la practica* (squish, squash, squish, oía yo al cuchillo entrando en el músculo, squish, de pronto ya no se le resistía) *porque el hombre libra en ella* (metía entonces Pineau entre la carne rota la mano) *la batalla imposible contra la muerte, y ésa es batalla que ennoblece* (removía la mano adentro, jaloneando) *porque el enemigo vence siempre, tarde o temprano, pero siempre; nuestra vida está hecha de la muerte de otros, en la materia muerta la vida insensible permanece y reunida a los estómagos de los seres vivientes resume la vida, la sensual y la intelectual; la medicina es la restauración de los elementos discordantes; la enfermedad es la discordia de los elementos infundida en el cuerpo viviente; los poderes son cuatro: memoria e intelecto, apetito y concupiscencia. Los dos primeros pertenecen a la razón, los otros a los sentidos. El mayor bien es la sabiduría, el mal superior el sufrimiento corporal. Lo mejor del alma es la sabiduría, lo peor del cuerpo es el dolor.* Cuando practicaba como cirujano, se le agudizaba la inteligencia y pensaba con gran claridad, escalando a alturas que yo no comprendía: ¿no me hablaba del espíritu y de los mayores ideales batiéndose en la oscuridad que encierra la carne, embarrándose en la ciénaga de las bajezas del cuerpo? Las distracciones que rodean voraces a nuestra inteligencia cuando asoma eran aquí atraídas por el aroma abyecto de la carne abierta a cuchillo, de modo que entonces la inteligencia de Pineau asomaba soberbia, sin que nadie pretendiera detenerla, libre mientras sus manos jaloneaban con tendones, tratando de controlar arterias, sosteniendo, palpando, un riñón contrahecho por el estallido de la pólvora... ¡Sus palabras eran duras, como muros, como escaleras, duras de tan ciertas!

Cuando veíamos, en cambio, los sorprendentes atardeceres de Tortuga, las palabras de Pineau caían al piso, sin luces, como si apenas apuntaran, sin ímpetu, sólo señalando, haciendo trazos burdos, con pasos inseguros, mofletudos:

—Nunca tuvo Francia un cielo como éste.

(Yo, ¿qué podía decirle? No tenía discurso para contestarle. Decidía remedarlo, para intentar seguir el ritmo de la plática).

—No, Pineau, nunca.

—Nunca tuvo Francia un mar como éste.

—No, nunca.

—Aquí la tierra parece recién creada.

—Sí, recién hecha.

—Parece haber sido creada después.

—Sí, aquí la tierra fue creada después.

—Pero, ¡cómo te atreves, Smeeks, a decir eso! El séptimo día Dios descansó, y no dicen las Sagradas Escrituras que haya vuelto a la labor de hacer tierras… ¿De dónde lo sacaste?

—Yo repetí lo que usted dijo, Pineau.

—¿Qué dices? ¿Cómo iba yo a decir eso?… ¡Mira! ¡Un ave extraña!…

Era igual a todas las garzas que abundan en la costa de Tortuga, con un pescado colgando de su largo pico. Pineau sólo quería distraerme con su comentario para poder empezar otra vez con su *No tuvo nunca Francia…*

Tal vez la fascinación que él sentía por esas tierras era lo que lo llevaba a pasear de un lado al otro de Tortuga, de una a otra de las partes accesibles de Tortuga. No eran exploraciones, Pineau andaba adonde ya había andado otra y otra vez, y encontraba novedad en las formas de los animales y de las plantas, en la calidad de la tierra, en los insectos que atrapara para observar no sin mi miedo y mi repulsión. Atrapaba mariposas, arañas —algunas tan grandes como la palma de mi mano—, moscas de mil maneras… Después las observaba, tantas horas como si ellos fueran a descifrarle los misterios de la bóveda celeste, como si cantaran la música de los astros, como si hablaran con palabras que Smeeks no oía, hasta ese momento sordo para las formas de vida de esas tierras.

Por Negro Miel y Pineau yo me hacía errónea idea de los habitantes de Tortuga. Mi cruel amo anterior me parecía la excepción. Aún no sabía yo que en Tortuga no había precepto, que cada hombre parecía fabricado con un molde único y que la crueldad era la llaneza en un mundo flotando en sangre, porque pronto supe que era la sangre, y no el agua, quien mantenía en medio del mar a flote a Tortuga.

CINCO

No era necesaria la daga para liberarme del servicio a Pineau. Hacía semanas me había ofrecido la franqueza a cambio de cien pesos, pagaderos cuando yo pudiera dárselos, sin exigirlos en fecha precisa y yo esperaba el momento de enrolarme en la siguiente expedición filibustera a la cual ya se le había avisado que contarían con un alumno de Pineau como cirujano a bordo, para beneplácito de L'Olonnais y enojo de Pineau que me pedía esperara otra partida, porque a pesar de ser incondicional de los Hermanos de la Costa (y más, según me enteraría yo después), no quería verme el corazón tinto con la sangre que a borbotones surtía en cualquier expedición comandada por Nau, L'Olonnais, a quien ya presenté al empezar el libro, hombre de quien Pineau creía habían dejado enfermo los golpes propinados en la cabeza por su amo bucanero, porque tanta sed de sangre no puede ser sino rara enfermedad, como la que Don Hernando Cortés confesara padecer a Montezuma, creyendo mentir cuando decía sabia verdad, que su enfermedad se aliviaba con el oro, como la de Nau se alivia momentáneamente con la sangre, sólo para pedírsela de inmediato en mayor cantidad. Pineau no tenía de su propiedad negro alguno o matate o blanco, y para auxiliarse en su trabajo de cirujano y en la comida diaria solía contar con algún joven matelot, así que su ofrecimiento de franqueza fue un motivo más para crecer mi agradecimiento por él, porque me había hecho su brazo derecho, y si él se soltaba de mí con tan generoso desprendimiento era porque en él vivía un alma buena. Lo que no me cabía en la cabeza, al ver su cuerpo tendido en el piso de la cabaña, era que alguien hubiera deseado su muerte. ¿Quién podía desearle el mal a un hombre como él, que no intentaba imponer nada a nadie, que no ambicionaba lo de otro, que no tenía más riquezas que sus anhelos de libertad de culto y de pensamiento?

Aunque debí hacerme preguntas antes de verlo inmóvil con la daga enterrada en las carnes y de verme a mí, de rodillas, tratando de curar, coser, suturar las heridas, de contener la incontenible hemorragia, llorándoles a los dioses de Negro Miel y suplicando al Todopoderoso que no dejara morir al gran Pineau. Debí preguntarme qué hacía un hombre como él en las Antillas, territorio donde vencía el más fuerte, engañaba el más mentiroso, triunfaba el más astuto, pero no donde la nobleza y la inteligencia tuvieran el espacio y el tiempo que necesitan para dejar caer su gota indeleble, visible como gota de aceite y como ésta calmada, transparente e inútil. Debí preguntármelo y no contestarlo a la ligera porque en tal caso me hubiera dicho "se alejó de Europa buscando vivir donde hubiera libertad de pensamiento. Él vive en Tortuga para que nadie le impida ser hugonote, puesto que aquí no hay más ley que la fuerza". Sin lugar a dudas había escogido Tortuga porque quien había creado el fuerte de la isla, quien la había hecho inexpugnable centro para el contrabando y refugio perfecto para los filibusteros, el ingeniero que había ideado ese orden en la isla, había brincado a ella de Santo Domingo acorralado, expulsado de Tierra Grande por ser un hugonote. De Le Vasseur, Pineau me habló mucho, no sólo acerca de cómo y con qué ingenio levantó el fuerte de Tortuga, convirtiendo a la isla en un punto clave en el comercio de las Antillas, y en el de las Indias Occidentales con Europa. Pineau me relató de él mil y un anécdotas. Las más retrataban a Le Vasseur como un buen hombre, otras como un tirano inclemente. De las primeras recuerdo la anécdota de la virgen de plata, raptada por los piratas a un buque español, la prenda más preciada entre su cargamento. El teniente gobernador de Santo Domingo, De Poincy, quien había echado al hugonote a Tortuga, sin imaginar que él fuera a robustecerse en su aislamiento y sin leer en Tortuga la gloria que le descubrió Le Vasseur, manda pedir a éste la virgen. Le Vasseur envía de regreso una réplica tallada en madera, con un mensaje escrito que hiciera leyenda: *Presto a ejecutar su orden, recordé que los católicos, por ser tan espirituales, no aman la materia, mientras que nosotros, hugonotes, como usted bien sabe, preferimos el metal, motivo por el cual mandamos a hacer para su merced la réplica de madera y guardamos para nosotros la de fina plata.*

Le Vasseur había mandado en Tortuga más como un rey que como un gobernador. Durante los doce años en que lo fue, persiguió con rigor inflexible las más leves faltas de los habitantes de Tortuga. Inventó una máquina de tortura terrorífica, El Infierno, por la que hacían pasar a quienes cumplían prisión en El Purgatorio, prisión del fuerte de Tortuga. Quien cruzaba El Infierno quedaba marcado para siempre.

Este tirano calvinista hizo de la isla plaza de armas, escogiendo el mejor y más ventajoso lugar para emplazar un fuerte a poca distancia del mar, una plataforma rocosa, alrededor de la cual construyó una serie de terrazas regulares, capaces de alojar hasta cuatrocientos hombres. En medio de esta plataforma, se erguía la roca treinta pies, en montículo escarpado por todas partes, formación que era muy habitual en la isla. En este montículo, construyó peldaños sólo hasta su mitad, y para subir más usaba una escalera de hierro que retiraba a su conveniencia, de modo que aislaba a voluntad su habitación y los almacenes de pólvora. De la base de las rocas, brotaba un chorro de agua, grueso como el brazo de un hombre, e inagotable. No solamente puso empeño en la fortificación. También se encargó de la industria (azúcar, destilación), de la agricultura y de la buena administración y regimiento de su territorio, aguardando prudente y tranquilamente en Tortuga al producto de la piratería para comerciar, y jamás incursionando en Tierra Grande, como haría De Fontey, sucesor suyo, fieramente atacado por los españoles.

Le Vasseur murió asesinado por dos ahijados y protegidos suyos a quienes tenía declarados sucesores de su fortuna por el cariño que les profesara: Tibaul, que mantenía a una bella prostituta (continuo motivo de pleito con Le Vasseur) y Martin. Una mañana, cuando bajaba Le Vasseur a sus almacenes, lo recibieron sus dos protegidos con ocho hombres más para atacarlo, primero con disparos de mosquetón que erraron el blanco por confundirlo con su imagen en el espejo que él había hecho traer (para que fuera de vidrio y fiel) directamente de Murano, en un capricho que nadie le comprendió, pero que lo salvó por un momento de la muerte. Al oír las balas, Le Vasseur corrió hacia el negro que portaba su espada para protegerse, escapando del espejo y haciéndose blanco real, lo interceptó Tibaul y lo mató a puñaladas. Antes de morir, reconoció a su amado asesino y, sorprendido, repitió la frase de César a Bruto: ¿Eres tú, Tibaul, quien me matas?, y Tibaul, como si tal frase lo desarmara, depuso el gobierno en De Fonty, enemigo de Le Vasseur, su protector y víctima, abandonó a la prostituta dejándole cuanto ahora era suyo por herencia de Le Vasseur, y pasó el resto de su corta vida en un infierno comparable al Infierno, hasta que se echó una soga al cuello para acabar sus días.

Pineau no tuvo aire para decir una última palabra. Aquella noche no estábamos solos. Un aprendiz de cirujano, llegado ahí para relevarme en los servicios, se hospedaba con nosotros, y un filibustero a quien se le había podrido la herida en la rodilla, tal vez por una esquirla aún alojada en lo hondo; y que a la mañana siguiente exploraríamos con cirugía para saberlo. Había llegado casi de noche en los hombros de su compañero, envuelto en el fétido olor de la herida en mal estado, buscando auxilio y temiendo perder la pierna por la que ni siquiera recibiría pago porque el botín ya había sido liquidado.

Pineau y yo teníamos la costumbre de conversar hasta muy entrada la noche. Nos dormíamos temprano cuando íbamos a madrugar para emprender alguna de nuestras interminables caminatas.

Por las tardes leía y estudiaba los tratados de Paré mientras Pineau iba a las reuniones de la Cofradía, en las mañanas auxiliaba en alguna operación a Pineau y una que otra vez él me permitía meter mano mientras observaba y me hacía comentarios, o si no explorábamos todo el día o días seguidos, donde escuchando a Pineau aprendía yo a observar, a amar la naturaleza y a comprender la apariencia y la historia de Tortuga, que él conocía tan bien y de la que me hablara tanto.

Conversábamos a oscuras, siempre, y alguna que otra noche él me asía de las caderas para, arremedando a Negro Miel con Smeeks o a Smeeks con Isabel, usar a Smeeks. Un par de veces lo llevé con Isabel, cuando era el momento de administrarles algún remedio y no me sentía de humor para demandar mi pago, con objeto de que él se lo cobrase, pero parecía tan poco interesado como yo entonces en las mujeres, o tal vez sólo lo imagino, porque la verdad es que nunca hablamos directamente de las prácticas sexuales con ellas.

De las mujeres sí. Él era el más ardoroso defensor de su prohibición en Tortuga. Creía que la Hermandad de la Costa se vendría abajo si entraban las mujeres a la isla, que nacerían rivalidades, que sería imposible seguir prohibiendo la propiedad porque todos querrían a su mujer para sí como un bien intransferible y ellas a su vez sus cosas y sus tierras porque las mujeres no saben pensar en ningún bien moral, que ellas se encargarían de propagar la envidia, que ellas, ansiando vida cotidiana más complicada, infestarían la isla de esclavos inútiles, servidumbre de pacotilla que no traería más que problemas, y muchos más argumentos que no tiene sentido anotar por no venir al caso, excepto el de que si las mujeres servían para limpiar a los hombres de su simiente, igual podía servir, y mejor, el cuerpo de otro hombre, y el que no lo creyera, que lo practicara, que ningún mal hacía. Por otra parte, jóvenes no faltarían jamás en Tortuga, Europa se encargaría de parirlos allá y suministrárselos, y la isla no tendría que hacerse cargo de los niños.

No estábamos solos aquella noche, y no guardábamos silencio. Algo nos hacía reír… no recuerdo qué. Se borró la alegría de esa noche en mi memoria, como si las risas y carcajadas, que seguramente irritaban al filibustero fétido (aunque ya le había hecho yo una cura para adormecerle la herida, a espaldas de Pineau, y tenía la pierna más que dormida), no pudieran caber en la noche de su artero asesinato.

De pronto, un tropel humano irrumpió en la oscura habitación sin proferir palabra alguna. No eran dos o tres, calculo que debieron ser doce, quince… los que cupieran en desorden en la habitación. Cayeron apresurados sobre nosotros, sin que nos dieran tiempo de tomar nuestras armas para defendernos. Sin comprender qué ocurría, yo jaloneaba y gritaba a su silencio "suéltenme, qué hacen" o no sé qué demonios les gritaba.

Oí el pequeño grito sordo y corto de Pineau, y dejé de jalonear: supe, sentí, que habían venido a matarlo. Ellos, quién sabe quiénes.

Envenenamos a Negro Miel, como lo juramos. Ahora te picoteamos a ti, puerco… ¡somos vacas, vacas, vacas! y salieron gritando sus vacas, al tiempo que yo brincaba al cuerpo sangrante de Pineau y suplicaba a los dioses que le regresaran la vida, envuelto en lágrimas, tanteando un cuerpo cosido a puñaladas, un corazón que ya no caminaba más y deseando el aliento que ya no exhalaba su cuerpo inmóvil.

(NÚMERO APARTE

No fue bautizado como Negro Miel sino como Negro Piedra. Atado a la noria por una larga tira blanca de tela enrollada al cuello, da vueltas noche y día. Esto desdice la veracidad de la historia, según la voy contando. Él, además, no es recio y corpulento, de macizo cuerpo bien armado; el movimiento le ha desproporcionado la figura, los hombros son exageradamente anchos, las caderas delgadas, las piernas grotescamente musculosas y el cuello, tal vez por el efecto que produce la tira blanca y larga, excesivamente largo y delgado, rematado en una cabeza redonda y pequeña.

Da vueltas a la noria; su mirada no tiene brillo; la cinta luce extrañamente blanca, como si estuviera limpísima, pero no es limpia ni está tan blanca, lo negro de la piel lo subraya.

Cuando necesitan de él, sueltan la cinta blanca soltándole las manos y haciéndolo girar sobre su propio cuerpo, no para desatarlo, sino para separarlo de la noria. No lleva ningún tipo de banda al pecho y nunca habló conmigo. Su poder está en sus palabras; tira al piso de tierra caracoles interpretando el presente y augurando futuros que siempre se cumplen.

Esta verdad destruye la veracidad de mi historia, de la que yo he ido contando. Pero no debemos fiarnos de esta apariencia, porque ambas son la misma, sólo que, en lugar de avanzar por su eje horizontal, la he cruzado de pronto hacia arriba, vertical, y he hallado esto. Créanlo. También es cierto que Negro

Piedra gira en la noria. Cuando lo descubrieron con dotes los suyos y los franceses, lo ataron a la noria para que no se les escapase, y ahí pasa Negro Piedra la vida, atado como mula para que la fiera que es él no huya.

Vertical, y no horizontal, como si la Señora en el prostíbulo La Casa no recorriera su cuarto de manera natural, horizontalmente, sino que encontrara cómo recorrerlo hacia arriba. Vería, en lugar del aspecto de elegancia y suntuosidad habitual, abandono y descuido: sobre el marco del que penden los cortinones, palomillas y moscas muertas, polvo, abandono y tristeza es lo que se ve desde allá arriba… Si ella describiera el cuarto así, sería otra la habitación que escribiera…

¿Y por qué he de compartir con el lector la mugre que he de limpiar a solas, que se ha de tirar porque, aunque pertenezca a la habitación, no es de la habitación? Porque, sin tu cercanía, lector, sin la cálida compañía de tu cuerpo, yo no hubiera podido cruzar hacia arriba, en sentido vertical, la historia, porque cuando tu cuerpo se acerca a mí, yo me abandono, me dejo ir, y en ese dejarme ir me sostengo para recorrer la historia en una dirección distinta, en dirección vertical… Así es cuando se acercan los cuerpos. La carne revela lo que ni los ojos ni la inteligencia pueden ver… A pesar de tu erotismo, firme y vigoroso, en el que me he dejado caer, como en el regazo de una hembra, meneándome hacia un lado y el otro como yo siento que tú me lo has pedido, sé que la veracidad está a punto de desbarrancarse, sé que puedo caer, deshacerme, irme al cuerno, y conmigo todo cuanto he descrito aquí, que juro, lector, es verdad tanto como tú lo eres o como lo soy cuando detengo con la mano la pluma para poner una vez más en tinta esta historia verídica que no debemos permitir que se destruya, se convierta en su propio fin. Por esto, me prometo a lo largo de este libro no caminar en otros ojos de la historia, aplicarme al horizontal para que ustedes me crean, para que confíen, sepan que es veraz, veraz… Porque esta historia es lo único que yo tengo para creerme cierto.)

*

Fin de la primera parte, que trató del viaje de Smeeks hacia Tortuga, de su llegada a la isla y de cómo y con quiénes aprendió el oficio de médico y cirujano.

Segunda parte

que se desea más ágil, menos amodorrada, en la que el autor y personaje tratará de salir de su natural distracción, aturdimiento y melancolía:

El cirujano entre los piratas

Segunda parte

...

El universo se expande

UNO

Roc el brasiliano corre por las calles de Port Royal absolutamente ebrio y armado hasta los dientes, disparando e hiriendo aquí y allá, y blandiendo su espada sin que nadie ose oponerse, ni en ofensiva, ni en defensiva. ¿Por qué?, ¿se han vuelto locos todos?, me pregunto en La Casa, esperando a Isabel para hablar con ella porque necesito hablar con ella, si puedo hablar con ella… Port Royal entero está de fiestas. Roc ha regresado de tomar un navío que venía de Nueva España para Maracaibo cargado con diversas mercaderías y un número muy considerable de reales de a ocho que llevaba para comprar cacao, todo lo cual disipan en Jamaica. Algunos de ellos gastan en una noche dos o tres mil pesos, con los que podrían vivir como señores durante años, y por la mañana no hallan camisa que sea buena. Mientras espero a Isabel, veo a uno de ellos prometer a una meretriz quinientos reales de a ocho por verla una sola vez desnuda. La meretriz me lleva de la mano a la habitación mientras él nos sigue, tropezando, absolutamente ebrio y sin darse cuenta de que yo voy con ellos. Me deja en un sillón al lado de su cama, encima de la cual, de pie y sin dejar de reírse, se suelta el largo cabello y se quita lentamente la ropa, sin dejar de mirarme a los ojos. Yo sí le retiro la mirada para clavarle los ojos en su hermoso cuerpo. En sus pechos, en su vientre, en las nalgas cuando gira para que la veamos toda a petición del cliente ebrio. Algo veo en ella que la hace parecerse a Ella, algo extraño, porque ella está desnuda en su cuerpo de mujer y Ella estaba siempre vestida en su falsa ropa de hombre. En cuanto caigo en la cuenta de esta rara semejanza, me sucede una violenta erección que no disminuye mientras veo cómo el filibustero, ebrio, la posee vestido, con el miembro afuera de los pantaloncillos, atrozmente imbécil y horrendo, con una torpe rapidez que no explica por qué acaba exhausto sobre la cama y cae de inmediato dormido. Hace ruido al respirar, casi un ronquido, un sonido silbante y rítmico. La prostituta, aún desnuda, se acerca a mí y me quita la ropa, toda. Ahí, en el sillón, nos acariciamos con lentitud y la poseo sin rastro de desagrado, ni de mi parte (por primera vez), ni de la suya. Imagino que ella es Ella y se lo digo y ella no entiende de qué hablo pero con su cuerpo, entregado, como si yo fuera la meretriz, participa conmigo de mi sueño oscuro.

No me doy cuenta cuándo eyaculo porque empezamos una y otra vez, como si no pudiéramos liberarnos el uno del otro. El ebrio ronca. Oigo que la llaman (¡Adèle!) y nos interrumpimos, como si de súbito no nos importáramos.

—Isabel no va a tener tiempo hoy para verte, no sé cuántos hay esperando pero son muchos. Vete a caminar, y regresa a dormir con nosotras. Podrás hablar con ella por la mañana.

Parecíamos dos amigos varones platicando en el sillón mientras nos vestíamos presurosos, liberados de la maldición de nuestros cuerpos.

—No digas nada a nadie de lo que me ha dado por mostrarme desnuda. Te lo pido. Quiero irme con ese dinero. Tengo algo más guardado. Voy a volver con mi tía y con mis hermanos. Me tuvo que vender. Voy a regresar con la bolsa llena, verás. No digas nada a nadie, te lo pido, no lo hables, no lo repitas. A él se le va a olvidar, y tendrá que pagar a la Señora, como si fuera un servicio normal, más el cambio de sábanas, porque seguro vomita. Sé bueno conmigo.

Le prometo ser bueno con ella aunque no sea Ella, y así se lo digo. Y que casi no huele a mujer y que le tengo aprecio por ello.

Salgo a la calle. No se escucha ya a Roc dando de gritos y disparando sin ton ni son. Un filibustero ha comprado una pipa de vino y poniéndola en un paso muy frecuentado, a la vista de todo el mundo, le quita las tablas de un extremo, forzando a quien pase a beber de él, amenazando con que, si no beben, les da un pistoletazo; me cuentan al aproximarme que otras veces ha comprado un tonel de cerveza para hacer lo mismo y que otras ha mojado con las manos llenas de tales licores a los paseantes, eche o no a perder los vestidos de los que se acerquen, sean hombres o mujeres. Una valla se forma antes de cruzar por el chorro de vino, y en torno de quien beba. Adelante de mí no hay nadie. Oigo las risas y las chanzas de quienes forman la valla. Me empujan a beber. Oigo los pistoletazos, sorrajados al aire. ¿Qué se han vuelto locos? Bailan a mi alrededor mientras el vino llega a mi boca y cruza mi garganta. Bebo boca arriba, mirando el cielo extrañamente azul, irritantemente azul, dolorosamente azul. Bebo, bebo, bebo, bebo. Siento mi cuerpo, extrañamente feliz, irritantemente feliz, dolorosamente feliz y completo, como si quienes lo hubieran usado hasta hoy o a quienes yo hubiera usado algo le hubieran arrebatado. Mi entrada al misterio oscuro de la carne, siento con el vino escurriendo también por mi cuello, me ha puesto al cuerpo en el lugar del cuerpo, y por primera vez en días no tengo ira, por primera vez desde la muerte de Pineau, y por primera vez en mis diez y siete años estoy por primera vez ebrio y por primera vez completo, en mis propios pies, tambaleando por las calles rebosantes de música, sumado a una fiesta en que todo se prodiga con liberalidad, escuchando historias aquí y allá que a mis narices inexpertas más huelen a fanfarronadas que a la sangre de que se dicen llenas, aunque más tengan de ciertas que mis propias narices en esta hermosa noche que empieza.

DOS

Guardé silencio, pero el silencio no bastó para proteger a Adèle, como el que me revelara los secretos del cuerpo no fue suficiente para que me sintiera atado a ella, como sí me sentí atado de mi Ella.

¿Qué es lo que hace que un cuerpo se *enferme* de otro cuerpo, lo necesite? ¿Cómo opera tal mecánica de los imanes? Ni porque ella me regalara generosa la excitación pródiga y revelación exquisita me sentí enfermo de ella. Incluso a veces es al contrario, la *enfermedad* o el padecimiento brota de que no haya entrega, de que no se produzca la entrega, de que no revienten juntos los cuerpos. Tendré que citar a Morgan, de quien prometí no hablar: después del asalto a Panamá, permaneció en tierra firme, mandando patrullas de doscientos hombres a traer botín de los alrededores. Uno de esos días, parte de la presa encontrada era una mujer de excepcional belleza y, según decían los suyos, gran virtud. Morgan se sintió atraído por ella, enfermo de ella, y ordenó que se le diera trato especial, apartándola de los demás prisioneros y dedicándose a seducirla, con mucha y poca fortuna al mismo tiempo —mucha porque la mujer cambió la idea que tenía de los filibusteros y se preguntaba por qué le habrían descrito a tales hombres como seres brutos, salvajes y sin sentimientos, si eran seres finos, educados y sensibles; poca porque se negó a acceder a las insinuaciones de Morgan—. Lo natural en Morgan habría sido forzarla, como hacía con multitud de mujeres en los asaltos, pero tocado su cuerpo por esa mujer, insistió hasta que comprendió que era totalmente inútil y entonces dio órdenes de que fuera arrebatada de sus buenas ropas y encerrada en un calabozo inmundo donde recibiera poca comida y poca agua, pero que era cómodo y lujoso en comparación con el suntuoso lecho del pirata, ardiente por ella, hambriento de Ella, en sed desesperada de su cuerpo, enfermo de Ella, en tortura invisible por la pasión a Ella. ¿Qué tenía su Ella que trastornaba a un hombre acostumbrado a tasar a las mujeres en el rescate y en el inmediato provecho carnal que él y sus hombres arrebataban, casi sin mirarlas, a cuanta mujer cruzaba en su camino? Al abandonar la ciudad, o mejor, el lugar que ocupara la ciudad, porque ya todo estaba destruido, todo eran despojos o terreno sobre el que yacía aventado roto todo, pilas enormes de rotas cosas destruidas por la risa tragona de Morgan y los suyos (entre los cuales me encontraba), Morgan llevó consigo a la mujer, junto con los prisioneros por los que no había recibido recompensa, y a los que en despoblado rodeó con sus hombres, amenazándolos con matarlos en dos días si no llegaba a tiempo su reclamo.

Los correos iban y venían, pero el pago del rescate de los más era imposible. Si los alrededores habían sido peinados por las feroces patrullas de Morgan, ¿de dónde iban a sacar monedas cuando nada quedaba ya en pie y todo había sido saqueado?

El marido de la que había enfermado a Morgan se encontraba haciendo negocios afuera de Panamá, y no había regresado sabiendo del sitio, él no era de los que habían huido a tiempo con algunos de los suyos cuando supo que se aproximaban los piratas, dejando atrás a las mujeres y a los niños, según acostumbraban hacer algunos en el Caribe, pero se encontraba a distancia prudente y con los bolsillos llenos. Fue localizado con tiempo por un clérigo de confianza de ella que llegó, el día de la ejecución de los prisioneros, con el importe del rescate exigido por Morgan a cambio de ella, sólo que aquí el clérigo hizo el mejor de los negocios, porque liberó con tal precio a tres que él sabía le pagarían el triple —cada uno— apenas se reunieran con los suyos. La noticia llegó a oídos de ella y enfrentó a Morgan para contárselo (¿*Tú crees* —le dijo tuteándolo— *que es justo lo que este hombre de Dios, merecedor de mi mayor confianza, me ha hecho?*), por lo que Morgan ordenó que lo apresaran a cambio de la libertad de ella.

Fue el clérigo el único no muerto de sed y de hambre a quien le tocó participar de carne de matanza en la noche en que Morgan dejó el terreno no tocado por el hombre sembrado de cadáveres atravesados con flechas. Algo tenían de cosas rotas esos cuerpos, ciento ochenta y cinco hombres y mujeres insepultos, cuyo hedor con los días debió guiar a quienes llegaban tarde con el pago del rescate, o tarde con las súplicas inútiles para que Morgan liberara a sus familiares o amigos.

Sí, yo guardé silencio del cuerpo que se vendió desnudo y de su plan de fuga, aunque ella no tuviera imán para mí y tal vez porque no lo tuvo. Pero cuando dejó La Casa, *antes* —pensó— *de que corra la voz y me obliguen a aflojar el bolso*, tuvo que esperar la salida del navío que se retrasaba aguardando el bastimento que debía haber llegado ya de Veracruz: el bizcocho de Puebla y el pescado seco. De inmediato cayeron sobre ella acreedores ciertos y ficticios, desde quien se decía dueño de la cama que ella había usado y que quería *cobrársela porque me la has dejado inservible*, a lo que ella peleaba que no sólo no la había dejado inservible sino que le había gastado en vestirla dos veces su precio, y que la había dejado así, vestida y revestida, hasta quien quería cobrarle el mes completo de habitación y comida y los dos meses siguientes de ambos, porque ¿de dónde iban a sacar tan pronto, así nada más, quien la supliera?, y que debía pagarlo por no haber anunciado con tiempo su partida para que la remplazasen, porque era cierto que ya se podía volver, si hacía seis meses que cumpliera sus tres años de servicio, seis en que ya se le cobraba la habitación, el uso de la cama, la comida, el lavado de las sábanas, los afeites, los cambios de ropa que exigiera la elegancia de La Casa y que había tenido que dejar al salir, porque no eran suyos (de pronto se enteró), sólo había pagado por el gasto del uso, y ella discutía que no pagaría la comida porque ésa no iba a comérsela y que de pagar comida no pagaría la cama, a lo que le respondían que el pago de la cama nada tenía que ver con el pago de comida porque eso era de otro y el uno con el otro nada tenían que ver, y una noche entró un mozo ratero a la habitación que rentara en lo que partía el navío y que saldría cualquier día, si hasta se decía que ya había llegado el bastimento de Veracruz, y a sus gritos de auxilio acudieron más mozos a desvalijarla: quien no se llevó el vestido, que se había quitado para dormir, se llevó la peluca o el sombrero, y el que no las medias o los zapatos... A los pocos días no le quedó más remedio que regresar a trabajar porque apenas le alcanzaría, con lo que le restaba, para pagar su viaje en el barco revuelta con esclavos y gente de la peor ralea, y ni con qué pagar su matalotaje, y llegar con las manos vacías sería garantía de que de nuevo sería vendida por su pobre tía, y otra vez iría a dar lejos de su pobre tía y quién sabe a dónde, lejos de sus queridos hermanos, y a empezar de cero.

TRES

Después del asesinato de Pineau, mi primer impulso fue abandonar Tortuga. El lugar, a quien yo había aprendido a amar con él, me producía repulsión: era la tierra que arropara a sus abyectos asesinos. Este primer impulso no tuvo tiempo de cumplirse. De inmediato estalló un segundo y con mayor fuerza: no abandonar Tortuga hasta conocer el puño que acuchilló el cuerpo de Pineau y que había envenenado lentamente a Negro Miel con aquella sustancia que yo no conocía y que le provocara melancolía, deseo de abandono, ausencia de apego a la vida, y por fin la muerte, un veneno al que si yo bautizara le pondría por nombre "tristeza". Empecé por sospechar que mi compra había sido, sí, porque yo era libro escrito por Negro Miel, pero por una página que había tentado tanto el corazón de Pineau como para que contradijera sus principios en relación con la esclavitud, y que ya entonces yo no creía que fuera la sabiduría de Negro, puesto que Pineau se había negado rotundamente a utilizar sus artes y veía con gran reticencia cuando yo echaba mano de alguna hierba, sino por una página que Smeeks mismo desconocía. ¿Sería que no la había escrito Negro Miel? Si era así, podría tener alguna conexión con La Casa en Port Royal, ya que la había guardado también en silencio. Entonces me asaltaron fantasías en las que la sangre menstrual intervenía de rara manera, pero las espanté como pude, sabiéndolas absurdas, y entendiendo que no podía yo pensar con claridad, que no podía atar cabo a cabo, que estaba aturdido, que no entendía, una vez más, que Smeeks no entendía ni papa. ¿Quién los había matado? ¿Para qué los habían matado?

Repasando las personas que ambos frecuentaran, buscando coincidencias, no pude atar más cabo que las tardes en que Negro y Pineau se ausentaban de mí para asistir quién sabe a dónde, a las reuniones de la Cofradía. Seguro que ahí, en las tardes que no estuve con ellos estaría la respuesta, y de que me estaba vedada, fui a Jamaica para hablar con Isabel.

Nunca pude hablar con Isabel. Estuve ebrio varios días y no recuerdo si alguna vez fui a dormir a La Casa o si dormí o si comí o qué fue de mí, porque perdí mi propia conciencia, y cuando regresé a ella estaba firmando un papel con otro que no era, que no había sido mi nombre, y en el que había dejado caer una gota de mi sangre. Mi firma decía "El Trepanador".

El papel era el Contrato preparado por el Almirante antes de nuestra partida:

Laus Deo.
No debemos obediencia más que a Dios, aparte del cual no hay en estas tierras más amo que nosotros mismos, tierras que, arriesgando nuestras vidas, hemos arrancado del dominio a un país que a su vez las ha usurpado de los indios.
Éstas son las reglas del contrato que todo filibustero debe seguir:
Artículo 1. Nosotros, los abajo firmantes, recibimos y reconocemos como nuestro buen capitán a L'Olonnais, con las siguientes condiciones: que si alguno de nosotros lo desobedece en aquello que él ordene, se le permitirá castigar a tal hombre de acuerdo con su crimen, o que desistirá de hacerlo, si la mayoría de los votos está en su contra.
Artículo 2. Como Contramaestre reconocemos a Antonio Du Puis y como Capitán en Tierra a Miguel del Basco.

Etcétera, etcétera. Con pelos y señales el contrato sentaba las bases para la repartición del botín, y el pago merecido por la pérdida de un ojo o dos, de una o dos piernas, de los dedos, las manos y los brazos, bajo el supuesto de que si no hay botín no hay paga, y de que quien perdiera alguna parte de su cuerpo cobraría su parte hasta que hubiera botín, si no en la expedición que emprendíamos, en la siguiente, o en cuantas siguientes fuera necesario para conseguir la cantidad con que el resto de los filibusteros pudiera saldar la deuda por la que de antemano se comprometía a responder.

Después de la firma del Contrato, embarcamos todos hacia Tortuga. Yo recogí mis bártulos, los enseres de cirujano que habían sido hasta entonces de Pineau y algunas armas que también le habían pertenecido. Mentiría si dijera que me sobrevino una enorme tristeza cuando fui a la cabaña para llevármelos, mentiría porque no fue eso lo que sentí. Me acometió una distracción grosera. No estaba en ningún lugar aunque estuviera ahí. De pronto, me vi pateando al pobre Eurípides, un perro que cuidábamos a cambio de que él nos cuidara y que hacía bien porque defendía fiero la entrada de la cabaña *excepto la noche en que mataron a Pineau*. Le asesté varias patadas porque tropecé con él, como si fuera su culpa mi torpeza, sin recordar su silencio la noche de la muerte de Pineau. Él bajó la cabeza y dejó que yo descansara en él mi ánimo altanero. Ni siquiera me ladró o enseñó los dientes. De pronto me avergoncé, las patadas me acercaron a la cabaña que compartí con el querido Pineau y su recuerdo me bañó, me conmovió, me desarmó, me dejó casi sin piernas. Me agaché a acariciarle la cabeza y Eurípides no me devolvió la mirada. Entre nosotros se había acabado todo.

Nunca más volví a esa cabaña. Cuando regresé a Tortuga, dormí, como cualquier filibustero, en cualquier sitio, no ejercí nunca, como Pineau, de cirujano en tierra. Ese día, cargué mis bártulos, y dormí en el bosque de Tortuga para hacerme de más yerbas para los remedios, aprovechando hasta el último rincón del tiempo antes de la hora de embarcar.

Estando todos bien preparados, mil seiscientos setenta hombres en ocho navíos, después de hacer la inspección de las armas con que cada quien contara y de la artillería de las naves, hicimos a la vela a fines de abril y encaminamos hacia Bayala, en la parte norte de la isla Española, para proveernos de suficiente carne ahumada. Ahí embarcó una partida de cazadores que se nos unieron voluntariamente y que nos proveyeron de todo tipo de víveres necesarios. Pasamos mayo y junio en esa parte de la isla. Ahí empecé, de hecho, mi vida de filibustero. Me enganché con ellos durmiendo un sueño llamado sorpresa, y al llegar a Bayala empecé a vivir como ellos, durmiendo cada noche en un lugar distinto. Entendí que desde que había dejado Europa yo vivía como mujer, repitiendo la rutina del mismo rincón protegido para dormir a diario y casi a las mismas horas. ¡Son tantos quienes viven como mujeres, encerrados tras los muros de un convento, de un cuartel, de una casa, de un taller, escondidos tras las faldas repetidas de un lugar que los protege con su constante estar ahí!… Desde ese día y por muchos años (treinta y siete) viví desafiando al sol, al viento, persiguiendo las inclemencias de la naturaleza extraña y luminosa del Caribe… ¡Nosotros, los filibusteros, somos espejo del día, espejo de las agrestes olas del mar, espejo de la borrasca, de la tormenta, del viento cruelísimo que llaman Huracán!… Para poder ser espejo de los días que pasan, rehuimos la rutina, todas las rutinas. No comemos todos los días, pero ¡cuando comemos, nuestras mesas son siempre desiguales, opíparas y dispendiosas, o severas, pero siempre diferentes, mesas dispuestas para los que no vivimos como mujeres!

Dejé de ser Smeeks para convertirme en el Hermano de la Cofradía de la Costa, bautizado por ellos con el nombre de El Trepanador, como ya dije, y como me lo repetía noche y día para convencerme, para entenderlo, para saberlo, para serlo.

No había averiguado quién había asesinado a Pineau y envenenado a Negro Miel. No tenía pasado, aunque en mi presente me sostuvieran ellos como miembro de la Cofradía, y no fuera yo por ellos un muchacho a prueba, un matelot, como entraban todos los recién llegados. Pineau y Negro Miel, con el oficio que me habían enseñado a dúo, me habían dado la iniciación para ser filibustero. Además, todos sabían que El Trepanador era el Heredero de la sabiduría de Negro Miel, el educado por Pineau y por lo tanto era yo quien defendía lo que ellos habían defendido con su muerte, aunque no me diera cuenta, como no me daba cuenta de nada, distraído, lo soy siempre, por la constitución de mi espíritu, que más fija su atención en las cosas vanas y superfluas que en lo que es definitivo o principal. Me repetía a mí mismo una frase: ¡Ésta es ya la hora de El Trepanador!, y en esa frase, sin que yo lo supiera, defendía como me habían enseñado a hacerlo Negro Miel y Pineau la sobrevivencia de la Ley más sabia jamás hecha por el hombre, la Ley de la Costa, raíz, tronco y fruta de la Cofradía de los Hermanos que en Tortuga hace de los hombres los seres más generosos, fieros, dispuestos a arrebatar de los españoles lo que nadie puede defender que les perteneciera.

Yo, que fui filibustero y defendí arriesgando mi vida a la Cofradía, y que ahora no soy más que un pintapanderos, borroneando papeles para que la memoria de Negro Miel no se escape, después de cientos de años aún me emociono (en el recuerdo) con el sueño de Los Hermanos de la Costa.

CUATRO

En ruta a Punta de Espada empezó nuestra buena suerte, avistamos un navío que venía de Puerto Rico cargado con cacao para Nueva España. Esta primera batalla estaría también, solamente, a nuestra vista: esperamos a L'Olonnais en la isla Savona, al lado oriente de Punta Espada, para que él solo atacase la presa.

La batalla duró tres horas, pasadas las cuales se rindieron a L'Olonnais. La presa estaba montada con diez y seis piezas de artillería, y traía cincuenta personas de defensa, ciento veinte mil libras de cacao, cuarenta mil reales de a ocho en moneda y joyas con valor de diez mil pesos. El navío fue enviado a Tortuga para ser descargado y con la orden de volver de inmediato porque L'Olonnais lo quería como propio para dar el que él tenía a Antonio Du Puis. En lo que regresaba nos hicimos de otro navío más que venía de Comaná con municiones de guerra y la paga de los soldados para la isla de Santo Domingo.

Poca idea me hice con éstos de lo que era un ataque filibustero, porque L'Olonnais se hizo de un ánimo demasiado bueno, perdonando a los vencidos, y con esto quiero decir que únicamente los echó por la borda para no tener que alimentar hocicos españoles, matándolos de rápida manera y sin demostrar su crueldad natural, y como se hablaba tanto de la manera en que había escapado astutamente de Campeche, presenciando los festejos que se hacían para aplaudir su propia muerte, como aquí contaré, así como de otras simpáticas anécdotas de L'Olonnais, yo me hacía una idea equivocada de la sangre filibustera, tiñéndola de ligereza, o de humor y de gracia.

El navío de L'Olonnais había naufragado, por una tormenta, cerca de las costas de Campeche. La tripulación alcanzó tierra firme, donde ya los esperaban fieros los españoles, que cuenta se habían dado del naufragio, con las espadas desenvainadas, los mosquetes cargados para eliminarlos y la fuerza única de los indios flecheros, felicitándose de su buena suerte, contando con terminar al fiero L'Olonnais de tan fácil manera.

Pronto se vio él herido, y no sabiendo cómo salvar su vida, tomó algunos puñados de arena, los mezcló con sangre de las heridas, se untó esto en la cara y otras partes del cuerpo, y se acomodó con sigilo entre los muertos, hasta que los españoles dejaron el lugar.

Entonces hurtó las ropas de un español muerto y las llevó consigo al bosque donde se escondió, vendó sus llagas lo mejor que pudo para que no se le infestaran de mosquitos y gusanos, se disfrazó de hidalgo y se enfiló a Campeche.

La ciudad encendía luminarias para celebrar su muerte. Entabló amistad en el mercado con un esclavo, y, después de darle tiempo para que le relatara sus desventuras, y de asegurarse del odio que sentía por su amo, L'Olonnais le prometió libertad, franqueza y su pertenencia a los Hermanos de la Costa si le obedecía y se fiaba de él. El esclavo se encargó de reunir a otros en su condición, y por la noche robaron una canoa de uno de sus amos y se fueron a la mar con el pirata, donde remaron constantes, emocionados por su próxima libertad, hasta que dieron con la isla Tortuga. ¡Bonito cuadro, el del filibustero escapando mientras Campeche celebra su muerte! Esta y otras anécdotas escuché mientras nos apertrechábamos para salir o esperábamos la toma de los navíos y su regreso de Tortuga, como la del aristócrata Jean Francois de la Roque, señor de Roberval, mal llamado por los españoles (que todo lo revuelven en su lengua chapucera) Roberto Baal, segundo de

Jacques Cartier, el descubridor del Canadá y teniente gobernador de las tierras descubiertas por órdenes de Francisco I, rey
de Francia, quien prefirió la piratería a la gloria, atacando en
1543 Santiago de Cuba, o la del tío de Montbars, El Exterminador, que al ver rodeado su pataché y a punto de ser vencido,
lo hizo estallar antes que rendirse a los odiosos españoles, o la
de Montbars mismo: la noche antes de la salida de ambiciosa
expedición, Montbars invitó a todos los capitanes a un consejo
para decidir el lugar que tomarían, ponderando las fuerzas dis-
ponibles y el tiempo que alcanzarían sus reservas. Mientras los
Capitanes se divertían en la cabina, los demás hacían lo mismo
en cubierta, y todos, incluso los cirujanos, estaban más ebrios
que el vino. Por casualidad, en la pólvora cayó una chispa, y
el barco, con todos a bordo, estalló en el aire. Como en este
navío la pólvora estaba en el castillo de proa, los de la cabina
no sufrieron más daño que verse a sí mismos en el agua, pero
trescientos de sus hombres se ahogaron. La expedición se retrasó por este hecho, después de una semana quince barcos y
novecientos sesenta filibusteros salieron... rumbo a Maracaibo,
como nosotros íbamos, donde venció con engaño a los españoles con un brulote (barco cargado de paja y pólvora que se
hace salir contra los buques enemigos para incendiarlos) en el
que fingiera una tripulación pirata con viejos sombreros de
paja sobre palos. Antes de echarlo al agua, Montbars habló
con sus hombres diciéndoles: *La llegada del escuadrón es una
espléndida nueva: los españoles nos regalan una gloriosa victoria. ¡Valor!, estos balandrones verán nuestras caras, pero nosotros sólo les veremos las espaldas.* (Recuerdo que años después
lo vi cruzando el golfo de Honduras. Era astuto, despierto y
rebosante de energía, como son los gascones, trigueño, alto,
erguido y fuerte, cuerpo a cuerpo no había quien pudiera ven-
cerlo. Me es difícil describir con certeza la forma o el color de
sus ojos, porque las oscuras y espesas cejas se cerraban en arco
sobre ellos y los cubrían casi por completo, tanto que parecían
escondidos bajo una cueva oscura. A primera vista se sabía que

ese hombre era terrible, conquistaba por el terror que producía su mirada).

O la anécdota de Pierre Le Grand, que a bordo de una barca con veinte filibusteros listos para abordar algún barco mercante español, casi sin pertrechos, topó con un navío de guerra, una fragata con setenta y cinco cañones y doscientos hombres de guerra. El filibustero no vaciló. Hundió su barca, abordó a los españoles, y se lanzó con un cerillo encendido hacia el depósito de pólvora, dispuesto a volar el navío en pedazos si la tripulación no deponía sus armas. Ante esta enérgica embestida, los sorprendidos españoles se rindieron. Los oficiales que quisieron oponérseles fueron masacrados, y Pierre Le Grand se hizo de un botín que lo hizo rico por el resto de su vida.

Ésa era la tónica triunfal y colorida de las charlas. No oí en cambio describir cómo se tortura a los prisioneros (nadie habló de cómo fue que al encontrar Maracaibo vacío, Montbars consiguió hacerse de dos prisioneros: un hombre viejo, mayor de sesenta años, y un joven que lo acompañaba. Del viejo, un esclavo dijo que era rico, por lo que Montbars lo sometió a tormento de mancuerda, amarrándole de las cuatro extremidades y tirando de ellas hacia las cuatro esquinas de su habitación, con lo que él confesó que no tenía más que las cien coronas que el joven llevaba consigo. Los filibusteros no le creyeron y continuaron con el tormento, al que llaman "nadar en tierra seca", poniéndole ahora una piedra que pesaba quinientas libras en su torso mientras cuatro hombres apretaban más las cuerdas que lo sujetaban, y como no confesara nada, hicieron una hoguera bajo él que le quemara la carne. Al joven le hicieron lo mismo y después lo colgaron de los cojones, hasta que casi se los arrancaron. Entonces lo tiraron en una zanja, pero antes le dieron latigazos con la espada. Un prisionero tomado después contó que el joven estaba aún vivo), ni infinitas anécdotas que pudieron haber dejado caer para que yo me diera cuenta de cuál sería su crueldad. Nuestra crueldad, porque en pocos días tomaríamos Maracaibo.

Algo he de describir de Maracaibo que no sea la belleza de sus pueblos, de sus casas e iglesias y hospitales y conventos y mercados, porque de esto no quedó nada en pie. Ni diré tampoco cómo eran de hermosas sus mujeres, porque también a ellas las arruinamos, maltratándolas mientras se humillaban a nuestras bajezas, haciendo caso a todos nuestros caprichos para sacarnos pan o raíz para hacerlo, o carne o alguna fruta, las más de las veces para calmar el hambre de sus pobres hijos que igual murieron porque se prolongó tanto la toma que no hubo niño que resistiera el hambre y la sed, siendo el agua también escasa.

No hablaré de la dignidad de sus construcciones ni de la astucia y grandeza de sus industrias, ni de lo bien que procuraban sus ganados en los alrededores y en la isla vecina, por ser tierra adentro poco buena para apacentarlos pero en cambio pródiga en frutas, ni tampoco elogiaré las tupidas matas de cacao, ni sus caminos bien trazados y aplanados, ni sus carros y mulas, ni los fuertes bien pertrechados, ni el castillo que se levanta en la isla de las Palomas, ni tampoco hablaré de su fuerte, alzado con estacas y tierra, equipado con catorce cañones y doscientos cincuenta hombres, lo primero que atacamos y destruimos.

No hablaré de lo que no quedó en pie, de lo que no se salvó de nuestra furia, sino de la hermosura de la bahía, que algunos llaman golfo de Maracaibo, y de los indios bravos, enemigos naturales de los españoles y por lo tanto aliados nuestros y cuyos hijos sobrevivieron a nuestra ira. Los bravos nos ayudaron a entrar en la bahía y sin ellos hubiera sido virtualmente imposible tomar con tan bajo costo de vidas la región bien apertrechada.

Los indios bravos, designados así por los españoles, vivían en las islas e islotes del lago de Maracaibo. Para salvar sus pellejos habían dejado su natural territorio, la tierra firme, a sus enemigos. Según ellos, el nombre del lago era Coquibacoa, y hacían caso omiso de cómo lo llamábamos aunque nos enteraron de que el nombre Maracaibo había sido el de un cacique

que algún día dominara la región, muy recientemente tomada por los españoles. En 1529 Ambrosio Alfingui fundó en el sitio una aldea, pero en cuanto murió, su sucesor, Pedro San Martín, tal vez porque al calor no lo mitigan en esta región ni las débiles brisas, o porque es muy escasa el agua corriente, abandonó la aldea y los indios la destruyeron. Hacia 1571 Alonso Pacheco fundó con cincuenta hombres una ciudad, pero la tuvo que abandonar después de tres años de intensas luchas contra los bravos, que se llaman a sí mismos o aliles o bobures o moporos, quiriquires, tansares, toas o zaparas, dependiendo de cambios insignificantes en sus costumbres, usando nombres tan diversos para lo que a nuestros ojos es tan similar. En 1574, Pedro Maldonado, con sólo treinta y cinco hombres, consiguió arrebatar a los indios el territorio y fundar en lo que ahora se llamara Maracaibo la Nueva Zomar, que, cuando nosotros la tomamos, ya había sido asolada dos veces por piratas, con lo que se comprueba que puesto que los españoles arrebataron por la mala estas tierras, nosotros teníamos derecho a arrebatarles lo que ellos obtuvieran del beneficio de tierras por ellos robadas. Porque, ¿quién iba a creerle al Papa, esbirro de la Corona Española, la bula en que asentaba que el mar Caribe y las Antillas pertenecen a España? ¿Bula papal? ¿Él, qué autoridad podía tener sobre nosotros si su manto estaba bordado con oro regalado por la corona española? En nosotros, quienes practicábamos la piratería, no estaba restaurar un orden pero sí arrebatar lo que no tenía por qué pertenecerles: el primer tesoro de importancia que enviara Cortés al rey fue hurtado por Giovanni de Verrazano, llamado por los españoles, con el ánimo ya dicho de su lengua, "Juan Florín", porque digas lo que dijeres a un español él encuentra siempre el modo de hacerlo a su lengua.

Coquibacoa, la Maracaibo nuestra, los indios bravos… Los hombres bravos usaban por único vestido cinturones de algodón bordados con piedras, muy parecidos a los que había visto portar a las calaveras de las Grutas de la Llanura, el pozo enorme de Tortuga que visité con Pineau, y las mujeres lienzos atados a las caderas, de distintos largos, dependiendo de su edad y rango. Las más jovencillas estaban casi desnudas y no dejaban de reír enseñando los dientes. Como eran nuestros aliados, no tocamos a ninguna de sus mujeres, excepto L'Olonnais, a quien regalaron como muestra de amistad tres mujeres, perfectas si no fuera porque llevaban la piel entera pintada con vivos tonos para la ocasión y por traer el cabello acomodado de rara manera, como si lo hubieran mojado en barro y luego lo moldearan con antinatural capricho. Aunque a decir verdad no sé si él las tocó porque frente a nosotros hacía que se viera el desagrado que le producían los cuerpos desnudos, sobre todo cuando ya no estaban teñidos, que fue casi de inmediato, porque los de estas tierras acostumbran bañarse una o más veces en un solo día, lo que nunca dejó de asombrarnos, y los tintes que usaban para la piel se desvanecían con el agua, como no los tintes que tan hábilmente usan para sus ropas. Igual que le producían a él desagrado, lo movía a la risa (algo raro en él) ver cómo las veíamos, sus hombres y sus muchachos, a ellas o a las otras desnudas. Yo primero guardé silencio, sin saber qué sentir, porque su desnudez en nada se parecía a la que vi sobre una cama en Port Royal; su desnudez abierta, a plena luz, algo tenía de grotesco, sobre todo en el remate de los pechos, en los enormes botones en que ellos acababan. Y en los dientes desnudos y en sus pies y en sus cabellos negros brillando sueltos, las más de las veces tan largos que solían tapar la espalda y a veces las enaguas.

Sus casas estaban levantadas sobre los árboles o en empalizadas que sobresalían de la superficie del lago, con lo que evitaban los insidiosos mosquitos, las inundaciones cuando el lago crecía —lo que era muy habitual, porque decenas de ríos desembocan en el lago (es Catatumbo el más hermoso y caudaloso)— y refrescaban el insoportable calor. Construían sus piraguas (así llaman a las canoas que usan) de un solo tronco, en las que cabían hasta ochenta tripulantes. Envenenaban la púa de sus flechas, flechas enormes por cierto, del mismo largo de ellos. Usaban conchas de caracoles de varios tamaños, triturándolas, y con los trozos (tan duros como el vidrio europeo), tras trabajarlos con paciencia infinita, daban al arco y a la flecha su apariencia y firmeza final.

Hombres y mujeres usaban distintas lenguas, una para ellas, otra para ellos, aunque para el trabajo ambos usaran el lomo de la misma manera. Cuando estaban en paz, al hombre le sobraba tiempo para tirarse en la hamaca. A ellas nunca, sembraban la semilla, cuidaban la planta de la yuca, le extraían la raíz para el cazabe, replantaban la mata, quitaban la película a la raíz, la rallaban, la dejaban que echara el veneno, preparaban el pan con la harina, lo ponían al fuego, cazaban animales para comer carne, cuidaban a las criaturas, cómo iban jamás a tirarse por las tardes en la hamaca (que ellas tejían) para el puro placer de ver pasar el tiempo...

Ellos planearon la estrategia para la toma de Maracaibo, entendiéndose con nosotros por un intérprete que hablaba el francés con hermosura. Ellos dirigieron en la primera parte de la entrada al golfo o mar de Maracaibo a L'Olonnais y los suyos. Tenían algunos hombres espiando aquí y allá, sorteando o soportando los infaustos pantanos que rodean los innumerables ríos, y observando las fortificaciones y sus asentamientos, por los que pudimos enterarnos con oportunidad de muchas cosas, protegiéndonos o defendiéndonos, como cuando, al tomar el castillo (primer sitio que atacamos apenas anclamos frente a la entrada del lago las embarcaciones, alcanzando tierra rápidamente en las piraguas que nos prestaron los bravos, conduciéndolas con rapidez, pericia y en total silencio) los vencimos, sorprendiéndolos y dejando inválida la retaguardia que habían preparado para atraparnos.

En ese primer asalto matamos a cuanto español pudimos. Los que habían puesto a nuestras espaldas para sorprendernos consiguieron escapar, no pudiendo regresar al castillo se dirigieron apresurados a la ciudad de Maracaibo para anunciar:

"¡Vienen dos mil filibusteros, armados y organizados!". Todos los habitantes dejaron la ciudad, llevando consigo sus riquezas, sus mujeres, sus niños y sus esclavos. Cuando llegamos en nuestros navíos a Maracaibo y disparamos desde el agua un tupido fuego a su fuerte y a sus bosques no tuvimos respuesta, todos se habían ido ya. Las casas estaban vacías, las calles vacías, hasta los esclavos nos habían temido. En toda la ciudad un corazón solo palpitaba: un recién nacido lloraba en una cuna, abandonado para, tal vez, cargar en las manos algo de mejor provecho o más valor.

Desembarcamos en la ciudad y nos acomodamos en las mejores construcciones. En la iglesia apertrechamos nuestras armas y municiones. L'Olonnais ordenó la organización de guardias para protegernos mientras celebrábamos la toma no tan gloriosa de Maracaibo, hasta el momento no habíamos necesitado más que asaltar el castillo que cuidara la entrada al lago y que habíamos vencido por la astucia y los espías de nuestros aliados bravos.

Celebramos, igual, esos primeros días, como si nuestra victoria lo mereciera. Maracaibo tenía, y de sobra, con qué vestir nuestras mesas y calentar nuestras gargantas, comimos opíparamente y festejamos.

Menos un filibustero, El Mudo (bautizado así porque ni dormido dejaba de hablar) arrullaba noche y día al recién nacido encontrado dándole a beber leche de vaca, cantándole canciones, cambiándole y lavándole pañales y sabanillas, loco de alegría por esta parte del botín que hubo de abandonar cuando emprendimos la marcha a Gibraltar.

CINCO

Rafael Marques vestía largo manto aterciopelado, disfrazado (según decía) de Reina Metecona de la Isla Azul, porque azul era el largo manto que Marques había improvisado para vestir sobre sus ropas, arrancándolo de los cortinones de una de las fastuosas casas que habíamos tomado. Rafael Marques no era aún filibustero, era matelot puesto a prueba por la Cofradía, matelot a quien se le medía el valor y sobre el que todos fijaban escrupulosamente los ojos, probándolo más que a cualquiera que deseara ser Hermano de la Costa, por ser, de creer su nombre, español, aunque él se dijera portugués y aunque se contara que se le había perdonado la vida cuando la nave en que viajaba fue tomada por los filibusteros, y, más todavía que en lugar de abandonársele en el primer puerto o en la primera isla, marooned, como dicen los ingleses, en lugar de eso se le había aceptado para que pasara las pruebas como matelot y pudiera entrar a la Cofradía, porque él había sido quien había indicado a Piere Le Grand dónde traía el barco recién abordado la pólvora para que amenazase junto a ella, con el cerillo encendido, con volar el barco si no se rendían, y porque él mismo había quitado las armas del alcance de sus compañeros, y que, después, él mismo había explicado a Piere Le Grand que él esperaba con ansia la llegada de algún buque filibustero por parecerle odioso convivir con los españoles y por desear unirse a los Hermanos. Si Piere Le Grand le creyó o no le creyó, si era cierta la historia no podía saberse, porque, después de su famoso asalto, Piere Le Grand regresó al continente con tanta riqueza como para pasar la vida y nunca se había vuelto a la mar. Tampoco podíamos saber si eran verdad las otras cosas que Rafael Marques decía de sí mismo, como que en Portugal él había escrito y publicado versos, y que había dejado tierra firme como secretario de un embajador, que los españoles lo habían desacreditado, y como éstas sucesivas historias que lo llevaron hasta el navío asaltado por Piere Le Grand y luego hacia nosotros y que nos resultaran todas algo odiosas, por algo que desaparecería pasadas las pruebas, por su nombre de español, así que le teníamos algo de paciencia a él y al desagrado que nos producía, confiando en que cuando fuera aceptado en la Cofradía y perdiera su nombre español podríamos verlo con simpatía, lo que era una gran mentira, como tal vez también el resto de su historia, porque necesitábamos aceptarlo para que pudiera entrar en la Cofradía.

La Reina Metecona de la Isla Azul, con tener otro nombre, bajo el largo manto seguía siendo Rafael Marques, haciéndonos chanzas en la ebriedad incontenible y bien asentada que habíamos agarrado en las mesas abundantes de Maracaibo. Paseaba de un lado al otro de las calles que habíamos trazado como nuestro territorio, inspeccionándolo todo (eso no lo imaginábamos) y llegando hasta los puestos de guardia para observar sus movimientos.

La Reina Metecona de la Isla Azul hablaba y hablaba mientras nos hacía reverencias, diciéndonos con bromas cuánto nos debía su Majestad a nuestras Altezas.

De pronto, la Reina Metecona de la Isla Azul desapareció. Nadie notó su ausencia de inmediato, porque a los ebrios y bien comidos nos tocaba ya la hora de dormir, a los bien comidos la hora de remplazar a los vigías, y a los vigías la hora de sentarse a comer y beber hasta que amaneciera.

Rafael Marques caminó en la oscuridad el trecho suficiente para poder continuar a la mañana con la luz del sol, sin peligros y ya fuera de nuestra vista. Mientras nosotros bebíamos y comíamos —que falta nos hacía porque en la espera para el asalto habíamos estado muy escasos de bastimento—, él pensaba, calculaba, hacía planes, y creyendo que, siendo nosotros tantos pero tan ebrios, estando ya sin nuestros aliados los bravos con quienes habíamos convenido repartir una parte del botín apenas lo juntáramos, él podría obtener más ganancias de nuestro asalto si brincaba de bando e informaba a los españoles cómo hacer para derrotarnos, porque, emborrachados y dejados de los bravos, con él o sin él seríamos vencidos, y temiendo verse entre los míseros derrotados, al ritmo de la Reina Metecona de la Isla Azul se echó a volar, sin saber que eran los pantanos del lado de Maracaibo quienes habían expelido humores que cegaran en él su buen sentido, si acaso algún día Rafael Marques había tenido buen sentido.

SEIS

Al empezar a contar mi historia, dejé asentado tener los ojos y los oídos de Smeeks, El Trepanador o Esquemelin, según fuera el nombre con que yo o los otros me designaran. En el orden de tal historia, ya fui Smeeks, ya ocurrió la ceremonia (que debiera describir con mayor detenimiento, contar por ejemplo cómo quien se hace Hermano bebe sangre de los otros Hermanos y a su vez se sangra para que los otros beban de la suya, toda revuelta en vino, pero no he querido detenerme en cada detalle para poder llegar al fin de mi historia), y creo que desde un principio he sido Esquemelin, porque es él quien acostumbra narrar mi historia para que no se llame la atención sobre la persona de Smeeks, en sí sin ninguna importancia.

Ha llegado el momento en que ojos y oídos no bastan para continuar. Necesito tener también el corazón de Smeeks, El Trepanador, Esquemelin. ¿Qué verían los ojos en el asalto del cruel L'Olonnais al barco que venía tras las cabezas de su tripulación, navío enviado por el gobernador de La Habana, equipándolo y dándole órdenes de atrapar a L'Olonnais y matar a todos los suyos, pertrechado con el verdugo graduado de tal por el mismo gobernador a bordo para ejecutar el corte de cabezas? Verían tanta sangre que ésta empañaría su narración y se perderían, como perdieron los españoles ante nosotros, cuando, en el dicho asalto a Maracaibo, atacamos la vecina población de Gibraltar y ellos nos resistieron con tal exagerado derroche de pólvora que se enceguecieron entre las nubes de humo que despiden los estallidos, nos perdieron de vista, alocados, sin control mientras nosotros nos guardábamos sin afiebrarnos —no había de qué, esto era a tratar con sangre fría, si no era fiesta o borrachera sino guerra— y pudimos vencerlos por sorpresa. Verían los ojos tanta sangre, toda la de la tripulación entera, incluyendo la del verdugo negro que lloró implorando para que lo dejaran con vida, arguyendo que él era Capitán de aquel navío y que daría a L'Olonnais cuanta información gustase, a lo que L'Olonnais accedió, escuchando hasta que ya no tuvo más que decirle, y entonces, sin apiadarse de él, hizo regar su sangre. Uno solo, y que no pidió piedad, restó vivo, para servir a L'Olonnais de correo con el gobernador, hecho que estuvo a punto de no cumplir, porque tantas muertes sangrientas lo habían trastornado y en su desordenada razón no cabían más palabras que las del verdugo negro, del hombre fuerte, hasta entonces imperturbable, que desde su enormidad gritara ¡piedad!, la que él nunca había tenido con los que ejecutara, quién sabe cuántos, por lo que no acertara a decir ése es correo para el gobernador cuando lo dejara una canoa de los nuestros en el muelle de La Habana, sino *Piedad, no me maten, soy el capitán, diré cuanto usted pida, piedad*, desgañitándose y temblando de manera en él grotesca, idéntico a como temblara el negro gigantesco, el del pulso firme, y no hubiera entregado la nota de no ser porque alguien lo reconoció y dio razón de quién era (o había sido antes de enloquecer), y ese alguien, dando señas de la persona del loco, explicara que el ahora loco iba en la embarcación que persiguiera a L'Olonnais, mientras que, repitiendo los mismos gritos con nervio tan tenaz que nadie se explicaba por qué no se desgañitaba, cómo era que forzando así la voz no quedaba mudo, estiraba los dos brazos cuyas manos sujetaban juntas el papel del filibustero que decía *No daré jamás cuartel al español. Tengo firme esperanza de ejecutar en vuestra persona lo mismo que en las que aquí visteis con el navío, con el cual os figurabais hacer lo mismo conmigo y mis compañeros.* Llevan el correo a la persona del goberna-dor, para que reciba en sus manos el escrito de L'Olonnais, y sintió el gobernador miedo tan incontrolable que sin poder evitarlo disparó contra el infortunado, el que un día fuera en la misión que él ordenara, luego tornara a sobreviviente, luego perdiera la razón, luego voceara infatigable como el verdugo, y de pronto fuera finado que ponía al gobernador en doble predicamento: el de saberse amenazado por el temible y cruel L'Olonnais y el de ser asesino de un inocente, así que, para salir de alguno de los dos líos, apenas apretado el gatillo el goberna-dor dio de voces para que se buscara al culpable del asesinato que él había, equívocamente, sin su voluntad, perpetrado, fin-giendo que él no lo había hecho, acto que agradecieron sus colaboradores ahí presentes porque les pareciera enfadoso que, asustado el gobernador, hubiera hecho lo que nunca nadie di-ría que él había hecho en un ataque de pánico, creyendo ne-ciamente al matar al infortunado correo que desaparecería la amenaza del cruel filibustero.

Buscaron quién había disparado contra el correo, y en-contraron un muchacho que pasaba por ahí, y aunque no traía arma de fuego les gustó para culpable. Su madre (Habana no es Tortuga, ahí los jóvenes tienen padre y madre) suplicaba cle-mencia, anegada en lágrimas, sin poder entender qué ocurría. Como no había verdugo, ni quien lo supliera, se le condenó a la horca, sabiendo que si ninguno era capaz de cortarle la cabeza, cualquiera, creyeron, podría tirarle el lazo al cuello, y hubieron de retrasar horas su ejecución porque nadie conse-guía atar el nudo con tino, y dos veces fue a dar al piso el mu-chacho sin perder la vida, mientras la madre despertaba de su aturdimiento y tramaba qué hacer y se enteraba el gobernador de que a nadie le salía el nudo, por lo que perdonó al chico la vida, dejando asentado por escrito que si Dios Todopode-roso y Eterno dos veces permitiera que el chico escapara de la muerte, el gobernador no era nadie para oponerse a la vo-luntad de perdón divino, porque la verdad era que él, siendo español, no sabía cuánto calma la sangre derramada, ni cómo ésta vence todo remordimiento y restablece la paz perdida, y sentía remordimiento y estaba sin paz por haber matado al correo y por ver que mataría ahora a un inocente, con la peor fortuna de que al llegar la carta al cadalso, el nudo ya había sido hecho, el chico ya estaba muerto, aunque no fuese el que la madre lamentaba, sino otro, porque ella consiguió sobornar a más de tres y suplantar al hijo con uno de sus esclavos, hecho que los remordimientos del gobernador no conocieron nunca porque en esa casa había más hijos de los que pudieran distinguirse, aunque, como se sabe bien, si una mujer se empeña, pueda reconocer cuanto hijo tenga.

¿Puedo continuar la historia sin el corazón de Smeeks, El Trepanador Esquemelin? ¿Los ojos y los oídos resistirán sin cegarse y ensordecerse el golpe de la vida filibustera? ¡Yo creo que más bien debiera deshacerme de los tres: ojos, oídos y corazón, y quedarme con la única arma que me dio, para contar cómo era entonces la vida entre los filibusteros, el Negro Miel a su muerte, cuando yo le prometí guardar en la eternidad de los hombres su memoria, porque ojos y oídos se anegarán en la sangre y la violencia y el corazón no nos llevará a ningún sitio, dando de vueltas, incapaz de seguir el orden del tiempo porque para él no hay tiempo, los hechos se entrelazan o se unen o se repelen porque todo queda sometido bajo la ley de la partícula de la violencia, del odio, de las venganzas, del desorden, de la sangre y la muerte…! Sólo podré contar con mi memoria para continuar con la historia. De ahí en adelante, El Trepanador estaría casi a diario tinto en la sangre de los miembros que arrancaran a medias los cañones y que él tenía que arrancar de lleno, yo, El Trepanador, serruchando miembros tantos como para formar de lo mutilado un nutrido ejército… ¡un ejército tan cruel e invencible como el que entonces formaran los filibusteros, porque los miembros tendrían los nombres que usaran en la lucha quienes los poseyeron:

El Exterminador
Caza de Pie
Pasa por Todo
Viento al Pairo
Rompe Piedras
El Manco
Filo en Punta
El que iza en reclamo
Pólvora Mojada
Sable Desnudo
Fuego de Alegría…
Etcétera,
etcétera!

Si acaso hasta el momento no he usado más que ella para contar lo que aquí ya ha quedado asentado.

SIETE

A la mañana siguiente, repuestos de y con la comilona y de y con la bebida, L'Olonnais mandó el primer escuadrón a inspeccionar las áreas vecinas. No quiso echar mano de los bravos en tierra y los dejó cuidándonos la retaguardia en el lago y en el golfo. Cincuenta hombres salieron tras alguien, el que fuera, para adivinar dónde estaban todos los maracaibos escondidos, pero su insistencia fue inútil. Con todo y que encontraron un grupo, que los torturaron a todos, que, enfrente de todos los prisioneros, hizo partir en pedacitos a uno de ellos, amenazando con hacer lo mismo a todos si no le decían dónde estaban las riquezas y los demás habitantes, lo más que obtuvo fue la indicación de un lugar, al que mandó gente con presteza para sólo verificar que ya había sido abandonado (*Teniendo ellos el llano, y por guarida vecina la ciudad fortalecida*) el sitio, con lo que ordenó la toma de Gibraltar, ciudad vecina.

Muchos de los dos mil maracaibos se habían refugiado en Gibraltar, pero otros más, sobre todo los varones, huían a diario, aterrorizados de que, por los temibles métodos para interrogar de L'Olonnais, alguien los delatase, así que, como animales, desconfiaban del padre, del hermano, del hijo, cavando a diario distinto refugio y padeciendo hambre y sed mientras nosotros, los filibusteros, disfrutábamos de la holgura de sus habitaciones y despensas. Pero para L'Olonnais disfrutar de cuanto habían dejado (que era mucho, gran botín) no era suficiente. Él lo quería todo y más que nada los quería a ellos y quería pelear. Así que quince días después de haber llegado nos dirigimos a Gibraltar, embarcando parte de lo robado y los pocos prisioneros que habíamos podido hacer y dejando en Maracaibo una fuerza prudente para que nos cubriera a nuestro regreso. Desembarcamos a unas leguas del lugar, cerca de la Ribera. Un indio bravo nos iba indicando el camino. Exaltados, bien comidos, con las alforjas llenas de buenos bastimentos, con poco alcohol corriendo por las venas y un no sé qué de alegría niña, parecíamos algo más que filibusteros. Apoderarnos de la ciudad sin pelearla, disfrutar del botín sin tirar sangre nos había aligerado la sangre. Hasta el momento de salir de Maracaibo no habíamos perdido a ninguno de los nuestros, y no teníamos ni enfermos ni heridos, aunque en el camino algunos empezaron a dar señas de haber contraído extrañas fiebres, pero pretendían no tenerlas y nosotros pretendíamos no verlos decaídos. Durante unos días habíamos sido señores, cuando habitamos Maracaibo sin pelearlo, habíamos comido a las mesas. ¡Habíamos comido a las mesas de los señores sin las manos tintas de sangre para serlo! Por eso casi no parábamos mientes en el camino terrible que nos llevara a Gibraltar, al sur del lago, hacia donde la tierra se hace más pantanosa. Conforme nos acercábamos a Gibraltar, el bravo comenzó a ponerse nervioso, como si algo extraño ocurriera o fuera a ocurrirle, aunque L'Olonnais interpretó que su nerviosidad se debía a que tramaba algo en nuestra contra, a que algo iba a provocar para hundirnos, pero nos era imposible hablar con él para saber si había traición porque él no hablaba nada que no fuera su lengua materna. Sólo para L'Olonnais era visible el nerviosismo bravo. Los demás no le prestábamos ninguna atención, y de no habernos ocurrido que él nos guiara erróneamente, engañado como nosotros, por un camino falso que construyeran para atraparnos los españoles, no hubiéramos despertado a tiempo de tan suave sensación y tal vez habríamos perdido en la lucha. Porque de pronto el camino en que pisábamos empezó a hacerse tan muelle a nuestro paso que en él nos hundíamos y mientras nosotros desconcertados no hallábamos qué hacer con nuestros pies y dónde acomodarlos, el indio bravo sin vacilar arrancaba hojas de las palmas y ramas de los árboles, las ponía bajo su paso, y a señas nos urgía a hacer lo mismo, y aunque nos salvamos de morir ahogados en sus fétidos lodos, por un momento pensamos que de nada iba a servirnos no morir enterrados de pie en las tierras acuosas porque el camino falso que nos habían tendido de trampa los españoles terminó en el agua, pero el indio, astuto, sin perder la velocidad, dio la media vuelta y dando voces nos persuadía para apresurarnos, temiendo que la noche nos tomara en el medio de ese pantano, como lo habrían deseado los españoles. Ahí fue donde vimos salir de la nada el caimán, animal temible. Del color del lodo, lento como el lodo surgió de lo más hondo del pantano, caminando como si volara donde era imposible desplazarse sin torpeza o sintiéndose pesados como piedras, doblemente asombrosa su ligereza porque estos animales comen piedras para dar más peso a su cuerpo y poder cazar las presas como acostumbran. El enorme animal de patas cortas movió sin dificultad su cuerpezote y, abriendo sus fauces gigantescas, prensó con ellas a uno de los nuestros, llevándolo consigo en su bocado, y lo hundió junto con él en el agua, apoyando en el pobre infeliz su pesado cuerpo y hundiéndolo en el fondo del agua, hasta que lo ahogó, y regresó a tierra firme y dejó en la arena el cadáver del nuestro, dispuesto a venir por otro de nosotros y matarlo ahogándolo y luego ponerlo al sol a pudrir, porque estos animales comen solamente carne descompuesta, pero el indio bravo, fiero, con su puñal, haciendo gala de su nombre, se lanzó tras el animal y lo mató y frente a nosotros le abrió el vientre para que viéramos las piedras que traía en su cuerpo para hundir a las víctimas de su apetito de caimán terrible.

Regresamos sobre nuestros pasos y reencontró el bravo el curso del buen camino. En ese lugar nos esperaban con cañones, mosquetes y cerros de buena pólvora los españoles.

Ocurrió entonces lo que ya conté: que dispararan tanto y en tan gran desorden (incluso a veces atinaban a herirse entre ellos mismos por la confusión en que cayeron) que pronto los acabamos y los dimos por vencidos. En tres horas estaban quinientos de ellos muertos y nosotros rendidos, pero no tanto como para que L'Olonnais no hiciera lo que se había propuesto al ver errar al indio bravo: pidió que lo amarraran a un tronco, le abrió con la espada el pecho, le sacó el corazón, diciéndonos con grandes voces que este bruto casi nos había llevado al fracaso, que él no iba a perdonar la torpeza de un guía, que el trato que le estaba dando era el único que mereciera, y a la luz de la hoguera que habían atizado para curar a los muchos heridos, vi los ojos del bravo mirando con expresión indescriptible, ojos vivos, sí, cómo L'Olonnais mordía su bravo corazón, y tan bravo era que escupió en el rostro a L'Olonnais antes de caer para siempre, tal vez, en los brazos de la muerte. Nos dormimos ahí mismo, sin tener fuerza ni valor para dejar el campo de batalla, temiendo a los caimanes más que a los muertos, y en cuanto amaneció juntamos todos los cadáveres. A los nuestros, catorce hombres, la mayoría consumidos por las fiebres más que por la pólvora errada, les dimos sepultura. A los de los españoles y al indio bravo los subimos en dos barcos, y en el lago, dos leguas adentro, los hicimos irse a pique.

Organizados en varios frentes, entramos a Gibraltar. Todavía se defendían. Asaltamos primero el monasterio que quedaba al pie de la muralla para protegernos de las balas con los cuerpos de los monjes y de las monjas, y de seguro, por el respeto que les tienen, los españoles no hubieran disparado, de no ser porque los religiosos gritaran ¡Muerte a estos herejes, disparen que a nosotros nos acogerá el Señor! ¡Mátenlos, que para los cristianos no existe muerte sino vida eterna! ¡Disparen, disparen, no sean cobardes, cristianos, muerte a los herejes! A todos ellos les dieron muerte.

Adentro de la ciudad, la superioridad de los españoles era aún notable. Peleábamos con furia, pero ellos guarecidos en las construcciones y robustecidos por conocer de sobra el lugar, no nos daban cuartel.

L'Olonnais ordenó la retirada.

Apenas nos vieron fuera, los españoles salieron a perseguirnos, que es lo que pretendía nuestro Almirante. Allí pudimos vencerlos, y los que no se vieron muertos o cayeron nuestros prisioneros, huyeron en el fragor de la lucha.

Entramos como lobos furiosos en Gibraltar. Vejamos a las mujeres, robamos la iglesia, destrozamos las imágenes, lo arrasamos todo, nos hicimos de trescientos prisioneros entre hombres, mujeres, niños y esclavos, y a todos les pusimos precio, pidiendo por todos rescate. La mayoría murió de hambre porque eran pocas las vituallas. Apartamos para nosotros la raíz del cazabe, así como las aves y los cerdos, e hicimos matar algunas borricas para alimentarlos, pero prefirieron morir antes de comer carnes tan inmundas, sobre todo porque las carnes se agusanaron y porque más parecían enjambres de moscas que alimento.

Con los prisioneros L'Olonnais se ensañó con crueldad, sometiéndolos a terribles tormentos para que confesaran dónde tenían escondidas las mayores riquezas de Gibraltar y Maracaibo, y para averiguar si acaso había otro ejército esperando atacarnos. Cortó lenguas de los que no hablaron, marcó sus cuerpos, mutiló sus miembros, quemó o hizo en ellos cosas terribles que sin dejarles huella les reventaran las vísceras. Después de haber dominado Gibraltar cuatro semanas, demandamos exacción de quema. Pedimos, por no poner fuego al lugar, diez mil reales de a ocho, a falta de los cuales abrasaríamos y reduciríamos a cenizas toda la aldea. Les dábamos dos días para traer dicha suma, y no habiéndola podido juntar tan puntualmente los vencidos, comenzamos a prender fuego en muchas partes de la aldea. Los españoles nos suplicaron que les ayudásemos a apagar el fuego, y así hicimos ayudados por los habitantes que se juntaron, pero como antes habíamos untado de brea y aceite las piedras de las construcciones que prendimos, por más que trabajamos no pudimos evitar la ruina de una parte, particularmente de la iglesia del convento que se redujo a polvo hasta los cimientos. Después de haber recibido el dinero referido, llevamos plata, muebles, dinero, joyas y mercancías varias a bordo, junto con un gran número de esclavos que no habían pagado su porción o rescate y no habían muerto.

OCHO

Los indios bravos, pintados los cuerpos de vivos colores, nos esperaban enfrente de donde ocupara con los españoles el palacio de gobierno, una explanada de regular tamaño, pelada de vegetación, en el centro de la cual, en una construcción de palo, a la usanza de las suyas, nos esperaba elevado el cadáver del indio al cual L'Olonnais había arrancado el corazón. Las mujeres acuclilladas lo rodeaban llorando a gritos, golpeándose las frentes contra el suelo. Los hombres daban vivas voces, moviéndose de un lado al otro.

Vimos la escena con asombro, desde nuestra flota, y a los hombres que habíamos dejado en Maracaibo embarcados, a pocos metros del muelle, cargados con las riquezas robadas a la ciudad.

Una piragua se acercó al navío de L'Olonnais. En ella venía el intérprete de los bravos que en buen francés dijo tener orden de su jefe de llevar a L'Olonnais ante él para que diera una explicación de lo que había ocurrido, palabras sensatas a las que L'Olonnais no podía dar oídas, y que se atrevía a articular engañado por el L'Olonnais en paz que habían conocido, un hombre silencioso, que parecía un animal inofensivo y que ahora, como en medio de un combate, ante su sola vista se enardece, se convierte en un demonio, en un huracán, en una furia, y, sin escucharlo, ordena que salga una balsa a informar a los nuestros que han de acercar su nave a nosotros y que él de ninguna manera ha de ver al jefe de los bravos, que no eran más que unos salvajes mientras que él era un francés y no tenía por qué rendir a nadie cuenta de sus actos, pero menos que a nadie a los indios bravos, bravos en nada si habían sido sojuzgados por los españoles brutos.

El intérprete regresó con la respuesta y los bravos se prepararon para darnos ataque.

Ese día, Fortuna estaba de nuestra parte: los españoles habían recibido refuerzos y seguían nuestros pasos, ellos por tierra, nosotros por el lago, habiendo planeado, asistidos por Rafael Marques (de quien ya ni nos acordábamos) una estrategia: pensaban atacarnos muros adentro de Maracaibo desde lo que era el punto débil de nuestro acomodo en la ciudad: ¡el lugar preciso en que los bravos se habían asentado! Cuál no sería la ira de éstos, de no sólo escuchar la grosera respuesta de L'Olonnais, sino de ver entrar a los odiosos españoles, con lo que se combatieron unos a otros furiosamente. Desde los navíos, lanzamos balas de cañón hacia ambos bandos, causándoles bajas terribles, creciendo con mucho los números de los muertos, no pocos, que entre sí se causaran.

Cuando volvimos a poner pie en tierra firme, Rafael Marques, herido de una pierna, enarbolaba una bandera blanca, y nos recibió dando de voces con la historia de que los españoles lo habían hecho prisionero y del gusto que le daba vernos de regreso y victoriosos, usando las palabras que aquí apuntaré y haciendo tantos ademanes que más parecía un ebrio que un culpable, más un payaso que un traidor, porque de él se había apoderado el pánico y no atinaba a fingir decir verdad mientras exclamaba así: "¡Hermanos! Ustedes que obedecen la Ley de la Costa, ¡Salve! ¡Vivan los filibusteros y mueran estos cadáveres que por ser españoles merecido tienen serlo! Tomarme a mí de prisionero, ¿no es desacato? ¿Yo quién soy? ¡Yo soy vasallo de la justicia filibustera! ¡Viva la Cofradía! ¡Brindo con ella!", por lo que uno de los nuestros le tiró una bala para que no se volviera a abrir boca tan cobarde, mentirosa, vil y traicionera, cuya elocuencia no sirviera para ocultar su pequeñez. Encima de los cadáveres revueltos de españoles y bravos, la Reina Metecona de la Isla Azul ya no necesita el manto para reinar en la tierra.

L'Olonnais no se dio por satisfecho. Exigió rescate por la ciudad y por los prisioneros que arrastrábamos, o por lo que restaba de esos prisioneros. Llevábamos dos meses en la bahía de Maracaibo, si podía seguir llamándose Maracaibo a lo que presentaba aspecto tan distinto, cuando recibimos el rescate de la ciudad. Salimos con rumbo a Tortuga. Nuestro botín era mucho más cuantioso que lo que hubiéramos podido imaginar.

Para cruzar los cabos que nos comunicaran con el golfo, enviamos por ayuda a Maracaibo, donde se dice que renació el temor y que se tranquilizaron sólo cuando supieron que enviábamos por un conocedor que pudiera cruzarnos. Ya no había indios bravos que nos pudieran cruzar. Los habíamos acabado a todos. Y a sus mujeres. Los niños lloraban en sus casas, y al vernos pasar, si bordeábamos alguna de sus islas, nos arrojaban varas y piedras, por algo se llamaban "bravos", y de haber tenido armas hubieran peleado valientes contra nosotros, y las flechas envenenadas que desde pequeños aprendían a lanzar con buen tino nos hubieran causado muchas bajas, si no fuera porque allá donde habían muerto los bravos, hicimos una gran hoguera con sus armas.

NUEVE

Dos meses. Ocho semanas. Sesenta días. ¿Cuántas horas? Al bajar en la isla de Aruba, en el golfo, para que el contramaestre organizara el recuento del botín y L'Olonnais una vuelta sin riesgo a Tortuga, traté de reconstruirme frente al asalto a Maracaibo. Había empezado con la toma del castillo, tan rápido que, he de confesarlo, la piragua en que me dirigía a tierra firme no la había tocado cuando los filibusteros éramos ya los vencedores y los españoles los vencidos. Ahí usé por primera vez entre los filibusteros mi oficio de cirujano. Saqué algunas balas alojadas, una en un muslo, otra en un brazo, tres en hombros, curé heridas de armas blancas… En la ciudad entramos sin pelear. Ahí, a los pocos días, corté un dedo y lo anoté en mis recordatorios, los que debía dar al contramaestre al terminar la expedición para que ajustara la repartición del botín. En Aruba, antes de entregar la enumeración de brazos, dedos, ojos, miembros perdidos, repasé la enumeración: la primera pierna la había volado un cañón, yo sólo había ligado las arterias, a la segunda yo había tenido que cortarla, porque a mí llegó con su filibustero, destrozada y quemada por un estallido de pólvora.

Mis ojos repasaban la lista con la que yo podía reconstruir los hechos del asalto, pero algo me hacía no entender. El tiempo, esos sesenta días, me habían acorralado. Yo ya no era yo, ahora El Trepanador era el dueño de mis actos. En mis recordatorios, que debiera aquí reproducir, se contaban ochenta y cuatro piernas, y en mi persona no sabía cómo debía llevar la cuenta de las imágenes ultrajadas en la iglesia, ni de las españolas que había violado, ni las comidas que había hecho en mansiones, ni de las torturas presenciadas... ¿Hacía cuánto o cómo que yo era un enganchado, un esclavo, cuánto que dormía al aire libre, en el rellano de la casa donde crecí y de donde fui expulsado? No podía yo reconstruirme al regreso del asalto de Maracaibo. Yo ya no era nadie sino el puño que blandiera la espada chorreando sangre, el ojo apuntando, el dedo apretando el gatillo, aunque no fuera yo quien disparara y usara la espada; yo era los cuerpos que habían matado a veces con razón cuando se oponían a que les arrebatáramos sus trabajos y posesiones, a veces sin razón alguna, nada más por el gusto de verlos morir, de oír sus cuerpos caer, de salpicarnos con su sangre española, y yo era los cuerpos que había curado, en los que había puesto mi escalpelo, mi cincel, mi cuchillo... ¿Es que yo era eso? ¿No eran mis padres Negro Miel y Pineau que me enseñaran secretos de nobleza y grandeza? Por fin, ahora, era yo un Hermano, como ellos, de la Cofradía secreta de los Hermanos de la Costa. Participaba así del mejor sueño de los dos buenos hombres, con los codos manchados de la sangre que escurría de mis manos... No, no lograba reconstruirme. Pero sentía en mi cuerpo tal satisfacción que casi lo embotaba el gusto de la aventura, el placer de ser filibustero. ¿Me había perdido? Pero al preguntármelo yo sabía que lo que había perdido era mi cuerpo, que yo había sido sólo un esclavo, un engage y que al dejar de serlo yo era el esclavo que perdió su cuerpo...

Yo no podía explicarme nada. No podía entender por qué, entre los filibusteros se prefería a las mujeres forzadas que a las meretrices, sobre todo a las mujeres españolas, para quienes tanta humillación representara que las forzáramos, que con tanta violencia pelearan y con tanto dolor vivieran la humillación de su derrota. Las vírgenes españolas, sobre todo, ¡cuánto peleaban por conservar su honra! Porque de usarlas nosotros, creían que ya no tenían manera de hacerse de buen marido, y ante la idea de verse mal casadas, con un hombre de otra posición, viejo, viudo o con algún desagradable defecto, a veces prefirieran quedarse a vestir santos. En Gibraltar, una madre de aún buen aspecto y una hija jovencita quedaron inermes en su casa al caer su ciudad. La madre temió los conocidos excesos de los piratas y filibusteros y mandó de inmediato a su criado a traer algunas meretrices y a sus cocineras a preparar viandas, y escribió una nota que decía así:

Nuestros fuertes hombres han sido vencidos. Esta casa se rinde como se rindieron ellos. Toda es suya puesto que han vencido, y todas las riquezas que ella contiene. He hecho incluso traer mujeres aquí para los deleites a que se dice son ustedes tan afectos.

Yo soy una mujer honrada y mi hija es casi una niña. Seremos lo único que apelando a sus sentimientos (que los tendrán) pedimos ser respetadas.

Atentamente,
La Marquesa de la Poza Rica

Como ésta era una de las dos más grandiosas mansiones de la ciudad, fue tomada de inmediato por los filibusteros y fuimos recibidos en ella como si fuéramos señores, agasajados con bebida, comida, comodidades y mujeres, una gran fiesta había sido dispuesta con toda formalidad. Cuando L'Olonnais preguntó, sentado a la mesa, a quién debían tan buen recibimiento, un criado le acercó la nota escrita por la buena señora. No había terminado de leerla cuando dio orden de buscarlas, diciendo: ¡No tomen nada de esta casa porque no debe interesarnos lo que dan a las vacas si hay dos joyas con qué poder premiarnos, filibusteros! Los criados y las meretrices trataban de convencernos de lo contrario, pero sólo consiguieron, al insistir en sus razones y entorpecer la búsqueda, merecer su muerte. Voltearon la casa de arriba a abajo. Torturaron de horrenda manera a un jovencito para que les dijese dónde estaban sus amas, inútil tortura, porque primero alcanzó la muerte sin decir palabra, ya emasculado y desollado de la mayor parte del cuerpo, habiéndole sido arrancada a trechos la piel. Uno tuvo la idea de prender fuego a la casa, pero el capitán desechó la idea, diciendo: *Estas necias preferirán morir en las llamas que entregarse a nuestros brazos.* Una casualidad nos reveló el lugar donde se escondían. En el segundo piso, al saltar tres a la vez para tirar la tela que adornara el techo y tras la cual pensamos que podrían estar escondidas, sus botas rompieron de una esquina una de las duelas del piso de madera. Al bajar la vista, alguien vio el resplandor de un ojo tropezando con un rayo de luz del sol que un espejo caído había dirigido traidor hacia ahí. Al levantar el piso, descubrimos a las dos bellas, y entre burlas, chanzas y toqueteos de los que ellas trataban de zafarse, las llevamos al Almirante. Todos las mirábamos con lascivia, ¡vaya que sí eran dos joyas!, la madre en su altivez, la hija en su frescura. La madre habló en español a L'Olonnais, y creyendo, como él no le prestaba atención, que no entendía español empezó a hablarle en francés con palabras conmovedoras y pronunciación impecable:

—Almirante, aceptándolo vencedor yo le ofrecí todo en esta casa, y preparé personalmente su recibimiento del que creo no podrá quejarse. Como sé que es usted un Caballero, le hice una sola petición, que nos respetase, a mí, por ser una mujer honrada que no ha conocido más hombre que mi marido, y a mi hija, mi máximo tesoro, que como usted ve es casi una niña. Vuelvo a pedírselo, aunque esta casa no esté ya dispuesta —decía mirando los destrozos que nuestra búsqueda había causado—, como usted lo amerita, para el recibimiento.

—Marquesa, nosotros no somos vacas y no gustamos comer lodo ni yerbas sino hacernos de joyas. Como usted lo asentó en su nota, ustedes dos son las dos grandes joyas que atesora esta casa. No tocaremos nada de ella, ni de las monedas guardadas que hemos en ella descubierto, ni de la plata, ni los bastimentos. Lo único que tomaremos serán las dos joyas.

—Capitán, yo le suplico, úsenme a mí, pero dejen con bien a mi niña. Se lo imploro.

—Espere usted, señora, que a L'Olonnais le enfurecen los ruegos y lo enojan las súplicas. Usted no ha de darme órdenes a mí, española y vencida...

Y el diálogo siguió parsimonioso, hasta que, viéndose perdidas, porque los hombres ya les alzaban con las espadas las faldas y les abrían con las puntas las telas de los vestidos, trataron de huir y en medio del revuelo, ahí mismo, enfrente unos de otros y la madre de la hija, L'Olonnais usó a la niña y quién sabe quién a la señora, y con el mismo acto siguieron no sé cuántos, relevándose los unos a los otros, y cuando acabó la cuadrilla hicieron traer a más filibusteros para que las abusasen y tanto fue el abuso que las dejamos (yo mismo lo vi) rasgadas, destrozadas, donde no sangrando, a carne viva, con llagas en sus partes y en cuanto las rodeaba. Cuando todos salimos, madre e hija prendieron fuego a la casa, no sé con qué fuerzas, no sé cómo pudieron levantarse (ni menos entiendo cómo pudo gritar una de las dos —como loca lo hizo, como loca gritaba, una y otra vez, quién sabe cuál de las dos loca tornada—: *Gózame pirata, gózame pirata, gózame pirata*), y ahí murieron, el mismo día en que terminamos de forzarlas, en que los filibusteros las cambiamos de gazmoñas en putas y de putas en carnes destrozadas.

Dos meses nos había llevado el asalto a Maracaibo. En cuatro días contamos en Aruba el botín y zarpamos para en el trayecto hacer la repartición, sobre el papel primero, porque nos detendríamos antes de tocar Tortuga en la isla Española a vender la mercancía, en el puerto llamado Isla de la Vaca.

L'Olonnais, el contramaestre, el cirujano de la expedición, y setenta de los más valientes, zarpamos un día antes que el resto de la flota a bordo de un sloop, la nave más ligera, con ninguna parte del botín pero muy bien pertrechados, para reconocer la ruta a Española y, de ser necesario, limpiarla de enemigos, temiendo alguna celada.

Teníamos pocas horas de haber dejado a los nuestros cuando el vigía anunció barco a la vista, un navío de guerra que posiblemente viniera en nuestra búsqueda. Rápidamente lo alcanzamos y lo obligamos a seguirnos, rodeando a distancia Aruba para alejarlo del botín que cuidaban los nuestros y enfilándolo de nuevo a la isla, hacia el extremo opuesto del punto de nuestra partida. Cuando volvimos a tocar tierra ya era de noche y, aunque habíamos dejado atrás a los españoles, no mediaba tanta distancia como para que corrieran peligro los nuestros de que, al perdernos la pista, los cazaran. Anclamos el navío y descendimos, junto con la artillería del barco, en piraguas, de las de los bravos. Nos internamos tierra adentro, escondiendo nuestros cañones y nuestras personas en la espesura del bosque, en una oscuridad que no era total porque la luna teñía el cielo de azul y las ramas de opacos grises, aunque no era luna llena y por lo tanto no alumbrara con intensidad.

Los habitantes del bosque no parecieron arredrarse con nuestra presencia. Los oíamos moverse junto con las hojas y las ramas delgadas y a veces raspar la corteza rugosa de los árboles, deslizarse sobre la arena o resbalar entre las piedras lisas, aunque tales palabras parecen exagerar los minúsculos movimientos que percibíamos, como si los animales se movieran dormidos, entre sueños, como si nuestra llegada no los hubiera siquiera despertado. Yo, como muchos otros filibusteros, temía a los caimanes, por lo que había tomado un perro por compañía en Maracaibo, pero en esta ocasión recibí orden de dejarlo a bordo, encerrado en la bodega vacía, donde sabíamos que él ya se sentía en casa y que entre las ratas no rompería a ladrar y que si ahí ladraba no importaba, acertada orden del oficial porque los susurros del bosque lo hubieran agitado y tan hubiera ladrado que aunque lo llevara para tranquilizarme hubiera hecho de mí, de mi corazón, sólo brinco y sobresalto.

La fragata española se acercaba silenciosa a la costa, creyéndonos dormidos, porque nuestro sloop no daba seña de que estuviéramos despiertos. Apenas se acercó lo suficiente, atacamos con todas nuestras armas de fuego hacia la fragata enemiga, tomándola por sorpresa, y al hacerlo en la oscuridad, venciendo la superioridad de sus fuerzas, porque desconcertados no sabían si disparar a la nave, a las piraguas, que ya habrían tal vez visto, o al cielo, porque no les cabía en la cabeza que los filibusteros los atacaran protegidos por el bosque y la maleza.

Vencimos, como es de suponerse, y al amanecer, entre los estallidos chillantes del cielo antillano, L'Olonnais aceptó la rendición del enemigo, sin que ellos supieran, sino demasiado tarde, la condición de su derrota: en menos de una hora, o un tiempo que se le pareció, L'Olonnais los pasó a todos a cuchillo: al General de Facción y pie de ejército, Capitán Don Pedro de Avellaneda, al Cabo General de la Armada y Maestro de Campo en Tierra, Don Gonzalo Suárez Ossiz, al Sargento Mayor y Capitán de una de las Compañías, al Capitán de Batallón, al Capitán de Artillería, a los ayudantes, alféreces, capellanes, tenientes de oficiales reales, al comisario de víveres, al tenedor de bastimentos...

Nos vimos obligados a tomar su fragata, aunque fuera nave de poca conveniencia para el regreso de la expedición, porque el sloop había sido averiado y enviamos una piragua que bordeara la isla y advirtiera a los nuestros del cambio, esperando su regreso para no avanzar mermados no sólo en ligereza sino también en fuerzas, mientras tirábamos al mar todo lo de peso que llevaba la fragata, dejábamos a bordo sólo el magro matalotaje que había resultado el botín y acomodábamos nuestros cañones.

Cuando regresó la piragua, trajo consigo a un muchacho que había sido tomado en falta: al abrazarlo uno de los Hermanos, sintió en su cintura un objeto duro, le exigió se lo enseñara porque era su matelot y estaba obligado a obedecerle y, como se negara, a golpes le había obligado a enseñárselo: un pesado collar de oro y rubíes que en algún lugar de Maracaibo el matelot había encontrado y que no había entregado a la Cofradía para la justa e igualitaria repartición del botín. L'Olonnais hizo traer ante sí al ladrón. Frente a nosotros cortó la nariz y las orejas del truhancillo. Yo caute ricé las heridas con yerbas del Negro Miel. Lo subimos a la fragata, y al día de navegación lo abandonamos en un islote con un odre de agua, un mosquete y balas por única compañía. ¡Bien que habría hecho uso de ellas el cimarrón de volarse la tapa de los sesos, antes que pasar por larga agonía y muerte enmedio de la mar inmensa cuando la marea alta cubriera la poca tierra que lo sostuviera! Nadie sintió piedad por el matelot porque bien merecía el castigo.

Llegamos sin más interrupciones en ocho días a Isla de la Vaca, puerto en el que viven algunos bucaneros franceses que venden las carnes abucanadas a los filibusteros y a los comerciantes que llegan ahí con el fin de comerciar con los filibusteros.

Descargamos lo que habíamos hurtado, incluso las campanas de la iglesia de Maracaibo y las imágenes y los cuadros y las quinientas vacas. Repartimos entre todos nosotros las presas, según habíamos acordado en el contrato. Después de haber hecho la cuenta, hallamos en dinero de contado doscientos sesenta mil reales de a ocho. Repartido esto, cada uno recibió piezas de seda, lienzo y otras cosas por el valor de más de cien reales de a ocho. Los heridos recibieron su parte primero, muchos de ellos mutilados: por la pérdida de un brazo derecho, seiscientos pesos o seis esclavos, por brazo izquierdo quinientos pesos o cinco esclavos, por pierna derecha quinientos pesos o cinco esclavos, por la izquierda cuatrocientos pesos o cuatro esclavos, por un ojo cien pesos o un esclavo, por un dedo tanto como por un ojo… Se pesó después toda la plata labrada, contando a diez reales de a ocho la libra. Las joyas se tasaron en muchas diferencias a causa de nuestro nulo conocimiento en la materia.

Pasamos al reparto de lo que tocaba a los que habían muerto en batalla o de otra suerte. Las porciones de éstos se dieron a guardar a sus amigos, para que, en su momento, las entregasen a sus herederos.

Concluida la repartición, nos hicimos a la vela para Tortuga, a la que llegamos un mes después de haber tocado Isla de Vaca, para gran alegría de los demás porque muchos de ellos no tenían ya dinero. Al tocar Tortuga, los comerciantes ya los habían estado esperando.

Y las prostitutas. Y los taberneros. Y los de los garitos. Y toda clase de fauna que fuera capaz de esquilmarnos a cambio de la gran fiesta.

La noche que comenzara en mi estancia anterior en Jamaica no había terminado, ahora estaba en Tortuga.

Nada de qué quejarnos: nuestra noche es de fiesta. Nuestros hombres llegaron pisando los talones de los dos navíos cargados de vino y licor, botín de otros filibusteros, vendido en Jamaica y transportado a Tortuga. Los primeros días el alcohol valía casi tan poco como el sol o los pastos de estas islas, diez días después valía diez veces más y tras otros diez días centuplicó su precio, cambiando su valor de pasto por el del oro, aunque le ocurriera distinto apenas traspasara nuestras gargantas: los primeros días habitaba como un sol de oro nuestros cuerpos, irradiándonos luz, como el cabo de la vela irradia luz, una luz artificial y parpadeante para cruzar la oscura fiesta, y conforme pasaba los días habitándonos se convertía en dura, gris piedra, casi negra allá adentro, en nuestras vísceras, nuestra sangre, nuestros músculos, oscureciéndonos más y más, como atemperándonos con la noche que nos rodeaba.

Se acostumbraba mucho, en el transcurso de estos días, practicar los juegos de mesa y apostar en ellos, y pagar altos precios por usar las fichas y los tableros.

Los músicos que nos acompañaran en los ataques habían aquí enmudecido, otros interpretaban alegres sones y donde uno fuera los escuchaba. Creo que no dejaban de sonar en toda la noche, porque nunca dejé de oírlos. Aquí y allá se escuchaba también la extraña música de los esclavos negros.

Las mujeres de La Casa viajaron de Port Royal para acompañarnos. Habían improvisado un teatrillo para recibirnos. Al abrirse las cortinas, representaban cuadros fijos, trabajados a la perfección en todos sus detalles. Entre los filibusteros oí que algunos reconocían en los cuadros que ellas formaban reproducciones de famosas pinturas y algunos las consideraban exactas, sobre todo *La muerte de Dido*, de Vouet, que fue la que mayor admiración provocara y se decía que en ella se había puesto tanto esmero por haber sido la Señora (ahora que la recuerdo, una chiquilla) amante del pintor Vouet. Digo con certeza que uno de los cuadros era exactamente igual a uno robado por nosotros, y que movía a risa lo que en los muros de la iglesia de Maracaibo arrancara fervor de los pechos españoles porque veíamos a su Virgen representada por nuestra prostituta, a su San José por el palafrenero de la meretriz, a su niño Jesús en el pesebre por una seria gallina que parecía estar empollando, a su Santa Ana por la chica que habíamos usado alguna noche… Después de eso, en hermosos pabellones, improvisados entre las piedras y los árboles de Tortuga, según ellas a la usanza árabe, se entregaban a nosotros para satisfacer los apetitos carnales.

Aquí y allá se comía opíparamente, platillos como tocados por hadas y brujas que nos ponían en la carne el corazón, como no lo conseguían nuestras meretrices.

DIEZ

El banquero toma los naipes, tres barajas reunidas, y los baraja. Hace cortar a Caza de Pie que está a su izquierda, y anuncia *Diez reales de a ocho*. El Tunecino, a su derecha, contesta, *un real*, y de un real en un real en renvites se llega a los diez que ha pedido Van Wijn. Vuelve una carta, la del banquero, tres de bastos, y sin pausa la siguiente, que es la de los demás, los "puntos", a la izquierda de la suya, as de oros. Enseguida vuelve otra y todos comienzan a gritar: No hace par ni con la del banquero ni con la de los puntos. Vuelve otra. Los puntos chillan: ¡Que sea as de oros!, ¡as de oros! Chillan, manotean. Parece corral revuelto. Como de puercos cuando entran los filibusteros a abastecerse para sus viajes, quiéranlo o no sus dueños, y si no lo quieren, a palizas lo querrán. Corrales tan llenos de puercos, tan apretados de puercos que estos no pueden ni moverse. Chillan. ¡Chillan! ¡Tiro doble! ¡Tres de bastos! Ganó Van Wijn, el banquero.

Baraja de nuevo. Corta Caza de Pie. Anuncia *Treinta reales de a ocho*. El Tunecino contesta *Tres reales* y los pone sobre la mesa de juego y como él otros nueve. Abre carta, siete de bastos. Revuelo en el corral, es carta de mala suerte. Para ellos, los puntos, el banquero tira de nuevo as de oros. La primera carta que vuelve tras estas dos es as de oros. Pierde el banquero.

Se retira del juego, pero antes de irse paga su cuota al que renta los naipes, un francés, Benazet, enriquecido cada vez más con el negocio del juego a costa de los filibusteros. Como en Tortuga nadie regula el juego y no hay impuestos, él pasa al gobernador una cuota fija y amasa monedas. No bebe. No tiene mujer y no le importan las mujeres, o no si hay que pagarles para tenerlas o pagar para mantenérselas. No gusta comer. No paga a los músicos que tocan en el garito. Cuando él es la banca gana siempre. El único lujo en su lugar es un letrero dibujado y adornado con flores y jarrones que dice EL JUEGO NOS PROPORCIONA LOS DIFERENTES PLACERES DE LA SORPRESA, firmado por el Barón de Montesquieu. Un ejército de esclavos cultiva las tierras que rodean el garito con matas de tabaco, lo secan, doblan las hojas en las rodillas, y él lo vende, a precio de oro porque se dice que es muy buen tabaco. Las tierras no son de nadie en Tortuga, él usa de ellas y sin pagar por el uso.

Benazet me llama aparte. Me amenaza por algo que no comprendo. Yo no he estado jugando hoy, ni bebiendo. En la mañana enseñé a dos muchachos cómo preparar las vendas. Pero he estado observando lo bueno que es Benazet para que todos pierdan en su provecho. Me amenaza y me vuelve a amenazar. Yo no entiendo de qué me habla. Alza cada vez más la voz. Los puntos, el banquero, quienes juegan dominó alzan la vista, separan la atención del juego para ver qué ocurre. El me grita más recio: no se ha dado cuenta de que todos lo están mirando. Yo no entiendo su discurso, porque concentro mi entendimiento en ver que lo están mirando, en observar las caras de los Hermanos y la ira floreciendo en Benazet, una ira que nunca imaginé en su tacaña persona. Me vuelve a amenazar y deja caer una palabra que es como un golpe, seco, a la nariz: Pineau. Se me nubla la vista. Se agolpa la sangre en mis oídos. Mis piernas quieren saltar pero se niegan a obedecerse a sí mismas.

Yo no soy el único que ha respondido con tal fuerza a la palabra. Atrás de la ola de sangre que me ha nublado el oído, no sé cómo escucho caer al suelo las sillas, rodar las fichas, golpes… Ni gritos ni palabras ni murmullos ni el revuelo contenido de corral que había durante el juego. Se han abierto las puertas. Todos han salido disparados.

Contra Benazet y los suyos, los hombres que lo cuidan, que más quieren huir que continuar cuidándolo. Todos los Hermanos contra Benazet.

Cuando terminan, veo a Benazet arrollado en el suelo de tierra de su garito. Literalmente hecho papilla. Los Hermanos me abrazan, uno a uno. En absoluto silencio.

Yo rompo a llorar, mientras ellos me siguen abrazando. Alguno me trae un vaso de vino dulce para que baje mi dolor, y me dice *Ya acabamos con él. No te matará como lo mató. Y no hay que temerlos, son vacas.*

Ahí, frente a mí, yacía muerto el asesino de Pineau.

Con el vino en la sangre, sobre el maltratado cuerpo me paré y lo pateé y lo pateé, perdida la noción del tiempo, hasta que bajo mis talones no quedó más que una masa infecta, como un vómito, como un caldo, con la ropa hecha jirones, como panes flotando en la espesa sopa de miga: yo era El Trepanador y aquello había sido el asesino de los dos hombres que me habían enseñado a serlo.

Mientras yo saciaba mi ira y daba de beber con mis patadas a mi dolor, la mayoría de los Hermanos había reiniciado los juegos y un pequeño grupo buscaba dónde tenía Benazet guardados los reales. Cuando los encontraron los entregaron a Antonio Du Puis, contramaestre de la expedición a Maracaibo, para que él los sumara al botín y nos los distribuyera, prolongando la fiesta en la que había entrado un raro rayo de luz con la venganza que hicimos en la muerte de Benazet, el francés que nunca fue más que la inmundicia en que terminó hecho.

Fue mi venganza, pero aún no entendía yo por qué Pineau y el Negro Miel habían muerto a manos del tacaño e inescrupuloso Benazet.

Fue mi venganza, pero, aunque en ella se desfogara mi corazón, no alcanzó a subir más allá de mis tobillos, o de los tobillos de mi comprensión. A pesar de ello, aun ahora, muchas veces, al recordar esta historia para revivir al Negro Miel, siento la masa resbalosa en que fue convertido la mierda de Benazet por los golpes de los Hermanos y mis patadas incontinentes. Pero extrañamente esa masa, al revivir bajo mis tobillos por la memoria, no me hace sentir resbaloso o inseguro el equilibrio, sino que por ella piso más firme, más seguro, y el olor que despide hace que la sangre que yo no puedo hacer andar por mis venas parezca moverse hacia aquellos días elásticos, noche todos desde que firmé bajo la Ley de la Costa.

ONCE

Lo siguiente que vendimos para continuar el dispendio fue un navío cargado de cacao. El aprovechado comprador fue el gobernador, dando por todo la veinteava parte de lo que valía.

Nos había llegado el momento, a los de la Costa, de abrir la bolsa los unos a los otros. No necesitamos verlo en nosotros mismos sino en lo que ocurría a nuestro alrededor: las mujeres de La Casa levantaban los pabellones y se regresaban a Jamaica, los comerciantes nos merodeaban, ofreciéndonos unos cuantos ochavos por objetos magníficos, los improvisados comedores de suculentos banquetes desaparecían como evaporándose en el aire... Antes de quedar completamente secos, el que aún tenía monedas las compartía, porque así son siempre los filibusteros, generosos los unos con los otros, de bolsa siempre abierta. O así lo fueron siempre hasta la llegada de la Segunda Cincuentena.

La Primera Cincuentena fue La Española, cuerpo móvil de asalto compuesto de cincuenta hombres divididos en pelotones que recorrían continuamente los bosques de Santo Domingo para sorprender y atacar a los bucaneros en sus propias madrigueras. De cincuenta en cincuenta consiguieron sacar a los rudos bucaneros del norte de la isla.

La Segunda Cincuentena ocurrió en Tortuga y fue una desgracia como la primera. Por fortuna no estuvo formada de cincuenta en cincuenta sino de sólo una vez cincuenta, pero fue tan dañina para los Hermanos de la Costa como lo fue la primera para los bucaneros.

Pero tengo que advertir al lector: si contara en este instante cómo fue esta Segunda Cincuentena, sus estragos en Tortuga, su pronto fin y el descubrimiento que me trajo sobre Pineau y Negro Miel, aquí terminaría esta historia, porque si yo vuelvo a ella una y otra vez es sólo para cumplir la promesa que le hice a Negro en su lecho de muerte, encargarme de hacer vivir su memoria. Y yo quiero contar aún, para no dejarlo con vida, cómo fue el merecido fin del cruel L'Olonnais y tampoco quiero dejarme en esos mares revueltos, quiero regresarme a Europa, desde donde hoy cuento (si aún estoy en algún sitio) estas historias.

Volviendo a donde iba: cuando ya no hubo quién entre nosotros sacara un ochavo para continuar la fiesta, azuzamos a L'Olonnais para que tramara otro genial asalto, y mientras lo hacía algunos salían en canoas para asaltar a los pescadores de tortugas, otros se hicieron a la mar para probar suerte por su cuenta (se dice que con tan mala fortuna que llegó el momento en que muertos de hambre atacaban a humildes pobladores de las costas sólo para obtener de ellos harina de cazabe y pescado seco, y que era tanta su hambre que a veces los desvalidos moradores conseguían echarlos de sus casas sin darles nada), otros fueron a La Española a hacerse de suficiente bastimento y otros carenaban, éstos con L'Olonnais, los navíos, para que anduvieran prestos en la próxima expedición.

Cuando se preparan los caribes para hacer la guerra, arrojan ají (algo similar a la pimienta) en carbones ardientes, provocando irritación en las mucosas y tos rasposa, con lo que creían producir el estado de ánimo necesario para atacar con furia. Nosotros, los filibusteros, no recurríamos al ají ni a la pimienta, ni simulábamos areitos como aquellos con los que terminaban por inflamarse los caribes para la lucha. Conseguíamos el ánimo para los ataques filibusteros al sentir los bolsillos vacíos, las gargantas secas, el cansancio de la fiesta que se prolongara por semanas y el hartazgo que nos producían las meretrices, esas mujeres que nada nuestro tenían escrito en la mirada y que compartían y soportaban las explosiones que provocaban nuestros espíritus (si los teníamos) para alcanzar algo parecido a la paz a base de alcohol, juegos, comida abundantísima, música, y que corrían con suerte si alguno le pagaba por hacer, realmente y sin enjuagues, las labores características de su oficio, porque para usarlas, ya lo he dicho, los filibusteros prefieren las mujeres forzadas, las que se les resisten, encontrando placer en la humillación y gozo en la extrema violencia. Un filibustero (cuyo nombre conservaré en silencio para que su alma, seguramente en pena, no venga sobre mí a vengarse) gustaba matar a la mujer que estuviera poseyendo, diciendo que lo apretaban de tal suerte las carnes fallecientes que no había mayor placer que hacer morir a la mujer usada, y hubo muchos que lo probaron para corroborarlo, y quien decía que sí era cierto y quien decía que no y quien decía que era un placer si era otro el que la mataba.

¿A quién que conociera la naturaleza de nuestros deleites podía asombrar el carácter de nuestros asaltos y luchas? ¿Quién, conociéndolos, podría creer que necesitáramos de algún tipo de ají sobre ardientes carbones para inflamarnos? Y quién que lo supiera, no entendería que en aquellos hombres había un pausado cambiar de sentimientos y sensaciones, dependiendo de si estuvieran antes de la lucha, después del ataque, durante éste, con el botín en la bolsa o dispendiado, o... Aunque por el momento, con la sorpresa en el recuerdo de Pineau y Negro Miel que me imponía la amenaza y muerte de la mierda de Benazet, y preparando mis provisiones de cirujano para la siguiente expedición porque nuestra partida parecía inminente, yo me hacía un poco al lado de sus emociones, otro aparte del cuerpo que los filibusteros formaran como un todo cálido y dispuesto, pero pude bien saber que los filibusteros "estábamos desesperados, ¿qué podemos hacer en tierra firme, con las bolsas vacías, si no sabemos calmar el trote de quien resbala por la cuesta, de quien no tiene descanso ni remedio? ¿Cuando a media noche, excedidos de alcohol, nos despertara incontenible al cruzar éste por las venas porque no cabía en ellas, nos preguntábamos cómo pueden vivir los hombres de tierra firme, encerrados tras cuatro paredes, cómo resisten la desesperación de los atardeceres tintos del Nuevo Mundo, cómo, sin calmarse con la amplitud del mar, del agua sin bordes, sin esquinas, sin orillas ni puertas...? ¡Porque en alta mar, o derrumbando lo que otros levantan para ocultarse, nuestro corazón filibustero encontraba dónde depositar la abundante sangre ebria que corría por nuestras venas!

"Antes de que pudiéramos parar la fiebre de la toma de la ciudad, antes de que pudiéramos suspenderla y verla como una cosa aparte de nosotros mismos, antes de que aprendiéramos —también— a decirnos que la batalla se había acabado, que nos habíamos hecho ricos, antes de ella, ¡ya no teníamos moneda que fuera nuestra, ni camisa nueva, ni pieza de seda o lino o tela burda!... y no nos dábamos cuenta de que el final de esa historia ya había ocurrido cuando sentíamos surgir la necesidad de emprender otro ataque... Las tardes, entonces, levantaban la bandera roja del asalto, cada tarde, y cada amanecer también la bandera ondeaba inmensa para nuestros ojos, y aunque ellos no entendieran qué era ese rojo vigoroso envolviendo los colores del mar Caribe, sabíamos que el colorado era señal de lucha, que los filibusteros debíamos seguir peleando, destruyendo, que lo nuestro no se había acabado, no... que teníamos que seguir con mosquete en cada mano y el puñal apretado con los dientes, aunque desfasados, sintiendo todo tardo, escapado del tiempo, lo único que conociéramos fuera la ira amodorrada y negra del alcohol, porque aunque esté en ella, sumergido, el filibustero no puede olvidar que él es, antes que nada, un Hermano de la Costa, como lo supo bien Mansvelt en la toma de Santiago, ciudad de tierra adentro. Cuando ya la habían tomado, cuando ya le habían arrebatado todas sus riquezas, los filibusteros se lanzaron a festejar su triunfo en la misma Santiago, compartiendo la gloria con los derrotados habitantes. Los emborracharon a todos, a los jóvenes, a los viejos, a los niños, haciéndolos beber de las barricas que ellos fabricaran para mercar. Embriagada la ciudad vencida, obligaron a los ricos a bailar para divertir a los pobres, para quienes también exhibían las ropas abiertas de las señoritingas a quienes detenían (ebrias, gritando) para que las usaran cuantos quisieran. Arrancaron los botones de los pantalones del gobernador —por el que ya habían recibido rescate—, quien iba y venía ebrio dando de gritos, tratando de imponer orden con los pantalones caídos a media pierna y arrastrando las palabras, que casi no podía articular por el excesivo alcohol que le habían hecho beber por la fuerza.

"A media borrachera, los filibusteros emprendieron la salida cargados del cuantioso botín, dirigiéndose hacia la playa donde habían dejado sus naves, pero una partida de ciudadanos sobrios comandados por el gobernador ebrio intentó detenerlos y lo hubiera podido hacer si no fuera porque Mansvelt y sus hermanos, envueltos en la nube de ron que oscurecía sus movimientos, aún estaban viviendo el momento de la lucha en que, haciendo acopio de su ingenio y de sus fuerzas, inventaban cómo hacer suyo Santiago. Cruzaron a los españoles, raptaron de nuevo al gobernador, se dispararon ambos bandos hasta caer los dos en el silencio: a ambos se les había acabado el parque. Entonces se lanzaron toda clase de invectivas, y los filibusteros exigían rescate nuevo por el gobernador, pero hubo un momento en que ya no escucharon respuesta: los españoles no contestaban, aburridos de la guerra verbal se habían retirado.

"Mansvelt y los suyos —sin saber bien si estaban en el momento del ataque o del festejo o del ataque posterior, con los nervios bien tensos como los de todo buen filibustero—, siguieron su camino al muelle, subieron a los navíos y, a punto de partir, recibieron una mísera cantidad por el segundo rescate del gobernador. ¡Nunca hubo gobernador tan mal pagado, ni tan mal vestido, con los pantalones empecinados en llegar al suelo! Así que aunque Mansvelt celebrara en su desesperación la victoria antes de tiempo, como tenía sangre de filibustero, no pudieron arrancársela ni aunque lo agarraron ebrio, porque aunque embriagado peleara fiero, nunca había borrachez en su juicio, borrachísimo, borrachón, borrachonazo fuera que no borrachuelo, como sí lo fue Rackham, pirata y no filibustero, que perdiera su barco en un ataque inglés, hallándolo a él y a toda su tripulación perdidamente ebrios, aunque pelearan para salvarlo dos mujeres, Anne Bonny, caprichuda y rica, y Mary Read, astuta y pobre antes de ser pirata. Aunque no debiéramos asentarlo los Hermanos de la Costa, porque ocurrió cuando ya nos habíamos disuelto, cuando Esquemelin había muerto hacía treinta años, cuando ya Port Royal, el puerto del magnífico placer, había sido barrido por las olas, pero ¿por qué no hemos de decirlo aquí, si nuestra bucanera conciencia lenta es también conciencia pronta, como nuestras reacciones se coloca fuera del tiempo…?".

Inflamados del ánimo, hechos todos ardiente carne sin oro, en ese sentido carne seca, los filibusteros nos aprestábamos para el siguiente ataque:

Había sido por la noche cuando se supieron separados de los demás navíos. ¿Falta de pericia? ¿Vientos que anunciaran lo que sucediera después? ¡Mejor para ellos que El Huracán se hubiera desatado antes de conocernos!, ¡mejor ser devorados por las olas del mar que encontrados a solas, en la estrecha bahía de la isla Guadalupe, una entrada de mar rodeada de altos arrecifes, a la que habían sido llevados sin su voluntad, por alguna corriente a la que creyeron bondadosa!

Nosotros habíamos salido en pos de canoas, a bordo de un sloop, porque L'Olonnais había decidido el sitio de nuestro próximo asalto, y por ser éste de aguas bajas, era necesario hacerlo en canoas: los de nuestra partida, las íbamos a arrebatar a los cazadores de tortugas, aunque éstos no estuviesen armados nunca y no tuvieran más pertenencia que su pobre canoa, labor nada agradable y a la que no sé bien a bien por qué me había yo sumado. El resto de los filibusteros nos esperaban en Tortuga.

—¡Barco a la vista!

El contramaestre daba la orden de acercar nuestro sloop a la galera española, ondeando la bandera roja que exigía su rendición. En un abrir y cerrar de ojos estaríamos ligeros, a punto de abordar su pesada nave, de tripulación excepcional: el Arzobispo discutía ardientemente con el Capitán, sin escuchar razones; los oficiales daban órdenes, las más contradictorias, a diestra y siniestra; el segundo de a bordo había enmudecido de pánico. El Arzobispo, que no sabía cómo éramos, exigía combatir a los filibusteros y no huir tierra adentro abandonándolo todo pero salvando el pellejo como quería el Capitán, que no sé si sería o cobarde o sabio porque aunque estaban bien pertrechados sabía que serían vencidos, y los soldados que venían custodiando al Arzobispo y a sus riquezas, en lugar de prepararse con cautela y ardor para la fiera batalla que se sobrevenía, se lamentaban a grandes voces de haber sido separados del resto de la Flota, mientras los galeotes, sordos a las órdenes confusas que se les daban, remaban lentos y desarticulados, haciendo a la nave moverse grotesca y torpe sin ningún sentido.

En cuanto nos acercamos lo suficiente para inspeccionar su cubierta, los músicos a bordo estallaron a tocar destemplada y disonantemente sus instrumentos, tan alto como les era posible. Todos, al son de la desarmada música, nos pusimos a bailar sobre cubierta, el Capitán con gastados jubones con brocados de oro, raídos calzones de seda y sombrero adornado con plumas rotas, todos con él agitábamos sortijas, brazaletes y pendientes, movíamos las piernas, alzábamos a un lado y otro los brazos, disparábamos una que otra bala al aire. Así estábamos, bailando, cuando las dos proas toparon, la una con la otra, y mosquetes en mano y puñal entre los dientes, habiendo hecho un boquete en nuestro sloop para que no tuviéramos regreso, abordamos la galera española.

El Arzobispo, de pie, vestido como corresponde a su Excelencia, interpuso entre él y nosotros su enorme crucifijo, mientras rezaba en voz alta y nosotros peleábamos contra los entumidos y cobardes soldados que gritaban aquí y allá piedad sin oponer casi resistencia. En cosa de minutos sería nuestro el navío, nuestra la cruz de oro engarzada con pedrería, nuestros los atavíos excelentes del Arzobispo.

De pronto escuchamos un rugido terrible, algo que como grito o aullido se prolongaba saliendo por la escotilla de carga, sobrepasando el volumen de nuestros músicos: los galeotes, aprovechando la confusión del oficial de remo, hartos de su látigo y de su crueldad, viendo en el nerviosismo de los españoles nuestro abordaje, pasaban de uno a otro, encadenados, al oficial que hasta entonces los maltratara, comiéndoselo a mordidas, hasta dejarlo, cuando cesó el lamento aquel tan espantoso, casi sólo huesos y sin vida.

Era tan abundante el botín y tan impropia la galera para buscar cazadores de tortugas, que decidimos regresar con L'Olonnais cuanto antes, pero prudentemente uno de los nuestros nos obligó a esperar, porque creyó ver en los vientos de la noche anterior anuncio de otro más recio y poco dominable: el Huracán, y aunque no le creyéramos con convicción, tanto miedo nos produjo la pura palabra Huracán que lo obedecimos, aunque no a pie juntillas por desgracia, porque él recomendaba acomodarnos con el botín en tierra firme, ya que teníamos a la isla tan cerca, y buscar en ella alguna gruta o cavar un refugio, dejando en la galera a los prisioneros para que se hundiesen y a las dos canoas que ya teníamos con nosotros para regresar a Tortuga, aunque después regresáramos por el botín. ¡Lo hubiéramos obedecido cabalmente!

DOCE

¿Qué puño aventó en este mar islas como quien riega semillas, agitándose y abriendo los dedos al mismo tiempo? El mar Caribe está sembrado de islas, grandes y pequeñas, profusamente habitado de islas y deshabitado salvaje, sujeto a que el dueño del puño que lo sembró sople un viento temible que vuelva al mar transparente en un Mar Inmenso, un viento indomable que aunque todos saben, sí, expulsado por alguien, parece no haber sido jamás domado: el Huracán temible, Dios de los indios que han poblado estas islas, el Huracán desconfiable.

Cuando él llega, el sol se vuelve de agua y las aguas transparentes se enturbian, tórridas, furiosas, como si el viento del Huracán las cruzara de abajo hacia arriba, como si el viento las revolviese desde lo hondo, como si Huracán transmutara su elemento, como si el viento pudiera levantarlas, y ellas, enfurecidas con ira de jovencitas que no saben de su propia fuerza, engullen, devoran, tienen hambre de lo que haya, transmutadas de límpidas aguas traslúcidas en tripas glotonas y en ácidos que disuelven lo que engullen y en músculos horribles, y en apariencias mucosas, resbalosas, aceitosas y corrosibles. ¡Cuidado, filibusteros! Algo más fiero que ustedes se ha soltado. ¡Viene a buscarlos! y Huracán no teme y las aguas del mar de pronto necesitan carne y Huracán no sabe quiénes son los filibusteros, pero aun sin saberlo, ¡va tras ustedes el Huracán, tras los que no tienen más jefe que a Dios ni más Ley que la Fuerza ni más voluntad que la violencia! ¡Va tras ustedes! ¡Ya!

Quedamos sin galera, sin arzobispo, sin cruz del Arzobispo (también la alzaba el viento), sin galeotes porque con todo y cadena soldada al buque se hundieron, y casi sin nosotros mismos, porque los más murieron. Nos salvamos los que habíamos bajado a dormir en tierra firme, atamos fuertemente la canoa con cuerdas a los árboles más grandes, y en cuanto el tiempo se compuso, nos echamos a la mar para reunirnos con los otros en Matamaná, al lado mediodía de la isla de Cuba, donde viven muchos pescadores de tortugas, y donde seguramente estaría ya L'Olonnais reuniendo canoas. Y así fue. Gran alegría nos dio vernos reunidos con los demás hermanos pensando que aquí terminarían nuestras pobrezas y tribulaciones.

Zarpamos hacia el cabo de Gracias a Dios, situado en tierra firme, a la altura de la isla de los Pinos, pero estando en la mar nos sobrevino pesada calma. Ya no éramos bienqueridos por el mar Caribe. ¿Huracán nos había tocado? Las aguas y los vientos nos fueron contrarias y nos faltaban ya las vituallas. Entramos en busca de comida y agua por una ría con las canoas y robamos todo a los indios, cantidad de maíz, mucho ganado de cerda y gallinas, pero no suficiente para nuestra empresa, así que seguimos por las costas del golfo de Honduras, buscando más de qué abastecernos, pero de asalto en asalto a los pobres indios no reuníamos lo que nos fuera suficiente y nos acabábamos lo que antes habíamos reunido, hasta que llegamos a Puerto Cabello, plaza en que se hallan almacenes españoles, en donde se ponen todas las mercaderías que vienen de país alto para guardarlas hasta la llegada de sus navíos.

Abordamos un navío español y en él nos acercamos a tierra firme para no levantar sospechas, apoderándonos de los dos almacenes y de todas las casas que había y tomando prisioneros a muchos de los moradores a los que L'Olonnais infligió los peores tormentos, y tantos que le pedí licencia para curar el cuerpo de una pobre mujer torturada en extrema medida, a la que él había decidido dejar con vida, no por clemencia, sí por crueldad, para que siguiera padeciendo los dolores que su maldad le provocara, y por respuesta obtuve que si lo mío era ser cirujano o albéitar, que siendo ella española y yo queriéndola sanar mi intento era albéitar porque curarla era como curar animales, pero no pude contener la compasión, y por no pelear por L'Olonnais le di a tomar veneno por la noche para que su alma amaneciera sin el cuerpo llagado en grandísimo tormento.

Muertos todos los prisioneros nos fuimos hacia la Villa de San Pedro. Llevábamos caminadas tres leguas cuando hallamos una emboscada que aunque nos dejó muchas bajas y heridos no pudo resistir nuestra furia. A los españoles que quedaron en el camino estropeados, L'Olonnais los hizo acabar de matar, después que les hubo preguntado lo que quiso.

Fueron tres más las emboscadas que vencimos porque no había camino en que pudiéramos esquivarlas, hasta que, ya por entrar a Villa de San Pedro, los españoles se vieron obligados a levantar estandarte blanco en señal de tregua. La condición para rendir la ciudad era que diéramos dos horas a los vecinos para huir y sacar cuanto pudieran.

Entramos y estuvimos dos horas en la mayor inmovilidad mientras San Pedro entero se escondía a sí mismo y cargaban los habitantes cuanto creían poder llevar consigo.

Pasado el tiempo, L'Olonnais hizo seguir a los vecinos y robarles cuanto cargaran y volvió San Pedro entero de cabeza pero no hubo modo de encontrar lo que habían escondido, por lo que, tras quedarnos ahí algún tiempo, a festejar según nuestras costumbres, redujimos todo a cenizas.

Enmedio de los bárbaros festejos, mucho más voraces que los de Tortuga al regreso de Maracaibo, encontré tirada al pie de un muro a una mujer que se quejaba con débil voz, pidiendo agua como única seña de su necesidad de auxilio. Yo volví su rostro y cuerpo hacia mí, sujetándola del largo cabello por no querer poner las manos donde le molestase. Lo que tuve en las manos había sido una cabeza y un cuerpo, era una masa herida en toda su extensión, cortada y quemada, azotada y golpeada. Quise darle de beber pero no había labios en que yo pudiera apoyar el recipiente y con mi cuchara dejé caer unas gotas en su ensangrentada lengua. ¿Cómo hacía para hablar, *agua, agua*? ¿Y quién le había hecho esto? ¿La habían sometido a tortura para que confesase algo?, le pregunté. Y me dijo: *No. Pero tengo algo que decirles. Por las costas de estas tierras pasará pronto un navío cargado de la más grande riqueza*, dijo todo eso, no sé con qué labios, lengua, boca, si de ello no quedaba nada. Y expiró.

La misma noticia fue recibida de más cuerpos que encontré o encontraron otros aquí y allá en San Pedro, cuerpos que habían sido de niños, hombres y mujeres, porque quien los llevaba al doloroso extremo parecía gustar hacerlo igual sin distinción de rango, sexo o edad.

Tres meses esperamos la llegada del navío, conviviendo con los indios salvajes de Puerto Cabello, cazando tortugas con ciertas cortezas de árboles llamadas macoa, y desesperando. Cuando por fin lo tomamos, no hallamos dentro de él lo que esperábamos, pues ya había descargado cuanto llevara de valor, la gran riqueza anunciada era solamente cincuenta barras de hierro, un poco de papel, algunas vasijas llenas de vino y cosas de este género, de muy poca importancia. Los cuerpos, torturados tal vez por alguno de los nuestros, nos habían mentido.

Nos reunimos después del asalto a votación. L'Olonnais proponía dirigirnos a Guatemala, los más desilusionados, nuevos en tales ejercicios, creían que los reales de a ocho se cogían como peras en los árboles y dejaron la compañía. Otros, encabezados por Moisés Van Wijn, regresaron a Tortuga, a seguir bajo las órdenes de Pedro el Picardo.

Unos pocos decidimos seguir tras L'Olonnais, sin saber que votábamos por ver su navío varado en el golfo de Honduras, demasiado grande para pasar los flujos del mar o los ríos, y poco después, en las islas llamadas de las Perlas, encallado en un banco de arena, donde lo deshicimos para rehacerlo en forma de barco largo con lo que creíamos que cambiaría nuestra suerte.

Mientras lo hacíamos y lo deshacíamos, considerando que teníamos obra para mucho tiempo, cultivamos algunos campos, sembrando en ellos frijoles, trigo de España, bananas. Y así, durante los cinco o seis meses que estuvimos en Las Perlas dejamos de parecer filibusteros, y tanto que hasta amasábamos pan y lo cocíamos en hornos portátiles.

Por fin embarcamos la mitad de los que éramos en el barco largo. En pocos días llegamos a la ría de Nicaragua, donde, para nuestra mala suerte, nos atacaron indios y españoles juntos, matando a muchos de los nuestros y haciéndonos huir hacia las costas de Cartagena, donde L'Olonnais cayó en manos de los indios de Darién y le ocurrió lo que aquí se asentará en boca misma de Ñau, L'Olonnais, hijo de un pequeño comerciante de Sables d'Olonne, que se dejó contratar por un colono de Martinica de paso por Flandes, con quien firmó contrato de tres años para las Indias Occidentales y a quien dejó, por parecerle la esclavitud insoportable, escapando con unos bucaneros y de quienes fue golpeado y maltratado y retomado por otros, quien se enroló con los Hermanos de la Costa, y comandó la expedición gloriosa a Maracaibo, para después emprender la fracasada historia en que perdió así la vida:

"Acercamos la barca a tierra para procurarnos en el bosque caza, pues en este país no hay mucho más que lo que se encuentra en el bosque. Emprenderíamos la caza, y mientras los dejé a todos preparándola, yo avancé un poco, desarmado, para hacer un breve reconocimiento, creyendo el sitio desierto. Cuando iba yendo por el bosque, oí de los dos lados del camino una gran gritería, como acostumbran hacer los salvajes, y arrancaron hacia mí. Reconocí entonces que me habían cercado y apuntaban las flechas sobre mí y tiraban. Exclamé ¡Válgame Dios! y apenas había pronunciado estas palabras cuando me tendieron en tierra, arrojándose sobre mí y picándome con lanzas. Pero no me hirieron más que en la pierna y pensé *Gracias a Dios*, confiado en que en cualquier momento llegarían por mí los fieros míos. Me desnudaron completamente. Uno me sacó la camisa, otro el sombrero, el tercero el calzado, etcétera. Y comenzaron a disputar mi posesión, diciendo uno que había sido el primero en llegar a mí y así corrieron conmigo por el bosque al mar, donde tenían sus canoas y donde me vi perdido porque no llegaban los míos. Cuando me distinguieron los de ellos que rodeaban las canoas, traído por los otros, corrieron a nuestro encuentro, adornados con plumas, como es costumbre, mordiéndose los brazos, haciéndome comprender que me querían devorar. Delante de mí iba un rey con un palo que sirve para matar a los prisioneros. Él hizo un discurso y contó cómo ellos me habían hecho su esclavo, queriendo vengar sobre mí la muerte de sus amigos. Y cuando me llevaron hasta las canoas algunos me dieron bofetadas. Apresuráronse entonces a arrastrar las canoas por el agua, por miedo a que los míos ya estuviesen alarmados, como era verdad, mientras otros me ataron de pies y manos, y como no eran todos del mismo lugar, cada aldea quedó disgustada por volver sin nada y disputaban con aquellos que me conservaban. Unos decían que habían estado tan cerca de mí como los otros, y querían también tener su parte de mí, proponiendo matarme inmediatamente.

"Yo esperaba el golpe, pero el rey, que me quería poseer, dijo que deseaba llevarme vivo para casa, para que las mujeres me viesen y se divirtiesen a mi cuenta, después de lo cual me matarían, fabricarían su bebida, se reunirían para una fiesta y me comerían conjuntamente. Así que me dejaron y me amarraron cuatro cuerdas en el pescuezo, haciéndome entrar en una canoa mientras estaban aún en tierra. Amarraron las puntas de la cuerda de la canoa y las arrastraron hacia el agua para volver a casa. De pronto, me di cuenta de que yo comprendía las palabras de su lengua salvaje como si las dijeran en mi lengua. Y que por lo tanto ya no tenía salvación.

"Llegaron a tierra firme y pusieron las canoas sobre la arena, donde quedé yo también, acostado por causa de la herida en la pierna. Me cercaron con amenazas de devorarme.

"Estando en esta gran aflicción, recordaba la gloria que yo un día había tenido y veía también ante mis ojos la mala suerte que me había venido persiguiendo desde la última vez que dejamos Tortuga. Con los ojos bañados en llanto, comencé a cantar del fondo de mi corazón el salmo *A ti te imploro mi Dios, en mi pesar*, que no había vuelto a cantar desde que dejé de ser niño. Allí cerca estaban sus mujeres, en una plantación de mandioca orillando el mar. Y a éstas fui obligado a gritar en la lengua de ellas: '¡Yo, vuestra comida, ya llegué!', y mientras decía estas palabras, imaginaba que las de su sexo eran las culpables de que me viera yo en tan mal estado y no sabía por qué lo imaginaba.

"Encendieron hogueras en cuanto llegó la noche y me acomodaron en una hamaca, amarrado de los brazos, como ella a los palos que la sujetaban. Amarraron en lo más alto del árbol las cuerdas que yo tenía en el pescuezo y se acostaron encima de mí conversando conmigo y llamándome: *Tú eres mi bicho amarrado*.

"Al amanecer corrieron todos los de su aldea a verme, mozos y viejos. Los hombres iban con sus flechas y arcos y recomendáronme a sus mujeres, que me llevaron entre sí, yendo algunas delante, otras detrás de mí. Cantaban y danzaban los cantos que acostumbran cuando están por devorar a alguien.

"Así me llevaron hasta una fortificación hecha de gruesos y largos troncos, como una cerca alrededor de un jardín, situada enfrente de sus casas, y que les sirve contra los enemigos. Cuando entré, corrieron las mujeres a mi encuentro y me dieron bofetadas, arrancándome la barba y diciéndome en su lengua: *Vengo en ti el golpe que mató a mi amigo, el cual fue muerto por aquellos entre los cuales tú estuviste*.

"Me condujeron después a una casa y me obligaron a acostarme en una hamaca. Volvieron las mujeres y continuaron golpeándome y maltratándome, amenazando devorarme. Vino una mujer que tenía un pedazo de cristal en un palo arqueado, me cortó con ese cristal las pestañas de los ojos. Luego querían cortarme de la misma manera los bigotes y la barba pero no me dejé y trajeron unas tijeras que les habían dejado los portugueses.

"Empezaron a preparar la bebida que tomarían después de comerme. Hicieron el fuego. No me quemaron en una sola pieza: me asaron por partes, primero un miembro, después otro, otro… Yo aún estaba con vida cuando veía cómo los niños devoraban partes de mi cuerpo, comían trozos de mi propio cuerpo, hasta que la pérdida de sangre me hizo quedar sin conocimiento y exhalé el último aliento en el momento en que clavaban en mi torso una estaca para asarme con todo y cabeza. No sentí el fuego. No supe cómo terminó la ceremonia con que los indios darién festejaron el banquete que mi propio cuerpo les procurara".

TRECE

Durante nuestra fracasada expedición, hubo un momento en que empezaron a salir de la nada, en las noches, los recuerdos con que Negro Miel poblaba la oscuridad de su ceguera.

Vi a la leona saltar sobre el antílope, y devorarlo. Vi la avestruz corriendo en la sabana. Vi las tupidas matas naciendo de tierra gris. Vi la rara manera en que vestían sus hombres y sus mujeres y el modo en que ellos pintaban de muchos colores sus caras y sus cuerpos. Vi animales que no sé cómo nombrar, enormes y extraños, no siempre temibles. No supe de inmediato que eran del Negro Miel estos recuerdos, pero de tanto repetirse y de purificarse con los años fui descubriendo que no eran míos, que en mí habían quedado escritos, cuidadosamente armados, como un paraíso, los recuerdos de Negro Miel.

Aun ahora, en la ceguera que me ha regalado el paso de los siglos, y que tanto agradezco, Negro Miel sigue caminando en el lugar donde la tierra alcanza su perfección, mostrándomela cada día más perfecta, como si al verla repetida se mejorara. Los hombres y las mujeres han salido de esas imágenes. Ahí sólo habitan vegetales, animales, y esa bestia hermosa que llamamos tierra, y que ahí luce en los celajes más prodigiosos, en ríos, en montes, en el silbar de un aire que sopla noble, continuo…

Regresamos a Las Perlas y corrimos con suerte, un barco pirata tocó la isla con rumbo a Jamaica. De ahí, después de visitar a las mujeres de La Casa para atender sus malestares y problemas, con mucho desánimo, me fui a Tortuga. Era otra la isla que en ella me esperaba. Había caído la Cincuentena. Tortuga estaba cambiada de cabo a rabo y no para bien. El por mil motivos odiado Bertrand D'Ogeron se había salido con la suya: en mi ausencia, un navío con cincuenta mujeres había arribado y el gobernador las tenía en venta. Quien comprara no podía llevarse más que una, y ésta tenía que ser tomada por esposa. Cuando llegué se habían vendido ya diez y ocho mujeres, tres de éstas habían abandonado a sus maridos y éstos peleaban con D'Ogeron la devolución de lo pagado por ellas. Pero no era la compra y la venta lo que importaba en el distinto aspecto de Tortuga. Cada una de las cincuenta mujeres se había apropiado de un bucan, y los Hermanos de la Costa, que siempre acostumbraban llegar y ocupar cualquier bucan, o aprovechar la mano esclava para levantar otro, no tenían ahora dónde meter el cuerpo para dormir, de no ser los peñascos y las arenas de Tortuga. Las mujeres habían decidido que se les vendiera junto con el bucan que ocuparan, para ordenarlo y hacerlo a su manera, y los esclavos tenían prohibido por el gobernador cortar árboles y ramas para levantar otros so pena de azotes, con el dizque de cuidar los bosques, como si hubiera algo que cuidarles, lo cual, sin aumentarle el precio que tendrían sin bucan (las cabañas no podían tener precio, eran de todos) favorecía a los intereses del gobernador que las había hecho traer de Francia anunciadas como huérfanas sacadas de un hospicio para que los rudos hombres de Tortuga cambiaran su vida aventurera y sentaran cabeza.

Había que ver a las huérfanas anunciadas por el gobernador para no creerlas tales: basura sacada de Salpretière, pero no del bâtiment Mazarin o del bâtiment Lassay sino del centro del hospital, de la prisión de La Force, por lo que con sólo saberlo y sin ver modales y lenguaje tan disolutos que uno se sorprendía de encontrar que persistieran en ellos, se habría sabido que no eran mujeres desvalidas sino prostitutas sacadas del lodo y arrancadas luego de las cadenas y los calabozos subterráneos de Salpretière. Y no eran como las hermosas de La Casa y los otros prostíbulos de Jamaica a las que nuestros ojos se habían acostumbrado. Mal alimentadas, y esto es decir poco, medio muertas de hambre, entradas en años, más tenían de perros en sequía que de mujeres. Cualquiera apostaría a que no se vendería ninguna... Pero conforme pasaron los días, llegaron a venderse veintisiete más... Antes de llegar a estas veintisiete que luego se vendieron, regreso a repetir que todo parecía haber cambiado en Tortuga y que mucho había cambiado, pero una taberna parecía haber sobrevivido igual a como era antes de mi última partida, y en ella me refugié pensando en ir a dormir en una gruta no muy lejos de Cayona que muchos Hermanos habían tomado por dormitorio.

Yo no tenía ni un real en la bolsa, pero los Hermanos me tomaron bajo su custodia y me invitaron de comer y de beber, porque, como lo he dicho, los filibusteros son siempre generosos con los suyos. Además, querían que yo les platicase del fin de L'Olonnais y de la mala suerte en nuestras últimas empresas tanto como yo quería que ellos me hablasen de Tortuga. Poco había yo podido contar, pero ya había anunciado que a mi vez quería oír las nuevas que ya había visto de la isla, cuando Pata de Palo, un filibustero viejo, de los que formaban el Consejo de la Cofradía, avanzó hacia mí apresurado, deteniendo su escudilla con ambas manos. Tropezó con ella en mi cuerpo, encajándomela casi, mirándome fijo a los ojos sin separar la insistente escudilla de mi vientre, y dijo en voz alta: *disculpa* y en voz muy baja, que ocultó para desaparecerla de los demás con un golpe contra el piso de su pierna de palo, *tómala, ten*. Yo sostuve la escudilla, él se separó apresurado de mí y oí de pronto un grito: *Seremos vacas, pero ustedes son puercos*, y varias voces a la vez gritando ¡puerco!, y de inmediato tres tiros de pólvora de un hilo, estampidos de tres armas. No alcé la vista para ver de dónde provenían porque seguía con los ojos el cuerpo de Pata de Palo cayendo al piso y al verlo caer algo guio mi mirada a la escudilla que él me había encajado para entregármela. En el fondo de ella había un papel doblado. Lo tomé de inmediato y con discreción lo metí entre mi ropa, pegándolo a la piel, y seguí mirando la escena sin moverme.

Alguien me empujó hacia el herido, *trepanador, atiéndelo*, en medio del revuelo. Algunos trataban de alcanzar a la pandilla que lo había atacado.

El grito *Puerco* aún resonaba en mis oídos. Caminé hacia Pata de Palo y me agaché para revisarlo. Estaba muerto. Una bala le había atravesado el corazón. No dije nada. Salí de la taberna. Me eché a caminar hacia donde no había construcciones, tierra adentro, pisando los caminos que Pineau amara tanto y que Negro Miel recorriera tantas veces en busca de yerbas o raíces para sus remedios. Sí, yo, como Pineau, amaba la isla. Una emoción confusa me movía, movía mi corazón en ella. Pineau y Negro Miel, mis dos padres, habían muerto aquí. Ésta era mi tierra.

No sé cuánto tiempo caminé sumido en la emoción provocada por la palabra puerco. De pronto, recordé el papel que Pata de Palo me había servido en la escudilla para ocultarlo. Me senté sobre una roca y escuché atentamente, para saber si acaso alguien me seguía. No se oía nada más que el zumbar de las moscas y las abejas y el paso del viento en las hojas de los árboles.

Saqué el papel de donde lo había guardado y lo extendí. Eran dos hojas, una tira alargada y otra grande cubierta de letra apretada. Primero examiné la tira a la luz del anochecer. Había en ella muchos dibujos rústicos y muy comprensibles: un hombre blanco usando de un hombre negro, un hombre negro usando de un hombre blanco, el negro y el blanco tomados de la mano; el blanco usando de la negra, el negro usando de la negra; la negra tomada con una mano del blanco y con la otra del negro; el negro, la negra, el blanco y el niño mulato; la negra con un puñal clavado en el pecho por el negro; el negro con un puñal clavado en el pecho por el blanco; el niño mulato y el padre

blanco en un navío con una leyenda escrita: "Señor de La Pai-
lleterie con el hijo de Louise-Césette Dumas". En el siguiente
dibujo, un hombre blanco usaba de un hombre negro y un negro usaba de un blanco, y el último dibujo era un mapa pequeño de Tortuga.

No comprendí nada. En letras más grandes, hasta abajo de
todos los dibujos, se leía:

PRO FE CÍA: SI NO SE PRO HÍ BEN ELLAS LLE GA

RÁ EL DÍA EN QUE EL HER MA NO ASE SI NE AL HER MA NO Y

ACA BA RÁ LA FUER ZA DEL FI LI BUS TE RO

y un anexo con letra chica en la esquina: "Quienes se deben al
Rey o al Cardenal no son personas, son vacas".

Cuidadosamente, lo volví a enroscar y lo guardé en el otro
papel doblado, como venía. ¿Por qué me lo había dado Pata de
Palo? Ya no tenía luz para leer la hoja. Me reuní con los Hermanos a dormir en la gruta. Practicamos los ritos de la Fraternidad, comiendo todos del mismo pan de cazabe, y cantando
las canciones en que nos jurábamos lealtad eterna. Bebimos.

Velábamos en el mismo lugar el cuerpo asesinado de Pata
de Palo. Nadie habló de vengarlo, pero sí se habló de no comprar ninguna de las mujeres traídas por el gobernador. Yo no
hablé de los papeles, ni dejé de pensar en la profecía.

A pesar de eso, ya lo dije, se vendieron veintisiete más, la
mayoría entre los que aún no habían sido iniciados en la Cofradía, matelots que expulsaríamos por esto antes de llegar a
filibusteros, pero dos tal viejos Hermanos, cosa que yo no me
podía explicar.

Se rumoraba que ellos, aliados del gobernador, habían sido
los asesinos de Pata de Palo. Aunque así fuera, la cuenta no era
exacta. Yo escuché tres balazos, ¿quién era el que faltaba?

De haberlo sabido, hubiera matado a los tres con mis patadas, moliendo su carne de vacas como bien lo merecieran.

CATORCE

Cuando terminé de leer el documento escrito en la letra apretada y regular de Pineau, yo estaba emocionado y también contrito. ¿Cómo no me había hecho consciente antes? ¿Cómo había entrado a la Fraternidad, a formar parte activa del sueño maravilloso, en una nube de alcohol, sin saber que formaba parte de la utopía de grandes corazones? ¿Cómo había disfrutado de muchas de tales aspiraciones sin sacudirme la emoción por ello, vuelto un bruto al que dan de comer manjares sin que entienda y disfrute de ellos, sin saber que yo formaba parte de aquello que la chica en el navío (mi amada Ella) me anunció cuando viajábamos de la triste Europa a la gran Tortuga (*En las tierras a que vamos, yo he oído decir que no hay el tuyo y el mío sino que todo es nuestro, y que nadie pide el quién vive, que ahí no se cierran las puertas con cerrojos y cadenas porque todos son hermanos de todos. Lo he oído decir. Y que la única ley que hay es la lealtad a los Hermanos y que para serlo, no se puede ser débil, o cobarde, o mujer. Yo me iré a una isla vecina y veré cómo formo parte de esa vida mejor*)? Pero todo parecía leerse ahora de otra manera porque la ambición de unos pocos (cerdos que se atrevían a llamar a los grandes puercos) se esmeraban en cambiarle el rostro, porque ya había en Tortuga el tuyo y el mío y el quién vive, porque aunque hubiera muerto Benazet, el dueño del garito, ahora había tres como él que no podía matar por no saber quiénes eran, y otros tantos poderosos, enriquecidos, bien protegidos que no dejarían que nadie les quitara lo suyo, y más, que embrutecían con el juego el deseo de aventura de los hombres, atrayéndolos a tierra firme, cortándoles las alas con falsos campos de batalla reproducidos en la baraja y las fichas, volviendo su fiereza paja para atizar la hoguera de sus riquezas… Ahora se dejarían contratar por el gobernador a cambio de unas pocas monedas para pagar los juegos que suplían sus aventuras y para llevar bagatelas a sus mujeres.

El sueño de esos hombres había llegado a su fin, y no veía yo cómo podíamos revivirlo.

El último que firmara el papel era Pata de Palo y ya había muerto. Puncé con el puñal que traía al cinto la yema de mi dedo gordo y firmé con sangre el documento, tratando de que quedara legible mi nombre, El Trepanador, acomodando la forma de las letras con la punta del puñal.

Lo guardé pegado a mi piel, en la cintura, y ahí lo llevé conmigo por años, hasta que lo perdí en un asalto del que nunca he podido explicarme cómo fue que salí con vida.

Viví treinta años más, después de haber firmado la Ley de la Costa, en esas islas, ya no entre hombres grandiosos para los que no había más ley que Dios, sino entre rufianes y asaltantes de la peor ralea que aceptaban pagar impuestos y vasallajes a D'Ogeron, a su sobrino y a quien lo sucedió, gobernadorzuchos que representaran a un rey allende el mar. Si resistí convivir entre ellos fue porque yo sabía que ellos eran los herederos de un sueño grandioso que permitía a los hombres arrebatar lo que a nadie por ley legítima perteneciera y porque la onda que ese sueño formara, empapada de violencia o alcohol alternadamente, algo me daba que ninguna otra forma de vida me podía dar. Lo confieso ahora que escribo estas páginas con los ojos, los oídos y el corazón de J. Smeeks, El Trepanador, para conservar la memoria de Negro Miel, yo que he corrido con la dicha de conservar la memoria de un lugar donde la tierra alcanza su perfección.

Duerme

A Pedro y Eliana Boullosa.
A Margo Glantz y Diamela Eltit.

Pensé yo que huía de mí misma, pero ¡miserable de mí! trájeme a mí conmigo y traje mi mayor enemigo.

SOR JUANA INÉS DE LA CRUZ

Si, como parecen pensarlo Avicena e Hipócrates, la mejor agua es la que más se asemeja al aire; la que más presto se calienta y se enfría; la que cocida no deja costras en las vasijas; la que cuece en menos tiempo las legumbres, y en fin, la más ligera, entonces no hay ninguna preferible a la nuestra.

CERVANTES DE SALAZAR

1. LA ROPA

Ya oigo: "por aquí", "por aquí". "Tlamayauhca", "Nite, ui-ca". "Es aquí". Nuestro alrededor sigue totalmente oscuro. Me sorprendo vociferando. Mis palabras (mudas, no puedo abrir la boca) son un torrente gritando "¡suéltenme!", "¡dé-jenme ir, déjenme!". Gritan desesperadas e inútiles, no se escuchan. A pesar de su revuelo, alcanzo a oír atrás de ellas "nite, uica". Ya oigo, pero no puedo moverme. Ni los pár-pados puedo abrir. Me estoy helando. Debieran cubrirme. Como cargan conmigo como con un saco inerte al hombro, mi pecho, mi vientre y un lado de la cara sienten la tibieza del hombre que me lleva, pero en el otro lado de mi cuerpo siento un frío casi de muerte.

De pronto, el vocerío de adentro se calla y rompe en mí una gana de reír incontenible, igualmente invisible, los músculos no responden. Soy un cuerpo yerto. Ni saberlo me quita la risa. Pero la risa pasa también, y consigo despejar un poco la im-becilidad que invadió mi cerebro. ¿Dónde vamos? Yo bebí una copa que llevó a mi habitación solícito un criado, caí en la inconsciencia, y ahora voy aquí, trotando a cuestas de un hom-bre. ¿Dónde me llevan? Con un enorme esfuerzo, abro un po-co los ojos. Primero no veo nada. Después nos acercamos a la luz, seguramente a quien lleva la antorcha. "Acopca", nos dice, y empezamos a subir los escalones. La antorcha se queda atrás de mi montura, ilumina un túnel. Nos hemos desplazado bajo tierra. Arriba, me acuestan en los adoquines. Veo el cielo nocturno, cuajado de estrellas. Veo la luna, sonriendo. Me regresa el deseo de reír y mis músculos entumecidos ceden un poco al impulso. Se envalentona la risa y revienta en carcajadas convulsivas que no estallan, mis músculos están duros como maderos. Ni cuenta me doy de quién me carga.

Cuando han pasado las carcajadas, noto que me han puesto en una carpa. Las sensaciones adquieren otro signo, el de la ebriedad. Unas manos tibias me tocan la cara:

—Está helado. Cecmiquiliztli...

Tienen voz de mujer. Me cubren con mantas y frazadas. Las llamas de las velas bailan, todos menos yo se están moviendo, siento que el mundo gira alrededor de mí. Las manos tibias me acarician la cara. Habla otro, hacia mí. Los brazos de las manos tibias me impiden verlo.

—Recién llegado. Tiene dos días. Vino con la gente del Capitán, me informé al acordar desde tierra adentro contrabando. No puede estar aquí por mucho, es francés, se dice que ha tenido tratos con piraras, y si lo sé yo lo averigua cualquiera, así que quienes lo han traído tendrán premura porque salga. Es mucho riesgo estar aquí... Luterano, francés, pirata, contrabandista. Muchos motivos para alcanzar la horca y para arrastrar a quienes se le acerquen, ahora que el Virrey busca...

Lo interrumpe otra voz.

—Quién sabe, tal vez hasta es judío. Es fácil verlo, ahora que le cambien la ropa.

La comodidad de mi embriaguez en el lecho me permite que vuelva la risa —ya consigue mover mi cara y el pecho— y además ha dado entrada a un apetito feroz. Como la cordura no me ha abandonado, veo lo estúpido de mis reacciones y trato sin suerte de controlarlas. Además, la gravedad de mi situación no debiera dar cabida más que a la desesperación.

—¿Y si mañana le escuchan lo francés?

—Creerán que Vuestra Merced tuerce el tono de la voz para salvarse, ¿qué más podrían creer?

—No me convence que sea francés…

—Sería peor un cristiano. No hablemos más. Tenemos poco tiempo. Y si descubren que él no es el Conde, el Conde no estará ya aquí…

—Ya lo oí hablar —es la voz de las manos tibias, la única de mujer que aquí he escuchado—, tiene un castellano bueno, sin acento extranjero. Seré india, pero distingo si un español lleva el habla extraña. Voy a quitarle la ropa, ya no está frío. Debieron cubrirlo en el paso subterráneo, traían su capa…

¿Voy a quitarle la ropa? El corazón me da un brinco. O me lo daría si no me hubieran paralizado por completo.

¿Quiénes eran? Indios revueltos con españoles, fueran quienes fueran serían aberración. ¿Para qué desvestirme?

—¿Me quedan sus ropas?

—Sí —le contesta la de las manos tibias—, usted es menudito. A él le quedarán también las suyas.

Empieza a quitarme la ropa, sin dejar de hablar. Yo, sin poder defenderme, sin poder hablar siquiera, que yo le diría: "Me la quito, no hay problema. Mire al otro lado y lo hago en un segundo", total, poco tiempo tenían las prendas viviendo conmigo. Pero ni una palabra consigo formular. Trato de poner en orden mis pensamientos. Van a cambiarme las ropas con las de un español y yo no puedo defenderme. ¡Maldición! ¡Y esta maldita risa…!

La de las manos tibias me quita prenda por prenda, y me cubre con una manta, no sin antes entregarlas para que las lleven al español, una por una, y por estar enviando uno y luego otro a llevar prenda por prenda que me quita, se queda a solas, y hurga con demasiado detenimiento en las partes de mi cuerpo. Cuando termina, me cubre hasta el cuello con una gruesa cobija. Para mi sorpresa guarda silencio, ni maldice ni hace alharaca, ni llama a voces para decirles su descubrimiento. Se queda junto a mí, con sus dos manos en mi cara, en completo silencio. Los otros regresaron de la habitación vecina:

—¿Es judío? —pregunta el español que viste mi ropa. No consigo ver su rostro, lo tapa la india, no puedo moverme para ver cómo la tiene quien me suplanta.

—No... es... —la sentí titubear—. No es judío.

—¡Pobre hombre!

—Trataremos de librarlo.

—Mi conciencia estaría más tranquila si lo hicieran. Si consiguen librarlo, denle trato de Señor; aunque sea luterano es inocente, y le deberé la vida...

Alguien arroja las ropas del español a mi pecho. Veo volar la orilla de mi capa en camino al cuerpo que me suplanta.

—Cuídese —le dice la india—. Nite nauatia...

Todos salen con el español. Van, seguramente, a mi habitación. Él será Monsieur Fleurcy cuando en la madrugada deje esta ciudad a la que no debí venir nunca. Si consigue irse en la madrugada, que yo creo que en dos días no lo dejarán salir, hasta que lleguen al acuerdo que esperan que yo...

La india de las manos tibias acerca las velas. Se queda una en las manos. Me descubre y me revisa, esta vez sin tocarme. Si tanta mano metiste en todos mis rincones, ¿por qué pones esa cara de asombro? Sí, soy mujer, ya lo viste. Yo me siento humillada así expuesta. Creí que ya lo había vencido, que nunca más volvería a ser ésta mi desgracia, el cuerpo expuesto, ofrecido (como si él fuera mi persona) al mundo. "¡Yo no soy lo que ves!", quiero gritarle. No puedo, y no me serviría de nada. Ella ve que no soy lo que quiero ser. Y que, total, sólo esto heredé de mi madre. Por más que lo rehúya será siempre mi condenación.

Quiero llorar y aun así no puedo contener la risa. Quiero llorar. Se ha muerto el único hijo que yo querría tener, me lo han matado en mi propio cuerpo. Me han dormido para que yo no pueda defender a mi vástago: yo, sí, yo soy mi propio hijo, Claire vuelta varón.

La india deja a un lado la vela y puedo verla. Me vuelve a cubrir, sin acomodar en nada mis pocas prendas, todas revueltas. Siento la aspereza de la manta en un pecho desnudo. Pienso poco en lo que me está ocurriendo, porque el hambre y las ganas de reír no me dejan en paz. Si pudiera levantarme, me echaría a correr, sería capaz de comerme vivo uno de los muchos perros, dueños nocturnos de las calles de esta ciudad.

La india regresa y vuelve a sentarse a mi lado. En una mano trae una piedra filuda, y en la otra un cántaro de barro. Frente a mis ojos golpea el uno contra el otro, para estar segura de que los veo. Me descubre, me acomoda alzada la cabeza, mirando mi cuerpo, y me clava con todas sus fuerzas la piedra en mi pecho desnudo, el izquierdo. Esta india quiere despellejarme, abrirme como hacen los suyos. No puedo moverme y casi no siento el corte.

—Altia nite —dice para sí, y para mí—: no te haré mal. Ya pasó el dolor.

En la herida abierta deja caer agua del cántaro. Al abrirme con la piedra, mi sangre roja se deslizó abundante por la piel, sin premura, a tibia velocidad. Ahora con sus dedos abre la herida, jalando cada uno de sus bordes a extremos opuestos, vuelca agua en ella, y a pesar de forzar los bordes de la profunda herida a una posición que la debiera hacer sangrar más, la sangre deja de brotar. Con el paso del agua, el centro de la herida queda limpio, como si no fuera carne abierta. El agua sigue cayendo del cántaro, pero no cae sobre mi piel, es absorbida por la herida. Veo cómo una vena, en un gesto excepcional, bebe del agua a tragos, como si fuera la garganta sedienta de un polluelo. Ahora cierro los ojos. Trato de explicármelo. Los vuelvo a abrir. La india me envuelve en una sabanilla suave antes de poner sobre mí la manta.

Entran, casi corriendo, los que habían salido; los que habían acompañado al español ya están de vuelta.

—Ya lo dejamos, lo acompañamos hasta la mera recámara para estar seguros de que todo estaba bien.

—¿Y? —preguntó la india.

—Todo está bien.

—Pues acá todo está muy extraño. Este hombre es sin ropas mujer.

Nadie hizo aspavientos, nadie dijo nada.

—De una vez voy a vestirlo, no vayan a descubrirlo…

Y empieza a vestirme, frente a ellos, con ropa ajena. Como me sienta para ponerme la camisa, los veo, algunos son indios, por lo menos uno español; veo con dificultad, borrosamente, todo se me desdibuja. Ya no sé si tengo los ojos abiertos o cerrados, sólo alcanzo a percibir una luz móvil, como arena cayendo, como cataratas de arena, y tengo náuseas. Casi no siento las cuatro manos que me visten, ni los ojos que me ven mujer, humillándome. Y no consigo dejar este gesto de poner en palabras cuanto me va sucediendo. ¿Para qué lo hago? ¿Para qué narrarme a mí lo que va sucediendo? Tampoco dejo de escuchar con claridad lo que dicen cerca de mí. Pero no los entiendo. Sus palabras no pueden entrar en mi cabeza.

2. MUERTE AJENA

Dormí como un lirón, me digo a mí misma ahora que despierto con dificultad. Recuerdo de golpe dónde estoy, que me han cambiado las ropas, que duermo en la cama de otro hombre... Me escucho decirme lo que va pasando y no intento combatirlo, apenas puedo conmigo, me zarandean para despertarme, me obligan a beber un café, me acomodan la ropa, me ponen las botas, con dificultad consiguen ponerme en pie. No ha pasado el efecto de lo que pusieron en mi copa, claro que ya no estoy paralizada, pero no consigo despertar los músculos. Me vuelven a sentar, me dan otra taza de café con la que casi queman mis labios. Me levantan otra vez, siento que ya no voy a caerme.

—Ya están aquí —me dice uno de ellos, indio, ya no veo españoles a mi alrededor—. No diga palabra.

Y tomándome entre dos de ambos brazos, me llevan hacia afuera, cruzamos un largo pasillo, el patio, y llegamos al salón. Ahí me esperan varios hombres vestidos de negro. Ninguno de ellos alza los ojos, parecen avergonzados, clavan sus miradas en el piso. Yo me siento en el deber de decir:

—Disculparéis, me encuentro un poco indispuesto...

Los dos criados indios me siguen deteniendo. Un tercero acerca una silla en la que me desplomo. Uno de los hombres de negro extiende hacia mí un papel y lo deja en mis manos. Lo abro para leerlo:

"Nueva España. 19 de agosto de 1571.

"Su Excelencia, Conde Enrique de Urquiza y Rivadeneira"… Ése soy yo. Alzo la mirada para observar la magnificencia del salón. Ésta es mi casa. Vuelvo a poner la mirada en el papel, un poco más abajo, "conspiración"… "horca". Me salto ya todas las palabras para llegar a la firma "Depositario del poder de su Majestad, Felipe 11, el Excelentísimo Señor Virrey Don…", etcétera, etcétera…

Estiro la mano devolviendo el papel a quien me lo ha dado. Apresurado, lo toma, no fuera a quemarme. Reviso el salón que es momentáneamente mío: por fin soy rico, un Caballero, un Noble, de Buena Cuna. Es mi consuelo, morir siendo lo que siempre quise ser en vida.

—Conde… Nosotros…

Calló. Hice un gesto con la mano, significando algo así como "ni preocuparse, así es".

—El carro del Virrey espera afuera.

Mis dos criados me ayudan a levantarme, y me guían hacia el exterior. Salimos. Giro la cabeza para ver mi casa: es un magnífico palacio, frente a la amplia calzada de Tacuba, la creo reconocer. Me suben casi en vilo al carro del Virrey. Qué extraño, mucha cosa sería el Conde Urquiza para no llegar en mula hacia la cárcel y la horca. Mucha cosa que no fueran a arrastrarme por las calles antes de mi ejecución. El carro echa a andar. Tengo que hacer acopio de todas mis fuerzas para no caerme del asiento. Me asomo y veo a mis criados cortejándome, ahí viene la criada de las manos tibias. Creo recordar que mientras yo dormía ella derramó más agua del cántaro en la sedienta herida. Ahora sí me duele mi pecho. Con todo, no la veo con antipatía, me da confianza e incluso gusto. No debiera estar para agrados, demonios, voy a la horca. Pero —oh absurdo estado de ánimo— conforme consigo despertarme más, me siento mejor y de muy buen ánimo. No tengo miedo. Ésta será tal vez la resaca de la copa de anoche, esta entereza, esta confianza estúpida.

Llegamos a la casa del Virrey y sus Oidores. El coche se detiene. Aquí se encuentra la Cárcel Real, en la que me encerrarán antes de llevarme al patíbulo. Puedo bajarme en mis propios pies, ya no estoy débil ni mareado. Entramos. Cruzamos los corredores de hermosos arcos de cantería. Las salas y estrados de audiencias están aún vacíos. El Virrey, los Oidores y sus familias sí deben de estar aquí adentro, en algún lado, que aquí viven, pero no se aparecen para no ver al huésped prisionero, al Conde Urquiza. Los empleados de la Casa de Moneda no han llegado aún, ni un caballero ejercita en la tela dispuesta para eso en la Plaza. Bajo un arco, donde pega tibio el rayo del sol temprano, un hermoso moro hila seda, sentado sobre un cojín de terciopelo. No alza los ojos para vernos, abstraído en su labor. Entramos a mi celda. Y digo entramos, porque la india de las manos tibias ha pedido permiso para entrar conmigo. Apenas cierran la puerta, pega su cara a mi oreja, para que nadie más la escuche decirme: "Señor. Caballero francés. Usted que es hombre vestido y mujer sin ropas no merece la muerte. No va a morir hoy en la horca, delo por seguro. Permita sólo que vacíe un poco más de agua en su herida. Es agua de los lagos de los tiempos antiguos. Era un agua tan limpia que estancada en ollas de barro desde hace muchos dieces de años no da muestra de pudrición o estancamiento. El agua tiene de cada lago, dulce o salado, de cada canal, aquí revueltas. Es curación desde nuestros padres y nuestros abuelos, y nunca ha sido puesta en un español. Era el agua tan limpia —sigue diciendo, mientras yo, de espaldas a la puerta, me abro la ropa y saco mi pecho izquierdo, abierto pero no sangrante— que nuestros abuelos no vaciaban en ella siquiera sus orines. A diario pasaban canoas a recolectarlos, y sacaban los orines de Temixtitan y los barrios, de ellos extraían fijadores para pinturas y tintes, las que usaban nuestros magníficos artistas, y los húmedos donde remojaban los hilos para bordar o hacer telas. Entonces nuestras telas no eran blancas… De esas aguas he llenado el cántaro, ayer a la noche, y hoy lo he vuelto a colmar por la mañana. Dos cántaros enteros protegerán tu sangre de la muerte. Éstas son aguas purísimas, no tocadas por las costumbres de los españoles, ni por sus caballos, ni por su basura. Usted que no eres hombre ni mujer, que no eres nahua ni español ni mestizo, ni Conde ni Encomendado, no mereces la muerte. Dicen que vienes del mar, que has estado con los que arrebatan a los españoles lo que se llevan de aquí. No mereces morir".

Deja de escanciarme el agua del cántaro. Mi pecho ha quedado aún más henchido de ella. Lo miro con asombro y lo empiezo a acomodar con dificultad entre mis ropas, su voluminoso cuerpo me da problema para ocultarlo. Por fin consigo hacerlo. Ella sigue hablando:

"Cuando cuelgues de la horca, no hagas nada. Finge que has muerto. Deja suelto tu cuerpo, gobernado por su peso. No te vayas a mover. No sé cuánto tarden en bajarte. Si es mucho, no temas orinarte y cagarte en las calzas, lo hacen todos los muertos. Cuando te bajen, yo estaré ahí. Te cubriré. Te llevaré a casa. Y de la sepultura, luego hablamos".

Para de hablar. Con su piedra filuda abre una pequeña herida en la frente, se pone en cuclillas y con gestos me indica que acomode la cara en su regazo. Ahí vacía el poco de agua que resta en el pocillo, mientras me repite: "Xeluihqui, xeluihqui, xeluihqui…".

—¿Qué me dice?

—Xeluihqui quiere decir "cosa partida"…

Estoy tan convencida como ella de que no me voy a morir. Por dos cosas: porque me conviene pensarlo y por la confianza que ella me inspira, ahora que descanso mi necia cabeza en su regazo. Además, si fuera a morir algo de muerte sentiría, y no, no es así…

Me pide que me levante, se pone de pie, esconde el cántaro en su mantilla de india. Toca a la puerta, le abren y se va, sin voltear a mirarme. Quedo a solas, muy poco tiempo; oigo subir la tranca y girar la llave en mi puerta. Entra el cura a la confesión.

—Conde…

No hay un mueble en mi celda. No quiero estar de pie. Me siento en el piso. Cubro mi cara con mis manos. ¿Qué le digo a este cura? ¿Cómo se hace una confesión? Si se trata de acusarme, ¿de qué me acuso? Separo un poco los dedos para espiarlo. Está de pie, frente a mí, pegado a la puerta, tiene miedo. Gano confianza. Silencio. Vuelvo a separar los dedos, se ve agitado, incómodo, ya casi está aterrorizado. ¿Él me delató? ¿Y de qué me delató? Se pone sobre el corazón su Sacramentario, a manera de escudo.

—En los juegos de naipes —le digo, sin separar de mi cara las manos—, siempre llega el momento de conocer la identidad de las barajas. La que se sospechó sota se revela diamante, el rey de oros, cuatro de copas… Igual es la vida.

Apenas termino la frase, pienso que es un poco estúpido que yo, el Conde Urquiza, me ponga a hablar de naipes. El caballero jamás debió tenerlos en sus manos. Pero el cura inmundo no repara en esto, sólo dice:

—Sí, Vuesía no debe necesitar confesión. No han pasado quince horas de la anterior. Puedo administrarle los Sagrados Sacramentos.

Digo NO con la cabeza, en un gesto que, por lo brusco, considero muy convincente.

—El Sacramento es la señal de una cosa sagrada en cuanto que Santifica a los hombres.

Digo NO otra vez con la cabeza.

—*Res sensibus* —a latín se brincó el cura, por no hallar barda a la mano que lo cubra, está muerto de miedo— *subjeta quoe ex Dei institutione sanctitas et justitiae tum significandae tum efficiendae vim habet.*

NO, con la cabeza contesto, pero también por la boca dejo salir un furioso NO, que se me está acabando la paciencia…

—La Extremaunción…

—Si no salís, Vuesía, por la puerta, yo os retorceré el pescuezo y os haré cruzar las puertas del Cielo, sin Sacramentos.

Golpea la puerta. Le abren de inmediato y sale, por piernas.

Me quedo ahí sentado, de muy buen talante, pensando lo mal que he hecho quedar al Conde… No creo que le importe gran cosa, sabía que dejaba su prestigio en manos de un pirata luterano… Y hasta este momento pienso que debí enseñarle mi rostro para que lo escudriñara, y dejarlo escuchar mi voz con detenimiento, para que viera que yo no soy quien soy, que van a llevar al falso a la horca… Estoy aturdido, no pienso…

Todos tienen prisa para deshacerse de mí. No he tenido tiempo de nada, quisiera jugar a imaginar cómo huyó el Conde de México hoy en la mañana, si lo dejan irse o lo fuerzan a permanecer hasta llegar al trato que a ambas partes favorece, cuando entran los cuervos que me recogieron por la mañana. Ya están aquí por mí. Si ya he dejado tan mal parado al Conde en sus últimos momentos, puedo seguir…

—Perfecto. Salgamos. No sé para qué me han traído aquí. No lo comprendo. Ni el Virrey ni los Oidores han acudido a saludarme, y en mi celda no hay banca ni silla que me ampare. Yo digo "Vayamos". Me alegra salir de aquí, aunque la horca no me hace mucha gracia.

Una espada en la mano, y cortaría a estos marimaricas la cabeza, que poco la han de usar. Prometo no tocarles su preciado culo, será lo único ponderable en sus personas. Pero no lo digo. Casi lo digo. ¿Lo digo? Ahora no son mis criados sino dos soldados quienes me escoltan.

—¡Señores! —digo, pero nadie voltea a escuchar mi discurso. ¿Para qué lo digo, si no han de escucharme?

Ya estamos afuera del dormido Palacio. A un costado de él, un ejército de hormigas indias levanta el Templo Metropolitano. Pasando el canal del Palacio, está el Templo Mayor de los aztecas. El día anterior, yo me paré entre los dos templos, estuve entre el ir y venir de los acarreadores de piedras, que las quitan de lo que queda del Templo azteca y las llevan para levantar el metropolitano. Una piedra tras la otra, destruyendo para construir el de la cristiandad. De música de fondo, la voz de los curas leyéndoles en latín, mientras ellos van y vienen, esforzados. Buen trabajo el de los curas, que sólo dejan resbalar palabras por sus bocas. Y yo ahora en el carro del Virrey, de nuevo, hacia la horca. ¿Temen que alguien salga a defenderme? Aquí nadie defiende nada. Si permiten que desmantelen su Templo sin decir ni pío, y qué digo, si con sus propias manos desbaratan el Templo para acarrear las piedras a la iglesia cristiana, ¿qué puede esperarse de este sitio? El carro del Virrey se deberá a otro motivo. Tal vez él quiere que digan que me trató como un Caballero hasta el último momento, aunque yo lo haya traicionado, que el desleal soy yo y no él. Eso ha de ser.

En la calzada, cabemos con amplitud el carro y el cortejo, sin que quienes vayan en este último se mojen los pies en el canalete central. Pero yo siento, y con un regusto que no consigo descifrar, que mi persona se va desgarrando por los costados, como si al avanzar dejara ropa y jirones de carne en las fachadas, porque me siento inmensa, a reventar, tal vez por efecto del pecho hinchado de agua que me he fajado con tanto esfuerzo en mis ropas de español, pero también porque, aunque sé que no voy a morir, temo la horca, porque empieza a subírseme el miedo, pero viene soberbio, me vuelve ancha, como si estar aterrorizada se confundiese con venir hinchada de soberbia…

Hemos llegado a la plaza del mercado. Bajo del carro hacia el barullo, y subo los escalones hacia la muerte. Miro abajo, nadie se acerca a ver mi ejecución, qué extraño, el barullo del mercado sigue intacto, no lo hemos afectado con nuestra ceremonia. Sólo mis propios criados rodean la horca. Los dos pequeños embarcaderos y sus barcas y canoas siguen inmóviles, varadas en el agua. Me ponen el lazo al cuello, y yo aquí, sin pelear, que apenas tengo fuerzas, y en el cerebro esta maña de explicármelo todo que me deja sin lugar para tramar nada. Los indios echan a sonar la campana que hay en el centro del amplísimo mercado. Todos alzan sus caras para mirar mi muerte, pero el que detiene una canasta en su mano no la suelta, el que come el mamey no deja de hacerlo, la madre que sujeta del brazo al hijo sigue idéntica, el que palpa el jitomate no le retira los dedos, como si nada pudiera arrebatarles el orden y el concierto del mercado. El único que cambia soy yo, cuando desaparecen las tablas que piso. Me columpio ligeramente, siento el tirón en mi cuello, y, quién sabe por qué, la cuerda empieza a girar. Doy vueltas colgado de ella, giro en la rueda de mi propia muerte. No puedo respirar, ni un sorbito de aire, no lo necesito, estoy vivo. No tengo miedo. He vuelto al tamaño de mi cuerpo.

Las aguas de los lagos me han salvado.

Creo oír adentro de mí sus tímidos oleajes.

Aspiro su limpieza y su variedad, no la fetidez que estancada solloza bajo las barcas y las canoas, como si fuera pastura infectada y ellas ganado enfermo. Veo en mis ojos cerrados la ciudad antigua, con templos blancos cubiertos de frescos, relieves y esculturas. Observo el mercado opulento, el juez de plaza, ataviado con exótica elegancia, gobernándolo, al costado. La cuerda sigue dando vueltas, y yo sigo viendo Temixtitan intacta, la camino de aquí a allá, en mis ojos cerrados, con asombro, porque en nada se parece a ninguna ciudad que haya yo visto en ninguna tierra, visito el Palacio del Tlatoani, veo a los hombres castigados por embriagarse enjaulados en el mismo lugar donde ahora cuelgo de la horca, y en cuanto me toman de los muslos para soltar el lazo y bajarme, pasan por mis ojos escenas de grotescas batallas. Veo en ellas a los españoles, sus armaduras, los trajes de los guerreros indios, sus escudos con oro y pedrería y plumas.

Siento las manos tibias de la india en mí, quiero decirle "He visto la ciudad de ustedes", pero guardo silencio de muerta, obedeciéndola. ¿Qué tal que me pongo a hablar? ¡Hasta el verdugo hubiera salido huyendo! Y del descuartizamiento que hubiera seguido al pánico, ni el agua de sus lagos me podría salvar.

El agua suena viajando por mis venas como el viento que corre en un pasaje. Su suave paso reviste mi cuerpo y mi memoria, agrupando todo de manera distinta, las cosas, los sentimientos, las partes de mí misma.

Me veo de otra manera. Recuerdo a mamá. La veo haciéndome usar ropa de varón desde muy niña para que yo pueda acompañarla de un lado al otro, en su largo peregrinar de prostituta, viajando al lado de ejércitos; veo a los soldados entrenándome en el uso de las armas, pero aunque mucho veo, no puedo recordar el nombre de mamá ni los míos (el de varón, el de niña), y me veo viéndola muerta, con una bala al pecho en medio de una gresca de borrachos de los que nos burlábamos las dos por parejo, sin imaginar que una bala, estúpida igual que ellos, se desprendería de sus jaloneos y llegaría a separarnos para siempre. Veo que me quedo parada frente a ellos hasta que el Coronel me jala del brazo, tengo diez años, entro a servirlo, y nos desdibujamos los tres bajo el paso del viento, aunque eso sí, incluso así, en la memoria que al reorganizarme desaparece, estoy trabajando como bestia, soy del Coronel esclavo. Lo último que alcanzo a distinguir es la manera en que él abusa de mí, cuando, por un descuido de niña, mi ropa manchada de menstruo, él descubre que soy mujer, y veo que lo abandono y que ejerzo el mismo oficio de mamá, con mis piernas de misma forma que las de ella —en el relámpago me veo como si yo fuera otra y sé compararnos—, también abiertas siempre, pero sola, sin hija que me ayude a quitarme de encima a los briagos dormidos, y me veo desdibujándome, como si yo fuera a irme de mí para siempre. En un último esfuerzo, me veo llegar a Honfleur, sus casas bajas de madera, su iglesia de madera, sus callejuelas articuladas como si fueran de madera, un puerto emulando un buque, queriendo botarse al mar, jugueteando con la posibilidad de abandonar tierra y su cielo siempre demasiado bajo —¿por qué tenía Honfleur el cielo caído?— y luego, antes de verlo devorado por su propia bruma, me veo con mi último cliente, me veo emborrachándolo, robándole su ropa, subiendo al último momento en el barco al que días atrás había yo enganchado a mi falso hermano, y por el que me habían pagado lo suficiente para comprar el alcohol con que dormí al inocente, el matalotaje del que yo tenía necesidad para el viaje, y aún me sobraron unas pocas monedas para no llegar con las manos vacías a las tierras nuevas. Lo último que veo de Honfleur es al marchante infeliz que nunca quiso venderme mercancía porque yo era sucia, y a las mujeres que cambian de costado en las callejuelas con tal de no pasar junto a mí, siempre yo aparte de ellas, otra, distinta, repudiada, repulsiva... Luego veo en un segundo condensada la desgracia de mi viaje en el barco, el encierro en sentina, los trucos de que eché mano para ganarme otras monedas, con las que compré mi libertad al llegar al Caribe ("Si yo le hago creer a ese chiquito que soy mujer y lo enamoro, ¿ustedes cuánto me dan?", entre otros muchos), pero apenas lo veo es devorado, todo va siendo devorado, el Caribe, la isla, el negocio de contrabando, la bodega, los bucaneros (vestidos con ropa de la que no se podía distinguir color ni material de tanta sangre cuajada, y su peste) bajando a vender carne y pieles, a comprar provisiones; veo mis trampas para defenderme, el par de hechos de armas en que participo, veo cómo llego a mercar a la Rica Villa, a costas de la proclividad por el hurto que tienen los españoles... Veo cuándo comprendí que me convenía arriesgarme y llegar a México, y veo que acá me llevan a la fuerza, ataviada de otro, a la horca y a la muerte.

¿Cuál muerte? Estoy más viva que un niño. Me han acostado sobre una camilla y me llevan en andas, cubierta con un lienzo blanco. Me atrevo a abrir los ojos. El lienzo es delgado y aunque un poco desdibujadas me deja ver a las personas en los balcones para verme pasar, aunque no a mí, al español de quien llevo sus ropas. El lienzo me impide distinguirlos, veo bultos y oigo el silencio que los acompaña. La bulliciosa ciudad me envuelve en una mortaja cómplice de silencio. Voy recostada en mi camilla, volando en los hombros de mis criados, oigo sus pasos, ninguno más. Todos se detienen para verme pasar. Los cuerpos están fijos, abajo de mí, en las calles, y arriba, en los balcones. Este silencio y esta inmovilidad equivalen a las tinieblas. Soy el ojo cubierto por un velo que lleva el cuerpo de cuatro torsos formado por mis criados, lo único que se mueve en esta pausa temible. Corro con suerte, el lienzo blanco se desliza lo suficiente como para que uno de mis ojos quede al descubierto. Digo suerte, porque tengo ya miedo, la tiniebla del silencio está por envolver mi ánimo. En uno de los balcones, veo a una hermosa morena española, vestida toda de luto, sin mantilla sobre su hermosa cabeza, con los ojos rojos de llanto. Al verme verla, grita:

—¡Me ve! ¡Me está viendo!

Mis criados indios detienen la camilla, la bajan de sus hombros a sus manos. La de las manos tibias me cierra los párpados con la palma de su mano, vuelve a cubrirme por completo con el lienzo, y dice, en voz tan alta que sobrepasa en nivel los chillidos de la morena histérica:

—Ni muerto lo deja ésta en paz.

Se calla mi enamorada, la que llora mi muerte, o tal vez se encierra en casa a encerrar susto y pena. Proseguimos la marcha un corto trecho, yo en la camilla en andas, mis criados abajo de mí, la ciudad silenciosa e inmóvil; damos tal vez cuarenta pasos y entramos a casa. Cruzamos el salón, los pasillos que caminé en la mañana... Me acuestan en la cama, los indios que me han traído a cuestas salen y cierran tras de sí la puerta.

Qué alivio siento. Ya pasó, ya pasé la horca, ya pasé el cambio de ropas... Me siento feliz, camino de un lado al otro de la habitación sin poner atención a nada más que a la dicha de estar vivo y moverme. Entre un paso y otro me sorprende un apetito feroz, yo sigo caminando, tratando de dejarlo atrás, pero no consigo separarme de él. Entra la india de las manos tibias, tan sigilosa que no me doy cuenta, hasta que oigo su voz:

—Buen susto nos diste, espiando, ¿qué no sabes cerrar los ojos? —parece molesta o enojada.

—Mire, india, qué más da... tráeme de comer que muero de hambre, y, bueno, la culpa fue del lienzo, él se resbaló, yo tenía los ojos abiertos, era peor que me viera la morena cerrándolos…

—Nada, nada… Te me acuestas en la cama y te estás inmóvil, en lo que vuelvo con lo que hace falta y preparo tu entierro. Y no me llamo india, todos los indios de esta casa nos llamamos Cosme por igual, para no confundir a Don Enrique.

—Denme de comer, tengo hambre desde anoche. Me la espantó un rato el susto, pero…

—Te me estás quieto en tu cama, si tú estás muerto, luego vengo…

Ese "quieto" en masculino me tranquiliza. Se va y yo me acuesto como me lo ha pedido. Si estaba de buen ánimo de pie y andando, todo se vuelve incomodidad inmóvil. Me aprieta la ropa, me molesta el pecho, pero consigo por fin acomodarme, después de mucho jalar por aquí y por allá, hasta quedar cómodo, inmóvil, para fingirme el muerto. Hasta me gruñen las tripas de hambre. Uno de los Cosmes entra, con los ojos ligeramente entreabiertos lo veo, yo no me atrevo a moverme. Sale. Regresa la de las manos tibias con el mismo Cosme.

—¡Demontre! ¿Qué no tenías hambre? Te mando al muchacho y te haces el dormido. Ahora a ver quién te quiere dar de comer.

—Pero si me dijo que no me moviera.

—Cabeza de alcornoque… Eres hombre, eres mujer y eres tonto también.

Está bien enojada. Mi ojo asomándose cuando no debiera la ha sacado de sus casillas.

—Cosme, perdóneme usted. Aquí estoy, sentado y muerto de hambre. Tú que eres tan generosa conmigo…

Sale. No se le pasa el enojo. Le pregunto al criado:

—Cosme, ¿qué le pasa a esta mujer? Está furiosa.

—No me llamo Cosme. Yo soy Juan. Ella tampoco se llama Cosme, se llama Juana. Y es que la enoja —me dice mientras me acerca el plato con bultos envueltos en hojas de maíz— la Mercedes. Ni su nombre puede oír sin enojarse. Cada que se le cruza en el camino se pone así. Le tiene ojeriza, es historia de hace tiempo…

—¿Y qué hago con esto?

—Los abre y se los come. Son tamales. Los hicieron en la cocina porque hay muerto en casa. Para el mitote de hoy noche. Pruébelos, han de estar buenísimos.

—¿Mitote?

—Sí, que haremos una fiesta. No íbamos a dejar pasar el muerto en balde.

—¿Y el mitote?

—Es fiesta de indios.

Juan sale, me siento a comer. Abro sus hojas y hay adentro una especie de pan de casabe, perfumado y suave, contiene además carne, salsa, picadas verduras. Se ha cocido junto todo, protegido por la hoja, y con la masa hace un platillo exquisito. De beber, Juan me ha traído una enorme taza de cacao en agua, es otro manjar. El chocolate.

Juana regresa con un bulto en los brazos.

—¿Se acabó los tamales?

—Sí, gracias, estaban exquisitos, Juana.

—No me llamo Juana.

—¿Cómo, entonces?

—Luego le digo. Vístase con esto.

Extiendo lo que contiene el bulto sobre mi cama. ¿Enaguas? ¿Una mantilla de india?

—Ni loco. Yo no uso ropa de mujer.

No me contesta nada.

—No, le digo, no las voy a usar porque son de mujer. Yo visto ropa de hombre solamente.

—Pues ahora hace ansina, como le digo. Y no se ponga a porfiarme, que ni estoy de humor, ni tengo tiempo. Lo vayan a sorprender hablando, y a la hoguera nos echan a los dos. Se pone esas ropas de india y encima —abre un hermoso ropero—, encima el mejor traje de Don Enrique, que en el ataúd debe lucir como el Conde Urquiza. Empiece a vestirse el huipil y las enaguas, y escuche. Ya están por llegar con el ataúd. Usted, cambiado y limpio —oiga, no se cagó ni se meó como le dije— se deja meter al ataúd. Se deja velar y no se mueve. ¿O quiere que le vuelva a poner en la copa lo que lo durmió?

Digo no con la cabeza.

—Bueno, así que se me está quieto. Cuando lo llevemos a enterrar, escuchamos los rezos, y apenas se retire el cura yo digo, cuando convenga, "es la hora", entonces se brinca afuera del ataúd, lo más rápido que pueda, se quita la ropa del Conde y salta en huipil y enaguas de la fosa hacia afuera. Me espera a un lado, calladita, y se reúne conmigo apenas me eche a andar. Ahora vístase, y ya no se mueva.

Me acerca el bacín, la jofaina con agua, y sale.

Yo la obedezco. Me visto de india, me visto encima de Conde, me acuesto y me hago el muerto. Al rato entran por mí. Me llevan envuelto en una sábana, me acomodan en el ataúd, la de las manos tibias se encarga de dejar como le gustan los brazos, pasa una cinta alrededor de la cara, me pone el sombrero, esconde la mantilla de india bajo mi torso, cierra la tapa del ataúd y se va.

Esto sí que no me gusta. Estar aquí, acostado, sin luz, sin saber qué va a ser de mí, condenado a portar ropas de india. Pienso cómo llegar hasta mis compañeros, pero de inmediato me doy cuenta de mi error: no puedo presentarme ante ellos vestido de india. No importa, reconstruyo el camino que me lleva a ellos, lo vuelvo a emprender en la imaginación, en cualquier descuido me apodero de espada y ropas de algún confiado español, sé que ataviada de mujer no soy fea, y si lo hice en Honfleur bien lo puedo hacer en Nueva España. Ya vestido así, llego a ellos, les cuento mi aventura (omitiendo mi paso por las enaguas) y esto se acabó. Pero el puro imaginarlo me incomoda. No soy gente de vivir sentada, sino de hacer, de emprender, de ocupar el cuerpo y la imaginación en cosas ciertas y llanas. Reconstruyo de un modo y otro las escenas y no consigo hacerlas calzar, algo no cuaja. Es por este maldito ataúd,

¿quién podría sentirse bien envuelto en él? Tengo una de mis muñecas sobre el pecho abierto y empieza a incomodarme la herida, pero no puedo moverme; no sé si haya alguien escuchándome en el salón, podrían oírme. Me obsesiona mi muñeca, creo que la abertura del pecho quiere morderla, vuelan mis pensamientos, veo a mis dos pechos desnudos y a un hombre goloso acercándose a ellos, y veo que al acomodar su párpado sobre la herida ésta lo muerde… ¡Come mi pecho abierto! No lo resisto y quito la muñeca de ahí, bajo aún más el brazo, quito la mano también, es cierto, el pecho palpita, tal vez sea capaz de comer… ¡Qué tonterías estoy pensando! Es por culpa de este maldito hablar explicándolo todo que no acaba de quitárseme… y es el ataúd, y es el pecho lastimado, y es el huipil en mis caderas…

Pasa el tiempo y sigo con las estúpidas zozobras.

Creo que me quedé dormido. Creo que estoy despierto. Tocan a tambores cerca de aquí y oigo cantos en lengua. Tal vez ha empezado el mitote.

Mal entierro para un Conde, mitote de indios. Pero, ¿quién vendría a verme, si no? Seguro tiene el Virrey gente espiando afuera de mi palacio, buscando quiénes conspiraban conmigo. Por otra parte, ¿para qué venir? No hay viuda, la que me ama no ha de poder poner un pie en la casa, por culpa de esa india tan mandona; no hay deudos, sólo quedan criados indios en la casa del Conde. Y yo, que debiera jugar la parte de su cuerpo, mal lo hago, con esas ropas de india pegadas a la piel.

Abren mi ataúd. Una india me acaricia, me dice cosas en lengua con tono dulce, se va. Luego luego tengo otra haciendo lo mismo, y otra, y ponen sus labios en mí, van dejando cosas en mis pies y sobre el resto de mi cuerpo. No contentas, de dos en dos se acercan a mí y me tocan, me soban, me rodean de cosas. No me dejan sin ellas un momento en toda la noche, y no dejan de tocarme, de repetir palabras dulcísimas, de acercarme su aliento. Cuando amanece, la de las manos tibias viene a mí, me retira lo que me han ido poniendo sobre el cuerpo, y me deja a solas. Lo que reemplaza a las cosas es mi incomodidad ya extrema, que no sentí mientras hubo tanto halago y tanto mimo.

Nunca, ni cuando puta, había pasado una noche tan llena de caricias. En esta ocasión, además, soy hombre, soy rico, voy bien vestido, soy el Conde Urquiza. Estoy feliz.

Dejo que me venza el sueño. Trato de no permitir que me despierten. Los dejo poner la tapa del ataúd, me conviene la oscuridad; dejo que me carguen, me conviene el arrullo.

Adivino que estamos ya en el panteón porque ahora es latín con lo que una voz de varón, dura, me despide. Me bajan en el ataúd. Acá abajo no oigo nada, creo que no voy a oír lo que me diga la india. No se me vaya a olvidar quitarme las botas. No se me vaya a olvidar… Si yo no los oigo, ellos a mí menos, así que me voy desabotonando las ropas del español. Con la camisa no hay problema, los botones traseros no quedaron cerrados… el cuello… los largos calzones… Se termina el murmullo en latín. La voz de la india se acerca a mi tumba. Dice no sé qué en lengua. Tecocani, taixpan nite, tlallanaquia, y luego, intercalando, como quien no quiere la cosa, casi grita "es la hora", y se aleja con otros diciendo "tlamarizpololiznezcayotilli yancuic miccatlatatactli", y yo, rápido, abro el ataúd, me desprendo de las botas y lo que me resta del vestido español, tomo mi mantilla, salto, cierro la tapa del ataúd, y trato de salir de la fosa, pero apenas toco la tierra recién cavada, se suelta, se viene abajo. Me es imposible salir. Con todas mis fuerzas (que no son muchas, tengo el cuerpo aterido de inmovilidad) me arrojo sobre el ataúd, haciendo un estruendo. Los sepultureros, la india de las manos tibias, mis criados corren a ver qué pasa, vienen cargados con las flores, las mantas, las ofrendas de cera y fruta que pondrán sobre mi sepultura. De pie, batida en tierra, con expresión atolondrada, poniendo cara de llorar, los miro como diciendo "me caí", que no sé cómo demontres se dice esto en lengua, y trato de aparentar que me horroriza estar ahí dentro, lo cual es verdad.

—¡Un diantre con ésta! —dice la de las manos tibias.

—Me asomé y me caí —digo.

La india arranca a hablar en lengua, yo no escucho porque hago cuanto puedo para tratar de salir, pero no puedo.

Los sepultureros me tiran un lazo, tal vez el que usaron para bajar el ataúd, me agarro de él y me sacan de mi tumba. Todos están muy enojados conmigo, regañándome en lengua, la india con su mantilla me sacude, ahora sí que estoy puerca de tierra, de la cabeza a los pies. Los sepultureros se apresuran, sin ninguna ceremonia, a echar paletadas hasta que cubren el ataúd. A unos metros están mis demás criados, con la vista al suelo. Nos ponemos a ver con respeto cómo entierran mis ropas de español. No sé qué emoción siento, tan extraña, o serán las enaguas que porto y el susto que acabo de pasar, yo qué sé, pero aquí estoy llorando; unos gruesos lagrimones me escurren por la cara, pintándomela, lo sé porque paso mi mano para quitármelos, he de tener la apariencia de los salvajes que vi cuando vadeábamos la isla de Sacrificios. Así he de parecer, con la cara pintada con lodo, como los caníbales, y peor me he de ver que la tierra de que está hecha mi pintura es para cubrir muertos. Esa máscara me ayuda a sentirme real, a olvidar las raras sensaciones provocadas por el agua de los lagos antes de ser tocadas por la orina, la sangre, la codicia y la mierda extranjeras, el agua que corre por mis venas.

Cubrimos la tumba con las ofrendas. Caminamos hacia afuera del panteón con los demás criados que formaran el pobre cortejo fúnebre del Conde. Nadie me hace aspavientos. Nadie dice nada. Caminamos en silencio. Qué extraños son, pasan la noche en un mitote honrando mi muerte, ahora caminan a mi lado sin preocuparles que esté viva.

Después de andar un trecho, me habla un indio:

—Yo soy Cosme. No te dejes la cara sucia, anda, toma.

Me presta un enorme pañuelo rojo. Ve que no hago nada, lo toma él y me limpia.

—Dime —dice guardando su sucio pañuelo, ahora que seguimos andamio—, tú que sabes, dime, ¿cómo es el mar?

—El mar es como una cazuela llena de agua con sal, meneándose siempre un poco —dice la de las manos tibias— y los que se suben al mar se vuelven tan zonzos por el meneo que apenas ponen los pies sobre él se tornan pequeñitos. Por eso lo ven enorme y creen que no acaba nunca. Por eso, cuando vuelven a tierra, el corazón les queda diminuto. Ya no les vuelve a crecer. Cuidado con esta india, Cosme, que ya pisó el mar...

—¿Por qué contestas tú? Dime, francés, ¿cómo es el mar?

—Ni por su nombre le hemos preguntado —arguye otro criado—. Yo soy Diego, para servirle.

—Pues el mar, Diego —¿cómo decirles que no recuerdo mi nombre?—, el mar es... —trato de recordar algo del mar. Cierro los ojos y atisbo entre los cadáveres de mi memoria un azul áspero que no acaba nunca. Abro los ojos y veo a mis criados viéndome—. Me llamo Claire —¿por qué les digo esto?, al hilo agrego—, el mar es donde el mundo se mira completo. En él hay de todo, hasta la cazuela con sal, y cuanto hay se encuentra entero. Fuera de él, en tierra firme, todo se mira dividido. Vean —señalo la esquina del muro de un enorme convento, recortado frente al cielo teñido de un azul intenso y luminoso—, ¿por qué lo terminaron ahí, precisamente? Si hubiera edificaciones sobre el mar, no se acabarían nunca, o terminarían donde se hastiaran. En tierra firme todo viene roto, partido, fragmentado, dividido... Nunca hay nada completo...

—Será verdad —dice Cosme—, como en México la tierra está detenida en agua, y parte de ella es salada, cuanto hay en ella debiera no partirse también. Pero no, lo vio ya en la esquina del monasterio. Y aún no ha visto nada...

—Vamos a las afueras ahora, que nos ha llegado una nota del Conde citándonos ahí. Alguien nos entregará un mensaje y monedas, me imagino —la india de las manos tibias tiene prisa.

Poco quiero ver. Debo irme donde nada me reconozca con estas enaguas. Donde otra vez nadie sepa que bajo las ropas tengo cuerpo de mujer, que he vuelto a él por suplantar a un muerto, que revestida con él lo he perdido todo.

3. DE CÓMO LE FUE DE INDIA A LA FRANCESA, PARA LO QUE CONVIENE SACAR AQUÍ A CUENTO AQUELLAS FRASES DE CERVANTES DE SALAZAR:

"*Alfaro*: ¿A quiénes llamas mestizos?
   Suazo: A los hispano-indios.
   Alfaro: Explícate más claro.
   Suazo: A los huérfanos, nacidos de padre español y madre india".

Caminamos hacia afuera de México, adonde termina en un lago, que en otros lados termina en tierra firme, hasta que llegamos a donde ellos querían. Aunque parezca inverosímil artificio, me ocurren en el mismo lugar y momento tres diversos sucesos. Pero no es artificio, es la verdad.

Al tiempo que llegamos a las barcazas que construyó el Primer Capitán en la Nueva España para vencer la ciudad de los indios, Temixtitan, y que ahora yacen varadas sobre un lodazal que es ya más tierra que agua, a punto de volverse arenisca, porque el lago ha bajado en mucho su nivel en los últimos años, suceden tres cosas. Las tres las vivo al mismo tiempo, pero ¿cómo puedo contármelas? No son iguales las palabras que les pertenecen, y éstas ocupan más territorio que los hechos, porque si ésos comparten, sin pertenecer a la misma trama, lugar y tiempo, éstas no caben con las otras... Así que doy en mi voz preferencia arbitraria a uno de los tres sucederes, sin que dé a entender que éste ocurrió el primero, porque repito, es él simultáneo de los dos a los que prestaré palabras después.

Miramos la extensión del lago, en su mayor parte seco, en silencio. Un emisario blanco llega a pie y entrega algo a la de las manos tibias, sin dirigirnos la palabra. Juana, si se llama así, nos da la orden de ir hacia casa y hacia allá vamos, cada uno absorto en sus pensamientos, y yo en ninguno, que la infelicidad de verme vestida así, descubierta mujer, no me da fuerzas para articular pensamientos. Llegamos a casa, el patio todavía lleno de estragos del mitote. Me asignan en una de las habitaciones de los criados (de cualquier modo espléndidas) una cama de tarima y me llevan a comer a la espaciosa cocina, donde todos los criados hablan lengua ignorándome, situación que ha provocado mi silencio circunspecto. Después se aplican a limpiar la casa, de una manera escrupulosa que yo jamás he visto. Se podría comer en el piso, más limpio está que cualquier sueño de limpieza de ninguna escudilla. Y muy temprano se acuestan a dormir, mientras yo doy vueltas por el palacio, sin poder urdir plan alguno y sin ganas ningunas de recostarme, hasta que oigo las primeras campanadas de la iglesia vecina y me acuesto a la hora que los criados se levantan a empezar la jornada. Consigo conciliar el sueño bien entrada la mañana.

Miramos la extensión del lago, en su mayor parte seco, en silencio, cuando sentimos los pasos de un caballo aproximándose. Sobre mi montura, viene un hombre vestido con mis ropas, y no se detiene hasta estar a nuestro lado. Arroja a Juana, si se llama así, una bolsa de monedas.

—Cuida mi casa. Ya mandé traer a Pedro de Ocejo, tan bien parado está con el Virrey que puede ocupar sin riesgo mi casa en lo que llega mi sobrino. Yo he de volver.

Lo miro con envidia, yo querría ser él. ¿Y no lo soy de algún modo? Lo que no soy es esta india con piel de francesa, mirándolo.

—¿Y esta ojona?

—Es él, Don Enrique. El francés. Lo supe ayer, cuando lo desvestía, que es mujer…

—Acércate —me habla a mí, y me acerco— más —quedo prácticamente pegada a mi (su) caballo. Pone su bota (ésa sí es de él, que no mía) sobre mi camisa blanca. Pone la punta del pie bajo mi pecho izquierdo mostrando su tamaño voluminoso. Baja la punta de la bota por mi cintura—. Gírate —me dice, y toca con el pie por mi espalda—. Preciosa, la francesa. La llevo conmigo.

—Si Don Enrique quiere matarla… Le hice una curación. Sobrevivió la horca, pero —para entonces ya estaba yo sobre su caballo, había aceptado el brazo que me ofrecía para subirme, lo que fuera era bueno para irme de aquí—, no se la lleve, se le morirá si la saca lejos.

—¿Es cierto lo que dices?

—Es cierto mil veces. De nada nos servirá ella aquí, pero es verdad, no puede irse lejos… Será suya cuando vuelva.

—Qué se va a morir, es carne sana.

—Es cierto lo que le digo, pero si quiere llévela.

Entonces el Conde, con un gesto de sus fuertes manos, hace que me vuelva hacia él sobre el caballo. Me levanta el huipil, lo quita de mi torso, quiero zafarme, los criados me sujetan de las piernas y las manos, dejándome herida y pechos desnudos. La herida está ya cerrada por completo. El pecho sigue hinchado, pero es hermoso. Pone su mano en él. ¡Que la herida estuviera abierta, y lo mordiera, y me vengara! Abre sus calzas, me levanta las enaguas, y me posee, sujeta de los pies por sus criados, sobre mi caballo, doblando hacia atrás mi torso, sin importarle que la silla me lastima. En tres sacudidas suelta su emisión, para mi suerte, sin gesticular, como si no lo hubiera hecho o no le importara, y cuando termina me baja dejándome entre los criados medio desnuda. Espolea el caballo y veo cómo se va, con la identidad que yo había hecho para mí, perdiéndose en la distancia.

Juana, si se llama así, da la orden de salir hacia casa. Alguien me acerca el huipil y la mantilla, me cubro. Caminamos cada quien absorto en sus pensamientos y yo en ninguno, que mi infelicidad no me permite más que repetirme una y otra vez "no puede vivir lejos de aquí". Llegamos a casa, el patio todavía lleno de los rastros del mitote. Me asignan en las habitaciones de los criados una cama de tarima y me llevan a comer a la espaciosa cocina, donde todos los criados hablan lengua haciéndome caso omiso. Después se aplican a limpiar la casa. Muy temprano se acuestan a dormir mientras yo doy vueltas por el palacio, sin poder conseguir la serenidad para acostarme, sabiéndome prisionera, humillada en esta vestimenta, hasta que escucho las campanadas del día y me acuesto a dormir cuando los demás criados se levantan a empezar la jornada.

Lo tercero simultáneo que me acontece es que nos detenemos frente a las barcazas que el Capitán General hizo construir para tomar Temixtitan por asalto, varadas en tierra seca. Y Cosme dice:

—No sé, por lo que dices, si el mar me será obediente.

—El agua no obedece a nadie —le digo.

—El agua me obedece a mí.

Y empieza a hacer gestos con las manos y la cara, y con la boca a hacer un ruido como si azuzase con señas y sonidos a un perro o a un animal que le fuera fiel. El agua de la laguna, tan retirada de nosotros, al oír su llamado empezó a acercarse, más, más, más, más, hasta que levantó a las barcazas y llegó a nuestros pies. Pero decir "acercarse" es equivocado, porque no caminó sino que se expandió, creció, tanto que cuando Cosme dejó de hacer gestos y de hacer pst pst pst con la boca, con los ojos veíamos que los márgenes de la laguna llegaban a nuestros pies.

Esto no ocurrió tan rápido como lo cuento. Cuando llegamos a casa, ya era de noche. Paseo por los pasillos, exploro las habitaciones, espío cajones, cofres, libros, no encuentro qué hacer con el tiempo en esta noche eterna, completamente vacía de sueño. Me acuesto al amanecer, cuando los criados se están levantando, y me doy cuenta de que me han ocurrido tres cosas a la vez, las que aquí he puesto antes de caer en los brazos de Morfeo.

—¡Juana! ¡Juana! ¡Juana!

Me zarandean del hombro.

—¡Arriba, que hay prisas!

Abro los ojos. Me habla la de las manos tibias.

—¿Por qué me dice Juana?

—Pues porque ahora te llamas así.

—¿Pero qué no era usted la que se llama Juana?

—¿Quién te dijo eso?

—Uno de los que usted me dijo que se llamaban Cosme.

—¿Yo? ¿Cosme? ¿Quién?

—Ya, dígame, ¿cómo se llama?

—Averigua mi nombre, que cuando lo tengas te diré que no es el mío. Por mi voluntad no lo suelto, no vayas a hacerme algún maleficio. Anda, apresúrate, ya nos vamos. No llega el español amigo de Don Enrique y yo temo nos hagan antes una visita. Tenemos que irlo a buscar. Anda, lávate la cara, ahora comes y nos vamos, ya.

Pero qué gusto tienen éstos de andarse limpiando. Ayer fregaban tanto la casa, de por sí limpia, con zacate y agua en abundancia, y ahora quieren que yo… como si hiciera falta. Así estoy bien, quise decir, pero aquí está ella, batiéndome de agua la cara y el pecho y cambiándome las ropas de india por otras más limpias.

Vamos a la cocina y me ven comer, en silencio, cacao, sus panes que ellos llaman tortillas, una cosa exquisita llamada pipián. Salimos a la calle. Qué de gente hay. Hacia donde avanzamos están los artesanos, afanados en trabajar o en cerrar las puertas de sus estancos. ¿Serán ya las cinco de la tarde? ¿Dormí tanto? Creo que no me moví desde que conseguí conciliar el sueño hasta que me despertó la de las manos tibias.

Pasa un carro jalado con seis mulas, con gente de propiedad. Para indicar a los indios que han de hacerse a un lado, azotan su látigo de un lado a otro sin cuidarse de golpearnos como a reses. Ni a sus caballos golpean así. Consigo esquivar un latigazo, tropiezo por hacerlo con otra india, una mujer ya vieja, que camina con dificultad, y a la que detengo para que no caiga por mi peso. La mantilla de sus hombros se cae. Miro en su brazo marcado un nombre con hierro ardiendo. Como reses.

Llegamos a un cercano embarcadero. La de las manos tibias entra en tratos con el de la barca, mientras yo me quedo en pie, oyendo el barullo, viendo tanta gente ir y venir, cuánta es, cuántas voces, aquí parece que hasta las mulas hablan, y eso que hay pocas mulas, que los tamemes llevan en sus espaldas todos los pesos. Somos muchos más los indios que los blancos. Más habrá aún tras la traza que cruzaremos, vayamos donde vayamos.

Dejan de discutir el barquero y la de las manos tibias, ella viene por mí y me dice quedo: "No te hablará castilla, cree que eres india, Claire, cúbrete bien con la mantilla, que estos hombres llevan noticias por todo el Valle con más celeridad que corre el viento. Anda, subamos". Sólo vamos los tres a bordo, si se puede llamar ir a bordo a esto. Porque el canal estrecho hace las veces de calle por la que cosas y personas van y vienen, sumadas al ritmo incansable de esta ciudad. No deja de extrañarme que el barquero nos lleve de pie, gobernando la barca sin inclinarse, con su par de remos largos. Conforme nos vamos alejando, el agua parece más agua, nuestra barca más barca, el viaje más viaje. Atravesamos los barrios que hay cruzando la traza.

El mundo se divide en dos: el viejo y las tierras nuevas. La luz y la oscuridad. El silencio y los sonidos, lo blanco y lo negro. El agua y la tierra. El bien y el mal. Los hombres y las mujeres. Los europeos y los de las otras razas. Esto último no lo sabe quien no deja su tierra, ahí creerá que la diversidad es amplia, que hay ingleses, franceses, flamencos, chinos, portugueses, catalanes. Reto a cualquiera que vista como yo ropa de india y luego me dirá en cuánto se dividen los seres. "En dos", me contestará, "los blancos y los indios".

La ciudad misma donde estoy estancada se divide en dos: los magníficos palacios de los españoles, ordenados, alineados a los lados de las amplias calzadas, y las casuchas en desorden de los indios escondidas tras ellos. Hay blancos imbéciles que opinarán que así hemos dividido siempre, que ésta es nuestra costumbre. Y no bromean, es pura estupidez. Pero cuando ellos no habían llegado a arruinarnos, nuestras calles estaban trazadas en orden perfecto. Las vi en la horca.

Digo que el mundo está dividido en riguroso dos, y aunque es verdad, la verdad me hace mentir. Si acaso mi atuendo de india es verosímil, lo es por un solo motivo, por el tres. Ven mi porte de blanca, mi cuerpo de blanca, mi ropa de india, y dicen "es mestiza". No miento, respondo a las cuentas que han aprendido a hacer en esta tierra los españoles. Para ellos tres es dos, no les cabe duda. Por este error, yo digo "nuestras calles", digo "nosotros", atrapada en un tres que no debiera existir. El mundo se divide en dos…

De canal en canal llegamos a un río. Cruzamos de largo el embarcadero amplio que da a una calzada tan ancha como Tacuba y descendemos en el siguiente. Éste es pequeño, sin movimiento, con una empinada escalera. Apenas subimos, oigo los remos del mudo alejarse.

—Aquí nos esperará —me dice la de las manos tibias—, pero no en la mera orilla. Así es seguro que estará para el regreso.

Al llegar arriba de la escalera, alcanzamos una callejuela lodosa y quebrada, de casas indias a medio caer, que nadie se ha tomado la molestia de tirar o reconstruir.

—Mejor llegar por donde no topemos con nadie, aunque nos llenemos los pies de lodo, que ya todos sabrán de la muerte de Don Enrique, y yo, la verdad…

Se interrumpe. Ahí, por donde no pensábamos encontrar persona alguna, oímos un canto de varones, desentonados y festivos. Viene hacia nosotros una partida de españoles soldados, a pie, tal vez de vuelta de un comilón o un festejo, pues parecen ebrios. Y huelen a ebrios, la fetidez del vino nos pega cuando nos acercamos a ellos.

La de las manos tibias ha clavado la mirada al piso. Yo no tengo por qué y sí muchos motivos para verlos a ellos. Sí, vienen bebidos, pero no tanto como para trastabillar o caerse. Están armados con espadas, pero no con armas de fuego. Habrán equivocado el camino al embarcadero principal, que en éste no encontrarán quién los lleve a México; sólo verán la barca del mudo, prudente separado algunos metros de la orilla, fingiendo remar, esperándonos sin riesgo de abordaje.

—¡Eh! ¡Eh!

—¡Miren!

—¡Ah! ¡Qué primor!

Se detienen a mirarme a mí. La de las manos tibias me jala del brazo y apresura la marcha. No damos más que un paso, y ahí están, rodeándonos. Uno de ellos me tira del otro brazo:

—Tú, vieja, corre si quieres —le dicen a la de las manos tibias.

—Pues no quiero. Suéltela. No saben de quién es. Yo que ustedes, mejor la soltaba.

—¿Soltarla? —con la mano le da un empellón al pecho. Otro, más prudente, pregunta:

—¿De quién son?

—Del Conde Urquiza —contesto.

—¡Ése ya murió! —grita uno de los más achispados, sujetándome del brazo y tirando para abrazarme—. Tú, vieja, vete, nos das asco.

Yo estoy totalmente presa en sus brazos. Hago el gesto de abrazarlo a mi vez, empuño su espada con mi mano izquierda y la levanto para detener su hoja con mi derecha y gritar:

—Si se mueven, lo mato.

Los ebrios soldados caen en silencio de muerte. Parecen un solo cuerpo, apiñados como quedaron para ver qué me hacía el que he hecho prisionero conmigo, cómo metía mano el infeliz en mi cuerpo indefenso. Sólo que ahora yo soy quien hago en él.

Lo jalo conmigo, para portarlo como escudo, no necesito forzar, el filo del arma sobre su espalda lo atemoriza.

—A un lado todos, o lo mato. Tú —digo a la de las manos tibias—, avanza.

Me sujeta de las enaguas y me va llevando, de espaldas, por un callejón que no conozco. Cuando lo considero prudente, suelto la hoja de la espada, y con la mano libre separo a mi cautivo de mí, doy un salto atrás, empuño la espada con la derecha, y digo, mientras oigo correr a la de las manos tibias:

—Ahora, caballeros, nos dejan ir, si no quieren más problemas. No trabajamos con Urquiza, a nosotras no nos gusta tratar con muertos. Las dos estamos al servicio del Señor Arzobispo. Quéjense con él de nuestro comportamiento, si gustan...

Camino tres pasos de espaldas, pongo el arma en el suelo, y ya afuera de su mirada apresuramos la marcha. No nos siguen. En poco tiempo, serán cuatrocientos metros, llegamos a casa de los Horozco, ya a media tarde. Está vacía. Un criado a la puerta nos indica con señas dónde están todos. El alboroto, la música, las voces, se oyen desde ahí mismo. Caminamos y llegamos a la casa de la Marquesa. Las puertas están abiertas de par en par. Afuera, sobre la calle, son incontables los carros que hay, y las mulas y palafreneros. De los muros de la casa, y a un lado de los últimos coches, sobresale una arcada de flores y ramas que se dirige a la Iglesia. Pasamos la valla de criados, dando una y otra vez la explicación de que nos es urgente encontrar a Don Pedro de Ocejo y de que sí, él sí sabe que venimos a buscarlo, de parte de un amigo cuyo nombre no podemos decir por discreción. Los invitados están vestidos de fastuosa manera. El que no trae botas de seda abotonadas, las trae de terciopelo, y en las ropas sobran bordados y piedras, y joyas en sus cabezas, sus brazos y sus cuellos, cuando no van cubiertos con cuellos y encajes. Los músicos no dejan de tocar. En las mesas dispuestas para comer, al fondo, restan algunos comensales. Allí está Don Pedro de Ocejo. Nos ve y viene a nosotros:

—Buenas noches, recibí la carta del Conde, no salí hoy hacia allá porque hubo fiesta.

—Es que… —empieza la de las manos tibias— usted sabe, es demasiado riesgo tener la casa sin español alguno, que si vienen a requisar la Hacienda…

—No lo creo, el Virrey ya sabe que viene el sobrino…

—Es que, el Conde dijo…

—Bien, me apenaría que mi buen amigo pensara que he echado por tierra mis lealtades, vayámonos ahora mismo.

Manda a pedir su montura, se despide de la Marquesa y de los Horozco, de algunos otros amigos, nosotras esperamos afuera. Sale, con dos criados españoles armados y dos criados indios. Nos acompañan al embarcadero —no hay ya ni la sombra de la partida de borrachos— y ahí llamamos la barca que tomaremos nosotros tres, los demás harán las dos leguas por tierra. Pedro de Ocejo da algunas indicaciones a sus criados, y antes les pide "el machete, pásenmelo, que no está bien vaya con ellas desarmado, y aunque lo conveniente sería que vinieran un par de ustedes para defendernos en caso de necesidad, como en la barca no pueden ir más de cuatro, por lo menos viajo con machete, por si algo pasa". Con un gesto los despide, y sube el segundo. "Ahora —dice mirándome— que si algo pasa, igual dará el machete que nada, porque yo no sé de dónde se le toma, qué se le aprieta, dónde se le jala para que nos defienda, que si sólo es cortando, es seguro que primero me corto yo que dar un tajo cualquiera, aunque ese alguien se esté quieto y me lo suplique". Tanta ha sido nuestra prisa con él hasta este momento, y de él con sus asuntos, que no ha tenido tiempo de verme ni yo de verlo a él, pero ahora que el lento viaje de vuelta empieza, paramos mientes. No es demasiado joven pero nada viejo, de apariencia agraciada, buen porte y hermoso semblante.

—¿Y esta muchacha? —pregunta.

—¿Se acuerda del caballero francés? —contesta la de las manos tibias.

—Sí… de alguna manera.

Algo le dice la de las manos tibias al oído. Pedro de Ocejo me sonríe, divertido y amistoso, y sin decir ni agregar ni preguntar nada, que él temerá como la de las manos tibias que el barquero vaya y diga a cualquiera cuanto escuche en nuestro viaje, empieza a poner en palabras las fiestas que lo entretuvieron hoy día.

4. LA FIESTA Y LA REPRESENTACIÓN

—Como han de saber, aunque tal vez tú, jovencita, no lo sepas, parió la Marquesa un hijo, segunda generación de la familia del Marqués que nace en Nueva España, y como sus riquezas son tantas y tan muchas sus liberalidades, tramaron grande fiesta para celebrar el bautizo del primogénito varón, que tienen más de tres hijas ya, castigo sabrá Dios de qué, tanto no lo es si ya el varón nació.

"Primero he de contar que hubo de cambiarse el día pensado para la fiesta, porque la Marquesa no estuvo muy bien de salud, aunque hay quien dice que la Marquesa se 'enfermó' por los requiebros del Marqués con la muchacha que todos sabemos (aunque tal vez tú no), que se puso de más celosa y dejó de fluirle la leche, de lo que quiso culpar a un padecimiento que no tuvo, si no lo son los celos, y como encontrar nodriza blanca en Nueva España es casi imposible y no hay española que quiera dejar beber leche de india a los críos, se recetó a sí misma reposo y almendras (cacao le recetaron las criadas indias, en abundancia, que es remedio que ellas acostumbran, y aunque se dice que el cacao no conviene tomarlo en abundancia, que porque crea malestar de entendimiento —habrá que preguntarle a la Marquesa si lo padeció—, muy dócil las obedeció, tan desesperada estaba con el asunto de la leche para el hijo varón que hubiera hecho caso de cualquier consejo, y puede que haya sido el cacao lo que la restituyó, váyase a saber), y ahora está ya la mar de bien y el niño casi linda en lo rechoncho, aunque exagero al decirlo, que si me apegara a la verdad diría que el crío está casi en los huesos. Pero está bien, no pongan esa cara. Ni lo he visto de cerca… Así que la fiesta se dispuso para el día de hoy. Levantaron una arcada de minas de las ventanas de la casa del Marqués a la Iglesia de San Juan…".

—La vimos —lo interrumpe la de las manos tibias.

—Pero déjenme contarla, que en eso estamos, y aunque la noche no acabe de caer, igual ya no podemos ver casi nada, sólo nos restan las palabras. La arcada con flores y arcos triunfales tenía una puerta, y en ella dos caballeros armados defendiendo el paso. Como es día de verano (y que si no lo fuera, igual vestirían, que aquí no difiere en las estaciones el clima), ambos vestían ropa de damasco larga, y encima un ferreruelo negro, sus espadas en la mano, armados para que cuando llegaran quienes traían al niño combatieran contra ellos, cerrando necios el paso hasta que llegó el compadre, con el que hicieron como que los vencía y allanaba el paso —aunque aquí he de decir que Alonsete, al que yo llamo así, usted sabe quién es, usted no, no importa, bueno, que se diga bueno, no lo es para las armas—, así que quienes defendían, poco podrían pretender que lo peleaban, que dejarse vencer dos por uno y tan lerdo…

"Vino la ceremonia en la iglesia, donde canta el coro de niños indios la endecha que especialmente se compuso para la fiesta, pero como no fui yo el poeta escogido para escribirla a ella, no tengo por qué repetirla aquí. En cambio diré, para que se entienda, que la fiesta sí lo fue, que estando todos en la Iglesia, un niño pequeñín vestido de ángel rompió a cantar. Iba ataviado de serafín, de raso carmesí escarchado de oro y plata con seis alas de plumería y del color de las ropas, dos que subían de los hombros y pasaban en mucho a la cabeza, las otras dos cubrían parte de su cuerpo, y las otras dos a los lados. El niño sujetaba en la mano un hacha de cera blanca encendida, un florón llevaba en ella que parecía rosa y que no era sino el recogedor de cera para guardar el vestido.

"El rostro del chiquito era una primura, pero más todavía su voz graciosa, cantando acompañada por corneta y sacabuche los versos que aquí diré. Cantó a solas los tres primeros y acompañados los siguientes, porque en cuanto el verso dijo la palabra 'ángel', 'Virtud', 'Cordura', 'Caridad', a nuestras vistas aparecían, cada una representada de elegancia distinta y con voces todas hermosas, de modo que al terminar el concierto no había ojo que no tuviera, por la emoción, por lo menos una lágrima. Estos versos iban así:

"(Cantó, primero, el chiquito querubín a solas:)

"Llueven del cielo bondades por ver al nuevo Cristiano

"(De seda, oro y plumas, cuatro muchachos tan altos casi que adultos, casi porque escuchando sus voces se sabía que aún niños eran, vestidos de ángeles de la más graciosa manera, se unieron a su canto:)

"Cuatro ángeles arriban, sus voces cantan muy claro:

'¡Dicha, dicha al cristiano!'

"(Luego haciendo la acción que el verso dice:)

"Las manos se dan, sonrientes,

"hacen ronda al buen cristiano, lo arrullan con dulces rorros.

"Cae Caridad en el centro (y entró corriendo, en estampida, hasta caer en el centro de la ronda, un ser a juzgarse celestial por su apariencia, su atuendo y su voz, que cantó a solas, la única mujer y adulta del coro:)

'¡Que despierte el Cristiano! La dicha es vivir alerta, combatir siempre el Pecado, duerma tranquilo el pagano (aquí todas las voces se sumaron, querubín, ángeles y Caridad en una sola melodía cantando:)

¡Que despierte el Cristiano!'

"¡Debieran haber visto lo que era eso, sus voces, sus atuendos, la representación hecha con tanta gracia, el donaire con que sonaban mis versos en las bocas de los indios, cantando alabanzas al bien del Cristianismo! Continuará la fiesta —dice cambiando el tono de su voz, por uno más bajo y recogido—, hasta muy noche, con grande música de voces e instrumentos, con luminarias, tiros y otros ingenios de pólvora, repique de campanas, dulzainas, chirimías y trompetas…”.

Calló. Imagino se habrá cansado de tanto hablar. O él conoce el camino mejor que yo y se ha dado cuenta de que estamos por llegar. El mudo chismoso que nos ha llevado y traído, amarra su barca, baja la de las manos tibias (¿sabré algún día cómo se llama la que me salvó la vida?), pasa el poeta y quedo sola, porque yo subí la primera al fondo. Avanzo, miro al silencioso para que me dé la mano, él me dice palabras en lengua. Alzo la vista hacia la de las manos tibias para que le conteste. Bajo la mano y retrocedo de espaldas un paso. Temo su mirada penetrante, y finjo que ha llamado mi atención de manera notable algo que ocurre a mi lado, a la distancia. Vuelve a hablarme y me hago la sorda, que no le entiendo ni pío. La de las manos tibias no me ampara, no sé qué decirle. Pongo otro pie atrás, muy fingidamente abstraída en lo que ocurre a mi derecha y un poco atrás, que sabrá Dios qué es que nada se ve en la oscuridad. Al caminar de espaldas piso el machete del poeta que vi en algún momento del viaje en el piso de la barca. Qué estúpida soy. La de las manos tibias se ha dado cuenta de que me habla el mudo, y le contesta en lengua. Nadie nota que me he herido. Me agacho y veo el filo en mi carne. Retiro el pie con su tajo a cuestas. Lo alzo. Me duele mucho.

No sangro.

No puedo poner el pie en el piso.

No sangro.

No puedo decirles que me he lastimado. Todos sabrán que no hay sangre en mis venas, pero tampoco puedo apoyar el pie. ¿Cómo camino para salir de aquí?

No, no sangro. El agua del canal menea la barca. El poeta me mira. La de las manos tibias me mira también. Contengo el dolor, hago un esfuerzo, doy dos pasos. Estoy afuera. Me apoyo en el poeta. Le digo al oído: "Me he lastimado, pisé el machete".

No sangro.

¿En qué me han convertido las aguas que viajan por mis venas?

5. VIDA DOMÉSTICA

El tajo en el pie no sólo me regaló el descubrimiento del vacío en mis venas, sino que tuvo a bien romper el flujo de la voz que me narraba cuanto iba sucediendo y que hubiera terminado por enloquecerme.

El poeta me trajo cargada a casa. La de las manos tibias me lavó escrupulosamente (de nuevo, esa manía de indios) y me ayudó a que durante unos días nadie intentara someterme a la rutina de las mujeres para la que no estoy dotada. No nací ni para lavar ropa, ni para bordar, meterme a la cocina, cuidar la limpieza, o lo que aquí todas hacen, preparar el nixtamal. Más todavía, no nací para labor alguna rutinaria sea ésta de hombre o de mujer. No sé para qué nací, no lo deseó nadie, no lo pedí yo, jamás he sentido apego por algún acto, sea de la índole que fuere, si es para quedarme en el mismo sitio o ser sujeto de repetición. Lo cual no quiere decir que me guste pasarla mal, todo lo contrario. Disfruto disfrutar, y no me atrae tampoco la idea de morirme.

Pero aquí parece no haber qué hacer para mí que no sea la rutina de las mujeres, y la salvación momentánea ha sido apegarme a la charla de mi poeta. En cuanto él lo permite, estoy a su lado, viéndolo trabajar o escuchándolo. No puedo compartir sus visitas, su vida en el Palacio del Virrey. Por india, en primer lugar, y porque mi pie aún no me permitiría echarme a andar. Fue un tajo tremendo, casi me deja sin dedos, no termina de sanar.

No lo pudo hacer la horca, pero esta tibia vida, de no ser por él, ya me habría llevado a la muerte.

No quiero caer otra vez en laberínticas explicaciones de cómo salir de aquí o qué hacer. Primero, el pie debe sanarse. Él sana, yo brinco. Ni quien vuelva a verme el pelo en esta ciudad que he llegado a detestar, y si he de morir por irme de aquí, muero. Cosme tenía algo de razón, estar en ella es como ir a bordo de un barco, en mar abierto. Es mi sentina. Es mi prisión. A Cosme lo veo pasar, con prisas, afanado por cumplir sus obligaciones. A la de las manos tibias (demontres, no he averiguado su nombre, todos juegan a ocultármelo) sí la veo, aquí está siempre, pero me rehúye y me ha perdido todo respeto. Verme vestida de mujer india la hace creerme un ser sin ninguna importancia. Si volviera a mi traje de varón blanco me hablaría con respeto, sería mi fiel criada, daría por mí su vida. Y ni pensar que con el carácter que tiene sea capaz de traerme alguna alegría en mi situación.

Tengo al poeta para dejar de lamentarme. Él y yo juntos hacer, sería decir por decir hacer, que no hacemos nada. Dudo que sanado mi pie lo hagamos, porque él no hace nada. No es muy diestro en nada que se pueda hacer. No es bueno a caballo, es malo manejando la espada, no podría salir de caza, dice que cuando apunta jamás tiene tino, "yo no atino ni a los dados". Desprecia los juegos de mesa, y cuando le pregunté por los naipes me dijo que él no paga a nadie por usar papeles pintados por rufianes.

Muchos días pasa sentado frente a su enorme tintero, "escribiendo" sus versos, o dando vueltas por el palacio, sin ton ni son yendo y viniendo, como perro sin dueño. ¡Que fuera yo su dueño! Cuando se sienta a escribir, pone sobre sus piernas una enorme piedra que tiene en la mesa, del tamaño de dos manos juntas, con una superficie lisa y la otra curva, como reducida a dos caras de tan plana, y soba cera sobre una de las superficies. Dice que ahí se escriben sus versos. Yo me he asomado a ver y no veo nada: cera y mugre, solamente. Pero él dice que de ahí los copia, que la piedra le habla, que solamente agrega una sílaba o dos, quita puntuaciones, cambia acentos. ¡Manías!

Cuando sale y visita el Palacio del Virrey o va tras los Oidores o los curas, regresa muchas veces con la sangre caliente. "¿Para qué vas?", le pregunto cuando me confiesa que algo lo ha enojado. "Todos necesitamos del mundo", me contesta, "aunque por principio a éste le guste enojarnos". Es tanta su gracia en contarme las historias que ha escuchado o lo que ha visto, que ya le pregunté por qué, si él es escritor, no las escribe, que muchos tendrían gusto en su lectura, pero me contestó: "¿Yo escribir eso? Soy poeta, no tengo para qué gastar papel en chismes y habladurías, que las historias no saben decirnos cuál es el alma que habita en Naturaleza, qué dice el lenguaje de los astros, cuál es nuestra razón de ser en carne almas susurrantes. Si no estoy seguro de tener talento para eso, sí sé que escribo para hablar con la piedra... Mis versos son mi diálogo con ella". Cuando insistí, me contestó: "Escribir historias sí sirve, no digo que no, pero sirve demasiado, es una manera de conquistar y vencer, y yo no tengo por qué conquistar mundo. No me hace falta. Todos me quieren, ¿no te das cuenta? Cuando escribo busco otra cosa, hablar con lo que está inerte, con la arena y las estrellas...".

Yo no tengo su gracia. No para narrar las historias que él cuenta, yo no soy ese hombre hermoso, lleno de encanto, sino una mujer india que como tal puede ser usada y sin pago, por quien lo quiera, en cuanto le dé la gana. Pero puedo intentar repetirme a mí misma fragmentos de las historias que me ha narrado Pedro de Ocejo y que él dejará ir para siempre en el olvido, por considerar vulgar la factura de escribirlas:

"... el Virrey ha pensando la disposición de prohibir los carros de más de cuatro mulas en México. Se ha dicho en Palacio que todo aquello que distinga al indio del español debe permitirse, y que en cambio el escándalo de las indias con guantes y vestidos castellanos debiera impedirse, y el Virrey ha contestado que la prohibición será usar las calzadas y calles de la ciudad con carros jalados por más de cuatro mulas, siempre y cuando el carro no sea de Virrey, Oidor, de quien tenga algún cargo de importancia en Palacio o posea dispensa especial, con lo que la idea ha sido recibida gustosamente por toda la Corte, y puede sí se llegue a hacer Auto al respecto, sobre todo porque ya hay en Palacio a quien le brille la codicia, en los ojos y en la misma piel, imaginándose a cuánto venderá las dispensas…". Pedro de Ocejo dice que lo mueve a la risa la gente de aquí con las mañas de presunción que los llevan a excesos ridículos, no sólo en los carros: los vestidos de aquí no tienen rivalidad con los de ningún país europeo, en parte por estar hechos de materiales finísimos (el terciopelo se usa con prodigalidad en la elaboración de ropones, cueras, calzas, zapatos y gorras, las medias son de seda, las prendas llevan forros de raso, cuando los jubones se hacen de raso se forran con tafetán, con damasco se hacen capas, sayos, ropillas comunes y ropillas de levantar; jubones de holanda, damasco, ruán), en parte porque cada español tiene varios vestidos, y también porque las formas de las prendas se han vuelto grotescamente exageradas, los cuellos son gigantes, las mangas arrastran al piso, y es común sean cuatro en los jubones, nadie dirá que porque aquí sean cuatro los brazos de las personas…

—¿Y no es acaso, Pedro, que en España la gente viste de la misma manera presuntuosa, y que lo único que cambia eres tú por andar aquí entre gente tan rica?

—¿Igual? Tan iguales pueden serlo el grano de arroz al del frijol, que aunque se coman juntos en nada se parecen, ni crudos, ni cocidos, no en balde se les llama en plato "moros y cristianos", y en lo que a las comparadas personas se refiere, el que vuelve a la Península se llama indiano, y no puede zafarse de la designación, porque vuelto allá se comporta distinto, no es español de España sino indiano venido de estas tierras. La razón que puedo dar es que hay cosas que vividas se vuelven imposibles de olvido, por decir sólo una pienso en el cotidiano "empuje", que si un español o española en ultramar ve pasar frente a su casa un indio o un par que no sepan dar razón de estar al servicio de nadie, que no sean encomendados o no hablen castilla, puede con bien hacerlos entrar para que le barran el patio y le limpien la casa, la cabalgadura, las caballerizas y le saquen afuera la basura, y esto sin pagar un ochavo ni haberle preguntado si quería o podía... Si vuelvo a la ostentación, ¿cuándo se ha visto en Castilla, donde el pan es duro de ganar, cuándo, digo, allá donde el oro vive sólo en sueños, donde se trabaja tanto, cuándo se ha visto que llegado el día para una fiesta todos empeñen la casa y la hacienda para despilfarrar dineros en suntuosidades efímeras, comidas, atuendos para que los hijos o los huérfanos canten las loas, máscaras, adornos, luces, hachas, como hacen ahora todos, enriqueciendo a unos pocos comerciantes que terminarán por hacerse dueños de los empeños si no consiguen pagar lo convenido? Todo para recibir las reliquias que envía Roma. Se tiran de cabeza por la espina de la corona que fue puesta a Jesucristo en la Pasión, por la astilla de la Santa Cruz, por un trozo de hueso de la cabeza de la bendita Santa Ana madre de nuestra Señora, otro huesillo de José su esposo y dos pedazos de madera de la casa de nuestra Señora de Loreto... No tiene pies, ni cabeza tiene, pero como yo no he perdido la cordura ni el aliento, he aceptado escribir los versos que han encargado, pues me darán más pesos por ellos que los que jamás soñé ver juntos... Con los dineros quiero comprar el nombramiento de Teniente a un Alguacil Mayor de la Real Audiencia y Ciudad, y lo único que todavía no sé es si dárselos en pesos de oro, maravedíes, joyas o cuál presea...

—¿Cómo que Teniente?

—Con Teniente es más que bueno, que a mí la silla de terciopelo negro no me llama. Lo que quiero es dinero habido sin muchas complicaciones, para escribir lo que a mí me dé la gana, sin mostrárselo a nadie para no meterme en líos ni con la Corte ni con el Santo Oficio... Escribir lo mío y guardarlo para mí...

Lo convencí de que no conviene pagar por ser Teniente, que guarde su dinero y compre su tiempo de cabal manera, a lo que dé lo pagado por los versos. Luego me arrepentí de haberlo convencido, ¿a mí qué más me da que sea Teniente? Él sabrá distinguir mejor que yo su bien, y él conoce mejor que yo estas tierras.

Me distraería recordando más pasajes de lo que Pedro de Ocejo me ha ido contando en mi encierro, pero mi pie está ya bien y hoy he de salir ya andando, con un par de cotaras que me ha dado la de las manos tibias, que a más no ha llegado su apego a la indicación del Conde, aquella de tratarme como un Caballero si sobrevivía a la horca. Pero no he de quejarme de ella, me trata como me ve, desea tanto como yo que recupere mi traje de varón blanco, que si me viera vestida así, volvería a hablarme con respeto, volvería a salvarme la villa aún a riesgo de perder la propia y después volvería a vestirme de mujer para volver a tutearme y perderme todo aprecio. No le busco explicación alguna a su comportamiento. Me basta con saber que así es.

Salgo del Palacio del Conde Urquiza sin avisarle a nadie, ya que nadie ha pagado por mí y que a nadie pertenezco, y vuelvo a asombrarme con el ruidoso ajetreo de estas calles. Allá va una dama, la llevan en silla sobre los hombros cuatro indios. No hay modo de saber quién es, va cubierta con un velo y lleva el manto en la cara. Así no me apenaría ser mujer, que igual no me vería nadie.

Dejo atrás la calle donde los artesanos tienen sus bancos. Mucho cuidado ponen los españoles en sus personas y sus carros, en sus palacios y sus salones, pero muy poco en la ciudad, o será que no la juzgan de ellos y por eso es tanta la porquería en todo sitio y tan triste el estado en que tienen el agua que corre aquí y allá y el de las acequias, y el lodo en las calles de cañerías rotas, de empedrado levantado o que no se ha puesto nunca, que da tristeza.

No sé por qué, pero me dispongo a mirar inmundicias. Acabo de pasar por donde un montón apilado de ellas afea la calle. Esto no es más que un pequeño puño de basura, y yo estoy ahí, mirándolo, abstraída, puede que sin pensar en nada, cuando oigo un golpeteo muy próximo a mí. Alzo la vista y giro hacia él la cabeza. Un hombre no muy joven, vestido con ropa oscura y una vara no más alta que su barba y del gordor de un asta jineta, terminada en un casquillo de metal a la cabeza, se me acerca. Más.

—Recoge tu inmundicia—me interpela—. Te lo ordeno.

—La inmundicia no es mía, que si mía fuera sin que nadie me lo pidiera la recogiera —le contesto—, y Vuesía no tiene por qué ordenarme nada a mí.

—Claro que tengo por qué. Almotacenes, y obedece o la hago prisión...

Me enfurezco, que no estoy de humor.

—Recógela —repite.

La escena ha atraído unos curiosos. De entre ellos sobresale una voz:

—Recógela —dice, como emulando la orden. No puedo ver quién lo dice, el cuerpo del inmóvil Almotacenes me lo impide. De donde viene la voz, se acerca hacia nosotros un criado indio que toma con sus manos las inmundicias y las lleva a la pila que hay pasos atrás.

—Ahora, en paz —agrega la misma voz.

El Almotacenes reemprende su camino, como si en realidad lo único que quisiera hacer es no tener jamás un problema, encogiendo los hombros, como único gesto para dejarnos, con un "¡Allá ellos!" implícito, que me da un poco de risa. Los curiosos empiezan a dispersarse cuando alguien me toma del brazo, fuertemente, y me dice:

—Tú eres la valiente con mi espada.

Es el soldado que venía un poco briago el día que me lastimé el pie, al que amenacé por querer abusar de mí, la misma voz que me libró de recoger inmundicias ajenas.

—No estás con el Arzobispo, ya fui a buscarte. Ahora sí te voy a llevar conmigo, por eso te libré de agarrar inmundicias, que no me gustan las mujeres con las manos llenas de mierda. Me voy a refocilar cuantas veces quiera, y ve, no serás capaz de tomar mi espada. No vengo bebido esta vez…

—Pues si no vienes bebido, y actúas con los cinco sentidos en guardia, supongo que me enseñarás que no eres tampoco un cobarde. Te reto con la espada. Si me vences, soy tuya, cuantas veces quieras que no exceda el número de seis. Si venzo yo, me dejas en paz.

Quien nos viera no comprendería que entre los tíos se gesta un reto a duelo, porque él me sigue sujetando del brazo, y yo estoy más cerca de él de lo que aconseja su gesto. Parecemos amigos, si no queridos. Agrego:

—Y serás un cobarde si no aceptas que tú eres hombre, soldado, fuerte, y yo no soy sino india y mujer.

—Tú no eres india, a mí no me engañas. Pero si sé que eres mujer, ¿cómo voy a aceptar tu reto?

—Acéptalo si no me tienes miedo… ¿Es tu espada virgen?

—¡Qué miedo te voy a tener!

De un gesto me separa de él y me avienta una espada. Pide otra a voces a sus amigos, que a pocos pasos observan la escena:

—¡Me reta a duelo! ¡Préstenme una buena espada, que le he dado la mía!

—¡Cómo vas a pelear con una india!

Yo ya me arremangué mis enaguas de algodón y presento la espada. Los soldados me hacen ronda.

—¿No lo van a dejar pelear? —les digo alzando mucho la voz—, ¿son ustedes sus nanas o qué son? ¿Nodrizas? ¡Mal les queda el traje de soldados!

Un carro se detiene a la orilla del cerco que se ha formado. Sólo parezco escucharlo yo, los amigos no prestan atención más que a mi bravuconada, y le acercan al soldado una espada. Sé cómo pelear con españoles, que ellos tienen la costumbre de herir de punta y nosotros de tajo o envés, cosa en la que él no piensa y me permite herirlo cuando lo deseo, tras dejar que luzca en mi puño el buen uso que sé dar a la espada. Me regresa la alegría al cuerpo.

Lo he herido. Buen cuidado tuve de que la herida no sea de gravedad. Un hombre se inclina a verlo, todos sus amigos van a mí:

—Signaos —dice uno de ellos—. Estáis presa.

—¿Por cuál motivo?

—El indio que empuñe un arma, bien se puede dar por muerto. Y más, contra un soldado…

Mucha gente nos ha rodeado para ver el improvisado duelo. Dos soldados me escoltan, he puesto la espada al suelo, camino erguida entre ellos y veo, ¡oh suerte mía!, a Pedro de Ocejo de pie al lado de un hombre de elegancia extrema. Le habla sin dejar de mirarme. El elegante —de él será el coche que se detuvo antes de empezar la pelea— da una orden:

—Traedla aquí.

—¡El Virrey! —oigo que alguien dice.

Me llevan a él.

—¿Quién es, dices, Pedro?

—Yo conocí a su desventurado padre. Su razón era tan notoria, que aun siendo francés servía a sus Majestades los Reyes Católicos, con lealtad que algunos de los nuestros debieran imitar. Viajaba con su hija, que a la vez de hacerle labores de mujer, de encargarse de la ropa y la comida, era un buen compañero de armas. Él mismo le había enseñado a usar la espada. Los indios la robaron una noche, tal vez codiciando su belleza. El buen padre murió desesperado de haberla buscado sin suerte aquí y allá, contraídas unas fiebres en esas regiones pantanosas de las Hibueras, sin duda más que por otra cosa por el dolor de perderla. Y ahora, la encuentro aquí. ¡Clara!

—¡Don Pedro de Ocejo! ¡Excelencia! A vuestros pies.

Y me arrodillo a los pies de ambos. Sigo con las faldas arremangadas como calzones.

—Peleáis bien con la espada. Demasiado bien para tan hermosa mujer…

—Buena estaría mi espada si pudiera defender a Vuesía, que para lo demás me avergüenza haberla usado, así fuera, como ha ocurrido, para defender mi honor. Vuestra Excelencia, si mi querido padre me enseñó a usarla fue sólo para defender los intereses del Rey de España. Ya que Vuesía es representante de los Reyes a quienes mi padre me enseñó a obedecer desde la cuna, y a cuyo servicio antepuso siempre cualquier lealtad, así fuera la que él debía a mi madre…

—¿Cómo es eso?

Don Pedro me arrebata la palabra.

—Que su padre se vio obligado a dejar a su señora por ser ésta fervorosa amante del Rey de Francia. Tomó a la niña para no regalar un súbdito más a los franceses y buscó de los Católicos el servicio…

Al Virrey se le corre la baba con nuestros embustes.

He entrado a servir al Virrey. He dejado a un lado la ropa de india. Pero no he conseguido su permiso para ataviarme de varón, como querría hacerlo.

Pedro de Ocejo me visita. De él sólo he perdido la vista de la piedra en sus piernas. No he vuelto a ver a la de las manos tibias, a Cosme, a ninguno de ellos. Vivo en el Palacio donde pasé media mañana preso. En mi habitación sí hay muebles, un balcón que da a la calle, una puerta que yo puedo abrir y cerrar a voluntad, y aún no entra en ella Sacerdote alguno.

Hoy ha venido Pedro de Ocejo especialmente a contarme algo a mí, que a diario viene para otros oficios:

—Me vino a buscar la Mercedes, sin temer las malas caras de ningunas.

—¿La Mercedes?

—Sí, la que lloraba al Conde, la que te vio el ojo… ¿Y a qué crees que vino?

—Para hablar contigo del Conde…

—¿Cuál? ¡Cómo crees! Ése ya no le puede dar plata…

—Pero si yo la vi afligidísima, ya te conté…

—Pues si la viste viuda, era viuda del dinero, y a él le lloraba. Que ya oyó decir que el sobrino de Don Enrique está por llegar, y como ella cree que él es el dueño de sus dineros, hoy vino a preguntarme que cómo es él, que si tiene buen porte, que si no deja mujer en España... ¡Las mujeres! Ya se está preparando para clavar en el sobrino sus dulces uñitas, y como las tiene tan lindas, muy confiada está en que el sobrino ése la seguirá hasta el fin de sus días, cubriéndola antes, y muy bien, de bienes y fortuna.

—¿Y cómo es el sobrino?

—Mal lleva el nombre de Urquiza. No tiene muchas luces, y su corazón, me parece, es de un material pariente del metal. Contrario a los griegos (duros por fuera, hechos de las piedras que arrojó uno de sus protohombres y que los templó como una raza resistente y dura), el sobrino es blandengue y debilucho, y por dentro tan duro como una campana hueca. No lo hurtó, es idéntico a la madre. Pero, como está emparentada con la Casa de Austria...

—¿Por esas relaciones no estaba en prisión Urquiza cuando fui llevada a suplirlo?

—Por eso se le trató, entre otras cosas, con el máximo respeto hasta el último minuto, pero sí estaba preso. Que no se hallara en la Cárcel Real es otra cosa, y lo arregló dando treinta pesos de oro común al Alcaide de la Corte y otro tanto al Alguacil Mayor correspondiente, por lo que le permitían, aunque preso, estar en casa...

—¿Y qué crimen hizo Don Enrique?

—Hacer... Tuvo diferencias con el Virrey, se granjeó la amistad de la mayoría de los criollos, y se opuso a viva voz a los Autos que dictaban tratos más blandos a los indios y negaban el derecho de heredar las encomiendas para la tercera generación... ¿Te interesa? No me prestas atención y haces que me distraiga...

—No le tengo simpatía a Don Enrique. No debo preguntar por él...

—Considerando que por él perdiste tus ropas de francés y fuiste a pasear a la horca, te comprendo…

—No es por eso. El día que escapé de su ataúd, en lugar de retribuirme con agradecimiento el que yo lo hubiera suplido, viéndome mujer y vestida de india, abusó de mí, frente a sus criados y ayudado con ellos…

—El día que te enterraron él debió estar más allá de Puebla, que ya llevaría dos cabalgando… Si abusó de tu persona fue por suplir al Caballero Fleurcy. Don Enrique, por algo es amigo mío, es hombre de honor y de palabra, jamás hubiera podido faltar a quien él debe. Tu cabeza estaría confundida, que estar encerrada en caja para difuntos creo que trastorna a cualquiera…

—También vi que a Cosme lo obedecían las aguas del lago.

—¿Cómo fue eso?

—No sé si fue verdad… Yo lo que vi, y será poco fiable, que también vi y sentí al Conde Urquiza cuando él ya no podría estar ni tocar, fue que Cosme azuzaba al agua del lago, y siendo que ésta ya no llega a las barcazas, obedeciendo sus gestos, crecía hasta darles flote y llegar a nuestros pies.

—A Cosme lo tomó preso el Santo Oficio hace cinco días. Tal vez alguien además de ti lo vio hacer imposibles… Aunque no lo creo, que para ofender a esos señores no es necesario mover aguas, ni siquiera menear las de un vaso, que ellos ven demonios donde conviene verlos y rastrean olor a azufre donde sólo el olor de flores es cosa real. Además, ¿quién iba a verlo hacer nada siquiera parecido a un maleficio que contraviniera ley alguna de la naturaleza? Sólo alguien recién salido del ataúd, llena de tierra del cementerio la cabeza… ¡Pobre Cosme! Como es indio y católico debió creer que ellos eran venidos de Dios, o no sé qué pasó que después de la primera tortura, cuando amenazaron volver a atormentarlo, Cosme murió, no se sabe de qué, le habrán reventado en el interrogatorio anterior las vísceras o le habrá ganado el terror, o la Santísima Virgen le tuvo piedad y se lo llevó consigo, antes de que lo hicieran sufrir más. Aunque hay quien dice, y me temo que con razón, que amenazado de volver a ser torturado si no confesaba las prácticas heréticas de que lo acusaban, cuando el carcelero llegó a su celda al día siguiente, descubrió que Cosme se había ahorcado para escapar de la tortura. Como sea, lo que quiero decirte, es que Cosme murió el día de ayer, después de haber pasado cuatro en manos del Santo Oficio. Todo pudo haber sido para confusión, que lo apresaron en la calle, no lo requirieron en casa de Urquiza, que si no es así, todos los criados irán a dar a sus manos. No, no será así. De cualquier modo, ya habrían venido…

Parece que, desde que estoy aquí, todo ocurre allá donde me creía encerrada y recluida, mientras que en el Palacio del Virrey el diario ajetreo se me va haciendo rutina.

—¡Pobre Cosme!

—Con que no se acerquen a los demás…

Hemos sostenido toda la charla en uno de los patios, a solas. Con la última frase de Pedro, entra una mujer india cargando su bordado, me sonríe y se sienta a mi lado, ocupando el único lugar que resta a la banca del patio. Pedro ha cerrado los ojos. La mujer tiende el bordado en sus piernas, y en cuanto pone en él la aguja, cuanto hay en la tela se despierta: los pájaros mueven las alas, suspendidos, el sol brilla, las hojas del árbol son mecidas por el viento, las garzas abren sus picos, el gallo se prepara a cantar y aunque no escucho el kikirikí veo en sus movimientos que lo emite. El lienzo tiene tres dimensiones. Es un trozo de mundo. La mujer saca de él su aguja, jalando hacia ella. En cuanto termina el hilo su camino en el punto, el lienzo recobra su apariencia de tela muerta. La mujer lo dobla, me mira de reojo y sonríe, se levanta de la banca y se va andando, con su bordado en las manos. Pedro sigue con los ojos cerrados. ¡Ay! Yo querría aprender a bordar así, y crear con mis hilos un trozo de mundo, bordarme un traje de hombre y salir de aquí. Volvería al Caribe, armaría una flota, saquearía mil puertos. Me haría rico y lo gastaría todo en fiestas. Me volvería a hacer rico y lo perdería todo para volver a emprender un asalto. Pero para bordar esa tela necesitaría conocer los secretos de las indias.

No estoy dispuesta a aprenderlos. Me es repulsivo el vivir contenido de la vida doméstica, y es el único terreno donde, tal vez, enseñen ellas sus secretos.

6. AFRODITA Y EL MONSTRUO

Soñé, hace ya días, que un extraño monstruo aterroriza en los caminos y pueblos de indios. En el sueño, llega una comisión a pedir auxilio al Virrey. Alguna coherencia debía tener el sueño, pues como en la vigilia sigo en su palacio y le soy leal, y a pesar de ser mujer me afano como hombre en el celo de su servicio (visto ropa de Castilla y tengo cuatro indias a mi cuidado y tres españoles auxiliándome a proteger al Virrey, cuando vivo en Palacio, y, como diré, visto como me comporto, como un varón, llegado el caso), en el sueño me llaman para que con mis hombres, al mando de una partida de soldados, dé caza al monstruo y libre del terror a blancos e indios.

Me explican, en el sueño, que el monstruo arranca a los niños y a las niñas sus corazones, que son ya cuatro los indios muertos y ahora una quinta mestiza, y un castellano de siete años. Que el monstruo es extraño de aspecto, algunos dicen que arroja llamas por la boca, otros que tiene dos manos, otros que pelo rojizo. Salgo a matarlo. Dejamos el Valle. Al trasponer los cerros que lo rodean, en las inmediaciones del poblado donde vivieron los indios que han muerto, mi corazón deja de latir y no puedo moverme. Me amarran a su caballo, sienten que respiro, no comprenden qué me aqueja, se disponen (yo lo escucho) a regresar para llevarme a algún galeno. Ahí, a medio camino, desprevenidos mis hombres, los más desarmados, afanados como están en darme algún cuidado, aparece el monstruo indescriptible. Sí, tenía dos manos, dicen, el final de sus dedos eran uñas largas de hierro. Rojo su cabello y su barba, piel de ocelote, un escudo blanco, cola de dragón… No repito cuantos datos usan para describirlo, unos a otros se contradicen. Yo no veo nada. Creo que me he muerto. Estoy atada al caballo que relincha y caracolea. Mis hombres gritan. Alguno dispara. El escándalo del terror sigue. Otros disparan. Las balas silban cerca de mí. Mi caballo cae, me lastima las piernas. Una garra se pone en mi espalda, oigo un cuerpo que se desploma.

Silencio.

Mis hombres se acercan. Las balas no hicieron daño al monstruo, pero al tocarme se desplomó. Está muerto. Me sacan de abajo el caballo, que él mató a zarpazos, y me ponen sobre otro, lastimada e inerte. Los oigo cavar, están enterrando al monstruo.

Regresamos al Palacio del Virrey. Antes de llegar, mi corazón vuelve a palpitar y recupero el movimiento.

Envío a algunos a desenterrar al monstruo para darlo, como muestra de nuestra victoria, al Virrey, y nosotros apresuramos el paso para llegar con la noticia.

El Virrey se alegra. Pasan las horas. Los hombres a los que mandé por el cadáver del monstruo regresan sin él: donde lo habían enterrado no encontraron sino esto, dijeron, enseñándonos una serpiente muerta.

Así será su aspecto ya muerto, yo digo.

Despierto.

Nadie habla de monstruos en la vigilia. Yo sí sirvo al Virrey, visto de blanca, a pesar de ello trabajo como un hombre leal. Soy hábil e intachable, el Virrey necesita de mí.

No hay monstruos, pero si alguno hubiera, serían los españoles, esquilmando esta tierra de indios. Ante ése, mi cuerpo no sería arma, ni siquiera defensa. No porque esté crucificada en mi aspecto de mujer, sino porque estoy atada al Valle, soy su esclava, bien lo dice el sueño, lo he probado en la vigilia. Si dejo seis leguas México, me falta el aire, desespero como pez fuera del agua, me gana un sueño irresistible. Ningún prisionero podría matar al monstruo de indescriptible aspecto que va cercenando corazones de niños en pueblos de indios.

Si acaso el monstruo existe, en lugar de cola de dragón, escudo blanco, rojo cabello y piel de ocelote, tendría Corregidor, Alcalde Ordinario, Alguacil Mayor, Teniente, Portero, Capellán, Juez, Fiscal, Asesor, Previsor, Agente, porque no hay indio que esté exento de tributo, ni empleado al servicio del Rey que no viva de, en última instancia, dicho tributo. Si acaso hay cuerpo que destruya la vida del Monstruo, tendrá un aspecto tan diferente al mío que dudo mis ojos lo puedan ver... Aunque sería el único cuerpo que yo querría hoy ser.

En Francia seguramente andan sueltos algunos de estos monstruos que no tiene madre o linaje, que nacen de la bruma y del miedo, o del hambre y el frío. En la Inglaterra, en la Germanía. Aquí no lo puede haber, estoy segura, si no es en mi sueño. Aquí lo que vaga en las noches, o en los parajes donde caminan pocos, es la mujer llorando con el cabello suelto y las ropas revueltas, que va llamando a voces tristes a sus hijos, seguramente muertos por el monstruo que tampoco tiene cuerpo, que es muchos.

Tuve el sueño que he descrito hace ya días. Dije ya que no creo en el monstruo. Pero entre el día del sueño y el de hoy, he tenido que convencerme de que parte de este sueño es verdad. Sí, cuando salgo del Valle y me alejo más de seis leguas, me falta el aire. Caigo en un sopor que arremeda el sueño. No escucho, no veo, no siento. Nadie puede matarme. Basta con regresarme aquí para que yo despierte a la vida. Pero ese bulto en que me convertí protegió la vida de los hombres que iban conmigo. ¿Cómo? No quiero decírmelo. En mi imaginación es demasiado similar al sueño, pero en cambio lo repetiré como lo cuenta Mariano Baso, uno de los hombres que formaban parte de la brigada que yo formé y de la cual fui parte:

"Clara Flor, consejera del Virrey (se dice que hay requiebro entre ellos), obtuvo la venia de este último para vestir de varón

215

y así formar parte de una partida armada que salió con rumbo a Querétaro para acallar a unos indios rebeldes que vienen armados de más al norte, de donde los chichimecas, batallando y venciendo en su camino, causando problemas en pueblos de indios y muertes en villas, ciudades y real de minas, diestros de manera ejemplar en el manejo de las armas de indios y de blancos. Convenció al Virrey para incorporarse al escuadrón porque éste estaría formado por los más hábiles en el manejo de armas de fuego y espada, un temible atado de guerreros más que un ejército regular, y si su destreza y habilidad la hacían merecedora, eran único impedimento las faldas.

"Así que salimos de la Capitanía el 27 de marzo de 1572, gemas de batalla, liberados de altos rangos y los escalafones necesarios para formar un escuadrón convencional —en el caso de los españoles pura ausencia de eficacia en las armas—, cuarenta y tres guerreros furiosos, no todos soldados, más de dos bandidos y malvivientes, diestros en el manejo de las armas y presos en esos días en Palacio. Íbamos apertrechados como un ejército entero, acompañados de artillería, criados, cabalgaduras y bastimentos.

"He de decir que quien tuvo la idea de formar nuestras filas de esta manera fue Clara Flor, muy a la espalda de las ordenanzas tradicionales y sin que hubiera escribano para anotar nuestra salida, alegando que el ejército regular no terminaría con los indios peleoneros. El Virrey la escuchó, fiado mucho a sus encantos y un poco a su astucia. De modo que aunque no fuera ella el Capitán nombrado, por no tener grado alguno en el ejército, ella y sólo ella daba órdenes, y sólo a ella obedecíamos, arrobados por su gallardía y valor, sometidos por el secreto de su belleza. Por esto preciamos un escuadrón ejemplar.

"Incluso cuando empezaron sus malestares. Tendríamos seis leguas andadas de camino cuando empezaron por dormírsele las piernas. No la obedecían, no tenían fuerza. No podían tenerla en pie. Hubimos de amarrarla a la montura, que el animal la quería mucho y a su voz sola respondía. Después fueron las manos y el torso, tuvimos que alimentarla en la boca. Luego quedó completamente dormida, fría, como si estuviera muerta, rígida como un cadáver, pero respiraba, y ni esperanzas que fuera a comer nada, si no se le podía abrir la boca. Esto sería más o menos a las ocho leguas de la Capitanía. De cualquier modo, decidimos seguir. Ella misma nos lo pidió antes de caer en el mortal sopor que ni empeoró ni mejoró conforme avanzamos. Pero no era el único motivo de nuestra terquedad. Creo que a ninguno nos movía el celo de la obediencia al Virrey, pero en cambio sí la promesa de libertad, para los presos que venían con nosotros, y la paga generosa, que en caso de llevar la cabeza del jefe indio, Yuguey, nos haría a todos ricos.

"No tuvimos tiempo de que las pequeñas riñas que brotaron entre nosotros, a falta de una autoridad que nos conciliara, pasaran a mayores, ni que beber vino en demasía se volviera la desmesura del viaje, porque mucho antes de que esperáramos topar con ellos, Yuguey nos tendió una emboscada.

"No sólo eran el doble, nos tomaron por sorpresa. ¡Cielos Santos, y qué fieros parecían, sus corazones alumbrados por la llama del demonio, sus caras y sus cuerpos pintarrajeados como si estuvieran locos! Su estrategia fue dispersarnos, combatirnos uno a uno como en duelo, por lo que ni quien pudiera proteger a Clara, amarrada, soldado de madera sobre su cabalgadura. Qué tercos, atacar a un hombre atado; aunque de vivo y de Comandante fuera su aspecto, aunque derecho viniera y no lacio o doblado sobre su caballo, debieron darse cuenta que era de piedra. Quien blandía contra ella su espada, le abrió las ropas de arriba a abajo y lo que no pudo la espada, por la curiosidad despierta, la auxiliaron las manos, desgarrando las prendas, dejando el cuerpo abierto expuesto.

"A la vista de sus dos pechos de mujer y de un torso que herido no sangraba, el indio, su cabecilla, Yuguey, gritó en su lengua vaya a saber Dios qué, congregándolos a todos y dándose a la fuga más rápido que corre en paja el fuego, librándonos de su cólera en un abrir y cerrar de ojos.

"Tres de los nuestros estaban muy seriamente heridos, pero la de peor estado era Clara Flor, su torso desnudo, tasajeado aquí y allá, daba lástima y pánico, porque quién sabe cómo estaría de amodorrada su sangre dormida que no brotaba, a pesar de que la espada entró y salió repetidas veces de su carne hermosa y blanca, dejándola abierta.

"Atada la dejamos al caballo y la cubrimos como pudimos con nuestras mantas, atendimos un poco a los heridos y emprendimos el regreso, sin prenda para cobrar la más cuantiosa recompensa, pero vencedores, por lo que sin duda nos daría el Virrey un buen premio y la libertad y limpieza buscadas.

"Estaríamos a siete leguas de México cuando Clara Flor empezó a quejarse. Nos suplicó que la acostáramos, que era mucho su dolor. Le hicimos camilla. Le dolían todas las heridas que ni sangraban ni cerraban. Y así, en un hilo de dolor, recorrimos el resto del camino hasta que la acostamos en la cama de su habitación en Palacio.

"El Virrey nos recompensó generosamente a todos. Dio libertad a los presos y recomendó que no saliera de nosotros la historia del comportamiento de Clara Flor, y con celo, me parece, no hemos querido hablarla ni con nuestras mujeres o hijos, ni con nuestros criados y amigos, y atentos estamos todos en saber si Clara Flor se recupera, si sus heridas cierran, si vuelve la sangre a sus venas. Pero no estamos más en Palacio. Si Clara Flor no se levanta, tal vez nunca podamos volver a entrar, tal vez ya no portaremos espada".

Aquí estoy, tumbada en el lecho, tendida sin poder levantarme, cercada por mis heridas que no quieren cerrar pero sí dolerme, y aquí está lo que vivo en las noches, que don Pedro de Ocejo ha tenido la ocurrencia para entretenerme, y porque no necesita dineros (que además de ganar los de las reliquias, en mi ausencia se ha hecho el merecedor de las monedas de oro de minas de otro Certamen de Versos) ha tenido la ocurrencia, decía, y la ha emprendido, de traerme por fragmentos una tragedia, valido únicamente de su persona y una comediante, que él hace los demás personajes sólo hablándolos, porque uno y mujer es el principal ser que movería sus versos si acaso algún día pudiera publicarlos, pero no se moverán sino en mi encierro, que más allá no, nunca nadie podrá escucharlos. Dice bien Pedro: "Tengo monedas suficientes para darme el gusto de no escribir por encargo, ahora tramo lo que me da la gana, y no lo enseño a nadie, que además de que desagradaría a más de uno, me pondría a pelear con ñoños y con mojigatos, con burros y timoratos, con inteligentes y con asnazos... Hago esto porque me da la gana, y para ti, para que olvides las heridas...".

Por esto, para mi gusto y regalo, Pedro de Ocejo me ha traído a mi encierro, en las noches, a la misma Afrodita. La primera sesión casi no pude escuchar los versos, tanto era mi malestar. Me apena confesarlo, no se lo diría a él, pero es la verdad. Mis heridas me dejaron sin el primer plato del banquete, que en buena parte me han repetido días después, porque la representación de la Pieza tiene carácter de prueba o ensayo, que repiten unas cosas, cambiándolas en esto o aquello, de modo que a cada noche se vuelve a dar casi entera la Afrodita a trozos que me han prometido.

En la segunda noche, antes que Pedro de Ocejo, entró silenciosa la bella Afrodita (que bella lo es mucho esta cómica, llamada la italiana, tímida y sombría), cargada con una red enorme, la que se dispuso a acomodar aquí y allá, sin hablarme, hasta que me quedé dormida, y cuando desperté, por el ruido que hacían para llamarme, ¡cuál no sería mi sorpresa, que la red colgaba del techo y en la red estaban atrapados, sin prenda alguna de ropa, Pedro de Ocejo y la italiana, Afrodita! Al verme despertar, fingieron ambos cara de sorprendidos. El uno al otro trataban de taparse, y aunque mi malestar fuera mucho y mucho mi sueño, sueño y malestar cedieron paso a mi sorpresa y divertimiento, de ver a Pedro sin ropas y sin ropas a Afrodita, y los tíos fingiéndose avergonzados de que yo los viera así, siendo que así para mí se habían puesto.

Pasados unos pocos minutos, Pedro me habló: "Ya, basta. Cierra los ojos, Claire. Recuerda la escena. Mañana le pondremos voz. Porque a Afrodita el marido celoso encierra en una red con el amante, la ha delatado el sol, Helio, y Hefesto les ha puesto esta trampa… mañana oirás la historia". Y mientras hablaba, con los ojos obedientes cerrados los oía jaloneando la red, y a alguno caer como costal al piso. "Puedes abrir los ojos" y ahí estaban los dos, ya afuera de la red, vistiéndose. "Mañana lo hablamos, que Afrodita estará sin mí en la red, porque yo debo hacer las voces varias de los varones que la miran".

Fue a su Afrodita, la ayudó a terminar de vestirse, la despidió. Con la red entre los brazos, se sentó a mi lado en la cama, sin pedir permiso a mis pobres heridas, ay, les molestaba cualquier movimiento.

"Perdonarás hoy la mudez de la escena, pero quería que la vieras como debiera ser si contáramos con más actores. Ya tengo los parlamentos…".

Entonces me hizo favor de repetir la última parte de los versos del día anterior, cuando Helio se despierta, para enseñarme que había decidido aumentar unos versos sobre estas tierras, porque "si el Euro se retiró hacia la Aurora, el reino de los nabateanos, la Persia y las cumbres sobre las que se montan los rayos de la mañana, el Céfiro quedó próximo al Occidente y las riberas donde se pone el sol, el horrible Bóreas invadió la Escitia y el Septentrión y el Austro quedó en las regiones opuestas de la tierra, ¿qué vientos corresponden a estas tierras?, porque nadie me dirá que aquí no sopla el viento, y no creo que el Austro mismo sea quien hunda las naves cuando intentan llegar a estas Tierras Nuevas", dicho lo cual arrancó a repetir parte de los versos del día anterior. Yo no sé hacer versos, mi memoria no puede repetir los que él me recitó. Pero no hallo cómo recontar la historia sin hacer hablar a sus personajes con palabras aproximadas a las que escribió Pedro de Ocejo y que serían, cuando la Tiniebla habló, algo así como "Sólo nosotras vemos en nuestros territorios. Es hora ya de irnos. Helio empieza a abrir los ojos. ¡Huyamos! ¡Recorramos nuestro oscuro cuerpo! Visitemos en él envueltas el mar, lleguemos luego a otras tierras… Adiós…". Luego Helio: "Luz libra la batalla por mis párpados. / Silenciosa (pone fuego a la oscuridad con mil colores / El manto del cielo se recubre de distintos tonos / ¿Qué pintan, si todo en él es la misma forma ingrávida e informe del éter? / Porque cuanto tiene forma, tiene peso / y el cielo no pesa por no tenerlo". Después, venía no sé qué pelear entre Tinieblas y Luz, hasta que intervenía gustoso Helio:

HELIO: Mi carruaje es mi morada. Hecho es de oro, y cada día la cosecha lo engalana: fresas, café, naranjas, guayabas, pitajayas, la visten rojo a rosa antes de emprender la marcha. Yo quisiera retenerle. ¡Alba, Alba, Alba, Alba!

ALBA: Un segundo me tuvieras, no te serviría de nada. La fruta se corrompiera, el oro se haría de paja, tú retomarías tus pasos, Helio, Helio, Helio, Helio, ¡que el Mundo muere si paras!

HELIO: Duermo las noches enteras en mi cómoda cabaña, cuando oigo el sagrado canto del gallo despierto atento: conduzco a través del cielo carro de cuatro caballos. Sus pasturas tornan sólo en islas de lo Sagrado. Sigo la corriente océana que fluye en torno del Mar. Embarco carro y monturas en balsadera dorada que Hefesto mismo fraguó.

Siguió con sus versos hasta dormirme. Mucho talento no hacía falta para conseguirlo, que yo estoy más débil que una rosa madura; dos, tres soplos de viento pasan y la deshojan…

El día se me fue en dormir. Mi propio cuerpo no tiene fuerzas para despertar por sí solo, y el Virrey ha dado la orden de que nadie, absolutamente nadie que no sea Pedro de Ocejo y su persona entre a mi habitación, por no querer dejar correr palabra de mi tránsito y situación. Pedro de Ocejo me había dejado en la noche agua para beber, frutas, una rebanada de queso que encontró intactas en la noche, excepto el agua, de la que sí había dado buena cuenta, pues me quema la sed en la garganta hasta en sueños.

En la noche siguieron con el ardid de la red, pero cambiaron de aspecto. Me acomodaron a mí junto a la pared, en la banca que bien puede servir de cama, y ellos dos ocuparon la mía, sin ropa los dos, en amoroso abrazo, que duró un minuto porque "¡Oh, qué es esto", dijeron a coro, "¡que Hefesto nos ha puesto una trampa, siente con los dedos, es una red!, dice Afrodita, y Ares (Pedro de Ocejo) jalonea con su cuerpo desnudo y todas sus fuerzas para tratar de salir de una trampa, que mis ojos no ven porque no existe, hasta resignarse y caer en un inmóvil apaciguamiento. Ahí Afrodita empezó a hablar, y era tanto su talento y tan magnánimas su gracia y su belleza, que la red que no existía se me hizo aparente, y los dioses que ella decía verlos se me hicieron también presentes:

AFRODITA: He quedado atrapada por la red prudente que Hefesto tramó de cólera, celos y maestría, con tanta que ni los dioses pueden verla, pues fina es como tela de araña, y resistente como la armadura de Aquiles. La maestría de la mano de Hefesto no debe sorprendernos, pues también forjó en su fragua y trabajó en su yunque, a petición de Tetis, la de hermosas trenzas, quien le salvó la vida, el escudo aquel de Aquiles... Fue por Tetis que puso al fuego el duro bronce, el estaño, el oro, la plata, y con el martillo y las tenazas hizo a Aquiles un escudo invencible, con cinco capas donde representó tierra, cielo, mar, sol, luna, estrellas, dos ciudades y sus habitantes en diversas acciones, una blanda tierra oval, un campo fértil y vasto, los labradores, un campo de crecidas mieses y sus segadores con hoces, el buey muerto para el banquete, la viña, el rebaño, dos leones con un toro atrapado, un gran prado en hermosos valles donde pacían ovejas, con establos, chozas y apriscos, danzas y cítaras, el aedo, la corriente del Río Océano. ¿Cómo podría causarme admiración el prodigio de esta red irrompible, si a Hefesto se deben prodigios tales? ¡Minucia es para él fraguar la red fuerte e invisible! A la red no le puso adorno alguno, expone mi collar y mi desnudez, únicas joyas que porto, aun siendo la mujer del artífice. Ni los broches redondos, los brazaletes, las sortijas y los collares de Hefesto tienen el poder magnífico de atraer el amor y el deseo en quien los mire, y mi collar sí... ¡Pero lo que causa admiración es que la áurea Afrodita caiga en una red y en ella sea expuesta a los hombres! ¡Mi paso siguen los tigres, silenciosos, o los leones mismos, y con mi belleza obligo a todos a entregarse al amor furioso! Por otra parte, Hefesto, atrapada, presa, humillada, expuesta, ¿lo ves? (no lo ves por estar cegado de ira), más te lastima a ti que a mí el herirme en mi desnudez frente a los dioses. Ni una diosa bajó atraída por tus gritos de cólera, el pudor las guardó en su casa. Ellos, en cambio, más curiosos y menos delicados, están aquí, mirando cómo Ares y yo hemos sido atados en el lecho. Pero no hay uno solo que no caiga vencido por el brillo de mi collar de amor. Sus bromas no consiguen ocultarlo. "Mensajero Hermes, hijo de Zeus, otorgador de bienes —le dice Apolo, el soberano flechador—, ¿querrías hallarte prisionero de estas indestructibles redes por el gusto de reposar en un tálamo con la áurea Afrodita?". A lo que responde el mensajero Argicida: "¡Quisieran los dioses, oh soberano flechero Apolo, que tal acaeciese! Ojalá fuese prisionero de redes tres veces más inextricables y a la vida de todos los dioses y diosas, con tal de que yo durmiese con la dorada Afrodita". Y Zeus, mi padre adoptivo —que mi belleza no aceptó padre ni madre, nací, perpetuamente joven, diosa soy, de la espuma del mar, desnuda, acompañada por gorriones y palomas y mis pies se posaron sobre el nácar de gigante concha—, es el único que no ríe con ellos y piensa para sí: "Estúpido Hefesto, jamás debiste exponer tu afrenta que haciéndolo no lastimas a nadie más que a ti", y diciéndoselo a sí mismo, siente correr el deseo que siempre ha sentido por mí y al que nunca ha obedecido, y contesta furioso "NO" a los reclamos de Hefesto, que sin parar repite: "Hermosa sí es, pero no sabe contenerse. ¿Hacerme esto a mí sólo porque soy cojo de los dos pies, porque no soy gallardo ni hermoso como lo es Ares? ¡La culpa no la tengo yo, sino mis padres que no debieron engendrarme! ¡Exijo de vuelta los magnos regalos que yo di a Zeus al desposarla! Y si se empeña en bramar que no, que me los pague Ares, porque yo repudio a Afrodita, hermosa, sí, pero que no sabe contenerse".

De Ares no puedo ver el rostro y no profiere palabra. Por grande que fuera nuestra pasión, las redes de Hefesto nos impiden unirnos. La red lo tiene sujeto, próximo a mí de una manera irritante, pero inalcanzable para el último grado del afecto. Su cuerpo, que he gozado y amado con apego tan longevo que mis tres hijos, Febo, Deimo y Harmonía, presentados a Hefesto, son los tres engendro de Ares. Su cuerpo, más deseado que piel ninguna, surtidor de erotismo, al que siempre he visto revestido de divino aceite después de horas de gozo en el lecho (tantas que Helio fue quien nos delató a Hefesto, cuando ha dos días lo busqué a mi regreso de Tracia, al caer de la tarde), atado al mío no es aquel que me obliga a desearlo y a tocarle, es un bulto con el que no quiero estar amarrada, como no lo quiere el buey al yugo.

Zeus, mi padre adoptivo, no cede. Hefesto sigue imprecando, no reclama menos que su multa. En el fondo de la ira reconozco el amor que me profesa mi marido.

Poseidón…

No sé si aquí o más adelante paró Afrodita, que mi estado débil me retuvo la atención y no pude seguirla más. Ella y Pedro de Ocejo se vistieron, regresáronme a mi lecho, se sentaron a mis dos lados y tras darme de beber y pelar para mí una pera, se dispusieron a conversar entre ellos cómo debiera llegar a ser su Afrodita, si era mejor con red o sin red aparente, si Afrodita debía verse más pudorosa o ser más impulsiva, que si vehemente o serena, que si su habla debía ser más lenta o más apresurada, etcétera. Para este entonces, tal vez por el calor de sus proximidades, las dos tan diferentes, me había ya despertado del todo. Pedro de Ocejo, conversando, era seductor y convincente, como no lo había sido desvestido, cuando dijo dos o tres palabras en nombre de un Ares por él ridículo. Así era, de nuevo, cuando era él mismo, hermoso y encantador, pura luz en mi alcoba. Ella, en cambio, perdía brillo, aunque debo decir en honor a la verdad que ni encaramada en alguna de las pétreas figuras monstruosas de los templos indios, podría llegar a verse ligeramente fea. Pero balbuceaba, sus comentarios eran siempre desplazados por los flechazos de Ocejo, no era ya más la imantada Afrodita, y su carácter melancólico regía todos sus gestos y comentarios, porque así como Pedro de Ocejo era un ser marcado por la luz de la dicha, la italiana parecía haberse comido una nube gris que encapotara sol y cielo. ¿Cómo no se veía la nube de su tristeza cuando representaba a Afrodita?

La charla resbaló de Afrodita a la italiana.

—¿Por qué no, Pedro, te olvidas de esta Afrodita, que ya no estoy en edad, y me terminas para mí una Ifis?

—¿Ifis a ti? —le contestó Pedro de Ocejo.

—¿Que no estás en edad? —le dije yo—. Eres la mujer más linda que hay en la tierra.

Me miró a los ojos. Me tomó de la barbilla y me puso un beso sobre los labios.

—Gracias. No me lo vuelvas a decir. Con una vez que me lo hayas dicho, quedo en deuda contigo. Voy a tratar de pagar la deuda contándote mi historia, que te entretendrá…

—Pero ya no será hoy, que debemos dejarla dormir para que mañana despierte en mejor estado y coma mejor. Anda, italiana, acompáñame a la cocina, traigámosle algo por si quiere comer mañana en nuestra ausencia.

—Y agua, por favor, que muero de sed el día entero.

—Abundante agua en jarras de cobre, para que esté fresca, no te preocupes.

Salieron y no tardaron en volver. Sólo dejaron las cosas, se despidieron de mí y me dejaron aquí, recordando lo que fue la noche de hoy, mientras trato, inútilmente, de conciliar el sueño.

¿Qué horas son? Me zarandean el hombro para despertarme. "¡No me agiten! ¡Me duele la cabeza! No podía dormir anoche", querría decirles, pero tardo en poder hablar. Abro los ojos, primero, y veo al Virrey frente a mí, iluminado por un rayo de luz que dejan caer sobre él los postigos de las ventanas. No está solo. Lo acompaña Mariano Baso, mi compañero de expedición. Me incorporo en la cama, asustada de su presencia y de la mala cara que muestra:

—¿Cómo está Vuestra Excelencia? —alcanzo a decir, casi trastabillando, mientras me aliso el cabello y me avergüenzo de mi aspecto descuidado de enferma y recién despertada.

No me contesta nada. Trae en las manos un saco de algodón oscuro con una jareta. Apoya el saco en mi cama, como única respuesta, suelta el lazo de la jareta y lo voltea, vaciando su contenido sobre las mantas y diciendo:

—Piden la tuya a cambio.

Es una cabeza humana cortada a tajo, de oscuro cabello largo suelto. Cabeza de indio.

—¡Por Dios! ¿Qué es esto? —saco fuerzas de flaqueza para exclamar, es demasiada la impresión desagradable y el disgusto. Aumentada porque la ha sacado del saco, y porque su Excelencia la ha dejado caer sobre mi cama.

—Es la cabeza de Yuguey, me dicen. ¿Es verdad?

Asiento, sin fe. ¿Yo cómo iba a saberlo? Nunca lo había visto. Cuando él tasajeó mi carne y abrió mis ropas, mis ojos, aunque abiertos, no servían para ver. Yo no recuerdo nada. Pero si le decían que Yuguey era, Yuguey sería. ¿Por qué no lo iba a ser?

—Lo sabe mejor que yo Mariano Baso.

—Sí es su cabeza —dijo Baso.

—Vino con esto —agregó el Virrey.

Mariano Baso extiende ante mis ojos un extraño libro. No va cosido sino doblado, no va escrito sino dibujado, pero libro es, ¿a quién le cabe la menor duda? En él veo representado el cerco que nos tendieron, la batalla en parejas, me veo atada al caballo, veo sangre dibujada en las heridas de algunos españoles y veo que de mi cuerpo abierto no sale ni agua. Luego veo mi imagen repetida varias veces, con signos que no comprendo, y al final, sí, algunas frases.

—Quédatelo. Enséñalo a Pedro de Ocejo. Dile que no quiero oír nada afuera de esta habitación. Ordeno el silencio. Que nadie lo sepa, que nadie, mucho menos, lo escriba. Hay que olvidarlo.

Sale con Mariano Baso. Deja también la cabeza, donde la hizo caer del saco, sobre las mantas de mi cama. ¿Qué hago con la cabeza? Estoy débil, mis propios criados tienen prohibido entrar, me da repugnancia.

A solas nos quedamos ella y yo.

La veo con más detenimiento. Le pierdo el pánico.

Hablo con ella, cosillas que le contaré sólo a ella. Me gustaría guardarla en su saco, pero el Virrey lo ha botado fuera de mi alcance. Sin darme cuenta, me quedo profundamente dormida, sin haber siquiera tomado agua.

Tengo sed en sueños. Mi encuentro con la cabeza me ha extraviado.

Sueño que he dado a luz un niño, lo tengo a mi lado. En lugar de cara de bebé tiene el pico ávido abierto rojo visceral de los polluelos. Despierto bruscamente. Bebo agua. Veo la cabeza, en su mancha de sangre fresca que pinta las mantas.

Recuerdo que hace mucho que no sangro, hace muchas semanas que no hay sangre menstrual en mis ropas. Meses. Desde que estoy en México. ¿De qué se hicieron mis tripas, mis vísceras? Si el destino me concediera ahora volverme hombre, no importaría. Sería yo uno invencible. Necesitarían cortarme como a Yuguey la cabeza para terminar conmigo, porque ni los salvajes se atreverían a comerme.

La vista de sangre en mi cama me es repugnante. Retiro con los pies las mantas manchadas. Al piso cae, con un golpe, la cabeza. Quedo con mi camisola blanca, sobre una blanca sábana descubierta. Espero llegue la noche, para que cuando vengan a representar el fruto de la develación del sol, el blanco que habito recupere su natural sentido diáfano, y no sea sólo, como es ahora, zozobra y la tiniebla del miedo.

No tengo fuerzas para huir. No quiero irme lejos. El Virrey me ha dicho que quieren mi cabeza a cambio y no ha dicho "No la daré".

Releo las palabras escritas al final del libro que me han dejado:

> Ellos tienen la mujer dormida.
> La Virgen que sin hacer nada los protege y nos destruye.
> ¡Su sueño es nuestra muerte!
> Su reposo nuestra destrucción.
> Su vigilia nuestra sobrevivencia.
> Nuestras cabezas no podrán ver, si existe en su cuerpo la de ella.
> ¡Quemaremos Villas, Iglesias, Monasterios y Conventos! ¡Mataremos todo español que acerque al filo de nuestra hacha su garganta!
> ¡O daremos tregua, lealtad al Rey y Paz en esta tierra, si nos dan su cabeza!

De tanto desearlo (y dormitar y comer pan y queso, que hambre ya me dio) llegó la noche y con ella la italiana y Pedro de Ocejo. Él ya sabía, encontró al Virrey en los pasillos y en tres palabras lo puso al tanto de la existencia de libro y cabeza y de que ambos estaban en mi encierro, así que apenas entró, instó a Afrodita a sentarse junto a mí en la cama, encontró el saco, y, sin que pudiéramos ver qué hacía, maniobrando al pie de la cama, revolvió las mantas, dio con la cabeza, la guardó en el saco, jaló el hilo de la jareta, se levantó y se despidió, diciendo que volvería en breve, sin dar mayor explicación ni decir palabra sobre la cabeza, y salió de la habitación sin que Afrodita supiera qué había recogido, qué llevaba ahí.

—Y bien —dice la italiana—, yo quedé en contarte mi historia. Ahora parece el momento. Yo no soy de estirpe de comediantes. Mi padre es de una vieja y noble familia de Milán: allá mi apellido, que oculto, avergonzada, es milenario. La vida que aquí llevo, la situación de desvalimiento y reputación dudosa que conlleva la profesión que ejerzo, son el bien y el mal del mal provocado por el más alto bien que he conocido. Tenía yo doce años cuando conocí el amor. Doce aún no cumplidos y un conocimiento que yo no sabía cómo se llamaba.

"Mi padre había acogido en un ala próxima a la de los criados de Palacio a una troupe de comediantes itinerantes que actuarían en la fiesta de Milán. Esto, y pagar sus honorarios, era la contribución de la familia a las fiestas.

"A buen resguardo puso papá a mis hermanas, conociendo lo impetuoso de los comediantes. Me consideró demasiado chica para protegerme.

"No sé qué hizo cuando huí con el hombre que yo amé, porque nunca volví a verlo. En poco tiempo subí a un escenario. Cuando él dio con nosotros, habló con mi amado, proponiéndole que casara conmigo y que si él le hacía promesa de que jamás me subiría a un escenario, podría contar no sólo con su aprobación sino con la dote que me correspondía, por ser de quien era hija. Enterado de que yo ya lo había pisado, y que mi amado no estaba dispuesto a que yo lo dejara, se fue furioso, sin pedir verme.

"Del que yo amé y cambió mi vida, tengo muy poco que contar. Me enseñó el oficio y a respetarlo, y sin esperar nada más, murió. No ha sido el único: lo que mi corazón toca siendo correspondido, tiende a buscar refugio en la muerte. ¡Mis familiares debieran agradecerme la huida, que estando yo cerca de ellos no sé a cuántos hubieran visto morir ya! Con los años, he aprendido a guardar mis expresiones de afecto, a no enseñar los secretos de mi corazón a la luz, porque ahí oscurecidos pierden su poder letal. Otras cosas he aprendido también, pero no a no amar, que es tal vez lo que debiera aprender".

Apenas pronunció esta última palabra, empezó a desvestirse; me extrañó un poco, pero no quise comentar nada. La italiana querría convertirse en Afrodita, tal vez para sentir que dejaría de matar lo amado que la amara. Ya sin una prenda, se metió junto a mí en la cama.

—Abrázame —me dijo—, a ti no podría hacerte nada, sé que tu corazón es a prueba de amor.

Verdad es que yo nunca he amado. Nunca. He visto lo que el amor hace hacer a las personas, pero nunca he amado.

—Ifis, yo querría hacer Ifis —dijo estrechándome, y antes de que yo me diera cuenta, ella me estaba propinando caricias donde menos debe tocarse a nadie. ¿Cuánto tiempo? Mi camisola blanca, las sábanas blancas eran mi único escudo. Y su cuidado, que bueno lo puso en no lastimar con sus manos mis heridas abiertas. Aunque donde las puso puede bien ser considerado herida abierta. En mi caso ya no sangra, pero no le hace falta esa expresión de roja inmoderación para decir que es la herida siempre abierta en un cuerpo…

Pedro de Ocejo abrió la puerta. La italiana quitó sin brusquedad las manos de mi cuerpo, bajó mi camisa, fingió que me hablaba, retomando el hilo de su charla, como si no la hubiera interrumpido en ningún momento. Yo era incapaz de fingir nada. Los colores me habían vuelto al rostro.

—¿Siguen hablando, chicas? Italiana, cambiémosle las mantas a esta mujer, que sea lo que sea que le estés contando, como mentira es de seguro, puede esperar, y vístete para cenar con ella. Pedí ya comida caliente y vino, así como mantas limpias; no tardan en llegar.

Entre los dos me acomodaron en la banca.

La italiana se vistió con rapidez asombrosa.

Poco después tocaban a la puerta. La italiana recibió ropa limpia, una cena caliente, y les dio mis sábanas y mantas a lavar.

Comimos a la mesa, primero sentados sólo Pedro de Ocejo, y yo, entre almohadones, mientras ella preparaba bien mi cama, cantando con suave voz:

En otro tiempo, la tierra de Festo un hijo engendró, lo llamaron Ligdo. Hombre de oscuro nombre fue mi padre, tirano que anheló ser mi asesino, verdugo a su manera, pues dio muerte a la niña que no llegó a la tumba. Esa niña fui yo. Ser varón, tumba para salvar la vida, Ligdo cruel previno a su mujer, embarazada: 'Mujer mía, dos cosas son mi deseo, que no sientas dolor al dar a luz y que me des un varón sano y fuerte. Si por casualidad es una niña tu hija, devuélvela de inmediato, sin mostrármela, a la oscuridad negra de la muerte'. Teletusa —es el nombre de madre— intenta cambiar su tonta idea. No cede Ligdo, Teletusa llora, llora Ligdo, Teletusa llora, llora Ligdo, Teletusa suplica, nada de su resolución lo saca. Nazco mujer, pero varón me anuncian, para arrancarme de precoz tumba. ¿Me escuchan las cien ciudades de Creta? El grito de mi corazón se expande. Soy Ifis, soy Ifis, Ifis soy yo…

Pedro de Ocejo la interrumpe: "No, no te escuchan las cien ciudades de Creta ni ninguna, y si no te sientas ya a cenar, frío y duro pollo te llevarás a la boca. Y no los cantes más, debo cambiar todos esos versos, no me gustan ya".

La italiana se reunió con nosotros.

—Tiré —siguió hablando Pedro— el saco en el pozo de Don Manuel de la Sosa, tomada por el Santo Oficio. La puerta está sellada y por ella se prohíbe la entrada a cualquiera que no lleve permiso. Yo entré por el patio trasero, donde no hay puerta ni hay verja, ni guarda que mire, si da al Callejón oscuro que ni a nombre llega, ni perros tiene. Menos de un minuto me llevó entrar, tirar, salir, doblar a la calle… El premio es esta cena tan exquisita y estar con las dos más lindas mujeres que hay en estas tierras nuevas…

Sí, comí, aunque no mucho. El vino me sentó bien. Disfruté la compañía. Ya bien cenados y bebidos, Pedro de Ocejo se sentó conmigo en la banca de la pared y me sentó a mí con él, mientras Afrodita desprovista de su ropa nos recitó lo de la noche anterior y lo que se sucede, donde se cuenta que si Hefesto hizo el lecho de Hera y de Zeus, que si su palacio es de broncíneo pavimento, que si dispone de mesas trípodes que se mueven solas cuando acuden a las reuniones de los dioses, que si él merecía no ser el dueño del cariño de Afrodita, que si el despreciable, borracho y peleonero Ares por ser gallardo y noble era digno de su afecto y…

… me dormí. Cuando desperté, bien acomodada en la banca, vi abrazados en mi cama a Pedro de Ocejo, desnudo, y a la italiana, también sin ropas, y tuve celos.

Mis celos despertaron a Pedro de Ocejo.

—Buen día —le dije.

—Sht, no la despiertes.

Empezó a vestirse, juntó sus prendas y se acercó a mi banca. En voz muy baja me dijo, mientras terminaba de abotonarse:

—Me quedé a dormir aquí porque debo intentar ver ahora mismo al Virrey. Quién sabe qué pánico le dio ante la cabeza de Yuguey, pero es tanto que ayer temí por la tuya. Vamos a ver. Le voy a proponer que me permita llevarte conmigo. Sólo que, si acepta, no tendrás vida de princesa, que fortuna no tengo y no querrían aceptarte en casa el sobrino de Urquiza, ni ningún otro de mis habituales anfitriones. Así que viviremos con lo que el trabajo nos dé, o sea como si nada tuviéramos, aunque otra vez me aboque a escribir versos para las Iglesias y para las fiestas en Palacio…

Me sentí avergonzada de mis celos.

—Pedro, tú habla con el Virrey, pero de ninguna manera pienses en pasar trabajos por mí, no tiene sentido.

—Igual los voy a pasar en breve, que regresa ya pronto Urquiza y no sé dónde irá a parar esa historia…

—Él nos acogerá, no te preocupes.

—Él no será capaz de volver a salvar el pellejo, encuentre o no quien lo supla en la horca. Debiera quedarse en España, que para qué viene a asomar las narices donde se le detesta a tal punto… Ya vengo. No la despiertes. Dijimos versos hasta muy tarde anoche.

—¿Versos? —pregunté en tono burlón, de nuevo con celos.

—Sí… Ah, ya me doy cuenta. No, no hay nada entre ella y yo. ¿No ves que ella sueña con Ifis? Yo, qué más quisiera, que tú o ella me prestaran atención. Las dos me han robado el corazón. Más tú. Lo sabe la italiana. Ya, ya debo salir.

Salió.

Me sentía mucho mejor de mis heridas. Probé a levantarme, y pude, fueron soportables los dolores. En la palangana oriné sin problema, y por vez primera en mi recuperación defequé, también sin problema. Si a Pedro lo despertaron mis celos, a la italiana mis humos y olores. De muy buen modo se dispuso a limpiarlos, y de paso fue a la cocina y me trajo un almuerzo que comí gustosa. Ya se puede decir que estoy sana y sé que en dos semanas podré defender mi cabeza para que no la den a cambio de su violencia.

7. REGRESO DE URQUIZA

Urquiza llegó al puerto hace veinte días. La noticia ha causado todo género de reacciones y se ha diseminado hasta abarcar cualquier rincón de la Nueva España.

Llegó con la Flota que corrió con la suerte de atrapar a Juan Aquiens, según llaman los españoles a John Hawkins. Pues resulta que estando Hawkins en el Puerto, al que tenía aterrorizado sólo con su presencia porque ni una bala echó, ni un sable sacó a relucir, ofreciendo comprar con oro y mercancía bastimento, que ya no traía ninguno, tocó a llegar la Flota Española. La llegada era esperada en el Puerto, pero fue sorpresa temible para los piratas, que no podían huir por tener sus navíos dados lado y descargada la artillería. En esa posición y entre dos frentes perdieron la victoria. Juan Aquiens embarcó en la nave capitana, donde había hecho llevar plata, oro y mercaderías, y con trescientos hombres se hizo a la mar y huyó, escapando riesgosamente entre los arrecifes, por lo que viéndolo huir no hubo nave que se atreviera a seguirlo. Los hombres de Aquiens que restaron en el puerto, pelearon valientemente, pero terminaron por ser tomados prisioneros de los españoles y enviados a México para su juicio, donde los espera una empalizada en San Hipólito, levantada para contenerlos. Todo esto para decir que la noticia de Urquiza corrió como reguero de pólvora, no porque no hubiera otra que la distrajera, pues bien que la había, sino porque causaba inquietud extrema que se dijera que uno muerto tierra adentro, en México, regresaba por mar, como si muerto aquí hubiera revivido en la Península. ¿Qué la muerte no golpeaba con el mismo tajo de los dos lados de la mar Océano?

En el viaje del Puerto a México, el Conde de Urquiza ha sido generoso y regalado, a su vez lo han colmado de fiestas, como si de un Virrey recién llegado se tratara, haciendo recibimientos con galas y música. Los piratas van casi a su paso, porque no teniendo cabalgadura o carro, a pie sobre sus pies casi ya destrozados, tardan en llegar de poblado a poblado lo mismo que el Conde Urquiza en ser festejado y recorrer las distancias a cuatro caballos, y de los buenos. Se dice que en alguna Villa coincidieron al entrar y que los ojos de los habitantes no hallaban qué hacer, que bajo el arco triunfal construido para Urquiza, pasaron también los presos, el pregonero que los acompañaba gritando "Vean a estos perros luteranos, enemigos de Dios", alzaba su voz para que no la taparan los azotes de los guardianes que a su vez eran azuzados por los caballos del carro de Urquiza, franqueado por cornetas, acompañadas por versos ensalzando sus virtudes.

El Virrey tiembla: el Conde Urquiza le ha enviado decir a la distancia que trae papeles del Rey inculpándolo de su muerte injusta, por lo que deberá presentarse en la Corte de Madrid a rendir cuentas. Como dos Visitadores acompañan a Urquiza, el Virrey teme sea cierto, aunque a cada rato piensa que todo esto es la balandronada de un farsante, porque ¿qué Conde Urquiza puede ser, si él ya ha muerto? ¿Y qué cuentas puede portar él del Rey, si los muertos ni para emisarios sirven?

¿Por qué no pedirle que le haga llegar sus cartas credenciales y los anuncios del Rey con alguna Embajada?

Buena idea. Sale la Embajada. Regresa la Embajada sin papeles. El Conde Urquiza no quiere enviarlos, dice que los entregará de primera mano. Mientras, más fiestas le hacen, más regalos da él a manos llenas, más simpatías despierta.

En México se rumorea que el Virrey está por irse, que el Rey le ha dado la orden de volver a España, y todos tienen miedo. Temen el rigor de los Visitadores. Por tradición son temibles, bien se sabe.

¿Y si no es Urquiza, ni son Visitadores?, se sigue preguntando el Virrey.

Pues si no puede serlo, se responde. Tan desesperado está que hasta a mí ha venido a pedirme consejo. Digo "hasta a mí" porque lo he perdido todo, entre haberme quedado dormida al dejar México, mis heridas que no sangran ni terminan de curar, la cabeza de Yuguey, la amenaza (de eso, por cierto, nada, no se ha sabido nada, reina la calma chicha, y de los indios revueltos no sabemos el paradero, pero revueltos ya han de estar porque no los vernos), y mi cercanía con Pedro de Ocejo, que por ser tan cercano a Urquiza no es bien visto estos días en Palacio, la predilección que el Virrey demostraba por mi persona y mis opiniones se ha visto disuelta en la nada.

Yo, ¿qué he de decirle de Urquiza? Lo anterior que me consultó fue que si esa cabeza arrancada de un cuerpo era la de Yuguey, hombre al que no conozco. Ahora me pregunta por Urquiza y tampoco puedo decirle la verdad, pondría a Pedro de Ocejo en temible predicamento, y a mí misma, y aunque no me importe yo, Pedro es mi amigo. Le debo protección y fidelidad.

Por otra parte, estará próximo su fin. No sólo lo digo porque esté tan enfermo que casi no deja la cama. ¿Qué clase de Virrey es éste, que no sabe reconocer a sus enemigos? "¿Éste es el Conde Urquiza?", pregunta, "yo maté al Conde Urquiza", responde equivocadamente; "¿es éste Yuguey?", me pregunta a mí, temiéndolo y temiéndome a mí, queriendo entregarme (lo haría, de saber cómo y a quién) y no se da cuenta que tiene victoria y cabeza del enemigo por mis debilidades, las mismas que él repudia y teme. Quiere echarme de Palacio, no se da cuenta de que al hacerlo me uniré al Conde Urquiza (¡bien que existe!, lo sabré yo que lo he reemplazado) y puede que sus indios enemigos, al verlo sin el escudo temible, formado por el agua que corre por mis venas y que ellos en algo reconocerán como de ellos mismos, salten de inmediato a atacarlo. Quién sabe, como se han vuelto invisibles, si estén aquí, a la vuelta de la esquina, sólo esperando que yo me separe de él para cortarle la cabeza, guardarla en un saco, cerrarlo con una jareta y enviármela a mí, con un libro dibujado por sus sabias manos... Porque hay tantos indios en esta ciudad, diez por cada español, por lo menos. De su raza, ¿qué podemos pensar? No sabemos nada de ellos, y lo prudente es temerlos o unírseles. Todo se dice y se opina de los indios y tanto y tan contradictorio que mejor ni pensarlos. Temerlos, lo repito, es lo que se debe hacer. O ser de ellos. ¿Qué pensar de una raza de quien se cuenta que, en una de sus ceremonias horribles, en sus cúes, cuando con una piedra filuda se sacaban las entrañas para sus demonios, la mujer a quien habían abierto el cuerpo y sacado el corazón, se levantó, caminó unos pasos y dijo "Me duele mucho" en lengua, antes de desplomarse? Una raza que engendra persona tan dura es temible, por decirlo prudentemente. Y yo, ¿no soy acaso también hija de la raza? La única francesa que lleva agua en las venas, la mujer de la vida artificial, la que sólo puede vivir en la tierra de México.

Es la noche. Han golpeado con guijarros en los postigos del balcón para llamar mi atención. Me di cuenta hace ya minutos, estoy un poco borracha (¿qué más puedo hacer, aquí encerrada? Beber, beber que no tengo espada, que no puedo vestirme sino de mujer, que no puedo trabajar con el Virrey en los secretos de su gobierno, que no puedo salir de Palacio que cualquier hebra suelta irrita al Virrey y yo no sé cuán mucha es mi fuerza para enfrentármele), pero abro con lentitud y cuidado los postigos. Es la italiana:

—Apresúrate, Claire, que ya nos vamos. Toma tu ropa en los brazos, échate una capa a los hombros y corre, ven aquí. El Virrey ya sabe que tú supliste a Don Enrique, ¡anda!

No viene sola, no me detengo a ver quién viene con ella. La obedezco ciegamente, lo más rápido que puedo. Las basquiñas… una manta doblada bajo mi manta, para que haga el bulto de mi cuerpo en mi cama y le regale otros pocos minutos a mi huida. Tomo mi sombrero y apago las dos velas.

Hay un canasto bajo mi ventana, esperándome, de esos grandes que aquí llaman macucos. Me tiro en él, me cubren, cierran los postigos (escucho) y a andar echan conmigo. Por el vaivén y el ajetreo que lo precedió, sé que vamos en una barca. Escucho las voces de Pedro de Ocejo, la italiana, la india de las manos tibias, ésa que hizo de atolache espeso la sangre de mis venas para salvarme la vida. Me bajan, y en cuanto se retira la barca con sus remos, descubren el canasto macuco, del que me sacan para echarme a andar. Entre la india y yo cargamos el canastón enorme, y seguimos a Pedro de Ocejo y a la italiana. ¿Qué barrio es éste? Para donde volteo hay canales de agua, y es lo único que veo en este andar sinuoso, que si México es oscuro en las noches, este barrio es oscurísimo, pues algo tienen sus aguas que no reflejan los rayos de la luna. No hay calzadas aquí, sólo callejones anfractuosos. Tocamos a una puerta. Nos abre una india. Discute con la de las manos tibias. Luego parece serenarse y sale con nosotros. Nos conduce a otra puerta casas arriba, la empuja, sin tocar, nos guía, cruzamos la habitación, salimos al patio, entramos a un granero enorme, y allá nos acomodamos, arriba, en el tapanco, con todo y canastón con mi ropa. Me explican:

—En el tormento le sacaron la confesión al cómplice de Don Enrique, Alvar del Carrillo. Ya sabe que eres francesa.

—Eso lo sabía, lo fingimos, Pedro, no te acuerdas…

—Sí, sí, lo que sabe ya es que tenías qué ver con el contrabando y los piratas, que te cambiaron por él, que Doña Inés te hizo la curación que permitió salvarte de la horca, lo sabe todo. Ahora nos perseguirá. Nos salvaríamos si se muriera…

La india interrumpe:

—Sí se muere.

—Bien, Doña Inés, usted créalo, que si se muere todo será más fácil, porque no ha permitido que escribano alguno hiciera registro de la confesión. Ha decidido que Claire no aparezca en ningún documento.

—Como si así pudiera borrarme.

—Sí, y a ti te borra, que nada sabrá nadie de ti nunca sino nosotros, los que aquí ves, y un poco Yuguey, los suyos, sus hombres y los tuyos, Mariano Baso y ellos, tan embriagados con las monedas que les dio el Virrey que en poco tiempo naufragarán toda memoria.

—Se va a morir —volvió a decir la india de las manos tibias.

—Y tú, te llamas Inés, ¿verdad? ¿Por qué nunca quisiste decírmelo? ¿Por qué pedías que no me lo dijera nadie?

—Porque usted —era cierto, si yo vestía de española merecía a sus ojos respetuoso trato, que de india sólo caras y malos modos—, usted no se va a morir nunca, y yo no quiero que usted conozca mi nombre para que me deje a mí estar muerta en paz. Usted no guardará nada en el silencio de la tumba. No puede morir. Y si toma de las aguas que le daré, tampoco sentirá debilidad cuando la hieran. Pero tómelas con prudencia, con cuidado, son lo único que resta de esos otros tiempos…

—Ya, ya, ya —intervino la italiana, incómoda—, ya, Doña Inés, no diga sandeces.

—Sandeces no son. Esta mujer no puede morirse. Yo le cerré la puerta que le correspondía para entrar al mundo de los muertos.

—Y si la saco de México, ¿qué es lo que le pasa? —preguntó Pedro.

—Si usted la saca de Temixtitan no se le muere. Dormirá, solamente, tanto tiempo como esté lejos de aquí. Dos días o dos siglos.

La italiana se levantó, molesta, apresurada, y lo único que consiguió fue darse un duro golpe en la cabeza contra la viga que detiene el techo de este granero, donde hemos venido a escondernos en lo que hallamos qué hacer.

Le he pedido a Pedro que se vaya sin mí, que me deje y luego vuelva. La de las manos tibias, Inés, se ha ido al pueblo de indios donde viven sus primos, los hermanos y los hijos de la casada con el Cacique de ahí, una de sus hermanas. La italiana trabaja en Palacio. Sólo restamos Pedro y yo, escondidos como secos garbanzos. Y el agua que se guarda en pocillos de barro.

De Urquiza ya no podemos esperar ayuda, que, nos han contado, después de pedirle reiteradas veces sus cartas credenciales y las del Rey, y él negarlas, el Virrey dio por hecho que sería un farsante, viéndolo ya sin los Visitadores que le habían tomado la delantera, lo tomó por hombre del pirata Hawkins, y como era imposible lo descalzase e hiciera caminar a latigazos hacia México, por la simpatía que despertaba aquí y allá, hizo le cortaran por la noche la cabeza, dejando a su lado un libro a la usanza india, en el que Yuguey se atribuía el asesinato, con lo que él tendrá pretexto para ejercer en más de un pueblo de indios represalias y violencia, y de paso quedar bien con los Visitadores, que ya se han presentado ante él, porque para eso sí es bueno su ejército de cobardes, para aterrorizar y maltratar a desarmados, con lo que se dan gusto y se refocilan, y creen que incluso le llevan almas cautivas a su Dios insaciable.

Pedro de Ocejo ha tomado una determinación, la de llevarme con él al Real de Minas donde tiene un buen amigo que lo acogerá. Me ha convencido. En cuanto pueda, me traerá de regreso, y yo despertaré, y me ataviaré del modo que yo quiera. Me ilusiona el cambio, la que soy aquí no tiene para mí interés ninguno. Aunque no sean capaces mis ojos de ver el Potosí, mi cuerpo viajará por esas tierras y al volver seré otro.

Si pasan muchos años, no será mayor problema. Ocurrirá el milagro de que la italiana deje de ser bella, de que Pedro de Ocejo no cautive con su aspecto; Inés (de algún modo la madre de lo que soy) por su edad ya habrá muerto.

Pero le he dicho esto a Pedro de Ocejo y me ha contestado que no exagere, que volveremos en poco tiempo, que dice bien

Inés, el Virrey morirá pronto, es mala su salud y la ha empeorado con los problemas y disgustos. Dicen que no ha podido dejar el lecho y que está en manos de médicos, mientras los Visitadores trabajan a sus anchas. Pronto, pronto morirá, y yo volveré, y vestiré de varón, y encontraré el modo de hacer rico a Pedro de Ocejo para que él vuelva a Afrodita, la termine de escribir, y pueda yo verla, y después de ésta, dedique sus horas a escribir maravillas de invenciones para nuestro encanto y divertimiento.

Pero le he dicho esto a Pedro de Ocejo y me ha contestado malhumorado: "Aunque las escribiera sólo para ti y para mí, no sería para encanto ni para divertimento, ya te he dicho, busco oír hablar a piedras y a estrellas, a ramas y raíces; quiero encontrar en mis palabras nuestra razón, descubrir en ellas…" se interrumpió a sí mismo: "No tiene sentido… No he de conseguirlo si debo explicarlo. A ti…". Se volvió a interrumpir.

Consiguió dos monturas. Enterramos las ollas de barro que contienen el agua de mi salud en el patio de la casa, con el permiso de la mujer que nos ha escondido. Pedro de Ocejo va provisto de cordel para amarrarme. Saldremos al amanecer hacia el Real de Minas, que él describe con tanta alegría como si las calles estuvieran cubiertas de oro y las casas levantadas con piedras y rubíes. Hacia el Potosí vamos.

Yo dormiré. Imagino lo último que verán mis ojos y lo acaricio: un cielo azul, alguna nube perdida en su magnificencia insolada, la copa de un árbol. Será todo. Después, abiertos o no los párpados, seré incapaz de percibir la luz, de oír las palabras, de sentir frío o calor o tibieza.

Adiós, Pedro de Ocejo, adiós. Me despido de ti. Mañana seré incapaz de hacerlo. Sé que estaré bebiéndolo todo con los ojos, los oídos, el tacto, ávida, temiendo nunca despertar, temiendo que algo me impida volver a esta extraña ciudad fincada sobre lagos y canales, de anchas calzadas y palacios magníficos. Adiós, Pedro de Ocejo, adiós.

8. PEDRO DE OCEJO

No tengo tiempo para explicar los motivos muchos que me impidieron regresar a Claire Fleurcy a la ciudad donde le vuelve la vida. No, estoy enfermo, difícilmente podré sanar, esta cama será mi tumba.

No muy lejos de aquí (haré caminando veinte minutos), he dejado reposando a Claire Fleurcy, la mujer que yo amo. La he dejado recostada en un paraíso. Tiene los ojos abiertos e imagino que algo puede ver o que algo de esto recordará cuando despierte.

Pero no creo que pueda despertar. ¿Quién tendría la ocurrencia de llevar un cuerpo inmóvil a México?

El Virrey de quien salimos huyendo tardó poco en morir, como lo había predicho Inés, a quien he mandado llamar para que lleve a Claire Fleurcy de vuelta. Pero no podrá venir, se me ha dicho, porque ha cuatro años se encuentra bien muerta. Joven no era hace diez, su muerte no debiera extrañarme.

También mandé llamar a la italiana. Por eso sé que no ha salido de la cárcel donde el Santo Oficio la tiene enterrada. A Mariano Baso creo que no podría encontrarlo, algún entuerto estaría haciendo cuando murió a manos de un arma de la justicia. Aunque hay quien dice que murió por sordo, que cuando le preguntaron "¿Quién vive?", contestó "Mariano Baso" y que por eso le entró una bala.

No lo creo yo, que a lo sumo se habría llevado una retahíla de porrazos.

Diré solamente que lo último que me impidió acercarla a México fue, uno, mi imprudencia, que más cerca debí dejarla, pero no quise por tenerla junto a mí, y dos, que a unos versos míos les sobró lo que a ella le hacía falta en las venas, sangre, porque alabando la muerte y Resurrección de Cristo dije que las gotas de sangre que de la Cruz cayeron, se incorporaron al Cuerpo Transfigurado, y el detalle enojó al Santo Oficio, que me recomendó por escrito y para no someterme a interrogatorios, de seguro dolorosísimos, no escribir nada más en toda mi vida, usar el San Benito en la Iglesia durante equis ceremonias religiosas, y mantenerme a más de nueve leguas de México (único lugar donde Claire podría haber vuelto a la vida) por doce meses que he cumplido ya, pero la prohibición de escribir me ha enfermado los huesos y los sesos, y aquí estoy, tan enfermo que no puedo tenerme en pie, como si Yuguey mismo hubiera venido a acuchillarme.

Pienso en Claire y me embarga la pena. No está muerta, por mi culpa quedará durmiendo todos los siglos, su historia quedará incompleta. ¿Qué no podría remediarlo?

Lo más que puedo hacer, a menos que suceda un milagro (esto es: mi salud regrese a mí o aparezca en vida un amigo, más probable lo primero que lo segundo, que el amigo de pobres es un ser que no existe), es contar cómo hubiera terminado la vida de Claire, de haber regresado ella a México, según convenga a mi seso y conjetura. Así haré mientras llega Muerte, a quien oigo ya acercarse, pero que como es mía (mi muerte), y a mí se me parece, avanza lenta y débil como yo, a trompicones, peleando con su lerda y enferma complexión, tratando de tocarme, y aunque le quede yo tan cerca, lejos como la China le parezco. El destino remediará la debilidad de mi muerte con el exceso de su propio peso, y como mancha que fastidia el papel caerá ella en mí… En lo que acaece, está aquí:

9. "EL DESENLACE DE CLAIRE QUE DUERME BELLA EN EL BOSQUE CERCANO AL POTOSÍ"

Viejo, empobrecido, con el seso más seco que mojado y el cuerpo más mojado que seco, pues llovía, Pedro de Ocejo llega a despertar a Claire Fleurcy en el bosque en que duerme por el encantamiento con el que Doña Inés, la india curandera, le salvó en predicamento singular la vida.

Así, dormida, porque no hay poder humano que la despierte, Pedro de Ocejo carga con Claire, atándola a la montura, y aunque malos tuviera ya los huesos, emprende con ella el regreso a México.

(Demonios, ¿por qué he hecho que salgamos a viajar en día lluvioso, sin considerar mis reumas? Pero no es momento de volver a empezar, que no hay instante que perder. Avante, adelante.)

Al cuarto día de viaje, pues sus monturas eran rápidas y no requerían descanso, y casi ni comían (lo prometo, que si no tardarían mucho más en llegar), se ven cerca de México, y Claire despierta diciendo:

—Pedro, gracias por cuidar de mí, eres un caballero bien nacido en Galicia y haces honor a tu origen. Tuyo será para siempre mi corazón.

Arrojándose de una montura a otra con ligereza de equilibrista, Claire cae en mis brazos, deshaciendo el hielo de mi espera con cálidas caricias. Parece no haberse dado cuenta de que han pasado veinticinco años, que soy ya un viejo... Le tiene sin cuidado, y me obliga a bajarme de la montura y tenderme con ella en el camino, no, no, no, un poco al lado del camino, donde, aunque está polvoso, al recostar ella su cuerpo se llena de una cama de yerbas verdes, frescas, aromáticas, suaves y acolchonadas que reciben nuestro abrazo satisfechas. Yo la amo como un joven impetuoso, y ella me dice muchas veces "¡Te amo!, ¡tuyo será siempre mi corazón!" y otras frases igual de dulces y más picantes, que por pudor y respeto a su persona no repito aquí.

Después, continuamos nuestro viaje, cabalgando hasta encontrarnos con quien fuera en otros tiempos Secretario de un Virrey, que nos reconoce de inmediato, nos invita a pasar a su carro, lo que aceptamos gustosos, y deja a cargo de sus criados nuestras monturas. Yo mucho se lo agradezco, ya no soy joven, el amor me ha dejado exhausto, ella, en cambio, recién despierta de un sueño tan largo, con tanto vigor como que ha descansado veinticinco años.

Al exsecretario del Virrey no parece extrañarle su juventud. Nos explica los mil y un cargos, nombramientos y títulos que él tiene, pues es:

Marqués de Gibraleón,

Conde de Benalcázar y Bañarez,

Vizconde de la Puebla de Alcocer,

Señor de las villas de Capilla, Curiel y Burguillos.

Todos esos. Sospecho que nos ha subido a viajar con él sólo para tener ante quién infatuarse, porque se ha puesto como un pavo hinchado de orgullo.

—¿Veis aquellas tierras? —nos pregunta, señalando desde el costado del camino hasta el lejano horizonte—. Pues son mías, todo es mío. ¿No me lo creéis? Preguntad a estos campesinos.

—Eh, tú —llama a una robusta mujer, bien alimentada y rozagante, blanca como un lirio excepto por sus dos carrillos colorados, cuando el exsecretario hoy lleno de nombres y de títulos pide al cochero que detenga la marcha—, ¿de quién son estas tierras?

—¡Del Marqués de Carabás!

¡Ay, perdón! Se me ha colado una historia que no va a aquí, porque los que trabajan las tierras no son robustos sino muertos de hambre que andan como delgados hilos que vuela el aire, ni son blancos, que sólo los indios tocan la tierra y las minas que enriquecen a los españoles y a los criollos.

La verdad es que aunque se hinchara el Secretario antiguo y presumiera a mi huesuda riqueza sus mil y un tesoros (tal vez para seducir a la hermosa Claire), nunca se cree el de Carabas, y nos alimenta, y nos cuida generoso hasta depositarnos en el centro mismo de México, la ciudad que Claire necesita para vivir.

Todo se ve cambiado. Cuando nota Claire mi desconcierto, me toma de una mano y me dice:

—Tranquilo, así es México, así lo será siempre, que así le gusta, destruirse para parecer una "que no es ella". No dejará nunca ese vicio.

¿Y tú, cómo sabes tanto, Claire, o de cuándo acá te me haces la marisabidilla? No tengo tiempo de preguntarle. Muerte repta necia, hacia mí. No sé de dónde saca fuerzas, que no se desploma y me deja, pero de algún lado puede succionar las pocas que necesita para dar los empujones que le hacen falta para aproximarse.

Lo siguiente que me dice Claire es que la acompañe a buscar ropa de varón. Graciosa muchacha, veinticinco años la cuido en el esplendor de su belleza, para que apenas pueda corra a ocultarla… Me resigno cuando me promete que por las noches será mía.

(¡Pobre Pedro de Ocejo, cuánto te has envilecido que das este final a la mujer que amaste, tú, quien lo interrumpiste con tu voluntad equivocada! ¿Sería porque la vista de su cuerpo joven era lo único real que te quedaba de la vida? Después de la intriga de la sangre de Cristo, del par de años de prisión que viviste en la horrenda del Santo Oficio y que no confiesas nunca, como si así pudieras borrarla, ¿sabías que lo único que te restaba de ti mismo, de lo que tú fuiste, era la contemplación del cuerpo inmóvil de Claire? Por eso retrasaste su devolución hasta el momento en que ya no la pudiste hacer, porque ya no te obedecían tus piernas, ni te daban aire suficiente tus pulmones como para resistir el trote de la montura.)

Para vestirla de varón, atacamos entre los dos a un hombre al caer de la tarde, un español de buen aspecto al que veníamos siguiendo hacía ya rato. Esperamos a que pasara frente a casa de Don Manuel de la Sosa, aquella donde dejé caer la cabeza de Yuguey en el pozo, a la que no le había hecho nada el Santo Oficio, sino dejarla venir abajo sin sacarle provecho. Lo obligamos a entrar al patio, a empellones. Lo desvestimos, lo arrojamos al pozo que ahora tendría por lo menos dos cabezas, dos brazos, dos piernas... ¡a donde quiera irá a dar el pozo, que hasta caminar o abrazar puede con tanta cabeza y tanto miembro!

Claire se viste de varón y me dice:

"Ahora sí, Pedro, éste es tu momento de esperar, sígueme".

Esperar, sí que lo hice, y seguirla, que en México no sólo habían cambiado calles y edificios, sino que no había alma conocida o que nos conociera, nada afea más que la pobreza, ¿quién iba a saludarme si no quedaba de mí más que una resma de huesos forrados de cuero? Ni mi gallardía, ni monedas que siempre tuve a mano para gastarlas con los amigos, ni el buen humor que antes tuve, nada. De mujer, aún joven, yo hubiera podido acomodar a Claire en Palacio, sin problema, pero vestida de hombre y de elegante manera, ¿quién iba a tomarla a su servicio? Así iba pensando cuando veo a Claire entrando a casa del Conde Urquiza, que si no es a orinar, no entiendo a qué entra, el sobrino no nos daría más que tres patadas y otras tres su mujer la Mercedes, y además, ni esperanzas de hallarlos aquí, que estando yo en prisiones cuando digo que no estuve, los dos cruzaron la Mar Océano para ir a celebrar a la Península la muerte de la madre de él que lo hacía más rico que las heredades del tío.

Pero como ella dice "espera y sígueme" (¿y qué no se contradice, el que espera no puede seguir los pasos de nadie?) (aunque se contradigan, la obedezco), entro al palacio, con lo que casi caigo muerto, porque Muerte (quién sabe valida de qué argucias) se me ha adelantado, y si no fuera porque cargar con mis huesos es un muy feo y doloroso oficio, que me retrasa y me hace ser cauto en exceso, no la veo ahí parada, por lo que puedo esquivarla caminando para el otro lado del portal, pues ella, tan lenta como yo (por algo es mía mi muerte), no tiene tiempo para atajarme la entrada, y ahí veo a los fieles criados de Urquiza haciendo unos aspavientos en cuanto reconocen a Claire tras su presentación (en la que se revela mujer bajo sombrero y ropas de hombre), y la rodean con gusto y risas tantas que da gusto verles.

Nos instalamos ahí. Ante los españoles, Claire se hace pasar por el enviado del sobrino del Conde, ahora Duque y más jaleas, diciéndoles que ha venido a vender parte de las propiedades. Y lo hace, con tal tino que nos hace ricos. Tenemos dineros, tenemos criados, casa, ropas, un pequeño escuadrón armado que Claire ha formado entre indios diestros en las armas. No sé qué más trae Claire entre manos, no la sigo en su diario ajetreo, bastante trabajo tengo en fijar los ojos donde voy a poner los pies, para que Muerte no vaya a estar ahí esperándome.

Con sus dineros, Claire ha comprado la libertad de la italiana, la cómica hermosa que un día pudo ser la misma Afrodita. Ni para qué, yo me pregunto, que ahora es fea que da horror verla, se ha puesto flaca como un palo sin gracia, y tiene más arrugas que cuerpo.

Para salir, lo único que tuvo ella que hacer (que Claire pagó, como ya dije, por ella) fue recitar en voz muy alta su oración de arrepentimiento. No voy a copiarla aquí. Cualquiera puede imaginarla, como a la misma italiana vieja, que lo difícil era que existiera hermosa como lo fue y que serlo le durara tantos años. Vieja la imagino yo, que ella no dejó que la viésemos. Envió una nota con su agradecimiento a Claire, y la disculpa de no querer verla: "Recuérdame como fui. Sé que eres generosa, por favor, te lo suplico, no pidas verme. Me enorgullece saber que vivo en tu memoria en la belleza, que por ella pagaste mi libertad. No dejes morir el único tesoro que me queda, mi único bien: saber que sigo hermosa para ti, que en tus recuerdos lo sigo siendo".

En la casa, al llegar la noche, entran y salen indios. Ella les da dinero para comprar armas, y los organiza. Ahora me ha explicado todo: "Tengo tantos preparados para dar el golpe, que someteremos a los españoles, sin que nos sientan. Primero México, después Veracruz, Puebla, Querétaro, Zacatecas, Potosí... No pagaremos un céntimo de tributo al Rey, ni diezmo a la Iglesia. Todos los españoles desaparecerán de estas tierras como si se los hubiera tragado la tierra. Sólo restarás tú y la viuda de Ocharte, la impresora, porque alguien deberá poner en libro los versos de Pedro de Ocejo. Yo seré el hombre más rico del orbe, y mis dominios sabrán que yo les he devuelto lo que es de ellos, que he tirado a los usurpadores, que he espantado a los zánganos de las tierras nuevas. Seremos la mejor nación, ejemplar entre todas...".

Yo no le creo. No puede ser. Si el Euro se retiró hacia la Aurora, el reino de los nabateanos, la Persia y las cumbres sobre las que se montan los rayos de la mañana, el Céfiro quedó próximo al Occidente y las riberas donde se pone el sol, el horrible Bóreas invadió la Escitia y el Septentrión y el Austro quedó en las regiones opuestas de la tierra, ¿qué vientos corresponden a estas tierras?, ¿qué viento sopla aquí? Esta tierra debe pertenecer al viejo Continente, sola es insostenible. Si la Grecia dio a luz dioses hermosos, ¿por qué en ésta nacieron en forma de monstruos que aterran y roban orden y cordura a los corazones? Claro que vencerá a los españoles, su ejército será mejor que el de ellos, no me cabe duda, pero después, ¿hacerse esta nación en lengua mexicana?

Claire sabrá. Yo me entrego a Muerte. Ya no podré ver cómo emprende su lucha, el despliegue de la estrategia que ha trazado. Pase lo que pase, ella no morirá. Si la arrojan a algún rincón de la Nueva España, volverá a sus sueños, tanto como dure su lejanía de México, este extraño Valle. Estando en él nadie podrá darle muerte. En cambio, ¡dichoso de mí!, termina Pedro de Ocejo. Otro nombre me darán al cruzar el margen del Leteo. Cierro los ojos. Aquí acaba todo.

LA OTRA MANO DE LEPANTO

LA OTRA MANO DE LA PASIÓN

Para mis hijos, María Aura y Juan Aura, y para mi Miguel Wallace.

… mujer española hubo, que fue María, llamada la bailaora, que desnudándose del hábito y natural temor femenino, peleó con un arcabuz con tanto esfuerzo y destreza que a muchos turcos costó la vida, y venida a afrontarse con uno de ellos lo mató a cuchilladas. Por lo cual, ultra que D. Juan le hizo particular merced, le concedió que de allí adelante tuviese plaza entre los soldados, como la tuvo en el tercio de D. Lope de Figueroa.

Marco Antonio Arroyo, *La batalla de Lepanto*

MENOS-UNO
GALERA

En un lugar de Granada, de cuyo nombre no puedo olvidarme, a la vista de la majestuosa Sierra Nevada, existe una vega con un clima que yo llamaría perfecto. El agua corre abundante, derramándose generosa desde dos ríos, el Huesear y el Orce. El campo, esmeradamente cultivado por los moros, produce granos, legumbres, frutas sabrosísimas, naranjas que no las hay mejores, capullos de seda de primera calidad, dátiles tan almibarados como los de Zahara, aceitunas para el buen aceite, uvas deliciosas, robustos cipreses altísimos, árboles floridos que perfuman el aire y parrales que protegen con fresca sombra las veredas.

Gozar, pensar, sentir, retozar, comer delicias, conversar, amar, besar, entregarse al placer: a esto invita aquí la tierra. El agua misma, a quien he acusado impropiamente de correr —pues camina con generosa y elegante pereza, siguiendo juguetona los canales trazados más anchos o más estrechos, más o menos profundos según convenga al cultivo y a la apariencia de estos jardines—, parece sonreír mientras con calma se desliza.

¿Quién no está bien aquí? El aire es suave y fresco. El cielo azul, aunque no tan resplandeciente como para lastimar la vista. Aquí y allá bailan inesperadas fuentes, y en las albercas los peces de cien colores, nadando bajo un móvil tapiz de hojas y pétalos, parecen suspirar de dicha.

¿Quién no la pasa bien aquí? Los hombres han recreado a la tierra, desmaldiciéndola, privándola de dureza, incomodidades o infortunios, o han vuelto al Paraíso perdido. El ojo se alegra, la piel se satisface, a cada apetito lo colma la belleza.

La sensación de armonía se magnifica por la apariencia de los cerros vecinos. Los más presentan desnudas laderas escarpadas con formas insólitas, paredes de pálida cantera por las que de pronto cae un largo hilo de agua, precipitándose estruendoso. Si bien estos cerros contribuyen a la bondad del clima, también hacen presente la memoria de la aspereza, pero el contraste significa la dulzura de la flor, la suavidad del aire y el azul del cielo.

Todo es verdura a ras del piso, verdes los árboles, verdes las parras, verdes los pastos, verdes las moreras, verdes los olivos —no como aquellos blancos casi plata de las tierras secas—, verdes las hojas altas de las palmeras. Flores y frutos salpican aquí y allá con reidores tonos, y el agua corriente con sus brillos y sus trinos pinta a la tierra de un sólido color de tronco vivo.

En la cumbre de uno de los desnudos cerros vecinos, descuella un antiguo edificio amurallado. Sobresale por varios motivos. Su altura y la dimensión de sus murallas bastarían para hacerlo imponente. Es un inmenso templo. A la caída de Granada en el poder de los Reyes Católicos, Isabel y Fernando, en 1492 (¡si acaso hay quien no lo sepa!), fue transformado en iglesia cristiana, aunque sin campanario. De esto hace setenta y seis años, pues para nosotros corre el año de 1568. Su forma es la de una mezquita, que para serlo fue construida. Los cristianos le respetaron sus generosas dimensiones, y para darla por iglesia sólo le encajaron en el centro del vientre un altar magnífico, con su retablo cubierto de hoja de oro, adornado de varios lienzos, sin duda espléndidos, los más de Cristos sangrantes, una Santa Lucía, sus ojos en las palmas, como acostumbra. Para los nichos laterales del retablo, tallaron algunas figuras, entre las que descuella Fernando II bien ataviado de guerrero en su montura, un casco de ésta sobre la quijada de un moro. El moro trae turbante, pero en todo lo demás viste como un hidalgo cristiano, está tendido boca arriba en el piso, una de las dos piernas dobladas, el torso arqueado con emotiva expresividad, la lanza del Santo encajada en el hombro y el fenomenal caballo, como ya dije, a punto de aplastarle el cráneo. La imagen recuerda y celebra la caída de los moros. Recientemente los moros han cubierto el altar y el retablo con cuatro paredes improvisadas, a falta de tiempo para demolerlo, y para celebrar sus desbautizamientos —si así puede llamársele a que, olvidándose del agua bendita que alivia el pecado original, se han jurado en el culto de Alá— han restaurado la magnificencia de su mezquita con sólo cubrir las cuatro paredes que esconden el altar con hermosas sedas bordadas.

La muralla que rodea esta mezquita-iglesia protege las casas del pueblo, invisible a los ojos del valle excepto por algunos techos planos. El sitio luce desafiante como un inmenso barco —de ahí su nombre, Galera—, prodigiosamente encallado muy tierra adentro, entre la ciudad de Granada y las Alpujarras. Galera aprovecha la formación natural de las paredes del cerro para hacerse inaccesible al valle, una inmensa nave, aunque sin remos. En lugar del palo mayor, la cuadrada torre de la mezquita-iglesia —de esas que los moros llaman minarete— lo ata como un ancla gigante al cielo. Galera domina y es intocable. A sus espaldas se levanta otra pared vertiginosa, una laja inmensa similar a las que lo levantan del valle, pero mucho más alta y completamente vertical, se alza a plomo en la cola del pueblo, termina en la altura como si la hubieran cortado con descuido, desgajado. La muralla del pueblo se hace una con el liso casco de cantera que imita en todo el arqueo de una embarcación, tanto que al tocar el valle casi parecen formar un solo pie, como la estrecha quilla de un barco.

Atrás y en la base de la pared que cuida las espaldas de Galera, hay una terraza casi a la misma altura del pueblo, muy poco más baja, de cantera lisa. Mide no importantes dimensiones, lo más cabrán en ella doscientos hombres a pie, y esto poniéndolos muy juntos a todos. Bajo la terraza, el cerro tiene un aspecto distinto del de las paredes inclinadas que sostienen a Galera; termina en una verde ladera que desciende con relativa y desigual inclinación hacia tierras más profundas que aquellas donde pone el pie Galera, una estrecha, profunda garganta de calor asfixiante —llamada por los naturales "la Cañada de la Desesperada"—, húmeda y torcaz, donde en años mejores se cultivara con gran éxito la caña de azúcar. Ahora, en la situación de los moriscos, Galera se ha conformado con mantener en buen estado el valle a sus pies, olvidando su húmeda y fértil retaguardia. Ha sido una pérdida, pero comparado con lo que se vive en otras villas del Al Andalus, Galera es muy afortunada. La dicha Cañada de la Desesperada está incultivada, pantanosa, es nido de alimañas, cuenco de las fiebres; la vega es paraíso, placer sedante. Galera tiene el pie en un mundo, y da la espalda a otro muy distinto.

La terraza es accesible desde ambos valles, pues su ladera se abre como una falda generosa. En ella ha acampado el mando del recién llegado ejército imperial, donjuán de Austria y su séquito. Han cruzado La Mancha y las montañas de Jaén. Fueron recibidos por el marqués de Mondéjar a las puertas de Granada, donde donjuán de Austria pasó revisión a los diez mil hombres del ejército que se ha puesto a sus órdenes. De Granada tomó amante, la bella e inteligente Margarita de Mendoza.

El campamento es fastuoso y está bien avituallado. La terraza tiene la forma de una media luna: en el pico, por ser muy estrecho y por lo tanto inútil para otras funciones, se ha improvisado un trascorral. En su piso de cantera blanca hay un charco de sangre fresca, y ahí junto, extendido, un pellejo de carnero con tres piernas, cada una por su lado, que aún están por cortarlas. Tiene partida en dos la cabeza, los dos cuernos todavía adheridos a los huesos. De la cabeza sólo le faltan la lengua y los sesos.

Pasando este trascorral, está la cocina propiamente dicha, en la que arde muy tenue el fuego. Las hornillas están pegadas al muro de piedra que los divide de Galera. Inmediatas hay dos mesas, la primera cuadrada, con hermosos platones de cerámica limpios, vacíos y ordenados en pilas. La segunda es larga, también desnuda de manteles, sobre ella se fermenta la masa para hacer el pan, y algunas escudillas de cobre aún rebosan del espeso guiso. Alrededor de esta mesa, duermen el cocinero y sus ayudas —algunos hediendo a alcohol—, los más, como piedras —el maestro cocinero manotea agitado—, reposan la mitad del cuerpo sobre la mesa, sus torsos extendidos, las piernas descansando en la banca o cayendo al piso. El menor de los ayudas, un esclavo de apenas cinco años, Abid, al que los cristianos llaman Jacinto, traído de un pueblo alfombrero de Persia (en la cocina los dedos niños y hábiles son muy preciados, rellenan a perfección las palomas torcaces, extraen con mayor celeridad los piñones, pelan en un santiamén ajos, deshuesan antes de un "Jesús bendito" la aceituna), quien habla dormido, "El mar me marea, mamá", dice, casi cantando, "que me marea", está acostado de cuerpo entero en la mesa, entre las escudillas de metal y los pellejos de vino, ovillado, como si tuviera miedo o frío. Es un angelito, un niño hermoso, rollizo, la carita dulce, fina, la boquita color fresa, los labiecitos perfectamente pintados, la tersa piel, dos sonrosados chapetones sobre sus mejillas.

A la izquierda de las mesas, en la orilla de la terraza, tras un telón malamente improvisado, ropas soldadas cubiertas de sangre aguardan sobre la cantera el agua y la lejía. Son lo único que aquí recuerda a los cuatrocientos hombres caídos en este primer día de batalla. Los cubetones vacíos esperan con sus metálicas bocas sedientas. Tres muchachos duermen a su vera, tumbados malamente.

Cierra el espacio de la cocina un grueso tapiz: el envés enseña las puntas de sus múltiples hilos atados, el frente tiene una bellísima Virgen del Rosario en oro. La imagen mira a lo que podríamos llamar la "Cámara Real" —donjuán de Austria es hijo de Carlos V, aunque bastardo—. El piso está cubierto de mullidas alfombras, sobre éstas una enorme y bien aderezada mesa, los candelabros ya apagados, los platos limpios dispuestos para el siguiente banquete sobre el hermoso mantel bordado por monjas sevillanas. Todos duermen, incluso los guardias apostados en la entrada de la tienda, confiados en el centenar que vigila a la orilla de la terraza. En la tienda gobernanta, espléndidamente dispuesta, sobre una mullida cama, está don Juan de Austria en los brazos de su querida Margarita de Mendoza, la granadina, quien también duerme.

Este primer día de enfrentamiento ha sido pésimo para el ejército cristiano. Dos detalles aumentan la agria calidad de la jornada. El primero es que el morrión de don Juan de Austria fue arañado por un mosquetazo. Felipe II, el rey, su hermano, le ha pedido exagere prevenciones para la seguridad de su persona, pero a los ojos del guerrero lo importante es combatir y demostrar su valor. El segundo detalle es que no han podido enterrar a sus muertos, porque dondequiera que clavan la pala, encuentran huesos. La vega, a ojos vistas apacible y bella, esconde, casi a flor, legiones de infieles anteriores a toda memoria. ¿De qué tiempos? así que han dejado a los caídos pudrirse en el pantano de la Cañada de la Desesperada.

Ahora don Juan de Austria sueña con una vega de apariencia similar a la que domina Galera. En una vereda de ésta, algo gira, es redondo, un disco que va dando tumbos, despide estridentes reflejos, metálico resuena contra el piso. Corre, y brinca mientras corre. Lentamente comienza a perder vuelo, baja la velocidad de su carrera. Por lo mismo, la rueda deja de caminar en recta, inclinada se bambolea errática, sale de la vereda, en un patio traza empinada un ancho círculo, lento, emborrachado. Cada vez más lento. Es una rodela turca, un escudo redondo de brillante superficie con remaches simétricos en el borde y motivos grabados en el cuerpo, el centro alzado como un chichón. Los círculos que traza al caminar se van haciendo más pequeños, hasta que, de tan lento que va, la rodela pierde el equilibrio y cae. El metal resuena en la piedra, pegando contra el borde de la fuente central del hermoso carmen, como llaman los moros a sus jardines. Donjuán de Austria despierta con el ruido.

—¡El moro cae! —se dice—. ¡Si la rodela cae en mi sueño, el moro caerá pronto! ¡Sueño de buen augurio!

Y respira hondo, distiende los músculos como no lo había podido hacer en todo el día.

El golpe que ha cimbrado en el sueño también retumba en la vigilia. Lo que ha echado a andar a esa andariega rodela turca es que el más joven de los ayudas de la cocina, el esclavo persa Abid al que llaman Jacinto, el que se acostó a dormir sobre la mesa, ha pateado uno de los platos de cobre y éste ha rodado, primero por los tablones, luego de un salto sobre el banco, de ahí con otro al piso, donde ha continuado girando sobre la piedra lisa, la cantera de la terraza. Pasos allá, el plato pierde la velocidad y viene a caer a un lado del animal sacrificado para alimentar al bastardo, así como a su amante, Margarita de Mendoza, y a los que han compartido con ellos la mesa —Pedro Zapata, hombre en quien don Juan de Austria tiene plena confianza, primero que entró en combate para poner ejemplo a sus hombres, y don Alonso Quijada, consejero y amigo de Carlos V, el padrastro de don Juan (si podemos llamar así al hombre que lo tomó a su cargo cuando el Emperador pidió, y dos veces, quitaran al chico de su vista)—, carnero de cuyos sesos y lengua han hecho también el cocido —pobre, pero exquisito— que se han cenado los cocineros y sus ayudas, del que todavía hay restos fríos en las escudillas.

Aquello que ha hecho patear al niño Jacinto, el persa Abid, ha sido que, a medias dormido, ha intentado zafarse de la rutinaria penetración, que cuando a Jacinto no lo usa éste, lo usa el otro. Por esto se acostó sobre la mesa, para que entre todos lo cuidaran y ninguno se atreviera. De poca cosa sirvió. Apenas sintió un brazo rodeándole la cintura, el niño Jacinto-Abid movió la cadera, intentando rehusar el dolorido culo al de pronto ansioso cocinero, pateó el plato, el plato rodó, el hijo del rey soñó, el plato de la vigilia resonó llenando el sueño del bastardo con su sonido, vuelto una rodela; el plato cayó, y con él, como su sombra, la rodela turca, ruidosa. Así fue como el bastardo dio por hecho que soñaba un augurio favorable.

Todos se vuelven a dormir, el bastardo tan satisfecho como el cocinero, el niño esclavo Jacinto-Abid chilleteando para sus adentros, el plato en el piso de piedra. Antes de amanecer, el cocinero se levanta a terminar de destazar el carnero. Ya hecho, así no haya salido ni el primer golpe de luz de sol, despierta a sus ayudas, excepto a Jacinto. Le permite dormir un poco más, ahora bajo la mesa.

Apenas sale el sol, don Juan de Austria despierta. Oye el taratántara de la trompeta, llamando a sus hombres. Don Juan de Austria se siente el más afortunado de la tierra. Brinca del lecho, vigoroso (aún no cumple veintitrés años), irradia fuerza y alegría. Tiene la brillante cabeza despejada. No combate la onda de optimismo que lo ha invadido por el sueño de la rodaja turca.

Ora con fervor, musitando: "Plegó a Dios omnipotente que el monstruo, vituperio de la natura humana, sea aniquilado y destruido, de tal manera que torne en libertad los tristes cristianos oprimidos".

Al dejar su tienda, ha urdido ya una estrategia para obtener la rápida victoria. Lo habla con Quijada, con Baza, con Recasén, a cuyo mando deja los cañones, también con el valiente don Pedro Zapata: derrumbarán con explosivos un tramo de la pared que protege la espalda de Galera. Abierta en la retaguardia, Galera no podrá sostenerse; simultáneo afilarán veinte cañones al frente de Galera, apuntándolos a un mismo blanco, más que para intentar abrir un camino en la muralla —que saben es inaccesible—, con el propósito de distraer la atención de los sitiados moriscos.

Se apersonan los mineros del ejército (miembros los dos del mismo regimiento, el antes llamado regimiento Nápoles número 24, y a partir de 1567 "tercio nuevo de Nápoles", bajo el mando de Pedro de Padilla, maestre de campo, en su escudo una leyenda: "En la mar y en la tierra"), traman dónde y de qué manera abrirán en la cantera boquetes para rellenarlos con pólvora y, haciéndolos estallar al unísono, causarle un daño irreparable. Si el pueblo queda expuesto, los casi doce mil hombres del ejército cristiano barrerán en un santiamén con los guerreros de Galera. Continuar luchando a los pies de la barcaza de piedra significa un largo sacrificio para los cristianos. No hay villa que resista a la eternidad un sitio, pero donjuán de Austria quiere la victoria pronta.

La idea no tiene vuelta de hoja. El único inconveniente es desplazar el dormitorio de don Juan de Austria, pero el campamento cristiano está a buen resguardo a espaldas de los cañones de Recasén (sólo será necesario enviar de vuelta a Granada a la amante, como lo ha venido pidiendo don Luis de Quijada, por más motivos), de modo que derrumbar la pared trasera de Galera es en resumidas cuentas una idea genial que se debe al ánimo optimista engendrado por el sueño que don Juan de Austria cree premonitorio, sueño fruto del rodar de un plato que ha pateado Jacinto para intentar protegerse el culo de la indeseada práctica nefanda.

Los cañones de Recasén se alistan para disparar contra el muro de Galera. Tiran, tiran una segunda vez, tres, diez. Ya pierden la cuenta de los disparos cuando abren la muralla.

En la retaguardia, los mineros provocan la primera explosión. Desgraciadamente no tiene el efecto esperado: el retumbar destroza buena parte de la terraza, pero sólo abre un pequeño orificio por el que a duras penas cabe un hombre, y esto agachándose. No queriendo dar marcha atrás al plan, los hombres de donjuán de Austria comienzan a pasar a cuentagotas por la abertura hecha a la pared de cantera.

Adentro de los muros de Galera, el día ha comenzado de una manera muy distinta. Son tantos los moriscos que se han guarecido aquí para presentar resistencia a los cristianos, que el solo hecho de proveer a todos de agua y frutas secas exige la mayor coordinación. No hay quienes sirvan a otros, cada persona debe servirse y estar dispuesta a servir para la sobrevivencia colectiva.

Nadie tiró de noche una patada sobre un plato metálico, y no sólo por no haber esclavo alguno en sus cocinas. En ninguna cabeza real gobierna la nube del optimismo. Porque no está aquí el rey de Granada y Al Andalus, Aben Aboo. Porque el rey Aben Aboo, afanado en preparar su ejército en las Alpujarras, no ha enviado aquí cabeza que lo represente.

Y porque el optimismo no podía despertar con el golpe y roce de un plato de metal contra el piso de piedra. Adentro de la asediada Galera, cada ruido porta otro tipo de señales. El solo pisar de una pantufla recuerda a aquél el paso fatal del cristiano comendador mayor Recasén —el mismo que ahora gobierna los cañones— quemando bosques y degollando a quien se cruce en su camino. Si un joven descansa en aquella reja el pie, haciéndola sonar con la suela, estotro recuerda la villa de Porqueira invadida por el ejército del marqués de Mondéjar. Si el mismo joven reacomoda el pie, el oído destotro atiende los gritos de clemencia de niños y mujeres refugiados por miles en Porqueira y el asalto a las riquezas ahí custodiadas. Si aquél estornuda, en varias cabezas se recuerda a Juviles, la villa donde el ejército del mismo marqués degolló dos mil mujeres por dar satisfacción a su crueldad.

La bella, y qué digo bella, bellísima Zaida de cabellos colorados, hija del pelirrojo y gigante Yusuf, cómplice fiel de Farag Aben Farag, o Ben Farax —rico comerciante de Granada de la familia de los Abencerrajes, quien fuera en un momento alguacil mayor del recién formado gobierno árabe en Al Andalus—, está al mando del cuerpo más grande del ejército de resistencia, llamado en honor de la fallecida hija de Farag "Luna de Día".

Su lema: "Yo, que he probado el mal, aprendo a socorrer a los míseros". Las bellas se acomodan sus ropas y pasan revista a sus armas. Han terminado de bañarse y aliñarse, y se preparan para la difícil jornada. Los hombres están apostados sobre la mezquita y en distintos puntos de la muralla, para tirar al primer cristiano que divisen, si tienen por seguro que lo fulminarán, pues deben hacer uso racional y mesurado de su muy escasa pólvora. Las mujeres cargan espadas y puñales, y algunas pocas también arcabuces. Todas traen consigo sus velos para, llegado el caso, no mostrar el rostro al enemigo. En los techos de las casas han acumulado piedras y otras cosas arrojadizas de que echarán mano las niñas y las viejas por no contar con suficientes armas.

¡Otros tiempos mejores tuviste, Galera, cuando tus niñas y tus niños usaron las piedras para jugar, cuando las tiraran al piso para marcar el alcance de un salto, cuando las patearan con la punta del pie caminándolas adelante de sus pasos! Las niñas llevan días juntándolas, han arrancado parte de las del empedrado y han aprendido cómo sacarles filo; vuelven armas sus juguetes tallando una punta contra otra.

Las viejas bromean: "¡Buena alacena, los techos de nuestras casas! ¡En la escasez no faltará con qué guisar sopa de piedras!". Nada como ver demasiado para levantar el mejor de los espíritus.

Los niños están al servicio de los hombres, les proveerán de municiones o lo que hiciere falta, han sido entrenados en la preparación de diversos proyectiles.

Los veinte cañones al mando de Recasén se acercan a los muros de Galera, apuntando a un mismo blanco como convinieron. Disparan. Al tercer tiro aparece la primera seña de rompimiento. Disparan de nueva cuenta una y otra vez hasta que los veinte cañones cristianos abren en el muro de la ciudad una entrada suficiente como para el paso de un jinete con su caballo. Han tenido aquí mejores resultados de lo esperado.

Los moros armados dejan a un lado sus arcabuces y proceden a arrojar con el arco estopas encendidas a los cristianos que intentan escalar las paredes; los niños las preparan con diligencia. Los proyectiles están empapados con resina vegetal, se adhieren a las mallas, los cascos y los trajes metálicos de los soldados.

La bella Zaida de cabellos rojizos da órdenes precisas a su contingente. Deben acomodarse a los dos lados del boquete del muro y en la callejuela a que éste desemboca, esperar cubiertas con sus velos la entrada de los soldados cristianos que esquiven a los tiradores, y batirse con ellos cuerpo a cuerpo.

Justo acaba de verificar la obediencia, cuando escucha un estallido a sus espaldas. En pocos instantes comprende, y envía a la retaguardia un segundo contingente. Simultáneamente le llega de viva voz la información: los cristianos han hecho una abertura en la pared trasera de Galera por la que puede entrar malamente un hombre.

"Mátenlos a todos", fue la orden de Zaida. "Cada que alguno asome la nariz, córtensela. Que no quede adentro de Galera un cristiano vivo. Todas veladas, no quiero rostro descubierto. No les daremos un ápice de nuestras bellezas".

La batalla se prolonga.

La resistencia de las fieras hembras es de una tenacidad que doblega por momentos a la legendaria de los cristianos.

Los mineros no han dejado de trabajar sobre la pared trasera de Galera, mientras el ejército entra al pueblo a cuentagotas. Cada cristiano que cruza el boquete se entrega a un dilatado tormento. Las guerreras moras no se ahorraron con ellos ninguna crueldad. Sobre cada uno de los soldados en que ponen las manos cobran venganza. Las madres dan cuenta de sus hijos muertos. Las hijas, de sus padres perdidos. Las hermanas, de los hermanos que han perdido por las tropelías de los cristianos, los malos tratos, prisiones sin motivo, o los violentos abusos de la justicia castellana. A uno le sacan los ojos. A otro lo desollan vivo. A un tercero le cortan los labios, las orejas y la nariz. Al de allá le cortan la lengua. Arrancan uñas, destrozan, cercenan miembros. Artesanas, fabricaban un muestrario de martirios. Luego, los hacen pedazos, los cortan como en un rastro, sin ahorrarles golpes a las hojas de sus espadas.

No les bastan las armas para expresar su odio fiero. Ningún filo les es suficiente, y la muerte no calma su sed de venganza. Por algo se llamaba su batallón "Luna de Día". Necesitan del fuego, del tormento lento, del aceite hirviendo, de lo que pueda infligir dolor. Pero tampoco el dolor ajeno en sí les es suficiente. Necesitan hacer sufrir lentamente a cada uno, regodearse sin clemencia.

Esas mismas manos son las que con aguas del río Orce y el Huesear han convertido en un vergel la vega que reposa al pie de su pueblo, ayudadas del clima y la bondad de la tierra. Acá, también cosechan un cultivo: la crueldad repetida de los cristianos da su merecido fruto.

¿Pero quién quiere que ocurra lo que es merecido? Mejor hubiera sido que no llegara nunca este día. Las recordaríamos complacidos por su lema: "Yo, que he probado el mal, aprendo a socorrer a los míseros".

Los mineros, como he dicho, mientras las crueles manazas infieles forjan sus trofeos en jirones de carne y buches de sangre, han continuado escarbando y plantando cargas de pólvora en el muro. Apenas están listos, las hacen estallar. Han pasado ya dos horas del mediodía. Esta segunda cargada de los mineros contra la pared trasera de Galera estalla con muchos mejores resultados que la primera; la suerte se presenta favorable a los cristianos. El corazón de la base de la pared se abre en un enorme boquete. El estallido fractura la cantera, formándole dos grietas transversales que corren hacia su punta. Al llegar a su tope, la cantera se quiebra, literalmente. Comienzan a llover trozos de todas dimensiones, pedruscos insignificantes y grandes bloques que de caerle encima a un hombre lo aplastarían. Caen con lentitud sorprendente pero decidida, todas hacia afuera del pueblo, rebotan en lo que resta de la terraza y resbalan por la ladera, tropezando unas con las otras, hasta terminar con la existencia misma de la pared.

La espalda de Galera queda abierta de par en par atrás de esta nube de espeso polvo.

En cuanto comienza a caer la inmensa pared defensiva, Zaida comprende el desenlace. Llama a sus guerreras, las arenga, instándolas a ser valientes, y les ordena se alineen bien formadas para fungir de muro humano y defender la plaza "hasta con los dientes. ¡Nadie se quite el velo!". Forman una valla, presenciando la caída de la cresta protectora de su pueblo. En minutos, parte del paisaje se les viene abajo. Pero las guerreras no se mueven.

El ejército de Zaida espera alineado a los cristianos, pisando los despojos de las decenas de mártires. Sus manchados, salpicados blancos velos dejan sólo ver sus ojos. Las alpargatas —pues todas llevan calzado poco fino— ajustadas a sus pies están bañadas en la sangre de sus víctimas.

Cuando el último trozo de la pared da en tierra, la densa nube de polvo se desvanece. Los cristianos se aventuran decididos sobre ruinas sin dar una seña de vacilación, impacientes. Los bloques de cantera recién caídos ahí, los sostienen con fervor perruno, leales. ¡Ah, cantera traidora, que ha poco conformabas la protección imbatible de los moros! ¡Ya besáis las plantas invasoras, esclava fácil, ya le rendís firmeza lacaya!

Las moras, vestidas ahora con doble velo —el propio y el del polvo en que están rebozadas—, extienden los brazos armados para atacarlos. Pero tres mil espadas y un buen número de puñales se quedan con las ganas de sonar contra las once mil armaduras, porque antes de tocarlas estallaron las armas de fuego de los cristianos. Puñales, espadas: ustedes son inútiles. Las piedras que arrojan manos furiosas desde los techos son más dañinas a los cristianos que las hojas y los filos de las entrenadas guerreras, pero pocas alcanzan a golpear a los soldados; las manos que las arrojan no tienen muchas fuerzas. Cada que alguna de las viejas o las niñas que tiran desde los techos se asoma para apuntar mejor, es muerta por arma de fuego. Si alguien de los que apuntan fuera un morisco de Granada, habría reconocido entre estas viejas a la muy respetable Zelda, abuela de Zaida, la cabeza de este ejército, pero no hay quien sepa su nombre cuando la acribillan. Diezman también a las que no se mueven, tirando a locas. Los arcabuceros están apostados entre los de mosquete, llevan sin quererlo un ritmo; tres por minuto los primeros; uno cada minuto, los segundos; dos minutos para el tercero, y el cañón se sobrecalienta al cuarto. Entonces deben esperar antes de lanzar el quinto tiro, reposando el arma en el piso. Los mosquetes, en contrapunto, apoyados sobre horquillas, son disparados por sus tiradores sin pausa. Cumplidas las nueve horas de batalla, se declara la victoria.

Para ésta no hubo quien firmara la capitulación, no hay quien pueda rendirse.

Cuando los cristianos entran a Galera, caminan sobre una alfombra de jóvenes mujeres muertas, sus ropas de seda y sus velos empapados en sangre. Bajo ellas, reposan destazados los cristianos que cruzaron la muralla trasera antes de que ésta cayera. Atrás de ellas, los cadáveres de los pocos varones moros vencidos. Si algo se mueve, los cristianos disparan, hasta que no queda vieja ni niño vivo. Asesinan a todo el pueblo, dejando con vida sólo a los caballos y al ganado flaco de los corrales. Terminada su labor asesina, se entregan al saqueo.

Donjuán de Austria da la orden: que no quede piedra sobre piedra de este pueblo, que se riegue sobre los campos una cama de sal para que nadie pueda volver a cultivarlos. Que se haga una hoguera con todos los cuerpos moros, la mayoría mujeres, la mayoría guerreras. Que no quede memoria. Que de ahora en adelante se diga que Galera no existió, ni su mezquita, ni sus tres mil guerreras.

El saqueo se interrumpe porque ha llegado la noche. De vuelta en su campo, los soldados se embriagan, enfebrecidos por su rápida victoria. Las cocinas se afanan, la del bastardo, las del cuerpo del ejército; preparan festivas cazuelas, han sacrificado todas las piezas de ganado que levantaron en el camino a Galera.

¿Qué tanto celebran estos soldados? Sólo en dos días dieron cuenta de la Galera inexpugnable, pero doce mil arcabuceros y cañoneros poco-hombres no se atrevieron a batirse valientemente contra tres mil espadachinas, una decena de francotiradores y un puño de arrojaderas de piedras. ¿Qué celebran? ¿Las montañas de oro que sueñan hurtarán de los arcones?

Zaida, la pelirroja generala de las derrotadas amazonas, adentro de sí los impreca. Fue de las primeras en caer, y sobre ella tres o cuatro cuerpos la han protegido de heridas más mortales. Quedó inmóvil lo que ha durado esa lucha, lo que un relámpago, ¡nada! Luego pasaron horas largas de espera. La sed ardiente le quema los labios, la boca, incluso la lengua, porque ha perdido sangre. Por fin los cristianos se retiran. Cuando escucha el zafarrancho desatado en el campamento cristiano, se mueve. Desde que el primer cuerpo cayó sobre ella, enlazó su mano con la de Susana, la sujetó fuertemente, sintiéndole el anillo. No soltó esa mano ni cuando perdió calor y se volvió fría, luego tiesa. Dejó de apretarla, pero no la soltó, la tiene aún asida y esto le facilita retirar el primero de los cuerpos que la cubre, porque sin mayor esfuerzo extiende el brazo y lo arrastra a un lado. Lo ha hecho sin demasiada dificultad, como digo. Bien que conoce a las que la han salvado, abrigándola de los disparos de los cristianos, reconoce a los cadáveres sin necesitar verlos. Peleaban a su lado, Susana, Areja, estas dos son de Granada, jugó con ellas desde que eran niñas. Sin zafarse aún de la mano de Susana, la abraza. Quitarse la mano de la mano no es cosa fácil, los dedos están duros como palos, pero lo consigue, y una risa nerviosa y doliente la asedia: la asaeta el recuerdo de un juego infantil, uno que consistía precisamente en sujetar la mano de la contraria e intentar soltarse. Sólo recordarlo la inunda de un dulce temblor pero, sabiendo que Susana está muerta, su sentir se torna agrio, ácido, casi insoportable. Zaida ha aprendido los últimos meses a luchar y a comandar, pero también a no sentir. Este recuerdo la ha tomado de improviso, le asesta directo en la yugular, escapando a su entrenamiento. Zaida llora. Ahora retira de sí a Areja. Ve a sus dos amigas a su lado, quisiera de nuevo abrazarlas, pero siente una rara repugnancia: "¡Están muertas!". La tercera que la ha protegido —acribillada, cosida a balas, más que Areja y Susana— es una niña, una niña de Galera de no más de ocho años. Zaida cree recordarla acarreando piedras que zafaban del empedrado de las calles para atesorar en los techos planos de las casas. Para hacerla a un lado, la ha cargado en sus brazos, acunándola involuntariamente, y siente horror que se suma al dolor y al desagrado, ocultándolos: "Soy cuna de muertos". Luego procede a revisarse a la luz de la luna. La bala no entró, pasó quemándole y cortándole el antebrazo. Se ata una tira de tela para detener la hemorragia, encima venda la herida. Lo demás son raspones, las balas silbaron a su lado, respetando su vida, reconociendo en Zaida a su par, pura pólvora hermana. Con los ojos peina el pueblo hasta donde alcanza la vista, quiere ver si encuentra a Zelda, su abuela, a Yazmina, su madre, que habiendo venido aquí a refugiarse terminaron también de segundas guerreras. Sus ojos no ven sino muertos.

A gatas, Zaida camina sobre la alfombra de cadáveres, primero en la mullida que reposa sobre los despojos hechos garras de los cristianos, luego en la sólida de las moriscas que no alcanzaron a saciar su venganza. Reconoce a su madre, Yazmina, ve tirada a su abuela Zelda a la vera de otra pila de cadáveres, la espalda reventada por una media docena de arcabuzazos. Sigue adelante, ahora adormecida. Al llegar junto a un aljibe, se pone en pie para beber, haciendo uso de un cuenco ahí dispuesto. Hay uno mayor, pero lo ha penetrado una bala. Se limpia lo más que puede la sangre que la cubre, la propia y la ajena. Riega agua abundante sobre su herida, deshace y vuelve a hacer la venda. Retoma su camino, de nuevo a gatas, sigilosa. Cuando siente que ha dejado los límites del pueblo, se pone de pie y echa a correr. Baja veloz la cuesta y, sorteando bloques de cantera recién llegados ahí por la pericia detonante de los mineros, se pierde de vista en la oscura Cañada de la Desesperada.

Fin del menos-uno.

UNO
MARÍA LA BAILAORA

1. De la caída de Nicosia en poder del Gran Turco, y de cómo la susodicha es recibida en Nápoles, donde está María la bailaora. Se cuentan algunos pormenores de la vida de María, su infancia en Granada, el camino que la lleva a Nápoles y su encuentro con un caballero español, a lo que viene a cuento la cita de Cervantes:

> ¡Oh lamentables ruinas de la desdichada Nicosia, apenas enjutas de la sangre de nuestros valerosos y mal afortunados defensores!; si como carecéis de sentido le tuviérades, ahora en esta soledad donde estamos pudiéramos lamentar juntamente nuestras desgracias, y quizá el haber hallado compañía en ellas aliviara nuestro tormento; esta esperanza os puede haber quedado, mal derribados torreones: que otra vez, aunque no para tan justa defensa como la en que os derribaron, os podéis ver levantados.

El amante liberal

Nicosia, ciudad de Chipre, ha caído en manos de los turcos. La noticia ha llegado a oídos de los soldados de la Santa Liga. Descripciones minuciosas de los cruentos crímenes cometidos por los bárbaros, el pillaje, el saqueo, las vírgenes violadas, los altares profanados, han puesto a los caballos a comulgar en la catedral de Santa Sofía, usan los cálices de pesebres... es ya mezquita... los infieles embarcan muebles, tapices, telas, joyería, el oro y la plata para servir las mesas... los monasterios arden en llamas... los bárbaros no se detendrán hasta dejar los fastuosos palacios venecianos reducidos a polvo... Las historias vuelan de boca en boca en las filas de la Santa Liga, aquí en Nápoles, tanto entre la gente de mar (los marinos en su jerigonza salada) como entre la de guerra. Los soldados recién enganchados nutren las narraciones con detalles domésticos, aportan al horror su cuota de pan, de queso, de lienzos y tablones; lo que no han visto en casa antes de la leva, ni al asomarse a los balcones de los pudientes, proviene de habladurías, relaciones de quinta y sexta mano sobre lujos y riquezas jamás presenciados y tal vez nunca existentes, habitaciones forradas de piedras preciosas, mesas y sillas de oro, cojines donde se representan los nacimientos varios de los dioses, estatuillas mecánicas capaces de andar, bacines traslúcidos de cuarzo; los veteranos proveen los recuentos de parafernalia guerrera, abundan en corazas, arcabuces, cañones, se regodean en la relación de los estallidos de pólvora, de humaredas e incendios descomunales, decapitan en sus narraciones a madres que están dando el pecho a sus hijos, arrojan hombres valerosos de las torres, despeñándolos por su propia voluntad para no dar al hereje la victoria, ahorcan, despellejan, empalan, violan repetidas veces. Ya alimentada por los soldados, la noticia brinca al resto de Nápoles, se dispara hacia todos los rincones, robusta y vivaz. La mala nueva corre como un reguero de pólvora, incendiando el puerto, el mercado, los comercios, las bodegas, la plaza de la catedral, cada uno de los talleres de los artesanos, de los conventos y monasterios, penetra el arsenal, guarecido a cal y canto en los muros de la villa, se escurre por los patios de las casas, se apoltrona al lado de los lavaderos, las tomas de agua, los vendedores ambulantes. Nápoles se avoraza golosa sobre el cuerpo caído de Nicosia, saboreando cada pasaje de la relación con excesivo y reiterado detenimiento, royendo ávida las majaderías de los turcos. Nápoles vive en carne propia la caída de la riquísima capital de Chipre, y tiembla al saber que ahora los turcos se han enfilado contra Famagusta.

María la bailaora tiene los oídos siempre atentos. Es su natural. Quien baila debe saber escuchar. El bailaor vuelve danza los susurros, los gritos, el agradecido caer de la lluvia en el campo, el desagradecido del torrencial a media villa, el pasar de los coches, el golpear de la barca contra el muelle, los reproches de la esposa al marido, el llanto del niño, el golpe de la palma furiosa contra el rostro del traidor, el quebrarse por error de una copa, el rayo y el trueno, el son de la risa. Pero al oír decir que a Nicosia la están tornando en barrida Salamís, en segunda, el don de la risa, yerta Cártago chipriota, y que están por barrer con Famagusta, María la bailaora no escucha solamente; con los oídos ve, pregunta, interroga; las habladurías la agitan, la cimbran, la zarandean. No las está atesorando para menearlas en sus calcañares; actúan sobre María en el instante; la marean, la hacen perder el pie y la compostura; la desdanzan.

¿Qué más le da a María la bailaora Nicosia o Famagusta? ¿No tiene saciedad con las agitaciones napolitanas? Quien baila pone el alma en los pies, y los pies tiene María ahora en Nápoles, nada que no fuera la ciudad debería moverla, entonada como está con su inarmónico barullo. Nápoles, ruido y lodo y desorden, y riqueza y callejones atestados de populacho, y en cada rincón un taller —ay, María—, donde millares de brazos fabrican, arreglan, deshacen para hacer mejor uso de ciertas partes usando el martillo, el clavo, las pinzas, el pincel, el fuego, sonando el yunque. Nápoles, ay, María, un palacio te llama, abre sus puertas en aquel girar la calle; acá —¡ay, María!— ten cuidado que a menudo asaltan; un paso allá —¡ay, María!— camina dándote; cambia tu ánimo, ay, María, para entonar lo napolitano, sin tropezar, ay, María, sin falsear el paso.

¿Qué tiene que ver María la bailaora con Nicosia y Famagusta? María, ay, baila, que pareces volar al bailar y que al bailar echas anclas; al bailar pones raíz; al bailar te lleva el viento. Al bailar tienes alas en la falda, te sostienes atada a un cordel de viento que baja tenso del cielo. María cuando baila es toda ciudad, y es viento y viaje. María, la ciudad es ahora Nápoles en tu baile. El viento de tu baile es el aire marino que no toca la costa, es también el que llega a tierra luego de haber cruzado el mar, o el que viene espurgado por las islas, de Procida, de Sicilia, o espolvoreado por el Norte del África, como un siroco benéfico; ay, María, tu baile es la dicha de no conocer muros, cercas, árboles, yerbas, ningún escollo, porque nadie ni nada detiene, María, eso que tú bailas. Nadie que no seas tú. Y en ti sopla, María, y en ti dice: "¡Allá voy!". ¡Tu baile, María!

Y verdad que María baila también al cielo. Del cielo de su baile, no diremos que es el de ninguna parte, que el cielo es cielo, y como tal quita todo freno a quien lo alcanza, que María bien que lo alcanza. El baile de María tiene Cielo, y tiene Tierra, y en tierra, ay, María, atada estás estos días a Nápoles. ¿Por qué la mención de la ciudad de Famagusta te desbaila, te deshace? ¿Qué más te da a ti, María? Tu baile pone raíz, toma el aire, echa anclas, agita las alas de Nápoles y atada vives siempre a Granada. Granada está siempre en tu baile y en ti, María. Porque la bella sin par, la inigualable María la bailaora, nació hace dieciséis años en Granada, ahí creció, ahí murió su madre, ahí quedó cuando su padre —mercader de caballos, y por esto considerado a la luz de la ley "sin oficio"—, desobediente de las ordenanzas reales concernientes a "los egipcianos y caldereros extranjeros" ("¿pues yo por qué he de obedecérselas?"), replicó cuando le vinieron a echar en las narices el bando público antes de tomarlo preso, "si yo no sé qué es eso de ser extranjero; a mucho orgullo soy gitano de Granada, mucho lo tomo en precio, ésta es mi tierra, aquí nacieron mis padres y aquí también mis abuelos, que si camino repetido fuera de esta ciudad, es para salir a mercar caballos, pero siempre vuelvo; yo me muevo cuando a bien me venga en gana; nadie me dice a mí ni te vas ni te quedas, que yo soy gitano y soy de Granada". En Granada había vivido María con su padre, que no pertenecía a ningún señor, que se negaba a dar voluntariamente su persona a cambio sólo "de lo que hubiere menester", como repetían los heraldos del Rey que debía hacer cualquier gitano, "lo mismo que entregarse por gusto de esclavo", opinaba su padre, "¿por qué he de hacerme aherrojar? Yo que no traigo clavo en un carrillo ni estoy en el otro marcado por una S, yo soy mío porque ni hemos perdido una guerra, que a las guerras nosotros no somos afectos, ni me atajan sin pólvora a media mar océana para que cautivo me tomen y den por mercadería mis huesos".

Corría octubre de 1566 cuando los guardas cayeron sobre el padre de María. Era un hermoso día, iluminado de la claridad típica granadina. Las calles estaban colmadas de moriscos y cristianos, de gitanos —que no era excepción el padre de María—, e incluso de canalla barretina, los judíos con la gorra que no se les resbala al piso de puro milagro, de donde se ve que Dios no tiene algo en contra de este pueblo, su perdón es infinito.

María, de casi trece años, estaba llenando su cántaro de agua en el aljibe del Peso de la Harina, y se disponía a llevarlo cuesta arriba hacia su casa, cuando oyó gritar: "¡Están cogiendo gitanos en San Miguel el Bajo!". Abrazó su cántaro, echó a correr hacia San Miguel el Bajo. En el camino, lo oyó decir tres, cuatro veces, algunos la prevenían para que no se acercara: "¡Cuídate, niña, están cogiendo gitanos!", "¡tienen a un gitano los guardas!". Otros la incitaban a acercarse: "¡Tu papá, corre, María, corre aquí nomás!, ¡en San Miguel el Bajo!, ¡se lo llevaaan!". Pero cuando ya no tuvo duda de que la desgracia había caído sobre él, fue cuando oyó repetir una y otra vez: "¡Agarraron al duque del pequeño Egipto!". Aqueste comentaba que lo habían tomado por erròr, y aquel otro corregía que no era verdad, que tenían órdenes expresas de tomarlo a él, al bello Gerardo.

María llegó a la plaza de San Miguel el Bajo. Los guardas se interponían entre el padre y ella, escupiéndole el mandato real. El gitano contestaba como un príncipe, que aunque para los suyos la honra no sea asunto de importancia, muy en alto tienen sus personas, su libertad y sus costumbres.

El cántaro era del mismo largo que su torso, María lo abraza y, sin perder la compostura, se agacha, se inclina, se retuerce para mejor ver al padre, intentando entender qué ocurre. "¡Qué niña! —oyó decir atrás de sí—, ¡que no quieres ver los chilladores!". El hermoso Gerardo, alto, bien formado, gallardo, estaba cercado por un puño de guardas, fofos, regordetes, sus rostros sin gracia, carentes de toda altivez; los chilladores eran un atado de despreciables a sueldo de hambre. Le voceaban la letra, que "estás obligado a dejar España sin hacienda ni hijos y lo que aquí más diré", arrojándole las palabras, recitándolas sin énfasis, como si no importaran, pero Gerardo bien que oía que sería castigado de cruelísima manera y, por ser menor de cincuenta y mayor de veinte, que lo condenarían a servir por seis años en las galeras. Pasados los seis, tenía permiso de irse "a su tierra".

¿Cuál sería esa "su tierra"? Los guardas seguían recitándole especificaciones, sin prestarle mayor atención al decreto que conocían de sobra, hablaban de puro holgazanes de poner manos a la obra, María la bailaora se abraza más al cántaro fresco, pero cuando el padre, gallardo, orgulloso, contesta: "Mi tierra es aquí, Granada; por esto no me he ido, por esto no me iré, porque para un cristiano granadino su lugar es aquí y ningún otro", María deja el cántaro en manos vecinas, se escurre entre las piernas de los guardas y se abraza al padre, adhiriéndosele con desesperada ternura. El hombre deja de hablar apenas siente a su hija pegada a su cuerpo y le responde abrazándola a su vez. Los perezosos guardas callan, sin siquiera pensar qué harán para separar al hombre de la niña, la escena de cariño filial les da pretexto para descansar hasta de hablar. Alguno de ellos hace una seña, y lentamente forman un estrecho círculo para consultarse los unos a los otros, cuidando que nadie más no los oiga, preguntándose si cargar con la niña, si dejarla, si sonsacarla, si jalonearla, formando un apretado corro, las cabezas apoyadas las unas contra las otras, olvidándose del preso. Aprovechando el descuido de los guardas, el papá de María toma la hija de la mano y echa con ella a correr, tan rápidos que ni tiempo de desconcertarse dieron a los blandengues, tomando la carrera. Los guardas, sacados así de su improvisado acuerdo, se despabilan y, sonando los silbatos para llamar a sus pares, salen por piernas tras ellos.

El gitano y la niña vuelan ligeros. El padre de María quiere alcanzar el carril de la Lona pero se detiene a media plaza porque ve acercárseles un puño de guardas, tuerce hacia la izquierda para tomar la calle de las Monjas, pero apenas ha dado unos pasos cuando el gitano ve otro piquete de soldados dirigiéndose a ellos, y corriendo alcanza la puerta de la iglesia. María lo sigue a ciegas, con plena confianza, sin entender que están en peligro. ¡Cuántas veces no han recorrido esta plaza de San Miguel el Bajo, el uno al lado del otro, a veces más de prisa, a veces más lento! Se sabe en casa. Pero ahora, ay, María, están cercados. No hay para dónde escapar.

El padre y la niña trasponen la puerta de la iglesia, pasan frente a las narices azoradas del diácono que cuida la puerta con indicaciones de no dejar entrar a la misa a nadie que no sea un invitado al cumpleaños del duque de Abrantes. Ni tiempo le dan de chistar, María y su padre corren bajo las columnas y los arcos hasta el pie del altar, donde oficia ni más ni menos el obispo Guerrero. La llegada de este par causa una inquietud incómoda en todos los feligreses, nobles y aristócratas vestidos de fiesta. La flor y nata de la aristocracia cristiana granadina, más los recién nombrados por el rey Felipe II para el gobierno de la región, están sentados en las bancas de la iglesia —entre otros Álvaro de Bazán, su hermano Alonso, su hermana Mencia, el duque de Loaiza, al órgano el poeta Gregorio Silvestre, el muy célebre y querido organista de la catedral—, algunos, si no los más, pensando ya en el banquete que se avecina, para el que el duque de Abrantes ha hecho traer cómicos, músicos y el retablo aquel tan famoso, cuya representación sólo pueden ver los limpios de sangre e hijos legítimos, retablo que sólo es invisible para los bastardos y conversos, un teatro fabuloso por el que en forma de marionetas desfilan tigres y ratones, ríos y desiertos, camellos y tiendas de nómadas con Judites y sus dagas y sangre, más todos los prodigios que suele haber en las figuras: "El retablo de las maravillas". Los nobles visten sus mejores ropas, exhiben sus joyas, no hay en la iglesia un solo morisco de los que son mayoría en los callejones granadinos. A la derecha del altar, atrás de las celosías, las religiosas del vecino convento de Santa Isabel la Real presencian sin ser vistas la muy especial misa; han acudido a escucharla incitadas por la esposa del duque, que les ha recomendado recen con fervor por el pronto restablecimiento de la salud de su primogénito. La duquesa Abrantes donó con esta petición una cantidad muy piadosa de dinero. Fuera de las monjas y de su cortejo, las criadas, esclavas y beatas que siempre las acompañan sentadas en las últimas bancas de la iglesia, tratando de devorar con los ojos las telas y las facturas de tan preciosos vestidos, alborotadas, como las moscas cuando huelen inmundicias, por el olor del dinero, todo es elegancia y lujo, y riqueza, y sangre tan limpia que de seguro en unas horas verán, y mucho, el dicho retablo, cerrándose con broche de oro la magnífica celebración.

Y ahora, un gitano en el centro de la ceremonia religiosa, ni más ni menos el más principal entre ellos, el duque del pequeño Egipto, el bello Gerardo. El que merca monturas sin tener licencia del Rey para hacerlo, el que por esto se ha metido en problemas. Él viste elegante, un amplio sombrero de colores le adorna de manera notoria la cabeza, su hija ropas listadas y un sombrerillo de menores dimensiones que imita la forma ancha y abultada del hombre.

Al llegar al pie del altar, el gitano se detiene y deposita a la niña arriba de los escalones. La toma de los dos brazos, la besa en la frente, la gira hacia el obispo, y asiéndola de los codos la hace arrodillarse. A su vez, hinca las dos rodillas, respetuoso, mientras la niña, asustada, volteando a verlo tiende hacia él los brazos, dándole la espalda al cura. La mirada del padre la clava al piso, le exclama: "¡Detente, María!", y con firme voz (y muy a voz en cuello) dice: "Vengo a pedirle al Creador proteja a mi única hija, que no me atrevería a interrumpir la sagrada misa si fuera para salvar mi humilde pellejo. Hija mía, voltea hacia el Santísimo altar, arrodíllate y reza por mí, que yo soy quien soy, un pobre hombre que no puede defenderse ni proteger a los suyos". Como María no le obedece, le repite: "Gira, ¡María!, a rezarle al buen Dios; jamás, hija mía, jamás le des a Dios la espalda", y díjolo de tal suerte que aun siendo un gitano despreciable a los ojos de la gente de bien —y más todavía a los de esta muy limpia audiencia—, el obispo venerable detiene la ceremonia, baja el cáliz con el Sagrado Alimento y escucha qué dice el padre de María la bailaora, quien después de hablar a la hija, pidiéndole no dé la espalda al oficiante —aunque de nada había servido repetirle la orden, que la niña no desclava los ojos del padre, ni baja los brazos, que tendidos piden "¡Abráceme, papá, abráceme!"— ha vuelto a la súplica: "Aquí, al pie del Santísimo altar, deposito a mi única hija, aquí la dejo, que el gran Dios único y trino sabrá tener piedad; la encomiendo a su Iglesia, que mi niña es limpia pasta cristiana cristianísima. Dejo en sus manos su dote para que la ponga en el cuidado de la Iglesia de Cristo".

Dirigiéndose a los muy honorables feligreses, el bello Gerardo continuó: "Amparen a mi hija, por el amor de Dios, tengan de ella buen cuidado, conserven a mi tesoro mujer con honra". El hermoso hombre se desfaja, saca de sus ropas una bolsa cargada de monedas, la arroja tintineante a las manos de la hija, da la media vuelta y se dirige al encuentro de los guardas. Los modorros apenas vienen entrando, dando voces sin importarles un comino la ceremonia ni el duque de Abrantes, llamando al gitano, cuando éste ya va a su encuentro, y caen sobre él cuando todavía está adentro de la iglesia. Los guardas, hechos a los excesos del saqueo cotidiano, gordos, las caras enrojecidas por el alcohol, hinchados los ojos de tanto ver llorar ajeno, los lerdos, sin gracia, salpicados día tras día con sangre ajena, que apenas tienen al gitano cerca, le escupen, lo insultan de lo lindo. De un manotazo le tumban el sombrero, éste cae, danza un poco y se queda en el piso.

Primero María queda pasmada, sujetando con sus dos manecitas la bolsa del dinero, pero al ver a los hombres aventarse con saña contra su padre y comenzar a tundirlo a golpes, quiere también ella saltar, protegerlo, abrazarlo. Su sombrero cae. Quiere, se guarda la bolsa de monedas en la faja, y brinca, pero no termina de lanzarse porque un par de manos, más rápidas que ella —las ve pasar a los dos lados de su cara, blancas, largas—, la asen, clavándole los dedos en los hombros, como firmes tenazas prendidas a sus omóplatos, y el dolor la clava al piso. ¿Cómo la agarran esos dedos, de qué manera que le duele tanto, dónde presionan que le doblan de dolor las rodillas? Son unos ganchos, esos dedos clavados en sus omóplatos, presionándolos la paralizan de dolor. En sus narices, la nube de guardas golpea sin clemencia al padre. María no puede moverse, asida como está. La tunda termina por dejar también inmóvil al padre, tirado en el piso. María quiere tirarse con él al piso, pero esas tenazas a sus hombros ahora la aprietan más, y María quiere gritar… Uno de los guardas saca del cinto el puñal, se sienta sobre la espalda del gitano. Alguien que está a un lado y atrás de la niña, por piedad le tapa los ojos. El hombre del puñal corta de un tajo una y en seguida la segunda oreja del gitano, cumpliendo en esto también las ordenanzas reales: "Los egipcianos y caldereros extranjeros, durante los sesenta días siguientes al pregón, tomen asiento en los lugares y sirvan a señores que les den lo que hubiere menester, y no vaguen juntos por los reinos; o que al cabo de esos sesenta días salgan de España so pena de cien azotes y destierro perpetuo la primera vez, y de que les corten las orejas y estén sesenta días en la cadena y los tornen a desterrar la segunda vez que fueren hallados […] que los que fuesen hallados sin oficio o sin vivir con señor, sean, si tienen de veinte a cincuenta años, mandados a las galeras reales para que sirvan en ellas por espacio de seis años, debiendo, una vez terminada su pena, ir para sus tierras libremente".

El padre de María la bailaora no gritó, no salió una queja de su boca, se tragó su dolor, sabiendo lo podría estar viendo su hija, e insistía: "¡No me llamen egipciano! Soy gitano de Granada, aquí nací, soy cristiano, mis padres eran lo mismo, me bautizaron al nacer, pago mi diezmo como lo pagaron ellos y mis abuelos". María, sin ver, lo oía y no entendía bien qué estaba pasando, los garfios de los dedos todavía agarrados a sus hombros. La soltaron al tiempo que las otras manos le descubrieron los ojos, y María vio cómo lo arrastraron de las piernas para llevárselo, dejando un rastro de sangre en el piso de la iglesia.

De boca del obispo no salió ni una queja. Las más de las mujeres cerraron los ojos o giraron las cabezas para no ver —o para hacerse las que no veían—, pero los hombres rompieron con el orden de los asientos, acomodándose para devorar mejor algo más sustancioso que el retablo de las maravillas. ¿Habrían detenido los guardas modorros la ejecución de las órdenes si algún importante —el obispo, el duque de Abrantes, algún otro de los ahí presentes nobles— hubiera dicho: "¡Alto! Ésta es la casa de Dios, más respeto", o simplemente: "Suelten de inmediato a este pobre hombre"? En tal caso, ¿el gitano y María habrían salido intactos, obligados los guardas a obedecer a las honorables personas, y otro gallo cantara? Como no abrieron sus bocas ninguno de esos poderosos, ni cuenta se dieron los persecutores de quiénes tan importantes presenciaban su infamia.

El obispo Guerrero había dado por interrumpida la Sagrada Misa, y se había escurrido silencioso hacia el sagrario, olvidando incluso llevar las hostias consigo. Los feligreses en bloque, con María al frente, se aglutinaron frente a la puerta de la catedral. Contrastaban sus ricas lisas ropas con las grises de las criadas y las gitanas listadas de María. Sin comentar, las bocas selladas de sobrecogimiento, vieron cómo los guardas llevan al padre de la niña arrastrando por las losas hasta el centro de la plaza —su rastro siguieron pintando, que la línea trazada por su sangre ojeril pasaba del mármol del pasillo a las piedras de la plaza, adelgazándose un poco más a cada paso—, lo atan para mantenerlo en pie, y comienzan a castigarlo con los cien azotes que manda también el Rey. A un lado de ellos, el pregonero recién llegado grita:

—Andáis de lugar en lugar muchos tiempos y años ha, sin tener oficios ni otra manera de vivir alguna, salvo pidiendo limosna, y hurtando y trafagando, engañando y faciéndovos fechiceros y adivinos y haciendo otras cosas no debidas ni honestas.

María ya no vio cómo le asestaron los cien al bello Gerardo, ni cómo casi muerto se lo llevan, porque han caído sobre ella las criadas de las monjas del vecino convento de Santa Isabel la Real. Pero así fue, se llevaron al gitano Gerardo, conocido por algunos como el duque del pequeño Egipto, por otros como el bello Gerardo, por algunos apreciado por buen tratante de caballos y tenido por otros como un ladronzuelo que transforma cualquier burra enferma, llenándole las narices con quién sabe qué brebajes, en espléndido animal de carga, cualquiera le compra engañado por sus embustes. A Gerardo lo encadenaron, lo encerraron unos días, y al verlo recuperarse de la pérdida de las orejas y los tantos azotes, lo llevaron al puerto de Almuñécar, para afeitarle toda la cabeza y convertirlo en galeote, encadenándolo al banco, condenándolo al remo.

Desde atrás de su celosía, las monjas han olido la dote de la niña gitana y han dado instrucciones a sus criadas. El tintineo de la bolsa volando de las manos del padre al cinto de la niña ha azuzado su codicia.

Como el claustro amarra a las religiosas tras los muros, éstas crecen externos largos brazos. Esto son su legión de criadas, vestidas de gris claro y velos blancos, un ejército de afanadas avispas que peina Granada olisqueando perruno, removiendo con sus siempre insatisfechas manos y sus barrigas nunca llenas donde quiera, hurgando para encontrar qué llevar que satisfaga a sus dueñas. Por las manos de estas criadas, las cosas van y vienen, a diario se vuelven ricas y de nueva cuenta menesterosas, salen vacías del convento y llegan llenas para volver a ser vaciadas, y vacías vuelven a salir a llenarse, sólo para volver a quedarse con nada. Afuera, pescan las cosas, y al entrar al convento son escudriñadas y revisadas tanto que sus manos han perdido hasta las líneas, tienen las palmas lisas como platos. De esa especie son las manos que agarraron los hombros de María de tanto ser peladas por las monjas, manos que parecen imposibles de asir, simulan estar cubiertas de una brillante capa de agua, manos que, si uno sujeta, son secas, ásperas y duras, pero que al ocupar en las calles el lugar de los ojos de las monjas, tienen la apariencia repugnante del cristalino. La dueña del par de manos que sujetó a María, Estela, parece toda ella hecha de palo y estuco, pero sólo en eso se acerca a los santos. De palo, porque su piel es insuficiente para cubrir sus huesos, se estira y se reestira para alcanzar, la boca queda sin un pliegue, tensa y dura, los párpados jalados dejan ver los dos lados de las irritadas cuencas de sus ojos. Por vivir casi desnudos, los ojos le lloran a la menor provocación, si hay sol, si sopla un poquillo el viento, si el polvo, cualquier cosa, y tiene los carrillos enrojecidos de vivir llorosos. En esto también parece Estela, y más que un poco, la imagen de una santa, que las hay con las cuencas del llanto talladas en las mejillas. Estela las tiene marcadas, a veces abiertas, rajadas de tanto llorar. Desde que Estela nació, está enfundada en una piel más pequeña que ella misma, y su cuerpo ha guardado, en relación con ésta, la proporción que tuvo al llegar al mundo. En la punta de sus dedos de esas manos —con que enfadosa detuvo a la niña, lastimándola al sujetarla— la piel se revienta aquí y allá, más todavía junto a las uñas, un vestido demasiado estrecho para esos largos huesos. Parece de estuco, porque su cara y sus manos son marmóreas. Pero no es ninguna santa, que disfruta al saber que le está causando a María dolor.

Estela es rápida, casi efervescente, siempre parece a punto de explotar. Las otras criadas la obedecen dóciles, la temen. Estela es el ojo perfecto de las monjas, un ojillo ambulante, un ojazo con piernas, un ojuelo dando tumbos, un ojete incómodo, irascible, doliente. Apenas pusieron los guardas un pie afuera de la iglesia, Estela, diligente, presurosa, no dejando pasar un minuto, pide a María las guíe a su casa para recuperar sus pertenencias, antes de que se adelante la Ley a barrer con todo, porque aunque no esté escrito ni se grite en alta voz, al capturar un gitano, los soldados caen sobre sus pertenencias para embolsárselas sin mayor aviso. María las lleva hacia el monte de Valparaíso, por la ladera opuesta de la Fuente del Avellano. A la izquierda, la muralla del Albaicín. Cruzan una puerta, esa que los moros llaman Bix Axomais, y los cristianos la del Sol o de Guadíx Alta, y topan con las innumerables cuevas donde habitan los gitanos.

Da grima ver el estado en que se encuentra el un día alegre barrio en el monte de Valparaíso. No queda un gitano, ni quien pida leerle a uno la buena ventura a cambio de algunos cuartos; los más se han dado a la fuga cargando consigo y en los lomos de sus caballos lo que pueden e incendiando o destruyendo lo que no alcanzan a portar, por no dejar tras de sí nada valioso a la rapiña. Al ver lo que han dejado, cualquier alma sensata se echaría a correr, aquí y allá hay gallos y puercos degollados, platos rotos, potajes arrojados a la tierra, telas rasgadas, humaredas y flamazos atizados por el reventar de los pellejos de vino, ¿quién quiere ver eso? Y si hay quien estuviese ciego, el olor a grasa quemada, a comida recién sacada del fuego y aventada al piso de tierra, a hornillas mojadas, a la sangre de los animales sacrificados y a las inmundicias arrojadas sobre éstos, le bastaría para que se echase a correr. Pero he aquí a la prolongación de las monjas, yendo de cueva en cueva y de patio en patio, removiendo entre el tiradero, encontrando el brazalete, la cuenta del collar, la moneda, la botella, el cuchillo bueno… Capitaneadas por Estela, quien noche y día tiene que soportar la resistencia de su propia piel, qué va a detenerlas ni qué ocho cuartos, ni qué querer ver o presenciar, que Estela y su piquete son puras manos; a Estela no la detiene nada ni nadie, menos todavía barreras de humo y casas asaltadas por sus propios dueños. La cueva donde vivieran María y su padre está intacta, ahí las ropas, las joyas, los brocados y telas, cada cosa en su sitio. De cuantas han entrado, ésta es la única donde no parece haberse hecho cuerpo el demonio a mediodía, porque aquí no hay vestigios de labores interrumpidas, las huellas de una apresurada evacuación, o destrozos. A un lado de la entrada de la cueva, rodeados de encendidos mastuerzos de varios colores, están atados cuatro espléndidos caballos, ensillados de pe a pa, preparados con sus cordeles de colores para llevarlos a mercar. Presurosas, las diligentes prolongaciones de brazos de las religiosas arrasan con todo, parecen tener diez manos cada una, cargan a los caballos, los desatan, y están por salir sin pausa cuando María, buena hija de su padre, les dice:

—Esperen un instante, que cargados así como van, se les va a ir hacia adelante el aparejo; déjenme acomodar bien el ataharre —y sin esperar respuesta, María atahorró las cargadas monturas.

—¿El qué? —le preguntó Estela, sin sombra de agitación, así por un momento sintiera miedo de la niña, porque por su cabeza pasó un "planea rebelársenos, y cargar sola con su mercadería".

—La banda de cuero que pasa de atrás de la albarda por las ancas, así… —dijo María mientras lo hacía al segundo caballo, con manos habilidosas, y con la misma rapidez acomodó el ataharre a los restantes.

Apenas lo hizo, echaron a correr carrera abajo, brazos, caballos, cargamento, criadas de las monjas y la niña, las riendas de las cargadas cabalgaduras tan bien sujetas que ni siquiera se santiguaron al pasar frente a las iglesias. No pararon frente a la catedral, guardándose hasta los jadeos hasta quedar adentro de los altos portones del convento. Ya protegidas, se detuvieron. Descansaron un momento en las tinieblas que las recibían, para estallar después de un respiro en un alboroto renovado, pero de un ritmo distinto.

María había quedado enceguecida por el cambio de luz, por un momento lo único visible fue la cara estucada de Estela, en sus mejillas corrían las habituales lágrimas, raspando la piel rojiza, tensa, craquelada. María no vio quiénes se hicieron cargo de los caballos, llevándoselos hacia las profundidades del convento, ni quiénes otras se apresuraron a ayudar a introducir el resto de la carga. Percibió el alboroto concertado, entrevió los movimientos rápidos, ágiles, hábiles, medio entendió el múltiple sonar de pasos, el movimiento de bultos, las sombras desplazándose, los murmullos, y de pronto el silencio. María avanzó, mucho más lenta que todo a su alrededor, tentaleando, y en cuanto sus ojos se acostumbraron a la luz, se dio cuenta de que había quedado a solas.

Entonces vio María el patio al fondo, su oscura alberca al centro y el jardín florecido a su alrededor. Caminó hacia él, huyendo con cauta pereza de las tinieblas de la entrada. De los arcos colgaban jaulas de pájaros varios, que anunciaban alborotados la nueva: "¡Ay, María, María, te sumas a nuestro cardumen!". Brincan sobre sus patas, los pajarillos, bailándole la prisión que se le avecina. "Tú estás hecha a las calles de Granada, a los caminos polvosos que llevan al campamento, a los cactus florecidos, a la arena, al olor de las piedras mojadas cuando refresca, a las estrellas, al cielo abierto, al sonar del río Darro, y no a los muros que de ahora en adelante te verán barrer, trapear, hincarse y no para rezar sino para friega que te friega los rincones".

Le dijeron más: "María, la-bai-la—, serás María la, la-bai-la-bai-la, pero ahora, como tu padre, la-baila, la-bai-la, quedas atada a unas galeras, la-bai-la. Éstas no tienen remo, la-bai-la, María, no tienen mar, la-bai-la, no tienen ventanas a la calle,

María, la-baila, pero tienen azotes, tienen castigos, María, la-baila, María, la-bai-la, y aderezará, la-bai-la, para ti, la-bai-la-bai-la, María, platones colmados de hambre, la-bai-la".

María tiene oído perfecto, escucha y entona sin que su voz se mueva un ápice de la nota precisa. Pero tenerlo aquí no le bastó, porque no entendió la lengua de los pájaros, quedose aturdida a punta de nomás —la-bai-la-bai-la— su chir-chirp. Paseó los ojos sedados por el patio, respiró su humedad amable, e inocente se fascinó, entreteniendo en los pájaros toda su atención, aliviándose al mirarlos. Decía para sí: "¡Los pajaritos!, ¡los pajaritos!", y los enjaulados le respondían: "¡Cuidado, la-bai-la, María, la-bai-la, cuidado!". María no los comprendía, creyendo le decían: "Ri-sa-rrí-sa, rirri-sa-rirrí-sa". A sus espaldas, sobre una larga mesa en alguno de los refectorios, las monjas contaban las monedas que le había arrojado el padre, mesuraban a punta de dientes las joyas de su madre, valoraban el saqueo que habían obtenido, y de vez en vez alguna se asomaba para mirar de reojo a la niña, intentando ponderar para qué podría serles útil. Otras en los patios del fondo examinaban codiciosas los caballos mientras les daban de beber y les administraban palmadas admirativas.

Insensible al convento, María se entretiene frente a una de las jaulas. Para acercar más la cara a ella, pone los dos pies en la bardilla baja que protege la vegetación. Ahora puede pegar la cara a la jaula. Se apoya en la columna. Mete uno de sus dedos por los delgados barrotes. El pájaro, un petirrojo copetón, más inocente aún que ella, se agita y se desgañita asustado. María se asusta a su vez, y se separa de un salto. Su movimiento provoca que a sus pies una lagartija se dé por perseguida y eche a correr asustada, dejando tras de sí su cola. María ha oído el meneo que la lagartija ha provocado en las hojas y se agacha a ver. Sus ojos tropiezan con la cola suelta, se acuclilla a observarla, de nuevo fascinada, alcanzando a ver de reojo a la lagartija esconderse agitada entre las plantas. El patio por una única vez la protege. María ha perdido la noción del tiempo. Sólo para ella se había paralizado el paso de las horas, que tanta prisa tuvo Estela para ir a rescatar el patrimonio de la niña, como las religiosas para contabilizar el despojo, embolsar en su bolsa las monedas sustraídas al saquillo, salir a negociar la venta de los caballos y pasar a laborar en otra cosa, mariposa, ignorando a la niña. Al día siguiente, pondrían a vender las joyas, las telas y los vestidos.

María quedó embelesada por la cola movediza de la lagartija, y sólo salió de ese éxtasis para revisar de nueva cuenta, también con enorme gusto, a los parlanchines pájaros (¡la-bai-la-bai-la!), hasta que de pronto se espabiló, y pensó en su papá.

En este preciso momento, en casa del duque de Abrantes comienza la escenificación del famosísimo "Retablo de las maravillas". Primero, lo anuncia Chanfalla: "Yo, señores míos, soy Montiel, el que trae el 'Retablo de las maravillas'. Por las maravillosas cosas que en él se enseñan y muestran, viene a ser llamado así; el cual fabricó y compuso el sabio Tontonelo debajo de tales paralelos, rumbos, astros y estrellas, con tales puntos, caracteres y observaciones, que ninguno puede ver las cosas que en él se muestran, si tiene algo en su sangre de confeso, o no sea habido y procreado de sus padres de legítimo matrimonio; y el que fuere contagiado destas dos tan usadas enfermedades, despídase de ver las cosas, jamás vistas ni oídas, de mi retablo". Comienza la representación.

Chanfalla y la Chirinos fingen, son buenos cómicos:

—¡Oh tú, quienquiera que fuiste, que fabricaste este retablo con tan maravilloso artificio, que alcanzó renombre de las Maravillas por la virtud que en él se encierra, te conjuro, apremio y mando que luego incontinente muestres a estos señores algunas de las tus maravillosas maravillas, para que se regocijen y tomen placer sin escándalo alguno!

El Rabelín señala las inexistentes figuras, primero ahí está Sansón, le siguen un toro ("¡Échense todos, échense todos! ¡Húcho ho!, ¡húcho ho!, ¡húcho ho!"), una manada de ratones blancos, jaspeados y hasta azules, luego hay lluvia, y el agua que cae proviene de la fuente que da origen y principio al río Jordán (tiene la virtud de hacer muy blancas las caras de las mujeres que toque, y rubias las barbas de los varones, restándoles hombría), docenas de leones rampantes y de osos colmeneros, Herodías bailando (la judía escucha la zarabanda, y se menea, "¡Esta Sí, cuerpo del mundo, que es figura hermosa, apacible y reluciente! ¡Hide-puta, y cómo que se vuelve la muchacha!"). Los asistentes, en lugar de apedrear el embuste, festejan las apariciones, todas y cada una de ellas ninguna. No hay un solo par de ojos que vea algo moverse en el teatrino, y esto por no haber nada, pero los finos aplauden, conmovidos y muy cuidados que los demás den cuenta de la atención que prestan a tan prodigiosas figuras, narradas por Chanfalla y Chirinos.

¿Será que nadie de los invitados al palacio del duque de Abrantes pensaba en algo de importancia? Porque todos veían lo que no estaba ahí, mientras que para María la sola aparición —en su cabeza— de su padre, le ha borrado, en el momento mismo en que el "Retablo de las maravillas" ha comenzado a correr casas allá, tanto la cola, como la señora lagartija, los pajarillos, sus jaulas y el hermoso jardín del convento. Pensar en su padre ha sido como caérsele encima un relámpago, deslumbrada nada ve de cuanto la rodea. Cuando María pensó en su papá, por un instante quedó tan ciega como los invitados de Abrantes, pero por muy otro motivo. Porque veía, veía a su papá, sin saber dónde estaba ni qué hacía… "¡Papá!". Ni adiós dijo a los habitantes del patio, abatida por el golpe de dolor, de incomodidad, de agitación ansiosa. ¿Dónde estaba el bello Gerardo? ¿Podría correr a reunírsele en algún lado? ¿Qué le estarían haciendo? ¿Vendría él a buscarla? ¿Debía ella echarse a correr tras él? "Quiero irme de aquí", se dijo por primera vez en el convento. Y lo dijo en voz no muy alta, respondiéndole otra a sus espaldas, cascada y risueña:

—Pues si lo vas a hacer, me explicas bien cómo le haces para seguirte, que yo llevo cincuenta años aquí diciéndome lo mismo.

María volteó. La vieja milenaria que se le acercaba algo tenía al andar de pajarillo, su cara de pasa algo de piel de tortuga —los ojos enterrados en las arrugas—. Sus manos eran la suma de esas dos condiciones: parecían abullonadas como el más cargado de plumas de todos los pajarillos —un gordete amarillo canario—, y estaban surcadas de tantas líneas que parecían extremidades de tortuga. Una tortuga pajaril, caminando con lentitud desesperante, las manos arrugaditas como dos garras de rapiña, y rechonchas, muelles como puños de plumas, el caminar sinuoso e inexplicable de una tortuga lenta hasta la exasperación, y esa risa y ese modo, todo en ella era suma de pájaro en jaula y tortuga medio durmiente.

—¿No tienes hambre? —la viejecita le tendía una prenda con una de sus manos.

—Ninguna hambre tengo —contestó María, queriendo guardar distancia de ese ser tan extraño.

—Pues ya la tendrás, y tanta que te hará olvidar el nombre que te dieron tus padres —le dijo como si fuera un chiste, riéndose cada una de las palabras—. Así que ten, agarra esto antes de que sea demasiado tarde.

Con la mano izquierda, la viejecita le ofrecía un tostado trozo de algo repulsivo, en honor a la verdad, que yo no tengo ante quién fingir la sangre limpia a cambio de andar viendo visiones. Con la izquierda, se metía a la boca una rodaja similar, royéndola sus negros rotos dientes. Rotos, y ya dije negros, y yo creo que neguijón debió de ser, o corrimiento lo que carcomió y le puso de ese color los dientes. En cuanto la cosa esa repugnante, la vieja la roía, la chupeteaba, humedeciéndola con saliva, no haciéndole más fea cara que lo fea que de por sí la tenía, le clavaba otra vez sus casi-dientes, removiéndola en la boca con la mano.

—¿Aquí comen esto? —preguntó María al ver los negros dientes batallar contra la seca y dura raíz tostada.

La vieja dejó de roer y extendió los dos trozos, el ensalivado y el seco, acercándole a la cara ambos.

—¿Que si comemos esto? Depende quién. Las que comen, manjares comen. Las que no comemos, ¡pelos de ratas!, ¡colas de ratones!, ¡sopas de muela de vaca! O humo, humo nomás, que el hambre aprieta en el convento. Llevaras aquí más tiempo ¡y en tu estómago limpio le envasaras!

Se rio, y regresó a roer, pero ahora llevó a la boca el trozo seco, y extendió a María sólo el ensalivado y a medias roído.

—¡Ten, anda, ten!

María se echó a llorar. Se sumaron en su espíritu el humo en las cuevas gitanas, los tiestos de geranios quebrados en el piso, las muñecas abandonadas, las cazuelas rotas, las cucharas de palo, las cosas que hacen la vida diaria grata y que en la huida y el despojo habían perdido todo valor, más la mascada rodaja de quiénsabequé que la Milenaria le decía que debía comerse, y su papá, que ¿dónde estaba?

La viejecita sostuvo las dos rodajas juntas, tomó a María de la mano con la que le quedó libre y caminó con ella dos pasos hasta encontrar asiento en un poyo del patio. María se quedó de pie frente a ella, la monja sosteniéndole las muñecas.

—Ay, niña, niña, niña. ¿Que te llamas María, me dijeron?
—María asintió y le contestó:

—Para servirle a usted y al Rey.

— ¡No me reies a mí! ¡No me acerques al Rey, es un despropósito!

Y no llores. ¿Por qué lloras? No te preocupes por tu padre, que ni andará en malos pasos ni tendrá malignos pensamientos, y eso es más que un milagro en un gitano; pagará sus pecados y terminará santificado, quiéralo o no lo quiera, con el remo en las manos; buen cuidado tendrán de él, diario le darán sus dos platos de potaje de garbanzos, su medio quintal de bizcocho; como es tan joven y tan fuerte, de seguro será buena boya, así que de vez en vez le añadirán a su porción algo de tocino y de vino, y no será malo el tocino, ni malo el vino. ¿Crees que pasará malos ratos? ¡Qué va! ¿Le gusta bailar y cantar, como a un buen gitano? Ahí, mirando el mar, sintiendo el sol en la piel, remará al son de tambores y trompetas.

La buena voz se ahorró decirle que lo fustigarían con los rebenques, y que sobre ésos escucharía imprecar, agarrados a su mismo remo, el susurrar continuo de los infieles, con su mechón de pelo —creían que al morir su Dios (si así puede llamarse al error de los descreídos) los agarraría del pelo para jalarlos a lo que ellos llaman Paraíso y que no es sino una alucinación, un mal sueño, un pecar continuo—, ni le dijo que el bello Gerardo oiría noche y día súplicas persuasivas a Mahoma, en lugar de rezos. Esto y más omitió, decidida a consolar a María, y por lo mismo se largó a contarle un cuento ejemplar.

—Arrellánese, que todo saldrá a cuajo —dijo, jalando a María hacia sí. La niña se sentó a su lado—. ¿Te sabes la historia de la princesa Carcayona y su padre el rey Aljafre? Te la voy a contar. Te voy a pedir que, mientras lo hago, midas con la fábula a tu padre. No vayas a creer que él se parece en los detalles a la Carcayona, ¡no, María!; pero en cambio date cuenta de que tu padre tiene con ella algo en común, porque santa fue Carcayona aunque no le digan Santa los curas; porque aunque —bajó la voz casi a un susurro— aunque la Iglesia le niegue ser Santa, la Carcayona es Santa auténtica, Santa de veras, Santa y Santísima —la Milenaria volvió a alzar la voz, mirando a María con esos ojitos pícaros que brillaban vivamente atrás de los pliegues de sus arrugas, holanes rodeándole los ojos, para decir:

—Resulta que…

Y al comenzar la Milenaria a contar la historia, un buen número de criadas de la cocina aparecieron como por encanto a oírla. Venían por el cuento, pero también a satisfacer la curiosidad que sentían de la recién llegada. Oían la historia de Carcayona, y miraban con sumo detenimiento a nuestra gitana:

2. El cuento de la princesa Carcayona, contado por la Milenaria

El rey Aljafre, soberano idólatra de la India, había llegado a los cien años sin tener hijos. Su vida le parecía sombría por este hecho, de modo que consultó a los médicos y los astrólogos qué hacer. Le explicaron que su esterilidad se debía a la baja temperatura del cuerpo y del esperma, y le recomendaron como el mejor remedio tomar especias calientes. El rey Aljafre siguió esa misma noche sus consejos, pasó la noche con su esposa y en la madrugada la abrazó, con lo que se concibió la princesa Carcayona, o, según otros dicen, Carcasiyona. Como iba a nacer bajo el signo de Venus, los sabios no pudieron vaticinar si nacería hombre o si nacería mujer. Diez meses después, su mamá dio a luz a la niña y murió en el parto. El rey Aljafre, sin saber si estaba triste por la muerte de la mujer, o alegre por la llegada de un hijo —que, así no fuera hombre como él hubiera deseado, le daba de cualquier manera descendencia—, la encargó a una nodriza. La reclamó de vuelta en palacio cuando cumplió siete años. Le construyó un alcázar todo de oro con hermosos jardines e hizo que le fabricaran para su privada adoración una ídola, toda de oro también, barnizada con aljófar, los dos ojos de esmeraldas verdes y los pies de piedras preciosas. La niña, que tenía el corazón fervoroso, adoró a la ídola, le cantó, le puso flores, le contó los secretos de su corazón, y a su lado fue creciendo, teniendo por un dios a esa falsedad monstruosa. Una tarde, cuando la princesa cumplía once años, el rey Aljafre, su padre, la fue a visitar junto con los grandes de su reino, llevándole regalos, joyas, ropajes, manjares, y se asombró de lo hermosa que se había puesto su niña. Admirado, esperó quedar a solas con ella, se le acercó para besarla y le pidió le cediera su cuerpo para disfrutarlo. La niña se negó a hacerlo con repugnancia, alegándole que eso era algo "que no hicieron ninguno, ni el más insignificante de todos mis antepasados". Enfadado, el padre la dejó.

La fama de la belleza y sabiduría de Carcayona corría extendiéndose. Varios honorables, poderosos y ricos pidieron al padre su mano en matrimonio, pero el rey se negaba a entregar al tesoro que tenía por hija porque la quería para sí.

Una de esas noches, a la hora de los rezos, la princesa Carcayona contó a la ídola el pesar que la abrumaba, que era el afecto aborrecible que le había cobrado su padre, porque así como la ídola era su objeto de adoración, también era su confidente y mejor amiga. Cuando lo estaba haciendo, la ídola le habló:

—Carcayona, ¿me adoras a mí, tu ídola, como tu única diosa?

—Te adoro, diosa.

En el cuerpo hueco de esa falsedad —así estuviera barnizada de aljófar y tuviera ojos de esmeraldas verdes y fuera toda verdadero oro— se albergaba Iblis, el rey de los demonios. Al oír la respuesta de la niña, la ídola estornudó. Su estornudo echó fuera a una mosca, que apenas salir por la nariz de la ídola, habló a Carcayona, diciéndole:

—¿Y cómo no invocas al creador al haberla oído estornudar? Así debe hacerse siempre, que así como es preciso invocar a Dios al despedirse (¡adiós!), es necesario pedirle ¡salud! cuando se presencia un estornudo. Sólo existe un único y verdadero Dios (¡salud!, ¡adiós!), y esto lo sabemos todas las cosas vivas. Sólo tú lo ignoras, que tu padre te quiere en la ignorancia para gozarte sin que ninguna voluntad superior lo impida. Adora al único Dios, que no vive en cuerpo de ídolo alguno... ¡Salud!, ¡adiós!

Y la mosca se echó a volar. Al oír esto, el corazón de Carcayona se conmocionó, y también el ánimo del rey de los demonios, Iblis, que se arrojó enfurecido hacia afuera del cuerpo de la ídola, saliendo como una nube opaca de su nariz, cacheteando con sus prisas el rostro de la hermosa princesa Carcayona, la misma que cayó al piso conmocionada, perdida la conciencia.

Viendo a la princesa desvanecida y sin razón, que así la noche corriera no volvía en sí, las damas de su cortejo hicieron llamar al rey. El rey Aljafre vino, trayendo consigo a los médicos más sabios de la Corte, y pasadas muchas horas la princesa recuperó el sentido. Cuando despertó, cuando el amanecer comenzaba a pintar el cielo, Carcayona contó a todos lo que le había ocurrido, agregando que no entendía las palabras de la mosca en lo referente al único dios, que pedía auxilio de los sabios, necesitada como estaba de una explicación. El rey y padre, en lugar de pedir a los sabios que contestaran a la demanda de la princesa Carcayona, los hizo salir de su habitación e hizo saber a la hija que cuanto había escuchado eran puras sandeces, que la mosca es en sí un ser repulsivo, proclive a adorar las inmundicias, y que de esa índole habían sido sus palabras. Que la única razón del mal pasaje era que estaba siendo castigada por no obedecer a pie juntillas, como obliga el deber filial, el mandato de su padre, que más le valía ir pensando en volver un sí su no, y que se dejara de pensar en moscas parlanchinas, que no podía salir nada bueno de su reflexión.

María interrumpió a la Milenaria:

—¿Una mosca, de la nariz? ¿La ídola estaba hueca? ¿No era de oro macizo?

—Hueca estaba, pero si no lo hubiera estado, igual habría salido la mosca, ¿no ves que esto es milagro…?

—Yo había oído que "para moscas, las que mató san Jorge".

Las criadas en pleno estallaron en carcajadas.

—Ay, niña, niña —rio también la Milenaria.

Aprovechando la interrupción, Estela, que había llegado no hacía mucho, se cambió de lugar y se sentó a los pies de la monja vieja. Ésta le puso los ojos encima examinándola y le dijo:

—La pobrecita —veía las grietas de su piel más irritadas, el humo y las carreras al campamento gitano habían hecho estragos en la enferma—, ahora acabo el cuento y vamos a ponerte las compresas. Preparé ya las yerbas, en un momento te daré alivio. Nada más déjame acabar de contar la historia de Carcayona, les sigo diciendo:

"La explicación del rey en nada satisfizo a Carcayona, y llegando la noche, cuando estaba otra vez a solas, volvió a hablarle a la ídola con el corazón puro: 'Te suplico que me contestes con la verdad a sus preguntas', le dijo, y por respuesta se le apareció una paloma de oro, su cola de perlas rojas, las patas de plata y el pico de perlas blancas esmaltado con aljófar, que dejó maravillada a la princesa Carcayona, posándose primero un momento en su cabeza y de inmediato en el hombro de la abominable ídola. La paloma le habló la palabra verdadera y, contestando a todas las preguntas de la princesa Carcayona, le hizo la revelación completa; le explicó los misterios y las simplezas hondas de nuestra Fe, que es la única cierta; le habló del Dios único, Creador del Cielo, la Tierra y los repulsivos Infiernos, así como de su carácter omnipresente; le habló del Juicio Final; le infundió en el corazón el santo temor al pecado; le describió el Paraíso. El demonio Iblis volvió a salir despavorido de la ídola, pero esta vez ya no pegó contra Carcayona, que supo esquivar con rapidez la fétida nube gris. Porque el demonio huele mal, María, muy mal, e imagínate cuánto más el rey de todos los demonios, que ése era así en el lejano reino de la India.

"Carcayona hizo llamar con urgencia a su padre. El idólatra vino corriendo, muy ilusionado, pensando que la hija estaba ya dispuesta a responder a sus bajas demandas. El rey Aljafre enfureció cuando escuchó la profesión de fe de la hija. ¡Para eso había tenido una heredera! ¡Para que la India fuera gobernada por una cristiana! ¡De ninguna manera! El rey Aljafre la amenazó: o se dejaba de esas convicciones, las que mintiendo él llamó 'equivocadas', o la echaría del reino, la aventarían al bosque y le cortarían las dos manos.

"No les hago el cuento largo; así pasó a los pocos días. Carcayona encontró refugio en una cueva. Apenas se acostumbraron sus ojos a la oscuridad, descubrió que en la cueva había osos, lobos, serpientes y otros animales salvajes, y dio por cierto que la devorarían. Pero no fue así, que el Santísimo Dios cuida a los suyos —como hará con tu padre, de seguro, que si tu padre es cristiano, María, no hay de qué preocuparse porque Dios nunca abandona a los suyos— y las fieras le prodigaron por el contrario cuidados, abasteciéndola, de ese día en adelante, de frutas y miel para alimentarse. Una cierva se volvió la compañía predilecta de Carcayona. Un día, una partida de caza del príncipe vecino de Antaquiya dio con el rastro de la cierva de Carcayona y la persiguió y persiguió. La cierva corrió a buscar refugio a los pies de Carcayona, en la cueva dicha, y tras ésta el cazador. Era un joven príncipe, en su reino también se adoraban ídolos. El príncipe se asombró de encontrar en el corazón del bosque a una mujer tan hermosa, le preguntó quién era y en cuanto escuchó su historia, su corazón se inflamó con la fe del único Altísimo Dios, y con esto también de amor a Carcayona. La llevó consigo, junto con la cierva amiga de su amada. La madre del príncipe le cobró a la princesa Carcayona un dulce afecto y el joven príncipe se casó con Carcayona contando con su aprobación. En poco tiempo (ni digo cómo, ni quiero risas, niñas) —y las criadas ahogaron pequeñas risitas suspicaces, ocultando con sus dedos los labios, mirándose pícaras las unas a las otras— le hizo un hijo, y cuando Carcayona estaba por dar a luz, su príncipe tuvo que emprender un viaje, porque así es la vida de los herederos, tienen muchas responsabilidades y guerras que atender, se pasan la vida con la mano pegada a la espada.

"A Carcayona le nació un hermoso niño, y despertó envidias enormes en la corte. Alguien escribió una carta falsa, haciéndose pasar por el puño del príncipe su esposo, en la que exigía la expulsión de Carcayona. Muy a pesar de la reina madre, Carcayona y el nieto fueron a dar con la cierva de nuevo a su cueva del bosque. Ahí, Carcayona, viéndose sin manos, creyó vería morir a su hijo por falta de atención, pero Dios, que es grandísimo, le dio un nuevo par de manos. Le brotaron, qué te digo, María, como dos flores nuevas, como dos magnolias, como dos, ¡qué sé yo!

"Pasadas unas semanas, el joven príncipe volvió a Antaquiya y descubrió que su esposa estaba ausente, hizo averiguar quiénes habían escrito la falsa carta, los castigó con la muerte, y emprendió el viaje a buscar a su mujer. No le costó trabajo dar con ella, en la misma cueva, con la misma cierva, pero te imaginarás la sorpresa del príncipe al encontrar a su esposa con manos. Carcayona no quería volver con él, creyéndolo responsable de haberla expulsado del reino. Y, en fin, que él se explicó, que Carcayona le creyó, que regresó a vivir con él a Antaquiya, que instauraron la única y verdadera fe en el pueblo entero y que vivieron siempre felices, en vida cristiana y libre de pecado.

"Dígote, María, niña llorona, que tu padre es como Carcayona. Porque ha sido expulsado, y aunque no le hayan cortado las manos sino las orejas —que poca falta le hacen, o a ti o a mí, pues no sirven para nada, están ahí a los dos lados de la cara para ningún motivo, haciendo de mal adorno (¿que le dicen el bello Gerardo a tu padre? ¡Más bello estará sin orejas!)—, atado como estará al remo será tan puro como lo fue Carcayona, que si Dios permitió que le cortaran las manos fue porque quería verla ascender en la dura escalera, y resbalosa, de la pureza. Y desde ahora te voy diciendo que todo terminará bien con tu padre, que se sabrá que lo echaron por un motivo espurio, que...

Fin del cuento de la doncella Carcayona.

3. Continúa la historia que interrumpió Carcayona

Apenas anunció la Milenaria que había terminado el cuento, las criadas que se habían congregado en el patio a los pies de la monja cocinera se levantaron presurosas, evaporándose, y Estela entre ellas. María estaba asombradísima con la Carcayona. Nunca había oído hablar ni de ídolas de oro hueco, ni de mujeres mancas, ni de padres queriendo poseer a sus hijas. Quería hacer mil preguntas, pero no se le ocurría cómo formularlas.

—Además, mira —continuó diciéndole a María la vieja monja, mientras que, apoyándose en la niña, se desplazaba con lentitud, llevándola al otro extremo del patio—, que no hay mal que por bien no venga, tu padre nunca oirá decir a los médicos que *tenía mal los hipocondrios y los hígados, y que con agita de Taray pudiera vivir, si la bebiera, setenta años,* ni otras sandeces que una que no trae remo ni cadenas tiene que oír de vez en vez.

"Además, tu padre no enfermará, como una, de opilaciones de hígado y bazo, ni se le dañará el aliento, siempre será *un gayan bien plantado,* que abrazarlo será como *abrazar un tiesto de albahaca o clavellinas. Sano estará como un pinjo verde, sano como un piruétano o manzana.* Mira, aún es más importante que, para gloria de Dios —y aquí es donde te digo que atado al remo quedará puro y ascenderá en santidad—, nunca lo deberán hacer sudar once veces, ni diez, ni tres, que ningún trato venal podrá tener con ninguna mujerzuela, encadenado de los tobillos noche y día.

—¿Sudar? ¿Once veces? —María bebía atenta a las palabras de la vieja, estaba por completo absorta en ellas, sin prestar atención alguna a lo que pasaba frente a sus ojos, y haciendo algo que en ella era más excepcional: no atendiendo a lo demás que entraba por sus oídos, que son lo que María tiene más aguzados—. ¿Qué es esto de sudar once veces?

Llegaron a la cocina del convento. Era enorme, de techo abovedado; ardían varios hogares e hileras de hornillas; la mejor de toda Granada. ¡Y cuántas mujeres, de todas las edades! Esas que escucharon el cuento llegaron más rápidas que ellas a la cocina; estaban también quienes participaron en la limpieza de las cuevas de Valparaíso y las que atendieron la misa celebratoria, algunas de rostros familiares a Granada, otras completamente desconocidas para María, caras que veía por primera vez. La vieja dijo en voz muy alta:

—¡Fuera de aquí las que no sean de aquí! No quiero en la cocina a ninguna que no sea cocinera o ayudante, excepto Estela, que necesita curación. Y tú, María, te quedas ahí, calladita.

La obedecieron de inmediato, pero así saliera zumbando un avispero, quedó en la cocina un número enorme, afanadas frente a calderos, charolas, pilas de esto o de otro sobre largas mesas. ¡Cuántas cocineras!

La vieja eligió asiento en un banquillo, al lado de una mesa en la que un par de criadas acomodaban figurillas de azúcar recién recortadas, y otra más joven se apresuraba a guardarlas en orden en el fondo de una caja. En cuanto la mesa quedó libre de las figuras (las cajas llenas y bien acomodadas en la estantería de la entrada), le trajeron a la Milenaria un tazón en el que reposaba una pasta verde oscura y muy perfumada, de olor penetrante, no especialmente grato, pero tampoco desagradable, un olor único que subía por las narices, frío y pegajoso. María le repitió su pregunta:

—¿Qué es esto de sudar once veces?

—¡Ay, María, María! —contestó, como quejándose, la Milenaria, al tiempo que acomodaba en la esquina de la mesa las dos rodajas que había dejado de chupetear, reblandecidas por llevarlas tanto tiempo en las manos cerradas, repulsivas—. ¿De sudar me preguntas? ¡Ah! ¿Qué no lo sabes? —sin dejar de hablar, comenzó a preparar unos emplastos con la pasta de hierbas olorosas—. ¿Qué no es, como andan por ahí diciendo, que por más boba que una gitana parezca, y por más que calle, "éntreles un dedo en la boca y tiéntelas las cordales, y verán lo que verán. No hay muchacha de doce que no sepa lo que de veinticinco, porque tienen por maestros y preceptores al diablo y al uso, que les enseñan en una hora lo que habían de aprender en un año"? ¿Y sudar no entiendes?

—Pues y no y no y no, que no entiendo.

—¿Cuántos años tienes, di?

—Doce.

—¿Y en qué pasas tu tiempo todo, que no tienes idea de nada?

—Cosas yo sí sé, pero ésta no. ¿Sudar? Dígame de qué está usté hablando, dígame...

—¿Nunca has pasado, en la calle de Elvira, por el Hospital de la Caridad y Refugio? —María negó con la cabeza a la pregunta de la Milenaria, pero luego asintió, como creyendo recordar de qué le hablaba—. Algunos piadosos caballeros lo fundaron para asistir a las mujeres enfermas de calenturas incurables...

La vieja había ido poniendo sobre la mesa una especie de tablillas de la pasta verde, conforme las formaba con sus regordetas manos. Estela se acercó a éstas, y en ellas sumergió las puntas de los dedos, dejándolas ahí, mientras la vieja le adhería otro par de las mismas tablillas en sus codos y una en la barbilla, extendiéndola un poco para que le tocara hasta las mejillas.

—¿Y sudar, qué? No entiendo de qué me habla...

—¡Valga! —exclamó la Milenaria, sin dejar de hacer sus labores curativas—. ¡Siquiera me replicaras "¡Y no soy mema!", pero callas y así otorgas! Vino a caer aquí la única de las bobas entre las gitanas. Aquí "doña Maribobales, la mondaníspolas...". Fuera yo un Polifemo, un antropófago, un troglodita, un bárbaro Zoilo, un caimán, un caribe, un comevivos y vieras que te saco lo entendida de donde lo estás escondiendo, que... —acomodó una tablilla sobre la frente de Estela—. Estela —le dijo, cambiando de tono—, dime en cuanto te calme el ardor, antes que comience a picar, ¡avísame! —y volviendo a María—: Gastaré saliva; si explico nada sobra, que pazguata no pareces —la viejecita cambió la voz, a casi un susurro—. Sábete, niña, que las malas mujeres contagian a los hombres con llagas que son como fuentes de tanta pus y tanto líquido que manan. Y de la única manera que se cierran, es haciéndolos sudar once, doce...

La viejecita tuvo que explicarle a María con detalle cómo y de qué manera se contraen las llagas, qué partes del cuerpo se entumen de la enfermedad y esas cosas que la niña no había oído nunca, ocupada, como había pasado sus días, en traer agua a la casa, cuidar el fuego, preparar la cazuela del cocido, muy temprano en las mañanas ayudar a su padre a mercar caballos y al caer de las tardes ensayar el arte de bailar y cantar a su lado. Al convento fue a dar para enterarse de las cosas del mundo.

La Milenaria seguía hablándole a María mientras aplicaba sobre el cuerpo cuarteado de Estela, incluso en partes que no puedo mencionar, las retortas de hierbas medicinales muy perfumadas:

—Mejor para tu padre estar con su remo, que ésa es también buena vida pal gitano, pues *dormirá a cielo descubierto, a todas horas abrirá las que son del día y las que son de la noche; verá cómo arrincona y barre la aurora las estrellas del cielo, y cómo ella sale con su compañera el alba, alegrando el aire, enfriando el agua y humedeciendo la tierra, y luego, tras ella el sol, dorando cumbres y rizando montes,* como dijo el poeta, yo nomás repito, que él dijo que el gitano dice: *Ni tememos quedar helados por su ausencia cuando nos hiere a soslayo con sus rayos, y quedar abrasados cuando con ellos perpendicularmente nos toca; un mismo rostro hacen al sol que al hielo, a la esterilidad que a la abundancia.*

Estela intervino, cayéndosele el emplasto de la barbilla:

—*El gitano en la cárcel canta, en el potro calla, en el día trabaja, en la noche hurta; no le fatiga el temor de perder la honra, no le desvela la ambición de acrecentarla, no sustenta bando, no madruga a dar memoriales ni a acompañar a magnates ni a solicitar favores,* ¡dicen!, yo nomás repito.

—Como ya te dije que hago yo —dijo la Milenaria—, que sólo repito lo que se dice aquí y allá, si a alguien no le gusta, no tengo que rendir cuentas.

"¿Y tú, Estela, conque muy sabia? ¡Quién lo creyera! ¡Quién va a creer que la gitana es lerda y la criada del convento sabiondilla! Estela, te has tirado el emplaste de la barba. Te callas ahora mismo, que no creas que tengo toda la vida para hacerte curaciones; mañana es jueves, día de hacer empanaditas de Santa Catalina, y hay que preparar…

La Milenaria no acabó la frase, concentrándose en silencio para acomodar bien sobre la piel abierta las retortas. Apenas terminó de hacerlo, pidió a María se cambiara las ropas. Le quitó también sus aretes y un pendiente que le colgaba al cuello.

—En el convento no se usan prendas de ornato —le dijo—. Cuando salgas de aquí, las pides a la madre superiora.

Pero esto no era muy verdad. A la mañana siguiente fueron vendidas por un pingüe precio, la camisa gitana a un ropavejero, los aretes y el colgante a un astuto joyero, que les aseguró que el colguijo no valía "ni un suspiro". Mintió. Era la joya más preciada de la no pobre madre de María, la esposa del duque del pequeño Egipto, el hombre más respetado entre los gitanos.

La situación de María en el convento quedó indefinida, excepto por un convencimiento que tenían las monjas: "¿Ella es gitana? Pues advierta que no nos hurte las narices". Tan absortas estuvieron en protegerse de los robos que sospechaban haría María que ni cuenta se dieron nunca de los que ellas mismas *de facto* perpetraron, despojando, como he dicho, de toda pertenencia a la niña. Nunca hicieron de cuenta que el padre había dejado una dote para ella, nunca la creyeron elegible a ser novicia, nunca le llevaron una cuenta. Lo que entró, se esfumó, como los cuatro caballos. Las religiosas, que tan escrupulosas eran contabilizando y en hacer quedar las cuentas en su provecho, aquí mejor optaron por el saqueo.

Como digo, no tomaron a María por novicia. Ni por un instante les pasó por la cabeza que para eso la había encomendado el padre a los cristianos nobles en la Sagrada Iglesia. Nunca volvieron a pensar en el gitano Gerardo, ese hombre tan gallardo. Nunca volvieron a recordar que con ella habían llegado monedas y algunos bienes. Borraron su ingreso como si nunca hubiera ocurrido, y quedó María como una criada más, un sobrante algo inútil, algo molesto, sin confesor, sin educación, sin atención ninguna. Porque para las buenas monjas —la priora, la punta de muy rezadoras, las que son el orgullo, la honra del convento—, María era un estorbo, alguien a quien le hacían caridad, pero qué fastidio, que el mundo está lleno de urgidos, y más bien le hace a cualquiera la proximidad de los generosos que la de quienes están prontos a mamar. Ése era su sentir en relación con María. Las que debieron ponerle alguna atención, preparando para la vida su inteligencia y su espíritu, simplemente la ignoraban. En cuanto a las otras religiosas —las pobretonas, cocineras, platiconas y poco rezadoras, las que habitaban la cocina, las muy queridas en todo Granada por sus exquisitos dulces (de los que buenas monedas sabían sacar la "honra" del convento), las empanaditas de Santa Catalina, los huesos de santo, el huevo homol (mención aparte para el arrope, porque este último no lo ponen a la venta, es sólo para consumo interno en días de fiesta)—, pues éstas, las alegres, fueron ponzoña pura para María, hiciéronla crecer llenándole de ridículos sinsentidos los oídos, la enseñaron a no aprender, a menos que llamemos "enseñanza" repetirle noche y día cuentos, leyendas, poemas, supercherías, porque toda la dicharachería popular entraba por la cocina del convento. En la cocina María se enteró de que Roldán —tan de moda en esos tiempos en España, todo cristiano limpio sentía fascinación por la leyenda— *aguija su caballo, galopa a rienda suelta / herir quiere al pagano lo más fuerte que pueda.* Porque si las más de las monjas cocineras no saben leer, todas saben memorizar, y repiten noche y día a pie juntillas lo que les llega proveniente de aquí o de allá. ¿Aquí y allá, dónde, si están en el claustro, tras muros guardadas toda su vida? Pues muy varios aquís, y un número importante de allás, que las manos lisas, las criadas extensiones de las monjas, también tienen orejas, regresan al convento cargadas de fábulas, poemas, cuentos, historias; en las calles de Granada presencian obras de teatro, escuchan a los cómicos, oyen en el mercado declamar a los juglares, decir versos a los poetas; pelan los ojos para devorar todo cuanto se cuenta en los balcones y en los mercados de Granada. El decir mundano entra en torrente al convento y, sin contención ni criterio, se lo pasan al costo a María, maleando de mil formas su inocencia con murmuraciones y consejas. Y por otra parte está el arsenal de sus recuerdos, las infancias, cuanto oyeron decir, vieron hacer y no hacer las niñas que hoy son religiosas. Más oyó María en la cocina de las monjas que cuando vivía en el mundo del brazo de su padre. A su belleza y gracia, las mujeres del convento sumando un cúmulo de consejas, creencias, dichos, versos, cuentos, fábulas, historias, novelas, todos estos poco ejemplares y en nada útiles que no fuera para loar vicios, exaltar defectos morales, enaltecer pecados, blanquear bajezas, tanto y de tal manera que su destino pintaba para que algunos vivos, robándola con trampas del convento, la supieran vender en manos de quienes la volviesen una Coscolina, y que, despojándola de su honor, de Escarramán en Escarramán la pasasen de manos los vivales, pues *Tenga yo fama, y háganla pedazos*, hasta que, con el paso de los años, escondiendo los blancos cabellos (*¡Oh, qué teñir de canas! ¡Oh, qué rizos, vueltos de plata en oro los cabellos!*), habiendo sido ya de más de cinco tributaria, por un estornudo mal cuidado de mujer pública, dejase viudo a su rufián, su chulo, su Trampagos. Y entonces el padrote Trampagos, el único poseedor de todas sus ganancias, luego de usar ropas negras por sólo unas horas, se echase al lomo a otra pobre trabajada, alguna de nombre Repulida, Pizpita o Mostrenca. Y dirá entonces la elegida:

¡Mis bodas se han celebrado
mejor que las de Roldán!
Todos digan como digo:
¡Viva, viva Escarramán!,

dando a entender que, sin los vivales, no hay mujeres que caigan en tanta infamia:

¡Mis bodas se han celebrado
mejor que las de Roldán!
Todos digan como digo:
¡Viva, viva Escarramán!

El día que oyó María recitar en la cocina estos versos, antes de
que pudiera saltar a preguntar lo que no entendía ("¿Quién
es el dicho Escarramán?"), una de las que espolvoreaban los
mazapanes, Lucía (tenía un cutis de cristal, las mejillas son-
rosadas, los ojillos azules, el cabello rubio; parecía una vir-
gencita de las de las iglesias, una hermosa efigie hecha para ser
adorada; su voz era dulce y delicada), replicó, tal vez sin darse
cuenta de que hablaba en voz alta:

—¿De cuándo acá hubo bodas para Roldán? Yo no las recuerdo en ningún verso.

—Cuando Carlomagno en persona le da a Aude la noticia
de que Roldán su esposo ha muerto… —le contestó Marta, la
más bajita entre todas las monjas, regordeta y morena, desde
no hacía mucho bastante bigotona.

—¿Y le ofrece a su hijo Luis en matrimonio? ¡Ahí tampoco hay boda! —contestó la tímida Lucía.

Una tercera persona interrumpió su diálogo:

—Yo me habría casado con Luis sin pensarlo dos veces. La
que quería casarse con Luis era la fea Claudia, tal vez la más fea
de todas las jóvenes del convento. Lo era tanto que se decía que
su padre la había metido al convento por vergüenza, para
que no le viera el mundo el engendro vergonzoso.

—Pues sólo porque no te conocieron no se casaron contigo ni Luis ni Roldán —dijo María.

Al comentario se sumaron muchas risas. Por todas las cabezas rebotaba una idea: "¡Luis, el hijo de Carlomagno, casarse con ese adefesio! ¡Imposible!". A Claudia no la achicaron
las risas burlonas; al contrario, la crecían. Contestó:

—Mentira: Luis no se casó conmigo porque…

La interrumpió María, cantando:

310

—Sólo, ¡ale!, sólo sóooolo, bonica, ¡ale, ale!, sóoolo, sóoooooolooooo ¡porque noooooo te vio!

Más risas.

Claudia contestó, alzando más la voz, con los versos de *El cantar de Roldán,* pronunciándolos de manera muy dramática:

—*¡Estas palabras no se dirigen a mí, no quiera Dios, ni sus santos, ni sus ángeles, que después de Roldán, yo siga viviendo!* —y apenas terminó de decirlas corrió a los pies de María y fingió desvanecerse, tirándose sin gracia y con mucho ruido y aspaviento al piso, estrujando en sus manos la última porción de masa a la que estaba por dar forma de rosquilla. Tumbada en el piso agregó—: Nomás dijo la viuda Aude esto y se murió a los pies de Carlomagno. ¡Pero qué idiota —siguió hablando tendida—, cómo no aceptar a Luis, que a fin de cuentas era hijo del emperador! Y cuál emperador, el mismisísimo Carlomagno… Pero no, la viuda prefirió la muerte…

María le contestó, de nuevo cantando y ahora bailando:

—¡Que no te mueeras, mi hij-aaaaa-aa-aaa, que no te, que no teeeee mueras! ¡Dale, dale, dale! —palmeó para acompañarse.

La cocina en pleno estalló en risas, y Claudia comenzó a levantarse del piso grotescamente imitando un baile horrible al son de éstas, retorciéndose como un gusano en la sal.

—¡Ah! ¡Conque aquí tenemos cómicas, y tenemos cancioneras! —interrumpió la Milenaria—. ¡Atiendan a las rosquillas, y dejen bobadas para luego!

—Esto tenemos —dijo Claudia— y más cosas, y es mejor la vida del convento que la de Carlomagno con el corazón roto por su Roldán muerto, y encima Aude, la necia, qué pesar.

La fea Claudia se había terminado de levantar del piso, y regresaba a su labor de hacer rosquillas de almendras tostadas con un poco de leche, huevo batido, canela, acomodándolas presurosa en la mesa, como queriendo reparar el tiempo perdido por su teatro. Dejarían secar las rosquillas por una noche para hacerlas esponjar y las cocerían a la mañana siguiente en el horno del pan, antes de revolcarlas en azúcar clara molida.

—¿Cuántos muertos habrá visto Carlomagno? —preguntó Claudia.

—¡Qué pregunta! —torció Lucía.

—Muertos varones, muchos. Muertas mujeres, ésa es otra cosa —dijo Clara, una narigona y alta, la cabeza pequeña, desproporcionada para el tamaño de su enorme cuerpo. Algunas acusaban a su familia de ser judía conversa, pero debían ser puras murmuraciones, que Clara era quien se encargaba de matar patos, gallinas, las aves del corral del convento.

—Y menos cristianas y bien vestidas —dijo la tímida Lucía, hoy envalentonada por quién sabe qué motivo.

—Pues yo no sé si es peor a la nuestra la vida de Carlomagno, que a mí nomás ver morir me revuelve el estómago —contestó Clara.

Más risas ante la declaración de la verduga.

—¿Y de qué se ríen? —agregó Clara sobre las risas—. Yo tomo el cuchillo y tiemblo. Roldán, con esa espada —Clara toma su cuchillo carnicero y comienza a recitar el Cantar—: *el escudo le rompe* —agita el cuchillo en el aire—, *deshace su loriga, y le mete la pica por medio de su cuerpo; la hunde cuanto puede* —las risas casi ahogaban sus palabras—, *alza el cuerpo en el aire y sacudiendo el asta, lo abate en el camino, en dos partes iguales el cuello le ha quebrado.*

Las cocineras en pleno, monjas, criadas y esclavas, se desternillaban de risa.

—¡A trabajar! —gritó una voz—, ¡que se nos endurece la masa!

—¡Cierto! —dijo Clara, bajando el cuchillo—. Es que de pronto no resistí sentirme Roldán.

—En nada simpatizo con él; ustedes lo admiran, por mí que es bestia —dijo Claudia—. ¿Qué le costaba, díganme —todas se aplicaban en fabricar las rosquillas, olvidadas de la risa—, qué le costaba haber dicho "Aude querida, me voy de este mundo sin haberte gozado lo suficiente"? ¡Lo mínimo que podría esperarse de un caballero!

—¿Cómo crees que Roldán iba a decir esas cosas? Te digo que tú ni para esposa de un mesonero, qué ideas tienes —le contestó Clara, todavía con el cuchillo que hizo de espada de Roldán en la mano.

—Bueno, digamos que dijera: "Aude, mujer fiel, lamento irme de este mundo sin haberte besado una última vez".

—¡Besos! ¡Roldán preocupado en besos, cómo vas a creer! ¡Qué burradas! —y Clara zangoloteaba las manos al hablar, meneando su cuchillo sin prestarle atención.

—Bueno, digamos que no besos, que "nuestro amor se perpetuará como un modelo de afecto humano perfecto". Pero en lugar de acordarse de Aude en sus últimos momentos, se largó a adorar a su espada; sus últimos pensamientos fueron para (perdonen la palabra) un cuchillo —señaló la derecha de Clara—, adornado pero muy cuchillo. ¡Valga!

—*¡Durandarte, eres bella; Durandarte, eres santa!* —comenzó Lucía, y de inmediato más monjas recitaron con ella a coro:

> En tu pomo dorado hay bastantes reliquias:
> un diente de San Pedro, sangre de San Basilio,
> con algunos cabellos del señor San Dionís
> y parte de un vestido, fue de Santa María.
> Sería un sacrilegio que fueras de paganos,
> pues sólo de cristianos tienes que ser usada.
> ¡Que nunca os tenga nadie capaz de cobardías!
> Muchas y muchas tierras con vos he conquistado
> que ahora tiene Carlos de la barba florida.
> Es el emperador por vos muy noble y rico.

—Recuerden —retomó la palabra Clara— que en lo tocante a la espada muchas frases suaves le dijo, pero la agarró a porrazos intentando romperla. ¡Los hombres no tienen remedio!

—Remedio no tienen, ¿pero bodas? —aquí Claudia la fea—, ¡bodas sí ofrecen!

¡Mis bodas se han celebrado
mejor que las de Roldán!
Todos digan como digo:
¡Viva, viva Escarramán!

—¿Y quién es Escarramán? —dijo María, que vio el momento de saltar con su pregunta—. ¿Quién es él, y qué pitos toca en estas bodas?

—¡Valga la ignorancia de esta gitana! Entre Escarramanes debe haber andado, y ni siquiera sabe que Escarramanes son lo que de sobra conoce —dijo la Milenaria, sinceramente asombrada.

—Yo estuve el día que tomaron preso a su padre —dijo una de las criadas que no vestían hábito— y ningún Escarramán parecía. Estaba más vestido que un palmito, si le dicen "bello" es porque es el más bello Gerardo del mundo.

La Milenaria ignoró su comentario y dijo:

—Escarramanes son esos que hablan diciendo: "¡Cuerpo de mi padre!", "¡Oh mi Jezúz!", "Por vida de los huesos de mi abuela", "¡Diga a mi oíslo!", "¡Por san Pito!", y otras sandeces.

La mesa de la esquina, donde las esclavas hacían silenciosas su porción de rosquillas, rio más que ninguna otra.

—Y su hablar es lo de menos, que son del hampa, son ladrones, asesinos, gente indecente —siguió la Milenaria, y recitó:

Como al ánima del sastre
suelen los diablos llevar,
iba en poder de corchetes
tu desdichado jayán.

—A ti que te gustan los mancos —dijo la Milenaria a María, aludiendo a que María le había pedido varias veces que por favor le repitiera el cuento de la Carcayona—, aquí tienes en estos versos uno para que lo guardes con tu famosa Carcayona:

Hallé dentro a Cardeñoso,
hombre de buena verdad,
manco de tocar las cuerdas
donde no quiso cantar.

—Yo que él —dijo Claudia—, habría cantado, habría soltado la sopa, contestado a cada una de sus preguntas, sin ahorrarme una. ¿Se imaginan el dolor del potro, el tormento? ¿Para qué callarse, sí siempre se puede mentir, figurar, decir sin estar diciendo? Mira que quedarse manco por dejar la boca cerrada, ¡valga! ¡En boca cerrada sí que entran moscas!

—Y yo que tú, si hubiera sido él, no me llamaría Cardeñoso sino Claudia, y en lugar de estar encerrado en prisión estaría en el convento, las dos manos bien puestas en su sitio, haciendo rosquillas… —le contestó la Milenaria.

Otra de las criadas, Aurora —una hermosa hija de hidalgo, a quien su familia había venido a dejar por hambre en el convento, y que esperaba la donación de alguna dote para poder ser recibida como religiosa (y aún soñaba la inocente con hacerse de un marido, tener casa e hijos)— intervino:

—El día que me vinieron a traer, pasamos antes a la casa del comendador Montiel Gil Vázquez de Rengifo, y vi la espada del rey Boabdil. Su empuñadura y abrazaderas y contera de la vaina son de plata sobredorada y están cubiertas de hermosos adornos muy menudos, que si uno les presta atención les ve que remedan ramitas, hojillas y hasta flores, y en la hoja tiene letras castellanas…

—Nos lo has contado cien mil veces —dijo Clara, callándole la boca y abriendo espacio al silencio. Las manos se afanaron sin distracciones ni risas.

La energía de las religiosas cocineras se fue apagando como el cabo de una vela. En cuanto terminó casi imperceptiblemente la jornada, cayeron cansadas, en sus literas las que las tenían, la Milenaria en su cama y en el piso María, interrumpiendo el sueño sólo para sumarse a los rezos habituales. Todavía no salía el sol cuando pusieron manos a la obra para cocer las rosquillas antes de que se endurecieran de más. Sobre todas las rosquillas había marcada una ojiva pequeña y en una de cada doce iba dibujada alguna cosilla graciosa. Era la contribución de la inútil María, porque no era buena para amasar, lavar o cargar. Una y otra vez se oía decir "Esta niña no sirve para nada". Para nada, pero María sabía pintar y lo hacía sobre la masa fresca, sin que nadie en el convento externara sobre sus diseños un solo comentario (aunque todos supieran que los compradores preferían las rosquillas con dibujo: ¡la gracia que hacían las que contenían hombrecitos diminutos parados de cabeza, o perrillos con cara y cabellos de mujer, o personitas con manos en el sitio de los pies y alas donde los brazos!).

Esa madrugada algunas esclavas preparaban el fuego, mientras que las demás se hacían cargo de llenar las vasijas con azúcar molida y canela para revolcar las rosquillas apenas cocidas. Como ya se dijo, no había salido el sol, las más estaban un poco aletargadas, la Milenaria de un humor de perros, la risa que el día anterior había sabido compartir con las otras se había mudado en burla y sarcasmo. Había despertado echando humo por la boca, y escogió por blanco de su bilis a María. No media alguna explicación para su cambio de ánimo, ni el por qué ha tomado a María como blanco de sus enfados. Trae una lámpara de vela en la mano, que debiera usar para revisar las labores; la lleva a iluminar las tetillas generosas y nuevas de María que se dejan ver muy redondas y notables en el mal vestido. Se burla de éstas sin palabras, con señas de las manos y gestos de la cara. María cruza sobre ellas los brazos, tratando de esconderlas, pero la Milenaria le da orden de volver al trabajo, y apenas extiende María los brazos, los pechos vuelven a quedar visibles, grandes y hermosos bajo el mal vestido, y las hermanas cocineras en bloque, haciendo caso de ellas y de los gestos burlones de la Milenaria, se burlan morbosas del cuerpo bien dotado de María. Las más, como la Milenaria, ponen las manos de vez en vez frente a sus costillas y hacen como que las columpian, imitando el menear delicioso de los pechos de María.

Sigue el juego de burlas, andando sin necesitar que nadie lo aliente, y la Milenaria arremete con otra: ahora va contra el acento de María —tan gitano, tan cargado de ausencias—, de inmediato también contra sus espesas cejas oscuras y, por último, cuando la ha preparado ya para que el golpe duela más, contra su padre. Le recita:

Para batidor del agua
dicen que le llevarán
y a ser de tanta sardina,
sacudidor y batán.

Esto de ser galeote solamente es empezar,
que luego, tras remo y pito,
las manos te comerás

—¡Anda! —interrumpe Claudia, intentando atemperar el mal talante y los ataques sin tregua de la Milenaria—. ¡Las sardinas, la entiendo, las trae usted a cuento porque ayer guisamos la moraga de sardinas, su perejil, su aceite crudo y, como era día de fiestas, la aderezamos con vino…! A usted le gusta más que la sopa de ajoblanco, la vuelve loca, ¡no lo niegue!, le gusta más todavía que la cazuela de habas, más que el potaje de trigo con hinojo, pero le sienta peor que las tres servidas en el mismo tazón, revueltas con chorizos y perfumadas con cien diferentes pimientas, que luego de comer la moraga no hay quien quiera acercársele. Aunque usted sea la más querida, la más amada de todas las hermanas, conque coma la moraga… ¡sólo el diablo puede acompañar sonriendo sus flatulencias! Por eso piensa en sardinas… se ve que la mala digestión le ha agriado el ánimo. ¿Y qué tanto con las manos? ¿La mala digestión le está haciendo doler las manos? ¡Porque mire, tanto duro y darle con las manos de algo ha de salir! ¡Cuide que no la castigue Dios dejándola manca, que si por su boca faltan manos a diestra y siniestra, no vaya a tentarlo hacer justicia y poner mano a mano, que en su caso sería un quitar! Apenas ayer nos sacó a cuento uno que las tenía tronchadas por el tormento, hoy vino a poner el mal ejemplo de zarandearlas como quien trae cargando melones y ahora quiere arrancárselas a un hombre con el remo y el pito, ¡nomás faltaba! Para colmo, no cualquier hombre: el papá de nuestra María —tornándose a la niña, le dijo—: "No te abrumes, no te atormentes, son patrañas; basta con que lo sepas desorejado para que además vayas a guardarlo en tu cabeza con diez dedos menos, desmanizado —y volviéndose a la Milenaria, le preguntó—: Dígame la verdad, ¿hoy tiene usted dolencias?, ¿son las muñecas, los dedos, las palmas, qué es lo que le duele? Si no, ¿qué trae usted con las manos, hermana, que anda bailándolas como Dios no manda y tumbándolas como nueces o huevos, tirando una aquí y otra allá en sus fábulas? ¿Por qué quiere manco al bello Gerardo? ¿Qué trae usted con las manos, madre?".

Pero la vieja Milenaria ignoró las palabras de Claudia y, viendo a María a la orilla del llanto —que tanto andarla aporreando con burlas hacía ya su efecto—, arremetió de nuevo contra su padre:

Inviárenle por diez años
(quién sabe Dios si los verá)
a que, dándola de palos,
agravie toda la mar…

Guárdame de ti un pedazo
para en acabando acá:

que seis años de galeras
remando se pasarán…

Son ruiseñores del diablo
los grillos que me aprisionan.

María ya no escuchó el final del poema, ni el comentario que
la ese día corrosiva Milagrosa espetó acerca de las galeras: "El
que las huele, las paga. Entre la mierda reman los galeotes y
quien mira las galeras sabe que oler y ver van con cuidado".
María no la escuchó porque apenas sonó el "dándola de palos"
cuando, llorando de tanto ver sus pechos imitados en manos
ajenas y a su padre enmancado y discutido, echó a correr a esconderse donde no llegara la voz de la Milenaria, así fuera que
el negro pasillo le infundiera miedo y el crujir de las patas de
las cucarachas terror…

Ver a su víctima herida bastó para que a la Milenaria le regresara de golpe el buen humor. Todavía se estaba desplazando
María hacia el rincón, cuando la vieja dijo:

—Qué bien que se está en el convento. Aquí ni muchos
untos, blanduras, sebillos, aguas y aceites, aquí no hay más
redomas que en una botica…: *ungüentos, botecillos y pasti-*
llas… / La leche con jabón veréis cocida / y de varios aceites
composturas, / que no sabré nombrarlas en mi vida. / Aceite
de lagartos y rasuras / de ajonjolí, jazmín y adormideras, / de
almendras, nata y huevo mil mixturas, / aguas de mil colores
y materias, / de rábanos y azúcar, de simiente / de melón, ca-
labazas y de peras.

Con el poema que recitó la Milenaria, la cocina en bloque
se olvidó de María. Ésta se acurrucó en su refugio, en un rincón oscuro se escondió María, suspendida, oliendo cómo la
masa cocida de las rosquillas y el aroma de la canela comen-
zaban a perfumar todo el convento, y pensaba en dormirse
ahí mismo cuando vio venir a Estela, más pálida que nunca,
mordisqueándose los labios, tal vez para calmar el dolor de

las grietas que se le abrían de continuo en éstos. Al encontrar a María acurrucada al pie de una columna, Estela dio rienda suelta a su mal espíritu:

—¡Gitana floja, holgazana! —la espetó.

Pateó a María con furia, repetidas veces. María se tapó la cara con las manos, resistiendo los golpes sin abrir la boca.

—¡Te detesto, gitanilla, te detesto! —le dijo Estela con voz contenida—. ¡Te odio! Yo me voy a encargar que te dejen sin orejas los guardas, que te encadenen, que te quemen por bruja.

Luego, agregó furiosa:

—¡Dame la cara, cobarde!

María quitó las manos de su cara y vio a Estela rabiar de ira. Los gruesos lagrimones que había conseguido la Milenaria seguían mojándole la cara. Al verlos, Estela rio:

—Te hice llorar, Mariquita de mierda —dijo con un gusto gordo. Y dio la media vuelta, dejando a María a solas con sus miserias.

4. En donde se reseña la llegada de Salustia y se dice el porqué ha mudado a ser esclava del convento

Otro día, cuando recogían los últimos enseres de la cocina y se acercaba la hora de dormir, la Milenaria le habló a María fingiendo voz muy dulce:

—María, que no te preocupes por tu padre. Hasta los más famosos capitanes de la mar corren el riesgo de convertirse en galeotes por un tiempo. Dicen que incluso Dragut, el jefe de todos los corsarios, pasó su tiempo en las galeras, atado a un remo veneciano. El Juan Parisot de la Valeta, gran maestro de los caballeros de Malta, antes de serlo fue tomado cautivo por el corsario Kust-Ali y pasó doce meses pegándole al remo en lo que se encontró con quien canjearlo. Cualquiera le pega al remo, del más distinguido al menos honorable. Basta con ser hombre para poder traer cadenas a los pies. ¡Nada como ser mujer! Es la segunda ventaja, que la primera es no ser levantada en la leva, no tener que irse a la guerra.

Estela entró en ese momento a la cocina, precedida por una de sus perrunamente fieles ayudantes iluminando su paso con una vela. Traía del brazo a una muchachita hermosa de piel muy oscura. Era extraño ver así a Estela, tan cerca de alguien, por la condición de su piel siempre guardaba distancia.

—Esta que ven aquí, la morena, se llama Salustia. Hoy duerme a tu lado, gitana —dijo, dirigiéndose a María—. Me tratan bien a esta mulata de color membrillo. Denle de comer, si no ha comido. Mañana vengo a llevármela.

Estela la soltó y Salustia se dirigió hacia María. Apenas la vio venir, María la reconoció. Era esclava de alguna familia morisca, la había visto innumerables veces cargando agua en el aljibe. ¿Cuál familia? ¡Debía recordarlo! Vivir en el convento la ha adormecido.

—¿Cómo te llamas? —preguntó por decir algo.

—Me llamo Salustia. ¿Tú?

—Yo soy María.

—Qué María va a ser —interrumpió la Milenaria—. Es una gitana, nomás, sin nombre. ¿Tienes hambre, negra?

Salustia negó con la cabeza. La Milenaria dio órdenes de apagar las velas de la cocina. Las brasas del hogar siseaban e iluminaban con tenues intermitencias. Los pasos de la Milenaria se fueron alejando. María se tendió en el piso, en su lugar de siempre, y llamando a la recién llegada con la voz y las manos, le dijo:

—Ven, Salustia, aquí se duerme así, como las bestias.

Salustia se acercó y se acostó al lado de María, mirándola. Acomodó su cabecita sobre el brazo doblado. Los ojos le brillaban. Murmuró:

—María, creo que te recuerdo, te veía en el aljibe de la Harina, ¿verdad? Tú bailas.

—Soy yo. O eso era antes, ahora, ves… Ya me acuerdo de ti. Traías un cántaro precioso, de cerámica pintado.

—El tuyo era de barro.

—De barro cocido. Olía…

—Todo está cambiado allá afuera. Yo era esclava de Lorenzo el Chapiz, ¿conoces a los Chapiz, a Hernán López el Feri, su cuñado? Tienen su casa a la orilla del Darro, aunque son moriscos. Pero ya no soy de ellos sino de las monjas, que ahora los moriscos no pueden tener esclavos, se los han prohibido. Mi amo había pensado igual traerme aquí de regalo, buscando congraciarse de alguna manera con las monjas, acarrearse su favor, que dicen ayuda en mucho. Pero le han ganado la partida. Anoche —Salustia bajó la voz—, anoche pasó algo espantoso, María. Los moriscos ya no tienen permiso de cerrar sus casas, los soldados pueden entrar a cualquier hora a revisarlas y así hacen… Pero ayer entraron en la nuestra, que diga, la de los Chapiz —conforme Salustia habla, las brasas se van apagando, tal vez más rápido que lo usual, como si su narración exigiera la oscuridad para ser entendida—. Pero entraron ayer, ya noche, pero ya dormíamos. Pero dijeron que venían a buscar objetos heréticos, signos o cosas. Husmearon todísimo, aquí y allá. Exigieron de comer y de beber. Pero bebían, bebían. Dijeron que habían encontrado no sé qué, pero cuando ya pasaba la medianoche, y cuál iban a encontrar, si habían pasado las horas ya nomás bebiendo. Pero entonces se llevaron al señor, pero no nos dejaron salir. Pero luego regresaron a saquear, decían que hacían algo santo, pero no entiendo qué santo ni qué… Pero se robaban todo, escogían con cuidado… Ya venía la madrugada cuando… pero yo no sé cómo se dice lo que le hicieron. Usaron de la hija del señor —aquí Salustia hizo una pausa. Se comió su retahíla de *peros*, para luego echarlos encadenados—. *Pero, pero, pero* quisieron usarme a mí también, pero uno dijo que el que comercia sexualmente con negras se enferma de bubas, así dijeron y me dejaron. Toda me manosearon, eso Sí. *Pero…*

Salustia ni parpadeaba mientras le hablaba a María. María cerró los ojos. Quiso no oír. Y mientras Salustia terminaba de contar, María se quedó dormida, un sueño anormal, pesado, un sueño de esos que vuelven los párpados de plomo. "Si los moriscos —terminó diciendo Salustia, cada vez con voz más baja— están planeando levantarse, como dicen, yo sí que entiendo por qué. Ya nadie está seguro en Granada".

Y su última palabra, "Granada", fue casi inaudible. María soñaba, mientras tanto, con las cadenas que sujetaban el tobillo de su padre. Las imaginaba tal y como son, por parecerse un poco a otras que ha visto en los corrales. En ese sueño, su padre tenía la piel cubierta de pelo de caballo y cada que abría la boca para hablar, relinchaba. Igual —"pero", diría Salustia— lo comprendía, cada relincho le explicaba, y María, llorando, lo entendía y, de una manera que sólo en los sueños se puede explicar, *deseaba* tener pelo de caballo sobre la piel y *deseaba* el relincho en su boca, e incluso la cadena al tobillo. Y ese deseo dulce y corporal la hacía rabiar.

A partir de la llegada de Salustia, el tiempo pareció cambiar de ritmo. Pasaron las semanas como apenas rozando el convento, con tan somnolienta lentitud que María dejó de fantasear con que su padre aparecía a rescatarla. El sol caía en los patios desde el ángulo opuesto, estaba por cerrarse el medio año de María enmurallada. Una noche, cuando María se disponía a dormir al lado del hogar central de la cocina, sobre el rutinario jergón que le hacía de miserable almohada —esta pequeña adquisición, que había sacado de una pila de desechos y lavado y tallado reiteradas veces hasta arrancarle el olor a podrido, la hacía sentirse rica y orgullosa—, Salustia, que pocas veces asomaba en esos lares la nariz (su nueva ama era caprichuda y exigente, la hacía trabajar de sol a sol), entró y se le acercó, diciéndole en voz muy baja:

—María, tengo algo para ti. Una que me das y otra que yo te doy.

—¿Qué te voy dando yo a ti, que nada tengo? ¿De dónde saco una moneda para darte? ¡Buena fuera una monedita, buena fuera una pepita pequeña de lata, algo, algo! ¡Pero nada tengo, chica! ¡Has perdido la razón si crees que yo puedo darte algo!

—Dame tu pan de mañana y yo te doy lo que traigo para ti. Porque tengo una cosa que me han dado para ti, *pero…*

—Sea —dijo María, picada por la curiosidad—, te cedo mi porción de pan de mañana —apenas lo dijo, se arrepintió. ¿Qué podían traerle *para-ti,* si María ya no existía *pa-ra-nadie-en el-mundo*? Había pasado el día de su santo sin que nadie le diera qué colgarse al cuello. Nadie la había celebrado, siquiera dicho "¡Felicidades!, ¡hoy es día de tu santo!", con todo y el reza y reza por el día de la Virgen, que, pues por qué nadie lo decía, se llamaba también María. "¡Reza!". ¡Debió ofrecerle a la buena Salustia las castañas atanadas que guardaba en su rincón, las que no servían para comerse pero tenían buen aspecto! ¡Qué estúpida haber prometido cederle su no muy grande trozo de pan de un día a cambio de nada, no había duda que le estaba tomando el pelo! (Cualquiera tomaba el pelo para remediar el hambre del convento, ¡que bien envasada la tenían!, como le había dicho aquel primer día la Milenaria). "¿Y si no, si en verdad sí es cierto, sí tiene algo? ¿Si papá está cerca?, ¿si ha regresado?", pensaba María, "¿si está aquí esperándome, nomasito aquí, para llevarme con él a Córdoba, a Sevilla, a la lustrosa Nueva España? Después de lo de la casa del Chapiz, lo que Salustia le había contado, María ensoñaba con la Nueva España" —aunque poco, que María hacía todo en pocas cantidades en el convento: comía poco, dormía poco, imaginaba también poco.

Salustia tomó a María de la mano y se la llevó corriendo de patio en patio, sin parar un momento, cruzando por lugares que María no ha visto nunca —y que tampoco hoy está viendo—, la lleva en vilo, sin darle un respiro, sin enseñarle cómo orientarse, y sin hablar, sin llenarle los oídos de sus habituales "pero, pero". ¿Por qué hablará así Salustia, a punta de "peroperos"?

El convento de Santa Isabel la Real está instalado donde fue un día el palacio real de los nazaríes. María no lo ha recorrido a sus anchas, ni tampoco a sus estrechas, algo la ha anclado a la cocina. No ha vivido adentro del Isabel la Real como lo hizo en Granada, que en la ciudad donde ella nació se sintió siempre dueña de todo, libre como liebre, mirando un día esto y el otro lo otro. Las semanas, y qué digo semanas, los meses que María lleva en el convento, ha vivido como una coja, como una manca, como una ciega, como una mutilada, como la mitad o una porción menor de sí misma. Se ha vuelto temerosa, se le ha apagado su natural curiosidad; está aterida. Es ya de noche y, aunque la guíe la Salustia de color membrillo, aunque la lleve como una pelusa adherida a su vestido, María siente miedo. Salustia no tiene ninguno, y qué va, parece conocer el lugar como la palma de su mano. Aunque no lo conozca, así se comporta. Debe ser que Salustia se siente aquí como María en Granada, en su casa, o que así es su carácter, insensible a la mudanza de lugares. Una de las veces que María la había visto tiempo atrás en los lavaderos públicos, Salustia llevaba la voz cantante: contaba con lujo de detalles cómo una mujer —de nombre casualmente también María— procesada por la Inquisición, declaró que conocía al diablo, y que el diablo era un hombre negro. Decía: "Dicen que se le aparecía el demonio en figura de hombre negro… y tenía sus ajuntamientos carnales con ella como si fuera hombre, y tenía el mismo ser y miembros y forma de hombre, aunque negro". Alguna otra de las mujeres que tallaban ropas contra las piedras, le dijo: "¡Sería tu padre, niña!". Y la mulata color membrillo le contestó: "Padre no tengo, que yo sepa. Pero si algún día aparece uno que se diga mi padre, será todo menos un demonio, que yo no saco chispas cuando me acerco al agua bendita".

Ahora la mulata de color membrillo no abre la boca, pero mientras corre por el oscuro convento también se la ve segura, aplomada, va con la misma seguridad con la que aquella otra vez contaba el cuento en el aljibe. María está completamente desorientada, no tiene ni idea si está cerca del corral de las gallinas o del de las vacas, o en el otro extremo del convento, a un paso de la iglesia, o si de la puerta por la que entró y no ha vuelto a salir ni un solo día. La mulata de color membrillo va tan rápido que a María no le da tiempo de ver, y como se desplaza esquivando los puntos de reunión comunitaria para que no las sorprendan vagando sin permiso, por su agilidad combinada con su prudencia, presenta a María el convento como un laberinto. De pronto, en un lugar abierto, y más amplio que todos los que han pasado, Salustia se detiene. La luna brilla pálida, lo suficiente para iluminar el lugar: el cementerio del convento. El piso es de tierra. Las tumbas muy disímiles, tal y como es la vida del convento, las ricas tienen túmulos magníficos, sobre los pechos de las pobretonas sólo pesan puños de tierra y hay algunas lápidas discretas.

María no se ha despegado de Salustia desde que dejaron la cocina, ya se dijo que ha venido adherida, pegada como una lapa, como antifaz, como cinto al sombrero de la otra. Pero al darse cuenta de que están entrando al camposanto de las monjas, María se detiene y recula. Es tal y como una bestia frente a un sapo o una serpiente u otra alimaña. María está a punto de echarse a correr de vuelta a la cocina cuando ve —para acentuar su horror— que blancas nubes iridiscentes persiguen los talones de la mulata de color membrillo, quien camina impertérrita sin perder su aplomo. El miedo atornilla a María, y le saca un grito de la boca.

—¿*Pero* qué te traes tú? —le dice Salustia, que ha corrido a su lado, presurosa—. ¿*Pero* qué no ves que te he guiado por donde nadie nos vea ni nos escuche? Pero para que te pongas a gritar como una descosida, ¿*pero* qué te pasa?

—¡Es el hilo del miedo! —le contesta María, volviendo en sí del susto—. ¡Nos vamos ahora mismo de aquí porque espantan! —tira a la negra de la manga y la negra la detiene con las dos manos.

—Pero que a mí tú no me jalas. ¿Pero qué fantasmas ni qué? Pero aquí no hay sino muertos.

—¡Te siguen unos…! ¡Yo los vi siguiéndote, siguiéndote, los fantasmas!, ¡y eran blancos, se arrastraban en el piso y te seguían pegaditos! ¡Vámonos, vámonos de aquí, pero ya!

María había empalidecido. Estaba blanca, blanca.

—¿Pero de qué estás hablando?

—¡Que yo los vi, que yo los vi, te lo prometo, vi clarito que te seguían, como nubecitas, pegados a ti!

—Ay, niña, niña, niña. Boba —la interrumpe la esclava—. ¿*Pero* en qué planeta vives tú, a ver, dime? ¿*Pero* nunca habías ido a un camposanto de noche? Pero si son los fuegos fatuos, que no es nada sino el fósforo de los huesos; la tierra brilla, el brillo ese flota; pero no es nada, sale también de los huesos de las vacas. ¡Fantasmas! ¡Pero puros huesos! —Salustia se ríe del miedo infantil de María—. ¡Pero qué va, que no seas mensa! Pero no son nada, te repito que son los huesos, echan estas luces que hay en casi todos los cementerios. Así se verán los nuestros, como nubes, así saldrán nuestros huesos a darse paseos. Sí que parece que caminan, sí que parece que te siguen, sí que parece que flotan siguiendo a los vivos, pero es todo una ilusión, tranquila. Pero por eso es que una debe visitar de vez en vez los cementerios, para darse cuenta de que todo es nomás, pero de que hasta los huesos disueltos son brillo. Pero puro brillo, pero brillo falso, como todo brillo… Aquí no hay sino monjas muertas sin hijos, sin nietos, están mudas, no son nada. Ven, sígueme, pero vamos a la otra orilla del camposanto. Abrázate a mí. O cierra los ojos, si prefieres.

María prefiere no cerrar los ojos. Caminando del brazo de la esclava no ve los fuegos fatuos persiguiéndolas. Apresuradas llegan al extremo opuesto del cementerio. Ahí, acomodado contra el rugoso tronco de un gigantesco ciprés, está su, su, su verdadero y único "su" cántaro, el cántaro que María usó durante años para acarrear agua a su casa, el cántaro que cargaba el día en que tomaron preso a su padre y lo enviaron a las galeras, el cántaro que puso en algunas manos amigas ¿las de quién? María no lo recuerda, pero pasa con rapidez en su memoria las caras amigas que ese día la acompañaron en su carrera.

Salustia le dice:

—Pero María, no tienes que darme nada mañana, tu pan es tuyo, ya me dieron por darte el cántaro. Yo no te robaría a ti el pan de la boca, María… Pero me pidieron que busques adentro, que trae algo pa-ti. Pero te dejo.

—No, no me dejes, que aquí este patio a mí me da miedo… Quédate un momentico, en lo que veo qué trae…

—María, pero me tengo que ir. Es la hora que se acuesta mi ama, tengo que estar ahí para vestirla. Pero no tienes que cruzar de vuelta. Toma aquí de frente, caminas derecho y llegas a la cocina. Pero nunca des vuelta a la derecha o a la izquierda. De frente, de frente y llegas, así nomás —le dice, señalando con el brazo extendido, da con la mano indicaciones de ir hacia la derecha o a la izquierda, indistintamente. Termina de hablar sus peros y se echa a correr hacia las celdas, que en llegando tarde con su ama no hay "pero" que valga.

María sabe perfectamente que está en un laberinto. Sujeta su cántaro, lo abraza estrechamente y sale rápida como sombra de Salustia, cruzando de nueva cuenta el pequeño camposanto.

Ahí, la esclava se detiene, sintiéndola venir:

—Hasta aquí, María. Pero de aquí tú síguete sola. Traes contigo el cántaro, está cargado, pero yo no quiero problemas. Pero no puedo esperarte a que husmees y busques. Pero quédate aquí —jala a María, sentándola en una banca bajo una jacaranda esplendorosa, basta la luz de la luna para hacerla estallar en color.

Sin darle tiempo para contestar, la esclavilla echó a correr. Su ama la espera para irse al lecho y no tiene ganas de un castigo. Ya otras veces le han tocado azotes por incumplir, no quiere verlos repetidos. Las esclavas daban a las monjas las comodidades de la mejor de las vidas muelles. Había las que enviaban a sus esclavas a rezar vísperas, mientras se folgaban en sus habitaciones, sin que nadie viniera a molestarlas. Las criadas eran suplentes, amas de cámara, limpionas, cocineras particulares, abastecedoras de todos los caprichos, y, como se dijo ya, su contacto con el mundo. Las esclavas eran esto y más: su calidad de pertenencia a las monjas les daba permiso de cumplir con algunas de las más personales obligaciones, como rezar, ir a confesión, cosas así que no le era permitido a nadie hacer por vía de una criada.

María venció la gana de echarse a correr tras la mulata de color membrillo, porque pudieron más la curiosidad y la esperanza. ¿Para qué le habrían traído "su" cántaro? ¿Quién, con qué motivo, y conteniendo qué? ¿De qué venía cargado? ¿Su papá? La esclava tenía razón: no podía correr con él en los brazos llevándolo "cargado". María se sentó en un poyo del patio. Metió el brazo hasta el fondo del cántaro y su mano fue topando con diversas cosillas que fue sacando, pieza por pieza, una por una, acomodándolas en su regazo. Primero un cabo de vela, un atado de cerillas, un pañuelo blanco amarrado con un listón rosa y un papel doblado. María abre el pañuelo y encuentra dos buenas monedas, redondas y gordas, ¿de qué valor? María nunca ha visto monedas de este cuño y, en honor a la verdad, pocas monedas ha visto en su vida, que cuando vivía con su padre no tenía para qué tocar dinero y aquí en el convento —donde buena falta le hace— no tenía ninguna en sus bolsillos, nada, ninguna, ni un trocito. Claudia les enseñó un día un cuartito de ochavo que alguien le había dado, un triangulito, un regalo, a saber si el trozo de moneda tenía algún valor. María, nada. ¡Y éstas! ¿Son de oro o sólo lo parecen? Mete las monedas al pañuelo, lo vuelve a atar con cuidado y lo guarda con sumo cuidado en su faja. María enciende el cabo de la vela. Desdobla el papel. En éste hay cinco muy bien elaborados dibujos, tres en recuadros en hilera horizontal, un cuarto extendido bajo éstos, y del lado derecho, un quinto vertical. De los tres en recuadro, el primero es la puerta del convento,

María reconoce el arco. El segundo repite la imagen, pero la puerta tiene abierta la gatera, de la que asoman dos pies de gitana; el tercero es el gran portón abierto de par en par (que no la puerta regular, la de todos los días, sino el portón completo, como cuando entraron los caballos del bello Gerardo), en el vano dibujada una campana del tamaño de la misma puerta, de la que penden, en lugar del badajo, los pies de una gitana. Abajo de estos dibujos, a lo largo del papel, un toro cubierto por una manta de la cola a la cabeza, de la que se asoman dos pezuñas y dos zapatillas gitanas. A su derecha, en vertical, una espada con un corazón en su punta.

Hay escritas dos frases que María no puede descifrar, porque no sabe leer. Al lado del corazón, dice "Él manda", y arriba de todo el dibujo otra frase de cuatro palabras magníficamente manuscritas. Gerardo el gitano, el bello gitano, el duque del pequeño Egipto, domina la escritura de los números, sabe llevar cuentas, pero no conoce una sola letra. Aunque la mayor parte de sus transacciones eran con moriscos, tampoco sabía usar su alfabeto. María aprendió de él a hacer cuentas, y a llevarlas con claridad en el papel. Pero letras, ninguna. ¿A quién confiarle estas palabras para entenderlas? ¿Quién puede ayudarla, ser sus ojos, leérselas? ¿Quién de las monjas de la cocina sabe leer? ¿Y quién entre ellas no la traicionará a cambio de unos cuantos privilegios? Una delación podría regalar a cualquiera entre las miserables criadas o esclavas del convento privilegios imposibles de conquistar de otra manera, o aunque fuera comida. Y esto suponiendo que alguien sepa leer. María piensa en cómo satisfacer su curiosidad. Su cabo aún ilumina. Si María no sabe leer ni escribir, en cambio sabe dibujar. Extiende el papel a un lado y, con cuidado, copia las líneas que conforman las dos frases escritas en el papel y sobre la arena que cubre el piso del remoto patio las dibuja. Pone el mayor cuidado en hacerlo, intenta ser lo más fiel. Elige una palabra de cada frase, las traza una vez más y otra, repitiéndolas, hasta que las reproduce con total soltura, las tiene ya bien memorizadas.

María está absorta haciéndolo, diría que le gusta trazarlas, que le va gustando esto de escribir. María las copia una vez más de memoria, sin ver el recado, ahora con trazos grandes, extendidos. Las compara con el mensaje recibido y ratifica que las ha imitado con corrección. Presta buen cuidado, una palabra es mucho más difícil que la otra, esta rayita va inclinada, de pronto se curva, se acuesta y un poco después se levanta. Guarda el recado en el mismo doblez del cinto en el que acomodó el pañuelo, lo protege igual que sus dos brillantes y hermosas monedas. Está segura de que los pies de gitana que aparecen pintados cruzando la puerta del convento, son los de ella; no le cabe duda. ¡Saldrá, y pronto, de aquí! ¡Qué suerte la suya! ¡Y será para volver con su padre, de seguro! ¡De nuevo correr cuesta abajo, subir lenta las cuestas arriba de Granada! ¡Ya no ve la hora de ir a cargar agua al aljibe del Peso de la Harina, su predilecto! ¿Bajo una campana? ¿Qué quiere decir esa espada, qué el toro? ¡Ya se verá! ¿Será que el toro es de la fiesta de san Juan? María nunca la ha visto (su padre le tiene un miedo fiero, cuando llega el día toma la prevención de esconderse con su hija en casa, o bien salen a hacer negocios en los poblados cercanos a la ciudad), pero le ha oído describir detalladamente la fiesta: los nobles y burgueses se disfrazan de moriscos y turcos, se hacen de escudos y lanzas, celebran la caída de Granada, la victoria del rey Fernando y la reina Isabel sobre Boabdil, el último rey moro. María nunca ha visto cómo sueltan seis o siete toros en la plaza del mercado para que el pueblo los corra y azuce. La caballería, ataviada con trajes moros y turcos, dividida en dos bandos, echando mano de sus grandes arcabuces, dispara salvas, se persiguen en todas direcciones, fingen grandes sobresaltos, avanzan o retroceden adoptando actitudes gallardas. En una ocasión, el emperador Carlos V y la emperatriz visitaron Granada con motivo de esta fiesta, acompañados por una multitud de damas de honor portuguesas. Gerardo, el padre de María, que era entonces un niño, uno más entre los suyos —que hasta que cumplió 21 años no fue nombrado el duque, la cabeza gitana—, presenció con sus propios ojos cómo tres hombres fueron muertos por los toros y un caballo fue herido de tal manera que hubo de rematársele ahí mismo, y le nació el miedo por la fiesta. Los gitanos nunca tienen miedo, pero Gerardo, valeroso duque del pequeño Egipto, tiene uno, uno que no confiesa a nadie. Para esconderlo, no asoma la nariz en la fiesta de san Juan. Los moriscos le agradecen el gesto, atribuyéndolo a su corazón solidario, que no hay quien dude que Gerardo lo tiene.

María sabe ver la escena de la fiesta que nunca ha visto porque ha heredado el miedo de su padre. La retrata en sus adentros como si estuviera ocurriendo, la ve recién aparecida, la siente. Pero ahora no, está en otra cosa, en relación a la fiesta de san Juan sólo piensa que debe preguntarle a alguien cuan cercana está la próxima. ¿Qué fecha es hoy? Se levanta de la banca donde la ha dejado Salustia. Abraza el cántaro y se echa a caminar de prisa, a buscar el camino hacia la cocina. Antes de trasponer el arco hacia el patio vecino, se pone en cuclillas y traza en la arena del piso las letras que ha memorizado. Cruza el patio, y en el momento de elegir cuál salida tomar, vuelve a hacer lo mismo: traza en el piso una y otra vez las dos palabras recién aprendidas.

Este patio desemboca en un jardín sobre el que ningún jardinero ha puesto manos en años. Un rosal ha crecido inmenso y voraz, en total desorden; las ramas parecen brotar desde el ras del suelo hasta el cielo, blandiendo espinas y sacudiendo sus ramas alborotadas. María trata de cruzar hacia el otro lado sin rasparse, ¡qué olor!; las rosas saltan, brincan, unas rojo sangre, otras rosas y aquellas tan blancas… Bajo la luz de la luna la variedad de sus colores estalla.

María duda por un momento en darse o no la media vuelta, pero cuando decide hacerlo las zarzas se han cerrado ya atrás de ella. ¿Por dónde la trajo Salustia, que no cruzaron este roserío? Se ve atrapada entre las zarzas, y María empavorece. El pavor la toma desprevenida. No es el miedo a la oscuridad, esto no se le parece. No es el temer caminar entre patios y salones desconocidos del convento, no es tampoco el miedo al regaño, que si la veían andando a tontas y locas la castigarían con tres azotes. Esto es otra cosa: María la bailaora se siente presa, le falta el aire, algo le oprime bestialmente el pecho. Las zarzas parecen asirla de las muñecas, el cuello y los tobillos. A cada paso que da, las zarzas le saltan encima. María tiembla de pánico. No puede respirar. No hay razón para su pánico, pero el pánico no la requiere: aparece, es. Ahí está, agarrado a María por el camino de las zarzas. María cree que va a explotar. Tiene que correr, salir de ahí a como dé lugar, ¡ya! Pero correr es imposible, las zarzas la cercan. Siente en el cuello una garra dura sujetándola. ¡Se ahoga! Por un instante cree que no puede moverse, echa mano de todas sus fuerzas y quiebra la estatua que creyó ser, separa de su torso el cántaro y asiéndolo a un lado y al otro aplasta con él las ramas, destruyéndolas, quebrándolas. Las ramas le responden, mordiéndole aquí y allá sus desnudos brazos. María contesta a las zarzas atacándolas de nueva cuenta con su cántaro, su cántaro es su furia contra ellas. María está vuelta una sanjorge y las ramas colas de siniestros dragones. O bien las rosas salvajes forman un capullo y María ha caído presa en su centro. Le arde la sangre. No le importa que las espinas la arañen, se avienta contra las ramas a troncharlas a punta de cantarazos, hasta abrir una salida al nido en que ha caído. De pronto, cuando ha casi vencido a las zarzas rejegas, la golpea un recuerdo y es tal la intensidad de éste que María trastabilla, casi se cae: María está viendo y sintiendo a su mamá. No es una visita cortés de su memoria, *ahí está* su mamá de cuerpo completo, ahí la siente, pegada con ella, diría que la toca, la huele. María ha regresado a un momento preciso hace seis, siete años. Su mamá la está abrazando, pegándola a su pecho, no la dejó separársele, la ahoga. María lucha por zafarse con tanta fuerza como su mamá por adherírsela al pecho. La abraza hasta la asfixia. Extraño recuerdo, que María ha conservado

333

enterrado por mucho tiempo: su mamá la está ahogando contra su propio pecho, la oprime tanto contra sí que María no puede respirar. La memoria se explaya:

María y su mamá están en el mercado. De pronto, así haga un calor de *no se aguanta*, porque una partida de soldados cristianos se acerca, y sólo oír "¡allá vienen!", para que no vean y no oigan a su hija, la esconde entre sus ropas. María no tiene ninguna gana de estar ahí, con ese calor se sofoca, empecinada quiere separársele, pero mamá la aprieta, la sujeta, la envuelve más con la ancha falda, y mientras más pelea María por salir, más literalmente la aplasta mamá contra su cuerpo, inmovilizándola. María pelea sin entender que su mamá la está escondiendo; pelea, pelea hasta que llega el momento en que necesita luchar para poder respirar, tanto es el celo con que se la repega mamá. Y luego una nube azul, grisácea, con pequeños destellos como dolorosas dentelladas de luz.

¿Cuántos días pasaron antes de que María pudiera oír la explicación siguiente? Se había exigido a todos los gitanos que empadronaran a sus hijos para darles forzosa educación cristiana. Corría el decir, y la mamá de María lo creía a pie juntillas, que si uno empadronaba a sus hijos o sus hijas, se los llevaban a Valencia para nunca más volver, y a eso no estaba dispuesta, a perder a la niña en manos de los soldados.

María pelea sin entender que su mamá la esconde, la protege; María no sabe de ninguna otra amenaza que no sea la de su propia mamá intentando asfixiarla contra su propio pecho, no aparece ningún soldado, ningún censo, ningún empadronamiento, ninguna ciudad de Valencia, sólo siente a su mamá enemiga pegándola a su cuerpo, y luego nada, perder la conciencia, desvanecerse, desmayarse a falta de aire.

Cuando el piquete de soldados se retiró y mamá sacó a la ruña de entre sus ropas, les llevó un buen rato traerla de vuelta al mundo. Mamá había echado a su pez fuera del agua. Por no verla pescada, ahí estaba, los dos ojos bien abiertos, tendida como si no tuviera piernas, lacia como si en su cuerpo no

334

hubiera carne roja, ningún músculo, ninguna sangre, blanca como un pescado o una flor.

María siente ese mismo ahogo ahora entre las zarzas. Como si todas esas hermosas rosas, ese olor empeñoso e intenso, esa escena que debiera ser bella, se convirtiera en remedo de aquella otra que ocurrió años atrás, reproduciendo el momento engañoso en que el hijo vive como algo asesino el abrazo de su propia madre. Recordó que, cuando volvió en sí, bañada en agua —por cierto, de rosas—, aquella vez que su mamá la había ahogado para salvarla del guarda, lloró al ver a la madre, y se abrazó al padre diciéndole que no quería nunca más la cargara "ella, que no se me acerque más nunca mamá, que se ha vuelto mala; ¡mamá quería ahogarme!".

Oyéndola, su mamá se echó a llorar, diciendo a voces: "¡A qué nos han reducido!, ¡a que nuestros hijos crean que somos nosotros quienes queremos hacerles mal!, ¡nosotros, que nos quitamos el pan de la boca para protegerlos, esconderlos…! ¡Que el cielo maldiga mis entrañas, que tuvieron que nacer y hacer nacer en esta tierra maldita! ¡Vámonos ya de aquí, Gerardo, por algo somos gitanos, hay que irnos de aquí!".

El padre de María las abrazó a las dos, intentando serenarlas. Se habían congregado alrededor de ellos un buen número de gitanos, cuanto amigo tenían había corrido a ayudarles en este predicamento. Gerardo dijo:

—Tranquilas, mujeres, mis mujeres, ¡calma! Ésta es nuestra tierra, ésta la bella Granada, éstos nuestros amigos… Todo está bien, ya pasó. Aquí no hay madres que actúen de madrastras, ni… —y la madre de María, zafándose del abrazo, estalló:

— Qué bondades… tú… de dónde las sacas… —decía llorando—, mira qué nos hacen pasar los nuevos reyes, que nos toman por bestias y nos hacen hacer las cosas que… —hablaba como una loca, trastornada, no repuesta de haber visto a su hija yerta, a su alegría, su tesoro, a punto de ser ahogada por sus propias manos.

La madre de María no se repondría del incidente. Quedó tocada por el ala de la locura. Nunca volvió a abrazar a María, temiendo más que el rechazo de ésta, la *calidad* de su abrazo: por un pelo perdió a su hija bajo tres palmos de tierra por culpa de su abrazo, por protegerla. Y, como a refugiarse de esto, corrió a vestir ella misma su capa correspondiente. Porque pocas semanas después del incidente del mercado, la madre de María murió. Y María creyó que ese abrazo que la había querido matar, era lo que se la había llevado; si no la había matado, sí había abierto para sí misma las puertas de la muerte.

El día en que pasó lo que se cuenta, el duque del pequeño Egipto estuvo a la altura. El bello Gerardo fue firme, no lo doblegó la escena, no perdió la serenidad un instante, ni cuando vio a la niña pálida y sin respirar, laxa y sin sentido, casi muerta, ni cuando su mujer gritó, lloró y aulló. Como ya se dijo, los rodeaba un buen número de gitanos y también algunos curiosos moriscos. Gerardo quería acabar con el llanto de la madre, espantar el susto de la hija y distraer la atención de los que se habían juntado; por esto se soltó a narrar lo que aquí se reproduce y que no es fábula sino realidad. Gerardo lo hizo saber entonces, dijo que no mentiría, que deshilarían sus labios la trama de una historia que él sabía muy cierta. Es imposible contar aquí la historia como lo hizo él, porque para decirla el hermoso Gerardo echó mano de sus no pocas gracias: palmeó cuando lo consideró preciso, pidió lo acompañaran aquí y allá con el rasgar de una guitarra y armó las frases de principio a fin con tanta gitana manera que era un placer enorme escucharlo. Aquí no habrá palmas ni habla gitana, vendrán los hechos de pe a pa, añadiendo explicaciones que Gerardo no necesitó por tener acostumbrados a los suyos con sus fábulas. Gerardo fabuló la historia como si estuviera ocurriendo ahí mismo; aquí es necesidad mudarla al pasado:

5. La historia de las dos Rosas del sultán Soleimán: Gul Bahar, Rosa de Primavera, y Khurrem, Roselana la Alegre; donde Gerardo canta además versos de Yahya, el poeta

Bajo la tutela de la madre del Sultán, y protegidas por cuarenta eunucos negros, como es su costumbre, vivían cien mujeres en el harén del gran Soleimán el magnífico. La madre de Soleimán velaba porque todas aprendieran las artes necesarias para acompañarlo; les enseñaba a bordar, a adquirir buenos modales con el objeto de hacerse gratas a los otros, a lucir sus bellezas naturales; las guiaba en sus lecturas y estudios para hacerlas capaces de conversar y proveer el placer de la discusión, así como a discernir cuándo es más prudente no abrir el pico. Aprendían por ella a ser bellas, a dar y recibir placer, a hacer de la menor siesta un edén restaurador o sin mesura, dependiendo del ánimo del Sultán. Con paciencia y cuidado, la sabia madre del sultán Soleimán las preparaba para que, cuando cumplieran los quince años, el Sultán considerase elegirlas. Si llegaban a los veintiséis y el Sultán no les había prestado atención, eran entregadas en matrimonio a alguno de los hombres de la Corte, que gustoso tomaba a la bella. Porque todas y cada una de las cien esclavas que conformaron un día el harén de Soleimán —número módico para un Sultán, porque Soleimán fue siempre discreto en todas sus costumbres— eran bellas, tributo de sangre que pagaban los vencidos a las fuerzas, esclavas reclutadas en todos los confines del imperio otomano, que, aunque no alcanzara a cubrir, como presumía Soleimán, el "Oriente desde la tierra de Tsin hasta la costa oceánica del África", sí abarcaba buena parte del mundo.

Soleimán tenía hijos varones con dos de las cautivas de su harén. Rosa de Primavera —Gul Bahar—, una beldad circasiana, era la madre de Mustafá, su primogénito, joven dotado de todas las virtudes necesarias, incluso las más apetecibles, para ser sucesor del gobierno del inmenso imperio. Mustafá era por este motivo el predilecto del padre. Inteligente, cauto, piadoso, respetuoso de las tradiciones de su libro, Mustafá era además muy hermoso y —virtud no menor que todas las anteriores— un buen poeta. Mustafá era el designado para ser el sucesor. Por el momento vivía en Magnesia, donde gobernaba en nombre del padre.

Roselana, la favorita —Khurrem—, hija de un sacerdote ortodoxo ruso, llamada también "la Alegre", era la madre de otros dos hijos varones. El mayor de éstos se llamaba Selim, nosotros lo apodaremos "el disipado". Hacía no mucho que Soleimán le había llamado públicamente la atención, instándolo a dejar el vino, las mujeres y las irrefrenables francachelas que eran un escándalo en la Corte y un mal ejemplo para el resto del país, exigiéndole que siguiera los preceptos coránicos y que se deshiciera de Murat, su compañero de juerga y parrandas. Selim lo obedeció en esto último, haciendo asesinar a su amigo, pero lo demás quedó muy por verse. Pues Selim, que era bajito y regordete, como su madre, gustaba más de las mujeres y las fiestas que de la guerra. El menor de los hijos de Roselana era Bayesid, considerablemente más cauto y cuerdo que Selim, pero también más apagado y sin ningún encanto particular.

Ya viejo, Soleimán se casó con Roselana, su favorita, y optó por serle fiel. Los años lo volvieron todavía más religioso e inflexible.

Roselana sabía cuál era el destino de sus hijos. Cuando Soleimán muriese y Mustafá —dotado, como ya se dijo, de todas las virtudes necesarias para ser un espléndido sucesor— fuera nombrado Sultán, los dos serían pasados a cuchillo, costumbre desde que Mahomet II se había apoderado de Constantinopla hacía ya cien años, con la intención de limpiar al gobierno del imperio de posibles traiciones y enemigos.

Roselana tramó cómo proteger a sus hijos. Primero que nada, le hizo la vida imposible en el harén a Rosa de Primavera, hasta que lo abandonó y se guareció con su hijo Mustafá en Magnesia. Rosa cometió un error enorme, pues Mustafá quedó sin protección alguna en el harén y sin influencia por esto en la Corte.

La Alegre había casado a su hija Mirhmah con el gran visir Rustem, un hombre siniestro, famoso por ser incapaz de reír o siquiera sonreír. Había nacido sin esa cualidad, como los perros y otros animales. La Alegre y Rustem hicieron caer a Mustafá en descrédito a los ojos de su padre. Le hicieron creer que Magnesia era un centro de sedición, y que ésta era capitaneada por Mustafá. Mezclaron sus mentiras con verdades para ser más convincentes. Supieron cómo hacer arder la sangre del padre, encendiéndolo en contra de su amado hijo.

Mustafá tenía una enorme influencia entre los jenízaros, el cuerpo selecto de su ejército, todos, por cierto, esclavos, de modo que si el Sultán es siempre hijo de una esclava, el gran guerrero es un esclavo traído de otras tierras.

El sultán Soleimán estaba en pie de guerra contra los persas. Hizo llamar a su hijo al campo de batalla. Mustafá se apresuró a cumplirle, llegó a Eregli de madrugada y fatigado donde se encontraba Soleimán con su ejército, entre las salinas y el monte Tauro. Mustafá acababa de cumplir los cuarenta años. El gran visir Rustem con otros miembros de la Corte se apresuraron a besarle las manos y colmarlo de regalos. Luego lo acompañaron, rodeado de sus jenízaros, a la tienda del padre, donde tendría lugar la audiencia privada. Mustafá entró a la tienda. El sultán Soleimán estaba ahí, pero atrás de una cortina de seda. Cuatro mudos lo esperaban armados hasta los dientes. Cayeron sobre él, lo vencieron y lo estrangularon frente a la mirada de su padre. Lo canta el gran poeta turco Yahya, albano de nacimiento, que había sido jenízaro:

¡Una columna de la tierra se ha quebrado
porque los intrusos del tirano han asesinado al príncipe
    Mustafá,
han eclipsado su cara iluminada por el sol!

El oculto odio del mentiroso, su vana falsedad artera,
ha encendido el fuego de la separación y ha hecho llover
    nuestras lágrimas.

En las corrientes del dolor se ha ahogado
el plenilunio de la perfección, el nadador de los mares
del conocimiento;
viaja hacia el Vacío, asesinado por un destino vil.

No se le conoció ningún crimen, ninguna infamia,
¡oh santo, oh mártir, loco es el mal que te han traído!
Desecho en la faz de la tierra, regresó a la tierra que le
    pertenece
con certeza,
desabrochado de la nuestra,
y jubiloso se dirigió directo a presentarse ante Dios.

¡Ay! ¡En el espejo de la Esfera apareció la cara del destino
    funesto!
Dejó la burda ordinariez de la tierra,
se fue donde no se conocen las veleidades de la fortuna.

En pocas horas cayeron también sobre el único hijo de Mustafá, un niño todavía de brazos. Un eunuco, Ibrahim, lo llamó hacia sí ofreciéndole una mandarina por la que el niño dejó el regazo de su madre. El eunuco, apenas lo tuvo a la mano, lo estranguló frente a la mirada horrorizada de su madre. En unas pocas horas, un padre y una madre de la misma familia real vieron matar ante sus ojos a sus respectivos primogénitos; ella, sin su aprobación; él, por sus propias órdenes. Ninguno de los dos podría sobreponerse. A Soleimán lo mataron en pocos días los remordimientos, pues no pasaron muchos antes de que empezara a sospechar que todo había sido un engaño. Y a la madre del hijo de Mustafá se la comió en poco tiempo la tristeza, llenándole los pechos de cáncer.

Esto pasó hace no mucho, el 12 de diciembre de 1553. Ya se sabe que Soleimán acaba de morir y que el disoluto Selim lo sucedió en semanas. Hay los que dicen que ocultó durante quince días su cadáver para asegurar con certeza que la sucesión cayera en su persona.

Fin del cuento de las dos Rosas del Sultán que narró Gerardo a María la bailaora cuando era niña.

6. De vuelta con María en el convento, entre las zarzas

A punta de cantarazos fieros, María sale del pozo de zarzas, camina sobre las ramas rotas. Carga de nuevo su cántaro bajo el brazo, acomodado en la cintura, sostenido con su cadera. Unos pocos pasos adelante, María se encuentra con un caballo. No es ninguno de los que el padre de María había preparado meses atrás para vender, éste tiene una montura finísima, es un caballo de rico. María pasa la mano por el cuello del hermoso animal: está cubierto de sudor aún tibio. Alguien acaba de descabalgarlo. María pone la mano bajo sus belfos: el caballo respira agitado. Está perfectamente ensillado, listo para partir de nuevo. ¿Llevando a quién? ¿Qué monjas cabalgan por las noches, disfrazadas de qué? ¿Son bandoleras, amigas de los monfíes, o son persecutoras de monfíes, salen de noche a limpiar de ellos los caminos? Los monfíes y salteadores, de quienes ha oído decir que "salían a saltear de noche, mataban los hombres, desollábanles las caras, sacábanles los corazones por las espaldas, y despedazábanlos miembro a miembro; hacían cautivos a mujeres y a niños dentro y fuera de los muros de la ciudad, y los llevaban a vender a Berbería". ¿De quién es este hermoso animal? María sabe, y de sobra, que el convento no los tiene, que las religiosas no quieren monturas. Le han dicho mil veces que nada hay más inapropiado para una virgen que treparse a la silla de un caballo. Esto es lo que ha oído María, que tanto los extraña; toda su vida hubo caballo o pollino o asno cerca de ella, el padre los preparaba con cuidado antes de mercarlos. Desde muy pequeña, el padre la entrenó para montar, era una jinete experta. Pero aquí en el convento, ningún montar, qué va. ¡Encierro de vírgenes! Aunque, claro, están las viudas. La misma madre superiora es viuda, joven y viuda. El convento fue fundado para recibir viudas, y sigue la tradición de acogerlas. Puede que María no lo sepa, que no sólo la superiora, un buen número de religiosas son viudas. ¿De quién es el caballo? María peina con los ojos, buscando alguna figura en movimiento, pero nada ve. Atrás de ella, los rosales entremezclados delatarían cualquier intromisión, un minúsculo movimiento agitaría locamente el mazacote de zarzas, todas entrelazadas las unas con las otras, cualquier sacudida haría saltar la red de ramas y rosas que hace unos instantes tenía a María tragada en su vientre.

La luna ilumina con claridad. Desde donde está María, no se ve ventana donde se trasluzca encendida alguna vela. María afina el oído: no escucha nada. De pronto, sí, oye con toda claridad el crujir de unos goznes y el cerrar de una puerta. Se dirige hacia esta puerta. Llega a una plaza (plaza puede llamarse a un patio tan inmenso) que tiene en el centro una alberca. En uno de los costados está la celda principal del convento; María la reconoce, es un aposento de dos pisos y de cuatro habitaciones, el de la madre superiora. María ha estado aquí algún par de veces, es el extremo del convento opuesto a la cocina. Clara la ha traído desviándose del camino a los corrales más que un poco para enseñársela, contándole historias de la viuda, cuando van por pollos o gallinas para el guisado. María deja su cántaro en el borde de piedra de la alberca, acomodándolo donde unos helechos lo acojinan, y se acerca a la puerta de la celda, cuidando de no hacer ningún sonido. No escucha nada. Se sienta en el escalón de la entrada y pega la oreja a la puerta. Distingue dos voces distintas, la de un hombre y la de una mujer, altercando. Oye otra puerta abrirse, cerrarse. Las voces se apagan.

Silencio. María espera oír algo más, pero no se escucha nada. Despega la cara de la puerta. Traza en el escalón, con sus dedos, las dos palabras aprendidas; apenas hecho se levanta y camina retirándose con enorme precaución. Toma su cántaro de entre los helechos y se echa a andar con rapidez.

María quiere llegar cuanto antes a la cocina, para orientarse sólo sabe que debe dejar a su espalda el camposanto. Aunque haya venido aquí con Clara, no conoce nada bien el camino que la lleve de vuelta. Al fondo del patio o "plaza" de la madre superiora, encuentra una puerta abierta que da a un pasillo, lo toma y encuentra al final de éste dos puertas. Las dos están abiertas. Se asoma: la derecha da a un amplio refectorio, la izquierda a una capilla con un pequeño altar, la Virgen iluminada con velas, los floreros repletos de rosas. Elige el camino de la capilla, desemboca en un salón y éste a su vez en un patio. ¿Es el mismo que ha cruzado ya? El cielo se está cubriendo de nubes, cada momento es más difícil distinguir en las tinieblas. La aprensión de María crece. Trae su cántaro apoyado en la cintura, sin darse cuenta lo va tamborileando ansiosa con la punta de sus dedos. Sale del patio, toma un pasillo rodeado a un lado y al otro con pequeñas portezuelas —debe de ser donde viven las religiosas de bien, aunque ya no las principales—, trata de no hacer ruido con los pies ("¡No los arrastres, por Dios! —se va diciendo— ¡No los arrastres!"), mientras las yemas de sus dedos golpetean en el cántaro, para ésas no tiene oídos. Pasa a un salón, rodeado por los cuatro costados de esos agujeros pequeños que los moros llaman ventanas. Toma la puerta del frente y sale a otro patio. Se dirige en línea recta a su alberca central, y reconoce la banca que ocupó el primer día que llegó al convento. La luna ha quedado velada por las nubes, pero basta la pálida luz que dejan filtrar para saber que aquí fue donde la Milenaria le contó la historia de Carcayona. María pierde la aprensión que la acompaña, baja el cántaro de la cintura y asoma en él la nariz: el olor del barro húmedo le inunda el cuerpo de memorias. Ahí está su papá frente a ella, ahí los amigos, el ruido de su barrio, los cantos y los bailes al caer la tarde, ahí su casa: todo lo ve María, como si el olor del barro que recuerda el agua guardara vivas sus memorias. María siente un festivo alivio, sube el cántaro casi a la altura de la cabeza y se echa a correr, llevándolo en los brazos extendidos, segura de su camino, hacia la cocina; se siente ligera, casi exhilarante; se siente ella misma; como cuando vagaba por las calles de Granada, está de nueva cuenta entera, completa. Vivir entre estos muros ha sido faltarle a diario un trecho de sí misma. María creció con los pies en la calle de Granada, la casa era sólo para dormir y oír cantar al padre porque él canta en todo sitio. El cántaro le regresa lo que ha extraviado. Ya no le importa perderse en pasillos y refectorios completamente oscuros, tropezarse contra las baldosas disparejas de patios con trebejos en total desorden, ya le tiene sin cuidado el jardín de enmarañados rosales. Su cántaro es además su escudo, es su guarda, es lo que a Roldán su fiel espada, y es incluso más que una Durandarte fiel, pues nadie podrá nunca hacer mal uso de éste. Sin detenerse, vuelve a apoyar el cántaro contra su cuerpo, camina arreciando el paso y, en un respiro, casi sin darse cuenta, llega a la cocina. Todas duermen ya. ¿Cuánto tiempo estuvo vagando? Ni el perro se levanta a recibirla. En silencio se dirige a su rincón habitual. Ahí se sienta: no tiene sueño. Está agitada. Oye su propio corazón, golpeándole el cuerpo, queriendo salírsele, purrún-rún, purrúnrún. Bailaría. Cantaría. Abrazaría a su padre. Correría. No puede hacer nada de esto. Ya no se atreve a dejar la cocina y recorrer pasillos umbríos y patios impredecibles, su ilusión de seguridad se ha derrumbado. Piensa para sí: "¿Por qué no pasé por el corral de las vacas?", y se siente más perdida que nunca, desconcertada: no conoce el convento. Acuesta su cántaro, lo mira, la alegra pensar que va a dormir a su lado. Una vez más, en la oscuridad, con la yema del índice ensaya sobre el piso las dos palabras que ha memorizado, traza las que acompañan los dibujos que según María narran su salida del convento. Hace las líneas de las letras con sumo cuidado, sintiendo bajo la yema del dedo la suave caricia del hollín. Las repite. Las traza otra vez, y otra, más veces la palabra más corta y sencilla, y va formando un semicírculo con las letras, un semicírculo que la encierra. Se acuesta de frente a sus trazos; buscando acomodo para intentar dormir, pasa uno de los brazos sobre el cántaro, flexiona las piernas. Se siente como si hubiera retornado a su casa, por un momento feliz. Así sea María quien abraza al cántaro, el cántaro es quien la sostiene. Se queda dormida sin darse cuenta.

A la mañana siguiente la despiertan tres cosas simultáneas: las carcajadas nerviosas de Claudia, la voz alterada de la monja Milenaria y el silencio gélido proveniente de las otras hermanas, de las esclavas y de las criadas, un silencio que punza. Todo ocurre demasiado cercano a ella, diríase que pegado a sus oídos, pero María está decidida a fingir ignorancia, porque en su dormir está ocurriendo un sueño al que quiere alcanzar a verle el cabo. Tiene el cuerpo adolorido: no se ha movido de posición en toda la noche. Está tal y como se acomodó cuando cerró los ojos y se quedó dormida, el cántaro abrazado con un brazo al pecho, su otra mano pegada a la cara; así la cadera le moleste, no se mueve, no va a arriesgar nada antes de verle el final al sueño que todavía está teniendo y en el que deja un pie mientras el resto de su persona se asoma muy a su pesar a la vigilia. Las risas y las voces insisten. María se abraza más al cántaro, aprieta más los ojos, se detiene con más fuerza a la orilla del sueño: un toro vestido con toga blanca patalea sobre sus patas traseras, levantándose caracolea; gesticula como una persona, con las patas delanteras parece argüir algo, sus movimientos simulan los humanos. A la altura de la cintura, el toro se quiebra, se inclina al frente como si fuera una persona, se dobla su tronco, si el del toro es un tronco. Inclinándose, el toro levanta algo del piso y apenas hacerlo se endereza, de nueva cuenta como una persona. Es y no es un toro. Es y no es un minotauro. Es y no es animal, y es y no es persona. Cada uno de sus miembros es mitad humano y mitad animal, y es y no es de cuerpo completo las dos cosas. Es todo toro; es todo humano; es un minotauro sin cuerpo dividido. Ahora María nota que tiene las patas calzadas, trae sus alpargatas moriscas. El toro se echa más hacia atrás, se sacude la manta que le cubre el cuerpo, y ésta resbala al piso: el toro es un ser *desnudo,* tiene piel de humano. En su pecho hay dos tetas bien formadas. María extiende la mano para tocárselas. ¿Son de él, son de *ella?* ¿El toro es *ella?* En la vigilia, las carcajadas y las palabras que la rodean suben de tono, sobresale la voz de la Milenaria en extremo enfadada. "¡Que se callen! —piensa María— ¡Déjenme con mi torito un momento!". ¿María llama "torito" a ese monstruo? "¡Torito! —le dice María con la cabeza—, ¡torito mío!". Las voces que la quieren despertar topan con un espejo adentro del sueño, y ahí resuenan, ahí también gruñéndola, ahí diciéndole agitadas y altaneras: "¡Que no le toques las tetas al toro, a *la* toro!". María aprieta más los párpados y se abrocha más todavía a su cántaro. Cae una patada sobre su espalda, estrellándole la frente contra el barro de su cántaro, obligándola a abrir los ojos. ¡Adiós, torito, adiós con todo y tetas! El sueño se evapora. María gira enfadada la cabeza a ver quién la ha pateado y encuentra —para su total sorpresa— a la madre superiora en persona, arengándola.

María abraza más su cántaro, pegándolo al pecho, y se levanta casi de un brinco del piso. Por un momento siente que el cántaro se le resbala, que casi se le escapa, pero lo tiene bien sujeto, es una ilusión. En este momento María cae en la cuenta de que el cántaro ha disminuido de tamaño, que ya no es el enorme recipiente que ella llevaba arriba y abajo por las calles de Granada. La noche anterior, con el miedo, con la oscuridad, con la excitación, con las monedas en el cinto, no percibió el cambio. María ha crecido, es más alta que cuando entró al convento. Esta conciencia es su primer signo de despabilamiento, al que sigue pisándole los talones el comprender que el motivo completo del alboroto es lo que su dedo trazó en el piso la noche anterior, cuando refrescaba su memoria, haciendo sobre el hollín los trazos que había copiado al lado del camposanto. Las hermanas señalan las palabras pintadas por María en el tizne del piso. Esto es lo que ha arrancado carcajadas nerviosas, enfado en la Milenaria y la insólita presencia en la cocina de la madre superiora. Lo siguiente que comprende de golpe es que Claudia, la más fea entre las feas, sabe leer, probablemente también la Milenaria, aunque eso está por verse.

—Yo no sé leer —dice, pensando que eso debe justificarla y perdonarla del torbellino que ha levantado entre las monjas.

—Sería el demonio entonces —dice furibunda la madre superiora.

—La niña trae consigo puesto el demonio —dice alguien atrás, que María no alcanza a ver—. Miren: trae tiznada la sien y la mano…

—Que no fui yo, que no fui yo, que no sé yo qué dice aquí… —dice María, con tanta sonoridad como si fuera un canto, y con los piececitos golpea el piso subrayando cada Sílaba. Que si te echas a bailar, María, que si te eeeeechas a bailar, anda, María, María, zarandea a un lado y otro tu hermosa cara, tinta del hollín que recogió tu dedo—. ¡Lo juro por san Gabriel, en nombre del ángel mayor yo les prometo que yo no sé leer, no sé escribir, yo no he hecho nada!… ¡Por mi madre que me mira desde el cielo! ¡Yo no fui! ¡Yo puedo explicárselo, madre, no lo hice yo, solamente copié esas líneas aquí para que alguien me dijera qué dicen!

María no sabe que al invocar a san Gabriel hace parecer mayor su crimen, pues es el santo que adoran los moriscos, convencidos como están de que es su protector. Todas oyeron san Gabriel como si fuera invocado Luzbel y los otros amigos con quienes vive en el infierno. Cuando apareció la mención de la madre, ya estaban todas con los oídos sellados de horror ante la niña. Y no hubo quien oyera que deseaba explicarlo.

—"Alá manda, Alá, Alá, Alá manda". ¡Escribir en el convento esto! ¡Jamás en la vida de este santísimo lugar se había escrito adentro de sus muros esa maldición, ese cáncer!…

Debemos llamar al obispo Guerrero ahora mismo, y que la Inquisición se encargue de la gitana. Nunca debimos dejarla entrar, siempre supe que era un error tenerla aquí —dijo la madre superiora.

—Déjeme confesar a usted, que sí tengo algo que contarle para enseñarle a usted mi inocencia, madre —dice María, envalentonada ante el peligro, hablando recio y mirando con sus dos flamas de ojos a la superiora—. Quiero decírselo a usted, sin que nadie más lo escuche. Debe oírlo. Por los caballos que un día mercó mi padre, escúcheme, por uno, por uno solo de los caballos, uno que anoche vi aquí…

A la mención de un caballo, respondiendo a la mirada de María —raros poderes tienen las gitanas—, la madre superiora, aunque enfadadísima, aceptó escuchar a la niña. Las dos salieron de la cocina.

—Ayer por la noche —dijo María, bajando la voz, apenas se aseguró de estar fuera del alcance de las otras—, no podía yo dormir; dejé la cocina y caminé vagando por los patios del convento. De esto sí pido perdón, porque de esto sí soy culpable. No pedí permiso a nadie. Me perdí, porque yo no conozco este convento, y me vi rindiéndoles mi respeto a las que yacen en el camposanto. Saliendo de éste, cuando aún no mucho me le alejaba, bajo una jacaranda en flor me senté en una banca de piedra que ahí hay, usted debe conocer de qué hablo. Y ahí, a mis pies, vi esas palabras escritas una y otra vez en el piso de tierra. Estaban hechas con otras que no sé qué dicen, porque yo no sé leer, no sé entender. Pero a éstas, que eran cortas, las memoricé, me aprendí sus formas. Luego caminé unos pasos, vi estas dos otra vez escritas, igual en el piso, y aquí y allá las volví a encontrar varias veces, hasta que llegué a un jardín de rosales y apenas cruzarlo como Dios me dio a entender, que no fue fácil, topé, y casi diría yo *tropecé*, con un caballo, un hermoso caballo fino que alguien acababa de desmontar, le pasé la mano por el cuello, lo tenía sudado. Yo iba a dar noticia hoy mismo de eso que vi, que no puedo imaginarme de quién será;

se lo iba a decir a la Milenaria, a Estela, a quien quisiera oírme; el caballo estaba adentro del convento; paradito, atado a un árbol, bien ensillado y enjaezado; lo vi, lo toqué con esta mano que es mía. No me detuve a averiguar, porque pensé que caballo en Casa Santa no es cosa de bien, hasta temí que fuera una aparición del demonio. Del demonio debió ser, que tal vez vino cabalgándolo, bajó a escribir esas cosas en el piso, y luego, ¡no sé!, quiero creer no está ya aquí; madre, debió ser el demonio, que entró en caballo al convento… Quién sabe dónde más habrá escrito eso. Yo me vine corriendo, corriendo. Llegando a la cocina, me acosté, no podía dormirme, por el susto del caballo —que de la maldad de lo escrito en el piso no tenía yo ni idea, si no sé leer— y, de pura nerviosidad, repetí en el piso, sobre el hollín, con la punta de estos dedos que ve, lo mismo que vi allá arriba junto al camposanto escrito sobre el piso. Sí, yo lo hice con las yemas de los dedos, porque iba a preguntar hoy a alguna de las hermanas que me dijeran qué era lo que yo había encontrado ayer escrito, junto al caballo que le cuento, del que a usted o al confesor iba a dar yo cuanto antes noticia —María tomó un respiro, y reemprendió, aún con mayor vigor y aplomo—. Mi mano trazó lo que mis ojos vieron sin comprender varias veces en el piso del convento. ¿Quiere usted que se lo enseñe donde lo vi, y que le diga dónde estaba el caballo? ¿Quiere que le rastree para usted sus huellas y siga las de quien lo desmontó, que le diga por dónde anduvo el demonio ese? Aquí dicen, en el convento, que no sé hacer nada bien, pero eso —rastrear huellas— puedo hacerlo muy bien, porque mi papá es mercader de caballos y bien me enseñó a olerlos, seguirlos y a leer sus huellas. Eso sí lo sé leer. Yo sé leer las huellas aunque alguien, con voluntad, las haya borrado. Yo sé distinguir entre las de un caballo y otro, entre las de un hombre y otro, entre las de una mujer y otra. Mi papá me enseñó a rastrear bandidos y caballos extraviados. Vamos allá arriba, le muestro el "Alá manda" ("¡Jesús bendito!", dijeron las dos en respuesta a coro), esa maldición escrita en el piso junto con otras palabras que de seguro dirán cosas peores; yo le muestro a usted y al cura que usted traiga las huellas del caballo, que deben estar ahí marcadas claramente en la arena del piso; así el demonio las haya barrido al salir, yo se las leo. Y rastreamos el paso del demonio, buscamos dónde más dejó escrito y qué, y si son palabras usted las descifra, que yo eso no sé. Yo sólo copié en el piso de la cocina las mismas que vi allá, en el fondo del convento, para preguntar qué significaban, por si acaso las de arriba se borran, por si esas que vi fueran sólo una aparición nocturna. Tal vez todas las noches el demonio llega a caballo, tal vez todas las noches está haciendo maldades en esta Casa Santa, Usted ve qué es lo que pasó... Yo no sé escribir, yo no sé leer: sólo copié en el tizne para el bien de todas, para que se supiera, pero no imaginé que fuera cosa así tan bestia lo que significaran esas letras... Si no fue un demonio, serían monfíes, yo qué sé...

La superiora había cambiado completamente de expresión. Ya no estaba enojada sino visiblemente preocupada, y muy pálida. Habló sin cambiar:

—Usted se me calla ahora mismo, niña. No dice ni una palabra del caballo ni de las frases vistas allá arriba a nadie, absolutamente a nadie —cuánto se alegró en este momento de no haberle asignado confesor—. Ni de las palabras que vio escritas, ni del caballo, ni de nada. Con las cosas del demonio no se juega. Yo voy a checarlo ahora mismo. Usted, niña, ni una palabra, o la llevo al obispo, que él la corrija de andar pintando en el tizne lo que no entiende y de ver caballos que no existen y maldiciones escritas en el piso. Siga diciéndolo y terminará quemada en esa fresca. ¿Le queda claro?

María asintió, bajó los ojos y guardó silencio.

La madre superiora se recompuso y regresó como ráfaga a la cocina. María la siguió como los fuegos fatuos la habían seguido ayer a ella, pegadita a sus talones, como atraída, como sin fuerza propia, como si fuera de vapor o tina sombra. La superiora arengó a todas las religiosas, criadas y esclavas de la cocina con voz muy firme:

—Limpien ese piso, que ésta es casa de Dios. Rieguen después ahí agua bendita. Por respeto al convento, tienen prohibido terminantemente repetir lo que hoy pasó aquí. Se acaba esta historia. Esto queda entre yo, María y su confesor, y se hará justicia y se le dará remedio. No quiero oírla repetir, porque, si yo la oigo, será la comidilla de Granada. Repito: tienen expresamente prohibido volver a hablar esto. Si alguien se atreve a repetirlo, recibirá un castigo ejemplar. Aquí nunca se ha escrito esta maldición, estos muros no lo han visto, ni ustedes tampoco.

Dio la media vuelta y salió presurosa. "¿Cuál confesor?", pensó más de una.

Clara dice muy quedo, casi al oído de María:

—¡Ni cuando era el palacio de la reina mora se escribía o decía aquí esa palabra, "Alá"!

María no abrió la boca. No hizo un solo gesto de complicidad. Tampoco ella quería saber nada más del asunto. Si era verdad que la madre superiora iba a olvidarlo, ella también lo enterraría. Las hermanas se fueron retirando de la escena del crimen, ninguna más abrió la boca, nadie volteó a mirar a María. La bailaora no hizo nada, no dijo nada a su vez. Antes de limpiar el piso del tizne, intentó leer el "Alá manda" que había escrito, pero no pudo, no distinguía qué quería decir qué. En cuanto terminaron de limpiar, la Milenaria regó sobre ese tramo del piso agua bendita, musitando rezos que las otras hermanas y las criadas coreaban, con miedo en el corazón. Lo mismo hizo sobre María, después de tallarle con un trapo, inmerso también en agua bendita, la cara. En cuanto al trapo, lo tiró al fuego de una de las chimeneas donde harían ese mismo día horas más tarde dulce de leche en enormes calderos. El fuego estaba preparado desde la madrugada.

Mientras esto ocurría en la ardiente cocina, la madre superiora se había dirigido presurosa hacia el poyo de piedra que está al lado del camposanto. A su pie, leyó en el piso, escrito en la arena: "Que Alá te proteja", y a su lado "Él manda". Con las suelas de sus zapatos talló las frases, y las varias veces que había "Alá" y "manda" escrito aquí y allá, borrándolas por completo. Cruzó hacia el patio de las rosas. Se detuvo en la entrada del patio, bajó la vista y leyó "Alá manda". Borró la palabra con las suelas, sin pensar en nada, sin levantar los ojos. Si lo hubiera hecho, habría leído en el arco de la entrada principal a este patio, en la moldura de piedra del nicho de la derecha, estas palabras inscritas en lengua arábiga:

Estoy aderezada como doncella en rito nupcial,
dotada de la mayor hermosura y perfección.
Contempla este estanque,
y fácilmente conocerás la verdad de mi aseveración.
Examina también mi tiara y verás cuán se asemeja a la
    dulce aurora del plenilunio.

Pero la madre superiora no alzó la vista. Dio la media vuelta y se dirigió a su celda. Antes de entrar, puso los pies en el escalón, donde vio con horror escrito "Alá manda". No le quedaba sino rezar y encomendar su alma a Dios, pero antes de hacerlo tomó del pretil de un balcón la jarra que se usaba para regar las flores y la vació sobre el escalón, para limpiar toda seña de esas letras malditas. La gitanilla había dicho "Así el demonio las haya barrido al salir, yo se las leo"; más valía echar agua. Se hincó a intentar rezar para calmar su exaltación.

Si lo que la madre superiora buscaba rezando era paz, no la tendría esa misma noche. En el siguiente pasaje se relatará lo que pasó tal como lo recuerda la ciudad. Para hacerlo, al vuelo se explicarán algunas cosas que ocurrieron después de las últimas prohibiciones reales que se pregonaron el 1° de enero de 1567 ante los alcaldes del crimen de la real Chancillería, el corregidor y todas las justicias de la ciudad con gran solemnidad de atabales, trompetas, sacabuches, ministriles y dulzainas, en plazas y lugares públicos de la ciudad y de su Albaicín.

7. Pasaje donde comienza la segunda
huida de María la bailaora

Corría el año de 1567. La opresión de que eran objeto los moriscos de Granada se hacía a diario más dura, causando entre ellos el vivo deseo de un alzamiento. A las prohibiciones ya imperantes, y que no eran pocas, se sumaron en meses la de tener esclavos negros, la de usar armas, la de acogerse a lugares de señoría para salvarse de la persecución, la de gozar de inmunidad eclesiástica. Agréguese a esto el grave peso de los tributos, el conocido rigor y la rapacidad de los recaudadores (o como ellos les dicen: almojarifes) y —lo más importante entre todo lo arriba dicho— la insolencia de los soldados que se alojaban en las alquerías y las casas de estos moriscos con el pretexto de perseguir delincuentes y refractarios, causando grandes gastos a sus patrimonios, y vejaciones de violencias y desafueros que no paraban nunca. Eran más los delitos que los soldados cometían que los delincuentes que apresaban, nadie dará versión distinta. Por todo esto estaban los moriscos irritados, tramando cómo defenderse. Con toda razón manifestaban ira, seguros de que su Majestad había sido mal aconsejado y que la premática sería la causa de destrucción del reino, y comenzaron a hacer juntas en público y en secreto.

So pretexto de recaudar dineros para comprar ropas castellanas a las moriscas, las autoridades cristianas desmantelaron y vendieron los baños del Albaicín. Aquí, a la afrenta se sumaba la burla, que la plata desapareció como por encanto, no viéndose convertida nunca ni en lana ni en paños, ni en faltriqueras ni en mantos. Fue don Pedro Deza, presidente de la Chancillería, quien hizo destruir todos y cada uno de los baños, que eran uno de los más grandes deleites de los moros, y quien ayudado por otros buenos cristianos desapareció sus frutos, evaporándolos en favor de sus bolsillos. El último día de diciembre de este 1567 las mujeres debían abandonar sus ropas de seda y sus atavíos árabes, y debían empadronar a todos los niños y niñas de su raza para que recibieran de ahora en adelante educación cristiana —o les fueran sus hijos arrebatados, llevados a otras ciudades, como se decía se había hecho con los de los gitanos—. Los montes vecinos de Granada estaban plagados de monfíes, que así se hicieron llamar los moriscos recién convertidos a salteadores, que cada día eran más, y razón tenían de serlo: mejor parecía la vida al acecho y en el rigor y la inclemencia de los montes, que su vida doméstica, pues vivían los moriscos ofendidos vivamente en sus hábitos, en la segundad de sus vidas y sus haciendas, en su religión, e incluso en sus costumbres domésticas. Encima de todo, don Pedro Deza había revocado el permiso de portar armas que había dado como excepción a los distinguidos, y había hecho prender a traición a los varones de algunas familias ricas y poderosas por considerarlos sospechosos. Todo Granada tenía motivo para temer la justa ira de los moriscos, que no parecían dispuestos a cruzarse de brazos como respuesta a tantos ultrajes.

Fue entonces, y no en tiempos de Almanzor, como se dice ahora, que en Vélez, esa ciudad bañada por la orilla del mar y las aguas fértiles del río Vélez, donde siempre hay clima benigno, en cuya tierra generosa los moriscos supieron hacer producir magníficamente granos, legumbres, frutas sabrosísimas, en especial las naranjas de singular regalo y los dátiles almibarados como los del Sahara, que un príncipe morisco tenía una hija de hermosura sin par, discreta e inteligente, a quien le fabricó un hermoso palacio con cármenes deliciosos para divertirla. El cristiano alcalde, un viejo brutal, la codiciaba. La joven tímida no correspondió a sus insensatos deseos, y el viejo, sin cosechar su respuesta, ayudado por sus criados, la ultrajó infamemente. El padre, ciego y despechado, armó a sus vasallos, cercó la villa, degolló al raptor y a todos los de su raza, asesinando sin mayores miramientos también a los de los pueblos vecinos.

Esto vivía Granada cuando María la bailaora escribió sobre el hollín de la cocina del convento las palabras "Alá manda", causando inquietud y enfado en sus llamadas hermanas, que más sus amas, sus dueñas, o mejor sus tiranas, parecían salteadoras de sus tres monedas y sus dos joyetas corrientes, y asaltadas de la única buena. Tal era el estado de alarma de la ciudad, al que las monjas no eran ajenas, que no había rincón de Granada insensible a lo que acontecía, un pasaje sin par en su historia. María recibió su cántaro y el mensaje la noche del 19 de abril, amaneciendo el 20 con la cara teñida de tizne. El 21 la indiscreción de un soldado cristiano terminó de turbar la ciudad. Si fue indiscreción, ya hablaremos de esto.

Era una noche encapotada y húmeda. Acababan de dar las ocho y media cuando se escuchó el sonar de la campana de la Vela con toque de rebato, alternándose con los gritos del soldado que la tañía, que gritaba: "¡Cristianos!, ¡mirad por vosotros!, ¡esta noche seréis degollados!". Los hombres salían abrochándose los jubones y las calzas con una mano y empuñando en la otra el arcabuz y la espada. Las mujeres corrían también despavoridas buscando refugio más seguro que sus casas. Un grupo numeroso de éstas se agolpó a la puerta de nuestro convento, el Santa Isabel la Real.

La madre superiora dio instrucciones a las criadas, a las esclavas y las beatas que habían ya aparecido (las beatas, falsas viejas rezadoras, vestidas de negras gruesas telas, infatigables como las criadas y como éstas tesonudas y persistentes pero sólo en comer, tacañear y ansiosamente hacerse de beneficios a costa de bellezas, juventudes y sudores ajenos, quienes contraviniendo los preceptos de la orden, andaban arriba y abajo del claustro, con total libertad de movimiento). Se abriría la puerta principal, y vigilarían con celo a quién darían entrada. Ningún varón, de ninguna edad, ni recién nacido, podría entrar. Por lo mismo no se aceptaría adentro a ninguna a punto de parir, no fuera a nacerle un hijo. Tampoco podrían entrar mendigas ni mujeres que no fueran de bien, ni conversas, ni bastardas. Las hermanas junto con las criadas y las esclavas corrieron a la puerta principal del convento, a punto de ser derribada a puñetazos por las desesperadas que ya se imaginaban en manos de monfíes. Entreabrieron la portezuela para seleccionar a las que podrían entrar y a las que debían dejar afuera. Comenzaron a dejar pasar adentro a quienes fuera pertinente, eligiendo con el mayor cuidado entre la masa que pugnaba por meterse, aceptando grupos de madres con sus hijas y criadas, viudas cargadas de todas sus valiosas pertenencias, vejestorias cubiertas de cuanto velo y tafeta y lienzo tenían en su casa, que no encontraron mejor manera de ponerlos a resguardo. Las niñas lloraban, las jovencitas reían nerviosas, las mayores trataban de conservar la sangre calma, cuidando no dejar fuera a alguna de sus hijas. Una perdió por completo la compostura cuando la intentaron echar fuera. Terminaron por sacarla a empujones haciendo fuerza contra el siguiente grupo que pugnaba por entrar, armándose un alboroto. La expulsada amenazaba a las monjas con venganzas, desgañitándose. Las que deseaban entrar se sumaban al revuelo, jaloneándola hacia aquí y allá. María se pegó a la expulsada gritona, adhiriéndosele como para empujarla afuera, que mucho se resistía, y pegada a ella, escudada por las que pugnaban por entrar, se escurrió afuera. Ahora entendía preciso la seña indicada en el recado recibido la noche anterior. El revuelo del tañer de la campana y los gritos imprudentes del soldado la habían puesto en alerta. Por esto María tomó a la chillona de la cintura y se le repegó a la espalda como punta de lanza, trasponiendo la puerta principal del convento desprovista de nueva cuenta de su cántaro, armada solamente de su falda en andrajos y de la camisa rota, prendas con que habían reemplazado las religiosas a su hermosa camisa con franjas de colores, el manto atado al hombro, el sombrero y las muy finas faldas gitanas que vestía al llegar. Guardaba en el cinto sus dos monedas.

Había un revuelo jamás visto en la callejuela que bordeaba la entrada del convento. Los frailes de san Francisco habían dejado sus celdas y corrían armados hasta los dientes hacia la plaza Nueva. Uno de esos monjes se haría en breve famoso como guerrero. Pero ésa es otra historia…

8. Pasa el franciscano guerrero

El 10 de enero del año de 1569, Cristóbal Molina, un fraile franciscano, con un crucifijo en la mano izquierda y la espada con una rodela en la derecha —que no sólo un donjuán de Austria, cuando ha sido condenado a la vida religiosa, siente el deseo de usar las armas—, los hábitos cogidos con una cinta, llegó con el resto de la tropa cristiana al Pasopuente de Tablate. A esas alturas de la guerra de las Alpujarras, los cristianos se creían vencidos, y en este lugar preciso estaban en efecto acorralados, que no había dónde más ir, ni encontraban salida para su muy dificultoso encierro. El fraile dicho, Cristóbal Molina, acomodando un tablón sobre un lodoso barranquillo, de manera que parecía insensata, saltó. Cuando todos esperaban verle caer, se admiraron de contemplarlo salvo en la orilla opuesta. Tras él saltaron dos soldados ordinarios. El primero, que no supo apoyarse con bien, como lo había hecho Cristóbal Molina, cayó, pero el segundo pudo seguirle el paso, y tras él lo hicieron los demás, sin que hubiera otras pérdidas.

Final del pasaje que atañe al franciscano y soldado.

9. Continuación de la segunda huida de María

La llorosa expulsada y la liberada María iban en la misma dirección que los frailes, hacia la plaza Nueva. Se cruzaban con hordas de mujeres apretujándose ansiosas por alcanzar y trasponer las puertas del convento, hacia las que también se dirigían hombres armados para protegerlas del ataque y para ayudarlas a seleccionar quién era lícito entrara a guarecerse, reteniendo a las que debían quedar afuera, porque beatas, criadas y hermanas no se daban abasto. Desde afuera de las paredes del convento, los armados varones harían pie de guardia. La callejuela era estrecha y el tumulto apenas cabía. Los frailes,

María y la gritona avanzaban muy lento y con gran dificultad, escurriéndose por la calle de la Tina en sentido contrario a las mujeres. De pronto, un caballo torció en la primera bocacalle, derramándole la gota al flujo humano que desaforado intentaba correr por la atestada callejuela. María pierde a la gritona que la ha ayudado a escurrirse y tropieza de narices con el lomo del caballo entrometido —quien no consigue, en el apretujadero de la multitud, terminar de dar la vuelta y alinearse con los muros de la callejuela—: es el que ha visto la noche anterior al lado de las zarzas, adentro del convento. Sí, sí, no le cabe duda de que es el que ha visto la noche anterior. El caballero que lo monta golpea con la pierna el hombro de María, desbroza de obstáculos el camino, hace a ésta y a aquélla a un lado para acomodarse alineado al muro del convento, quiere alcanzar la entrada. María alza la vista, revisa las elegantes ropas del caballero, alcanza de reojo una mirada displicente que la barre sin verla. El jinete es un enorme moreno hermoso, el bigote bien atezado. ¿Provendría de la puerta trasera del convento, o apenas se dirigía a su entrevista nocturna cuando sonaron las campanas a rebato? Ignorando el golpe en el hombro que la insta a moverse, María pasa la palma de la mano por el cuello de su montura —ningún sudor, ese caballo se ha echado a andar apenas hace un instante; o viene del patio del convento, o lo acababa de montar ha dos pasos—, hecho lo cual María ágilmente se pega al muro para dejar pasar a la enorme y bella montura, e intenta aprovechar la onda que causara su paso para avanzar contra corriente. Por momentos se hace todavía más espesa, ¡cuánta mujer buscando refugio!, ¡cuánto varón corriendo armado!

María consigue dejar la calle de la Tina y baja presurosa hacia la plaza Nueva por la vacía calle de los Negros, en donde se halla reunida una multitud iluminada bajo decenas de hachones. Ahí se averiguó que un centinela de la torre de la Vela se había alarmado al ver encendidas lumbres en la torre del Aceituno y, teniéndolo por un alzamiento de moriscos, había tocado a rebato. Las luces sin duda que habían brillado, que mal no vio el soldado, pero habían sido encendidas por cuatro soldados destacados por un alguacil para velar por aquella parte de la muralla. Lo más que se hizo fue redoblar las rondas, y todos volvieron a sus hogares.

Todos, menos María. Por la puerta del convento volvieron a cruzar las que habían entrado, las mujeres salían diligentes hacia sus casas después de depositar debidas y generosas limosnas. Pero sólo las beatas cruzaron en sentido opuesto.

María se sentía desconcertada. Cierto que era su ciudad, pero tan noche y con tanto ansioso meneo parecía ser otra. No la hacía sentirse mejor el que fuera quedándose vacía. Pensó que sería pertinente alejarse siquiera un poco más del convento, cruzó la plaza Nueva, se echó a andar sobre Cuchilleros, cuesta Rodrigo del Campo, Pañera, y tomó Pavaneras a la izquierda. Apenas lo hizo, algo llamó su atención al pasar frente a la casa de los Tiros, algo en la mil veces vista fachada, las cuatro estatuas que —había oído decir a alguno de los amigos de su padre— eran Mercurio, Teseo, Jasón y Hércules, vestidos a la romana. María conocía las historias de los cuatro, más de una vez, pasando enfrente, había oído contar de manera rápida —y a saber cuán fidedigna— sus aventuras. El ojo de María ha caído en un detalle nada insignificante: sobre la puerta está esculpida verticalmente una espada tocando con su punta un corazón, y a su lado las dos palabras que María no comprende pero reconoce: ÉL MANDA. Arriba de éstas hay tres aldabones de bronce, uno triangular, otro cuadrado y el tercero octogonal, cada uno de ellos sujeto a la pared por un corazón sobre el que está escrita la misma leyenda: ÉL MANDA (EL CORAZÓN MANDA), y al lado de esto: ¡GENTE DE GUERRA! EJERCITA LAS ARMAS. EL CORAZÓN SE QUIEBRA HECHO ALDABA LLAMÁNDONOS A LA BATALLA. ALDABADAS SON, QUE LAS DA DIOS, Y LAS SIENTE EL CORAZÓN.

Ésta, sin duda, es la segunda seña en el recado. María se arrellana en el vano de la puerta, se hace un ovillo sobre el escalón de la entrada, y espera que amanezca. No hay peligro de que la vengan a buscar del convento, donde no consiguen ponerse en orden, algunas viudas retrasadas alegan haber perdido esto o aquello, un vejestorio se ha sentido enferma y han debido llamar a un doctor, y las criadas hacen lo que pueden para no perturbar el claustro de sus amas, desconcertadas ante la situación inesperada, fatigadas por las altas horas de la noche, ayudando atolondradas a hacer mayor la confusión.

10. Donde se plantea una objeción, María corre por las calles envuelta en toritos, conocemos brevemente a Andrés y a Carlos, y mientras se presenta al pelirrojo Yusuf, al espadero Geninataubín y a Farag, María comienza su vida entre los moriscos

Eso es lo que se cuenta que pasó esa noche, pero ¿es verdad que el soldado no sabía, que tocó irresponsable las campanas a rebato, sin más pretexto que haber visto esas luces? ¿Y el cohecho de que fue objeto, entonces, no cuenta? Porque el soldado dicho recibió de Farag Aben Farag, rico comerciante y tintorero del Albaicín, descendiente de los Abencerrajes, un puño de monedas contantes y sonantes. Y fue por esas contantes que el soldado tocó a rebato, no porque viera humos o fuegos o lámparas encendidas, sino oros y platas en su bolsa. Las campanas habían tocado obedeciendo a Farag Aben Farag, que tramaba así sacar a María del convento, y hacer entrar en la ciudad, aprovechando el revuelo, una carga importante de armas y municiones. De no haber sido así, los moriscos, encerrados en sus casas, hubieran temblado del pavor de verse asesinados por esa masa enloquecida. Pero no fue tal. Se encerraron a cal y canto desde antes que sonaran las campanas, tomando todo tipo de prevenciones porque habían sido advertidos, y esperaron a que los cristianos se congregaran en la plaza Nueva y oyeran que el rebato había sido un malentendido. Farag es Farag, si algo no le falta a este hombre es audacia,

audacia y cálculo: con esta falsa alarma Farag quiere matar varios pájaros con un solo tiro. Farag, el que dice: "¡Confiarle algo a un cristiano! Los huesos de mi perro en el desierto merecen más mi confianza que uno de ellos, que…", y se larga, por ejemplo, con alguna de las historias de los despreciables Borgias, a las que era tan afecto por encontrarlas ilustrativas: "Hubo uno, Papa por cierto, que tuvo a sus tres hijos con la tabernera Vanossa dei Cattanei, Cesare, Juan y Lucrecia. Cesare, cómplice de su padre el Papa en crímenes repugnantes —cometían incesto con Lucrecia, hermana e hija, la bella Lucrecia de boca de botón de rosa, cabello rubio como el trigo y los ojos azules—, Cesare, decía, apuñaló y echó al Tíber a su hermano Juan, el duque de Gandía. ¡Entre cristianos se cuecen habas hasta en las mejores familias!".

Antes de ir a Farag —que un buen trecho iremos, como lo hace Granada, de su brazo—, veamos qué pasa a María en el portal de la casa de los Tiros, donde hay posibilidad de que las criadas del convento la encuentren cuando salgan mañana temprano a vender o a comprar leche. El convento es dueño de cinco vacas que no viven en el convento, pero todos los amaneceres recibe la leche aún tibia y parte de ésta sale de inmediato en manos de las criadas para ser vendida todavía tibia de casa en casa. Las vacas producen más que lo suficiente para el consumo diario —considérese que diario sólo comen bien las pocas privilegiadas que bien comen—, pero los días de hacer dulce de leche no basta la de las vacas del convento, de modo que unos días el convento vende leche y otros la compra. María no recuerda si éste es día de comprarla o de venderla, pero fuera para un motivo o para el otro, al abrir el día algunas caras conocidas podrían topar con ella.

María la bailaora lo sabe, pero entiende lo que el recado le señala. Esperará en el portal el amanecer para echarse a correr cuesta abajo y luego cuesta arriba, hacia el Albaicín, donde encontrará a más de un amigo de su padre. María se acomoda en el piso, se acuerda de su cántaro abandonado en el convento, lamenta su ausencia, se ovilla, y sin darse cuenta se queda dormida. Todavía es noche cerrada cuando la despierta el sonido del tropel bajando por la cuesta, los toros y torillos rumbo al rastro, sus pezuñas golpeando las calles empedradas. Sin pensarlo dos veces, María se incorpora y se echa a correr con ellos, que aunque la lleven por el camino largo al Albaicín —si no que en sentido contrario—, ella da por un hecho que ésta es la siguiente indicación a seguir.

Los dos pastores que cuidan de los toros conduciéndolos a marcha forzada por las calles vacías se hacen cargo de inmediato de María. No es nada sencillo correr al lado de una docena de toros en callejuelas anfractuosas. Los pastores la guían como si fuera parte del rebaño, dándole indicaciones con la punta de la vara, tocándole el hombro. Le indican que se desplace hasta el extremo izquierdo del rebaño, justo por la mitad del rebaño, y en ese punto la conservan mientras corren por callejones cada vez más cerrados, librándola de ser aplastada por las bestias y cuidándola cuando desembocan en la plaza abierta. El mayor de los pastores —un joven delgado, alto, las piernas y el cuello demasiado largos—, Andrés, divertido, golpea sin parar el hombro de María, jugueteando con ella. Andrés es de la misma edad que María, tendrá 14 años, el bozo le cubre apenas la cara. Le excita correr por los callejones adivinándole los tobillos a la hermosa. Le dice: "¡Este torito no se me escapa!" y otras frases golpes. María no le sonríe, ninguna gracia le hacen sus frases ni sus suaves. Corre a todo lo que le den sus piernas e intenta entender el lenguaje de la vara, temiendo se la lleven los toros entre las patas. El más joven de los pastores se llama Carlos. Es redondete, no tiene aún bozo, mira a María tímido, apenas de reojo; se atreve más a observar la excitación de Andrés que al objeto de ésta. Se ríe nerviosamente viendo así a Andrés, es torpe, a cada tercer paso titubeando se tropieza. Camina mirando a un lado, por costumbre no pone el ojo donde irá a dar su maltrecho pie. Carlos y Andrés, como María, son hijos de gitanos.

Llegando a la puerta de las Orejas, llamada también de las Manos y de los Cuchillos —porque comenzaba a hacerse entonces costumbre exponer en la puerta manos y orejas cortados a los malhechores y las armas cogidas por la justicia (se castigaba con cortar una mano el pecado nefando, el robo, el ser gitano y otros crímenes), la que hacía poco llamaban también de Bibarrambla, que es decir la puerta de la Rambla, a la que un poco antes llamaban la de Bibalfarax, según recuerdan los viejos de Granada, que quiere decir la puerta del Caballo—, bajo el segundo arco, más pequeño que el primero y también de piedra, donde está esa pintura de Nuestra Señora de la Rosa que llaman así por la flor que tiene el niño, una persona esperaba a María: Yusuf, comúnmente llamado el gigante Yusuf.

Yusuf es un hombre enorme, de cabello y melena colorada, tan alto que da pavor, corpulento y magnífico, hermano de Cidi Hayla, defensor de Baza y primo de Abdalla el Zagal. Ha heredado el color encendido de sus cabellos de uno de sus ancestros, el rey Abu Said el Bermejo, de cuyo matrimonio nació Yusuf, también rey de Granada. En Granada, los hermanos de los monarcas moros no son asesinados, como en la negra Berbería y entre los turcos de Constantinopla; ocupan cargos no muy honorables, pero gozan de riqueza y algunos pocos privilegios; de no ser así, Yusuf, el sobrinonieto de rey, no habría nacido.

Al ver venir a los toros, abriendo sus dos brazos grandísimos, el gigante pelirrojo Yusuf extendió un gran lienzo blanco que cargara consigo. Andrés gritó:

—¡Ale, el torero! —y golpeó con su vara a María, señalándola.

El corpulento pelirrojo Yusuf le contestó:

—¿Esto es mi mercancía?

—¡Ésa es! —le replicó con voz infantil Carlos, sin parar de correr.

—¡Ahí tiene a mi torito! —gritó Andrés.

El pelirrojo Yusuf se arrojó con la sábana extendida para atrapar a María, deteniéndola y envolviéndola al mismo tiempo. El lienzo de tela era enorme; el pelirrojo Yusuf envolvió con éste el pequeño cuerpo de María, de tal suerte que, ya terminado de enredar en torno de ella, parecía ser una pieza de tela llevada a vender al mercado. Asiendo al bulto, se lo echó en andas, relativamente pequeño en brazos del gran gigante. Era ésta una última prevención de sus salvadores para protegerla en caso de que alguien la hubiera venido siguiendo, prevención de todo punto inútil porque en el convento aún no se daban cuenta de su ausencia. La ciudad aún no despierta, aletargada después de la difícil noche, los guardas acababan de irse a dormir y hacía muy poco que reinaba en las calles completo silencio. El sol apenas comienza a asomarse. Pero además, ya llegado el momento, ninguna gana tendría la madre superiora de enviar brigadas a traer de regreso a la gitana endemoniada. Para ella era un relativo alivio saberla perdida, escondiéndose lejos de cualquier confesor posible.

Unos pasos adelante, el gigante Yusuf con su bulto en brazos se escurrió por la puerta de una de las casas que están afuera de la primera muralla de la ciudad, en el corazón del arrabal de la Bibarrambla, donde ejercen sus industriales artesanos —herreros, cerrajeros, carpinteros, alabarderos y cordoneros entre otros—. Yusuf metió primero el bulto, luego se agachó para caber en la puerta. Cargándolo cruzó el patio, entró al taller celosamente guardado tras doble muro y puerta. Las dobles paredes son muy altas para proteger al barrio del ruido ahí producido. Al entrar quedaron sumergidos en el infernal pozo de sonidos. Decirle *infernal* es lo más apropiado, porque desde tan temprana hora son insoportables el calor y el estruendo.

El taller de Geninataubín labora a marchas forzadas cuando el resto de la ciudad duerme. Mucha labor tenía delante, intentando reparar aquella bárbara barrida de espadas que un día hicieron los cristianos en las casas moriscas. Porque en 1563, hacía cinco años, como medida precautoria, los cristianos escudriñaron en 16,377 casas moriscas, peinando en ellas 14,930 espadas y 3,854 ballestas. A ojos de los cristianos, Geninataubín tiene un taller de herrero, donde se hacen las mejores rejas y láminas de piorno, las más para vendérselas a ellos. Pero los moriscos saben que Geninataubín es maestro espadero. Por esto trabajaba a doble marcha, pues siempre puede mostrar a las frecuentes inspecciones de los soldados cristianos objetos para su entera satisfacción, y guardar para su comercio secreto espadas y puñales.

El moro Yusuf depositó su carga sin desenvolverla, a la que le gritó —con vozarrón que hacía juego con su enorme cuerpo, alcanzando a sobresalir con claridad del ruidero insoportable que los envolvía—: "Te me quedas ahí, niña, ¡no te muevas!", hecho lo cual se dio la media vuelta y se dirigió hacia el corazón del ruido.

Entre yunques y fraguas, rezos y letanías para medir el tiempo de este o de aquel otro procedimiento (cubrir con barro el filo, sumergir en agua el acero, someterlo al fuego), golpeteos del martillo contra el yunque, agua siseante, está el maestro espadero Geninataubín, en ese momento diciendo: "Dios es único, Dios es solo; no engendró ni ha sido engendrado, ni tiene compañero alguno". Apenas acabó la frase, retiró la espada del fuego y comenzó a golpear la hoja. La cara enrojecida, el pecho descubierto, en la cabeza el turbante de tela ligera, una manta atada a la cintura, nuestro pelirrojo Yusuf se le acerca y le grita al oído:

—¡Traje ya la mercancía!

El espadero Geninataubín deja en alto el martillo mientras oye el mensaje con atención.

—¿En buenas condiciones?

—Creo que perfectas.

—¡Alabado sea Alá! ¿Está aún envuelta?

—Envuelta está.

—Avisa a Farag, está en casa de Adelet; no ha pegado el ojo en toda la noche; pidió que tú mismo le informaras en cuanto llegaras.

—¿La otra mercancía?

—La otra llegó ya, está en su sitio.

Apenas terminó la frase que se refería a la carga de armas de fuego que Farag había conseguido entrara de contrabando al barrio morisco, aprovechando el alboroto producido por las campanadas, el espadero Geninataubín dejó caer el martillo sobre la hoja y continuó golpeando. A su lado, un artesano sumergía una espada en agua fría, rompiéndose el barro que cubría su filo con objeto de hacerlo más fino y punzante. Sumándose al ruido del taller, se oía al fondo el griterío de las ocas, también asistentes de la labor del espadero Geninataubín. Desde el corral anexo hacían lo propio: comer plomo por las noches para cagarlo oxigenado al otro día. Sus excrementos eran levantados y echados al fuego, para, fundiéndolos, conseguir el hierro.

El gigante pelirrojo Yusuf se dirigió hacia la puerta. Pasa frente a María, hecha un bulto, que no se había movido un ápice, y, como si lo hubiera hecho, le recomendó otra vez, con voz tronante:

—¡No te muevas, dije! —y se echó a la calle. Pasó frente al aljibe inmediato a la casa, dejó atrás la mezquita del Hadidin y otra que está ya trocada en iglesia, la de santa Magdalena, y ahí entró al carmen del cerero Adelet (que más adelante hubiera de hacerse famoso, porque en su casa convinieron en alzar el grito de rebelión el primer día de enero de 1569), donde lo esperaba Farag Aben Farag, el comerciante y tintorero que ha financiado la noche de desorden, sobornando al soldado para que toque las campanas a redoble.

Farag está enfrascado en una discusión agitada con un grupo selecto de los suyos, en la que las frases van y vienen con rapidez, subiendo en cada intercambio el volumen y el tono de la plática. Hacía un momento habían estado hablando de una de sus grandes preocupaciones, la crisis de la seda, pero ya lo habían hecho a un lado. Como el espadero, se reunían a deshoras, pues era ley que las casas moriscas debían dejar abiertas las puertas noche y día, y aprovechaban las horas del sueño cristiano para practicar las labores que exigían total discreción. El grupo estaba formado por moriscos ricos, gente aristócrata, acostumbrada a llevarse siempre la mejor parte del pastel, en tiempos muy recientes humillados, y desde el primer momento llenos de ira. Los más vestían como un castellano, unos pocos "a la morisca", y un par de muchachos portaban turbantes turquescos —detalle muy a la moda, la mejor manera de mostrar a sus pares que ellos "sí", así fuera más para la mofa colectiva que para obtener de su grupo algún tipo de respeto—. La discusión en el momento versaba sobre Francisco Núñez Muley, para ellos Almulhacen Almutaguaguil, del linaje de los reyes —el único miembro de la Corte real nazarí que no puede emigrar, pues en Marruecos reina la dinastía que ha derrocado a su padre y le ha hecho matar, y quien debe por lo tanto bautizarse, atado de manos por los cristianos—, yerno de Maley Hayén, un día paje del arzobispo, recaudador del impuesto de la farda, casi niño, quien en el año 66 elevó un memorial al presidente de las reales Audiencia y Chancillería de la ciudad y Reino de Granada, para que se suspendiese la ejecución de la Pragmática, que prohibía a los moriscos la lengua, el traje, la música y otras costumbres, tan queridos para ellos como significantes para su alegría. La discusión, como digo, había subido de tono, ya se gritaban los unos a los otros, los que apoyaban al Muley y los que lo condenaban, considerándolo algunos blando, otros torpe para guiar a los suyos, otros incluso traidor; sus defensores, en cambio, un dechado de virtudes diversas.

En el momento en que entra el gigante pelirrojo, una voz categórica y serena ha conseguido silenciar a todas las demás, pero cuando dice: "Según Badis ben Habuz, el sabio, así se debe defender la Andalucía", arrecia la discusión, una verdadera tormenta. Esta frase, aparentemente inocente, repetía el letrero que tiene el "Gallo del Viento", la veleta que reposa en la torre de la casa del Gallo (un palacio "tan extraordinario por sus bellezas y magnitud que no tiene comparación con ningún otro de muslimes ni de infieles", según Aben Aljatib). La veleta representa a un caballero vestido a la morisca, con lanza y adarga, al que llamaban el Gallo del Viento.

—¡Defender la Andalucía así, al son del viento que sople, sin hacer nada para detener la llegada de la tormenta que se avecina, es una irresponsabilidad suicida!

—¡Es dejarse —decía otra voz incluso más furiosa que la anterior— conducir a ojos cerrados al matadero, poniéndoles en las manos el lazo para que nos arreen!

—¡Se equivocan! ¡Es la única estrategia posible! ¿Cómo no se dan cuenta? ¡Si respondemos, nos arrasan! Debemos permanecer impasibles. Es nuestra mejor arma. Si atacamos, morimos. Los cristianos esperan que ataquemos, sería su pretexto para aniquilarnos.

—¡De ninguna manera!

En la reunión sobresalía un hombre sentado al centro que no estaba exaltado como los demás. Era la viva representación de la desolación. No participaba en el debate. De cuando en cuando, si había una pausa o encontraba cómo hacerla, salía de su letargo aparente —todo tristeza— y decía: "El rey envió guardas a nuestro pueblo quesque para limpiar la región de malhechores, quesque para terminar con los monfíes o aquellos que de otra manera contravienen las leyes. Yo los recibí porque el rey lo mandó; les di comida, les di casa, les di mis respetos y ellos me respondieron robándome hasta la última moneda, y cuando no hallaron qué más hurtar me quemaron la casa".

Repetía su discurso una y otra vez, idéntico. La primera, había añadido al final una petición de justicia o venganza, a la que respondieron los presentes. La segunda, alguno aprovechó para decir: "Cualquier inquisidor —que así se llaman esos ladrones— nos acusa de practicar en secreto ritos no permisos, para confiscarnos la propiedad y abusar de nuestras mujeres, bien al amparo de la ley lo primero, y del uso que hay ahora lo segundo". Ahora, ya que lo había repetido decenas y decenas de veces, ya nadie le contesta nada, lo dejan decir (cuando mucho, alguien murmulla, en tono irónico, "el que tiene oro, tiene moro", repitiendo el detestable —y muy común y corriente— dicho castellano), le rinden respeto teniéndolo al centro; y cada que habla, lo escuchan. Era costumbre de sus reuniones sentar un hombre en el centro, un quejoso, un suplicante, una víctima que no participaba sino con su testimonio. Nunca faltaba quién ocupara el sitio, los moriscos —como diría Farag— "nos hemos vuelto mercadería, vivimos soportando el ultraje cotidiano. Nadie nos respeta ya, de todos somos abuso. Hasta los sacerdotes, que un pueblo entero vino a Granada en bloque a pedir *nos cambien al cura, o nos hagan el favor de casarlo con alguien, que todos nuestros hijos nacen con sus ojos azules*".

El gigante pelirrojo caminó hasta pararse enfrente de Farag.

—¿Todo está bien, Yusuf? —dijo Farag al tenerlo en las narices, cambiando a la lengua aljamia (ésta que otros llaman castellano), tal vez para neutralizar el alterado tono de su voz, como si preguntarlo fuera hablar sobre la belleza de una flor.

—La recogí de entre el rebaño —le contestó Yusuf, subrayando el femenino, también en castellano—, me la señalaron los pastores... —y brincando al árabe—: Sigue en el manto la mercancía.

—Suéltala —contestó en su lengua Farag—, y comienza desde hoy a enseñarle el uso de la espada. Desde hoy, no podemos dejar pasar un instante, ¿entiendes?

—¿La espada? Farag, ¿sabes que es una niña? Es mujer, creí sería un muchacho, pero con los toros sólo venían sus pastores y una niña.

—Hija de un hombre valiente, caído en desgracia. Un valiente, y honorable: el duque del pequeño Egipto, Gerardo, tú lo conoces. La enseñas, Yusuf, tú la entrenas y que tus mujeres se encarguen de bien vestirla y darle cuidados. Es quien nos conviene para nuestro plan, es hija de gitano, ésos saben guardar mejor que una tumba los secretos.

—Es una niña.

—Es casi una mujer, y… —Farag contestó impacientado, y dejó la frase sin terminar. Atrás de él había oído decir "Si a uno hallan un cuchillo, échanle en galera, pierde su hacienda en pechos, en cohechos y en condenaciones. Somos perseguidos de la justicia eclesiástica y de la seglar", y saltó a la discusión obviando preámbulos y detenimientos, cambiando sólo el tono de su voz, que ha regresado al del acalorado debate, gritando casi: "¡Si cae Malta…!". Los moriscos deseaban la caída de Malta en manos de los turcos. Si Malta terminara por caer, llegaría ayuda turca, y con su alianza reconquistarían la "reconquistada" Granada, quitándola del gobierno cristiano, volviéndola a como estuvo ocho siglos, a la tutela mora. Aún no cayera Malta, pensaba para sí Farag, que las costas estaban casi indefensas, las "patrullas" habían sido enviadas a Sicilia. Los corsarios de Tetuán utilizaban a su gusto Motril. Pero los turcos habían prometido ayuda si ganaban Malta.

Sin escuchar la frase que conocía de sobra —"¡Si cayera Malta!" (hace semanas había más optimismo, pues se espetaba "¡Si cae Malta!", creyendo que los turcos se apoderarían en un santiamén de la isla, pero pasan los días y los cristianos están venciendo. Así sean muchos menos los Caballeros de Malta tienen centurias de sabiduría guerrera, pero más que esto el clima, las fiebres malsanas…)—, el pelirrojo Yusuf se retiró a un rincón del hermoso jardín del cerero Adelet sin decir una sola palabra más. Adentro de su cabeza la frase se columpiaba: "Es una niña, ¡con un puño de mierda!, es una mujer, dile a Farag que esto no puede ser, que tú no lo vas a hacer, que…". Eso se decía a sí mismo, mientras en el carmen los que discutían con Farag continuaban citando o rebatiendo al Muley. El Muley, cuya respuesta a la nueva premática que lastimaba e irritaba a los moros terminaba diciendo:

"¿Cómo se ha de quitar a la gente su lengua natural con que nacieron y se criaron? Los egipcios, surianos, malteses y otras gentes cristianas, en arábigo hablan, leen y escriben, y son cristianos como nosotros… Claro está ser esto un artículo inventado para nuestra destrucción, pues no habiendo quien enseñe la lengua aljamia, quieren que la aprendan por la fuerza y que dejen la que tienen tan sabida para dar ocasión a más penas y achaques, y a que viendo los naturales que no pueden llevar tanto gravamen, de miedo de las penas dejen la tierra y se vayan perdidos a otras partes o se hagan monfíes. Quien esto ordenó con fin de aprovechar y para remedio y salvación de las almas, entienda que no puede dejar de redundar en grandísimo daño, y que es para mayor condenación. Considérese el segundo mandamiento, en aquello de mandando al prójimo: no quiera nadie para otro lo que no querría para sí; que si una sola cosa de tantas como a nosotros se nos ponen por premática se dijese a los cristianos de Castilla o de Andalucía, morirían de pesar, y no sé lo que se haría…

"¿Qué gente hay en el mundo más baja o vil que los negros de Guinea? Y consiénteseles hablar, tañer y bailar en su lengua por darles contento. No quiera Dios que lo que aquí he dicho sea visto con malicia, porque mi intención ha sido y es buena. Siempre he servido a Dios nuestro Señor, y a la Corona Real, y a los naturales deste reino, procurando su bien; esta obligación es de mi sangre, y no lo puedo negar…

"No desampare vuestra señoría a los que poco pueden…".

Ensimismado, el pelirrojo Yusuf peleaba en su cabeza con Farag sin abrir la boca, dando la espalda a la reunión. "¡Una mujer!", repelaba en silencio, "¡una mujer!, ¡enseñarle yo a una mujer a usar la espada! Y es casi una niña… ¡Por mí que sea hija de un archiconde, lo de mujer no se lo quita nadie!". Yusuf salió del jardín del cerero y caminó ida y vuelta, una y otra vez, de la casa del espadero Geninataubín a la casa del cerero, sin detenerse, su cabeza fija en una idea, meneándose como un péndulo, y esto lo fue apaciguando. Concluyó, dejando de pelearse consigo mismo: si Farag lo había decidido, así iba a ser; no iba a enfadarse con Farag por ningún motivo, menos todavía por algo que, la verdad, viendo cómo estaba la situación de su gente en Granada, no tenía gran importancia. Porque qué más daba, con ignorar que la niña era mujer, bastaba. "Además, ni es mujer ni es hombre: es una gitana". Traspuso de vuelta la puerta del taller y casa del maestro espadero Geninataubín, donde a marcha forzada un ejército de vulcanos —hechos idénticos a fuerza de marrazos— se afanaba en forjar armas. María, de pie e inmóvil donde el pelirrojo la ha dejado, sigue cubierta bajo el manto que no le permite ver nadita. No se ha atrevido a dar un paso, a extender un brazo, a hablar, a acuclillarse. Está muy atenta, concentrada, volviendo imágenes lo que escucha. Aquí voy a contar lo que, en su larga espera, mientras Farag discutía con los suyos y el pelirrojo Yusuf peleaba consigo mismo, se imaginó María en la casa del herrero y espadero:

11. En casa del espadero...

Lo que María imaginaba por los ruidos del taller del espadero Geninataubín, no se parecía en nada a esta hermosa casa árabe de fachada discreta, el patio central con su alberca bordeado por hermosos pasillos de verjas talladas en madera, el piso y un trecho del muro adornados con mosaicos, el verdor perfumado, las frescas y amplias habitaciones, y en uno de los patios laterales fraguas, yunques, barriles de agua, mesas de trabajo y, entre éstos, los sudorosos cuerpos de los artesanos, los gritos con que aguzan sus marrazos, las voces alzadas; en otro patio, las ocas, graznando incansables. Lo que María se imaginaba era que estaba en plena mar abierta. Oye el ruidero de los yunques, siente el calor de la fragua, oye los golpeteos, siente el fuego, la aturden las ocas que graznan imparables y más la letanía que va vociferada sobre los graznidos, esa con la que los artesanos miden el tiempo que deben guardar la espada al fuego, cuyas palabras llegan rotas a María, gritos trozados, y que pondremos enteras aquí:

Con el nombre de Dios piadoso y misericordioso. Antes de hablar y después de hablar sea Dios loado para siempre. Soberano es el Dios de las gentes, soberano es el más alto de los jueces, soberano es el Uno sobre toda la unidad, el que crio el libro de la sabiduría; soberano es el que crio los hombres, soberano es el que permite las angustias, soberano es el que perdona al que peca y se enmienda, soberano es el Dios de la alteza, el que crio las plantas y la tierra, y la fundó y dio por morada a los hombres; soberano es el Dios que es uno, soberano el que es sin composición, soberano es el que sustenta las gentes con agua y mantenimientos, soberano el que guarda, soberano el alto Rey, soberano el que no tuvo principio, soberano el Dios del alto trono, soberano el que hace lo que quiere y permite con su providencia, soberano el que creó las nubes, soberano el que impuso la escritura, soberano el que creó a Adán y le dio salvación, y soberano el que tiene la grandeza y crio a la gente y a los santos, y escogió dellos los profetas, y con el más alto dellos concluyó,

y dando y dando vueltas a lo que oye y percibe, María da por hecho que está en el fragor de una batalla naval. ¿Por qué? Porque todo es para María inusitado, nunca ha oído, nunca ha olido y sentido lo que aquí siente, y da por hecho que está en un lugar muy lejano, viviendo algo distinto, algo que no podía estar ocurriendo en *su* Granada. Algo tiene de razón al creerse tan lejos, si a los moriscos les está terminantemente prohibido el uso de armas, tanto en el campo como en sus casas, a excepción de un pequeño cuchillo para el pan y otro especial para pinchar la carne. ¿Cómo va a imaginar lo que hay ahí? Huele el olor del taller del espadero y cree olfatear la pólvora estallando, la sangre de los heridos, la mar revuelta; siente el calor de sus fraguas y cree es el fuego abierto por los proyectiles y la sal del mar en la piel, percibe el calor que no es el del sol y padece un mareo que le ha dado, que se siente ir y venir parada en sus propios pies, como si el suelo la balanceara. Porque algo le ha pasado en su cuerpo. Algo extraño, algo también ansioso, algo que es oscuro y le pone toda la piel en alerta, algo que la despierta, la abre sensorialmente a una vigilia peculiar, a una vigilia alterada. Y María, nuestra bailaora, en medio de una batalla se imagina cerca de su padre, navegando, siente la intensa grita del océano, el fragor de la batalla, atando cabos se ha transportado —¡ay, María!— a una batalla en plena mar. María siente miedo, emoción, ansiedad. María siente algo correrle por la cara interior de las piernas, bajando por los muslos, deslizándose lento y pesado hacia las rodillas, gotearle en los talones, algo que viene de una excitación desconocida, que le nace en el vientre, algo que es físico y también intensamente espiritual, como si le resbalara el alma misma, cayéndosele. María cree, porque lo siente, que las mechas encendidas, que las balas, que el viento caliente de las explosiones están ahí mismo ocurriendo. Y quiere correr y no puede, porque debía obedecer al que ella no sabía que era pelirrojo, Yusuf, flama él mismo en su barba y sus cabellos. En casa del espadero y herrero, según María…

…¡cuchara de palo!

12. *Las lecciones de Yusuf*

Apenas entró, ya sin dar explicaciones a los artesanos, el pelirrojo Yusuf volvió a tomar su bulto, la pieza de tela con alma humana —la envuelta y enredada en larga sábana María, la escapada a campanadas del convento, la tocada por el corazón tocado por la espada ("¡Él manda! El corazón manda"), la proveniente de un tropel de toros—, y salió de la casa del espadero Geninataubín, corriendo con su envuelta carga calle arriba. Pasó rápido frente a tres o cuatro casas hasta llegar a la propia. Ahí depositó a María en el piso, en un patio idéntico al del herrero, y volvió a repetirle "¡No te muevas!". María lo obedeció otra vez, pero ahora más rigurosamente: no movió el cuerpo, y dejó de percibir y de pensar. Siguió con sus ensoñaciones, creyéndose a media mar océana aunque ya no les creía mucho. El pelirrojo Yusuf hizo llamar a las mujeres de la casa. La primera en correr a su llamado fue Zaida, su hija, que ni siquiera se alisó los cabellos para verlo, saltó de la cama al padre. Zaida es pelirroja como Yusuf, delgada y menuda como su madre. Su cara tiene la dignidad del gigante y la gracia de la madre. Es bellísima, lo sabe todo el mundo; los ojos enormes, las tupidas pestañas, la boca de labios carnosos, la cara tan bien formada, los párpados de ese color ligeramente más oscuro, las mejillas encendidas… Tras ella llegó su abuela, la vieja Zelda. Zelda tiene los cabellos blancos —de joven los tuvo negros—, la cara surcada por arrugas, y es muy delgada también, y pequeña, pero tiene un carácter de generala. Las siguientes en llegar fueron las tres jovencitas que ahora vivían en casa: una porque el padre estaba de viaje, Susana; las otras dos —Leylha y Marisol— porque la vida afuera de la ciudad de Granada se había vuelto peligrosa, si no imposible, y sus padres las habían dejado al cuidado de Yusuf y otros amigos, alternando sus estancias. La última en aparecer fue la hermosa esposa de Yusuf, Yasmina, perfectamente ataviada, su aspecto impecable y radiante como siempre. En cuanto todas estuvieron presentes, aún sin retirarle a María el envoltorio, pidió salir a los criados para hablar con ellas a solas, y comenzó: a "esa niña que aquí ven" (nadie le interrumpió para preguntarle "¿cuál?", que ver, lo que se dice ver, sólo veían un bulto de tela), "deben tratarla como a una de las nuestras. Farag me la ha encomendado —señaló hacia el bulto de tela, contestando a la pregunta no formulada—; la hemos rescatado la noche anterior de donde los cristianos la tenían esclavizada, de un convento". "¡Qué horror!", pensaron a coro Zaida y Susana, "¡en un convento!". Yusuf hizo una pausa, aprovechando el efecto que él bien que sabía causaba el término "convento". Siguió diciendo que porque Farag lo pedía, debían tratar a esta gitana como a una joya, como a una más de la familia. Luego agregó en otro tono: que muy contra su voluntad, porque el buen Farag lo pedía, él debía enseñarle el uso de la espada; y que debía comenzar a hacerlo en cuanto ellas la tuvieran vestida y preparada. Apenas dijo esto, y como alma que agarra el demonio, Yusuf salió por piernas. Confesar a las suyas lo que tenía que hacer, le había vuelto a poner a hervir la sangre. Estaba furioso. Y lo dijo para sí mientras salía: "¡Y no me parece nada bien, espada con mujer no es cosa buena. Si Farag lo dice, se hará, pero por mí que esto es una locura, que…". El pelirrojo siguió hablando consigo mismo por las calles, como un loco.

La hija del gigante Yusuf, Zaida, y Susana, la amiga hospedada temporalmente en su casa, pusieron las manos rápidas sobre el bulto, picadas por la curiosidad. La abuela, la madre y las otras amigas les ayudaron a retirar la tela de la cara y cuello de "la mercancía". Estaba tan enredada en el largo lienzo, envuelta como un capullo, que se dieron por satisfechas con descubrirle la cara y los hombros. María las miró asustada. Ahora sí que no entendía. Se quería tallar los ojos, pero los brazos estaban apretados bajo la serie de dobleces de la tela. "¡Otra vez entre mujeres!", pensó María para sí, con desilusión. María estaba acostumbrada a vivir con hombres. Desde que su mamá había muerto cuando ella tenía cinco años, siempre se había visto rodeada de hombres. Luego cayó en el convento, y cuando creía verse acompañada de un ejército en lucha en medio de la mar océana, vino a dar a un serrallo morisco.

Las mujeres se le acercaron con curiosidad a ponderar sus bellezas, a festejárselas. Le tocaban las cejas, le acariciaban el cabello, le sentían su piel, poniendo a María de muy buen ánimo. Le preguntaron qué sabía hacer:

—Decían las monjas que yo no sirvo para na'a —respondieron todas con risas—, que como toda gitana soy de una haraganería a toda prueba, que "no soy para dar migas a un gato" —las moriscas se rieron de nuevo al oírla decir lo que a menudo decían los cristianos para infamar el buen espíritu de los gitanos—. A mí lo que me gusta es bailar, cantar y mucho dibujar, y si alguien me enseñara a leer y a escribir estoy segura de que eso también me encantaría. ¡Ah! ¡Otra cosa! Aprendí a hacer rosquillas de almendra con las monjas, y no me quedan nada malillas; pinto en cada rosquilla una pequeña voluta, así las vuelvo gitanas.

Mientras hablaba, las mujeres le habían hecho bajar el lienzo hasta un poco más de la cintura, descubriéndole el torso entero y, viendo las garras que vestía, desnudándola de éstas. María lució bellísima, el oscuro y largo cabello suelto, la piel aceitunada.

—Primero debes darte un baño, ¡la casa entera huele ya a ti, que apestas a cristiana! Te quitas los andrajos en que te han dejado las monjas, ¡harapos vergonzosos hablan bien de ellas!, te acicalas y adornas, y luego nos bailas. En cuanto a las rosquillas… ¡si no hieden a cuerpo de cristiano, aceptamos gustosas nos las hagas cualquier día! —le contestó Zaida, la hija del pelirrojo Yusuf, encantada con la gracia de María.

—Dime una cosa, ¿cómo te llamas?

—Me llamo María.

—¿Te llamas María? ¡Eres María la bailaora! —la bautizó la vieja Zelda, pasándole la mano por el enredado y nada limpio cabello—. Yo misma te enseñaré a leer y a escribir. Yo me hago cargo con gusto de eso.

—¿Y pintar? —preguntó María—. ¿Alguien hay que me enseñe a pintar retratos?

—No, niña —le contestó Zelda—. Eso no, no entre los nuestros. Pero si aprendes a escribir bien, poca falta te hará ningún color, con las palabras los tienes todos.

De inmediato la pusieron en manos de las criadas para que la limpiaran, saliendo del salón donde la había clavado con su tela el gigante Yusuf. Zaida envió un recado a Luna de Día, la hija de Farag, a que viniera a ver bailar a la recién llegada, y se retiró a sus habitaciones a aderezarse propiamente.

Las criadas, un verdadero enjambre de jovencitas, blancas y negras, moras de España y bereberes, llevaron a María a la habitación que ocuparía en esta casa. Limpia, con lecho bueno, con ventana al jardín, María nunca había habitado algo tan rico y hermoso. Al desenredarle el lienzo, las criadas descubrieron que María había tenido su primer sangrado, el hilo de la menstruación corriéndole entre los muslos, en las rodillas, hasta llegarle a los tobillos, y de inmediato lo vio María, asustándose, aunque sabía ya que algo así ocurría a las mujeres, pero una cosa es saber, y otra muy diferente verlo pasarle a una misma. Las criadas le explicaron qué era lo que ocurría, la serenaron diciéndole que no era nada extraordinario, "mira, nos pasa a todas", le enseñaron cómo cuidarse esos días para que no manchara sus ropas, ni nadie se diera cuenta de sus días. Luego la lavaron —evitando cantarle las abluciones— y la perfumaron, la vistieron de seda, como a una mora, proveyéndola también de calzados y joyas a la morisca. ¡No la malvistieron con humildes zaragüelles, alcandora de angeo teñido y una sábana blanca!, la ataviaron cuan elegantemente puede estarlo una morisca, su alheña (un polvillo rojo que obtienen de un arbusto del mismo nombre, sacándolo de sus raíces, que muelen para obtener el tinte) en las manos y el cabello, tiñéndole de naranja las uñas y de un tono rojizo el oscuro cabello, vistiéndola con una hermosa camisa de tela fina; como las usan ellas, apenas le cubriría el ombligo. Luego los elegantes zaragüelles de tela pintada, en los que casi entraba en la cintura la camisa. Encima de estos zaragüelles o bragas, unas calzas de paño, plegadas de pliegues muy pequeños para hacerle ver las piernas extraordinariamente gruesas, como les gusta a esas mujeres. En los pies, escarpines pequeños y ajustados. Sobre la camisa, un jubón pequeño de varios colores, las mangas ajustadas. Y en la cabeza, un tocado redondo, encima del cual pusieron el manto blanco que le llegaba hasta los pies. Pero el manto lo retiraron de inmediato. Debía usarlo al salir de casa, no cuando vagara por sus habitaciones o jardines. Las criadas no dijeron a nadie que María sangraba. Guardaron su secreto. Si iba a usar la espada, debía permanecer como una sin-sangre. Nadie debía enterarse. Y apenas tomaron las criadas la decisión, guardaron la menstruación de María celosamente como un secreto, para que no existiera, borrando todas las costumbres que rodean a la sangre menstrual.

Apenas la vieron vestida y aliñada, las mujeres la cubrieron aún más con elogios, encontrándola más hermosa, y la acompañaron a desayunar. Yusuf apareció al poco tiempo con los dos pastores de toros. Sólo dejar los toros en el rastro, los muchachos se habían pegado a la entrada de su casa, a preguntar cómo estaba "la mercancía", y si había alguna otra cosa en que pudieran ayudar, cargando sendos enormes sacos al hombro en los que guardaban todas sus pertenencias. No tenían dónde pasar la noche que no fuera en la calle, y parecería que en realidad lo que querían era pedir morada, pero sabían dormir en cualquier sitio tan bien como esconderse de los abusos de los soldados. Estaban ahí porque Andrés quería volver a verle los tobillos a la gitana. Yusuf topó con ellos al regresar de una caminata que no tenía más objeto que calmarle el enfado y ayudarlo a recuperar el buen talante. Al verlos, el gigante pelirrojo Yusuf los revisó de arriba abajo y decidió incorporarlos a las lecciones. Le humillaba menos enseñar la espada a un grupo donde sólo una de tres fuera mujer. En silencio, tomó su colación, que compartió con los muchachos. Mandó que el patio quedara a solas, dijo: "No quiero espías", y todas las mujeres de la casa obedecieron.

A partir de este momento, Yusuf dedicaría horas diarias a entrenar a María en el uso de la espada. La primera lección fue para ella un plomo. En parte porque no había dormido la noche anterior y porque con su primera menstruación se sentía cansada, extraña. En parte porque Yusuf no la dejó moverse, y María sólo se siente bien cuando se está meneando, no sabe estarse inmóvil. Yusuf intentó enseñarle cuáles eran los nombres de todas las partes de la espada, y lo hizo con gran detenimiento, explicándole qué debía apreciarse de ésta y qué de aquélla, alabando lo alabable, señalando los posibles defectos.

Al terminar, Yusuf salió por piernas hacia la calle. No conseguía quitarse el mal talante. Los dos muchachos y María se sentaron en un poyo del patio central de la casa. Las mujeres habían desaparecido, no se las escuchaba. Se oía no muy cercano el graznar de las ocas vecinas, acompañadas por uno que otro golpe del martillo.

—Para mí que aprender esto de picar con la espada es lo mismo que no hacer nada —dijo Andrés—. Lo que yo quisiera es salir de este pueblo y viajar por otros. Quiero conocer las calles empedradas de oro de Cádiz. Quiero tomar un barco e irme a las Indias. Y nunca volver.

—¿Eso quieres? ¿Nunca volver? ¡Yo soy de Granada! sí que quiero ver otras villas, pero no volver aquí, eso no. ¿Las Indias? Ahí la gente se anda desnuda, nomás visten plumas en la cabeza —contestó María.

—En las Indias corre oro en los ríos, ¿de dónde crees que traen el de Cádiz? Nunca hace el calor que aquí nos fastidia. En lugar de callejones hay limpios canales por los que corre fresca agua, y no hay lo de Granada, esto de que de este lado del Darro se viva apretujados; de aquél, vida de reyes. Allá todo son palacios, casa tras casa una Alhambra. Todos son ricos en las Indias, todos comen a diario cordero…

—El cordero no me gusta, ¡huele a chivo!

—O ternera, pues, carne, la que quieras. ¿O tú qué quieres?

—Comer queso. Subirme a un barco y rescatar a mi papá. Luego trabajar con él en el comercio de caballos, es lo nuestro —sin esperar comentario alguno de Andrés, María le preguntó al pequeño—: ¿Y tú, Carlos? ¿Tú qué quisieras hacer, dónde quisieras estar? Dinos.

Carlos ya se había hecho esa pregunta antes de que María se la sorrajara. Él quería a su mamá, es lo que él quería, volver a casa. Sólo que casa ya no había, que se las habían quemado.

—Yo quiero irme a la guerra —dijo, por decir, por parecer hombre.

—¿Tú? ¡Qué va! —le contestó María, dejando de un salto el poyo en que estaban sentados—. ¡Vámonos!

—¿Adónde vamos? —le contestó el valiente Andrés, asustado de su decisión tempestiva.

—A pasear, dónde más; a recorrer las calles de Granada, que hace siglos no lo hago. No cuenta como paseo irse entre toros, ¿tú dirás?

—Tú no vas a ningún lado —oyó decir María a sus espaldas—. ¿Quieres regresar al convento?

—Me echo el velo en la cara —contestó María, volteándose para ver quién le hablaba. Era la esposa de Yusuf, Yasmina.

—A solas, de ninguna manera.

—Que no voy a solas, voy con Andrés y Carlos.

—Ningún Andrés y Carlos. Estos dos muchachos se me van ahora mismo de aquí. No los quiero husmeando en mi casa, fuera, shuzz, si no entienden palabras, entenderán el modo de los perros, shuzzz, shuzz, ¡fuera, dije! —Andrés y Carlos salen por piernas, cargando los sacos voluminosos con que habían llegado—. María, tú eres ahora una de las nuestras. Cuando salgas de casa, debes llevar el velo en la cara, y debes ir siempre acompañada, siempre en grupo, las más personas mejor, y si va con ustedes un hombre o dos, todavía mejor. Pero si puedes no salir, hazlo. Las calles de Granada no son ya seguras, María. Ya no es como era antes.

Las mujeres se habían congregado alrededor de ellas. María no contestó al verse rodeada, aunque adentro de sí se decía: "¡Que ruede el mundo y cambie en lo que quiera la ciudad, que yo paseo!", pero no dijo nada. La hermosa pelirroja Zaida le pidió que bailara, y la idea encantó a María.

—¿Pero con quién les bailo? ¿Sola, sin músicos?

Justo decía María esta frase, cuando entraron de nueva cuenta los corridos jóvenes pastores de toros; necios, querían inquirir algo a Yasmina, la esposa de Yusuf. Pero antes de hacerlo, al oír lo que decía María, Andrés saltó:

—¡Eh, María! ¡No necesitas bailar sola, que nosotros dos somos musicantes y sabemos la música nuestra, la que llaman egipciana…!

—¡Mentir es cosa fácil! —le dijo María.

Yasmina arremetió:

—¡Les dije que se fueran!

—Pero no nos dijo cuándo podríamos volver —dijo el ahora sí valiente Andrés—, y quedamos con el señor Yusuf de regresar a la lición siguiente. Para esto volvimos a preguntarle y a darle a usted las gracias por el desayuno, que no lo hicimos al irnos apresurados. Señora, gracias. ¿Nos permite acompañarle el baile a María?

Del saco que cargaba, antes que la mujer le contestara, Andrés sacó un pandero y unos cascabeles. Yasmina estuvo a punto de echarlos fuera, pero la abuela Zelma le apretó el brazo, calmando el mal talante de la hija: "Déjalos cantar, Yasmina, qué te quita. Está por venir Farag…". Carlos comenzó a sonar los cascabeles, Andrés a zarandear su pandero, y los dos a cantar con una voz dulcísima, como dolida, una voz que estaba cargada de ritmos y era al mismo tiempo lenta, rompía el alma.

En eso estaban cuando entró Farag. Las mujeres se volvieron a recibirlo, pero él hizo seña de que todos atendieran la música. A Farag le encanta la música.

María no se ha dado cuenta de la entrada de Farag, su benefactor. Escucha a los dos niños cantarle, se llena de memorias y, barriendo de sí toda porción dolorosa, comienza por mover un pie a su compás, luego el otro, las manos, los brazos, el torso y en menos de lo que se cuenta, ahí está bailando con enorme gracia. Los tres chicos gitanos se han transformado. Oyéndolos cantar y viéndola bailar, a nadie le pasaría por la cabeza que no tienen casa, comida, sustento, familia. Las moriscas y Farag están embelesados. María y Andrés hacen una pareja que ni los ángeles, bellos, expresivos, fascinadores. Bailando y cantando no son niños. Carlos se tornaba invisible, pura voz y ritmos. De sus bolsillos ha sacado castañuelas y las hace tronar, suenan también dulces. Carlos y Andrés cantan y suenan sus instrumentos para ellos mismos, y para María. Carlos conserva los ojos cerrados casi todo el tiempo, Andrés los tiene abiertos clavados en María. Pero ella, en cambio, baila para todos; con sus negros y brillantes ojos va cubriendo el jardín, las galenas, explora mientras se muestra. Abanica su hermosa y luenga cabellera, detiene la mirada en Farag, lo reconoce ("¡El amigo moro de papá!"), entiende todo. Piensa, porque María sabe pensar mientras baila: "El me salvó, él me trajo aquí, él me va a llevar a mi padre, lo hará otra vez libre, venderemos otra vez caballos", y al pensar en caballos, su baile se llena de un ingrediente más, algo que sólo espera uno de una mujer, sus movimientos cobran algo que nunca han tenido antes, una cadencia femenil, sensual. Las moras y Farag estallaron con aplausos de alegría. María se inclinó frente a Farag, dobló frente a él las piernas, el cuerpo, los brazos, y después de humillarse así frente a él alzó su cara y abrió enormes sus ojos, diciéndole más con ellos que con estas palabras:

—Señor Farag, buen Farag amigo de mi padre, el gitano Gerardo. Le vivo agradecida, soy su sierva…

—No eres mi sierva. Eres una de los nuestros. María, es lo menos que podía yo hacer.

—Así nos pusieras en riesgo a todos —repeló atrás de él Yasmina, hermana de Farag, esposa de Yusuf.

—¿Riesgo? Ningún riesgo, Yasmina.

Las mujeres ignoraban que durante la noche había entrado la "otra" carga, la de las armas de fuego. No era conversación que fuera necesario sostener con ellas. Eran pocos quienes conocían este movimiento, Adelet, Yusuf, Farag y únicamente los hombres que ayudaron a hacerla entrar y que la enterraron en distintas cajas en tres diferentes patios.

—¿Ninguno? —arremetió Yasmina—. Por un pelo vienen a quemarnos las casas los cristianos. Provocaste un alboroto que puso a todos los nuestros en riesgo. Si no se hubieran apostado sus soldados a la entrada del Albaicín y bajo la puerta de Bibalfarax, vete a saber si no nos hubieran linchado.

—¡Basta! —la ataja Farag—. ¡Presumo que crees que dejé al azar lo de los soldados cuidando las entradas a nuestros barrios! ¡También lo pensé!

—¡Tampoco era total garantía! ¡Si estaban de perezosos! Nos pusiste en riesgo y no debiste hacerlo, ¡admítelo!

Nadie en la tierra se atrevía a hablarle a él como lo hacía Yasmina. Pero así como Yasmina lo objetaba, todos sabían que nadie como ella lo defendía y cuidaba. Yasmina adora a su hermano. Y Farag la adora a ella, pero no es suficiente su adoración como para que comparta con ella todos sus secretos. "Es mujer —se dijo Farag un poco impaciente— mujer al fin, mujer".

Zaida adora al tío también, incondicionalmente, y oye la reprobación de su madre con desagrado. Se dice a sí misma: "¡Tenías que decir puerta 'Bibalfarax', como sólo la llaman los viejos. ¡Es la de las orejas y cuchillos, mamá! ¿No tienes ojos?".

María no se ha movido, sigue inclinada frente a Farag. Este le pasa la mano por la cabeza y le dice:

—De tu padre, no hay nuevas todavía. Las habrá y habrá manera de pagar un rescate. Levántate, María.

Luna de Día se acercó a María, le tomó la mano y le dijo:

—Bailas hermosamente. Ahora nosotros corresponderemos. Espera un momento.

Mientras las moras se preparan —pues corrieron a más aderezarse y a hacer llamar a sus músicos—, las criadas trajeron un asiento para Farag, lo refrescaron, le ofrecieron vino, y dieron a los gitanos de beber agua y de comer frutas. Yasmina se había olvidado de echar fuera a los muchachos, como había pensado hacerlo apenas terminaran. Bien que entendía ella a qué habían vuelto: eran dos perros sin dueño, pero lo había olvidado al oírlos cantar y tocar sus precarios instrumentos. Las moriscas regresaron adornadas con perlas de gran belleza y piedras preciosas en cuellos, orejas y brazos, primorosamente ataviadas y acompañadas de sus músicos. La última que entró fue Luz

de luna, *entre todas las de su gente no había nadie mejor ade-*
rezada, ni la más rica mora de Fez, ni de Marruecos, ni las de
Argel con sus perlas tantas. Así quedó escrito: *Tenía cubierto el*
rostro con un tafetán carmesí. Por las gargantas de los pies, que
tenía descubiertas, eran notables dos carcajes, como llaman los
moros a las manillas, al parecer de puro oro. La camisa era de
cendal delgado y se traslucía, dejando ver otros carcajes de oro,
sembrados de muchas perlas. En los cabellos (que parte por las
espaldas sueltos traía, y parte atados y enlazados por la frente) se
aparecían algunas hileras de perlas, que con extremada gracia
se enredaban con ellos. Las manillas de los pies y manos asimis-
mo venían llenas de gruesas perlas; el vestido era una almalafa
de raso verde, toda bordada y llena de trencillas de oro. Así
llegó vestida Luz de luna.

Reunidas, bailaron al son de tres flautas, dos violas y un
par de tambores. Interrumpieron el baile para que las mayores
cantaran en coro vivos ritmos, mientras todas daban palmadas
acompasadas y gritaban alegremente. María y sus dos compañeros se sumaron al canto. Encontraron en qué ritmos unir
sus voces. Esto fue la primera vez, pero repitiéndolo y con
el tiempo consiguieron hacer de dos cantos diferentes, coros
entremezclados que parecían irse bien y daban deleite al oído.

Sobre el patio, arriba del segundo piso, los criados habían
tendido una cuerda floja. Las jóvenes subieron y bailaron sobre ésta, luego se abrieron de piernas *con total descaro* y mientras hacían muecas decían con voces estridentes una frase que
explicaron a María; quiere decir: "Todo el que vive aquí puede
ganar el cielo".

María miró esta escena, y quiso, quiso, quiso estar arriba,
bailar como las moras. Quiso aprender a usar la cuerda floja
y a ser así de descarada. El corazón le brincaba en el pecho. Se
había puesto blanca de tanto que lo deseaba.

Entraron a comer. Las mujeres a un salón, los hombres a
otro y los dos pastores en la cocina con los criados. Del resto del día, en lo que toca a María, no hay nada que contarse.

Había quedado como aterida de deseo, quería pisar la cuerda floja, y si pensaba en algo, pensaba en eso, pero más que nada se sentía holgazana; el poco dormir, la menstruación, la pereza de la lección plomo, la emoción de la casa nueva, eran demasiadas cosas para digerirlas de golpe.

Apenas se vio sola Yasmina con su marido, le dijo:

—Farag sabrá por qué hemos de convertir a una gitana en uno de los nuestros, no repelo, y me aplicaré en educarla y hacerla una mujer de bien. Lo que sí es que yo no puedo dejar a esos dos holgazanes que metiste a casa andar sueltos y con libertad por aquí y por allá. Mira cuántas mujeres jóvenes hay en esta casa. Pierde cuidado de María, que yo me encargo de cuidarla, pero están las amigas de Zaida, las que tenemos provisionalmente, las que no esperábamos, las que llegan sin avisar, apenas puedo llevar recuento de tantas muchachas. Y luego están las criadas, ni te digo cuántas nuevas tenemos. No las busco, tú me has dado indicaciones de dar a las más que se pueda trabajo, y cada día tocan por mares la puerta. ¿Qué va a ser de los nuestros? Las cosas se van poniendo de mal en peor, no hay trabajo en los campos, las fincas cierran por cientos. Hablo de criadas blancas, no diré las bereberes, que también hay nuevas; piden trabajar por la tercera parte de la paga habitual, o siquiera por comida; me parte el corazón; no sé decirles que no si son de las nuestras. Por eso digo que por qué una gitana, si tenemos más deber, o debiéramos tenerlo, con las nuestras, pero ya no repelo más de eso. Lo que sí es lo de los dos holgazanes, pues cómo, yo no puedo cuidarlos noche y día, y de esos dos no me fío. Si estuviera ciega, los pasara, me fiaba de ellos, pero tengo ojos y tengo oídos, no quiero esos dos muertos de hambre arriba y abajo como dueños y señores. De ninguna manera.

Yusuf le prometió que pondría a los chicos en cintura. No tendrían permiso sino de venir a la lección y a cantar. Fuera de eso, la calle. Eso le dijo en voz alta a su mujer. Adentro de sí explicó: "Dormirán donde Adelet, cuidarán de las ocas".

13. *La segunda lección de Yusuf*

En la segunda lección, Yusuf insistió en que María debía aprender a pararse:

—Que no estás de pie, tú, niña, sino volando. Tienes que dejar caer todo tu peso en los pies. Si no lo haces, en dos golpes te tiran. Ven aquí, da un salto, cae.

Caer era también como no hacer nada. María cayó varias veces, con gracia, y en cuanto vio a Yusuf complacido, le dijo:

—Yusuf, yo lo que quiero es aprender a andar en la cuerda floja, allá arriba, como sus mujeres…

—Lo aprenderás después, María. Es contrario a usar la espada. Las mujeres vuelan en la cuerda floja, por eso no se caen. Si un guerrero vuela, el enemigo lo tira al primer porrazo. Debes dejar de desear pisar la cuerda floja y en cambio concentrarte en esto.

—¡Es que yo quiero! —insistió María. Estaba acostumbrada a gobernar con sus caprichos a su padre. Pero Yusuf no era gobernable por caprichos.

—"Quiero" aquí, en esta casa, no es válido. Se hace lo que se debe y se tiene que hacer, o si no lo que acarrea a los demás placer. Nunca más vuelvas a decirme eso de "es que yo quiero". No voy a volver a oírlo. Y escucha esto: "quieras" o no andar en la cuerda floja, ya lo harás. Te llegará el momento. Te espera a ti como a todos nosotros el puente de la cirata. ¿Sabes qué es eso?

María negó con la cabeza.

—Cirata, o yirat, es un puente largo y tan angosto como un cabello que cruza tendido sobre el infierno. Lo tenemos que cruzar tanto los buenos como los malos. Todas las ánimas pasan por la acirata, como también lo llaman, las buenas en su camino al cielo, las malas para caer precipitadas en el horno eterno. Pero hoy no estamos allá, por suerte, sino aquí.

Al decir "aquí" Yusuf blandió la espada. La movió hacia un lado y el otro, la hizo silbar.

—Ten —la pasó a María—, hazlo ahora tú, hazla cantar.

María intentó hacerle salir algún ruido. Pero por más fuerzas que ponía al movimiento de sus brazos, su espada no silbaba.

Al término de la lección, la espada de María comenzó a silbar.

Como el día anterior, apenas terminaron con ella, las mujeres salieron al patio y con ellas sus músicos. Cantaron hasta que llegó la noche, comieron y durmieron todos con el corazón en paz.

Así pasaron varios días, casi iguales los unos a los otros, con la salvedad de que María se fue volviendo muy diestra en la espada, aventajando con mucho a Carlos y siendo buena rival del ágil y valiente Andrés. Llegó el momento en que el manejo de la espada ocupó todas las imaginaciones y reflexiones de María. La espada le dio un gusto, una alegría que no le daba nada más. Se diría que la espada le daba placer, buscando la palabra precisa. Cierto que comió y bebió cosas magníficas, que durmió en lecho espléndido y en habitación que no era un jergón en la cocina, que la trataron como a una persona de bien, de buena cuna —que cuna buena hay también entre éstos—, una más de los suyos, y que María volvió a bailar, casi a diario, primero para las mujeres de la casa, luego también para su maestro e incluso para los visitantes, y en casa de Farag, y de visita en casa del espadero Geninataubín, y en diversas fiestas de los moriscos. Pero nada era comparable con el placer que le daba aprender el manejo de su arma. Y ya que lo tuvo, este placer, los días se sucedieron casi sin sentirse, las semanas, los meses. Junto con el arma, se le aparecían sólidos sueños. Mientras la practicaba, María se soñaba blandiéndola en situaciones heroicas de variada índole. Ella era san Jorge, ella era Roldán, ella era Héctor, ella era ahora la protagonista de muchas de las historias que había escuchado a lo largo de su vida. Ella era también el dragón: un dragón mujer, que armado y con un par de largos brazos sabía defenderse de toda intrusión. De modo que en esa casa, en muy pocos días, María se hizo en todos los sentidos mujer, porque había vuelto a las ropas de una mujer hermosa, porque había retornado a la ciudad (con el velo cubriéndole la cara, se atrevía incluso a pasar frente al convento, su antigua prisión), porque apenas llegando había tenido su primer sangrado, y tras éste uno cada mes, y porque había vuelto a bailar —y con esto a traer a su cuerpo la memoria de los suyos—, pero más importante que todo porque, también en esa casa, en esos mismos muy pocos días, María pobló de otras tramas a sus imaginaciones ocupando sus pensamientos en aventuras insólitas, una más bizarra que la otra.

Su baile estaba reservado a los patios de sus benefactores y a los hermosos cármenes en las afueras de la ciudad, porque María necesitaba bailar con la cara descubierta y los brazos semidesnudos, como hacen también las moriscas. En la calle podría ser reconocida por alguna del enjambre de criadas del convento. María se preguntaba qué haría Estela si la sabe entre moros. ¿Le echarían las monjas encima la Inquisición temida, y de paso contra sus amigos; o la meterían, sin decir ni agua va, de nueva cuenta a fregar pisos? ¿O les daría lo mismo y preferirían tenerla lejos? Ahora una muralla la dividía de Estela, una muralla, un velo y la grata compañía protectora de su encierro.

Aun sin las calles de Granada, María se fue poniendo cada día más radiante. Al tiempo que se crecía de esta manera, nuestra María fue ahí vista, por primera vez en su vida, como se mira a una mujer bella. Bajo las ropas y la alheña, las rutinarias abluciones, los cuidados de las mujeres, la buena alimentación, el cómodo lecho, el baile continuo, el uso de la espada y la sangre que aprendió a surtirle de ella misma, María floreció, se abrió como un botón de flor, se tornó en esa cosa magnífica que es María la bailaora. Se convirtió en la hermosa bailaora que hemos conocido apenas de reojo páginas atrás en este libro.

María baila sin miedo, como bailó de niña, y baila como entonces con la gris alegría de los suyos, pero ahora su baile tiene otro elemento (y no digo el que es obvio, porque su baile se fue contaminando de lo que ella encontrara gracioso en el de las moriscas): María es ahora una mujer hermosa. Todos quieren verla. Todos adoran verla. Todos la festejan. Todos la llaman "María la bailaora" y le han puesto encima otro sobrenombre, que expresa más nítidamente el sentir colectivo: "Preciosa". Preciosa, María la bailaora. Su baile no es ya sólo un juego. Su baile no es ya sólo una repetición de los de sus mayores, no es tampoco un dejarse llevar por el viento de los cantos ajenos, pues María misma canta, y tanto canto como baile se dejan menear por un perturbador silencio que María sabe traer al centro de la ronda. En los corazones que la miran se despierta una alegre manera de saber que el dolor existe, que la vida es esta cosa que es, y así baile con el rostro descubierto y así lo haga sin miedo, algo tiene el baile de María de fuga, de escaparse, de irse, de salirse de todo.

La ciudad morisca entera se hacía lenguas sobre Preciosa. Los cristianos sabían de oídos que existía y atizaban con esa desconocida el extraño fuego que los devoraba cuando pensaban en "las" moriscas. No se decía que Preciosa era gitana, se la llamaba "la bailaora" simplemente, y la imaginaban tentándolos con sus ropas de seda. ¡Hasta las mujeres sabían que había una tal Preciosa incitadora del pecado! Alguna vez se pronunció su nombre en el convento, sin saber que Preciosa y María eran la misma persona. De María se decía en la cocina que se había evaporado, que eso pasa con las gitanas por ser cosa del demonio. Daban su caso por concluido aunque no se cansaban de imaginar, y hasta jurar, cómo la habían visto desaparecerse: "Apenas sonaron las campanas a rebato, pintó un alazán sobre el hollín, mero donde escribió esas maldiciones, que a María eso de pintar se le da, ¿se acuerdan, las figurillas que dibujaba en las roscas de canela? Al dicho alazán le pintó una buena silla, le pintó las riendas y luego de trazarle todos los detalles se subió a su lomo, con lo que el caballo relinchó, y los dos salieron corriendo entre la multitud hacia las Alpujarras". El hecho es que María ha regresado al baile y que en él sabe correr y muy bien fugarse. Que mientras lo hace ingresa al mundo de la espada. Que el pelirrojo gigante Yusuf la enseña y que ella, María la bailaora, llena cada movimiento de gracia gitana sin perder precisión, sin girar el filo hacia un ángulo errado, sin cometer error. Sus movimientos son precisos, su gracia es mucha. En dos docenas de semanas, María parece ya dominar la espada, mientras que por sus oídos entran muchas otras cosas, las más en desorden, desperdigadas (las interminables discusiones de casa de Adelet llenan de ecos las charlas de toda casa morisca), sube por sus pies el vibrar de los varios bailes granadinos, por su cara hermosa y por la forma graciosa de su cuerpo las miradas de quienes la han acogido, que la miran sabiéndola hermosa y llena de gracia. Mientras más la ven, más quieren verla.

A estas primeras docenas de semanas, se suma otra, que en su placer también pasa corriendo. El tiempo corre fértil. La muy tierna juventud de María se avoraza, ávida; devora; nunca se sacia; cuanto la rodea se vuelve suyo. No tiene nada, es una huérfana sin sitio. Pero lo tiene todo: cree ser la dueña de su mundo.

14. La alcaicería en casa

Una tarde, llegó a la casa de Yusuf la esposa de Farag, Halima, quien, además de ser cuñada de Yasmina, era su amiga desde la infancia. Tenía el temperamento contrario, el día se le iba en pensar en fiestas y divertimentos. Estaba, como siempre, visiblemente contenta, y venía a buscar a su Luna de Día. Atrás de ella, sus criadas cargaban algunos bultos.

—¡Aaaah de la casa! —gritó Halima al entrar—. ¡Vengo por mi hijaaaa!

Todas reconocieron su voz. Yasmina fue la primera que salió corriendo a su encuentro.

—¡Halima! ¡Enhorabuena! ¿A qué la visita?

—Pasaba enfrente, acabo de encontrar unas prendas tan magníficas que tenía que decírtelo, y tengo que probárselas ahora mismo a mi Luna de Día, porque esa mercancía va a volar, si no le quedan, mejor elegir otras cuanto antes, ¿está aquí, verdad?

—Aquí la tienes. ¿Quién las vende?

—En la alcaicería han abierto una nueva tienda. Tienes que ver la mercancía, te digo que no va a durar, sobre la calle de los Sederos, antes de llegar a la de Lineros…

Atrás de ella habló la túnica criada vieja, Casilda.

—Señora Halima, no es Lineros sino la calle de Hamiz Minaleyman.

—¿Cierto? Tú debes saberlo mucho mejor que yo, será en esa esquina entonces…

—¿O era al lado del Mercantil, donde venden marlotas, almaizares y el Chinchacairín? —dijo una de las criadas jóvenes.

—Yo digo que no, pero… tal vez —respondió la vieja Casilda, dudando.

—Halima, ¿cómo voy a dar con el sitio? Entre doscientas tiendas, en las que a menudo se venden sedas y paños, en esa que puedo llamar pequeña ciudad, con sus muchas callejas y diez puertas… ¿Cómo voy a encontrar la que dices? Dime algo más que me ayude a llegar. ¿O es que en realidad no quieres decirme, porque estás pensando en ir y comprarlo para ti todo?

—¡Todo! ¿Todo? ¡No tienes una idea de cuánta cosa vende ese hombre! Como si acabara de vaciar un barco completo de vestidos y telas, unas maravillas que vienen de Constantinopla, él dice… ¿Por qué me dices esto? ¿Estás enfadada por algo otro? ¿Cuándo me acuerdo yo bien del nombre de las calles? Y menos puedo con las de la alcaicería, que como tú bien dices es imposible. Mira, que sí te explico, voy a intentar: hazte de cuenta que llegas de aquí allá, apenas cruzando la cadena de hierro que impide entrar a los caballos, al lado de donde duermen los perros…

—¿Cuál puerta? ¿Yo enfadada? No; sé que eres un caso perdido. Y nada guardo en tu contra, cómo crees…

Yasmina abrazó a Halima, y ésta respondió con efusividad a su gesto.

Luna de Día y Zaima aparecieron con María. Venían con las caras encendidas, y parecían no poder dejar de conversar, absortas en su plática y muy agitadas. En estos pocos días las tres se habían hecho inseparables amigas. No les eran suficientes ni los días con sus noches para decirse todo lo que tenían que decirse. Casi a diario dormían juntas, se bañaban juntas, se peinaban juntas, comían juntas excepto algunas excepciones, y sólo se separaban las unas de las otras para que María tomase sus lecciones —además de las de Yusuf, Zelda fue muy constante en darle las de leer y escribir, y María la bailaora muy aprovechada porque en muy poco lo hacía con cierta soltura—. Al encontrar a las dos amigas abrazadas, cada hija corrió hacia su mamá. Halima abrazó a su Luna de Día y Yasmina a su Zaida. María quedó como una pieza suelta, mirando la escena. Cada hija tenía a su madre. María la bailaora no tenía ninguna. Yasmina, sin soltar a su Zaida, le tendió los brazos, diciéndole: "¡Ven acá!, ¡anda! Tú también eres mi chiquita; aunque hayas llegado hace poco, también eres mi hija, mi otra hija que el mundo me ha regalado. Eres *mi* Preciosa". Al terminar de decirlo, abrazaba ya también a María.

—Es verdad —agregó Zaida—, María, eres mi hermana, mi hermanita nueva, eres la "Preciosa" de todos nosotros —y a su vez abrazó a María.

Las criadas seguían cargando los bultos de Halima. La vieja Casilda habló, rompiendo el encanto del momento:

—Señora Halima, que se nos hace tarde, que el señor Farag quiere cenar temprano, ¿no le dijo?

—Ya nos vamos, si venimos por Luna de Día.

—¿Que vienes a buscarme, me dicen? —preguntó Luna de Día a Halima—. ¿A dónde me llevas, mamá?

—Quiero ver si te sientan unas camisas que te he comprado.

—¿No podríamos verlas aquí? Así, si no me queda una, le queda a Zaida, y si no le queda a Zaida, vemos si a María, o si no las cambiamos…

—¡Perfecta idea! Así no tengo que explicar lo que no puedo explicar, y si hay algo que cambiar enviamos a las chicas.

—¡Que se nos hace tarde! —insistió la criada vieja, pero ni quien quisiera oírla. Fatigada, se sentó en el piso, al lado de los bultos.

Un gesto de Halima bastó para que las otras criadas empezaran a desempacar todo género de telas y prendas de vestir. Alborotadas, las cinco mujeres comentaban cada artículo incansables; se probaba una esta prenda o la otra, entre todas criticaban, la aprobaban o la enviaban de vuelta, y las criadas fueron y vinieron una y otra vez a la alcaicería cambiando ésta o aquélla, o trayendo bajo el brazo más que el mercader les daba a probar. Todavía faltaba por decidir algunas cosas; Luna de Día ya se había decidido por tres camisas, unos zaragüeyes y un par de hermosos calzados, y Zaima y María también habían escogido, hasta Halima y Yasmina, sus sendas camisas hermosísimas, pero ya estaban fatigadas. Acordaron continuar por la mañana e ir las jovencitas juntas con las criadas para ver qué más tenía el mercader, regresarle unas prendas, inquirir por otras.

—Yo las acompaño —dijo Yasmina.

—Voy también contigo —contestó Halima, y agregó—: Y ya nos vamos, pero ahora mismo. Le prometí a tu tío —dijo a Zaida—, le dije que lo veríamos a cenar temprano. Quiere acostarse pronto, con esas reuniones de las madrugadas…

La criada Casilda dormía en el piso. Halima la despertó y ayudó a levantarse "Vamos, nana, ya nos vamos", mientras las otras criadas jóvenes terminaban de hacer los bultos apresuradas para regresar a casa.

15. El maestro se ausenta

Al día siguiente, antes de la lección de María, que se retrasó porque Yusuf tuvo negocios con Farag fuera de la ciudad, se dirigieron hacia la alcaicería. Iban Zaida, Luna de Día, Yasmina y Halima, y también Leylha y Marisol; de vuelta en casa de Yusuf oportunamente. Llegaron a las tiendas pequeñísimas y de mezquina construcción que se agolpaban una al lado de la otra. Los moriscos vendían infinitas labores de diversas formas y variedad de objetos, copias de sedas labradas, calzados, sombreros, abanicos, anillos, lo que uno imagine. Todas las mujeres venían veladas, y muy juntas las unas de las otras. En la calle del Tinte, vieron venir un grupo numeroso de soldados cristianos, los últimos salían de la aduana de la Seda. Yasmina tuvo sabio temor —cada día más engreídos y groseros, los soldados maltrataban cuanta morisca cruzaba con ellos, sin importarles su condición social—; reaccionando, buscó con los ojos escapatoria donde guarecerse e hizo entrar a todas al primer patio que vio abierto, la trastienda de uno de esos comercios. Justo enfrente de ellas acababa de entrar otro grupo de mujeres, las criadas de las monjas capitaneadas por Estela. Yasmina cerró la puerta apenas vio a la última de las suyas adentro, María, algo retrasada porque se había distraído observando algo en otra tienda, sin percibir los peligros. En el momento en que oyeron cerrar la puerta, las moriscas rieron aliviadas. Ahí estaban a salvo de los manoseos de los soldados, de sus groserías y abusos.

Están en la trastienda de uno de los mayores comercios de alimentos de la alcaicería. Pomos de miel, aceite de oliva, aceitunas, jamones colgando del techo, pasas, azúcar, especias, harinas. El espacio no es mucho; las moriscas —cubiertas con sus velos y vestidos de seda— se codean con las criadas de las monjas enfundadas en rudos vestidos grises, la cabeza cubierta con blancos velos, los brazos y manos cargados de cajas y charolas de dulces. Estela habló:

—¿No podrían esperar para su negocio afuera, señoras? ¿No ven que no cabemos aquí? ¡Fuera, fuera!, ¡a la calle!, ¡inoportunas!

Frente a la puerta cerrada sonaban los pasos del piquete de soldados cristianos, que en este instante preciso pasaban frente a esta construcción. Las moriscas no abrieron la boca, temerosas. Estela se dio cuenta de inmediato de lo que ocurría. "¡Perras!", las llamó con voz muy baja, pero audible. Las empujaba hacia la calle porque sabía a qué las exponía. Viéndola hacer, las criadas que venían con Estela, como siempre obedientes, lanzaban también empellones contra las moriscas. La puerta de la calle comenzó a ceder.

—¡Cuidado con las charolas de los dulces!, ¡se les vuelcan! —dijo María, pensando que eso detendría a Estela.

—A esa voz la conozco —dijo en voz alta Estela, quien empujó con más fuerza, sus manos de piel rota sufriendo, pero su alma disfrutando la maldad que hacía.

—Yo también conozco a las que empujan, y oigo pasar afuera a los soldados —dijo la voz del tendero, quien al oír ruido acababa de entrar por el vano interior a la trastienda—. Basta. ¡Monjas! ¡Dejen de empujar a las mujeres! Si no lo hacen, no les volveré a comprar sus dulces jamás.

La amenaza contuvo a Estela. Este comerciante era su principal comprador.

—¡Esa voz la conozco! —volvió a gritar Estela—. ¡Que se quite el velo!

—En mi casa, ninguna mujer se quita el velo por la fuerza, Estela —el tendero morisco conocía de sobra a este espantajo, tanto como la historia de María, Preciosa, la hija del bello Gerardo. Pero al mismo tiempo que él hablaba, Yasmina se descubrió la cara. Estaba tan cerca de María y todas tan apelmazadas contra la puerta, que bien podría haber sido ella quien hubiera hablado.

Yasmina fulminó con su mirada y su belleza a la espantosa Estela. El tendero habló:

—¡Yo conozco esa cara! Salúdeme por favor a Yusuf. Dígale de mi parte que, con todo respeto, su mujer está cada día más bella.

Yasmina le sonrió y con un solo movimiento tiró otra vez el velo sobre su rostro, sin abrir la boca y sujetando fuerte, con su brazo izquierdo, la cintura de María, quien temblaba de miedo.

El tendero hizo pasar a las criadas con su mercancía al mostrador de la tienda. Los compradores miraron la escena azorados. En una tienda morisca, estaban para atenderles esas cristianas vestidas de semimonjas. Algún distraído pidió a Claudia:

—Ey, déme un cuartillo de limones secos.

Con lo que Claudia se rio:

—Yo sólo le sirvo y le doy a Jesucristo.

—¡Válgame! ¡No quiero aquí disquisiciones teológicas! —dijo el tendero—. Dejen sobre el mostrador todas las charolas de los dulces y dos de las cajas, les pago en este momento, y vayan saliendo por aquí…

El tendero abrió la portezuela del mostrador y las dejó pasar. Ya del otro lado, entregó a la mano doliente de Estela las monedas exactas.

—Cuídese esa piel, no se ve nada bien. ¿No le han servido los emplastos? Tengo otro remedio nuevo, si quiere probar. Mire —sacó algo del mostrador, una larga hoja, suculenta y con espinas a todo lo largo de sus dos orillas—, lo pone a asar y ya que esté frío lo aplica. Le va a servir mejor que nada. Viene de las Indias. Me lo paga luego.

Estela iba saliendo con su hoja de sábila, cuando el tendero le preguntó:

—¡Oiga! ¿Cuándo me vuelven a traer roscas con figuras pintadas? Me las piden muy seguido, no se las quieren llevar sin adorno, quieren comprar las de los hombrecitos que ponen entre las piernas las cabezas.

—No —contestó ruda Estela—, ya no hacemos gracejadas así en el convento, ni las haremos. Nuestros dulces son dulces serios.

Los asistentes del tendero continuaron atendiendo a la clientela, y él regresó a la trastienda, donde las moriscas lo esperaban para darle las gracias.

Estela, por su parte, iba en la calle como alma que se lleva el diablo; estaba segura de que no había oído mal: ésa que había escuchado era la voz de María.

—Era la voz de María, ¿verdad, Claudia?

Claudia asintió, pero objetó:

—Parece que se le ha mudado a otra, ahora la voz de María vive en una mora.

—¿De cuándo acá las voces caminan? No le va esa voz a esa cara, además. Yusuf: no olvido yo ese nombre, ni esa cara.

La hoja que el tendero le había dado para calmarla no aliviaba el enfado de Estela, ni el gesto de generosidad, ni la promesa de alivio que encarnaba —el tendero tenía razón: la piel de Estela estaba peor que nunca—. Estela tenía alma de lebrel. Lo único que la habría saciado era ver a las moras arrojadas a la calle justo cuando pasaba el piquete de soldados. Verlas caer redonditas en sus manos, verlas insultadas, jaloneadas, humilladas, manoseadas; ver que los soldados les arrancaban los velos, les levantaban las camisas, eso la habría saciado. Si la escena hubiera ocurrido, Estela no estaría tramando cómo y a quién decirle que María la gitana vivía ahora oculta entre los moriscos, que la protegía un hombre de nombre Yusuf.

María, por su parte, sólo lamentaba haber salido de casa sin espada. Buena cuenta habría dado de todos y cada uno de esos soldados. Pero sabía bien que contra Estela no se hubiera atrevido a esgrimirla. Algún terror le había plantado la adefesia a su debido tiempo, cuando la tenía bajo su coto en el convento; un terror con el que María no se atrevía a enfrentarse.

16. María la bailaora y su maestro

De esto habrían pasado unos cuantos días, cuando Yusuf tomó la decisión de que María había vencido ya toda torpeza en el uso de la espada —María había aprendido tanto como él podía enseñarle, mucho más de lo que él la imaginó capaz en un principio—, y el maestro la llevó al jardín de la casa de Adelet el cerero, a una más de las interminables reuniones donde los moriscos planeaban, se organizaban y sostenían sus cada día más acaloradas discusiones. María les había bailado reiteradas veces, y al verla venir creyeron que de nueva cuenta les bailaría. Yusuf tomó la espada y dijo:

—Esta es mi alumna, por órdenes de Farag. Le he entregado todo lo que sé en lo concerniente al manejo de la espada. Voy a batirme hoy con ella. No lo hemos hecho nunca. Quiero mostrarles cuánto domina la espada. Lo deben ver Geninataubín, también nuestras mujeres —en este momento entraban las de la casa de Yusuf, Yasmina, Zelda y Zaida con sus amigas, Susana, Areja, Leyhla, Marisol, y tras ellas el dicho espadero, que a todos los había hecho llamar con antelación el gigante pelirrojo.

Farag hizo llamar también a Luna de Día y a su esposa, Halima, y la voz corrió de casa en casa. El patio de Adelet se fue llenando de cantidad enorme de moriscos, hombres, mujeres y niños. Afuera y en la esquina se apostaron algunos para cuidar que no se acercaran soldados cristianos. A fin de cuentas se trataba de Preciosa. La expectativa no podía ser mayor.

—María, ¿estás lista?

—¿Contra usted, maestro?

—Contra mí.

—¿Por qué no contra Andrés? Contra él lo he hecho siempre. Contra él sí sé. A usted no lo he visto una sola vez batirse. No sé cómo responder a sus golpes.

Andrés y Carlos estaban de pie al lado de María.

—Por lo mismo, y porque hoy será el último día que pelees en un patio de Granada.

En los corredores del patio reinaba un alboroto de asombro. No sólo porque no hubieran visto nunca usar la espada a una mujer. Yusuf era considerado por la comunidad el mejor de todos, el más grande luchador en ésta y en otras armas. Donde apuntaba, ponía la bala. Donde golpeaba, vencía. Y era tan inmenso, y en cambio María tan pequeña y delgada, que no podían entender la naturaleza de lo que ahí ocurría. Además, como ya se dijo, todos estaban congregados porque gustaban de ver a María, la Preciosa.

Cuando Farag preguntó "¿Están listos?", comprendieron que en efecto el encuentro iba a ocurrir y guardaron un silencio de tumba.

Andrés rabiaba, sin saber qué nombre ponerle a lo que ocurría en su corazón. María tenía razón: él tenía que pelear con ella, ella era "su" compañera. Si no fuera porque tenía el corazón generoso, se habría pensado que lo de Andrés era envidia. Pero no era envidia. Era rabia, rabiaba de rabia, de no ser él quien la hiciera lucir como el prodigio que era con la espada. Rabiaba porque otros la iban a ver, rabiaba de celos por sentirse despojado, por creer que perdía "su" propiedad. Que bailara y fuera hermosa no le importaba, que todos la comieran con los ojos lo enorgullecía. Bailaba al son de "su" melodía, de la melodía de Andrés, su músico. Pero ahora pelearía sin que él participara. Todos la verían sin él; todos sabrían que Andrés está sin ella, despojado.

El encuentro comenzó en total silencio. La esposa de Yusuf, Yasmina, rabiaba de otra manera que Andrés, de pura cólera. ¿Por qué se atrevían a exponer a "su" María? Podría salir malamente lastimada. Zaida no rabiaba, estaba picada de curiosidad, y en cuanto comenzó el encuentro gozó más que nadie en todo el patio la delicia del arte de María.

María pelea con un modo muy personal. Ha asimilado las lecciones de Yusuf pero se ha empeñado en no pisar, contraviniendo las órdenes del maestro. Dadas sus pequeñas dimensiones, no pisar sino volar le es favorable. Pelea como un picaflor, como un colibrí pelea, ágil, fuerte, inteligente, concentrada. La pesada espada es en sus bellas manos como una vara, y esto causa asombro, que más de uno pensó que ella sería incapaz de sujetarla, no se diga controlarla, hacerla bailar. El acero centelleó y relampagueó. Y María es hermosa, sí, Andrés lo comprende más que nunca, que peleando contra ella y haciéndole la música para su baile no había tenido la distancia propicia para contemplarla. ¡Ah, qué bella es! Se clava su belleza como una espina en el alma de Andrés, lo castiga con un dolor inmenso, insoportable. María viste como una completa y hermosa morisca y el traje resalta todavía más su gran belleza.

La esposa de Yusuf, Yasmina, cierra los ojos en lo que ocurre el encuentro. Farag ni siquiera parpadea. Los otros viejos no respiran. El resto del pueblo morisco, que se ha agolpado en los pasillos del patio de la casa del cerero Adelet, admira a María. Pero todos sienten también cierta tristeza e inquietud al ver al gigante pelirrojo, el invencible Yusuf, ser paulatinamente derrotado por la casi niña, la picaflor, la bailaora. Es verdad que ella aprendió porque él es muy buen maestro y esto engrandece al gigante Yusuf, pero su derrota afecta a los presentes; los días son siniestros y éste se une a los malos signos.

Vencido, perdida su arma, herido en un hombro, aunque de manera superficial —María domina a la perfección la espada, sólo lo ha rozado—, Yusuf habló:

—Farag, he ahí una prueba más de mi lealtad. María ha aprendido todo lo que Yusuf puede enseñarle a alguien. El resto está también listo. Sólo falta que Geninataubín le entregue la mercancía.

—Y una nueva espada —agregó Geninataubín—. Este espadero no supo, al ceder la que trae, que iba a ser para una maestra. Le daré una que la hará invencible. Con su filo matará cuarenta enemigos, así vaya sobre el mar picado, a bordo de una nave a la deriva.

Farag se levantó de su asiento. Pidió a todos que salieran. Entró a un salón, hermosamente dispuesto, acompañado únicamente de Adelet, Yusuf, Geninataubín y María. Y esto fue lo que dijo:

17. *Las palabras de Farag Aben Farag, tal como quedaron entonces guardadas por la memoria de los suyos*

—María, tu maestro te ha enseñado todo lo que él podría hacerte saber. Felicito a los dos, a Yusuf por haber sido tan buen maestro y tan generoso, y a ti, que incluso aventajas al mejor.

"Tu vida en Granada, hermosa María, nunca va a ser vida suficiente. Estarás siempre escondida y, como todos nosotros, bajo la sombra de una guerra cruel. Tu gente ha salido de aquí, los que te apreciamos somos a diario amenazados. Hemos buscado cómo conservar el legítimo derecho a nuestra tierra; siete siglos han vivido aquí los nuestros y deseamos que puedan hacerlo nuestros nietos y los hijos de nuestros nietos, porque ésta es nuestra tierra. María, tú no puedes quedarte aquí, he pensado un viaje en todo bueno para tu persona y que sería beneficio para nosotros los moros de Granada.

"Los cristianos echaron de esta tierra a los judíos, a los gitanos, y ahora quieren hacer lo mismo con nosotros. Algunos de los nuestros preparan un alzamiento armado para protegernos de las presentes vejaciones y la futura expulsión. Estoy convencido de que esto no valdrá de gran cosa, a lo sumo retardará nuestra salida, porque no podremos pasar los siglos en pie de guerra. Ésta es nuestra tierra, nuestra más que de los cristianos, que nuestros gobiernos son los que supieron construir en Granada toda forma de riqueza, la seda, los canales de riego, la aceituna y el aceite. No quiero la guerra, pero no porque le tenga miedo, soy tanto un hombre de Letras como de Guerra. Creo que debemos estar armados y prepararnos para protegernos, sin duda, pero que tenemos que encontrar una manera pacífica de hacernos valer como los legítimos dueños de esta tierra nuestra. Hemos urdido una estrategia diferente a la de nuestros amigos que, con el favor de Alá, nos asegurará Granada. Hemos de probar que uno de los nuestros trajo aquí la fe en Jesús, y que lo hizo obediente al mandato de la madre de su Cristo.

"Hemos escrito con mucho cuidado y respeto a la verdad —que la verdad es que Granada es nuestra tierra— unos textos en los que queda comprobado lo que digo. Los haremos pasar por antiguos, enterrándolos en puntos clave, acompañados de eso que los cristianos llaman reliquias. Ya está hecho un primer volumen, escrito y grabado sobre hojas de plomo, porque como estos libros serán nuestra mejor espada, los hemos forjado como armas, embelleciéndolos de la mejor manera. En él se cuenta que san Cecilio, que era moro, trajo a esta península la palabra de su profeta Jesús. Es el Evangelio de san Barbabás. En su lengua y su aspecto convence, parece un libro antiguo.

"Necesitamos ahora que la revelación se haga pública de la manera más notoria. Lo haremos así: tú llevarás el libro a Famagusta y lo enterrarás al lado de los cimientos de la torre de la iglesia o convento que allá te indiquen nuestros amigos. Luego, lo encontrarán albañiles que harán reparaciones. El volumen fue terminado en el taller de Geninataubín y lo tenemos celosamente guardado, fuera de este barrio, con amigos. Tú, María, vas a ser nuestra embajadora en Famagusta. Tú llevarás el libro. Tú lo esconderás. Tú lo harás encontrar, convencerás a quienes consideres pertinente que lo hagan. Vas provista de tu baile, tu belleza, tu espada y tu fe en que ésta es nuestra tierra, la de tu gente, la de nosotros que somos los tuyos. Por nuestra parte, haremos aparecer en Granada otros de estos libros sacros. ¿Te queda claro?".

Farag estalló en un acceso de tos muy acusado. De inmediato varias mujeres entraron corriendo a socorrerlo. Su tos no paraba. Alguien habló a María: "Se pone así desde que estuvo la última vez enfermo, si se emociona por algo demasiado.

Retírate, María, déjalo descansar, está muy agitado". Atrás de la explicación, seguía la tos de Farag, y alguna voz diciendo: "¡Se nos ahoga, se nos ahoga!".

Fin de las palabras de Farag.

DOS:
NÁPOLES

*18. De vuelta a Nápoles, donde dejamos hace unas
páginas a María la bailaora, y donde se dan cita un
número importante de soldados de la Santa Liga*

Antes de toser, el buen Farag contestó la pregunta que aquí se
formuló páginas atrás: ¿qué tiene que ver con María la bailaora
la caída de Nicosia y la amenaza inminente a Famagusta, cuando
lo que ella baila es el fervor, la agitación, la locura de Nápoles
y la memoria de lo que fue Granada? María la bailaora tiembla
como toda la Europa cristiana por el descenlace en Famagusta.
Los venecianos prominentes han dejado sus palacios, cargando consigo las más de sus riquezas, creyendo ya inminente el
ataque de los turcos. Si cae Famagusta, verán entrar a casa al
Gran Turco, Venecia será de los otomanos. Causa horror la
caída de Nicosia, llamada así en nombre de Nike, la diosa de
la victoria. Un ultraje a su nombre: Lala Mustafá sitió Nicosia
cuarenta y seis días. Al final sólo resistían quinientos venecianos encerrados en el palacio de gobierno. Los asediaban veinte
o treinta mil turcos. Estos enviaron a un monje griego a pactar
los términos de la capitulación. Nicolás Dándolo, gobernador de
la ciudad, aceptó los términos de la rendición impuestos por
los turcos, pero Lala Mustafá, faltando a las leyes de la guerra,
no los respetó, asesinó a todos los sobrevivientes a sangre fría.
Lo mismo hizo con los veinte mil griegos que habitaban la

ciudad, masacró a los inocentes sin clemencia. Morir no fue lo más terrible, ser muerto con el filo directo de la espada fue considerado por muchos miserables un privilegio. Dejemos de lado la avaricia de que dieron muestra los vencedores; los que decían haber presenciado el horror reseñaban que cuanta crueldad y brutalidad son posibles fueron infligidas sobre hombres, mujeres y niños por igual. ¿Qué podía esperarse de un intrigador de su estofa? Arrebató el trono al sabio —aunque cándido— y hermoso Mustafá Bayezid —hijo de Rosa de Primavera, que había sido la favorita de Soleimán en años anteriores— para ponerlo en manos del perverso Sehm —hijo de Roselana, esposa única de Soleimán en sus últimos días—. Selim II se convirtió, como era previsible, en un sultán ignominioso y cobarde: no se presentaba nunca en los frentes de guerra, faltando también en esto al ejemplo de su padre, quien fuera hombre religioso e íntegro. Bajo el mando de Soleimán el Magnífico el ejército otomano con sus legendarios jenízaros fue invencible. Ahora Selim II, sentado en su trono, el diamante más grande que hayan visto en su pulgar, pasa los días rodeado de placeres, protegido por un cuerpo militar formado por cien enanos, las cabezas desproporcionadamente grandes, las cortas piernas zambas, ataviados con telas bordadas de oro, cada uno en las manos su pequeña cimitarra, afilada y brillante, cargada de joyas. Y continúa cosechando victorias. Cayó Chios. Cargaron con tributos a Ragusa. Cayó Naxos. Cayó Nicosia.

Las victorias son manejadas de diferente manera por los altos mandos de Selim II. Jamás hubiera permitido Soleimán el Magnífico que no se respetaran los acuerdos de capitulación acordados por ambas partes. Pero éstos son otros tiempos. Lo único que perdonó Lala Mustafá fue la vida de dos mil niños y jóvenes tiernos, los más hermosos de Nicosia, para hacerlos embarcar hacia los mercados de esclavos de Constantinopla. Aun vencida y embarcada en la mar, Nicosia continuó resistiéndose: a bordo de una de las naves, una joven de edad muy tierna —pues no alcanzaba los trece años, podríamos decirla niña—, Amalda de Rocas, sorrajó el último golpe prendiendo fuego a la bodega de pólvora, volando consigo a los ochocientos esclavos y una carga de valor considerable, toda botín de guerra.

El riesgo inmediato es la caída de Famagusta.

María la bailaora sabe que tiene que viajar a Famagusta, debe llegar, necesita buscar a los amigos de Farag, sembrar el libro de hojas metálicas que lleva consigo. Tiembla más que un veneciano cada que oye que la catedral de Chipre ha caído. La siguiente es Famagusta —lo dice todo el mundo— y de ser así, si cae la ciudad, ¿dónde depositará el objeto de su misión, el que lleva ya dos años consigo? ¿Fracasará? María ha recibido confusas noticias de los moriscos y Granada, revueltas, incompletas y todas ellas malas; cada día les quedan menos esperanzas, y una de esas disminuidas y pocas viene en los brazos de María y *debe* llegar a Famagusta. Si cayera Venecia no zumbarían los oídos de María, pero Famagusta… ¡Famagusta! ¡Farag! ¡El libro!

Nápoles reverbera con la caída de Nicosia, y María que baila Nápoles reverbera doblemente. Se escucha decir "no han dejado casa ni templo que no incendiasen y saqueasen, hasta los sepulcros violaron creyendo encontrar en ellos con qué satisfacer su codicia". Y María piensa en incendios y saqueos, y oye barrer sus sueños, escucha cómo se hacen espuma y vapor, y cómo deshechos desaparecen. De esto, a su modo, habla Nápoles, con esto vibran los napolitanos y los soldados de la Santa Liga que vienen de todas las naciones cristianas. Incluso hay voluntarios ingleses, y hasta un puño de franceses, así sea su nación tan poco generosa, aquí están. Nápoles es el baile de María la bailaora, es verdad, pero en Nápoles pone los pies porque tiene el corazón hinchado, y el viento que sale de éste la navega hacia Famagusta.

Es de noche en la ciudad. Nadie recuerda ahora la hambruna que hace muy poco la azotó. Nápoles se embriaga, se excita, se llena de la pólvora que la hará soltar su carga, su ardiente, estruendosa expulsión hacia el Mediterráneo de los soldados de la Santa Liga. En la ciudad, todo prepara esta descarga; ¡tú baila, María, baila! María, la bailaora de Granada, oye agitada los relatos que abundan en detalles sobre la caída de Famagusta. Los escucha en vilo. María la bailaora, que es toda pies cuando baila, que no tiene rival en sus danzas, sueña. Sus pies son el narcótico de quienes la ven bailar, transportan a los hombres, a las mujeres, a los niños; cuando se mueven, sus dos pies danzantes embelesan, sacian. A fin de cuentas, ella es Preciosa. El sacristán la espía con la puerta entreabierta, suspirando porque el baile no acabe nunca, los niños dejan de chilletear mientras la contemplan, los viejos vuelven a sentir que tienen músculos: María baila a Nápoles divinamente y baila así porque sueña. Sueña preciso, sueña real, sueña abordando los objetos de sus sueños, sueña cayendo de pecho directo en lo que sueña, y desde que llegó a Nápoles, hace diez meses, María la bailaora pasa las mejores horas de sus imaginaciones en Famagusta. Hay que agregar esto al encargo *muy* sagrado que debe entregar. Si en algún momento María la bailaora soñó con Nápoles, nunca fueron sueños tan perfectos ni placenteros como los que ha tenido con la impecable Famagusta. Nápoles es sucia, ruidosa, caótica; hay tanta gente viviendo apiñada aquí, en tan absoluto desorden, que es difícil no sentirse siempre perdido en ella. La Italia española junta de las dos penínsulas lo más ruidoso, lo más estridente, lo más poco armónico. Nápoles es el recodo intrincado en el que esos dos fuertes temperamentos se ayuntan, sólidamente frenéticos.

La turba ruidosa para la que baila María la bailaora por las noches, que barniza cada gesto de expresiones procaces, no tiene la frescura de la granadina, ni el inocente asombro de los pueblerinos, ni el júbilo de los huéspedes en las posadas de los caminos, ni la efervescencia de la población móvil de algunos otros puertos, ni la fresca iridiscencia de la argelina, ni carece de la devoción a la que María se ha acostumbrado sin saberlo. Y ahora, los hombres del Gran Turco están por barrer con su nuevo sueño. María llegó a Nápoles para, ansiosa, juntar las monedas que la transportarían a Chipre. Lala Mustafá y sus hombres le decapitan a donadores generosos, violan a una amiga con la que habría podido montar una casa para acoger sus bailes, incendian la pensión donde viviría, saquean las tiendas donde ella habría comprado —el bolsillo lleno de monedas— telas para adornar un escenario mullido de cortinones, orinan al lado del confesionario en el que María la bailaora habría acomodado sus rodillas y murmurado pecadillos (más para ser vista confesarse y no ser acusada de mahometana), y queman en hogueras inútiles de un golpe decenas de hachones con que habría iluminado en las noches el salón repleto de hombres muy ricos. "Porque nada hay como bailar a los varones. Las mujeres siempre sienten adentro, así sepan esconderla, un poco de envidia".

El Gran Turco arrasa con sus sueños chipriotas, se come su futuro. Se enciende su sangre en contra de él cuando escucha aquí y allá decir "ahora atacará Famagusta". ¿Quién sabrá ahora que Famagusta es donde la Virgen María dijo que se había de hacer una junta en el tiempo del final del mundo, y que en esta junta un hombre flaco y humilde leerá un texto sagrado, y dejarán los errores que antes tenían y las herejías, y el Evangelio será diferente al que hoy tienen, que no habrá en el nombre del Padre y el Hijo y el Espíritu Santo, sino solamente un Dios, único? Lo dice el libro escrito sobre hojas metálicas que atesora María la bailaora, el que sabe que tiene que enterrar y hacer descubrir en Famagusta. En esas páginas, la Virgen también encomienda a san Cecilio (que es moro) que viaje a Iberia para predicar la palabra de Dios en esas tierras salvajes. Si el primer cristiano de la península fue un moro, ¿con qué derecho pueden echar a los moriscos los hombres de la mucho más nueva corona de los Habsburgos?

La nueva que corre junto con la caída de Nicosia y el inminente ataque a Famagusta es que los catalanes han recibido la orden de desalojar las Baleares, y esta noche la pequeña colonia catalana de Nápoles ha encendido en la plaza del mercado una hoguera grandiosa. ¿En seña de enfado, en seña de aceptación de los bienes perdidos, en seña de rebeldía, en seña de duelo? En seña de llamar la atención sobre el trágico hecho, que tanto afecta los intereses catalanes. La multitud se congrega a su alrededor, proviene de los barrios napolitanos más diversos; la ciudad se ha vaciado para atestar la plaza del mercado. La leva está presente, pero no es mayoría; los napolitanos enfebrecidos sobrepasan el ánimo de los soldados. Hombres, mujeres, religiosos, estudiantes, soldados, todos discuten, vociferan; combaten desde ya a los turcos, apeñuscados en la plaza celebran una improvisada fiesta. Desde el podio que los catalanes han levantado, el heraldo real informa de las últimas ordenanzas, acciones, mensajes del rey Felipe II. Lee de cuando en cuando los ya muy escuchados papeles de la leva, repeticiones de lo que ha voceado durante el día. Acullá, canastas llenas de bocadillos recién hechos por manos expeditas que han visto ésta es la suya para embolsarse algunas monedas —circulan encontrando espacio a costa de empujones, tirones, jalones para hacerle paso a la vendimia—. Esotros venden tripas cargadas de vino. Y María la bailaora baila. Alrededor de ella hay un tupido círculo al que tiene fascinado. Baila y canta, y en lo que canta está presente la guerra, deja caer las sílabas lentas, repasando cada vocal, acariciándola, estirándola "Malditos sean los tuuurcos", la acompaña la guitarra y el pandero. Un grito procaz se escucha: "¡Que les corten las manos por putos!".

Antes que estallen las risotadas, María la bailaora responde rápida, acompañando el rasgar de la guitarra de Carlos con el sonido de sus tacones, soltando cada sílaba en los intervalos del zapateadero: "Las es-pa- (entre una sílaba y la otra, remata con el tacón, tronando en la madera) ño-las (y entre palabra y palabra, el golpe es doble, ¿cómo consigue María la bailaora hacerlo sonar tan largo?) los pi-que-te-te-te-teaaaaaa-amos (caen los dos tacones al unísono, válgame válgame cómo, cuánto suenan)". "¡Ale, ale, ale!", grita Andrés, el panderetero.

Sigue María la bailaora, "y en las cazueeee-eeee-ee-eee-eeeeeee (suben sus es hasta el cielo, bajan corriendo al infierno, valga, María, valga tu voz, valga), en las cazueeeeeee-eeee eeeeelas", de nuevo "¡Ale, ale, ale!" el panderetero, y "a los moros-moros-moros-moritos nos los guisamos" remata la bailaora, arrancando una verdadera estampida de aplausos. Iluminada por el fuego de la portentosa hoguera, María la bailaora luce la más bella del mundo. Baila, baila también mejor que nunca, mejor de lo que nunca nadie ha bailado esta danza nueva, que nunca la ha bailado nadie, pero si la hubieeeeeeeeeeeeeeera bailado alguien, nadie la habría podido bailar mejor que esta hermosa y bella, porque ahora su sueño está acicateado por el deseo de recuperar la perdida Famagusta. Porque en el baile y en la música de esos tres gitanos, se escucha la pérdida, se percibe la casa incendiada de Carlos por los soldados de Castilla, se siente la muerte de los de Andrés, se huele al bello gitano prisionero, el duque del pequeño Egipto, la pestilencia de los pisos mal fregados del convento, la canela de los dulces adornados con las figurillas cómicas que sabe trazar María. De la misma manera, se oyen en el canto y en su baile todas las fábulas, leyendas e historias que estos tres gitanos han oído en su vida. Su canto y su baile es testigo y es delación, es alivio y es olvido. ¿Quién le pone palabras en el momento? María la bailaora baila al son de los aplausos, hasta que baile y aplausos a una terminan. María la bailaora, *de Granada para servirle a usted*, se dobla, pone su cabeza pegada a las rodillas, extiende los brazos y el cuerpo para recibir la aprobación de sus adoradores. Los aplausos estallan de nuevo.

Carlos deja a un lado la guitarra y pasa entre la multitud recogiendo monedas en un gorrete que obtuvo quién sabe dónde, llueven más a los pies de Andrés, que no deja de sonar el pandero. El círculo que rodea a la bailarina es reemplazado por otro, los nuevos espectadores esperan ansiosos el que imaginan precioso espectáculo, que el muro humano frente a ellos no les ha dejado ver lo que han recibido de manera tan efusiva.

María se refresca la cara con agua, echa el hermoso, brillante y largo cabello hacia atrás con un gesto de su cabeza, prueba el tablón y los tacones de sus dos zapatos. Golpea el piso para recomenzar, alza la vista, y encuentra, ahí, un par de ojos clavados que llevan en su lugar ya un largo rato. Baja del tablón y se dirige a ellos.

"¿Usté que tanto me ve? ¿Ya vio? ¿Ya pagó lo que vio? ¡Ande, andando!". María la bailaora le truena los dedos frente a la cara, y apenas lo hace repara en las ropas del bello moreno, la banda color de rosa al pecho, el oscuro traje de negra lana de Bretaña, señas de riqueza y distinción. María la bailaora no se detiene, así se haya dado cuenta de su estúpido error. Truena de nueva cuenta los dedos, y al son de los dedos comienza a cantarle: "¿Usté que taaaa-aaaaa (sube y baja, también la letra de María la bailaora baila) aaaa a-aaanto me ve?". Gira la cabeza hacia Andrés, que está terminando de guardar las monedas en la bolsa de fieltro, quien obedeciendo a la orden de sus ojos, golpea con la palma el vientre del pandero. "¡Usté! ¡Usté! ¿Ustéeeeeee, que tanto ve?". "¡Ale, ale, ale!". "Que aquí aquí aquí aquí aquí / no hay-y~y-y-y-y moro moro no hay ni moro ni hereje: ¡Salga!". "¡Vaya, vaya, vaya!". "Déme licencia a i-i-i-irme con ustéee"… El pandero sonó solo. Tras él, las sonajas de María la bailaora, las repicó con cálida gracia y, cuando nadie la esperaba otra vez, la voz, de nueva cuenta esa voz danzante, esa voz acariciadora: "Mateeeee-eee-ee-eeeeee, mateeeeemos turcos, ¡juntos, juntos, juntos!". "¡Juntos, juntos, juntos!". La multitud completa coreó, acompañando el baile: "¡Juntos, juntos, juntos!".

Algún impertinente, muy fuera de lugar, queriendo romper la *magia,* el *duende,* la *gracia,* grita: "¿Y las castañuelas, linda?". Pero María ni lo voltea a ver, ni le contesta, se guarda para sí: "¡Vete a la mierda tú con tus cuatro mitades duras! Yo no quiero castañuelas, me ensordecen, no son para mi baile. Dejé de usarlas hace años. No las quiero".

María la bailaora baila exclusivamente para uno, y la masa, la turba, la chusma arde deseándola, arde en círculo, arde más alto, más intenso, más caliente que la inmensa hoguera vecina, "que no se ha visto hoguera así, que nosea-noseaaaaa visto hoguera así". Carlos, su dulce e impecable guitarrista, arrastra el tablón de María la bailaora, lo pone bajo sus pies, y la bella suena los taconcillos de sus zapatos contra él. Los tacones de los zapatos bailaores. Mientras, los ojos de María inspeccionan al mirón. Cree reconocerlo.

En cuanto al pecho de esos dos clavados ojos, hay pechos que no-les-di-go, no-leeeees di-go, saben arder sin mostrar los efectos del incendio. Pechos que sostienen caras impertérritas, caras que no enseñan, que no dejan saber del humo, la consunción, que no dejan ver, que no dejan ver, que no, que no dejan ver el carbón traslúcido de tanto arder, el rojo rojo pálpito del que se está consumiendo. Pechos bajo los que dos piernas sinceramente bien plantadas, firmes, no delatan el temblar, el parpadeante temblar del fuego. Este hombre es de ésos, el que vestido con ostentosa riqueza deja caer monedas en el cajón del panderetero. Pero hay fuegos que arden más, que arden más, que arden más que el fuego. Fuegos que son fuego que arde, y arrastra y arrasa, y arrastra y arrasa, fuegos que son consunción del mismo fuego. Y este fuego es de eeeesos, el que ha encendido María la bailaora en el pecho vestido lujosamente, es fuego de fuegos. Y el hombre, así sea de madera dura de fresco ciruelo, así nada nada nadita mía, nada nada nadita mía lo penetre, ha quedado traspasado, herido, quemado, trastocado, y temblando se retira, visiblemente agitado deja la plaza.

No soporta más la belleza ardiente de María.

En este estado no puede ir directo a su casa. ¿Quién podría dormir con el incendio ardiéndole de esa manera en el pecho? ¡Ni un dios de los antiguos!

—No podría dormir, ni yo, qué va, ni nadie; que no que no quenononono no podría dormir. ¡Ale! ¿Quién de los que devoran a María podría dormir? ¿Retorno sobre mis pasos, me vuelvo a verla más que nada, que nada, que nada quiero más que verla ver-la-ver-la verla una vez más verla, otra vez verla, una vez más? —se dice, por completo poseído por el ritmo, la música, la voz, el cuerpo de María.

Hoy ha llegado a Nápoles un nuevo contingente de soldados de la Santa Liga, las calles bullen su apetito fresco. Decenas de hombres medio ebrios se agrupan aquí y allá. A la noticia de Famagusta y la hoguera de los catalanes se suma esta carne recién llegada que busca en el puerto a toda costa placeres y diversiones para cruzar la noche.

Una banda de muy malos músicos desafinando baja por vía Margherita (a sus dos lados las tabernas exhalan bocanadas de ebrios, absorben soldados más frescos), tocando sus ruidosos instrumentos. Al frente de la banda, una rubia, ebria y despechugada, desalmada, despeinada y desembellecida, privada en su agitación de su normal belleza (¿qué le pasa, qué ha puesto así a la antes linda, qué tiene esta joven ajada, qué tiene esta tristeza que le quiebra la piel en prematuras arrugas, que le embizca los ojos, que le enreda el cabello, que la perfuma de esta manera horrenda, de puro abandono? Es como una casa que los amos han debido dejar en medio de una guerra, así su cuerpo). La cara batida de afeites corridos a punta de lágrimas ("¡Ay!, ¡no te talles los ojos, no te frotes la boca, las mejillas!") se contorsiona semejando un baile procaz, abominable. Se retuerce como la víbora de un paraíso, otra vez. La banda la sigue, ella precede a la banda. Suenan a una díscola, provocadora insatisfacción, sus acordes incuerdos; a la proa de su buque llevan este acrostolio de cabellos teñidos, alborotados, una abundante melena que también va dando de gritos como la falsa fea.

La banda le canta:

Parece que como incendios
al instante que la topo;
y todos los arremetes
me azuzan el dormitorio.

La ebria viene mascullando algo para sí, como si no oyera lo que le cantan:

> Lo culto de su tocado,
> de su donaire lo docto,
> lo discreto de su ceño
> tienen al pecado absorto.
>
> Haz tu curso, niña,
> si es que navegas;
> no de puerto en puerto,
> de puerta en puerta.

La turba se repliega, se mueve a un lado, se pega a las entradas de las tabernas para dejar pasar la banda ebria. Nuestro hombre se planta en el centro de la calle. La rubia agitada exhibe las tetas. Las raíces de su rubio cabello son blancas, blancas como sus cejas; pero aunque sea una marchita, no es una vieja, su cabello se ha llenado de canas así sea joven. ¿Qué pesar hay en esta falsa, qué traición hay en su dolor? Este siniestro espolón de los músicos se dirige a clavarse directo hacia nuestro hombre, y el hombre no se mueve.

—¡Quítate, necio! —le grita en medio del zafarrancho, la misma que va corriendo a clavársele—. ¡Quítate que ahí te voy!

Nuestro hombre se planta más. La rubia se le arroja a los brazos. Nuestro hombre entrecierra los párpados, los ojos vagan sueltos atrás de ellos, perdidos, se le van, se le van, los ojos se le van. Toma a la falsa rubia del cabello revuelto, le besa ahí mismo la boca con algo que es más mordisco que beso, y la mantiene sujeta del cabello. Los músicos los rodean, coreando con exclamaciones faltas de gracias ("¡Yupa!, ¡chupa!, ¡beso!"). Nuestro hombre interrumpe el beso, no suelta a la muchacha de los cabellos, arroja a los músicos una moneda y les da una orden:

—Sigan carrera abajo, que esta rubia se queda aquí conmigo. Tú —señala a un guitarrista, un muchacho joven de redondos ojillos asustadizos—, tú te quedas aquí, y toca, ¡toca!

Los músicos caminan calle abajo sin dejar de sonar sus instrumentos, cantándole a la rubia, si se puede llamar canción a su desorden:

¡Ropa afuera, canalla!
Vayan fuera esas ropas;
vengan acá esas sayas…

El guitarrista asustadizo rasguea sin ton ni son, buscando alguna melodía. ¡Qué comparación con nuestro buen Carlos, que es música de los dedos a la barriga! No se puede decir que a éste le suenen mal las cuerdas, que lo cierto es que a éste ni le suenan y, si acaso, ¿a quién le cabe duda de que esos porrazos no tienen un pelo de música? Nuestro hombre sigue sujetando a la falsa rubia de los cabellos, la cabeza echada a un lado por la fuerza del jalón. Con esta compañía, nuestro hombre se enfila hacia arriba, alcanza en pocos pasos la calle de Toledo, de aspecto muy diferente a vía Margherita, los palacios de los españoles, los hermosos árboles, y continúa caminando, sin soltar su presa y seguido por el joven músico. Piensa: "¿Conque '¡fuera ropa!'? ¿Tienen idea de qué están hablando? '¡Fuera ropa!' es el grito a los galeotes, el instante previo al remo; de donde se quitan las camisas y desnudos se someten a su…". Pero lo cierto es que no se lo dice con tantas palabras, el pensamiento le pasa por atrás, como una ráfaga, pero ráfaga no es, porque sus decires van lerdos, atenuados, son pensamientos sin pensamientos.

El guitarrista los sigue. "¡Toca!", le dice nuestro hombre, don Jerónimo Aguilar, comandante del ejército español, le repite girando hacia él la cara. "¡Toca!, ¡imbécil!, ¿no me oyes? ¡Toca!, ¡no dejes de tocar! ¿Sabes una guaracha, una jácara?". La muy ebria rubia casi no puede caminar, su meneante tenerse en pie más parece un grotesco baile, ella toda un casi casi, que casi está de pie, casi doblada, casi no camina, casi baila. Casi es hermosa, casi es rubia la rubia, que las canas casi rubias son, casi es fea, que lo sería si no se interpusiese la piedad entre quien la vea y su persona, porque el hecho es que debiera ser bella, ¿por qué no lo es? En sus canas se ve no mucha edad, pero sí mucha tristeza. No han recorrido más de treinta pasos en vía Toledo, cercados por altos muros sin ventanas, cuando nuestro hombre se detiene frente a una pequeña puerta rematada en un arco; abre el candado que, asido a dos arillos de fierro, guarda la entrada y verdaderamente arroja dentro a la teñida rubia.

—¡Pasa! —dice al músico, habla dando órdenes marciales—, éntrate y encuentra asiento en la banquilla que hay pegada al muro de la izquierda. Toca un jaleo, una seguidilla, un vito, una guaracha, lo que mejor te sepas, ¡y cierra esos ojos!

El músico tentalea con los pies, se desplaza arrastrándolos hacia su izquierda. De nada vale cerrar o abrir ojos adonde nada nadita nada, ¡ea-ea-ea! (rasga, rasga su guitarra), ninguna mirada puede penetrar, ni la propia. Su rodilla pega con lo que debe ser un banquillo. Rasga las cuerdas fuerte, rápido extiende la mano, confirma con ella que ahí hay un asiento, pasando sobre éste la palma, regresa la mano rápida a su instrumento y ¡rasga!, ¡rasga!

La habitación está completamente a oscuras, pero el joven guitarrista cierra los ojos, apretando los párpados, y golpea aporreando las cuerdas de su guitarra.

Su música no tiene gracia. ¿Y cómo digo que ese ruido es música? ¿Quién me da permiso de mentir tan flagrantemente? ¿Alguien le habría enseñado cómo hacerla? ¿Quién le puso en las manos el instrumento, quién le dijo que él podía tocarlo? En medio del alboroto de la banda pasa inaudible, pero aquí, a solas, en la oscuridad, le pega a la guitarra de manera que no hay cómo esconder lo que es: ¡un músico atroz!, un no músico músico, un impostor. No despierta ninguna simpatía, con esa mirada de ratón, esa cara dura inclemente. Se para como un músico, sujeta la guitarra como un músico, pone la cara inocente del músico y dice versos que sabe de memoria. Pega fuerte a las cuerdas, jalonea arrancándole acordes chirriantes sin que le duela al alma producir, con tan hermoso instrumento, esperpénticos sonidos, en medio de los cuales tira estos versos:

Merluzas son las lindas,
y por salmón se pagan;
comedias como pulpos:
azote son su salsa.
El amor es nadador,
desnudo y desnudador.
El amar es, pues, nadar,
desnudar y desnudar.
Al agua no la temen
ni mis brazos ni espaldas…

19. Da comienzo la verdadera historia de Alonso,
el músico sordo

Alonso es, como María la bailaora, originario del reino de Granada, no de la ciudad del mismo nombre, sino de Azarcoya, hacia el camino de la Plata. Su madre lo encomendó a los once años a un monje, con la pretensión de que los hábitos le infundieran el deseo de vestirlos, pero el religioso era un hombre desalmado y tacaño, y el único hábito que supo infundir al muchacho fue el de mentir. Comenzó a hacerlo como se empieza todo, como un novato, pero con el paso de los meses se convirtió en maestro, un verdadero maestro del mentir. Primero supo utilizar las mentiras para esquivar los frecuentes castigos, luego le fueron buenas para solaz y diversión, y con el tiempo se volvieron un placer tan grande que, si a la larga escapó del monje y huyó de su pueblo, fue más con el deseo de poder engañar a voz en cuello, que con el de dejar de padecer maltratos y mala vida. Porque Alonso era insensible a toda comodidad y placer; descubierto el gozo de mentir, todos los demás le parecían inferiores y sin encantos. Se hizo pasar por cualquier cosa, pero, como era muy despierto, al poco tiempo aquello que fingía pasaba a ser uso y costumbre y hasta habilidad. Hasta que encontró cómo mentir de manera que pudiera seguir mintiendo haciéndose pasar por músico, desde el día en que encontró desolado en el camino a un pobre guitarrista ciego, muerto su acompañante, al que dio confianza diciéndole era vecino de ahí y que lo acompañaría hasta donde encontrara comida y techo; prometiéndole que lo llevaría a su pueblo, lo condujo a un barranco sin más gracia que un inmundo riachuelo por el que corrían aguas puercas. Ahí lo tundió, le arrebató la guitarra, corrió al pueblo, dio voces diciendo que a su compañero músico le acababan de asaltar y abandonar en tal y tal barranco, y subiéndose al primer carromato que pudo, cargando la buena guitarra y la bolsa con monedas, abandonó el lugar en dirección contraria. Así descubrió que no tenía oído ninguno para la música y que con ese escudo pegado al pecho, con sólo hacer como que rasgaba las cuerdas, mentía. Porque Alonso es sordo como una tapia. Andará de falso músico hasta que se fastidie y necesite mentir de otra manera.

Fin de la historia del músico sordo.

20. Vuelta a la falsa rubia

Si algún momento encontramos, volveremos a la historia de Alonso; ahora debemos regresar adonde hemos quedado suspensos. Puede que nuestro hombre sea tan sordo como Alonso, porque no le echa encima alguna cosa arrojadiza para hacerlo silenciar. Sigue con la falsa rubia sujeta del cabello. La ha llevado al centro de la oscura habitación. Ahí le pide, con ese tono con el que parece exigir todo: "¡Baila!, ¡finge que me bailas como María la bailaora!".

—¡Otro! —grita la ebria—. ¡Otro! Uno más y prometo despeñarme de la torre más próxima que puedan alcanzar mis botines… ¿Qué tanto le ven a esa bailaora, para mí que bien flacucha?

—¡Baila! —le grita ordenándole nuestro hombre, irritado por sus "estúpidos" comentarios.

Un grupo de antorchas provenientes de la calle pintan en un ángulo de la pared las celosías de los balcones del cuarto vecino. Los trazos iluminados bailan. El brazo de la guitarra se ilumina por un momento. El músico abre los ojos, ve la puerta abierta al cuarto vecino, y ve la habitación, vacía. En la que se encuentran no hay más muebles que la banca de piedra al lado de la puerta, ahí donde el músico se sienta.

La luz proveniente de la calle se desplaza hacia el centro del cuarto, donde la rubia se revuelve adentro de sus revueltas ropas, echa a un lado las caderas, las mueve al otro, tuerce el talle, tira hacia atrás el cuello como queriendo zafarse de su cabeza, zarandea el torso, agita la testa. Nuestro hombre la ha vuelto a coger del cabello, alza el brazo para tenerle alto la cabeza. Las antorchas de la calle los iluminan. La rubia se alza la falda, el músico rasga más fiero las cuerdas y cierra los ojos, mientras que la mujer toma la otra mano de nuestro hombre, la guía a su talle, y mete la propia en las calzas del hombre, bajándoselas.

El hombre toma a la falsa fea rubia en vilo, da tres pasos, traspasa la puerta por donde ha entrado la luz de las antorchas. A un lado de la puerta hay una cama y ahí tira a la mujer, soltándole por fin el cabello. Se arroja sobre ella, y sin ceremonia alguna, que mayor no podría ser su erección, nuestro hombre la penetra en agitada prisa violenta, vuelve a tomarla de los cabellos teñidos, con rápida desesperación, buscando eyacular. Uno, dos, la toma del talle y la entra y la saca. En la pequeña habitación de al lado, Alonso rasga y rasga las cuerdas, los ojos bien cerrados, sin pensar. Nuestro hombre, en medio de su agitación, está frío: golpe, golpe, da otro golpe con las caderas, golpe. Ruge diciendo "¡baila!". Nuestro hombre le aplaude así a María la bailaora, vino a aplaudirle a esta oscura habitación, vino a aplaudirle haciendo de todo su cuerpo una palma, y es la rubia teñida la otra contra la cual golpea. ¡Dale, dale! Menos de una docena de aplausos, y nuestro hombre eyacula sin mayor placer, le disgusta aplaudir mecánico y frío contra el cuerpo de esta falsa fea. Apenas surte de él su eyaculación, sus manos sueltan a la falsa rubia. Se incorpora, le da la espalda. Se levanta de la cama y se faja. Escucha la no música del guitarrista y le espeta: "¡Cállate, muchacho, ¿qué es eso que rasgas?". Gira, la mujer sigue tendida en el lecho. La toma de nueva cuenta de los falsos rubios cabellos, y le tira de ellos y de las revueltas ropas, empujándola y jalándola hacia afuera de la habitación del fondo y de la que ocupa el músico, esperándolos con los ojos bien pelados. Sale con ellos dos a la calle, cierra tras de sí el candado, regresa sus pasos, y al llegar a la esquina donde se unen la calle Toledo con vía Margherita, suelta a la rubia con ascos, le pone dos monedas nuevas en su laxa palma y le da una más pequeña al también falso músico. La rubia se desploma en un escalón al pie de la entrada de una taberna y ahí se queda, muda, inmóvil, ebria, como una muñeca maltratada. El joven Alonso se sienta a su lado, pone la guitarra frente a su vientre y comienza a golpearla de las cuerdas, fuerte, fuerte. ¡Qué arte el suyo!

21. El amor busca a María la bailaora

Nuestro hombre se echa a caminar a toda prisa, carrera abajo, hacia el puerto. Ahora él es quien parece estar bailando. Lo ha poseído una alegría infantil, se le sale de la boca un cantejuelo, "María, Preciosa, María la bailaora". En el revuelo de Nápoles nocturna no le será imposible rastrearla. La ciudad en las noches divide con claridad su territorio. La mitad que está al norte del centro, hacia las tres puertas a tierra, Nápoles duerme. Al sur de la catedral, hacia el puerto y la porción que corre paralela a la costa, Nápoles vela, toda calle y callejuela es un río de gente. Los vendedores de comida y bebida se desplazan con ellos, siguiendo su flujo. En las plazas se aglutinan alrededor de cantantes, músicos, actores, bailarines, mujeres viles, bufones y contorsionistas, se arremolinan para escuchar pregoneros o vendedores de objetos insólitos, o incitadores al juego, o en torno a las mesas puestas al aire libre donde los soldados libran partidas de dados y baraja, cruzando apuestas. Los afeites, que las mujeres compran de habitual celosamente a escondidas, son vendidos de oreja a oreja, guardados en saquillos de colores chillantes, junto con remedios para evitar la concepción, cremas contra las picazones, esas cosas.

Nuestro hombre camina con paso apresurado. La multitud ebria avanza en ondas, el nuestro va como una flecha directo. Los demás están de fiesta, exaltados; él, así ahora feliz, va al mando de una misión, él es mensajero, general, bala del cañón, correveidile y el arcabucero, en esta expresa misión le corresponde estar a cargo de todo; tiene prisa. La turba aquí y allá canta, grita; en ondas la gente se menea, partícipe de una misma ebriedad. Nuestro hombre peina las calles con apresurado paso marcial. Aquí una mujer intenta vendérsele, allá un procurador de vicios hace lo mismo, acullá le invitan a beber, esotro le quiere arrancar unas monedas a cambio de una dudosa bebida humeante, y sobra quien le ofrezca exquisitos vinos de Ischia, Prócida, Capri, Graganano, el más exquisito aún de las faldas del Vesubio. Él no se detiene, no escucha, sus ojos traspasan como un filo a prueba de sombras la noche. Es como un animal cebado, pues en esa alborotada y móvil multitud océana, pronto da con ella, aunque ¿quién sino él puede jurar que eso que ve es María la bailaora? En la plaza vecina al convento de Santa María Donna Regina, al pie de un árbol, sola, sentada sobre sus piernas encuclilladas, la cabeza prácticamente escondida entre ellas, María la bailaora descansa. Para otros estará irreconocible, pero no para nuestro hombre, él sabe que es ella, la reconoce porque lo intuye; se detiene; se clava. Se despabila. Su vista va tras otra prenda, da pronto con un vendedor de vinos que ha venido siguiéndolo (coreando: *"Pruebe la suavidad del Treviano, el valor del Monte frasean, la fuerza del Asperino, la generosidad de los dos griegos Candía y Soma, la grandeza del de las Cinco Viñas, la dulzura y apacibilidad de la señora Guarnacha, la rusticidad de la Chéntola... Madrigal, vino Coca, Alaejos, recámara del Dios de la risa, Esquivias, Alanís Cazalla, Guadalcanal y la Membrilla, ¡y no olvidar Ribadavia y de Descargamaría —que pudo haber tenido en sus bodegas el mismo Baco, porque son para conocedores, para el que sabe como usted saber lo bueno—!"*). El vendedor se le adhirió a los talones a pesar de su gesto de negativa, convencido de que nuestro hombre será un buen cliente, "por esas ropas y ese modo". Con una seña nuestro hombre llama al persistente: "Consígueme un litro de lágrimas de Tiberio y dos pocillos finos para beberlo. Los quiero ahí, al pie de ese árbol. Unos bocadillos, los más exquisitos que encuentres, chorizos van bien, jamones; unas frutas". "¿Pan?". "Pan nunca sobra". El joven sale corriendo a buscar el generoso encargo, y nuestro hombre se acerca a María la bailaora. Si sin bailar es casi irreconocible, así escondida, arrebujada sobre sí misma, es casi invisible.

—María.

Sin alzar la cara, hablándole a sus propias piernas, la hermosa voz le contesta: "Respondo a *María la bailaora de Granada para servirle a usté*. Déjeme descansar, ahora ni bailo, ni canto, ni respondo. Le advierto: bofetones sí que sé dar a quienquiera me moleste, que para esos no estoy nunca fatigada".

Nuestro hombre se sienta a su lado, también acuclillado como ella. El ágil y expedito vendedor está ya de vuelta, cargando dos banquillos y tras él un asistente con una mesa y una larga y gorda vela. Le dice a nuestro hombre:

—Aquí tiene su mercé.

El ayuda del vendedor tiende sobre la mesa un blanco mantel, enciende el cabo de la vela, pone tres naranjas sobre un plato dorado. Nuestro hombre se acomoda en su banco, saca su navaja, y procede a pelar meticuloso la fruta, sin apresurarse, extrayendo de ésta una sola anaranjada y curvada tira. En el momento que la extiende sobre el mantel, de manos del vendedor cae en el plato dorado un chorizo, y a su lado otras ponen un platón con uvas y nueces y a sus costados dos finos platos hondos rebosando caliente potaje de alubias con jamones. El vendedor corta en rodajas gordas el chorizo, coronando sus guisos. María la bailaora no ha alzado la cara ni por el olor del guiso caliente, ignora el improvisado banquete. Una vendedora de velos pasa cerca, nuestro hombre la llama, le compra un largo encaje blanco y una curvada peineta adornada de recortes de piedrecillas brillantes, y le pide los entregue a María la bailaora, que así esté a su lado sigue doblada, dentro de sí. La vendedora se acerca a ella.

—Niña, niña linda, tenga. Mire qué le ha comprao el hombre, diga si quiere este encaje blanco y esta peineta, o escoja cualquier otra, usté diga.

María desenvuelve el nudo de su cuerpo, saca su cabeza del refugio de sus brazos. Ve el velo y se estira risueña a tomarlo, sonríe más cuando ve la hermosa peineta. Se los pone y alza al hombre los ojos, sonriente.

—María, que se enfría la comida —le dice nuestro hombre.

—Dije que soy María la bailaora de Granada, que así me llames —le respondió al tuteo.

—María la comedora de Granada, para servirle a usté, ¡anda!, se enfría, ¡vente acá!

Las lágrimas de Tiberio llegan en una garrafa de cerámica. El vendedor escancia este vino exquisito en sus dos copas y hace poner en la mesa el pan, un plato con ostiones abiertos en su concha, y un trozo de pierna de puerco asada, aún humeante.

¡He ahí un banquete!

María levanta la cabeza, mira la mesa bien dispuesta en medio de la plaza, el rico hombre para quien bailó sentado frente a ella, el que ella creyó reconocer, y sin manifestar ninguna sorpresa se levanta, se sacude la falda, agita su cabeza para esponjar su cabello y mirando el banquillo dice:

—¿Y qué, no hubo silla buena?

—¡Conque María la quejaora! ¿Qué malo tiene el banquillo?

—Que si tú hubieras bailado el día entero, también querrías asiento bueno. ¿Cuál es su nombre? Yo no como con desconocidos —dice todavía de pie.

—Mi nombre es Lotario.

Bastó esa palabra de tres Sílabas para que María la bailaora se sentara en el banquillo, que pareció sentarle la mar de bien. Siguió nuestro hombre hablando:

—Con ése me bautizaron mis padres. Lotario soy, fui alférez hace tiempo. Viéndote pienso: "Presto se acabará mi pena, y presto comenzará mi gloria". ¿De dónde eres tú?

—Que ya te dije, soy de Granada.

—María la granaora, que es justo "tomar las reinas los nombres de sus reinos".

—¿Cuál es tu historia, Lotario?

—La tengo. ¿Quieres oírla?

—Quiero.

—Que no es corta.

—Que no importa.

—Sea. En Florencia nací, en Florencia viví.

Al hombre le da un acceso de tos que le impide continuar con su historia. María lo oye toser, y el escucharlo le trae vivas ciertas memorias auditivas que casi la ensordecen. ¿Qué oye? La tos que suena la transporta a otra, a la de Farag, la que le impidió años atrás hacerse oír cuando le llegó el turno de decir "Entiendo, acepto", la tos que le tapó la voz la noche antes de dejar Granada, cuando...

El acceso de tos de Farag interrumpió su discurso. No hacía mucho que el morisco había enfermado, aquejado de tantos pesares; ¿qué otra cosa podía esperarse en un alma buena? Por lo mismo no pudo oír la respuesta de María a su "¿te queda claro?". A María nada le queda claro: libros, páginas de plomo, san Cecilio, apariciones, legitimidades, un lugar de nombre Famagusta, ¿de qué demonios le hablan?, pero tiene la mejor disposición para emprender el viaje, incluso descontados el agradecimiento y la lealtad que siente por Farag —que la obligan a obedecerle a ojos cerrados—. La seduce de una manera inexplicable la idea de dejar Granada. ¿Porque es gitana y esto no se quita ni aun disfrutando de las mejores comodidades y costumbres? ¿Porque vivir encerrada en una casa de mujeres la asfixia? ¿Porque el peso de la mirada de aprobación de los sabios le pesa? ¿Porque en esta acosada comunidad no hay espacio para permanecer sin ser vista, revisada, escrutinizada? ¿Porque la miman, la quieren, la admiran, la ven crecerse y ella florece? Porque así su vida fuera ahora un paraíso comparada con la que llevó en el convento, a ratos se envidiaba a sí misma, a la sí misma aislada que vivió sin que nadie la tomara en cuenta. ¡Qué extraña es María la bailaora! Allá se la ignoraba las más de las veces, ni se le daban atenciones ni apenas restos de comida, y se la bañaba a diario con desprecios. Acá, en el serrallo, todo son elogios. No que María quisiera *dejar* Granada —esto sólo porque no sabe esa niña lo que en Granada le espera de quedarse: la guerra y, tras la derrota, la esclavitud, verse marcada en público como una bestia—, pero le ilusiona salir del cerco que le ha tendido Granada, un corral para su alma de gitana. Suspira por el padre, suspira por la vida que llevaba con él, que, así fuera menos rica que su vida mora, le daba cuerda para correr por las calles, bailar y cantar y oír cantar y ver bailar en las plazas y salir cabalgando por los caminos de vez en vez, hacer hogueras a campo abierto, dormir tendidos sobre la tierra, gritar a voz en cuello, bañarse en ríos donde no se han construido civiles orillas de piedra o caminos y calles gobernando el paso del agua. Se sabe confinada, reconoce su jaula de plata.

Después de oír a Farag hablar, el gigante pelirrojo Yusuf la llevó presuroso a su casa. Cuando llegaron —¡los oídos que tiene un serrallo!—, las mujeres, sus protectoras, están agitadas preparando su salida. Están Zelda, la abuela, Yasmina y su hija Zelda con su inseparable Luna de Día. Ninguna de las criadas era parte del secreto. Zaida está encantada, las más de sus amigas no han dejado Granada sino para visitar los cármenes que están en las afueras, algunas pocas han llegado hasta Córdoba, otras hasta Sevilla, no más. Zaida quisiera viajar, quisiera irse con María, visitar cuantas villas se han nombrado y otras; si pudiera, cruzaría la mar océana. Sueña desde hace tiempo con irse, así sea a la negra Berbería, le apetece cualquier lugar del norte de África, si pudiera escoger se iría a Marruecos. Mejor todavía si pudiera llegar más lejos, hasta la Constantinopla, o las muy ricas Indias que tienen las calles forradas de oro. Y lo dice alborotada cuando reciben a María: "Te envidio y me alegro por ti".

"Yo —dice la madre de Yusuf, la vieja, la viuda Zelda— quisiera (o yo hubiera querido, que a mis años parece mejor decirlo así) viajar por el norte del África. Hubiera querido ver camellos, ver medinas a la orilla del mar, el Coliseo que dicen existe cerca de donde Dido fundó Cartago. Ahí hubiera querido ir, donde las mujeres vivieron sin varones. Quisiera haber ido, que ahora como están mis huesos… No puedo ni imaginar lo que sería el viaje ahora, con mis huesos…".

Yasmina no participa en la plática. Está furiosa. Apenas enterarse, ha preguntado a un asistente de Adelet por los pormenores del viaje y se ha enterado que María va a salir acompañada de los dos niños gitanos, Andrés y Carlos. Parece una leona enjaulada agitándose impaciente de un lado al otro. "¡Si sólo son dos niños!", espeta a Yusuf apenas entra a la casa. "¿Quién va a cuidar de María?".

—María puede cuidarse sola y cuidar de ellos dos, no hay de qué preocuparse.

Yusuf tiene sus propias preocupaciones. Ignora el estado de ánimo y la queja de Yasmina y camina hacia las habitaciones donde preparan la salida de María. Yasmina lo sigue, casi gritando:

—¡Pero la compañía...! ¡Yo no dejo irse a esta niña del brazo de esos dos bribones! Me la van a echar a perder. No, definitivamente. Y si tú no se lo dices, corro ahora mismo a decírselo yo en persona a Farag, no me voy a quedar con los brazos cruzados, ¡cómo crees! ¡Sobre mi cadáver!, ¿me entendiste? ¡Y no doy un paso atrás! Si se la llevan los dos bribonzuelos, ¡tú no me vuelves a ver nunca! ¡Me largo a Galera y no me vuelves a ver nunca! ¡Te quedas sin esposa! ¡Tú me dijiste que era una de las nuestras! Pues bien: una *de las nuestras* no se va así como así, a cruzar mundo del brazo de dos zarrapastrosos. ¡Cómo crees! ¿En qué están pensando tú y Farag?

El ensimismado Yusuf había llegado adonde las mujeres estaban congregadas, seguido por la gritadora, que parecía más agitada a cada paso. Al detenerse, Yasmina dejó de hablar un momento, el suficiente para tomar aire y espetar a todo pulmón:

—¡Contéstame, esposo mudo!

Yusuf no alzó su pesada vista del piso.

María fue quien contestó; hincándose a los pies de Yasmina, tomándole una mano y besándosela dijo:

—Mamita... ¿Puedo llamarla "mamita"? Mamita mía, que hace cuánto no tenía yo mamita. ¿Sabe usted que mi mamá murió hace tanto que no recuerdo su cara? Lo he intentado muchas veces, pero no sé, yo era tan niña... Usted, Yasmina, usted es mi mamita. La quiero. Pídame usted lo que quiera, que yo la obedezco. Pero esto no, esto a mí no me lo pida. El señor Farag me ha confiado una labor, que es un secreto y que puede favorecer a todos los moros de Granada. A mí no me cuesta nada, ¿quién va a querer atacarme, si no soy sin usted sino una gitana huérfana? Voy a hacer ese viaje. Le juro por el cariño que le tengo, que para mí es lo más preciado, que conservaré mi corazón puro y no olvidaré ninguna de las maneras que usted me enseñó. Yusuf, su marido, me enseñó la espada: usted algo igualmente importante, cómo comportarme como una mujer de bien. Le viviré agradecida. Por lo mismo, me toca retribuirles, y lo haré con lo que Farag trama para el bien de su gente. ¡Que vivan mil años los moros en Granada!

Yasmina lloraba sin saber qué decir. Las palabras de "su" María, "su" Preciosa, la han dejado sin furia, ya sólo herida. Zaida toma a María de la mano y la lleva hacia su habitación. Ahí, en una hermosa bolsa de seda, comienza a guardarle sus pertenencias. Zelda entra también, lleva en las manos un broche que pone en el pecho de María, diciéndole palabras que María no comprende, en árabe. Son parte de un poema:

> Mi corazón se me escapa.
> Ay, Dios, ¿acaso volverá?
> Tan grande es mi dolor por mi amigo,
> enfermo está, ¿cuándo sanará?

Yasmina entra también, completamente repuesta, como un gato doméstico. Revisa lo que Zaida ha guardado en la bolsa, añade un par de calzados, guarda la hermosa bolsa de seda en una de cáñamo burdo y, con suaves empujones, la boca cerrada, saca a las tres de la habitación para llevarlas a comer al comedor.

Como en días de fiesta, se sientan todos juntos a la mesa, hombres y mujeres. Los músicos aguardan la seña para empezar sus canciones. Las charolas colmadas de comida están por salir de la cocina, cuando el espadero Geninataubín entra. Lleva el cabello alborotado —acaba de volver a vestirse la camisa— y tiene la cara colorada por el fuego de su fragua. Tan agitado está que ha cometido la imprudente locura, o el atrevimiento, de cruzar la calle, de su taller a la calle de Yusuf, en plena luz del día con una espada en la mano cubierta solamente muy a medias por un bello manto rojo. Es una espada bellísima, brillante, no demasiado grande. En el puño tiene labradas unas palabras que María no puede leer porque están en aljamiado, esas grafías árabes que usan los moriscos para escribir las palabras cristianas. A lo largo de la hoja tiene escrita en cristiano una frase en el centro, como un carril: "Quien toque el filo de mi espada, tocará la puerta de la muerte". María la lee en voz alta.

Geninataubín es convidado a comer y acepta. Una esclava le acerca una vasija de agua fresca para que se refresque.

Zelda se levanta de la mesa, dice algo al oído de Yusuf, su hijo, y sale presurosa. Regresa en breve tiempo, y apenas entra clava los ojos en María y camina hacia ella como si sus ojos la hicieran avanzar.

—María, tengo dos regalos para ti.

—¡Más regalos! ¡Cómo y cuánto han sido ustedes generosos conmigo!

María se levanta, hinca una rodilla frente a Zelda e inclina frente a ella la cara. Zelda levanta la cara de María y con las dos manos le enseña una cadena. De la cadena pende una cruz, también de oro, Zelda voltea la cruz, la torna para que vea el envés: hay cuatro pequeñas espadas labradas en sus brazos, en el centro un corazón engarzado —una piedra colorada y brillante, tallada bellamente como un corazón—, y alrededor de éste unas palabras escritas en letras finísimas que Zelda lee en voz alta:

—"Él manda, el corazón manda". ¡Alá manda! Te estamos dando —explica Zelda— un escudo para acompañar tu espada. Muéstralo cuando lo creas oportuno, bastará esa seña para protegerte en los más de los sitios de España. Si te encuentras con alguno de los nuestros, enseña el envés de la cruz. Entenderán la seña, sabrán que este objeto es un escudo.

María miró la cruz de uno y de otro lado con sumo cuidado. Los ojos se le llenaron de lágrimas. Las monjas la habían despojado, las moriscas la terminaban de hacer rica: a sus dos monedas de oro en el cinto y la espada rica, sumaban el broche de oro y la cruz de doble cara con un zafiro empotrado.

—¡Es hermosísima! ¡Es demasiado hermosa!

—Y esto —dijo Zaida, extendiendo la mano— es tuyo también. Contiene una moraleja. Velo y obsérvalo bien.

Zaida entregó a María algo que era como un liso mosaico de metal y en forma de triángulo. A primera vista tenía alguna gracia, pero muy menor.

—Tómalo —dijo Yazmina—, míralo bien.

María tomó el pequeño objeto liso y delgado. Lo revisó. En una de sus tres bases tenía una cejilla. Tiró de ella, jalándola hacia arriba. El triángulo se abrió quedando sujeto de uno de los tres bordes. Era un espejo, o, mejor dicho, dos espejos triangulares.

—La cruz te protegerá entre los nuestros, la girarás y comprenderán a quiénes perteneces —le dijo Zelda—. Es otro compañero de viaje. Míralo bien. ¿Qué ves? Sujétalo cerca de tu cara.

—Veo mis dos ojos, abajo de ellos mi nariz.

—Te ves a ti, y en ti la belleza de Granada. Al verte, nos ves, ves el corazón morisco de la península, que es decir lleno del Mediterráneo, del África, de Asia, de Iberia y de Europa; de las Indias también.

—El corazón gitano —agregó Yasmina—. El que pertenece a todo el mundo porque es granadino. Eso no te lo puede robar nadie. En el espejo nos llevas contigo, ahí te acompañamos, vamos de tu mano. Guárdalo y cuídalo.

—El corazón que no es de esa cosa aguada y sin sabor que se llama la "sangre limpia" —agregó en voz muy baja Zaida.

—El corazón manda —dijo Zelda—. El corazón manda. Y el corazón es el mundo.

María cerró el espejo. Se desfajó y lo guardó envuelto en su cinto junto a las dos monedas que había recibido en el convento. Lo volvió a atar y a esconder entre sus ropas.

Con pasos ligeros, Zelda regresó a su lugar. En cuanto encontró acomodo, comenzó la música y las charolas con comida llegaron a la mesa. Todo lo hacían a la usanza de ellos.

Cuando se levantaron de comer, Yasmina abrazó muy tiernamente a María, diciéndole adiós sin palabras. Zelda salió del salón sin voltearla a ver siquiera. Luna de Día despidió a sus esclavos y criadas, quedándose con María y Zaida a dormir. En lugar de irse cada una a su lecho, las jóvenes se reunieron en el de María. Era su última noche juntas, la última en que podrían conversar como venían haciéndolo desde que María había llegado hacía treinta semanas a esta casa, treinta y pico largas semanas. Las tres habían cambiado en este tiempo; más que ninguna María, que entró niña y criada, y salió mujer, guerrera y dueña bien vestida.

Pasada la medianoche, Luna de Día llevó la plática a un tema serio y solemne. Ya no quedaba vela ni lámpara alguna encendida.

—Jurémonos las tres lealtad por el resto de nuestras vidas. Yo sé que lo hicieron tu mamá y la mía, Zaida, y mira cómo han seguido siempre amigas. Si a una le falta el pan, la otra se lo quitará de la boca para compartirlo. Jurémonos algo similar.

—Pero hagamos mayor el juramento —dijo Zaida—. Juremos que si a una le ocurre algo, las otras dos la vengarán con su vida —dijo Zaida.

María guardó silencio. Sus dos amigas quedarían en Granada al amparo de sus familias, mientras que ella comenzaría una aventura de la que no tenía ni idea cómo saldría librada. El juramento le parecía desigual, comprometía a sus amigas desmesuradamente.

—Dilo, María, di "lo juro".

—No puedo decir "lo juro" porque no quiero comprometerlas. Yo qué sé qué habrá en esos caminos que me esperan… No quiero ni debo poner ese peso en sus vidas.

—¡Ya pareces mamá! —la interrumpió Zaida enfadada.

—No, no lo digo como tu mamá, no es por imitarla; es puro sentido común. No tengo ningún miedo, pero el juramento es desigual. Ustedes se quedan en la ciudad, ustedes tienen familia, casa. Yo soy una gitana sin…

—¡Basta ya! ¡Guárdate para otro esas sandeces! Júralo. Si no quieres hacerlo, yo lo juro en nombre de las tres —dijo Luna de Día.

Zaida agregó de inmediato:

—Yo lo juro y lo recontrajuro en nombre de nosotras tres. Júralo, María.

—Lo juro —dijo María no muy convencida.

—Y si una falta… —dijo Luna de Día.

—¿Qué? —la interrumpió Zaida.

—Si una falta al juramento…

—Lo haremos pagar con su vida —cerró la frase Zaida.

—Lo juro.

—Lo juro.

—Lo juro.

Silencio. Luego, risas que comenzaron en boca de Luna de Día, siguió Zaida y luego María, las tres desternilláronse un buen rato en inexplicable exaltación.

23. El viaje de María

Antes de amanecer, los dos pastores (que lo fueron de los toros y lo pasaron a ser también de las ocas gritonas del espadero) llegaron por María. Silbaron en la puerta y María salió. Los tres gitanos visten como cristianos. Sólo Yusuf se despierta a darles la despedida. Como no quiere arriesgarse a otra tormenta de Yasmina, se desvive en gestos pero no abre la boca. Besa a María en la frente, sin palabras.

Yusuf tiene prisa porque se vayan, temiendo que Yasmina despierte, y con sus gestos despedidores los azuza. Los ve avanzar, sus ojos los embeben a pesar de la oscuridad: a la bailaora se le nota en todo que es una nueva cristiana, porque cada prenda es nueva. Los chicos visten con menor riqueza. Los chicos van cargando su saco de siempre, más una guitarra que los moriscos les han regalado para el viaje, junto con todas sus prendas de vestir también nuevas. María trae un bulto no muy grande que guarda el saco de hermosa seda y dentro de él sus ropas moras de seda, sus escarpines, su velo y un juego de ropas gitanas, de las que se ha hecho viviendo en casa de Yusuf para interpretar con hermosura mayor sus bailes. Se alejan apresurados de casa de Yusuf. La noche es tan oscura que María no puede verles las caras a sus acompañantes. Oye sus voces y los imagina. En sus voces oye también la despedida a la ciudad, la van narrando en voz baja, diciéndola como si la estuvieran viendo. Al pasar frente a la casa del Castril, Andrés dice:

—Ahí se lee "esperando al cielo".

—¿Y qué quiere decir este "esperando al cielo"? —preguntó Carlos.

—Quiere decir —le contestó María— que los dos son unos distraídos, porque en la fachada de esta casa hay un fénix, y el fénix es el animal o monstruo que vuelve a renacer todos los días, no el que anda esperando el cielo. Quiere decir que Andrés no sabe leer, porque no puede decir "esperando al cielo" y pintarse un fénix, no hace sentido.

—Sí que sé leer, María, no mucho pero algo sé, te lo prometo. Dice lo que te digo, porque además me lo dijeron… y porque tengo buena memoria. No me equivoco.

Regresaron sobre sus pasos y se detuvieron un momento frente a la fachada de la casa del Castril para confirmarlo, pero la noche era cerrada, no llegaba a tierra el brillo de las estrellas ni algún resplandor de la luna, el cielo estaba encapotado y era imposible ver más allá de sus propias narices. Retomaron apresurados la marcha. Pasaron frente a la iglesia de San Pedro y San Pablo, que el albañil Pedro Solís acababa de terminar en este año del 1567, y pasos después entraron al barrio que se llama de Axares o Alixares. Se detuvieron en la casa 14 de la calle del Horno del Oro. Cruzaron la puerta. En medio del patio había una alberca, a sus costados las galerías de tres arcos con adornos moriscos. Un criado los guio hacia el segundo piso. Cruzaron pasillos, salones, llegaron a una sala con un arco a la entrada y un bello artesonado con tirantes de lazo, la tablazón cubierta de adornos moriscos y en el arrocabe, repetido, "sólo Dios es vencedor —leyó María—. Salvación perpetua". Ahí estaba Geninataubín —vestido tan diferente que parecía irreconocible, como un caballero cristiano; ¿por qué vestía así?, ¿para caminar en las tinieblas sin ser llamado a dar cuentas? (los moriscos acostumbran vestir cristiano, pero el espadero, por su bárbaro oficio, viste un muy delgado lienzo atado abajo de la cintura, el resto del cuerpo desnudo)— acompañado por un hombre principal que María no cree conocer, iluminados apenas por una temblorosa vela. Diciéndoles palabras que realzaban la importancia de su misión, le hicieron a María entrega de lo que debía llevar y saber acomodar en Famagusta —el primoroso libro con hojas de metal, el que había de ser enterrado para hacerlo llamar antiguo, y luego hallado—; se lo mostraron no muy lentamente, sólo para que viera de reojo la belleza de lo que le encomendaban. Lo envolvieron celosamente y lo enfundaron con un saco muy burdo. Al bajar las escaleras, a la entrada de la casa, les dieron también dos bolsas grandes con provisiones para el camino y unas monedas en una hermosa bolsilla rebordada que pusieron en las manitas de María.

Por piernas dejaron la casa. Los criados de ésta emprendieron con ellos el camino cargando bultos y bolsas, lo necesario para el viaje, y en algo que pareció segundos ya cruzaban la puerta de Guadix, donde los esperaba otro amigo, éste embozado, al que Andrés trató con suma familiaridad, quien les proveyó de tres caballos buenos y frescos y una mula de carga. Acomodaron con su ayuda y las de los criados las bolsas de provisiones, sus equipajes y, con enorme cuidado, el libro que

María debía transportar para convertirlo con argucias en un objeto milagroso. Pasos adelante, como ya comenzaba a amanecer, se reunieron con otros viajeros. Los más iban con rumbo a Barcelona, para de ahí embarcarse a uno u otro lugar del Mediterráneo. Serían dos docenas, casi todos varones jóvenes, mercaderes, algunas mujeres —la esposa de uno de los embajadores del obispo y sus damas de servicio, más dos esclavas que estaban al cargo del bienestar del grupo—, dos frailes y el séquito del señor obispo, su embajada al Vaticano. Compartirían con ellos sólo un trecho del camino, porque su destino era distinto, pero salir acompañados de las proximidades de Granada era lo más conveniente, porque como ya se dijo abundan los salteadores de caminos.

Desde que comenzaron la marcha, iban pasos adelante del resto de los viajeros, el único que los precedía era uno de los guías, un flamenco pícaro llamado Manuel, tan joven como ellos. Comparados con los demás, la carga que llevaban repartida en cuatro rocines —sus panderos, guitarra, castañuelas y cascabeles, sus ropas gitanas o moriscas y el libro aquel, el hecho sobre plomo, tan pesado como hermoso— era de lo más ligera. María desconocía los pormenores del viaje. Andrés había recibido todas las indicaciones de uno de los hombres de Farag y del mismo Yusuf.

El campo que rodea a Granada es rico y está cultivado prolijamente. Las moreras para la seda y los olivos para las aceitunas compiten por cada ápice del suelo. Todo es bello y todo atendido, ordenado, noble. Bajo el cielo azul radiante, el verdor apacible. Donde se ponga la vista se topa uno con la riqueza de un buen cultivo. Pero en cuanto el terreno comienza a ser más desigual, grandes tramos están abandonados, este año no han sido siquiera cuidados. Los signos del desorden y la guerra civil que se ha ido expandiendo se ven escritos en los cultivos; es la grafía de los campos.

Cuando ya Granada no les queda a la vista y han dejado atrás la primera torre vigía, bien apuntalada sobre la cima de un cerro mediano, y el sol pega ya con maligna furia, cruzan nariz con nariz con otros viajeros.

Son un piquete de personas vestidas todas de manera casi idéntica. Así no son militares, ni lo parecen, en algo emulan un tercio: sus gestos y manera de hablar son idénticos, se han cortado los cabellos igual, hasta sus calzados parecen haber sido hechos por el mismo zapatero. Sus criados también visten como ellos —aunque sus hábitos estén cortados en telas de menores calidades y más burdas tijeras—, también gesticulan a coro y se peinan como sus amos. Todos traen espada al cinto y ninguno arma de fuego.

—¿A cuánto queda Granada de aquí? —les preguntan a modo de saludo.

—No más de seis horas.

Estaban ya cansados sus rocines y aprovecharon la aparición de este otro grupo para detenerse. Descabalgaron, los que venían de Granada de sus rocines, los que iban hacia Granada de sus borricos. A la vera del camino había un frondoso roble; bajo él se acomodaron los dos grupos de personas y, mientras los criados de ambos daban de beber a las cabalgaduras, comieron cada quien su pan, compartieron con algunos su vino y conversaron al amparo del castigo del sol por unos momentos.

—¿Vieron en el camino salteadores?

Los viajeros sólo tenían curiosidad en saber pormenores del camino; nada de esta partida les llamaba ningún interés, ni siquiera la notable belleza de Preciosa. Si alguien se las hubiera descrito antes, estarían embelesados. Son de los que saben apreciar sólo a través de los ojos de otros.

—Los salteadores no se ven —les contestó la preciosa María la bailaora—. Por eso son salteadores.

—Todo parece en orden —reforzó Manuel—. Pero yo les aconsejo que no retarden demasiado su marcha, mejor entrar a la ciudad aún con la luz del día, que sí abundan los monfíes.

La partida de hombres iguales y cobardes no era de mercaderes, ni de frailes, ni de soldados, sino que parecían estudiantes, por lo que María les preguntó:

—¿Camino a la Universidad?

—A eso vamos.

—¿Y van a ver a quién? —preguntó uno de los peregrinos, uno de los hombres del obispo, que conocía bien el mundo universitario.

—¡Querrán oír que digamos "a Juan Latino"! —el resto de la partida de iguales estalló en risas, seguramente por algún chascarrillo privado.

—¡El etíope! —dijo otro entre carcajadas. Los idénticos no podían parar de reír.

—¡Etíope y sabio! —carcajeó otro, literalmente retorciéndose de risa, con lágrimas en los ojos de tanto reír.

—No vamos buscando a nadie —contestó el primero que había tomado la palabra, cuando pudo reponerse del ataque de risa, y añadió, ya muy serio y excesivamente solemne—, vamos a anunciar una llegada. Atrás de nosotros viene el licenciado Vidriera.

—¡Ah! El hombre más sabio de Salamanca —contestó el hombre del obispo, amigo personal de Pedro Guerrero—. ¿Y a qué viene?

—A demostrar su sabiduría, la universidad lo ha invitado. También a buscar una cura para su mal y a leer esas alguacias o jofores, que las profecías de los moriscos se han vuelto proverbialmente famosas, aun siendo para nosotros por completo desconocidas. Lo que el licenciado Vidriera quiere es poner sus ojos en ellas y ver si su fama corresponde al objeto.

—¿Y a qué esas risas con Juan Latino? —preguntó el mismo hombre del obispo que había tomado la palabra.

—Que nos hace gracia esa leyenda. ¡Un etíope sabio, escribidor de textos latinos y griegos! ¡El esclavo de Sessa, un maestro en el claustro de la universidad! ¡Qué pamplinas!

Los entogados estallaron en carcajadas. Alguno otro dijo:

—¡Es que la gente se traga cualquier cosa!

—¡Comerán zapatos, si hay quien tal les aconseje!

El granadino los atajó:

—No es leyenda.

—O es tan leyenda o visión como ustedes mismos —agregó otro hombre del obispo.

Lo interrumpió uno de los entogados reidores:

—¡Otro que se la cree! —todos estaban otra vez risa y risa, se doblaban de carcajear, aquél hacía de simio mientras hablaba en latín, diciendo en esa lengua: *Aetatis suae anno...*

—Tanta leyenda o cosa de encantamiento son ustedes como lo es Juan Latino —repitió el hombre del obispo con voz enfadada.

—Juan Latino es un sabio granadino —dijo el segundo—. Nació en Guinea, aunque otros digan que en la Berbería, y es cierto que es negro. De niño fue mercado esclavo con su madre en Sevilla, fue del duque de Sessa y antes del padre, el conde de Cabra.

—No es leyenda ninguna —dijo otro, un hombre ya mayor y muy serio, que no había abierto en el resto del camino la boca.

—Está casado con Ana Carlobal, de familia muy principal...

—Una familia muy querida en Granada...

—Es hija del licenciado Carlobal, veinticuatro de la ciudad...

—Y gobernador de todas las propiedades del duque de Sessa...

Contaban la historia de Juan Latino a coro, uno arrebatábale la palabra al otro.

—La supo enamorar, y no era fácil de roer ese hueso...

—Porque la Ana Carlobal era vista un muy buen partido.

—Y no tiene un pelo de fea...

—¡Qué va!

—...ya la había cortejado buscando sus favores más de uno, sin recibirlos, se entiende.

—Juan Latino era su maestro, de latín y de vihuela. Un día le tomó la mano a Ana, y ella lo permitió. A la siguiente lección, se la tomó y se la besó.

—En la siguiente lección, no sólo le tomó la mano, sino que le metió la mano en la manera, esa bolsa que tienen los vestidos.

—Eso la enfadó. Le retiró la mano al Juan Latino y se levantó de su asiento, negándose a terminar la lección.

—A la siguiente lección, el negro Juan Latino le tomó la mano, se la besó y cuando quiso proceder a meter la propia en la manera de Ana, encontró la bolsa cosida.

—Entonces fue él, Juan Latino, quien se levantó de la mesa y dejó sin terminar la lección. No se presentó a la siguiente, ni a la siguiente, hasta que pasaron tres semanas sin clases.

—Uno de esos días, el licenciado Carlobal encontró a Juan Latino en la calle y le preguntó: "¿Por qué no ha venido ya a darle clases a Ana? ¿Algo ocurrió? Ella parecía tan ilusionada, y yo percibí en ella tantos progresos que…".

—Juan Latino le contestó: "Licenciado Carlobal, con todo respeto, es que con su hija no hay manera".

—El licenciado Carlobal volvió a casa y reprendió a Ana: "Mira, hija, que yo sé que eres muy inteligente, ¿por qué has holgazaneado teniendo un maestro así, que te puede hacer sabia? Lo he encontrado en la calle y me ha dicho que ha interrumpido las lecciones porque contigo 'no hay manera'".

—Ana, que además era bellísima de joven, se ruborizó de la vergüenza. Ahí en caliente y en las narices de su padre escribió una nota que decía…

Los hombres del obispo continuaban arrebatándose la palabra, hablando con celeridad. Los estudiantes estaban paralizados ante la escena.

—"Estimado maestro Juan Latino: tal vez la última lección me encontró usted cerrada, y hasta diría yo cosida".

—"Cosida, cerrada, no había manera…".

—"Pero tenga usted por seguro que a la próxima me encontrará usted en la mejor de todas las disposiciones para tomar cuanto su merced tenga a bien entregarme".

—Juan Latino regresó a casa de los Carlobal, tomó la mano de Ana, se la besó y puso la propia en su manera, y así continuaron las lecciones…

—Tantas que se casaron y ahora tienen cinco hijos.

—Cuatro.

—Tal vez cuatro.

La ligera diferencia de opinión frenó la cascada de anécdotas de los hombres del obispo. Aprovechando la pausa, otro de los entogados viajeros terció:

—¡Todo esto es mentira!

—No, ninguna mentira, el negro Juan Latino existe y nadie conoce la gramática latina como él… —contestó airado uno de los del obispo.

—Es leyenda pura…

—¿Ustedes lo creen así? —terció el mismo muy enfadado—. ¿Qué ganan con negar lo que es cierto?

—Si él es leyenda, ustedes son menos que leyenda, que ninguno es conocido sabio, renombrado y respetado —le hizo frente otro de los hombres del obispo—. ¿A qué la risa? ¿A que es negro?

No sabían los estudiantes que los hombres del obispo Guerrero y el obispo mismo eran, como él, ardientes defensores de Juan Latino, el sabio etíope, ni que en Granada decir su nombre en algunos círculos era desatar una guerra. El obispo Guerrero había hecho cuanto estuvo a su alcance por conseguirle a Juan Latino una cátedra en la Universidad de Granada, pues le tenía un inmenso aprecio. Vio su causa perdida, porque no suplieron al maestro Pedro de Mota ni con Villanueva ni con Latino, los dos candidatos, sino que, por no querer quemarse las manos en tan debatida cuestión, lo hicieron con un hombre traído expresamente de Toledo, muy inferior a estos dos candidatos, y esto considerando que la sabiduría en gramática de Juan Latino doblaba y con creces la de Villanueva.

—¿A qué la risa? —insistió otro de los del obispo, el serio que se ha dicho, con tan fría solemnidad que enfrió por completo el ánimo festivo de los estudiantes.

—¡Deben estar bromeando! —insistió el impertinente estudiante.

—Bromeando estarás tú, junto con toda tu descendencia y tus padres y tus abuelos, por los siglos de los siglos y en el averno, amén. ¡Púdrete, cretino! ¡Quien no respeta a Juan Latino, perdido sea por su ignorancia!

—Los esclavos no son hombres —se desgañitó otro estudiante que hasta el momento había guardado silencio—. No es porque sea negro, si negro es esa sombra de que hablan, que a mí me han dicho de cierto que no es más que una mentira. Los esclavos no...

—¡Viva Juan Latino! —gritó otro de los del obispo interrumpiendo la frase del estudiante, ya sin ninguna mesura.

Los hombres del arzobispo desempuñaron sus espadas.

—¡No digan "viva el licenciado Villanueva"! ¡No elogien a ese mediocre de rostro bien pálido, de cerebro vacío de sesos, porque les sacamos los ojos, idiotas!

La partida de Vidriera perdió toda mesura:

—¡Muera Latino! ¡Viva el licenciado Vidriera: blanco, puro, limpio, frágil y excelente!

—¡Viva Vidriera, que es espíritu fuerte en cuerpo débil, intocable como un ángel!

—¡Muera el sucio Latino: negro cuerpo, todo es un culo sucio!

A la mención del culo sucio, las sangres de los defensores de Latino, los hombres calmos de la embajada del obispo, ardieron:

—¡Muera Vidriera, *mens sana in corpore sano*!

—¡Los de Latino nos dan la razón del ano!

—¡Batámonos uno a uno, como caballeros! —agregó otro de los del obispo, poniendo un alto a ese indigno cruce de improperios.

El primero en dar un paso al frente fue el más bajo de todos los entogados, un muchacho delgado como los demás y el más impertinente, quien, blandiendo su arma, les espetó:

—Defiéndanse como puedan, pues que defienden un perro.

El hombre del obispo que dio un paso al frente le contestó citando una loa a Juan Latino:

¡Gloria al duque de Sessa
maestro de tantos buenos
honor de tantas escuelas!

Estalló un duelo verbal generalizado. Cruzaban de un lado y del otro fábulas y verdades del negro Juan Latino:

—¡Mentirosos, fabuladores, creedores de necedades y mentiras! Repitan con nosotros que un día, encontrándose indispuesto, lo visitó un señor principal, y Juan Latino, por estar enfermo, lo hizo pasar a su recámara. El principal se asombró al ver metido un rostro tan oscuro en sábanas tan blancas. Y Juan Latino le dijo: "¿De qué se asombra usted, en qué me encuentra extraño o fabuloso? ¿No ve que soy como una mosca en leche?".

—Es amigo de Diego de Mendoza, de Gregorio Silvestre, el organista de la catedral y muy respetado poeta, maestro de los versos en once sílabas, ¡ninguna mosca en la leche!

—Un día, habiendo sido ignorado en cierta reunión por uno de sus amigos, Juan Latino le reclamó: "¿Y tú por qué no me saludas?", a lo que el dicho amigo le contestó: "Porque creí que eras una sombra de alguno de estos caballeros".

Los estudiantes rompieron a reír y los del obispo vociferaron:

—¡Que eso no es leyenda, que pasó, fue Gregorio Silves- tre quien le gastó la broma, pero entre amigos es válido, si hay respeto y consideración!

Las espadas relumbraron en los puños. Eso estaba a punto de convertirse en un verdadero zafarrancho. María, subiéndo- se de manera muy graciosa a una rama del árbol, como jugue- teando, gritó, llamándoles a todos la atención:

—¡Auxilio! ¡Auxilio!

—¿Qué te pasa? —corrió a ella Andrés.

—Grita conmigo, Andrés, grita…

Y "¡auxilio!" gritó Andrés, y con ellos también Carlos y Manuel, que no entendía a qué venía tanto grito, también gritó.

Las espadas dejaron de blandirse, todas pusieron sus pun- tas hacia el piso.

—¿Qué pasa aquí? ¿A quién están quemando vivo?

—Que esto es absurdo —dijo con voz aplomada María—. Si Juan Latino es o no es leyenda, lo sabrán los entogados ape- nas pongan un pie en Granada y esto es decir aquí, a la vuelta de la esquina. ¿Para qué derramar sangre por ese asunto, ne- cios? Dejen de batirse. ¡Basta!

—Esta niña tiene toda la razón —dijo el hombre más serio entre los de la partida del obispo.

—La tiene —asintió el cabecilla de los estudiantes.

Prontamente, como si aquí no hubiera pasado nada, los dos grupos guardaron sus espadas, se dieron las manos en señal de paz y se despidieron, intercambiando bienaventuranzas y ben- diciones, regresándose cada uno a su camino.

Al caer la noche, la pequeña partida de las mujeres se ten- dió a dormir por un lado y los hombres por el otro. Un gru- po permaneció frente a la hoguera, Andrés, Carlos, Manuel el joven guía, María y otros tres o cuatro jóvenes tontinos, los cargadores de mercaderías que apenas se vieron sentados y con las flamas en el rostro, pararon de producir ruido, suspendie- ron sus risotadas y frases cargadas de maldiciones y palabras incomprensibles y, sin mayor formulismo, comenzaron a cabecear y se quedaron dormidos. Andrés los vio a todos cabeceando, en sus sueños profundos, y se creyó a solas con María y Carlos, olvidando a Manuel, a quien escondía el tronco de un árbol muerto sobre el que él descansaba su cuerpo. Andrés dijo a María en voz transparente: "Ya comenzamos el camino a Famagusta".

—¿Dónde está Famagusta?

—En una isla que se llama Chipre, es su ciudad principal. Para llegar a Chipre vamos a embarcarnos cerca de Almuñécar. Unos amigos de Farag nos esperan en su barco, nos dejarán directo en Nápoles. En Nápoles tenemos que hacernos de dinero; lo haremos bailando. Llenamos los bolsillos de monedas y tenemos que encontrar —ahora sí que por nuestros propios medios— cómo llegar a Famagusta, donde nos esperan otros amigos de Farag, algunos moriscos que dejaron Granada, hartos de maltratos.

María cosió a Andrés a preguntas y Andrés fue pródigo en detallar sus respuestas —con tal de detener a Preciosa un rato más a su lado—: que si antes o después de Almuñécar estaba la playa donde los esperaba el barco para conducirlos, que si quiénes eran los del barco ("Moros libres, María, renegados que se han echado a la mar"), que si cómo era Nápoles, que si mil cosas más. Andrés dijo las verdades y las mentiras que le convenían. Lo de bailar en Nápoles era cosecha propia, una fantasía que Andrés acariciaba muy adentro de sí y que deseaba ver cumplirse. Gozando sus palabras no tomó la prevención de no ser oído por nadie. Craso error. El flamenco Manuel, escondido en la oscuridad con que lo protegía el tronco del árbol seco, tomaba nota en la cabeza, pensando cómo podría beneficiarse de los secretos que ahí oía.

24. Malas nuevas

El flamenco Manuel no es la única sombra siniestra cercana a María y a los suyos. Esta noche, la primera que María pasó fuera de Granada, un grupo de guardas del rey, ebrios y arrogantes, sin respetar costumbres, mostrando cuán bestias son los hombres que son bestias, habiendo forzado las cerraduras que las guardaban, irrumpieron en las habitaciones de la única hija de Farag, Luna de Día, el mayor tesoro de esa casa, repitiendo una escena que se iba haciendo común en toda Andalucía. Sin ponderar el peso de sus acciones, ebrios y engreídos, después de humillar y manosear a las criadas, las ataron una a una para que nadie corriera a dar aviso o buscar auxilio para su desventura. Actuaban en silencio, pero fuera de esta seña de prudencia, no se ahorraban un ápice de incordura. Ya atadas y embozadas todas las criadas, se apoderaron de la joya de la casa, y humillándola y con violencia la poseyeron una y otra vez, algunas en grupo, habiéndola despojado de todas sus ropas, excepto un trapo con que forzaban su boca al silencio. Habiéndose hastiado de su desventura, salieron, cerrando tras de sí la puerta. Dejaron a todas las criadas atadas, a Luna de Día bañada en sangre, tirada sin fuerzas en el piso, que de tanto gozarla la habían quebrado, rompiéndola donde sólo suele hacerlo el paso de un hijo. Su único acto de piedad fue desembozarla.

Cuando Luna de Día oyó alejarse sus pasos, dijo a sus criadas: "No digan una sola palabra de lo que ha ocurrido. No pidan auxilio. No intenten zafar sus manos de las cuerdas donde han quedado atadas. Mañana, cuando entren a buscarnos, no repitan a nadie lo que aquí ha pasado. Aquí nadie entró, nadie supo; aquí nada pasó". Dicho lo cual, se levantó de donde a la vista de todas había padecido el infierno, y con pasos tambaleantes se dirigió a su lecho.

Cuando llegó la mañana, el espanto corrió por la casa de Farag al encontrar a todas las acompañantes de su hija atadas de manos y embozadas, enloquecidas por el horror presenciado, pero mucho más todavía porque la bella Luna de Día —quien se había vuelto a vestir con ropas limpias por dejar con algún recato su ultrajado cuerpo— fue encontrada ahorcada con su propio velo. A su lado había un recado, una nota al padre, explicándole con pudor pero sin escatimar los detalles necesarios, incluyendo la descripción detallada de cada uno de sus verdugos, que así todo hubiera ocurrido al abrigo de la noche, la desgracia fue iluminada por algunas velas de los soldados cristianos, dejando los ojos de su víctima impresos con las imágenes abominables. Comenzaba diciendo: "Farag, padre mío". Son fáciles de imaginar las subsiguientes palabras; no es necesario repetirlas.

Al leerlas, a Farag se le rompió el alma. No asistió a la rutinaria discusión en casa del cerero Adelet —cuando le tocaría estar al centro, en el lugar del plañidero—, ni a las que la siguieron. Rompió con sus amigos, que no necesitaron explicaciones, ni chismes, ni delaciones: la escena era más que habitual esos días, y al saber de la muerte de Luna de Día y de las esclavas atadas de manos, lo comprendieron todo. Farag envió un correo a uno de los cabecillas de los alzados en las Alpujarras, un joven morisco criminal que, por su belleza, arrogancia, bravuconería y violencia, había sabido agrupar al lado suyo a los más peligrosos forajidos de su estirpe, varios renegados, los más criminales. No diremos su nombre por no faltarle el respeto a quien un día llevó el título de Rey. Cuando éste le contestó favorablemente, comenzó con él una intensa correspondencia y un intercambio incesante y vertiginoso de informaciones y objetos. Farag le facilitó armas y dineros, le auxilió a planear estrategias. Más importante aún: le prometió abrirle la entrada a Granada y respaldarlo con un ejército de ocho mil turcos que no tenía duda podría reclutar. Envió correos para esto a Sokolli, gran visir en Constantinopla, y a algunos corsarios bereberes, pero de sus hermanos en Alá, aunque no recibió negativas sino frases cordiales, poco iba a llegar, nada sino cartas y pequeños regalos en escasos correos. Los turcos no estaban dispuestos a participar en una guerra riesgosa que para ellos no tenía el ingrediente detonante de la venganza. Sabían de sobra que los enfrentaría desde un ángulo riesgoso con el monstruo del rugiente católico imperio, no tenían por qué poner a sus marinas en riesgo innecesario. Planeaban por el momento ponerles frente de batalla en costas más orientales que las de Andalucía. Debían abrir la puerta por donde era lógico, no comenzar por el gozne, que si alguien intenta tirar de alguna por ese punto, se garantiza darse de lleno en las narices.

En cuanto a los voluntarios, que Farag creyó, encendido de ira y con su ánimo enardecido por la necesidad de venganza, se apelotonarían en las costas para combatir a los cristianos, también se equivocaba.

Mientras se afanaban en estas negociaciones y convocatorias, Farag hizo también otra cosa. Le atormentaba el hecho de haber entrenado a la gitana en el uso de la espada para que supiera defenderse en los hostiles caminos, y no haber previsto que su hija necesitaba también aprender a manejarla. ¿Cómo pudo haber cometido tal error? Desde ahora, cada una de las suyas dormiría al lado de un filo para protegerse. Hizo que todas las mujeres de su casa fueran enseñadas por el pelirrojo gigante Yusuf, quien dejó de encontrar el ser maestro de mujeres una labor detestable. Yusuf había comprendido, como Farag, que habían cometido un error fatal por no haber comenzado las lecciones antes; se dio prisa a entrenar a las mujeres, dedicándole especial atención a su hija, la hermosa pelirroja Zaida. En buen momento la había hecho salir de Granada, a raíz de los lamentables sucesos en casa de Farag, porque al día siguiente de la tragedia, con órdenes de la Inquisición, registraron su casa. Habían oído decir que ahí se ocultaba una criada gitana huida del convento. Estela había encontrado la manera de azuzar la codicia de los requisidores. Se hizo lenguas de la belleza de María y de las riquezas de estos moriscos. Fueron sus habladurías las que alebrestaron a los guardas que habían irrumpido ebrios en casa de Farag. Fue así como, validos de documentos legales, peinaron la casa de Yusuf, buscando ya bien fuera a María o algún signo de herejía, rebuscando con silenciosa tenacidad algo que echarse en sus hambrientos bolsillos. No encontraron nada de lo primero. La casa había sido cerrada y abandonada la misma mañana que ocurrió la tragedia de Luna de Día. Sus bolsillos no salieron tan vacíos como habían entrado, aunque tampoco cargando los puños imaginados de monedas. Ocurrida la inspección de los cristianos, Yusuf creyó que las suyas estarían a mejor resguardo aún más lejos y las hizo llegar hasta la villa de Galera, donde tenían propiedades y donde la conformación del pueblo mismo les daría protección. A los pocos días se les reunió, llevando consigo a más granadinas moriscas, Aleja y Susana, Marisol y Leyhla. En cuanto corrió la voz de que Galera era refugio para moriscas, muchas otras vinieron de los pueblos vecinos. Yusuf estuvo con ellas dos intensos y largos meses, entrenando también a las mujeres. Al pasar las ocho semanas, salió de ahí para comenzar un peregrinaje magisterial; era imprescindible que las mujeres se supieran defender en todo el reino. Llevaba consigo a Leyhla y a Marisol, quienes lo ayudaban en la enseñanza por motivos que se explicarán más adelante.

Tanto en Galera como en las otras villas, Yusuf fue maestro, maestro de maestros. A Zaida la entrenó además en todas las artes de la guerra de que su pueblo tiene memoria. Hizo lo mismo con algunas otras cabecillas. En poco tiempo, decenas de las suyas se hacían duchas en el uso del filo, y comenzaron a practicar también el uso del arcabuz. Llegado el momento llegarían a ser muy útiles las guerreras en diversos puntos de Granada; el más celebre fue el batallón en Galera, donde rechazarían la embestida de los hombres de donjuán de Austria, humillándolos con sus cabellos largos de doble manera. De la caída de Galera ya se ha hablado al comenzar este libro. A Halima, la madre de Luna de Día, la hemos omitido porque merece un aparte en la historia, y aún es demasiado pronto para reunirnos con la hermosa pelirroja Zaida, pues estamos aún en…

25. …el viaje de María

María y sus compañeros ignoraban de cabo a rabo los siniestros acontecimientos que habían ahorcado a la familia completa de Farag, y no veían venir los otros que se irían sumando, precipitando a Andalucía a la muy violenta guerra civil que algunos llaman de las Alpujarras. Cada paso que daban estos tres viajeros apresurados para dejar atrás Granada, los acercaba más a la Granada de sus memorias; la iban entretejiendo entre los tres, y digo los tres porque aunque Carlos —de temperamento más silencioso y tímido— aportara menos, las puntadas que agregaba al tejido eran de sustancial importancia. Porque Carlos conocía bien el temor y la ansiedad, y acicalaba sus memorias con éstos, con obseso cuidado. Cada uno había tenido a su manera su Granada ideal y cada uno la iba exponiendo y regalando con todo detalle a sus compañeros en su apresurado caminar. El vértigo de su marcha —los muchachos iban como el viento— atizaba el deseo de acercarse a la Granada de sus recuerdos. Atrás habían dejado ya a sus primeros compañeros de viaje, excepto Manuel, el flamenco, el guía, que, presa de una prisa súbita, los había precedido hacia Almuñécar, luego de proveerles de indicaciones para no perderse. Sin dar explicaciones, se había desprendido de los hombres del obispo y se había echado a volar. Los tres gitanos tomaron la ruta que pasaba por pueblos, para tener más seguridad por las noches y lugares donde guarecerse. Mientras viajaban, como he dicho, hablaban de Granada todo el tiempo, sin parar. La explicaban, la vendían, la abrían, los unos a los otros la hacían codiciable, la diseccionaban, construyendo para los tres *su pertenencia* a esta ciudad. La compartían en frases que comprimían imágenes y recuerdos, pues con la rapidez de sus monturas no podían sostener una conversación formal. Viviendo la ciudad, ninguno de los tres la había sentido tan próxima ni tan imprescindible, tan hermosa o tan llena de las gracias que ahora le atribuían a boca de jarro, pródigos. Dejando Granada, la recuperaban como nunca antes la habían tenido. Fue aquí que María supo que "de Granada es María la bailaora, de Granada sus cantos y sus bailes, lo mejor de Granada para servirle a usté". No cuando oyó a su padre llamarse en la desesperación granadino, ni entre los acosados moriscos. Los compañeros de viaje le entregaban "su" Granada, le crecían el orgullo de ser de "su" pueblo gitano, la hacían establecerse mientras caminaban por senderos polvorientos. Se diría que olvidaba que debían llegar a Almuñécar y que cerca de ahí tomarían el barco que los llevaría a Nápoles.

Viendo, como iban viendo, su Granada imaginaria, prestaban poca atención al deterioro de los campos que recorrían, cada vez más notorio, hasta llegar a lo patético. Las moreras estaban en el abandono, los olivos plagados, las vides marchitas. La caligrafía de hilos bien trazados con que los cultivos le hablan al Creador estaba tachonada por los rayones hechos con las malas hierbas. Los campos quemados y secos eran un griterío de malentendidos, un gemir que expresaba con clara voz el sentir de este pueblo perseguido en su propia tierra. Acercándose a la costa, en un punto tan triste como los otros, Carlos los regresó a la tierra, rompió el sueño granadino sobre el cual viajaban señalando hacia un punto sombrío de la serrezuela:

—Hagan de sus ojos linternas y miren: ahí estaba mi casa, ahí vivíamos, cuando vivíamos…

Un puñado de casas quemadas, los muros derrumbados, en plena ladera escarpada, al lado de unas cuevejas, sin techos, casi venidos abajo. Nadie dijo nada. Carlos no volvió a abrir la boca hasta que entraron a Padul. Ahí se acercaron a la fuente a dar de beber a los caballos. Ya bebían las cabalgaduras cuando un viejo ciego se acercó a ellos y les preguntó dónde iban y de dónde venían. Uno de los gitanos le contestó:

—Dormimos en Granada, y vamos a Nerja.

—¡Gitanos! —gritó el ciego, a voz en cuello—. ¡Salgan de aquí, en este pueblo cristiano no queremos gitanos!

Convocados por las palabras del ciego, una nube de niños vestidos en harapos y cargados de baldes salió de las casas directo hacia los gitanos, arrojando sobre ellos cuanta inmundicia cabe, misma que sacaban con sus manezuelas de los baldes dichos. Llovían corazones podridos de manzanas, huesos y pellejos, duros mendrugos, raíces y varas tronchadas revueltas con mierda de vaca en gordas retortas, cuanto habían ido juntando para arrojar como proyectil sobre los infelices viajeros que acertaban a parar en la fuente. Los tres gitanos subieron a sus caballos —en el momento mismo en que subían a sus cabalgaduras un niño se les puso de frente y los orinó, lanzando hacia los tres un abundoso chorro, en medio de risas— y escaparon de los ponzoñosos niños, que en desorden gritaban: "¡Los gitanos, que los capen, que los desollen!, ¡córtenles las oreeeeeeejas!", lanzándoles todos escupitinas.

Apenas dejaron la plaza y la calle principal, los maldosos niños se cansaron de correr tras ellos. Además, ya no tenían qué arrojarles. Regresan con las caras llenas de satisfacción y los baldes vacíos a sus casas.

Viéndose afuera del pueblo, y que nadie los seguía para arrojarles más inmundicias, creyéndose a buen resguardo, descendieron de sus cabalgaduras para limpiarse y limpiarlas de cuanta cosa arrojadiza les había caído encima, algunas fétidas, de modo que echaron mano del agua que traían consigo para quitar de sus ropas y cuerpos las huellas de los inmundos proyectiles.

—¡Maldito pueblo de mierda, que no estaba tampoco para que tuviéramos ninguna gana de quedarnos ahí más de un minuto! ¡En Granada jamás pasaría eso! —dijo María, pero de inmediato se mordió la lengua. Recordó a su padre tirado en el piso sin orejas. Recordó cómo oyó que decían que se veía, pues ella no vio bien, y su memoria era por lo mismo más dolorosa.

La imagen se meneaba en su cabeza, como vista tras un espejo de agua, pero esa agua en que se reflejaba era María misma. Impreso sobre ella, su padre desorejado sangraba. Su corazón se le comprimió aún más. En ese ánimo estaban, y terminando de limpiarse cuanto les había caído encima, cuando, sin que lo apercibieran, como aparecido de la nada, se les acercó un viajero que se disponía a entrar al pueblo; parecía más fatigado incluso que ellos. El hombre, que ya no era nada joven, los abordó:

—¡Que Dios los bendiga, hermosos niños! ¿Adonde van?

—Vamos hacia Fuengirola —le contestó Andrés, cambiando su destino al vuelo.

—¡Fuengirola! ¡No dejen de ver la torre en el cabo de Calaburras! *Iugum Barbetium, … hoc propter autem mox iugum Barbetium est / Malachaeque flumen urbe cum cognomine / Menace…* ¿Comprendido?

Y bien acabó de hablar, bajó de su cabalgadura y de un mismo salto se tendió al suelo, acostándose bajo la sombra de un árbol, tirándose cuan largo era, disponiéndose a reposar enfrente de ellos. Para ser, como parecía, un hombre de notoria edad, su agilidad era sorprendente. Lo pensó María, pero en lugar de espetárselo, le contestó:

—Comprendido ni un pelo de lo que usted ha dicho —escuchar el latín de los curas le había cambiado radicalmente el ánimo.

—¡No van para Salamanca!

—¡Ni que estuviera manca! ¿Se baila en Salamanca?

—*Hoc propter autem mox Iugum Barbetium est:* por otra parte, inmediatamente más allá de éste ("el Chrysus" es lo mismo que decir "el Guadiaro") está el monte "Barbet"… *Malachaeque flumen urbe cum cognomine Menace…* y el río de la ciudad de Malaca, conocida también como Menace (Mainaké). De modo que no pasen sin ver, muchachos, si a Fuengirola van, no olviden prestar atención a la torre del cabo de Calaburras, que es mucho más anciana que los romanos.

"¡Anciano! —pensó para sí María—. ¡Este hombre es un ágil anciano! ¡Qué de insensateces dice! ¿De qué demonios habla?".

—¿Y tanta inmundicia aquí junta? —preguntó el viajero, refiriéndose a las cosas arrojadizas de que ellos se habían despojado, cáscaras de frutas, huesos de vaca…

—Véngase acá y le cuento —le dijo María.

El anciano se incorporó tan ágil como se había dejado caer, sus largos cabellos blancos cayéndole en la frente. Era delgado, mucho más alto que los tres almendrados gitanos. Estaban los caballos ya bien atados al árbol que el viajero había elegido para sombra; los cuatro, lentos y serenos, caminaron unos pasos hacia otro más frondoso —una hermosa acacia floreada— y bajo el cual no habían venido a parar ni tortas de mierda ni cáscaras de fruta. Ahí se tendieron en el suelo encima de la hierba.

—¿Usted viaja solo? —le preguntó María, extrañada de ver a un hombre tan digno sin acompañamiento alguno.

—Solo no voy ni vengo. Ya verán venir a los criados. ¿Qué cuándo será este "ya" que les digo? He ahí un difícil asunto. Imagino que cuando vuelva a caer en mi vida un saco de monedas, y pueda pagarles lo que les debo. Soy pobre, es la verdad, viajo a solas como cualquier mortal. Siete criados tuve cuando fui un monarca, y toda una corte entera para servirme. Todo eso pasó. *Todo llega, todo cansa y todo se acaba:* lo escribirá algún genial escritor; lo sabe cualquiera, es la ley de la vida.

—Nosotros somos cualquier mortal, más pobres que usted, si nos fijamos en monturas y vestidos, y venimos a tres.

—¿Qué, en tu pueblo no te enseñaron que una dama como tú no debe hablarle de frente a un caballero? ¿No ves que los poderes de las damas son tan inmensos que de aquí yo saldré herido irremediablemente? Sábete, hermosa, que me has herido aquí —señaló su corazón— y de qué manera —el hombre suspiró, agitó su melena blanca, suspiró otra vez. Algo tenía de león su suspiro, algo de flor su cabellera.

—¿De qué pitos habla éste? —preguntó María a sus dos acompañantes.

—Hablo de pitos claros, niña, de tu hermosura. Y mira que veo más: este joven —dijo señalando a Andrés— bebe los vientos por ti.

—¡Y no la ha visto bailar usté, no se imagina! —díjole Andrés—. ¡Que si ya le rompió el corazón, se lo romperá en diez mil pedazos!

—Que si me da tres monedas, o dos, o una muy buena si es sólo una, yo le bailo —terció María.

—¡Niña! ¡Que además de hermosa hablas como la mujer que hablaba como el Corán! ¡Todas tus palabras son joyas de versos!

—Versos y reversos, ¿de qué habla éste? —volvió a preguntar María, ahora en alta voz y dirigiéndose a sus amigos.

Los jóvenes habían sacado su comida, que repartieron con el lobo viejo, porque muy sabio sería, pero viajaba sin faltriquera, las manos vacías como un miserable.

—¿Conoce usted Famagusta? —le preguntó Carlos, que sintió en él más confianza que en sus compañeros. Largas horas había pensado en cómo sería la tal Famagusta, pero no podía hacerse ni remota idea.

—¿Que si conozco Famagusta? Bien que la conozco. Allá fui a dar, y no camino a Jerusalén como llegan muchos. Yo fui a certificar si era cierto aquello que me habían contado: "La lluvia nunca cae del cielo. No conocen el frío, el calor; no hay quien necesite vestirse. Las mujeres dan a luz sin dolor y los niños, al llegar al mundo, saben ya parlar varias lenguas, se valen por sí mismos y regalan a sus madres con golosinas traídas del cielo, las cargan en sus puños, tan limpios como limpios llegan ellos. Las cocinas no requieren de fuego, sus guisos se sazonan a punta de puro soplo: su aliento está cargado de especias".

—¿Y es eso verdad? —le preguntaron los seis ojos que lo veían, en la voz de María.

455

—¡No es verdad! Quien me lo dijo confundía ciudades. La ciudad donde esto pasa está más allá. De Famagusta ¡qué les digo! Yo escribí sobre ella, yo mismo, con mi mano, en un librillo que hice de viajes hace un tiempo, *De la isla de Chipre y de los puertos que en ella son.*

El león dejó de hablar como si rugiera (con vigor y una especie de extraña furia dulce) y, cambiando su tono por el de decir una letanía, como recitando sus palabras, escupiendo todas al mismo ritmo, como si nada significaran y fueran para arrullar, y tanto que costaba mucho trabajo seguirles el sentido, dijo lo siguiente:

—Esta isla de Chipre es muy bella y muy grande. Tiene cuatro ciudades principales, cuidadas la una por el arzobispo de Nicosia, las otras tres por el mismo número de obispos.

"En Chipre se encuentra Famagusta, uno de los principales puertos del mundo, donde arriban cristianos, moros y otras muchas naciones.

"En Chipre hay una 'montaña de Santa Cruz', que no es sino un monasterio donde viven sólo monjes negros. A su lado está la cruz del buen ladrón, así algunos necios crean —a falta de creencias mejores— que esa que ahí está es la cruz verdadera de Nuestro Señor.

"En Chipre yace el cuerpo de san Jorge, al que celebran con grande fiesta en aquella tierra.

"En el castillo de Amos está el cuerpo de san Hilario, y lo tienen muy dignamente.

"A las puertas de Famagusta fue nacido san Bernabé apóstol.

"En Chipre el hombre se vale de los canes y de unos lobos muy prestos, que llaman papiones, para cazar las bestias salvajes.

"En Chipre la tierra es mucho más caliente que la de acá. Para estar más frescamente, comen donde han cavado fosas que a uno le dan hasta las rodillas; están alrededor de las fuentes de agua, las aparejan y uno se entra a ellas y se sienta. Cuando hay grandes fiestas y visitantes extranjeros, hacen poner tablas y bancos por las calles, así como nosotros hacemos acá, pero aun habiéndolos bien aderezados, los chipriotas se apartan para estar a su modo frescos, ellos prefieren sentarse, como he dicho, en tierra.

"Pero, me digo, ¿qué es Chipre, comparado con el Imperio completo de los otomanos y sus costumbres? Perdí mi tiempo escribiendo de esta isla, cuando debí poner en tinta algo que más interesara al buen lector, como la historia de Ajá, la doncella que salvó san Jorge de la cueva donde la tenía guardada el dragón, que la rescató cuando estaba a punto de devorarla el monstruo (y no sólo por su espantosa forma, sino porque ese dragón no tuvo madre, y el que a madre no llega… ¡qué puede uno esperarse!). Fue así:

26. *La historia de la doncella Ajá y el dragón, contada por Juan de Mandavila, interrumpida con carcajadas locas y sin mucho sentido*

—¿Ustedes saben cómo es la historia de Ajá?

"Hubo una vez un dragón —pavoroso y gigante— que tenía en su poder a una princesa prisionera. El dicho animal había nacido de un platón de comida descompuesta en la mesa de un tirano cruel. Apenas nacer, comió a todos los que ahí le vieron, porque llegó al mundo con apetito y con tal permaneció hasta alcanzar su fin.

"Decía yo que Ajá, que no cualquier princesa, ni una prisionera cualquiera… Ella era Ajá, la niña de los ojos de su padre, la mujer más hermosa de esa isla. La más rica también. Y si cualquiera que no fuera el dragón la tuviera, ese alguien iba a ser rey. Porque Ajá, la niña de los ojos de su padre, es hija del único soberano de esa isla, y si digo soberano es porque ese rey no le paga quinto a ningún otro. Tiene su propia flota, goza de sus propios vinos, tiene en casa sus propios esclavos, y recibe de varias otras islas tantas alcabalas que uno bien puede decir que es un rey mucho muy rico. Se había alzado con el

457

poder cuando el dragón devoró al tirano. ¿Que de dónde vino el padre de Ajá? Algunos dicen que su padre, como su dragón, no tuvo progenitores. Yo no lo sé de cierto, pero juraría que es mentira, que el que no tiene padres... aunque esto del bien de los hijos... porque entre éstos muchos viven esperando se abran las bocas de las tumbas y se carguen a sus padres, para gozar de sus bienes...

"¿Que cuál isla? ¿Que de qué isla les hablo?

"Una isla grandiosa donde vuelan dragones, caminan unicornios y los pegasos hacen su nido y ponen unos enormes huevos, azules y con pintas.

"¿Que dónde está esa isla?

"¿Por qué tanto preguntan?

Los gitanos se miraron los unos a los otros, ¡ninguno había preguntado nada!

—¿Por qué quieren saber dónde está la isla, cuál es su nombre, de qué color son las pintas de los huevos de los pegasos y qué es lo que nace de los huevos dichos? ¿A qué tanto andar picoteándome con preguntas? La que más me molesta de sus preguntas es la que dice: "¿Cuántos dedos tiene el dragón en cada pie y mano?".

El viejo echó a reír como un descosido. Los tres gitanos lo miraban, y de tanto verlo reír, echaron a reír también. Viendo que todos reían, el viejo se puso muy serio y continuó:

—Yo no creo que debamos estar aquí riendo. Porque este asunto de Ajá es uno en extremo serio.

"Sin Ajá no hay san Jorge. Sí, ya sé que el dragón había tomado a algunas otras, pero todo había sido entrenarse para un día tener consigo a Ajá. Y con Ajá hizo algo que no había hecho con ninguna otra: pasarle sobre el manto su horrorosísima cola llena de escamas rugosas. Se la pasó y se la volvió a pasar y, al hacerlo, el puerco dragón —porque este dragón fue muy puerco— sintió lo que nunca antes había sentido en su vida: que se le saciaba por un momento su incontinente apetito. ¡Muy tragón sería, pero por la cola se saciaría!

De nuevo sus inexplicables risas, a las que no dio tiempo a nadie de responder, pues el Juan de Mandavila continuó:

—Porque Ajá era la mujer más hermosa; perdona tú, bella, que así lo diga, aunque te voy a ser verdadero: tenía tus ojos, tenía tu boca, tenía tu rostro, tenía tus manos, toda lo que eres tú tenía, así fuera en otro tiempo (con lo que no quiero decirte para nada que a ti te espere un dragón) (aunque, ya que estoy siendo verdadero, debo decirte, hermosa, que eso que llaman belleza no sirve sino para atraer dragones, y suele acarrear de único problemas, porque lo bueno sólo puede ser imantado con el alma) (aunque, niña hermosa, no creas que te estoy diciendo que la belleza es una maldición, de ninguna manera. Y si fuera maldición —aquí rio otra vez el viejo—, ¡ésta pasa!, ¡con la edad se desvanece! Antes que te des cuenta estarás sufriendo su abandono, te dejará, niña, te dejará la belleza, serás más fea que la cáscara de una nuez, que una almendra sin pelar, que qué te digo… ¡Que yo, para que me entiendas!, ¡porque las mujeres viejas se ponen más feas que yo!) (Así que te digo, niña, que Ajá tenía lo que tú, pero además era rica y no era gitana sino cristiana vieja, y no era vieja —que tampoco lo eres tú, cierto— y era hija de rey. En cuanto a las viejas…).

Aquí María interrumpió los largos paréntesis del viejo:

—Yo no lo veo feo, eso de ser vieja. A mí Zelda, que fue quien me enseñó a leer y escribir, y otras cosas igualmente buenas, y además me dio cariño, yo nunca la vi fea, y era muy, muy vieja.

—Ni tan vieja —dijo Andrés, por decir—. Viejas son las que uno ve en la iglesia, ¿qué tal esas que parecen brujas?

—Brujo pareces tú, horrendo… —lo insultó María, disgustada de que le llevara la contra el también bello.

—Tú di lo que quieras. Pero, hermosa, cuando ya no lo seas y te dé vergüenza que te miren (y muy poco ocurrirá, que la vejez te volverá invisible para los que hoy te admiran), cuando sepas que el tiempo te ha hecho repugnante… Re-pug-nan-te…

459

Pues Ajá —retomó el viejo—, porque en ella estábamos, era bella y era joven cuando la tenía el dragón. Luego fue vieja, sí, y tal vez (aunque no me sé esta parte de la historia) tal vez ella misma se volvió un dragón con los años (aunque entre una vieja y un dragón, ¿qué puede uno encontrar en común? ¡Ni los pliegues del dragón son tan horrendos como las arrugas del cuello que…!).

Estalló en risas.

El viejo charlaba llenando el habla con paréntesis y risas locas. Siguió:

—Porque para mí que Ajá atrajo al dragón, que si no hubiera habido Ajá no habría existido ningún dragón, ¡para mí que las bellas son las que hacen dragones! Y dragones son ellas mismas, ¡que apenas abren sus hermosas bocas nos queman! ¡Y nos devoran! ¡Y nos devoran! ¡Y nos devoran!

El viejo hombre gritaba como un desaforado, repitiendo la frase tres veces, cada vez más alto. Andrés, María y Carlos no sabían cómo reaccionar a sus gritos, pero, nerviosos y por no dejar, los tres soltaron sus carcajadas frescas, ante lo que el viejo también se carcajeó, dejó de dar gritos anunciando llegadas de infieles y continuó:

—Aunque yo nunca me he dejado devorar por ninguna. Yo tengo a la mía que adoro, vive en un pueblo en el que nunca he querido poner un pie y le tengo la más fabulosa adoración. Y no es vieja.

"¡Mujeres! ¡Que en toda se esconde una princesa Ajá, que es lo mismo que decir que atrás de cada una hay un dragón! ¡A temerlas!

"Por otra parte…

Dio un salto de donde reposado les había contado estos trozos de fábula y se puso a gritar dichos, cada uno con su Ajá:

—¡Aja enlodada, ni viuda ni casada!

"¡¿De cuándo acá Ajá con Albanega?!

"¡Hácelo Ajá, y azotan a Marote!

Fin de la historia a trozos de Ajá, la doncella que tenía el dragón de san Jorge, como la contó el Juan de Mandavila.

27. Continúa el encuentro con Mandavila

—¿Y qué más escribe usted? —le preguntó María, entre interesada y desconfiando de este hombre, que ahora ya no le parecía anciano y comenzábale más bien a parecer un loco.

Pero el hombre ya no contestó a su pregunta. De un momento a otro dejó de oírlos, sumergido en Dios sabrá qué pensamientos. Su semblante cambió de expresión. Les dio la espalda, hablando para sí mismo, diciéndose: "Cuando yo fui Juan de Mandavila, y escribí el *Libro de las maravillas del mundo*", y quién sabe qué más musitaba para sí. Sin parar de hablar, e ignorándolos como si no estuviesen, subió ligero a su montura, aguijó las espuelas, hizo como que cabalgaba hasta que los tres gitanos le desamarraron del árbol las riendas, que el viejo había olvidado desanudar, y se fue sin decir ni adiós.

Los nuestros, por su parte, reiniciaron el camino, cantando y cabalgando sin descanso, rompiendo con sus canciones aquí y allá sólo para hablar de Granada y para soñar en voz alta con sus otras dos ciudades. Fantasearon con Nápoles y Famagusta, construyendo sus destinos en fabulosas villas.

Su siguiente parada fue a la entrada de Mondújar. Después de lo que les había acontecido con los niños de Padul, pocas ganas sentían de trasponer las puertas de la villa, y se sentían suficientemente seguros a su vera. Ahí encendieron su fuego al llegar la noche. Los dos chicos comenzaron a hablar entre sí, buenos bribones eran —Yasmina tenía ojos—, en el caló que ellos hablan.

Estaban exhaustos de tanto cabalgar, así que aunque les fascinara jugar a hablar de tan mala manera y a María le intrigara y quisiera seguirlos, rendidos por el agotamiento, sin haberse llevado nada a la boca, en breve se durmieron. Los despertó el paso de un cortejo que salía de Mondújar. Veían una señora en hábito de peregrina sobre una litera, acompañada de cuatro criados de a caballo, y en un coche dos dueñas y una doncella. Además venían dos acémilas cubiertas con dos ricos reposteros y cargadas con una rica cama y con aderezos de cocina. Eso era como viajar con castillo a cuestas. El aparato era principal, la peregrina parecía ser una gran señora.

28. *El breve encuentro con la señora Peregrina y el comportamiento apegado a las tradiciones de la gitana María*

—¡Ale! —los abordó Andrés, creyéndose comandante de su partida—. ¿Quién viaja?

—Acompañamos a la señora Peregrina.

—¿Y quién es la señora Peregrina?

—Es señora muy principal —dijo alguno de los criados—. Es viuda, no tiene hijos que la hereden, hace meses que está enferma de hidropesía, y ha ofrecido irse en romería a nuestra Señora de Guadalupe vestida en ese hábito —su nombre único que podían divulgar era el de "la señora Peregrina".

—Pues que Dios la bendiga y la Virgen la cure a usted, señora —dijo Preciosa, nuestra María—. Y si quiere un momento detenerse, yo aquí le bailo y mis amigos le cantan. Como soy gitana, y a mucha honra de Granada, puedo leerle en la mano su ventura.

La señora Peregrina hizo un gesto a sus criados. Era de facciones hermosas, pero algo había en su rostro de rota tristeza. Sacó de un bolsillo de aguja de oro y verde tres monedas. Con una hizo el gesto de dársela a Carlos, que corrió a recogerla, la segunda fue para Andrés y la tercera, de mayor valor, para María.

Apenas recibidas, los muchachos sacaron sus instrumentos. Carlos toca la guitarra que es una primura, las cuerdas cantan en sus dedos. En cuanto a Andrés, cantó un poco sin alma, por ser la mañana tan temprano y tener la barriga vacía, y por hacerlo a cambio de una moneda, pero no lo hizo mal. María bailó hermosamente, aunque, como el canto de Andrés, de manera un poco fría. Pero en su caso no era por la moneda, sino porque miraba el rostro de la mujer pensando qué iba a decirle. "Nunca he leído ninguna ventura —se decía en silencio— y yo no quiero mentirle a esta mujer, algo debo decirle que sea cierto".

Apenas terminaron de bailar, la señora Peregrina hizo gesto a los suyos de continuar la marcha. María corrió hacia su litera:

—¡Señora Peregrina! Usted me dio una moneda porque yo se la he pedido. Y yo se la pedí también para darle la buenaventura. Ya la ha leído mi corazón.

La señora Peregrina, que no había abierto la boca, le dijo:

—Preciosa (pues oigo que así te llaman los chicos en su canto, y lo eres), déjame irme de aquí con un buen sabor de boca, que mis tristezas son muchas. Yo no creo en eso de leer las manos y venturas, me parecen patrañas.

—No le diré ninguna patrañuela. Le hablaré a usted, directo al oído, ¿me permite?

La señora Peregrina hizo señas a los portadores de su litera para que ahí mismo la dejaran reposar.

—Ustedes canten, Andrés y Carlos, que yo debo decirle cosas que sólo ella puede escuchar.

María se sentó en el borde de madera de la litera, sin rozar siquiera la tela de que estaba cubierta, tomó la mano de la peregrina y le dijo muy quedo, muy quedo lo siguiente:

—Usté, señora Peregrina, viene aquejada de enorme tristeza. Pero eso que la tiene a usté triste no es suyo sino el pecar de otros. Yo le digo (si quiere oír de una pobre gitana su consejo), déjese de cosas, recoja el fruto del pesar, que bueno será tener para usted una niña así no la haya deseado (mayor alegría que la que da un niño en una casa, no existe), y disfrútela. Diga a todo el mundo que ha recogido a esa recién nacida. Éntrese a una posada, unte de monedas al huésped, dé a luz a su hija y cárguela usted consigo. No haga el error de dejarla ahí abandonada. Será su alegría, oiga; si no, podrá morir de tristeza. Mal que la engendró, a la fuerza y sin usted quererlo, pero nunca ha tenido un hijo, y tener un hijo es dicha, se lo digo yo, que los míos, y no digo mis hijos que ninguno tengo, sino los que son míos, los gi…

Lo que venía sobre la litera se convirtió en "la furiosa Peregrina".

—¡Impertinente! —le gritó a María la bailaora, sin dejarla terminar de hablar—, ¡muchacha mala y muy muy impertinente! ¡La cabeza tienes llena de basura!

Hizo el gesto para que recogieran la litera los suyos y se echaran a andar. Estaba hecha un basilisco.

Apenas se retiró unos pasos, María la bailaora la maldijo:

—¡Vieja hechicera! ¡Tu hija, muy de madre de mucha calidad, pero si no me escuchas no será pobre, sino una pobre fregona, por más ilustre que tú seas!

Retomaron el viaje de mal talante, ensombrecidos por los gritos de la furiosa basiligrina, pero con las monedas bien habidas en sus bolsillos y habiendo almorzado sintiendo que no habían pagado por hacerlo. Eran las primeras que ganaban y no sabían mal.

Una vereda se juntó a su camino, y por ella salieron dos jóvenes que se les unieron. Vestían a lo payo, con capotillo de dos haldas, zahones o zaragüelles y medias de paño pardo, pero hablaban como estudiantes. No se presentaron con estos nombres, sino con unos falsos; eran Diego de Carriazo y su amigo Avendaño, que habían dejado sus casas diciéndoles a sus padres que se iban de estudiantes a Salamanca, cuando lo que hacían era ir a probar su suerte en la vida de la jábega. Montados sobre sus alpargatas se soltaron a cantar "Tres ánades, madre", y adiós destino, que ni estudiar ni trabajar ni hacer vida honorable les atraía. Uno de ellos, don Diego, conocía bien la vida de las almadrabas, había pasado tres años a su mala sombra.

Y cuando digo almadrabas, no quiero decir que anduviera a la pesca de atunes, sino dado al juego donde despilfarraba la plata de la familia, y si la volvía a ganar era a costa de trucos de la más baja especie, que a eso se refieren los jugadores con la palabra "suerte". De todos los vicios posibles solamente le faltaba uno: beber. Bebía poco vino, y lo poco que bebía no le ponía la cara roja, bermeja, bermellona, como suele suceder en los que lo gustan mucho.

A tiro de piedra encontraron un grupo de frailes dominicos que se acercaban como ellos hacia Almuñécar, pero éstos guardaron distancia, temiendo mezclarse con gente de la que no sabían si tenía o no pureza en su sangre y en su espíritu. A la entrada de un caserío encontraron a un grupo de aguadores o que eso parecían y que se comportaban también como gente de la vida de la jábega: una parte de ellos jugaba a la taba aprendida en Madrid, otra a las ventillas de la escuela de Toledo y otra a las barbacanas de Sevilla. Ahí se quedaron el Carriazo y su amigo Avendaño, apostando a saber qué, si poco atrás habían perdido las cuatro partes del único burro que les quedaba, incluida la cola y parte quinta, que cuando hubo perdido Carriazo el resto, reclamó que le devolvieran la cola con tal insistencia que se la jugaron, la ganó y con ésta comenzó una racha de buena suerte que le devolvió las otras cuatro partes del burro, pero las volvió a perder en un parpadeo, incluida la quinta de sus cuatro partes, la dicha cola.

Apresuremos el ritmo de nuestro trayecto hacia Almuñécar, que de no ser así no llegaremos nunca; la vida para nadie es eterna, a excepción de la del judío errante. Nos espera una escena que hemos dejado suspensa: María sentada a la mesa con el rico caballero español, a media plaza, rodeados de la fervorosa chusma napolitana. Por esto, saltemos sobre los detalles del trayecto a Almuñécar, no digamos ya nada más de con quiénes caminaron, ni cuáles cruzaron en su camino, ni contra qué gigantes y dragones y serpientes fabulosas hubieron de luchar. Ni María, ni Andrés, ni Carlos dudaron nunca de lo que vieron, que no hubo instante en que creyeran que esto o aquello era imaginaria fantasía. Nadie voló por los aires como un brujo. Los tres pisaron sólido en todo momento, sobre una tierra herida aquí o allá por la violencia de la guerra civil que comenzaba, y mientras pisaban imaginaron ciertas cosas. La que más habitó la mente de María fue la idea de bailar en la plaza pública y poder ganar monedas con las que encontrar a su padre y pagar a quien se deje corromper por su rescate. En la de Andrés, columpiaba ida y regreso la de hacerse del amor de María y gozarla que moría por hacerlo. Y en la de Carlos, nada se repetía ni se consolidaba, que sus imaginaciones eran como huevos estrellados mal hechos. Esto es lo que más nos importa, no tiremos tiempo con olivos y cerrezuelos y moreras y torres con vigías aquí y allá, y el ganado de locos que anda suelto por el mundo, que hay más locos que cabras en la tierra.

Únicamente un detalle: a medio camino, hallaron en un arroyo caída, muerta y medio comida de perros y picada de grajos una mula, aún ensillada y enfrenada, como si el jinete la hubiera dejado apenas. Del jinete, por cierto, ni noticias.

Andrés envidió al jinete, quiso echarse a correr hacia donde no lo pudiera encontrar ningún mirar. Deseaba con todas sus ganas desaparecerse. Creía que de quedarse, de tanto desear a la preciosa María, sus tripas reventarían. Viendo a la mula, todo esto imaginó, con tanta intensidad que la vista del cuerpo ahí picado por los animales, el cuerpo que por un momento sintió como suyo, le revolvió el estómago, y estuvo ese día y el siguiente sin probar bocado.

Y volvamos a lo nuestro: habiendo llegado a los oídos de Manuel, el guía flamenco, que María, Carlos y Andrés iban a ser esperados cerca de Almuñécar por un barco pirata de moriscos renegados, y que eran llevados con cierta misión secreta —seguro contraria al rey y al cristianismo, si de moros provenía—, se había adelantado a prevenir a los soldados, anunciándoles la llegada de tres jóvenes gitanos disfrazados de cristianos, quienes los guiarían al barco de algún pirata berberisco, y a descubrir una conjura contra el rey. Enterados del secreto hecho voces, esperaban a los muchachos en Almuñécar para de ahí seguirles los talones hacia la embarcación, y tomarlos presos con las manos en la masa ganando también para la ley a los piratas.

Manuel mismo esperaba noche y día a la entrada de Almuñécar, casi sin parpadear, que "su" misión lo hacía sentirse un valeroso héroe. ¡Vaya!, por fin le pasaba algo de cuento, y no pura aburridera y andar acarreando por los caminos a remilgosos lentos y tacaños, escuchándoles a todas horas las pedorreras y oliéndoles sus reclamos, que si no por esto por lo otro. Al que no le apretaban los botines, le aporreaba las nalgas más de la cuenta un caballo brincón. Al que no le molestaba el sol, le hartaba el viento. Al que no le fastidiaba el silencio, le causaba jaqueca la plática. Al que no le olía la boca tanto que hasta las narices de Manuel llegara, le escurrían por las cuencas de los ojos turbias lagrimonas ácidas por tener infectados los ojos. Eso es viajar de Granada a Almuñécar, ida y vuelta, vuelta e ida, padecer viajeros con supuraciones en los oídos o picaduras horrendas en la piel, soportar su mal talante, oírles paciente sus pláticas sosas. Manuel sentía su vida gastarse en balde, como si todo fuera pasar habas de una cazuela a la otra, y de nueva cuenta de la otra a una. Estaba harto, aburrido, y ni cuando algo excepcional le ocurría —como que un caballo se viniera al piso, o uno de sus viajeros fuera a dar de súbito en los brazos de la muerte— salía de su fastidio. Todo iba a cambiar. Le había caído en las manos la posibilidad de mostrar un valor. Cazarían a estos tres gitanos huidos, más a un piquete de piratas renegados. ¡Y todo gracias a Manuel! Se llenaría de gloria y así inflado podría entrarse de soldado al ejército, se haría a la mar grande, y con tanto inflamiento correría millares de aventuras. Era la oportunidad de su vida, no iba a dejarla pasar.

Estaba por caer la noche negra sobre Almuñécar, cuando aparecieron los tres esperados gitanos. Manuel corrió a dar aviso a los soldados. En los planes que había revelado Andrés, no estaba incluido entrar a Almuñécar sino seguirse de frente;

les bastaba con guarecerse al pie de sus murallas y temprano en la mañana retomar el camino. Lo más probable era que abastecieran los sacos del matalotaje necesario para el mar por la mañana. Pero era mejor dar aviso. Cuando volvió acompañado, Manuel los vio desmontados a un lado de la muralla de la ciudad, junto a un pozo. Los gitanos acababan de escuchar decir que no quedaba una cama libre en todo Almuñécar, que los mesones y las posadas estaban llenos. Se tendieron al lado de su acostumbrada hoguera, queriendo conciliar el sueño de inmediato, rodeados de un número abundante de partidas de viajeros y comerciantes.

Lo que más deseaban Andrés, María y Carlos era dormir —estaban y de sobra fatigados—, pero estalló un pleito en un grupo vecino. El pleito era entre una mujer y el marido. Ella estaba fuera de sí y gritábale al hombre a voz en cuello:

—¡Maldiga Dios tan mala lengua y bestia tan desenfrenada, y a mí porque con tal hombre me junté que no sabrá tener para sí una cosa sin pregonarla a todo el mundo!

Dicho lo cual comenzaron a sonar los golpes que él le propinaba y ella a quejarse de una manera que rompía el corazón. María le dijo a Andrés:

—Anda, Andrés, vamos a ayudarla.

—Ayudarla, de ninguna manera. Es cosa de ellos.

—¿Cómo crees que es de ellos que el hombre le esté batiendo los huesos haciéndoselos polvo? No es de ellos.

—De ellos solamente, ya calla, ¡sht!, déjame dormir.

María no podía cerrar los ojos. La llenaban de horror esos golpes y esos gritos, a los que muy poco después se sumaron los de una niña, que decía llorando:

—¡Déjela, papá!, ¡déjela!, ¡suéltela ya, que la mata!, ¡deje a mamá!

María tuvo con esto suficiente. Se levantó, se enrolló las faldas, tomó su espada que había llegado muy bien guardada y caminó hacia la fogata vecina. Ahí blandió su arma y le espetó al hombre:

—Atrévete con una que esté armada, si es que eres valiente.

—¡Tú no te metas! —oyó atrás de sí la voz de Andrés.

—¡Tú no te metas! —le contestó ella a Andrés sin girar la cabeza.

—¡Hazte a un lado! —dijo María a la mujer batida, y con el filo de su arma alcanzó la garganta del hombre—. ¡Te dije que la dejes!

—¡Marimacha, mediahembra, asquerosa…! —gruñía el hombrón a media voz, los ojos brillando de ira y alcohol.

—¡Y te callas o te degüello! —dijo María, aún apoyándole el filo en el cuello.

Bastó que María le asestara un raspón para que el tipejo se arrellanara en un rincón y comenzara a roncar como si aquí no hubiera pasado nada. La mujer y los dos hijos aún lloraban temblando de miedo cuando el barbaján ya hablaba en sueños, diciendo: "¡Que les digo que no, que yo no me comí el gato!".

Al comenzar el nuevo día, en cuanto se levantaron —no muy temprano sería, pues ya no quedaban viajeros a su lado, los jóvenes tienen el sueño pesado—, sin caer en la cuenta que sobre ellos rondaban como aves de rapiña varios pares de ojos, entraron a Almuñécar y se dirigieron al mercado. La visión que los recibió los tomó enteramente por sorpresa. En el centro de la plaza central se llevaba a cabo una subasta de esclavos moriscos. Un pregonero público voceaba las descripciones de cada una de las personas ahí puestas a la venta. Mientras se llevaba a cabo la puja, los moriscos, despojados completa o casi completamente de sus ropas, exponiendo sus carnes a compradores y transeúntes, eran forzados a doblar los brazos, inclinarse, correr y saltar para que enseñaran su estado de salud, sin consideración de su edad, sin que nadie mirara la humillación extrema que esto les causaba. Los compradores pujaban, se acordaba el precio, el escribano extendía títulos de propiedad ante la vista de tenientes y soldados —que era de ellos el negocio—, y pasaban al siguiente. A cada esclavo se le hacía también hablar. María escuchó:

—Mi nombre es Cardenio, mi patria una ciudad de las mejores desta Andalucía.

Y al poco tiempo, la voz del escribano, que debía leer por si los que firmaban no entendían lo escrito, explicaba de la mercancía:

—Para que podáis hacer de ella o de él como de cosa propia.

No eran dos o tres los que estaban a la venta, y ni María ni Andrés ni Carlos comprendieron el alcance de lo que sus ojos veían: poblaciones enteras eran vendidas en masa, pueblos enteros eran hechos de un golpe cautivos. Por órdenes de su majestad Felipe II, la costa mediterránea se limpiaba de moriscos, temiendo su traición y alianza con el Gran Turco. Los moriscos eran vendidos y la mercancía de esclavos salía por mar y tierra. En breve tiempo, siete de cada diez habitantes de la región terminarían por ser arrojados de la región. Alhabia de Filabres, Inox, Tarbal, Benimiña, Hormical y Berzuete: salían las villas completas. Ni Andrés ni Carlos ni María entendían del todo las escenas: las madres lloraban sus hijos; los padres, de humillación de saberse incapaces de defender a los suyos; las doncellas, de vergüenza, que una tras otra —peor que en sus villas, donde debían soportar el maltrato de los guardias castellanos— eran tratadas como mercadería, mancilladas y hurtadas de su más querido bien, usadas contra su voluntad. La escena coreaba su miseria: tener que dejar la tierra que les era propia, la de sus padres y sus abuelos y sus bisabuelos, y hasta donde alcanza la memoria ser sometidos, vueltos cosas, despojados hasta de sí mismos. Durante ocho siglos los suyos habían habitado aquí, y de pronto se veían no sólo despojados de todas sus pertenencias, sino arrebatados de sus propias personas, vendidos como esclavos, sin respetar rango, dignidad, talentos. María devoraba con los ojos. Al horror de la turba esclava se sumaba un número considerable de arrieros, guardias, pregoneros, tenientes y soldados, y los compradores, venidos de Antequera, Jerez de la Frontera, Córdoba, Sevilla, Málaga, Cabra, Puente don Gonzalo, Úbeda y Morón. María quería ver, comprendía que no podía comprender, siquiera quería ver. Andrés y Carlos la forzaron a dar la espalda a esto que ocurría en sus narices, no queriendo o no pudiendo soportarlo, o juzgando que para qué, y unos pasos adelante, habiendo atado sus monturas y encargándolas a cuidar a un grupillo de niños que estaban precisamente para eso ahí apostados, pidiendo a cambio pan o alguna otra cosa de comer, entraron al mercado a avituallarse lo más presurosos que pudieron. El pueblo rebosaba de soldados, hasta el momento ninguno los había abordado, y ninguno de los tres había podido darse cuenta de que les seguían los pasos. Andrés tenía prisa por dejar el pueblo, temiendo algún peligro sin saber bien cuál, preocupado por sus propios pellejos, pero María sentía que necesitaba tiempo: quería saber qué estaba pasando ahí, hablar con alguno de los pobres miserables que estaban siendo mercados. Pretextó que quería ir sola a abastecerlos de agua, "para salvar tiempo", pero Andrés se lo prohibió:

—Aquí nos quedamos los tres juntos, no está bien que nos separemos, y menos tú, María. Anda.

Atrás de las columnas que sostenían el alto techo del mercado, los esperaban los guardias que les habían venido siguiendo los talones. En una de éstas, estaba guarecido Manuel. Los esperaba desde hacía ya tiempo; los oídos que les habían acercado el día anterior le habían confirmado que irían al mercado a abastecerse, y no resistió la tentación de ir a observarlos antes de salir de Almuñécar a capturarlos con las manos en la masa, si masa podemos llamar a los piratas.

María rejegó con Andrés:

—Espera, tú, ¿qué prisa?

—Te digo ¡anda! —y la volvió a empujar ahora también sosteniéndola del brazo. Estaba nervioso, más que irritable. Hizo avanzar un paso más a María antes de alzar la vista. ¡En mala hora! Un energúmeno enfurecido, vestido con cierta calidad, los atajó, espetándoles:

—Así se ve la marimacha de día, ¡bonita cosa! ¿Ahora sí querrás batirte conmigo? ¿Tienes permiso de cargar con armas?

¡Anda!, metiche, narices largas, ¿cómo te atreviste a meterte entre mi mujer y yo? ¿Te crees Dios?... ¡Las pagarás, pocacosa! —y sacó un puñal del cinto que blandió frente a María.

Andrés de un brinco se interpuso entre María y el mamarracho. Manuel estuvo a punto de abandonar su escondite, pero tres soldados más rápidos que él prendieron en un santiamén al valiente. María, sin comprender de la escena sino que prendían al atacante, les dijo:

—Ayer este energúmeno golpeaba a su mujer; yo lo separé de hacerla polvo. Estaba ebrio.

Los soldados ni la oyeron hablar, no le pusieron encima los ojos. Ya la tenían más que vista de tanto venir siguiéndola. Sacaron al hombre del mercado, y una vez ahí le dijeron:

—Échate a correr, y a esta gitana no la toques, ¡es nuestra!

—En cuanto a tu mujer —le dijo otro—, pégale; si no sabes hoy por qué, algún día sabrás que tenías razón para batirla.

Mientras afuera del mercado el barbaján era dejado libre y aplaudido por los soldados, Andrés y Carlos compraron presurosos lo imprescindible. María seguía repelando: "Déjenme ir, qué más les da, ya vieron que aquí es seguro, hay soldados para dar y regalar". Andrés se sentía a punto de explotar. Por una parte, los precios no eran lo que esperaban, con tanta agitación Almuñécar vendía los bienes más caro que si fuese el abasto de la Corte, las monedas se les hacían agua en las manos, peor todavía porque no discutían o rebatían el precio que les dieran, fuera el que fuera, ni defendían la calidad de las mercaderías. A esto había que agregar que María —que de por sí lo traía como alma en pena, ya ni de día podía soportar el deseo que sentía por ella—, para hacer las cosas más difíciles, se les había puesto necia y enchinchaba. Andrés quería salir de Almuñécar ya, y si les daban gato por liebre, que gato fuera y por él que hiciera miau. Regresaron los tres a sus cabalgaduras y llenaron sus odres con agua fresca en el pozo cercano a la puerta de la ciudad. Apenas se vieron fuera de Almuñécar, Andrés, que marcaba el ritmo de la marcha, acicateó su caballo.

Quería dejar Almuñécar atrás cuanto antes, le daba pésima espina. Trotaron, luego galoparon. Iban a galope cuando se dieron cuenta de que eran seguidos por un grupo de soldados, en frente del cual sobresalía Manuel, espoleando su cabalgadura con una cara de gusto que era un vergel de ver. Ya se saboreaba quién sabe cuántos nombramientos en el ejército, uno más fabuloso que el otro. Daba por segura la pesca de sus tres víctimas, y como un hecho un premio más gordo que una trucha.

Los soldados y Manuel habían tomado caballos prestados —y con esto quiero decir que al vuelo tomaron los que mejor les parecieron, sin preguntar o pedir permiso a sus dueños—. Verdad es que los animales estaban frescos, y que los de los tres gitanos eran en cambio cabalgaduras quemadas de tanto andar sin tregua. Pero eran de ellos, los obedecían como si fueran sus sombras, sabían entenderles, mientras que los de los soldados más tiraban para los lados que para el frente, porque nunca los habían montado estos hombres, y porque varios de ellos no tenían ni idea de cómo y cuál es el arte del caballo, los soldados cristianos eran un puñado de miserables, leva de los arrabales. La mayor parte de los persecutores se quedaron en el camino, pero tres todavía venían un poco atrás de los gitanos, cuando Andrés, habiendo visto la señal convenida, tiró las riendas para ir hacia la derecha por una estrecha veredita de arena, apenas distinguible entre las cañas de azúcar. Esto desconcertó a los soldados, y más todavía a Manuel, quien imaginando la escena de la llegada al buque pirata sobre un muelle bien habido, la había situado por Benaudalla, y así lo había hecho saber a los soldados.

El error venía de que el flamenco Manuel había oído poco, pero de lo poco había fantaseado mucho. Entre otras, que la carga que llevaba María era de puro oro, y que buena parte del oro iría a dar a sus bolsillos, interpretando "hojas de metal" por bloques o lingotes. Los persecutores se repusieron del desconcierto, consiguieron hacer entrar en razón a sus rocines y tomaron la veredita hacia el muelle, pero cuando ésta, justo antes de desembocar en la playa, se hizo aún más estrecha, tropezaron con las tres cabalgaduras de los gitanos, que muy agitadas venían en sentido contrario, impidiéndoles el paso. Controlaron a los rocines propios y a los ajenos como mejor pudieron, y llegaron a la playa sólo para ver a los nuestros ya subidos a la pequeña nave de los piratas. Andrés, echando mano de sus artes de pastor, había tenido la idea de soltar y hacer volver los caballos, azuzándolos hacia sus enemigos para entorpecerles el muy estrecho camino.

Al verlos escapárseles hacia mar abierta, los soldados vaciaron sus armas, no consiguiendo más que gastar su pólvora sin siquiera rozar la barca, porque subidos en monturas que desconocían, les era difícil ya no digo atinar (que hubiera sido un verdadero milagro), sino siquiera apuntar.

"¡Maldito Manuel!", pensaba Andrés. Debió detestarlo nomás verlo, sólo por la manera en que miraba a María, y debió cuidarse de él, no hablar, no dejarlo oír, pero lo había menospreciado y el menosprecio lo había cegado.

El fétido golpe al olfato de la mierda y los orines de los galeotes, obligados a defecar donde mismo habitan y trabajan, amarrados al banco, esclavos de su remo, estuvo a punto de detener a los gitanos. De no haber traído a los soldados pisándoles los talones, se habrían parado a rectificar si esa pestilencia era su barca, pero con las prisas no se detuvieron un instante, corrieron como van las moscas a la miel, brincaron de sus monturas y, ayudados por los piratas que habían corrido a ayudarlos en tierra, las descargaron con celeridad, las azuzaron para que volvieran por sus pasos, con enorme rapidez cargaron con sus bultos y tesoro, y mojándose los pies se echaron casi de cabeza a la galera, tropezando y batallando como lerdos patos gordos, saltando adentro de ella (a pesar de la fetidez) lo más rápido que pudieron.

Lo otro que consiguió la pestilencia fue borrarles su primer contacto con el mar. Ninguno de los tres gitanos conocía el mar. Ninguno sintió sombra de asombro por lo dicho.

Ni María la bailaora, ni Carlos ni Andrés tuvieron el momento en que pudieran decirse: "¡El mar!". Por culpa del flamenco, se les había puesto a sus pies como otro trecho de tierra para continuar la fuga.

En cuanto a Manuel, tragaba en la playa su amarga desilusión. El sabor no le duraría demasiado porque los soldados lo hicieron de los suyos invitándolo a la leva, haciéndose de la vista gorda en cuanto a su edad, que está escrito debe tenerse veinte años para ser incorporado en el servicio de su Majestad, pero lo cierto es que muy pocos hacen caso a esto de la edad, los que recluían por tener prisas de llenar sus filas, los muchachos por desear la paga o la aventura.

Los remos golpeaban las olas con sincronía y eficiencia, y en breve se vieron fuera del alcance de los tiros. El capitán Ozmín (un granadino morisco que abandonó su ciudad hacía cinco años al ver las impunidades de los cristianos, encontrando asiento, y espléndido, en Marruecos) ordenó hacer alto y caminó hacia un lado y al otro de la bamboleante embarcación (una nave de sólo cuatro remos, no más de veinticinco de tripulación, y esto contando a los atados con cadenas al remo), revisando los tablones con sumo detenimiento.

— Busco —le explicó a María, contestando a su mirada preguntona— que no la hayan dañado sus errados balazos, pero también que ninguno de éstos —señaló a los galeotes— nos haya jugado alguna treta, que luego cavan hoyos hasta con las uñas, y las naves hacen agua antes de que nos demos cuenta. No hace una semana una se fue a pique apenas zarpar: a espaldas del capitán la dejaron como un sedazo y zarparon sólo para hundirse.

Las olas golpeaban con suavidad los costados de su embarcación. El blanco atuendo de Ozmín refulgía con el sol. Su camisa era de fino lino, todas sus otras prendas eran de seda bien tejida, gruesa para protegerlo de la sal y otras inclemencias de la vida marina, pero tan fastuosa que más bien parecía iba hacia alguna fiesta. María lo revisaba de arriba abajo. Ozmín era delgado hasta la exageración. Como buscándole también raspones o agujeros, se quitó el blanco y enorme turbante y le pasó encima los ojos con cuidado. Tenía una tupida cabellera negra erizada, sus cabellos parecían hechos de una materia vertical u horizontal, erecta, nunca en reposo. Se cascó el turbante malamente, el enorme bigote bien atezado, lo único de su pelambre que respondía a algún orden o arreglo, contrastaba con su piel curtida por el sol. Sus tupidas cejas recordaban tímidamente el desorden rebelde del cabello. Tenía la boca bien delineada, hermosa y de un bello color de fresa, los dedos de las manos largos; había algo en su persona bondadoso. Bajo sus cejas tupidas, dos ojos vivarachos e inteligentes le respondieron la observación:

—Conque te llamas María.

—¿Y tú?

—Yo soy Ozmín.

—¿Y cuál tu nombre entre cristianos?

—Estoy muerto entre cristianos. No tengo nombre. Nací en un lugar de las montañas de León, no quiero recordar ni el nombre ni de quiénes fui hijo. Aunque miento en lo de León, porque siempre fui granadino. Cuando le dije adiós a todo, adiós le dije. A veces me digo por gusto "Baltazar", porque creo que siempre quise tener ese nombre. Es el de un rey del Oriente que yo ni siquiera había oído nombrar en Castilla, si acaso alguna vez estuve yo en Castilla —Baltazar rio entre dientes—. ¿Cuál es tu nombre entre moriscos?

—Yo siempre me llamo igual: María, María la bailaora, María la bailaora de Granada.

—A mí me dijeron que eras la espadachina, no la bailaora.

—Las dos cosas soy, pero la espada no me ha cambiado el nombre.

Los galeotes miraban la escena con total desvergüenza y comentaban entre ellos esto o aquello apuntando con sus dedos a María, señalándola, diciéndose entre ellos cosas sin pudor alguno, como si María no estuviera presente. Se habían acostumbrado a ser invisibles.

María vio a esa penosa decena de hambrientos y, muy a su pesar, recordó a su padre. Sus procacidades la irritaban sobremanera, pero ¿qué podía hacer? ¿Debía tolerarlos, regresarles los insultos o sacarles los ojos? Esos semirrestos humanos le provocaban inmensa molestia mezclada con piedad, asco y desprecio. Los remos de Ozmín eran galeotes de quinta estofa, ninguno buena boga, miserables y en la desesperanza desde años antes de ser forzados a tomar el remo. Era lo último que María había esperado encontrar en su viaje. Cierto que gran parte de sus imaginaciones se consumía en recrear Granada, pero durante las horas de marcha hacia la costa se había soltado también a galopar hacia el futuro, saboreando su Famagusta, su Nápoles y el viaje en barco. Llegó a desear el trayecto en mar a Nápoles. Y ahora aquí estaba, bajo ese cielo que parecía no terminar nunca, sobre la placa del mar que semejaba una hoja metálica medio arrugada meneándose sin descanso, en nada como lo imaginado. ¡Tampoco las heces atascadas en los orines en el fondo del buque, por supuesto que no había pensado en esto! Atados con cadenas a las bancas, los galeotes defecaban en el mismo lugar donde golpeaban el remo. Viéndolos, oliéndolos, se sintió perdida, fuera del mundo; esas miradas la cercaban y la rompían. Porque la hacían pensar en su padre, porque le regresaban su pensamiento con miradas procaces o desesperadas, miradas de pordiosero, miradas de hombres que están en el abismo de la tristeza, las más vivas miradas obscenas.

Ninguno de estos galeotes podía soñar siquiera con un rescate. Eran pobres siervos trabajadores del campo que solían levantarse con el alba para cultivar la tierra ajena, hombres que vivían sin armas y que habían sido enganchados a fuerzas, tomados por sorpresa, robados por los bandidos y llevados adentro de costales, como nabos o cebollas, mercadería de baja estofa. Donde estaban encadenados ya no les quedaba ni tierra, ni semillas, ni trabajo, ¿quién podría llamar "labor" al batir del remo? Ser galeote es un insensato suplicio. Esta fue la primera vez que María la bailaora vio a los de remo, y lo que no supo entonces fue que, a pesar de su condición miserable, esta docena era un piquete de galeotes hasta un cierto punto privilegiados, pues no habían descendido aún a lo más hondo de los abismos de esa intolerable esclavitud. El mal trago de sus miradas devoradoras pasó pronto, porque Ozmín-Baltazar, brincando los deberes del resto de la tripulación, golpeando a los galeotes con el látigo, apenas terminada la revisión del casco, dio la orden de regresar al remo y siguieron con bien su camino. Por un rato, los galeotes de ojos tentones dejaron en paz a María, aplicándose al remo con todas sus pingües fuerzas.

Apenas verla, Ozmín resolvió ignorar lo más posible a María. Había percibido su radiante belleza, sabía que su voz erizaba la piel del hombre. "¡Qué hembra! —se dijo adentro de sí—, ¡si no puede ser para mí, mejor ni mirarla!". Había dado su palabra a los correos de Farag de que la entregaría con bien en Nápoles, e iba a hacerlo. La vida que llevaba lo había acostumbrado a obtener y gozar de cuanto deseaba. Como esta prenda no podía ser suya, no debía desearla.

Ozmín-Baltazar concentró toda su atención en Andrés, habiendo percibido que el muchacho estaba loco por María. Charlar con él, atenderlo, hacerlo partícipe de las tareas del barco aliviarían en alguna medida el suplicio amatorio del que era víctima el pobre gitano. Ozmín-Baltazar supo que disfrutaría viéndolo desenredarse del embrujo y que gozaría al verlo volver a caer, porque así es la naturaleza de tan ingrato padecimiento. Se podría pasar el chico la vida sufriendo, que esa mujer no iba a voltear a verlo; para Ozmín-Baltazar el asunto pecaba de obvio: Andrés y María parecían hermanos, él es un niño, ella sabe que lo tiene ya en la bolsa y le pertenece. En cuanto a Carlos, el pirata simplemente lo dio por nada. "Este es un bulto", se dijo —y un parco bulto parecía Carlos en efecto al lado de los dos hermosos—, pero al caer la tarde, suspendida la navegación, cuando los tres nuevos pasajeros se dieron a su música y Ozmín-Baltazar oyó a Carlos rasgar las cuerdas de su guitarra, cambió su opinión. Algo tenía el muchacho, aunque... Andrés le pareció ridículo con su pandero y esa voz tan suave. Cuando cantaba y tocaba, Andrés hacía pública su idolatría por la danzante, y esa visión no fue del gusto de Ozmín-Baltazar, no le deleitó verlo humillarse de tal manera, perdida la gracia a la par que el orgullo, revelado a lo corriente su secreto. Libre del ancla de la que se había asido esas breves horas al elegir a Andrés como el imán de su atención, muy a su pesar, sin poner resistencia quedó atrapado en el baile de María. Se desoyó y se dejó sin freno; sin continencia deseó tener a Preciosa entre sus piernas. El único remedio que encontró fue beber como un tonel esa primera noche hasta caer de ebrio. Repitió el remedio la segunda noche. Borracho, casi no sentía. Lo mismo había hecho cuando perdió a su amantísima Baraja, pero ésa es otra historia, y aquí no la traeré a cuento.

29. En que se cuenta el primer viaje por el mar Mediterráneo de María la bailaora, a bordo de la barca de Ozmín-Baltazar

Por culpa del alcohol, la navegación se contagió de insensible pereza. Según María no avanzaban "nadita". Se movían con una lentitud que le parecía pasmosa y la exasperaba. Llegó a querer ponerse ella misma al remo para apresurar un poco la intolerablemente lenta marcha. Los galeotes rejegos, libres del látigo del cómitre —incluso en tan pequeña tripulación había uno que estaba siempre al mando del látigo y el ritmo de los remos, que éste es quien lleva el nombre de "cómitre"— se dejaban caer en algo que casi parecía la inmovilidad. Libres del látigo, protegidos por las jaquecas de Ozmín-Baltazar y sus hombres, que pasaban la noche bebiendo y el día reponiéndose de tanto hacerlo, apenas se meneaban los remos, ateridos, perezosos. La brisa no soplaba, el barco no avanzaba... María quería remar, hacer mover esa piedra flotante. Buscó un cómplice en

Andrés, le dijo también a Carlos, quería alguien al lado del cual sentarse, un escudo entre el piquete de miserables y ella, pero los dos la tiraron a loca. "¿Remar? ¿Para qué? ¿Qué prisas, qué apuros? ¿Qué te pasa, María?, ¿te has vuelto loca? Aquí se está bien, mira…", y los chicos le cantaban esta y la otra melodía, componían coplas, recordaban otras, a ratos también la hacían cantar y bailar, pero no que María tuviera aquí mucha flama, y bailar la ponía muy nerviosa, sabiendo los ojos tentones y perezosos de los famélicos galeotes escurriéndole por el cuerpo.

La tercera noche, al comenzar a beber, Ozmín-Baltazar se sintió por un instante reconfortado del ansia que lo quemaba después de haber visto bailar a María. Porque verla la primera vez lo había envenenado, la segunda se le había hecho una cosa insoportable, pero esta tercera de alguna manera lo aliviaba. Con esa pequeña bocanada de aire que entró a sus apretados pulmones, antes de que los chicos soltaran sus instrumentos y la belleza de María lo regresara a atormentar, habló. Contó a los muchachos esta historia:

30. De la historia de La Señora, José Micas y Tiberias, ciudad refugio

—Cualquiera sabe que los cristianos detestan a los judíos. Cada día la aversión ha ido creciendo, y recientemente han impuesto sobre ellos en toda Europa castigos, prohibiciones, humillaciones (que el Pío V les obligue a portar la cabeza cubierta en las calles para identificarlos a simple vista, ¿no es algo irrisorio, ridículo?); en Venecia llevan tiempo confinándolos a su llamado ghetto y obligándolos a llevar pañuelos amarillos. Otras ciudades los echan. Ahora que Palestina fue arrebatada a los mamelucos y depende del gobierno otomano, José Micas, amigo y banquero del sultanato, sobrino de La Señora (Beatrice de Luna de nombre cristiano, Ha-Gevereth en árabe y Gracia Nasi en hebreo), la banquera flamenca…

—¿Flamenca? —interrumpió Carlos—. Como el traidor que nos delató a los soldados, el Manuel, el guía de los hombres del obispo —Carlos no sabía bien a bien qué quería decir "flamenco", pero no estaba en su estilo preguntar, sino sacar el tema sólo para que se aclarase.

—Flamenca sólo un poco, nació en España, en 1492, muy niña, dejó con su familia España, por obvios motivos…

—¿Cuáles? —preguntó Carlos, creyendo que así saldría la explicación de lo que quiere decir "flamenco".

—¿Que no lo sabes, granadino? En ese año echó España fuera a los judíos, y a Gracia Nasi entre ellos, muy niña, como decía. Su familia corrió hacia el Portugal, donde al poco tiempo comenzó también la persecución, la forzaron al bautismo muy contra su voluntad. Se casó con un converso como ella, Francisco Mendes, tratante de especias y banquero. Cuando enviudó, cargó con su dinerísimo a Amberes, estableció su banco y lo hizo crecer de muy grande manera. Tan buena era para cosechar dinero, como para ayudar a los judíos a huir a Constantinopla, donde la situación les era más favorable.

—¿Que en Constantinopla quieren a los judíos? —preguntó Andrés.

Carlos rumiaba algo mientras se tragaba la pregunta de cómo es que se es o no se es flamenco.

—Los turcos no echan a nadie, reciben a todos de cualquier creencia y dejan hacer lo que cada quien a su gusto tenga en gana. Si tú quieres tener tres esposas, allá tú, no te van a andar juzgando por adúltero.

—¿Y tres maridos? —preguntó María.

Ozmín-Baltazar ignoró su impertinencia, pensó rápido para sí: "Marisabidilla detestable, pendeja", y continuó:

—En Constantinopla permiten que se amancebe el que quiera con quien pueda, les tiene sin cuidado, que no hay principal que no tenga como muestra de su honra y poder un número importante de muy bellos mancebos. Y en esto de amancebar, prefieren a los varones, a las mujeres las ven de menor precio.

"Pero de lo que me preguntabas, Andrés, ahí sí hay judíos, y hay moriscos, y hay hasta negros de Guinea. Hay de todo y a todos saben sacarles provecho… A los judíos, y a los gitanos, y a quien quiera estar ahí lo quieren. Lo único que no aceptan son campanas. No las hay, no hay ni una en todo el imperio del Gran Turco, no las consienten, unos dicen que porque las creen pecado, otros que porque temen que los cristianos al oírlas se les levanten… Yo qué sé. Ni siquiera me consta que estén prohibidas y si no las hay es a lo mejor porque no hay quien las quiera ahí. Que los badajos los necesitan los curas por guardar tanto tiempo sin usar el propio. Si uno se da gustos, ¿para qué andar pegándole al otro?

Baltazar-Ozmín tomó un segundo, largo trago, que como el primero le cayó al dedillo, ganas tenía de empinar el tercero. Se guardó de hacerlo, que esto de hablar es también mucho placer, y siguió contando:

—Gracia Nasi, La Señora, al ver crecer sus negocios con los turcos y querer estar más cerca de ellos, se mudó a Venecia, pero ahí sólo duró un par de años. Su propia hermana la acusó de judaizante, yo no me lo explico, y para huir de la Inquisición se fue a vivir a Constantinopla con todo su dinero a cuestas, que supo cómo ponerlo a buen resguardo a tiempo. Soleimán le cobró aprecio de inmediato, ¿quién no quiere al bendito dinero? Un detalle que olvidaba: su hermano Samuel, que cambió su apellido a Miguez, fue el médico del emperador Carlos V; el mundo es pequeño como una cucharilla de plata.

—¡De plata! —uno de los galeotes farfulló en perfecto castellano, asido ridículamente al remo inmóvil—. ¡De plata! Me trago todos tus cuentos, pero no que el mundo sea de plata, eso no.

A eso sí respondió el cómitre con un latigazo que sumió al galeote en total silencio.

—Su sobrino —continuó diciendo Ozmín-Baltazar—, este José Micas, que es lo que desde hace rato quería decirles, es quien ha tomado a su cargo Tiberias, ciudad que estos dos judíos, la tía y el sobrino, han construido sobre las ruinas de la del mismo nombre en Palestina, para hacer un refugio que reciba a los judíos europeos, para darles casa, trabajo, una vida sin persecuciones… Y los judíos han corrido por cientos a Tiberias a buscar refugio. Desde un principio, Micas (muy cercano al sultanato, como dije, tiene un poder inmenso) temió a los palestinos de los pueblos vecinos, para protegerse de ellos hizo levantar una muralla que dicen tiene quinientas yardas de largo. La Señora —la tía de Micas, la banquera, Gracia Nasi— embarcó hacia Tiberias telares y lana española de primera calidad, para dar trabajo a los primeros colonos, y pensando en el futuro hizo sembrar moreras para la seda.

"Roma y Venecia se encargan de abastecer a Tiberias de judíos, aunque también llegan de otros sitios, pero insisto en que los más que les llegan son los regalados por Pío V, porque en la cristiandad completa el Papa les hace la vida imposible, tiene verdadera tirria a los judíos. En Roma circulan secretamente cartas aconsejándolos mudarse a Tiberias, sobre todo entre los gremios de los sastres, las costureras, los vendedores de telas, todos los que tengan que ver con el vestido. En una semana, trescientos judíos salieron de Roma hacia Tiberias y muchos más han llegado ya. Yo quién soy para decirles cuántos, no llevo la cuenta. Digamos que Tiberias es la hija de La Señora, Gracia Nasi —quien la protege y financia—, habida en un lecho rijoso con el Pío V.

Baltazar-Ozmín rio con su chistarrajo que sólo le hizo gracia a él y dio un tercer trago. Este cayó distinto en su gañote, más quemante, enardeciéndole el ánimo.

Fin de la historia de la amurallada Tiberias, que terminó siendo no de José Micas y La Señora, sino engendro de ésta con Pío V.

—Tanto palabrerío sólo para decirles que yo me hice dueño de este barco transportando judíos a Tiberias. Lo hago todavía, soy un ir y venir de judíos; por eso vamos tan pocos aquí a bordo, para dar espacio a nuestros pasajeros. Esta es mi temporada baja; suben las tempestades y bajan mis viajeros, es el momento más difícil para cruzar. Conozco el mar de Galilea como la palma de mi mano. Yo he navegado donde dicen que Cristo caminó sobre las aguas, yo he visto con mis propios ojos el paraje donde dicen que Jesús multiplicó los peces. Que ahí lo bautizaron, no lo pongo en duda. En cuanto a los peces y andar caminando donde los demás se hunden... ¡Bah!

Aquí Baltazar-Ozmín le dirigió la palabra a María. Lo hizo sin mirarla, la vista fija en sus propios pies, y lo hizo aventándole como piedras sus palabras, buscando provocarla. Le dijo:

—Tú, la que bailas cargando tu cruz, está bien que los cristianos detesten a los judíos, porque les mataron a ese que ellos llaman Dios, tienen un buen motivo; digo que está bien porque pues allá ellos. Tampoco pongo en duda que Cristo fue crucificado en el monte Calvario y que fue muerto y luego sepultado y que le abrieron el costado con una lanza, pero yo me digo que para lo que no hay cómo encontrar explicaciones, es en el por qué adoran esa figura sangrante. ¿Cómo es que encuentran objeto de adoración en un cuerpo casi pudriente, con la herida escurriéndole sangre en el pecho, sin ropas ni dignidad, desvanecido como una mujercita? ¿A quién sino a un enfermo se le ocurre venerar la imagen de Cristo bajado de la Cruz, hecho jirones? ¡La gente está muy mal de su cabeza! Me dan ascos, adorar un cuerpo desmayado y sin vida, sin qué hueso roerle que no sea para echarse a llorar... ¡Adorar lo que está para retirarle la vista de encima, si da pena, si es puro sufrimiento! ¡Y luego andan diciendo que se lo comen, porque eso dicen, dicen que en la misa se comen al cuerpo de Cristo! ¡Los cristianos la tienen podrida!

María guardó silencio. Primero, porque no había cómo discutirle a un borracho de estos que se ponen necios, a dichas filas acababa de entrar a ojos vista Baltazar-Ozmín. Era de los que no esperan oír ni un pío, qué va, de los que nomás quieren ser oídos (y aunque no sean oídos, olidos son que hieden). María pensó que el golpe había venido contra ella porque traía colgando de su cadena la cruz que sus amigos moriscos le habían regalado; pero se equivocaba: Baltazar-Ozmín la quería agredir porque deseaba tocarla de alguna manera, buscaba aproximársele, estar cerca de ella, y un camino posible era éste. Es un recurso vulgar y recurrido por hombres débiles y viles. Adentro de sí, María pensó en decirle una cosa: "Tu religión te prohíbe beber vino, y mírate cómo estás de borracho. ¿Sigues a Alá y bebes?, ¿o a qué Dios te amparas?", pero María dejó posibles preguntas y comentarios a un lado, porque en esto de Alá y de Cristo no sabe honestamente qué contestarse, ni entiende qué piensan bien a bien sus amigos moriscos, ni sabe qué opinar de san Cecilio, y no tiene ninguna gana de poner en orden su confusión. Durante unos segundos siente mucho enfado contra Baltazar porque lo que es muy claro es que él ha querido agredirla, pero el enojo no le dura nada.

La luna brilla suavemente, las estrellas echan centellas diminutas, el cielo luce profundo y azul, las crestas de las ondas del mar tintinean rimando con los astros. Allá se oye el tablón del barco contra el agua; acullá, algo como una aleta suena rozando la superficie. Noche cálida, noche tibia, noche bella. María sintió que la llamaban las estrellas, no para irse hacia ellas (¡qué ocurrencia!), sino para cantar, para cantarlas. Cree que las oye, sutiles, con voces claras, voces que son como la calma brisa de esta noche, y a su son María sentada sobre el tablón que muy cerca de la popa tiene la cubierta de esta nave, apoyado un brazo contra la banda del barco, canta. Y no canta gitano, moro, cristiano, ni un son que recuerde a Dios alguno. Canta con la música sabia, conmovedora, celestial, de una estrella.

31. En donde se verifica una vez más la sabiduría del dicho que reza: "Al que madruga, Dios lo ayuda"

Habían pasado tres días de navegación. Sólo las primeras horas habían remado mar adentro, las demás costearon sin demasiada premura buscando capturar alguna presa fácil para su provecho o siquiera su abasto. Frente a las costas catalanas, no lejos de Cadaqués o de Palamós, cuando aún dormían profundo, así fuera bien entrado el día, la pequeña y no muy bien armada embarcación pirata fue tomada por dos galeras de corsarios berberiscos. La barca de Baltazar-Ozmín estaba muy desprovista, no contaba ni con suficientes armas, ni con marinos o guerreros expertos, y los berberiscos los sobrepasaban en número, pero no hubo intentona de atacar o resistir, porque fueron abordados cuando todos dormían a pierna suelta. Incluso el vigía roncaba. Despertaron con espadas al cuello, pero Baltazar-Ozmín, a pesar de la situación y la jaqueca que regala el vino, amaneció de buen humor. Su buen espíritu disminuyó el sobresalto entre los suyos. Ozmín saludó ceremoniosamente a los hombres que habían abordado su nave como si fueran amigos de tiempo atrás, les preguntó al mando de quién venían, creyendo que sería cosa fácil negociar con ellos, pues como buen renegado daba por hecho ser parte de cuantos infieles se opongan a la cristiandad, como si todos fueran un todo homogéneo. Los que habían caído sobre ellos eran hombres del Dali Mami.

Por toda respuesta, en lugar de negociaciones, Baltazar-Ozmín recibió un: "Tú eres un bandido, es lo que eres, un raterillo andaluz, un tagarino o un mudéjar, uno de ésos, ¿para quién trabajas, dime; de quién traes permiso para cruzar los mares?". Los corsarios no tenían motivo alguno para considerar a estos piratuelos sus pares. Ni uno de toda la embarcación de Ozmín-Baltazar hablaba una palabra de otra lengua que no fuera la castellana (el árabe de Baltazar-Ozmín era un balbuceo), y ninguna importancia dieron al hecho de que los más vistieran a la usanza turquesca. A sus ojos, eran mudéjares —que es como los berberiscos llaman a los moriscos de Granada—, un barco de ladrones. A pesar de esto, se comportaron como unos caballeros, y digo esto porque le dieron a Ozmín hartos bofetones y coces y puñadas (*"y porque les dijese si tenía dinero, bien me pelaron la barba"*), sin respetarle una sola de sus costillas. No gastaron más sus fuerzas, expeditos pasaron cuanto consideraron de valor o importancia a una de sus galeras, incluyendo al abatido Baltazar, que no sabía si llorar o reír, y llegó hasta a olvidarse de dónde estaba; no lo dejaba reaccionar el asombro de ver cómo Fortuna le mudaba en un instante la vida de tal manera. ¡Adiós buen humor que había tenido al despertar! Andrés, Carlos y María cargaron su propios sacos mientras se mudaban dóciles de un barco al otro. María fue la última en hacerlo, descontados los galeotes: al ver el pésimo estado en que estaban los de remo, ponderándolos más como lastre que como de alguna utilidad, los berberiscos decidieron tirarlos al mar. Al oír su destino, los galeotes gritaron como si aún estuvieran llenos de vital energía, despidiéndose ruidosamente del mundo que, como bien había dicho el que hablaba castellano, no es precisamente de plata. Los miserables se asían a sus verdugos suplicándoles piedad, se hincaban, derramaban ríos de lágrimas, ofrecían servicios, hacían promesas, fingían fuerzas, juraban que podían bogar como muchachos. Nadie pensó en hacer menos larga su tortura moribunda. Ni les pusieron lastres, ni los envolvieron en tela de las velas, ni les clavaron una estocada para hacerles más corto el suplicio. Pataleaban los que algo sabían nadar y los que no se sujetaban a éstos, y desde el agua seguían gritando o intentando gritar. Nadie espetó "¡Hombre al agua!", instando a rescatarlos.

Cuando María pasó a la galera de Arnaut Mami, no podía despegar los ojos de la desesperada decena de muertos de hambre que iban siendo asesinados con displicencia. Pero algo la hizo voltear la vista al frente: la fetidez del barco. ¡Qué hedentina!

¡Y habían creído que la barquilla de Baltazar olía mal! Aquel olor ni los preparó para el que encontrarían. En la galera venían al remo ciento cincuenta hombres, más diez que traían por si alguno caía enfermo —lo que es muy frecuente—, más cincuenta hombres armados, más doce de los llamados "hombres de popa", que suelen ser los amigos del capitán, y que aquí eran viajeros que por uno u otro motivo se habían obligado a dejar Argel unos días, o que iban hacia ella atraídos por los privilegios que ahí gozan algunos. También venían los marineros: un patrón, el cómitre —que es, como ya dije, quien lleva la navegación, encargándose con dureza de los galeotes—, otro sota cómitre, más veinte que conocen cómo navegar la mar nuestra. A la altura del penúltimo remo, se encontraba el fogón y junto a él los tres de la cocina. Las dimensiones de la galera eran muy mayores que las de la de Baltazar, pero para tanta gente era muy pequeña, un ebullidero de personas atestadas, y si el infierno puede entrar por las narices, ésta lo era por la hedentina que ya se dijo.

Al olor de esta primera galera, había que sumar el de la segunda igualmente grande, que venía casi pisándoles los talones. Las dividía solamente el largo de dos remos.

Arnaut Mami (que no había prestado ninguna atención a esta captura desde que le informaron que la presa era pobre y poca) se asomó a ver qué habían pescado cuando oyó decir: "Traen una mujer a bordo, Arnaut Mami, muy joven y muy bella". Salió por curiosidad y codicia, y encontró sobre la crujía los enormes ojos brillantes de María, clavándosele. Porque en cuanto María vio que Arnaut Mami venía a su encuentro, comprendió que ese hombre era el dueño de su destino, el de ella, el de su espada, el de la carga que llevaba a Famagusta y el de sus dos amigos. Percibió que él la miraba de cierta manera y le clavó los ojos para sujetarlo y agarrarse a él.

Ese momento fue cuando María supo, *conoció* que era bella. No cuando la querían los moriscos y la llenaban de elogios. No cuando Andrés la procurara, le sorbiera el suspiro,

488

cualquier ¡ay!, la risa, lo que hiciera, no. No cuando los miserables que acaban de ser arrojados al mar, al abordar el barquillo de Baltazar, le clavaron los ojos imprudentes. Ahora, es ahora, al ver que el pez se traga el anzuelo de sus ojos, ahora es cuando María sabe, conoce, aprende, comprende que es bella, y se da cuenta de que su belleza puede salvarle el pellejo.

Apenas subir, habían hecho llegar a los gitanos a la crujía, que es una tabla como una mesa que tienen las galeras entre banco y banco de los de remo y que cruza el barco de popa a proa.

—Canta, Andrés —dijo María en voz baja, sin dejar de mirar a Arnaut Mami.

—¡Que "canta" ni qué ocho cuartos!, ¡qué voy a estar para andar cantando!, ¡me llevan esclavo! —contestó Andrés, irritado de la inoportunidad de su solicitud, pero más por ver a María mirar así a su captor.

—¡Que cantes, te digo!, y tú también, Carlos, ¡vamos, que no voy a echarme a bailar sin acompañamiento!

Silencio.

—¡Que les digo que canten, cobardes, por mi madre y por la que los parió! —añadió María en voz baja pero dura, golpeando con un pie la tabla de la crujía.

Andrés y Carlos la obedecieron. Cantaron con la mejor voz que les permitía el talante en que estaban, y encima recién despiertos. Lo único a su favor es que no hubieran bebido —no habían tocado una gota del vino que corrió en el barco de Ozmín, aunque se lo hubieran ofrecido diez veces—. "¡Ale, ale, María!", más que cantar, la verdad es que desgañitaban. El sol pegaba sin gracia sobre ellos, a plomo, inmisericorde, un sol gritón de mediodía. ¡Buena resaca, la del barco vencido, que les había comido ya la mitad de una jornada!

—¡Las palmas, vamos! —díjoles María, viendo lo patéticos que parecían sus compañeros. Era la única mujer a bordo, y caían sobre su cuerpo las miradas groseras, manoseándola. ¡Qué trío patético!

Carlos se agachó y golpeó con las palmas la tabla, y ésta resonó. Una gorda nube blanca, teniéndoles compasión, se interpuso entre el sol y el mar: la luz adquirió una calidad refrescante, casi jugosa. Carlos se levantó y golpeó la tabla de la crujía con el talón, sacándole un sonido grato. Golpeó a ritmo y sobre su tan-tan Andrés dio un paso adelante y también dio al tablón con sus pies y de inmediato se sumaron los de la dulce María. Unos calzados, otros descalzados, los pies sonaban diversos, haciendo con sus pisoteos nobles tambores de esas malditas tablas. María estaba entre los dos muchachos, luciendo toda su belleza, como era la única calzada sus pies eran los que mejor sonaban. Con sus seis calcañares golpeaban, llevando un ritmo que quebraba la luz, el calor, la sal de la mar. Bajo ese tamborilear, protegidos por la nube que seguía conteniendo al sol, el mediodía quedó sumido en algo grato y noble. Oírlos era como un llegar a puerto. Los seis golpeaban, casi frenéticos. Se les restó un pie, uno de Carlos. Con el otro, llevó solo el compás y echó a cantar con la mejor de sus voces:

Moricos, los mis moricos
los que ganáis mi soldada,
derribédesme a Baeza,
esa ciudad torreada,
y los viejos y las viejas
los meted todos a espada,
y los mozos y las mozas
los traed en cabalgada,
y la hija de Pedro Díaz
para ser mi enamorada,
y a su hermana Leonor,
de quien viene acompañada.
Id vos, capitán Vanegas,
porque venga más honrada,
porque enviándoos a vos,

no recelo en la tornada
que recibiréis afrenta
ni cosa desaguisada.

María la bailaora nunca había oído a Carlos cantar este romance. ¿De dónde lo había aprendido? Andrés por un momento también pareció sorprendido pero, concentrándose y habiendo advertido qué era lo que cruzaba por la cabeza de María, desprovisto de su pandero, comenzó a tronar los dedos y, siguiéndolo María a golpear sus palmas, entre los dos cambiaron el canto de Carlos en algo más alegre, algo para que bailara mejor María y la hiciera enseñar de mejor forma sus talentos. Por el momento, el efecto del tambor humano que formaran no podía serles más favorable. No sólo Arnaut, toda la tripulación y los muchos galeotes miraban embobados, fascinados, embelesados.

La nube generosa se retiró, pero no la gracia del trío.

Bajo ese sol que era un relumbrón, un sol que era un fardo pesado en los párpados y hacía entrecerrar los ojos, María tendió un doble y generoso y fresco velo: bailó mejor que nunca. Bailó, un poquillo cantó, no soltó sus ojos de los del capitán-pez, Arnaut Mami, más afecto a los hombres que a las mujeres. Por la naturaleza espontánea de su deseo, el ojo de Arnaut Mami, a pesar de estar clavado como un pez del anzuelo de la mirada de María, percibió a Andrés, suspendido de deseo por la bailaora, al bello Andrés deseando anhelante, y esto lo enganchó aún más, lo hizo ser más un pez cogido. Mirando, Arnaut parecía fijo, clavado, pero su largo cuerpo de pescado vivo coleteaba retorciéndose para zafarse y cada coletazo le encajaba más el alma a la punta del anzuelo.

El baile de María ensartaba en su punta una sucesión de blancos bajo el sol, que reverberaban como escamas de pez: Andrés herido por María, Arnaut Mami herido por María y por Andrés preso de María, Baltazar por haber sido sometido y sin lucha, perdida su galera que con tanto esfuerzo había ido avituallando, y los de a bordo por ese baile y ese tamborilear nunca antes oído.

Excepto uno de los hombres de Arnaut Mami, Morato Arráez. Él reacciona diferente que los otros ante la música y el baile. Él no sabe verles *a ésos*, a los gitanos, siquiera un ápice de belleza: Morato Arráez es en tierra firme el guardián mayor de los esclavos. Pasándose de oficioso, Morato Arráez tomó de la ballestera (donde los prisioneros apresadores habían sido conducidos al subir a la galera, antes de pisar la crujía) el bulto que contiene las pertenencias de María. Ésta lo ve con el rabillo del ojo y se echa sobre él como un animal, interrumpiendo su baile y su canto. Al tomar al muy oficioso Morato Arráez desprevenido, el bulto cae, y el pomo de la espada de María salta afuera. María brinca otra vez sobre ésta para asir del puño la espada. Morato Arráez saca del cinto la suya. ¡Y qué cruzar magnífico de espadas! ¡Esto es arte, esto maestría! ¿De quién aprendió el moreno a cruzar el metal, que lo hace con tanta ágil belleza?, porque esto es belleza, sus movimientos son prolongación del baile de su contrincante. María no ha dejado de bailar ahora que guerrea. El hombre es más un pájaro que un varón. La espada le da ligereza, le quita peso a su cuerpo, le otorga una falda volante, un encaje, una elegante ligereza, es su ala. Los rodean las dos tripulaciones, la recientemente capturada y la de Mami, vueltos una masa uniforme por el gusto de ver a estos dos chocar filos. Si en los miserables galeotes restara aún un ápice de conciencia, si pudieran sentir algo todavía en su mortaja de agua, si aún no han sido tragados terminantemente —pues qué cabe, atendiendo a los gritos y súplicas de sus últimos minutos, que más de uno estuviera braceando deseoso de tocar alguna tierra, sacando céntimos de fuerza de sus flaquezas—, lamentarían infinito haberse perdido esto. ¡Qué escena! ¿Quién podría describirla? En todos los pechos de los presentes brincaban ¡vivas!, ¡bravos!, ¡vence, golpea, dale, da!, alguno diciéndoselos a María, otros espetándoselos al Morato Arráez. ¡Qué gusto, qué placer verlos batirse! Esto es mejor que el baile. Desgraciadamente, la escena no dura mucho tiempo, porque Arnaut Mami, así esté también fascinado con ésta, aplaude para dar el encuentro espadil por terminado, como si éste hubiera sido una representación. No quiere heridos aquí. María entiende su orden y pone la espada a sus pies, obedeciéndolo. El imbécil del Morato Arráez tarda más en comprenderlo, por lo que, cuando se dispone a picar sin ley a la indefensa María, caen sobre sus espaldas dos hombres sujetándolo con fuerza. Morato Arráez se los sacude de encima, pone la espada al piso y cruza los brazos. Sonríe. Está contento. María está ansiosa en cambio. Ha recordado su preciosa carga, y teme verla perdida. Le dice al aplaudidor Mami, señalando lo que guarda el saco:

—Eso que ves ahí, gran señor…

—Arnaut Mami, para servirle a usted.

—Y yo —se inclinó, hizo una reverencia, gracioso como todo lo de ella— María la bailaora, María la de Granada, para servirle a Arnaut Mami —María retoma la frase comenzada—: Eso que ves ahí, gran señor berberisco…

Arnaut la interrumpió:

—Albanés, para servirle a usted, granadina.

—Eso, gran señor albanés y berberisco, eso que está guardado en ese saco mío, es un encargo que traigo, es una misión de mis hermanos moriscos, es un… En todo caso, no me pertenece, y como mío no es, no puedo cederlo. A mí, tómeme usted esclava si lo quiere, si es su gusto, lo mismo que el saco donde guardo lo que no es mío, ¿cómo voy a poder impedirlo? Pero lo que va dentro no puede ser suyo. ¡Sobre mi cadáver! —María repetía la expresión predilecta de su protectora morisca, su segunda mamá granadina.

—¿Y qué vas a hacer con eso, si se puede saber, "sobre tu cadáver"? ¿Venderlo?

—No, no voy a venderlo. Es un secreto, pero venderlo no. Eso no vale ningún dinero, ni todo el oro de las Indias, ni toda la seda de la China, ni toda la mejor pimienta de los barcos portugueses. Debo —mintió María, viendo que el hombre la acorralaría con preguntas—, debo restituirlo, entregarlo al sitio de donde fue sustraído.

María preparaba el golpe que necesitaba la mención de su libro para surtir efecto.

—¿Y de dónde fue sustraído, si se puede saber? —Arnaut Mami estaba divertido con la escena.

—¿Puedo decírselo a usted al oído?

—Puedes.

María se acercó a Arnaut Mami. Los dos olían limpios como dos flores, pero esa flor que es María la bailaora, le huele a Mami a mujer.

—¡Mujer! —pensó adentro de sí.

Baltazar-Ozmín rabiaba de coraje. Andrés estaba como atontado, insensible. Sabía que así María les salvaba a los tres el pellejo, pero comportándose de esta manera lo mataba, lo asesinaba. Lo anulaba, pues no tenía fuerzas o el valor para decirse: "¡Mejor morir, gitano!".

—¿Sabes guardar secretos? —le preguntó María la bailaora al Mami, de manera que todavía los demás pudieran oírla.

—Puedo, puedo.

—¿Y cómo voy a saber yo que puedes guardarlos?

—Porque puedo. Y para demostrártelo…

Arnaut Mami se agachó y le dijo algo a María al oído, algo que la hizo sonreír primero, y luego reír, amplio, sabroso, una risa completa. María echó atrás su hermosa cabellera mientras lo oía contarle tal secreto.

—Sea —dijo, cuando paró de reír—. Mira…

María se paró sobre las puntas de sus pies y le dijo muy quedo, muy cerca del oído:

—A Famagusta… Esto que cargo es un libro antiguo, tan viejo que sus hojas no fueron hechas en papel ni papiro. Es de la edad de hierro. Es un libro con hojas de metal. Alguien lo sustrajo de Famagusta. Debo reintegrarlo a su sitio. Por el bien de quien lo hurtó, que si no jamás descansará en paz.

Arnaut Mami se separó para mirarla a los ojos. Esto era menos divertido de lo que él esperaba... libros antiguos... "¡A otro perro con ese hueso! ¡Bla, bla, bla!". Pero seguido se preguntó en silencio: "¿Y si hay algo que roer?", por lo que preguntó a María:

—¿Quién?

María volvió a levantarse sobre las puntas de los pies.

—No te lo puedo decir. Un morisco, de Granada, un hombre de bien, un seguidor de Alá. El me enseñó a decir: "Alá manda. El corazón manda".

María separó su boca del oído de Arnaut Mami, y puso frente a sus ojos la cruz de oro que colgaba sobre su pecho. La giró para mostrarle su envés: en el centro, el corazón colorado refulgía, las cuatro espadas le apuntaban.

Arnaut Mami dio un paso atrás, no dijo ni sí ni no, ni esta boca es mía o ajena. Tomó la espada de María, diciéndole con los ojos "te la guardo". Volvió la mirada a Andrés y comprendió, como todo el mundo, cuánto rabiaba y deseaba este bello muchacho. Dio la media vuelta, dio instrucciones a sus hombres de dejar "esos bártulos en manos de la chica, y a los muchachos no les quiten sus músicas". Hubiera maldecido el poco provecho que la nave que remolcaban les había traído, lo mejor el pertulano viejo y medio corroído, el cuello del pergamino (pues para hacer estos mapas o cartas, se utiliza la piel entera del animal) comido por los ratones, y un nocturlabio, reloj nocturno, bellamente tallado en madera. La nave en sí era un vejestorio, pero mejor cargar con ella que perderla. Si algo la iba a hundir, que no fueran ellos. Podría serles útil. Dividieron la tripulación para navegar. Todos se habrían sentido defraudados del miserable botín si no fuera por María y esos dos chicos, el par de tambores humanos, esas voces, esos bailes. Les dieron de comer lo que tenían, bizcocho remojado, un plato de miel, otro de aceitunas y otro pequeño de queso cortado bien menudo y sutil.

Arnaut pasó el día, a una cierta distancia, mordiéndole a María los tobillos como un perro furioso.

Fin del primer viaje marítimo de María la bailaora.

32. *En que se cuenta, obligándonos a detener el ritmo de la marcha, la llegada de María a Argel y la naturaleza de su cautiverio, así como los romances de María en dicha ciudad, por lo que viene a cuento la frase de Cervantes "¡No, no Zoraida: María, María!"*

A los tres días de haber caído en manos de Arnaut Mami, como había buen tiempo y el viento les era favorable, alcanzaron el puerto de Argel.

La visión de la ciudad impresionó vivamente a los gitanos, que nunca habían visto nada parecido. Ellos, por no conocer gran cosa el mundo, pero arrobaría al más viajado. El enorme golfo donde se asienta la bella Argel tiene la forma de una media luna. Al este, el cabo Matifú. Al oeste, la punta de Pescade sobre un monte, que las naves que arriban ven de dimensiones importantes, aunque no lo sea. El puerto, construido por Barbarroja en 1525, llamado por él Jeid-ed-Din, incorpora el dique del siglo x, uniendo el islote de la marina con la tierra firme, al término del cual se alza la primera puerta de la hermosa ciudad de imponente trazado, porque casi toda es ciudad nueva. Fue la Icosium de los romanos, antes la Mesrana de los árabes, pero hasta recientes fechas ha adquirido su esplendor.

Apenas tuvieron la ciudad a la vista, los corsarios se afanaron en preparar el desembarco del botín de sus correrías. La segunda nave traía un valioso botín, obtenido antes de topar con el pingüe de los mudéjares; no contenía cautivos, era un cargamento de especias, vinos finos de campiñas francesas, untos para perfumar, telas, bordados, deshilados y plumas traídas de las Indias, obtenido del ataque a un comerciante que *ipso facto* compró su rescate y el de sus hombres (que no sus galeotes, todos atados al remo al llegar a Argel), pagándolo en oro que hizo mandar traer enviando un correo con carta de su puño y letra al siguiente puerto. Los llamados mudéjares, Andrés, María, Carlos y Ozmín-Baltazar, fueron atados por sus tobillos a la misma cadena, una larga que había sido hecha para cargar con doce cautivos, por no tenerla más corta a bordo, así que en lugar de prenderlos sólo de uno de sus dos tobillos, los asieron de ambos, y así y todo les sobraban seis taloneras, por lo que Morato Arráez (aquel que se batió con María cuando acababan de subir a esta galera) dispuso se les atasen también las muñecas. No se hizo, no por ser demasiada afrenta, sino porque no hubo tiempo. Carlos y Andrés estaban devastados, se quejaban gimoteando "En qué hemos caído", "Mira nuestra desgracia", "Que no lo sepa mi madre" (esto de Andrés), "Maldita la hora" (también Andrés), "Nuestra podrida suerte" (los dos a coro), "Un hoyo, es un hoyo" (esto Carlos, pensando quién sabe en qué), y tanto subían y bajaban sus voces que casi parecían cantar. Carlos no contuvo las lágrimas, comenzó a llorar como un niño. Se limpiaba sus lagrimones con las regordetas manos bien cerradas, pasándoselas una y otra vez por la cara y frente a los ojos. Su pecho subía y bajaba con "¡ays!" lastimerísimos. Andrés seguía gimoteando sin parar (que ya sin los de Carlos no sonaban a cantos sino a meras quejas) y María aparentaba estar azorada, silenciosa clavaba los ojos en la ciudad, como si la adivinara completa con su forma de triángulo equilátero que tiene por vértice la Kasba, el castillo del Bey, como si estuvieran ya sus ojos viendo las grandiosas mezquitas. Ponía esa cara, entrenándose a fingir, porque adentro de sí pensaba solamente "¡Debo salir de aquí!", y sentía los tobillos pesarle. Para ella Argel era otro eslabón, otra cadena más corta y esto la hacía insensible a sus bellezas. Ozmín-Baltazar tomó a los muchachos del brazo y les dijo: "¿Pues que ustedes no tienen oídos, ni ojos? Hasta el cansancio se ha escrito y se ha dicho que en Argel 'Todo es comer, beber y triunfar'". La cadena a los tobillos no lo arredraba. Verla caer a sus pies lo hacía sentirse un iniciado, pertenecer a la muy rica Argel; es una ciudad anhelada por él, sabe que no hay en ella nada despreciable. Desde sus dimensiones, pues tiene entonces ciento cincuenta mil habitantes, el doble que Sevilla y un número muy superior al que tiene Roma, hasta las oportunidades que brinda a todos los que llegan a ella, pues es en efecto el enclave mediterráneo de la piratería. Lo que Ozmín-Baltazar ignoraba, o pretendía ignorar, es que en ella habitan veinte mil cautivos cristianos, desesperándose mientras esperan la llegada de su rescate, escribiendo cartas solicitando ayuda, tramando planes de huida, marchitándose, esperando la muerte o haciéndose los renegados para salvar el pellejo.

Su nave chocó con el muelle. Los hicieron bajar inmediatamente después de Arnaut Mami, quien había ordenado a Morato Arráez no despegara los bultos de los gitanos, de modo que al frente iba el amo, llevando en la mano la espada de María, seguido por los cuatro cautivos, y tras ellos dos mozos de mar cargando los bultos granadinos.

La cadena hacía un ruidero a su paso, primero contra los tablones del muelle, desde el momento que traspusieron la puerta de la ciudad contra el empedrado de las calles. Por no sonarla al dar cada paso, Baltazar-Ozmín había alzado parte de ella, y lo imitaron Andrés y Carlos. María se había cubierto la cara con un velo para que fuera menor su humillación y no veía nada sino ese deseo que le había nacido al tener a la vista Argel y que le emponzoñaría su estancia en la ciudad: su "¡quiero salir de aquí!" que la envolvía como una nube de pequeñas alimañas, no dejándole un momento de reposo, picándola y cegándola.

Caminando entre el vocerío de la multitud, Morato Arráez les hizo saber en árabe cuál sería su inmediato destino. Habló en voz muy queda, y sólo Baltazar-Ozmín lo alcanzó a oír y lo comprendió: los tres varones serían llevados a vivir a lo que los argelinos llaman baños, donde medio tratan bien a los cautivos, medio los matan de hambre mientras los hacen esperar por sus rescates, regalándoles ocio y horas libres que los cautivos pasan desesperándose o haciendo pruebas de saltar con las cadenas, por entretener el tiempo. María sería conducida a uno de los palacios de Arnaut Mami, donde guardaba a sus mejores cautivas, al sur de la ciudad, en el barrio de Agha, que está formado por fastuosas villas. Lo inmediato era pasar por los formulismos necesarios para dejar a los cuatro cautivos anotados de manera legal como propiedad de Arnaut Mami —por esto venían pisándole los talones, pues él debía estar presente—, de modo que si le viniera en gana venderlos pudiera hacerlo sin enfrentar algún impedimento. Esto no lo tradujo a sus compañeros de cadena, pero sí les repitió en voz más alta y en castellano cuando Morato Arráez les dijo los nombres con que serían anotados: "Tú, María, desde ahora te llamas Zoraida, nos es detestable el nombre cristiano. Ustedes dos, Andrés y Carlos, se quedan con los suyos, para que a nadie le quepa duda de que son cristianos. Y a mí, Baltazar...".

Aquí Ozmín-Baltazar saltó, dejando su labor de intérprete, apenas comprendió lo que sus oídos habían escuchado y lo que sus labios acababan de decir, e interpeló a Morato Arráez, quien hablaba perfecto varias lenguas:

—Un momento. Debes llamarme Ozmín, porque soy un renegado, y renegado quedo así sea esclavo.

—¿No que mucho árabe, y que sabes ponerlo en cristiano? —le contestó el Morato Arráez.

—Lo comprendo al dedillo, pero lo hablo con los pies.

—Pues ahora te pones a practicarlo, porque ya discutirás tu asunto con el cadí, que por mí cristiano te quedas, qué más me da.

Al llegar frente al cadí dicho, hubieron de esperar. Arnaut Mami firmó no sé cuál documento y salió por piernas, dejándolos entre una nube humana. Carlos y Andrés no asimilaban lo que desfilaba frente a sus ojos, no había penetrado en ellos la riqueza y primura de esas calles y edificios, ni tampoco la variada abundancia del puerto, ni menos aún lo que Baltazar-Ozmín les había dicho en la galera. En cuanto a María, observaba, pero no atinaba a mirar lo que podía hacerla arribar a Argel. Pasó casi todo el tiempo de su espera rabiando su "quiero irme de aquí", hasta cuando ya les tocaba su turno; entonces, en lugar de atender a lo propio, se puso a observar la siguiente escena:

33. Dice María la historia del cadí a su llegada a Argel

—Una mujer se había llegado al cadí, que es la palabra que ellos tienen para nombrar a sus jueces. La mujer, sin hablar ni decir ni una palabra, tomó su zapato y lo puso frente a él con la suela para arriba.

"El cadí entendió de qué le hablaba, y lo más que alcancé a comprender fue una aprobación general. Todos los que esperaban y los testigos ahí asentados y los curiosos hicieron saber con gestos y palabras que estaban de acuerdo. Tardé no mucho en saber que lo que ahí se decidía era deshacer su matrimonio y que el argumento que ella echaba al tirar así el zapato es que su marido la usaba por el revés, como si no fuera hembra sino varón, y valió como argumento para hacerla soltera.

Fin del decir de María.

Baltazar-Ozmín peleaba su nombre con el cadí, quería decirle: "Debe dejar anotado que mi nombre es Ozmín, que aunque nací cristiano, soy un renegado sincero; que hace ya cuatro años dejé tierras vaticanas y abandoné esas ropas y costumbres, y el mismo tiempo llevo a bordo de la nave mía, que ahora ya no es mía sino de Arnaut Mami, porque la perdí a buena ley…".

El árabe de Ozmín no decía precisamente lo que él le ponía en los labios, de modo que el cadí oía decir:

—Ozmín me llaman cristiano sincero renegado cuatro años vaticanas tierras ropas árabes. Tendré una galera Arnaut Mami.

Y el cadí respondía escribiendo el nombre "Baltazar" en el documento, pensando que ese cautivo estaba mal de la cabeza, y a la hora de leerlo en voz alta, volvía a ladrar Ozmín-Baltazar creyendo decir: "Escriba que mi nombre es Ozmín, que no soy Baltazar, que soy un renegado sincero hace tres", y hacía señas con los dedos, "tres años", todo lo decía agitándose, enfático, dando vivas muestras de desesperación.

Pero de nueva cuenta sus labios le jugaban un truco, y lo que el cadí oía en su mal árabe era:

—Ozmín soy Baltazar, un renegado tres veces, tres años tres veces...

Y el cadí, al oír lo de tres veces y recordar la historia de Pedro y su profeta, consultó con Morato Arráez en voz baja si no era mejor llamarlo "Pedro", y "Pedro" anotó en el documento, y a la hora de leérselo a Ozmín-Baltazar, éste volvió a ladrar, ahora con verdadera furia, arguyéndole en su árabe traicionero que él no podía llamarse "Pedro", que el nombre le era repugnante, que él quería llamarse en árabe, y que entre todos los nombres árabes el que elegía era Ozmín, y el cadí quedó sin entenderle ni un pío, y le pedía de nueva cuenta explicación que Ozmín-Baltazar se esmeraba en darle, porque él entendía que era imprescindible se supiera desde el primer momento que no era un cristiano deleznable, sino otro hombre entre los suyos.

Sonó la hora de entonar las plegarias y, antes que nadie, Ozmín pegó la frente al piso e imploró con fervor a Alá. Esto quedó muy visto por el cadí, que en cambio notó cómo María, Andrés y Carlos quedaban de pie. Cuando terminó la oración, Ozmín saltó del piso el primero otra vez y bramó ante el cadí:

—Yo soy Ozmín, profeso culto a Alá.

Y aquí los labios le fueron fieles, y el cadí comprendió, y Baltazar-Ozmín ganó la batalla de su nombre. Quedó anotado:

"Propiedad: Arnaut Mami.
Religión: la de Alá.
Nombre: Ozmín."

Y así abiertas para éste las puertas de la buena suerte en Argel. El cadí discutió con Morato Arráez la ubicación de Ozmín. No era conveniente lo albergaran con los cristianos en el baño previsto, mejor llevarlo a otro donde la ciudad consigue la mano de obra para engrandecerse y levantar sus construcciones.

Cumpliéndose lo anunciado a su llegada, María no tuvo cadenas, ni tampoco quedó encerrada en palacio. Y decir que no tuvo cadenas es quedarse corto, porque Arnaut Mami la dejó, y más, la alentó a vagar por Argel a sus completas anchas, cantando y bailando a cambio de monedas, para que la ciudad se hiciera lenguas de la belleza y gracias de su nueva cautiva. Lo que no es muy apropiado es lo de llamar al sitio un palacio, porque aunque fuera verdad pura que el edificio era hermoso, las cautivas vivían hacinadas en uno de los patios, y la que no tenía con qué pagarlo no recibía trato digno, de modo que a simple vista ese grupo compacto de mujeres cristianas caídas ahí en desgracia parecía más un ganado, y el patio un corral cualquiera. La conformación del dicho no duraba mucho, variando continuamente: Morato Arráez sabía vender esclavas, apenas encontraba un buen momento en el mercado seleccionaba aquellas de las que hubiera mayor demanda, y por su parte Arnaut Mami, aunque de vez en vez, hacía traer algunas para entregar esclavas de regalo, buscando quedar bien con este o aquel importante. Aquí también el ojo de Morato Arráez hacía la diferencia, porque oyendo a quién iban a ir a dar las esclavas demandadas, hacía rápidas averiguaciones de sus gustos y maneras, y las elegía al completo agrado del nuevo dueño, se las acicalaba y vestía magníficamente, de modo que las cautivas de Arnaut Mami tenían fama de ser espléndidas, y nadie decía en la ciudad lo que aquí se ha dicho del corral.

Cuando María llegó, el patio estaba repleto y las cautivas en estado poco grato. Mal comidas, mal vestidas, mal cubiertas del sol que en esos días pegaba sin clemencia. De inmediato supo que si quería dejar la vida de perro, sólo podía hacerlo pagando con monedas su estancia. No estaba dispuesta a perder sus dos buenas monedas tan fácilmente, así que allí quedó, como una recua al aire libre, y ahí permaneció, aunque con el tiempo sus monedas aumentaran.

Como había llegado el mal tiempo mediterráneo, Arnaut Mami esperaba en Argel a que llegara el bueno para reiniciar sus expediciones corsarias. Su vanidad se hinchaba con María, gozaba mostrando esta propiedad entre sus amigos, presumiendo ufano de un bien que era muy suyo.

34. Agí Morato, el amigo de Arnaut

Arnaut tenía un amigo muy cercano que se llamaba Agí Morato y era un moro muy rico, quien se hizo más amigo todavía de los bailes de María. Agí Morato tenía una hija, llamada legítimamente y como único nombre Zoraida, como habían renombrado a María. Zoraida era muy especial. Su mamá había muerto dándola a luz. El padre la adoraba, pero fuera de él no había quien la quisiera de veras, así fuera más hermosa que un sol, porque algo había en Zoraida extraño, se diría que hasta desagradable.

Zoraida tenía una pasión secreta. Se la confesó a María la bailaora una tarde que los hombres se enfrascaron en su diálogo, en uno de sus muy hermosos jardines. María había terminado uno de sus bailes. Agí y Arnaut discutían acerca de unos turcos que entraron a otro de los cármenes a robar fruta que todavía no estaba madura. Los moros de Argel detestan a los turcos, los más de éstos soldados sin rango que, sin llegar a los actos detestables de sus pares cristianos en la Andalucía, cometen groseros atropellos, confiados del poder que su nación otomana les confiere en todos los territorios del norte de África.

Mientras los dos hombres, Arnaut y Agí Morato, parlaban sobre el asunto turco, las dos Zoraidas —la del nombre impuesto y la así llamada desde el nacimiento— comían unos deliciosos dulces que hacen los moros con almendras, huevos y azúcar. A su vera, Andrés y Carlos comían también: Carlos tomando de a tres en tres y metiéndoselos a velocidad prodigiosa por la boca; Andrés, en cambio, había perdido casi por completo el apetito, chupeteaba el mismo desde que se habían sentado, y no veía la hora de dejar el lugar, detestaba estas pausas entre canciones. Lo hacían sentir peor que nunca. Atrapado en la espera, no podía caminar, distraerse ni despegar los ojos de su detestable amada María.

Zoraida, la hija de Agí Morato, ignorando a Andrés y a Carlos como si no existieran, y sabiendo que su padre no le ponía ninguna atención, le dijo en voz queda a María:

—Tengo un secreto que confiarte. ¿Puedes guardarlo?

—Dicen que para eso somos buenos los gitanos. Puedes confiarles el secreto que quieras, que los suyos serán lápidas antes que labios.

—Es un secreto que si lo cuentas me cortan el cuello.

—Dímelo —dijo María, sólo por decir, sin demasiada insistencia, algo aburrida, también ella impaciente como Andrés por salir a buscar monedas, que sus días argelinos le habían abierto la codicia.

— ¿Te lo digo?

"¡Qué fastidio de chica!", pensó para sí María, pero se guardó su comentario y la vio con esa cara que había aprendido a poner en Argel, que se leía como "soy la más linda de todas, la más buena y aquí estoy para servirle a usted".

Andrés detestaba esa cara, así que cuando María la puso, Andrés casi escupe el pequeño bocado que andaba vagando de un lado al otro de su boca.

—¡María! —le dijo.

—¿Quéeeee? —le contestó María, con expresión zalamera, como la de su cara.

—¡Que ahí la pusiste otra vez! ¡Quítatela! ¡Te ves espantosa!

—María nunca je ve espantoja —dijo Carlos, hablando muy malamente por no tener lugar más que para dulces en la lengua.

Zoraida la mora se levantó y jaló a la otra Zoraida, nuestra María, hacia un rincón. La interrupción de los jovencitos la había puesto nerviosa, ¿qué tal que la oían, ahora que iba a confiar su gran secreto?

Ya en el rincón, dijo a María rápidamente y de sopetón:

—De niña tuve una nana cristiana, que se ocupó de mí cuando murió mi mamá. Ella me enseñó a adorar a la Virgen María, la nana Moraita. Esa es mi pasión.

"¡Joder! —pensó para sí María—, ¡pero sí que es fastidiosa esta niña! ¡Salir con ésta!". Todas las del convento, criadas, esclavas, monjas, hermanas, todas decían profesarle esta pasión a la Virgen. Le contestó:

—No tienes de qué preocuparte, que en Granada eso es lo más normal. Yo viví en un lugar que se llama convento, donde todas las que hay ahí adoran a la Virgen y no lo toman por secreto.

María la bailaora dejó a Zoraida cavilando en su rincón y fue por sus dos amigos para reiniciar el baile que nadie les había solicitado. Con él quería dar por concluida su visita y correr hacia donde alguien le rellenara de monedas el bolsillo.

Fin del pasaje en casa de Agí Morato.

35. Malas lenguas

Recién llegados, María prestaba oídos a todo y a todos. Su buena disposición le trajo dos amigos invaluables que aparecerán adelante, pero cuando oyó la historia que sigue aquí inmediato, la hirió de tal manera que cerró sus oídos, guardó los que ya tenía, y no quiso oír "nada, nadita, nadísima, que no estoy yo en Argel para oír sino para bailar y cantar, que para eso me hicieron a mí y no soy un burro de orejas":

36. Donde se describe la isla de los galeotes

Un día que María caminaba por las calles de Argel, un hombre con un enorme turbante color naranja la atajó, diciéndole en perfecto castellano: "Conque tú eres la que buscas a tu padre, que dicen está en las galeras. Yo sé dónde llevarte a buscarlo y doy casi por hecho que deberá estar ahí, si es gitano y fuerte y listo, como se dice. Hay una isla no muy lejos, donde han encontrado refugio miles de galeotes escapados, huidos, los que han sobrevivido a un naufragio, los que pudieron limar las cadenas y dejar de bailar al son del látigo del cómitre, los que escaparon del incendio, el que rompió en silencio y con perseverante paciencia el banco que lo sostenía, el que sobornó al socómitre, los que en la desesperación asesinaron al cómitre y al capitán. Viven juntos y, temiendo la justicia, no se atreven a salir a ciudad conocida. Viven en esa isla más que por el miedo a ser encontrados y vueltos a levantar para el remo, porque han hecho costumbre su infierno. Un infierno que no tiene su parte más abominable —el horror del remo, la vida atada a una cadena—, pero en el que continúan hacinados hombres con hombres, sin formas, ropas, costumbres, y sin mujeres. Ninguno quiere ser rescatado y no hay a quién pagarle rescate por ellos. Veneran como dios a unos animales repugnantes que pescan sin mayor esfuerzo. Celebran para estos bichos extrañas ceremonias que quieren hacer semejar misas y luego se los comen, sin guisarlos ni hacerlos pasar por el fuego.

"Dicen que se han hecho de oro en cantidades grandes, pero no quieren ni gastarlo ni contarlo. No visten ropas y no parece importarles enseñar sus vergüenzas. Como en la galera, se quedan sentados donde mismo hacen sus necesidades, su isla hiede peor que las de los pájaros.

"¿Quieres que te lleve a ellos? Yo te llevo, bailaora, y ahí buscas tú a tu padre. Me dices si quieres".

Fin de la breve descripción de la isla de los galeotes.

37. De la historia de Nicolás de Nicolaï, el aventurero de sangre

Nicolás de Nicolaï, señor de Arfevile, era uno de los dos amigos de María. Este francés, aventurero de sangre, quien acababa de publicar cuatro volúmenes sobre sus navegaciones, que por motivos no comprendidos ni por él mismo habían enfurecido a un poderoso. Para salvar el pellejo y su honra, había corrido a refugiarse en Argel. ¿Qué mejor lugar? Argel ocupaba un número importante de las páginas de sus libros de navegaciones. Nicolás de Nicolaï, que cargaba siempre consigo papel y tinta, copiando figuras de los argelinos.

No soportaba la idea de ser un fugitivo y, queriendo verse a sí mismo como el impertérrito aventurero que sí había sido y quería seguir siendo, volvía a trazar los mismos dibujos que ya había publicado, y —más de notar— escribía de nueva cuenta las frases que circulaban impresas en su tierra. Como si no las supiera de memoria, las volvía a anotar, pensando cada una como si viniera fresca de allá de donde vienen las frases, donde habitan en el Cielo de la Lengua. De la misma manera, al dibujar repetía los trazos de la mujer mora argelina caminando por las calles, o vestida para andar dentro de su casa, la esclava morisca, etcétera.

En las noches, soñaba con volver a su país, recoger los honores que creía merecer, habitar su hermoso castillo, verse rodeado de gente que respetara, o mejor, adorara sus escritos.

Parodiando los sueños de mala manera, pasaba la vigilia repitiéndose a sí mismo y haciendo como de cuenta que no lo estaba haciendo.

A la misma María la bailaora, el tal Nicolás de Nicolaï la miraba como cosa ya vista.

Por esto tal vez a María le gustaba estar con él, porque no la obligaba. Se sentaba a su lado largas horas, los dos se procuraban, y el estar como que no estaban juntos les traía a los dos mucho gusto. A su manera, así los dos volvían a casa.

Nicolás de Nicolaï, que, como se dijo, siempre traía la pluma y la tinta, dibujaba muy bellamente. María, desde muy niña, ha gustado de pintar y hacer dibujos. Al lado de Nicolás de Nicolaï aprende muchas cosas de este oficio, con tan agudo entendimiento que en poco tiempo Nicolás de Nicolaï le permite intervenir en sus propias hechuras. Si una carilla sonriente requería de un ligero retoque para parecer en verdad alegre, tal como andaba en aquellos libros impresos, Nicolás de Nicolaï lo dejaba hacer a María. Como María bailaba todos los atardeceres, pero nunca antes del mediodía ni al comenzar la tarde, buscando la envolviera esa luz arropadora que amortaja al sol todos los días, proveyéndolo de una cuna de sueños, el silencio que los envolvía a los dos en las horas muertas de la mañana, en unos meses dio sus frutos en María.

Siguió ayudando a su involuntario maestro, pero comenzó a inventar sus propias imágenes.

A María no le gustaba copiar lo que la rodeaba. Le gustaba encontrar, como ella dice, los "espíritus". Pintaba graciosas figurillas con apariencia semihumana que provocaban en quien las viera una mezcla de risa y de inquietud. Eran grotescas, eran graciosas, eran a veces crueles. Eran un parecer, eran una burla y eran como suspiros. María figuraba en ellas lo que no la rodeaba.

A su lado, Nicolás de Nicolaï repetía lo que recordaba haber visto en su primer viaje a Argel. Jamás cambiaba siquiera la posición de sus modelos. Ya no requería que viniera esta persona o aquella a posarle; la africana con largas togas, los cabellos muy arreglados, joyas elegantísimas, viéndose muy honorable; la virgen árabe, el cabello suelto, las arracadas gigantescas, la falda plisada bajo el manto; dos muchachos subidos en un camello, ambos con plumas en sus sombreros, los dos cargando su arco, el camello con sendos baúles a sus dos lados, escrito al pie: *Bini mauri camelo, quem dromada nimonat quitantes... Ques Maurus in Algeriano regno* (no le fallaba nunca la memoria); un jinete de Argel, piernas y torso desnudo, falda corta, flechas tan largas que casi parecen lanzas y no requieren arco, el turbante de buen tamaño, hermosas plumas al frente; un mauritano con un turbante algo más grande, y un noble de Barbaria, con otro que más grande no fuera posible, llevando un manto de tela finísima sobre la túnica lisa.

Mientras eso hacía Nicolás de Nicolaï, María la bailaora pintaba sus *espíritus* con cuidado y gracia, llenando el papel de extrañas, jamás oídas músicas.

Fin de la historia del tal Nicolás de Nicolaï, el prófugo francés.

38. El poeta andalusí

La vida del cautivo marca a la persona, pero no con un molde siempre igual, porque ni es metal el cautiverio, ni los hombres y las mujeres son hechos del mismo duro pino catalán. Esa fue la marca que dejó en María: aprendió a mirar con mayor confianza sus fantasías, y con frialdad y desconfianza a su inmediato entorno.

María tiene un admirador, un poeta, que la regala con recados que le entrega doblados, conteniendo de vez en vez, además de versos, alguna moneda. Es un viejo delgado, de abundante melena, la barbilla especialmente larga, los ojos un poco saltones y algo ciegos, los brazos y las piernas excepcionalmente largos para su persona. Su nombre es Ibn al-Qaysi al-Basti, goza de un gran respeto como poeta; le ha dado por escribir versos para María. Que si María estornuda, Ibn al-Qaysi al-Basti lo escribe. Que si María duerme hasta bien entrada la mañana, Ibn al-Qaysi al-Basti lo pone en verso. Que si el cabello de María al bailar forma un gracioso cuernillo cercano a la frente, ¡Ibn al-Qaysi al-Basti lo elogia! Si el calzado de María pierde un lazo, ¡va un poema de Ibn al-Qaysi al-Basti, que no se cansa de cantarla! Es un pobretón, como buen poeta, pero cuanto pasó por sus manos esos meses fue a dar a los bolsillos de María, las monedas a su arcón, los versos a sus cantos. Porque insensible María los alteró, magullándolos aquí y allá para que cupieran en sus canciones. Atropello las bellas palabras de Ibn al-Qaysi al-Basti, sin comprender el valor de quien le escribía, el último gran poeta andalusí, para que sentaran mejor a sus bailes y canciones.

María, digo, desfiguró los versos de Ibn al-Qaysi. Los hizo extenderse para que los tacones sonoros que había hecho poner a sus zapatos pudieran golpear el suelo con mayor júbilo, como dos pequeños tambores.

Andrés, de tanto estar mal de amor y sufrir las humillaciones de su prenda, también se volvió poeta, si puede dársele la misma palabra al aprendiz que al maestro. Y cantaba:

> Marinero soy de amor,
> y en su piélago profundo
> navego sin esperanza
> de llegar a puerto alguno.
> Siguiendo voy a una estrella
> que desde lejos descubro
> más bella y resplandeciente
> que cuantas vio Palinuro.
> Yo no sé adónde me guía,
> y así, navego confuso,
> el alma a mirarla atenta,
> cuidadosa y con descuido.

Pero María, igual que era insensible a los versos del consumado, lo era a los del joven que hacía pinitos. En este caso porque Andrés ya la traía hasta la coronilla. El muchacho no había sabido contenerse, le había declarado su amor, y por este error María lo encontraba bobo, aburrido, a ratos detestable.

El trío que salió de Granada no era el mismo que cantaba a cambio de monedas en Argel. No había ahí ni la frescura, ni la alegría, ni su continua, candorosa sorpresa, ni el clima que se había creado entre ellos, de joven amor y un poquitín de riesgo. Como trío, Argel no les sentaba bien. La ciudad los des-*trió*. A los ojos de sus espectadores eran un grupo perfectamente bien acoplado, la música, la voz, el baile, pero entre ellos se había abierto la distancia, el recelo, el desagrado, y los celos y la humillación diaria de Andrés los incitaban a separarse más cada día.

Los cautivos de Argel, o salen a trabajar todos los días —para bien y provecho de la ciudad, que como he dicho es de gran hermosura, en parte debido a tanto que le han hecho ahí construir a costa de las manos del esclavo robado en el mar nuestro o en nuestras costas— picando piedra, levantando muros, aderezando sus hermosas construcciones, o se guardan en esos lugares que los moros llaman *baños,* mientras los hacen esperar por sus rescates, regalándoles ocio y horas libres, que los cautivos pasan desesperándose o "haciendo pruebas de saltar con las cadenas, por entretener el tiempo". Como ya se dijo, María no tuvo cadenas, ni tampoco quedó encerrada. Arnaut la dejó salir, y bailando y cantando María llenó arcones de miles de cianíes, que así llaman en Argel a unas monedas de oro bajo, cada una vale diez reales de los de España. En sólo un día, hubo una vez que un turco le dio más de cincuenta escudos en monedas de plata y oro, de mucho mayor valor que los dichos cianíes.

Como no podía guardar su arcón con monedas en el patio de recuas que habitaba, Andrés se encargaba de ponerla a buen resguardo y no encontró mejor que encomendárselo a Baltazar, quien para este entonces comandaba una cuadrilla de albañiles, iba y venía encargándose de reparaciones y mejoras en los palacios de los principales. No perdía un segundo, haciéndose de relaciones iba comprando su pronta libertad. Soñaba con hacerse a la mar y enrolarse donde le garantizaran el nombre Ozmín para siempre.

La ciudad disfrutaba de María. Los cristianos que había en ella porque reconocían fragmentos de sus cantos, y al oírla cantar se imaginaban vueltos a sus casas. Los moros, porque María acostumbraba, desde su estancia en casa de Yusuf, hacer zalemas a uso de moros en señal de agradecimiento, inclinando la cabeza, doblando el cuerpo y poniendo los brazos sobre el pecho, y esto sin considerar que también reconocían estas y aquellas otras partes de sus canciones, porque además la mitad las decía en esa lengua que se habla en toda la Berbería e incluso en Constantinopla entre cautivos y moros, que mucho tiene de castellana, mucho de alárabe y mucho también de todas las naciones, que es una mezcla de todas con las que la gente ahí se entiende. Aunque había aprendido un poco el árabe, no lo cantaba puro nunca, sentía que se le atoraba en la boca, que no iba con su música si no era mezclado en esa lengua bastarda que he descrito. María era ducha más que un poco en lo del árabe, sobre todo en lo que toca a entenderlo, que lo decía muy malamente, pero al oírlo no se le escapaba una palabra. Y a escribir, cuando aprendió a escribir, aprendió varias palabras. La primera fue Alá, por cierto, para saciar una curiosidad que no se le quitaba desde aquel día del recado que recibió en el convento, queriendo aprender a escribir y comprender esa palabra en toda lengua.

Moros y cristianos amaban los romances de María. Después de que Carlos, inspirado por el miedo, tuvo en el barco corsario la ocurrencia de cantar uno, y viendo que al contar la historia había tenido suerte —así le temblara la voz, del miedo de que ahí mismo les cortaran a los tres el cuello, que los corsarios berberiscos tienen mucha fama de crueles—, a María le dio por hacer sus romances. Los improvisaba, haciendo referencias a lo que se le presentara enfrente. Los medio cantaba, medio palmeaba, medio bailaba y mucho los platicaba, narrando las desventuras de todos los miserables que padecían pesares diversos en Argel.

Uno de los más aplaudidos romances de María era el de "Las pulgas". En él narraba en primera persona, como en todos sus romances, la historia de un pobre cautivo que se enferma de modorra —algunos la dicen tifus, y otros la identifican como más espiritual que del cuerpo—. Contaba la historia llenándola de otros sonidos que no eran palabras, repitiendo sílabas, palmeando, golpeando el piso, añadiendo sonidos a los verbos. Era algo de ver, que arrancaba gusto y lágrimas a un tiempo. Además de estos ruidos, había otra cosa, la ya dicha lengua mezclada. Ahorrados taconeos, palmadas y ruidos, que no se pueden poner en letras; traducido al castellano esa manera de lenguaje, eso que María cantaba con el nombre de "Las pulgas", decía algo así:

A cada día una docena,
doce muertos que sacar de mi galera.
Llegó noviembre,
y una noche los dos que dormían encadenados a mi lado
murieron por la misma visita de la muerte,
dos se llevó de mi banca,
mis dos compañeros, mis amigos,
y si no cargó conmigo
fue porque de tanta modorrera
contagiada estaba también la Muerte.
¡Todo tenía modorra en mi galera!
No me llevó porque ella misma estaba enferma.

A la mañana siguiente,
cuando llegaron los guardias a sacar los muertos,
yo golpeaba con mis mayores fuerzas mis cadenas

para que se dieran cuenta de que
yo no estaba muerto, no.
Y ya curado de modorra casi muero
porque no podría dormir,
no que me faltara el sueño,
sino que después de cuatro meses de portar la misma camisa
las pulgas me estaban comiendo.
¡Ay! que me picaban aquí y allí,
¡ay!, fuera la camisa, ¡ay!…

Llegó el momento en que el arcón de María que guardaba Ozmín tuvo lo suficiente para pagar su rescate, el viaje, el matalotaje y dejarles algo guardado para establecerse en Nápoles. Ozmín para entonces ya había guardado su precio y lo único que pidió a María a cambio de haber sido su tesorero fue que lo incluyera en las negociaciones con Arnaut Mami. No fueron fáciles, y hubieran sido imposibles, sólo Ozmín hubiera conseguido su libertad si no fuera porque el corsario estaba estos días infatuado con un joven hermoso que le sorbía toda atención, a quien sus ojos veían ahora como el único bien habible. Aceptó vender a los tres esclavos, regresó a María su espada y bultos y, apenas vieron un momento propicio para la navegación, los tres gitanos zarparon, por más que Ozmín hizo cuanto pudo para convencerlos de que para su bien debían permanecer en Argel, hacer de la ciudad su guarida y fuerza.

Fin de la estancia de María en Argel.

39. Donde se da noticia de lo que le aconteció a Zaida después de abandonar herida Galera

Zaida está marcada. Batalla que emprende es derrota para los moriscos. Es una espléndida guerrera, ¿por qué no hay para ella una victoria? Si dirige, si es comandada, si llega en el último momento a brindar refuerzos, su bando pierde. Pierde, y mira la derrota, la humillación, el dolor de ver morir a los que son suyos, padece la afrenta, la exasperación, la impotencia, porque ella siempre sobrevive de manera casi milagrosa. Ni muere, ni es hecha esclava. "¿Por qué? —se pregunta Zaida a sí misma—, ¿por qué, oh Alá, me castigas de esta manera? He visto morir uno tras otro a los míos, he visto caer a mis amigos, he visto nuestras ciudades demolidas, y yo siempre salgo airosa, completa, con raspones o pequeñas heridas. Vivo, pero soy un fantasma, puesto que a mí nadie puede herirme. No soporto mi olor: yo hiedo a muerto". ¿Cuántos de los moriscos hechos esclavos se preguntan lo mismo? "¿Por qué yo?, ¿por qué no sobrevivió mi padre, mi madre, mi hijo, mi hermana? ¿Por qué yo?" Los sobrevivientes se sienten culpables, su fortuna es su desventura. "¿Por qué yo y no los otros?". Sobreviven para saberse esclavos, vencidos, cautivos, hurtados de su tierra, su patria, la vida de los suyos.

Zaida no tiene padre, ni amigas, ni hermanos vivos. Su casa en Granada ha sido ocupada por un duque, quién sabe quién. Los bienes completos de su padre incautados. Nadie de sus más cercanos ha sobrevivido. Zelda, su abuela, y Yasmina, su madre, están muertas, y Halima su tía ha desaparecido, tal vez también falleció, quién sabrá de qué manera. Queda Farag, cierto, pero ha reñido con él de tal manera que no quiere volver a verlo. Sabe de Marisol y Leyhla y tampoco quiere verlas, desprecia su cobarde abandono.

Zaida no tiene nada, sino a sí misma. Es joven, sigue siendo hermosa, su corazón palpita, su cabeza piensa, pero ha perdido todo espacio en la tierra, toda su gente, su comunidad completa. Zaida no se ha desvanecido, no se ha hecho menos. Se ha hecho de otra voluntad, pero no ha perdido energía, fuerza, deseo. Zaida necesita una venganza y no le importa un bledo nada sino saciarla a costa de lo que sea.

No puede vengarse de sus destructores y enemigos. El imperio del rey cristiano es imbatible. Cada día llegan más tropas pagadas por Felipe II. Ni la salida de don Juan de Austria los ha disminuido. Pero tiene blancos que bien puede rematar.

Zaida tiene memoria y su memoria funciona de manera impecable.

Pero en ella no se conserva la historia de la guerra de las Alpujarras como la conserva un libro. No se dice: que el levantamiento comenzó en el barrio donde ella vivía en la ciudad de Granada, en el Albaicín, al mismo tiempo que estallaba en la sierra de las Alpujarras. Que en el pueblo de Béznar se coronó rey de Granada y Andalucía a Fernando de Córdoba y Valor, llamado por los suyos desde ese día Aben Humeya. Que Farag reclutó al máximo número posible de granadinos, aunque menor que el prometido, que se convirtió en alguacil mayor del recién nuevo gobierno andaluz, pero que no lo fue por mucho tiempo. Que el tío de Aben Humeya, llamado El Zagüer, lo reemplazó, por lo que Farag hizo cuanto pudo para restaurar su vida en la paz, haciendo tratos con los odiosos cristianos.

Que esperaron en vano auxilio de Constantinopla y Argel, sólo obteniendo de esta última el envío de un paquete de forajidos, sacados de la cárcel para exportar sus pésimas costumbres a Granada.

Que la guerra civil corrió por toda Granada, Málaga, Almería y Murcia. Los cristianos comenzaron su gran ofensiva el 3 de febrero de 1569 en Orjiva, al mando del marqués de Mondéjar. Venció y se dirigió, enseñando su muy vil naturaleza, hacia Poqueira, que era el refugio que los moriscos habían elegido para guardar a las mujeres y los niños, ganando un inmenso botín de oro y un número importante de esclavas andaluzas. Su siguiente blanco fue Juviles, se dio el gusto de hacer degollar dos mil mujeres. Siguió a Paterna, venció, saqueó, tomó presas a la madre y las tres hermanas del rey Aben Humeya, y tomó un número importante de esclavas.

Que el marqués de Vélez atacó sucesivamente Almería, Baza y Guadix, donde resistió hasta morir la gente de Lorca, Caravaca, Mula y otras ciudades. Donde más resistencia encontró el marqués de Vélez fue a los pies de la sierra de Andarax. Los moriscos se replegaron a la sierra de Gador, y ahí, un siniestro 31 de enero, hubo la mayor sangría. Todos los moriscos combatían, e igual murieron niños, ancianos y mujeres.

Que aquí pudieron declararse vencedores los cristianos y restaurar la paz, pero engolosinados en su crueldad continuaron los robos, los asesinatos, las violaciones y una cantidad innumerable de incendios. El rey Aben Humeya reformaba su ejército, e informado de esto el inquisidor Deza optó por una medida que fuera lujo de violencia: hizo armar a los presos cristianos en Granada para que degollaran a medianoche, auxiliados por los custodios, a todos los moriscos que hubiera en la prisión de la Chancillería, ciento diez principales moriscos, que habían sido tomados como rehenes, quienes inútilmente se defendieron con palos y ladrillos que arrancaron en la desesperación a los techos y paredes.

La memoria de Zaida no dice: que el ejército de Aben Humeya atacó para responder la afrenta. En junio de 1569, Felipe II emitió una Real Cédula donde ordenaba: "Que todos los moriscos de Granada y sus barrios del Albaicín y la Alcazaba, desde la edad de diez años a la de sesenta, fuesen sacados del reino y llevados allende las fronteras de Andalucía".

Que cuando lo único que debían hacer ante esto los moriscos era cerrar filas y atacar sin tregua, Aben Humeya fue acusado por los suyos de traidor. Habían interceptado unas cartas donde negociaba con los cristianos la libertad de su familia, cautiva en Paterna. Lo acusaron de sólo pensar en su provecho personal, de hacer pactos bajo la mesa con los cristianos. Los moriscos perdían fuerzas acusándose los unos a los otros, mientras que los cristianos no cedían un ápice en su inclemente ataque. En octubre, Felipe II declaró la guerra para exterminar "con el hierro y el fuego a todos los enemigos de Dios y el rey".

Que Aben Humeya es asesinado y suplido por su primo Abdallah Ben Aboo, quien de inmediato se hizo presente en las fortalezas de Serón, Purchena, Jergal, Tíjola, Tahalí, entre otras.

Que los cristianos ganaron Güejar, y su siguiente objetivo fue Galera, a la que asediaron con doce mil hombres. En Galera fue donde vimos por primera vez a Zaida. Ahí los cristianos pasaron a cuchillo a tres mil moriscos, los más mujeres guerreras, sembraron de sal los campos y no dejaron piedra sobre piedra. Zaida no estuvo presente en el triunfo morisco en Serón, donde el ejército de Ben Aboo pudo vencer a los cristianos. Éstos hicieron entonces circular por las Alpujarras un documento falso, quesque de un morisco principal, donde pedía a su pueblo "la obediencia al rey de los cristianos en evitación de una total ruina", pero muy pocos mordieron el anzuelo. Quienes lo hicieron terminaron también vendidos como esclavos. Porque Felipe II encomendó al inquisidor Deza que todos los "moros de paz", esto es decir todos aquellos que no se habían sumado a las fuerzas bélicas de esta guerra civil, fueran expulsados de Granada y obligados a partir al interior de Castilla, pero como aún había enorme resistencia morisca en Adra, Verja, Ujíjar, Terque, parte de la sierra de Andarax y el río de Almería, llegaron a una negociación y no se hizo salir en ese momento sino a los entregados. Los esclavos iban siendo despachados fuera de Granada conforme eran vendidos o enviados a mercados, apenas vencidas sus villas. Para sacar a los "moros de paz" durante seis meses se les hizo vivir horrores sin fin y vandalismos impronunciables. Fue por esto que el rey Ben Aboo no quiso firmar las capitulaciones.

Que como respuesta a su negativa, en septiembre de 1570, comenzó la gran ofensiva contra las Alpujarras, al mando del comendador mayor Recasens, una campaña inclemente. A su paso, el ejército cristiano iba talando los bosques, incendiando los campos, destruyendo las casas, degollando a cuanto morisco encontrase en su camino. Los moriscos se escondían como animales en las cuevas de la sierra, los cristianos les daban a su vez trato de bestias, llenando las entradas de las cuevas de ramas verdes en fuego para que el que no muriera asfixiado se abrasara. Los que se salvaban de dicha trampa o del cuchillo eran llevados a los mercados, vendidos como esclavos a precios cada vez más ridículos, que dejaban insatisfechos a los soldados, porque de ellos era el producto de las ventas.

Que el 1° de noviembre, Felipe II hizo valer la orden de sacar de Granada a todos los moriscos, ya fueran "de paz" o sublevados. Muchos huyeron, bien fuera internándose en la sierra de las Alpujarras o cruzando el estrecho de Gibraltar. Los que no tuvieron la suerte de huir, si eran de Granada o la Vega, del valle de Lecrín, de la sierra de Bentómiz, de la Axarquía, hoya de Málaga, la serranía de Ronda o Marbella, fueron llevados a Extremadura y Galicia. A La Mancha, Toledo y el norte de Castilla si eran de Guadix, Baza y Río de Almanzora. A los de Almería y el resto de la costa los hicieron mudar a Sevilla.

Pero no es eso lo que dice la memoria de Zaida. Ella guarda caras, nombres, gestos, risas también, modos de hablar, vestidos, la forma de una manga, el caer de un mechón de cabello. Tiene fija, como tallada en piedra, esta o aquella anécdota. Recuerda: la muerte del valiente capitán Zamar, muerto defendiendo a su hija de trece años, quien se había desvanecido de agotamiento en la vertiginosa huida. Lo hirieron en un muslo de un arcabuzazo, lo hicieron cautivo y el conde Tendilla de Granada lo condenó a morir atenaceado.

Recuerda: que el 17 de marzo de 1570, cuando entre los cristianos corrió el aviso de que llegaría a comandar las tropas y con ricos refuerzos donjuán de Austria, los soldados se amotinaron, no obedecieron una palabra más de los capitanes, y se abalanzaron contra los moriscos como lobos, como leones, como fieras; asesinaron, violaron, obligando a los más pacientes moriscos a tomar las armas para protegerse.

Recuerda: que antes de la guerra civil, cuando era una niña, en 1563, vio sacar del patio de su casa a Luis Aboacel de Almuñécar, amigo de su padre, que a las pocas semanas fue quemado en una hoguera por el brazo secular de los inquisidores, acusado de haber apostatado cuando residió unos años en el África.

Recuerda: si florecieron cientos de mercaderes de esclavos para traficar moriscos, españoles en su mayoría (no así en Sevilla, donde los hubo portugueses, flamencos, genoveses, florentinos e ingleses), andaluces, granadinos, sevillanos, malagueños, todos ellos cristianos viejos, la mayoría vivía en la ciudad baja, en torno a la plaza Bibarrambla, en el centro cristiano, Zaida recuerda de ellos a Pedro Ramírez (los mercaderes estaban llenos de Pedros y ninguno con lágrimas: Zaida no recuerda a Pedro de Herrera, el que compró una esclava "más ate que membrillo" venida del norte de África, de veinte años, hermosa como no se ha visto ninguna, en ciento treinta ducados, y la vendió al arrendador de una mancebía una semana después en veinte ducados más, luego de haberla usado a todo placer y prestado a sus criados y no sé si hasta a sus perros; no recuerda a Pedro Hernández de Palma, el que compró una esclava morisca en treinta y dos ducados, la usó también a su gusto y la vendió al arrendador de mujeres en cincuenta). Zaida recuerda a Pedro Ramírez no sólo porque fue el que más moros vendió (cuarenta y un personas, su última transacción en 1571 fueron veinticinco moriscas y trece moriscos entre seis y sesenta años), sino porque cuando los precios se habían desplomado por haber demasiada mercadería, y acostumbraba aceptar el pago en especias, vendió a una prima suya, Zoraida —una niña de trece años que por su propia voluntad, del miedo que ella llamaba fe, recién se había bautizado—; aceptó a cambio sesenta arrobas de vino blanco, un paño traído de Figueras, veintiún ducados y un real, y esto no puede perdonárselo, que con Zoraida hicieron lo que con las pocas monedas, el vino y el paño, a saber: usarla sin poner cuidado, paladearla empinándola y desgarrarla de tanto darle uso.

Recuerda y procede a la ejecución. Si alguien lleva la lista de los que ella va ejecutando, anotaría: al huésped que cobraba cuando los moriscos principales quedaron presos junto al castillo de Bibataubín; al que alquilaba una mesa y unos bancos para la subasta de esclavos en Sevilla, que escondía tener madre morisca; a un capitán cristiano de la compañía que ofreció una limosna a la Virgen, ocho ducados a nuestra señora de la Victoria, en agradecimiento por los esclavos capturados; al cura que aceptó la limosna; a los arrieros involucrados en la venta de esclavos moriscos en las inmediaciones de Granada; a los que proveyeron para los esclavos comida y aposento y prisión. No queda ni uno vivo, ni los guardas, ni los escribanos o pregoneros, y cuanto teniente cristiano encontró fue degollado. En cuanto a los compradores de Antequera, Jerez de la Frontera, Córdoba y Sevilla, Málaga, Cabra, Puente don Gonzalo, Úbeda y Morón, no queda tampoco vivo ninguno. Si alguno se escapó fue porque no ingresó a la memoria de Zaida.

Ella ha aprendido a guardar la parte porque el todo le es indigerible; con la parte ha hecho un escudo y del dicho escudo su fortaleza. Zaida brama, ruge, es la reina de su doliente selva interior. Gobierna. Tiene odio. Quiere vengarse. Perdió a Yasmina, perdió a Yusuf, perdió a Zelda, perdió a sus amigas, perdió su casa. Perdió a Farag, aunque éste no haya muerto. Ha llegado a Barcelona, llenándose de informes. Recupera algunos bienes de Yusuf, su padre, se arma de una comitiva como mujer principal, deja sus ropas moriscas y porta las detestables cristianas para poder viajar sin ser desvalijada en la primera. En Barcelona, bien avituallada, vestida ricamente como una princesa, se embarca, y arriba sin mayores contratiempos a Nápoles. La mar le fue propicia a pesar de la temporada otoñal. Y nunca ha sido más seguro el Mediterráneo. Todas las naves infieles están enfrascadas en la gran batalla, todos sus hombres reclutados, hasta el más pequeño entre los piratas. Es octubre del año 1571.

Zaida trae muy bien puestos en su cabeza quiénes serán los siguientes blancos en los que pueda descargar su odio y saciar su deseo de venganza. Busca aliados también, va tras los moriscos que han quedado dispersos por Europa. Su destino final será Constantinopla. Se hará recibir por el traidor Selim II, ahí sí vestida como una morisca, y lo asesinará dando a cambio su vida. Ella será la bomba que lo demuela. Así lo piensa: "Estallaré y me lo pelo". No sabe de Amalda de Rocas, la esclava que a la caída de Nicosia voló la galera turca que la llevaba a vender, pero si Zaida lo supiera pensaría en su flaco ejemplo.

Zaida no es la única transformación entre los moriscos. De ser una joven hermosa esperando los dones de la vida, se ha convertido en una saeta, en una venganza a medias viva. Aquí se cuenta otra metamorfosis morisca de muy diferente índole:

40. *La historia de los cien moriscas entre las mil cien cautivas de Jubiles, y de la venganza cristiana por haber cambiado ropas*

Por la guerra de las Alpujarras, los moriscos se vieron muy a su pesar y muy a menudo convertidos o transformados en seres ajenos a su naturaleza afable y trabajadora. En Jubiles, cuando habían sido ya vencidos los rebeldes moriscos, rendidos trescientos hombres y mil cien mujeres, ocurrió que un soldado cristiano quiso a medianoche apartar a una hermosa del resto de sus compañeras vencidas, y no para rezar a su vera. La doncella resistió lo más que pudo. El raptor la amenazó con venganzas brutales si no se iba con él, jurándole la haría vender de esclava a una mancebía, que de eso se encargaría él. Pero ella bien sabía que sería lo contrario, que si ella aceptaba su deshonra, en mancebía acabaría y muy perdida. La mora peleó, llegó incluso a las manos, que poco podían contra la fuerza de este enardecido hombre, cuando uno de los suyos, un joven morisco que, disfrazado de mujer, estaba entre las rendidas, se aventó sobre el cristiano soldado, arrancándole la espada de las manos, hiriéndolo de muerte, y viendo que ya venía contra él la demás soldadesca cristiana, los acometió con furia. Cundió la voz de que muchas de las mujeres no eran sino varones disfrazados, lo cual algo era verdad, que unos habían tramado de esa manera recuperar la victoria que habían perdido, tomando a los cristianos por sorpresa. Echando mano del hierro y el fuego, los soldados cristianos embistieron al grupo de moriscas, asesinándolas junto con todos los varones que había entre ellas disfrazados de mujeres y que no eran más de cien. Fueron inmoladas las mil infelices. La sangrienta y cruel matanza duró hasta el amanecer; con lujo de violencia las fueron masacrando sin piedad, casi se diría que con verdadero placer. Iban distinguiendo quién era mujer y cuál hombre. Iban apartando a los hombres a un lado, tras insultarlos y golpearlos. De las mujeres hacían uso ellos y sus criados antes de destazarlas o echarlas al fuego.

Hasta aquí la historia de Jubiles y nuestro regreso a Zaida.

41. La historia del pintor de Juan Latino, Esteban Luz, que aquí viene a cuento cuando don Juan de Austria visita Granada durante la guerra de las Alpujarras, a la que otros llaman guerra civil

Fue el 12 de abril de 1569 cuando María habló por primera vez con Arnaut, su amo y legítimo señor, sobre cuál podría ser el pago por su libertad y la de sus dos amigos y músicos acompañantes, y cuál el de Ozmín. De esa fecha hasta la de su salida de Argel, los días de María la bailaora se fueron en negociaciones y arreglos que la obligaban a intervenir en rescates e intentos de fuga de otros cautivos ahí caídos. Desgastaba sus días tramando cómo salir de Argel porque sentía que le era urgente y necesario escapar, a pesar de la vida muelle, de la notable remuneración que recibía por sus bailes y de la adoración que le tenía la ciudad. Deseaba irse y no se daba cuenta de que su deseo era comunión con los muchos miles de cautivos que ahí vivían. También al desear fugarse lo que hacía era *estar* en Argel, simpatizar compartiendo su sentimiento. Su vida se convirtió en un torbellino, en un correr, ir a escuchar, venir a hablar sobre pagos y convenios. De no haber sido así, de no haberse visto tan embebida en Argel, María hubiera puesto mayor atención en lo que entonces ocurría en su querida Granada, hubiera inquirido por Zaida y Luna de Día, hubiera hecho averiguaciones para saber dónde estaba Zelda, qué era de Yasmina. Pero no lo hizo. Guardaba a sus amigos moriscos fijos en su memoria, inmóviles, y, aunque sabía que eran días muy difíciles en Granada, no quería someter a los que ella había adoptado como suyos a ninguna confirmación o prueba. Debían esperarla tal y como ella los había dejado porque, antes de volver a ellos, María les quiere cumplir.

Es inolvidable la fecha del comienzo de las negociaciones entre María la bailaora y Arnaut Mami, porque ese mismo día, en medio de alborozada fiesta, don Juan de Austria entró a Granada. No hay tiempo para observar los detalles de cuán fastuosa fue la fiesta ni describir cómo fue la pieza que compuso el organista de catedral, Gregorio Silvestre, porque, si bien María está dejando ya Argel, la misma quedó esperándonos en Nápoles, en esa noche ebria en que corre por la ciudad la muy infausta nueva de que Nicosia ha caído en poder del Gran Turco, y es urgente volver con ella para continuar su historia. Sólo quedará dicho de la manera más expedita posible lo que interesa de la estancia granadina de don Juan de Austria, que es la historia del retratista de Juan Latino.

Una de las primeras visitas que recibió el de Austria apenas llegar a Granada fue la del duque de Sessa, quien traía del brazo al negro Juan Latino, que con su natural genio y buen talante fue admirado y querido desde ese primer día por el bastardo. Donjuán de Austria disfrutaba las conversaciones del sabio latinista, tan llenas de genio como de gracia. Don Juan de Austria gustaba de traer dos de los cuatro grandes negros granadinos a su mesa: fray Cristóbal de Meneses y Juan Latino, y hacía sentar entre ellos a su hermosa amante, Margarita de Mendoza, tan bella como prudente y letrada. Especialmente le admiraba Latino, el fénix de los negros, e incluso encomendó un retrato del escritor para que se guardara recuerdo de él por los siglos de los siglos. ¿A quién encomendó el dicho retrato? A Esteban Luz.

Cerca de la ciudad de Granada, en un poblado del que ahora ya nadie recuerda el nombre —por ser morisco fue uno de los barridos durante la guerra civil—, nació un muchacho dotado de una gran virtud. Llegó al mundo pintor, y de los buenos; hacía los retratos más sobrios y justos imaginables. Donde ponía el pincel, el mundo reaparecía. La gente lo llamó Esteban Luz. El pueblo era pequeño, el muchacho morisco, para hacer más extraordinario su caso, que a los de ese pueblo pintar lo que parece real les parece pecado. Por su misma virtud no lo querían ni sus amigos ni sus enemigos, ni los cercanos ni los que tenía lejos, los de su pueblo porque consideraban su oficio despreciable y los que venían de otros a encargarle retratos porque no entendían cómo no se mudaba, no se iba a vivir con gente de bien, no se retiraba de la compañía de esos moriscos revueltos, no hacía una carrera en la Corte. Mientras Esteban Luz pintaba mejor, era más detestado por éstos y por aquéllos, literalmente "por moros y cristianos". Pero sus lienzos eran irresistibles, y aquellos que más lo atacaban apenas veían la ocasión, se hacían hacer su retrato por esa mano genial. Todas las casas principales de las ciudades vecinas ya se habían acercado a Esteban Luz para hacerse retratar, y también las menos principales, porque no hacía falta dinero para obtener de él un lienzo. No pedía sino una limosna por su trabajo, aceptaba por pago cualquier cosa. No conocía la ambición del dinero y no se daba cuenta de que hay que protegerse de los hombres, y que el dinero podía darle esta salvaguarda. Si hubiera tenido la astucia o la malicia para pedir que, junto con la limosna miserable con que le pagaban la elaboración de esos prodigios, donaran la misma cantidad a la Iglesia, otro gallo cantara, que por cuidar su hacienda el cura habría sacado las uñas y hoy seguiría Esteban Luz pintando, y joven seguiría siendo, si cuando pasa esta historia no alcanza más allá de dieciséis años.

Esteban Luz trabajaba frente a sus lienzos desde que salía el sol hasta que comenzaba a oscurecer y si entonces se detenía era por necesitar buena luz para hacer su trabajo. Lo único que le gustaba hacer era pintar, era su único interés. Conque le pagaran lo suficiente para hacerse de pinceles, lienzos, pinturas y comida para él y sus padres, se daba por más que muy satisfecho. Y si le traían el material, tanto mejor. Otros de un pueblo vecino se enriquecían preparando lo necesario, proveyéndolo para visitantes y vecinos.

Podría haber hecho una carrera brillante y bien retribuida en cualquier ciudad mayor, si aprendía las mañas de lo que he llamado astucia, y hasta llegar a la Corte, que no pintaba menos que un Madrazo, era en verdad un pintor espléndido. Pero el pintor no tenía ninguna intención de abandonar su poblado, tal vez por una simple razón: sus dos padres eran ciegos. Esteban Luz tenía tras de sí dos sombras, dos en completas tinieblas. Aunque muy adentro de su pecho él sabía que no lo dejaba porque no le daba la gana. Que no lo quisieran sus vecinos, qué más le daba. Él amaba su tierra, alzaba su mirada cada día y veía extenderse los cerros verdes a la distancia, allá a lo lejos la sierra, protegiéndolos. No cambiaría esa vista por ningún palacio, ni por otros llanos o montañas. Y menos que por ninguna otra cosa por el mar. En las noches lo aterrorizaba su imaginaria visión del mar, un sitio negro como la ceguera de sus padres, oscuro, sin luz, y atestado de cuerpos que daban tumbos sin encontrar su rumbo.

A Esteban Luz no le gustaba repetir modelos pero esto no lo instaba tampoco a dejar su pueblo en pos de objetos y personas distintos para sus lienzos, porque siempre había nacimientos y porque los rostros cambian con los años hasta convertirse en esa cosa extraña que es la cara de un viejo. Y esto sin contar a los animales, que también le gustaba pintarlos, encontrando en cada uno su carácter, que no hay gato o perro que no lo tenga.

Así no fuera rico, así no fuera amigo de poderosos, su talento despertó la envidia y ésta creció porque no tenía cómo defenderse del enfado que provocaba la belleza que era capaz de crear su persona. Comenzó a correr un rumor hijo de la envidia: que todo aquello que Esteban Luz ponía en el lienzo se volvía milagrosamente visible para sus dos progenitores. Que por esto él pintaba noche y día, sin cansarse, lo mismo cazuelas y frutas que palacios y personas. Como el cielo de sus lienzos no tenía par, decían que para esos ciegos sí había cielo. Los espiaban cuando, al caer la tarde, los dos viejos se sentaban a la entrada de su casa, las caras mirando al cielo, sus expresiones de embeleso. "Miran el cielo que pinta Esteban Luz en lugar de nuestro plomizo cielo". Y rabiaban de doble envidia.

El rumor siguió creciendo, acumulaban supuestas razones para sustentarlo, como que cuando Esteban Luz recibía en su muy humilde casa visita de alguno que él ya había representado en un lienzo, los padres lo reconocían de inmediato. Se hacían lenguas recontando mil detalles de encuentros que daban prueba del *maleficio* de Esteban Luz. ¿Nadie pensó que como eran ciegos tenían buen oído y que reconocían la voz de las personas? Porque cualquiera sabe que así son los ciegos, identifican a quienes los rodean por el oído, ya que la naturaleza los privó de ojos útiles.

La envidia cercaba al pintor, y engordó tanto que un día llegó a su casa una visita de la justicia eclesiástica y lo tomaron preso dándolo por brujo. En honor a la verdad, de algún modo era mago, que sabía hacer de la nada maravillas. Pero brujo no era, no de aquellos que es deber quemar en la horca para que duerman en paz los niños.

Lo llevaron a la cárcel. Sus dos viejos padres ciegos se vieron obligados a salir solos de casa para abastecerse de alimentos. La gente los vio y en lugar de sentir piedad por los viejos desamparados hicieron más gordos los chismes: que si los ciegos salían a la calle y caminaban como cualquier mortal era porque ya sabían verlo todo, y que si era así era porque a punta de pincel su hijo les había restituido la vista. "¡Brujo, brujo!", decía el pueblo a coro. La Inquisición apresuró su juicio. Mudaron al pintor a ciudad grande. Al llegar a la prisión de Sevilla, el carcelero lo proveyó de pinceles y tintas, quería también verse pintado por el legendario Esteban Luz. Pero el lienzo que el carcelero había traído era de pésima calidad y encima de esto no estaba preparado. "No se puede pintar sobre esto —le explicó el pintor—, la tela no está sellada, es imposible". ¿En dónde más podía pintarlo? "Tráigame un lienzo bien preparado, y con gusto le hago su retrato". Pero el carcelero sabía que al pintor le quedaban no demasiadas horas antes de que comenzara su proceso. Conocía de sobra cómo eran los interrogatorios de la Inquisición, el pintor quedaría inutilizado para pintar. Si le restaran algunas fuerzas, las usaría para quejarse de sus desgracias. "Pínteme usted en la pared, que tiene yeso", le dijo. Esteban Luz miró el estado del muro. La celda acababa de ser renovada después de horrendo incendio; por ser preso célebre le habían regalado pared con yeso, que era, en efecto, perfecta para pintar. Esteban Luz inspeccionó al carcelero de arriba abajo, como tomando notas verbales de su persona. Cuando terminó de hacerlo, le dijo: "Comienzo ya a pintar", y lo despachó con un gesto de las manos.

Esteban Luz acomodó los pinceles como acostumbraba hacerlo siempre antes de pintar, preparó lo mejor que pudo los colores y empezó su labor.

Primero trazó el contorno de un árbol, para darle algún marco a su dibujo y en algo embellecerlo, porque el carcelero era un hombre muy sin gracia. Copió el árbol recordando uno que había a la entrada de su casa, un olmo bello que su madre adoraba y que él había pintado repetidas veces, siempre encontrándole un nuevo rostro, una nueva expresión, distintos gestos. Luego, pasó a pintar un caballo. Ya que lo vio en el muro, el pincel de Esteban Luz se rehusó a pintarle en horcajadas al muy horrendo carcelero. Mejor le aconsejó mejorarle este detalle o aquel otro.

Parecía que el caballo era capaz de relinchar. La pelambre le brillaba, los ojos mostraban su carácter; daban ganas de acercarle la mano y sentirle el respiro.

El carcelero se impacientaba. Se asomaba con el pretexto de proveerlo de fuego y agua —que ya se acercaba la noche— y no veía nada sino el caballo. "¿Y yo? —le decía—. Usted estará muy pronto allá arriba, sus pies sin tocar el piso". Y el carcelero salía, esperaba un poco afuera y regresaba a ver.

En una de estas que entró, encontró la celda vacía. No había en ella trazas ni de Esteban Luz ni del caballo. El olmo estaba ahí, completo, parecía reverdecido. Eso era todo.

Esteban Luz no le había mentido. Horas después, el carcelero fue colgado de la horca, acusado de ayudar a Esteban Luz a fugarse. Antes de que esto ocurriera, apenas vista la desaparición del pintor, hubo algún muchacho comedido que a galope corriera al pueblo de Esteban Luz a informar la nueva a los padres. Al llegar a la muy humilde vivienda de éstos, encontró las puertas abiertas de par en par. Era ya muy entrada la noche, pero asido de una antorcha entró a buscarlos, creyendo que los ciegos habían olvidado cerrar las puertas. Las paredes, que como todo el pueblo sabía estaban de cabo a rabo cubiertas de lienzos de Esteban Luz, súbitamente desnudas no enseñaban ni la huella de dónde los habían colgado. Los camastros mal vestidos estaban vacíos. Se habían desvanecido.

Algunos dicen que Esteban Luz se subió al caballo pintado en el muro de la cárcel de Sevilla, que como el caballo era muy bueno, se dio rápido a la fuga.

Otros no creen en la fábula y opinan: "Hubo alguien que ofreció a Esteban Luz escapatoria de la cárcel y refugio para sus padres para apoderarse de sus pinturas". ¿Cuál será la historia cierta? ¿Ninguna de las dos? ¿El tiempo borró a Esteban Luz, quien no comprendió nunca que para ejercer su oficio necesitaba protección, y para ésta dinero y amigos poderosos?

¿Y de qué protegerse?

¿Y por qué la envidia?

¿Y por qué no sólo pintar y luego ser admirado y encontrar la gloria?

Fin de la historia de Esteban Luz, pintor de Juan Latino, quien si no hubiera nacido sabio habría llevado por nombre el de su amo: "Juan de Sessa, esclavo del duque de este apellido".

42. En que se cuenta la historia de Leyhla y Marisol, de cómo estas dos preferían la vida en tiempos de paz a la del estallar repetido de la pólvora y el filo repetido de la guerra. Aquí se narra cómo huyeron acompañadas de un falso Rafael y un supuesto Marco Antonio, y cómo fue que encontraron a la espléndida Halima

Cuando Yusuf dejó Galera para entrenar moriscas en otros puntos del reino de Granada, lo acompañaban Leyhla y Marisol, dos amigas de su hija Zaida. Las dos habían aprendido a usar la espada lo suficiente para dejar bien claro que eso de guerrear no era lo de ellas (ambas parecían incapaces de enfrentar la violencia), pero que lo que sí tenían, y mucho, era paciencia, constancia, generosidad y optimismo, cualidades excelentes para entrenar. Las dos jóvenes acompañaron a Yusuf en su peregrinaje magisterial hasta que la inseguridad de los caminos fue tal que él determinó establecerlas en Cabra. Esta villa tenía la virtud de ser accesible desde un número importante de alquerías de la región, todavía muy necesitada del entrenamiento y de estar bien protegida.

Cuando la guerra civil se expandió en todo el reino de Granada y no transcurría un día sin que ocurrieran asesinatos, traiciones, incendios o enfrentamientos, Leyhla y Marisol convinieron en darse a la fuga. Preferían morir antes que vivir rutinariamente envueltas en la pesadilla que les era de todo punto insoportable. Nadie parecía estar a salvo de las espantosas y varias violencias, nadie parecía capaz de mantener los puños fuera del baño de sangre. Dondequiera que uno pusiera los ojos había huellas y demostraciones de horrores incontables, en cualquier sitio tronaban las picas al ensartarse en los pechos, estallaba la pólvora, crepitaba el fuego.

Leyhla tenía un hermano dos años menor que ella y éste un amigo de su misma edad. Eran los dos muy hermosos y afectos a la bella caligrafía de su lengua, y sentían la misma repulsión que las dos jóvenes por todo acto violento. Sentían orgullo de ser granadinos y moros, pero no soportaban ya más vivir inmersos en el reino del horror a que las necias medidas de la corona los habían condenado.

Los cuatro jóvenes tenían más cosas en común: habían perdido a sus seis progenitores, no les restaban más familiares con vida, sus propiedades habían caído en manos de los cristianos. Lo que habían podido rescatar estaba guardado en sus gordos bolsillos. Tenían dos opciones: pelear hasta la muerte —y sólo para condenarse a la humillación, la esclavitud, la persecución, el odio— o intentar escapar del infierno.

Como ninguno de ellos era un cobarde, tardaron un poco en confesárselo, la idea de fugarse y abandonar su tierra los llenaba de vergüenza, pero terminaron por hablar porque no había otra salida que no fuera escapar; o huían, o se sumaban a las filas de los perpetradores de infamias. Puestos muy de acuerdo, planearon una manera de huir. Cuatro jóvenes moriscos no podrían poner un pie en el camino sin que o les cercenasen el cuello, si los encontraban los cristianos, o los forzasen a combatir si topaban con los hombres de Humeya, que incansables peinaban Granada en busca de brazos sanos, fuertes y libres de sus familias, o se los dejasen pelados de sus pocas pertenencias si topaban con los monfíes, por lo que tramaron vestirse de cristianos. Hablaban el castellano con total soltura, conocían los preceptos cristianos, nadie tendría motivo para descubrirlos moriscos. Pero como dos mujeres cristianas jóvenes y hermosas también correrían peligros sin fin en los inseguros caminos del reino, acordaron vestirse los cuatro con ropas de varón.

Luego consideraron que si se lanzaban juntos al camino tampoco llegarían demasiado lejos, que aquí o allá llamarían la atención y correrían más riesgo de que se descubriese su engaño, por lo que decidieron salir acompañados de diferentes partidas, mezclándose lo más posible con grupos de viajeros cristianos. Fijaron que los cuatro seguirían la misma ruta —de encontrar el primero peligros infranqueables, atrás vendría el segundo para ayudarle a atajarlos, y si el segundo, el tercero pisándole los talones, y si el tercero, pegado a sus espaldas vendría el cuarto, y era poco probable que el cuarto tropezara con los dichos peligros si tres antes que él habían quedado libres de éstos—. También acordaron un punto de reunión, que, convinieron, sería el puerto de Barcelona. Los cuatro tenían dos semanas a partir de la partida del primero para encontrarse en la plaza central de esa ciudad, a un costado de la catedral. De ahí se dirigirían al puerto, se harían a la mar en la primera embarcación que los condujera a Argel y comenzarían una nueva vida.

Antes de partir de Cabra, imaginaron qué historia contarían, para que si el segundo llegaba a salvar al primero, o el tercero al segundo, o el cuarto al tercero, tuvieran algo previamente tramado que no sonara a mentira y los traicionase, mostrándolos moriscos a los testigos. Decidieron que dirían que habían nacido los cuatro en el mismo pueblo —Castilblanco, que está a cinco leguas de Sevilla, el que desde hoy se llamaría Rafael lo eligió por ser éste un pueblo muy cristiano, famoso por no tener moros, gitanos ni judíos— y que eran de tres familias amigas. Si nadie averiguaba que las mujeres eran mujeres, la novela que habrían de contar es que eran cuatro amigos varones, los nombres tales y tales que aquí diré —Rafael, Marco Antonio, Leocadio y Teodosio—, que se habían puesto de acuerdo en salir para ir juntos a buscar aventuras porque su vida muelle les había abierto el apetito de ésta, y que se habían dispersado porque siendo como eran las tres familias tan cercanas (que Rafael y Teodosio dirían que eran hermanos, porque amándose de tan fiel manera les repugnaba mentir en este punto), así les convenía para poder llegar algo lejos sin que los descubrieran. Si se revelaba que las dos mujeres no eran varones, ambas dirían lo mismo: que habían sido engañadas por un dicho Marco Antonio, que para vengarlo habían ido por él a Barcelona. El amigo del hermano de Leyhla sería el rompecorazones dicho Marco Antonio, el hermano de Leyhla sería Rafael, Leyhla se llamaría Teodosia y Marisol diría ser Leocadia. Rafael continuaría siendo hermano de Teodosia, si le preguntaban qué hacía ahí debía decir que la buscaba porque se había dado a la fuga, que deseaba encontrarla antes que le diera el disgusto a sus viejos padres. Si les pedían aún más informaciones, dirían que don Enrique era el padre de Leocadia, don Miguel de Teodosia y Rafael, y el de Marco Antonio también de nombre don Enrique, para no complicar más las cosas. Si primero decían la primera novela y luego alguna de las mujeres era descubierta, no era nada difícil explicar que habían mentido para no correr innecesariamente la voz sobre el honor en juego de las damas. No necesito repetir que todos se harían pasar por cristianos de sangre limpia, y no porque a ninguno de ellos les pareciese en ninguna medida poco bueno tener sangre de moros, sino para poder alcanzar una tierra donde no hubiera guerra y donde la vida pudiera ser disfrutada como Dios la mandó hacer. Llegados a Argel se quitarían de inmediato lo de cristianos, que les disgustaba tener que fingirlo.

Se aprendieron al dedillo la lección de su engaño. Con esta trama, que las mujeres iban por su honor y etcétera, quedaban las mujeres tan atrevidas como honestas, el falso Rafael muy valiente, y en cuanto a Marco Antonio, contaban con que lo perdonarían por lo bello que era y por la belleza exquisita de las dos mujeres. Y si la primera novela quedaba como la cierta, tampoco quedarían mal parados, que la sed de aventuras gozaba de respeto y mucho prestigio, sin aventureros nadie habría descubierto la otra mitad del mundo, ni mucho menos la hubiera conquistado.

Los cuatro varones llevarían sus espadas, que bien sabían usar, pero poco gozaban desenfundar, como se ha explicado. Las portarían para protegerse en el camino, pero soñaban con deshacerse para siempre de ellas apenas llegar a Argel.

Lo de las ropas no fue difícil de arreglar. Los moriscos varones acostumbran vestir de cristianos, y entre el hermano de Leyhla y su amigo consiguieron cuatro bizarros atuendos que a todos les sentaban de lo más bien. El tramo a Granada lo hicieron juntos a todo galope. Llegando a la ciudad, se hospedaron en posada de cristianos, en el barrio de Bibarrambla, que es donde éstos viven.

El primero que salió, y muy de madrugada, fue el supuesto Marco Antonio. Este tuvo suerte: a la puerta de Granada encontró un grupo numeroso de viajeros —todos hombres belicosos, iban hacia Italia en busca de mejor paga por sus servicios guerreros—, que muy amistosos lo abrazaron en su partida y, habiendo sabido cómo serles grato y despertar en ellos sus mejores sentimientos, cuidaron de él como si hubiera sido su propio hijo hasta depositarlo en las puertas de Barcelona.

Bien entrada la mañana del día de la partida del falso Marco Antonio, Leyhla —que, vestida de varón cristiano, se hacía llamar Teodosio e iba muy gallarda— salió de la ciudad, preparada para su viaje, uniéndose a unos peregrinos. Como querían ir a muy buena marcha para evitar los muchos peligros del camino, nuestra viajera no habló por no ser descubierta. Apenas dejar el reino de Granada, en un punto donde los caminos se bifurcan, sus acompañantes viraron tierra adentro. Teodosio se separó de ellos y se enganchó a otro grupo de viajeros cristianos que justo acertaba a pasar. Antes de llegar a Barcelona, este nutrido grupo decidió detenerse unos días en otro poblado y retrasar su camino, e invitaron a quien creían que era Teodosio, que en realidad era Leyhla, a hospedarse con ellos. Teodosio les agradeció de la manera más amable la invitación pero permaneció en el camino principal, donde esperó impaciente con quién emprender el trecho que le faltaba para llegar a su destino. Unas tres horas después, fatigada de que no pasara nadie, se dio sola a la carrera, temiendo la llegada de la noche. A todo galope, topó con una pequeña posada y se detuvo, pensando que era mucho más prudente esperar la luz del día, que posiblemente traería otros viajeros. Desmontó, el mesonero corrió a recibirlo, y pidió una habitación "para mí solo". Estaba exhausta, quería descansar y estar segura de que nadie interferiría en su privacía.

—Pues no puedo darle a usted una habitación *para usted solo*, porque en toda esta posada existe una sola, y damos por ley nuestra obligación de recibir en ella a cuantos la necesitan.

Leyhla los convenció pagándoles muy generosamente. Sin cenar ni hablar más, se encerró en la dicha habitación y apoyó contra la puerta la silla que ahí había para estar más segura.

El mesonero y su mujer se hacían lenguas del mozo generoso que les había pagado si bienmente la habitación. Les extrañaba que una persona tan bien vestida y de tan suprema prestancia viajase solo, sin criado ninguno, y así comentaban cuando apareció el alcalde a hacerse invitar una copa. Se acercaba ya la noche, hora en que era costumbre tomarse un trago en el mesón para comentar los asuntos del pueblo, que, así no fueran nunca muchos ni muy interesantes, valían lo suficiente como para regalarse una copilla de vino, sobre todo si, como era el caso del alcalde, ésta era a costa de otros. Los vecinos empezaron a llegar, congregándose para la charla diaria. Oían a los mesoneros describir al hermoso visitante, cómo había éste exigido una habitación para él solo, cuánto había pagado, que viajaba sin ninguna compañía ni sirvientes, cuando oyeron aproximarse un caballo a todo galope. Salieron en el momento en que se detenía en seco frente a la posada y vieron descender a otro muy hermoso caballero, éste menos joven que el anterior, pero no por eso en ninguna medida de inferior belleza.

—¡*Pues parece que hoy nos visitan los ángeles!* —dijo el mesonero.

El recién llegado saludó a todos los ahí presentes de la manera más afable y de inmediato pidió una habitación "para mí solo, que estoy en suma manera fatigado, y como gusto infinito de la charla y los amigos, sé que si hay con quién departir no pondré la cabeza en la almohada". El mesonero lo hizo entrar, le ofreció comida y vino y le explicó que era imposible, porque en la única que había tal y tal había ocurrido. La idea pareció consternar en grado sumo al viajero, despertando en todos el deseo de satisfacerlo. El alcalde, que era en extremo curioso, tuvo una idea atizada por la inquietud que le causaba no haber visto al otro viajero hermoso, y por temer fuera a partir muy de mañana, antes de que le hubiera él puesto encima el ojo:

—Yo tocaré la puerta, diciendo que soy la justicia. Apenas abra, le explico que en este pueblo es costumbre acoger a todos los que arriban a él, que no hay otra habitación disponible, y que tiene que ceder a lo dicho para dar cabida al que tenemos enfrente.

Y así hizo. Leyhla, que era Teodosio, escuchó la llamada, hizo a un lado la silla para dejarlos abrir la puerta, medio asomó el cuerpo, escuchó al alcalde tartamudear lo que había pensado decirle, y apenas comprendió, abriendo la puerta de par en par, dijo en tono resignado:

—Yo quería habitación para mí solo, pero si me dice usted que esta persona desea lo mismo y que por otra parte no tiene dónde hospedarse, aunque no lo pida la ley le doy cabida.

Dicho lo cual, sin cuidar que nadie se retirase, ni quitándose el gorro que llevaba o siquiera los zapatos, se regresó a su cama. Quien acababa de entrar lo hizo con pasos no demasiado firmes, que de tanto beber y comer se sentía más dormido que despierto. Cerró la puerta, atorando en ella también la dicha silla, como si los dos ahí presentes se hubieran puesto de acuerdo antes. No bien había acomodado la cabeza en la almohada, se quedó completamente dormido y apenas lo hubo hecho habló en voz lo suficientemente alta para que el falso Teodosio lo escuchase y se llenase de preocupación y zozobra:

—¡Yusuf! —decía—, ¡regrésame a Luna de Día, te lo pido!, ¡regrésame a mi Luna de Día, dámela, te lo suplico! ¡Malditos cristianos! ¡Dénmela, les doy lo que sea a cambio, denme, dénmela! ¡Infelices! ¡Malditos, que los persiga el demonio por su infamia!, ¡infelices!, ¡punta de...!

Los gritos de mujer del dormido subían de volumen, todos imprecaciones contra los cristianos, de manera que Leyhla, la Teodosio, se preocupó alcanzasen al mesonero y su mujer. Le habló, diciéndole quedo al oído: "¡Calla!, ¡te oyen!"; como no hizo caso, y ya no tenía duda de que era mujer, la sacudió del hombro, la zarandeó más intenso... Pero la dormida no despertaba, su pesadilla le tenía sorbido el seso. Los gritos subían de volumen, y con horror Leyhla alcanzó a oír del otro lado de la puerta un "¿qué dicen?" y otros murmullos y frases, sus cuerpos posiblemente pegados a la puerta para mejor oír los gritos de esta insensata... La iban a oír, que se desgañitaba gritando: "¡Que los maten!, ¡asesinos!, ¡pa'l infierno!". Leyhla —o Teodosio, si prefieren llamarla por su aspecto— tomó apresurada la almohada de su lecho y, brincando de nueva cuenta sobre el gritón, se la puso sobre la boca para ahogar los gritos que profería durmiente.

Al sentir la almohada sobre su cabeza, la segunda viajera despertó, y creyendo que alguien deseaba sofocarla, desenfundó el puñal. Sólo hacerlo bastó para que Leyhla, la alumna de Yusuf, la despojase de inmediato de su arma.

Si la recién llegada había estado agitada mientras dormía, ahora estaba agitadísima despierta. Asustada, se removía como una bestia.

Leyhla se había echado de cuerpo completo sobre ella, porque oía junto a la puerta varias voces: "Parece que no, que oíste mal, que no dicen nada", "¡Que te digo que oí que gritaban!", "Pero oye, que no se oye"...

—¡Calma!, ¡calma! —le dijo Leyhla quedo a la agitada mujer, intentando con todas sus fuerzas y el peso de su cuerpo contenerla y callarla—. ¡Cálmate, por lo más querido! —pero aquesta retorciéndose quería dar gritos para pedir auxilio—. ¡Cállate, cálmate! —insistía Leyhla, hablándole al oído, sin dejar de apoyarle la almohada sobre la boca—. ¡Yo soy mujer como tú, y como tú soy mora! ¡Te oí hablar dormida, comenzaste a dar de gritos, te he puesto la almohada en la boca para que no te oigan los del mesón!, ¡tranquila! ¡Soy Leyhla, te conozco! ¡Soy Leyhla, la de Granada!

A las fuerzas, la bestia escuchó lo que le decía Leyhla, y oírla la calmó. Conocía esa voz. En cuanto sintió que se había tranquilizado, Leyhla retiró la almohada de su boca, con un dedo pegado a los labios le hizo seña de que no hablara en voz alta, le devolvió el puñal, la miró y se arrojó sobre sus brazos, las dos en lágrimas.

—¡Halima! —exclamó Leyhla.

—¡Leyhla, Leyhla!

Era la madre de Luna de Día, que también huía del horror en Granada, también vestida de varón. El infierno que dejaba atrás la tenía aún atenazada en sus sueños. Abrazadas, se decían palabras tiernísimas, las dos llorando a mares sus desgracias.

En esto estaban, cuando sonó la puerta. Y unos gritos:

—Soy el alcalde. ¡Abran aquí! Hay un viajero que pide posada, y es ley de nuestro pueblo dársela. ¡Abran la puerta!

Leyhla se recompuso lo más prontamente que pudo. Hizo a Halima acostarse como si durmiera y se acercó a la puerta, diciendo con voz fuerte, mientras se reacomodaba el bonete que servía para ocultarle los cabellos femeniles:

—Aquí hay dos camas, y hay dos viajeros. ¿Dónde pretende usted, señor alcalde, que se acueste el tercero?

El alcalde dijo del otro lado de la puerta:

—Ya lo hemos jugado a suertes. El viajero compartirá el lecho con el primero que llegó.

—Mejor los que ya estamos aquí nos acostamos juntos, que ya sabemos quiénes somos y no sospechamos…

—¡Pamplinas! ¡Aquí yo soy el alcalde! —las copas que había bebido ya no eran pocas.

Leyhla abrió apenas la puerta y por la pequeña abertura se escurrió un tercer joven, como huyendo de los que tenía en las espaldas, pero por su imprudencia dejó al pasar la puerta muy abierta, porque al verlo venir Leyhla se había hecho a un lado. Como era también extremadamente hermoso, lo seguían con la mirada el mesonero y su mujer, el alcalde y algunos otros villanos, quienes no dejaban de señalarlo y dar de voces. Leyhla tuvo que contenerse enfrente de ellos. Quien entraba era Marisol, la que vestida de varón pretendía ser Leocadio.

—Ahora, señores, muy buenas noches —dijo Leyhla en cuanto se repuso de la sorpresa, cerrando la puerta en las narices de todos los mirones—. Aquí se queda este viajero. ¡A descansar se ha dicho! Buenas noches.

Apenas vieron la puerta cerrada, Marisol, Leyhla y Halima, en voz muy baja para no ser oídas, se echaron las unas en los brazos de las otras a darse muestras de cariño. Ya no dejarían a Halima partir sola. Al día siguiente, las tres cabalgarían rumbo a Barcelona para allí encontrarse con sus dos amigos y tomar una embarcación que las depositara en Argel.

Del otro lado de la puerta, el mesonero, su mujer, el alcalde y otros principales del villorio llenaban a sus tres hermosos viajeros de elogios. Decían que nunca habían tenido tan bellos visitantes, y les asombraba que hubieran llegado los tres casi juntos. Estaban en esto, cuando llegó agitado un forastero dando gritos demandando auxilio. A poca distancia del pueblo, un grupo de bandidos había asaltado su caravana y había corrido a pedir ayuda al ver luz en la distancia. Salieron llevando hachones para iluminar el camino. Se les unieron las tres mujeres vestidas de varones, cada una con la espada ya desenvainada, que aunque Leyhla y Marisol odiaran la violencia, la furia de Halima, la madre de Luna de Día, se les había contagiado.

Encontraron a los asaltados en medio del bosque, atados a troncos de árboles, al amparo únicamente de la noche. Los salteadores habían huido al ver venir los hachones. Entre todos sobresalía uno por ser el más hermoso. El mesonero lo iluminó, gritando a voz en cuello:

—¡Les dije que hoy nos visitan los ángeles!

Y de inmediato las tres que vestían de varones lo reconocieron: era el falso Rafael. Los ladrones le habían robado casi
todas sus ropas, y lo habían golpeado con saña, pero al ver a las
tres mujeres amigas aproximársele, sonrió de alegría. En breve estuvieron de vuelta en el mesón, consiguieron ropas para
Rafael y por fin cerraron los ojos para descansar lo que restaba
de la noche.

Muy temprano dejaron el lugar y, casi reventando a sus caballos, llegaron a Barcelona al caer la noche. Ahí esperaron dos días
a que se cumpliera la fecha acordada con el falso Marco Antonio,
lo encontraron en el lugar convenido y de inmediato tomaron
la embarcación donde él había arreglado su pasaje a Argel, y se
cuenta que hasta la fecha viven los cinco muy mondos y liron-
dos en aquella bella ciudad, donde nadie les castiga, reprende,
desvalija u obliga a violencias por haber nacido hijos de moros.

43. Regresa la narración a Nápoles. Se cuenta lo que resta de la historia de María la bailaora en dicha ciudad, su encuentro con don Jerónimo Aguilar y lo que hizo con los músicos de la Corte

Volvamos ya a donde hemos dejado varias veces a María, en
Nápoles, donde su baile y su persona brillan en todo su esplendor, sentada a la mesa con un hermoso moreno de abundante
bigote bien cuidado, el capitán español. Estábamos en que él
ha tenido un acceso de tos que, por un momento, transportó a María a la presencia de Farag, su benefactor morisco. El
hombre ha quedado prendado de María al verla bailar y ha
comenzado a actuar como lo que él entiende que es un enamorado. Extraña pareja: él comienza su representación, la
del-hombre-que-quiere-seducir, cuando ella abandona la suya, la de ser la mujer que baila, la bailaora.

Los dos, pues, están a la mesa. El capitán viene de ayuntarse con una falsa María —y falsa rubia, para juntar falsedades—,

bebe vino y charla con gusto. María, luego de viajar a bordo de la tos en el lago de agua dulce de sus memorias, cansada de tanto bailar, come y bebe con gran apetito lo mejor que le ha pasado por la boca desde que salió de Granada, hace ya más de dos años.

María levanta su ánimo. Un poco más: ahora lo suficiente para revisar al que le regala buena mesa, buen vino y estos presentes, el velo, la peineta. Lo ve, y confirma lo que sospechó desde que bailando le clavó los ojos: es el jinete del caballo sudado, aquel con el que topó en la calle de la Tina cabalgando entre los aterrados granadinos a unos pasos de la puerta del convento de Santa Isabel la Real, la noche en que ella escapó del convento. El caballo sudado era la montura que el día anterior había descubierto en los patios del dicho convento, y el jinete debía ser quien el día anterior argüía con la superiora quién sabe qué en su celda, rompiendo con la ley primera del claustro monástico. María está segura de que este hermoso moreno es el que visitó a la madre superiora.

Andrés y Carlos se esfumaron ya en la multitud apenas terminó la representación. Desaparecen de María porque Andrés ya no puede tolerarla. Cada día que pasa, la desea más y la detesta más. Ya no la soporta de tanto desearla, de tanto pelearla y de tanto perderla. El mundo le ha vuelto la espalda por culpa de María. Antes de ella, Andrés encontraba motivo de gozo en cualquier detalle, todo lo azoraba, lo encantaba, lo satisfacía. María le ha matado esto. Vive exasperado, ansioso, insatisfecho, enfadado, no encuentra gusto en nada. Rabia adentro de sí noche y día. Por esto Andrés canta mejor, por esto gusta en Nápoles, por esto María crece su baile sobre su canto. Carlos se ha ido con Andrés, dócil como es, porque no quiere problemas, ni tampoco andar solo: Nápoles lo sobrecoge. Es demasiado grande, demasiado ruidoso. Al lado de Argel, Nápoles parece un revuelto infierno (aunque, en honor a la verdad, Argel es de mayores dimensiones). Argel era cordial —ciudad de piratas, ciudad de campos sembrados de cautivos, prisioneros mercados como vacas, pero para nuestros tres gitanos amistosa, cálida—. Nápoles es ebria, está rebosada al borde, se derrama, delira. Carlos no quiere andar solo, y María no lo acoge, cada día que pasa la bailaora tiene peor talante. Así que Carlos vive pegado a Andrés y, cuando María para de bailar de puro agotamiento —y porque la turba se hunde en el alcohol, es incapaz de responder al baile cuando son muy entradas las horas de la madrugada—, sigue a Andrés en sus exploraciones nocturnas.

María está sentada a la mesa del capitán, los manteles tendidos frente a ellos, la comida abundante y muy buena, la luz de una vela.

La escena pasa desapercibida en medio de la enfebrecida multitud napolitana. Es comprensible: se preparan todos para la guerra, afilan sus ánimos, aguzan sus instintos, pierden toda mesura. Pero hay una persona que mira a María y al español con atención devota, alguien que les bebe como sorbiéndoselos cada gesto, cada palabra, cada movimiento, cada trago, cada pensamiento. Los observa desde donde ellos no pueden verlo; a excepción de la luz que surte de la hoguera —disminuye aceleradamente, ya nadie la alimenta, de su inmensa flama sólo quedan rescoldos— y de los dos cabos tambaleantes sobre su mesa, nada alumbra a don Jerónimo Aguilar y a María la bailaora. Los grupos de hachones que caminan por las callejuelas no alcanzan el rincón de la plaza donde estos dos se han sentado a comer. Por otra parte, antorchas y hachones son cada vez más escasos. No falta demasiado para que salga el sol.

El capitán comienza a hablar con un tono desenfadado, escanciándole la copa a María: "Algo de beber, niña". Nuestro testigo, el hombre que los mira sorbiéndolos, la ha seguido, la vio bailar, la vio interrumpir el baile cuando el ánimo de la turba estuvo por naufragar ciego en el alcohol, la observó cómo al dejar de bailar y apartarse a un lado se ha prácticamente desmoronado en su cansancio; vio que María desea estar sola, apartarse, que le causan fastidio sus amigos; vio que Andrés y Carlos se fueron; vio cómo María echó la cabeza hacia sus rodillas y columpió su cabello, cómo buscó en esto un alivio inmediato a su enfado y cansancio. Sabe —lo intuye— que María está por dejar la plaza y refugiarse en su habitación. Teme por ella. La ciudad emborrachada, desmesurada, explota aquí y allá en escenas de violencia, golpes, hurtos. ¿Cómo la abandonaron los muchachos? Por esto también está aquí; él va a seguirla y, en caso de necesidad, protegerla. Sus fuerzas son escasas, pero tiene buena voz, gritará pidiendo auxilio si hace falta. Está para cuidarla, y porque no puede separarle la mirada. Oyó venir al capitán, oyó que preparaba la mesa y tuvo que hacerse de fuerzas para venir a sentarse con él. Ve, porque para él es obvio, que María no tiene ninguna gana de departir con el hombre que le ha hecho preparar esta mesa, pero le tienta el banquete. El hombre que la observa la conoce. Está cambiada, sí. Esto lo percibió desde que bailaba y no porque ella haya crecido como mujer y bailarina. Está ahí la belleza, la chispa, la gracia, pero hay en ella algo sombrío, algo la ha hecho perder lustre. No gracia, no belleza, simplemente frescura. Pero no es otra persona sino la misma, y él la conoce y de sobra, la ha observado de muy cerca durante doce años. Ve también que María no deja de sonreírle al capitán español con una sonrisa fija, cortés, algo hipócrita, fría, calculadora, de labios para fuera, conveniente. Pero también ve, pues tiene ojos, que al poco tiempo de haberse sentado, María descansa, deja de esforzarse, borra esa sonrisa artificiosa y que la cambia por una espontánea que la hace de nueva cuenta estar radiante. ¡Ahí está por un momento María completa! María está feliz al lado de ese hombre. Lo ve con certeza y claridad quien los espía. Conoce a María como a la palma de su mano, así tenga años sin verla, así esté algo cambiada, porque la ha dejado de ver cuando era casi una niña y ahora María es una mujer radiante. Y esto sin considerar cuánto ha cambiado también él, el duque del pequeño Egipto, Gerardo, el padre de la bailaora.

Gerardo ha podido pagar su propio rescate. La nave cristiana en que era galeote fue atacada por los piratas berberiscos poco tiempo después de zarpar. Él era el mejor remo de la galera y lo continuó siendo en la turca. Los tratos que recibió fueron menos crueles, pero el régimen no menos inclemente, que la vida del remo corroe, acaba con el más fuerte, destruye, literalmente desmorona a los hombres. Gerardo estuvo encadenado a su banco durante cuatro años. Por él parecen haber pasado quince. Desorejado, y también desnarigado —que perdió la nariz cuando en un descuido (propio y ajeno) intentó escaparse de la nave cristiana; a los prófugos capturados les cortan la nariz como marca y castigo—, nadie diría de él que es un hombre hermoso. Los animalejos marinos le han carcomido los párpados, que no cierran del todo, y la infección que se propagó entre el hoyo de la nariz y sus párpados carcomidos le ha dejado una serie de rosarios de cicatrices. El rostro de Gerardo es un rostro monstruoso. No queda ni un solo rastro de su gallardía, ni en sus dientes, ni en las uñas de sus manos, ni en su cabello, perdido también de tanto navegar, devorado por la sal y el sol quemantes. No tiene nariz, no tiene párpados, no tiene orejas, no tiene belleza. Para hacer peor su aspecto, las cadenas se encarnaron en sus tobillos y su puño. Cojea y tose como un descosido. Está enfermo. Está un poco enloquecido. Antes de ser un galeote, vivía sabiéndose orgulloso de sí mismo. Era la cabeza de sus hombres, era hermoso, era el líder, el respetado, el que concertaba alianzas con otros, el que protegía a los gitanos, el que ganaba por ellos espacios y mercaderías. Pero en las actuales circunstancias se sabe como un perro sarnoso y está fuera de sí, no acostumbrándose a habitar el cuerpo podrido del dicho animal.

Asqueado de sí mismo en su condición de galeote, autorrepugnado, mientras vivía atado al banco se entrenó sin proponérselo a desamarrar los otros eslabones, los que unen nuestra conciencia a la tierra, al cielo o al mar. La cadena lo adhería al banco como un animal, pero, en su conciencia, una serie de eslabones abiertos lo despegaban de su entorno, liberándolo de todo. Nada sujetaba a Gerardo. Tenía rotas las cadenas del imaginario, abiertos sus eslabones; el gitano se había despegado, en todo se comportaba incongruente; no percibía, no respondía, no reaccionaba. No era un aturdimiento, sino romper una y otra vez la cadena de la comprensión. No necesitaba beber para trastabillar como un beodo. El galeote había estado por años preso, humillantemente agarrado del talón, detenido por una cadena; el hombre abrió el eslabón primordial, se desató de cuanto lo rodeaba, dejó de ver y oír lo que los demás veían, oían, sentían; él ya no respondía a los estímulos, se había soltado de la gran prisión que le ofrecía el mundo. Gerardo se había vuelto algo así como un ser de otro mundo, pero ese otro mundo era cambiante, no permanecía, no era fiel a sí mismo. Gerardo rutinariamente divaga, casi delira.

El azar lo vino a traer al puerto donde danza su hija. La encuentra el mismo día de su llegada y verla lo golpea como si le cayera encima un rayo. Hace dos años que no percibe lo que lo rodea. Supo no sentir cansancio, ni hambre, ni dolor atado al remo. Si el cómitre lo azotaba, ¡bien por él!, pero Gerardo no percibía el golpe, no oía el chasquido. Tampoco sintió alegría cuando se vio libre; algo anterior a él mismo, a lo que ahora era él, lo había llevado a comprar su rescate con las monedas ganadas con las pequeñas figurillas cómicas talladas en astillas de madera por sus manos, como suelen hacer los galeotes en sus infrecuentes e inesperadas horas libres. En los puertos visitados por las galeras, la gente se acercaba en su busca y las pagaba bien. Sobre todo las de Gerardo, figurillas ridículas, verdaderamente desaforadas, a veces en posturas escandalosamente obscenas. Gerardo vagaba desde que había quedado libre, hacía un par de meses, deambulaba sin destino concreto, rodeándose de ensoñaciones confusas. Ahora ha recibido un golpe de suerte que sí lo sacude, traspasando su condición: ha visto bailar a María. No se dice: "Es mi hija". A nadie puede gustarle más que a él el baile de María, y es tal vez el único en la tierra que puede enorgullecerse con motivo. De Gerardo salió ese bailar, que ella ha aderezado de otras influencias. Podría ver, si los eslabones de su conciencia estuvieran en su sitio, cómo ella ha tomado esto y lo otro de los cantos de las moriscas. Pero aún sin pensar "Es mi hija" —no que no lo sepa, bien que lo sabe, pero no lo formula—, aún sin decir "Esto es mío, es mi raíz, soy yo en ella", aún sin decirse "Aquí están los cantos y bailes de mis mayores, mezclados con los de mis aliados y amigos", lo asombra, lo embelesa y le hace soltar un "¡ay!" cuando los tres jóvenes suenan sus pies contra los tablones, cuando se vuelven humanos tambores, y aunque no se pregunta "¿De dónde sacan esto?" —porque nunca antes se ha visto el taconeo, ni aquí ni allá que Gerardo sepa, para el que se han hecho hacer calzados especiales, muy duros en la suela, especialmente en su punta y en el calcañar—, Gerardo se conmueve. Se le cierran los eslabones a Gerardo, su cadena se vuelve a atar. Su vida de galeote lo viajó adonde su conciencia aprendió a vivir desapegada de todo impulso; ver a María bailar lo hace de nuevo someterse a la esclavitud de la percepción. La conmoción de encontrarla bailando comienza el viaje en dirección contraria, el que lo lleva de regreso al mundo, empieza a atarle los eslabones de su cabeza, casi lo amarra a la cruel cordura. Pero esto es como el golpe de un rayo y como un rayo lo golpea, sin continuidad, con dolorosos y violentos destellos.

Gerardo no ha llegado con las manos vacías. Trae monedas en la bolsa, las suficientes para cargar con su hija a mejor ciudad y establecerse. Reuniendo lo que ella ha juntado tal vez podrían hasta darle una dote y casarla, si a ella le apetece. Gerardo aprendió, mientras su conciencia desatada vagabundeaba por Babia, que amarrarse a las monedas le reemplazaba una seguridad, como si se dijera "Aquí traigo monedas en la bolsa, no tengo ninguna necesidad de piso".

Una cosa es tallar figuritas en astillas de madera y venderlas regateando y guardar codiciosamente las monedas, celándolas, cuidándolas, y otra muy diferente pensar en hacerse de nueva cuenta de una vida entre humanos. Dejar la del perro, la del que vive atado de una pata a una banca, ladrando el remo.

No bastó pagar por su rescate para hacerse de una vida de humano. Ahora tiene que hacerse dueño de ésta, y entre otras cosas debe aceptar ser visto como lo que es, el que ya no es bello, el horrendo desparpado y desnarigado.

Gerardo se esconde atrás de un árbol cercano, imantado por la belleza y frescura de María. Debería presentarse y decir: "Yo soy Gerardo, yo fui el duque del pequeño Egipto, yo soy el gitano de Granada, yo soy tu padre, hermosa María", pero le parece fuera de toda posible consideración. La pura idea de hacerlo le repugna, y no por el camino de la conciencia, que, como he explicado, la suya está a medias deshilvanada, incuerda, sus eslabones abiertos, vomitando noche y día incorduras. Rechaza la idea con las vísceras.

María se ha sentado a la mesa. Ha aceptado la invitación porque éste es un hombre rico y porque, curiosa, quiere ratificar si éste es el jinete de la montura sudada, el hombre que visitó a la madre superiora del convento de Santa Isabel la Real. Le pregunta:

—¿Usted conoce Granada?

—Conozco su Granada de usted.

—¿Como qué barrio? Diga…

—Como varios barrios.

—Como cuál más.

—Usted es del cerro de Valparaíso, lo sé. Pero también ha vivido en otros sitios. ¿El Albaicín?

María se sorprende. ¿También sabe él quién es ella?

—Usted dígame cuál barrio más, ande. Yo soy quien hace las preguntas.

—Mi hermana es priora de un convento, Santa Isabel la Real. Mis padres tienen su casa en Granada, en otra parte de la ciudad, cerca de la puerta del Carbón, yendo hacia el Darro.

Al oír que él era, como lo sospechaba, el jinete del caballo sudado, y que no era, como lo creyó, amante de la priora, María se relajó. La manera en que hablaba el hombre comenzó a caerle bien, aligerándola después de tanto tragar tierra, que los días habían sido todos difíciles de un modo o del otro desde que dejaron Argel.

—"El corazón manda" —le dice al caballero, con un tono que es entre humorístico y muy solemne. Si es cierto que sus padres tienen casa a dos pasos de la puerta del Carbón hacia el Darro, debe quedarle cerca el escrito.

—Esa frase se lee muy cerca de casa de mi familia, está escrita al lado de la espada que apunta al corazón. Sabia frase: la espada parecería comandarlo todo con su filo, pero el corazón vence, el corazón manda. ¿Qué le digo, María la bailaora?, que ésa es una de mis frases predilectas: "El corazón manda".

María pensó en enseñarle el envés de su cruz, pero se dijo: "Si es hermano de la priora, ¿por qué tuvo ella tanto pánico de que yo la delatara? ¿Castiga igual la regla del convento una visita familiar? ¡A saber!… Pero no discutían como hermanos, esas dos voces se cruzaban como la de un marido con su mujer".

—Usted no tiene cara de hermano, sino de galán, de enamorado…

El capitán español soltó una risotada, seguida de una risa casi infantil, inocente, una risa larga, feliz.

—¡Sea! ¿Gitana y adivina? Tienes razón. ¡Ninguna hermana mía!, ¡qué va!, tengo mi historia con la madre superiora. Lo oye la Inquisición y nos fríen a los dos, porque esos señores siempre quieren encontrar lo malo en lo más bueno. Fue algo que nació cuando éramos casi niños…

—El capitán cambió el tono de su voz, dejó de ser festivo y dijo con un tono muy serio, hablando lentamente—: Ella es y será mía siempre. No en un sentido pecaminoso, es amor puro, cierto. Ella *es* mía…

—Y de Dios —le dice María en tono también solemne, soltando de inmediato una sonrisa similar a la del capitán, fresca, infantil. El hombre le gusta. Le agrada su franqueza, ¿cómo se atreve a confiarle algo tan delicado, así, a bocajarro, casi sin conocerla?

—¿Quién no es de Dios, dime? Piedras y mortales por igual, los hombres y las bestias, y hasta los más bestias entre los hombres. Nadie se escapa, es la naturaleza de todo lo que existe. Encima de ser de Dios, como todos los mortales, la que hoy los ojos del mundo llama "madre superiora de Santa Isabel la Real" es mía, desde mi infancia, es mi sincera, mi muy querida amiga. Y tú lo serás también siempre —el capitán hizo una pausa, luego de la cual dijo de manera muy rápida—: No me llamo Lotario, María. Te dije ese nombre mintiendo. Soy Jerónimo Aguilar, el capitán Jerónimo Aguilar, de Granada, para servirle a usted.

El capitán español, conocido en Nápoles con el nombre de don Jerónimo Aguilar, se levanta de la mesa y se va. Silbando despreocupado y contento camina unos pasos. Se detiene de golpe. Gira. Ve a María sentada sola, comiendo a lo lindo, ignorando a la multitud que ebria y enfebrecida zumba en la noche napolitana. Busca con la mirada a los muchachos que la acompañaran en sus cantos, revisa, escruta, no los encuentra, rebusca más con los ojos. "Si anduvieran cerca, ya habrían brincado a la mesa a comer, ¿qué tanto busco?". ¿Cómo dejar sola, en plena noche, en medio de la turba a una joven tan bella? El capitán regresa.

No se da cuenta que al correr hacia ella empuja hacia un lado a un hombre que parece un leproso, el rostro carcomido, y que casi lo ha hecho caer de tan débil que está. Se para frente a María, interponiendo su vista entre ella y el irreconocible Gerardo.

—María, ¿dónde vives?

—Tenemos rentado un cuarto aquí muy cerca, nomás girar la plaza, hacia el puerto.

—¿Quiénes?

—Yo y mis músicos, mis amigos; son como mis hermanos, salimos juntos de Granada. Luego, usted no está para saberlo ni yo para contárselo, fuimos cautivos en Argel. De ahí llegamos hace no mucho. Así que déjeme sola; váyase, no se preocupe usted, no me pasa nada. Gracias por esta comida y por la amistad, que se la acepto.

La había puesto más contenta que el vino y el carnero y la peineta y el velo el hecho de que el hombre la hubiera regalado sin pedirle nada a cambio, ofreciéndole su amistad y luego echándose casi a correr entre la multitud. Esto era lo mejor de lo mejor. Verlo regresar con esa cara de preocupón ya no le gustaba tanto. María dio un trago largo al vino, y sonrió a su "caballero" con un gesto inocente, tímido y feliz, mirándolo y no a los ojos, esquiva.

—¿Qué hay? —le dice María, un poco a la defensiva.

—¿Qué te pasa?

—Nada me pasa.

—¿No te pasa nada? ¿Pues qué no tienes ojos, o es que sabes cómo hacerte invisible? Aquí en Nápoles pasan muchas cosas y le ocurren a todo el mundo. Yo soy tu esclavo, don Jerónimo Aguilar, capitán del ejército español, para servirte a ti, o si prefieres que te diga a "usted" que sea a "usted"; lo soy y lo seré siempre, y como buen esclavo no me separo de aquí hasta que ya no haya nadie en la mesa. No tengo prisas.

—¡Esclavo! ¡Me gustabas de amigo! ¿Yo para qué quiero un esclavo? ¡Y ahora traes además un "don" mordiéndote tu nombre!

—Siempre traigo un "don" bien agarrado a mí, que no me suelta ni de noche ni de día, ¿qué puedo hacerle? —y al terminar su frase se mordió la lengua por no agregar: "Nos pasa a los que tenemos sangre limpia".

El vendedor de vinos y salchichones apareció agitado entre la multitud. Alguien le había avisado que don Jerónimo Aguilar se había ido ya, e imaginaba sus bancos y su mesita metidos vaya a saber Dios en casa de quién. Pero viéndolo, descansó y volvió a perderse en la multitud, como si se lo tragara la tierra.

—A mí todos me tutean, don hombre, nadie me habla de otra manera, soy María la bailaora.

El caballero, don Jerónimo Aguilar, se sienta en el mismo banco donde había estado, pero ya no la ve mientras María acaba de comer. El don Aguilar está como en otro sitio. María, en contraste, se encuentra muy contenta. El hombre no le cae mal. Ya le cayó bien este amigo. Y este aire de distraído, le va de perlas. "Es mi amigo —piensa, y agrega—, ¿me estaré engañando?".

Terminando de comer, sin esperar a que levantasen los manteles, don Jerónimo Aguilar ayuda a María a dejar el banco, tomándola del brazo, con una familiaridad que no roza en lo impertinente porque es, a fin de cuentas, la madrugada, y los rodea una multitud ebria. La ha tomado del brazo para evidentemente protegerla, y del brazo la lleva por la calle, mirando hacia otro lado, como si no viniera con ella.

Pero sabe bien que la lleva del brazo, y que eso que está haciendo es precisamente tomarla del brazo.

Está loco por ella.

Ella siente por él algo que no ha sentido nunca antes. Él la va guiando, y no la lleva hacia la habitación que comparte con los dos gitanos. Ella se deja llevar, sintiendo algo golpearle adentro, primero en la garganta, luego bajándole por el pecho hacia el vientre, luego los muslos, y eso que siente viaja adentro de ella, como si de pronto la sangre que cargan sus venas tuviera cuerpo, piel. Siente, siente, ¡siente! ¡Siente su propio cuerpo, como si su piel mirase sus entrañas! Eso que siente María viaja adentro de ella como una nube densa de mosquitos, como un tropel y una estampida, porque es delicado y es sutil, y es abrumador y es ligero, porque arrasa y se estanca y sofoca y llena el pecho de aire. Esto, esto, que al tiempo que se desplaza se queda atorado en cada minúscula porción del cuerpo haciéndose presente, abriéndose adentro de ella, de María, como un millar de botones en flor mirando enceguecidos, colorados, a un sol ciego de verano. Esto, esto que no tiene nombre corre adentro de ella y no se mueve, no se mueve, estancado y suelto, sin contención, sin freno.

Su respiración se agita. La mano de él en su brazo literalmente le sabe en la boca y nunca nada le ha sabido mejor. La mano con que él la toca le irradia en el cuerpo entero la deliciosa sensación de sentir el cuerpo completo. El hombre le toca el brazo pero responde hasta el último rincón de su persona.

Llegan a la muy hermosa puerta de la entrada del muy rico palacio de don Jerónimo Aguilar y el capitán suena contra ésta los nudillos. El sonido despierta a María, la saca de su sensación estupefaciente y dice: "Señor don, mis amigos se van a preocupar, debo volverme a mi cuarto".

—Ahora explicas a mis criados dónde llevar un mensaje a tus músicos, explicándoles dónde duermes. María, ésta es tu casa. Yo desde hoy no duermo aquí, no mientras esté aquí su dueña. Esta es desde ahora tu casa —le repitió don Jerónimo Aguilar—. Yo estaré a unas puertas de distancia de aquí. Tú no puedes dormir en un cuarto que compartes con dos muchachos. Eres una princesa, una princesa preciosa. Mi princesa. Te lo repito, María: ésta es tu casa.

Don Jerónimo Aguilar pone una rodilla en el piso, le besa la mano; la puerta se abre; don Jerónimo se levanta, toma de nueva cuenta a María del brazo para trasponer el vano. Los reciben un enjambre de criados. Don Jerónimo da órdenes:

—La señorita duerme aquí, yo voy al otro palacio; llévenla a la recámara con el balcón.

—No está lista, señor.

—Alístemela usted ahora mismo —contestó en tono más que un poco altanero, pero esto no lo escuchó María, porque está en las nubes.

Don Jerónimo siguió distribuyendo instrucciones, que en dónde debían darle el desayuno, dónde la comida, la cena, repitiendo que le dieran a la señorita de desayunar y de comer. Salió sin mayor ceremonia, dejando a María en "su" casa, la hermosa mansión que es desde hoy la habitación de la bailaora.

Don Jerónimo Aguilar camina los pasos que lo separan de "su" casa, el otro palacio, el que hemos conocido antes, un edificio también hermoso que acaba de adquirir para hacerse de una segunda propiedad en Nápoles con la intención de renovarlo y hacerlo a su gusto. Aún está desnudo, pero la construcción no es nada despreciable. Don Jerónimo va completamente aligerado, feliz. Se siente volar. Ha hecho suya una espléndida presa.

La vida de María ha dado un vuelco de noventa grados. Desde hoy, 21 de junio del 1571, solsticio de verano, sería vista engañosamente por los ojos del mundo como la amante de don Jerónimo Aguilar. ¿Pero está María para andar pensando en "el mundo"? Alejada de su ciudad, perdido (creía ella) su padre, fastidiada de Andrés y Carlos, sus dos únicos compañeros en la tierra, sus aliados moriscos enfrascados en horrenda guerra, ¿de qué mundo puede alguien hablarle?

El padre de María los vio entrar al gran palacio y antes que tuviera tiempo de reaccionar vio salir a don Jerónimo Aguilar. Se le pegó a los talones, persiguiéndolo hasta verlo entrar a su otro palacio, cuya puerta abrió él con su juego de llaves. No lo espera nadie adentro. Apenas se cerró la puerta tras don Jerónimo, el un día bello Gerardo revisó la fachada de esta propiedad, regresó sobre sus pasos, inspeccionó el palacio donde había quedado María y comenzó a elaborar o digerir lo que acababa de ver. Recordemos que en las galeras se había acostumbrado a vivir con los eslabones desatados. Se comporta como una bestia. Da más vueltas, de una a la otra casa, como perro olfateando alrededor de cada una de éstas. Por un instante —de nuevo ese rayo— pondera para sus adentros: "Rico, parece ser muy rico". Se avienta sobre la frase como un perro sobre el hueso. Pero el efecto del rayo sigue ahí, está despierto, y el dulce sonsonete "rico, rico" no le gusta nada. La hija del duque del pequeño Egipto no puede vivir recogida en la casa de nadie —zas, golpea el rayo otra vez—. Su hija no tiene por qué irse a vivir así, ayuntada, así fuera con el hombre más "rico y dos veces rico" del mundo. Una manceba. No. María no tenía por qué entrar a pedir lecho prestado ni al castillo del rey de Trapisonda. Gerardo juntó sus pobres fuerzas, más menguadas todavía por las altas horas de la noche, las reunió y con todas sus fuerzas rabió. Se diría que le sale humo por las orejas, si las tuviera. Iracundo, abandona la puerta, pero apenas da dos pasos es de nuevo un perro y parece haberlo olvidado todo, hundido en siniestras cavilaciones que más tienen que ver con el banco al que se siente todavía atado, con su mujer que ha muerto hace ya más de una década, con sus padres, con Granada. Y las memorias se agolpan en él, desordenadas, imprecisas, carnales, ensalivándole el corazón de deseo de dulzura, cariño, pertenencia, afecto, y dejándolo babeando, ansioso, sin comprender, sin siquiera el deseo de entender, sin palabras.

Gerardo lo ha perdido todo: ciudad, oficio, pueblo, libertad, orejas, nariz, párpados, la piel de su cara, gallardía de cuerpo, lógica, conciencia, y ahora está por perder a su hija, a la que no ha venido a buscar, a la que le ha traído el destino para golpearlo otra vez con un maldito rayo.

Antes de que despertara María, ya estaban los vendedores esperándola en el patio central del palacio, y allá abajo, como un perro, su padre, apostado mirando quién entra y quién sale. Don Jerónimo Aguilar ha contactado a los mejores abastecedores de ropa fina para mujer, les ha dado cartera abierta y les ha pedido que orienten los gustos de la gitana, pues no sabe si puede o no confiarse de ellos. Pronto fue informado que María tiene paladar de reina. Sastres, hacedores de sombreros, zapateros, paragüeros incluso. Listones, medias, cualquier capricho fue bien satisfecho. En todo exceso hubo la mesura necesaria para evitar el ridículo; cierto que era fasto, pero no aparecía impropio.

Llegaron precedidos por un largo recado escrito por el puño de don Jerónimo Aguilar: "Estos son regalos, son mi agradecimiento por tu baile de ayer. ¡Bravo, la bailaora!".

Ni don Jerónimo se presentó, ni María puso un pie afuera.

¿De qué tanta riqueza? En España, y lo mismo en Nápoles, todos excepto el rey lo saben: "Los capitanes son como los sastres, que no es en su mano dexar de hurtar, en poniéndoles la pieza de seda en las manos, todo es hurtar, excepto el día en que se confiesan". ¿Y que cómo hurtan? Cada capitán tiene a su cargo un cierto número de soldados, si es un capitán importante puede tener hasta más de trescientos. Al capitán se le hace entrega de la paga de sus hombres y él "dales el quinto, como al rey, y tómales lo demás; al alférez da que pueda hacer esto en tantas plazas y al sargento en tantas otras; lo demás para nobis", de modo que el capitán gana cuatro de las cinco partes de los sueldos de sus hombres y de ahí sólo descuenta lo del sargento y el alférez. También sabe el pueblo esto: "Todos los capitanes ruines son los que quedan ricos, que los hay también valientes y honorables". Que conste que esto no es una opinión. Copiamos las palabras de unas hojas impresas que parecen espejo de lo que dice el vulgo, citan palabra tras palabra lo que sabe cualquier hijo de vecino, así sea el más malandrín. No hace falta ser sabio, sino tener oídos. Y no ser rey.

Pero esto no es asunto nuestro. El hecho aquí contante y sonante es que don Jerónimo es rico y que usa sus dineros para acariciar a la bailaora.

Entre tanto mimo, María pierde la cabeza. No piensa en ser prudente y dejar la casa de don Jerónimo Aguilar. Acepta los excesivos regalos y cierra la boca. María se deja llevar por su buen instinto y no piensa en esto. No se siente en riesgo. El hombre la abruma con regalos y con una vida muelle. Pero no la toca. Excepto el brazo aquella primera noche, ni un pelo.

Ese su buen instinto la insta a ser generosa consigo misma y aceptar lo que le trae la siempre tan tacaña suerte: "Si un día da, que dé todo lo que guste, ¡ni loca me le niego!".

María no puso un pie en la calle tampoco los cuatro días siguientes. No tuvo tiempo sino de recibir mercancías, adornar la casa con las flores que llegan regalándola varias veces al día, gozar de las golosinas que arriban en preciosas cajas —burdas parecían las delicias de las monjas granadinas al lado de las elaboradas por las venecianas, napolitanas, romanas—, mientras los criados se esmeran infatigables en darle la mayor cantidad posible de gustos. Por otra parte, afuera se había despertado un calor de mierda, ¡ni para qué salir! Envió a Carlos y a Andrés otros mensajes que los criados cuidaron muy bien de no entregar. Los muchachos la buscaron arriba y abajo, sin dar con ella. Estaban desolados. Andrés lloraba como si el día se le fuera en cortar cebollas. Lloraba también las noches, le perdonaba a María sus caprichos e incorduras, la quería de vuelta así fuera para que lo ignorara o maltratara o le llamara idiota. Aquello que en otros días fue su tormento, le parecería en la fantasía un paraíso comparado con el vacío de no verla.

El padre de María no sabía prestar oídos a las murmuraciones que regaban los criados. Se decía que a María le daban trato de "señorita", que don Jerónimo Aguilar nunca había hecho esto antes —llevar a una mujer a vivir a su casa—, que el tal don amaba las artes, que le tenían en alto aprecio, que era hombre cabal, que él dormía en su otro palacio para el que había contratado ya servidumbre, que a toda popa lo vestía e iba adornando, haciéndolo también magnífico.

Oía, pero no reaccionaba. No lo volvía a golpear otro rayo. Era una bestia, una bestia que algo husmeaba frente al hermoso palacio, algo que él no sabía qué era. Una mañana, María se asomó al balcón, y Gerardo la vio, pero corrió la mala suerte —otra vez caprichosa— de que la mirada de su hija se posara precisamente en él, el más horrendo de toda la turba. Por la callejuela cruzaba un gentío. Era un poco antes de mediodía, el sol no golpeaba el empedrado, la multitud caminaba presurosa. Gerardo se apoyaba en el muro de la casa de enfrente. María lo vio fijamente, sin reconocerlo, intercambió con él miradas y no pudo evitar hacer un gesto de asco, girar y entrar a la casa de nuevo.

—¡Yo no quiero estar viendo esas cosas horrendas, que hay cada cara allá afuera que a uno le rompe el corazón! ¿Para qué he de amargarme el día? —se dijo.

¿Cómo no ver horrendo *lo que resta* de Gerardo, si María pasa los días comparando telas finas, sedas y terciopelos, ponderando mangas, tasando cuellos o calzados, y encima de tanta bonitura están las flores que he dicho, que la casa casi parecía un panteón en día domingo?

La ciudad rebosaba soldados, muchos de éstos durmiendo en tiendas o simplemente al aire libre, y a su lado pululaban olas de forasteros, comerciantes los más, que habían llegado a la ciudad arrastrados por el paso de la Santa Liga, porque la vida de soldado hace a los hombres muy gastadores, generosos los llaman algunos, otros liberales, hay que llamarles manirrotos y sin mesura, y esto acarrea una multitud de gente que se les llega al punto para aprovechar el río de riquezas que van dejando. En uno de los lugares donde los no soldados se reunían los mediodías, un tal Ricote, morisco expulsado, quien lamentaba noche y día la pérdida de una hija, Ana Félix, habló de Alemania ("Yo salí de mi patria a buscar en reinos extraños quien nos albergase y recogiese, y habiéndole hallado en Alemania, volví en este hábito de peregrino, en compañía de otros alemanes, a buscar a mi hija y a desenterrar muchas riquezas que dejé escondidas en mi pueblo en Andalucía"). El tal Ricote, que tenía un corazón de oro, se apiadó del mutilado, lo abordó, y, ayudándole a cerrar los eslabones dichos, los abiertos de su insensatez, le ayudó a decir "Yo también tengo una hija, también viví en Granada". Después de esto, Ricote y Gerardo cruzaron frases, soltaron nombres, y el de Farag los ligó indeleblemente. Esto le dio a Gerardo algo para su persona que era como la argamasa con que se levantan los edificios. Pudo afianzarse durante días a una fantasía, una que sí supo asir, reparado ya algún eslabón de su conciencia: que necesitaba encontrar un lugar donde llevarse a su hija y que éste bien podría ser la Alemania de que hablaba Ricote.

La charla entre Ricote y Gerardo se repitió algunas noches, atando paso a pasito otros de aquellos eslabones boquiabiertos, Gerardo volvía a la vida.

¡Ah, cómo dolía volver! Gerardo ya tenía un amigo, su Ricote, y esto lo hacía saberse más horrendo, más miserable, más enfermo. Una conciencia tomó: que están sus fuerzas mermadas, que su vida es una piltrafa.

Para aumentar la carga, Gerardo sintió el peso de sus años como si fuera un Matusalén, porque cuando podría haber llegado para él el tiempo de la cosecha, lo asediaba el despojo y el peso de su exilio. Si la vida no hubiera estado marcada por su expulsión de Granada, Gerardo habría cosechado mayores riquezas, mayor aceptación e influencia entre los suyos. Pero no le quedaba nada, no había qué recoger, su mundo se había evaporado. Lo mismo vivía Ricote, un dolor que desconocen los jóvenes, una tristeza de todo punto irreparable que hubiera podido ocultar la que sentía Gerardo por su mutilación si éste hubiera sido menos vanidoso.

Otra noche, su nuevo amigo Ricote le habló de su esposa, también perdida en estos años atroces para los moriscos. Gerardo le dijo: "Yo también tuve una esposa", y esta maldita frase lo agusanó. Gerardo peleaba por no irse pudriendo.

Mientras Gerardo se alazaraba —y no que aquí se diga que sano regresaba al mundo, que con tantos achaques y mal estado del hígado parecería que se alazaraba, porque para pudrirse hace falta tener carne—, cuando habían pasado quince días desde que María viviera deslumbrada mirando mercaderías, ciega de tantas bonituras, don Jerónimo Aguilar hizo llamar y traer a Andrés y Carlos. Los amigos aparecieron frente a María.

—¿Cuándo salimos a hacer música? —preguntó el inocente Carlos apenas verla.

Andrés había pensado rápido al tiempo que revisaba el palacio y las ropas flamantes de María y estaba hecho un verdadero basilisco. Tanta lágrima derramada no invitaba en este momento a un solo pensamiento tierno. Estaba enfurecido con María. Tenía ganas de pegarle.

—Esto es más grave, María, de lo que piensas. ¿Sabes quién es este hombre? —entonó la palabra "hombre" con un desprecio que le sangraba de ira. Andrés había averiguado ya de quién era este palacio—. ¡Es un-sol-da-do-cris-tia-no, de los mismos que hacen barbaridades en Andalucía, es uno de los suyos! ¿No lo entiendes? Te lo repito: ¡un-ca-pi-tán-cris-tia-no! —cada sílaba se la arrojó a María, furioso, tamborileando su enojo con la palabra—. ¿Te lo repito, o entiendes? ¿No se supone que es nuestro enemigo? ¿Qué tienes, María? ¿Y el libro a Famagusta? ¿Y tu padre?

—¿Y nosotros? —insistió el inocente Carlos, intentando parecer también enfadado, por seguirle el estilo a Andrés—, ¿qué, ya no te importamos? ¿Crees que podemos trabajar sin ti? ¿De qué vamos a vivir, a ver?

La ira le había subido a Andrés, no podía contenerse. Estallaba.

En ese momento entró el secretario del capitán don Jerónimo Aguilar, acompañado de un grupo de músicos de esos que acostumbran a tocar en los palacios, varios en la Corte de Madrid, uno de ellos conocido intérprete en San Marcos de Venecia. Llegaron en el mejor de los ánimos cargando sus instrumentos y arrollaron con su cálida festividad a Andrés.

Hablaban como pájaros parlantes de las Indias, uno repetía la frase que el otro acababa de decir y un tercero les hacía eco. Las palabras iban y venían rápidas, y no era precisamente que conversaran. Lo que hacían era acomodarse y, músicos al fin, se acomodaban haciéndose espacio con sonidos. Los criados se afanaban supliéndolos con sillas y ayudándoles a encontrar emplazamientos afortunados a los instrumentos. Como el pichón que se sacude al llegar a la rama del árbol, estos músicos acomodándose se sacudían echando palabras por la boca. Apenas se encontraron todos a gusto, sus instrumentos en los brazos o en las piernas o en las bocas, atendieron a lo que les dijo el que venía de Venecia. Él se hacía cargo de coordinar las más de sus representaciones y ensayos, lo escuchaban y obedecían por su inmenso prestigio.

—Buenas tardes a todos, y a ustedes muy especialmente, queridos amigos nuevos. Bienvenidos a la banda de la Liga.

Todos los músicos aplaudieron o hicieron sonar los arcos golpeándolos contra las cuerdas. Los falsos periquillos indianos se sacudían otra vez, pero ésta ya no para acomodarse ni para reacomodarse, sino sólo para hacer saber que ya estaban en su sitio.

—Y estamos aquí, como estamos siempre, para hacer música. Don Jerónimo Aguilar nos ha hecho traer para que, escuchándolos, amigos, hagamos música juntos. Ustedes y nosotros.

Pronunció de manera muy diferente el "ustedes" del "nosotros", marcando una distancia. Lo cierto es que la petición de don Jerónimo lo desconcertaba —"Quiero que toquen con unos gitanos geniales que he oído en las plazas, valen la pena"— y, dispuesto siempre a sacar el mejor momento de cada uno, no quería irritar a su mecenas, pero tampoco quería humillar a sus compañeros músicos, ni mucho menos pisotear su oficio. La situación era risible, "estos gitanos y nosotros"; el *nosotros* correspondía a los mejores músicos de Europa, y *estos gitanos* a dos pillos y una bella, tres gitanillos cualquiera como los hay en todo rincón de Italia.

El veneciano pidió ver qué música hacían Andrés, Carlos y María, y su música llevaba baile, y su baile debía llevar ropas de Granada. María vestía ropas muy especiales, pero no eran granadinas, ni las gitanas, ni las moriscas. Con tantas ropas nuevas se había aficionado a cambiarse cuatro, cinco veces al día, se mudaba de atuendo como buscándose en ellas. La suerte la había favorecido, porque hoy vestía una especie de toga ligera que los mercaderes estaban intentando poner de boga en Italia y a la que llamaban "nueva griega", que lucía a los ojos de todos como algo inusitado y poco familiar y que nunca conseguiría volverse costumbre. Pasaban por extranjeras, y eso era suficiente para ayudar al baile de María.

Los gitanos acomodaron su pequeño tablado frente a los músicos con tanto orgullo y tanta gracia que comenzaron a despertarles cierta curiosidad. Cambiaron sus alpargatas por los calzados de cuero. Andrés comenzó a tocar el pequeño tamborcito, mientras María golpeaba los calcañares y Carlos acariciaba su dulce guitarra. Los músicos se reacomodaron en sus asientos. No sonaba mal esto de los gitanos, aunque era cándido y un poco bobo. Estaba muy lejos de ser genial, pero si recordaban las monedas del mecenas se convencían de que era algo digno. La letra que cantaban sí tenía algo conmovedor. Pero en el momento en que Andrés comenzó a golpear con los talones el tablón y en que María soltó su cuerpo al baile, su entusiasmo se incendió. El clarinetista sopló su instrumento, el arpista rasgó, el clavicordio añadió su ronca melodía, y el veneciano fue invitando a los más rejegos a unírseles. Andrés sonó su tambor humano divinamente, María bailó como nunca, a ratos haciendo sonar sus tacones, revestida sobre las ropas extrañas por la espesa, abundante, gruesa música de la orquesta, y Carlos cantó con dulcísima voz, arrastrando a los músicos en un sentir común.

Don Jerónimo entró, y oyéndolos y viéndolos quiso reír de gusto. Ésta era la música del cielo, del cielo y de la tierra, una música rica, sabia, deliciosa.

No había nadie en la tierra más hermosa que María, la preciosa gitana. *De Granada, para servirle a usté.*

Terminando la primera canción, que fue larga, pues les sirvió para conocerse unos a otros y para entablar el diálogo, los músicos de la orquesta comenzaron la segunda vuelta de la misma. La recreaban, añadiéndole esto y aquello, de manera que cuando Andrés se les incorporó golpeando con sus tacones, el taconeo sonó mil veces mejor, cuando María bailó, casi voló, cuando Carlos cantó, se oyeron palpitar las alas de los ángeles.

Los músicos educados estaban la mar de divertidos. Sí, se podía hacer música con los tres gitanos callejeros. Las monedas del mecenas habían inclinado favorablemente sus ánimos, pero lo cierto es que la música sonaba mejor que el pago. Era verdadera música, música auténtica, vestida de seda y con varios velos provenientes de diferentes latitudes.

Se borraba la calle para los tres gitanos, con este encuentro se volvían parte de los músicos de los palacios.

Andrés comió ese día como nunca antes en su vida, en mesa de nobles, rodeado de caballeros que ponderaban su pandero como si del cuerno mágico se tratara, y que hablaban de su taconeo como de algo excelso. Comió y fue feliz, y aturdió su desesperación mariana con placeres que no había conocido nunca antes: el reconocimiento de *su arte*. Los músicos de la orquesta estaban felices también. Habían venido obligados por el deber con su patrón, pero ahora deseaban repetir por propia cuenta.

No hizo ninguna falta, muchos bolsillos se soltaron. En unas semanas, después de ensayar noche y día, dieron un concierto del que Nápoles guardará memoria. La música de los gitanos había llegado cargada de morerías y otras influencias ibéricas. A esa combinación, los músicos sumaron sus maneras y fueron armonizándolas hasta conseguir ese sonido único, distinto. Los mejores compositores de la ciudad concurrieron a dar lustre a esa música nueva, glamorosa, inusitada, y veían todos bailar en medio de ella a María, fascinados y gozando su oficio como si tocaran para su propio deleite y no para su mecenas don Jerónimo ni para las personas principales que se congregaban en los patios de los palacios a oírlos.

Gravitaban en torno de ellos mismos. Son veintisiete personas, sin contar el coro que algunos días los acompaña, entre cuerdas, alientos, una arpilla, tambores, trompetas, tres clavicordios y un sacabuche. Los napolitanos se aglutinan afuera de la casa de don Jerónimo Aguilar para oírlos tocar. Su música se tararea en las calles, se hace leyenda.

Los patrones se multiplican. Los bolsillos engordan. Y la magia inicial se llena de nubes siniestras. Al correr de los días, los músicos se observan, cultivando diferencias con sus compañeros. Se acrecientan simpatías y antipatías. Muchos disfrutan los golpes de los zapatos de Andrés. Algunos, el cantar de Carlos. Casi todos adoran a María, creyéndola una excepción. Todos idolatran el dinero que les trae María, pero por lo mismo comienzan a celarla, ¿por qué recibe tantos entusiasmos? A fin de cuentas, no es sino una gitana, no tiene mayor educación, no sabe leer música; no ha abrevado de Venecia y de Roma, como los más de ellos. Habían tomado de los tres chicos algunos elementos —se decían—, pero nadie creería oír en ellos un Orlando de Laso o al gran Palestrina, aunque como si fueran grandes les llovieran los dineros. "¡Alcanza para todos!", decían los más sensatos. "¡Que no es cosa de dineros, que gustan porque pegan en el piso como simios!". El verdadero pecado de esos tres zarrapastrosos era que opacaban el lucimiento de los otros talentos.

Mientras varios de los músicos organizaban un bloque contra María, ésta ocupaba el tiempo en que no hacían música de otra manera. Gracias a su nueva posición, hacía amigos e incluso departía con los célebres en los salones. Asistió a la gran fiesta en honor de donjuán de Austria, que tocaba Nápoles camino a Mesina, punto de encuentro para los aliados de la Santa Liga.

Don Juan de Austria, con el título de capitán general de las fuerzas de la Liga, llegó a Nápoles el 9 de agosto. Toda la ciudad salió a verlo entrar en la mejor de las monturas. Vestía del modo más rico y vistoso, su traje hecho de tela de oro encarnada, cayéndole al cuello una cortadura de terciopelo blanco muy relevada perfilada con pasamanos de oro, la banda carmesí cruzándole el pecho para denotar su orden de caballería, caballero del toisón de oro, las plumas blancas sobre el sombrero también de terciopelo. Como era de por sí muy hermoso, de estatura algo más que mediana, *ojos algo grandes, despiertos y garzos, con mirar grave y amoroso, un rostro muy hermoso, poca barba, lindo talle, el cabello rubio muy abundante y rizado peinado hacia atrás, temperamento sanguíneo, señoril presencia, alegre, inclinado a lo justo, de agudo ingenio, de buena memoria, adelantado y fuerte, armado andaba como si no tuviera nada sobre sí, porque era muy fuerte, y además cortés y agradable, y excelente hombre a caballo...* Los elogios abundan.

Las jóvenes lo vieron pasar asomadas a sus balcones y más de una sintió amarlo. Al llegar frente a la puerta de la catedral, donjuán de Austria se quitó el sombrero y saludó con gesto respetuoso. Apenas sentir la cabeza desnuda, pasó sus dos manos por el cabello para echárselo hacia atrás, comenzando por las sienes, y la agitó levemente. El gesto causó furor como dondequiera que donjuán de Austria se presentara —el más hermoso de toda la familia real— y todos los muchachos de Nápoles le imitaron el gesto, de inmediato se convirtió en seña de buena cuna. Pero incluso en las calles el gesto se contagió, hasta Carlos lo adoptó. Sobre su lacia cabellera negra se pasaba las manos y agitaba un poco la cabeza, exactamente como un don Juan de Austria, llevando al exasperado Andrés a cúspides nefastas de exasperación.

Mientras María hacía amigos e iba a fiestas, se apropiaba del manejo de la casa que habitaba, se volvía la capitana de ese puerto ganándose el respeto de criados y gobernantas. Estos no entendían bien a bien qué ocurría entre ella y su patrón. La veían adorarlo, cuidar de él cuanto don Jerónimo Aguilar lo permitía. Lo veían a él idolatrarla. No sabían cómo interpretar que no cohabitaran, ni las andanzas de don Jerónimo, de las que se hacían mil lenguas. María, por su parte, estaba muy segura de que él le profesaba amor del bueno y que terminarían unidos en santo matrimonio. Aunque gitana, ella era la hija del duque del pequeño Egipto y tenía a su persona en muy alto aprecio. Antes de casarse, sin embargo, debía entregar su carga en Famagusta. Para hacerlo, necesitaba esperar mejores tiempos. No se impacientaba, sabía en cambio dejarse ir en ensoñaciones peripatéticas, se imaginaba a qué sabrían los besos del hombre que ella amaba, el que le habla con tan dulces palabras, alimentando una temblorosa hoguera. Imaginaba sus caricias, sus abrazos; quería tocarlo.

Don Jerónimo Aguilar desgastaba las palmas de sus manos prodigando a granel caricias a las cualquieras, ninguna de las cuales le parecía siquiera remotamente bella. Se tiraba entre sus piernas abiertas y sin mirarlas, cerrando los ojos con un gesto que cualquiera podría haber interpretado como disgusto, las poseía no más de unos minutos, meneando en ellas su miembro siempre ansioso. Más deseaba a María, más se ayuntaba con otras, para quedar siempre insatisfecho, íntimamente humillado. María desconocía las prácticas nocturnas de don Jerónimo y con simpleza directa lo deseaba. Esperaba el sonido de sus pasos. Apenas los percibía, saltaba de sus cavilaciones para rodear a su adorado de mimos y sonrisas. El día y la noche se le iba en pensarlo, en repasarlo en la cabeza, en suspirar por él, en soñarlo.

Jerónimo se creía un hombre dichoso. María por su parte creía que llegaría a ser dichosa apenas entregara su libro de hojas metálicas en Famagusta, que apenas cumpliera sería libre para entregarse y gozar del amado. Y si diera con su padre, ¡dicha completa! Dejarían Nápoles, regresarían juntos los tres a Granada, o los cinco, si había que volver también con Andrés y Carlos. ¡Buena cosa le parecería a la madre superiora saber con quién se había casado la despreciable María! ¡Y qué diría la Milenaria, y qué opinaría Dulce, y el gusto que les daría a Clara y las más de sus demás compañeras de la cocina, para las que María no servía pa náa! ¡Imaginar la cara de Estela! A Salustia debía traerla a la fiesta de su boda. Le prestaría uno de sus vestidos y sería su dama de honor; ella representaría su negro y limpio honor de gitana.

Gerardo observaba las idas y venidas de don Jerónimo Aguilar con intenso disgusto. El trato con Ricote le había regresado ya la suficiente cordura como para darse cuenta que frente a sus ojos se disolvía la buena reputación y honra de María, el honor de su hija se arrastraba por el sucio piso de la sucia Nápoles. ¿Qué más daba que los criados dijeran que María vivía en completo recato, si el hecho es que dormía y vivía en la casa de un hombre que no era su marido? El contacto con Ricote lo regresaba cada día más a sí mismo. Hablaban breve casi todas las noches, Gerardo le ayudaba con sus negocios, que para ganar monedas no había necesitado vivo ningún instinto. Se había atrevido a más con Ricote, le había dicho que ya sabía dónde estaba su hija María, que saldría en breve a buscarla, que la llevaría consigo a Alemania, a la ciudad que Ricote le indicase. No le confesaba que la tenía bajo sus narices, en casa de tal capitán español, ni que su hija era María la bailaora, que para todo Nápoles era ya objeto de amor y leyenda.

Tampoco se decía a sí mismo que lo que tenía que hacer era darse a conocer sin rodeos a su hija.

Como se dijo ya, María se esmeraba en hacer vínculos con los que parecieran importantes. No serían muchos, pero fue tendiendo una red de "amigos". La necesitaba para sus planes, los inmediatos y los que miraba en el más difuso futuro. Quería encontrar a su padre, entregar su libro en Famagusta, volver a Granada, y para conseguir sus querencias creía que debía hacerse de "amigos". Los llamados así se le acercaban en esta ciudad revuelta porque ella tenía dos imanes: su cercanía con un hombre poderoso en el ejército, y el imán del dinero. A todos en algo los llamaba su gracia, pero no hubiera sido ésta suficiente. Amigos y zopilotes se escriben casi, en este caso, con las mismas letras: la zeta va por zurrón, que del zurrón estos amigos querían roerle. La "o" por la que trae la palabra amigos, que aunque zopilotes fueran querían parecer amigables. El colchón de oro de que había proveído don Jerónimo a María la hacía lo suficientemente venerable como para que gente que antes no la hubiera volteado a ver ni por encima del hombro, ahora la cubriera con halagüeñas palabras y la encontrara propia de consideración y respeto, talentosa y hermosa, fina y educada. ¡Ah, qué dechado de virtudes, la gitana! Un día alguien comentó: "Parece hija de cristianos viejos", y otro dijo: "Mejor destino mereciera que ser hija de gitanos". Suponiendo que esos mismos hubieran volteado por encima del hombro para atisbarla cuando era pobre como una chinche, la habrían descalificado de inmediato como a una chula despreciable. Ahora les parecía *muy* apreciable y la certificaban cristiana vieja.

Los "amigos" le fueron enseñando con quiénes tratar para concertar sus averiguaciones, y del ala de los que le olían el zurrón fue a dar a otro grupejo de zopilillos. De éstos supo que la nave que cargaba a Gerardo había sido hecha cautiva por los corsarios turcos y esto la llevó a acercarse a los mercedarios en busca de ayuda para averiguar si sabían dónde y cómo dar por él un rescate, pues los frailes de esta denominación son quienes rescatan a los cautivos, la orden se encarga de hacer las muy fastidiosas negociaciones y las entregas de dinero para salvar a los cristianos de la esclavitud entre infieles.

Uno de estos frailes hizo saber a Gerardo que María lo buscaba. Con esto, otro rayo cayó sobre la conciencia del gitano. Pidió al mercedario que por favor le anunciara a María su próxima llegada, que no le dijera que había perdido la nariz, ni menos lo de los párpados, ya habría tiempo para prepararla. Debía informarle que estaba bien, decirle que la vería en breve, que había conseguido ya su libertad. Pero el muy solícito y eficaz correo, pensando en su propio provecho, le anunció a María que era urgente este pago y el otro, que más monedas hacían falta urgente para ir procurando medios que le acercaran a su padre el fin del doliente cautiverio. María fue informada de mil distintos detalles, todos y cada uno falsos como el mercedario, a quien le llenaba los bolsillos a cambio de palabras y promesas.

Gerardo aseguraba al fraile que vería a su hija en dos meses, el tiempo que él necesitaba para terminar de juntar el dinero con que se instalarían en Alemania, y el fraile decía a María que dos de plata para mantas, que diez de cobre para galleta y una de oro para intentar zafarle la cadena. El fraile le explicaba a Gerardo que María necesitaba monedas para esto y para lo otro, y el un día bello desembolsaba. El mercedario se enriquecía por ambos frentes; llevaba a los dos certezas, insinuaciones y en cierta medida alegrías, que así se llaman las esperanzas, sobre todo cuando son falsas. Por último, además de puro hablar algo hacía, que era buscar quién le organizara a María un viaje que deseaba. No lo hacía por buen corazón, sino porque sabía que de esta manera alejaba el encuentro entre Gerardo y su hija, poca gana tenía de asesinar a su gallina de huevos de oro. Eficaz, auxiliaba a María en otros planes que ella tenía en mente, así el que ahí se llenara el bolsillo fuera el criado calabrés de un famoso jesuita que aquí pronto se verá.

A punta de mentiras mercedarias, María ignoraba la situación de Gerardo. El mercedario se sentía bondadoso porque no le espetaba la mutilación del padre, le ahorraba el mal trago de su enfermedad y el feo aspecto de sus mutilaciones. Tampoco le hacía saber que desgastaba sus pocas fuerzas en ganar dinero para llevársela a Alemania. María alegraba su corazón creyendo que con sus monedas iba soltando las cadenas del padre. Gerardo alegraba el suyo matándose en diligencias, buscando el provecho de María, organizando con Ricote su llegada a Alemania.

María gozaba el caluroso resplandor con que la embellecían las monedas de oro, la hacían tan atractiva, le traían amigos. (Otro resplandor tuvo no hace mucho en la piel, pero ya parece tan lejano. Nunca se acuerda ya de él. El momento pasa por un momento sin que ose atraparlo: están a medio camino, se han sentado a la vera a pasar la noche, que los ha pillado fuera de muros, ciudades, pueblos o villorrios. Han encendido una hoguera. Han abierto las páginas del libro plúmbeo que cargan rumbo a Famagusta. Es la primera vez que se atreven a inspeccionarlo. María lo extiende sobre el burdo saco, en el piso; es un libro muy grande; es bellísimo; tiene escritas palabras; las llamas chisporrotean porque es lo suyo; María da su voz a lo que trae escrito el libro, lo lee en voz alta; Carlos y Andrés la escuchan, barnizada por el brillo de las llamas reflejado en las hojas metálicas del libro, está bañada en luz dos veces; las llamas brincan en las páginas metálicas, impacientes; los chicos beben lo que María les dice, lo que les dicen esos labios es para ellos la revelación primera; María bebe doble: de su voz, de las caras y excitaciones de sus dos compañeros, del fervor danzante de las flamas reflejadas y del crepitar del fuego, bebe de muchos sitios. María arde en las páginas metálicas del libro plúmbeo. ¿Quién, viendo la escena, no creería que ahí se da un perfecto amanecer de la conciencia? El Mundo está ahí presente, vivo, renovado. Se es, como si ser fuera por primera vez ser, y ser único. Luego, los tres gitanos cantan y bailan, febriles, embriagados.) Ahora, el resplandor del oro que regala María a sangre limpia, le hace un gélido recorrido por las entrañas, peinándole por dentro el corazón, barriéndoselo. Y mientras ocurre esto, María aprende a amar la vida de palacio y ansía no perderla. Comenzó a calcular cómo podría hacer para no ser echada, cómo tener la llave, el acceso, sin que en cualquier momento otra, alguna otra, viniera a reemplazarla.

Lo único que puede garantizarle su estancia en esta vida era el matrimonio. Y pensó que tenía que casarse. Supo que debía casarse.

No todo era cálculo frío en sus deseos de matrimonio.

44. Las confusas noches napolitanas

Nápoles, la mejor ciudad del mundo, rica, hermosa, dispar y armónica —que las buenas ciudades consiguen las dos contradictorias cualidades—, que tiene todas las virtudes de una ciudad de Italia y también las de una de España, ciudad lujuria, corrupta, traición, desorden, efervescencia, artistas… Nápoles es magnífica, y es el basurero de Europa, el contenedor de todos los vicios y excesos del continente. Está rica y cargada también del África. Y en las noches, confusas…

En las noches confusas, Andrés juguetea con algunos mancebos, haciéndose a la cuenta que son reencarnaciones de María; don Jerónimo penetra feúchas, haciéndose de cuenta que son María; María se aderza y engalana, haciéndose de cuenta que aparecerá don Jerónimo Aguilar y le propondrá matrimonio, confesándole rendido su amor; Carlos tiene miedo de quedarse solo, haciéndose de cuenta que le divierten sobremanera las aventuras de Andrés; los soldados de la Santa Liga, esperando la seña para salir a guerrear contra el Turco, están haciéndose de cuenta que su vida es un privilegio, que ellos escriben las nuevas páginas de la historia mientras derraman sus pagas en placeres (en ser liberales demuestran que han aprendido la primera de las lecciones de la vida militar).

En las noches confusas, Andrés rabia de deseo por María, busca suplentes y en ellos consuelo sin encontrar sino rabia difusa; don Jerónimo desea a rabiar, se descarga a cambio de monedas; Carlos tiembla mientras a su pesar revive una y otra vez el incendio rabioso de su casa, la muerte rabiante de sus hermanas y su madre; los soldados de la Santa Liga se embriagan sin rabia alguna.

En las noches confusas, por la cabeza de un viejo caballero de Malta insomne desfilan vertiginosamente una y otra vez los setecientos de su orden sitiados en 1565 en el castillo de San Ángelo bajo las órdenes del heroico de La Valeta sosteniendo el sitio por el honor de su orden y el amor a la Santa Iglesia; observa detenidamente cómo caen uno a uno hasta llegar a doscientos cincuenta; cuando ve a los turcos retirarse vencidos, no siente el sabor de la victoria. Pocas puertas delante, un príncipe húngaro tampoco duerme, no hace tanto que los turcos arrasaron sus palacios, quiere bestial venganza.

En las noches confusas, aquel muchacho castellano, cebado por la violencia en la guerra de las Alpujarras, desea y ansía el ruido de la pólvora, anhela ver cuerpos abiertos por el cuchillo, anhela ser cuchillo, anhela ser cuerpo. Está impaciente por la llegada de la guerra, su espíritu se alimenta de cuerpos caídos, es una hiena y es cuerpos caídos y carne enredada en la dentadura de la hiena.

En las noches confusas los embozados corren por los callejones de Nápoles buscando gozar, negociar, hurtar o algunos esconderse de otros.

En las noches confusas, la cercanía de la guerra se cierne sobre la cristiandad. Algunos rezan. Los rezos no tienen un ápice de mansedumbre. Los rezos corren paralelos al próximo tronar de los arcabuces. *Santa María purísima:* estalla una granada. *Por los pecados cometidos:* cae un cuerpo. La guerra extiende su sombra hacia los días que la preceden, como si no pudiera caber en el tiempo que ocupará en breve con violencia nunca antes vista.

Pero las noches confusas terminan, sin que lleguen a ellas amaneceres luminosos. El final que se adelanta es el que tuvieron las de don Jerónimo Aguilar, quien pronto dejará de comportarse con María como lo ha estado haciendo, pues, por decirlo citando a Cervantes, irá "tratando mis amores como soldado que está en víspera de mudar".

Fin de las confusas noches (¡y que fuera fin, que las noches confusas continúan hasta el fin de los tiempos, buscando nuevos protagonistas!).

María se había acostumbrado a la compañía de don Jerónimo Aguilar, siempre alegre, inteligente, generoso, impecable, siempre admirándola, diciéndole florituras, llenándola de elogios, mirándola como si ella fuera Venus revivida, la más hermosa, la primera entre todas las mujeres. El hombre no le ha tocado ni un pelo, ni ha pedido permiso para hacerlo. Con los ojos le dice que la ama. María no sabe que con los pies, después de sus apasionantes entrevistas, don Jerónimo Aguilar corre a pagar mujerzuelas a las que posee con una mezcla de furia y desprecio. Así es él. Algunas personas no tienen el corazón dispuesto para el amor recíproco, y él ha advertido ya que María lo adora. Sin dejar de sentirse atraído, enamorado de ella, le guarda una distancia prudente que conserva hasta que donjuán de Austria da la orden de partir a los soldados viejos que han hecho salir de las plazas del reino de Nápoles y la misma a los bajeles cargados de vituallas y municiones, para ir desahogando el puerto, y ordena al resto de los soldados alemanes se le reúnan directamente en Mesina. Las órdenes implican que la Liga está por dejar Nápoles, la salida es ya inminente.

Apenas sabido esto, don Jerónimo Aguilar acorta la distancia que guarda con la bailaora. Suelta las riendas de su deseo. Le besa las manos, al día siguiente los brazos y al tercer día —luego de haber escuchado que zarparán a la mañana siguiente— la boca.

La besó y de inmediato los dos se precipitaron en un beso hondo y carnal, un beso denso, lleno de deseo, un beso que era incontenible, un beso cargado de suspiros, un beso que no sabía detenerse, un beso cargado de besos, de carne, de suspiros, de sueños, de caricias; un beso con manos y con pies; un beso repleto de palabras; un beso comida; un beso sueño.

Hasta que algo arrancó del beso a María. Estaba aún hundida en lo más hondo de este beso que le cegaba los ojos y la hacía ser toda carne, como nunca lo había sido, cuando sonó dentro de ella una alarma. Su repicar le dice: "¡Famagusta!, ¡Gerardo!, ¡Farag!, ¡Zelda!", y otros nombres que apuntan metálicos a la prioridad de sus lealtades, su misión, su encargo, su ciudad, su espada, sus amigos moriscos, Zaida y Luna de Día, su padre. Porque sonó esta alarma y al sonar le restituyó serenidad, la hija del duque del pequeño Egipto pudo pensar unas gélidas frases que la arrancaron completa del beso: "Yo quiero conservar el palacio en que vivo, quiero el matrimonio, y este hombre que adoro y me ama me está besando sin haberme hecho promesa de amor ni…".

—¡Jerónimo! —dijo con una voz cargada aún del beso, separándosele y sonriendo, extendiendo entre sus dos cuerpos su gracioso brazo—. ¡Jerónimo! ¿Qué vas a pensar de mí? Yo soy…

Si el beso había dado a María la hondura del amor seguida de la frialdad de su memoria y la metálica dureza de sus expectativas, había tenido en don Jerónimo Aguilar una reacción muy diferente. Lo había herido en carne viva como el arma de guerra. Lo violentaba, lo obligaba. Le había arrebatado eso que tenemos adentro de la cabeza, arrojándole los sesos al piso. Lo que quedaba de don Jerónimo Aguilar contestó a María:

—Voy a pensar de ti lo que tú quieres que yo piense de ti. Dime qué quieres que piense de ti.

—Quiero que pienses que me quieres.

—Pues te quiero, ¿no te he dado muestras infinitas de esto?

—Que me quieres bien, con amor del bueno. Que sabes que no le he entregado a nadie la joya más querida; que ésta será tuya si la pides como se la pide un caballero a una mujer con honra.

—Tú eres mi joya más querida.

—¡Valga!, ¡tú me entiendes!

—Te quiero, María.

—¿Y? Mejor todavía. Si se le quiere a una mujer, se la respeta.

—Te respeto, María.

—¿Y? ¿Por respeto me besas?

—Te beso porque te quiero.

—Quiéreme bien, como quiere un hombre de tu calidad a una mujer que aunque pobre tiene su espiritillo. *Ningunas palabras creo, y de muchas obras dudo.*

—Yo me he ahorrado palabras y creo que he sido contigo pródigo en obras, María.

—Me parece muy bien que me quieras, pero me arrepiento del beso. Yo soy pobre, lo sabes, pero tengo una joya y la creo más que la vida, que mira que mis trabajos me ha costado cargarla a cuestas y defenderla en tantas ciudades y caminos como he recorrido. Mi joya es mi entereza y mi virginidad, que vienen juntas; no hay cómo decir una sin nombrar la otra. No la he soltado aunque me la han querido comprar, porque si la pierdo sé que no podré yo comprarla. No me la va a quitar ni un palacio ni las hermosas prendas de que me has vestido, que de todas y cada una ahora mismo me arrepiento. Nada me hace falta a mí. Por años he vivido de lo mío, pero tengo mi joya, y quiero seguir teniéndola. Mejor me iré con ella a mi sepultura que perderla. Ya sabes que se dice: *Flor es la virginidad que no debe tocarse ni con la imaginación, porque ella basta para hacerle caer los pétalos*". "*Cortada la rosa del rosal, con qué brevedad y facilidad se marchita. Este la toca, aquél la huele, el otro la deshoja, y, finalmente, entre las manos rústicas se deshace.* Pido disculpas de mi estar aquí en tu palacio, que creí era por la manía que tienes a la música, como tú mismo me has dicho, y mal he hecho en creer a tus palabras. Si todo esto era por tener a cambio esa sola joya mía, no te la vas a llevar, que sería para mí el peor de todos los despojos. Mejor toma tu espada y córtame el cuello, anda, de una vez. Si la quieres de veras, si te vas a llevar esa joya mía que tanto aprecio, será atada con los lazos del matrimonio o en el cuerpo de una difunta, que no de otra manera. Si tú quieres ser mi esposo, *en un futuro* yo aceptaría. Pero ahora no puedo hacerlo, tengo que ir a Famagusta…

Don Jerónimo Aguilar la medio oía, desprovisto del beso lo único que deseaba era su renovación, ansioso quería continuar besando. Lo demás, ¡que rodara el mundo! "¡Beso, beso!", se decía, ensordeciéndose. ¡Cuánto deseaba a María! Oyó "Famagusta", y no escuchó. Las palabras le rebotaban en la cabeza vacía, una vez, dos, tres veces. De pronto entendió "matrimonio", y esta palabra consiguió regresarle los sesos a su sitio, deshiriéndolo, y sintió ganas de reír. Afortunadamente, en un ápice de cordura que se coló en su sinfónico deseo de beso, se dio cuenta de lo inoportuno de la carcajada que deseaba brotar y la contuvo. Jamás le ha pasado por la cabeza, pero ni de muy lejos, casarse con una gitana desprovista de dinero, honor, prestigio, familia. La gana de reír pasó tan de improviso como había aparecido, y volvió lo del beso, el coro clamando: "¡Beso, beso!"; sintió necesitar ese beso magnífico con tanta ansia que hubiera jurado lo que le fuera, si era preciso prometería que se tiraría de una torre, diría lo que le pidieran con tal de poder volver al beso. Ni un momento le había pasado por la cabeza casarse con ella, no estaba loco, el matrimonio es para afianzar posiciones y hacer mayores las riquezas, pero volvió la vista al rostro de María y verla fue volver a sentir el beso aquel y el sentirlo le tumbó la cabeza —ya no sólo los sesos— y la deseó más y de tan intensa manera que le dijo:

—Me has arrebatado de los labios, Preciosa, lo que yo quería decirte. Si no lo hice en días pasados fue por simple temor a tu rechazo. Te he dado pruebas repetidas de mi respeto. Hoy me rompí porque saldré pronto a la guerra, y no sé si los infieles me permitirán volver a verte. Discúlpame, te pido mil perdones, no debí haberlo hecho —por un momento don Jerónimo Aguilar miente por puro gusto, hacerlo le quita el ansia del beso, le satisface la boca de rara manera. Sabe que María ha sido tan impetuosa como él, si no es que incluso más (y por esto tan delicioso el beso), pero ¿qué le costaba *hablar*? Más: el juego este de hablar hasta por los codos le estaba gustando. Sacó de su bolso un anillo que traía de regalo para María—. Tenlo, como prueba de mi amor sincero. Disculpa de nueva cuenta mi beso, que si no puede ser retirado, ni será jamás borrado de mi alma y de mi cuerpo, no debió ser. No volverá a nosotros sino atado con tantos lazos y cintas como tú me pides, y por mí que más.

María lo miraba con esos ojos dulces que parecían pedirle "¡Miénteme más, don Jerónimo Aguilar, más!", a lo que él, generoso, le respondió:

—No me atrevía yo a pedírtelo por cobarde, por eso y sólo por eso no abrí la boca para preguntarte si querías ser mi esposa, María mía, porque más valor requería para este lance que cuando en el mar inmenso se embisten dos galeras por las proas y *éstas quedan enclavijadas y trabadas, y al soldado no le quedan sino dos pies de tabla del espolón para defenderse, y tiene enfrente de sí tantos ministros de la muerte que le amenazan a menos de un cuerpo de lanza con infinidad de cañones de artillería, y así y todo se arroja al barco del enemigo, y cuando éste cae muerto, otro ocupa su lugar sin temblar de miedo, antes arrojándose con valor y atrevimiento, bien a sabiendas que en este siglo terrible no se enfrentará con otro valiente sino con cobardes balas que disparan los que pueden ya andar bien buidos cuando cae el adversario.* Tal me pone menos miedo, María, querida mía, Preciosa, que haberte dicho lo que has tenido tú que sacar a cuento. Estoy a tus pies.

La lengua de don Jerónimo Aguilar se había soltado, estaba libre como una bestia en la selva; hablaba como abrevando de otros o recitando algo que un escritor hubiera puesto en un libro. No podía ya controlar la lengua y ésta mentía por propia cuenta, cargada de su propio peso. Tomó la mano de María porque ella se la puso encima, pero él estaba ya en otro lado, saltarín en la aventura de la lengua libre. Enredado en sus mentiras caballerescas, había perdido la gana de besarla. El beso podía esperar. Por el momento quería seguir mintiendo. Tomó aire para seguir, la bocanada al entrar le renovó el gusto de la lengua suelta, libre de la verdad y de todo compromiso.

Un trueno furioso sacó a María y a Jerónimo de sus respectivos embelesos. Se desató de súbito una inesperada tormenta. El viento sopló iracundo, los truenos estallaron a poca distancia. Don Jerónimo se levantó y casi corriendo, musitando no sé qué sobre la inminente lluvia —probablemente algo incoherente—, salió.

En el horizonte, la línea que divide el mar del cielo había desaparecido. Todo era, en la distancia, la misma amenaza. El agua inmensurable parecía prepararse para engullir la ciudad.

Los siguientes cuatro días no cesó de llover. La flota cristiana hubo de retrasar su partida. Los soldados se impacientaban. En las calles flotaba un humor de perros. Al quinto día salió el sol, en la tarde arreció con renovado ánimo la tormenta.

Don Jerónimo no puso un pie en la casa de María, ni María un dedo fuera del palacio sino para un asunto, que fue visitar a Andrés y Carlos para encomendarles sobremanera "su" bulto, el libro de hojas de metal. Les pidió lo enterraran en las afueras de la ciudad: "Yo no sé qué va a pasar, creo que es mejor guarecerlo". Andrés lo objetó. Carlos hizo coro a Andrés. Acordaron por fin los tres que el libro quedaría enterrado cincuenta pasos al nordeste de la puerta de la ciudad que conduce a Roma, bajo una cruz. María desembolsó el dinero para dicha cruz y regresó a casa a encerrarse a cal y canto. Adentro del saco del libro, cogido por una horquilla del cabello, estaba el anillo que don Jerónimo le había entregado, según creía María, en seña de compromiso. Su matrimonio debía esperar a que entregara el libro en Famagusta. Y no iba a entregarlo envuelto en tan indigno saco. Volvería cargándolo, cuidando de su amoroso anillo.

María no volvió a ver a don Jerónimo Aguilar sino cuando éste llegó a despedirse. Era el 21 de agosto de 1571. Había escampado relativamente. El capitán debía zarpar con su tercio, al mando de su cuerpo. Era el amanecer cuando llegó a dejar un mensaje a María la bailaora. María estaba despierta desde hacía horas, agitada, no podía dormir; se ha sentado a esperar el amanecer en el jardín central del palacio. A solas ha llevado a cabo una ceremonia, en la que ha enterrado bajo una magnolia su cruz morisca, la que en una de sus caras guarda la leyenda "El corazón manda". La ha enterrado, y se ha dicho cositas que nadie escuchó, prometiéndose a sí misma esto y aquello, segura de que volverá a rescatar su cruz y de que ésta la esperará con frutos: su matrimonio, su buena fortuna. Está viéndose las yemas de los dedos pintadas por la negra tierra, cuando oye abrir el portón, reconoce los pasos amados y corre a la entrada. Ahí está don Jerónimo preciosamente ataviado. Ella viste como lo hacen las argelinas en sus casas, una larga bata ligera que hace hermosas incluso a las feas. Don Jerónimo la ve y siente en sus venas el deseo del beso acompañado de una onda incontenible de caliente cariño. Quiere acariciarla, tenerla en sus brazos. Se arroja a ella. La abraza. Le roba un beso al que ella responde con la misma forma cálida, dulce, que se torna para los dos súbitamente roja, incontenible, carnal. Don Jerónimo separa los labios lo suficiente para decirle frases llenas de promesas y amores, buscando resguardo en las palabras, pero no pueden sujetarlo; la lengua ha sido tomada por asalto. La besa una vez más. La suelta y le pone en las manos una bolsa cargada de monedas. Repite lo que le ha dicho entre beso y beso: que debe esperarlo en palacio, que sus criados tienen indicaciones de abastecerla y protegerla, que volverá cuando termine la campaña. Rápidamente agrega que los más de los músicos dejarán Nápoles, regresarán a Venecia, que esa música se acabó. En cuanto a él, su tercio incorporado a la Santa Liga saldrá con rumbo a Mesina en unas horas. Le dio la noticia en estas pocas palabras —y muy como de títere, como si no las dijera *motu proprio*— ¡y ándate por piernas! Salió como impulsado por el mismo beso, disparado como una flecha perdida. La salida de don Jerónimo no es ninguna sorpresa para María. Ella sabe, y de sobra, lo que él acaba de decirle en relación con su partida y la Santa Liga, pero lo cierto es que no contaba con su palacio, eso es una sorpresa. Pero María no necesita de esta sorpresa. Está preparada. La invitación a permanecer en palacio sólo la hace sentirse más segura de sus planes.

No han pasado muchos minutos de la salida de don Jerónimo Aguilar cuando aparece en el portón el secretario del jesuita Cristóbal Rodríguez, que ha sido recientemente nombrado capellán mayor de la galera real de don Juan de Austria. No hacía falta este nombramiento para que el jesuita y su secretario tengan las puertas abiertas de todos los palacios respetables de

Nápoles. Incluso ésta, aunque don Jerónimo Aguilar ha dado indicaciones precisas a los criados de no dejar entrar visitas en su ausencia. María vivirá en su palacio pero ni recibirá ni saldrá, para asegurarse que la joya —o sus dos joyas, si contamos a María como una y a eso que ella dice celar como la segunda— quede a buen resguardo. Pero el prestigio y respetabilidad de Cristóbal Rodríguez es enorme, ganados cuando cuidó personalmente de cientos de víctimas de la plaga en un hospital en Sicilia y cuando capitaneó una misión contra bandidos calabreses. Tiene fama de santo y de héroe, y no hay quien pueda negarle la entrada a él, y por contagio a su secretario. Aunque lo de buena fama, la verdad es que su secretario no la tiene tanta. Fue bandido en Calabria, Cristóbal Rodríguez lo convirtió y cargó consigo. Muy convertido quedó, tal vez porque es de natural convertidor, tanto que ya se hizo a las maneras de los españoles. Amañado y corrupto, ha hecho fuerte amistad con el falso mercedario. Él es quien lo ha sobornado para ir hoy en busca de María.

—Señorita María, el padre Rodríguez necesita verla. Debe venir de inmediato antes que zarpe *la Real*. Es de suma urgencia. No tiene el tiempo de acercarse —le dice. Y a los criados, que miran la escena—: Yo mismo la llevo y la traigo en breve. Dice el padre Rodríguez que es urgente. Yo la llevo a la galera real, y yo la acompaño de vuelta.

Los criados de don Jerónimo Aguilar no saben qué hacer. Margarita, la matrona que coordina las labores del ejército doméstico, dice:

—Señorita, don Jerónimo dijo que usted no saliera porque temía que alguien pudiera dañarla, que la cuidáramos como lo que es, la joya de esta casa. ¿Cómo dejarla ir al puerto? Y peor hoy que todos los soldados están ahí juntos y a punto de echarse a la mar… No me quiero ni imaginar la de barbaridades que ahí ocurren…

La vieja persignada se había vuelto ya incondicional de María, decía a diestra y siniestra que porque no dormía con don Jerónimo, la verdad es que a punta de monedas, porque María se ha cuidado muy bien de calentarle generosamente las palmas para ponerla de su lado.

—Yo no sé qué duda, *doña* Margarita —dijo María, ahora untándole la vanidad con este *doña* traído de la nada—. No podemos negarnos, el mismo don Jerónimo no tendría el menor resquemor al respecto. Nos habría pedido que corriéramos a obedecerlo. Lo mismo opino yo, que si el padre Rodríguez nos pide estemos con él, ¡hay que apresurarse y si es posible ir de rodillas! Es un santo. Y así voy a hacer. Ni cambiarme, ¡me voy así!

—¡Eso no! ¡Sin cambiarse no! —Margarita omitió objetar lo de ir de rodillas, pero ir mal vestida y tan poco cristianamente, ésa era otra cosa.

—Pues prepáreme rápido de qué debo vestirme, usted sabrá mejor que yo…

Margarita corrió a elegirle un atuendo que más bien parecía de beata, pensando con una excitación muchachil: "¡El padre Rodríguez!, ¡el padre Rodríguez!".

(La verdad es que los más entendidos dicen que el padre Rodríguez es —por algo jesuita— judío converso, sus padres no comen puerco ni mueven un dedo los sábados. Además, el padre Rodríguez ama a los varones carnalmente y no se priva de ellos —de donde podemos decir que conoce y profesa los gustos orientales— y ha leído y con admiración a Lutero.)

Lo que más tiempo le llevó a María fue pedirle a Margarita un favor:

—Que si me llegara a pasar algo en el puerto…

—¡Ni Dios lo quiera! —exclamó Margarita.

—Pero qué me va a pasar, no se preocupe, esto es solamente por si de pronto ocurre algo terrible, digamos que estalla el Vesubio… ¡yo qué sé! Ahí le encargo mis ropas granadinas porque les tengo aprecio. Y esto… —María sacó de una pequeña bolsa de seda el broche que le había regalado Zelda—. Guárdemelo, por favor. Es lo único que me queda de mi pueblo. Pase lo que pase, Margarita, voy a regresar a recoger mis cosas. Yo no sé qué me pida el padre Rodríguez. Si el santo me pide algo que no me permita retornar a la casa de inmediato, le encargo. Cuídeme bien este mi tesoro. Es como mis hijos y padres, lo que me resta de mi familia, mis ropillas tan poco finas y…

—Pero, señorita María, si son de seda, no les diga poco finas. No se preocupe usted, que le juro por lo más sagrado de mi vida que yo las cuidaré y aquí se las tendré, pase lo que pase. Si yo faltara —ahora Margarita es la que se ponía solemme— lo dejo encargado en mi pueblo, con mis hermanas. Mire…

Margarita le dio a María todas las indicaciones de dónde recuperar sus cosas en caso de que le ocurriera una fatalidad.

Apenas terminó María de cambiarse sus ropas de casa por las de calle, salió y, acompañada del bribón calabrés, favorito un momento del padre Rodríguez —hoy sólo cómplice en las buenas maneras, que incluso un bribón sabe obtenerlas—, echó a andar por la magnífica Nápoles sin mayor compañía que ellos mismos.

Unas cuadras calle abajo, previo asegurarse que nadie los ha seguido, entraron a la casa de un comerciante, donde María viste ciertas ropas concertadas. A las prisas, le atusan el cabello, dejándoselo en forma de casquillo. Bajo el nombre de "Carlos Andrés Gerardo, pintor de oficio", sus embaucadores amigos sobornados la han inscrito en la leva como un soldado más de la recientemente formada Santa Liga, y habiendo dado prueba de su pericia con el pincel, han conseguido alistarla en *la Real* responsable de mantener en buen estado las muchas pinturas que la adornan. Sobornando a éste y al otro, el falso hombre queda en la compañía de su don Jerónimo Aguilar, que pertenece al tercio de don Lope de Figueroa. En menos de una hora, bien avituallada y elegantemente vestida, María la bailaora, ahora soldado cristiano y como tal con la roja cruz cosida en el faldón de la camisa, la espada morisca en las manos ("Quien toque el filo de mi espada, tocará la puerta de la muerte") aborda *la Real.* Al acercarse al puerto, la sorprende el número de las galeras y sus vistosos adornos, banderas, estandartes, flámulas, gallardetes. Hubiera venido el día anterior y habría visto cómo pequeñas barquillas cargadas de hombres se internaban en el bosque de galeras, repartiendo manojos humanos en ésta o en aquélla. Ahora todas están cargadas, bullen de personas. Y apenas tienen tiempo sus ojos de ver este insólito cuadro cuando llega a la hermosa, magnífica, espléndida, incomparable galera real, la popa labrada de bellísima manera, dorada y roja y de tal manera vistosa que es una joya. En breve llegará don Juan de Austria precedido por sus capitanes y secretario. La ciudad los despide con salvas y rezos. En la comitiva del generalísimo vienen don Lope de Figueroa, don Pedro Zapata, don Luis Carrillo y su padre, el conde de Priego y don Bernardino de Cárdenas y con ellos don Jerónimo Aguilar, que será responsable de la popa del barco, el penúltimo en subir entre los principales. Cuando la tripulación grita el "¡Hu, hu, hu!" que corresponde a Jerónimo, como hacen siempre que sube alguien de importancia, María baja la cara, enrojecida de emoción, con una mezcla también de vergüenza de que él la descubra vestida así y desprovista del mejor de todos sus atributos, su cabello. Aun atusado brilla y es hermoso y tupido, pero lo trae escondido bajo esa boinica ridícula que le ha calzado a las prisas el calabrés.

Cuando don Juan de Austria está por pisar la nave, *la Real* disparó el cañón de crujía dándole la bienvenida con toda ceremonia. Lo primero fue rezar guiados por los dos capellanes —o por el uno que pastoreaba a los dos— y de inmediato comenzar a maniobrar y dar órdenes para dejar el puerto.

Al mando de treinta y tres galeras, donjuán de Austria deja Nápoles dirigiéndose a toda vela a Mesina donde lo espera el resto de la Liga.

Nápoles queda vaciada. Atrás de la Santa Liga zarpan embarcaciones menos santas, las de mujeres ligeras y las de comerciantes ambiciosos siguiéndoles los talones. La ciudad queda como desangrada. La puerta de la ciudad más que nunca tiene dos caras. Con la que da a las afueras bosteza de fastidio. La otra se fatiga viendo salir riquezas y portentos. Los músicos geniales la abandonan y tras éstos múltiples visitantes, embajadas de diferentes países, los abastecedores de los respectivos ejércitos, vendedores de armas, bastimentos, telas, pólvora, más la muy rica y abundante comparsa que acompaña a las riquezas, que es singularmente variopinta: salen frailes, vendedores de amuletos, mujeres honorables, otras no tan honorables, carros cargados de toneles vacíos de vino, pastores sin su redil, agricultores sin sus productos, fabricantes de miel, aceite, vendedores de aceitunas.

De pronto algo corta el bostezo que ciñe la cara de la entrada, pero no le arranca ni una sonrisa. Capitaneada por una flamígera cabellera, llega una tenebrosa caravana. Es una banda granadina, de los que allá se hacen llamar monfíes, muy jóvenes muchachos cuyas casas y familias fueron arrasadas por la violencia de su guerra civil. Todos vienen armados, sus corazones llenos de odio.

La cara que hace un momento bostezaba, la que no puede sonreír al ver entrar a esta gente, sombría frunce el ceño. ¡Hasta una puerta siente frío al verlos pasar! Es la caravana de la hermosa pelirroja Zaida, viaja acompañada con una docena de muchachos de su tierra que la protegen para viajar sin riesgos mayores que ellos, que pocos no son, pero Zaida sabe controlarlos. Los caminos europeos no están en guerra, pero si una mujer viaja sola, se expone al error de sus violencias. Zaida no teme ninguna violencia, se cuida sólo para acometer lo que se ha propuesto.

Entra a una Nápoles apenas vaciada, apenas dejada por la Santa Liga, donde lo único que deambula por la calle son perros callejeros bien comidos, meneando la cola algo impacientes. No se parece a la Nápoles de María. En la de Zaida, medio desierta, se ven, junto a los perros dichos, soldados enfermos dejados ahí por no servir de nada en las galeras, algunos esclavos de los de remo que ya no valen ni un comino, abandonados por sus dueños a mendigar sin rumbo, con tan pocas fuerzas que no las tienen ni para dejar la ciudad.

Zaida deja a un lado a su banda de monfíes enfriados, conminándolos a comportarse. En cuanto se ven sin ella, los chicos atrapan a un perro y proceden de inmediato a atormentarlo. Comienzan por amarrarle un cordel al cuello, le atan con la otra punta una pata doblándosela feamente, y lo fuerzan a dar de vueltas cojeando. Lo siguiente es lo mismo con dos patas. Luego echan la mano a la navaja, comienzan a desollarlo. Lo ahorcan lentamente; cuando el perro ya parece muerto, lo despiertan sacudiéndolo con el dolor que le causa el filo. Ríen, tan alto, que ni los aullidos del perro se escuchan.

Zaida se ha inmiscuido con un grupo de mujeres en los lavaderos públicos. Le cuentan que acaba de partir la Santa Liga y le dan noticias de sus gitanos, por lo que sin dificultad da con Andrés y Carlos, y en unas horas con el antes bello Gerardo. Zaida los reúne para oír de todos juntos los informes que busca. Lo único que saben es que María ha desaparecido como por un embrujo, los tres dormían cuando María, vuelta el Pincel, subió a *la Real.*

Zaida visita a Margarita, el ama de la casa de don Jerónimo Aguilar. Le pregunta a bocajarro por María. Margarita la revisa de cabo a rabo, dos veces, antes de creer que su "señorita" pueda ser amiga de un personaje así. No le confiesa nada hasta que Zaida le pregunta si acaso nunca vio el broche y la cruz morisca, los regalos de Zelda a María, describiéndoselos detenidamente. Margarita bien conoce la cruz que María siempre traía al cuello, y el broche lo tiene guardado. Por esto Margarita confía a Zaida lo del padre Rodríguez, diciéndole: "Seguramente la señorita María está cumpliéndole algo para mejor gloria de Dios, que…". Un par de días después, las monedas de Zaida dan con el calabrés, el cobarde se ha quedado en tierra, desacompañando al capellán de *la Real,* su amo, el jesuita festivo, "¡el santo padre Rodríguez!" que hace suspirar en Nápoles a todas las Margaritas, y más monedas lo persuaden a confesarlo todo. En cuanto conoce los hechos (que María se ha vestido de soldado cristiano —¡acto odioso, abominable!—, que se ha embarcado a combatir a los turcos), Zaida se embarca en furia a Mesina, acompañada de sus muchachos. Apenas a bordo se desata el mal tiempo que los fuerza a cambiar erradamente el rumbo, donde sólo empeora su situación. Varias veces cree que naufragarán. Su embarcación es veleta al viento, capricho de las olas, juguete del mar. Ni por un momento Zaida se deja morder por la desesperación, infunde ánimo a bordo, consuela a los jovenzuelos y marinos, es ella quien rige el barco. No es su valor quien la sostiene, no es su buen espíritu quien le da aliento. Sabe que debe encontrar a María la bailaora. Tiene que hacer cumplir un pacto pendiente.

Cuando aparece tierra a la vista, quien los mira es la sin par Venecia. La belleza de la ciudad deja incólume a Zaida. El mal tiempo no ceja, durante un día completo no pueden acercarse al puerto. Desde la embarcación, la fuerza del mar y el cielo parece mofarse de la bella Venecia. La tormenta arrecia. Los truenos parten la bóveda celeste en mil pedazos, la lluvia la vuelve a unir, los rayos y centellas la quiebran nuevamente. Y a la vista está Venecia, como tendiéndoles los brazos, como pidiéndoles se apresuren a llegar a ella. Se libra un combate: es la ciudad contra la madre naturaleza. Al poco rato la densa lluvia borra a Venecia de la vista, borra el horizonte y el cielo; quedan envueltos en la gris furia del océano. La ciudad es un juguete del que naturaleza parece haberse fastidiado. Pasan las horas que parecen eternas y de pronto la ira de las olas se desvanece, el cielo se aclara. Venecia aparece más cercana ante sus ojos, su belleza, bajo el rayo de sol que la pinta, estremece a toda la tripulación, excepto a Zaida. La ciudad gana sólo por ser más constante y paciente. Por fin desembarcan.

Excepto a Zaida: la furiosa parecía más en casa en medio de la temible tempestad. En Venecia parecerá el león enjaulado, el león compartiendo la jaula con el león vernáculo. Porque muy a su pesar, Zaida queda varada en Venecia, las venas más llenas de rabia que nunca. Había soñado con unir sus fuerzas a María, para eso la quería, para incorporarla a su banda. Nápoles la recibió con la nueva de que, en lugar de contar con una aliada más, tiene en la lista un número mayor de enemigos. La nueva ha privado a Zaida de lo único amable que ella creía le restaba en el mundo.

Aquí se contó cómo María la bailaora se enganchó y zarpó con la Santa Liga a detener el avance de la armada del Gran Turco hacia Famagusta, junto con otras cosas que ya se leyeron.

45. En que se cuenta cómo fue que María se llamó "el Pincel", el trayecto de la Santa Liga hacia Mesina, el mal clima, el enfado de Jerónimo, y las desesperanzas de María, para lo cual conviene evocar estas palabras de Cervantes:

Porque ya se sabe que la hermosura de algunas mujeres tiene días y sazones, y requiere accidentes para disminuirse o acrecentarse; y es natural cosa que las pasiones del ánimo la levanten o abajen, puesto que las más veces la destruyen.

María ha viajado en cinco barcos distintos. El primero fue para salir de Andalucía, el desafortunado que a los muy pocos días fue tomado por los corsarios berberiscos. El segundo fue el de estos corsarios, que la llevó a Argel. Al tercero lo abordó en cuanto pudo pagar su propio rescate, el de sus amigos y el de su "carga", para enfilarse de vuelta a Europa. Como las naves corsarias no pueden arribar a Nápoles, mudó de barco en un puerto pequeño en Sargel, donde exportan higos pasa. El cuarto, cargado de esa fruta, la depositó en Nápoles.

La galera real de Juan de Austria es el quinto, y este quinto sí es real. La galera es soberbia. La popa está tallada de delicadísima manera, los barandales recubiertos de hoja de oro y sobre su cuerpo entero hay innumerables pinturas y leyendas que guían, orientan, sirven de ejemplo moral como un libro abierto, hablan a donjuán de Austria con alegorías para auxiliarlo al desempeño de la gran empresa que todos esperan lleve a cabo. Así, la decoración de la galera real no es un simple adorno: las imágenes han sido ahí puestas para servir de ejemplo al capitán general, el generalísimo, el hijo bastardo de Carlos V. Cada una de ellas ejemplifica una virtud o exhibe una enseñanza que debe servirle de orientación y aliento para alcanzar la muy necesaria y deseada victoria. El autor de estos epigramas era Juan de Mal-Lara, hijo de Diego de Mal-Lara, pintor de no mucha fama, y de Beatriz Ortiz. Había nacido en 1527 en esta familia de gente honrada y de sangre limpia, naturales de Alcázar de Consuegra, de clase humilde. Estudió en Salamanca, vivió en Barcelona, ganó con su educación y mucha inteligencia tratos con la nobleza y los jerarcas de la Iglesia. En 1561 fue preso por la Inquisición, acusado por sus ligas intelectuales con algunos nada fieles a la correcta fe. Con este motivo escribió los siguientes versos a María de Hojeda, su mujer (una analfabeta con quien tuvo dos hijas, Gila y Silvestra), en un texto llamado "Psiche":

¡Qué sufrimiento grande y qué cordura
mostró la fiel alma quando solo
estuve en aquel término de verme
sin hazienda, sin vida, sin honrra y alma,
de no ser ya en el mundo más entre los hombres!

La galera real es una nave que no tiene par en el mundo. Luego de haber sido armada en las atarazanas barcelonesas fue llevada a Sevilla para ser decorada propiamente. Los artistas que se hicieron cargo de ella, bajo la coordinación y el cerebro de Juan de Mal-Lara, fueron Benvenuto Tortelo, maestro mayor de Sevilla; Juan Bautista Vázquez, que se ocupó de las esculturas; y Cristóbal de las Casas, que se encargó de la decoración de la parte interior de la nave, el "revés" de los cuadros y figuras en relieve del exterior de la popa.

Don Juan de Mal-Lara, el escritor de la mayor parte de los epigramas y poemas que adornan la galera, también hizo poner ahí algunas traducciones suyas más o menos fieles de Ovidio, Horacio, Píndaro, Ateneo y Alciato, el fundador de la emblemática, a quien debe haber consultado seguido para agrandar o precisar el significado de las figuras. De Virgilio hay unos fragmentos del libro XVII de la *Eneida*, "Las fuertes Amazonas y su guía", donde utiliza con cierta frecuencia frases que es imposible encontrar en el original, o en las que cambia de tal manera el orden que resulta no haber manera de identificarlos, como: "Por otra parte, Nilo está afligido, / extendiendo sus senos, y llamando / a escoger en sí al pueblo vencido, / por sus secretos ríos…", etcétera.

Como ya dije, hubo desde el principio la voluntad de que la decoración de esta nave estuviera reservada a imágenes que sirvieran de ejemplo al capitán general; cada una personifica una cualidad, una virtud o una enseñanza. El primer epigrama es a Tetis, en el lugar más honroso de la nave, porque representa la victoria. La prudencia en Argos con sus cien ojos. Hércules y Diana con el can para significar el entendimiento y la razón. Prometeo, el águila está royéndole el corazón para significar que al capitán le han de combatir siempre altos pensamientos. Ulises, para ayudarlo a recordar que no debe escuchar jamás las sirenas de los aduladores porque las mentiras y las adulaciones destruyen a los mejores príncipes. En los platos tallados en las bancazas está representado un cisne para señalar la navegación próspera, una liebre para dar a entender la necesidad de la vigilia, la palma por la victoria, almendras verdes y aceitunas por la parsimonia y frugalidad antiguas, la continencia y la templanza, la limpieza y la castidad. En la cuarta bancaza, que Mal-Lara llama lechera (porque don Juan duerme ahí —hace el lecho— muchas veces), están espléndidamente pintados seis servicios de pescado: el primero es una anguila, el

segundo un erizo, el siguiente un pulpo, el próximo un lengua-
do en escabeche, que significa otra vez el silencio, lengua-si-
lencio; sigue la jibia, que deja tinta atrás de sí para saber huir, y
tras ella las ostras, significando que es imprescindible mantenerse en el punto medio. En el tendal están escritos los epigramas que proponen ejemplos de gloria militar: Minos —la
cordura—, Jasón —el atrevimiento—, Temístocles —los consejos—, Duilio —el valor—, Pompeyo —la grandeza—, Au-
gusto —la majestad—, Rogerio de Sicilia —la determinación—,
Roger de Lauria —la astucia—, Jaime I de Aragón —la buena
intención—, Alfonso X —la prudencia—, Andrea Doria —la
disciplina—, y por último el padre de don Juan de Austria,
Carlos V, representando a todas las virtudes reunidas. El tendal
que hay a la entrada de la cámara real simula la bóveda celeste
y en ella representadas siete artes: gramática, lógica, retórica,
aritmética, música, geometría y astrología. Están los signos del
zodiaco, porque en cada uno de ellos hay algo que aprender,
las constelaciones, los lemas, sentencias, algunas de Cicerón,
otras de la Biblia y otras del propio Mal-Lara, que sería muy
sabio pero no era demasiado gracioso. No abrumaremos aquí
con la descripción de los emblemas, extraordinarios dibujos y
talladuras y representaciones de la dicha nave. El unicornio,
los ocho vientos, Mercurio, Neptuno y el Tiempo en sus respectivos carros ("El tiempo es el que trae consigo la ocasión de
obrar"), Argos, Palas, un rinoceronte ante un elefante ("El rinoceronte es un animal que jamás huye de su enemigo, lucha
hasta vencer o morir"), Diana, los signos celestiales, relojes e
instrumentos que miden el tiempo, ramos de palma y ciprés,
una lechuza, una cigüeña, un gavilán, una cabeza de león, un
galgo, Eneas, Pegaso, una esfinge, un mancebo sobre un delfín,
Némesis, el águila dicha ("Gobierna sobre los otros"), la cigüeña ("Defensa de las acechanzas"), la lechuza ("La victoria"), el gavilán ("Símbolo del hombre, a quien Dios dejó en
libertad para que procurase su salvación y la de los demás"), y
una bandada de grullas ("Representan el orden y la vigilancia

de noche y de día"). El guerrero y el gobernante encontrarán en *la Real* aviso en relación con todas las virtudes necesarias para acometer sus tareas.

María se hará cargo de conservar en las pinturas y los lemas los detalles de todas sus primuras. Vestida de varón, lleva en la mano pinceles finos. Colgados al cuello trae una cajita pequeña de madera con la pintura ya preparada, más dos frascos con los líquidos necesarios para disolver y conformar sus colores.

El barco lleva dos capellanes, el padre Rodríguez, jesuita para el que trabaja el cómplice de María, y un capuchino que pasa el día rezando y tomando siestas alternativamente, un hombre algo insignificante. Don Juan de Austria le tiene aprecio porque confunde su imbecilidad y estulticia con santidad. El capuchino no conoce pasiones ningunas, ni siquiera la tan común del dinero, de la que nadie parece escapar excepto este hombre y el papa Pío V.

Es el quinto viaje en mar de María, pero en el momento en que soltaron amarras y el imponente bosque comenzó a menearse, agitando los remos para alcanzar al viento, el corazón de María sintió el sabio temor del mar. Recordó uno de los cuentos de su padre y lo comprendió con simpatía:

46. *Omar, el gran califa, conversa con el gobernador de Egipto*

Hace mucho tiempo, cuando los turcos no gobernaban sino sobre sí mismos, y esto muy malamente, estaba un día el gran califa Omar con el general conquistador de Egipto, y le preguntó cómo era ese gran mar que nosotros hemos bautizado Mediterráneo o Mar Nuestra. El general conquistador supo con pleno conocimiento de causa qué contestar:

—El mar es cual una bestia gigantesca, que gentes insensatas cabalgan al igual que los gusanos en maderos.

Al oír la respuesta, el gran califa Omar dispuso:

—Ningún musulmán puede aventurarse a surcar tan peligroso elemento, sin expresa autorización escrita de mi persona.

Ya transcurridos muchos años, cuando los otomanos eran ya dueños de una parte importante del mundo, Selim I, su gran sultán, dijo al visir Piri-Bajá:

—Si esta raza de escorpiones cubre los mares con sus bajeles, si las banderas de Venecia, del Papa, de los reyes de España y Francia dominan las aguas de Europa, la culpa es de mi indulgencia y de tu descuido. Quiero una numerosa y formidable escuadra…

Selim I y el visir Piri-Bajá tomaron muy a pecho conformar la armada que fuera capaz de controlar el Mediterráneo, mar que había descendido a sus ojos de ser bestia gigantesca, a mero nido de escorpiones, y por esto es que Selim I deja en herencia una gran escuadra a su hijo Soleimán el Magnífico, que es el marido, María, hija mía, de las Rosas de las que ya te he hablado.

Fin de la historia que Gerardo contó a María, y que trataba del gran califa Omar.

47. En que se cuenta el viaje de María la bailaora a bordo de la Real

Es ahí, a bordo de la soberbia *la Real,* en el mismo momento en que se sueltan las amarras, se levan anclas y los cómitres marcan la boga a los remeros, cuando la muy cristiana armada parte de Nápoles a reunirse con su resto en Mesina, que María siente miedo del mar. Miedo del mar, ahora que el vigor de docenas de galeotes bien nutridos y la compañía de los mejores hombres de guerra del Imperio y de otros reinos europeos, en galeras espléndidamente aderezadas, construidas de los duros pinos de los montes catalanes, la acompañan, en lugar de la barquilla frágil de Ozmín Baltazar, donde un puño de muertos de hambre manejaba malamente los remos y otro se embriagaba noche y noche. Fue ahora cuando se sintió indefensa, ahora que músicas diversas timbran en sus oídos y una intensa exaltación comienza a cobrar forma en los soldados de la Santa Liga.

Miedo del mar, la María vestida de varón, pincel en mano, batallando por no ser vista por el que ella quiere ver, su don Jerónimo, que María encuentra más gallardo que nunca.

Los primeros dos días del viaje, los capitanes y donjuán de Austria pasan horas sentados en los bandines. Deliberan. Don Juan de Austria hace llamar a este o aquel capitán, invitándolo a compartir ideas, diciéndole de manera muy estrictamente confidencial cuál es el plan a seguir, haciendo sentir a cada uno que es el único confidente, y repitiendo la escena y los parlamentos con cada uno de los mandos principales. De esta manera el comandante se garantiza fidelidad, confianza, certitud y buen gobierno en la escena marina. Son los consejos que le ha dado un viejo amigo y maestro, don García de Toledo, con quien ha sostenido correspondencia durante meses al prepararse celosamente para el encuentro con la armada del Gran Turco.

La muy poblada *la Real* —llena a lo bueno de experimentados marinos, hombres de guerra ricos en honores, amabilísimos sirvientes, robustos galeotes— por el tráfico de capitanes es como plaza pública en día de mercado, y por esto puede María ver sin ser vista, como si la protegiera la chusma. Sólo un detalle la hace sobresalir ahora que viste de soldado: es el menos corpulento. Viaja con los mejores del ejército, hombrotes magníficos. María varón da forma a un soldado menudito y ágil, al que los camaradas miran con displicencia. La llaman "el Pincel" no sólo en referencia al que porta en la mano, también por su aspecto delgadillo y frágil, con la cabeza colorada por el bobalicón gorrete que le calzó el calabrés.

Quienes se le acercan son los también menuditos y muy frágiles ayudas del cocinero. Lo ven con curiosidad y, como a los demás soldados, con admiración, lo quieren cerca porque es el único entre los admirables con quien creen poder medirse.

El cocinero le pide a "el Pincel" que por favor le decore el fogón. "Es mala cosa venir aquí guisando al aire libre y con las cazuelas que se menean y están a punto de resbalar todo el tiempo…" Pero si encima feo ("¡Hiiideputa!", pensó, pero bien que la guardó dentro; don Juan de Austria había prohibido maldecir y soltar sucias imprecaciones, y hubo a uno al que hizo colgar por salir con un "¡Cuerpo de Cristo!" en su presencia), si encima feo, ¡peor la tenemos! María, el Pincel, se instaló los cuatro días que les llevó arribar a Mesina al lado del cocinero, fiel compañero de don Juan de Austria en todas las campañas, ahora acompañado por sólo dos don Juanillos, pues el bastardo traía muy corto servicio. Venía también don Luis de Córdoba, su caballerizo mayor; don Juan de Guzmán, gentilhombre de su cámara con dos criados; Jorge de Lima, el ayuda de cámara; un comprador, varios mozos de pasatiempo, dos correos, un guía y su secretario Juan de Soto con un criado únicamente, más los que ya dije, el cocinero con sus dos don Juanillos. No había venido ni el peinador, ni el sombrerero, ni el sastre que, como el cocinero, no se le despegaba nunca. La comitiva era reducida porque el espacio en las galeras debía ser administrado con excesiva prudencia, y al traer tan pocos el de Austria daba ejemplo a todos los capitanes de la Liga.

Llegaron a Mesina el día 25. Más de dos cientos de galeras provenientes de toda Europa recibieron a las de Nápoles celebrándolas con la exhibición de todas sus banderas, estandartes, flámulas, gallardetes, tirando salvas, disparando cañones y arcabuces sobre la música sonora de las cajas y tambores, pífanos y trompetas. La playa está cubierta de adornos de mil colores y plumas, arcos triunfales que la aderezan festiva, y como ésta la ciudad de bellísima forma. *La Real* llega hasta el muelle, ancla frente a un arco especialmente construido para don Juan de Austria. Él desembarca, lo cruza envuelto en música, vítores, aclamaciones. Lo siguen los mejores de sus hombres. María acaba de terminar de tapar el fogón con el auxilio de los ayudas del cocinero, quien antes de que se tiraran anclas había dicho "No me lo arruine el aire de la costa, la sal que no se echa en el guiso pica el metal", desembarca también, y ágilmente se pega a las espaldas de su don Jerónimo Aguilar, de quien no ha despegado un ojo.

La muchedumbre atestaba las calles. En las plazas, habían construido arcos de fastuosos pórticos de los que el del muelle no era sino pálida sombra; tenían gran cantidad de columnas, estaban recubiertos de inscripciones y había uno que en el centro exhibía una escultura representando a don Juan de Austria, que dejaron a vivir en las calles de Mesina hasta la fecha.

Don Jerónimo Aguilar iba casi corriendo por las calles, adelantándose a los más de los soldados. Atrás había quedado don Juan de Austria, en conversaciones con el nuncio papal ahí presente, y saludando a los demás capitanes de la Liga, probablemente repitiendo con cada uno de ellos la escena que venía de representar tantas veces en *la Real*. De los balcones asomaban hermosas mujeres muy engalanadas, las más bellas sicilianas, y pendían coloridas colgaduras.

La llegada de don Juan de Austria acallaba algunos incidentes que se habían dado entre las tropas de distintas naciones, pero don Jerónimo se apresuró corriendo en las callejuelas de Mesina, entremetiéndose, como lanza, donde las heridas estaban aún abiertas. La natural animadversión contra los españoles —porque son detestados en el resto de Europa, se les cree burdos e ignorantes, altaneros y arrogantes y de costumbres salvajes— estaba exacerbada. Don Jerónimo se alejaba de las calles decoradas hermosamente para recibirlos y se internaba en los ancestrales callejones sicilianos. Iba solo, únicamente María lo seguía dos pasos atrás. Se había desecho de sus criados y colegas. "¿Adónde va?", se preguntaba María, buscando un lugar apropiado para adelantarse y presentársele. Lo seguía para decirle que el Pincel era ella, María la bailaora. Se había sacado la ridícula boinica y agitaba la cabeza para que el espeso cabello se esponjara y encontrara acomodo. Se pasaba los dedos por la cabellera, de manera contraria al gesto característico de don Juan de Austria, revolviendo el cabello para darle cuerpo.

De pronto, en un callejón tal vez un poco más estrecho que los otros —pero igualmente blanco, sucio, tan sin gracia que hasta parecía trampa o cola de laberinto, todo de piedra clara, en los muros altos cantera cortada, en el piso piedra bola—, don Jerónimo se metió en una portezuela entreabierta, escurriéndose adentro y cerrándola tras de sí. María se dio la media vuelta y, mientras buscaba su camino y esquivaba el "¡Agua va!" —parecía que todos se habían puesto de acuerdo para vaciar en este momento preciso las bacinillas de orines y excrementos—, topó con un soldado español tirado como un animal en el sucio empedrado, herido fatalmente. Dio de voces. Nadie acudió a sus gritos. Corrió por auxilio al muelle, regresó con ayuda. Escuchó decir las historias de los problemas que se habían suscitado entre los de la Liga, se apresuró a informar al capellán de *la Real,* mismo que lo hizo saber a don Juan de Austria, quien tomó de inmediato las medidas pertinentes. María se vio envuelta en un ir y venir sin descanso, desatado por el incidente y lo que éste había revelado, hasta que llegó el momento de dejar Mesina.

48. De cuáles fueron las averiguaciones del Pincel en Mesina, en burdo redondeo

...que como no llegaban ni don Juan ni los proveedores, ya los de Mesina murmuraban, corrían lúgubres comentarios, y el descontento era generalizado. En este clima, hubo grandes escándalos y verdaderos tumultos por la rivalidad natural entre italianos y españoles. La chispa que encendió el tonel fue que un día, bañándose cierto soldado español, de nombre Alvarado, varios italianos lo insultaron groseramente. Alvarado, como de tal nación, sacó la espada y se aventó sobre los ofensores. Como llegó ahí la justicia de la isla para poner un alto al zafarrancho, Alvarado siguió a sus enemigos a su nave. Esperó a que subieran a bordo. Silencioso, subió a la galera, y una vez ahí, se arroja sobre ellos, ciego de ira, y acuchilla a cuanta gente del barco se opone a su paso. La policía de Mesina no tenía jurisdicción sobre la galera, y así les llamaran los soldados pidiendo ayuda, nada podían hacer que no fuera apresurarse a entregar el informe a la autoridad correspondiente, el general veneciano Marco Antonio Colonna. Alvarado, aún rabioso, es detenido, llevado directo a Colonna, quien lo condena a las galeras. La medida causó gran enfado entre los soldados españoles, juzgaban que Alvarado se había vengado en justo derecho ("¿O qué, van a poder burlarse de nosotros sin haber remedio?"), pero no podían hacer más que vociferar, porque su número, en comparación con los de otras naciones, era todavía muy menor. La orden de Colonna también alborotó a los italianos, quienes sabiéndose más numerosos, dieron rienda suelta a su odio y se soltaron a perseguir españoles. El general Colonna, por proteger a los menos de los más, ordenó que encerraran a los españoles en sus alojamientos, lo que les causó todavía mayor enfado, por lo que, desobedeciendo las órdenes, se armaron esa misma noche y salieron de nueva cuenta a cazar italianos, tomando a algunos desprevenidos y cortándoles el cuello. En respuesta, y para detener de una vez por todas el mal en que había caído la tropa, Colonna hizo ahorcar a un español, Mucio Tortona.

Colonna no había sabido calmar, sino alebrestar la discordia, y también había hecho de las suyas con los mesinenses, aunque aquí con mayor disculpa, porque en medio de lo que se ha dicho recibió la nueva de que su hija había muerto en Roma y en señal de duelo hizo pintar de negro toda la flota pontificia y cubrir con fúnebres crespones las vistosas enseñas, los coloridos escudos e incluso los faroles. Los mesinenses —sicilianos y por lo tanto muy supersticiosos— vieron en esto un fatal agüero, y como un reguero de pólvora corrió el rumor de la inminente llegada de los turcos, de lo que Colonna no tuvo noticia, porque trastornado de dolor por la pérdida se había encerrado en su cámara.

Esos eran los ánimos cuando por fin arribó el esperado don Juan de Austria. Colonna salió a recibirlo, y los miserables mesinenses se volcaron a las calles, gritando "¡Que no vuelvan los pontificios, que nos traen la mala suerte!", "¡Fuera los barcos negros!". Algunos de los españoles que habían dejado en tierra, que poco y mal entendían el siciliano, ensordecidos además por las campanas de la ciudad que repicaban desde el momento en que se supo que quien venía era donjuán de Austria y no los turcos, creyendo entender que era a España a quien los mesinenses ofendían con sus consignas, armaron una trifulca, de donde resultó el soldado herido de muerte que María el Pincel encontró abandonado en la callejuela. Pero ya entonces el pueblo se había agolpado a ver el fastuoso arribo de don Juan de Austria, aplacados los desórdenes en el momento en que —cuando la flota se encontraba ya muy cercana a tierra— un oficial trepó a lo más alto del palo mayor de *la Real*, deteniéndose únicamente con sus piernas, zarandeó la bandera de santa Bárbara, arrancando aplausos entre los de Mesina, que corrieron la buena nueva por todo el puerto. Al son del zarandeo, los artilleros de la flota prepararon los botafuegos, y en cuanto el oficial que iba en lo más alto del palo mayor de *la Real* bajó la bandera, tronaron los cañones y demás piezas de artillería. La armada pareció desaparecer como por encanto bajo una densa nube de humo blanco. Los cañones del fuerte de Mesina respondieron al saludo, el ruido fue ensordecedor. ¿Quién iba a acordarse de haber dejado tirado en un callejón a un soldado agonizando?

Fin a las averiguaciones del Pincel.

*49. En que volvemos a Mesina, donde mucho no se alcanza
a ver cuán necesario es guardar nuestros bolsillos de los
bribones, nuestros cuerpos de las putas, nuestros ánimos de
las tormentas y nuestros corazones de nuestros amantes*

En sus ires y venires por este puerto, el Pincel topó con varios de sus compañeros de viaje en *la Real,* pero ni una sola vez con don Jerónimo. Era como que se lo hubiera tragado la tierra.

Una tarde que la vio vacía de sus nuevos deberes —hacía un calor insoportable, y el pueblo y el ejército completos parecían dormir la siesta—, María el Pincel salió a buscar la portezuela por donde don Jerónimo se había evaporado. Después de dar un poco de vueltas, creyó haberla encontrado. De alguna de las casas que escondían los altos muros salía ruido y música que María no alcanzaba a identificar con claridad —ahora un acorde, ahora un pandero—, risas, algo que podía ser el caer de una botella, voces. María no tardó en darse cuenta de que estaba en la parte posterior de las construcciones y, bordeando fatigosamente la enorme manzana bajo el sol insidioso —que los jardines de estas mansiones son de imponentes dimensiones—, alcanzó el frente. Se encontró frente a un escenario muy distinto, una hermosa y amplia avenida arbolada, a cuya vera había fastuosas fachadas de enormes palacios rodeados de bardas y rejas. Ahora resultaba imposible identificar de cuál de éstos habían salido ruidos porque desde aquí todos parecían estar vacíos. María caminó frente a los enormes portones. De pronto, al pasar frente a uno de éstos, verdaderamente cayó sobre María un rugido fortísimo.

—¡Qué es eso! —se dijo en voz muy alta, hablando para sí, entre preguntándoselo y expresando su sobresalto.

—¡Ey, tú, Pincel! ¿No reconoces cómo ruge un león? —gritó alguien a sus espaldas. Al mismo tiempo que oyó estas palabras, vio un león tallado en piedra arriba del arco que enmarcaba la entrada a la mansión y bajo éste escrito en castellano: "El león cuida la casa de León".

No, no conocía un león. Pero sabía bien qué era un león. Tras las rejas de la casa, vio al animal, enorme, bellísimo. Volvió a rugir, balanceándose, pero esta vez no volcó el corazón de María.

—¡Oye, Pincel!, ¿dónde andas que no respondes? —la misma voz le volvió a hablar. Giró: uno de los dos ayudas del cocinero de *la Real,* Jacinto, venía de la mano del otro ayudante, un muchachito poco mayor que él, pero con tal expresión de amedrentado que parecía más indefenso que el pequeño.

—¿Sabes el camino de vuelta a *la Real?* —preguntó con su dulcísima voz Jacinto—. Estamos perdidos.

—Vengan conmigo, yo los acompaño. ¡Me han curado del espanto del león! ¡Casi se me sale el corazón por la boca!

Los tres se detuvieron a ver al león dar de vueltas, meneando sus zarpas, amenazándolos.

—Y no sabes lo que te falta por ver —le dijo Jacinto—. ¡En otra casa tienen un cocobrilo para protegerla!

—¡Es un dragón! —dijo el otro ayudante.

—¡Qué dragón ni qué ocho cuartos! Ya nos dijeron, no seas burro, que ese animal que está ahí es un cocodrilo, y que viene de Gicto. Los dragones sí tienen patas, y éste sólo unos muñoncitos...

—"Egipto" —lo corrigió el Pincel—. No es Gicto sino Egipto, y no cocobrilo sino cocodrilo.

—Que Gicto es, y es cocobrilo —insistió Jacinto.

—¡Es dragón, y es de Gicto! —lo atajó el otro ayudante, el mayor, el asustado.

—Es de Egipto —insistió pacientemente el Pincel—; Egipto es un país que está al sur, y el animal se llama cocodrilo, no cocobrilo.

—¡En otra casa de aquí que vas a ver pronto hay un mundo de ransos! —dijo excitado Jacinto, ignorando sus correcciones, señalando con la mano que le quedaba libre.

—¡Los ransos son los que hacen mayor ruido! ¡Es ahí! ¡Y no los vas a ver sino a oír! —exaltado, el menos niño de los ayudas señaló también hacia el siguiente palacio. Para hacer énfasis, levantó la mano con que se asía a Jacinto.

—¿Ransos? ¿Qué es ransos? —preguntó María, sin entenderlos.

Mientras cruzaban estas frases, una jauría anunciaba su paso ladrando con furia. La próxima mansión fue la de los dichos "ransos", que eran unos simples, aunque muy furiosos, gansos. El ruido que hicieron estos animales fue tal que los portones de un par de bellos palacios cercanos se abrieron, de donde se asomaron un número importante de guardias, hombres gigantones de caras lisas y redondas como platones, sus ojos rasgados, los lisos cabellos muy oscuros, venidos de quién sabe qué punto de las estepas de Asia, importados por los ricos de Mesina. Cada casa financiaba su propio pequeño ejército; los dueños, comerciantes o comisionados venecianos o españoles, conocían los ataques piratas en tierra; entre ellos había algunos inocentes que así creían también estar protegidos de la espeluznante llegada de los turcos, ¡como si, llegado el caso, fuera a servirles de algo!

Los guardias inspeccionaron la avenida blandiendo a diestra y siniestra sus armas y lo único que vieron fue a tres enclenques que no podían representar ningún peligro, los tres con su cruz roja cosida a los faldones de sus camisas, señalándolos como parte del ejército cristiano. Por más de una cabeza oriental pasó la idea: "¿Y *con esto* quieren vencer al Gran Turco?". Estos tres daban en efecto la impresión de que la Liga era un punto más que risible. Frente a la legendaria astucia marítima de los otomanos, ¿enfrentar a unos chicos más hueso —y de este muy poco— que otra materia? No hacía falta ni un dedo de frente para saber quién de las dos armadas ganaría.

El ayuda de la cocina, el dicho Jacinto, el que primero le había dirigido la palabra al Pincel, no pasaba de los ocho años. El Pincel le había sonreído muchas veces cuando el chico se afanaba cocinando, pero ajetreado con sus labores no había tenido la oportunidad de hablarle, no es posible usar con tino el pincel y andar abriendo la boca.

—¿Cómo te llamas? —le preguntó el Pincel María.

—Me llamo Abid, pero no sé por qué me dicen aquí Jacinto.

—Pues porque pareces un jacinto, por esto.

"Jacinto, jacinto…". Por la cabeza de Abid Jacinto esta palabra rebotaba sin significar nada sino el nombre impuesto.

María: ¿Los has visto?

Jacinto Abid: ¿Qué?

María: Los jacintos.

Jacinto Abid: No.

María: ¿Sabes qué son?

Jacinto Abid: Es el nombre con que me llaman, lo demás no sé de jacintos.

María: El jacinto es una flor; te la voy a pintar cuando regresemos a navegar en *la Real;* te la voy a dejar bien hecha en tu escudilla, para ti. ¿Tienes escudilla?

—De madera, es mía, me la regaló… —Abid dejó la frase interrumpida y se ruborizó, ¿qué recordaría el niño que le encendió las mejillas?

El otro ayudante, sin ningún rubor, riendo feamente, dijo:

—El mismo que acabamos d'ir a visitar. Su "amigo" de Jacinto. Pero no nos preguntes, Pincel, qué fue mostra visita.

María ignoró su desagradable comentario y su decir *mostra* por *nuestra*. Este muchacho no le gustaba. Era un maldoso, echado a perder sin haber madurado, como la mala fruta.

—Jacinto, yo te voy a pintar tu escudilla de madera para que sea para ti un espejo. ¿Cómo ves? —¿qué tenía este niño que enternecía al Pincel?—. Va a ser tu espejo porque, Abid —María removió en sus ropas en busca de algo, y, mientras lo hacía, siguió hablándole—, así como te ves tú, la escudilla se verá, porque tú pareces esa flor que te digo —María-Pincel encontró en las ropas lo que buscaba, y dejó de aparentar estar rascándose de alguna infame tiña—. Mira, Jacinto.

María le extendió su espejo abierto.

Abid miró su cara en él con grandísima sorpresa.

—¿Qué es, Pincel, qué es?

"¿Qué es *qué*?", pensó María, porque no podía caberle en la cabeza que estos niños no conocieran un espejo. El hecho era que no conocían los espejos; de sus respectivos villorrios miserables, habían pasado a habitar cocinas trashumantes. A unos pasos de ellos, el lujo en todas sus formas exhibía tesoros y comodidades que ellos ignoraban del todo. Se creían enriquecidos porque vestían buenas prendas, calzaban zapatos y llenaban sus barrigas a satisfacción.

—Eso que ves ahí eres tú, eso es un espejo, lo que te devuelve lo que lo toca.

—¿Ese niño yo? ¡Mira, tú! —casi gritó al otro ayuda, aunque lo tenía pegado al lado, las dos cabezas miraban ya al espejo—. ¡Mira, mira! ¡Mira! ¡Asómate aquí!, ¡hay un niño!

—Es un espejo, te digo. Espejo quiere decir que ahí te miras, que te refleja la cosa que te enseño. No hay nadie asomado ahí, eres tú.

María la bailaora, el Pincel, apresuró a los niños a seguir su marcha, así les dejó el espejo entre las manos. Caminaban sin ver, observando una y otra vez lo que veían en sus manos. Usaban el espejo del Pincel no sólo para verse, también para revisar las casas, las calles, y vistas en él les daban risa. Encontraron en el espejo un pájaro que volaba sobre sus cabezas y eso los hizo detenerse de nuevo. María el Pincel tuvo que arrebatárselo para poder llegar a algún sitio, porque más se detenían que caminaban. Les prometió que se los prestaría en otra ocasión.

Llegaban ya a la plaza principal de Mesina, donde el nuncio, monseñor Odescalco, obispo de Pena, hacía público un jubileo. Al Pincel lo atajó alguien enviado por Soto, el secretario de donjuán de Austria, para preguntarle si había pasado tal y tal otro mensaje. Desde que María había encontrado al soldado moribundo dejado a morir como un perro, se le iban sus días en Mesina en estos menesteres, deberes de pronto adquiridos. De cuanto había a su alrededor, eran lo que más le gustaba.

Recibido el anuncio del jubileo, los generales, capitanes y soldados se prepararon para éste con ayunos y más prácticas piadosas, varios de ellos abusando del flagelo. Los más vistieron ropas fúnebres, se dejaron ver en sus ropas negras, eso les daba más dignidad. En los días siguientes vino la confesión general, los elegidos recibieron el santísimo sacramento. Siguió a la eucaristía una fastuosa procesión, al término de la cual el nuncio vestido de pontifical dio a los presentes, y a los que desde la plaza seguían la misa, la bendición apostólica y las indulgencias que antes de este día sólo se habían otorgado a los hombres más principales de la cristiandad, seleccionándolos por sus riquezas, su generosidad con la Iglesia y su impecable comportamiento, o en masa únicamente a los conquistadores del sepulcro de Cristo. Todo aquel que participara en las batallas contra el Gran Turco gozaría de las mismas indulgencias que los cruzados.

Estaba por empezar una nueva guerra santa.

La escena conmovía a la mayoría, pero no al Pincel. La situación lo había convertido en el correveidile conciliador. En su corazón no cabían las emociones, y de espíritu ni hablar, que era como si no lo tuviera. Muy adentro de sí deseaba algo: María hubiera querido bailar, por el gusto de hacerlo, porque es el modo en que ella sabe sentir, disfrutar, vivir, y por llenarse a rebosar las bolsas, porque aquí sí que había plaza llena. Pero ¿bailar danzas profanas en Mesina, en medio de la exaltación religiosa que hace de cada rincón del puerto una capilla o un futuro confesionario? ¿No la habrían quemado por hereticar en tan solemne ocasión? Abundaban los músicos, las prostitutas, los vendedores de vino y de comidas, pero los ejecutantes interpretaban canciones religiosas, el vino y las comidas se tomaban después de los ayunos, y en cuanto a las de placer, nadie las tomaba a voz en cuello y en público, eran *secretas,* y se decía que eran "para bien, que un soldado sin ansia es mejor guerrero"; lo único que se hacía a gritos en Mesina era el rezo, pedir a Dios, dar las gracias, los rosarios hilvanados; la armada era presa de un fervor santísimo. No estaba en María compartir este sentimiento.

Como no podía bailar en las plazas, lo hizo en la imaginación. Ahí, nutriendo la imagen con la memoria, giró: Andrés la miraba, con esos ojos dóciles de perro. Esto no le gustó. Dio la vuelta, girando más para dejarlo a sus espaldas. Frente a ella quedó Carlos, quien como de costumbre divagaba mientras tañía las cuerdas. Sus ojillos iban de un lado al otro, en fuga. María dejó de girar y bailar en la imaginación y se paró a pensar en Carlos, "su" Carlos. Pero como ahora imaginaba algo que no actuaba, que no representaba, volvió a caer en la cuenta de las calles efervescentes de Mesina, de las mismas que había querido abandonar con el baile soñado. Si Carlos, pensó María, sentía temor del alboroto napolitano, ¿qué efecto le habría hecho este mundo, el de la Santa Liga borboteando en Mesina? Sentía por Carlos, al recordarlo, algo parecido a la ternura. Por la rendija de este sentimiento se coló Andrés con su mirar perruno y María volvió a esquivarlo. Enfadada con su presencia, quiso borrarlo, hacer que nunca hubiera existido. Así, ejercitando sus pensamientos, se apareció en medio de estos el bello Gerardo, llegaba como un recuerdo lejano y frío. Este frío le enfrió la memoria. No recordó nada más. Dejó de pensar y se confundió por un momento entre la muchedumbre, sumergiéndose en ella como si fuera parte de la fervorosa soldada.

Eran tantos los que pasaban por Mesina que si hubieran intentado dormir en plaza abierta, habrían tenido que hacerlo de pie. ¿Cuántos miles de hombres (sin contar los de remo) de los alistados en las filas de la Santa Liga celebraban en Mesina la próxima partida de la armada? Con timidez aquí y allá se aventuraba la cifra de treinta y cuatro mil, pero la timidez era tacaña porque se habían enrolado muchos más. Si se tendieran a dormir en la plaza principal, no tendrían espacio para estirar las piernas ni aunque echaran mano de todas las calles y otras plazuelas de Mesina. En la compañía de los mercaderes, los viciosos y las mujeres de placer que los habían seguido, la soldadesca era de una magnitud nunca antes vista, ni en los tiempos en que el rey persa fue vencido por los griegos.

Entre las obligatorias celebraciones religiosas y el ir y venir que le impuso el azar al Pincel, no le restó a María ni un momento para ir a buscar otra vez a don Jerónimo. Puede ser que haya estado presente en la misa y la ceremonia grandísima, pero María el Pincel no tuvo manera de saberlo.

Se oía decir que el nuncio también había traído a donjuán de Austria ciertas revelaciones y profecías de san Isidoro que Pío V interpretaba como si hubieran sido escritas hablando del generalísimo y su santa próxima victoria. Al Pincel le llamó la atención el tema, e intentó averiguar en qué consistían exactas estas profecías y revelaciones por ver si en algo se parecían a las que ella conocía escritas en el libro plúmbeo que había dejado encargado en Nápoles y debía cargar a Famagusta, el de su misión, pero no hubo quien pudiera decírselo. Nadie parecía tener tiempo para explicaciones.

Del no bailar, sólo la consoló recibir dos monedas nuevas que le fueron entregadas por sus servicios especiales —en gratificación por su eficaz auxilio, informar, hacer llegar mensajes sin irritar a ninguna de las partes—, regalo de donjuán de Austria. Las dos eran de oro, de nuevo cuño, como ya se dijo. María ni preguntó cuánto valían. Las meneaba en una de las bolsas interiores que había cosido a su traje de soldado para esconder sus pequeños tesoros, sintiendo un placer festivo al tocarlas tras el no muy fino lino.

Desde el amanecer del 15 de septiembre, el nuncio de su Santidad, monseñor Odescalco, comenzó a dar la bendición a cada una de las embarcaciones de la vanguardia conforme salían del puerto. Todas las naves iban de lo más bien vestidas, bailoteando sus verdes, azules, amarillos y blancos, exhibiendo las velas y las flámulas hinchadas al viento, sus estandartes y banderillas, los gallardetes arrastrándose en el agua. *La Real* tenía su flámula de tafetán verde en lo más alto de la punta de la pena, las otras naves de don Juan de Austria gallardetes azules;

las cincuenta y tres galeras de Barbarigo banderolas amarillas en las ostas, su capitana una flámula del mismo color en la pena; las de Doria banderillas de tafetán verde en la punta del palo mayor. En la retaguardia, las treinta galeras del marqués de Santa Cruz agitaban sus gallardetes de tafetán blanco en la pica sobre el fanal.

En palabras de don Juan de Austria, la armada de la Santa Liga partió de Mesina "en orden tan formal y en punto como si hubiesen de encontrar en la boca del Faro a los enemigos". Fue el 16 de septiembre cuando la armada en pleno dejó Mesina. La despedían con el repicar de todas las campanas de las iglesias del puerto, arrojando salvas innumerables desde sus castillos. Así comenzó la navegación con dirección a Tarento. Al mediodía llegaron a la fosa de San Juan, recibieron ahí informes de su adelantado Gil de Andrada de que los turcos han intentado tomar Corfú. Apenas recibida la noticia que los instaba a apresurarse, el clima se puso borrascoso. Donde otros se hubieran achicado cerrando el pico y guardándose de toda acción superflua hasta encontrar condiciones más favorables, o de ser más débiles hubiesen sucumbido ante el mareo, el de Austria se elevó. Primero dio la orden imprescindible de replegar las velas y recoger los adornos que aún portaban las galeras. Pero apenas hecho esto, alentó a sus hombres a navegar como si el sol brillara y las insignias les siguieran sonriendo. Él no iba a intentar vencer una tormenta: ignorándola, iba a borrarla. Desnudas las naves, estrellándose contra un hostil mar gris y un cielo cubierto de densos nubarrones, mientras el viento sin tregua golpeaba furioso, el remo se marcó a gran boga. María oía sobrepuestos los golpes de los rebeques de los cómitres fustigando a los galeotes, los azotes sobre la carne y los del duro mar y del cruel viento sobre los cascos de las naves, los remos clavándose contra el mar y los rugidos del indomable, porque el animal burlándose no respondía; se escapaba espumando furioso; nadie podría cabalgarlo; se negaba a ser gobernado, navegado, utilizado.

Don Juan de Austria siguió su representación: no había clima al cual darle la menor importancia.

Al viento se sumó la lluvia, maltratando sin piedad a la tripulación. Más noticias llegaban en relación con la armada turca y eran recibidas con exasperación por los hombres que bregaban contra el desfavorable viento y la empecinada cortina de cerrada lluvia. Sólo don Juan de Austria actuaba como si el cielo no se estuviera derramando sobre ellos, como si el mar no insistiera en sacárselos de su lomo. Y fue por su ánimo que, infundiendo en todos un vigor sobrehumano, consiguieron avanzar a marcha forzada y alcanzaron en breve el puerto la Paz.

A pesar del mal clima, del zangoloteo, del agua insidiosa, María el Pincel había terminado de decorar el fogón antes de tocar puerto, porque sólo faltaba este o aquel breve detalle al dejar Mesina. Si en el convento había sabido pintar adornos festivos en muy blancos bocadillos trabajando entre el hollín, e ignorando sus ropas miserables había trazado elegancias lujosas en los dulces excelentes, en medio de la tormenta aplicaba sus pinturas como si no estuvieran cada tres minutos a punto del naufragio. Jacinto la había auxiliado, extendiendo a todo lo ancho de sus cortos brazos una tela preparada para no dejar al agua golpear sobre el trecho que estuviera pintando; así protegida, había usado del pincel a sus anchas. Quedó más al gusto de un cocinero que al de un generalísimo de la santa flota, aunque siguiendo el tono de *la Real* María lo había adornado para que le sirviera de ejemplo muy diferente del que requiere un general o un soldado. A las muy hermosas frutas que había imaginado y ahí dejado representadas, se sumaban hombrecillos y mujercillas en extrañas posturas: un muchacho puesto en cuclillas hacía pasar su cabeza entre sus dos curvadas piernas, acomodándola lado a lado de su trasero; una mujer de dos cabezas; algunas se abrazaban y lo hacían de la manera más grotesca, aquél tomaba al otro de la oreja y el talón, otro se hincaba y sujetaba las piernas de otro que a su vez abrazaba la espalda de un tercero, tapándole los ojos con las manos. María el Pincel se había cuidado bien de no hacer ninguna que pudiera parecer inconveniente pero todas eran algo cómicas. No estaban pintadas con preciosos detalles, sino con simpleza. Al cocinero y sus muchachos les hacían reír. El ejemplo de que María el Pincel quería proveerlos era el de la necesidad de la risa.

María el Pincel estaba orgullosa de ellas y deseaba mostrárselas a don Jerónimo Aguilar, y aprovechar la ocasión para por fin mostrársele. Estaba segura de que don Jerónimo sabría gozar de las figuras festivas. Aunque la tormenta no había amainado, no presentaba en puerto el mismo terrible aspecto. Cierto que los sacudía manoteando el mar, que ni *la Real* tenía dignidad, que los gallardos soldados parecían monigotitos de azúcar, si tenían suerte. Que el viento bramaba. Que todos estaban empapados y muchos encima de esto mareados. Pero nadie denotaba mal ánimo y a María la llenaban de efusiva alegría sus propios dibujos. Comenzó a cazar a don Jerónimo para abordarlo. Vio que dejó el tenderete extendido para protección de los capitanes y la gente principal agolpada al lado de la cámara principal, y en cuanto vio que daba el primer paso en el corredor —que así llaman en las galeras al estrecho paso o camino de ronda, donde circulan los soldados—, corrió hacia él.

Don Jerónimo caminaba con la mirada clavada en el piso, abstraído en sus pensamientos. Cuando María ya lo tenía muy próximo, le dijo:

—Quiero enseñarle algo, don Jerónimo Aguilar —cuidó muy bien de hablarle con absoluto respeto y sin denotar ninguna familiaridad sospechosa, por si alguien más escuchaba.

En ese instante, la borrasca arreció. A duras penas pudo Jerónimo oír su nombre pero no alcanzó a escuchar el resto de la frase. Bastaron sus cuatro sílabas para que por un momento creyera estar en un mal sueño o padecer una alucinación, creyó que el *don Jerónimo Aguilar* había sido pronunciado, entonado, cantado con la voz inconfundible de María la bailaora, y sabía que eso no podía ser. De la lengua a los pies, sintió correrle una intensa sensación de incomodidad como un escalofrío. Se creía ya *librado* de María. Haber imaginado su voz lo regresaba a ella, y bien poca gracia le hacía este regreso. Otro capitán, Bernardo de Cárdenas, le tocó el hombro urgiéndolo a reunirse cuanto antes con Lope de Figueroa, quien necesita consultarle algo muy de inmediato. ¿Qué no es de urgencia cuando la guerra es inminente? La derrota puede encaramarse si no se toman el número mayor de cuidados. Don Jerónimo Aguilar siguió al de Cárdenas sin detenerse a mirar al que le había hablado. Llevado por los vertiginosos preparatorios, olvidó en un tris que creía haber escuchado la voz de María. No volvió a recordar el desagradable escalofrío que le provocó el imaginado regreso de esa mujer. Buen uso había hecho de sus días en Mesina, aplicándose en borrar a la tal María la bailaora, refocilándose en los brazos de unas hermosas mujeres de placer que sabían complacerlo con sobrada satisfacción. Le hacían fiestas, le bailaban sin bailarlo; le permitían soltarse incontinente, gozarlas sin freno porque, dándoles a cambio del gusto alguna suma de dinero, le quedaba muy claro a su corazón que no corría ningún riesgo; no lo tocaban, sólo le procuraban gustos finos, excelentes, egoístas, y saciedad, satisfacción, placer que no se paga con ninguna zozobra.

Así, las mesinenses de placer reían despreocupadas, perezosas. Parecían desconocer memorias y pena, semejaban palomas. No tenían ni sombra de la gravedad de María, nada de su peligrosa radiancia; no eran tampoco intensamente bellas sino dos bonitillas que no sabían pensar, que lerdas y abotagadas por los excesos de comida y bebida, en el lujo y la ostentación vivían muelles como animales dóciles, desprovistas de toda sombra de ansiedad, enfado o tensión. ¡Nada más opuesto a María! Después de semanas y semanas de ansioso deseo incompleto, había tenido por fin días muy buenos. La labor de las mujeres de placer no fue demasiado ardua porque Jerónimo no tenía a María la bailaora a su alcance. La distancia se la había trocado por una cosa, un objeto del pasado.

De modo que ella le habló, y Jerónimo ni alzó la cara a verla. María se quedó bajo la lluvia, pensando "¿No me oyó?", y contestándose para calmarse —que el ánimo se le había puesto como el clima—, se dijo "¡No me oyó!, ¡no me oyó!", repetidas veces. Sin más, volvió a apostarse donde pudiera verlo separarse del grupo de los capitanes y caballeros que ahí se habían reunido, guareciéndose bajo la lluvia en el tenderete colorado.

No pasó demasiado tiempo antes de que don Jerónimo Aguilar dejara a los otros capitanes para, tal vez, ir a cumplir lo que el llamado de don Bernardo de Cárdenas le había impedido previamente. María se hizo paso apresurada entre la masa de soldados, y volvió a arremeter:

—¡Don Jerónimo! ¡Venga aquí, que quiero enseñarle algo!

Dicho lo cual, se dio la media vuelta. De reojo vio que don Jerónimo la seguía. Esta vez la frase de María había llegado *completa* a los oídos de don Jerónimo Aguilar, había sido formulada en un mejor momento, sin que la apagasen rayos tronando o el azote de la lluvia o un bofetón de aire; sin que llegara a interrumpirla don Bernardo de Cárdenas u otro de los principales.

Jerónimo la siguió, mojándose en la lluvia. No se dijo: "¡Es la voz de María!". Porque sin embrujos engañadores, sueños o letargos sonámbulos, no le cupo duda de que esa voz *era* la de María, ¿quién podría dudarlo?, no es necesario reportar la nueva a su conciencia, ni tampoco ponerla en palabras. No piensa don Jerónimo: "Pero María no puede venir en *la Real,* no es un hombre, no un soldado... ¿Dónde se han visto gitanas soldados?". Y seguía al Pincel, dócil, aturdido y apagado.

Llegando al lado del fogón, María giró a verlo y, clavándole sus dos ojos, le dijo: "Mire, don Jerónimo, mire lo que he pintado en el fogón". En voz más baja y dulce, sin engrosarla un ápice para hacerla aparentar algo más varonil, añadió: "Lo he pintado para usted, para hacerle un regalo", y mientras hablaba y balanceaba la cabeza, María la bailaora y Pincel se despojó del bonete rojo que le había enfundado el calabrés. Sacudió la cabeza para esponjarse el cabello y entrecerró los ojos, sonriendo, coqueta, poniendo la mejor de sus caras, convencida de que, incluso así vestida, don Jerónimo Aguilar la encontraría hermosa. Cuando terminó de sostener el gesto la duración que consideró pertinente, abrió los ojos esperando encontrar clavada en ella la mirada de arrobo a la que don Jerónimo la había acostumbrado, pero lo que vio fue su espalda pasos allá, avanzando a toda marcha hacia el grupo de caballeros y capitanes al que pertenecía, sin haber concluido lo que dos veces ya lo había sacado de su rebaño.

Don Jerónimo no había dicho una palabra.

Por la cabeza de María pasaron dos preguntas mudas: "¿Me reconoció?", y "¿Vio las figurillas del fogón?". Estaba desconcertada. Se quedó clavada al piso unos instantes que parecieron eternos, pero consiguió sacudirse el malestar y se consoló diciéndose diversos argumentos: "De seguro alguien lo llamó y yo no oí, tuvo que retornarse por necesidad, no me vio, no oyó lo que le dije, no sabe que vengo aquí; no quiere exponerme, alguien lo vio cuando venía hacia mí…". Siguió una retahíla, cada uno más desaforado que otro.

Llegó la noche sin que María volviera a ver a don Jerónimo. Transcurrió lloviendo sin pausa, el vendaval azotaba intermitente sin ritmo, sin motivo alternativamente enardecido o inmóvil, pesado como una lápida.

María no dormía. Se atormentaba, sin comprender bien a bien con qué se estaba flagelando. Buscó el pretexto siempre eficaz de los celos. Se dijo lo que no se había querido decir antes: "Oí fiesta en Mesina, en esa mansión que se lo tragó durante días. Oí voces, algunas de mujeres. Oí música. Jerónimo ya me olvidó, ya me cambió por una siciliana". Se lo repitió mil veces, sin cansarse y sin alivio. Reconstruyó la escena: aparecían cocodrilos, leones, jaurías, esclavos orientales y bellas venidas de quién sabe qué lejanos países; bailaoras probables sabían refocilarlo de mil maneras, como nunca don Jerónimo Aguilar se había dado gusto con ella. Porque era verdad, con ella nunca había… Lo que creyó virtud y acierto, ahora veía defecto atroz y olvidó que habría sido su ruina dejarlo entrar a esas reservas de su persona. En su cabeza, atormentándose, torturándose, lo vio hacer lo que ella no sabía de cierto que él, por voluntad expresa de sí mismo, sí hacía todas las noches en Nápoles. Lo *vio* repetidas veces, alterando uno u otro detalle de la escena, poniéndole palabras dulces en sus labios, dándole miradas a sus ojos, sonrisas a su boca, caricias a sus manos. Se atormentó sintiendo lo que él sentía. Mentalmente escenificó varias escenas donde don Jerónimo Aguilar le era repetidamente infiel.

¡Los celos! Esos necios no cejan, no se detienen, su fuente es inagotable porque ellos son su propio recurso. Crecían al amparo del sollozar silencioso de su corazón. Se sabía la más infeliz de la tierra.

Perdía toda mesura. Ni la proximidad de la guerra, ni los relatos repetidos sobre las atrocidades de los turcos, ni intentar recordar a sus amigos moriscos, a su padre arrastrado por los guardas: no había qué le proporcionara alguna medida de las cosas; nada la consolaba. Pasaban las horas de la noche, crueles, creciendo el infierno de celos de María. Ya en la madrugada cayó dormida.

El siguiente día amaneció con el cielo encapotado de grises nubes. Los mandos hicieron de cuenta que había despejado un poco. A boga dura de nuevo y sin confiarse a las velas, comenzó la navegación. No llevaban ni una hora de viaje cuando retornó el viento. Se desató una mareta fuerte que hacía difícil el equilibrio de las naves. Llegaron con extrema dificultad al cabo de las Columnas, el que antes era llamado promontorio Lacinio.

Arreciaron los nortes con tanta furia que la armada de la Santa Liga no pudo dejar tierra. Don Juan de Austria dio la orden a sus capitanes de diseminarse en la misma *la Real* y en otras naves, temiendo lo peor. Don Jerónimo Aguilar fue asignado al área del fogón, donde no tardó en aparecerse María la bailaora, el de pronto envalentonado Pincel. El rostro de don Jerónimo no se mostraba nada amigable. María el Pincel atribuyó su expresión al horrendo clima y los desfavorables augurios. A pesar de su tormento nocturno, hoy había decidido emprender lo conveniente de la mejor manera. "Son mis puras imaginaciones —se decía convencida—. No ha pasado nada, no me reconoció ayer, de seguro alguien que no escuché lo llamó y lo hizo volverse. Tranquila, sonríele, dile quién eres, que vea lo que has hecho, que le sea notorio cuánto lo adoras".

El clima empeoraba, pero para María se despejó el infierno de los celos en cuanto vio al malencarado don Jerónimo a su alcance. A pesar del clima y del ambiente que la rodeaba, pintando las figurillas y conversando con los Juanillos, María había recuperado el buen talante. El desconcierto de los primeros días se había desvanecido. La parte de su persona que necesita privacía, que requiere no ser vista —porque María la bailaora la tiene—, se daba un espléndido banquete a bordo de *la Real.* Así la galera viniera sobrepoblada como todas las demás y se durmiera cuerpo a cuerpo y no hubiera cómo estar un minuto a solas, María *no era vista,* y esto la restauraba, le daba un sentimiento placentero, extrañamente gozoso. Sólo quería mostrarse a una persona, a don Jerónimo Aguilar, y esto hasta un cierto punto, ni un ápice más.

—¡Don Jerónimo!

Don Jerónimo bien que supo identificar la voz. No había olvidado que la había reconocido cuando ella lo llamara y llevara al fogón; le había visto la cabellera atusada, horrenda, o por lo menos decir fea; había alcanzado a mirar de reojo las figurillas pintadas por su pincel y las había hallado ridículas. No se había dicho nada, de nueva cuenta no le había puesto palabras a lo que percibía y sentía, simplemente había dado rienda suelta al enfado: deseaba todo menos oír y ver al inoportuno adefesio.

Don Jerónimo le habló:

—¡Usted! ¡El del pincel! —volvió cosa al nombre de María. Muy diferente es que le digan "el Pincel" a que le espeten "el del pincel". El segundo le quita toda dignidad, el primero le da rango, su trabajo le otorga nombre, no la llaman con una mera cosa—. Haga el favor de borrar o cubrir las figuras ridículas que alguien ha hecho en el borde del fogón y que desmerecen la dignidad solemne de esta nave —dirigiéndose a otra persona en muy otro tono, dijo en voz alta—: ¡Padre! —llamaba al capellán jesuita, el padre Cristóbal, que estaba a unos cuantos pasos de ellos—. ¡Venga un momento! ¡Lo requiero!

El jesuita se acercó, el rosario temblándole en las manos. Este mal clima lo había puesto muy nervioso, la marea lo destrozaba. Si bien no fuera sacerdote de un culto antiguo, creía que no iba bien a la santa empresa de la Liga esto de ver llover y padecer los golpes del vendaval... ¿Pues qué le pasaba a Dios? El padre Cristóbal sabía que muchos se estarían preguntando: "¿Es que el Creador no quería ver acabados a los turcos?". El jesuita Cristóbal no pensaba en que la mala temporada otoñal les había caído encima; estaba, como los más, fuera de sí; el viaje lo mareaba y le borroneaba la inteligencia.

—¿Qué hay, don Jerónimo? —le contestó el jesuita—. ¿Por qué no lo veo rezar? Necesitamos los rezos de cada uno de los que...

—¡Luego rezo! Mire.

Don Jerónimo le señaló los dibujos que se trenzaban en el borde del fogón.

—¿Y qué hay mal con eso? Si levanta el ánimo de los cocineros, si trae algo de alegría...

Don Jerónimo comprendió que se había equivocado de cura. Debió enseñarle las figurillas profanas y poco edificantes al otro capellán, el capuchino solemne y aletargado, y no al un día vivaz jesuita —que aunque a ojos vistas pareciera un trapo, conservaba en el fondo su temperamento.

—¿Que qué hay? Las encuentro por demás inconvenientes —dijo don Jerónimo—. No tengo duda de que enfadarían enormemente a don Juan de Austria si él las viese...

La frase surtió el efecto que don Jerónimo quería.

—¡Pincel! —dijo el padre Cristóbal a María en algo que quería ser tono mandatorio, sin ponerle encima los ojos, sin reconocer a la bailaora, presente en *la Real* gracias a las argucias de su criado calabrés, quien muy sabio se había quedado en tierra firme—, mira, Pincel, don Jerónimo Aguilar tiene razón. Borra o cubre con un color uniforme tus pinturas, anda…

El jesuita se retiró a tratar de esconder sus flaquezas, que el mareo lo tenía hecho una ruina vomitona. No estaba en su poder hacer lo pertinente: infundir confianza y pedir rezos en el resto de *la Real*.

María el Pincel traía colgados al cuello sus implementos de pintura y procedió a pintar de rojo el borde del fogón. Estaba furiosa, pero sabía que pintar la calmaría. Comenzó por una línea, que consiguió hacer perfectamente recta. ¿Qué le pasaba a "su" don Jerónimo? Si María hubiera podido cantar, ¡lo que le cantaría! ¿Y si cantaba?

Acuclillada mientras pintaba, cantó quedo pero muy claro:

> El hombre que me apuñala,
> con celos mil me regala.
> Traidor, me robas el alma,
> con tus besos me engañabas.

Don Jerónimo se había alejado unos pasos, pero al oírla cantar regresó hecho un energúmeno.

—¡Cállate! —espetó don Jerónimo, también en voz queda—. ¡Es una tontería que estés aquí! ¡No quiero volver a verte en el resto del viaje! ¿Te das una idea de lo que pasaría si alguien te reconoce? No voy a delatarte, toma eso como la única seña que te voy a dar de que nos conocemos. Pero no quiero saber absolutamente nada de ti. Ni en este barco, ni nunca más. ¡Nunca!

María se levantó, airada, el pincel en la mano, enardecido como una espada. Pasó corriendo frente a don Jerónimo y se dirigió al padre Cristóbal.

—¡Padre Cristóbal! He… —respiró hondo, volvió a tomar aire—. Padre Cristóbal, es que lo que he pintado ahí ha sido por petición del maestro Juan de Mal-Lara, aún me falta escribirle las leyendas que él me instruyó que pusiera. Es una representación del infierno. El infierno por el camino de la gula, ¿usted comprende?

Era una mentira gorda como una trucha, ¿pero qué le importaba a María? Mentir no le daba ni más ni menos. Pelear con don Jerónimo era otra cosa, sólo por ganarle la partida venía a mentirle al cura.

El jesuita no estaba para andar discutiendo nada. Venía de vomitar y a lo mismo ya iba:

—Haz lo que te dé la gana, Pincel. ¡Qué más da!

María regresó sobre sus pasos y al pasar al lado de don Jerónimo dijo, como hablándole al viento:

—Dice el padre Cristóbal que siga pintando, que no lo borre.

Y sin decir otra palabra se hincó a retomar su trabajo, añadiendo más figuritas al fogón y cantando de nueva cuenta otros versos amorosos en voz igualmente delgada, dulce, serena. Bajo su serenidad se alzaban cuchillos con pico, se tramaban escaramuzas, se cortaban cuellos: se le daba guerra al mundo.

A la mañana siguiente, muy de madrugada, la armada de la Santa Liga intentó dejar el cabo de las Columnas. Los vendavales se desataban causando en los de mar verdadero terror, y la fuerza de la marea hacía los remos ingobernables. Hubieron de volver a puerto. Lo intentaron de nueva cuenta varias veces, pero tuvieron que esperar tres días antes de poder dejar puerto. Cuanto ocurría parecía poner rémora e involuntarias dilaciones a sus deseos.

Estos malditos días, María estuvo a unos pasos de don Jerónimo Aguilar. Pero no podría haberse sentido más lejos de su amado. Varias veces intentó abordarlo, todas inútiles. Don Jerónimo le demostraba al Pincel que la persona de María se le había vuelto detestable.

El día que oyeron que se atisbaban bajeles, la soldadesca dio por hecho que serían los hombres del Gran Turco, no eran sino ellos mismos. Las galeras que venían remolcando las galeazas los habían alcanzado, sufriendo más que el resto de la armada el mal clima.

Por fin, el día 24 calmó un poco el temporal. El clima seguía siendo demasiado fresco, tiritaban con sus ropas empapadas, no había ya ni un solo lienzo seco. El mar continuaba algo picado pero el viento soplaba favorable y don Juan de Austria decidió probar suerte. Prosiguieron navegando bien entrada la noche en las mismas condiciones, hasta que tuvieron a la vista Fano. No bien habían anclado las naves cuando arreció el viento de manera muy temible. Las galeras se zarandearon como si fueran juguetes indefensos de algún niño. Como *la Real* estaba despojada de escollos, la tripulación quedó toda apelotonada a babor, empujada por la tormenta. Don Jerónimo Aguilar, muy contra su deseo, se vio brazo a brazo, cuerpo a cuerpo, torso a torso, cuello a cara con el maldito Pincel. Muy irritado, le dijo:

—Deje de estarme molestando. ¡Me fastidias!

Por lo que don Pedro Zapata, que había alcanzado a oírlo, protestó:

—Vamos, Jerónimo, calma. Debemos infundir buen espíritu en nuestros hombres, ¡sereno! Ninguno de nosotros estamos pasando el mejor de nuestros días con este clima, pero…

Otro bandazo del viento le arrebató la palabra. La nave estuvo en riesgo de volcarse. El viento golpeaba de manera tremenda. María aprovechó el revolcón que dio el mar a la nave para plantarle un beso a don Jerónimo en el cuello. En silencio, don Jerónimo le dio a María un soberano empujón y, de manera muy notoria para que el Pincel bien lo viera, don Jerónimo se limpió el sitio donde había caído el beso dándole muestras de verdadero asco.

María leyó lo que *él* le decía al limpiarse el beso: que don Jerónimo Aguilar la encuentra en efecto detestable, una invasora de su territorio, una no buscada. Quiso llorar, pero recordó que vestía de varón y que como el Pincel que ella era no le estaban permitidas las lágrimas.

Al alba, enderezaron hacia Corfú, pero el ímpetu de las olas los vuelve atrás. Lo vuelven a intentar a mediodía y consiguen salir. Llegan sin mayores inconvenientes a Santa María de Casopoli, en el cabo de Corfú, y pasan ahí la noche del día 26. Con el mal tiempo, el navegar se hace fastidiosamente lento. El clima les será cada día más desfavorable, porque ya está entrada la mala temporada de navegación del Mediterráneo.

En el cabo de Corfú, hicieron aguada y leña en los alrededores. Don Jerónimo Aguilar saltó a tierra apenas tuvo oportunidad y tras él su mala sombra, la María la bailaora, el Pincel. La pobrecilla parece un perro apaleado. No se atreve a hablarle, ya no tiene de dónde sacar fuerzas o valor. Él se le escapa, envolviéndose en un grupo de amigos.

Salieron de ahí a la siguiente madrugada y llegaron al puerto de Corfú, donde los recibieron muy alegres salvas de la artillería. *La Real* respondió con tres sonoros cañonazos. Apenas llegar, dieron con las huellas del paso de la armada turquesca, hacía dieciséis días que se había ido, incendiando bosques y cultivos a su paso, aunque no intentó abordar el fuerte ("Un castillo que dudo yo haya alguno más fuerte en el mundo ni más bien artillado, porque tiene cuatrocientas piezas de bronce encabalgadas y más de otras doscientas en tierra"). Los turcos barrieron y arruinaron todas las casas de los habitantes de la isla, destruyeron las iglesias y los famosos lienzos y esculturas que había en ellas. En tierra oyeron decir cuán crueles fueron los turcos con la población, como ellos acostumbran.

Donjuán de Austria convocó a consejo a sus generales. Hicieron los últimos arreglos sobre las galeras, que ya desde Mesina había ordenado se mezclaran en las venecianas soldados de otras naciones para dejarlas más provistas, porque eran de muy desigual fuerza. Reforzó, ordenó y terminó de arreglar lo necesario para que la armada diera lo mejor de sí.

Un mínimo detalle, que no vendría a cuento si no fuera porque debió de ser de importancia decisiva para nuestra María la bailaora, fue que en Corfú quedó toda la gente de servicio de don Juan de Austria, excepto su cocinero y don Juan de Guzmán, el gentilhombre de cámara, con Jorge de Lima, el ayuda de cámara, aunque los tres quedaron sin ayudas. También salieron hasta el último de los criados que habían sido asignados al cuidado de *la Real,* los que mantenían esta galera con menor hedentina que las otras, más los que atendían a los capitanes en las visitas continuas, dando aún más lustre de palacio a *la Real,* y todos los de la cocina, excepto el cocinero, quien refunfuñó hasta el último minuto, alegando "Yo solo no he de poder, déjenme al Jacinto, que no soy como esos monstruos marinos que tienen doscientos dedos, ¡van a creer!, si no soy ni Merlín ni bruja...". María estuvo a punto de ser despachada ahí mismo, y un mucho de dos lo deseaba ella —que ya no soportaba estar ahí, por lo que don Jerónimo Aguilar le había hecho, que resumiendo no era sino retirarle los favores a los que anteriormente la había acostumbrado—, pero un azar la amarró a la expedición. No fue algo que ella buscara. Ya no soportaba la situación y nada deseaba más que verse libre del traje de soldado, del pincel y sus pinturas, y en suma del viaje en barco. De lo que no estaba muy segura (y éste es el segundo mucho) era de si quería o no dejar de ver a don Jerónimo Aguilar. Quería, y no quería. La enfurecía su trato pero no podía dejar de mirarlo, no *deseaba* dejar de mirarlo; lo encontraba el más gallardo, el más hermoso, el de mejor voz, el más ágil. El mejor entre los hombres. La atribulaba su mera existencia y, aunque estaba muy enfadada, sabía que dejarlo le ardería tanto como verlo.

Por otra parte, quería volver a bailar. Le hacía falta el baile y la música, no la consolaban gran cosa las cancioncillas que a ratos dejaba salir apenas de sus labios, y encima de esto extrañaba el sonido que hacen las monedas al caer en su bolsillo. Las últimas dos que habían entrado, las recibidas de parte de don

Juan de Austria por los buenos servicios provistos por ella en Mesina, ya no le sabían ni un ápice a nuevas, así muy a menudo se acordara de ellas y las acariciara por dentro de sus ropas. Le eran preciosas, pero quería tener más y más recientes.

Rumiaba: "Si yo bailo, si estoy vestida de mujer, si me dejo de nueva cuenta crecer el cabello, don Jerónimo volverá a quererme. Porque él me quiere, tal vez él no lo sabe viéndome así vestida, despojada y pelona, pero él me ama".

Precisamente por el motivo por el que recibió estas monedas, porque había sido el Pincel quien había encontrado al soldado aquel moribundo en Mesina —del que nunca supo María el nombre— y había demostrado tan sensata cordura en arreglar las desavenencias habidas entre soldados españoles y los bajos de otras naciones, el secretario de donjuán de Austria, Soto, recibió instrucciones de pedirle de nueva cuenta interviniera en un asunto espinoso. Donjuán de Austria estaba enormemente enfadado con Colonna y Veniero, este último ya muy canoso, un hombre venerable que en un ataque de ira provocado por las imprudencias y altanerías de Colonna, hizo ahorcar a un capitán español llamado según algunos Murcio Tortona (para otros Curcio Anticocio). Lo mandó a la horca y horca volvió a la entena de su capitana. Don Juan se encolerizó por la desorbitada medida y estuvo por un pelo de hacer colgar al venerable Veniero. Cuando entendió que todo era por culpa de Colonna, el de Austria le retiró el trato, y quedó de voz el veneciano Barbarigo. El asunto de Murcio Tortona no era un caso aislado. Cuán detestables son los españoles a otros pueblos se podía comprobar a diario, se acumulaban un sinnúmero de incidentes que alguien tenía que aclarar, alguien debía limar aquí y allá asperezas y poner en concordia las rencillas, y era muy importante hacerlo antes de comenzar la batalla.

El Pincel fue asignado para hacerlo. En estas circunstancias, donjuán de Austria no le aceptaría su renuncia. Si dejaba de ser útil como lo que le daba nombre, pues no era hora ésta de pinceles sino de espadas, tenía otra labor que hacer.

María confiaba terminarla antes de zarpar y verse desembarazada del resto del viaje (y muy bien remunerada). No fantaseaba: por tan delgadito el dicho Pincel probablemente lo habrían soltado en Corfú. Pero esto cambió, porque estando María en el puerto…

50. En que se cuenta la historia del espadazo de María la bailaora, así como la historia de las hermanitas Pizpiretas de Corfú

Estaba el Pincel en Corfú, visitando a las hermanas que se hacían llamar Pizpiretas y que no eran precisamente dos religiosas o devotas sino más parecidas a las del oficio, caía sobre el puerto ya la noche cerrada, cuando alguien intentó cortarle el cuello a don Jerónimo Aguilar. El dicho Pincel (que la verdad no visitaba Pizpiretas, sino perseguía a su odiado querido) sacó su filo y dio buena cuenta del atacante. Luego se supo, y esto no fue a espaldas de María, que éste era un soldado también español con el que don Jerónimo Aguilar tenía un asunto de honor pendiente, la afrenta contra el honor de su hermana.

Porque el caso está expuesto, que muy limpio no tenía sus hojas de servicio el corrupto capitán don Jerónimo Aguilar.

Oír el recuento del desleal comportamiento de su amado no trajo alivio o serenidad al Pincel-María. No sirvió el incidente para esto. Lo que sí ocurrió en cambio fue que, al saberse la graciosa destreza con que manejaba su espada el Pincel, fue convocado a regresar a *la Real* para formar parte de la expedición contra el Gran Turco, ya no como un Pincel, sino como un soldado. El Pincel no encontró la manera de rehuir el nombramiento. ¿O lo aprovechó para asirse a la ilusión de que su don Jerónimo Aguilar retornaría a adorarla?

Fin del espadazo del Pincel y también del incidente en que aparecieron sin dejarse ver las hermanas Pizpiretas.

51. Continúa la historia del Pincel en la Real y lo que aconteció en los días previos a la célebre batalla llamada de Lepanto

El día 3 de octubre la armada de la Liga dejó el puerto de las Gumenetas y se dirigió hacia las islas Cefalonias. Iban con la determinación de sacar de la barrera a la armada turquesca, si es que aún la encontraban en puerto. En caso de que estuviera ya en altamar, estaban dispuestos a darle ahí mismo batalla porque la temporada se les había venido encima y porque en alguna medida las informaciones que habían recibido sobre el estado de la flota turca eran todas imprecisas o erradas, y estaban convencidos de que era de fuerza y dimensiones inferiores.

El mal clima los hizo aferrarse de nuevo, ahora al cabo Galanco. Cuando estaban ahí, llegaron informes de Gil de Andrada que los forzaron a zarpar. La armada del Gran Turco estaba ya muy cerca, había abandonado el puerto de Lepanto, y temieron fuera para guarecerse durante el resto del año. Debían atacar o fracasaría su empresa completa. Pero una cosa era formular su voluntad y otra muy diferente hacerlo en el mal clima. El viento soplaba en su contra, deteniéndoles el paso como una muralla.

Mientras la armada batalla contra la mala voluntad del clima, María se exaspera. Nada le da alivio, ni siquiera observar las pinturas de *la Real*. Debieran darle algún gusto, que hay muchas, pero las repetidas displicencias del hombre "por-el-que-estoy-aquí" la han puesto de un humor siniestro. Estaba de malas en Nápoles cuando lo conoció, pero cuando María baila, el mal talante se le desmorona como por encanto apenas convertirse en eso magnífico que es María cuando baila. Bailar la llena de vida. Pero aquí no hay baile. Peor todavía: aquí no hay María sino un llamado Pincel de cabellos mochos, cortados, un ser sin faldas. Y su mal talante es algo peor que serlo: está lleno de celos, incertidumbres amorosas, enfado, humillación…

"Hasta aquí llegué —se dice en silencio María, mirando una de las pinturas, su predilecta entre las que adornan *la Real,* en la que se representa a Prometeo con el águila que le devora el corazón *para significar que al valeroso capitán le han de combatir siempre altos pensamientos—.* Hasta aquí mi paciencia. ¿Yo qué hago metida en esta historia, qué hago aquí, donde no es la mía? ¿Qué enfundada en estas ropas varoniles, tan sin gracia, tan pobres, tan horrendas? ¡Pagué por ellas como si fueran encajes de Flandes! ¿Qué demontres rodeada de gente con la que no tengo cómo cruzar dos frases? ¡No hay uno solo con quien pueda yo parlar sin tropezarme! ¿Qué siguiendo al hombre que en mis sueños es el mío, y en el día mi enemigo? ¿Qué entre tanto duque, conde, un Farnese más rico que un indiano, puros palos con cara de contritos y rezadores, solemnes, acartonados, fastidiosos por quedar bien con su don Juan de Austria y por no quedar mal con el hermano, Felipe II, cada uno sabiendo que el de al lado está observando para encontrar de qué delatarlo, cómo ponerlo mal, de qué acusarlo frente al soberano? Esta *Real* es un nido de arañas, así en las paredes tenga pintadas las figuras de tantos diosecillos y ejemplos. Si pudiera me metía en las pinturas, mejor la pasaría yo como rinoceronte u ostión que como este soldado que digo que soy. Y que no soy. ¿Qué demontres hago aquí, mal-di-ción? Y encima esta niebla densa, el viento furioso, nosotros varados, el mareo que corre de muy noble garganta a otra muy noble e igualmente vomitona. '¡Fuera ropa!', me dan ganas de gritarme, aunque no sea para tomar el remo sino para largarme de una vez por todas de este maldito buque, en el que he venido a parar por mala suerte. ¿Cuánto llevamos varados en este sitio hediondo que llaman Vizcando —debían apodarle *en el que no estoy divisando—,* con esta niebla espesa que no nos deja movernos un palmo?".

María está a punto de decirse con todas sus letras: "Don Jerónimo Aguilar no me quiere". Jerónimo, quien es sólo meses mayor que don Juan de Austria, y esto es decir joven, quien es muy hermoso, quien por su cargo en el ejército ha sabido acrecentar las riquezas no pocas que le dejó su padre, quien está acostumbrado a tomar lo que quiere y a tener lo que quiere, quien toma cuando quiere tener, sin que ninguna posesión le escalde las manos, quien no había topado antes con una María la bailaora. Hay que dejar de lado el pasaje sobre *la Real,* donde María se ha despojado de sus vestidos (¡y su cabello!) para seguirlo, demostrándole amor del bueno y no mera conveniencia, en el que ella irrita sin provocar deseo. María, María... María no es cosa fácil ni pequeña, ni es cosa, es mujer que ha viajado, baila y es admirada, es hermosa, piensa, sabe leer y escribir, que pocas de su género... El instinto le dice a Jerónimo que es mejor guardar distancia de María. No que no haya querido Jerónimo a María: estuvo loco por ella, la deseó, lo enloqueció; verla era sentir derretirse como cera con pabilo encendido; Jerónimo se ha sentido consumirse, y a duras penas ha podido contener las ganas de correrse cuando la ve bailar. Nada lo hubiera hecho más feliz que volver a tenerla pegada a sus labios como cuando la tuvo.

Pero... ¡en la vida no hay qué que no tenga peros! ¡Nadie mejor que Jerónimo para saberlo! ¡Él, que todo lo tiene, sabe de sobra que en el mundo no existen los paraísos! El pero no sólo es que sea gitana, que no tenga fortuna o dote, que no le proporcione una relación conveniente de la que él pueda sacar provecho, porque Jerónimo sabe, y de sobra, que puede sacarle provecho a los talentos de María. Nadie lo sabe mejor que Jerónimo, él ha visto cómo músicos exquisitos y de gran reputación la han admirado, cómo conquistó y a cuántos en la difícil Nápoles. La verdad es que esta mujer es *demasiado.* Jerónimo necesita guardarle distancia. Sabe que hubiera podido hacerla su amante e intuye, y está seguro, que con nadie hubiera tenido más ni mayor placer, ni más exquisito, ni más pleno, delicado, ardiente, dulce y tierno. No sólo el placer que le hubiera dado, María es una mujer de mundo, es avezada, conciliadora, inteligente, hábil, ambiciosa. Pero mejor no tenerla, porque en realidad, ¿quién quiere *tanto*? Jerónimo optó en Nápoles por no aproximársele demasiado.

Porque cree que se rompería, que se quebraría si se le acerca demasiado. No sabe cómo explicarse el sentimiento, esta certeza. Le alegró sobremanera que María saliera con su "te casas conmigo" —tan desorbitado, tan estúpido (extraño en ella, una estupidez; candor no le falta a la niña, pero estupidez no tiene, éste ha sido su primer pelo de estúpida desde que la conoce)—, le alegró porque de esa manera él se pudo burlar, rompiendo por unos momentos la magia; el imán poderoso dejó de surtir su terrible influjo; los sesos le volvieron a la cabeza, y al mentirle a la bailaora don Jerónimo Aguilar recuperó la mesura.

No que no quiera perder la mesura con María. La desea, la quiere, ella lo deslumbra. Pero don Jerónimo Aguilar no es sino lo que es y lo sabe, y entiende que no puede sostenerle un deseo retribuido. Lo rompería. Lo haría de vidrio, como al famoso Vidriera lo quebró el durazno envenenado por otra gitana. Que por qué, que cómo, no se puede explicar.

El segundo rasgo de estupidez de esta mujer fue venir a perseguirlo a *la Real*. Y éste es imperdonable y no es gracioso, no le da risa, no da espacio a la burla.

No quiere verla.

Se ve detestable vestida de varón. Le repugna.

No, no se ve *tan* detestable. Su piel, las mejillas, ¿cómo nadie se da cuenta de que el Pincel es una mujer, y *qué mujer*? Imagina sus pechos comprimidos bajo la camisa soldada, y le viene una erección incontenible. Sí, que sí, que la detesta, pero ¿qué nadie se da cuenta y qué nadie sino él piensa en eso que ella trae bajo la camisa?

¡Maldita María, que ha venido a traerle una guerra adicional a la batalla!

Pero volvamos a María, que la dejamos hablando sola. ¿Qué pasa por ella? Se dice: "Puedo confesarme mujer frente a don

Juan de Austria, arrodillándomele a los pies, le suplico que me disculpe, que no soy sino una mujer, que el fervor me hizo entremeterme donde no me corresponde, que me he disfrazado para sacrificarme en esta guerra santa, que si le digo quién soy es porque los marinos me han enseñado en el viaje que traer mujer a bordo es muy mal agüero, que creo que es por mí el mal clima que hemos tenido que sortear, que me corte la cabeza… No lo hará. Si he mentido, puedo seguir mintiendo, que a mí la santidad de su guerra me tiene muy sin cuidado. Puedo decírselo y cuento con que me perdone y hasta me dé tres monedas con qué vestirme de mujer de nueva cuenta y me ayuden a volver a Nápoles en alguno de los barquillos que van y vienen con noticias". María repela en silencio, decide sin decidir, que aun odiando a su don Jerónimo, aun detestando verse aquí, no quiere, no querría no verlo jamás. Y eso que ya ha dejado de soñar con el palacio, ya sabe, ya acepta que no es suyo, que esa belleza napolitana no le pertenece. De eso ya se resignó. No de lo demás.

El día 5 de octubre llegó una espesa niebla que no dejaba verse los unos a los otros. El día no se abrió propiamente sino ya pasadas las once. Vieron entonces que estaban ya cerca de las ansiadas islas Cefalonias, y entraron por el canal que las divide. Anclaron en el puerto Ficardo, que está en la mayor de las dos islas, la que se llama propiamente Cefalonia, porque a la otra, la más pequeña, la llaman Ítaca, es la patria de Ulises.

María pensaba: "¡Maldita Ítaca! ¿Qué imán el tuyo que aquí nos entretienes? Tres veces hemos intentado dejar las Cefalonias, tres veces hemos sido regresados, recogidos por vientos adversos… ¡Yo no estoy para penelopear sin ton ni son, de aquí me salgo! Lo voy a hacer, voy a defeccionar, voy a salirme de esto". Se lo repetía y repetía y tía-tata-tía obsesiva, cuando un buque proveniente de Candia, una nave de dos palos, sin remos, los alcanzó. Llega para dar a Sebastián Veniero y a Agostino Barbarigo la noticia de que el 17 de agosto —¡ha ya cuántas semanas!— ha caído Famagusta. El bergantín pasó la nueva de la rendición junto con muchos pormenores del muy desdichado fin de sus defensores.

¡Famagusta en manos de los infieles!

La noticia corre como un reguero de pólvora de galera en galera, incendiando los ánimos y ardiendo la indignación colectiva al saberse los pormenores de la crueldad turca.

52. Acerca de la caída de Famagusta, donde se cuenta lo que se supo sobre ésta por el bergantín venido de Candía

Ahora es Famagusta la que ha caído en manos de los turcos, y el Pincel vuelve a oír cómo se narran con brutal detalle los pormenores del pillaje, el saqueo, las vírgenes violadas, los altares profanados, primero alterando sólo un poco la historia que se supo de Nicosia, que si *han puesto a los caballos a comulgar en la hermosa catedral de San Nicolás* —idéntica a la de Reims, recuerdo de cuando los franceses controlaban Chipre—, *usan los cálices de pesebres... ¿La harán mezquita?... Los infieles embarcan muebles, tapices, telas, joyería, el oro y la plata para servir las mesas... El monasterio de San Barnabás arde en llamas... Los bárbaros no se detendrán hasta dejar los fastuosos palacios venecianos reducidos a polvo...*

Pronto los pormenores de Famagusta corren de boca en boca: que si los habitantes de Famagusta habían talado los jardines y hermosos bosques de cedros y naranjos que embellecían los contornos de la ciudad; que si no tuvieron tiempo de privar a sus enemigos de las aguas de los manantiales; que si un mes les había llevado a los sitiadores fortificar su campo y acercar su trinchera a la contraescarpa, y que, allanados los fosos, la muralla de Famagusta había estallado en explosión tremenda; que si el 2 de agosto entraron a caballo muy hermosamente vestidos dos kiayaes o mayordomos, uno de Mustafá, el otro del agá o coronel de los jenízaros, y al campo de los turcos pasaron el veneciano Hércules Martínengo y uno de Famagusta de

627

nombre Mateo Colti y llegaron muy prontamente al acuerdo de las capitulaciones; que si entregaron a Mustafá las llaves de la ciudad que recibió diciendo maravillas del heroísmo de los defensores, no ahorrándose elogios para Bragadino, Baglione y los otros capitanes; que si éstos, vestidos con toda ceremonia sus túnicas púrpuras y los quitasoles encarnados, se dirigieron a la tienda del bajá Mustafá, donde conversaban en los mejores términos, hasta que de pronto Mustafá exigió le devolvieran las embarcaciones que estaban por salir de Famagusta, cargadas con algunos de los sobrevivientes, y que en breve saldrían a Venecia; que si Bragadino se negó, porque esto no había sido acordado en las capitulaciones; que si el bajá Mustafá montó en cólera, mandó sacar de su tienda a Baglione, a Quirini y los restantes capitanes, y degollarlos *ipso facto;* que si pocos días después el traidor Mustafá hizo desollar vivo al heroico Bragadino; que si su piel fue rellenada de paja, suspendida en la entena de una galera y paseada como señal de su triunfo y vileza por todas aquellas costas.

Los soldados de la Santa Liga coreaban el nombre de los caídos. ¡Murieron Astor Baglione; Luis Martinengo; Federico Baglione, el caballero del Asta, vicegobernador; David Noce, maestre de campo; Aníbal Adamo, de Fermo; Escipión da Citta, de Castello; el conde Franciso de Lobi, de Cremona; Francisco Troncavilla; Flaminio de Florencia y Juan Mormori, el ingeniero!

Repetían también los nombres de los capitanes que quedaron esclavos: el conde Hércules Martinengo; el conde Néstor Martinengo, que luego logró fugarse; Lorenzo Fornaretti; Bernardo de Brescia; Bernardino Coco; Marcos Crivelatore; Hércules Malatesta; Pedro Conde de Montalberto; Horacio de Veletri; Luis Pezano; el conde Jacobo de la Corbara; Juan de Istria; Juan de Ascoli; el marqués de Fermo; Juan Antonio de Piacenza; Carleto Naldo; Simón Bagnese; Tiberio Ceruto; José de Lanciano; Morgante, el lugarteniente; un alférez, Octavio de Rímini; Mario de Fabiano; el caballero Maggio...

María no fue insensible a la exaltación colectiva, ni fue quién para decirles: "¡Un momento! ¡Oigan! Este detalle y aquel otro son idénticos a los que describieron cuando cayó Nicosia!", porque también el Pincel se enardeció. Supo que no podía, no debía desertar, ya no hacía falta que nadie intentara defenderla, ni se lamentaba de haber sacado la espada cuando la historia de las Pizpiretas. Pelearía contra quienes se han apoderado de "su" Famagusta. Había que defender la ciudad, que es bien suya porque ahí debe ir a depositar tarde o temprano el encargo del generoso Farag. De pronto, lo que hace ya tiempo no le ocurría a María, es una más, es cualquiera entre la turba. En los corazones ha despertado un deseo común: *venganza*, y bajo este manto María se ampara olvidando la prisión de su amor por don Jerónimo, reconociéndose como parte de "su" ejército, al rescate de "su" ciudad.

Fin de la primera parte de este libro que consta del capítulo uno y del dos, más el pórtico llamado Galera.

TRES:
LEPANTO

*53. Carta de la relación de la muy famosa batalla de
Lepanto, que escribe al vuelo el Carriazo a Avendaño.
Da noticia de María la bailaora y otros sucesos tan
inverosímiles como verdaderos. Incluye las conjeturas
sobre cierta cabeza, la relación de Ruz en su propia
voz (o ladrido), los gritos delirantes de Saavedra y la
interrupción celestial de un sacerdote*

Puerto de Pétela, el 7 de octubre de 1571

Estimado amigo:

Debido a la naturaleza de lo que aquí estoy presto a escribirte, tomo la prevención de esconder tu nombre y el mío,
que ni tú quieres meterte en líos, ni yo tener más que mis ya
muchos. Aunque, confieso, si más trae más de lo que aquí contaré que fui a encontrar y que es muy mi hallazgo y muy mío, sí
quiero. Quiero, y quiero. ¡Y recontraquiero!

Para que no te quepa duda de quién soy, te recuerdo que
por un azar con faldas (lo hermosa que era, ¿haces memoria?)
dimos a conocernos camino a Salamanca, adonde nuestros padres nos habían enviado a la universidad, deseosos de que am-
pliáramos nuestros conocimientos, y de que yo soy quien te
disuadió de que nos desviáramos a un destino más interesante,
más favorecedor, más atractivo e incluso más confiable, los

saberes se esconden siempre detrás de neblinas y polvaredas. Las aventuras que corrimos juntos las conoces de sobra. Nadie más que tú y que yo tendrá conocimiento dellas, ni habrá quien sepa nuestros nombres, que un par de años después nos presentamos de nueva cuenta ante nuestras respectivas familias, diciéndonos muy latinos.

¿Latinos? ¿Gramáticos? ¿Qué tal las apuestas que cruzábamos en las famosas almadrabas, donde van los príncipes a refocilarse, los vagos a divertirse y las truchas a caer proveyendo a los príncipes de recursos, a los vagos de comida y modelo y al lugar de nombre? Que *almadraba* es la manera alárabe de pescar truchas, amigo, venlo a saber, si *in situ,* absorto en las muchas obligaciones que impone la vagancia, no tuviste manera de aprenderlo. ¿Verdad que te recomendé una buena vida? En lugar de acariciar perezosos el vademécum —pues los más de los que atienden la universidad no tienen con éste más relación que la que se estila con una mujerzuela, le llaman "estudiar" a pasarle encima las yemas de los dedos, y esto muy de vez en cuando, porque sus criados son quienes les llevan y les traen el cartapacio conteniendo sus libros y papeles, aligerando a los amos de tan penosa carga—, nos deslizábamos ágiles, saltando de taberna en taberna, jugantes jugadores, sin mayor preocupación que ganar la mano en una barbacana, arrebatar la partida de la taba o llevarle a quién la ventaja en las ventillas. ¡Los naipes, amigo mío, los naipes son mejor uso del tiempo que andarse quebrando la cabeza en declinar latinajos! Ya basta de hacerte recordar quién soy, quiero arrojarme a relatarte lo que quiero contar pero sin apresurarme, porque si me adelanto no podré explicar cómo fui a caer en esta atarazana, como les dicen los ladrones a sus escondrijos. En plena mar abierta, sin haber hoyancos, ni cavas, ni cuevas abiertas, atarazanado estoy. A cielo raso, rodeado por una mar que millas a la redonda está rojo de la sangre que corrió a raudales, y yo atarazanadísimo. Aún flotan miembros humanos o bultos que podemos llamar cadáveres mutilados —algunos hasta parecen tener dos cabezas, sus sesos de fuera— y una multitud de restos de naves, trozos de remos, armas rotas, velas desgarradas, aljabas, turbantes, carcajes, flechas, arcos, rodelas, cajas muy diversas, incluso valijas. Si puede uno decir de los cadáveres que algo son además de ser cadáveres, diré que hay croatas, dalmacios, eslavones, búlgaros, albaneses, transilvanos, tártaros, tracios, griegos, macedones, turcos, lidios, armenios, georgianos, sirios, árabes, licios, licaones, númidas, sarracenos, africanos, jenízaros, sanjacos, capitanes, chauces, rehelerbeyes y bajanes. ¿No gustas la enumeración para hacerle versos a un poema? ¡Te la cedo!

Aún sale humo de *la Florencia,* la galera que tuvimos que hacer arder por estar su casco perforado de balas como un cedazo. No tenía remedio. Se recuperó de *la Florencia* la artillería, las velas, las jarcias, los remos, lo demás se dio por muerto. (*La Florencia,* de los caballeros de san Esteban, parte de la escuadra del Vaticano, fue cercada simultáneamente por cuatro naves infieles que la atacaron con especial saña; perdió todos los soldados, catorce hombres solamente quedaron vivos y todos malamente heridos; murieron León, Quistelo, Bonagüisi, Salutato, Tornabuoni y Juan María Pucini, caballeros de san Esteban que pelearon con ardor infatigable; sobrevivió su capitán Tomás de Mediéis.) (Y otra más de *la Florencia:* que oí decir de algún veneciano que así se cumplió un pronóstico que se había hecho de que en el año de 1571 el duque de Florencia perdería Florencia a manos de los turcos; se alega ahora que el pronóstico era correcto, que una Florencia se perdió, así fuera de palo; yo digo que es muy fácil leer el futuro cuando éste es cosa ya del pasado, decir que todo iba a ser como tal y tal decían que sería y para mí que este es el caso.)

Más galeras hemos hecho arder, una que recuerdo porque había encallado malamente en los pantanos que por todas las costas nos rodean y era muy hermosa y dicen que era de las de Uchalí. Fue una pena, porque es de las mejores que se han visto.

Comenzaré por el principio para que entiendas de qué te hablo y para que contarte lo que aquí quiero decirte me traiga algo de serenidad. Es noche cerrada, el temporal de truenos es lo único que nos cobija; los hombres, que hace un santiamén exaltados lloraban a gritos por los amigos muertos o abrazaban con risotadas a los vivos, duermen. Yo ni lloré a gritos, ni risotee a los vivitos y coleando, y no puedo ni he podido cerrar los párpados, supongo que es por lo recio que cae el agua y por el viento y los relámpagos que me hacen creer que el mundo entero se va a hundir. Debo hacer cierto orden en mis desordenados pensamientos, si así se les puede llamar a estos necios que me rebotan en la cabeza sin dejarme atar un cabo con otro o siquiera formular mis frases bien completas.

La victoria llegó hace cosa de doce horas. A las cuatro de la tarde se anunció el triunfo, y como te digo lejos está la hora en que raye el sol de mañana. La batalla acabó, y no sólo de palabra, fue tan contundente y de súbito como hubo comenzado. No queda un solo moro o turco o enemigo posible con el cual podamos batirnos. Los más de ellos están muertos, los otros muchos, esclavos, y unos pocos huidos con el maldito Uchalí llevándose, traidores, el estandarte de los caballeros de Malta. No pudo el Uchalí cargar con su *Capitana;* aunque lo intentó, huía llevándola atada a su popa cuando el marqués de Santa Cruz le dio caza. En lugar de responder al ataque, viéndose acosados por la galera *Guzmana* de Nápoles, que capitaneaba el capitán Ojeda, los cobardes del Uchalí cortaron los cabos de la maroma con que traían atada a la de Malta y echaron a correr, si así puede uno decirle al andar presto con remos y velas. Apenas pudo, el marqués de Santa Cruz —o don Álvaro de Bazán, como prefiero decirle en mi memoria, que más años usó ese nombre— en persona abordó *la Capitana* de Malta y lo que encontró fueron trescientos cadáveres alfombrando la cubierta, dicen que todos ellos de turcos, aunque esto me deja perplejo porque ¿por qué turcos? ¿Para qué? ¿Los llevaban a bailar a dónde?

Hablando de turcos, te escribo en papel turco, amartillado y brillante por la tintura o apresto que ellos le ponen. La punta de mi pluma corre con tal facilidad que me siento el más expedito de los escribanos. ¡Mi pluma es de las que caminan por las aguas!

Interrumpiéndome a mí mismo (si se puede llamar interrumpir esto que me he hecho antes de haber comenzado) me pregunto una cosa: si todo lo que era de los turcos aquí muertos o prisioneros es ahora nuestro, ¿también serán de nos sus pecados? Si es el caso, con lo que predicaron los capellanes que estos monstruos han hecho, estamos ya ardiendo en la cazuela, ni tiempo para preparárnos para las llamas del infierno. En lo tocante a la cazuela turquesca, lamento no haber asistido a más lecciones de teología en Salamanca, pues no sé cómo enfrentar el arduoso dilema que me veo obligado a repetirte: si sus pecados son nuestros, como todo lo que fue suyo, si el santísimo Papa nos bañó y recontrabañó con indulgencias plenarias regándolas indiscriminadamente en Mesina sobre todos los combatientes, ¿qué pasará con nuestras almas, las herederas de todo el mal de los infieles? ¿Infierno o no infierno habemos? ¿Hemos de considerar que todos sus horrípidos pecados son mortales? ¿Pero por qué hacerlo, si no entremedió entre sus actos y su conciencia el sacramento del bautismo? Descontemos a los renegados, que los hubo a mares. El renegado peca y de manera muy mortal. ¿Pero el infiel, quien no conoce la verdadera fe?

Ves que tengo razones varias para escribirte, que el dilema que te pongo bastaría —ya que a los ojos del mundo somos colegas en Salamanca, ¿con quién sino contigo he de discutirlo, sobre todo a sabiendas de que otros colegas salmantinos no tengo?—, pero hay más. No abundaré en tantos mases que hay, porque debo contarte cómo pasó lo que pasó, y que no es puro menos por cierto.

Prometí reseñarte con todo detalle cómo se desenvolvía la contienda y cuál era el aspecto de los dichos turcos. Tu mayor interés era que yo me manifestase sobre las diferentes estrategias, lo de los turcos venía como adenda. Pero tú sabes que no soy nada bueno para guardar promesas, y de sobra que no puedo proveerte de los detalles dichos porque es mucha mi ignorancia en los asuntos de la guerra. Me dijiste: "Mira, presta atención, observa y escribe". Vi, cuando se podía, porque los pedorreos de la pólvora lo oscurecen todo, y observar no hubo cómo, que nunca se abrió un momento de reposo, y lo que sí fue es que puse mucha atención cuando brincaba de una cubierta a la otra para no resbalarme, buscando cómo poner el pie donde estuviera menos aceitoso. En cuanto a los turcos, vi más de ellos muertos que vivos, y muertos no hay gran cosa que decir dellos: ni hablan, ni se mueven, ni tienen más costumbres que irse hundiendo poco a poco en el mar y luego de hacerlo comienzan a salir poco a poco a flote, se juntan unos con los otros y se sospechará que comienzan a pudrirse mientras los mordisquean los peces. ¡Pero no tires esta carta, te prometo que no escribo para compartir pedorreos, agitaciones, sentones o cadáveres! Ni la batalla ni los turcos son la esencial razón por la que aquí apresurado te escribo sin haberme siquiera cambiado la camisa, incontinente. En esto de la contención, mis esfuerzos he hecho; respiro hondo antes de comenzar cada frase; "Calma —me digo—, ¡calma!".

Una cosa más agregaste. Me dijiste "Carriazo" —porque Avendaño te llamo a ti y tú a mí de esa manera, nos moteamos como nos vino en gracia cuando andábamos en la brega, haciendo caso omiso no sólo de las órdenes y aspiraciones de nuestros padres sino incluso de los nombres que nos pusieron en el bautismo—, "Carriazo —me dijiste—, conociendo como lo hago tu natural, no te burles antes de tiempo, ni desprecies sin saber qué es lo que desprecias". Te doy un aviso: que aquí no valían ni temperamentos ni distracciones. Fuimos de pronto como los ojos muchos de Argos, metidos quiéralo o no en el mismo quiéralo uno o no.

Y cierro el tema de los turcos con ésta: de ellos he aprendido una cosa, que llaman a nuestro señor Jesús "el espíritu o el aliento de Dios" y que dicen que descendió del cielo para asistir al Islam antes de la Consumación Final. ¿Qué es la Consumación Final y qué entienden ellos por Islam? Imposible decírtelo. Esto que aprendí fue porque lo repetía un galeote al tiempo que remaba. Lo decía en claro español y luego se lo volvía a decir a sí mismo en su lengua, que no sé cuál era. Miraba sus pies, nadando en mierda, como los de todos los galeotes, y lloraba diciéndose con un tono que daba pena de oír, tan hondo era su lamento: "¡Estoy sucio, estoy perdido!", y lo repetía en la nuestra y en su lengua, así como explicaba en su doble voz cómo deben de ser sus abluciones, que los turcos son muy escrupulosos en esto, según entendí. Cuando defecan, se limpian con tres piedras limpias, mientras dicen extraños rezos.

¿De nuestras tropas, qué te puedo decir? Que en su mayoría, sin que importe gran cosa qué lengua hablan o de qué país provengan, vienen muy mal vestidos, mal armados y son muy desobedientes de sus oficiales. La mayor parte, además, son muy muchachos. Ya sé que no me pediste te hablara de los nuestros, y esto no sé si fue porque lo olvidaste, pero es entre los cristianos donde me he visto todo el tiempo, y qué puedo escribirte sino de lo que vi, oí, presencié.

Una cosa me deja el corazón tranquilo en esto de romper contigo la promesa de contártelo todo: ten por seguro, amigo mío, que tu natural curiosidad se habría hecho añicos si hubieras visto lo que yo. Sólo querrías no saber nada más, ni de turcos, ni de batallas, ni de mares —por lo menos de la nuestra—, ni de cristianos. Hoy he deseado lo que nunca antes: tomar un bergantín inglés y mudarme a donde nadie hable ninguna lengua razonable, ni vista prenda alguna, y me tiene sin cuidado que sea tierra de caníbales, mucho me folgaré entre inocentes antes de que me llegue el turno. Si me ponen sobre la cabeza plumas coloradas, me sentiré tan elegante como un donjuán de Austria con sus blancas y azules.

Y una que tengo ganas de contarte, que me he acordado por lo de los penachos. Que antes de comenzar el combate, don Juan de Austria subió a una navecita ligera —diré que la única que restaba por aquí, porque las hizo desaparecer a todas para impedir que los cobardes encontraran una manera cómoda de huir por piernas si se ponían difíciles o muy ahumadas las cosas— y fue repartiendo rosarios, medallitas de la Virgen, escapularios, monedillas, y cuando ya nada tenía para regalar dio con dar su elegante sombrero y sus dos preciosos guantes, uno separado del otro para que más rindieran. Uno de estos cayó en las afortunadas manos de un galeote. El capitán del barco —no te digo el cómitre, sino el propio capitán— le ofreció cincuenta ducados a cambio del dicho guante, y el esclavo (como si fuera el caballero más pintado) rechazó las monedas y prendió el guante a su bonete. Así que, hablando de penachos, hubo uno que se lanzó a batalla empenachado de bastardos dedos reales.

En cuanto a mi camisa —que no la he olvidado, para que veas que no es puro descuido escribirte en el estado en que la traigo, ¡si la vieras…!—, no soy el único que la lleva encostrada y negra. Con los ojos que me conoces y que todavía son dos, lo que allá entre ustedes es tan normal que hasta decirlo es bobo, pero que es aquí motivo de intenso alegramiento; allá dos ojos son algo que uno da por sentado; acá, dos, contándolos uno al lado del otro, son casi un milagro, ¡pero no saquemos esa palabra a cuento, por Satanás, no!… Estábamos con los ojos, que dejé la frase a medio hacer, y con la camisa (que también dejé de lado a medio hacer), y a ellos vuelvo: te iba a escribir que vi a donjuán de Austria llegarse a cenar con la camisa negra, y que no era de su propia sangre sino de aquellos que él hirió. Sí tiene una herida, pero en la pierna y no de importancia, dicen que fue una flecha de Aalí Pashá la que le rozó el tobillo. Vete a saber si es cierto, aquí corren voces desatadas con tanta incontención que yo suplicaría a las once mil vírgenes que vinieran, con las bocas bien cerradas como acostumbran, a echar candado en las de los murmuradores. Lo pediría, pero no es lugar éste para vírgenes. (Ni buen lugar tampoco para las no vírgenes, ni para los viejos, ni para los jóvenes, ni para nadie que a mí se me pueda ocurrir, que éste es tan mal sitio que le vale el mote de "Sinlugar", de "Sinlugar" te escribo.) Y con el viento que sopla, y este tronar de truenos —¿crees que repito?, por mí que decirlo doble es apenas suficiente, que a uno sigue el otro y hasta se enciman—, no ha quedado un minuto de la noche en paz, toda ha sido ululeos de Eolo y amenazas de horrendos punzos. De los punzos, quiero decir los truenos, y de esos te digo que yo no dejo de pensar que bien que nos puede caer uno encima, que no veo por qué no si pegan reiteradas veces en la mar y luego pintan líneas como otros tremendos horizontes… ¡Una cosa siniestra, horrenda! Eso me gano por ver y por haberme quedado con todas las partes de mi cuerpo en su sitio… ¿Será por eso que tantos perdieron sus ojos?

Así que diciéndote lo que decía, debo corregirme y decirte que aquí hasta los tuertos somos Argos.

¡Ah, amigo, los ojos son lo de menos! Son innumerables nuestros soldados que han quedado mutilados o estropeados, unos sin brazos, otros sin piernas, muchos con horrendísimas lesiones. ¿Y eso con qué rayos lo explicas? ¿Lo llamarías "milagro"? ¿O a quién pedimos que venga a hacerles retoñar miembros y narices?

Tú sabes ahora mejor que yo quién demonios soy yo. Tú, mi mejor amigo, mi confidente, mi cómplice, lo sabes. En lo que a mi conciencia toca, pasadas las nueve horas de la batalla no sé bien decirte dónde fue a parar. Sobre todo las tres primeras me dejaron con la sensación de que soy otro. ¡Que otro soy y que otro es el mundo! ¿Adónde regresaré, adonde volveré si vuelvo? Soy otra persona, también —pero no únicamente, créemelo, contigo no tengo por qué andarme con fingimientos— también porque soy infinitamente rico. ¡Rico, muy rico! El dinero no nos faltará más nunca. Estoy que no puedo atemperarme, calmarme, y ya te lo solté antes de explicarte cómo. Súmale a la muy generosa suma que la emoción de la batalla fue de tal naturaleza, intensa, extensa, abundosa, que no sé cómo he de poder retenerla, darle forma, hablar de ella para que sea algo más que esta confusa marejada buena sólo para contraer mareos de los que tumban.

¿Cómo fue que todos nos contagiamos de este extraño, incontenible exaltamiento? ¿Cómo lo explico? ¿Algo ilustra a recordar que, cuando apenas salió el sol, donjuán de Austria visitó nuestras naves en su veloz fragata? Venía acompañado solamente de su secretario, Juan de Soto, y su caballerizo mayor, don Luis de Córdoba, un crucifijo en mano —uno pequeño, de marfil—, daba la última revisión a las tropas, rectificaba posiciones y nos alentaba, diciéndonos: "A morir hemos venido y a vencer, si el cielo así lo dispone. No deis ocasión a que con arrogancia impía os pregunte el enemigo, "¿Dónde está vuestro Dios?'. Pelead en su santo nombre; que muertos o victoriosos gozaréis la inmortalidad. Hoy es día de vengar afrentas, en las manos tenéis el remedio de vuestros males, moved con brío y cólera las espadas". Luego repetía, variando un poco las palabras: "Mis niños, estamos aquí para conquistar o para morir. Mueran o venzan: de cualquier modo serán inmortales".

54. Nota al margen, en la misma manuscrita

Según Cristóbal Virués, que anda por aquí y se autonombra "el poeta soldado", lo que dijo donjuán de Austria fue:

A tiempo estáis cristiano bando fuerte
que muera el otomano cocodrilo
en sus nativas aguas, de la suerte
que mueren los que nacen en el Nilo,
ofreced los honrados a la muerte
la vida que sostiene un débil hilo,
que por empresa de una grande obra
honor y gloria quien muriere cobra.

Detengan vuestros brazos la corriente
de la prosperidad del barbarismo,
ábrase zanja hoy por do al Oriente
puedan regar las fuentes del bautismo,
esto vuestro valor antiguo aumente
de suerte que se ensanche el Cristianismo
tanto que quede cuanto alumbra Apolo
debajo del rastro de Cristo solo.

Que consta que esta exhortación jamás fue y la anoto sólo para
que si acaso te llegan las palabras del poeta —que además de
serlo malo es muy mentiroso— las desautorices: yo aquí estuve, aquí oí, y no fue así sino asá. Y tan asá fue que todos nos
contagiamos de aqueso que te digo, aqueso que no es queso y
que es eso que no sé qué es…

Fin de la nota al margen.

Con esta emoción te escribo, asiéndome a la letra para no dar
con la cabeza al agua. No puedo encontrar ningún reposo. Te
la debo explicar, desglosándotela. Lo primero fue la sacudida
que corrió por toda la armada y que puedo llamar miedo, el
miedo de vernos caídos en manos de los crueles despellejadores.
Porque en Candia, poco antes de nuestra llegada a Ítaca (que si
latino no he sido nunca, y no permitiría me llamaras con ese
nombre nunca —menos todavía porque habrá quien crea que
lo que intentas decirme con la palabra es que soy bien negro—,
en cambio puedes llamarme griego: yo llegué a Ítaca por caminos más cortos que Ulises, donde juro sobre los santos Evan-
gelios que no queda una sola Penélope y que reemplazándola
está un mundanal de ligeras, tantas que no pueden caber ni en
tu puerquísima cabeza. Pero, por cierto, que en esto la legendaria Ítaca no ha sido una excepción: cada vez que hemos hecho puerto, tralalí traíala, a follar con un sinnúmero de putas;
dicen los pajaritos que si vemos caras repetidas no es porque

el hábito carnal entregue a todas el mismo antifaz, sino porque hay una ciudad de alegres que nos vienen siguiendo los talones, barcazas cargadas de putas que como sombras rodean a los soldados cristianos dondequiera que hagamos pie. Me pregunto, ¿de qué conde o duque o gran casa será el negocio, la mancebía flotante?), en Candia, te decía, oímos que había caído Famagusta, y con esto cómo había sido el cruel comportamiento de los turcos con los nuestros. Me ahorro más comentario, que sé que también lo has oído tú hasta el hartazgo (y te confieso que si de los despellejadores brinqué a explicar aquesto y lotro no fue para aclarar lo de Candia sino por contarte lo de las tralalí a follar).

Tal fue el primer miedo, el horror natural en cualquier persona a verse despellejada o atormentada de espantosísima manera por los turquescos. El segundo que me despertó fue por el estruendo que los infieles hicieron nomás vernos. En este punto debo aclararte que habíamos sido prevenidos de que tal es su usanza, pero a pesar de saberlo me impresionó sobremanera. No continúo con primeros y segundos y un número pisándole la cosa al otro, que no acabaremos nunca. Abrevio: en el momento en que las balas y las flechas comenzaron a cruzarse, el aire se encendió en llamas, y el cielo mismo, amigo mío, pareció ser el infierno. Supe que la batalla me iba a ser e iba a seguir siéndome intolerable. Intolerable, pero inevitable, que aquí estábamos, metífidos (¡traíala: el recuerdo me ha alegrado!). Y estábamos con que andábamos enfundados, más todavía: esto éramos y esto seremos el resto de nuestras vidas: los que estuvimos en la batalla de Lepanto, la más grande que ha habido y habrá en la tierra, y apenas sabiendo esto sobrevino la batalla cuerpo a cuerpo y golpearon las cimitarras, los sables, los cuchillos y nuestras espadas. Luego turrún tuntún, el triunfo para los buenos. Y ahora, ¡truenos, rayos y centellas y no para de lloveeeeeer!

Pero con esto que me ha dado de abreviar me estoy saltando completo el cuerpo de lo que quiero contarte, nomás me falta despedirme de mi querido amigo, reiterándote que soy tu seguro servidor, etcétera etcétera, y dar todo por dicho ya. Sí que debo resumir pero con esto no debiera ni guardar silencio, ni atusar, ni mutilar, sino simplemente ir al grano. ¿Qué sentido tiene continuar con mi recuento si nada cuento y si al grano lo desgrano? ¡Seré peluquero de historias y ésta un bacín con su navaja, y no una carta! "Llegué, vencí, dormí". No, no fue así, porque nomás llegar fue difícil. Cada uno de los pasos de nuestro trayecto estuvieron marcados por un mal signo. Donde no soplaban vientos contrarios, subían marejadas que no las menciono porque se vuelve a revolver mi pobre estómago del temible mareo que me provocan, y en esto de marearse no era tampoco yo el único. Coincidirás conmigo que nada ganamos si entramos en pormenores de las vomitaderas, podemos brincarlo sin llamarnos atusadores y procedo a la reseña de la batalla de Lepanto.

Y sigo: ya desesperábamos cuando la guardia subida en el carees de *la Real* gritó que había visto una vela y a poco comenzó a decirnos que veía ya toda la armada turca, y todavía la estaba gritando, describiéndonosla (tenía más de doscientas cincuenta galeras y un número considerable de pequeños barquillos para ganar velocidad o darse abasto de lo que hubiere menéster, el que gritaba nombraba una por una, describiéndolas), cuando la dicha gigantísima comenzó a aparecer frente a nuestros ojos desplegándose extendida: cerraba la entrada al golfo de Patras, tocaba con una punta Albania y con la otra Morea, cubría el mar de costa a costa, imponente y bien alineada, y no hubo cristiano que no sintiera erizársele el cabello y correrle humos varios por las venas. El cañón de la galera del Gran Turco tiró una bala, don Juan de Austria entendió que Aalí le retaba y respondió aceptando la batalla. De inmediato el Turco repitió su descarga, y nuestra *Real* le contestó con otra.

El viento les era favorable y avanzaban como deslizándose mientras que a nosotros grandes trabajos nos dio ponernos donde aguardábamos. El viento nos traía la grita tremenda que ellos acostumbran, aporreaban las armas contra los escudos, tocaban sus pífanos y tamborines, bailaban y chillaban para infundirnos pavor. Aquellos turcos, que hablaban castilla, nos llenaban de insultos e improperios: "¡Gallinas mojadas —nos decían— cristianos gallinas mojadas! ¡Cri-cri-cri-cri-criiii-cristianos!".

Los curas en nuestra galeras rezaban desgañitándose, echándonos encima a diestra y siniestra la absolución general. Los más de los cristianos se postraron devotamente y don Juan de Austria se hincó a rezar, también a voz en cuello.

Don Juan de Austria dejó el rezo. Bajo el toldo rojo y blanco que adornaba la entrada a su cámara, sobre el *Lignum crucis* que le había regalado Pío V, y encima de la cadena de oro y la figura del toisón o vellocino de oro que todo caballero perteneciente a la orden del toisón de oro debe llevar puesto, se enfundó la armadura de guerra: el recio arnés pavoneado de negro, con remaches de plata. Mientras, los curas colaban entre sus rezos frases que les venían de ocurrencia: "¡No hay paraíso para los cobardes!" o "¡Más fácil que entre el camello en el ojo de la aguja, que un cobarde por las puertas del cielo!" o "¡San Pedro cierra las puertas a los cobardes!". Estaban inspiradísimos con sus puertas, agujas, camellos y otros objetos, zangoloteaban sus cruces y muchos de los cristianos menearon al mismo ritmo sus rosarios. Los turcos seguían con su grita y sus disparos y comenzaron a lanzar flechas que era de ver la cantidad. En cuanto a nosotros, estaba prohibido, bajo pena de muerte, tirar con ningún arma, que fue un pesar porque lanzar balas o flechas o dardos en algo nos habría serenado, nuestros nervios se ponían como tensas cuerdas de arco con la espera (¡achú!, ¿cómo me oyes, tan fino, diciendo "cuerdas"?).

Don Juan de Austria dio la orden de que los atabales y clarines sonasen la señal para empezar la batalla. Tronaron sus músicas y repicaron tamborazos y, ¿cómo te explicaré?, nos hirvió la sangre. Al primer acorde, se desprendieron todos los espolones de la armada cristiana. Don Juan de Austria había dado la orden de que fueran aserruchados para dejar libre el cañón de proa, pero, porque no lo viera el Turco y lo imitara, no fue sino hasta el último momento cuando —ya preparados con tiempo por los carpinteros de los buques, detenidos sólo por la apariencia—, como decía, cayeron juntos, *a la una, a las dos, ¡a las tres!:* ¡atabales y clarines tocan a batalla y caen al agua los espolones de las galeras! De *la Real* cayó el desnudo Neptuno blandiendo su tridente sentado en un delfín —que representa el imperio sobre el mar—, y como ésta todas las figuras que adornaban la punta frontal de cada galera.

No restaba ningún hombre hincado, bien parados todos se asían a sus armas, las horquillas plantadas bajo los arcabuces, las mechas preparadas, las armas cargadas y apuntando. La música pedía: "¡No tiren!, esperen a que don Juan de Austria lance la primera bala! ¡Pongan sólo atención a su lugar en la formación y estén atentos a la siguiente seña!", que dicho en corto era como decir "¡Apunten!, ¡apunten!, ¡apunten!" y esto muchas veces para que los nervios se nos reventaran. ¡Y la música les habla a todos, como la grita y las voces de los curas, oíamos los hombres y oían las insignias de nuestras galeras! Atentos estaban desde los estandartes: una mujer vestida a la turquesca con un turbante en la mano, una mujer amazona con su arco y un alfanje, Minerva, un Cristo resucitado, un águila dorada sobre una llama, un hombre que se quema la mano en el fuego, san José con la palma, un león dorado con un sol en las manos, nuestra señora con el Hijo en sus brazos, una mujer con las armas de Pisa, un pez dorado y un penacho de plumas, Neptuno, una grulla, un oso herido, una estrella, un corazón en llamas, una cierva dorada, santa Catalina, un dragón, una mano que tiene un ojo, una gitana, un grifo, un hombre desnudo con los brazos abiertos… Detengo la enumeración, pero no me la escondí del todo para darte más con que puedas armar finos versos.

Me sirve lo de detenerme porque aquí hay que decir (lo sabes pero no está de más repetirlo, sobre todo repetírmelo a mí, que no lo pensé entonces ni una fracción mínima de un instante): que solemne y más era este momento, pues daba comienzo la batalla que decidiría el destino de los continentes que baña el Mediterráneo y también el Alma del Nuevo Mundo, que si llegara a caer España en el poder del Gran Turco, con ella va a dar al fondo de la media luna alárabe el Pirú, las dos nuevas Venecias, las Fígueras, el Dorado, la fuente de la Eterna Juventud, las amazonas de dos tetas con todo y su río aquel que dicen que es como un mar, y ni qué decir de la China, ésa ya lo sabíamos, y las islas de los mares completos del globo terráqueo. Ya como están las cosas, el imperio de la media luna abarca cuarenta gobiernos: ocho en Europa, cuatro en África, veintiocho en Asia, más Valaquia, Transilvania, Ragusa y Mondalvia. Les toca la victoria, ¡y los turcos se tragan el Mundo, atragantándose!

En cuanto a los franceses, aliados siempre de los turcos, ¡ilusos! ¡Ya veo a cada galo portando muy elegante su pequeña cimitarra! ¡Veo a sus muchos caballeros reemplazando a los enanos de la guardia personal del cruel Selim! ¡Gusto les dará a los turcos tener a esos altaneros de esclavos y adoradores de Alá, pues no les quedará otra que hacerlo! Los que amen la letra, tendrán que dar su afecto a la alarábiga. Poco les importará, que no hay pueblo más afecto al dinero que ellos —excepto, cierto, los venecianos—, pero ahí también sufrirán, ¡y podrán ver sus corazones el fondo negro de su lamentable error! Ahí les dolerá besar El Libro y escribir Alá veintiocho mil quinientas veces en letras de oro, imitando el estandarte de Aalí Pashá; lo ha tomado prestada de la Meca. Dicen, te cuento, que protegidos por el dicho estandarte, los turcos no habían perdido una sola batalla; que los otomanos, de su mano, nunca habían sido derrotados en un solo enfrentamiento de sus innumerables guerras. ¡Para todo hay una primera vez! Pero que nadie sienta compasión por los galos así atados al turco, que nada hay más vil que un corazón francés dado a la zalamería y los halagos tanto como a la traición. ¡Sé generoso con un francés, que él te pagará con la daga en cuanto pueda! ¡Lo digo por experiencia propia! Sólo por un motivo no me alegra la victoria cristiana y es por el bien inmerecido que hemos hecho a esos malditos. (Pero basta, me digo, ¿qué tanta gana traigo de andar sacando lo que no viene a cuento? ¡Basta! ¡Adentro, que aquí no salen torcaces o cuervos del sombrero!) Los únicos tres de esa nación que valen la pena estaban con nosotros en Lepanto. No sé si sobrevivieron a la carnicería, por cierto.

Volviendo al combate, digo que luego que comenzaron a sonar atabales y timbales cristianos dando anuncio a la batalla, cuando se extendía frente a nuestros ojos la poderosa media luna de la armada turca, tocando Albania con una punta y con la otra la Grecia, así nadie se vea inclinado a creerlo (pero no está en mi poder omitirlo, porque cierto fue y pasó y no tiene por qué ser materia de creencia si ocurrió y lo que quiero es contarte lo que fue y que si no lo hubieran visto mis ojos y los de los ahí presentes, confieso que yo mismo me sumaría a los incrédulos o a los que lo llamarán disparate, pero no escapó a la mirada de ninguno de los que lo teníamos al alcance, y don Juan de Austria no tuvo empacho en esconderlo, a la vista de todos lo hizo, y yo qué puedo hacer sino aquí ponerlo), donjuán de Austria, en el preciso momento en que se lanzaran al enfrentamiento las dos armadas más grandes jamás habidas en la historia del mundo, cuando hizo dar el primer tiro de arcabuz, señal convenida para las galeazas, se puso a bailar la gallarda. Oíste bien: la gallarda, la danza española, te lo repito para que me entiendas: que en este solemnísimo momento, el generalísimo don Juan de Austria bailó frente a sus hombres y la danza que eligió fue... ¡la gallarda!

¡No miento!

Los palacios de los países cristianos que han tenido el privilegio de haberlo recibido saben que donjuán de Austria es muy buen bailarín. Pues ya no nada más para palacios, que el talento se hizo público entre galeotes, marinos y hombres de armas. El generalísimo de la armada cristiana giraba frenéticamente, pero eso sí, respetando la gracia y los pasos del baile, que ni uno se le iba. Lo acompañaba en esto de la danza un soldado menudo, delgadito y pequeño, que según me han contado tenía el privilegio de *la Real* por ser muy ducho al pincel y venir reparando noche y día las muchas figuras que adornan la hermosísima y rica galera. Y no había a quién irle, que los dos bailaban, si me permites usar la palabra precisa, divinamente. Volveré a este pequeño soldado, que hubo de traernos sorpresas.

No tengo por qué alzar una sola mala palabra en contra de un hombre como donjuán de Austria y menos ahora que está cubierto de gloria, si es el primero que ha podido en la historia del cristianismo vencer en la mar a los turcos, pero con el mejor de los espíritus me pregunto: ¿lo hizo menear el cuerpo su sangre bastarda? ¿Le salió lo Barbara Blomberg? ¿Exagero al decir que sacó su filo de vida galante a la hora en que debiera haberse presentado ante sus hombres como un Carlos V? ¿Cómo explicarse que después de varios días de ayuno y otras prácticas piadosas, habiendo recibido de manos del nuncio vestido de pontifical la bendición apostólica y las indulgencias concedidas a los conquistadores del santo sepulcro, al son de trompetas y atabales, don Juan de Austria, olvidado de todas sus obligaciones y dignidades, se echara a bailar al son de las trompetas, y que entre todas las danzas eligiera ésta, por demás indecente? No me escandaliza a mí —¡me conoces!—, pero repito lo que aquí y allá, etcétera, ¡lo imaginarás, y lo que me ha divertido!

Ya las naves turcas escupían balas, flechas, cuanto estallido quieras imaginarte brincaba echando chispas de sus bordas, cuando llegaron a tiro de las galeazas venecianas. Los turcos recibieron una descarga de cuatro de ellas a la vez que fue un golpe considerable.

Un disparo de esta primera descarga dio en la fanal de *la Sultana* de Aalí, tal vez el turco lo tuvo por mal agüero.

Don Juan de Austria seguía con su gallarda, baile y baile, y no vio la fanal perdida, porque nada veía. Parecía haber cambiado la mar por un patio de Sevilla y los rezos por toneles de alcohol.

Pero no todo era bailar para los generalísimos, que de haber sido así la batalla habría quedado suspendida, todos los hombres bailando los unos contra los otros: aquellos, danzas de Eslavonia, aquestos de Argel, los otros de Constantinopla... Aalí Pashá no estaba para bailes: debió saber nomás ver que intentar abordar las galeazas sería imposible, esas inmensas naves son como fortalezas. Mandó esforzar a los del remo para pasarlas de largo, debían escapar a toda prisa de su alcance. Las galeazas son incapaces de moverse por sí mismas; dejarlas atrás era vencer el peligro.

Ya habían dado las once de la mañana. El fuerte viento del Este cesó de pronto. El mar estaba en calma. De pronto, se levantó un suavísimo Oeste, soplando en favor nuestro. Nada previno de este cambio de viento, dejó de soplar en nuestra contra y comenzó a hacerlo a nuestro favor. Cómete, trágate de un bocado la palabra "milagro" si acaso afloró en tu boca, querido amigo, que yo no estoy para ésas. Los galeotes de los turcos remaban a toda boga, pero, lejos de ponerlos fuera del alcance de las galeazas, tanto remar los colocaba una y otra vez a distancia de tiro.

El mismo viento formidable también detuvo el baile de don Juan de Austria. El mar se le reapareció bajo sus pies y a sus ojos lució la fanal cegada y él debió creer, como Aalí Pashá, que ese cañonazo debía leerse como que los turcos se habían quedado sin luz que los guiara. Por mí que pensó: "¡Están perdidos!".

A la primera descarga de nuestras galeazas siguió una segunda que echó a fondo dos galeras turcas, maltrató otras y —lo más importante para el descenlace de la batalla— desordenó su formación; para cuando pudieron dejar, contra viento y marea, el escollo que don Juan de Austria les había puesto con las galeazas, estaba completamente trastocada.

En cuanto a nuestras filas, avanzábamos hacia los turcos con gran celeridad, provistos de la nueva ligereza que nos regalaba el viento favorable. Algo muy de notar fue que la galera del Gran Turco y *la Real* se dirigían la una directa contra la otra, a todo remo las dos, la nuestra también a toda vela, haciendo lo contrario, me dicen, de la usanza normal en los combates navales. Como si fuera un asunto personal, *la Real* y *la Sultana* se lanzaron la una a la otra a boga directa y sin ambages, sin valerles que las dos cabezas de la batalla más grande jamás habida en la historia estuvieran en juego. Donjuán reconocía la de Aalí Pashá en que aún tenía vivos dos de sus tres fanales, como un cíclope al que le faltara el centro, y por sus llamativos estandartes. En cuanto a Aalí, ni duda podía tener de que nuestra *Real* es nuestra *Real:* pintada toda de figuras, decorada con oros, cargada de esculturas y brillando sus tres fanales, ¿quién podía confundirla?

Don Juan de Austria dio la orden al caballero de Malta que venía al timón de *la Real* de emparejarse cuanto antes a *la Sultana* de Aalí.

Aalí Pashá también se enfiló directo contra nuestra *Real*.

De pronto el viento amainó y la marea se dejó de turbulencias. Obedeciendo la orden de mi capitán, yo me había subido a la primera cuerda del palo mayor. Desde ahí, a todo lo que se extendía el horizonte, las naves enemigas desplegaban sus velas en número tal que era un bosque de banderas y pendones. Los yelmos, los escudos y las cotas agitaban destellos, se afanaban intentando recoger las velas a toda prisa. Pululaban de hombres sus naves, los más vestidos de blanco, sus corpachones, sus cimitarras, sus cabezas cubiertas…

La visión me dio horror y no giré para ver a los nuestros, que debíamos también de ser muchos, sino que, pretextando un tropiezo, me desplomé sobre la cubierta con tal de no ver más, como el niño que cierra los ojos para evitar el peligro.

Yo estaba en ésas, haciéndome el caído, cuando *la Real* y la del Gran Turco chocaron, el espolón de la turca verdaderamente se empotró en la de don Juan de Austria, encajándose hasta el cuarto banco. Pero para que entiendas el alcance de esto, debo describirte la formación que ordenó don Juan de Austria: en el centro, justo en medio estaba *la Real,* a su lado izquierdo *la*

Capitana de Venecia con el general Veniero, pasando la popa de *la Real* venía su *Patrona* y *la Capitana* del comendador mayor. Al costado derecho de *la Real* venía *la Capitana* del Papa, mandada por su general Marco Antonio Colonna, seguidas por *la Capitana* de Saboya, *la Patrona* y *Victoria* de Juan Andrea, *la Luna* de España, *la Higuera*, y ojalá me hubiera quedado yo en *la Higuera*, donde me embarqué —o me embarcó mi padre, casi diría yo a las fuerzas—, porque a ésta no le aconteció lo que a la nuestra. Yo formaba parte del cuerpo del marqués de la Santa Cruz, en los reacomodos que hizo don Juan de Austria en Mesina ahí fui yo a dar con todos mis huesos. El marqués no conoce el temor. Cuando vio a *la Real* en tal predicamento —una verdadera nube de turcos se abalanzó contra ella, algunos fueron detenidos por la red de abordaje, cosa nueva traída por los cristianos para esta batalla, pero un buen número había saltado ya sobre los hombres de nuestro generalísimo—, maniobró nuestra galera para que nos acercáramos lo más pronto posible a darle auxilio.

Contra las naves que acompañaban *la Real* se habían lanzado las naves de los turcos.

El cielo dejó de verse. Bajo la nube de explosiones de la pólvora no había más sol que el de la noche.

Teníamos indicaciones precisas de que entre una nave y la otra mediara la distancia de nuestros mutuos remos, cuidando mucho de no agrandarla para no dar paso al enemigo, pero con los ataques turcos y nuestra prisa por auxiliar *la Real* o salvar nuestros propios pellejos y arrancar los ajenos, nada de esto era ya verdad, lo cierto es que no había ni orden ni concierto. En algunos puntos hacíamos verdaderamente un puente con nuestras galeras. No sé dónde fue a quedar la mar, que si acaso uno alcanzaba a asomarse por la borda lo que veía bajo los tablones era una alfombra de cadáveres. En cuanto a nuestros tablones, había más de algunos bastante maltrechos.

Los turcos luchaban por separarnos. Eso oí decir, y a mí también me lo parece. Pero qué puedo decirte, que ni yo entendía gran cosa, ni mucho había que entender, todo era caos y humaredas y un caer de cuerpos que no tenía ni pies ni cabeza.

No eres quién para que me haga yo pasar por un valiente que merece pagos y honores diversos. Yo te digo que moría de miedo, que viendo llegar el momento de una acción a la que no podía rehusarme, maldíjeme a mí mismo por haberme caído falsamente del palo, y de inmediato maldije a mi padre mil veces, que no a la que me parió, porque no soy de los que reparten maldiciones sin ton ni son y no es culpa de ella verme en estos lances, sino de él, que no sé qué ideas tiene de mí que quiere verme siempre o cosido con balas o molido a golpes, y eso digo porque como el viejo carece por completo de imaginación no creo que pueda verme clavadas las cimitarras esas que me blandían en las narices, que me salvé de tenerlas en las costillas por puro milagro. ¡Pero me arrepiento de haber usado esta palabra, que aquí está de lo más mal puesta! Porque con esto del milagro me tienen frito aquí. ¡Si estaremos para milagros!

El marqués de Santa Cruz, como te digo, nos conducía hacia el cuerpo un tanto maltrecho de *la Real*. No era la única de nuestras galeras encajadas por los espolones de las enemigas, aquello parecía un ayuntadero como no verás en el establo más fecundo en primavera, que por todos lados yo veía naves nuestras a las que se les habían encajado una respectiva enemiga. Las cornamentas venían de las turquescas, que las nuestras, como te he contado, habían sido desprovistas de espolones, no tenían cuerno, y dicen que por este motivo pudimos infligirles muchas más bajas, pues nuestros tiros fueron mejor a su camino. Yo eso no lo vi, me atengo a las mancornadas, aunque ellos deben estar en lo cierto, porque si ganamos no puede haber sido por lo muy cogidos.

No tan lejos, cuando a boga dura nos apresurábamos hacia *la Real*, vimos hacerse un remolino —todo él también cubierto de hombres, hasta su sima—, y que éste se tragaba como de un bocado una galera nuestra, haciendo un ruidajal espantoso. ¿O el ruido provenía de otro punto de la batalla? Era una pesadilla, hermano, una pesadilla de la que no había cómo librarse.

Íbamos, entonces, los del cuerpo del marqués de Santa Cruz a reforzar *la Real*. Ahí se daba lo más fiero del enfrentamiento entre las dos fuerzas. Donjuán de Austria tenía consigo trescientos arcabuceros; Aalí el mismo número más cien arqueros muy diestros, y esto sin contarlo a él mismo que podemos hacerlo valer por veinte; nadie tiraba la flecha como Aalí, y eso hizo durante toda la batalla.

A más de estos hombres, en esa misma porción de tierra firme falsa que formaran las naves capitanas —*la Patrona* y *la Capitana* del comendador mayor, la de Colonna, la de Veniero, la del príncipe de Parma y la de Urbino por cuenta de los cristianos; la de Aalí, la de Pertev Bajá, la de Caracush, la de Mahamut Saideberbey con dos galeotas y diez galeras de socorro por nuestros enemigos.

Cuando quedamos cerca, nos unimos al conglomerado de naves que hacían un solo cuerpo. Brinqué como todos de una cubierta a otra escalando y bajando los resbalosos tablones de quién sabrá cuántas que se habían aquí ensartado. Tuve a la vista *la Real* bien clavada a *la Sultana*. Donjuán de Austria estaba siendo embestido por todos lados. De Aalí ya dije que hacía uso del arco. De don Juan debo decir que la espada lo acompañaba todo el tiempo. Estaba a su lado don Luis de Requesens, quien tenía indicaciones de Felipe II de no dejarlo solo un segundo ni de noche ni de día, en la proa don Lope de Figueroa, lo mismo que don Jerónimo García; defendía el fogón don Pedro Zapata, el esquife don Luis Carrillo y el conde Priego —padre de Luis Carrillo, *¿lo* recuerdas?— estaba en la popa, cuidándole las espaldas al de Austria.

La galera de Pertev fue la primera de los turcos en caer. Pertev Bajá desapareció, se lo tragó la mar o se dio a la fuga, como algunos dicen que ocurrió, despojándose de sus ropas y vistiéndose de españolas a bordo de una barquilla en que lo rescató su hijo Arcelán. De los nuestros, Barbarigo fue el primero en retirarse del frente porque una flecha se le clavó en el ojo. Sigue en el lecho, debatiéndose entre la vida y la muerte, codo a codo con muchos otros en ese otro frente de guerra, muy vivo por cierto, donde no hay aún asomos de que alguien cante la victoria. ¡Ahí no zumban flechas ni estallan cañones, ni hay humo o ruido! Es otro el fandango, que muy pocas ganas tengo de bailarlo.

Me he asido del ojo de Barbarigo y de la muerte de Pertev para darme yo también a la fuga, o por lo menos regalarme un respiro. Un respiro en fuga, barbarigado, pertevido, desojado y mal fandango. Y vuelvo:

Viendo el revuelo en que el destino me había enredado, lo más que pude hacer fue aglutinarme donde hubiera más cuerpos para guarecerme entre ellos y esto me obligó a abordar *la Sultana*. Atrás de mí vi a nuestros hombres caer como moscas bajo el embate turco, así que yo avancé donde más hubiera que pudieran cubrirme. Que el terror era algo presente, cierto, pero no todos actuaban como me lo pedía mi instinto. Un frenesí parecía haberse apoderado de todos, los poseía y los hacía desconocer el natural temor de perder sus vidas.

La gente de *la Real* se dividió en dos partidas. La una se aglutinaba alrededor de nuestro generalísimo para defenderlo y combatir con él. La dos se había abalanzado sobre la cubierta de *la Sultana*. Yo, que era de los de la segunda, caí en la cuenta de dónde me había llevado la corriente cuando los cristianos ocupábamos ya la enemiga hasta el palo mayor, y bastó con que yo me diera cuenta y me sintiera caer en su resbalosa cubierta —que no sé con qué artes la habían aceitado, más parecíamos pescadillas en sartén que soldados al abordaje— para que nos viera venir de regreso, los turcos conseguían rechazarnos. Rápido estaban todos los enemigos metidos de nueva cuenta en *la Real* nuestra. Y aquí lo cierto es que, aunque no sea yo quién para decírtelo, todos los hombres de don Juan de Austria, armados de valor, peleamos —hasta yo, lo confieso— con tanta gallardía y tanto empeño que, a pesar de la fiereza singular con que nos atacaban, conseguíamos sostenernos en nuestros pies sin ceder un quinto de palmo.

Pero ¿qué digo? Fiereza, cierto, pero ¿gallardía? Nos envolvía una nube de furia, de violencia y exasperación. Nuestro intenso frenesí era de naturaleza ardiente. Atacábamos con nuestras armas, con nuestros miembros, con nuestras cabezas, con nuestras bocas. Vi, te lo juro, cómo, arrinconado y sin armas, un cristiano peleaba a mordiscos con un turco. Cayó —y esto literal— en la mano del cristiano una cimitarra, y pararon las mordidas.

Los turcos estaban decididos a llegar hasta la carroza, pero conseguimos detenerlos a la altura de nuestro palo mayor.

Entre todos los combatientes nuestros sobresalía la ligereza y genial belicosidad de un soldado bajo y delgadito, el mismo que había bailado con don Juan de Austria, el ducho en el uso del pincel (llamado por lo mismo entre la tropa el Pincel), quien manejaba como un maestro su espada. Él era quien iba al frente de nosotros, mondando un turco tras otro. Con él, como te digo, guiándonos y abriéndonos paso, pasamos de nueva cuenta a *la Sultana*, y de pronto ya nos acercábamos a la popa, donde Aalí Pashá lanzaba una certera flecha tras otra, protegido por un anillo de hombres.

Estábamos subidos a bordo del barco de Aalí Pashá. Por una segunda vez los habíamos replegado, ganamos el timón y la popa dirigidos o adelantados por el delgadito y bajo espadachín pintor, que tenía todas sus ropas verdaderamente ensopadas en sangre turca. Te adelanto que dicen que mató cuarenta con la misma espada. Si hubieras visto cómo la meneaba, lo creerías como lo creo yo.

La ola de fiera exaltación que envolvía a todos los soldados, me tomaba y me dejaba ir. En una de éstas que me soltó, yo me dije "¿Pero qué estoy haciendo aquí, qué hago entre tantas bestias?", porque bien recordarás que yo no soy hombre de guerra, que a mí me gusta la vida muelle, el buen comer, el beber con moderación, el dormir las horas que pide el cuerpo. Seguía añorando mi acomodo en el palo del barco —recuerdas que te dije que antes de comenzar la batalla había sido asignado a la altura donde se atan los segundos nudos de las velas, que es como decir el alto de un hombre— que, aunque no es mullido lecho, por lo menos me separaría unos palmos de las hojas chocando y del retumbar de las balas y del caer de flechas, o eso creía yo, y me subí al palo de nueva cuenta, ahora al de *la Sultana*.

Un poco sin querer queriendo, que no tengo por qué hacerme el héroe contigo, un poco por defenderme y otro tanto porque así estaban las cosas y uno hacía porque el ánimo común le hacía a uno hacer, vi bajo la punta de la navaja de mi arcabuz a un moro, un moro joven, de rostro un poco oscuro y muy hermoso, y porque ahí lo tenía le comencé a encajar la punta de la navaja de mi arcabuz, decidido a enterrársela completa. El hombre me miró a los ojos y me dijo en perfecto castellano —te diría que con una prosa perfecta, pero ¿prosa por la boca y sin escrito?—:

—Yo tuve el privilegio, español, de nacer en medio de una vasta selva. Me llamo José, recuérdalo. Yo que jugué toda mi infancia con el río, también tuve al bosque de juguete. Con estas manos que ves, ayudé a mi padre a vender frutas y pescados. Mi madre me enseñó a leer. El nombre de mi familia es el de una nave ligera, la liburnia. Yo, José Liburnia, hice gallos con flores de bucaré —me hablaba, en lugar de intentar defenderse—, y con la esfera negra y dura de la fruta que en mi tierra llamamos *para-para* tiré al blanco. A diario había una interminable tormenta, y la vida era dulce, y por lo mismo yo no muero como un perro.

Dicho lo cual se aventó de un salto contra el filo de mi navaja, hiriéndose de horribilísima y mortal manera.

Aunque no faltaba ruido, oí cómo le tronó el tronco al infeliz, cómo reventaron sus entrañas, cómo salió de él un soplo, diré que un silbido, tras el cual brotó un borbotón rojo y… Oírlo me afianzó fuera del ánimo de los otros, y estuve alerta de su locura, por llamarla así. Prefiero evitar decirte más sobre el ánimo extraño de la soldada. Era algo de espanto. Cuando cayó en mi filo ese moro joven y la ola me soltó del todo y no volvió a recogerme, sintiendo súbito horror sin el frenesí de la marejada colectiva, me subí por el palo un poco más que dos hombres, trepé a las prisas, ágil; haz de cuenta que yo hubiera tenido alas y plumas. A esa altura podía ver de proa a popa *la Sultana* y también qué ocurría en *la Real*, que estaba casi vacía excepto unos cuantos guardias que la vigilaban en puntos estratégicos y por el perro de donjuán de Austria, ese perrillo faldero de pelambre rizada como la de los negros, pero blanco, blanco, el juguete del generalísimo, que corría rebotando de babor a estribor, sin descanso.

Por cierto, que mientras librábamos —o libraban, que como ves yo me deslibré de hacerlo— esta encarnizada lucha cuerpo a cuerpo, pasó algo que debo contarte porque es en sumo grado curioso. Y te lo voy a hacer saber aunque, como ocurre con el baile de don Juan de Austria, sé que cuesta trabajo creerlo. Sé que mucho de lo que aquí te he contado es de la misma naturaleza, porque, para empezar, ¿quién iba a creer que, cerca de donde el caprichudo Marco Antonio y la muy bella Cleopatra se enfrentaron con el amiguete de Virgilio, se libraría una fuerza entre turcos y cristianos de tal magnitud que la batalla de Accio pareciese un estúpido juego entre niños, un capricho entre amantes? Pero así fue, tanto como fue que al empezar este grandísimo acontecimiento nuestro generalísimo bailó la gallarda, y tanto como fue lo que aquí te empiezo a contar.

Y fingiré que el que lo hizo lo dice con sus propias palabras. Palabras extrañas, en efecto, pero no será la primera vez que un maltés hable por escrito. Y va:

55. *Donde aparece la relación de Ruf, perro faldero de don Juan de Austria, a quien el can llama con su nombre de infancia: Jeromín*

Soy nervioso por naturaleza, los ignorantes dicen que debido a lo pequeño de mi persona, pero son rasgos de mi carácter que no guardan relación. Provengo del perro pastor, de él viene el dogo, tan ducho en la caza, de éste el danés pequeño, el carlín, el perro de Alicante, el perro faldero y de ahí el perro maltés. Del perro pastor me viene el instinto de defensa y la obediencia; del dogo, el olfato agudo y los músculos siempre en alerta. Del carlín heredo la aptitud a dar y recibir caricias. Del perro de Alicante, mi lealtad a toda prueba. Del faldero, la belleza, lo delicado de mis facciones y la finura de mis extremidades, especialmente ahí donde acaban los miembros. Pero eso no describe sino mi raza, no mi familia en particular. Argos, el perro viejo de Ulises que murió de alegría al verlo de regreso, es el primer ancestro de quien guardamos memoria, de él continúa la tradición de lealtad perruna a toda prueba, el dormir ligero y que nuestros sueños sean tan parecidos a los de los hombres. Los perros vulgares pueden ayuntarse con lobos y engendrar hijos, pero no ocurre así con nosotros, nuestra simiente goza de una selecta manera de comportarse y la fecundidad indiscriminada no se cuenta en nuestros dones. Los míos solemos reír por la cola como el hombre lo hace por la boca, y hay quien cree que algunos de los nuestros han sido engendrados por humanos. Lo mismo se decía del infante Carlos, que su padre no era Felipe sino un perro, pero —lo aclaro— sin duda no un maltés, aunque la oreja caída, el cabello largo y rizado, la forma un poco enana invitan algo a pensarlo.

No haré aquí la presunción de los grandes que me han precedido.

Por mi parte, corro todo el tiempo. Salto. Ladro. Me agito. Rara vez me calmo. Mis nervios delicados estallan. Mi amo —¡lo más hermoso que se ha visto nunca!— tiene los pies mejores del orbe. Mi amo Jeromín. Mi amo único. Baja la cabeza, me enseña sus cabellos perfumados, yo enloquezco... Hermosos, suaves, tersos, cabellos de un ángel. ¡Divino Jeromín, nadie se parece a ti! ¡Nadie huele mejor que tú! ¡Sólo tú, Jeromín! Brinco si te agachas. Te lamo tus labios, hermosos como todo lo tuyo. Te saben a dulce, ¡Je-ro-mí-ín!

Cada que ladro digo tu nombre.

Te tengo adoración.

Me dan celos cuando juegas con la mona frente a todos, creyendo que así te encontrarán gracioso. ¡Somos tú y yo los que, nuestros hermosos cabellos bien aliñados, jugando juntos causamos admiración en el mundo! ¡Juega conmigo! ¡No toques a la mona, es un bicharrajo idiota pelisingracia! ¡Yo soy tu compañero, yo soy tu juguete! ¡Tócame, Jeromín!

En *la Real* se ha llenado de piojos, la mona esa, salida no sé de qué mugrosa selva. ¡Que no la toques! ¿No ves que te están viendo tocarla? ¡Puag! ¡Ascos me da esa mona piojosa!

¡Eres mío, Jeromín, mío, tú que eres perfecto!

Profeso la fe de Jeromín.

Me cuidan, me miman, saben que soy delicado.

Me lavan el cabello con agua de rosas olorosas.

Me cortan las uñas.

Llaman mano a mis patas.

Tengo el cabello rizado y de tono blanco pálido como la espuma de las olas. Yo no dudo que en mi sangre haya un tritón.

¡Yo también soy divino, soy igual a Jeromín!

Por algo soy su mascota, yo soy su compañía. Yo duermo con él desde que tengo memoria. A veces él y yo invitamos a alguien más a la cama. A Margarita, que tiene la piel suave. ¡Yo le lamo el ombligo a Margarita!

"Mendoza —le dice Jeromín, y ella le contesta—: ¡Juan!, ¡Juan!", y otras veces el largo y digo que no muy cariñoso "¡Donjuán de Austria!".

Dormimos los tres juntos y él le acaricia el cuello y me acaricia el cuello, y ella me acaricia la barriga.

Somos tres príncipes.

Jeromín me tiene singular aprecio, me da un trato que habla de la calidad infinita de su corazón. Como en bandeja de oro aun cuando en campaña él coma en plato tallado en la mesa. Se arrebata los bocados de la boca para dármelos a mí. ¡Y qué boca tiene Jeromín! ¡La boca más linda que puedan imaginar! Aunque nada es comparable a su cabello, ¡no! Su hermosa, abundante cabellera lisa, suave como una seda.

Ahora que viajamos sobre la mar, escuchamos explosiones que me ponen muy nervioso. En nuestra galera se encaja otra con un golpe. Hombres casi desprovistos de olor caen sobre nuestra cubierta. Yo les ladro.

Estoy furioso.

Les ladro. ¿Qué hacen aquí metidos, desolientes?

Les ladro. Me desgañito: ¡fuera, fuera de aquí, turcos!

Muerdo un talón, me patean (¡nunca nadie me había pateado! ¡He ahí la primera patada de mi vida!), se escuchan innumerables estallidos, la pólvora estalla como en mis oídos.

¿Que quieren volverme loco?

Corro de un lado al otro de la cubierta. Corro. Regreso.

Estoy nervioso. Me matan sus ruidos. Basta. Muerdo al que consigo agarrar. Agarro un dedo.

Me avientan contra la pared del barco. Me duele la cabeza. Estoy furioso. Todo está lleno de humo. ¡Jeromín! Quiero verlo, saber que está bien, mi amo. Me le acerco. Huele a sangre. Tiene el tobillo herido, la camisa manchada.

Me pongo más loco. Me aviento al cuello de un moro que se está agachando y lo muerdo. Alcanzo a pescarle la oreja. Se levanta llevándome de arete. "¡Conque perro que ladra no muerde, moro! ¡Trágala, perro!", y lo muerdo. ¡Cada perro se lama lo suyo!

Me arranca de él y me vuelve a aventar y sale a espetaperro, por piernas, no tiene carne de perro, le falta resistencia.

Esta vez pierdo el lazo que siempre adorna mi cabeza.

¿Dónde cayó? ¡Mi lazo! ¡Mi lazo! Mi lacito predilecto, al que le miro el hilo que cuelga de su colita. Le soplo al hilo, meneo mi lacito, corro tras él. ¿Dónde cayó?

"¡Tarde de perros!", me digo.

"¡Esto se está volviendo el sueño del perro!", me digo también, al ver que aquí las cosas no están saliendo como mi Jeromín manda.

Me enfurezco.

Corro agitado a un lado y al otro. Voy y vengo, estoy ciego de nervios.

Me sereno lo suficiente para ver.

La tripulación de nuestro barco ha desaparecido. Todos han brincado hacia el barco vecino.

Estoy solo en la cubierta. ¿Brinco con ellos? ¡Ansias, ansias, ansias me comen, me estoy ansiando!

¡Ladro, brinco, ladro!

De pronto, veo caer algo en la cubierta, en mis propias narices. Parece una pelota, parece una bola de metal. Rebota hacia un ángulo que no espero, por un golpe me cae en la cabeza. Rebota otra vez.

Salto tras el objeto. No es bola. La huelo, algo me resta de mi frío temperamento germano. Huele a quemado. Es de figura oval y tiene dos asas. Es de latón. La examino mejor: es una granada de fuego, una bola de latón duro cargada en el interior con onzas de pólvora. Tiene una mecha encendida. Reacciono: ¡es una granada! ¡Va a estallar y quemar los tablones de *la Real* si lo permito! La muerdo de una de las dos asas, apretando duro las mandíbulas. No alcanza a quemarme el hocico, pero arde. Aunque arda, la muerdo y más, la sujeto bien fuerte. Corro con ella entre los dientes hacia la popa, subo al puente de mando, me asomo al barandal que mira al mar, la tiro afuera del barco, abriendo las mandíbulas y sacudiendo la cabeza.

La granada cae en el mar que ahora no es de agua sino de cuerpos caídos y tablones rotos y trozos de armaduras y remos.

Atrás de mí, un hombre grita:

—¡El perro de don Juan de Austria es un héroe, ha echado fuera del barco la granada que iba a estallarnos en astillas!

¡Qué más puede esperarse del hijo del perro de Margarita de Parma, que fue hijo a su vez del hijo del perro de la madre de Carlos V! ¡He aquí sangre cristiana y limpia y estoy cierto de que no cargo en ella mancha como tantos de Iberia, yo ni gota mora, judía o gitana! ¡Gente asquerosa, los de Iberia! Yo vengo de Alemania y Flandes y entre todos mis antepasados nadie podrá encontrar gota de suciedad. ¡Yo no tengo ni pizca de judío! ¡Y soy perro, y no soy moro!

¡Grito grito grito grito —lo que ustedes llaman ladrar— grito grito!

¡Ey!, ¿quién me prende del cuello? ¡No me tomes así que me despeinas!

¡Maldito! ¡Suéltame! ¡Perro sucio! ¡Maldito moro, te muerdo el arete!

¡Al perro, al perro con este maldito moro!

¡Suéltame, que me ahogas!

¿Qué me estás haciendo?

¿En qué me estás sumergiendo mi colita? ¡Aceite, aceite negro, maldición, no me hagas estooooooo, no me sumerjas en esa goma negra, pegajosaaaaa!

¡Arf!

Fin de la relación de Ruf.

56. Vuelta a la carta del Carriazo

Doy fe de que esto de Ruf es verdad. Y confieso que aunque doy fe de la más pura, lo que vi fue que el maltés salió corriendo, lo demás lo sé de oídas; lo mismo que en venganza por haber arrojado fuera la granada de fuego, un turco tomó a Ruf del cuello, lo hundió en esa goma negra y pegajosa que usan ellos para hacer bombas, y que desde que terminó la batalla lo están limpiando, sin saber si podrán o si el perro morirá.

Ahora cambiemos de perro, vayámonos a otro hueso:

Bajo mis pies —que trepado estaba— vi la pelea de los turcos y los cristianos. Los más seguían lo que yo llamaré "mi" estilo: se repegaban los unos a los otros para cuidarse las espaldas; haciéndose parecidos a monstruos de cuatro o seis caras peleaban todos juntos, como si hacer bulto les ayudara a esquivar la muerte. Los de este estilo no avanzaban ni un palmo, pero queriéndolo o no eran defensoras murallas, no dejando a los turcos avanzar tampoco un céntimo de espacio. Unos cuantos tenían un estilo diferente, cada uno a su manera. Dejo de lado el de don Juan de Austria, porque te lo guardo para cuando estemos juntos. ¡Te lo voy a imitar y te vas a desternillar! Entre estos estilos diferentes, el más notable era el del soldado delgadito y pequeño que te he mencionado, el ducho en el pincel, el que acompañó en la gallarda a donjuán de Austria. Empuñaba una muy hermosa espada andaluza, la manejaba con una maestría que todavía al recordarla me quita el aliento. No tenía miedo de nada y no daba paso atrás. Parecía sentirse inmortal —también donjuán de Austria, pero ése es de otra naturaleza y, muy entre nosotros, algo ridículo, porque siempre hay dos o tres a su lado para sacarlo de los muchos aprietos en que lo enrosca su vanidad y engreimiento—. El delgadito Pincel iba cortando turcos como el que cosecha frutos o flores, parecía hacerlo con facilidad memorable. Había llegado por sus artes hasta el puente de la popa, destruyendo el anillo humano que protegía a Aalí Pashá, quien se había tenido que desplazar unos pasos a estribor arrinconado sobre uno de los bancos de los galeotes, sin jamás separarse de su arco, que debes saber se dice que no ha habido arquero superior a él. El delgadito, el mago de la espada, parado en la popa de *la Sultana* dando la espalda al mar, era el matadero principal de los turcos. A su derecha, por donde había conseguido romper el cerco, se agolpaban bolas de los nuestros, de los que peleaban apelmazados.

El delgadito nos había abierto el camino en el cuerpo del ejército enemigo y la marea de la batalla nos empujaba adentro. Ya actuábamos como los ganadores, nuestras fuerzas se habían crecido. ¡Era muy de ver! ¡La victoria era nuestra!

En esto, uno de los enemigos se le echó encima a nuestro delgadito llamándolo en castellano: "¡María!, ¡a mí no me engañas, bailaora, María la bailaora!". Estas palabras detuvieron al valiente delgadito, asiéndolo, dejándolo inmóvil, atándolo con cadenas. Ningún gigantón turco había causado lo que estas palabras cristianas. Llevaba no sé cuánto tiempo blandiendo su espada a diestra, a siniestra, arriba, abajo, sin que nada la detuviera, y nomás oír el "A mí no me engañas" le hizo poner el arma contra el piso. Así, con la punta de su espada baja, el delgadito le contestó con una sola palabra: "¡Baltazar!", y el llamado Baltazar se le echó encima, lo cogió de las ropas, lo bajó del barandal, le arrancó de un manotazo la red metálica que lo protegía y con otro menos bestial la camisa desnudándole el pecho y mostrándolo, exhibiéndolo mujer: el delgadito, el ducho con la espada es una mujer. Al tiempo que Baltazar hacía esto, otros de los suyos reatacaron envalentonados, cortando el río de hombres que el llamado "María" había empujado hacia ellos y ahorcando a un grupo con su ataque, dejándolos aislados del resto de los nuestros. Los así atrapados entre los turcos reaccionaron con energía para salvarse, peleaban hasta con los dientes. Entre ellos, don Jerónimo Aguilar (que —en honor a la verdad— era uno de los de bulto, uno de los cobardes filiales míos), ardido como los otros que lo rodeaban de valentía súbita, convertido de pronto en una fiera, se aventó con dos enormes zancadillas sobre el dicho Baltazar, que en ese instante levantaba la mano con que sostenía el puñal para tomar vuelo y clavárselo al recién desnudado "María la bailaora". Antes de que su mano, y con ella su puñal, cayeran sobre el delgadito Pincel o María, don Jerónimo dio con la punta de su arcabuz en el medio de las dos espaldas de Baltazar, conteniéndolo, y lo ensartó hondo, dejando a Baltazar herido, para mí que de muerte. De inmediato, una flecha turca, tal vez del mismo Aalí Pashá, dio precisa en el hombro del dicho don Jerónimo. Resumo: que el dicho Baltazar estaba por clavarle un puñal a la desnuda María la bailaora, cuando don Jerónimo Aguilar lo hirió muy malamente, apenas lo cual cayó una flecha sobre este último, haciéndolo caer herido. ¡Caían como moscas, los hombres, y yo mirándolos desde mi balcón de palo por un momento me sentí como un dios terrible, de los antiguos, de aquellos que andan regalando maldiciones sin ton ni son!

En el centro de la escena que te he descrito, entre los dos cadáveres, el llamado María la bailaora, desprovisto de camisa, todavía con la punta de la espada tocando el piso, exhibía sus dos de hembra (unas tetas bien plantadas, te diré, Avendaño, que muy magníficas), continuaba paralizado, encadenado como he dicho. De pronto, con sumo cuidado y ternura, se agachó a ver el estado de don Jerónimo Aguilar, se levantó y volvió a dar muestras de estar ahí clavada.

Como si necesitaran asegurarse de que el guerrero menudo y pequeño que tantas bajas les había causado era una mujer, los turcos se le acercaban a verla, olvidados por momentos de la batalla. Uno de ellos chilló, aclaro que en su lengua, pero uno de los nuestros, que bien conocía el alárabe, le hacía eco, repitiéndonos en comprensible lo que le decía:

Tú has jugado con mi vida,
y te has burlado de mí a lo lindo.
Ahora te llevas mi corazón entre tus dientes,
como si en la boca tuvieses hojas de cuchillos,
y has hecho, ¡oh cruel!, de mi dolor tu prisionero,
encerrándolo en tu honda garganta.
¡Tu cuello es un cuello de gacela,
eres más fresca que una flor o una niña,
tienes el aire de un muchacho,
pero eres toda una mujer!

Y apenas oír decir estos —que supongo versos de alguno de sus poetas pervertidos—, María salió de su atolondramiento, medio desnuda como estaba blandió la espada furiosa, atacó fiera y los turcos que tenía cerca echaron a correr seguidos de un buen puño de los suyos llevando en los tobillos a muchos de los nuestros. Alguno se aventó a la mar, los más fueron pasados a cuchillo. Y en lo de cuchillo, no era de uno a uno, que los más fueron repetidas veces acuchillados. Poco tiempo duró la lucha de la mujer sin ropas, que ya no contaba con enemigos que batir. Viéndose libre de contrincantes, se hincó en el piso al lado del cuerpo de su amigo, se sacó el casco de la cabeza y la boinica que traía bajo él; una bella cabellera brillante y tupida, aunque no muy larga, cayó sobre su hermoso rostro, se tapó los dos pechos poniendo sobre ellos sus brazos en cruz, y aguardó en esa posición suplicando trajeran auxilio para el que la flecha había herido cuando la salvó del puñal de Baltazar, don Jerónimo Aguilar.

Mientras ocurría esta escena, fue evidente que *la Sultana* estaba ya bajo nuestro completo dominio. Aalí Pashá había caído con una bala de arcabuz en la frente. Los ánimos del enemigo habían quedado desinflados por la muerte de su generalísimo y la humillación de saber tantos de los suyos vencidos por la genial espada de una mujer guerrera. Los galeotes esclavos fueron liberados por los nuestros; ebrios de gusto de verse libres, se apresuraban a violentar con nuestros soldados la que había sido su prisión. Un esclavo de Málaga se apoderó de Aalí Pashá. Pero eso es lo que unos cuentan, que otros dicen muy otro, y aquí, me temo, tengo que hacer una pausa, para dar cabida a:

57. Una interrupción, donde se da cuenta de la cabeza andante de Aalí Pashá

Un esclavo de Málaga, de los que habíamos librado de las cadenas para que nos ayudaran en la lucha, se apoderó del herido Aalí Pashá. El generalísimo enemigo, todavía con voz, le dijo:

—Tú, ¡vil!, no puedes matarme.

—¿Y por qué no?

—Porque yo soy Aalí Pashá, el bajá, el generalísimo de la armada turca.

El esclavo, ignorando respetos, formulismos y toda forma elemental de trato entre honorables —pues nada sino un esclavo era y muy mareado de haber perdido apenas sus cadenas—, en un acto aborrecible, quitándole al herido la cimitarra que le caía del cinto, se la hundió en el pecho privándolo con su propia arma de lo poco que le quedaba de vida y con enorme esfuerzo le arrancó la cabeza, la clavó en una pica y la zarandeó jubiloso a diestra y siniestra.

Otros dicen que lo hizo con un hacha que él tenía, por ser el malagueño carpintero de oficio.

Pero esto es lo que cuentan unos, que algunos turcos que se tomaron esclavos afirman que apenas vio Aalí Pashá perdida *la Sultana*, aventó al mar una cajita pequeña que dicen que valía una fortuna porque estaba llena de preciosísimas joyas, y que luego le vieron degollarse a sí mismo.

Otros dicen que un soldado español le cortó la cabeza a Aalí Pashá y que ebrio de gusto se echó con ella a la mar y que nadando muy presuroso vino a dársela a don Juan de Austria y que a éste no le gustó nada el regalo de la mojada cabeza, diciéndole que *qué quería él hacer con una calavera de muerto y que holgara mucho que se lo trujera vivo*.

Otros dicen que apenas ganamos *la Sultana*, la chusma se arrojó sobre Aalí Pashá, estropeando su cuerpo de tal manera que sólo quedó intacta su cabeza. Que viendo esto, la clavaron en una pica y la llevaron a *la Real*, donde fue exhibida con mucho orgullo, para sembrar el miedo y la certeza de la derrota en los turcos.

Otros dicen que mientras zarandeaban la cabeza llevándola de la cubierta de *la Sultana* a la cubierta de *la Real*, había quienes le hablaban preguntándole el futuro, burlándose del poder del caído, y que le gritaban: "¡Cabeza sabia, cabeza habladora, cabeza respondona y admirable cabeza!", y que tanto juego hacían con ella que algunos fingían la voz como contestando, y que en ese teatro estaban haciendo caer a los más ingenuos que la creyeron cabeza encantada y respondona, aunque no tenían sus respuestas sino de profeta perogrullo.

En cuanto a cabezas, lo que yo puedo afirmar seguro de no equivocarme es que en un momento de la tal batalla todas las cabezas de cuantos ahí estábamos andaban como perdidas. La mía sin duda alguna, amigo querido, que ninguna mano de ninguna veintiuna —ahí sabe uno que las monedas se quedan en casa—, ni de ninguna quínola o andaboba pueden ponerle a uno a girar y a volar con ansia tan grande, no la consigue el juego... ¡Y qué digo el juego! ¡Era volar lo de mi cabeza! ¡Qué Ícaro ni qué ocho cuartos! Mi cabeza le hablaba al oído a la estrella Venus... En cuanto a la de Aalí Pashá, me remito a contarte lo que mucho se dijo de ella y pienso que me hubiera gustado ponértela aquí bien viva, por lo que no me extrañaría repitieses lo que unos dicen que dijo el de Austria:

—¿Y yo para qué quiero una calavera? Más me valdría que me lo hubieras traído vivo.

Hasta aquí las andanzas de la cabeza andante de Aalí Pashá.

58. Aprovechando la interrupción del Carriazo, aquí alguien se entremete y cuenta

...que en momento en que estalla la batalla de Lepanto, Pío V interrumpe de súbito la reunión que sostiene con el tesorero general del Vaticano, monseñor Bartholomeo Busotti de Bibiena. Se levanta de su imponente asiento y camina unos pasos hasta un altar pequeño que él tiene ahí siempre a la mano para elevar su corazón al Señor cuando siente necesidad de hacerlo, como era ahora el caso, aunque tal vez nunca antes la había sentido tan imperiosa, y dice: "No es instante para tratar del asunto que nos ocupa. He de dar gracias a Dios, porque en este momento la flota va a combatir la turca, y Dios le dará la victoria". Alza los ojos al cielo, expone su aguileño perfil y comienza a rezar a viva voz, con tanto y tan intenso fervor que quienes ahí se encuentran —ninguno de excepcional religiosidad aunque fueran todos altos dignatarios eclesiásticos— se sienten compelidos a rezar también y el salón se convierte en un vertidero de Aves Marías, como un coro. Pío V, que no conoce la ambición de las cosas del mundo, ni del dinero u alguno de los placeres mundanos, que antes de llegar a Papa había comandado con pulso firme y, según algunos, excesiva dureza la Inquisición, reza con tal fervor que le llegan las lágrimas. No es la primera vez que el papa Pío V llora pensando en la muy necesaria derrota militar de los turcos. Pero su llanto es ahora de felicidad: está seguro de que los rezos que durante semanas se han vertido en los conventos harán frutos. Las voces de las mujeres vírgenes han de conmover la cólera divina. El Papa llora de felicidad y satisfacción. Había derramado santísimamente sus lágrimas anteriores cuando los venecianos abandonaron la firma del convenio de la Santa Liga, cuando creyeron que no necesitaban la confederación, que podrían llegar a un acuerdo con el Gran Turco. ¡Poco tardaron en darse cuenta de su error y regresaron vapuleados al Vaticano a pedir firmar cuanto antes, por no perder todas sus islas!

El corazón del papa Pío V reza, temblando, y llora lágrimas dulces.

En este mismo momento, cuando da comienzo la batalla, Felipe II siente la necesidad de castigarse. En su pequeña celda, más monacal que imperial, toma su flagelo y golpea diez veces sus desnudas espaldas, pidiendo perdón al Creador por sus inmensos pecados. Su corazón tiembla solicitando castigo, sabiéndose enemigo de sí mismo.

Selim II (que es poeta como su padre, no tan prolífico pero autor de páginas muy bellas) escribe una qasida. (Pero antes de citarla debe hacerse una aclaración: la frase que Europa le atribuye a su persona no fue jamás dicha por sus labios, ni impresa por su pluma: "Con nuestra espada os haremos cruelísima guerra por todas partes". Si apareció en una misiva fue porque la encajó ahí uno de sus secretarios por mero ejercicio de retórica. Y otra siguiente aclaración que no sobra: Selim II escribe en la ciudad de Istambol, que es el lugar que une al Islam, también llamada Qostantaniyya, la ciudad de Constantino, Der-i Sa'ádet, el portal de la felicidad, Asitana, el vano de la puerta, o Asitana-i Sa'ádet.) Mientras se baten las dos armadas, las más grandes que ha visto la historia, Selim II escribe:

> Deja que brille en un cielo despejado
> la belleza del sol y la luna, amor.
> Desnúdate del velo, sacúdete las preocupaciones, amor.
>
> Mira de lado estos ojos alegres y deseosos,
> ven, deleita y enloquece este corazón mío, amor.
>
> Que yo beba de tus labios, serán vino para mi enfermo
>   espíritu,
> ven hacia mí, dame respuesta y licor, derrama bondad,
>   amor.
> No dejes que el mal de ojo maltrate tu belleza,
> mantente fuera de la mirada maligna de tu rival, amor.
> Oh, corazón, si hay agua de la vida en medio de las
>   tinieblas,
> escondida en la media noche, apúrala de un trago en el
>   vino.
> [...]
> Oh, querida mía, entrega a Selim tus labios húmedos de
>   vino,
> luego, con tu ausencia, torna mis lágrimas en vino, amor.

Selim II comienza a dibujar con palabras su qasida, aún inseguro de cuáles serían las definitivas; vibra de placer por la vida y tiembla con fervor poético.

Por su parte, don Juan de Austria siente que toda su vida cobra sentido. No recurre al flagelo, ni al rezo, ni tampoco al poema. No necesita de ellos.

Termina la relación del entrometido.

59. Nota al margen, con letra muy distinta, escrita según resulta evidente varios años después

Igual habrían de morir estos tres: diferentes. Selim, el sultán perverso y buen poeta, envenenado por su propio puño: en completa ebriedad, empinó el frasco entero de la tinta negra que apenas le habían preparado, creyéndola ser vino, y, sintiéndose asfixiar, echó mano de otra que tenía guardada, de modo que terminó sus días retorciéndose envenenado de manera horrenda, que en los delirios de alcohol no permitió ninguno de los grandes médicos de su diván se le acercara, recibiendo justo castigo, porque su religión prohíbe el alcohol y porque distrajo su mandato en placeres, fiestas y ebriedades; Pío V, porque no quiso enseñar sus vergüenzas, que tenía una enfermedad de piedra que podían muy bien haberle curado, pero permitió que mejor lo comiera el cáncer antes que le tocasen y viesen sus partes púdicas; Felipe II, también algo joven, murió de remordimientos, que quien asesina a su hijo luego de haberle arrebatado su mujer y por esto enloquecerlo y empujarlo a herejías tales como el protestantismo, tiene sobrado motivo; y don Juan de Austria, en la flor de la edad, de almorranas (también las padeció su padre), víctima de un cirujano estúpido que, en la ausencia de su médico personal, el gran Daza Chacón, se las atusó como si mejor hubieran sido cabellos y al cercenárselas le provocó una hemorragia mortal. Y hay quien dice que no fue error de cirujano, sino voluntad criminal y que murió asesinado.

Fin de la nota al margen, escrita en un puño distinto y algo posterior al del resto.

60. *Vuelta al cuerpo de la carta de Avendaño*

María la bailaora —que así se llama el menudo delgadito espadachín, el valeroso, el de la danza gallarda y el pincel; la soldadesca se hacía lenguas, pues la había reconocido— continuaba hincada en el puente de la proa de *la Sultana,* tapándose discreta el torso desnudo y pidiendo a voces algún auxilio médico para su defensor, el sacrificado don Jerónimo Aguilar.

Nuestro generalísimo había pasado a *la Sultana* para presenciar la solemne ceremonia acompañada de música en la que sus hombres bajaron el pendón con el Alá escrito veintiocho mil quinientas veces en letras de oro e hizo se levantara en su sitio el papal. La enseña personal de Aalí Pashá quedó colgando para dar mejor prueba de nuestra victoria. María la bailaora permaneció hincada cuanto duró esta ceremonia, vestido el pecho sólo con sus propios brazos. Durante el subir y bajar de banderas dejó de implorar auxilio, pero apenas terminaron volvió a lo suyo, a pedir le trajeran un médico a su amado don Jerónimo Aguilar que a su lado se desangraba. Don Juan de Austria le prestó atención: hizo le llevaran camisa buena para cubrirse, hizo venir al mismísimo Dionisio Daza Chacón, su médico personal, el mejor de España para remediar heridas de guerra y enfermedades serias, para atender al hombre que le había salvado la vida al Pincel y espadachina, e hizo llamar a la mujer aparte.

(¿Recuerdas a Daza Chacón? Aquel que escribió: "El buen médico ha de ser viejo, experimentado, de buena estimativa y de buen seso… docto en práctica y en teoría, y reposado;

no jugador, ni putañero; y no interesal; sino que su principal intento sea curar al doliente; y no sacarle los dineros... ha de tener renta o salario para poderse mantener honradamente y para curar los pobres de balde, que ha de ser obligación... no codicioso, ni malicioso, ni murmurador, ni mentiroso, ni vicioso, ni hipócrita. Ha de ser dado a su estudio y no a vicios... ha de andar siempre limpio y bien ataviado y aun oloroso porque alegre al paciente". Y aquí me he largado con esta interrupción. Digo, ¿te acuerdas? ¿Las risas que hacíamos de estos pasajes? No sé por qué conservaba yo éste entre los muchos papeles que me habían pertenecido en mi estancia anterior en Salamanca, cuando creía yo que iba estudiando medicina, porque mi padre decía que me haría rico. Y a ese mismo honorable médico fui a encontrar. Pero déjame dejarme de memorias y correr retornando a lo que estábamos.)

Pasaron a *la Real*. Yo brinqué a cubierta. Ya éramos dueños únicos de la nave del Gran Turco. Estaba también muy bellamente adornada, aunque no tan exquisita y refinada como nuestra *Real,* que es verdaderamente como un libro de horas, sólo que con motivos latinos. Un libro abierto, en tablones, lleno de hermosas figuras, navegando en el mar, ilustrando todas las virtudes que debe tener un guerrero y un cristiano, esto sin usar imágenes bíblicas sino sólo a Diana y el can, a Neptuno, Mercurio, con un dedo en la boca y unos Jasones muy peculiares, aquí luchando contra un dragón, allá contra un toro.

Encontramos en la cámara de Aalí Pashá, muy cosa de ver, recamada por completo en nácares, oros, marfiles, piedras preciosas, bordados refinadísimos. Había un olor intenso a no sé qué hedentina que los turcos tienen en muy alto aprecio. El olor este que te digo hizo salir por piernas a nuestros soldados, asiendo lo que habían podido tomar a las prisas sus brazos, dándose por muy bien pagados, que eran tantas las joyas que parecía mina del rey Salomón o cueva de Moctezuma. Salieron, te digo. A mí, no sé por qué, la hedentina me excitaba la curiosidad al tiempo que no dejaba de repugnarme y me puse a husmear.

Bajo el lecho del Pashá, que habían ya pelado los codiciosos soldados nuestros, vi un tablón que no hacía juego con su vecino. Tenía una hendedura como para meterle dos dedos y se los metí. La alcé y encontré un arcón cargado de doblones de oro. Era la fortuna personal de Aalí Pashá, su capital acumulado durante décadas que no quiso dejar en Constantinopla temiendo caprichos y arbitrariedades de Selim y que creyó más a salvo bajo su propio lecho. ¡Qué poco sabemos de la vida los hombres y de cómo protegernos! Más propio sería decir: "Nadie sabe para quién trabaja", porque cómo iba a imaginar el Pashá que tu servidor, el que esto escribe, iba a dar con tal hallazgo.

Tuve que compartir el descubrimiento con otros dos bribones para encontrarle salida. No hemos dado cuenta de esto a nuestros capitanes ni a otras personas. Los tres nos hemos dividido el tesoro, lo traemos pegado a las carnes. Ideamos cómo portarlo con nosotros en la cámara misma de Sehm. ¡No sabes tú lo gordo que me he puesto de pronto, forrado de telas y cueros y cuanta cosa te imagines, todos ellos vueltos bolsas de monedas, joyas, contenedores de espléndidas riquezas!

Lo que sigue será sobornar astutos y si tengo suerte conseguiré eludir las vigilancias y llevarme conmigo a casa la fortuna del descabezado Aalí Pashá. Atarazanado estoy, como bien ves, forrado de una fortuna...

¿Quién eres tú para darme honores?, pero quiero dejarte muy claro que cuando brinqué a la nave enemiga yo no iba "por atún a ver al duque", como dicen del que hace alguna cosa con dos fines. Yo no sabía del tesoro que encontraríamos. Pasé a la galera de Aalí Pashá porque no había qué otra cosa hacer sino defender a mi gente y defenderme —y en parte, como ya te confesé, porque atrás de mí venían otros turcos comiéndonos los talones—. Y mayormente por este deseo, casi le diría yo instintivo, irracional, exaltado e incontenible del hombre de guerra, que en el ardor de la batalla no puede retener el deseo de defender con el riesgo de su propia vida a su generalísimo.

En cuanto al tesoro encontrado, me doy por bien pagado.

Cuando salimos a cubierta reforrados del oro turco, habiendo puesto algunas monedillas en la mano de éste y el bolsillo de aquél —incluido a un sacerdote que pasó por casualidad cuando estábamos untándonos de lo lindo (quien dicho sea de paso no se me ha despegado de los talones, tal vez cree que soy como aquella ave que cuentan que ponía huevos de oro)—, ya se habían ido los hombres del marqués de Santa Cruz, y el puente que se había formado con las galeras unidas estaba destruido, los capitanes habían hecho lo pertinente para separar las unas de las otras, para hacerlas de nueva cuenta móviles, que todas hechas una no había cómo menearlas un ápice, ni el mar parece moverlas. Sin querer queriendo —pero muy presa del ansia que me decía dejarla, que temía ser agarrado con las manos apenas saliendo de la masa— brinqué a la primera embarcación que pude. A ella acababa de subir la bella guerrera, de nuevo vestida de varón. Sujetaba la mano de su herido amante, don Jerónimo Aguilar, muy encamillado y más inmóvil que un tronco en tierra. Ahí explicaron que don Juan de Austria quería recibir en *la Real* a la valiente guerrera con don Jerónimo —o lo que restaba de él, que a mis ojos no era mucho—, pero Daza Chacón explicó que el herido tenía que reposar en alguna galera donde pudiera encontrar silencio completo. Que como los hijos de Aalí Pashá se habían instalado en la carroza de *la Real,* al lado de la cámara de don Juan de Austria, donde hasta entonces había dormido su secretario Juan de Soto, y que como en la otra punta de la nave habían comenzado los carpinteros de inmediato las reparaciones —*la Sultana* se le había encajado hasta el cuarto remo, debían sellarle las heridas para asegurar un buen retorno, protegida lo más de los caprichos mediterráneos; también le retornaría el espolón a su sitio para regresarle su belleza y dignidad— y que el ruido de los carpinteros no iba a ser poco, y alteraría el descanso que pedía el delicado estado de don Jerónimo, los enviaban a otra embarcación. Eso dijeron cuando subí a la barquilla que nos transportaba a otra que no fuera *la Real,* pero la habladuría que corrió fue que así se hacía porque no podía viajar mujer en la del Austria, que era inaceptable, que ésta era la Santa Liga, que etcétera.

En esta navecilla venían junto con don Jerónimo otros heridos y un médico jovenzuelo y con cara de embaucador del que no puedo citarte libro alguno, porque el mozo no había tenido tiempo ni de leerlos. De él sólo puedo decirte que venía cargado de extractores de balas, jeringuillas, enemas, pesas de balanza, morteros de bronce, un pedestal de balanza, un alicate, algunos frascos de medicinas. Si atendemos al número, lo que más había en esa pequeña liburnia eran gallinas vivas, complemento imprescindible de los tratamientos médicos, todas a la espera de ser abiertas para dar albergue en sus entrañas al muñón de algún herido. Daza Chacón recomienda desta manera cerrar los miembros mutilados, y así evita las infecciones y dicen las víctimas que hace más soportable el dolor. En cada vientre de esas cluecas se refugiaría lo que resta de una pierna, de un brazo. No vuelvo a esto, porque repugna.

El médico jovenzuelo que te he dicho veía a la María la bailaora con una cara que uno se veía obligado a pensar en su maestro, el médico Dionisio Daza Chacón, cuando escribe sobre los que son enamoradizos:

"Otros hay enamoradicos, que en cualquier cosa que van a curar se enamoran, teniendo deshonestos pensamientos. Estos merecen por lo menos ser privados perpetuamente". Este bien que lo amentaba, y yo diría que unas dos veces.

Así fuéramos hacia la entrada del golfo de Lepanto, no nos regresábamos a la valerosa retaguardia del marqués de la Cruz, sino a las del perezoso Doria —¡veneciano despreciable!, si todos los de ahí fueran como él, nunca hubiera pasado de ser un mercaducho de cuentas de vidrio—, quien toda la batalla se comportó no como un hombre de guerra, sino como un negociante que hace cuanto puede por defender su mercancía, que para él esto eran las galeras y los esclavos que traía como galeotes.

Es de sobra conocido que no era ésta la primera vez que Doria se comportó cobardemente, guardando sus galeras de luchar como el que cuida su bolso en la plaza llena cuando hay lidia. Lo había hecho en Malta, fue una de las vergüenzas de la cristiandad, que en lugar de pelear iba Doria cuidando que nadie raspara siquiera una sola de las tablas de sus naves. La de cosas que he oído contar de Doria, amigo, más de las que tú quieres oír y de las que yo hubiera querido escuchar. Como tanto se le desprecia, le cargan a su fama lazos y adornos de infamia. Lo que consta que es cierto es que sus galeras se mantienen bajo asiento, y esto no quiere decir sentadas como tú y yo nos asentaríamos frente a la mesa y el juego si no nos anduvieran jalando para aquí y para allá nuestros respectivos padres. Asiento se llama el contrato de arriendo, que Doria tiene más de una docena de galeras rentadas a la Corona, de lo que obtiene no demasiadas monedas —¡aunque más de las que tú has jamás visto!—, pero sí una jugosa cantidad de beneficios, como licencia para exportar trigo de Sicilia (sólo esto lo ha enriquecido), para confeccionar bizcocho a expensas del rey, y para hacerse de galeotes donde le venga en gana. Participó en la revuelta de Córcega, y su actuación en Gerba fue también deshonrosa; a las dos fue como vino a Lepanto, a cuidar sus tablas. Aquí trae cuarenta y ocho galeras, algunas propias y otras de nobles genoveses. Doria, hijo de un hombre importante, que conoce a Felipe II desde que eran niños.

61. Nota al margen, escrita con letra muy distinta,
sin que se tengan elementos para decir si es posterior
o contemporánea a los demás papeles aquí transcritos

El papa Pío V, al escuchar cómo había sido el desempeño de Doria, comentó enfurecido: "Más se comportó como un corsario que como un caballero cristiano".

Termina la nota.

62. Sigue la carta dicha

Hacia allá nos llevaban, y entonces yo me preguntaba si era para guardar a los heridos al lado de los inmóviles perezosos, o si para llevar refuerzos y avivar esa escuadra, pero esta segunda conjetura mía era tan errada como la primera, porque la batalla estaba muy acabada ya, y si me la hice fue porque en la barquilla hospital oí de la gente que venía en una ligera liburnia que se nos acercó a pedir y dar noticias, que el Uchalí había atacado arteramente a una de Malta mientras se daba a la fuga.

Y ahora sé que mientras nos llevaban hacia las de Doria, Scirocco casi vencía a los venecianos. Seis galeras de esa llamada República habían sido ya hundidas, Barbarigo había caído, dejándole el mando a Federigo Nani, y la victoria se inclinaba hacia los turcos, cuando, tal vez envalentonados por lo que pasaba en el centro de la armada, los galeotes cristianos se amotinaron: bien coordinados saltaron todos a una, tomaron por sorpresa a los turcos, les arrebataron sus armas por la espalda, y en la revuelta quitaron a Scirocco la vida.

El desorden era total. Los galeotes venecianos —convictos, algunos deudores, otros herejes, aquel judío, o ladrón o pervertido—, que habían sido liberados de sus cadenas por sus amos para que auxiliasen a la lucha, se dieron a la fuga brincando a las aguas rojas y muy bajas de la costa albania y, cargados de las armas de que habían sido provistos, se hicieron ojo de hormiga en las montañas para recomenzar su vida como bandidos.

Mientras tanto, algún veneciano reconoció el cadáver de Scirocco flotando en la mar roja por las ropas excelentes que vestía, lo subieron de nueva cuenta, le cortaron la cabeza, y otra vez lo de la pica, que llenó a todos de exaltación e hizo ver al resto de la flota que el brazo veneciano había vencido.

Nosotros navegábamos, entonces, hacia las de Doria —ahora es sabido que al enviar ahí enfermos don Juan de Austria le hacía una señal a Doria: "Tus galeras sirven más de hospitales que de barcos de guerra"—, cuando vimos una hermosa galera turca muy bien aderezada que navegaba como si estuviera perdida. La alcanzó *la Capitana* del comendador mayor. Era la nave de los hijos del bajá Aalí Pashá, Mahamet Bey y Saín Bey, dos niños que el padre había traído consigo dizque para enseñarles el arte de la guerra —pero yo me sospecho que por lo mismo que había portado sus doblones, para protegerlos de la posible cólera de Selim—. Buscaban desorientados a su padre.

Una de las naves del marqués Santa Cruz la atajó. Los turcos opusieron resistencia ejemplar, causando numerosas bajas e hiriendo a don Juan Mejía con una flecha en el pecho. Por fin pudieron entrar en ella los españoles, al frente don Alejandro Torrellas y gente principal de Cataluña y Valencia, que terminaron por hacer suya la galera de los hijos de Pashá. Me han contado que de inmediato fueron presentados en *la Real* a don Juan de Austria, que los dos niños lloraban, y digo poco, que aullaban, porque al abordar *la Real* habían alcanzado a ver en la vecina *Sultana* la cabeza del padre clavada en la pica del malagueño que seguía zarandeándola, envanecido. En momentos, y de manera inexplicable, el mundo se les había venido abajo.

Nosotros seguíamos hacia las de Doria y pronto nos vimos entre ellas, replegadas todavía como las había ordenado su muy cobarde capitán. Elegimos para desembarcarnos una que requería urgente servicio de los médicos; Uchalí la había lastimado fuertemente en su fuga, cañoneándola y arcabuceándola a su paso, manifestando no haber olvidado las rencillas personales contra Doria, dejándole un regalo de muerte, ya que tiempo no había tenido para hundirle naves, que es lo que más hubiera querido, conociendo que eso era el mayor dolor para el mercachifle. Había muchos heridos, y muertos más de tres decenas. La nave se llamaba *La Marquesa.* El acomodo de nuestros heridos llevó poco tiempo. El médico jovencillo procedió a operar a éste y a aquél. Don Jerónimo Aguilar fue una de sus víctimas. Lo sacaron de la no corta sesión ya con más aspecto de cadáver que de persona, pero alcanzó a murmurar: "Ya se verá si me reúno este año con Santiago o no", y pasó a mejor vida.

¡Cómo se le abrazó entonces la guerrera varona! ¡La de lágrimas que derramó, las palabras dulces que le dijo! Aquí entre tú y yo, si ni por un momento me pasó por la cabeza pasarle siquiera un doblón a los hijos chillones de Aalí Pashá, sí que pensé en darle algunos a la bella, pidiéndole, como puedes imaginar, que a cambio me dejara volver a verla sin ropas, como Dios la trajo al mundo, hecha hermosa.

Y aquí tengo en el hombro al cura ese que te cuento que se me quedó repegado luego de que le unté con una moneda, un vejete medio ciego y muy empeñoso, que cuando yo aún no cierro el ojo ha terminado ya de dormir, y viendo que soy el único otro despierto en la galera, se ha venido a sentar a mi lado —lo primero fue preguntarme qué hago y yo contestarle: "Escribo una carta donde hago una relación de esta batalla, santo padre"—, y me insiste que añada a mi relación ciertas señas de milagro. ¡Para milagros estoy yo! Pero ya que él las dicta, y que es el papel tan abundante y bueno, y la pluma y la tinta excelentes, y que no me dejará poner mi atención en otra cosa hasta que yo le obedezca, porque insiste que más parece chinche que cura, me apresto.

—Dígame, padre, estoy listo:

63. Relación del capellán de la Marquesa —tan andrajoso trae el hábito que no puede saberse si es un fraile capuchino, teatino o de qué orden— en que cuenta lo que él llama señales de Dios

Hermano mío, así estoy medio ciego y poco puedo ver lo que me pasa frente a la nariz, Dios no me ha privado aún del privilegio de la vista, siempre y cuando sea a cierta distancia. Leer, no puedo más ya, las letras se me borran. Mirar las escenas, como las que hoy mi alma despavorida ha tenido que ver, tengo y recontratengo los ojos para verlas.

En esto de no poder ver de cerca, creo que Dios me lo ha dado para mi virtud, que así ignoro mejor al cuerpo y al que se me ponga a la mano que pudiera tentarme. Digamos que Dios me ha hecho ciego para lo del diablo, y me ha dejado con ojos para lo divino.

Yo quién soy para contar detalles de los enfrentamientos. De eso te encargas ahora tú, y los días siguientes se encargarán otras personas, que no ha habido nunca una batalla como ésta.

Doy fe, solamente, que en cada cristiano nació un Marte nuevo renovado. Los nuestros pelearon hasta el fin sin jamás reblandecerse. Estaba la mar ya completamente roja y cubierta de cuerpos mutilados, y ni aun así sus corazones se hicieron de pichones. Vi cómo algunos de esos infieles ahí, haciendo cuanto podían por flotar, mientras agonizaban sangrando a mares —aquí el fraile este se ríe, dejando ver una bocaza llena de no sé qué cosa pastosa— y pedían "¡misericordia!", y no hubo afeminado que diera un paso por entregarles una inmerecida clemencia. Antes bien, se empinaban desde las cubiertas de nuestras naves para atizarles con las picas, o aventaban si aún tenían pólvora de arcabuzazos, y era muy cosa de ver cómo sobre los cadáveres regaban más cadáveres, cosa santísima…

Esto que te estoy diciendo mejor no lo anotes. Si ya lo escribiste, bórralo. Esto que ahora te comienzo a decir, sí, anótalo bien claro.

Mira que la santísima fe cristiana tiene el poder de hacer de la noche día y del día noche profunda. Hoy quedó esto demostrado cuando cambió de súbito el viento contrario, tornándolo a nuestro favor cuando lo necesitamos al comenzar la batalla.

Porque antes de ésta soplaba el viento contrario y había mareta y, apenas nos llegó el momento de embestir a los infieles, se nos mudó a nuestro favor el aire, y donde había sido en contra se volvió favorable. El humo de la artillería de las dos armadas se les fue encima, y no veían nada, estaban cegados, no podían combatir. Esto nos ayudó a la victoria, aunque no hay humo que valga si no está la voluntad de Dios de nuestra parte, que es de lo que quiero decir y te estoy diciendo.

El bendito estandarte que el santo Papa bendijo con sus propias cinco veces pías manos, donde está pintado el crucifijo, no recibió ni un arcabuzazo, ni una flecha, ni lo rozó ninguna otra arma porque lo guardó el cuerpo mismo de Cristo. Y esto es muy de notar, porque no hay estandarte entre los amigos o los enemigos que no esté lleno de éstas; los árboles, las entenas, las jarcias, las popas y los estanteroles están picados como un cuerpo de san Sebastián, todos los estandartes, todas las banderas, todas las entenas, todas las jarcias fueron flechadas, arcabuceadas.

El mismo estandarte real tiene ensartadas dos flechas… ¡pero nuestro Cristo de Lepanto, no!

La otra es que no hubo un solo fraile herido. Ninguno que sostuviese en su mano un crucifijo recibió el embate de ningún arma ni de un filo ni de una flecha, nada. El cuerpo de Cristo y el cuerpo vivo de su santa Iglesia fueron guardados durante la batalla para hacer mayor la gloria de Dios en la tierra.

Y esto que el italiano capuchino de *la Marquesa* del de Santa Cruz, parado sobre el barandal de popa, haciendo casi piruetas, agitaba hacia los infieles su crucifijo dorado… ¡Quién no lo vio, dando de voces, diciendo "Viva Cristo; victoria, victoria para los cristianos"!, y no se guardaba de nada, sino que saltando del barandal se aventó hacia el esquife y desde ahí siguió gritando, amenazando con su Cristo a los turcos, y no hubo bala que lo rozase, ni flecha, ni espada…

Y así, llegando, llegando y toda a nuestro favor, se nos apareció el fin de la gloriosa jornada hecha el 7 de octubre de 1571, domingo, día de santa Justina, en la que los turcos conocieron cuánto importa ir en justa demanda y tener a Dios de su parte, el cual, aplacado por las oraciones de tan santo pastor como lo es Pío V, fue servido de nos dar la victoria.

Fin del relato de los dones recibidos.

64. *Sigue la carta*

El capuchino o teatino, o el fraile que éste sea, puso los ojos en blanco y se echó a orar con un fervor que parecía de enloquecido. Le pregunto:

—¿Ya?

No me escucha.

—Bien, usted ha terminado, yo continúo con mi relación, que es la carta para un amigo...

Y aquí estoy, terminando de escribírtela, Avendaño, enfundada te llegará de olor a santidad por la intromisión de este santo. No quiero distraerme más, que el sueño me ha venido a visitar, creo que en mala hora, porque empiezo a escuchar a más despiertos. Sólo debo entonces agregar una cosa que debo aún decirte, y despedirme... cuando siento que ahí está el fraile, este chinche, diciéndome:

—¿Y ya escribiste tú que: "Es la cosa más hermosa y admirable del mundo el ver tantas galeras llenas de flámulas y gallardetes, de variados colores cubriendo la mar, haciendo un muy ancho y espacioso bosque de entre ambas partes"? Anota, hijo, ¡anota!

¿Pues de qué habla este hombre? ¿Y por qué se dice mi padre?

Y de lo primero, le pregunto: "¿Dice usted *hermosa y admirable, un muy ancho,* de qué habla que no le entiendo, padre?". Y de inmediato me contesta:

—Al comenzar la batalla, hijo, no había cosa más hermosa de ver que lo que te estoy diciendo. Escucha...

¡Ay, Avendaño, que el fraile quede hablando solo y yo fingiendo que anoto, que quiero terminar antes que sea la chusma completa quien venga a dictarme! Además, como digo, ya el sueño llegó y me agarra de la nuca…

Retomo donde habíamos quedado, para ya acabar presto. Que *la Marquesa,* cuando llegamos, parecía tener más de hospital que de galera. Varios de sus hombres habían sido muertos en la lucha, y ahí varios quiere decir cuarenta. Los pusilánimes como Doria no tienen empacho en sacrificar a sus soldados; con tal de no rayar sus tablones están muy prestos a perderlos por docenas. La nave daba grima. Todo estaba en desorden, y nadie cuidaba de separar los vivos de los muertos, ni de atender a los que hacía necesidad. No parecía del bando vencedor. Aquí no había llegado ninguna minúscula ráfaga del espíritu de nuestra gran victoria. Por otra parte, *la Marquesa* no tenía capitán, el tal Pietro Sancto o no sé tanto —como le apodaban sus hombres: "¿Sancto él?, ¡no sé tanto!"— ya se había ido a visitar a sus ancestros, y en los que acabábamos de abordarla no había ninguno que pudiera ser designado para el cargo que no fuera María la bailaora, porque todos éramos o gallinas o pedazos de principales. Que todos lo supiéramos, ella era la única que había hecho un gran papel en la batalla, pero siendo mujer quedaba descargada de cualquier capitanía. Un favor le hubiéramos hecho, que no habría podido concentrarse como lo hacía en su duelo:

—¡Tengo un muerto!, ¡tengo un muerto! —grita como una loca—. ¡Mi querido, mi corazón, mi cielo, mi amigo, mi amor, mi amado está muerto!

"¡Ay! —me lamentaba yo adentro de mí—, ¡esto sólo empeora las cosas, y agria lo poco que no estaba agriado! Lo único que nos faltaba era esta hembra gritando, desgañitándose en sus lamentos". Peleaba como un varón, lloraba como mujer y aullaba como una loba.

No se detenía. El mismo empeño incansable que había mostrado echando mano de la espada estaba ahí, el mismo vigor y la vehemencia y la pasión que nos había enseñado en Nápoles, la María esa no se contenía. Porque "¡Dale, dale, dale…!" —como ella había bailado, ¿quién no la vio y la admiró en las plazas de Nápoles?—. Yo le preguntaba adentro de mí: "¿Qué te da, María, un muerto más, un muerto menos? ¡Mira abajo de ti, no la mierda pegajosa del fondo de la galera, asoma la vista hasta el agua! ¡Sobre el mar hay cientos, flotando! ¡Fíjate bien en ellos, que están a punto de hundirse! ¡Mañana tal vez ya no los verás más!".

Y en eso estaba yo también equivocado. Que todo Lepanto es equivocarse solamente. Mequivocomequivoco. Aquí nadie pone el dedo en la llaga, porque todo dedo es llaga puesta, todo dedo es el mochado, y el que no llega a tronchado es ulcerado. Mira, mira, María, María, qué más te da, uno menos… Alza tu mirada y ve, cuántos hay en línea, no los llorará un corazón bravo como el tuyo. Descuenta los heridos, los mutilados, si no tienes gana de ayudar a alguien con sus heridas. Descuéntalo, y anda.

Pero nada de descontar, que chillaba como una loca, diciéndole mil palabras de dolor a su muerto.

Estas me han hecho un efecto que debo anotarte. Comencé a escribirte, más que para cumplir con la promesa de hacerlo, porque el corazón no me cabía adentro y la lengua se me salía de la boca, como un perro, de lo agitado que estaba. Pero oírla chillar me ha enfriado el corazón y encogido la lengua. ¿Pues qué tienen las mujeres que le ponen tantísima pimienta al caldo y nos escaldan el paladar y nos arruman el guiso? Sí, sí, ya sé que ellas mismas son la pimienta, que sin las bellas qué desgracia sería la vida, pero ¿y el caldo?

Me dejo de lenguas y caldos. Yo bastante tenía con lo que tenía como para ponerme a atender esto o aquello. Pero pronto cambió todo, que los no heridos que venían con nosotros, rápido revolcaron, cambiaron, hicieron y ordenaron, echando los muertos a la mar y poniendo a los sobrevivientes a atar cuerdas, de modo que en breve nos habíamos reunido con los nuestros en lo que era entonces la mayor labor: robar de las naves vencidas cuanto hay de algún valor, cuidando de liberar a los cristianos que todavía estaban atados a las cadenas, que un par había todavía a los remos, de atar turcos a las mismas para suplirlos y de rebuscar oros y más cosas.

La bailaora dejó de gritar porque se llevaron a su hombre los médicos, que dijeron que le coserían las heridas. ¡Coser podrán mis huesos, pero cómo remendar ese cedazo!

Como yo tenía ya mucho conmigo, y ya no quería atender a más, pretextando un malestar cualquiera, del que ahora ya ni me acuerdo, me tendí en la crujía. Bajo ésta había una especie de bodegüela. Abajo de mí, te cuento, un hombre enfermo de malaria gritaba como un furioso. Tú dirás que en qué me ando fijando si uno u otro grita, y más estando aquí la cosa como te cuento, que aunque la gritadora se hubiera callado y desvanecido, los heridos bastaban por quejones, y además todavía me resonaba en los oídos el estruendo de la pólvora que recién acaba de pasar —y no anoto los ladridos chillones del perro de don Juan de Austria, que a los que estábamos cerca de *la Real* nos traspasaron los oídos—. Pero lo que él gritaba (un tal Saavedra, que así le decían todos, aunque a él mismo le daba por gritarse "¡Cervantes!") te lo tengo que poner aquí, amigo mío, porque es parte de lo que no me deja dormir. No te lo voy a repetir como él lo dijo, porque ni me acuerdo ni quiero. Lo voy a decir con las palabras que aquí me vienen, que ya más dormido que despierto, me siento poeta. Poeta y con musas, aunque musas sean los gritos del que digo. El tal Cervantes clamaba manos:

"De mis manos tronchadas brotan manos, ríos de manos rojas.

"¿O es sólo una la mano? De mi sola una mano rota brotan seis manos. Ahí se quedan. Seis manos tengo donde una vez tuve una completa.

"¡Fuera ropa! ¡A remar he dicho! ¡Castigo con el azote!

"¿Con qué mano azoto? ¿En qué mano me azotan?

"¡Da! ¡Pega!

"Los doce: disparen, apunten, ¡fuego! ¡El último fuego en lugar de cena!

"¡Maldita sea la malaria que mana manos de la manca... ¿O son dos las mancas?

"¡ Sangra!

"¡ Arillo! ¡Apunten el gatillo!

"¡Ayyy! Este maldito sudor me llora en los ojos, ¡no veo! ¡Vengan a parpadearme! ¡Que me parpadeeeeen, les digo!

"¡Parpadeo! ¿Paso mí mano para limpiarme el ojo? ¡No veo, digo! ¿No ven que no veo? ¡Cuál no veo! ¡Cuál mano! ¡Cuál tengo! ¡Sangra! Brota mano de la mano, te digo.

"Soy la Carcayona para servirle a usté, mi príncipe. ¡Las dos soy, mis turcos! ¡La ley!

"¡Que no me corten la mano! ¡Pago pero no me la corten! ¡Pagaré lo que sea! ¡Rodrigo, hermano mío! ¡Paga, paga, Rodrigo! ¡Págales ya que ya me la están serruchando! ¡Entra y sálvala, sálvame la mano, Rodrigo!

"¡Tírales a estos bellacos una moneda!

"¡Al peso, la moneda! ¡Al bellaco, la salchicha! ¡Salchichas y monedas a los perros bellacos, y chorizos! ¡Un chorizo te doy, y tú me das mi mano! ¡No me la cortes!

"¡No me cambien mi mano por un arcabuz!

"¡Rájame la mano! ¡Inmovilízala! ¡Atúsala, que carcayonamente yo creo, creo en Dios padre, mano! Échame fuera de España. Creo, igual creo. Un solo Dios. Un solo altísimo. Un solo padre. Un solo hijo. Un solo Espíritu Santo. ¡Una sola mano!

"Creo tanto en tantos únicos que por lo menos son tres, y la mano. ¡La mano!

"¡Creo, creo y creo!

"¡Me faltan tres manos!

"Tengo tres manos, las tres arcabuceadas, abiertas como flores despertadas... ¡Despiertan las flores, cuando se abren sus botones, o siguen dormidas, nomás petalotas?

"¡Flor abierta y rota a un mismo tiempo, mi mano sangra!

"¡Que no me la corten!

"¡Que no, que yo no conozco a Sigura, maldito albañil de mierda!

"¡Me batí en duelo porque su hijo y yo en las calles de Sevilla jugábamos

"con un año de más,

"con un año de menos,

"con un culo perdido,

"en un barco marino!

"¡Quién no va a ver, dígame!

"¡Yo no, yo no, yo no!

"¡A nadie lo convierte en puto un espadazo! ¡En Sevilla quien no nefando peca no sevillanea!

"¡Déjenme en paz! ¡A ustedes qué!

"¡El orden, el orden lo cargo yo, pasa eso, tengo tres manos!

"¡Las puertas del cielo están abiertas para los sin manos, para los que tienen cinco manos, seis cerraduras tengo, las llaves son mis dedos!

"¿Cuántos me quedan?

"¡Manos! ¡Las puertas del cielo están abiertas para los sin manos!".

Yo, que ya no le aguantaba sus estúpidos gritos delirantes —que no eran como te confesé, tal como estos que escuchas, sino de otros, palabras rotas las más por su delirio—, le contesté, por atajarlo:

—¡Las puertas del cielo están cerradas para los cobardes, abiertas para los valientes! ¡Y tener o no tener mano cuenta para maldita la cosa, que no habrá cómo cogerlas para abrirlas!

Lo hice nomás citándole lo que los capellanes han andado diciendo a voz en cuello en la batalla, y añadiendo unas poquillas de palabras de mi cuenta. Pero el hombre sólo me oyó para recomenzar en su principio, siguió su delirio sin que ya nadie lo escuchase:

"¡Sangra! ¡Mi mano sangra! ¡Me rompo por el camino de la mano atusada!

"Nadie, nadie me dará la mano, nadie.

"Nada.

"Tengo cuatro manos. Camino el mundo como un perrillo, y ladro. Ladra mi mano, ladra sangre. Todo ladro, escupo por la mano, por el muñón de lo que fue mi mano.

"Pierdo mi mano para gloria y suerte de Dios Padre, y ahí se la encomiendo. Le encomiendo las dos manos. Le envío por el momento un trozo de la izquierda. ¡Que la tome la ley, que a la ley le pertenece! Para su mayor gloria, por el camino de los arcabuzazos, el de Sigura, segura Sigura, el que se deje promete!… y el delirio se perdió en el silencio".

Y de pronto calló. Y, Avendaño, el Carriazo te lo ha anotado todo, que estoy fatigado y como una veleta me dejo llevar por lo que me zumbe más cercano. Y miento.

Pero debo concentrarme. Si yo, que aquí lo cuento, pierdo el cuento, ¿qué nos queda? El generalísimo bailaba, y el último de los soldados alucinaba con manos extras y manos menos, convertido por momentos en un insecto de esos que tienen más de muchas patas, y con un tris tornado en gusano, que ésos ni a patas llegan. ¡Nadie conservaba consigo un ápice de cordura!

Eran las cuatro de la tarde, la batalla se dio por terminada, y perdón si me repito. La armada turca estaba destruida. El saqueo propiamente dicho comenzó. Mientras navegábamos viento en popa buscando qué otra nave turca limpiar en nuestro provecho —en la nuestra se apilaban los candelabros de bronces, las salseras, las servilleteras de plata, las monedas de distintas denominaciones, las prendas de seda, los aretes, las cadenas de oro, lozas muy diversas, pipas, bases para pipas, tenazas de la cocina, navajas de afeitar, bacinillas, frascos de perfume, una cantidad verdaderamente abominable de vasos y botellas, algunas de brandy—. En una de esas que alcé el tronco, vi en una galera vecina, más baja que la nuestra, a un cura preso de un fervor curioso: había desatado el lazo de su sayal y lo ataba al cuello de un infiel. ¿Una venganza, una enseñanza, una amenaza? ¿Es que el turco se negaba a tomar el remo y el cura quería hacerlo entrar en razón? ¿Es que el cura intentaba convencer al turco de cuál es el Dios bueno? ¿Es que vi mal?

¡Lepanto es un infierno, amigo! ¡Habías de haber estado conmigo aquí para ver a cuánto puede llegar un hombre, qué olvidadizo puede ser de su naturaleza hombril, qué cerca sabe estar de la fiera, cuan poco lo guíala razón!

La noche llegó lluviosa y cargada de ventarrones.

Antes de dormir, oía yo murmurar a voces que nuestra victoria se debía a una sucesión de milagros. ¡Milagros! ¡Milagro es que yo, que no nací para ganar una moneda, ni para conseguir por mi pulso ningún cometido, sea rico! ¡Y a costa de qué, por qué casualidad, dejando a cuáles dos niños pobres! ¿Llamarás milagro a mi suerte? Yo no me atrevo.

¿Te dije ya que después de que conseguimos la victoria ha habido un desorden inmenso?

Al comenzar esta carta te hablaba yo de no querer traernos a ti y a mí más líos, y te dije que aceptaría que me cayera encima otro, si fuera otra carga de oro, pero ya que he revivido lo que fue la batalla, me desdigo. No quiero líos y tengo más oro del que pueda imaginar saber gastar.

Ve planeando adonde iremos, dónde nos hospedaremos, qué mujerzuelas visitaremos, qué triquiñuelas plantaremos.

Tuyo,

(Firma ilegible, letras minúsculas, trazos nerviosos. Ni con mucha imaginación puede uno leer en ella "Carriazo".)

65. Posdata

Estamos varados por el mal clima, a mis ojos que llevamos aquí ya mil días. Amigo mío, Avendaño, ¡con decirte que suspiro por mirar de nuevo los muy sin gracia Peloritanos, que, aquí te explico, son los montes que guardan y protegen a Mesina en la isla de Sicilia, donde unos enfadosos piratas de Cumas fundaron su Zancle, ¡y Zancle yo creo que le pusieron porque ninguna gracia le vieron al sitio!... Ahí donde nuestras tropas fastidiadas desgastaban los días en rencillas. Ahí quiero volver, ¡vernos otra vez metidos en ese hoyo, comparado con lo que habemos me parece un paraíso!

Para detener las dichas rencillas, Veniero hizo ahorcar a justos y troyanos, esto es a españoles y venecianos, que una grande se armó por culpa de un bañista español de nombre Alvarado. Se bañaba, como digo, lo insultaron de la manera más grosera unos italianos, incendiándole la sangre. No pudo vengarse ahí mismo, pero los siguió a la galera, ahí entró a dar de furibundas cuchilladas, porque la verdad es que había perdido el seso...

La que se armó. Los españoles, sabes, no somos nada queridos fuera de casa, y en Mesina, cuando se alborotaron las aguas, la tirria al español llegó al ridículo. Hubo un ir y venir de cuchilladas, y aquello parecía terminaría en un mar de sangre. Luego un muchacho comedido, al que llaman el Pincel, afable y siempre sonriendo fue hablando con uno y dos y tres, los cabecillas de los que más se revolvían, y consiguió traer serenidad, mientras sobre sus cabezas bramaban don Juan de Austria y el Veniero, y hasta Doria se metió aquí, que se dice que fue atizado por su impertinencia, que Veniero se atrevió a ahorcar al español, yo no lo sé.

El muchacho ridículo (o, como le dije, "comedido", que el uno rima con el otro), recordarás, es el mismo que demostró ser un maestro de la espada en *la Real*, y para mayor sorpresa ser María la bailaora. No ha dejado *la Marquesa* sino por un momento, que la hizo llamar el mismísimo don Juan de Austria.

Pero ¿cómo me atrevo a ponerme a contarte aquí cosas? ¡Vieras, Avendaño, el espectáculo que me rodea! Nada peor nunca he visto, amigo. Esto no quiero dejarlo escrito aquí porque no sueño sino con que desaparezca. ¿Por qué lo he de dejar fijado en tinta?

66. Posdata segunda, y más principal (y que si pudiera borraba la anterior, que no lo hago para no darte un papel sucio, todo lleno de borrones)

Arribamos a Corfú, medio muertos de hambre y de mareo, el día 24 de octubre. Añado datos que deben satisfacer tus curiosidades, si no he conseguido barrerlas de tu persona: los enemigos perdieron treinta y cinco mil personas, entre ellos treinta y cuatro capitanes de fanal y ciento veinte gobernadores —enlisto a Kapudán-Bajá, Mehemet Sirocco, los beys de Angora, Lepanto, Metelin, Nicópolis, Biglia, Tchurum, Kara-Hissar, Sighadjik y Chio, y el gobernador y el escribano de Constantinopla, más el bajá de Nicosia, Cumbelat Bey, el Sanchae de Antipo, y otro de Arabia, Solimán Bey, y Mustafá Bey, el general de los aventureros, Fergat rey de Malatia (que otros llaman Melitine, cual fue su nombre en tiempos antiquísimos)—. Son ahora nuestras ciento ocho de sus galeras. Fueron ciento cincuenta mil sequines de oro los encontrados en *la Sultana*. El corsario Kara Hodja traía cuarenta mil sequines. De los nuestros siete mil setecientas cincuenta y seis personas, cuatro mil ochocientos venecianos, diez voluntarios ingleses murieron —Neville, Clabourne, Beaumont, Brooke— pero restaron vivos los doce voluntarios franceses.

Rescatamos doce mil cautivos, que es decir sinvidas, más cristianos acabamos vivos que los que hubimos al comenzar la lucha. ¡Hubo multiplicación de cristianos! Pero esto no fue un milagro como la de los panes. ¡No! ¡Nada de milagro! Es simple aritmética y tomar por muerte la vida de un cautivo.

Hicimos nuestros ciento diecisiete arcabuces de cañones largos y doscientos setenta y cuatro pequeños. De los ochenta mil turcos que se presentaron al combate, creemos que habrán

vuelto a Constantinopla unos diez mil, y esto con mucha suerte. El número de esclavos que hemos hecho no te lo puedo decir, barajan tantas cifras distintas que todo son cartas marcadas.
Algunos pocos escaparon a tierra firme o a Morca.

Llegando a Corfú hubo tres noches y sus días de celebraciones. Las putas que te decía reaparecieron. La grita que se
expande es: "¡Ahora vamos contra Jerusalén!". ¿Sabes qué,
Avendaño? ¡Conmigo que no cuenten!

67. Anotado al margen, en el mismo puño con que va escrita esta carta

¿Quieres más cifras, Avendaño? Obligado como he estado a
quedarme este papel escondido entre mis ropas —y qué digo
ropas, que lo traigo tan pegado a mí que más parece enredado a
mis carnes—, por no haber aquí correo confiable, seis días después te anoto al margen los números: apresamos ciento treinta galeras enemigas, les hicimos perder treinta mil hombres,
nos zurraron los malditos con siete mil seiscientos muertos
nuestros. Los que hemos hecho presos no han sido todavía
contados.

Termina la anotación al margen. Llegamos al fin de la segunda
parte de la novela, que consistió en la carta de un bribón que
relata la batalla de Lepanto.

CUATRO:
EL NUEVO MUNDO

68. En que se narra y describe qué ocurrió el 8 de octubre
del año de 1571 en el puerto Petela, sito a la entrada del
golfo de Patras, el mismo que llegará a conocerse como
Lepanto por la celebridad que ganó con la batalla
del mismo nombre. Háblase de lo que ahí se ve,
y continúa la historia de María la bailaora

Hoy el mundo comienza. Ha quedado roto el poder de los
infieles. Principia para la cristiandad la nueva era. Es el primer
día, hecho a imagen y semejanza del Día Uno, tal y como el
hombre lo es de Dios, imitación del inicio, cuando el Creador
comenzó su gran Hechura y todo era Caos revuelto.

Después de la prolongada tormenta nocturna, se asoma el
amanecer entre diminutos chubascos y violentos ventarrones
que se apagan tan intempestivamente como empiezan. El sol,
tímido, tartamudeando, ilumina apenas el pequeño y pobre
puerto de Petela con sus dos disimilares muelles.

Petela queda equidistante entre el puerto de Lepanto y las
islas Escochulazas. Más de dos decenas de galeras se agolpan
alrededor de su largo y semiderruido muelle, puesto ahí por
quién sabe qué ejército en quién sabe cuál remota campaña que
tal vez no terminó en enfrentamiento bélico, apagándose en
alguna caza boba, persiguiendo desarmados enemigos en fuga.
Pisándoles a estas veinticuatro galeras los talones, se agolpan

cientos más, apeñuscadas, la arrogancia perdida, sin sus velas, banderines, estandartes, flámulas y otros adornos, tan cerca las unas de las otras que parecen una sola nave monstruosa, descomunal o, mejor todavía, una masa insensata de tablones mal armados, puestos ahí sin ton ni son, enclenques e indefensos ante los caprichos intempestivos del desgraciado clima. El otro muelle, insignificante como el propio puerto Petela, es el de los pescadores, mucho más pequeño y en bastante mejor estado. A su vera no hay galera alguna por dos motivos: porque las naves de más de dos remos encallarían en la poca profundidad del agua que lo rodea y porque rodeándolo, cercándolo, han clavado palos de afiladas puntas en pico, acomodados en dos o tres hileras y en cantidad muy considerable, formando un bosque de picas.

El agua marina, presa de un rubor maligno, sanguinolenta, llega a la costa más cargada que las galeras, pero decir llegar es exageración y lo de cargar es un error. Estancada en esta pronta inmovilidad, es un agua en pedazos, un agua desgarrada, cortada por la multitud de cosas y cadáveres que ha traído a la orilla. Está rojiza, hiede a sangre, a carne y a restos del fuego. Agua, fuego, aire y tierra, los cuatro elementos primordiales están aquí revueltos. El aire es agua, el agua es tierra, la tierra es fuego, el fuego es aire. Ya quedó dicho al comenzar estas páginas: estamos en el territorio del Caos primero.

La luz del amanecer ilumina: vida y muerte también se revuelven.

En cuanto deja de llover, una súbita calma chicha amortaja a los soldados con pegajosa humedad. Acaban de levantarse, deambulan lerdos. Los heridos graves no tienen fuerzas para gemir, los médicos pierden esperanzas y toman un respiro antes de redoblar sus esfuerzos en los que aún ameritan cuidados. En las galeras cristianas reina el desorden completo. Las cadenas de los galeotes están vacías y sueltas, las bancas son lechos para los heridos; entre la mierda y los orines cuelgan las vendas, los escudos, los petos, los cascos estropeados, algún desafortunado y ya silencioso tambor, allá un clarín arruinado por una bala de arcabuz, palos rotos, cabezas humanas y chirimías. Sobre la crujía, se amontonan los objetos producto del pillaje: caftanes, cajas de diversos tamaños, armas, sombreros, zapatos, vestidos de seda, brocados y telas riquísimos, armaduras de oro, cascos trabajados de hermosa manera, tapices persas, turbantes, garzotas de plumas, esculturas de oro y de marfil, tallas doradas, joyas de cuanta clase imaginable, bolsas llenas de monedas. Tanto hay que a veces las pilas se vienen abajo y caen al fondo del casco —mierda y orines acumulados de los galeotes cubren los suelos volviéndolos resbalosos, si así puede uno llamar al fondo infernal de las galeras—, pero nadie le da importancia. ¡Cuánta cosa hay aquí en Petela! ¡Qué variedad revuelta se ofrece a nuestros ojos! ¡Todas las telas, los colores, los materiales! ¡También hay comidas, bebidas y frutas diversas! ¡El mercader más viajado no podría ofrecer una cornucopia más opulenta!

Las infinitas curianas que habitan las galeras —que así llaman aquí a las cucarachas, por ser muy largas y gordas—, así como los muchos ratones, se revuelcan y recorren la nueva carga, excitadas, como si tuvieran la inteligencia necesaria para gozar del nuevo banquete. ¡Ya caerán las chinches, que aquí son tantas que hay los que las hacen correr unas contra otras, cruzando apuestas para matar el fastidio de las frecuentes marinas esperas!

A los vivos los amortaja una neblina espesa, insidiosa, grisácea, repegada a todo cuerpo en movimiento. Ataviados así, intentan reproducir alguna rutina. Pero es el día primero, todas parecen no corresponder a la siguiente. Aquí no existe el concierto. Antes, durante semanas, se prepararon oficiosos para el ataque. Vencido el Gran Turco, revueltos, regresados al caos original, no hay en qué afanarse —azacanarse, según el habla de la gente de mar—, y laxos, confusos, desordenados no están ni en la juerga ni en el día laboral.

Los vivos parecen todos prestos a abordar la que cruza el Leteo, porque en mañanas así la Muerte no descansa. Los cadáveres flotan alrededor de las galeras y los dos muelles, o se agolpan en la playa: ¡buscan cuál barca por piedad los lleve pronto al otro mundo!

Sobre el muelle pescador, los cristianos han improvisado un campamento de esclavos. Turcos, albanos, personas de aquellas naciones que conforman el imperio otomano o víctimas repetidas, que lo serán ahora de los cristianos como lo fueron de los infieles. Los hay de piel oscura, pálidos de ojos rasgados, rubios que parecen venidos de donde la tierra es hielo y desierto. Restan pocos heridos, los que engañaron el cedazo celoso del ojo carnicero, eligiendo a los viables y echando al mar los que consideraron desechables. Están ahí rodeados por la cerca de palos picas, a los pies de los cuales se agolpan de manera grotesca los restos de la batalla.

Vuelve a soplar el viento, arrecia golpeando impío, tal y como si amase a los turcos y manifestase el enfado de verlos perdidos. Las naves chocan unas contra otras, remedan toros enjaulados, sus cuernos se enganchan en la cerca, golpean inútilmente sus cabezas contra el corral. Mientras más se dan, más atoran sus cuernos.

El viento deja de soplar y otra vez la calma chicha desespera. Entonces la lluvia arrecia, parece provenir de las olas, gotas muy pequeñas, mareadas, que bailan en desorden, cada una como una gota rota. Gotas sucias, cargadas de sangre, el mar aquí está tinto como el vino de tanto llevar cuerpos, miembros, heridos. Algunos desesperados nadan aún, son de la nota turca; no encuentran cómo llegar a tierra sin ser vistos por las masas de soldados cristianos.

En la galera que se hace llamar *Marquesa*, María la bailaora acaba de caer dormida. Pero no es insensible a lo que la rodea. Sabe dónde está. Lleva días en este orden trastocado. Su vigilia se comporta como el sueño y los sueños están vestidos de una serena vigilancia. Pasó la noche velando a su amado, el cuerpo de don Jerónimo Aguilar, despierta vivió la noche entera en el agitado mundo de los sueños. Pasaron frente a sus ojos confusas escenas vertiginosas donde ella no tenía cabida; no había lugar para nada en esos cuadros; eran la escenificación de un dolor que María no había conocido, como si al morir don Jerónimo Aguilar una parte de su persona viajara por donde viven los que están bajo las tumbas antes de emprenderla hacia los infiernos o el cielo. Pero no viajaba ahí en su nombre sino en el de la sangre turca que había hecho correr el filo de su espada. Estaba cebada, como el tigre. Había matado. Había oído el quejido que exhala el pulmón cuando es penetrado por el acero. Su puño sabía cómo camina la punta en el pecho que le ofrece resistencia, y cómo y cuándo rompe. Conocía el olor de la muerte.

Al dormir cree que se dice con más claridad lo que le ocurre: que anoche, ayer, en el día de la gran victoria, en la gloriosa batalla de Lepanto, perdió a su amado, su dueño, el amo de su corazón, el que la volvió soldada en Lepanto, enemiga de los otomanos, aliada de la cristiandad, que debiera serle odiosa. Por él, por eso, por lo que ahora no es más que un bulto, por un cadáver, por carne que está a punto de comenzar a heder, María la bailaora no se comportó como correspondería a una gitana granadina, la amiga de los moriscos, la que porta bajo el brazo un valioso encargo. Se engañó diciéndose que defendía a Famagusta. Se defendía a sí misma al perseguir al hombre que amaba. Ahora cree que incluso lo adoró, así se lo dice.

Pero sólo ve un poco y no se atreve a saberse cebada, asesina, a decirse "Soy la Muerte". No se atreve a confesarse que al oír el silbido del aire salir entre borbotones de sangre, una voz le bramó, la de Caín, una que no canta, que aúlla, que quiere volver a salir. No piensa en esto. Sólo en "su" don Jerónimo, que dio la vida "por ella", que la hizo "por él" engancharse en la Santa Liga. La Fiera de la Naval miente, se miente.

Sólo hay una pasión mayor que la que ahora siente: los celos. Los incontenibles, los afilados, los insidiosos, los incontrolables celos. De un muerto no puede sentir celos. Aunque la intensidad de su sentimiento es tal que se diría que María siente celos de los ángeles, los demonios y aquellos otros seres que andan donde ella no puede andar, que se lo han robado, que disfrutarán de la presencia de Jerónimo.

"Por él —ella se dice, ahora que duerme, cuando puede asir de alguna manera congrua sus pensamientos—, ¡por él!". ¡Por él, que murió por ella en un acto de amor supremo! "Se sacrificó por mí", María sueña, sin despegarse un ápice de la vigilia. No descansa, atrapada entre el sueño y el despertar. Pero cualquier otro podría pensar que el corrupto capitán se sacrificó. El fragor de la batalla le calentó los helados huesos; que se aventó porque tuvo que hacerlo. Muy probablemente se vio a sí mismo haciéndola de héroe, y no resistió cumplir con la imaginación.

María no sabe cuáles fueron los últimos pensamientos de Jerónimo, ni tiene idea de qué era él, quién, cuál, ni sus cómos ni sus qués. Porque al caer sobre el piso de *la Real*, con los ojos aún abiertos y la última exhalación de su conciencia, se vio, se reconoció. Vio a sus padres fingiéndose ricos, sus bolsillos vacíos, afanándose en aparentar para acomodar a sus vástagos; vio a sus hermanas entrar al convento, dotadas de dotes imaginadas y prometidas; vio a la mujer que él amaba también entrar al convento: en su pobreza, no pudo ofrecer ninguna dote aceptable para su casamiento, y lo más que pudo hacer fue, luego de deshonrarla una única vez, regalarle las influencias para hacerse entrar como si fuera muy rica. Vio desfilar desrostradas a la serie de mujeres con quienes tuvo sin tener historias de amor y de deseo. Olió a las cuscas, bailó y abrazó a algunas bonitillas, se asqueó, cambió de amada, todo en segundos. Vio su habilidad para ganar dinero echando mano de artes no muy limpias, vio su certeza al invertirlo, con tino convertirlo en bienes. Vio que no dejaba herencia, que no tenía hijos, que sus hermanas tampoco los tenían, que no hay sobrino ni pariente alguno, que todos sus bienes serán de la Iglesia y, por un instante, con una turbia carcajada que no alcanza a salir de su yerto pecho, ve cómo el producto de sus malos usos, hurtos, abusos y corrupciones, le abrirán, a punta de misas y dádivas, las puertas del cielo.

San Pedro se le aparece meneando una bolsa de doblones. Lleva una campana que en lugar de badajo trae colgado un real. Tiene los dedos cubiertos de dedos, los más parecen turcos.

Pero eso fue allá, cuando don Jerónimo aún vivía y vio de frente a la Muerte, cuando escapó a María de última y definitiva manera. Ahora, sobre *la Marquesa*, cuanto rodea a María es confusión. Nadie marca distancia con el Caos y nadie dice nada claro. Todo pertenece a la imitación del Día Primero. ¿Quién no lleva todo revuelto? ¿Qué hace a María excepción? ¿Es una más entre los confusos, los miles de hechos a medias, los aún no creados como lo fueron el Día Primero, los del comienzo, en el Caos? María celebra la ceremonia íntima, la amorosa, como nunca lo ha hecho. Posee a su amado entero para ella, lo tiene en sus brazos, entregado completamente a ella, él es suyo, ¡suyo!, sin que la sombra de sus escapatorias marque distancias. La realización amorosa ocurre entre un cadáver inmóvil y un corazón en duelo. Son el uno para el otro. Son la entrega completa, el instante que semeja la eternidad. Se consuma el ágape. Y la sublime unión de dos almas contagia su alrededor: la luz abraza el cuerpo de la oscuridad cubriéndola del todo, las olas besan la pedregosa costa. El contagio de inmediato se enferma: sobre la costa, aquellos cadáveres emulan el amor, abrazándose con una lasitud que conmueve; la esperanza y el horror se dan la mano y bailan, y creen que son amigos.

Las corrientes del mar han depositado en la costa, junto a las galeras y alrededor del campamento de esclavos, la pedacería que dejó la pólvora: miles de cadáveres y restos humanos, trozos de remos, tablones, palos, velas y picas. El mar vomita los restos de la batalla a los pies de los victoriosos y sus cautivos. Grupos de cristianos andan como buitres, caminando malamente sobre la alfombra de cadáveres, buscando botín de guerra. Rebuscan en busca de aretes, anillos, monedas escondidas en los vestidos, las ropas, los entresijos del cuerpo.

Remueven las pilas de cuerpos que el mar les ha depositado en la arena, y en cuanto van tocando —buenos agentes del caos reinante— dejan la impronta de su codicia.

Las naves turcas aún llevan a bordo un número importante de cadáveres. Donjuán de Austria ordena no tirarlos por el momento al mar, pues todos son arrastrados a sus pies. Las pocas embarcaciones pequeñas con que cuentan no se dan abasto para remolcarlos a donde la corriente los arrastre a otras costas.

Los más de los cadáveres dan un espectáculo horroroso cuando no vomitivo, flotan aquéllos hinchados de agua; éstos muestran las tripas fuera, los vientres abiertos, las cabezas separadas de los troncos; los miembros arrancados descansan en la arena; hay dedos, infinidad de dedos, hay manos y pies, hay piernas, hay narices; si la armada turca fue rota, sus hombres quedaron en pedazos y han sido empujados a la costa; la marea inocente los trajo aquí creyendo que, al contagiarse del buen espíritu de los victoriosos, los trozos encontrarían a sus respectivos trozos y los cuerpos podrían volver a reunirse, a formarse, como si éste no fuera el primero sino el último día. Los cuerpos se despedazarían. Pero el contagio ha sido en sentido inverso. Allá, dos soldados cristianos que no han dormido se refocilan atormentando a un herido turco. Comenzaron a golpearlo para obtener informes de dónde hallar riquezas escondidas. El turco no ha hablado y ya no podrá hacerlo nunca más, que sus verdugos lo han dejado sin lengua ni labios, pero aún tiene vida, le infligen sufrimientos lentamente, en festiva disposición. Si algún ser superior hiciera valer en ellos la ley del "ojo por ojo y diente por diente", los golpeadores estarían tuertos y las bocas huecas, vacías. ¿Nadie irá a acusarlos con los altos mandos de la armada cristiana? ¿Qué sentido tiene cebarse así con el dolor ajeno? Donjuán de Austria ha permitido el libre saqueo, creyendo a sus valientes justos merecedores de éste —la paga no es mucha y acostumbra a ser irregular—, pero no dijo "Den rienda suelta a toda crueldad". Su recomendación no hizo falta. Los que tienen piedad usan el cuchillo para cortar gargantas, han soltado las amarras dejando ha mucho toda piedad. Donjuán de Austria celebra. Si llegaran a decirle que sus hombres se cobran el pago del triunfo machacando las carnes de los vencidos para obtener bizarros placeres, ¿lo impediría? ¿Los reprendería siquiera? Cuando zarparon de Mesina llevaba la recomendación de Pío V: que todos los soldados se comporten ejemplarmente y que se rece mucho. ¿Cómo fue que lo dijo? En una carta expresó muy bellamente a don Juan de Austria que le encargaba encarecidamente que "se viviese cristiana y virtuosamente en las galeras, que no se jugase ni se jurase". El generalísimo lo tomó muy a pecho e hizo colgar a un hombre en Mesina por haberle oído decir una maldición que lastimaba el nombre de Cristo y su familia. Pero, para empezar, no hay quien vaya a informar de estos goces a donjuán de Austria, quien ajeno al caos reinante, está a todas luces eufórico de alegría. Con su camisa negra… dijo quien lo vio: "Su Alteza estaba herido en el pie de un flechazo, aunque fue poca cosa. Comió ayer en la galera de Juan Andrea, donde también llegaron convidados el príncipe de Parma, el de Urbino, el conde de Santa Flor, Marco Antonio Colonna y el comendador mayor. Juan Andrea estuvo muy comedido y le rogó y porfió porque se sentase, deseoso de ganarse la aprobación que no mucho merecía por su cobarde gobierno en la batalla, pero don Juan de Austria se negó, ostentando su estar de pie contra la cobarde tacañería de Doria. Yo entré en ella con dos caballeros. Y Su Alteza, muy regocijado y con una camisa muy negra que no se la había mudado después de la batalla y que mostraba bien el trabajo que había tenido, habló efusivamente a lo largo de toda la comida de la batalla, y engrandeciéndola como lo merece, dijo: '*Esta jornada era para mi padre*'". Otro motivo por el que no se alza una sola voz para informarle de los goces negros de sus hombres es porque una espesa cortina de humedad recubre todas las escenas. Los hechos se desdibujan: de poca cosa ha servido este amanecer que nada más instalarse se ha enturbiado.

Por el momento, la galera *Real* está en silencio, no canta. Durante el trayecto —incluso cuando el mal tiempo flagelaba la armada cristiana—, así como a todo lo largo de la batalla —también cuando quedó encajada por *la Sultana*—, al son de sus tablones catalanes golpeando las olas, *la Real* cantó sin parar: "Yo soy la más bella, soy sabia, soy fuerte; reúno todas las virtudes, soy la única que se cumple en sí misma. Yo no necesito Guerra, ni requiero de la Paz, ni del mar siquiera, ni me importa un bledo tierra de quien he tomado lo que necesito; soy plena, me basto a mí misma".

La Real continúa siendo bella porque no sabe evitarlo, pero rodeada del escenario descrito y poblada por los carpinteros que la trabajan para regresarle su aspecto impecable, parece más un taller que el asiento del generalísimo. Como se ha dicho, está en silencio, en silencio total, como cuanto la rodea es una cosa deshecha, sus cuerdas destensadas, incapaz de un canto armónico. Alrededor del casco en reparación, los cadáveres la golpean, azotados contra ella por el movimiento de las olas; parodian a las abejas frente al panal. Así, y sin cantar, sin decir en sonora voz sus cualidades, *la Real* algo tiene que repugna. Se diría que ella misma está asqueada, aunque esto no puede jurarse, ¿cómo saberlo, si *la Real* ahora no se expresa? Chirrían las sierras, golpetean los martillos, los cadáveres, como se ha dicho, zumban, y la gorda satisfacción de donjuán de Austria, aun reposando en la cámara real, es tanta que parece que la eructa, y esto repetidas veces. Donjuán de Austria se embelesa pensando que se vuelve rey de Albania (¡hic! —se escribe aquí *hic* por desconocerse grafía mejor para el eructo—), que se hace de un reino tierra adentro en Túnez (¡hic!), que se casa con la reina de Escocia, María Estuardo (¡hic!), o con la reina Isabel, la inglesa (¡hic!), que es nombrado rey de los Países Bajos (¡hic!).

La Real sabe no ver e ignorar, pues es su propio centro. Ignoró cómo, en la primera vuelta del saqueo, junto con las más visibles riquezas que eran muchas, despojaron las galeras vencidas de los barriles de vino y extrajeron los muchos que sumaban los dos de agua que cada forzado lleva bajo el banco. En la cuarta ronda hurtaron las velas otomanas —¿se le puede llamar hurtar a lo que les pertenece por legítimo derecho?—, que son mucho más ligeras que las cristianas, dos veces menos pesadas que las nuestras porque los turcos echan mano de una tela de algodón muy ligera, de tejido cerrado, mientras que las nuestras son de hilo de cáñamo, cuando se mojan pesan tanto que inclinan las galeras. En la quinta ronda, el botín consistiría solamente de cobertores y otras menudencias.

Pero la quinta vuelta queda ya lejana y no dejan de visitarlas, siguen dándoles vueltas, buscando, hurgando, arañando, husmeando, revisan hasta las junturas de los tablones.

Los buitres dichos, los cristianos que rebuscan entre los caídos que ha traído aquí la mar, meten los dedos en las bocas de los muertos, removiéndolos bajo la lengua y entre los dientes; ¿habrá un anillo, una monedita, una pepa de oro bajo la lengua, en la garganta? Los más remueven también adentro de los anos y no hay quien no desnude las medias rotas para ver qué halla entre los dedos de los pies. ¡Los vencedores están como machos en brama, buscando ansiosamente dónde meter la punta y sacar jugo!

En cuanto a María la bailaora, luego de mucho intentarlo, cae un instante, inmensurable de pequeño, en el *verdadero* territorio del sueño, donde el mundo se apaga y comienza aquella otra vida. Un instante, y en él también, simultáneamente, regresa al odioso mundo: "Yo soy la muerte, yo sola", se dice María, en su sueño. Asqueada de sí, atemorizada por sí misma, regresa a la vigilia, a donde arriba agitada, como si viniera de correr en campo abierto. Pero no se ha movido. Cayó dormida tal y como veló, las dos rodillas en el piso, la capa colorada a los hombros, el cabello alborotado. Despega la cabeza del cuerpo que ha velado durante la noche. La ha traído en firme a la vigilia oír unos remos batir rítmicos el agua. Ya está bien despierta cuando oye que los tablones de una pequeña embarcación golpean contra *la Marquesa,* María la bailaora se levanta. Camina hacia el barandal para ver quién ha llegado, quiere oír qué dicen porque cree haber escuchado "don Jerónimo Aguilar". ¿Vienen por él? Por un instante milagroso, el mal clima se calma, la espesa niebla se levanta, cae un rayo cruel de sol y se detiene la sucia lluvia: frente a María, sobre la superficie del mar, al pie de las muchas galeras y hasta donde alcanza a ver el ojo, miles de cadáveres se exhiben despojados, rotos, hendidos; vaciados navegan en el agua rojiza. Como para dejarla ver, las naves están alineadas de tal suerte que hay un claro entre ellas por el que puede pasar perfecto el ojo de María y ver, ver lo dicho bajo ese primer rayo de sol del nuevo día. Esto dura un momento. El viento vuelve a soplar, el rayo aquel de sol corre a ocultarse tras los grises nubarrones, caen gordas gotas de una lluvia pertinaz, la neblina se acerca caminando de puntitas: lo último que es visible a María es una jauría de perros devorando algún cuerpo en la playa. ¡Ay, la marea se enfurece también! ¡El mar regurgita, haciendo coro a los sueños de grandeza de los generales vencedores!

La visión que María la bailaora acaba de presenciar se le ha encajado en la retina, se niega a entrar en su conciencia, está clavada como una paja en el ojo, como una arenilla en el párpado o una irritante pestaña.

A su lado está ya el cuerpo de soldados que tiene asignada la labor de peinar las galeras y llevarse consigo los cadáveres de los soldados cristianos. Tienen la orden expresa de llevarse al que sujeta María la bailaora. En María no hay fuerzas para objetarlo. Los comisionados solicitan a otros firmen testificando que el muerto responde al nombre del muerto, lo hace el alférez Santisteban; no piden a María la bailaora que lo haga porque ya es a ojos de todos sólo mujer.

Entre dos soldados cargan a don Jerónimo Aguilar tropezando en la espesa neblina, van a lo ciego. Lo bajan del barco sin mayor ceremonia y lo tiran sobre la pila de cadáveres que van alzando en la liburnia fúnebre. Se van, los remos esquivando escollos, que son todos restos de la batalla.

El peso del día de ayer completo cae sobre los hombros de María y por un momento piensa que no puede sobreponerse. Le tiemblan las rodillas. Toda María es memoria reciente, la de ayer. No tuvo tiempo de vivir lo que vivía. Separada del cuerpo de don Jerónimo, su conciencia despierta, regresa a un punto, se adhiere a éste y recuerda. El que ha elegido para hacer nido y recordar, o el que la ha elegido a ella, es el momento en que *la Real* ha sido capturada gracias a sus buenas labores guerreras. Entonces, mientras a su lado la soldadesca se crecía sin el temor del enemigo y con la exaltación natural de la visible victoria, María la bailaora oyó, sintió y pensó lo que aquí sigue:

69. De lo que aconteció a María la bailaora apenas ganó para los cristianos la Real con su muy magnífica participación en la de Lepanto, según quedó impreso en su memoria. Se desglosa cuál fue el ánimo que la sobrecogió, así como el modo en que ella imprimió el orden de los hechos. El lector notará que el recuento no es fiel, que María la bailaora corre tropezándose, que la neblina que la rodea se coló pertinaz en los recuerdos

—¡Cuarenta, mató cuarenta moros! —gritan sus compañeros con una exaltación que raya en la locura.

—¡Más de cuarenta, que yo perdí la cuenta cuando esta fiera llevaba descontados a cuarenta y cinco! —rebate alguno.

—¡No está herida ni de un raspón: es un milagro! —grita alguien, y repiten otros haciéndole eco:

—¡Milagro!

—¡Milagro!

Gritan, se menean, nadie se está quedo, zarandean hasta a los cadáveres. María la bailaora necesita cerrar los ojos, contenerse. La cabeza le da vueltas. ¿Qué pasó? ¿Cómo pasó esto?

Por su brazo derecho resbala sangre fresca, sangre humana, sangre turca. ¿Cómo, en ella, por qué? La sangre gotea a sus pies, revolviéndole el estómago. Tiene los vestidos y la desnuda piel del torso también profusamente salpicados de sangre. Tiene la ropa desgarrada, los revueltos cabellos también batidos, ¿dónde quedó el bonete aquel que le dio el calabrés? No se mueve. Se mira hacer, mira lo que hizo en este mismo lugar, con su misma espada, lo mira con la memoria: *La Fiera* —como la llaman sus compañeros— fue un mecanismo de furia, no cejó, nada la detuvo, voló llevando muerte. ¿Cómo una bailaora, entrenada para defenderse en la espada, se convirtió en la guerrera más feroz, la mejor entre todas las armas a bordo de la nave capitana? Su cuerpo de bailarina entona siempre con lo que la rodea: en Nápoles bailó Nápoles, en Granada bailó Granada, en Argel supo bailar Argel. (Porque María la bailaora, creyendo dar la espalda a Argel, no hacía sino repetir lo que hacían los recién llegados a ésta: intentar conservar intactas las costumbres de su tierra; bailaba como cualquier argelina, atenta a la repetición de lo propio.) De esta misma manera *bailó* Lepanto, su bailar quedó poseído por el fragor bestial de la batalla, entonaba con el cañón que escupe la bala, con la mecha del arcabuz y su estallido, con la hoja de la espada. El cuerpo de María la bailaora fue el estallido de la pólvora, encarnó el filo, se poseyó del estampido, hablaron sus pasos con la lengua de la guerra. Ella, ella había sido el puño mortífero, ella la boca del averno, ella el sable encajado en el corazón, ella el filo rompiendo el vientre, ella fue la Muerte.

Alrededor de María la bailaora, los soldados corean, celebrándola, festejándola, vitoreándola. Y en todos crece el deseo de continuar. La batalla ha durado cuatro horas, la lucha cuerpo a cuerpo menos de tres; les sobran energías. Ebullen. Hierven. Efervecen. Ha llegado la hora del pillaje. "¡Ay, María, María la bailaora!" —le cantan y le bailan a ella, los soldados cristianos le bailan *a ella*—, la besan eufóricos, la cargan en andas. El grito corre por las galeras cristianas. Celebran la victoria. Se encomiendan a Dios algunos, dándole las gracias, otros gritan vivas y la cadena del nombre de María la bailaora no se rompe sino hasta llegar a tierra. Los tambores y las trompetas que están a bordo de las galeras para llevar el golpe de los remos, son parte de la fiesta. Los remos están desiertos. A media batalla, una parte importante de los galeotes de las naves otomanas se amotinó, echando a nadar hacia tierra, y otra entre los de los cristianos, como imitándolos, hizo lo mismo: los galeotes saltaron al agua; esquivando tablones en llamas y cadáveres se afanaron por alcanzar la arena, perderse en tierra firme y recomenzar su vida como bandidos, pues no soltaron las armas de que los habían dotado para pelear al enemigo. Sus cadenas están vacías, quedaron viudas de sus galeotes.

Bajo *la Real* el mar parece arder y parece que el fuego pone a saltar a los soldados, los cristianos dan saltos, están como enloquecidos, se preparan para saltar a las naves enemigas, ya no necesitan sino de las uñas, celebrarán la victoria hurtando. Inquietos, se impacientan. Se apresuran a desvalijar a muertos y heridos antes de tirarlos por la borda, vueltos afanados coleccionistas de anillos; van apresuradamente de cuerpo en cuerpo, zafando de sus manos las sortijas; otros buscan cadenas, otros monedas. No María. María no *siente* con ellos, no es más parte del grupo; tampoco los baila; su cuerpo, separado de los otros, le pide actos muy diferentes. María sólo quiere cerrar los ojos, tumbarse a dormir *donde sea*. Pero aquí no había un vulgar *donde sea*. María lo supo de pronto: va a comenzar a menstruar en cualquier momento y no lo ha previsto, no está preparada. Se acerca a la pila de cadáveres y (compitiendo con los que quitan de los cuerpos armas, prendas buenas, o esculcan las bolsas en busca de monedas, joyas o baratijas, descalzando y desvalijando a los muertos, en un ritmo muy distinto que el de los escrutadores) quita a uno de los muertos una rota camisa blanca de basto algodón, prenda sin importancia que habían perdonado al cuerpo, dejándosela para que lo acompañara a pudrirse bajo la mar-tumba.

—También en esto eres distinta a las demás mujeres, niña —le dijo uno de los urracas, un barbero valido de papel en una mano (en él iba anotando los despojos para la posterior repartición del saqueo) y en la otra de sus pinzas, con las que en este momento arrancaba un diente de oro—. ¿Eres insensible al fasto y las monedas? ¿Vienes a revolver muertos para quitarles prendas malas y medio viejas? ¿Quién te entiende? —bajó la vista para dar un último tirón con sus pinzas—. ¡Ten! —le dijo, arrojándole el diente apenas extraído—. ¡A ti te debemos una buena porción de la victoria! —agregó en más baja voz—. ¡A ver si también en esto te diferencias de las otras y guardas para ti el secreto de lo que te he dado! Yo no lo anoto en mi cuenta de cirujano, ignoro el diente como si no existiera, y tú no se lo dices a nadie, ¿de acuerdo? —María le agradeció el regalo, le aventó a su vez un beso con la mano, mismo que lo hizo sonreír con la cara entera y hasta con los hombros, que los subió hasta casi tocarle las orejas. María dobló la camisa vieja alrededor de su puñal y metió el bulto en su cinto. El diente lo guardó en su boca, no repugnándole la baba del turco muerto. Caminó hacia la popa, esquivando abrazos, festejos, cadáveres; pasó frente a un grupo que se cambiaba de ropas, tomó al vuelo un bulto de prendas que le ofrecía algún compañero y otro más que le traía el ayudante de cámara del generalísimo.

Contra su voluntad, y sin saber bien a bien cómo, se vio subida en una pequeña embarcación, al lado de don Jerónimo herido. María por momentos lo había borrado de un pasaje de su memoria, lo había olvidado, lo había vuelto cenizas antes de tiempo. Mientras los remos los llevan en la barquilla de los cirujanos y las gallinas, María regresa a don Jerónimo, el héroe que se interpuso entre ella y la muerte. Don Jerónimo está herido muy malamente, se está muriendo por salvarla a ella, a María la bailaora. Aunque María se había convertido en *la Fiera*, en la hacedora de la muerte, don Jerónimo Aguilar no la repudió, dándole señas de esto en que la protegió y hasta se sacrificó por ella.

María miró al pálido don Jerónimo Aguilar, más blanco que un lirio. Al golpe de una de las agitadas olas, un hilo de sangre le brotó entre los labios escurriéndole por el cuello. María se lo hizo saber al médico. Trató de ver a la distancia por no ver, pero la lluvia tupida tapaba como un muro el horizonte. Cuanto la rodeaba le repugnaba. Mordisqueó el diente de oro, buscando distraerse. Allá una galera ardía. Acullá, un fraile dominico, la cruz atada a su mano izquierda, blandía su espada a su paso, gritando como un loco: "¡Yo maté turcos!". Ascos, todo le da ascos, incluyéndose, mojada en sangre que se le va secando encima pegajosa, se provoca náuseas… Alguien le dice: "¿Qué, te dio camisa don Juan de Austria?", pero ella no supo de qué le hablaban. Escupió el diente turco y lo acomodó en su cinto, asegurándolo al lado del bulto del puñal para que no se le cayera.

Pasaron al lado de una galera turca donde toda la tripulación había sido degollada. Los hacedores bebían vino y cantaban festivos entre los cadáveres. María cerró los ojos. Ya no soportaba. "Son iguales a los turcos —pensó para sí—; basta ganar y se suelta el monstruo".

Llegaron a una galera de nombre *la Marquesa*. Aquí habrá, según el cirujano, "un lugar donde pueda reposar don Jerónimo". La nave fue muy golpeada por el Uchalí. La cubierta está sembrada de cadáveres y heridos. Llevan a don Jerónimo a la cámara del capitán, que también ha muerto. Apenas tender al herido en la camastra, éste empapa el colchón, se está desangrando en un tris. Deben hacerle de manera urgente una cirugía para intentar detener la hemorragia. Le piden a María que espere afuera. María barre con la vista la cubierta, mira dónde quiere refugiarse, porque quiere refugiarse, debe cambiarse, prepararse y tenderse un momento a cerrar los ojos, está por romperse desde muy dentro: "Ya no puedo más, ya no puedo más"…

María se detiene frente al aguador, pidiéndole la abastezca de agua. En el castillo de popa, sube a la pasarela de crujía, el que comunica el barco de punta a punta. No están ahí ni el cómitre ni los alguaciles al mando de los galeotes. Nadie marca el ritmo de la boga. Los tambores y las trompetas dispersos en la cubierta festejan ebrios la victoria, saltando entre heridos y cadáveres. En los talares, en sus bancos, los galeotes despliegan emociones mucho más variadas que los soldados y la gente de mar. Estos no eran de los que habían huido tierra adentro, *la Marquesa* era una de las naves de Doria, el que intentó hasta el final quedarse al margen de la batalla, replegándose exageradamente a un lado, desoyendo las órdenes del de Austria. Por algo no perdió una sola nave: sólo pensó en cómo poner naves y esclavos a salvo. No preparó nunca a sus galeotes con armas, ni los soltó de sus cadenas. Quién no lo sabe: Doria se comportó en la de Lepanto más como un comerciante que como un guerrero. Doria consiguió dejar al margen de la naval sus naves, hasta que muy al final vino contra él el Uchalí, atacando un par de sus embarcaciones, más por causarle algún daño que esperando de él alguna resistencia.

Era el caso de *la Marquesa*. Los galeotes exhibían todo tipo de actitudes y emociones: había los exhaustos, los dormidos o semidormidos, los que reclamaban pan y agua y vino en premio de haber ganado la batalla, los que charlaban agitados, los que veían serenos, los que escuchaban atolondrados. Había los felices, los que se sentían victoriosos. Había los que detestaban la victoria, conociendo en ella una prolongación de su infortunio. Un alboroto generalizado, eso sí había, nada del orden, del ritmo, ni de la desolación gris que solía reinar a los dos lados de la galera. Los galeotes hacían lo que les venía en gana. Los cuatro o cinco hombres de cada remo, apretujados como siempre, se removían en los bancos. Hasta los dormidos se agitaban, meneando sus pelonas cabezas con o sin coleta por el zafarrancho reinante. Mal que bien, la muerte no había bajado a visitarlos y lo celebran.

María encontró una de las portezuelas —si así puede llamarse al agujero dejado en los cajones de madera que componen la crujía, rústicas cajas— y asomó la cabeza. Esperó un momento a que sus ojos se acostumbraran a la penumbra. En esta larga caja no cabía ni un alfiler. Pasó a la siguiente abertura. Metió la cabeza. Hizo lo mismo, esperar. Parpadeó: ahí, sobre una cama de paja seca —de aquí sacarían los fusiles antes de la batalla— había un hombre acostado, junto a él quedaba sitio. ¿Quién era? ¿Un turco escondido, esperando así salvarse? ¿Los galeotes lo habrían protegido, dejándolo deslizarse como un gato en sus tablones, esquivando el golpe de sus remos, escondiéndolo bajo el pie de sus bancos? La vista de María se acostumbró a la poca luz. El hombre no vestía a la turquesca, traía ropas de arcabucero cristiano, la roja cruz cosida en uno de los faldones de la camisa, algunas prendas de colores chillantes, por las que los llaman papagayos. Como los más de éstos, su uniforme estaba incompleto. Esto ocurría porque no todos los recibían al entrar al ejército y porque algunos de los que los tuvieron, luego los perdieron, jugándolos o empeñándolos a las primeras de cambio. El parcialmente papagayo estaba inmóvil. ¿Herido?, ¿ahí, herido, metido en los cajones de la crujía, fuera del alcance de los médicos? Difícilmente. Acomodó sus dos cuartillos de agua del lado izquierdo de la abertura del cajón, buscándoles apoyo en la paja. A sus lados puso los bultos de ropas y su hermosa espada. Del cinto sacó el puñal, lo desnudó de la camisa vieja, que dejó junto a las demás cosas, y se guardó el arma en la boca, apretando la hoja entre los labios. Se encorvó para meterse en el metro de altura, entre los palos, las velas y la cabullería ahí estibados. El espacio reducido se engrandecía. Las paredes de la bodeguilla eran más amplias que el cielo que afuera miraba el sembradío de cadáveres. Revisó al hombre que ni cuenta se había dado de su existencia. Este, delgaducho, dormía agitado; deliraba, sudaba, tenía fiebre.

María la bailaora se sentó a su lado, quitó el puñal de su boca, lo blandió con la derecha, amenazando, y sacudió con la otra al hombre para despertarlo ("Mejor oírlo hablar, saber si es turco de cierto"). Le espetó:

—¡Tú! ¿Tienes sed?

—Saavedra tiene sed —contestó el hombre con voz rasposa.

—¡Valga con Saavedra! ¿Y tú?

—Yo soy Saavedra. Miguel de Cervantes y Saavedra, para servirle a usted, a Dios y por desgracia a esta maldita fiebre que me está matando.

María acercó uno de los dos cuartillos de agua, cuidándose de no darle la espalda.

—¿Quieres?

—¿Que si quiero agua? ¡Un trago de agua! —se levantó, apoyándose sobre su débil brazo. Bebió el Saavedra, y preguntó, con voz un poco más audible—: ¿Acabó?

—¿Quién acabó?

—¡La batalla!

—¡Ganamos! Aplastamos a los turcos.

—Loado sea Dios.

—¡Dirás que el nuestro!

Ante su respuesta, Cervantes peló los ojos y la revisó de arriba abajo.

—El verdadero y el único. ¡Conque mujer a bordo y encima medio hereje! ¿Puedo tomar más agua?

—Puedes y puedes. Voy a ir a pedir tu cuota, espérame aquí.

No que le sobraran energías, que lo único que deseaba María la bailaora era echarse a dormir, pero el hecho de que un hombre no estuviera ebrio de la victoria sino atado a los lazos de la fiebre le cambiaba el ánimo para bien. Como el pobre hombre sudaba a mares, se acabaría el agua en menos que canta un gallo, dejándola a ella con sed. María la bailaora dejó el puñal junto a sus ropas y salió a cubierta. La radiante luz del sol la enceguecía por un momento. La borrasca había despejado, el viento soplaba muy furioso y el cielo no estaba limpio, pero en distintos puntos los rayos del sol se colaban, brillantes. María sintió más su debilidad, un ligero desvanecimiento, su vista se puso en blanco por un segundo. Algunos de los galeotes se habían puesto de pie y bailaban. Los galeotes bailaores, pensó

María. Blanca la vista, blanco el sol, y estos ebrios pálidos…
Las nubes ocultaron de nueva cuenta el rayo de sol que iluminaba al galeote, y al mismo tiempo el mareo de María se esfumó. Repuesta, se acercó al aguador, pidiéndole una ración para
"Saavedra o Cervantes, el que tiene fiebre".

—¿Está vivo? —le preguntó el aguador.

—Está vivito y coleando, sudando mucho…

—Eso lo sé, yo lo llevé a la bodega izquierda de la crujía,
no se podía tener en pie… Es la malaria. Además, cayó en la
batalla, creo que está herido.

—No lo sé. La fiebre es lo que se ve…

Al oír la mención de la fiebre, de golpe la borrasca se volvió a desatar. La mareta zarandeaba la galera, los nubarrones
cubrían el cielo por completo, el viento venía cargado de go-
terones de lluvia. El meneo, la lluvia y el viento acercaron a
María al aguador. El hombre no era demasiado robusto, pero
tenía una cara fenomenal. Ésta era tan grande y de tantos colores y texturas que vista así de cerca parecía un paisaje. En
medio de la cara, casi al centro, como dos pequeños errores, le
chisporroteaban dos ojillos redondos y negros, rodeados por
ondas de piel, aquí rojizas, allá moradas, las más lejanas de los
ojos eran blancas, desaparecían como devoradas por la protu-
berante nariz. Al verla tan próxima, el horrendo abrió la boca,
diciéndole en voz baja lo que aquí anotaré:

70. De cómo el aguador cuenta a María la bailaora
los chismes y bajezas que corren sobre el tal Cervantes.
De lo que el aguador no le dijo, ni nunca dirá

—Debes saber, bonita, que ese que ahí duerme la malaria se
llama Miguel; aquellos que ves ahí son sus amigos, son todos
poetas.

María giró la cabeza para ver a los dichos, pero no pudo
identificar al grupo.

—También anda por ahí su hermano, o eso dice ser un tal Rodrigo —el carota volvió a señalar, María volvió a intentar ver, otra vez sin suerte—. Parece que ahora mismo ya no están donde andaban, vaya Dios a saber dónde cayeron. Brincaron a *la Marquesa* apenas terminó el combate, anduvieron aquí husmeando como perros sin dueño, parece que ya se echaron a volar. Andan de galera en galera preguntando por sus amigos y enemigos (de los segundos tienen más). Hablan como papagayos, de lo que algunos de ellos visten.

"Yo te voy a decir lo que oí, nada me consta, te lo paso al costo. Lo oí de los poetas, que ya ves tú que son tan maledicentes y se odian entre ellos tanto que es muy de ver. Los poetas sólo andan entre poetas y todos entre sí se detestan, ¿que para qué andan juntos?, ¿que por qué se detestan? ¡Porque son poetas!

"Todos, por cierto, maletes, malillos o peores, te lo digo, y todos pobretones como buenos poetas. ¡Mejor ni acercárseles!

"El que está aquí bajo la crujía, el que te digo que se llama Miguel, nació en la judería de Henares, o eso dicen sus pares, yo nomás repito. El padre —sordo, dicen, dicen— es cirujano, más malo que el peor barbero, sus sangrías no las procura ni el muerto de hambre. Son pobres, los Cervantes. El padre de Miguel va tres veces que da en la cárcel por no pagar sus deudas. De una ciudad a la otra ha ido llevando infortunios y esperanzas, viajero a la fuerza, siempre sin suerte. Pasaron la vida como gitanos, yendo de una ciudad a la otra. Pesa haber nacido en barrio judío si eres pobre, y lo son. Las hermanas son muy famosas, puedo decirte que muy *queridas*, de varios *queridas*…

Cuando entonó de manera peculiar, sardónica, la palabra "queridas", el de la carota se rio. La boca era inmensa también, los gordos labios escondían enormes dientes grisáceos. Olía en grande. Luego de reír, por suerte la cerró y volvió a acercar la cara al oído de María, diciéndole:

—Las llaman las Cervantas, las dos se ganan la vida queriendo a quien les dé regalos costosos o monedas buenas. Las dos tienen quereres con los dos hijos del gran Portocarrero, Alonso y Pedro, ¡bonito grupo, hermanos y hermanas; cosa de familia! Los poetas andan diciendo que Andrea, que es la mayor, que tiene una hija que es Constanza, van dos veces que consigue de sus amigos, o queridos o como quieras llamarles, reparaciones financieras legales a cambio de promesas incumplidas de matrimonio. No sé si me entiendas. Ha conseguido que le paguen plata por hacerle una hija y compartir placeres. Dicen que es muy encantadora, como Miguel, y que algo tiene de hermosa. La otra hermana se llama Magdalena, es tierna, tendrá dieciséis añicos, pero ya sigue los pasos.

"Luego oí decir que este Miguel dejó España porque se batió en duelo con un tal Sigura, que es albañil, y lo hirió, aunque no de gravedad, y le sentenciaron culpable, condenándolo a perder la mano derecha y a vivir fuera de su tierra diez años. *Para que un alguacil vaya aprehender a Miguel de Cervantes. Secretario Pradera. Crimen… A vos, Juan de Medina, nuestro alguacil* —yo te digo, niña, exactas las palabras de quien me dijo haber leído dicho documento—, *salud y gracia. Sépades que por los alcaldes de nuestra casa y corte se ha procedido y procedió en Rebeldía con un Miguel de Cervantes, ausente, sobre Razón de haber dado ciertas heridas en esta corte a Antonio de Sigura, andante en esta corte, sobre lo cual el dicho Miguel de Cervantes, por los dichos nuestros alcaldes, fue condenado a que con vergüenza pública le fuese cortada la mano derecha y en destierro de nuestros reinos por tiempo de diez años y en otras penas contenidas en dicha sentencia; y para que lo en ella contenido haya efecto.* Dice el hombre que esto leyó que a estas palabras seguían otras que han quedado desde el momento en que fueron dichas borradas, sabrá de qué lo acusarían que tanto lo castigaron. ¿Por herir a un albañil? ¿Estaban en los patios de la Corte? ¿Hay en el centro de este lío, no faldas, sino pantalones haciendo de faldas, que por esa razón sí se cortan manos? ¡Y si a mí me preguntan: otras cosas deberían cortarse! Por esta sentencia salió Miguel de Cervantes huyendo.

—Pero la mano que tiene maltrecha es la izquierda —dijo
María, que aunque ya demasiado impaciente por volver a su
refugio no había podido contenerse la observación.

—Los poetas no lo saben, que no lo han visto. Yo te digo
lo que dijeron. También vi lo que tú ves. Tú me dirás. De esto
hay algo más que puedo decirte, que no me consta, que oí de
oídas, y que oí de oídas de otro que lo había oído de oídas. Es
una historia que te paso al costo:

71. La verdadera o imaginada historia del artilugio de los malos poetas

Resulta que dicen que dijeron que cuando los amigos se enteraron de que los guardias iban tras el tal Miguel de Cervantes, y
que lo que iban a quitarle era una mano, y entre las dos la derecha, los poetas maletes aquí dichos, por tenerlo por muy su amigo, tramaron un artilugio. Poca plata tenían, de modo que más
echaron mano de la fábula que de la bolsa. Dicen que alguien
dijo —y en nada me consta, pero aquí yo te digo lo que oí— que
los poetas forzaron a punta de tretas al verdugo para que no
le cortase en pública vergüenza la dicha mano derecha, que se
fuese contra la izquierda, y que ya que lo habían convencido de esto —habiéndole amenazado con divulgar cosas nada
hermosas de su muy hermosa hija— consiguieron unas cuantas monedas de la generosidad de las entonces muy ansiosas
Cervantas. Que el verdugo, al ver las monedas, se dio por un
poco pagado y sólo le lastimó, sin cercenársela, la dicha mano,
apuntando frente a testigos que había hecho la labor que pedían en nombre del rey, la de tomar al tal Cervantes, echarle el
filo sobre una mano y expulsarlo de España.

Pero esto no me consta, dicen que es el artilugio de los
poetas, porque aunque todos entre ellos se detesten, la verdad
es que precian eso de escribir más que nada en el mundo y que
no consideran a ninguna mayor desgracia que la de no tener

con qué miembro tomar la pluma y echar a actuar la tinta. Te digo aquí de paso, niña, que son tan amigos de la copa como del tintero…

En que se termina de contar la posible fábula del artilugio de los poetas

—Pero dejémonos de cosas que dicen los que dicen que las oyeron decir, y volvamos a las que yo oí decir de primera fuente. Entonces, María, en lo que estábamos: lo que dicen los poetetes de Cervantes. Que cuando vieron esa orden promulgada, tan terrible, como no tenían monedas las hermanas, ¡que según lo que aquí dijeron ni para eso sirven las Cervantas!, el dicho Miguel dejó Madrid, corrió a Roma, entró a servir al cardenal Aqua Viva, al que estos poetas también conocen. El cardenal tiene la misma edad que Miguel, y dicen que eran amigos íntimos en más de un sentido, no sé si mentirán; yo, como lo otro, al costo.

"Y ahora es soldado de la Santa Liga, con la mala suerte de que fue a contraer malaria. Así y todo participó en la batalla, anduvo aquí afuera, donde el grupo del esquife, ahí estaba aun cuando pasó el Uluch Alí a arruinarnos. Iba huyendo, pero al ver las naves de Doria se retrasó unos minutos para lastimarlo en alguna medida, son enemigos personales desde hace tiempo. Disparó repetidas veces contra la nuestra y siguió su curso. No tuvimos tiempo de hacerle ningún…

Alguien llamaba al aguador. Apresurado, da a María la porción del enfermo de malaria, y de inmediato la espalda para atender al siguiente y continuar propagando algunas de las muchas murmuraciones que ha oído, o bien oirá, fatigado de hablar, y escuchará una nueva maledicencia, que a su momento regará…

De haber seguido hablando, no hubiera podido decirle a María otras muchas cosas que nosotros querríamos saber de

Cervantes, porque aún no le han ocurrido. Ni ha escrito *El Quijote* y sus novelas, ni ha sido esclavo en Argel o recaudador de impuestos en Granada, ni entonces excomulgado por la Iglesia por esto de recaudar para las galeras del rey, ni llevado a la cárcel tres veces por sus malas cuentas y pésima suerte, que cuando le cuadraban los números, se iba a la quiebra el banco donde dejaba los dineros, a sus malas matemáticas debemos sumar su muy mala fortuna. Tampoco le habría contado cómo hizo llegar a su hija ilegítima a la casa de las Cervantas cuando murió su madre, ni cómo entró la niña como sirvienta y luego pasó a las filas de las mañosas. Ni que luego él casó en Esquivias, con mujer muy joven y con alguna dote, cómo vivió poco con ella y cómo padeció el infortunio de ser llamado cornudo. Por eso la casa de las Cervantas sirvió mejor a su nombre, porque él no sólo vivió de las ganancias de las damas, también proveyó de cornamenta al nido. El aguador no contó cómo el éxito de Lope de Vega desplazó a Cervantes de los escenarios españoles, cómo la gloria de Lope fue tanta que hasta el Rey y sus hijas jugaron a ser actores en una de sus obras, *El premio de la hermosura*, mientras la Loca —su amante en turno— rabiaba de ira por verse desplazada de la fiesta real. Ni cómo Lope y Quevedo y hasta Góngora atacaron a Cervantes. Ni cómo nadie se atrevió a escribir una sola línea sobre su *El Quijote*, por no llevarle la contra al papa literario que era Lope. Ni cómo fue que murió pobre, ni más etcéteras…

María la bailaora cargó con la cuota de agua de Saavedra, más un par de cuartillos extra que el aguador le diera por compasión, y regresó a su puesto adentro de los cajones de la crujía. Saavedra parecía dormir como un lirón en una propia y recién desencadenada tormenta, porque hablaba agitado sin parar, parecía estar a un pelo de convulsionar. ¿Qué decía? ¡Quién sabe! Hablaba tan rápido que seguro que es de Sevilla —pensó María—, a un sevillano hasta dormido se le notan sus gestos.

72. En donde continuamos la narración de lo que pasaba en la Marquesa después de la batalla de Lepanto

—Saavedra, te traje más agua —María revisó el cuartillo que le había dejado, ya no quedaba ni un trago. Saavedra no contestó y siguió con su jerigonza incomprensible: "¡Que me la tien!", "¡péguenla!", "¡zafareles su tim!".

—Este hombre está loco —dijo María la bailaora en voz alta—, ¿me oyes, Saavedra, loco? —María se sentó al lado del parlante. Sacó la vieja camisa del cinto, la desdobló, la extendió, la alisó con las manos. Mordió una orilla de la camisa y tiró fuertemente de la hendidura para hacer de ella una tira, separando sus manos (los hilos chirriando con cada abrir de brazos), y tras la primera, otras. Dobló cada tira y acomodó unas encima de otras, hasta armar tres cojinetes atados con delgadas tiras de tela enroscadas a modo de cordeles. Dobló dos y los regresó a su cinto. Dio la espalda a Saavedra, se puso en cuclillas, se alzó las faldas y bajándoselas se revisó las bragas. Como lo había sentido y sospechado, había muestras en sus ropas de menstruo, rojo oscuro, el conocido tono casi negro de las primeras manchas. Acomodó el tercer cojinete, atando los tres con sus cintas a los muslos. Bailar y menstruar a un tiempo requiere cuidados especiales, María la bailaora sabe y muy de sobra cómo arreglárselas a prueba de cualquier torrente. Hay las que se encierran los días de menstruo, atemorizadas de ver sangre correr en sus piernas o delatada en las faldas, si no es dobladas con dolores que semejan tenazas en las tripas o ardiendo de ganas de llorar, humilladas de vivir una vez al mes abiertas. María ni unas ni otras. Sólo el primer día le ocurría siempre esto: el cansancio, el agotamiento repentino, una extraña sed, posteriores a una alterada irritación, que a veces estallaba en accesos de corta cólera, y otras en cantos nuevos e imprevisibles, de gorgoritos a gorgoreos, a borbotones gordos. ¡Ah, cómo canta María la bailaora esos días, como raspando contra la arena el alma! El primer cansancio se le

quita con dormir un par de horas, un sueño profundo, cargado
de sueños repletos de imágenes teñidas de brillantes colores.
María se levanta como nueva, la piel más radiante que nunca
(como si hubiera robado del mundo de los sueños el resplandor recio y preciso), el cuerpo más deseoso de baile y más expresivo. Buscó con las manos el bulto de tela que había traído
consigo para hacerse un lecho cómodo, no dio con él, no estaba donde lo había dejado. Buscó más con los ojos: cuando fue a
traer agua, el yerto había despertado. Saavedra había tenido la
misma idea que ella: había medio acomodado bajo sí las ropas
enrolladas. Siquiera había dejado a un lado la camisa fina que
le habían dado a vestirse.

Se quitó las ropas rasgadas y manchadas de sangre turca,
se talló lo mejor que pudo para limpiarse y se puso el fino lino
limpio sobre el cuerpo. Luego, en voz muy alta, le echó encima
al hombre un reclamo:

—Mucha fiebre, Saavedra, pero me has dejado sin lienzos
para mi cama.

Saavedra, sin abrir los ojos, le contestó:

—Eso hacemos los locos cuando las buenas personas corren a traernos agua. Ya no aguantaba mis huesos, niña, discúlpame, quise hallarles acomodo… Toma tus trapos, si quieres…
Y no me digas Saavedra a secas, que soy Miguel de Cervantes
y Saavedra.

—¿Y de dónde voy a sacar el tiempo para andarte diciendo
tan largo nombre cada que te hablo?

—¿Dónde está Rodrigo?

—¿El Cid Campeador?

—Rodrigo, Rodrigo mi hermano.

—No lo sé. El aguador me dijo que andaba con un grupo
de poetas, no hacía mucho los había visto en la cubierta, pero
dice que cree que ya saltaron a otra galera.

—¡Están vivos y sanos!

—Y muy hablando.

—Eso siempre, que aunque mueran ya los oigo…

Saavedra estaba acomodado boca arriba, con la cabeza levantada por el bulto de ropas turcas. María se puso de rodillas y con cuidado levantó la cabeza del febril Cervantes.

—Vamos a hacer buen uso de esto, que ni le sacas provecho, ni me lo das.

Extendió la ropa, eligió algo que parecía ser una capa roja de seda —María recordó haberle clavado la espada a alguien con una prenda así, pero de inmediato lo reprimió sintiendo náuseas—, la tendió sobre la paja al costado de Saavedra y bajo él acomodó dos camisas. Dobló las ropas que quedaban en dos almohadillas, una para el enfermo y otra para su cabeza, y sobre el suave lecho se acostó. Se arrebujó, la almohadilla era poca cosa, no le daba acomodo a su cabeza. Dobló su brazo bajo la cara. Tampoco. Se puso boca arriba: odiaba dormir boca arriba, encima de esto mancharía sus ropas con el menstruo de quedarse dormida en esa posición. No había mucho espacio donde elegir, de modo que María puso la cabeza sobre el pecho de Saavedra, diciéndole:

—Tú me dejas sin con qué hacer mi lecho, pues yo me arrellano en ti.

—Bienvenida seas, portadora de agua, bonitica y más que bonitica, preciosura, que si el enfermo estuviera sano…

—¡Sevillano! —María confirmó su sospecha.

—Sevillano, sí —le contestó Saavedra—, aunque sólo un poco.

—Pues yo de Granada.

—No pongas ahí tu cabeza, que me duele, muévela un poco más arriba, que recibí un golpe que me rompe de dolor el vientre.

—¿Aquí? —María la bailaora se reacomodó—. ¿Te cabe aquí la granadina?

—Y gitana, lo sé, niña, bailaora la más bella que se ha visto. ¿Quién no te ha visto bailar?, ¿yo?, ¿dónde?, ¿sería en Sevilla?… ¿Dónde te vi? ¿Te vi? —como pasando a otra cosa, como si ya no hablara con María, arremetió veloz—: …este olor, qué pestilencia la de los galeotes, atados noche y día y ni quien limpie sus inmundicias. Si nosotros traemos galera y los turcos nave sin galeotes, a puro golpe de olor los habríamos derrotado… de que no se aguanta, ¡no se aguanta! ¡La…!

"¡Olor! —pensó para sí María—, ¡vaya, qué idea! ¡Matar a punta de pestilencias! ¡Fácil lo pones, Saavedra, que más que olor a mierda hizo falta para acabar con esos perdidos!".

Cervantes recobró un poco la sensatez, y le habló:

—¿Qué haces aquí, mujer?

—Soy María la bailaora, de Granada. El destino me volvió soldado en Lepanto, porque a mí me interesaba Famagusta —María se mordió la lengua: ¿por qué estaba confesándole todo a este hombre?, pero desmordiéndosela siguió—, porque vine tras el hombre que amo, don Jerónimo Aguilar.

—¡El pillo! —dijo Cervantes.

María ignoró su comentario, y continuó:

—Yo gané *la Real* para los nuestros, y dicen que maté cuarenta turcos. Me hirieron ayer a mi amado. Arriba lo están curando los cirujanos.

—¡Llámales lo que son: carniceros!

—Déjame dormir.

Cervantes guardó silencio. María añadió:

—Me voy a dormir ya, pero antes tengo que decirte que la espada con que maté tanto turco es un regalo que me hicieron en Granada los moriscos. Tú sabrás si es pecado, si asesiné hermanos con el filo de su hermana.

María la bailaora cerró los ojos y se dispuso a dormir. Qué bien que se estaba ahí, sobre la paja, la cabeza en el flaco pecho del Saavedra. Por las rendijas que median entre los tablones de la caja vio a uno de los galeotes empujar enfurecido a su compañero. ¿Qué pasaba allá afuera? "Por mí, que caiga Troya. Estoy agotada", se dijo y cerró los ojos. Una ola de sueño se vació de inmediato sobre María. La bailaora se sintió como si fuera ella misma un saco de sal agujereado en varios puntos, percibió que se vaciaba con vertiginosidad. Casi le dio risa saber que estaba yéndose. Su cabeza estaba bien plantada en la vigilia, mientras su cuerpo cabalgaba completo en el sueño, todos sus músculos como plantas mochadas, sin tensión alguna.

Las gitanas saben leer la mano —incluso las que no saben, que esto lo vimos con María cuando creyendo más conjeturar que atinar, leyó en la de la Peregrina—. Ahí leen el carácter de la persona, el presente, y si no pueden ver su futuro es porque eso que se llama futuro es algo que no existe y lo que no existe no puede ser visto por nadie. Saben leer lo que es dable leer, porque miran, abren los ojos, observan, sienten cómo responde el pulso a sus palabras, y escuchan al que es leído. Leen las palmas porque saben leer las demás señas del cuerpo. Nuestra gitana está que se cae de sueño, ya no puede más, pero es gitana. La vigilia y el sueño han quedado separados para ella porque el delirio del febril enfermo de malaria le ha dividido las aguas de la tierra. Está ya durmiendo, ha caído en un pozo de sueño. Con la oreja pegada al pecho de Saavedra, con su oído aguzado, lee. Y esto es lo que María la gitana leyó en el pecho de Miguel de Cervantes y Saavedra:

73. *Lo que leyó la gitana en el pecho de Miguel de Cervantes y Saavedra*

Al poner el oído en el cuerpo frágil de Cervantes, María echa a andar su oído de gitana. Siente al hombre. Lo escucha: su oído es como una palma abierta y sensible, María está puesta toda en su oído. ¡No esperemos un milagro, que si no lo ha habido cuando María estuvo más necesitada, no tiene por qué aparecer aquí! No ve sino lo que ve, porque no tiene poderes para mirar más allá de lo que la vida regala a sus sentidos e intuición. Si pudo leerle a la Peregrina su destino fue por poner en el lugar apropiado la atención y por creerle a su corazonada. Dio en el clavo porque supo observar. Pero aquí no tiene cómo atinar. Aquí no puede ver gran cosa. El hombre está enfermo, delira, ni siquiera le da las claves que todos extendemos cuando nos movemos de un sitio al otro, cuando caminamos o sentados gesticulamos. Tirado en el piso, bajo su cara, está la conciencia de un hombre, su tiempo, su memoria y la de sus pares. Así éste se llame Cervantes y sea en un futuro —lo sabemos— el autor de *El Quijote* y otras joyas ejemplares, aquí no es sino un Miguel, único, irrepetible, pero en esto un fiel escritor de su tiempo. No escucha el genio del artista, porque el genio se hace y ese hombre que ahí está enfermo no se ha hecho: es pasta, materia, masa; pero esa pasta, esa materia, esa masa es una persona; en él está la conciencia que tiene cualquier hombre, la inteligencia, eso que llaman el corazón, las memorias. En sí, como cualquiera, trae escrito el universo que conforman los otros, sus pares. Tiene ojos y ve, y siente y conoce y sabe, y lo une a los otros esa red que llamamos la Lengua.

Una mujer gitana que por error del destino ha sido héroe en Lepanto, pone el oído en el pecho de un enfermo de malaria. El hombre delira. En medio de la carnicería y el esperpento que es Lepanto, el hombre vive el esplendor de su fiebre. La fiebre le da un privilegio: lo arrincona. Y a ese rincón ha ido a dar María para percibirlo con el oído pegado a su pecho, para no saber qué dice, para no verlo, para no observarlo. El horror que los rodea los deja a solas. Y ella ve en él todo lo visible. Está perdida y se siente rota: ha actuado no sabe por qué de esa bestial manera; no puede olvidarlo, está llena de una extraña vergüenza y nada la hace sentirse orgullosa. Y, enardecida de esta otra manera, ve al hombre que tiene bajo su oreja, ese universo que es un hombre, cualquier hombre.

Se duerme, porque su razón no puede más, se le ha quebrado de tanto hacer, perder, ver. Y entonces lee otra cosa en el pecho de este hombre. Regresa, subida en su conciencia, regresa en él a Granada, vuelve a su celestial infancia, vuelve a cuando su madre la abrazaba sin temor de verla robada por los cristianos, vuelve a cuando va a buscar agua al aljibe y oye hablar a las negras, a las cristianas, a las moriscas, vuelve a ver salir a su padre desorejado por las losas de la iglesia, vuelve a oír a Farag hablar, vuelve a viajar con sus dos amigos y a su joven complicidad placentera, vuelve a Argel y a sus bailes, vuelve a oír la voz de su amado don Jerónimo Aguilar, vuelve a disfrutar los frutos de su riqueza corrupta y la cómoda holgura de su afecto distante y distanciador; vuelve a oír su música, la suya que le hizo Iberia, la que viene cargada de alma mora y cristiana, la que tiene ecos del África y otros de Venecia; ve a los espectadores de *El retablo de las maravillas*, al licenciado Vidriera, a Loayza, el músico que rompe el cerco de Carrizales, a varios indianos, los más muy ricos, entre éstos ve al llamado el celoso extremeño, por ser muy celoso y necio; ve a Constanza, la hija de la Peregrina, fruto de una artera violación; ve a Leyhla y a Marisol convertidas en Teodosia y Leocadia, ambas vistiéndose de varones para perseguir a su pretendido amado tomapelos Marco Antonio, a jóvenes como don Antonio de Isunza y don Juan de Gamboa, o el Carriazo y Avendaño, que siendo de buena familia muerden el deseo de la aventura, de ver mundo, de gozar de formas de vida distintas que las trazadas para ellos por sus padres, los dos primeros empujados por su natural a la gloria de la guerra y la universidad de Boloña, el segundo par llevado a las almadrabas y el placer de ver una hermosa.

Observa pasar un desfile de personajes, pero más que verles a cada uno sus rasgos y particularidades, ve el mundo del que son fruto. Lee y mira que la línea entre la fantasía y la realidad se desdibuja, que Alonso de Quijano pisa firme en ese punto borroso, y María la bailaora ríe, y goza, y no entiende cómo goza y ríe si está mirando, al tiempo que este desfilar de personajes, la España sangrándose a sí misma.

Fin de lo que leyó la gitana.

74. *Termina el sueño de María*

Escondida en la crujía, la cabeza apoyada en el cuerpo de Cervantes, María durmió un par de horas. Despertó cuando la noche ya cubría el mundo porque oyó que la llamaban. Parecía que Cervantes otra vez hablaba desde la fiebre, decía:

> Vayse meu corachón de mib, ya Rab,
> ¿si se me tornarad?
> ¡Tam nal meu doler li-l-habib!
> Enfermo yed, ¿cuándo sanarad?
> ¿Que faré yo o qué serád de mibi?
> ¡Habibi, non te tolgas de mibi!
> Garid vos, ay yermanelas,
> ¿com'contener é meu mali?
> Sin el habib non vivreyu,
> ed volarei demandan
> Tant' amare, tant' amare,
> habib, tant' amare,
> enfermiron welyos nidios
> e dolen tant male.

No era sólo un habla febril de palabras inconexas, el hombre recita una jarcha que María no comprende. Algo familiar le suena, más a palabras tronchadas, sueltas de sí, fuera de sus cabales. María salió de su refugio bajo la crujía, vestida sólo con la fina camisa, la cabeza cubierta por el sudor ajeno, el del febril compañero en el pajar y la capa roja sobre la que ha dormido tirada encima de sus hombros. La esperaba un pequeño revuelo. Acababan de acostar a su don Jerónimo Aguilar sobre la cubierta, recién salido de la muy larga cirugía. Lo habían cubierto con una especie de túnica blanca, que a camisa no llegaba, de cáñamo burdo. Bajo ésta se adivinaban abultadas vendas. Parecía dormir profundo.

   El médico comisionado por Dionisio Daza Chacón para atenderlo —que gesticulaba imitando al dedillo los gestos de su maestro— le dio la mala nueva: "No le queda sino un hilo de vida". La operación no había tenido el resultado esperado. Don Jerónimo Aguilar se desangra sin remedio. El médico tiene la frente perlada de sudor y éste no era el sudor ebrio de la malaria, hasta la última gota es producto de sus esfuerzos. Da a María la nueva y, sin enjugarse la frente, pasa a atender al siguiente paciente. Ignora a María, que aturdida le hace una retahíla de preguntas. Da órdenes a sus asistentes. Procederá a amputar una mano, sus asistentes preparaban ya la gallina. Se oyó el cacarear, luego el golpe de un aleteo nervioso, luego nada. Pasaron con la gallina muerta enfrente de María, envuelta en sus propias alas para sellarle el pecho abierto hasta verse amarrada al muñón del herido.

María dejó de preguntar. Se hincó en el piso. Se abrazó a don Jerónimo. Lo oyó respirar con más ritmo que el tal Cervantes pero como si aspirara y expirara desde muy lejos. "¿Dónde estás? —pensó María—, ¿dónde te has ido que te oigo tan lejos?". Se le abrazó más estrechamente. Oyó su corazón, remoto, como ya en otro mundo. Se quedó adherida a él toda la noche. Primero lo oyó dejar de respirar. Luego escuchó cómo se apagó la última y muy débil palpitación de su corazón.

Ya no lloró, ni se lamentó ni aulló, como lo hizo en *la Real*. Guardó su intensa emoción para sí. No quería compartirla con nadie.

Lo veló ahí toda la noche, leyéndolo, leyendo en él, sabiéndolo. Lo vio por primera vez. Lo conoció. María se contuvo, no se levantó, no se agitó, no bailó, aunque el cuerpo le pedía: "¡Salta, escapa, exorciza, abandona, baila!". Lo amó, contra todo sentido común y toda esperanza. El sagrado lazo de los amantes corrió por su cuello, atándola a él, hasta que llegó la mañana siniestra —que era noche y era día, que era el caos—, la que se ha descrito. La despertó la llegada de la barca que se abría paso entre las galeras vencedoras y vencidas cosechando los cadáveres de los capitanes. La niebla le impidió ver cómo lo apilaron junto con otros frutos de la batalla naval.

En cuanto bajaron el cuerpo de don Jerónimo a la embarcación dicha, María regresó a su guarida, la que había escogido el día anterior bajo la crujía, al lado del tal Cervantes. Se dijo algo así como "¡Bonito, dormir en cajón de difunto pobre!", o "hállele abierto y como sepultura que esperaba cuerpo difunto, y a buena razón habrá de ser el mío, si yo tuviera entendimiento para saber sentir y ponderar tamaña desgracia".

Pero dejemos a María ahí con el sevillano, si es sevillano, y vayámonos un momento con don Jerónimo, porque emprende su último viaje.

75. Comienza el último viaje de don Jerónimo Aguilar. Si el lector teme la muerte, el relato de este primer tramo de su viaje bien le servirá para huirla a su vez. Si no la teme, que lea lo que aquí sigue porque hay fábula

Los cadáveres de los capitanes cristianos iban siendo apilados sin mayor ceremonia, los unos encima de los otros; ya la harían y con toda dignidad, pero ahora lo importante era juntarlos, apartarlos de los vivos y de los otros miles de cadáveres, identificarlos y prepararlos antes de que los capellanes celebraran misa por ellos. ¡Día favorable para dejar este mundo, que ni brilla el sol, ni la neblina despeja sino por segundos —y mejor nunca lo hiciera, nadie quisiera ver lo que ella emboza—, día propicio para abandonar a los vivos! Uno de los barqueros de esta triste barquilla, el nuevo Caronte, va acunando con su voz a los muertos, les regala un trago dulce para ayudarlos en el trance. Aventados ahí sin ton ni son, como si fueran cosas, van el comendador Heredia y don Jorge de Rebolledo, capitanes del tercio de Sicilia; los caballeros de san Esteban León, Quistelo, Bonagüisi, Salutato, Tornabuoni y Juan María Pucini de la Florencia del Pontífice; de la Piamontesa de Saboya, don Francisco de Saboya, muerto con once heridas; donjuán de Miranda, don Bernat de Marinon, donjuán de Contreras y don

Lope de Biamonte… ¿Para qué seguir enumerando los nombres anotados bajo el listado "muertos de manera heroica"? Decíamos que el barquero, el nuevo Caronte, quiere dar a estos hombres un algo de dulzura antes de que se presenten a san Pedro. Les cuenta historias, todas sobre hechos que no vieron sus ojos por partir antes de tiempo de este mundo. Y una que les dice es la siguiente, que aquí anotamos porque es la que correspondió al tramo que hubo entre *la Marquesa* y las del de Santa Cruz, que no hubo necesidad de rescatar cadáveres de otras de las del cobarde Doria, el único caído de sus capitanes venía a bordo de ésta, van sus nalgas sobre la cara de don Jerónimo. ¿Quién recuerda ahora que el capitán se llama Pietro Sancto? Lo han anotado en la lista, previo a don Jerónimo, pero ahí confundido con los otros es uno más —se acuerda de él el arcabucero de su compañía que le robó las monedas que llevaba en la bolsa, lo acaricia con gratitud en su memoria, sin ningún remordimiento, diciéndose: "Si realmente hubiera sido un santo el tal Pietro… ¡pero nos robaba la paga, nos escatimaba la comida! ¡No tomo sino lo que es mío, y si no lo tomo yo, otro lo tomará tarde o temprano!"—. En este instante ninguno más piensa en él.

Anotado queda aquí lo que les dijo el nuevo Caronte a don Jerónimo Aguilar y a Pietro Sancto, el capitán de *la Marquesa,* cuando como recién nacidos daban sus primeros pasos en eso que se llama, según algunos, el más allá (¿más allá de dónde? ¿Hay más allá posible para los que van viajando en pila, vueltos bultos, revueltos como huesos que le echa un ogro al caldo del mundo? ¿Más allá de qué? ¿Podrán entrar al cielo cuando llegue el fin del tiempo? ¿Sabrán encontrarse a sí mismos, o quedarán para siempre confundidos?). El Caronte les habla, les cuenta, les narra, para que no olviden que un día tuvieron forma en el mundo, y tuvieron nombre, y fueron principales y respetados y queridos y detestados por los suyos. Les dice:

76. *La historia de Ana de Austria, la hija de don Juan de Austria, que no la esposa del monarca español*

—Caballeros —les decía el barquero, con más aire en sus pulmones del que humanamente uno creyera puede tener quien empuña el pesado remo, de tamaño tan considerable que hacen falta dos hombres para meneallo. Pero Caronte va solo, habla con voz vigorosa, caballeros: tal vez alguno de ustedes acompañó a don Juan de Austria en la guerra de las Alpujarras. No lo sé. Fue con él Lope de Figueroa, que no ha sido anotado en la lista. ¡Más los lleva la lista que yo! ¡Más queda de ustedes en la palabra que en el cuerpo! Pero no me pongo filósofo, que ya tendrán la eternidad para filosofías. Yo aquí voy a contarles una historia que espero sepa hacerles dulce el tránsito, menos rudo el paso por el umbral. Si alguno de ustedes, les decía, acompañó a don Juan de Austria en la campana de las Alpujarras, conoció seguramente a doña Margarita de Mendoza. Pues ella tiene ya una niña del generalísimo, y le han puesto por nombre Ana de Austria. Esta es su historia, que como las más comienza con una pregunta, a saber: ¿La engendraron en la terraza trasera de Galera? La malaventurada Ana de Austria, que veinte años después y muy en contra de su voluntad vivirá recluida en un convento, el de Santa María de la Gracia. Escapa de ahí casada con un falso rey, el impostor Gabriel de Espinosa, ayudada por el capellán del convento, fray Miguel de los Santos, el agustino que aprovecha el extraordinario parecido de Gabriel con el hermoso rey Sebastián I del Portugal, el Ambicioso, de la dinastía de Avís, caído en la batalla de Alcazaquivir —en la que murió de cierto quien lo derrotara, Abd-el-Malek, sultán de Marruecos, casado con la hija de Agí Morato, enviado del Gran Turco, la que se casará en segundas nupcias con Hasán Bajá, el Siniestro, a quien por desgracia tendremos más adelante en nuestra historia—. Como nadie pudo dar con el cadáver del rey Sebastián, corrió la leyenda de que no estaba muerto, que con su flameante cabellera recorría monasterios de Europa. Al fraile y emprendedor capellán lo ahorcan en la plaza Mayor; al impostor, apodado por el pueblo "pastelero del rey", le castigarán igual en Medina del Campo, en una pequeña ceremonia que casi pasa desapercibida. ¡Solamente los perros sin dueño lo ven colgar con el lazo al cuello! La desdichada Ana regresa con sus huesos a un convento de total clausura, años después es nombrada abadesa de Las Huelgas de Burgos. Ahí ejerce un poder absoluto sobre numerosas tierras, y aunque ya no era usanza acuñar moneda propia como lo hicieron las abadesas en otros tiempos, se hace de una notable fortuna que no le sirve sino para conservarse prisionera. Vive en panteón de reyes, pues para albergarlo fue fundado este monasterio de las cistercienses, como una reina enterrada. Pero no enloquece, no cree, como la segunda abadesa del convento, que tiene el poder de sacramentar la hostia y perdonar los pecados de sus hermanas, ni cae en delirios. Mira la reja, ve girar el torno a la hora fijada, y en las noches se remueve sola en sus sábanas, sola, noche tras noche, sin siquiera poder suspirar por el pastelero del rey, que no hay mujer de su calibre que encuentre verdadero deleite en un impostor bonitillo y sin mayor talento. Se remueve, no suspira, no conoce aquello por lo que se puede suspirar en las noches solitarias. En alguna medida vivirá toda la vida muerta.

"Ustedes, capitanes, hombres de buenas familias, sangres limpias, entre los que se dice no hay ningún bastardo, ya verán cuánto tuvieron, cuando puedan abrir sus ojos en el más allá".

Lo interrumpió una voz. El secretario encargado de anotar a los muertos gritaba: "¡Estos traemos: don Bernardino de Cárdenas y su sobrino don Alonso, Monserrate de Guardiola, donjuán de Córdoba Lemos, el conde de Biático, *caballero napolitano de dulcísima voz, con maravillosa y regalada armonía* (así escribió su amigo, para testificar que el cadáver era de él), Virgilio Orsini…".

Siguió la enumeración de cadáveres recientemente apilados, tapando por unos minutos las fábulas del barquero.

Dejémoslos ahí, y volvamos a María la bailaora, que entra al cajón — ¡también parecería ser de muertos! — donde la malaria se ensaña contra Cervantes:

77. Don Jerónimo Aguilar continúa su trayecto sin que quien aquí escribe pueda jurar que desemboque en el infierno. Él mismo, como ya lo anunció, regresa a María la bailaora, misma que está ahora con Cervantes

Al verla entrar, el enfermo se medio incorpora. El trago de agua parece haberle restituido algo de fuerzas, aunque, por el tono en que le espeta la frase, parece también haberle exacerbado la incordura.

—¡Dime quién soy, niña, niña!

—Eres un afortunado que no ha salido a cubierta. Agradécele a Dios que tienes malaria. No quieras ver el mar de Lepanto.

—Desde que te fuiste, no hago sino pensar que no soy quien soy, que no sé quién soy, que la cara se me desdibuja. Toda la noche…

—Nadie sabe quién es aquí, en Lepanto. Pero mira, tú sí sabrás.

María removió entre sus ropas. Sacó el espejo que le habían regalado los moriscos. No se separaba de él nunca, como si éste la defendiera contra todo. Lo iba cambiando conforme cambiaba de ropas, siempre guardándolo con sumo cuidado. Abrió el espejo y lo puso frente a Cervantes.

—¿Ves?

—Veo que veo, que este espejo no me mira, acostumbrado como está a ver tus bellezas.

—No es mío el espejo, es de Granada. Cada que lo abro, la miro.

—Yo miro Sevilla, de ahí vengo. Por Roma pasé, pero no la veo.

—Mira bien, Cervantes. Lo que miras eres tú y es lo que te rodea.

Cervantes se vio largo tiempo en el espejo. Por un momento pareció un hombre sano.

—¿Qué ves? —le preguntó María—. Lo que tienes que estar viendo es a un varón de veinticuatro, nariz afilada, delgado, barbilla rubia. Si te lo acomodo para que veas más abajo, verás tu cuerpo delgado pero no mal formado, tu mano maltrecha, la venda que va al pecho… ¡un enfermo de malaria!

—Miras mal, María. Yo soy Miguel de Cervantes y Saavedra. Eso que detienes en tus manos apuntándolo a mí es mi espejo, es el espejo de Cervantes. Cuanto ha visto, cuanto verá, cuanto proveerá, incluyendo ilusiones o desilusiones, se deberá a mí.

—¿Miras tu vida en él?

—¡Qué va!, ¿mirar pobrezas, papeles y legajos culpándome de lo que me acusen los infames? ¡No! Miro lo que me rodea. Por eso es el espejo de Cervantes: en él mirarán lo que hay, lo que hubo y lo que habrá, así como el vano por el que sale todo aquello que hoy no permite el reino.

En mi espejo —que no será como el que traes de frágil vidrio— mirarán sobre la tinta lo que hubo antes de que se dispusieran a limpiar el reino. ¡El reino que hoy gobierna a los vivos, que es el reino de España, el sagrado Imperio Católico que Isabel…! ¡Que melapeg! ¡Marra-marra-los marranos! ¡Perro-perro los perros! ¡Vibromp! ¡Salpiszzz!

Otra vez Cervantes deliraba. Sus palabras se aglutinaban formando una masa incomprensible.

Había pasado la noche en vela, y demasiadas cosas, María necesitaba descansar. Su Jerónimo comenzaba el último viaje a bordo de la pequeña barquilla fúnebre. La soldadesca se entregaba al segundo día de pillaje. María, guarecida en la pequeña bodega sita bajo la crujía de *la Marquesa,* al lado del enfermo de malaria en delirio, durmió, cuidando muy bien de no apoyar su cabeza en ningún punto del cuerpo de Cervantes.

Necesitaba sueños vacíos para continuar el rito de la muerte de don Jerónimo Aguilar, su amado. Y para intentar entenderse a ella misma.

Soñó María la bailaora que flotaba en las aguas del Mediterráneo. Iba navegando a ras de agua, como si ella fuera solamente sus ojos. A su lado, dedos sueltos, cabelleras, zapatos. Pero nada parecía roto. Navegaba incompleta en el mar donde todo es de por sí roto, tronchado, mochado. A prueba de cualquier destrucción. Inmune a la vida o a la muerte, o a la violencia.

Ya pasado el mediodía, la despertó oír que voceaban su nombre repetidas veces. De nuevo una barquilla venía en comisión del generalísimo a *la Marquesa*, llamaba a María la bailaora: "Responde también al nombre del Pincel o al de Carlos Andrés Gerardo, del tercio de Lope de Figueroa", gritaban. Salió de la bodegüela ni dormida ni despierta, sin saber muy bien a bien si estaban ahí para llevársela porque también era ya un cadáver. Pidió al aguador proveyera de más cuartillos de agua al Cervantes y brincó a la pequeña embarcación. Sobre ésta, cerró los ojos. Ya no quería ver, ya sabía qué los rodeaba. Varias galeras ardían en llamas. En breve llegaron a *la Real*. María abrió los ojos y oyó. Porque es parte de su oficio, tiene muy buen oído, un oído tierno que la hace a veces muy irritable, atenta a cosas que sería mejor no atender. Por este oído que tiene, cuando la pequeña nave está por tocar *la Real,* los remos alzados para no entorpecer el último golpe del remo, así aquí arrecie el tronar de las olas —así muchas vengan aquí a romper, a unos pasos hay una especie de dique, señalado con una despreciable torreta—, María oyó que don Juan de Soto, el secretario personal del generalísimo, pregunta: "¿Qué número de gente venía en esta armada y de qué calidad?". Don Juan de Soto está interrogando para obtener las valiosas respuestas de los hijos del caído Aalí Pashá. María desembarca en *la Real* mientras escucha que la pequeña partida de los hijos de Aalí

Pashá habla muy quedamente en lengua árabe, discutiendo si dar cuál cifra o la otra, la que mejor dejara a los otomanos, la que no humillara a los cristianos. Cuando ya todos convienen en qué decir, se oye en voz de Mahamet, el ayo, que en español contesta en nombre de los hijos de Pashá:

—Esta es la respuesta: que vendrían hasta veinticinco mil hombres, dos mil quinientos jenízaros, y los demás de otros países y de otras naciones que forman el imperio otomano, en nada comparable a ninguno.

Preguntó la siguiente Soto: "¿Tomó la armada alguna gente en Lepanto y otros lugares vecinos?".

Regresó el murmullo dicho, pero frente a esta segunda pregunta respondió mucho más alebrestado; las voces pelean por algo, algo que María no alcanza a entender pues empalman unas frases a otras y además el ruido de las olas ha arreciado. ¿Qué tanto le discuten a la posible respuesta? Calmadas y acalladas las voces de desavenencia, dice Mahamet, el ayo:

—La respuesta es que la armada de Aalí Pashá tornó toda la gente que pudo de Lepanto y todos los sitios cercanos al puerto, sólo quedaron las mujeres para cerrar las puertas de las casas. En Grecia se embarcó el Beylerbey, que es primo hermano del Gran Turco, trayendo consigo unos mil quinientos soldados de primera calidad.

María la bailaora escucha decir esto al ayo cuando tiene ya los dos pies bien plantados en *la Real*. Los carpinteros reposan momentáneamente de sus labores, en parte para no entorpecer la difícil entrevista de don Juan de Soto. Están empapados, han trabajado noche y día bajo la borrasca, los más jóvenes tienen las manos ampolladas de tanto laborar, es el primer descanso que se toman desde que se conoció la victoria. Apenas ver a María, se alegraron sobremanera y, sin querer hacer mayor alboroto, la saludan con vivas muestras de amistad y admiración. El que no le decía quedo un "¡Bravo!" le gritaba un "Viva María la bailaora, la bella espada que salvó *la Real* y con ella al ejército del gran Felipe II".

María era "su" María la bailaora, "su" compañera de nave, "su" héroe, y le atribuían más mérito por hacerse personas que han escrito el resultado de la historia.

María agitó muchas manos, recibió abrazos cordiales y algunos regalos, los más monedas, ninguna de mucho valor ("¡Más recibiera de ustedes, hombres, si les bailara!", se dijo a sí misma, pero no abrió la boca). Cuando llegó al tendal de la entrada de la recámara real, escuchó la no muy aplomada voz de Juan de Soto, el secretario, diciendo:

—Siguiente pregunta: donjuán de Austria tiene la voluntad de saber si el Uchalí, gobernador de Argel, venía en la armada y de ser así con cuántos bajeles.

Aquí Mahamet contestó sin preguntar a sus amigos. ¿Qué había pasado que los otros callaban? María no tenía ni idea. Tenía curiosidad, pero no estaba en su poder retirar los cortinones que dividían la cámara real.

—Venía con siete galeras y tres galeotas —dijo aplomado Mahamet, el ayo.

De nuevo Juan de Soto:

—¿Qué hombres particulares y de cargo venían en la dicha armada?

Ante esta pregunta, el avispero se volvió a alborotar y de manera más acuciada que en las anteriores preguntas. "¿Y ahora por qué?", se pregunta María, "no entiendo un comino a estos turcos, qué más dan sus respuestas".

El avispero no se tranquiliza, arguyen entre ellos sin llegar a un acuerdo, es tanto el tiempo que les lleva formular la respuesta que Juan de Soto sale a dar la bienvenida a María, poniéndose un dedo en los labios le pide silencio y con otra seña de los dedos le pide paciencia, debe aguardar a que acabe la entrevista con los hijos del Gran Turco, hecho lo cual regresó a su papel y tinta y todavía tardó un poco el ayo en contestar:

—Que venían los siguientes: el dicho Haly-Bafsá, general de esta armada; Pertaú Bafsá, general de tierra, que es uno de los dos bafsás más principales que están cerca del Turco y se sienta a su mano derecha.

"Yaser Bafsá, que tiene el gobierno de Tripol de Berbería; Hacan Bafsá, hijo de Barbarroja; Aluchialí, que tiene el cargo de bafsá y gobernador de Argel; Dardalan Bely Bafsá, mayordomo del Atarazanal o Darselan; Sirocco, virrey de Scandinavia y Alejandría; Cayabey, gobernador de la provincia de Hezmit, cerca de Constantinopla; Abduxebar, gobernador de Chío.

"¡Tanto aguardar para salir con esto!", pensó María. Todavía tuvo que esperar un rato, aunque muy regalado por el resto de la tripulación de *la Real* así como por los hombres principales que venían a bordo, pues si no éste era aquél quien se le acercaba y con voz muy baja le preguntaba por su espada o la felicitaba de la manera más encarecida, todos mostrando las máximas formas de admiración y de respeto, entre los principales mojándose en la lluvia por ir de un tendal a otro y ponerse por un momento cerca de ella. El cocinero vino y le regresó la cadena donde colgaban todos sus implementos de pintar, que ella le había dado a guardar antes de la batalla, también sus pinceles ("Deben querer que les pinte, que repare, para eso me han hecho venir…", se dijo María), quien le ofreció de comer y beber. María la bailaora sólo aceptó un trago de espléndido vino y un puño de higos secos, que le sentaron la mar de bien. Llovía, llovía sin parar. El viento golpeaba de vez en cuando, enviando golpes de agua a diestra y siniestra. Los pies de María no estaban muy secos.

Salieron de la cámara real los dos hijos del generalísimo de la armada vencida, dos niños muy hermosos, Mahamet Bey y Saín Bey, el mayor de diecisiete y el menor de trece, los ojos enrojecidos de tanto llorar, vestidos más como piratas que como correspondería a su dignidad. Don Juan de Austria les había regalado a ambos camisas suyas, viendo el estado en que habían devenido las ropas que traían en la batalla, y pidió a sus hombres les reunieran las más de calidad turcas que pudieran encontrar, pero los esfuerzos por bien vestirlos no habían servido de gran cosa, porque como eran de edad tan tierna todas les quedaban largas y demasiado holgadas.

La sangre salpicó en Lepanto sobre tirios, troyanos y hasta niños. ¡Para limpiar pecados debía ser esta lluvia y el mal clima que no cejaba!

Juan de Soto asomó la cabeza y llamó a María muy cordialmente. La bailaora entró en la cámara real. El secretario de don Juan de Austria, Juan de Soto, se pasaba las manos por el cabello, imitando el gesto de su amo. Abordó el asunto para el que la había hecho traer de manera rápida y nada ceremoniosa. María no respondió ni un pío, ni dio las gracias ni dijo sí ni dijo no. Asintió, puso en su cara una de esas expresiones que había aprendido en los últimos años, que eran como decir "aquí estoy para que todos me quieran", pues la hacían en efecto muy adorable, pero también, para quien la conociera, fría, calculadora, lejana.

Juan de Soto, agotado y sobrecogido, no puso en ella mayor atención. Le recitó el corto mensaje de don Juan de Austria, sin esperar ninguna respuesta, porque no era en nada necesaria. Terminó en un tris, le manifestó admiración cuando la vio escribir completo su nombre, la despidió muy afable, y pasó a la siguiente entrevista.

María la bailaora salió de ahí tan rápido como el de Soto había hablado, diciendo a sus amigos y el resto de la tripulación adiós de lejos, que cada que ella pasaba todos alzaban la cara a verla, admirados y también, lo digo en honor a la verdad, divertidos.

Alguno dijo cuando ella pasaba:

—La única de las barraganas que sabe comportarse como un soldado.

A lo que alguien contestó, defendiéndola:

—¡Que ésta no es barragana, era la prometida de don Jerónimo Aguilar, la muy famosa María la bailaora!

El comentario de "la barragana" terminó por arruinar el ánimo de María. Era verdad, algunas amantes de soldados cristianos acostumbran seguirlos vestidas de varones, pero ella no era "barragara", ni merecía lo que acababa de escuchar de donjuán de Soto.

A los pies de *la Real,* la esperaba la barquilla que la había traído. Apenas puso un pie en ésta, se enfilaron tan presurosos como pudieron hacia *la Marquesa,* eran pocos los esquifes o barquillas que había en Pétala y se sabían de necesidad para las mil labores requeridas.

Sorteaban con agilidad los siniestros escollos, todos residuos de la lucha del día anterior. Uno de los que llevaban los remos era el mismo barquero que condujo a don Jerónimo por la mañana; así haya pasado el día completo ensopado y batallando contra el mal clima y el pavoroso entorno, no deja de hablar, agitado, ensimismado, sin pretender que nadie lo escuche. María también va haciendo lo mismo, se habla a sí misma, repelando en voz alta sin darse cuenta de que lo va haciendo. Los dos se hablan solos, no hay quien les preste ninguna atención.

Llegando a *la Marquesa,* apenas puesto un pie en el escandalar —que ocupa el sitio de dos bancos, y es donde uno entra a la galera—, María cruza la pavesada y verdaderamente corre hacia su guarida.

Ahí la espera ansioso el enfermo de malaria, el tal Cervantes y Saavedra, los ojos inyectados, una inexplicable sonrisa bien plantada en su delgado rostro.

78. El espejo de Cervantes

—¡Tengo sed!

—¡Nadie puede tener sed con este clima! —dice María—. ¡Todo es agua allá afuera, todo! —María está mojada; al navegar contra la mareta revuelta la pequeña embarcación no había estado muy a salvo del golpe de las olas. Eso dijo María, pero llevándole la contra al tono de su voz, con un gesto muy paciente toma agua del pocillo rellenado por el dadivoso aguador, la acerca a los labios resecos del enfermo de malaria.

—Me siento mejor, infinito mejor. Estoy sanado. ¡Sano sanísimo!

—¡Sanado vas a estar! Lo único sano que hay en ti es el comienzo de tu nombre, sa-no saa-vedra —y agrega—: ¡Tan sano tú como yo reina de Corfú! —aprieta los labios para que no se le escapen más palabras. Está furiosa. La entrevista con Juan de Soto, secretario de don Juan de Austria, la ha humillado. No, ella no podría aceptar el puesto que estos cristianos le ofrecían creyendo ser generosos. "¡No!", se repetía, y alegaba que si había subido a *la Real* vestida de hombre era por cosas personales, por seguir a Jerónimo (ahora María le arrebataba el "don" en sus memorias, apoderándose de toda su persona, incluso de su dignidad), por proteger la ciudad de Famagusta de la invasión de los turcos, por… Famagusta le interesaba por su misión morisca, y en cuanto a Jerónimo, no lo podía explicar tan sencillo y claro como el asunto chipriota, pero era claro que si se había enrolado era por él, por el imán que el hombre ejercía sobre ella. Esto no la hacía precisamente orgullosa, pero así era y tampoco de causar vergüenzas, cualquiera que sea sabe la fuerza del amor, la resaca poderosa de los celos. Ahora Famagusta ha caído a los turcos, no hay plan alguno de irla a recuperar y su Jerónimo es uno más de los miles de cadáveres que los cercan. Así no flote apestando sobre las turbias, rojizas aguas porque es un don cadáver, pero es cadáver de cualquier manera. María comprende que ha participado en una guerra que no es la suya, y que ha recibido como honores lo que es una insufrible humillación.

¿Algún día volverá este mar a lucir formado de agua y no de sangre? Al oír María su nombramiento —y proveniente de la mayor dignidad de la Santa Liga, ¡el propio donjuán de Austria lo había decidido!—, lo que recibió fue una humillación inesperada. ¿Creían, en verdad, que había peleado *para* ellos, *para* su causa, *para* el rey Felipe II? Le costó trabajo contenerse frente al de Soto, desde el primer momento de la entrevista, cuando el cretino le hizo saber que estaba "perdonada" por haberse alistado vestida de varón siendo mujer; se contuvo por no decirle: "¡Perdonada! ¡Yo no estoy pidiendo perdón! ¡Soy María la bailaora, y a mucha honra!". No abrió la boca frente al de Soto. No por protección propia: porque entendió que el secretario del bastardo no la comprendería. No oiría, don Juan de Soto sólo repetía, releía y se relamía mientras imitaba los gestos de su amo.

Con la humillación se le ha ido acercando la furia, y de pronto está furibunda. Cualquiera que hubiera tenido su desempeño en la defensa de *la Real* hubiera aspirado a honores altísimos, no a un simple perdón por haber nacido "mujer". "¡Olvidaron *perdonarme* lo gitana, qué imbéciles! Cuando de rodillas debieran estar suplicándome ellos a mí perdón por haber desorejado a mi padre, por haberlo atado a un remo, por haberme quitado lo que era mío…". María despertaba de la ensoñación en que había estado a la sombra de su afecto por don Jerónimo y puede formularse lo que no había querido ver: "No me mencione usté una sola vez más a ese hombre, que él me arrebató a mi padre y me robó mi ciudad; él es quien hostiliza a mis amigos, quien les hace la guerra, quien quiere despojarlos de Granada. Por mí que no es rey, que rey es quien trae el bien del Creador a la tierra, según tengo entendido".

Lo que María había recibido como premio a su desempeño heroico, además del "perdón", era "merecer" su ratificación como soldado, el "derecho" a continuar peleando para ellos. Ni una moneda, ni un honor, ni un título, ni un derecho, ni una licencia… ¡Le permitían seguir de mala paga, como soldado sin grado! ¿Su carne de cañón, carne-nido, capaz de procrearles más de lo mismo?

María no dijo nada al de Soto. Sonrió, aceptó el papel, continuó sonriente, cargando como una idiota su "Yo-soy-Carlos Andrés Gerardo y respondo al nombre de 'el Pincel'". Juan de Soto le manifestó su sorpresa al ver en el sitio reservado a su firma su nombre completo. Le había preguntado: "¿Sabes escribir tu nombre?".

"Y leer, tanto como lo sabes tú", pensó decirle María, pero se lo guardó.

"¡Bonita tu letra!", le dijo el Juan de Soto. "Tan bonita como tú, bailaora!".

¡Tamaño imbécil! ¡Llamarla "bailaora" en el momento en que debiera haberle estado entregando condecoraciones y hasta una cinta al pecho que la llamara con algo muy alto! "¡Pedazo de nada!", tal cual se dijo adentro de sí María mientras ponía esa cara de qué-linda-que-soy-preciosa. Y más: "¡Así me pagas, don Juan de Austria; dejas que se hinchen de oro los cobardes sin pensar dar quinto al rey, dejas cebars a los crueles, a los que desollaron naves completas de turcos indefensos ya que habíamos conseguido la victoria, los dejas hurtar a gusto, mientras que a mí, que fui una valiente, que fui guerrera en buena lid, me pagas con nada: con sueldos de hambre que sólo muy de vez en vez arriban!".

Es que esto era una burla: creían hacerle *un favor* al darle el nombramiento de soldado, "perdonándole" lo femenil, asignándole una paga miserable mensual, que ella bien sabía no llegaba sino muy de vez en vez. ¡Que se vayan estos cristianos a la porra! Sintió tanta ira que pensó que, de no haber dejado la espada al cuidado del tal Cervantes —¡buen cuidado!, cualquiera que quisiera hurtarla no tenía sino que estirar la mano, que el Cervantes ése en estado tan febril no miraba ni sus narices—, de no haberla dejado quién sabe qué habría hecho.

Pero no hubiera hecho nada. La humillaba lo que le decía el de Soto, pero más la humillaba comprender que era un error estar aquí, que no debió nunca participar en esta guerra, que no…

Sintió las manos sucias, los brazos sucios sin remedio: por primera vez le disgustaba que esa sangre que hubiera hecho correr fuera turca. "Alá manda", recordó, "el corazón manda".

La ira le aumentó en la pequeña nave que la llevó de vuelta a *la Marquesa,* ira contra todos, contra sí misma. Sintió el impulso de esconderse. La situación completa la indignaba.

—¿Qué tienes, que chirrías? —le preguntó el enfermo.

—Tengo un enfado que no me contengo, ¡que no me contengo!, y si no me contengo será mi condenación. Debo contenerme, pero no me contengo… ¡Que siquiera "amigo de Ruf" me hubieran nombrado, merecía yo que me dieran alguna dignidad! ¡Mejor le iría a un perro que a mí! ¿Sabes para qué me querían? ¿Sabes qué me dieron en premio a mi "heroico desempeño"? ¿Quieres oír? —puso el papel que le habían entregado frente a la cara de Cervantes—. ¡Mira! ¡Me nombraron soldado, soldado raso! Tengo *derecho* a mi paga, a continuar laborando al servicio del rey… ¡Yo maté cuarenta turcos, yo sostuve la defensa de *la Real,* yo fui la más desacobardada entre sus hombres! ¿Por qué me hacen esto? Dime, a ver, Cervantes, ¿por qué me hacen esto? ¡Yo soy la hija del duque del pequeño Egipto! ¡Yo soy amiga de los más principales moriscos de Granada, yo que departí en Granada con la gente más principal, yo que toqué con los músicos de San Marcos! ¿Qué se creen que soy? ¡Aquí cualquiera se hace rico y se llena de honores, y para mí no hubo una, siquiera *una* moneda o un honor, un nombramiento digno! ¡Ni me premian, ni me dan mi lugar! ¡Eso son ellos, así son!…

—¡Préstame tu espada, niña! ¡Acércamela!

—¿Niña? —le dice furiosa María la bailaora—. ¿Niña, yo? Ayer maté cuarenta turcos, yo guié a los hombres de mi galera, por mí tomamos *la Real,* tres veces eché fuera de nuestra cubierta a los hombres del Gran Turco, yo fui tenaz y fui valiente, y yo fui pasos delante de ellos, y no temí, y…

—¡Te quito lo "niña", calma! Vamos, ¡préstame la espada!

María le acerca la espada, se la desenfunda, y la pone en la mano buena del hombre.

—Salgamos de aquí, que esto debe hacerse de pie. Si no tenemos capilla a la mano para hacerlo como Dios manda, por lo menos no aquí tirados como dos bultos, que no lo somos, ¡anda!

—Tú no puedes andar…

— Puedo andar y bailar, que sí puedo.

Trastabillando él y rabiando ella, salen de la crujía a la cubierta. El viento se ha calmado. La marea se ha calmado también. El tal Saavedra se tiene de pie muy malamente, pero habla con un vigoroso aplomo que mucho tiene de festivo.

"¡Que no vea qué hay alrededor de nuestras galeras, la mortandad y el horror, porque se le termina el bailecito!", pensó María. "¡Que no vea lo que está alrededor!".

—Ahora que ya estamos entrados en la capilla de este castillo —dijo Saavedra—, yo voy a armarte caballera y no de baja orden, que te daré la del toisón de oro. Y mira, María, presta muy bien atención a lo que te estoy diciendo: la orden del toisón de oro —repitió—, que fue fundada en reverencia de Dios y defensa de nuestra fe cristiana para honrar y exaltar la noble orden de caballería, también por tres causas aquí declaradas, que son —te digo que prestes muy bien atención que yo digo a pie juntillas lo que es verdad absoluta—: la primera, honrar a los antiguos caballeros, que por sus altos y nobles hechos son dignos de recomendación. Segunda, a fin de que aquellos de presente son fuertes y robustos de cuerpo y se ejercitan cada día en hazañas pertenecientes a la caballería, tengan motivo de continuarlas de bien en mejor. Tercera, a fin de que los caballeros y nobles que vieren llevar la insignia de la orden honren a aquellos que la llevaren y se animen a emplearse aún mejor que ellos en nobles hechos y a ejercitarse con tales virtudes que por ellas y por su valor puedan adquirir buena fama y hacerse dignos de ser a su tiempo elegidos para llevar la misma insignia. Te digo de memoria y sin faltar lo que dijo el duque de Borgoña, si el de Borgoña fue en Flandes, cuando instituyó y estableció la orden del toisón de oro, para su propia persona y para hombres de armas sin tacha alguna, nacidos y procreados de legítimo matrimonio. ¡Como donjuán de Austria, que es caballero de esta orden! Tú bien que puedes serlo, si recuperaste su nave para la cristiandad y ayudaste en todo lo que estuvo en ti para que obtuviésemos nuestra victoria contra los turcos.

Aquí el enfermo febril estalló en carcajadas estentóreas. Ni María se rio, ni ninguno de los ahí presentes, que algunos soldados se les habían congregado en su torno, curiosos de ver qué hacía el tal Cervantes, pero él pareció ignorar por completo esta respuesta, porque siguió:

—Hagamos de cuenta que hemos velado ya las armas, que de alguna manera lo hemos hecho y que no tiene un pelo de fingimiento, porque velar, lo que se dice velar, sí hicimos, que la fiebre nos tuvo en la vigilia a mí y a ti... ¡No te ensombrezco este solemne momento!... Y armas ahí había, que estaba tu espada junto a ti, mi arcabuz ahí metido, por no contar la pólvora que velamos la noche entera. Haremos las debidas ceremonias. Encomiéndate a tu amado, anda. Que esté muerto, qué quita. Di que le dedicas a él de hoy en adelante todas tus glorias, que son en su honra y memoria.

Apenas terminó de decir esto el flaco Saavedra, golpeó a María en el cuello con la espada y luego en la espalda más quedo, las dos veces rociando los golpes (si así puede llamarse a tales blanduras, que más eran caricias) con murmullos que querían parecer rezos. Todavía tuvo fuerzas el Saavedra para llamar a uno de los de guerra que por ahí como un fantasma andaba —que todos en esa mañana parecían espíritus— y le pidió que por favor y por lo más querido —si es que algo apreciaba en su vida— le ciñese la espada a la nueva caballera del toisón de oro, María la bailaora, de Granada, para servirle a usted. El de guerra, que entendió todo era a risas, se puso muy serio por habérsele levantado el ánimo, se hincó frente a María un momento y, parándose a su lado, le ciñó la espada, diciéndole:

Dios haga a vuestra merced muy venturosa
caballera y le dé ventura en lides,

porque quién en su tiempo no conocía las aventuras de los de caballería, habiéndolas leído en novelas. El Cervantes lo corrigió, diciéndole:

—En el caso de esta orden, la que he dicho del toisón de oro, lo que hay que decir es esto: "Otro no habrá", queriendo con esto expresar que los de la orden no darán descanso a los turcos hasta acabar con ellos.

El de guerra volvió a hincarse mientras Cervantes más balbucía que hablaba, que se iba quedando cada vez más con menos fuerzas, y desde ahí le cantó una cosa tan horrible que es mejor no intentar describirla. Tal vez por el efecto del canto —que hubiera bastado, aunque nada era necesario para tumbar al dicho gallina— el Cervantes se puso pálido y como si le faltara el aire le dijo:

—¿De dónde saco yo ahora el collar de oro que debe distinguirte?

Debe estar compuesto de eslabones y pedernales, despidiendo llamas, y llevar la inscripción o mote: *Ante ferit, quam flamma micet,* que quiere decir, por si no lo entiendes, gitanilla, "Antes hiere el eslabón que resplandezca la llama", de donde se infiere que ninguno que no haya sufrido los golpes de la guerra puede portarlo.

Parecía asfixiarse más a cada momento, se removía de tal manera que lucía como una gallina en la olla o el caldero.

—¡Mi dedo, mi dedo te impongo, el que podemos dar por perdido! ¡Mira! —le dijo, desgallitándose o, aún más, agallinándose—, ¡mira! —se volvió a asomar al barandal de la galera, y señaló—: ¡Un dedo de esos que ahí flotan, ahora bajo por él y te lo cuelgo!

El de guerra, tal vez conmovido por el espectáculo de la dicha gallina u horrorizado por la idea de ver a un cristiano nadar en esas aguas sanguinolentas por ir a pescar no un tesoro sino un dedo —"¡No flotan! ¡Los dedos no flotan!", se decía el hombre, "¡ya veo a este flacucho vuelto pez, revolviéndose en las aguas rojas, buscando *un dedo!*"—, removió en sus ropas y sacó un collar de oro que en efecto tenía pedernales y eslabones, y se lo puso en el cuello a María. Apenas pasó esto, el Cervantes, como una pirinola de ésas con las que juegan los niños, comenzó a bambolearse, giraba sobre sus pies como buscando su centro, la mano maltrecha pegada al herido pecho, pues le había sobrevenido un mareo que casi lo hace dar al piso. La frente se le perló de sudor, los labios se le pusieron resecos, y la novísima caballero del toisón de oro — ¡mujer y gitana! — lo sostuvo a tiempo de que no quebrara alguno de sus débiles huesos contra los tablones de la cubierta, porque el de guerra, habiendo dado la muy generosa donación (que habrá quien la crea excesiva), como avergonzado de ésta, comenzaba a hacerse ojo de hormiga, queriendo pasar desapercibido entre los demás hombres de la galera. María alcanzó a decirle:

—Necesito saber su nombre, para emprender alguna hazaña en agradecimiento —jugando como él y el Cervantes a las mismas risas.

—Soy el Carriazo. Y si algo has de emprender hazlo en nombre de nosotros dos: mi compañero Avendaño y tu servidor, María bellísima, el Carriazo.

El Cervantes se reanimó de nuevo fuego y gritó muy fuerte:

—Y ya que eres caballero del toisón de oro, bailaora, también te hago hija del que supo ser el padre del bastardo general…

—¡Sht!, ¡sht! —algunos acallaban los improperios de Cervantes, mucho había hecho ya jugando con tan altísimo honor, pero esto era ir demasiado lejos. ¡Cómo decirles a bordo de una de las naves de la Santa, Santísima Liga! ¡Basta! Pero el Cervantes no se arredró hasta terminar de decir, con lo que espantó a los que los rodeaban, que se echaron a volar lo más lejos de él, nadie quería parecer amigo del loco—: Te nombro hija del que supo ser padre del bastardo, el buen hombre, valiente aunque más cero a la izquierda que otra cosa, don Quijano. Eres su hijo. Te protejo así de que te llamen gitana, que es lo mismo que bastarda, que la sangre limpia… Y he de quitarte lo de mujer, siquiera un poco, que para mí que el de Soto porque eras muj, blut, zaparrín, gledorr, blaguí… —y otra vez comenzó con esa jerigonza que apeñuscaba una palabra con la otra, el manco y maltrecho enfermo de malaria; muy pena daba verlo otra vez alucinando por la fiebre y temblando que era un…

Valida sólo de sus propias fuerzas, María la bailaora, luego de volver a enfundar su hermosa espada, arrastró a Cervantes a la portezuela debajo de la crujía y, con mucho cuidado y no poca dificultad, lo puso adentro de la estrecha bodeguilla. Lo primero, darle agua.

79. *En donde se copia una de las muchas cartas que los altos mandos del ejército cruzaban en esos días con S. M.*

A su majestad:

Le escribo para advertirlo sobre las trapacerías de Juan Antonio Renzo. Son embustes todo lo que trae. Ni se le vio en la batalla de Lepanto, ni sus renegados hicieron lo que en su nombre prometía. Le ha quitado unos papeles por temer que abusa de ellos. Mostafá genovés, renegado prisionero, recibió dinero de Renzo; pide se suelte a Mostafá, capitán de una galera […]

V. M. conoce a J. M. Renzo y no sé si le tiene en la opinión que yo desde que le vi en Roma agora cinco años, y después que le he topado muchas veces en España y en Italia… no pude contenerme de no estar con él con alguna cólera por pareçerme que era todo embustes lo que traía, y no le vi más hasta agora en Corfú, cuando volvíamos de Levante, y dice que se halló en la batalla, aunque yo no lo vi en ella, ni sus renegados hicieron en esta ocasión todo lo que él en su nombre prometía… antes el Marranea, para quien éste llevaba carta y grandes promesas de V. M., peleó contra nosotros, como los demás, y le costó la vida…

Fin de la dicha carta que acusa a Renzo de transa.

Pasaron los días, y María no se separó del tal Cervantes que ya no tuvo ni momento de cordura, ni tampoco el poco de salud necesaria para poder estarse de pie sin que lo desplomara la malaria.

Cuatro días pasaron en el purgatorio de Petatas. De ahí se dirigieron a Mesina, donde fueron recibidos con todos los honores y quedaron enganchados por el muy mal clima, que ahora la temporada se había soltado ya sin ambages.

80. En donde se cuenta qué pasó con Zaida en Venecia mientras la Santa Liga se fatigaba en Petatas

Llegó a Venecia la noticia de la victoria de la Santa Liga. La ciudad se entregó enfebrecida a la fiesta. Tres días completos todo fue celebrar. Las tiendas decían: *Chiuso per la morte dei Turchi*, "Cerrado por la muerte de los turcos", y no se laboró de ninguna manera, ni siquiera se hizo pan. El clima pareció también contagiarse del buen ánimo. Una mañana despejó. Noches atrás, Zaida había convencido con la promesa de una cantidad algo excesiva de monedas a un grupo de expertos marinos —que aunque no ven con buenos ojos navegar a estas alturas del otoño están medio muertos de hambre, por la amenaza de guerra y el azote de los piratas ha sido fatal la temporada mercante—, y aprovechando el buen clima se embarcaron rumbo a Mesina. Cierto que la bonanza no perdura, pero una buena estrella los va guiando y, aunque tardan varios días, terminan por arribar al deseado puerto de Mesina. Una vez ahí, Zaida espera impaciente la llegada de la Santa Liga. Los pocos adelantados han llegado con las manos llenas de noticias. Zaida sabe ya qué ha hecho la bailaora, cómo peleó, cómo se la considera, en qué galera viaja; sabe que ha perdido ya su disfraz varonil, que es conocida ya como mujer, que le ha sido otorgado el permiso de continuar soldada de los odiosos cristianos. Zaida se siente estallar de odio: desea ansiosamente la venganza.

81. *Anotación pertinente*

Dicen que esos mismos días, no lejos de las playas de Almuñécar, donde el viento arreciaba y el mar alebrestado tragaba
naves sin dar saciedad a su torvo apetito, una pequeña embarcación combatía intentando salvarse. Nadie la recordaría si no
fuera porque antes de naufragar, comida por la tempestad, se
oyó decir en ella esta plegaria:

Yo, que niego llamarme Zoraida y quiero ser María,
yo, que nací hija de Agí Morato, el infiel, ya no soy sino
     de Cristo
y su paloma,
yo, que navego dejando atrás las tierras árabes para buscar
     alojo
en el convento donde sólo viven dulces mujeres, donde se
     venera
a la Virgen María, la Nana Moraita,
me alejaré del mundo vil para alcanzar la paz y buena vida
de los cristianos.
¡Allá voy, hacia ti, Europa, espejo del cielo y único refugio
     del bien!
¡Sólo en ti los ricos no cruzan el ojo de la aguja, sólo en ti
     vale la
pureza del alma! ¡Dios Santísimo, que tu rojo corazón
     palpitando
nos proteja, nos deje llegar a puerto! ¡En ti confío!

Fin de lo que se dice de Zoraida.

82. De lo que ocurrió de vuelta a Mesina, sita en Sicilia, a quien llamaban en su tiempo "el granero de Europa"

Apenas hacen puerto en Mesina, María la bailaora hace las averiguaciones necesarias sobre qué documentos o sobornos son necesarios para sacar a Miguel de Cervantes de *la Marquesa*, y para dejar ella misma la armada. No escribe las cartas que le piden, no llena los cien formularios pertinentes para obtener los permisos que dicen necesarios, porque don Juan de Austria ha dado la orden de que las formaciones del ejército se conserven tal cual, que no se otorguen permisos ni salidas. El bastardo espera convencer a los aliados y a la corona de que es imprescindible seguir contra los turcos sin pausa alguna, para hacer su humillación mayor y más vasta la gloria cristiana, y la malaria de Saavedra no es suficiente como pretexto para dejar el ejército, puede ser curada a bordo. Tampoco lo es que ella sea mujer, el "privilegio" obtenido por su buen desempeño en la batalla la ha convertido en soldado enrolado en toda forma y así cautiva hasta que se dé la orden de disolver la armada. María recurre al soborno. Pone en la mano apropiada una de las dos monedas de oro y nuevo cuño recibidas en pago por sus servicios en Mesina. Con ésta consigue lo que no hubieran podido mil papeles, y así es como los dos dejan *la Marquesa*. Miguel de Cervantes y María la bailaora pisan tierra, él ataviado a medias de papagayo, ella otra vez vestida de mujer, que lleva bajo el brazo su traje de soldado y viste un atuendo femenil que ella se ha hecho con porciones de prendas de caídos. Bajo las ropas de María está un valioso collar de oro, del que no quiere echar mano, sabe que con la otra moneda nueva tienen, y de sobra, para pagar doctores para Cervantes, y los gastos que hagan falta a María para dejar el puerto rumbo a Nápoles.

María lleva al enfermo de malaria al hospital de Mesina. Apenas puede el pobre tenerse en pie, a la fiebre se han sumado mareos y vómitos y un malestar que le hace creerse muy cerca de la muerte. María lo entrega, afirmando que fue en Lepanto donde este hombre se estropeó la mano y no por ser ningún tipo de "malhechor"; explica con detenimiento cómo peleó valiente, venciendo el peso de la enfermedad, y testifica que es hombre de mucha valía. La palabra de esta gitana tiene peso de oro: todos se hacen lenguas de su heroísmo y la creen a pie juntillas.

María se hospeda en un mesón no lejos del hospital, donde le dan un trato amable y respetuoso. Ha pagado su estancia con las ropas soldadas, sus pinceles y lo poco que le resta de sus pinturas. Para su comida va dando en metálico. En sus idas y venidas por el puerto, el mesonero le cuida la espada, porque en sus nuevas ligeras ropas de mujer ésta no tiene cabida. La llevará consigo cuando se embarque, pero no la carga consigo en sus andanzas de Mesina; va desarmada y aunque no baile —porque no encuentra el clima propicio, ni tiene músicos que la acompañen— se hace llamar "la bailaora". El cabello le ha comenzado a crecer, cualquiera que le ponga los ojos encima la encontrará hermosa.

Una mañana, María está de suerte y consigue hacer arreglos para salir de Mesina en una de las liburnias que carga el correo. Se desvía un poco de su regreso al mesón, donde irá a recoger su espada y quemar un poco el tiempo antes de que llegue la hora de embarcar, para visitar un momento el hospital y despedirse del Saavedra. Lo encuentra en mucho mejor estado. Está despierto, acaba de comer y parece tener la cabeza despejada. Viéndose en tan buenas manos —que hasta una cama para él solo le ha conseguido María, como si fuera hospital de los caballeros de Malta—, animado y seguro de que en cualquier instante estará por completo restaurado, Miguel de Cervantes le dice a María la bailaora que quiere retribuir su generosa atención, que "en todo punto desmerezco", y le recuerda "que soy pobre y nada tengo a darte, haré lo que hacemos los poetas, que es vestirte de versos, llenarte de gloria y de oro en el papel. Pero necesito que me digas quién eres, a dónde vas, de dónde vienes".

—Yo te voy a contar mi historia, tú la guardarás en tu memoria y debes prometerme que algún día la escribirás. No hay mejor retribución posible para esta gitana, me apego a tu ofrecimiento. Lo que te voy a decir, en cambio, no se apega a la línea a la vida que he tenido, pero así quiero que digas que la tuve. Mejor regalo no puedes hacerme. Luego, sí quieres perder el tiempo conmigo, te cuento la otra, la que no quiero que tú repitas.

—Y valga, que vaya este trato. Yo te prometo que escribo la que me cuentas. Pero no quiero oír la otra, tu verdadera, porque la guardaría en mi golpeado pecho y te traicionaría, ¿y yo por qué he de querer traicionarte, si lo que quiero es retribuirte? Dime, cuéntame la historia que tú hubieras querido tener.

83. *La historia de la gitanilla contada por sí misma a Cervantes*

—Mi nombre es Preciosa. Vagaba yo con los míos por España, bailando, leyendo la suerte, como todas las mujeres de mi tribu, mientras los varones mercaban jamelgos. A mí me cuidaba una que se decía mi abuela, y a la que yo llamaba con esa palabra. Cumplí mis quince años, y siendo de aspecto hermoso y de bailar gracioso, habiéndome Dios dotado de una voz dulce y de una cabeza buena, seduje —perdone usted aquí mi confesión, que si pasará por arrogante tiene la virtud de ser precisa—, seduje a todo Madrid. Había los que me llamaban, encima del Preciosa, "la muy hermosa María"; había los que me enviaban recados, poemas escritos en papeles doblados, cargando un doblón; había los que me daban barato, interrumpiendo sus juegos; había los que hacían llover sobre mi abuela puños de cuartos; había los que me abrían las puertas de sus palacios para verme bailar y queriéndome cubrir de regalos me mostraban sus pobrezas domésticas, que en toda su casa ni una sola persona tiene blanca —el dedal me dio la criada por forma de pago, con tal de oír decir su suerte—; había los que decían: "Lástima es que esta mozuela nació gitana, en verdad, en verdad que merecía ser hija de un gran señor". La vieja que me cuidaba diciéndose mi abuela, sabía que yo era su fortuna, y más me enseñaba a ser prudente con objeto de guardarme en su bolsillo. Un hombre se enamoró de mí, un hombre que merece el nombre. Nos atajó una mañana volviendo a Madrid, quinientos pasos antes de llegar a la villa. Era un mancebo gallardo y ricamente aderezado, la espada y daga que traía eran, como decirse suele, un ascua de oro; sombrero con rico cintillo y con plumas de diversos colores adornado. Era caballero, traía un hábito de los más calificados que hay en España, era hijo único a la espera de un razonable mayorazgo, su padre tenía un cargo en la Corte —fuimos a saber si era el que decía, visitamos la casa de su familia, les llevamos música, nos dieron la información que yo necesitaba para asegurarme de sus palabras—, era rico; dijo que me quería de veras, y que no deseaba burlarme sino servirme; dijo que mi voluntad era la suya; me dio cien escudos en arra y señal de lo que pensaba darme; yo le pedí, para prueba de su amor, que nos siguiera, y que si pasados un par de años aún tenía en la cabeza los mismos sentimientos —y no ardiendo con la primera flama, que ciega a cualquiera—, "para que no te arrepientas por ligero, ni quede yo engañada por presurosa", le daría mi mano, y nos uniríamos en muy santo matrimonio. Le pedí que dejara de usar su nombre, que era don Juan, y que respondiera al de Andrés. El flamante Andrés aceptó cuanto yo le pedía para aceptarle su propuesta de matrimonio, y sólo pidió por su parte que dejáramos Madrid y sus inmediaciones, que no quería darle el pesar a su padre de verlo reconocido. Lo consulté con mi gente, y aceptamos hacerlo.

"A los pocos días, mi querido Andrés dijo a su padre que se iba a la guerra de Flandes. Andrés dejó todo lo que le era propio, enterró sus ropas, obligó a los míos a matar su jamelgo porque no lo reconocieran, y disfrazándose de uno de los nuestros nos acompañó en las siguientes correrías. Por no robar, sacaba monedas de su bolsa. Decía ᴧ los otros hombres que él haría solo sus expediciones, y llegaba con puños de plata, pasaba por ajena la que era propia. Hacía los caminos a pie, con tal de llevar las riendas de mi montura. Me daba siempre muestras de veneración y de respeto. Pasaron los meses, tantos que ya íbamos juntos como hermanos más de un año. Estábamos a tres leguas de Murcia, hospedados en el mesón de una rica viuda, que tenía una hija de unos diez y ocho años, bastante feúcha…

Cervantes la interrumpió: "¡Llamémosla entonces la Juana Carducha!".

Y María continuó:

—La Carducha se enamoró de Andrés como si la hubiera aconsejado el diablo, y dio por hecho que lo tomaría por marido. Encontró ocasión de decírselo cuando Andrés perseguía dos gallos en un corral.

"Por su buen temperamento, Andrés hallaba en cuanto hacíamos diversión y motivo de asombro. Pero no era el caso ahora que intentaba asir a los esquivos pollos. Por su cabeza pasó un pensamiento: "En lugar de agarrar pollos, debiera estar yo persiguiendo herejes, poniendo en alto el nombre de mi familia".

Cervantes volvió a intervenir, diciéndole a María la bailaora que eso de poner a Andrés a pescar pollos para el caldo es demasiado inconveniente, que hiciera mejor ir a dar de comer a las monturas, que así no pasaría por su cabeza ni un instante la sombra de ningún remordimiento.

—De acuerdo —contestó María, y siguió—: Justo entonces sus manos encontraron cómo asir al pollino, como si el pensamiento de la espada y la gloria le hubieran puesto en los puños sabiduría campesina. Acomodábale el lazo a este pollino y se disponía a agarrar el segundo para darle de comer, cuando la Carducha se le acercó, oliendo más a puerco que a dama:

"—Andrés, aquí mismo traigo una buena noticia. Mira, que me quiero casar contigo. Soy la única hija de mi madre, somos dueñas de este mesón y de muchas tierras de cultivo y de dos pares de casas. Soy doncella y soy rica.

Intervino Cervantes, fingiendo la voz de la Carducha:

—Verás qué vida nos damos.

—Andrés —siguió María— le contestó que esto era imposible, no sólo porque los gitanos se casan únicamente entre gitanos —que en esto mentía—, sino porque...

Terminó la frase Cervantes: "Ya estoy apalabrado para casarme... Guárdela Dios por la merced que me quiere hacer, de quien yo no soy digno".

Siguió María la bailaora:

—La Carducha se enfureció por la respuesta tan inesperada del vil gitanillo, y echó a correr a esconderse en la habitación de su madre.

"Andrés temió la venganza de la feúcha. No esperó a que llegara la noche, cuando alrededor de la hoguera se juntan a bailar y conversar los gitanos, sino que de uno en uno fue corriendo la voz de que debían huirse cuanto antes. Los gitanos se apresuraron a cobrar sus fianzas esa misma tarde, y se fueron.

"La Carducha, viendo que se le iba el tesoro de su vida, puso entre los trebejos de Andrés unos ricos corales que le había dejado su abuela, y dos patenas de plata, entre otras cosas de valor, y cuando los gitanos iban saliendo del mesón, comenzó a dar de gritos.

Cervantes robó la palabra, para decir qué decía la Carducha:

—¡Me roban estos malditos! ¡Que me roban! Parece que los gitanos y las gitanas solamente nacieron en el mundo para ser ladrones: nacen de padres ladrones, críanse con ladrones, estudian para ladrones y, finalmente, salen con ser ladrones corrientes y molientes a todo ruedo, y la gana de hurtar y el hurtar son en ellos como accidentes inseparables, que no se quitan sino con la muerte.

Y siguió María:

—Corrieron a sus gritos la justicia y el pueblo. Pidieron a los gitanos dieran razón del reclamo de la Carducha. Todos negaron la acusación. La vieja que se hacía pasar por mi abuela temblaba, porque ella escondía los vestidos de Andrés, desoyendo sus consejos de nomás enterrarlos, y unos dijes míos —de los que ni yo misma tenía conocimiento— que no quería enseñar a nadie por ningún motivo. Pero la Carducha le quitó toda preocupación, porque apenas habían revisado a un gitano cuando ella dijo, señalando a Andrés:

"—Revisen a ése. Yo lo vi entrar a mi habitación dos veces.

"Encontraron las cosas que ahí había encontrado la misma Carducha. El alcalde, que estaba ahí presente, lo insultó a voz en cuello llamándolo ladrón y salteador de caminos. Un sobrino del alcalde, soldado bizarro, se sumó a los insultos de su tío, subiéndolos de tono y dándole un bofetón a Andrés que le recordó que él no era Andrés palafrenero, sino don Juan y caballero. Donjuán saltó sobre el soldado, le arrancó la espada y se la envainó en el cuerpo.

"No me extiendo describiendo el alboroto que esto causó. El alcalde hubiera querido ahorcar ahí mismo a Andrés, pero hubo de remitirlo a Murcia, encadenado de manos y pies, junto con todos los demás gitanos, que en bloque los hicieron presos. Entrando a Murcia, la corregidora pidió verme porque mi fama de buena bailarina, de sabia y de hermosa, me había precedido. Me apartaron, pues, junto con mi dicha abuela, y nos llevaron a verla. La corregidora me preguntó mi edad, mi abuela se la contestó, y ella dijo:

—La misma tendría mi Constanza —contestó Cervantes.

—Se deshacía en cariños a mi persona, tantos que —debo confesarlo— mi corazón se movía entre la ternura y la desconfianza, porque su cariño por mí me parecía exagerado. Me apegué a la ternura, ignorando la desconfianza, y le pedí piedad para mi Andrés. Le juré que él era todo en la vida menos un ladrón, y más le hubiera dicho si no me ahoga el llanto las palabras.

"Mis palabras movieron a la que no esperaba. La vieja que se decía mi abuela estalló en lágrimas. Pidió una promesa a la corregidora:

"—Voy a decirle algo que le alegrará el alma. Le pido perdón desde antes de decirlo, y le suplico que me prometa que no tomará venganza.

"—Se lo prometo.

"—Esta niña que usted ve aquí y que responde al nombre de Preciosa, es su Constanza.

"La vieja gitana le extendió un cofrecito, donde guardaba aquellos dijes que ya dije que yo no conocía.

"—Ábralo. ¿Reconoce esos colguijos?

"La corregidora estalló en llanto, y con los ojos inundados se arrojó sobre mí, abrazándome, y qué digo abrazándome, asiéndome convulsa, y llamándome "¡Hija, hija, hija!" —y que casi me asfixia, Miguel, pero eso no lo pongas—. En pocos minutos entendí lo que ocurría: la gitana me había robado de mi cuna, de esta casa precisamente. La corregidora era mi madre, yo era su Constanza. Le expliqué, apenas consiguió calmarse, quién era mi Andrés, don Juan, hijo de tal y tal, y que si no lo salvaban no me recuperarían, porque sin duda mi dolor estaba por dejarme sin vida.

"Hizo llamar al marido, mi padre, quien se congratuló, llamó al cura, llamó a Andrés, y nos hizo casar. Para este momento la Carducha había venido ya de su pueblo, arrepentida, imaginando que su venganza llevaría al hermoso Andrés a la horca, y había confesado toda su mentira. Ahí mismo nos casamos Andrés y yo, y vivimos muy felices.

"Lo que te cuento no es demasiado cierto. Aquí y allá me reconocerás, y acullá y en ese otro sitio te confundirás, sabiendo bien a bien que yo no puedo ser quien ha vivido de esa manera. Pero eso a ti no te importa, si yo no quiero contarte lo que conmigo aconteció en Granada, ni cómo de ahí hube de viajar a Almuñécar, donde presencié algo pavoroso con lo que no quiero aturdir tus oídos. Yo pago por mentirosa: mi vida quedará en el silencio. Me daré por bien pagada de saber que tú la contarás como yo te la he contado, que tal vez tú vas a escribir un día mi historia, de esta misma y mentirosa manera. La que viaje en esas páginas tuyas, seré yo, seré y no lo seré, que muy otra soy. Pero soy, vaya, uno es tan uno mismo en sus verdades como en sus mentiras, y mentira mía es ésta. Interrumpes cuando me caso con el bello hombre, y eso basta. Si yo me hubiera casado con él, ¿cómo te explicas verme aquí, viajando contigo en la mar océana, peleando contra los turcos, enterrando al hombre que yo amé, apoyando mi cabeza en el pecho de un enfermo de malaria? Pues digamos que ya los dos matrimoniados, y re-integrados a nuestras sendas casas cristianas, yo desgitanizada y él también desgitanizado de su temporal gitanización, sin la desgracia sin par que hubiera tenido que ocurrirnos para que yo descendiera a este predicamento, tú la acabas.

"Y certifico que la historia que yo te cuento de mi persona es la que yo te conté. Que llevo tantos días certificando en tu nombre, que bien puedo ahora hacer lo mismo con el mío.

Fin de la historia de la gitanilla.

84. Donde se cuenta el final de este libro

Cervantes le dio su palabra de honor de guardar dicha historia. "Aunque mejor me gustaría verte gitana y preciosa, como eres, que para qué tanto desgitanizarte. ¿Y tú por qué quieres ser no-hija-de-gitanos, María?" "¿Me lo preguntas tú?, que si no hubieras nacido en barrio de judíos, quién quita, y muy otra sería tu vida". "Que yo no nací en barrio de judíos, ni siquie-ra de conversos". "Guárdate tus mentiras para otro, que yo ya sé de ellas. Te he estado oyendo y oyendo hablar de ti todos estos días, ya te vi. El que miente una vez, miente diez veces, Cervantes. Pero a mí qué me importa, que si es por salvar el pescuezo o tener qué llevarse a la boca, o siquiera por mejor parecer, como quiero yo mi historia, lo que es por mí, tú miente. Y te contesto que si me desgitanizo es porque si mi padre hu-biese sido idéntico a quien era pero no gitano, no lo habrían tomado preso los guardas, ni lo habrían desorejado, apaleado y atado a una cadena… ¿Te basta mi motivo?".

—Me basta.

María estaba por salir cuando sorrajó a Cervantes lo siguiente:

—Quiero pedirte algo más. Tengo un padre en las galeras, como te he dicho, el bello Gerardo. ¿No podrías escribir que lo liberan? ¿O podrías liberarlo antes de que se vea sujeto a padecer tamaño infierno, antes de que su camisa se vea llena de piojos, antes de verse los pies enterrados en como hemos visto que los traen esos miserables, condenados a sentarse entre sus inmundicias?

(Si porque Cervantes es un hombre de palabra, muy fiel en el mentir, si porque olvidando esta petición terminó por recordarla, muchos años después pondría por escrito su liberación: don Quijote suelta de las cadenas a un grupo de hombres que, por mandato del rey, van camino a las galeras. En respuesta, en lugar de agradecimientos, los convictos recién liberados le zumban una tunda célebre.)

Apenas escuchar la segunda petición de María, el enfermo cae de nuevo en su estado febril. En sus calenturas, en medio de muchas palabras comidas, dice una frase comprensible: "¡Viva la verdad y muera la mentira!". María lo revisa, la frente perlada de sudor. En su agitación, el joven gira los ojos, no reconoce nada, da muestras de pavor. Dice: "¡Tengo frío, tengo frío!". María se desprende del manto que trae a la espalda, lo tira sobre el hombre, bajo éste le sujeta una mano con sus dos, él cierra los ojos, cae en un sopor profundo, deja de sudar, y de pronto queda dormido. La bailaora escurre lentamente sus palmas y sus dedos, separándolos de él con delicadeza para no despertarlo. Lo observa unos minutos, confirma que duerme. Le quita el manto. El enfermo se despierta, de nuevo agitado, "¡Tengo frío, tengo!", María le regresa el manto, y él cae de nuevo dormido profundo. María deja su lado, va con las manos vacías. Cruza la enorme habitación donde camas de distintos tamaños se han acomodado en completo desorden. En las más, hay dos enfermos o heridos, pero hay algunas donde se encuentran tres, y en la pequeña que ocupa una esquina hay cuatro, tendidos inmóviles como cadáveres, casi desnudos y sin lienzos, son cuatro malamente mutilados, con muy poco cuerpo, desechos de guerra. Uno de ellos tiene la cabeza vendada casi por completo. No se ven sus ojos, de su boca siempre abierta escurre un "¡Aaayy!" continuo.

María la bailaora sale, la habitación desemboca en uno de los patios interiores sobre el que cae una lenta llovizna de gotas diminutas y grisáceas. Ignorando la lluvia, dos niños juguetean adentro de una fuente seca. Del otro lado del patio, María atisba la puerta a la calle y camina hacia ella por los corredores laterales, no tanto por esquivar la lluvia como por darse tiempo para acabar de dejar atrás a su amigo. A fin de cuentas, amurallados en sus propias dos personas habían resistido con fortuna al asedio de la humillación y la malaria, el pillaje y el cadaverío inmediatos, el hambre de la tropa victoriosa y los lamentos de los miles de prisioneros, revueltos los esclavos con los que fueron generales, unos viéndose despojados de sus honores y otros redoblados los cautiverios. Habían compartido sus miserias, enfermedad y enfados, habían puesto coto al horror. Pero no piensa en esto. Divaga en otras cosas, no con mucho orden; se dice frases que no la llevan a ningún sitio: "¡Conque *viva la verdad, muera la mentira!* Si así fuera, ¿dónde estarías, Saavedra?". Termina de bordear el patio y alcanza el acceso a la puerta. Bajo el arco de la entrada hay tres mendigos que pasan los días completos ahí varados: un viejo soldado que no fue aceptado en la Liga porque apenas puede tenerse en pie en su tembladera, ciego como un topo; una anciana tuerta, el ojo bueno cubierto de cataratas, sus hinchadas piernas juntas tienen más volumen que la de un elefante, y un niño que tienen esos dos para ayudarles en todos los menesteres, comenzando por invocar la piedad y generosidad de quienes cruzan. El niño es su lazarillo, su ayudante y el mayor de los tres granujas, el ladrón que roba al ladrón, y también el más baldado: algún cruel, por vengarse de sus padres en alguna oscura guerra, le mochó las dos piernas con un hacha. Extiende sus dos muñones desnudos, con un orgullo impúdico: son su trofeo de campaña.

Al ver a María pasar a su lado, los tres chilletean al unísono: "¡Una limosna, piedad, un mendrugo, socorro a los desposeídos!" El niño agita sin cesar los muñones dichos. La bailaora les contesta al vuelo, sin detenerse: "Dios da, Dios quita". El niño la describe a sus dos cómplices, siguiéndola con la mirada, pensándola tacaña, ¿no les dará un poco de pan, un cuenco de semillas, algo? Les dice que es hermosa, joven, y que está llena de gracia y salud. Los ciegos le codician sus virtudes, le embeben sus dones con los ojos del niño.

—¿Carga bolso? —pregunta la vieja.

—No…

—¿De dónde quieres que saque pan para darnos?

—¿Alguna monedilla? —el niño no le despega la mirada de encima.

Sin manto, descubierta, se va contoneando con su gracia bailarina.

—Si trae ropa de seda —dice el viejo—, no carga monedillas. Debe ser morisca, esos muertos de hambre…

El niño no le hace caso, la sigue viendo: esa bella no puede ser una muerta de hambre.

La ciudad tiene un aspecto muy diferente al celebratorio con que recibió y despidió a la armada camino a Lepanto. No porque el clima haya empeorado, ni porque sin respiro el tronar del mar furioso invada todos los rincones o llueva sin descanso, sino porque no queda un solo racimo de obispos púrpuras recorriendo las calles, ni hay procesiones que paseen al Corpus Christi y otorguen dones enviados desde el trono mayor del Vaticano. En los arcos triunfales, las guirnaldas han sido peladas de hojas y pétalos por el viento y la lluvia, cuando no arrancadas completas, y los colores de sus decoraciones han sido embarrados y barridos. Los adornos con que los balcones celebraron a los valientes, desgarrados, ondean aquí y allá sus jirones. Tampoco hay asomada en éstos alguna bella que alegre la vista. La tropa ha sido llamada a las galeras para revisión. Las calles están sucias, vaciadas, lodosas, teñidas del pardo color que se ha derramado del cielo al mar y del mar a la isla.

María no se deja contaminar por el espíritu gris que ronda Mesina. Su ánimo no puede ser mejor. Siente en las venas correrle la premura. Se le ha desatado la urgencia de irse. Apenas se enfila hacia el mesón a recoger sus cosas (de ahí se irá al muelle; no hay necesidad de pararse a comprar abastos, porque los del correo se encargarán del matalotaje), cuando ya se siente lejos, cree que llegó a Nápoles, que reencontró a sus amigos, que ha vuelto a bailar, que tiene en las manos el libro con hojas de metal que le confiaron sus amigos moriscos, y se ve llevándolo donde pueda ser "descubierto" y validado. Como su destino no puede ser Famagusta, ya se siente ir hacia el lugar preciso donde aconteció la asunción de la Virgen, en Éfeso, en Grecia. Entierra ahí el libro plúmbeo, a unos pasos del sagrado sitio; encuentra quién lo "descubra" en breve, quien divulgue el milagro y lea como ciertas y antiguas las páginas con la hermosa historia de san Cecilio.

Pero de pronto vacila, se hace una pregunta: "¿Habrían dado Carlos y Andrés con *otra* bailaora?". No ha dado sino unos cuantos pasos, cuando se detiene. El mendigo niño la mira, la ve parecer dudar. Piensa en desplazarse a remo de sus brazos para ir a pedirle "una caridad, por el amor de Dios" y para verla otra vez de cerca, pero antes de que le dé tiempo, María se echa a andar de nueva cuenta. Se ha contestado a su pregunta con un "¡ni soñarlo!"; engreída, no cree que haya quién pueda suplirla, ella *es* María la bailaora; está deseosa de regresar a tener de vuelta su vida. No mide las consecuencias de sus actos, no piensa que tal vez Andrés y Carlos no estén en Nápoles, que tal vez se han dedicado a otro oficio, que tal vez no quieran volver a bailar con ella, que tal vez no quieran volver a verla nunca… Ni lo pondera, eso está fuera de su alcance imaginario. Ha retomado la marcha con su paso bailarín.

Junto con este sentimiento de premura y la certeza de que dejará atrás la isla y la Liga, se siente feliz; se sabe radiante, luz, belleza, baile. Cada paso que da, se siente mejor, hasta quedar invadida por un inmenso algo que no es solamente alegría, no sólo satisfacción; María está con el alma ancha como un vuelo de gaviota. Se le queman las habas para regresar a tierra continental y volver a ser quien ella es. Quiere ser otra vez real, una auténtica bailaora. Quiere seguir al pie de la letra lo que es su persona, no más una guerrera, no más una enamorada, siguiendo incondicional y a costa de todo a un hombre que no… Pero esto lo deja completamente de lado María, mejor ignorar lo de "hombre", Jerónimo no puede entrar a sus memorias. Le cierra la puerta en las narices, con fría decisión. No quiere tampoco ser una gitanilla que va y viene con el nombre de Preciosa, que mucho más le gusta ser la bailaora, ni menos impuesta a ser hija de quién-sabe-quién que ni siquiera es gitano para salvar el pellejo y evitar el desprecio y la persecución. No es ya una mujer vestida de varón peleando en una guerra ajena. A mucha honra ella es gitana de Granada, y lleva en la sangre la de Gerardo, el duque del pequeño Egipto. Y tiene pies, y tiene honra, y ninguna necesidad tiene de ser el caballero del toisón de oro.

Rápida, María va volando con la imaginación. Invisiblemente grita, ríe, se sacude y agita sin que su cuerpo lo denote. Caminando baila, estalla y vuela. Y como cualquier otro paseante, desde que traspuso la puerta del hospital camina casi rozando su costado para que los aleros de tejas rojas la ayuden a protegerse de la persistente y fina lluvia. Lleva la cara volteada hacia el cuerpo del edificio; en lugar de mirar la desolada apariencia de Mesina, fija su vista en la textura y los detalles del muro. Como lo ve desde tan cerca y se va desplazando, sus ojos la engañan y cree ir rápida, mide su paso con el territorio de las hormigas, las pequeñas imperfecciones de la pared, aquí una ranurilla, allá una grieta… Por esto se cree que va como un bólido, y arrullada con esta sensación imagina, sueña. No ha dado sino unos pasos, cuando ya fue y vino de Éfeso. Y así dé cada paso más distraída, más en babia, los ojos la engañan, haciéndola creer que va corriendo, y su imaginación sí que va veloz. Los pensamientos agitados son caballos cimarrones que recién llegados al corral de María la bailaora se niegan a estar inmóviles. Se agitan, se encabritan; están frescos, vigorosos; alborotados rebotan, zumban, saltan… María está llena, y es decir poco, repleta. Recuperada, quiere comerse el mundo. Ni un ápice en paz o serena, pero no quiere estarlo; necesita de toda la energía posible para volver a sus propias alpargatas. Libre de su vestimenta guerrera, sin armas y ataviada de mujer hermosa en sus ropas de seda, vuelta a ser una simple bailaora, se siente volar.

Jamás se ha sabido más viva. Sigue con la mirada la pared, las pequeñas imperfecciones la ilusionan y fascinan, y la ciegan; no ve más allá de sus narices, no ve que va pisando sobre la mierda de las palomas que viven en los aleros, porque el muro del hospital es como su antifaz. Perdido todo sentido de la proporción, se aísla más a cada paso; siente su caminar un correr vertiginoso; ve sin ver, pero ve lo suficiente como para sentirse volar. Da más alimento a lo que va soñando. Que por dónde viajará. Que, ya entregado el libro, dónde se irá a vivir, que si una ciudad flamenca; que si cómo será su vida, que si invitará a los músicos célebres a tocar con ella, que si las ropas, que si las riquezas, que si los cantos, que si más viajes, que si cómo la adorarán, que si bailará cómo, que si vivirá en su propio palacio… Hace algo que no había hecho antes: fantaseándose, María juega a ser su propia hacedora. Su alma ríe, que no su cara. Su alma baila, que no su cuerpo. Grita en silencio: "¡Soy de Granada, soy María la bailaora!", ninguna de sus palabras sube por su garganta, ninguna toca sus labios.

Su cuerpo la conduce mecánico, mientras que con la imaginación, flexible y por caminos inesperados, va más lejos, a cada momento más lejos, más… ¡Las nubes le quedan muy abajo! ¡Deja atrás a todo Ícaro! Sigue caminando, sin separar un ápice la cara de la pared, casi rozándola, ya en franca ebriedad iluminatoria, transportada: sus pensamientos han dejado de tener toda forma, toda palabra. Su agitación se ha ido lejos, impulsada por la imaginación, tan lejos que ni le roza la razón. Ciega, vuela, vuela, María siente y allá ríe, ella misma es puro aire feliz, es vida, pura, espléndida, completa vida, liberada de toda carga, de toda sombra de pesar, del fardo que es la Palabra.

—¡Bailaora!, ¡eh, tú, la de Granada, María!

María se detiene, con el cuerpo y en lo imaginario. Oír decir su nombre la interrumpe, de golpe la encaja al piso. Todas las altas fantasías caen sobre ella, se precipitan sobre ella, difusas, como una cortina de espesa materia acuática que abrupta y enceguecedoramente la envuelve. Escucha otra vez:

—¡María la bailaora!

Cegada aún, trata de desperezarse, de salir del líquido que fue vital cuando la detenía allá en lo alto. Todavía en la embriaguez, pero no ya en imaginarias grandezas sino con franca tontería, María voltea, como abotagada, sin tener ninguna gana, obligada a caer de sus altos cielos por quien la ha llamado, como un títere sin voluntad. La voz le repite:

—¡Ten! ¡Mierda! ¡Traidora!

Y María reconoce la voz. El cuerpo de quien le ha hablado se le viene encima, como un plomo. No le ha dado tiempo de reaccionar, responder o siquiera de comprender, cuando entra en su vientre encajándose un puñal. Entra, y certero sale para volver a penetrarla y asestarle un segundo golpe, ahora en el pecho, cerca del cuello. El puñal se remueve en su carne, camina partiéndole el corazón en pedazos.

María se desploma sobre el empedrado de la calle empinada de Mesina, el puñal todavía enterrado en el pecho. La cortina de sus imaginaciones no ha terminado de caer de su frente cuando ella no puede ya saberlo o sentirlo. María la bailaora está tirada en el piso, sin que la hayan acogido o acojinado las muchas alas que hacía un instante la llevaban por los cielos de la fantasía.

Desde la puerta del hospital el niño mendigo ve que otra mujer se le ha echado encima, y ve a María caer ensangrentada. Los dos viejos le preguntan "¿Qué pasa?". Sin detenerse un segundo a contemplar su obra, Zaida echa a correr carrera abajo, hacia el muelle, envuelta en capa y embozo. El niño mendigo se arrastra hacia María, impulsándose veloz con sus dos ágiles brazos. Llega a ella en un santiamén, toquetea sus ropas de seda, a la altura de su cintura, le mete la mano en el refajo. Rápido, le saca unas monedas y un objeto: el espejo que María ha venido cargando desde Granada. Se los guarda en sus ropas, y apenas lo hace, da de gritos pidiendo vengan a socorrerla:

—¡Se nos muere!, ¡se nos muere!, ¡auxilio!

Los dos viejos mendigos se unen al coro de sus gritos, pidiendo ayuda.

Apenas dar la vuelta a la siguiente esquina, Zaida se desembaraza de capa y embozo. Nadie podrá dar con ella, si no la cubre lo que podría servir para identificarla. Trae su velo bien acomodado sobre la cabeza, escondiéndole la roja cabellera que la distingue. Tirados sobre la calle, el embozo y la capa reciben la lluvia, la absorben, luego la dejan correr encima de ellos, y ahí quedan.

¿Qué siente Zaida ahora que ha matado a la varias veces traidora María, la que no supo cumplir el pacto firmado con Luna de Día un día que ahora parece tan lejano; a la *deleznable* amiga de los cristianos, a la *asquerosa* soldada de su ejército contra los *mahometanos*? Zaida ha quedado sin pensamientos hace ya meses. Perpetra una venganza tras la otra mecánicamente, sin pensar, sin sentir. Si Zaida hubiera hablado, si algo le hubiera salido por la boca, si hubiera podido formular de alguna manera su odio, su ansia de venganza, si hubiera sabido poner en palabras un poco siquiera de lo que sentía por María, muy probablemente hubiéramos podido ver cuán desquiciada está la vengadora.

A pocos pasos de la entrada del hospital de la ciudad se ha armado un gran alboroto y mucha gente se ha congregado alrededor de la mujer malherida. Alguien reconoce sus ropas, dice su nombre, "¡Ella es el Pincel de *la Real*", "Es María la bailaora", "Es la más valiente entre todos los valientes de Lepanto". ¿Quién podía haberla atacado de tan artero modo? La reconoce el que le había impuesto la espada cuando jugaba María con el tal Cervantes a las risas, el que pidió lo recordara con el nombre de "el Carriazo", el que le regaló el collar de oro que María todavía trae al cuello, bajo sus ropas, la joya que la distingue como caballera del toisón de oro. Si el niño mendigo se hubiera atrevido a palpar el pecho, lo habría sentido.

La fama de María atrajo a la multitud. Del hospital salió auxilio y fue el doctor Daza Chacón en persona quien hizo hasta lo imposible por salvarle la vida, sabiendo también de su prestigio glorioso, habiéndola conocido en persona —según explicó a diestra y siniestra— cuando atendió a don Jerónimo Aguilar, "que dio su vida por ella, por la bailaora". Rodeado de los mutilados que lucían gallinas muertas en lugar de manos o piernas, echó mano de toda su sabiduría para volverle la sangre al cuerpo. Primero desgarró la camisa, quitó el puñal y limpió la herida para poder observarla, luego vació sobre ésta aceite hirviendo para cauterizarla de inmediato, obligando a la sangre a un alto. Pero todo fue inútil. Ni el más genial de los magos hubiera podido volverla a la vida.

La sacaron del hospital en camilla, toda cubierta con una sábana algo blanca de la que sobresalía colgando su mano izquierda. Cuando pasó por la puerta principal, aún atestada de los mesinenses que habían venido a verla caída, la gente se pregunta si es ella: "¿Es la bailaora?", pero nadie les da noticias. El mendigo niño, apoyado en el muro, dando la espalda a la gente, se estaba mirando en su nueva pertenencia. La mano de María quedó reflejada al pasar, y el niño creyó ver en su meneo un gesto de amenaza, un "¡Ya verás!" que lo hizo cerrar el espejo y temblar. Dijo a sus dos cómplices y dueños: "¡Ahí va, la bailaora esa!".

—¡Que Dios la acompañe! —dijo la anciana, y se santiguó.

El viejo soldado bajó la cabeza, y musitó una pequeña oración, encomendando al Creador el alma de María. La gitana tendría que contentarse con esto, porque no hubo barquero que acunara su camino con historias o fábulas.

La llevaron a la morgue militar de Mesina. Ahí los cadáveres de los soldados cristianos se apilaban en decenas. Eran los dichosos que habían venido a morir a tierra, los que no se habían dejado tragar por el océano, los que no padecieron la humillación de ser cadáveres flotantes acompañando a los vencedores en el puerto de Pétela, golpeando los tablones de las naves, sin dignidad, desechos entre los desechos, desprovistos de toda humanidad. Eran los que tuvieron suerte, los que resistieron el plomo del arcabuz, el filo o la flecha, pero cayeron en la trampa pegajosa de la infección, los que sobrevivieron varios días ahogándose en pus, los que se fueron lentamente desangrando, porque su carne no encontraba cómo reparar la ausencia de una pierna; los que tuvieron huesos afuera de la piel; los que navegaron en la fétida peste de sus heridas desafiando la muerte. Los que pelearon segundas y terceras batallas mientras los cristianos se decían vencedores; los que en la victoria comprendieron la humillación y padecieron el tormento; los que conocieron el dolor; los que comenzaron a pudrirse en vida; los que vieron largo los ojos de la muerte.

Los apilaban, pero llegado el momento de amortajarlos, a cada uno se le daba el trato merecido. A algunos los despojaban de sus ropas, a otros los vestían con las ajenas; los amortajaban según sonara el son de las monedas provistas por los deudos. Luego los regresaban a velar, a que escucharan su última misa, a que fueran llevados en hombros al camposanto, o a que compartieran con otros, metidos en un saco, la fosa común. Todos eran varones. No que las féminas sicilianas hubieran decidido en bloque esperar momentos mejores para dejar la tierra, que pudibundas pensaran que entre tantos varones era una indecencia cruzar la puerta que vigila san Pedro, sino que como es la morgue del ejército, sólo arriban a ella los varones. Las faldas largas de María alegran con sus vivos colores el siniestro cadaverío, viene a compartir bellezas en sus últimos momentos sobre la tierra. Sus largas pestañas, su palidez, la tersura de su piel, las manos delgadas, hermosas; sus piececitos delicados, su cintura, sus dos pechos, sus ropas cayéndole graciosas donde la sangre no las ha vuelto crocantes, oscuras, rígidas. Parece descansar. Se le cumple un deseo: años atrás, lamentó verse encerrada entre mujeres, cuando salida del convento se vio rodeada por las moriscas en el patio granadino. La rodean muchos varones, la acompañan tan silenciosos como ella, pero ninguno es un muerto tan fresco. Ella no estuvo enferma, no luchó contra las heridas que le infligieron los turcos, no padeció ni supuraciones ni gangrenas ni fiebres o malestares. Llegó a la muerte directa de la vida, sin tránsito alguno, sin preparaciones o fastidiosos preámbulos, sin que nada le robara un ápice de su belleza.

Llega a refrescar, a alegrar, es un bálsamo. Pero los muchos muertos que la rodean la ignoran. Han perdido la vista, el olfato, el tacto, el oído; son insensibles. No lo son los amortajadores, los que manejan los cuerpos conforme les baile el bolsillo de los deudos. Éstos ven a María y, apenas lo hacen, la contemplan: su carne aún tiene grandísima belleza. En el hospital, intentando curarla, le habían arrebatado la camisa, aquí un muchacho le quita los faldones, apenas manchados en el cinto, y las medias; la deja toda desnuda, los muslos, las caderas, el torso, los dos pechos… ¡María, completa eres hermosa! La pequeña herida por donde entró el puñal a romperte el corazón en dos, que ha dejado de surtir sangre gracias a Daza Chacón, es la única muestra de que no estás viva, no parece posible que por ese pequeño orificio se te haya escapado la vida.

¿Dónde quedó el collar que la hacía ser la del toisón de oro, el que la envalentonó a pensar en un palacio propio? ¿Quién se lo quitó? El cura amigo del Carriazo se apresuró a darle bendiciones diversas, untarle los bálsamos propicios, recitarle los rezos indicados. ¿Él se quedó la cadena de oro? ¿Fue Daza Chacón mismo, el médico honorable? ¿Alguno de los asistentes del doctor? ¿Quién? Daza Chacón dice que él nunca lo vio, y puede ser, preocupado como estaba en curarla. El cura dice que él tampoco tuvo conocimiento. El collar desapareció como por embrujo, sin que nadie supiera decir bien a bien dónde había parado. La gitana no tiene quién reclame, quién pida, quién quiera protegerla. Y en las aguas revueltas…

A las pocas semanas, el collar llegó a la mesa de un artesano joyero de muy medio pelo, en la magnífica Venecia. Insensible a sus adornos, lo fundió para hacer cruces con el oro.

No hubo quién quisiera pagarle a María un funeral como Dios manda. Para el soldado raso no hay sino la bolsa de lona; ni las arcas regias ni los bosques de Mesina están como para proveer a todo soldado de un ataúd de madera. Preparan a María metiéndola en la bolsa de color arena que le ha sido asignada, más clara que las que la rodean. Está desnuda, los cabellos echados hacia atrás; no tiene una sola prenda. Sobre la bolsa, uno de los embalsamadores escribe: "Esta es María la bailaora, la de Granada". Es su epitafio, que nadie podrá leer porque será guardado con ella bajo tierra.

Al amanecer vendrán a llevarse a los embolsados, serán conducidos a las afueras de Mesina. A medianoche, alguien extrae la bolsa de la pila de muertos, y de la bolsa de lona saca el cuerpo de María. Va camino al más allá sin prenda que la cubra, sin joya que la adorne. Y esa que ella llamaba su joya más querida, le es ahora arrebatada en las sombras. El hombre la penetra, con una excitación lenta, algo dolorosa. Está con ella un tiempo largo, usándola de varia manera. Luego la vuelve a su bolsa de lona, la acomoda entre los hombres. Al primer rayo de luz del sol, así deshonrada, María es llevada a la fosa común. La enterraron sin cantarle una misa fúnebre, como debe darse la sepultura a un héroe de guerra. No llevaba ni bolsa, ni monedas, ni cargaba un espejo para mirarse a la cara antes de cruzar al otro mundo, como si ella nunca hubiera sido la hija del duque del pequeño Egipto. Ahí sigue, yace brazo a brazo con muchos varones, esperando el Día del Juicio Final, el último de la tierra.

Andrés y Carlos, y el padre de María, en Nápoles, bajo el mismo techo, supieron de su muerte cuando ya habían pasado tres semanas. Zaida misma fue quien los informó al regresar a Nápoles. Omitió decirles que ella había sido la vengadora, que el peso de su puño había terminado con la María. El un día bello Gerardo, ya cuerdo del todo pero también muy enfermo por el maltrato de la vida del remo, sobrevivió la triste nueva sólo tres días. Que descanse en paz. Mejor hubiera sido poder narrar su historia de otra manera: que nadie lo hubiera echado de Granada, que sus riquezas hubiesen crecido, que no hubiera perdido a su mujer, fallecida de tristezas por las persecuciones de que eran objeto. Que su hija no hubiera corrido con la suerte de ser criada en un convento, ni cautiva en Argel, ni amante sin lecho de amor, ni mucho menos guerrera de Lepanto sino sólo baile y gracias, encanto y buena suerte.

Andrés y Carlos siguen hasta hoy llenando con su música las calles de Nápoles. Hablaron a Zaida del libro de hojas de metal, a lo que Zaida contestó: "Necedades de ésas sólo llevaron a mi gente directo a los mercados de esclavos, déjense de libros plúmbeos". Le hicieron caso. El libro reposa donde María lo dejó, y no hay quién escarbe, lo desentierre, lo descubra y lo anuncie como prueba de que fueron los moriscos los primeros que llevaron la palabra de Jesús a Iberia. Muchos otros de los libros plúmbeos corrieron con mejor suerte.

Los dos granadinos han reparado la ausencia de María. Carlos es el bailarín, viste de mujer, se hace llamar "María la bailaora". Se presenta: "Yo soy María la bailaora de Granada, para servirle a usté", imita todos los gestos artificiales de María y suena muy hermosamente las castañuelas, como María no le permitió nunca hacerlo, por detestarlas, alegando que arruinaban la armonía de su canto. Andrés se hace tambor tocando con sus pies. La guitarra la han puesto en manos de un tal Loayza, que anda de vagabundo enfermo de mal de amores. La turba los adora, es siempre generosa con ellos.

A los músicos elegantes nunca han vuelto a verlos. Nunca han regresado a Nápoles, oyen nuevas de sus glorias en Madrid, Venecia y Roma.

Hay quien afirma que unos años después, más precisamente entre febrero y marzo de 1574, Miguel de Cervantes los vio bailar, los abordó, y díjoles haber conocido en Lepanto a la verdadera María la bailaora. Andrés le pidió todo tipo de pormenores. No había conseguido consolarse de su pérdida, "¡de la pérdida de esa perdida!", según sus propias palabras. Pero esta anécdota es leyenda.

De Nápoles, Zaida partió hacia Constantinopla, a buscar a Selim II para continuar su serie de venganzas. Pretende visitar antes a la bella Fátima, la hija del generalísimo de la armada del Gran Turco, quien merece la muerte por haber escrito una carta infamemente servil al llamado don Juan de Austria, el cruel bastardo. Zaida muere antes de intentar matar a Selim II, el poeta, acusada por un converso traidor al que ella por error cree su amigo, el hijo de Adelet el espadero, que en Constantinopla es mercader de armas blancas y de fuego. Adelet la acusó no por defender a Selim II, a quien no tenía en tan alto aprecio, sino por proteger a Marisol y Leyhla, sus dos queridas compañeras de exilio. Zaida le había confesado que deseaba asesinarlas por "traidoras".

En cuanto a Mesina y el ejército vencedor, la armada de la Santa Liga quedó atrapada muchas semanas en el puerto, presa del mal clima. Que un par de navecillas se atrevieran a desafiar el mar furioso, era cosa de ellas, pero era una imprudencia impensable arriesgar la flota completa. No le fue posible navegar contra los turcos, como era la voluntad del Austria, ni tampoco volverse a puertos cristianos. Por lo mismo las galeras que han salido de puertos cristianos a abastecerlos no consiguen hacerles llegar las provisiones y auxilios, y siendo tantos los hombres que ahí había —a cuyo milenario número habríamos de sumar los doce mil esclavos hechos en la batalla (números no muy fáciles de llevar: si hubo siete mil quinientos muertos [omitiré los veinte mil heridos, que ellos comen si hay comida], y quince mil esclavos recuperaron la libertad, había un total de siete mil quinientas nuevas bocas que alimentar)—, ya no hablaban de nada sino del hambre que pasaban, que no comían otra cosa que el arroz y las habas que tomaron de los turcos. Añoraban la pequeña hambre que habían padecido al término de la batalla de Lepanto, comparada con la de su espera en Mesina. Muy llenos de oro estaban los soldados, pero no pueden meterse el oro por el pico, y más de uno lamenta la situación, ridícula y siniestra, preguntándose a lo serio si son siempre "de este natural tan poco *comestible* todas las guerras santas".

El 20 de octubre llegaron a socorrerlos tres galeazas cargadas de comida y vino, con la nueva de que venían pisándoles los talones otras trece también provenientes de Venecia, enviadas por el Papa especialmente para el socorro de la armada. El hambre de la tropa se acalló. Hubo una ligera mejoría en el clima, que sirvió para que en un respiro todos volvieran a sus ciudades de origen, Nápoles, Venecia, Barcelona, Valencia, Cartagena, Mallorca, Sicilia, Malta, Génova, Corfú y Creta.

A pesar de los esfuerzos del papa Pío V y de don Juan de Austria, la Santa Liga nunca volvió a reunirse. En breve, los otomanos tenían vuelta a armar su flota. Y el Mediterráneo volvió a ser terreno de disputa.

Fin de la tercera y última parte de esta novela.

85. Nota escrita en una caligrafía muy diferente, definitivamente posterior

Cervantes, junto con los demás heridos de *la Marquesa,* convaleció en Calabria, no en Mesina, de los tres arcabuzazos, por uno de los cuales quedó inutilizada su mano izquierda, según él mismo escribe en varios de sus textos, y como lo confirman diversos testigos de la época *(los nombres han sido tachados).* Lo acompañó en todo el trance su hermano Rodrigo, compañero con él de la compañía del capitán Diego de Urbina, vecino de los Cervantes en Henares, quien también peleó heroicamente en la guerra de las Alpujarras contra los alzados moriscos. Otros Cervantes presentes en Lepanto fueron: Alonso de Cervantes Sotomayor, su hermano Gonzalo de Cervantes Saavedra —un poeta nada mediocre, al que mucho ensalzó Cervantes—, primos los dos del autor de *El Quijote.* También estaban ahí otros cercanos amigos poetas de Cervantes: Pedro Laínez, a quien Cervantes reconoce su maestro en el arte poético, chambelán del infeliz infante don Carlos; Gabriel López Maldonado; Cristóbal de Virrúez; Antón Rey de Artieda, valenciano, que como Cervantes fue herido tres veces. Con ellos departió en Mesina —y probablemente también con Juan Rufo, el autor de la célebre *Austriada*— antes de la insigne batalla de Lepanto. A Cervantes le sobró compañía y apoyo de sus muchos amigos literarios para sobreponerse de sus heroicas heridas cristianas, nada tenía que estar haciendo al lado de una barragana. Si quien escribió estos papeles quería enlodar la memoria de la máxima figura de la cultura hispana, no lo consigue. No existió la tal María la bailaora, quien no pudo haber estado a bordo de *la Real,* donde el orden cristiano era absoluto, porque don Juan de Austria prohibió expresamente que las damitas acompañaran a los soldados en esta campaña. Si algunos cronistas de su tiempo así lo afirman es respondiendo a malsanas imaginaciones. La sarta de mentiras que el autor de estas páginas hilvana —de seguro un pervertido, y a ojos vistas un antipatriota, protestante prevaricador, un enemigo de España— no hierven la sangre de nadie. Invitan al desprecio.

Para confirmar lo de Calabria, cito un manuscrito anónimo contemporáneo que no es apócrifo ni mentiroso como estas páginas: "Después del dicho vencimiento, la dicha armada de su majestad fue a la dicha ciudad de Mezina donde fue curado el dicho proponente, y de allí fueron á Rijols (que yo deduzco es Reggio de Calabria) en la Calabria, donde invernó dicha companya". ¡Texto de la época!

Cualquier niño de escuela sabe que Cervantes perdió la mano en Lepanto. Por eso se llama "El manco de Lepanto". Cito al propio Cervantes (¿a quién mejor que a él hemos de creer?), que llamándose autor de uno de sus libros, se describe como el que perdió "el movimiento de la mano izquierda, para gloria de la diestra".

Por otra parte, para rebatir que el llamado Miguel de Cervantes del dicho documento que decreta se le corte una mano es Cervantes, no basta sino el sentido común: ¿no pudo haber dos Miguel de Cervantes en su año y en su ciudad? El apellido Cervantes es bastante común, ¿y quién no se llama Miguel?

NOTA DE AGRADECIMIENTO

Este libro no hubiera sido posible sin la generosa beca del Center for Scholars and Writers de la biblioteca pública de Nueva York, ni sin el año que tuve en suerte pasar con la Cátedra Andrés Bello en el Centro Rey Juan Carlos de la Universidad de Nueva York. Mi agradecimiento a quienes hicieron posible esos dos años de trabajo en ambientes generosos y fértiles. Durante mi estancia en la NYU la novela cobró su actual forma: a mis colegas y alumnos les debo líneas, pasajes, ideas y su vigor, si las páginas lo tienen.

Tampoco la hubiera empezado sin el contagioso entusiasmo loco del gran Roberto Bolaño, que no debió morir. Dejo asentado que extraño su correspondencia y el diálogo.

Agradezco a Alejandro Aura su atenta lectura, correcciones y comentarios, una vez más le doy las gracias.

La virgen y el violín

*A Ana Luisa Liguori, Alicia Rodríguez, Marisa Arango,
Jean Franco, Psiche Hugues*

Primera parte

1

Renzo acaba de entrar a Roma cuando ve venir a Miguel Ángel. "¡Vaya golpe de suerte!", piensa. De un salto descabalga el
muchacho, pide a sus criados que le acerquen pronto el cartapacio y, llevándolo bajo el brazo izquierdo y en las manos las
riendas, se acerca al maestro.

La noche anterior, la oscuridad cayó de golpe y se detuvieron poco antes de entrar a la ciudad. A unos pasos de la
Via Flavinia, encontraron donde hospedarse, una casa de mujeres miserables y ligeras a las que Renzo pagó generosamente para que los dejaran en paz. Las putas se emborracharon
con las monedas, cantaron la noche entera como unas desco-
sidas con voces tan desvencijadas como vigorosas. Apenas
amanece, los criados prepararon las monturas. Los caballos
lucían completamente restaurados, insensibles a los desga-
ñitados lamentos de las infelices. ¡Quién tuviera sus orejas!
Renzo, en cambio, ojeroso, nervioso y agitado, a sus diecisiete años podía pasarse la noche de pie, pero no padeciendo
esos berridos.

En Roma, Renzo no ve gran cosa, pasa de largo los al-
bergues donde miles de peregrinos duermen tendidos sobre
paja comprada por ellos mismos en el atrio de San Pedro, algunos comen ya lo que todos se llevarán tarde o temprano a la boca, tripas o patas de cerdo. Renzo no oye, no huele, no ve, está
en su Babia propia: Sofonisba Anguissola. Vive de continuo

succionado por el remolino de una pasión que los cantos de las cuscas le alborotaron y llenaron de brío.

Roma. Todavía se perciben los efectos del saqueo de 1525 aunque hayan pasado un par de docenas de años del asalto de las desordenadas tropas españolas y alemanas, aquella soldadesca descompuesta que hambrienta y exasperada sembró el caos en la ciudad, destruyendo y robando, no respetando ni al Papa ni a los más ricos. Quedó su marca, una perturbación en la ciudad, la memoria cotidiana de la amenaza. En medio de la chusma (los vendedores ambulantes, la suciedad de la calle, los que al empezar la mañana se afanan para llegar cuanto antes a sus talleres, negocios o dependencias del Estado, donde los esperan, apenas trasponer la corte de miserables, sus rutinas diarias), sobresale Miguel Ángel, impecablemente vestido de negro como acostumbra, la capa y el abrigo de lana de primera calidad, no puede ser menos en un Buonarroti, familia miembro del renombrado gremio "Arte della Lana" y lo que sí podría ser más es cambiar esas prendas por algunas menos raídas. La gente dice al verlo pasar: "¡El divino Miguel Ángel!". ¿Quién no lo conoce? Y esto sí lo oyó Renzo, porque ese nombre viene atado al remolino Sofonisba. Así que, apenas identificarlo, Renzo avanza hacia el maestro, recitándose para sí su buena suerte, el ánimo de pronto espléndido. Cree que lo ha encontrado solo. Pero se equivoca, su compañía lo sigue a unos pasos de distancia, tampoco ve del todo bien al maestro que acaba de estallar en uno de sus acostumbrados arranques de ira, que con la edad se le presentan con mayor frecuencia, sus acompañantes se guardan unos pasos atrás, temiendo el filo de su lengua. Renzo, la mirada casi infantil, en su enamorado remolino cree que Miguel Ángel camina agobiado por la muerte de Vittoria Colonna. En casa se habla de ella a menudo, de hecho en toda Cremona, en toda Italia, en toda Europa. Vittoria Colonna, la joya de la nobleza de Italia. Vittoria Colonna, la esposa fiel, la virtuosa. Vittoria Colonna, que hacía y deshacía cardenales y gobernadores. Vittoria Colonna, la genial poeta.

Renzo mismo sabe de memoria algunos de sus sonetos al crucificado y conoce como la palma de su mano los que el maestro le escribió a ella. Aunque se enfada con aquel primer verso: "Un hombre enfundado en una mujer… no: mejor un dios guardado en ella es quien habla por su boca". A él le gustan las palabras de Sofonisba *más* porque son de mujer. No le sabrían igual si fueran de un hombre que ella se hubiera tragado. Pero, como dice el dicho, cada quien su cada cual.

Ahora está frente al maestro, el gran Miguel Ángel, y se equivoca de cabo a rabo al juzgarle. ¡Cuál triste!, lo que está es furioso. No va solo, sino que su compañía se ha retirado precaviéndose de su ánimo difícil. La razón de su furibundia es un mero recuerdo que no tiene ni un pelo de Vittoria Colonna. Algo le hizo recordar la filosa mediocridad pacata de Aretino, el vil Aretinejo, que para satisfacer sus malas pasiones y rivalidades se lanzó contra el genio creyéndose muy ingenioso. Todas las puntas de sus flechas hoy nos parecen baba de perro callejero, que si Miguel Ángel había pintado indecencias en la máxima casa de Dios ("ni los griegos, ni los sin fe han faltado tanto el respeto a sus dioses, siempre sus dianas o sílfides se cubrían las partes pudendas"), que si Miguel Ángel se sentía atraído por muchachos muy jóvenes. Cuando algo le evoca las frases de Aretino, regresa la ira, pero más intensa. Las bestialidades de Aretino, que lo interpeló con un *usted*

es tan gran artista como hombre sin fe ni devoción. Explíqueme, Miguel Ángel, usted que se cree tan cercano a la divinidad que desprecia el trato con los mortales, cómo puede ser posible que haya traído esta suciedad a la iglesia de mayor importancia en el mundo, colocándola arriba del altar príncipe…

Le regresa como brasas encendidas, dizque por los remordimientos que entraron recientemente a su conciencia, quesque de la mano de la poeta Vittoria Colonna, dizque porque cuando fue amiga de él creen que pasaba por una fase mística —se identificaba con María Magdalena—, dizque, según otros más agudos, propulsado por los malos aires de los nuevos tiempos. La ira y el fuego de los remordimientos devoraban con dos bocas el corazón del artista, por eso caminaba con pasos medrosos, por eso la cara al piso, por eso, como ya se dijo, los de él guardaban distancia temiendo la violencia de su lengua furibunda, esperaban que bajara su furia.

Renzo no sabe nada de esto. Lleva en una mano las riendas de Veillantif su caballo y el cartapacio de artista en la otra, se acerca al genio y lo interpela frente a la puertas del Palazzo Farnese:

—¡Divino Miguel Ángel!

La voz —bien modulada, educada, pulida— detuvo por un momento el arrebato de Miguel Ángel. ¿Quién le habla? Alza la vista: en el pecho del espléndido caballo hay un escudo de armas que conoce. No escarba en la memoria buscando la procedencia de esta figura. La ha visto (el busto de una mujer de piel oscura con armadura de oro), no le cabe duda, pero en la inercia de la furia no le pica la curiosidad lo suficiente como para detenerse, así que pasa a otra cosa: el caballo es bellísimo. Lo acaricia con los ojos, tan afecto a la belleza humana como a la de las monturas, un caballo joven, todavía agitado, que menea las patas delanteras, bailoteando.

Renzo le habla otra vez:

—¿Qué le parece este dibujo, maestro?

Miguel Ángel le clava encima los ojos, es hermosísimo. Musita:

—¡Bello!

Tiene las mejillas encendidas por el aire frío de la cabalgata, la apariencia de quien vio el amanecer en las afueras. Manipula el cartapacio con una destreza notable. "Pintor", piensa Miguel Ángel, y como leyéndole la mente, Renzo le dice:

—Es de Sofonisba Anguissola, su nombre es Sofonisba Anguissola, joven noble de Cremona, Anguissola —repite el nombre, el rubor le cubre las mejillas e incluso la barbilla, como si hubiera pronunciado el de un dios prohibido o una indecencia, y medio tartamudeando se lanza a recitar su árbol genealógico—, hija de Blanca Ponzoni, que es nieta del conde Ponzino Ponzone, hijo de Ruberto, e hija de Amílcar Anguissola, emparentado con los Anguissola del norte, casado en primeras nupcias con la hija del marqués Galeazzo Pallavicino...

Miguel Ángel no lo oye. Lo pica otra vez con su mirada más intensa. Por primera vez en días, o en meses, Renzo percibe algo que no es el remolino de su amor por Sofonisba.

—Divino Miguel Ángel —vuelve a decir, otra vez ruborizado como cuando dice "Sofonisba Anguissola".

¡Qué muchacho más hermoso, bello, bello! Con una rara combinación de contrarios, timidez y arrojo, elegancia y rusticidad, infancia y juventud. Todo en él son contrastes: los ojos azules del norte y el cabello del sur, negro azabache y abundante, como sus pestañas; el tronco delgado y las piernas musculosas; las manos largas y delgadas del músico, pero recias como las del artesano. A Miguel Ángel le da un gusto que raya en el placer de sólo verlo, pero se le convierte en otra forma de irritación, tan viva como la ira, exasperada. Está otra vez a punto de estallar.

Renzo ya abrió de par en par el cartapacio y le muestra el dibujo de la Anguissola. Repite:

—Es de Sofonisba Anguissola —puede decir el nombre sin ruborizarse—, hija de Blanca Ponzoni —recomienza la boba enumeración del árbol genealógico de la artista.

Los ojos de Miguel Ángel suben las torneadas piernas de Renzo y topan con el dibujo, ¡Sofonisba!, ¡qué nombre ridículo! En el papel no ve lo que habría esperado encontrar. Una niña ríe, ¡bah! Los ojos de Miguel Ángel siguen su camino ascendente. La cara de Renzo, radiante, inocente, más hermosa sin rubor, los párpados bajos intentando ver el dibujo que está mostrando con orgullo. Renzo ve el dibujo con los ojos del alma, finge poner en él los del cuerpo, conoce el dibujo de memoria, viene del centro de su torbellino, de Sofonisba Anguissola. Miguel Ángel, conmovido un instante por esa demostración de adoración juvenil, baja los ojos y los clava en el dibujo. Era en verdad de impecable factura. Pero no en balde había escrito él que "debes saber que soy, entre todos los hombres jamás nacidos, el más inclinado a enamorarme. Siempre que entro en contacto con alguien que posea algún talento especial o que enseñe algún ingenio, alguien que pueda hacer o decir algo mejor que el resto de la gente, por fuerza y de inmediato tiendo a enamorarme de él, y me entrego a él tan completamente que dejo de ser de mí mismo, soy por completo suyo". Sus ojos abandonan el dibujo, empiezan otra vez a tocar con la mirada las piernas memorables del joven cuando la voz de Renzo lo regresa al mundo:

—¿Qué le parece el trazo? ¿La composición? ¿Qué dice?

Las preguntas le enfadan sobremanera. Su exasperación, alimentada por la visión de la bella montura y el hermosísimo muchacho, estalla en una frase de desprecio:

—¿Quién no? El tema es pan comido. ¿Dibujar a una niña riendo? Es demasiado fácil.

El cortejo de Miguel Ángel observa la escena a corta distancia, y al oír la frase saben que allí se desvanece la furia miguelangiana. Lo alcanzan, lo envuelven, casi todos entran con él al Palazzo Farnese.

El mismo día, a la misma hora en que Miguel Ángel traspone la entrada del Palazzo Farnese, unos quinientos kilómetros al norte de Roma, en Cremona, ciudad de donde Renzo y Sofonisba son originarios, un hombre cruza el umbral de las puertas del *palazzo* de los Anguissola-Ponzone. Viste también de manera apropiada a su rango, en su caso de obispo. Si ponemos suficiente atención y comparamos la calidad de sus ropas, son un pelo inferiores a las del divino Miguel Ángel.

Es Gerolamo Vida, humanista cremonense, recién nombrado obispo de Alba por el Papa en premio a su talento, un renombrado latinista amigo de Amílcar Anguissola. Gerolamo viene a decir adiós antes de salir a ocupar su nuevo cargo. Cerrará su casa —su mamá ha muerto, la hermana viuda entrará en un convento.

Cruza el umbral sin claque, sin compañía, que no es poca: el cura Tonino, párroco de San Giorgio, Partenia Gallerati —ha sido su alumna diez años, está a punto de cumplir los treinta— seguida del puño de viejas (viudas ricas muy rezadoras) que siempre van de sombras, más los tres criados cargando un bulto y el secretario del obispo. Se han quedado atrás de él, Gerolamo quiere estar a solas con Amílcar. Afuera del Palazzo Anguissola —mucho más modesto que el Farnesio en que trabaja Miguel Ángel—, sus criados han puesto en el piso el bulto que cargan, un lienzo de Sofonisba. Vida lo ha cargado consigo en sus recientes viajes, por esto viene embalado propiamente. El secretario les da instrucciones de desnudarlo para entregarlo tal y como salió de esta casa. Hay otros motivos para develar la pintura: Partenia Gallerati está ahí porque quiere volver a verla, y Gerolamo quiere que los Anguissola vean el marco que le ha hecho hacer, su regalo de despedida.

Sofonisba pintó esta tela para conversar con Gerolamo, porque uno de sus largos poemas es sobre el ajedrez —*Scacchia Ludus*, sesudo en partes, en otras cómico, describe una partida entre Apolo y Mercurio—. Sofonisba discute con él en su pintura. Si Gerolamo habla del femenil "odio vengativo de la reina", basta mirar el lienzo de Sofonisba para ver que ahí las mujeres han encontrado en el tablero un espacio de armonía —como la que dicen quería convocar Gerolamo Vida cuando escribió el poema a los hermanos Médicis, Giuliano y Giovanni, ante la inminente invasión de los franceses—. Si Gerolamo reproduce en su poema la leyenda de que el juego fue un regalo de los dioses a la ninfa Scacchis, quienes dieron las piezas y el tablero para recompensarla cuando fue violada por un dios, Sofonisba pinta a todas virginales (y además ahí está el ama Antonietta para confirmar a los ojos de todos que ellas están protegidas, no pueden tocarlas los dioses lascivos y violentos).

El populacho corre la voz, "¡córranle, están pelando en la calle un cuadro de las niñas pintoras!", y córrenle y córrenle, salen a la calle los artesanos, los criados, las cocineras, hasta el monaguillo y el campanero de la iglesia, los mercaderes, el carnicero con el cuchillo en la mano, todos a ver la pintura que ha pintado la mayor de las niñas de Amílcar, las figuras de aspecto tan real que parece cosa de encantamiento. Cremona admira de lleno a las Anguissola, una chusma menos miserable y más homogénea que la romana. Y la primera de la fila es la latinista, la sabia Partenia Gallerati.

Adentro del Palazzo Anguissola, Gerolamo saluda efusivamente a Amílcar, es recibido por él con las más grandes demostraciones de amistad. No lo ha visto desde que llegó de Milán, y ya se va.

—Amílcar, tengo poco tiempo. Vengo en persona a hablar contigo varios asuntos. Traigo de vuelta la pintura de Sofonisba. Fue muy alabada en Milán. El duque de Sessa, el conde de Mantua, ¿quién no lo vio? Ten por seguro que le lloverán ofertas invitándola a esta u otra corte… —cambió el tono de su voz—. ¿Cómo va Minerva con sus lecciones de latín? Me envió una carta excepcional. Es excepcional. Un poco demasiado imaginativa, tal vez. No hay que quitarle la mirada de encima a esa niña, tiene un espíritu demasiado libre.

—Va bien, Gerolamo. Todas mis hijas están bien. Ven a ver lo que están haciendo.

Dejaron el salón y tomaron las escaleras hacia el segundo piso. En el corredor están pintando Sofonisba, Elena y Lucía, las telas de Elena y Lucía sobre sus respectivos caballetes, la de Sofonisba es demasiado grande, está apoyada en la pared, levantada apenas un palmo con ladrillos. Al fondo del pasillo han instalado un pequeño escenario, un telón de fondo, un mueble, una silla, en ésta Pietro Maria, calvo, barbado, sonriente, posa para Lucía. Viste un lujoso abrigo negro con piel de armiño.

Sofonisba habría notado la entrada de Gerolamo y Amílcar de estar frente a su pintura, porque la escalera le queda a la vista, pero en este momento supervisa el trabajo de Elena.

—¡No! No y no. Aquí no… —se traga el resto de la frase, corrige con dos pinceladas.

Luego va hacia Lucía, sin abrir la boca también mete la cuchara, un brochazo aquí, otro allá, detalles. Mientras ella hace esto, Gerolamo se planta frente a la tela de Sofonisba. Primero parece una piedra inmóvil. Luego se le escapa una exclamación que llama la atención de Sofonisba:

—¡Bravísimo! ¡Bravísimo!

El obispo da saltitos completamente inapropiados en alguien de su rango. Gesticula ridículamente. Aplaude. Casi llora de alegría. Amílcar lo calma:

—Pero, caro amigo, tranquilo.

—¡Cuál tranquilo! ¡Mira! ¡Mira! ¡Esta mujer es genial!

Sofonisba interrumpe su labor de tutora o maestra de las hermanas y sin soltar el pincel se acerca a Gerolamo. Lo considera también su amigo, uno de sus más próximos y más queridos. Le sonríe abiertamente:

—¿Le parece, Gerolamo?

—Me place, me encanta, me maravilla, qué extraordinario retrato de familia.

—¿Ve usted la historia?

Gerolamo observa el lienzo una vez más en busca de la "historia". Sí: el padre prefiere al varón. El varón empuña la espada. Los dos hombres tienen los pies en la tierra. Conoce a todos los protagonistas. La hija, Minerva, pertenece al mundo de los sueños y las imaginaciones, que, casualmente, son iguales a lo que habita allá a lo lejos, atrás, en el paisaje, en la tierra. La mujer es la sabia, no en balde se llama Minerva, diosa de la sabiduría. Sostiene en la mano un ramito de flores pequeñas, de las que crecen por su propia cuenta, sin que nadie las cultive. Ella es también la intuición. Los hombres son la apariencia y el gobierno. El padre mira directo a quien lo retrata, exhibe el orgullo por su hijo, el heredero de su linaje.

—¡La veo!

Sofonisba le habla muy quedo, acercándose a su oído:

—¿Y no le enfada?

—¡Me place, me encanta, me maravilla! Nunca dejaré de decirlo.

Después se desplaza a los lienzos de las otras dos Anguissola, y también las baña en elogios, pero no pierde más la compostura. No tienen "historia", son dos retratos, bien facturados, en proceso, también excepcionales en su hechura. Los dos son verdaderamente espléndidos. Ellas continúan trabajando, Sofonisba deja su pincel y baja las escaleras con su padre y Gerolamo, conversando.

Afuera de la casa se escucha el borlote del populacho. La gentuza ha organizado una fiesta espontánea en torno al lienzo.

Los criados se impacientan y lo quieren meter adonde los Anguissola, pero la gente les pide:

—¡Déjenlo un poquito más!

Opinan de esto y lo otro mientras lo ven. Señalan. Ríen. Argumentan. Un vendedor de mazapanes aprovecha para pasar su charola.

—¡Mazapaaaanes!, ¡mazapaaaanes!, ¡mazaaaapanes de almeeeendra!

Antonietta, el ama de las Anguissola, sale a la calle, quiere ver qué está ocurriendo, por qué tanto alboroto —y porque le chiflan los mazapanes, lleva una monedita en la bolsa del mandil para darse el gusto.

Al ver a Antonietta, el populacho la señala:

—¡Idéntica! ¡Mírenla! ¡La niña la ha pintado igualita!

Antonietta se guarda en la casa refunfuñando, ¡adiós mazapán! El obispo Gerolamo Vida viene bajando la escalera. Amílcar convoca a la familia y el servicio para que reciban la bendición. Se reúnen, el obispo los bendice y comienza a despedirse. Su claque lo advierte. El secretario corre hacia él a preguntarle si "ya metemos el cuadro". "¡Sí, sí!". El secretario hace una seña a los criados, retiran al populacho, giran el lienzo y entran con él por la puerta principal. Partenia lo sigue, saluda a los Anguissola, se deshace en elogios a Sofonisba, le dice: "Las mujeres deben levantarse con atrevimiento, volar alto y enfrentar a los varones con las mismas virtudes que hasta hoy ellos se han atribuido sólo a ellos mismos". Minerva le besa la mano, la admira.

Gerolamo espera un instante a ver el efecto que produce el marco que le ha hecho poner a la *Partida de ajedrez*.

—¡Espléndido ebanista! —exclama Sofonisba. Tiene en su mano la de Minerva, la jala separándola de Partenia para acercarse a revisarlo. Dan las gracias a Gerolamo que, acompañado de Partenia, sale con lágrimas en los ojos. Va pensando: "Voy a extrañar a estas niñas". Van tomados del brazo, conversando, abstraídos del borlote que los rodea.

Afuera sigue agolpada la gentuza que se congregó para ver la pintura. Alguien llama a Gerolamo por su nombre y el nuevo obispo reparte la bendición. Como si se la hubiera echado con agua ardiendo, la gente en un tris se dispersa.

Habíamos dejado a Renzo en Roma, Miguel Ángel entraba en el Palazzo Farnese. El médico de Miguel Ángel —el famoso Realdo Colombo— se detiene frente a Renzo un momento:

—Lo abordó en un momento inoportuno. No se preocupe. Espere un poco y regrese, vuelva; enséñele en otra ocasión el dibujo, no lo vio con malos ojos. Traiga también algún otro. Le gustarán, se lo prometo. Lo estaba invitando a su manera. Acepte esa invitación, es el gran, el divino Miguel Ángel.

A la corta distancia que lo separaba de la escena, el médico Realdo Colombo advirtió que el gran artista había encontrado al joven muy hermoso, y creyendo él también que era pintor y que el dibujo, que Renzo todavía mostraba, no estaba nada mal, antes bien era espléndido, como detestaba a Thomao Cavaliere, objeto de adoración de Miguel Ángel, lo alentó a distraer al maestro. Añadió:

—¿Trae algo más?

Renzo busca en sus ropas. Trae siempre consigo una miniatura, un autorretrato que le ha regalado Sofonisba. Se la muestra ya mudo, ha perdido el habla. En esa pequeñísima pintura, una jovencita sonríe, coqueta, plácida, feliz.

Realdo Colombo la ve y no entiende gran cosa. ¿Quién es? ¿Quién la pintó? Bellísima pintura, pero ante ésta él sospecha que no es del niño. No, no puede ser. Esto es del puño de una dama. Pero no le da un instante más, y sigue los pasos de la comitiva del divino.

Cualquiera que conozca siquiera un poco a Miguel Ángel sabe que el desprecio que manifestó por el dibujo de Sofonisba es capricho del ánimo. Sí, verdad que el dibujo carece de *terribilitá*, un factor que sus contemporáneos admiraron tanto en Miguel Ángel —y que a nosotros continúa sobrecogiéndonos—, que la escena parece tener la risa de una niña como tema, que a primera vista muestra una inocente simpleza, pero sobre todo es por el humor del maestro, por eso espeta frases lapidarias. En otro ataque de cólera había dicho de Tiziano: "Si aprendiera a pintar y eligiera mejores modelos —de los que sin duda no hay escasez en Venecia—, llegaría lejos". A Leonardo, el gran Da Vinci, el genio, cuando probó suerte con la escultura haciendo en yeso un portentoso caballo que no se pudo fundir en bronce por los problemas financieros de su protector Ludovico il Moro —y la dimensión fabulosa de su creación, que en yeso pesaba más de una tonelada—, le llamó incompetente: "Modelaste un caballo pero no pudiste fundirlo en bronce y abandonaste el trabajo para tu deshonra perpetua... ¡Y los idiotas de Milán tenían fe en ti!".

La lengua de Miguel Ángel, la lengua temible, desaforada, injusta, perdida, errática, envidiosa. La furia crea lenguas monstruosas, incluso en los seres más bellos. Porque debió de serlo Miguel Ángel si Vittoria Colonna dijo de él: "Quienes sólo conocen su obra se pierden lo mejor de su persona".

Lo que el gran Miguel Ángel no alcanzó a descifrar, molesto por el efecto calmante de la risa de la niña, enfadado por la belleza de Renzo y enceguecido por sus remordimientos, fue el objeto de la risa socarrona: una vieja intenta aprender a leer. Sofonisba eligió el tema para el dibujo buscando encantar a Miguel Ángel —sí, ella sabe que la risa de una niña es algo irresistible— y también haciéndole a Renzo un gesto de complicidad. La acompañante de Sofonisba, su ama, no los deja un instante solos, la acompaña a sol y a sombra. "Incluso cuando viajas, la traes pegada a ti", y se reía al decírselo, festejaba su propia broma.

Ya iremos a eso después. Por el momento volvemos a la reacción de Miguel Ángel. Renzo se queda parado, con un palmo de narices, como atornillado al piso. Cierra la carpeta. Sus criados se le acercan, le quitan el cartapacio de la mano; el mayor de ellos, el buen Ciro, lo palmea en el hombro, le dice en silencio: "No estuvo mal". Por un momento tiene deseos de llorar. Echó a perder sus planes, el señor Amílcar lo va a despreciar todavía más, con toda razón, si arruinó a Sofonisba. De inmediato reacciona:

—Nos vamos ya, nos volvemos ahora mismo a Cremona.

—¡Pero venimos llegando! —dice Ciro cambiando el tono. Le duelen los riñones.

—Nos regresamos ahora mismo.

—¿Comemos?

—Nada. Nos volvemos en este minuto.

—¡Pero… estamos en Roma! ¡Quedémonos unos días! Dejamos descansar los caballos, vemos la ciudad. ¿Vamos a misa a San Pedro? ¿Visitamos los miguelángeles que usted nos había dicho?

—Nos vamos ya, Ciro, ya.

¿Qué le podía importar Roma, si no está en ella Sofonisba Anguissola y qué carajos Miguel Ángel y sus obras, si no son para alabar a Sofonisba?

Dan la media vuelta, salen de la ciudad, emprenden el camino de regreso, repitiendo fielmente el trayecto en sentido contrario, excepto que se salvan de oír cantar a las de dientes rotos y cuerpos arruinados. No disminuyen el ritmo de la marcha en ningún momento, ni por tierra ni por agua. Renzo tiene prisa. Debe enfrentar su vergüenza cuanto antes. En una semana tuvieron a la vista el Torrone de Cremona.

Antes de entrar en la ciudad, ocurre un contratiempo.

Es Veillantif, el caballo de Renzo. ¿Un calambre?, ¿un cólico? ¿Cansancio? El animal se detiene en seco, no quiere dar un paso más. Están a unos pasos del monasterio de San Sigismundo, los frailes salen a ayudarlos. Ciro ordena a uno de los chicos que se adelante a Cremona. Iría avisando de su llegada —e, imprudente, haría correr la voz del encuentro con Miguel Ángel, chismeando todo tipo de pormenores.

Ya era de noche cuando Sofonisba oyó las nuevas.

—¿Está bien Renzo?

—Sí, sí, está bien. Es el caballo el que lo detuvo.

—¿Estará bien Veillantif?

—Yo digo que sí —le dice Julio, el mocito que viene de oír las nuevas en la calle—, pero cómo lo voy a saber.

"¡Más le vale!", piensa Sofonisba. Sabe cuánto aprecia Renzo a su caballo, y ella no podría vivir con el remordimiento de que por su culpa, etcétera. Pero de inmediato agrega: "Seguro que estará bien, si descansa unas horas estará en perfecto estado". No le disgusta el mensaje de Miguel Ángel, le place. También le remiten lo que dijo su doctor, el famoso Realdo Cóloma. Bien. El divino vio el dibujo, si le hubiera parecido despreciable, no la habría convocado a responderle. Tenía una invitación de Miguel Ángel. Debía pintar para el genio una escena *difícil*. ¿Cuál?, ¿cuál? Ya no oyó nada de lo que se comentaba en su casa durante el resto de la velada. No puso la menor atención a sus hermanas, y le tuvo muy sin cuidado que Amílcar comentara y que Blanca dijera. La verdad es que ni los oyó. Buscaba en su imaginación qué podría dibujarle a Miguel Ángel. Selló sus oídos con cera. Su cera tenía un truco: era totalmente penetrable por Renzo. Cada vez que oía los cascos de un caballo acercarse, se asomaba al balcón. Corrían atrás de ella sus hermanas, alborotadas, diciendo: "¿Es Renzo?, ¿ya llegó Renzo?". Sofonisba no les contestaba porque no las oía. Estarían pegadas a sus orejas, pero a ellas no las oía. Cuando el sonido de los cascos se disipaba en la distancia, o cuando pasaba por fin frente a ellas un caballo que no era Veillantif, dejaba el balcón, volvía a la orilla de la cama, donde se sentaba a pensar, imaginando qué dibujar, ¿qué dibujar? Estaba tan de buen humor que sólo se le ocurrían escenas *fáciles*. Las risas de sus hermanas, alborotadas como abejitas alrededor de la flor Sofonisba, no la ayudaban lo más mínimo. Cierto que no les prestaba atención, pero la envolvían en un ambiente de dulce y cálida fortaleza. El ama iba niña por niña preparándolas para dormir. Les quitaba el vestido, lo doblaba, las dejaba en sus largas camisas blancas, descalzas, les iba cepillando una a una los cabellos, apenas terminaba les enfundaba un gorrillo blanco para dormir. Llegó a Sofonisba. Ésta se dejó hacer, totalmente ausente. Pero el cepillo en su cabeza hizo maravillas al pasar por su largo, algo rizado cabello. Le despertó una idea. Saltó, poniéndose de pie.

—¡Eureka! —dijo en voz clara y serena.

Las otras niñas Anguissola saltaron con ella, excepto Minerva, que se quedó arrebujada en la cama, mirándolas, más alborozada que todas ellas juntas.

—¡Eureka, eureka!

—¡Qué! —le jaló la camisa Elena—, ¡dime, qué!

Antonietta, el ama, seguía con el cepillo en la mano, su misma expresión impasible de siempre.

—¡Ya lo tengo! ¡Ya sé!

—Eso ya lo sabemos todas, para eso es *eureka*, dinos qué, anda.

—¡Dinos, dinos!

Sofonisba dijo algo muy quedo al oído de Elena, ésta se rio y supo por qué lo decía así Sofonisba. Si el ama escuchaba, se arruinaba el plan. Ella a su vez se lo dijo quedo a Europa,

Europa en voz baja a Minerva y Sofonisba a Lucía. Todas se morían de la risa. Se juntaron en la cama con Minerva, acuclilladas, las cabezas juntas, apretadas unas contra otras, bzz, bzz, bzzzz, se hablaban en voz muy baja, más risas.

El ama sigue de pie, el cepillo en la mano:

—¿Me vas a dejar aquí toda la noche, Sofonisba? ¡Y ustedes! ¡Se están revolviendo los cabellos!

Minerva abandona la cuevita improvisada, la ve y se echa a reír.

—¡Mírala, mírala! ¿Por qué no pintas a Antonietta, así, blandiendo el cepillo, "la inútil Parca"? ¿De qué le sirve? Ella cree que está trenzando, peinando nuestro destino, y nosotras aquí con tanta risa, no puede gobernarnos.

—¡Antonietta no puede gobernarnos!

Sofonisba calmó a las hermanas menores, y se sentó a que terminara de cepillarle el cabello Antonietta. Entrecerró los ojos y pensó en su bello Renzo.

Mientras tanto, en las afueras de Cremona, Renzo desespera. Veillantif tarda en restablecerse. Cae la tarde, la oscuridad es ya inminente, deben esperar a la mañana para seguir el trecho que les falta. En cuanto la montura está en condiciones de dar unos pasos, se dirigen al monasterio, les dan un cálido recibimiento, les ofrecen de comer y uno de los frailes atiende con celo a Veillantif, "el bello caballo del bello Renzo". Muy a regañadientes, aunque guardándose el mal ánimo para sí, Renzo aceptó las amabilidades extremas de los frailes. Giuso Faustini, el prior, lo festeja como si fuera obispo, cómo no, es el hijo del mejor hacedor de instrumentos de toda la región, de toda Europa (y además el único sobrino de la viuda marquesa Cavalcabò Cavalcabò, que vive recluida en su castillo y lo tiene por confesor. Él sabe lo que nadie quiere ver por prejuicios: que la marquesa considera seriamente dejar sus propiedades —excepto un doble diezmo al convento— "a Verónica o al niño que tuvo". Pretende con esto curarse los remordimientos, "que me perseguirán hasta la tumba", de no haberse hecho cargo de la hija de su sobrina, "¿cómo pude ser tan imbécil y no aventurar que mi maldito hermano haría con la niña lo que hizo con nosotras? El infeliz… Confío en que habrá infierno para quemarle infinito su cuerpo asqueroso. A nosotras nos arruinó. Yo, por no pelear con él, con tal de no verlo, y porque soy una irresponsable, la dejé en sus manos cuando él la reclamó, ¿cómo pude hacer eso?". Nadie piensa en que la herencia irá a dar a manos de Renzo, en parte por prejuicios, por creer que Matías es un artesano y encima extranjero —pero eso está por verse—, aunque la vieja marquesa encuentra al artesano Klotz en cambio "admirable, él la rescató, le limpió la honra, la ha hecho feliz, y encima le ha dado el hijo más hermoso que ha habido en toda la estirpe Cavalcabò Cavalcabò", y en parte porque fray Giuso quiere correr la historia de que la herencia al convento es ya un hecho. Los aristócratas, dándola por arrogante y persignada, creen que todas sus riquezas serán de los frailes, "si es que no lo son ya". Hubo un atrevido lleno de títulos, pero arruinado, que luego de averiguar que las riquezas no estaban todavía en manos de la Iglesia intentó cortejarla para heredar sus riquezas, diciendo a sus amigos: "No es por avaricia, sino por salvar el título de caer en el olvido o de que los frailecitos lo vendan a un indiano aventurado que con esto se haga noble en un cerrar y abrir de ojos", queriendo hacerse pasar por héroe, cuando no era sino un ambicioso. Pero la vieja marquesa no tiene un pelo de tonta, le mira a la primera el cobre y le da con un palmo de narices: "Duque y marqués ya es usted, ¿para qué quiere otro marquesado?, porque no voy a creer que a un hombre al que se le conocen por lo menos tres queridas le vayan a interesar los huesos de esta vieja").

Cremona a tiro de piedra, en ella su adorada Sofonisba, Renzo se impacienta. Pero no hay sino esperar, la temprana oscuridad del invierno ha cubierto ya el camino, no faltan bandidos que se envalentonan al caer el sol.

Conversaron largo en el refectorio, los frailes lo cosen a preguntas, quieren saber de Roma, de Miguel Ángel, del taller Klotz, de las Anguissola, del camino de Cremona a Roma. Terminó por disfrutar la compañía, la plática, la música y la cocina de los religiosos.

Apenas amanece, a todo correr se acercan a Cremona. Renzo entró en la ciudad tan apresurada y ciegamente como lo había hecho en Roma, igual de insensible —no regresó un solo saludo, ni el del barbero que lo conocía desde su nacimiento, ni el de la rubicunda que lleva leche fresca de puerta en puerta y que, terminada su diaria labor, balancea los baldes vacíos, como bailándolos, ni el del párroco de San Giorgio, el cura Tonino (su iglesia está a unos pasos de casa), al que irrita sobremanera (aquí entre nos, el libidinoso predicador desea y mucho al bello Renzo)—, descuidando toda cortesía, obsesionado con los asuntos que tenían que ver con los Anguissola. No era un cobarde, no iba a esconderse aunque hubiera fracasado en su embajada. Tampoco iba a presentarse con la ropa polvorienta, y además no era hora de hacerlo, así que se enfiló a casa para ponerse guapo antes de ir al palacio de los Anguissola.

Apenas traspuso las puertas del Palazzo Cavalcabò Cavalcabò, todos supieron del ánimo del joven. Cesarina, la cocinera mayor, ve su expresión abrumada y:

—¡A éste se le rompen las cuerdas! ¡Anda de un desafinado… que ay ay ay, mejor ni verlo!

En esa casa todo tenía sentido a la luz de los instrumentos musicales, cosas y animales se medían "del alto de un puente", o "de dos altos", refiriéndose al de la viola que se fabricaba en el taller de los Klotz, o "D a D" —"tráiganme un listón que mida seis D a D", "el gallo ya está del alto de un puente".

La mujer de la pareja Klotz, Verónica, acaba de salir hacia el taller. El ama de la casa, Claudia, deja su libreta de cuentas y apuntes y corre a darle la bienvenida al "¡joven Renzo!, ¡joven Renzo!". También ella adivina su humor.

—¿Cómo le fue, joven Renzo, amor de esta casa? —preguntó, aunque toda Cremona ya lo sabía por el criado que había vuelto el día anterior.

—Todo fue mal, soy un imbécil. Lo arruiné.

—No, no, qué va, tiene usted de todo menos de imbécil. ¿Cómo está Veillantif, ya bien?

—Está bien, según los frailes sólo era cansancio, reconoció que ya estábamos cerca y se tomó un respiro. Yo no me lo he tomado, no hasta que dé la cara a los Anguissola.

Hablaba con el ceño fruncido, como comiéndose las pocas palabras. Repitió que debía salir cuando antes y bien ataviado a dar las nuevas a casa de los Anguissola.

—¿Los frailes qué van a saber? Hagamos que revisen otra vez a Veillantif, no vaya a ser… Ni se le ocurra presentarse ahí en la mañana. Ya conoce sus costumbres. Ande, lleve a Veillantif a que lo vea don César, ya ve la buena mano que tiene el negro… ¿No? Ya veo, no. ¿Por qué no va al taller? Su mamá acaba de salir para allá. Don Matías duerme, pasó la noche en vela.

Renzo no estaba de humor para ir al taller, ni para ver a nadie, ni para hacer revisar caballos.

Le prepararon el baño y ropas limpias; como buen burgués, se daba lujos de gente común ignorados en las cortes. Estuvo mucho rato en el agua, que las criadas conservaron tibia, y cuando salió se sentía totalmente restaurado. Vistió ropas limpias, la camisa blanca, encima unas tan negras y tan buenas como las que vestía Miguel Ángel, mejores, más ricas que las del nuevo obispo. Desayunó a solas. Escribió una larga carta a Sofonisba, explicándole con lujo de detalles el encuentro con el genio, y la envió. Cuando oyó que su papá se levantó, pasado el mediodía, salió a caminar un poco para evitarlo. En las calles, buscó con la mirada a Sofonisba, sabiendo que no iba a encontrarla. Siempre pintaba por las mañanas. En rara ocasión ponía un pie fuera de su casa antes de la comida. No le gustaba la luz de la tarde para pintar. Dibujar era otra cosa. Si estaba dibujando prefería hacerlo después del mediodía.

Regresó a casa. Comió algo. Tomó un libro. Leyó sin leer. Durmió una siesta larga. Despertó cuando daban las cuatro en el campanario de la iglesia —el más alto de Italia—, y se enfiló hacia el palacio de los Anguissola, sus vecinos. Oyendo sus pasos, Cesarina salió de la cocina y le dijo: "Te esperamos a cenar, hay noticias en casa", pero Renzo no la escuchó. Y no por intuir que noticias, noticias, lo que se dice verdaderas noticias, no habría ninguna. Sería lo de siempre: si hoy estaban de buenas, Renzo oiría al padre y a sus amigos entusiastas ponderar las glorias de un nuevo instrumento musical en proceso. Si de malas, habría concierto; Matías se sentiría insatisfecho, con razón o sin ella.

Renzo estaba abrumado, avergonzado, cabizbajo, humillado por su fracaso. Al trote de su caballo había lamentado miles de veces su apresuramiento con Miguel Ángel. No había nada que hacer. Debió esperar a ser presentado en mejor momento al maestro.

Caminó con larga lentitud los pocos pasos que separaban a los Klotz de los Anguissola y entró en su *palazzo*, uno de los mejores de la ciudad —aunque no tan viejo ni imponente como el propio, el Cavalcabò Cavalcabò—. Las plantas del patio central estaban preciosamente cuidadas.

Lo hicieron pasar al salón. ¡Ah! ¡Qué sorpresa maravillosa! Sobre la pared colgaba el *Retrato de familia* que Sofonisba había dado ya por terminado, para ojos inexpertos pareciera aún incompleto, la falda de Minerva sin color. ¡Qué lienzo!

¡Qué magnífico! Pero no palmeó como el obispo. Contuvo su reacción. Deshizo la admiración que le produjo la pintura en el fuego de su amor por Sofonisba. En su pecho vivirían con las demás, siempre ardiendo, siempre en movimiento. No había demasiada luz, Renzo forzó la mirada, vio lo que le permitió la penumbra.

No salió a saludarlo su adorada Sofonisba. Amílcar apareció en el salón y lo recibió con la mayor severidad, haciéndole saber con sus gestos y su trato que lo culpaba enteramente de la reacción negativa de Miguel Ángel. Siempre lo despreciaba.

Adentro de sí, y frente a Blanca su mujer, lo llamaba "el grandísimo baboso", "Renzo, el grandísimo baboso". El mundo podía sucumbir ante sus encantos, pero Amílcar era por completo insensible a ellos.

No eran sólo celos de un padre hacia el aspirante del cariño de su hija. Era también el desprecio de toda la nobleza de la región por Verónica, una mujer sin honor, recogida por un plebeyo, que no se comportaba en nada como una Cavalcabò. Era el desprecio por los que no tenían respeto alguno por la condición del aristócrata, y el desprecio por el mundo del taller de Matías, más la envidia por las pilas de dinero que acumulaban y un resentimiento aún superior: ese plebeyo malparido siempre lo había tenido todo, el cariño de su padre y de su madre, las riquezas que jamás podrían soñar sus hijas, un natural encanto que le regalaba siempre aceptación. Maldito muchacho, tan pagado de sí, tan malditamente rico, tan dueño de su persona, tan bien parado. Tan a medias plebeyo y tan por completo arrogante. Que Amílcar mirara a Renzo con falsa diplomacia y completa hostilidad era lo de siempre. Pero para Renzo esa mirada era hoy fatal. Se había convencido de que a su vuelta de Roma el viejo Amílcar iba a mirarlo con respeto. No era así: otra vez el frío desprecio.

Blanca, la mamá de las Anguissola, tampoco salió a recibirlo. No por las nuevas, que ya sabía, sino porque a ella no le gustaba Renzo y lo voceaba cada vez que podía. Lo que no soportaba de él era que sus hijas lo encontraran tan perfecto. Porque para las hijas Anguissola no había nadie, nadie mejor que Renzo Klotz. Eso sí que le parecía muy mal. El chico no era de su clase, era un palurdo.

—Señor —comenzó Renzo—. Darle esta noticia me avergüenza sobremanera, y no puedo sino atribuirla a mi imprudencia. Encontré a Miguel Ángel apenas entré en Roma, no esperé a mostrarle cartas de presentación, lo abordé en frío, en la calle…

Se oía llorar al pequeño Asdrúbal, el menor de los hijos Anguissola, el único varón, al que mimaban todos. Amílcar podía parar el tormento del joven Renzo, decirle "ya lo sé, ya vinieron tus criados de chismosos, ya lo sabemos todos", o, de ser más generoso, "tranquilo, Renzo, te estamos muy agradecidos, habrá otra ocasión, no te preocupes; no fue error tuyo". O todavía mejor, decirle la verdad, que a Sofonisba le había gustado la reacción del genio. Pero no lo hizo. Le daba gusto ver sufrir al "grandísimo baboso".

Renzo acabó su explicación y entregó el cartapacio a Amílcar. Esperó un momento, confiando en que aparecería Sofonisba. Volvió a llorar el pequeño Asdrúbal. Preguntó:

—¿Está enfermo?

—¿Quién?

—¿Por qué llora Asdrúbal? ¿Está enfermo?

Obviamente Amílcar no quería darle conversación. Sólo abrió la boca para decirle:

—Con su permiso, joven —ni siquiera lo llamaba por su nombre, ¡como si fuera otro de los criados!—. Debo retirarme, hay cosas que hacer.

Se levantó e hizo con los brazos un gesto con el que le indicaba el camino a la puerta.

Renzo quería llorar de la vergüenza. ¿Y dónde estaba Sofonisba? Salió a la calle, caminó hacia casa sumido en autorreproches y tristeza. "¡Claro!", se iba diciendo, "¿qué esperabas? Eres un cabeza hueca. Debiste ver de qué ánimo estaba el divino Miguel Ángel antes de enseñarle el dibujo. Nunca me lo perdonará Sofonisba. Queriendo ganármela, la he perdido para siempre". Entró al Palazzo Cavalcabò Cavalcabò y caminó directo a su habitación, cerró la puerta y comenzó a llorar a moco tendido y a todo pulmón.

En la cocina, las mujeres comentaron: "¡Vaya caja de resonancia!". "Suena a que es de abeto sin curar". "¡De instrumento de banda de pueblo!". "¡¿Y los armónicos?!". "Lo que sí, desafinado". "Parece violín en manos de borracho". Cesarina fue más lejos: "Es puro barniz barato".

Mientras tanto, en donde los Anguissola hay un alboroto. Todos, excepto Amílcar, rodean a Sofonisba. Termina de trazar un dibujo, el que imaginó ayer respondiendo a las nuevas llegadas de Roma. Como vimos, había reaccionado a las palabras de Miguel Ángel con la mejor disposición, orgullosa de que hubiera visto su carboncillo, segura de que Renzo había hecho un perfecto papel de emisario. Mientras le cepillaba el cabello Antonietta, había tenido una idea, supo cómo iba a responderle al divino maestro. "¿Quiere lo contrario de una risa? Lo tendrá". Para esto, eligió por la mañana las mejores hojas de papel entre las que Campi, su antiguo maestro, le había enviado de regalo desde Milán, preparó sus carboncillos, de la cocina sacó —con las pinzas predilectas de Rossaria, la cocinera— el más pequeño de los cangrejos de la canasta que acababa de entrar al *palazzo* (Amílcar refunfuñaba cada vez que aparecían lo que él llamaba "las lismosnas", los regalos de los primos de su mujer, pescas corrientes, según él eran los cangrejos que separaban de los de buen tamaño, las ostras minúsculas espulgadas de las buenas, que viajaban en el coche de la familia cuando enviaban por abastos a Cremona; pero Blanca aseguraba que eran "la mejor pesca, me la envía mi familia"), puso el cangrejo en una bandeja y llamó a Minerva y al pequeño Asdrúbal. El niño no pudo contener su curiosidad, tocó el cangrejo y se ganó un pinchazo. De inmediato, se echó a llorar. Minerva corrió a su lado, lo abrazó sin estrujarlo y se detuvo a ver con su temperamento único la escena. Sofonisba se había sentado a dibujarlos… No necesitaba volver a convocar a sus modelos. Sólo dejó al cangrejito en la bandeja, bastaba para que Asdrúbal regresara, otra vez jalado por la curiosidad, volviera a extender la mano hasta el cangrejo, éste le volviera a picar, el niño estallara otra vez a llorar, y tras él llegara Minerva a consolarlo y observarlo…

Poco antes de la hora de la cena, entró por la puerta de los Klotz el único criado de los Anguissola, Julio, quien el día anterior había pasado el chisme romano de una casa a la otra. Porque en casa de Sofonisba Anguissola había sólo un mocito. El resto de la servidumbre consistía en el ama que cuidaba de las niñas —Antonietta—, Francesca, la joven que se hacía cargo de Asdrúbal, Rossaria en la cocina con su sobrina, y la costurera, eso era todo. En donde los Klotz, por el dinero, que no faltaba, y la necesidad de contar con manos listas para ayudar en los imprevistos del taller, siempre pasaban de nueve, más unos pocos mozos sueltos. En la cocina vivía una pequeña legión, a las tres mujeres metidas ahí todo el tiempo las protegían un sinnúmero de mocitos y niñas, convenía tener siempre manos libres cerca por si eran necesarias para ir y llevar y pelar y traer y a veces cortar, debían alimentar a los invitados que se hospedaban en la casa o el taller, lauderos para auxiliarlos en pedidos voluminosos, traídos para hacer algún detalle en este o aquel instrumento, carpinteros, pintores, herreros, artesanos, pulidores, talladores, orfebres, cordeleros, infaliblemente había algún recién llegado que sabía laborar marquetería de la mejor calidad, sobraban moriscos que deseaban trabajar. Matías Klotz prefería que circularan, "no quiero ninguno de planta en nuestro taller, nosotros hacemos instrumentos, nunca adornos", pero a petición de sus clientes debían añadirlos, de modo que pulidores de marfil, incrustadores de nácar, talladores de carey o los que sabían lidiar con las duras maderas preciosas pasaban semanas y a veces meses en el taller, comiendo con ellos, conversando en las comidas, a las que además siempre había invitados poetas que escribían en lengua italiana, compositores, intérpretes. Si era día de concierto, irían incluso los lauderos o artesanos que trabajaban siempre en el taller, así tuvieran sus familias en Cremona.

Esta abundancia en casa de los Klotz, este número de criados, como si fueran nobles, también hacía rabiar a Amílcar Anguissola. "Éstos qué se creen, ni que fueran qué".

Decíamos que Julio, el criado de los Anguissola, entró en el palacio de la familia Klotz, que arrogante había borrado de la entrada uno de los escudos más viejos de Cremona y de toda Lombardía, reemplazándolo por uno de hechura propia que representaba el presente y el futuro de la casa. Iba a entregar una nota y un dibujo de Sofonisba. Oyó los aullidos de Renzo, preguntó qué le pasaba:

—Dice que ha arruinado a su querida Sofonisba —le dijo la vieja cocinera—, ¡el pobre!, ¡ya nunca va a afinar!

—¡Qué va! —le contestó Julio—. La niña Sofonisba está contentísima. Tengo que entregarle esto al joven Renzo.

Le hicieron pasar directo a la habitación del llorón. Desde la puerta dijo:

—Joven Renzo, le envía un mensaje la niña Sofonisba —y Renzo se sienta de un brinco en la cama y se espanta las lágrimas de los ojos. Julio sube los visillos (¡si hubiera algunos tan buenos como éstos en casa de los Anguissola, donde todo es ruina, hasta las paredes parecen estarse cayendo a pedazos!), se sienta en la cama de Renzo y le entrega una nota que dice: "¡Terminado! ¿Puedes llevar al maestro hoy mismo mi nuevo dibujo?".

No contenía ni una palabra más. Era la letra de Sofonisba.

—¿De qué está hablando?

Julio abrió el cartapacio, el mismo que Renzo había llevado a Roma, y le mostró el nuevo dibujo. La figura principal representaba a un niño mordido por un cangrejo, llorando. Atrás de él una niña lo mira, sonriendo apenas, entre intrigada y divertida. Qué dibujo, muy superior al de la niña riendo.

Renzo sacudió la cabeza para despertar del embrujo que le causó el dibujo, y escribió una respuesta a Sofonisba:

Hoy no, porque es de noche y le tengo miedo a la luna. Mañana reviento diez caballos, o más si son necesarios, para llegar lo antes posible a Roma. Tu dibujo es bellísimo. Si lloro, ¿me dibujas? Me portaré bien con Miguel Ángel, no le daré el cangrejo sino el dibujo.

Tuyo siempre,

RENZO KLOTZ

Dio el mensaje a Julio, poniéndole en la mano una moneda para garantizarse que no fuera a parar primero a la mano de Amílcar o a la de Blanca. Sabía que era fácil sobornarlo, lo mataban de hambre. Antes de salir, Julio pasó otra vez por la cocina. Cesarina le había preparado un bocadito delicioso, subido en un trozo de pan recién hecho. De una mordida desapareció, y le dieron otro.

Sabía que con este dibujo, como había hecho con el anterior, Sofonisba también le enviaba un mensaje secreto. Porque un día, camino de misa, le dijo: "Me picaste, Sofonisba, me picaste. Sólo pienso en ti de noche y de día. Estoy herido, como dicen los poetas". Y ella le había contestado: "No me llames cangrejo, que me gana la risa, ¡qué palabra, cangrejo!". Sabía también que Sofonisba lo miraba a él como al niño Asdrúbal y que ella era la imagen moral que había atrás de Minerva, que a ella le divertía su amor, el hecho de que le picara su amor, y que tierna le ponía una mano encima, consolándolo. Ese retrato era de sus hermanos, pero también una imagen del amor de un hombre por una mujer superior.

A la hora de la cena, Renzo bajó al comedor, estaban ahí dos africanos, un tallador de carey venido de islas remotas, un vihuelista, dos violones —gente variopinta que trabajaba temporalmente o visitaba el taller de los Klotz— y un joven poeta pálido y flaco, más sus papás, que hablaban entre sí como si no se hubieran visto en semanas, robándose el uno al otro la palabra para preguntar lo mismo que el otro acababa de decir. Conversaban como en eco. Por algo se decía en la cocina de esta casa que "esos dos" tenían "espléndida resonancia", o incluso "demasiada resonancia, los sonidos se les empalman". Al ver a Renzo exclamaron en eco (como si no lo hubieran oído berrear minutos antes ni supieran lo que desde el día anterior era la comidilla de la ciudad):

—¡Llegaste! ¿No estabas en Roma? ¿Viste el *David*? ¿Qué te parecieron los frescos de la Sixtina? ¿Saludaste al *Moisés*? —se arrebataban las preguntas el uno al otro, sin reparar en que Renzo no abría la boca para contestarles—. ¿Cómo va la tumba?

—Que ya no trabaja en la tumba —dijo el joven poeta.

—¿Quién dice eso?

La conversación se centró en el divino Miguel Ángel, en que si el Papa le había confiado la reconstrucción de la basílica de San Pedro, en que se la habían retirado, en que si ya no pintaba más, en que si eso era falso. Nadie prestaba atención a Renzo. Correspondiendo, Renzo no les prestaba tampoco un pelo de su cabeza. Lo atormentaba otra vez su torpeza, lo atormentaba su adoración por Sofonisba. ¿Lo quería siquiera un poco Sofonisba? ¡Sofonisba, Sofonisba! ¡Nadie más bella que Sofonisba!

Sin oír que discutían sobre el *Moisés* ("lo representó más como un demonio", "¡qué va!", "que sí, que las barbas...", "¿a quién se le ocurre ponerle cuernos?"), interrumpió la conversación:

—Vuelvo a salir mañana a primera hora, vuelvo a Roma. Tengo que entregarle algo a Miguel Ángel.

—¿Miguel Ángel? —preguntó el joven poeta—. ¿Buonarrotti? ¿El divino?

—Ese señor, que es un malhumorado. Tengo un encargo para él de Sofonisba Anguissola.

El tallador de carey, su piel más oscura que el ébano, encontraba las expresiones de Renzo la mar de divertidas. ¡Malhumorado Miguel Ángel! ¡Ay, los jóvenes!

—¿Otro? —la pícara Verónica sabía ya la mitad de la historia, el comentario del maestro, el regreso apresurado. Conocía de sobra al hijo, sabía de dónde venían sus pesares y alegrías, leía su corazón como la palma de su mano. Aunque él nunca se lo hubiera confesado, la pasión amorosa por la chica Anguissola era transparente. Sentía por ese sentimiento un gusto que casi rayaba en locura. Sofonisba era una chica espléndida. Y su talento no tenía par.

Renzo ignoró el comentario de su mamá y se explayó en la contestación al poeta:

—Porque ya hablé con él cuando estuve en Roma.

—¡En Roma! ¿Usted ha estado en Roma?

—De ahí llegué hoy.

—¿Y qué hacía usted en Roma? —preguntó el tallador de carey.

—*Tenía* —recalcó la palabra— que darle a Miguel Ángel un dibujo de Sofonisba. Y ahora he de volver a enseñarle otro.

—¿Cuál dibujo? —preguntó Verónica.

Al oír la explicación de Renzo, Matías Klotz manifestó el más vivo interés en ver el nuevo dibujo. Amaba Italia porque amaba la pintura. Se creía el más afortunado de los hombres por vivir en Lombardía, la patria de Leonardo. Conocía tan bien como su esposa la pasión de Renzo por Sofonisba. Despreciaba a Amílcar, el padre —su mal tino en los negocios era proverbial—, y Blanca su mamá le parecía una insoportable opinionada —y una arrogante, además—. Sofonisba en cambio no estaba mal, era más inteligente que madre y padre juntos, mucho más educada que ambos, era buena intérprete del clavecín, y —cómo no verlo— tenía un talento inmenso para el dibujo. Como pintora dejaba aún que desear, pero iba a aprender, sin duda; tenía gracia también para el color y sus torpezas resultaban encantadoras. Sus figuras eran algo planas, como antiguas, pero no las historias que aparecían en ellas, ésas sabían de lo más bien.

Ciro trajo el cartapacio con el dibujo. Renzo se levantó diciendo:

—Quiero que sepan que, aunque se les antoje a media comida, está prohibido comérselo.

¡Comérselo! El tallador de carey se divertía. ¡Qué ocurrencias las del muchacho!

—Y si alguien extiende la mano para comérselo, ¡advierto que les pego con ésta!

—¿Con cuál? —le respondió el tallador para darle más cuerda.

—Con una que tengo escondida, que es látigo de palo y quema.

Renzo se subió a la mesa.

Verónica gritó:

—¡No!

Matías se carcajeó. Todos habían bebido vino, menos el chico, que era el que actuaba como un borracho. Estaba feliz, este dibujo lo sacaba del abismo, era su segunda oportunidad para quedar como un rey ante su Sofonisba y su papá. ¡Tenía ganas de bailar!

Los dos pies apoyados entre los platos de la comida, sacó el dibujo del cartapacio y lo enseñó. Todos se levantaron de sus sillas y se acomodaron al lado de Matías para ver mejor: una niña ("¡es Minerva!") miraba a un niño llorando ("¡es Asdrúbal!") que acababa de ser picado por un cangrejo. Para la pareja Klotz el dibujo mostraba tres figuras extraordinarias: Asdrúbal llorando, Minerva sonriendo con una expresión que era difícil definir como compasiva o burlona, y su hermoso hijo, Renzo, transido de orgullo ante el arte de la Anguissola.

—¡Quién no lo va a amar! —exclamó Matías.

Todos se hicieron lenguas de las bondades del dibujo, que si el humor, que si la ligereza, que si la inteligencia, que si la delicia de los trazos, que si la fidelidad, "¡tan Asdrúbal!, esa pícara seguro que lo puso a llorar para dibujarlo, con mujeres así mejor no meterse". Matías lo quitó de las manos de Renzo y lo deslizó a las de Ciro, seguía con el cartapacio en la mano. Renzo se bajó de la mesa y volvió a su asiento. Lo admiraron examinándolo de cerca, lo metieron en el cartapacio y se sentaron a terminar de comer. Después de eso Renzo se desinfló. ¡Adiós buen ánimo! Volvió a sentirse como un miserable y ya no abrió la boca.

Los Klotz se enfrascaron en los detalles de un instrumento especial que estaban fabricando, en el que todos los ahí presentes tenían que ver —una comisión encargada por un duque pretencioso, enriquecido recientemente por su trato con la compañía portuguesa que florecía transportando esclavos africanos; ya pagará a los mejores músicos para que interpreten en él obras comisionadas especialmente.

Sin decir ni un pío, Renzo se levantó de la mesa y, escurriéndose del salón con un aspecto de perro triste, se retiró a su cuarto. Apenas cerró la puerta, supo que no iba a poder dormir por la agitación, por el cansancio y porque estaba ensofonisbado y no había visto a su objeto de amor en muchos días.

Abrió los postigos del balcón. La luna brillaba en el centro del cielo, pintándolo de un azul profundo. Brincó a la calle y recorrió dando saltos el corto camino hasta el balcón de las Anguissola. Ahí se sentó en el piso. Una de ellas tocaba el clavicordio. ¿Quién? ¿Quién? ¿Elena? ¿Quién hacía eso que hacía, distrayéndose aquí y allá en los tiempos? Elena era capaz, poniéndose de pronto a pensar en otras cosas. ¿Sería Minerva? No, no era Minerva. Y la que segurísimo que no, era Sofonisba. Sofonisba, Sofonisba, se repitió el nombre una y otra vez, en silencio, agitándolo adentro de su cabeza, sacudiéndolo frente a su corazón, moviéndolo alrededor de la lengua. ¡Sofonisba! ¡Le sabía a caramelo! Tenía ganas de hablarle. Imaginó que Sofonisba se acercaba al balcón, libre milagrosamente de su ama y sombra, Antonietta, y que él le preguntaba y ella le respondía:

—¿Cómo estamos?

—Te extrañé, Renzo.

Pero aquí se corrigió. Esto era demasiado. No, no, Sofonisba no le diría esa frase. Y además, ridícula. ¿Cuál, entonces?

—Bien, estoy contenta. ¿Te gustó mi dibujo?

Eso es lo que le había dicho Julio, que estaba contenta, estaría bien que ella le preguntara si le gustó, que él contestara: "La que me gustas eres tú", pero no, no podía decirle eso. Tampoco le gustaba la frase de ella. Sonaba a la de un títere. Sofonisba no hablaba como un títere. Sofonisba diría algo así como:

—Iiiitutiii-í.

Le encantaba inventar palabras, las decía quedito, en lugar de carcajear o expresar una impresión extrema. Y éste era un momento de iiiitutiii-ís. Él le diría:

—Saldré mañana muy temprano hacia Roma. Es una maravilla tu dibujo. Si no dijo Miguel Ángel esto del anterior, fue culpa mía.

—Déjate de bobadas.

—Le hablé en mal momento.

—Ya ni lo vuelvas a mencionar.

¡Fatal! Lo aceptaba, no podía hoy inventar diálogos que le sonaran a Sofonisba, no le salía ponerle en la boca las palabras que ella diría; estaba demasiado excitado. Y qué: le dejaba las de títere, figura de madera en lugar de boca de mujer, qué más da. Con ellas marca los gestos de ella, de su Sofonisba.

—Olvida eso, Miguel Ángel tenía razón, y, por otra parte, me está invitando al diálogo. ¿Te vas entonces, mañana?

—Al salir el sol…

Bueno, él tampoco diría el acartonado "al salir el sol", pero ¿qué respondería ella?:

—¿Y vuelves de inmediato?

—Por supuesto.

Renzo reía, reía, apuntaba esta conversación con frases de madera para imaginarse que hablaban y que quién sabe qué se decían, pero se decían, y Renzo era feliz, feliz… El clavicordio calló. Las Anguissola estaban por ir hacia su habitación. ¿Y si a alguna se le antojaba, malamente, asomarse al balcón? ¡No lo fueran a ver! Renzo se levantó, entumecido, las asentaderas heladas. Hacía frío. Rapidísimo se echó a correr hacia su casa. Como era más complicado trepar por el balcón, entró por la puerta principal, cruzó el salón, donde frente a una laja de marfil el grupo de artesanos opinaba si esto o si lo otro convenía para vestir las teclas. El joven poeta flaco fue el único que se dio cuenta de la entrada de Renzo y preguntó:

—¿Tienen otro hijo, idéntico?

Y adentro de sí se dijo: "Son gemelos, pero uno vive tormentas, el que está en el cuarto, y el que acaba de entrar es en exceso sereno, ¡un angelito!".

Nadie prestó la menor atención a la entrada de Renzo, ni oyó el comentario del poeta. Él caminó hacia su cuarto, flotando en serena alegría, cerró la puerta y se tendió en la cama a dormir. Dirían en la cocina de los Klotz que "estaba templada a la perfección su madera". Cayó en el sueño como auguró el poeta: como un angelito.

Mientras Renzo había jugado a conversar con Sofonisba, la única voz que se oía en la casa de los Anguissola era la de Amílcar; discutía con Blanca sobre Renzo y Sofonisba. Amílcar siempre se dejaba influenciar por Blanca —tanto que su amigo Gerolamo Vida, el humanista, le había escrito en una carta: "Haces demasiado caso de lo que dice Blanca"—, pero ahora no iba a caer en eso. El motivo de la discusión es que Sofonisba ha entregado el dibujo *otra vez* a Renzo Klotz. Amílcar cree que es una estupidez. Blanca no tiene duda de que no lo es, pero lo que le disgusta es volver a recurrir al muchacho, no quiere deberle ningún favor. Amílcar cree que no le deben ningún favor, "favor nos debe él que le permitimos llevar el dibujo de la genial Sofonisba, y el favor de nuestro trato, que es una gracia que ese grandísimo baboso no merece", y Blanca insiste: "qué van a decir de nosotros, si es tan obvio que Renzo adora a Sofonisba, la gente va a murmurar", "y a nosotros qué nos importa", la ataja Amílcar. "¿Cómo que qué nos importa? Es su honor lo que está en entredicho".

Amílcar rabia, a quién le iba a pasar por la cabeza el honor de Sofonisba, si ese muchacho es un "redomado baboso, el hijo de un carpintero que hace unos años era un bruto palafrenero"; no es bueno ni para limpiarle los zapatos.

Las Anguissola alcanzaban a oír muy poco, apenas los nombres de Renzo, Sofonisba, Miguel Ángel, y colegían que Blanca y Amílcar discutían, y cuando escucharon hablar de carpinteros y palafreneros y zapatos creyeron que era lo de siempre: ¡dinero! ¡Qué fastidio —pensaban las chicas Anguissola—, qué fastidio, todo el tiempo hablan de dinero! Asdrúbal ya dormía, era un dormilón. Se acostaba el primero y se despertaba el último de toda la familia, sólo Minerva sabe que a media noche Asdrúbal se levanta, llorando; tiene horrendas pesadillas; su ama, la rubia y bella Francesca, no puede calmarlo; Blanca interviene, se desatan tormentas nocturnas, porque Amílcar discute entonces, Blanca alega, Francesca llora con el niño y esto sin excepción todas las noches.

Para entonces, gracias a Antonietta, las Anguissola están ya en ropas de dormir, el cabello bien cepillado. Tendida en la cama, Sofonisba piensa en Renzo, su viaje a Roma y su regreso; Minerva, a su lado, cree que conversa con Sofonisba, ésta ni la escucha, espeta un "hum" algo interrogativo cada vez que Minerva le avienta el dardo de alguna pregunta mientras le bebe con los ojos hasta el último gesto; Lucía borda, y Elena y Europa fingen leer, pero en realidad ellas también sueñan con Renzo. Por la cabeza de Europa pasan imágenes anodinas que no le aceleran el pulso. Elena es más osada, fantasea con que Renzo la ama a ella en lugar de amar a Sofonisba. Va muy lejos: oye que Renzo le declara su amor —se le sale el corazón por la boca—, y ella le dice que sí —la sangre adentro de su cuerpo está completamente fuera de control— y que, para escapar a la vergüenza de haber traicionado a Sofonisba, se fugan, suben a un camello (¿de cuándo acá había camellos en Cremona? Cabe aclarar que el camello que imagina Elena no se parece en realidad a un camello sino más bien a una vaquilla gibada) y emprenden el camino a África. Bajan toda la península por tierra —es desértica, como un Sáhara vertical—, y al llegar a la punta, a Otranto, subidos todavía en sus respectivos camellos, cruzan el Mediterráneo —tan ancho sólo como el vecino Po— a bordo de unas plataformas tiradas por nubios nadadores y, al llegar al negro continente, encuentran una ciudad donde todas las casas son de arena y cambian de forma cada día. En la imaginación de Elena, la arena es blanca como una nube de verano y áspera como la nieve. Las casas no se parecen a las dunas sino a las rosas del desierto, tienen ángulos; las habitaciones son alargados pasillos, los techos bajos. Son casas imposibles de habitar. Por eso duermen al aire libre. Tienen varios hijos, todos traídos al mundo de forma natural (esto es, brotan del suelo arenoso, como plantas), y todos ríen como Sofonisba.

Pasan los días mondando nueces, contándose fábulas y oyendo la música de las estrellas, que ahí es muy audible y suena delicioso, les entra por la boca, sensual.

Ya vimos que las familias Anguissola y Klotz son vecinas en el centro viejo de Cremona. Sus dos *palazzos* dan a la Via Gaetano Tibaldi.

Sería inexplicable que un artesano y recién llegado —Matías Klotz— viviera al lado de una de las familias más viejas —lo eran los Ponzino Ponzone, un poco menos los Anguissola, en todo caso nada despreciables—, pero Matías, que en efecto no nació en Cremona y en realidad sí es artesano —de enorme éxito y suerte con el dinero, es un hombre rico—, casó con una aristócrata, más empobrecida aún que los Anguissola y de sangre más azul —muchísimo más azul— que Blanca.

Los envidiosos y los aristócratas duros decían que había llegado con los alemanes del ejército imperial y en carácter de palafrenero. Los que tenían mejor memoria o más buena voluntad recordaban bien que no era así, que su llegada había coincidido con la del ejército francés, pero que el motivo no había sido militar, que había venido a reparar clavicordios fabricados en el taller de su familia y que la invasión de Cremona lo había varado. Que viéndose sin manera de volver y amando su oficio, improvisó un taller de construcción de instrumentos musicales. Pronto se da cuenta de que por Cremona cruzan varias rutas europeas y descubre las conveniencias de ello. Hábil y dedicado, hace crecer su taller de manera asombrosa. Tiene buen oficio, espléndidas maneras, sabe incorporar hombres y sabidurías de otras tierras y cuenta con la magnífica mano de su mujer, Verónica, la última de la lista de la rama más lejana de la familia de los herederos del marqués Cavalcabò Cavalcabò, una Cavalcabò al fin, quien contrariando la voluntad del tío con el que vivía (sus padres murieron cuando era muy pequeña) contrajo matrimonio con un plebeyo extranjero y artesano. Lo contrarió por amor a Matías y por muchos más motivos. Para entonces, el tío la había despojado ya de todas sus propiedades —y como ya oímos decir a la marquesa, y como repiten a los cuatro vientos los maledicentes y los murmuradores, también de su virginidad—. Sólo así se explica que, cayendo tan bajo con ese matrimonio, la tía viuda, vieja y sin hijos, la marquesa, le diera en dote el *palazzo* donde ahora viven, en el centro de Cremona, cerca del campanario más alto de Lombardía y todos los reinos vecinos, el Torrone, tal vez más por compasión que por remordimientos.

Lo de que Matías fuera extranjero está por argumentarse, porque unas generaciones atrás la familia de Klotz (Amati entonces, hoy apellido materno) dejó Lombardía para probar suerte en el norte de Europa. Matías había regresado con lo heredado, lo aprendido, y dispuesto a cosechar las tradiciones que otros importaban de más al sur, del norte y el centro del África y del Asia, y modelaría las cajas de resonancia de diferentes maderas, cuidaría todos los detalles y la hechura perfecta de cuerdas. De ahí el escudo de armas, el emblema que han adoptado para la familia, el que portan los instrumentos Klotz para identificar el taller donde han sido hechos y lleva Veillantif en la frente. Cuando Matías lo hizo tallar en el pórtico de la entrada del palacio familiar, reemplazando al escudo de nobleza de su mujer, corrió la voz de que había enfadado sobremanera a la marquesa, "pero qué estúpidos, podrían heredarla si la cultivaran, en lugar de eso la enfadan". Que dijeran misa si les venía en gana, para ellos dos, los Klotz son su propia hechura, ellos su propia familia. La vieja tía había oído la descripción del escudo de los Klotz de boca del prior Giuso Faustini, del monasterio de San Sigismundo, su confesor, "una negra con escudo de turco que más parece sirena de las de Homero, muy poco católica", quien muy sin querer queriendo hacía lo que podía para que la herencia de la marquesa apuntara a la Iglesia. Le chismeaba de los huéspedes "de pieles muy oscuras, adoradores del demonio, seguidores de Mahoma", de Verónica metida al horno del trabajo "como si fuera un varón", pero el prior Giuso no es muy bueno mintiendo y también le da cuenta del talento de Matías —por el que siente un respeto irrefrenable, como buen conocedor de la música—, de la eficacia que casi linda en la magia de Verónica y de la belleza, gracia y elegancia de su hijo Renzo.

Los lutieres venidos de África eran tenidos en gran estima. Del único que sabemos de cierto el nombre es Mahoma Mofferriz, el moro de Zaragoza, famoso por sus claviórganos. Y bien: él trabajó también, antes de independizarse, con Matías Klotz; ya se ha mudado de Cremona al comenzar esta historia. Matías Klotz sabía hacer crecer su propio taller y también el prestigio de todos aquellos que trabajan o habían trabajado con él.

Verónica, tataranieta del marqués Cavalcabò Cavalcabò, apenas casarse y ocupar el antiguo palacete familiar, optó por el estilo de vida de su marido. Se unió con entusiasmo inesperado a su taller. En sus manos quedaron las ventas y las compras, el manejo del dinero, la utilidad, el ahorro, la inversión y el fasto. Pronto probó ser en extremo hábil. Ella ponía su granito de arena irreemplazable para que el genio de Matías cobrara color, y por la combinación de sus talentos se habían convertido en una de las familias más ricas de Cremona, lo que sólo aumentaba la irritación de los nobles contra ella.

Matías tenía manos de ángel, conocía la tradición y se atrevía a cambios e innovaciones sin tentarse el corazón, no le importaban gastos o riesgos con tal de conseguir el mejor sonido, la mejor apariencia, el más perfecto de los instrumentos musicales. Nunca daba gato por liebre. Verónica sacaba de todas sus onerosas exigencias ventajas que nadie sino ella podía imaginar. Por ejemplo, tres de los talladores africanos que Matías había hecho traer para lidiar con las duras maderas preciosas quedaron en un anexo del taller fabricando objetos diversos de fácil mercadeo que Verónica sabía pedirles. Como los había visto tocando el tambor mientras rasgaban el molo (un instrumento de tres cuerdas que habían traído de su tierra, una especie de laúd de la ciudad de Gao que Matías amaba y detestaba alternativamente), los puso a fabricar pequeños tamborcitos de juguete que luego pintaban de brillantes colores. Los mercaba como "para niños", trayendo al taller considerables ganancias. No llevaban el emblema de los Klotz sino una simple "K" tallada como adorno. También les hacía fabricar cucharas, escudillas y otras cosas; como decía Verónica, "hacen dinero; en el Taller Klotz hacemos los mejores instrumentos musicales de toda Europa; en el pequeño taller K, fabricamos dinero". Verónica pensaba en el negocio, amaba la música y el arte, pero sobre todo a su marido. Matías anhelaba, soñaba, deseaba, trabajaba buscando el instrumento *perfecto*, y en esa búsqueda brincaba de la tradición a la perfección de la tradición, o de la tradición a la infracción de ésta. Últimamente, después de probar con formas algo extravagantes que no vienen a cuento, había vuelto al violín. Como la mayor demanda era de clavicordios, el taller no dejaba de hacerlos. Matías es infatigable y sabe trabajar con otros. Los lutieres quieren pertenecer a su taller. Los artesanos quieren participar en sus instrumentos. Las cortes europeas y de las Indias quieren comprarlos. Los intérpretes los quieren tocar. Los burgueses quieren también llevarse uno a casa. El taller crece.

La casa de la familia Anguissola no es ni de lejos tan imponente como la de la familia Klotz. También está a unos pasos de la iglesia de San Giorgio, donde el cura Tonino suspira por Renzo y van a rezar a diario los maitines y las vísperas. La construcción, como las principales de la ciudad, está levantada alrededor de un jardín central. Ya sabemos que llegó a la familia con la magra dote de Blanca. Por dentro, la casa es como un barco arruinado, se diría que ha pasado por tormentas y embates del clima. Sólo el salón principal se salva. Si alguien entra en él, creerá que el resto del *palazzo* de los Anguissola no está por venirse abajo, pero basta entrar en cualquier otra estancia para ver la mala situación económica de la familia. Por fuera muestra toda la dignidad que enseñan en sus ropas y nombres los Anguissola, por dentro enseña el contenido de su bolsillo.

Si Cremona hubiera estado viviendo un momento tan boyante veinticinco años atrás, cuando estas dos mujeres se casaron, sus familias no les habrían dado como dote sendos *palazzos*. Ahora Cremona pasa por un periodo de relativa holgura. Entonces, la peste, la guerra, la invasión habían dejado la ciudad hecha un guiñapo, los segundones y las mujeres que no casaban bien quedaban confinados a las calles del centro, que estaban en absoluto deterioro.

Amílcar Anguissola nació bastardo de un noble y una plebeya de bajos recursos. En esa calidad, entró a servir al palacio de los Pallavicini en 1509, el año en que los franceses invadieron Cremona. Tenía un año de servir ahí, en 1510, cuando su papá lo legitimó. A partir de esa edad pasó a ser noble. No heredó del padre sino el apellido, pero esto más su buena disposición es suficiente para darle un lugar digno entre la aristocracia cremonense. Casó en primeras nupcias con una de las hijas de Pallavicini, el conde a quien servía. No tuvo hijos con ella. El matrimonio se disolvió cuando quedó claro que ella era estéril. Amílcar quería un hijo para darle su apellido. Así fue como casó con Blanca, una mujer mucho más joven que él, también de nobleza más antigua y superior.

Como corresponde a su rango, Amílcar forma parte de la junta de notables de la ciudad, es un patricio. Ayuda a la economía de la familia comerciando con hierbas aromáticas, sigue la tradición de los Anguissola, pero es completamente inepto para los negocios; cuando no pierde, también pierde, no tiene remedio. El negocio no lo ha llevado a ningún lado. No es el primero que intenta. Ni siquiera ahora que todo crece en Cremona consigue beneficiarse de él.

Para Matías Klotz la suerte mercantil de su vecino tiene algo de inverosímil: "No hay mujer noble en España o en Alemania que no cargue en la cintura un pomo con pomada de hierbas perfumadas". Las damas nobles de la época son muy poco afectas al baño, en el norte se bañan cuando mucho dos veces al año. Esconden los malos olores con untos fabricados precisamente con las hierbas con que mercaba Amílcar. "¡Y si ni con eso se hace rico…!". Antes había probado fortuna con otro de los negocios florecientes de la época, la impresión de libros. Entre ese y otro negocio que también emprendió, tuvo un par de momentos buenos, compró un terreno aquí, otra pequeña propiedad allá. Pero le duró poco la buena racha y hubo de vender lo que tenía, excepto los bienes raíces, ésos los conserva, son para Asdrúbal. Es obvio que Amílcar no tiene mano para el dinero. No sabe soñar lo pertinente en lo que toca a cómo ganar monedas. Por ejemplo: cuando fue dueño de una prensa con otros dos socios, debió saber que el público estaba ávido de libros escritos por mujeres. ¿Quién no habría querido leer en italiano lo que escribía la poeta cordelera de Lyon, Louise Labbé, autora del delicioso *Debate entre la Locura y el Amor*, que provocativa anuncia el mismo talento en las mujeres que en los varones y las exhorta a "elevar sus mentes"? ¿Los cuentos muy pícaros de Margarita de Navarra? Isotta Nogarola exculpa a Eva del mal, alguna otra escribe "Sobre lo infinito del amor", aquélla sobre la "Nobleza y excelencia de las mujeres y defectos y deficiencias de los hombres". Y una llega tan lejos como para escribir que "la sangre menstrual no es impura, como tanto se ha afirmado". Giolia Bigolina termina su novela *Urania* —brillante heroína obstinada, determinada, valiente, apasionada, inteligente, prudente, arrojada cuando conviene y a veces cautelosa—, que trata del amor constante y obsesivo por Pánfilo, y se queda inédita porque no hay valiente que sepa verle el negocio. Otras muchas mujeres facturan impecables enigmas. Si Verónica Cavalcabò hubiera sido impresora, ¡se habría hecho tan rica!

Sí, los años son generosos en mujeres excepcionales. Las imprentas se afanan en publicar y poner a la venta volúmenes de poemas, cartas, ensayos escritos por mujeres, y los burgueses se afanan tras ellos, pues ya no es sólo labor de las nobles, como la Vittoria Colonna o la Navarra. La gente quiere leerlas.

Lo ignora la prensa de Amílcar. Y no porque los humanistas Leonardo Bruny y Franceso Barbaro declararan: "Ninguna mujer virtuosa debe procurar publicar su trabajo o hacer públicos sus puntos de vista". De no haberle gustado las "imaginaciones" o los "inútiles" poemas, pudo haber impreso el tratado de medicina de Clara Cistera o Chistera, de Vitiligo. Del tratado de medicina de la Chistera hubo tan pocas copias (todas manuscritas) que es imposible encontrar una hoy, se ha perdido. Si Amílcar lo hubiera impreso... Pero Amílcar no sabe ganar dinero. No tiene ese olfato. Para lo que sí es muy ducho es para gastar. En esa casa todos visten muy bien. Aparentan, aparentan.

Muy a la usanza de la época, Amílcar ha hecho educar a sus hijas con celo excesivo. Música —son conocidas intérpretes de clavicordio—, latín —lo escriben mucho mejor que el padre—, lo usual para las hijas de un noble. En lo que ha ido un poco más lejos de lo permitido es en lo que respecta a la pintura. Las niñas estudiaron con Bernardino Campi y, cuando éste deja Cremona, con Gatti. Pintar es un oficio, tiene algo un poco sucio, bajo, asociado con labores manuales y con temas indiscretos, es un trabajo innoble, literalmente, no es para nobles —hay que recordar cómo el papá y los tíos de Miguel Ángel Buonarroti le pegaban de niño por desear aprender a pintar y a esculpir; eran conscientes del valor del arte, pero ser artista no era para los de su clase—. En todo caso, el oficio de pintor era "para los varones", aunque estaba permitido que las hijas heredaran el oficio del padre y hay ejemplos célebres de ello.

Pero Amílcar tenía ojos, y lo corroboraban sus amigos y toda la ciudad de Cremona: sus hijas tenían talento. En especial Sofonisba. Así que hizo la excepción: sus hijas eran nobles y pintaban lienzos geniales.

Habíamos dejado a Elena soñando con una ciudad de casas imposibles mientras Blanca y Amílcar discuten. La pareja hace a un lado el tema de Renzo porque ha caído en otro recurrente: Sofonisba. Con cinco hijas mujeres y un solo varón en la familia —y Blanca está de nuevo embarazada—, Amílcar quiere proteger el patrimonio de Asdrúbal. Hay que ir pensando en su futuro. Han conseguido que las monjas dominicas acepten a una de sus hijas sin dote, saben que las Anguissola saben pintar y cuentan con que su oficio será el patrimonio que aportará al convento. Blanca quiere que se enclaustre Sofonisba, la mayor.

Amílcar, no.

Sofonisba tiene talento. No la va a soltar así nada más. Pero Blanca quiere precisamente que el padre la suelte. No quiere para Sofonisba el triste destino de una solterona pegada toda la vida al padre y a la madre.

—¿Y de una monja sí? —le contesta Amílcar.

De una monja sí, con algo se reemplaza al matrimonio, en lugar de los hijos y el marido están la vida en comunidad y Dios. Adentro del convento podría seguir pintando, que es lo que más le gusta a esa niña, y ahí crecerá como pintora, se volverá una grande, como Caterina dei Vigri. Pero Amílcar se niega:

—Tiene talento. Es la única esperanza que tenemos para Asdrúbal.

—¡Asdrúbal! ¿Qué tiene que ver Asdrúbal, que tiene tres años, con Sofonisba, que está en edad de casarse? Basta con que guardes todo el patrimonio para él.

—Tiene talento. Esa niña nos va a traer una fortuna.

Blanca guardó silencio. Nunca había pensado en el talento de su hija mayor asociándolo con el dinero.

—¿Estás diciendo que vas a vender sus pinturas?

—¡Por supuesto que no! ¡De ninguna manera! ¡Tiene un padre noble, una madre de la familia Ponzone! Pero podrá entrar al servicio de un palacio.

Blanca rabia y no dice más. Amílcar sigue perorando. Asdrúbal, como hemos dicho, duerme. Antonietta —la sombra de Sofonisba— duerme también. Lucía borda hermosamente, es labor que saben hacer hasta las reinas. Minerva le habla a Sofonisba, y cree que con esos monosílabos su hermana mayor le responde. Sofonisba sueña con Renzo. Elena y Europa siguen soñando también con él. Hasta que van cayendo dormidos, primero Blanca —el embarazo le da sueño, aunque siga enfadada se le cierran los ojos—, tras ella Amílcar, los siguen las fantasiosas Elena y Europa. Luego Sofonisba. Y por último Minerva, que ha seguido *hablando* de cosas muy importantes con *su* Sofonisba.

Pocas horas después, en la casa de los Klotz, los criados —los riñones molidos, hartos de tanto cabalgar— están de pie preparando de nueva cuenta las monturas para regresar a Roma. Esperaron a tenerlas listas, lo mismo que todo lo necesario para el viaje —agua, refrigerios, quesos, pan, carne seca— antes de llamar al joven Renzo.

Matías continúa despierto desde la noche anterior. Estudia la nueva horma que ha trazado para una caja de viola. Sus ojos oyen con mayor precisión y sensibilidad en las noches. De noche las puntas de sus dedos también saben escuchar. Planea hormas, pule y corta la madera atendiendo por intuición al sonido que albergarán, guiado por un sentido que no cabe bajo la luz del día. Con éste alerta, oye el ruido de los pasos, los caballos sacudiendo los belfos, los criados arrastrando los pies, la avena jalada sobre las piedras del patio. En ese momento recuerda que Renzo saldrá de nuevo hacia Roma, deja su labor —y sus sueños— de lutier y escribe al vuelo cuatro cortas cartas de presentación, describiendo el hermoso dibujo de la hermosa Sofonisba. Ya puso otras al correo semanas atrás, pero éstas irán en manos de su hijo y aluden preciso al nuevo carboncillo.

Despertaron a Renzo. Matías está lleno de energía y brío, lo ayudó a prepararse a salir y rápidamente escupió innumerable cantidad de recomendaciones que Renzo escuchó más dormido que despierto. Matías sabía que hablaba de más, con sólo verlo sabía que todo iría bien. Su hijo era un chico estupendo, Sofonisba una gran artista… y no había mujer mejor que ella para acompañarlo en su vida. Sabía perfectamente que Renzo pensaba en el viaje a Roma como en un reto. Debía saber que era un hombre capaz de estar a su altura, que merecía ser su marido, así fuera más joven que ella. Y con este viaje iba a demostrárselo al mundo.

2

El segundo viaje a Roma tenía que ser un éxito, y rotundo. Renzo calculó fríamente el encuentro con Miguel Ángel. Entrando en la ciudad, buscó la casa y el taller del colega de los Klotz que lo esperaba desde el viaje anterior, un moro, Pero Alí, amigo de Mofferriz el de Zaragoza, el célebre hacedor de claviórganos. Él conocía bien a algunos que frecuentaban al divino Miguel Ángel.

—Lo primero —dice el moro Pero— es que conozcas lo que él hace, no puedes acercártele como a un mortal cualquiera sin haber visto antes la naturaleza de su genio. Y tienes que enseñarme a mí y mostrar a sus amigos el dibujo que traes. No podemos importunarlo con cualquier cosa. Así que toma el dibujo, y vamos.

Salieron a la calle. En la plaza, los barberos ponían una manzana en la boca de sus clientes para cortarles al ras la barba del día. Los músicos ambulantes, los vendedores de comida, los mendigos, las nubes densas de peregrinos circulaban a diestra y siniestra. Había más gente que espacio.

El moro se desplazaba como un pez, con una facilidad que atolondraba a Renzo, no acostumbrado a estos ríos de humanos, y encima cargado con el cartapacio. A la segunda vez que se quedó atrás, el moro le quitó de la mano el cartapacio y lo tomó del brazo para guiarlo. Renzo sintió que el moro tenía las manos frías, parecía ser lo único frío en toda Roma: a pesar del invierno, la cantidad de gente, el ruido, las voces, todo era cálido en la ciudad. Llegaron al edificio donde Renzo había visto a Miguel Ángel desaparecer en aquella ocasión, el Palacio Farnese. La fachada estaba sometida a la remodelación diseñada por Miguel Ángel; adentro, un salón en estado impecable acogía a la claque del artista, a los amigos que seguían los pasos del viejo genio.

Todos aprobaron el dibujo de Sofonisba. Los siguientes días, Renzo visitó sus obras y las de otros grandes maestros escultores, pintores, arquitectos; deambuló por los callejones, paseó por los barrios de los músicos, charló hasta cansarse. Hizo amigos, probó comidas, escuchó melodías, vio bailes, memorizó frases nuevas. Supo que el tiempo corría rápido en Roma. Admiró a Miguel Ángel. Se introdujo en el mundo de Pero Alí. Él tenía por bueno practicar todas las posibles religiones y creencias. Le decía a Renzo: "Esto no puedes contarlo a viva voz en la calle, a menos que quieras encontrar quien te queme las carnes". "¿Las carnes?", preguntaba inocente Renzo, "¿cuáles carnes?". "Las tuyas". Los acompañaba a veces una amiga de Pero Alí, una africana, una negra inmensa venida de Gao, algo mayor que Renzo y que Sofonisba. Nadie se atrevía a llamarla bruja. Conocía los poderes de las plantas, las piedras y las cosas, sabía cómo entonar las invocaciones para que fueran efectivas, reía mucho, lloraba a veces pero mucho, dejaba atrás de sí un olor seductor. Andaba descalza al menor pretexto, se quitaba las zapatillas para caminar si la calle era empinada, para sentarse si la silla era baja, para entrar a la iglesia en seña de respeto, o para bailar si de fiesta. Porque bailaba con cualquier pretexto. En las iglesias, rezaba con un fervor que conmovía los corazones casi siempre secos de los curas. Pero quien la viera participar de las otras ceremonias se azoraría. Su cuerpo y su alma se sabían sacudir al menor vientecillo de la fe, cualquiera que fuera el signo de ésta, y cualquier soplido de cualquier creencia la ponía a volar. Hablando de volar: algún vecino creyó verla salir de noche, por el balcón, como

Renzo en Cremona, pero ella sin piernas, se echaba a volar sin alas hacia el cielo. Por esto los niños le cantaban "vuelas, vuelas", por esto le decían "la vuelas" cuando pasaba, queriendo decir "la que vuela". La que vuela en las noches, la bruja, la encantada, la que tiene poderes. Ella bromeaba con los que la llamaban así; no le enfadaba, la enorgullecía. Les dice: "Si una noche de éstas alguno de ustedes se lleva mis piernas de mi cama cuando no las traigo puestas, me dejaría sin cómo regresar, me quedaría el resto de la eternidad dando de vueltas en el aire. ¡Ni se les ocurra, porque nunca los dejaría en paz!". Se hacía llamar por ellos Magdalena, pero cuando encontraba amigos le decían otros nombres. Un indiano, con el que algunos decían que cohabitaba, un sevillano que se vestía a menudo un gorrito con largas plumas para que nadie olvidara lo que era, la llamaba Xóchitl o Flor, y cuando Renzo lo inquirió por el doble nombre, él le contestó: "Es el mismo, sólo que en dos lenguas". Un día fueron a la casa del indiano. Vivía en un fastuoso *palazzo*, no tan grande como el de los Farnese que remodelaba Miguel Ángel. Pasaron por varios salones donde abundaban ricos tapices de seda, muebles de marquetería, cortinas dobles, todos los objetos denotaban riqueza, y entraron en un cuarto sin ventanas donde el hombre había atesorado objetos bizarros traídos de las Indias: piedras de sacrificio talladas con imágenes abominables, figuras de seres incomprensibles en las que abundaban las serpientes y las manos pero faltaba un rostro, un tronco, carecían de la armonía que tanto amaba Miguel Ángel en la anatomía del hombre —y que no sabía encontrar en la de la mujer—. Tenía también una especie de libros que no se abrían como los europeos sino que se extendían ocupando todo el espacio de la habitación. En éstos, las figuras que hacían las veces de letras eran por completo indescifrables, los colores eran brillantes y crudos; hasta donde Renzo alcanzaba a ver no había un solo detalle realista. Eran crónicas, explicó el indiano, contaban las historias de sus pueblos, las peregrinaciones antes de fundar sus ciudades, las guerras, la sucesión de sus reyes. Sacó de cajas de madera perfumada, tallada y pintada muy bellamente, piezas de joyería trabajadas por orfebres magníficos, y de otros cofres grandes figurillas de barro que conservaba envueltas en piezas de tela bordadas como no se había visto antes en Roma. Representaban pequeñas personitas —éstas sí, de cuerpos enteros— con todo detalle, los cabellos peinados como allá se acostumbra, sus ropas, las zapatillas ("cacles, huaraches", dijo el indiano); unos niños jugaban, una mujer molía grano ("en un metate", explicó de la escena, la mujer con el torso desnudo tallaba una pequeña piedra de forma cónica contra una más grande, plana y tendida al suelo), parejas que copulaban con rostros hieráticos, mujeres totalmente desnudas que enseñaban su vulva sin pudor, dos hombres gibados, un viejo cubierto de arrugas, otros jóvenes reían, alzando los brazos para que se notara que lo suyo era carcajearse, y por último una figura que era como una columna pero terminada en punta y flor, un falo, una verga, pues, que en el extremo mostraba un lirio. Seguían tras ésta las que eran falos a secas, sin cuerpo, y después otras en las que hombres diminutos mostraban miembros de tamaños descomunales, los más con rostros dolientes.

En una ocasión, muy de mañana, en las afueras de la ciudad, cuando iban a cruzar el Tíber, vieron a Magdalena a la distancia, zarandeando su vistosa falda, meneándose de qué manera. Estaba rodeada de un grupo compacto de gente que la escuchaba con embeleso, los turcos de togas blancas, los bereys en amarillas, son judíos mercaderes del Gran Turco. Los más eran africanos, ya fuera blancos, comerciantes vestidos con turbantes y largos vestidos, o negros, los más en ropas a la romana, eran esclavos que hacían labores domésticas, trabajaban en los talleres, albañiles o cargadores, bestias de carga.

Al ver la escena, Pero Alí se preguntó en voz alta: "¿Qué está haciendo?", entre alarmado y curioso, tal vez temiendo lo peor, que Magdalena hubiera perdido toda mesura y exhibiera en plaza pública lo que es pecado mostrar incluso en privado.

Roma sería Roma, pero los católicos habían comenzado en todos los frentes su lucha contra los heterodoxos, los judíos, los amigos del Turco y los luteranos.

Corrieron hacia donde estaba Magdalena, la perdieron de vista unos pasos, se incorporaron al grupo que la admiraba, se abrieron paso hasta la primera fila. Primero la oyeron cantar palabras en lengua mande, sólo unas pocas, el músico la acompañaba rasgando las cuerdas del molo (una vihuela como las que usaban los que hacían tambores todas las horas del día en el taller de los Klotz), pero al ver a Pero Alí y a Renzo paró de entonarlas, diciendo:

—Ahora repetiré la misma historia para quien no hable la lengua mande, y el que no la quiera oír se vaya ahora, la diré en la lengua que hablan los romanos…

Así lo hizo. Echó a cantar en italiano —si es que eso era italiano, si es que eso era cantar, que era entre recitar, bailar con la voz y también con el cuerpo—, con palabras salpicadas en latín y algunas en árabe. Pasó el día domingo completo, que debería ser para adorar al Dios único, narrando la vida de Askia Mohammed, que tan poco tiene que ver con Jesús y con lo suyo:

Aquí se reproduce la primera parte de lo que Magdalena-Xóchitl-Flor cantó aquel día

Kasaye es la hermana del rey Sey.
Va a dar a luz un varón,
lo sabe el rey Sey,
lo sabe el mendigo,
lo sabe el fervoroso,
lo sabe el descreído,
lo sabe el ladrón,
lo sabe el que jura en nombre del Todopoderoso en vano,
 Kasaye va a dar a luz un varón
que matará al rey Sey y ocupará el trono de Gao.

Lo matará sin ayuda, lo matará,
porque él será el rey, será el rey.

Kasaye vive en la casa de Sey,
si son hermanos, Kasaye vive con Sey.
Kasaye tiene una esclava de Bargantché
que no es ni bella ni es fea,
ni tiene buena voz, ni sabe cantar bien,
es una cautiva, una esclava,
tiene la cola bonita, tiene la cola bonita.

Una noche, un hombre vestido con ropas blancas
llega a Kasaye y le dice:
"Yo te voy a dar un hijo y, óyeme bien,
óyeme bien, yo te voy a dar un hijo
y te aconsejaré qué hacer".
Kasaye lo deja bien claro:
"Mi hermano es el rey Sey,
se protege de mis hijos".
El hombre de ropas blancas y nuevas y muy finas dice:
"Yo te voy a dar, yo te voy a dar un hijo,
que el Clemente le dé larga vida
y que sea un hombre probo y útil,
que sirva en todo al Creador,
que nunca pierda su cercanía con el Querido".

La cautiva de Bargantché está por dar a luz.
Ella da a luz una niña.
Kasaye, la hermana del rey Sey,
alumbra un varón, el hijo de Kasaye,
habido con el hombre vestido de blanco,
el hombre que llegó en la noche,
el que le dijo: "Yo te voy a dar un hijo.
Yo te voy a hacer un hijo".
Kasaye va con su hermano:

"Aquí te dejo a mi hija, ten,
con dolor de corazón,
ten, me acaba de nacer".
Todos los hijos que ha dado a luz Kasaye
mueren a manos del rey.

Ah, qué tío, qué tío tenemos, Kasaye.
A ésta como a los otros, la mata el rey Sey.
No le importa que sea niña,
es la hermana de su hermano,
el hermano que no tiene,
el hijo de Kasaye, que es hermana del rey, de Sey.
No hay cómo dejar viva a la hermana de un niño así.
¡Ay, la sangre de los hijos de Kasaye!

"Mi cautiva ha dado a luz un niño",
le dice Kasaye al rey,
"lo hemos llamado Mamar".

Renzo escribió un recuento del espectáculo a Sofonisba. Le
envió una carta explicándole cómo bailaba Magdalena, cómo
se había vestido con ropas de qué colores para su recitación,
cómo el músico ciego la seguía con la cara como si la viese. De
esta carta hizo copia para sus papás; si el taller de los Klotz
tenía tal emblema, deberían conocer la historia del rey Askia,
del que llamándolo Mamar cantaba Magdalena.

Cuando Pero Alí consideró que Renzo ya estaba preparado
para el encuentro, pidió a sus amigos que lo llevaran a encontrarse con el divino artista. El genio sonrió al ver de nuevo
a Renzo, recordándolo. Había topado con el emblema que
había visto en su caballo en el clavicordio de un amigo, sabía
ahora toda su historia. "¡El joven hermoso, el *ragazzo*!". Lo
recordaba. Le preguntó por su amiga, la del dibujo, y Renzo
sonriendo le contó que traía una respuesta al primer dibujo,

y en breve regresó con el cartapacio. Esta vez el viejo genial admiró el dibujo de Sofonisba Anguissola, y Renzo lo dejó en sus manos. Meses después, hecho circular para dar alas al nombre de Sofonisba Anguissola, habiendo ya cruzado correspondencia con Amílcar, lo hizo regalar junto con un dibujo suyo, la cabeza de Cleopatra. Quería que estuvieran juntas con un posible protector (y promotor) para la joven artista. Llamémosle Mecenas, pero el nombre no le calza sino de máscara. Era de estos enriquecidos que saben cómo cobrar a diestra y siniestra el resplandor de la plata que les rebosa en sus bolsillos, sin soltar un céntimo ni por descuido. Promotor sí era, todo el mundo supo del regalo recibido, pero ni el Miguel Ángel ni el Sofonisba se volvieron a ver en mucho tiempo, lo que le duró la vida al falso Mecenas (su nombre se esconde aquí para pagarle con la misma moneda).

Por unos días, para deleite de Miguel Ángel, Renzo se unió a su claque, fue uno más de los acompañantes diarios del divino. Renzo descubrió en las miradas de Miguel Ángel que le parecía hermoso. Y esto le hizo sentirse muy bien, pensó que Sofonisba sería suya, amó Roma, adoró al divino artista, abrevó de sus palabras y comentarios tanto como de sus obras.

Al dejar la ciudad lo tenía decidido: él y Sofonisba, apenas casarse, se irían a vivir a Roma. Él continuaría y expandería el negocio de la familia, sobre todo el comercio de instrumentos musicales, Sofonisba se dedicaría a pintar, crecería en su arte, fundaría su propio taller. En breve, ella sería la Divina Sofonisba, la heredera del arte de los grandes artistas de los reinos de Italia.

La última carta que le envió desde Roma, una larga, apasionada carta amorosa, incluyó múltiples detalles prácticos que describían la vida que habrían de llevar de casados. La puso en manos de un correo junto con un medallón de latón liso con una pequeña nota adjunta, donde le explicaba que necesitaba saber su opinión antes de pedirle su mano a Amílcar —"porque tu mano, Sofonisba, es tuya, tuya es la última y la primera palabra"—. Le pedía que conservara el medallón si su respuesta era afirmativa, para que ella pintara en éste "el emblema con que tú nos quieras fundar como familia". Recibió su respuesta al llegar a Cremona, manuscrita bellamente. No le contestaba ni un sí ni un no directos, y de hecho hablaba de otras cosas —"creo que el clavicordio se desafinó porque no estabas aquí… Minerva me ha contado un cuento que inventó que no puedo repetirte porque es muy inconveniente, es la historia de dos zapatos, uno se llama Renzo y el otro Sofonisba"—. No le devolvía el medallón, eso bastaba, eso era un "sí" muy Sofonisba.

Renzo se presentó en el *palazzo* de los Anguissola acompañado de sus papás para dar las buenas nuevas —que por supuesto ya lo habían precedido— y para pedir la mano de su hija mayor. Le faltaban solamente semanas para cumplir dieciocho años, Sofonisba tenía ya veintiuno bien habidos —o un poco más no confesados—. Los humillaron desde antes de entrar: Julio tiene instrucciones de hacerlos pasar a la cocina y dejarlos esperar ahí, como si fueran gente de servicio. Los Klotz de pie, frente al portón, oyeron las explicaciones del mocito —le avergonzaba la situación, ellos eran siempre generosos con él, ¿por qué les hacía esto don Amílcar?—, quien les decía:

—Hoy barnicé la parte interior de la puerta principal, no puedo abrirla, discúlpenme por favor.

Un gallo pasó corriendo frente a ellos, y atrás de él la cocinera, Rossaria, con un cuchillo en la mano. Al ver a los Klotz tiró el cuchillo al piso, y el gallo regresó por donde había venido. Matías levantó del suelo el arma de Rossaria y se la entregó, diciéndole:

—Déjelo vivir un día más. La vida es invaluable hasta para un pajarito.

Rossaria refunfuñó adentro de sí:

—Éste toca a baile cuando va al cementerio.

Alcanzó corriendo la puerta de la cocina, agarró en el umbral al gallo, ahí mismo le torció el cuello y le cortó la cabeza, dejando correr su sangre en el piso. Gritó:

—¡Que alguien venga a limpiar esto!

Se había puesto de mal humor, cosas de cocineras.

Amílcar y Blanca tardaban en recibirlos. Cuando Amílcar y Blanca Anguissola dieron órdenes a Julio de traerlos al salón, tuvieron que eludir la mancha de sangre en el piso. Los Anguissola saludaron a sus vecinos con frialdad. Entraron al salón, a media luz, como siempre, y no convidaron a sus visitantes a sentarse. El clavicordio estaba al lado de la puerta. Instintivamente, Matías se acercó al instrumento y comenzó a revisarlo. Tocó una tecla. Dijo:

—Algo no está bien.

—Papá —dijo Renzo, queriendo distraer su atención del instrumento; no estaban aquí en carácter de artesanos sino de pretendientes—, estará desafinado.

—No, no es sólo eso, tiene algo más.

Volvió a tocarla. Si hubiera habido luz suficiente, habrían visto que su cara reaccionó como si se hubiera comido un limón. Tocó otra tecla. Metió la cabeza en la caja de resonancia del clavicordio. Amílcar no tenía ninguna prisa por entrar en materia, aunque quería saber más detalles de la reacción de Miguel Ángel, había estado ponderando qué procedía hacer ahora, y quería tener todos los pelos de la burra en la mano. No tenía ningún afán de perder su tiempo con estas personas. Que hablaran, y salieran. ¿Y para qué había venido el viejo? El joven bastaba, era el que tenía que hablar.

—¿Decían? —habló Amílcar. En lugar de preguntarles cortésmente por su estado de salud, el negocio, algún comentario por elemental cortesía, aunque no pensemos en la retribución por los gastos invertidos en el viaje de ida y vuelta dos veces hasta Roma, el duro Amílcar (mucho mayor en edad que Matías y Verónica, podría ser su padre) espetaba un "decían" como una patada, invitándolos a salir pero a las de "ya", nada de "¿cómo están?" ni agradecer con siquiera una sílaba a Renzo, decirle que ya sabía lo bien que había ido todo, pedirle que le contara más. Renzo le buscó la mirada, pero Amílcar no se la devolvió. Eso sí que le sonó mal, peor que la tecla desafinada a Matías. No se había ganado su respeto.

"Al mal trago, darle prisa", y diciéndose esto, Renzo habló, reseñando con todo detalle la respuesta de Miguel Ángel. Terminó explicando que el maestro se había quedado con el dibujo.

—¿A usted quién le autorizó a dejar en Roma el dibujo de mi hija?

La frase sacó a Matías de su inspección del clavicordio. Sacó la cabeza de la caja, apresurado, golpeándose la frente con la tapa.

—¡Es un honor que el divino Miguel Ángel lo haya querido! —dijo Matías.

Y Renzo:

—Sofonisba me dio permiso. Fui en representación de Sofonisba, no de usted, y no lo digo por faltarle al respeto. Fui en nombre de ella.

—¡Qué impertinencia! —dijo pedante Blanca, en parte para avivar el desagrado de Amílcar. Ya sabía a qué estaban esos alzados, esos qué-se-creen, esos nuevos ricos, esos nádienes.

Amílcar no tenía nada en contra de que el dibujo se hubiera quedado con Miguel Ángel, al contrario, dijo el comentario por el placer de humillar a sus ricos vecinos. Matías se dio cuenta, y ahora él —de tal palo, tal astilla— se dijo: "Al mal trago, darle prisa", y de sopetón pidió la mano de Sofonisba para su hijo. A Amílcar se le encendió la cara de la furia. Calló, contuvo su lengua y respondió:

—No, es imposible. No terminantemente. Sofonisba no tiene dote, no puede casarse.

Matías le contestó, más para humillarlo que por intentar alterar su negativa:

—Don Amílcar, a los Klotz no nos importa ese detalle. Es una cosa pequeña, sin importancia. Si el dinero se tiene, no se siente. Mi hijo ama a Sofonisba. Nosotros tenemos una pequeña fortuna con la que ella podrá disfrutar de una vida de holgura y desarrollar su talento. Además, su hija es su propia dote, sus manos valen oro puro. Pero si es eso lo que a usted le preocupa, si usted necesita del dinero que ella pueda traerle, pues lo estipulamos en el contrato de matrimonio, las ganancias que generen sus pinturas serán de los Anguissola, los Klotz no viven a costa de nadie.

Si la propuesta enfurecía a Amílcar fuera de toda mesura, el comentario de Matías lo sacó de sus casillas. ¡Imbéciles! "Su hija es su propia dote". ¿Pretendían incorporar a Sofonisba a su familia para ponerla a trabajar como si ella fuera uno de ellos? ¿Creían que les iba a pintar sus violines? ¿Cómo se atrevían? ¿Quiénes se creían? ¿Manos de oro? ¡Imbéciles, diez mil veces imbéciles! "¿No vivimos a costa de nadie?". La sangre le hervía. Maldita la suerte que se los había encajado por vecinos, porque entre los bajos Klotz y los ilustres Anguissola media un abismo —ni qué decir que Amílcar no piensa nunca en sí mismo como un bastardo de madre plebeya, eso no sale a flote, pero a su manera aumenta aquí su furia, un río subterráneo de rencores no dichos crece la fuente—. Para hacerles saber el tamaño de su cólera, no volvió a abrir la boca. No duró mucho la escena (Amílcar frente a los tres Klotz, Blanca a sus espaldas, todos de pie y el silencio reinando entre unos y otros), porque Matías se despidió cortésmente. Para esta despedida no hubo respuesta alguna, ni de Amílcar, ni de Blanca. Al salir, Matías dio un pequeño golpe con el pie al clavicordio, y todavía tuvo la buena leche de decirle:

—¡Pórtate bien! ¡Compórtate que desde afuera te vigilo!

Sólo minutos antes Sofonisba y sus hermanas habían entrado en la casa. Blanca las había hecho salir, advertida de que vendría Renzo. Al oír que están los Klotz de visita, las Anguissola se alborotan, corren a refugiarse en su habitación, entienden a qué han venido. Sólo Sofonisba queda en el primer piso. Espera afuera del salón, segura de que Amílcar dirá que sí. Ella ama a Renzo, Renzo la ama a ella; Renzo es rico, ella es pobre;

ya tiene veintiún años (en realidad veintitrés, pero no se lo digan a nadie), no hay otros pretendientes para ella, nadie la ha requerido porque no tiene dote... ¿Qué más pedir? ¡Tiene suerte! Como su papá diría, "¡una boca menos que alimentar, un cuerpo menos que vestir!". Renzo le escribió en la carta donde le dijo que deseaba casarse con ella, que la llevaría a Roma, que vivirían cerca de Miguel Ángel, que él pondría allá una extensión del taller de sus padres y que ella podría pintar todo el tiempo que le viniera en gana —siempre y cuando le regalara tocarle a veces piezas en el clavicordio—. Y Sofonisba había pensado que nada la haría más feliz. No sabía qué emblema tramar para ellos dos —el Klotz, la Anguissola de Cremona—, pero había pensado que sus iniciales entrelazadas y un violín y un pincel irían de perlas en el medallón, lo iba a pintar, y se lo daría de vuelta a Renzo.

Lo único que alcanzó a oír desde afuera del salón fue la voz dulce de Matías, templada y noble, luego el silencio seguido de la frase dirigida al clavicordio. Pero apenas salieron los Klotz, de verlos supo todo. ¿Pero *por qué*? Cruzó miradas con Renzo. ¡Ah!, ¿cómo no se había dado cuenta? Los Anguissola son nobles. Los Klotz no, y porque no quieren.

Sofonisba los acompaña a la puerta. Matías la toma de las manos.

—Las manos más finas del mundo. No merecen...

No termina la frase.

Verónica le toca la carita con las dos manos, llamándola "bella, bella".

Renzo no hace nada sino verla, verla; se la come con la mirada, los ojos en lágrimas. No son lágrimas dulces, con ellas se protege de enseñar el infierno helado que se ha desatado adentro de su persona.

Sofonisba cerró atrás de ellos la puerta en silencio, pegó a ésta su cuerpo, si no hay ningún barniz fresco, fue un pretexto que inventó Julio al vuelo. Oyó los pasos de los Klotz en las baldosas de la calle, chop chop, chop chop. Vio venir a Julio corriendo hacia ella, abotonándose la chaqueta para dejar salir a las visitas; muchacho distraído, siempre con hambre; lo vio pisar la sangre del gallo, a cada paso deja sendas manchas pintando el piso.

Los Klotz recorrieron la corta separación entre las entradas de los dos *palazzos* sin dirigirse la palabra. Matías y sobre todo Verónica no podían entender el "no" de Amílcar. No comprendían al hombre, "es un necio", decía Matías, "lo he sabido siempre, un necio". No se daban por humillados, y sólo en esto no les ganaba la partida Amílcar.

Adentro del Palazzo Cavalcabò los esperaban algunos artesanos y artistas, entre otros el joven poeta —que había escrito para los novios un epitalamio erótico y reidor que nadie imaginara al ver a su autor tan esmirriado (lo había hecho en latín para gustar a los Anguissola)— y el tallador de carey —tiene en las manos una peineta especial para Sofonisba, la "K" de los Klotz entrelazada con la "A" de Anguissola—, listos para celebrar las buenas nuevas. Ni se mencionó el tema, el silencio lo explicó todo. Se sentaron a la mesa a cenar. El primero en romper el silencio fue el tallador de carey, dijo que debía salir hacia Roma cuanto antes. Matías le preguntó si quería viajar con Renzo.

—Debe volver, tengo que encargarle que finiquite unas comisiones.

—Mañana mismo —dijo el tallador.

Había que sacar a Renzo de Cremona. Por esto el tallador se ofreció, Matías aceptó y Renzo, desolado, desconcertado, dejó que lo decidieran por él. Sí, todo era mejor que cualquier cosa.

Muy temprano por la mañana, mientras los criados preparaban su salida, Renzo escribió una larga carta a Sofonisba, y la confió en manos de Ciro. Le dijo que esperara su respuesta y se reuniera con él hasta que la tuviera.

—Me alcanzas entonces en Roma.

Apenas salieron los Klotz del Palazzo Anguissola, cuando el holgazán Julio estuvo a punto de tropezar con Sofonisba, se escucha la voz de Amílcar llamándola. Está hecho un basilisco. Rabia de ira. Sofonisba entra en el salón y ahí, de pie los tres —Blanca, Sofonisba, Amílcar—, habla con ella. Sabe que el "magnífico baboso" no se habría atrevido a abordarlo si Sofonisba no le hubiera dado alas. Casi gritando, dice que una mujer noble jamás podría casarse con un plebeyo, un artesano, y menos de una familia que despreciara de esta manera a lo mejor de Italia. Le habla mal de los Klotz, los llama locos, aventureros, mezclados con herejes, e incluso les cuelga un "amantes del Turco". Luego va a lo de la dote, con que no hay dote ninguna para ella.

—Y esto es definitivo, no tiene qué ver con la gentuza Klotz.

Sofonisba sabía lo de la dote. Por eso mismo creyó que su papá diría que sí. Estaba segura de que los Klotz no pedirían un quinto, ellos no eran como todos los otros cremonenses, como los milaneses, como los franceses, como los españoles, como los alemanes. Ellos eran los Klotz. Su única posibilidad de casarse. Y no los quería porque fueran la única, sino porque de todas maneras eran lo que escogía Sofonisba. La única, pero la mejor. Renzo no era su "peor es nada", sino su mayor deseo.

Amílcar seguía arengando; cuando estuvo ya un poco más sereno, le habló de ella, de su nombre de artista:

—Lo perderías todo si te casas; una mujer debe ser virtuosa en extremo para que los varones la respeten; la que tiene marido ya no puede ser una poeta, una artista, ahí acabaría todo; así es, es la regla.

Sofonisba está a punto de llorar. Amílcar agrega una cosa más:

—Ya, ya, no te pongas así, son muy poca cosa. Tú eres una artista excepcional, no tienes por qué ligarte a un afinador, qué va, con él no llegas ni a la esquina. No voy a permitir que arruines tu vida de esa manera. Es un completo baboso.

Esta última explicación lo resumía todo. Renzo sería bello, alguien podría pensar que tenía algo de propiedades y dinero, pero no era sino un lutier. En cuanto al Cavalcabò Cavalcabò de su sangre, ni una palabra directa, pero sí dijo que los Klotz "tiraron por la borda lo bueno que tenían, que no era tanto, la sangre no corre por las venas de las mujeres, el hombre es quien da el nombre, el hombre es el que cuenta". "Si es así", pensó Sofonisba, "si sólo el hombre cuenta, déjame ir, ¿qué más doy?, soy mujer", pero no abrió la boca, no dijo nada. Lo oyó ponderando. Supo que era inútil discutir con él a menos que encontrara una aliada. Giró a ver a Blanca. Blanca dijo:

—Estoy totalmente de acuerdo con tu papá —si él y Blanca hacían bloque, estaba hundida. Sí, su suerte estaba echada.

—¿Entonces? —preguntó Sofonisba—, ¿qué va a ser de mí? ¿Me vas a enviar al convento?

—Para el convento también se necesita dote, Sofonisba. Parece que hemos conseguido por intercesión de Gerolamo lugar para una de ustedes, pero no va a ser para ti. Será para Elena, es más indefensa que tú. Tú te quedas en casa. Ya gasté mucho dinero en ti. Ahora es tu deber enseñar a tus hermanas latín, música y a pintar. Tú eres su maestra. Y harás una carrera. Ya he escrito a Miguel Ángel agradeciéndole sus comentarios. Gerolamo nos ha conectado con toda la nobleza de Milán. Tu nombre crece cada día.

—Papá, yo podría vender mis lienzos.

—¡Vender tus lienzos! ¿Eres hija del pollero? ¿Tu papá cuida caballos? ¡De ninguna manera! Además, no sé en qué estás pensando, Sofonisba. Sí eres genial, no me cabe duda. Pero eres mujer. Porque eres hija de un patricio, porque eres mujer, si quieres algún respeto, no debes ni puedes vender una sola de tus pinturas. Jamás. Lo perderías todo. Dirían que pintas basura, que no tienes honor, te acusarían de ramera.

Circulaba otra vez esos días el panfleto en contra de Issota Nogarola (¿cuántas rondas llevaba la infamia?). Sofonisba lo conocía muy bien. No había entendido por qué Amílcar no le había prohibido leer esa bazofia, en la que se acusaba a la Nogarola de acostarse con su propio hermano, de haber perdido la honra desde niña. Ahora entendía por qué. Al dárselo, Amílcar había dejado dicho: "Después de que esto apareciera la primera vez, Issota Nogarola no volvió a publicar, se tuvo que retirar, ya nadie le tuvo ningún respeto". Así hubiera sido forzada, como la mamá de Renzo, de la que también sabía la historia, ¡qué aberración! Violada cuando niña por un miserable, una rata que al hacerlo quería arrancarle todo lo que ella sí tenía, y que él no: su belleza, su inteligencia, su talento, su fortuna. Ratas como ésas abundan, y las permite el mundo. Para los hombres, todo. Para las mujeres, el desprestigio. ¡Loable repartición!

Sofonisba se dio la media vuelta. Amílcar la reprendió por darse la media vuelta sin decir: "Con su permiso, papá". Dijo "Con su permiso, papá" y siguió caminando. Ahora no sabía qué pensar. Siempre había creído que se casaría con Renzo. El único posible inconveniente era la edad, él era cuatro años menor que ella (se mentía, eran más), pero si a él no le importaba, a ella menos, y como Blanca le quitaba los años desde hacía cinco, la gente podría creer que tenían casi los mismos. Supo desde que nació Asdrúbal que no habría dote para ella, pero sabía que a los Klotz esto les tenía sin cuidado —ahí estaba el ejemplo de Verónica, tan contraria a los usos y costumbres—. Sabía también que Verónica era el problema, que eso es lo que no quería Amílcar para ella, y que a ella no le disgustaba lo que hacía Verónica, trabajar, vivir como la gente. Pero no había otra cosa que hacer. Ya no era niña. Lo único que le quedaba en la vida era pintar.

No podía darse el lujo que se regalaba Renzo cuando lo requería: encerrarse en su cuarto a llorar, o brincar por el balcón y huir de casa —así fuera unos pasos—, porque todas las niñas dormían en la misma habitación. Hasta el nacimiento de Europa las cuatro habían compartido la misma cama, fue entonces cuando Blanca convenció a Amílcar, no sin cierta dificultad, para que comprara una segunda para Minerva y Sofonisba. Antonietta, el ama, dormía a sus pies, sobre una estera. Asdrúbal tuvo siempre su propia cama, desde el día en que nació Amílcar mandó construirle una, hinchado de alegría por la llegada del hijo varón.

Sofonisba entró en su cuarto, donde estaban todas sus hermanas esperándola. Lo sabían: su papá le había dicho que no "¡a Renzo!". No les cabía en la cabeza. Además de la pérdida de Renzo, que era ya en sí una tragedia a sus ojos, porque para ellas no había nadie más bello, más sabio, más rico, más viajado, más querido, les quedaba claro que Sofonisba no podría casarse nunca, nunca.

—¿Te vas al convento? —preguntó Elena.

—No, yo no voy al convento, yo me quedo en casa.

—¡Qué bueno que no vas al convento! ¿Te imaginas?

Un "hum" de Sofonisba. Le rompía el corazón el comentario de Elena. ¿Cómo decirle que ella sería la víctima?

Las Anguissola guardaron silencio. No sabían qué decir. Minerva se sentó muy cerca de Sofonisba. Y comenzó a hablar:

—Cuando Umberto Pallavicini capturó el *carroccio* de Parma y nos dio a los cremonenses la victoria, no se nos ocurrió nada mejor para rememorar el triunfo que quitarles los pantalones a los vencidos y colgarlos del techo de nuestra catedral. Pantalones de todos los colores, acordes con los gustos de los parmesanos. Ahí se quedaron durante los siglos de los siglos...

—¡Amén!

Las Anguissola se echaron a reír, una más que la otra, incluso la pesarosa Sofonisba. ¿Qué les daba tanta risa en esta historia de pantalones colgados del techo de la catedral? ¿Les parecía absurdo? Así eran las Anguissola. De muy atrás cargaban una alegría que nadie podía arrebatarles si estaban juntas. Nadie.

A la mañana siguiente, a la salida de la iglesia, Ciro dejó caer en la mano de Elena una carta de Renzo, cuidándose de que no lo fuera a ver Amílcar ni los dos ojos de halcón del ama perruna, Antonietta. De Blanca no había que preocuparse, andaba siempre en la luna, pendiente de que no se le arrugara el vestido, de que no se le moviera el peinado, esas cosas. No era frivolidad: era su manera de ser; no conocía otra. Europa dejó escapar una frase a la salida de la iglesia, a la hora de pasar cerca de él, pero así nada más, como si hablara con alguna de sus hermanas: "Que dice Sofonisba que te lo dirá después". Ciro volvió a pasar a diario junto a ellas en la misa, hasta que dos semanas después Elena puso en la banca un pequeño envoltorio. Se levantaron y lo dejó ahí. Ciro supo que era para Renzo, y de inmediato comenzó los preparativos para reunirse con su amo en Roma. Avisó a los Klotz de su salida, le dieron correos para Renzo y antes de que llegara el mediodía ya estaba en las afueras de Cremona.

3

La mañana en que Ciro puso la carta de Renzo en manos de Sofonisba, Renzo dejó Cremona, por tercera vez en pocos meses, y las tres veces por amor a Sofonisba. Como viajaría con el tallador de carey, la partida tenía un aspecto muy diferente. Además de los dos criados de Renzo, estaban los cuatro del tallador, tan negros como él, cargando conchas de tortuga y sus herramientas. Algunos bultos de mercancías de Verónica que debían entregar en el camino terminaban por darle una nota algo bizarra al conjunto, llamando la atención por dondequiera que pasaran.

El tallador de carey iba dispuesto a quitarle lo más posible el pesar a Renzo. Le describió el archipiélago donde había nacido, sus costas de mares brillantes y arenas "tan claras como la sal", contó cómo se cazaban las tortugas carey, y cómo las otras, "porque las carey son muy pequeñas, aunque es cierto que su concha no tiene par". Le habló de las tripas y las carnes flotando en el mar, "que lo único que desean los cazadores son pelarlas de sus conchas, sus cuerpos quedan flotando, las tripas" —y se reía—; le habló de los arrecifes (verdad), de los peces de piel brillante (verdad), con aletas como de seda (verdad) y con piernas de caballo (mentira). Le reseñó al detalle la pesca con arpón. Le dijo cómo hacía el amor la gente allá, que las mujeres tenían "su conchita horizontal, y adentro de ésta un luminoso ojito azul" (puras patrañas). Le habló de su villa quemada por los portugueses (verdad). Trataba de incitar la curiosidad del muchacho a toda costa, con patrañas o verdades, echando mano de leyendas y cosas ciertas, mezclándolas a la par. Le contó lo que eran los aye-aye, los *maki*, los *hira* de Madagascar, "que es tan grande esa isla como un continente. Nosotros la llamamos 'la tierra'". Le habló de la *fadadijana*, el regreso de los muertos, de los *fadys* (o tabúes, como los llamaríamos nosotros), de los *jira gasys*, que "son como los cantos de ustedes".

Le enseñó a decir su verdadero nombre, Rakotoarijaona y le hizo memorizar algunas frases "imprescindibles" en su lengua materna, el komoro; le explicó su historia, "allá no llegaron los romanos". Es un conversador magnífico, así no maneje a la perfección el italiano. Sus manos son de mago, las miniaturas que hace para incrustaciones son admirables desde todo punto de vista —por ellas lo han invitado los Klotz, y ya estando ahí fue que Verónica tuvo la idea de hacerle fabricar algunas piececillas de más fácil hechura, que pone fácilmente en el comercio a precios estrafalarios.

Visitaban a diario a Pero Alí, y encontraron un par de veces a la bella Magdalena, esto durante las semanas que tomó la llegada de Ciro. Cuando Renzo abrió el paquete que él recibió de las Anguissola en la banca de la iglesia, encontró el autorretrato que Sofonisba había pintado en "nuestro" medallón. En éste, ella sostiene un emblema desproporcionado para el tamaño de su cuerpo, explicando con esto que es para ella una carga llevarlo. En él están las letras de los nombres de sus hermanas: M por Minerva, E por Elena y Europa, L por Lucía. La A de Anguissola. La C es de Campi, su maestro, quien la entrenó en el arte de la pintura. La R por Renzo. La K de Klotz. Escribió una leyenda en el aro del medallón, diciendo: "Esto lo ha pintado, usando un espejo, Sofonisba Anguissola, de Cremona, la virgen". Sin palabras, dice: "Visto de negro. Vivo sin Renzo, aunque él ha pedido mi mano. Pero soy de él. De nadie más. Y todo esto, aunque pese, me enorgullece. Que nadie me tenga lástima. Vengo de una ciudad que hace hasta de los pantalones de los vencidos adorno de catedral y motivo de fiesta. Yo soy virgen y me ufano. Amén".

No pudo pintar el pincel y el violín. En su lugar, una virgen, y al pecho, en el medallón, las letras iniciales de los nombres y apellidos.

Con este autorretrato y la carta muy breve de Sofonisba, venía un correo de Matías dándole instrucciones precisas de un viaje que debía emprender a Viena.

Ciro había llegado con dolor de muelas. El tallador de carey se ofreció a ayudarlo, "no es que sepa yo muy bien curar los dientes, pero tallar sí sé, y el diente y el carey son amigos". Le explicó a Ciro que en Roma para quitarle el dolor le tirarían el diente, "en mi tierra no tiramos nunca los dientes, en ellos viene escrita la memoria de nuestros ancestros". Con suma paciencia talló la muela enferma y le sacó la parte mala, llenándoselo luego de una pasta que fabricó quién sabe con qué cosas olorosas. Le recomendó se lo hiciera bañar con oro. Ciro nunca volvería a tener dolor en ese diente.

Después de su tratamiento, Ciro regresó a Cremona, Renzo y el tallador de carey, acompañados por sus respectivos criados y asistentes, se enfilaron a Viena. Apenas llegar, el tallador de carey se despidió de él, "no quiero estar aquí, necesito volver a Italia, y de ahí debo ir por más carey a mi tierra". Renzo aprendería de él su estilo en la fabricación de violines.

En Cremona, Amílcar entabló correspondencia con Miguel Ángel, se instaló en el taller de Jacob Steiner, le escribió agradeciéndole el comentario al dibujo de su hija. El camino ya estaba abierto. El divino contestó.

Lo siguiente que ocurrió fue que Elena entró en el convento de las monjas dominicas de San Vincenzo de Mantua, sin más dote que dos lienzos pintados por su propia mano, un arreglo que enorgullecía a Amílcar; por lo menos había situado ya a una de sus seis hijas. Una boca menos que alimentar, un cuerpo menos que vestir, una preocupación de la que estaba aliviado.

La vida conventual de Elena empezó con el pie izquierdo, y esto antes de trasponer las puertas del monasterio. Ella, que había soñado con el África y ciudades remotas, estaba condenada a tener un solo viaje en la tierra de Cremona a Mantua para ingresar. La acompañaban Amílcar y —algo excepcional en los caminos— un niño, Asdrúbal. Viajaron en un coche que Gerolamo Vida consiguió sin ningún costo de la vicaría de Alba. Amílcar sólo debía gastar en el pienso de las bestias de tiro, el cochero traía su dieta —contribución personal de Vida, que sabía de sobra los afanes de su amigo—. Amílcar iba señalándole todo a Asdrúbal, contándole cuanto sabía de los sitios por donde pasaban. Elena intentaba seguir también sus indicaciones, pero como iba sentada en sentido opuesto a la ventana, de espaldas a la dirección del coche, nunca entendió a qué se referían los comentarios de Amílcar, perdía todo lo que él señalaba. Terminó por acurrucarse en el fondo del asiento, primero preocupada, después ansiosa, al final sólo aburrida. Al poco tiempo, con tanto traqueteo y por no asomarse a la ventana, Elena se mareó. Pidió que pararan el coche. Vomitó justo al salir. Amílcar se enfadó muchísimo, "¡esta escuincla va a manchar el coche de Gerolamo!".

El mareo no pasaba. Pasos después, apenas reiniciado el viaje, Elena volvió a pedir parar, devolvió otra vez el estómago, ensuciando el escalón del coche. Amílcar estalló. La regañó acremente. Entre arcadas, Elena le decía: "Papi, no comí nada antes de salir, se lo prometo".

El cochero, también impaciente, y también asqueado, tuvo una idea: podían echar a la niña atrás, junto al guardafango. El cofre de la niña era muy pequeño, y era su único equipaje, había lugar donde podían sentarla. Santo remedio. La amarraron para que no fuera a caerse. Y continuaron el camino, Amílcar explicando parlanchín y contento esto y lo otro a Asdrúbal, que ya se fastidiaba, el cochero silbando contentísimo, y Elena vomitando, más mareada todavía, viajando aún de espaldas, llenándose las narices y la garganta reseca de polvo. Creyó que se iba a morir.

Llegó al convento con muy mal aspecto, como es de imaginarse provocó pésima impresión. Encima, venía con las manos vacías. ¿Dónde estaba su *cassoni*? Faltaba este cofre lleno de bienes, objetos de cuero, tapices, y el que contenía sus cosas personales, pequeño y rústico, venía casi vacío, contenía tres cambios de ropa blanca (y ninguna de Holanda, eran viles hechuras de Portugal) y una de cama, todo sucio por cierto, lo había vomitado en el camino. No traía ni un regalo para la madre superiora, nada tampoco para la Virgen, ni una vela. Amílcar dijo que esperaría afuera a que le devolvieran el vestido que llevaba Elena puesto, que ninguna falta iba a hacerle en el convento mientras que a sus hermanas buena les hacía. Ella andaría de hábito siempre. Elena le amarró el vestido vomitado con un lacito del mismo, volteándolo para que oliera menos en el coche de vuelta a Cremona, no fuera a marearse "el niño".

Desde el primer momento, Elena tuvo que someterse a todos los deberes que le correspondían, porque no traía consigo una, dos o tres criadas, como las más de las hermanas, que la relevaran de sus obligaciones comunitarias o religiosas. Por primera vez en su vida, tuvo que lavar con sus propias manos su ropa, compartir la habitación con una desconocida, dormir sobre tablones.

Con la salida de Elena, que Sofonisba sintió con todo su peso al regreso de Amílcar, le cayó encima una espesa tristeza. Caer es la palabra, estaba apachurrada. No tenía ganas de nada. Ni siquiera se quiere peinar. ¿Para qué? Se quedará a vestir santos. Nunca se va a casar. Perdió para siempre la mano de Renzo. Perdió a Elena.

Amílcar habla con ella:

—¿Tú crees que te puedes dar el lujo de no pintar? Es un don que te ha dado Dios.

—Y que no quiero tener. ¡No quiero!

—¿Pero cómo te atreves a decir eso?

—Si no pintara, me habrías dejado casarme con Renzo. Si no pintara, Elena no habría entrado en el convento.

—¡De ninguna manera! ¡Con Renzo jamás! —de lo de Elena no contestó nada.

—Pero, papá, ¿por qué?

—Te he dado todas las razones: no es de tu condición. Es hijo de una desvergonzada. No son gente decente. ¿Qué estoy diciendo? Un padre no da razones a su hija. Basta.

—Papá…

—Punto final. Quítate esa expresión de la cara, y a pintar.

Pero Sofonisba no pinta nada. No ríe. No escucha. No sueña. No duerme. No despierta. Amílcar vuelve a escribir a Miguel Ángel. Le pide que por favor anime a su hija, que no quiere pintar, y el divino contesta unas líneas de alabanza y ánimos para Sofonisba.

Sofonisba entonces pinta, y escribe al lado del lienzo: "A petición de mi padre". Sobre aquél flota una sombra siniestra, triste; no entra luz. En él, Sofonisba toca el clavicordio, signo de que espera ser llevada a alguna corte, la vigila su ama Antonietta, signo de su virginidad. Y no hay alegría. La ahí representada es prisionera.

Poco tiempo después se presentó el verdadero problema en el convento de San Vincenzo: ¿con qué materiales iba a pintar Elena? El padre la entregó con una mano adelante y la otra atrás, sin lienzos, pinturas, pinceles, nada. Las dos pinturas que había dado Amílcar de dote ya no colgaban de las paredes del convento, y la orden contaba con que pintaría más. ¿Cómo iba a hacerlo, si no tenía material?

La madre superiora envió la consulta verbalmente a Amílcar. Éste contestó que él no tenía ninguna responsabilidad de entregar nada más, que ya les había cedido "una de mis muy talentosas hijas". Así quedó Elena haciendo labores de criada, rezando un ratito cada noche y cada día, y lamentando no tener con qué pintar, que lo extrañaba tanto como su casa, sus hermanas, el niño Asdrúbal y Cremona. Renzo le hizo llegar un regalo: papel para escribir y tinta. Le escribió una corta nota:

Estimadísima Elena: Espero que la gracia del estilo de vida conventual te llene de alegrías el corazón. Estoy en Viena, donde me he enterado de tu ingreso en San Vincenzo de Mantua, con las dominicas. Espero no pecar al imaginar cómo te verás vestida de hábito, pero si esto es pecar, pues que sea, qué puedo hacer si de hecho te imagino tan precisamente, bella Elena. Debes escribirme siempre que quieras, para esto te hago llegar esta resma de papel, la tinta y dos plumas. Puedes enviarme las cartas para que yo las pague aquí, lo mismo si quieres hacerle llegar alguna a Sofonisba. Sabrás que tenemos estrictamente prohibido correspondernos, pero siempre se encuentra la manera. Viena es algo bella. Mi corazón sin embargo está vacío y perdido sin mis hermanas, las Anguissola. Sueño con volver a Cremona para encontrármelo reencontrándolas.

Dime algo de ti. Te envío saludos muy afectuosos. Tu hermano,

RENZO KLOTZ

Elena le contestó con letra muy apretada para no gastar papel y sí decirle muchas cosas, quería ponerlo al tanto de la vida en el convento —si es que se puede llamar vida a esa pobreza— diciéndole cuánto extrañaba Cremona, a sus hermanas, a él, dándole las gracias por la carta y su regalo "inapreciable", y guardó las demás hojas para, en lugar de lamentarse por escrito —que era lo único que podían decir sus palabras—, hacer algunos dibujos. Dibujaba en la noche, cuando había luz de luna y los ojos se acostumbraban, las figuras extrañas que imaginaba. Cada día las hacía más pequeñas temiendo que el papel se le fuera a acabar. Y cada día eran más alucinadas. Escribió una segunda carta a Renzo, pidiéndole más papel. Con la carta envió también todas las hojas que había llenado con sus bizarros dibujos. Renzo de inmediato contestó una también larga respuesta, sugiriéndole pidiera a las monjas le dejaran tocar el clavicordio que tenían en la capilla, que él sabía era de primera calidad, y anexó otra resma de papel. Al recibir el envío, apenas leer la recomendación, pidió permiso para interpretar y embelesó a las monjas, varias eran intérpretes, pero ninguna de su nivel. El día de su cumpleaños, Renzo le hizo llegar material para pintar, un rollo de lienzo preparado, pigmentos, pinceles, aceite, solvente e incluso huevos. En breve, Elena había encontrado su lugar en el convento. Sentía deseos de sentarse al teclado, donde era tan aplaudida, pero las ganas de pintar las fue perdiendo. No así las de dibujar.

Elena traza por las noches dibujos cada día más bizarros. Con prudencia, los pone en el correo para Renzo, envía cada hoja que termina. Renzo los recibe, y lee en ellos cuanto contienen de risa y de horror. Responde con cartas y más papel y tinta.

Después de un largo año, Renzo dejó Viena. Ya no había nada que él pudiera aprender de Jacob Steiner. Pero no regresó a Cremona directamente como había pensado, tardó tiempo deteniéndose en otras ciudades. Cuando llegó, traía para el taller de la familia un número importante de comisiones y contratos.

4

Dos años después, el taller de los Klotz y la red de sus comercios ha crecido a la quinta potencia. La pareja y el hijo hacen un equipo inimitable, el padre con su obsesión técnica, su curiosidad e inventiva, su amor por la música, la madre con su facilidad para los negocios, el hijo (también incansable) con sus viajes, relaciones y el conocimiento del oficio; Renzo tiene mirada de lince, sabe encontrar tanto artesanos como materias primas y hacer amigos con los maestros de música, compositores e intérpretes; aprecia y advierte el genio y las cosas bellas. Además, siguiendo los pasos del padre, pone sus instrumentos en las manos propicias que puedan darles mayor renombre, muy a menudo sin cobrarles un céntimo. Sabía, en este sentido, invertir; comparándolos con él, se diría que la madre sólo sabía ganar y el padre sólo fabricar. La gente se hacía lenguas del talento de los Klotz. No quedaba un palacio en Italia o en el centro de Europa que no conociera sus beneficios, ni un hogar noble o burgués que no anhelara tener uno de sus instrumentos, o más, si ya tenía uno o dos.

Cremona recibía los beneficios de su crecimiento. La ciudad estaba en mucho mejor estado que en años anteriores, ayudada parcialmente por el imán de los Klotz. Músicos, compositores, amigos de las artes la visitaban con frecuencia o se habían mudado a vivir en ella. Se construían palacios, se contrataban artistas para diseñarlos, decorarlos, pintarlos. Hacía diez años ninguna cabeza razonable se habría mudado a Cremona. Ahora parecía lo más sensato. ¿Cómo no desear vivir en Cremona, donde al parecer había de todo, arte, poetas, pensadores, riqueza?

Es necesario insistir en que el papel de los Klotz en este momento de esplendor era protagónico. La gente se hacía lenguas sobre ellos, para bien y para mal. Provocaban elogios y causaban cierta irritación, y no sólo entre los nobles —que sentían más cada día la traición de una de las suyas, el abandono de una de sus hijas significantes, así fuera la última de la lista de la familia del marqués Cavalcabò Cavalcabò (a quien desterró Visconti, que volvió sólo para volver a ser vencido y permaneció con el rabo entre las piernas, pero un rabo noble, un rabo nobilísimo), la de familia connotada que ahora vivía como "cualquier hijo de vecino, una vida de artesana, ganándose el pan con el sudor de su frente, trabajando con sus propias manos, como si fuera una sierva".

En el taller Klotz había siempre extranjeros, negros y blancos del África, alemanes, flamencos, moriscos, hombres extraños que no le tenían miedo a Dios o que le tenían demasiado. Se murmuraba sobre sus costumbres privadas, llamando vicios a sus maneras de comer y amar, y herejías a sus conversaciones. Pero esto no pasaba a mayores porque se daba por hecho que nunca habían estado en el lado correcto, no habían nacido donde al pan se le llama pan y al vino vino. No era el caso de los propios que se aliaban con los protestantes. Ésas eran aguas revueltas donde iba y venía mucha tinta, nadie se ahorraba habladurías, sobraban acusaciones ante los tribunales eclesiásticos y seglares. Los tiempos se iban tornando nefastos. Cuando Vittoria Colonna murió, muchos consideraron un ultraje que la Inquisición hubiera estado a punto de clavarle las garras. Ahora lo natural era pensar que era necesario limpiar a los revueltos. No que lo creyera todo el mundo —no Gerolamo Vida, ni los amigos o conocidos de Amílcar Anguissola—, pero sí rondaba como un perro sin dueño el sentimiento, encontrando acomodo fácil. En la atmósfera flotaba una agitación continua, por las ideas y por las monedas. La gente común, que no hacía mucho se solidarizaba en bloque ante las miserias ajenas, ante el esplendor de los Klotz se sentía ultrajada, perdía el buen ánimo. Los excedentes que habían entrado a las moradas cremonenses, así no muy abundantes, servían para cebar a los halcones.

Dos veces Renzo había propuesto huir a Sofonisba. El taller de los Klotz era tan poderoso que podrían vivir en opulencia fundando el segundo en Roma. O si prefería Milán, podría ser Milán. Y si quería irse de Italia, se irían de Italia. "Están las Indias". El taller de los Klotz acababa de vender un clavicordio en el Perú, lo había comprado un hijo de Atahualpa. Las anchas Indias, donde sobraba el oro, donde nunca hacía frío, donde la comida se apilaba abundante y nadie conocía el hambre. Podrían irse del otro lado del océano y comenzar su vida juntos. Sofonisba seguiría pintando. ¡Y qué cosas pintaría! Pero Sofonisba había contestado las dos veces que no. No iba a abandonar a sus hermanas. Definitivamente no. Ella era una Anguissola porque era parte de ellas. Las adoraba. Ya había perdido a una, Elena, no perdería más.

En el *palazzo* de los Anguissola también había nuevas, menos relucientes que donde los Klotz pero relativamente nuevas. La principal —secreto a voces— es que están más pobres que nunca. Así como el cremonense común mejora, los nobles medianos se desploman en picada. La situación financiera de Amílcar es en verdad apremiante. En toda esa casa no hay un céntimo. Ha puesto a la venta el trozo de tierra de mayor valor, muy a su pesar. Debe ya su costo completo.

Fuera de esto, la nueva donde los Anguissola es una petición del humanista Annibale Caro, quien fuera secretario del duque de Parma y Piacenza, hijo del un día cardenal Alessandro Farnese y poco después Papa, con el nombre de Paulo II. Annibale Caro solicitaba por escrito un retrato de Sofonisba. Prometía a cambio una jugosa remuneración —escribía en su carta que para él sería un honor ser el primero de una lista de hombres prominentes, ofreciendo tras el propio jugosos contratos.

A cambio de dinero, definitivamente no lo haría Sofonisba, ni ella ni sus hermanas —raros eran los retratos, siempre a cambio de favores o de regalos—. Por otra parte, Annibale Caro no era precisamente amado por Amílcar. Sí, había traducido, decían que bien, *La Eneida* al italiano, pero a quién podría importarle, ¿para qué lo había hecho? Eso era cosa como de los Klotz, de gente corriente. El latín garantizaba una mejor educación, y para leer había que haberla recibido, si no cómo entender lo que decía *La Eneida*. Además, las palabras de Virgilio eran las de Virgilio, ¿quién podría imitarlas? Algún arrogante imbécil. Lo que sí, y nadie podía negarlo, era que el elogio que había escrito a los higos, *La Fichelde*, era muy divertido, todo Cremona sabía el largo poema de memoria; pero a fin de cuentas no era sino un divertimento… Su amigo Gerolamo Vida sentía con razón desconfianza de Annibale Caro, decía que era un humanista de dientes para afuera. El tufo de los Farnese salía de sus ropas. Lo que no sabía Amílcar es que en este punto tenía algo de razón —pero no por lo que él creía—: Caro acababa de acusar a Lodovico Castelveltro de haber traducido a Melanchton y algunos pasajes de Lutero al latín, y por esto se vería acusado de herejía y tendría que pasar el resto de su vida en el exilio. Lo que más disgustaba a Amílcar de que fuera tan cercano a los Farnese es que no lo dejaba bien parado frente a los españoles, nuevos amos de Italia. Con éstos Amílcar sí quería quedar bien. Tras pensarlo mucho y darle largas, hizo saberle la respuesta negativa. (Años después, Annibale Caro escribió en una de sus cartas que el oficio de pintor era "para varones", "profesión de caballeros". ¿Lo creía honestamente? ¿Sería revancha por el "no" de Sofonisba? ¿Sería él uno más de los del coro que la llamaba "excepción", "monstruo de la naturaleza"? ¿Querría ser retratado por ella para tener un trazo de un monstruo?)

En esto estaban los Anguissola —bregando con sus pobrezas, rechazando dineros por ser nobles— cuando Renzo se presentó una vez más ante Amílcar. Pidió hablar con él "de negocios", decidido a insistir en la petición de mano de Sofonisba. En esta segunda propuesta de matrimonio verbaliza con todas sus letras que no espera ninguna dote de Sofonisba, que por amarla y respetarla quiere casarse con ella.

No tiene ya el aire infantil que admiró en él Miguel Ángel, ni transpira inocencia o distracción. Los años de trabajo fértil lo han convertido en un hombre. Sigue siendo notoriamente bello. Otra cosa continúa idéntica en él: su amor por Sofonisba.

Esta segunda vez Amílcar no tiene motivo para reprender a Sofonisba. Renzo le dice muy claro que "ella no sabe que he venido a hablar con usted. Esto es un asunto entre varones, de hombre a hombre. No la deje sin vida. No le robe a ella un marido y a nosotros dos nuestros hijos, sus nietos. Yo no me casaré con nadie más. La mujer de mi vida es Sofonisba. Sé que esto a usted no tiene por qué importarle. ¿Pero su hija? Piense en ella. No le haga eso. No nos haga esto".

Cambiando la voz, Renzo agregó: "Le presto la cantidad que sé que necesita, sesenta mil ducados. No los pediré de vuelta. Yo la doy de dote, si usted me entrega la mano de Sofonisba".

Estaba dispuesto a pagar por ella. Esto no le parecía nada bien, y menos les habría parecido a los padres Klotz, lo habrían considerado una indecencia, pero Renzo pensó que el viejo Amílcar no podría resistir la oferta. A fin de cuentas, Sofonisba era ya una solterona. Nadie la querría sino él. Amílcar no ganaba de ella un quinto. En la vida financiera de este hombre todo era un naufragio. Le estaba ofreciendo comprarle a la hija.

Apenas decirlo, Renzo lloró. Se dio vergüenza. Se dio cuenta de que Amílcar no iba a acceder por arrogancia, que prefería dar su Sofonisba a los perros antes que a él. Amílcar no le tuvo ninguna piedad. Encolerizado, le pidió que saliera, "y no vuelva a poner sus pies nunca en la casa de esta familia noble. Usted no es de nuestra condición, usted no es noble, no merece respeto, no es nadie".

Las lágrimas que Renzo regó en el *palazzo* de los Anguissola llamaron la atención de Fortuna y, siguiendo su lógica de zorra cruel, le trajeron buena suerte a Amílcar. A los pocos días llegó la carta del duque de Sessa con la invitación para Sofonisba: el rey la requería "dama de la corte de Isabel de Valois, reina de España". Las lágrimas a solas no habrían hecho el milagro. Hubo otros ingredientes invocando a Fortuna, a saber: años atrás, a su paso por Cremona, el entonces príncipe Felipe, hijo de Carlos V, conoció por azar a Sofonisba; más recientemente, Gerolamo Vida había enseñado al de Sessa la pintura del juego de ajedrez de la artista y corría el chisme entre los entendidos de que el divino Miguel Ángel aprobaba los dibujos de una tal Anguissola de Cremona.

Ya sabemos la explicación de los dos últimos. El primero ocurrió cuando Felipe, aún no coronado rey, de paso por la ciudad, acompañado por un fastuoso cortejo, oyó decir: "Ahí vive Campi, el mejor pintor de Cremona", sintió curiosidad por ver sus pinturas y pidió detenerse. El cortejo irrumpió sin aviso en el estudio del pintor, topando con las dos Anguissola, quienes, a pesar de las reiteradas objeciones de su ama Antonietta, habían dejado de lado los pinceles y hacían fiesta con Alicia, la mujer de Campi, y con Renzo Klotz, que había pasado a visitarlos. Elena tocaba el clavicordio, Alicia la acompañaba con la viola, Renzo y Sofonisba bailaban con enorme gracia, eran dos niños, él delgadito y largo, una varita de nardo, ella más mujer, pero irradiando inocencia. El príncipe interrumpió el baile con sus aplausos. Sofonisba y Renzo hicieron una reverencia y Campi procedió a enseñarle las obras en progreso de su taller, incluidas "las muy meritorias" de sus alumnas, "las Anguissola, nobles de esta ciudad". No había dejado Felipe el taller cuando ya venía Amílcar a toda carrera para dar la cara como el padre de las hijas, miembro del consejo de honorables y patricio de la ciudad, pero no alcanzó a presentarse.

Felipe se ha acordado de ella ahora que busca cómo hacer feliz a su nueva y muy joven esposa cuando la saca a cuento el de Sessa. Es una idea muy buena, Sofonisba es noble, es pintora, es italiana. La mamá de Isabel de Valois, Catalina de Médicis, creció en Florencia. Tener una italiana en la corte le regalará a la nueva reina algo familiar. A Isabelita le gusta dibujar, Sofonisba va a ser su maestra de pintura. La gente se hace lenguas del talento de Sofonisba, ya se verá si es capaz (hay que recordar que en la corte inglesa tienen una mujer pintora, Levinia Teerlinc, la flamenca venida de Brujas, requerida a la muerte de Holbein para sustituirlo, pero en aquella isla las cosas son diferentes, las mujeres están hechas de otra pasta —nunca le perdonará el rey a la otra Isabel no haberlo aceptado por esposo, esa reina fría, de mirada de gato y toscos modales—). Por el momento, la noble Sofonisba entretendrá a la reina niña y llevará a palacio el aire elegante de la aristocracia italiana.

Respondiendo a la carta, los Anguissola viajan a Milán, al palacio del duque de Sessa, de generosidad proverbial, tanta como su inteligencia y cultura. Amílcar va a negociar las condiciones de contratación de su hija: irá exclusivamente como dama de la corte, es noble, no puede ser considerada "pintora", debe dejarse claro que Sofonisba pinta sólo por placer, que no la envilece un oficio. La familia Anguissola entera pasa cuatro meses con (y a expensas de) el duque de Sessa (o de Seso, como lo apodan), el tiempo que duran las negociaciones hasta obtener la satisfacción de ambas partes —la de la familia Anguissola y la de los españoles—; se fijan las condiciones económicas, el papel de dama principal —superior a lo que podría aspirar por ser nobleza menor, aunque no se explicite sube algunos puntos en el escalafón por su talento—, y el rey se compromete ante Amílcar a cuidar de su hija: a partir de ese momento Sofonisba será responsabilidad de Felipe II, de ahora en adelante su tutor.

La ciudad de Cremona festeja la próxima salida de su hija predilecta imprimiendo una medalla con su efigie. ¡Que viva Sofonisba!

¿Alguien cree que Renzo se alegró con la noticia? Sólo una persona: Renzo. Pensó que esto haría feliz a "su" Sofonisba. Como todos, sentía simpatía por el papel del cortesano, era un alto honor, estaba lleno de connotaciones positivas —en parte por la influencia enorme del libro de Castiglione *El cortesano*—. Renzo la felicitó por escrito. Cruzaron algunas cartas. Se dieron alientos. Se prometieron lealtad. Hablaron de su futuro, lejano pero posible.

El de Sessa y Amílcar han decidido que el conde Brocardo será el caballero milanés que acompañe a Sofonisba en su viaje a la corte. A Amílcar le gusta la elección porque es de la familia, es uno de los parientes ricos de Blanca Ponzone. El duque de Sessa no le gusta tanto, pero conviene en que es el indicado porque es un fiel colaborador de la Corona española en el milanato y porque es pariente de la encantadora "niña".

El conde Brocardo es algo mayor que Sofonisba, es de nobleza vieja y de bolsillos bastante llenos, un rico terrateniente de bien administradas propiedades. Su mamá es prima de Blanca, casó con un primogénito del Condesado de Brocardo, donde abundaba el dinero. Ha aceptado acompañar a Sofonisba Anguissola, la prima pobre, porque le conviene. Es un honor visitar al rey. No está de más reforzar sus lazos con la corte de España. Es calculador y tiene un muy pequeño toque soñador, espléndida combinación para un hombre de buena familia, le asegura el presente y le augura opulencias. Es también ambicioso. Su ambición no es sólo la del dinero, el poder le interesa, sobre todo si viene acompañado de oro. Su única pasión profunda tiene un nombre: conde Brocardo. Sólo mueve un dedo si es para favorecerse a sí mismo. No es una pasión menor. Los que ha tenido son caprichos, pero no son sino tales, no pasiones verdaderas, por las mujeres.

Con todo, tiene su encanto. No es precisamente bello como lo es Renzo, pero a primera vista da el golpe de ser apuesto. No a la segunda. Hay una nube en él difícil de explicar. La miseria de un alma que no se puede conmover por nada que no sea él mismo ya se refleja en su joven rostro. No tiene curiosidad ni apetito alguno de conocimiento. Le gusta la caza, especialmente la zorra, porque le gusta ganar la partida al que tiene fama de astuto. Tiene el mejor de los caballos que pudo escoger, sólo porque es parte de su atuendo, porque es un objeto lujoso, una cosa que relincha. Ignora el nombre de sus criados. Es lascivo siempre y cuando no le cueste demasiadas monedas su placer.

Ha vivido rodeado de sus pares, aristócratas enriquecidos por las guerras, jóvenes que no conocen el remordimiento ni tienen ningún apetito intelectual. Gente que se hace fabricar vestidos con hilos de oro, que busca pieles para adornarse así haga un calor que rostice, que cree en Dios no por más motivo que la vulgaridad de su espíritu, dada a los placeres fáciles, el desprecio y sobre todo el aburrimiento, nuevo cuño de su clase.

Iba decidido a disfrutar, pasar el mejor de los tiempos posibles y aprovechar la ocasión para cultivar amistades. Ya le han hablado mucho de Sofonisba. Su madre, su cómplice, la única con quien comparte con la misma intensidad la especie de pasión que él siente por el conde Brocardo, le da todo tipo de indicaciones para tratarla. Ella reprueba la educación que ha recibido Sofonisba. Está convencida de que ésta era lo peor que podría hacérsele a una mujer joven. ¿Quién querría casarse con aquella que supiera más que él mismo? Ningún hombre que se respete. ¿Y qué varoncito iba a saber más que esas estudiosas, si a los hombres les gusta la caza, el ejercicio, el juego? Además, por ser varones tienen más licencias, y por lo tanto menos tiempo natural para dedicarlo a los estudios. No, no, no, no: esas muchachitas no se casarían con nadie. Claro que las Anguissola tenían además la desgracia de no contar con dinero o propiedades que las hicieran candidatas a un buen matrimonio, pero educarlas sólo empeoraba su situación. Era una tontería más de Blanca. ¿Qué otra cosa podría esperarse de ella? Había llegado a la fiesta de los setenta años de la abuela ataviada con un vestido a-ma-ri-llo. ¡Qué ocurrencias! ¡Amarillo! ¡Como una campirana, paya, sin clase! Que una Ponzone vista de amarillo como si fuera una panadera es la prueba mayor de tontería, ¿qué otra cosa puede esperarse de quien elige el amarillo para el vestido de la fiesta de la abuela, qué más sino que enseñe latín a sus hijas? "Si las enseñan a leer, es por puro milagro". Un libro lo decía con claridad, estaba en su mesa del estudio:

> Así como a la mujer buena y honesta la naturaleza no la hizo para el estudio de las ciencias ni para los negocios de dificultades, sino para un solo oficio simple y doméstico, así las limitó el entendimiento y por consiguiente las tasó en palabras y razones.

El conde Brocardo había visto con sus propios ojos el amarillo (que a él, por otra parte, no le parece tan mal, sabe que en algunas cortes está de moda) y algo más: Blanca manotea al hablar y habla demasiado. No se casó bien, los Anguissola eran nobles nuevos y Amílcar no tenía sino una mano adelante y la otra atrás. Blanca era tonta, sólo así se explicaba el matrimonio. Ya se imaginaba lo que sería la prima, opinionada como la mamá, y sin duda paya.

Conoció a Sofonisba en Milán el mismo día de su partida. No hacía mucho había regresado de Venecia, y los preparativos para el viaje (las cartas de presentación que mostrará en Madrid para estrechar los lazos con los españoles), más los asuntos financieros pendientes (pues desde la muerte de su padre él es quien lleva las riendas de las responsabilidades de la familia, quien vigila con celo ejemplar del que todos se hacen lenguas y que le han dado fama de responsable y eficaz) le han absorbido por completo las últimas semanas, pero además no había ninguna prisa por tenerla enfrente, ninguna curiosidad, ya tendría tiempo y de sobra para socializar con Sofonisba Anguissola. "¡Qué nombre, encima!", decía su mamá, "¡ponerle Sofonisba a una niña!, ¡qué ocurrencias!". Cómo no estar de acuerdo.

Además de las cartas y la administración de sus bienes, el conde Brocardo ha estado involucrado en otros dos asuntos. Los dos son secretos por diferentes razones. El primero por una de orden público, el segundo por una de índole estrictamente privada. El primero tiene que ver con los servicios secretos de la Corona, le han pedido informes acerca de la ruta hacia Venecia que recorrió hace poco. En Génova y en aquella ciudad, el Turco tiene orejas enclavadas a las que a su vez Felipe II presta celosa atención. Pero ni sus informes ni los obtenidos alrededor de él pasan a mayores, podemos dejarlos de lado sin ahondar en pormenores de mínima importancia.

El segundo: aprovechó el tiempo restante para despedirse de una querida que él tenía bien escondida. Había estado al servicio de su madre, y como no era fea sino muy lo contrario, él se encaprichó de ella; prometiéndole el oro y el moro que sabía que no iba a cumplirle, la engatusó a la mala y obtuvo de ella los placeres ambicionados. Estos últimos días había usado tanto de ellos que ya le estragaban. No le quedaba nada de la urgencia por acercársele. Antes bien, le aliviaba la idea de irse. Temiendo verla llorar (odiaba las lágrimas), la puso al tanto de su partida por escrito. Berta, que no leía, como era lo regular en las de su clase, tuvo que exponerse a la afrenta de pedir a la mujer que le rentaba la pequeña habitación que le interpretara la carta, por lo que además de la traición le cayó encima la desgracia. El conde no tenía ninguna intención de volver pronto. Y con la carta no había llegado ni el trozo más pequeñito de una moneda, ¿de dónde iba a sacar esta infeliz para pagar su cuarto? "¡Se va! ¡El conde Brocardo se va!". Y de las promesas, nada. ¿Ahora qué hacer? Debería buscar trabajo, pero ¿dónde? ¿Quién la recomendaba? Había dejado el *palazzo* de los Brocardo sin dar explicaciones, no podía volver así como así…, la casa de su familia estaba tan lejos… temía que supieran que había caído, si alguien les había dicho, estaba perdida… Su padrastro la batiría a golpes, la echaría también a la calle… No podía volver al pueblo… No tenía trabajo… La casera ya sabía…

Pero dejemos a Berta con sus pesares, y sigamos con el conde Brocardo. La prima, Sofonisba Anguissola, fue para él una grata sorpresa. La sospecha de que sería paya estaba muy lejos de ser cierta. Su traje de viaje era negro —muy a tono con los gustos de la corte española—, de un rigor casi monástico. Era en extremo agraciada de talle. Su cuello, sus manos, su cara: todo tenía una gracia excepcional. Toda estaba viva. No, no era una marisabidilla como Blanca. Era un sol, era una chispa, era una *cosa* deliciosa.

Salieron de Milán camino a Binasco a eso de las ocho de la mañana, llegan antes del avemaría a la hostería La Briosca, a la salida de Milán (donde los criados recogerían las cargas de cebada para los caballos), de ahí toman rumbo a la hostería del Molino Nuevo. Tras éste, descansan en el mesón Val de Ambrosía. El dueño, Angelo de Penutis, tiene correos especiales para el conde Brocardo que le ocupan unas horas. Salen hacia Gonzonzola, descansan y siguen el viaje, llegan a Adda, suben a una barca, pasan a la otra parte del río, se detienen a que los criados atiendan los caballos, al llegar a Bérgamo cogen hospedaje en el burgo, en Ganassa.

Ya para estas alturas, el conde Brocardo había olvidado el negro y el rigor del vestido de Sofonisba y habría jurado a quien le preguntara que no había en la tierra otra mujer más hermosa que ella. El siguiente descanso fue en la hostería de la Ripa y en breve llegaron a Génova, de donde viajarían hacia Barcelona, dos semanas de trayecto en extremo incómodo por navío mercante.

A bordo iban el conde Brocardo y sus dos criados, más un tercero que tiene carácter de secretario, sabe escribir mejor que el conde —lo hizo pasar en las cuentas a la Corona, que corría con todos los gastos de viaje, como "otro caballero principal"—; Álvaro lleva poco tiempo a su servicio (era de la misma edad que el conde, lo educaron los frailes, creció en un monasterio, era hijo de una criada, tal vez habido de un fraile). Los otros dos eran fauna del palacio de los Brocardo. Uno era pálido, tímido, flaco como una aguja. El otro era moreno, robusto, parlanchín, muy simpático, cremonense y por eso lo había incluido Brocardo en la nómina de gastos de Sofonisba —ella viaja sólo con su ama, Antonietta, y por criado trae a Julio—. Se llama Fulvio, es amigo de Ciro, el que trabaja con los Klotz.

Otra pasajera era una tal María, la bordadora de Milán. Sofonisba sostuvo con ella algunas conversaciones, preguntándole cosas sobre su oficio. Además venían cuatro marineros y su capitán y, como parte imprescindible de la navegación, diez hombres también bajo las órdenes del dicho capitán.

En la sentina —digamos el sótano del barco— venían doce atados al remo, miserables que jamás sacaron la cabeza al aire libre, ni para comer, ni para defecar. Los de guerra se alternaban el látigo, marcaban el ritmo del remo a chicotazos, del mismo modo los traían a raya. Ahí también viene el caballo del conde Brocardo, bien atado; en contraste con los galeotes, inmóvil y bien alimentado.

Completaban la tripulación el cocinero y su asistente, el secretario del capitán (sabía de memoria la primera parte de *La Eneida* traducida al italiano por Annibale Caro), y el pasaje, dos sacerdotes que habían participado en el Concilio de Trento que pasaron el viaje completo en horrendos mareos, un mercader que decía venir de Venecia y llevaba un encargo para el gobernador de Barcelona, y un impresor de Basilea que no abrió la boca en todo el viaje sino para decir "tengo sed" y, una vez, por la noche, en un momento asaz inoportuno, a media conversación entre el capitán y la brillante Sofonisba, para espetar "tengo frío", a lo que agregó: "tengo sed".

Cuando dejaron tierra hacia Barcelona, era muy a sabiendas de que había comenzado la mala temporada de navegación en el Mediterráneo. Convenía no perder de vista tierra firme, en caso de estallar la tempestad tocarían tierra. La única ventaja era que con el buen tiempo también se esfumaban los piratas. Era difícil navegar con vientos agitados y mar revuelto, pero mucho peor caer en manos de esos infelices. Las incomodidades del viaje, de por sí muchas, porque era sólo un barco mercante, no una galera real, se agravaban con la agitada navegación.

La pericia del capitán les permitió salir librados de varias borrascas y una verdadera tempestad. Pero no hubo ángel que amparara al conde Brocardo. Naufragó y de qué manera. Estaba perdido por la prima. Quería conquistarla a como diera lugar. No sería imposible (pensaba). Sentía por ella lo mismo que sintió antes por Berta, la joven que hemos visto acercarse a su ruina, y antes por otras, siempre con satisfactorios desenlaces para su persona. Sofonisba tenía que ser suya.

Ella traía otras cosas en la cabeza: estaba azorada con el mar. Su primera experiencia de navegación marina era una revelación, no le alcanzaban las horas para descubrir algo nuevo de este medio. Hablaba de la luz (algo en lo que jamás había pensado el conde Brocardo) como si fuera lo más importante sobre la tierra. Describía los olores, la humedad, la atmósfera, los modos de los marineros, como si fueran también de importancia capital. Quería saberlo todo. Conversaba largo con el capitán del navío, preguntándole sobre esto y sobre aquello, y éste se explayaba en sus respuestas, intentado darle todas las informaciones solicitadas. Era un hombre poco leído pero muy voluntarioso y amable. Tenía intuición. Sabía convocar a sus hombres. Y cuando no tenía ni la más remota idea de algo que Sofonisba le preguntaba, exclamaba: "¡Por la manzana de oro de aquel jardín que no conozco, que algunos llaman de Atalanta, no puedo decirle!". Ante esto Sofonisba sentía unas ganas incontrolables de reírse, pero el capitán lo decía tan serio, tan solemne, casi como una plegaria, que se guardaba la risa para ella sola.

Por su apetito, el conde Brocardo encontraba genial hiciera lo que hiciera Sofonisba. Menos en un punto: lo que tocaba al manejo de sus finanzas. Le asombró enterarse de que Sofonisba había dejado en poder de Amílcar la parte más sustancial de la renta que le asignara el rey en Cremona.

—¿Por qué le dejaste lo que era tuyo? El rey te dio a ti la renta de los impuestos reales a los vinos menores en Cremona. No será poco dinero, con el tiempo acumularías ahí una pequeña fortuna.

Sofonisba sólo encogió los hombros. ¿A ella de qué le iba a servir una pequeña fortuna? ¿Para qué quería la plata? La respuesta azoró a Brocardo.

—Todo se hace con dinero, absolutamente todo.

—Nada que importe se compra con oro.

Recordó la historia que había oído, que Sofonisba no se había casado porque no tenía dote, pero no iba a insultarla repitiéndole lo que ella no podría haber olvidado.

—Se compra todo, Sofonisba. Una casa, un caballo, una mujer, un viaje, un barco, una flota, una familia, un papado, una corona, un ejército, la paz, la guerra…

—Ni el sol, ni el cielo, ni la alegría de un niño, ni un marido amoroso y respetable, ni una mujer sincera.

Lo decía y no se mordía la lengua. El conde Brocardo la miraba divertido, preguntándose: "¿Está loca o es tonta y no se da cuenta? No tiene marido porque no tiene dote y se lanza a esta diatriba contra el dinero". Pero tonta o loca —o una combinación de las dos—, le parecía un ser delicioso. Ya sería de él.

El temporal volvió a arreciar después de esta conversación. Si el capitán Deloro hubiera sido un poco más pusilánime, habría anclado el barco en cualquier puerto. Pero le habían pagado para entregar la dama a tiempo para las celebraciones de las bodas del rey, era su deber y él no sentía ningún miedo de nada.

Así que para Sofonisba la revelación de este viaje, como lo adelantamos, es el mar. ¡El mar! Lo veía, lo quería entender, lo deseaba, deseaba pintarlo. El mar dictaba el color del cielo. Quería pintar el cielo para pintar el mar. ¿Pero cómo se pintaba el mar? ¿Cómo se dibujaba, cómo se planeaba, cómo se pensaba en el lienzo? ¿Cuál era el centro del mar? ¿La luz? La luz. Pero no era la luz lo más importante sino la masa nunca inmóvil del agua. El mar era movimiento. El mar dictaba el color al cielo. En el mar se tendría que pintar el viento. Sofonisba desesperaba. El carboncillo que traía a la mano le parecía un útil romo, chato. Quería color. De hecho, era la primera vez que ansiaba el color. No quería dibujar caras, situaciones, temperamentos, historias u objetos sino el mar, y para podérsele aproximar era imprescindible el color, porque el mar era únicamente color. Incluso (y más) en medio de la tormenta, cuando todos los tonos se funden y los elementos, el aire, el fuego, el agua, se convierten en fuga y movimiento. Hasta este día había creído que el dibujo superaba a la pintura, ahora entendía que no; anhelaba el color, deseaba dibujar el color y por esto también el movimiento. El color era movimiento, era *color*. Quería pintar completamente distinto a lo que siempre había pintado para ser capaz de representar el mar. E imaginaba.

Una mañana en que había relativamente buen tiempo, Sofonisba tomó el espejo, lo sujetó con la mano izquierda y con la derecha comenzó a retratarse, el carboncillo debía ser capaz de mostrar este nuevo deseo que la consumía. Apenas tuviera todos sus colores y pinceles y lienzos con ella, al llegar a España pintaría el mar, una y otra vez, hasta descubrir cómo se pinta el mar. Ahora quería dibujar con el carboncillo el cambio en su persona, la presencia del mar, el impulso de pintarlo, el conocimiento de su ignorancia e impotencia, el anhelo de aprender a pintarlo. El carboncillo mintió. Mintió porque el espejo mismo la engañaba. Se veía en él igual: pero no *era* igual. Ahora traía el mar adentro, el deseo de pintarlo. Debía esperar a que esto apareciera representado en su expresión, cabello y mirada. Para que saliera a flote, el viaje iba a ser propicio. Si estuviera a solas un minuto, se soltaría el cabello, se echaría a cantar, se desnudaría el cuello y parte del pecho y así se pintaría, y en ella sería visible la huella del mar y se sabría que el viaje había ya comenzado. Y que en su viaje había sólo un acompañante real: Renzo Klotz. El bello Renzo.

Al llegar a Barcelona, los esperaba una partida de soldados de la Corona para acompañarlos —los caminos estaban llenos de asaltantes, moníes y cristianos, y una dama de la reina y pintora de la corte debía ser protegida en grado sumo, no se podía permitir un incidente—. En un punto indicado, se reunirían con el cortejo de la reina para continuar hacia Guadalajara, donde se asentaría temporalmente la corte, esperando la llegada de Isabel de Valois.

La Corona había enviado un coche cerrado, tirado por cuatro caballos. Sofonisba quería conocer Barcelona, recorrer la ciudad, que mucho había oído hablar de ella, pero tenían instrucciones de transportar a las damas con premura. Pensó: "Pues tanto mejor. Traigo el mar metido adentro de mí. Apenas me instale en mis habitaciones, voy a intentar pintar".

Los hombres eran rudos, reían a carcajadas, escupían al hablar, se rascaban la cabeza y se hurgaban los dientes y las narices sin discreción. No tenían modales ni elegancia. Dondequiera se detuvieran a comer o a dormir, llamaba la atención de Sofonisba la burda rusticidad de los habitantes. Pronto se hizo a la idea de que España era un país mucho menos refinado, cultivado, educado y letrado que su bella Lombardía. Por primera vez en su vida, Sofonisba no tenía curiosidad de ver.

Se asoma por la ventanita del coche y clava la vista en el cielo. No quiere perder el sabor del mar. No es fácil conservarlo. Las bestias que tiran del coche huelen. La luz en tierra firme es diferente. La sensación de movimiento al trote de los caballos es totalmente otra.

No quiere ver más, ni oír, ni sentir, ni percibir.

Guarda la memoria del mar como una impresión de la que no desea despegarse, intenta oler la apariencia del mar, sentirlo en la piel, verlo con los cinco sentidos. Por no poder pintarlo, sentir que lo habitaba. Quería encarnarlo.

Se dice: "Me repugna el polvo", mientras el conde Brocardo la atolondra con elogios toscos, creyendo que la hará caer así en sus redes. Sofonisba ni se da cuenta de que son intentos por conquistarla. Agrega para sí: "La verdad es que yo soy un ser marino, lo mío es el mar, no el mundanal ruido".

Exactamente el día en que Sofonisba se declara a sí misma cuán poco le gusta el polvo y cuán marina se siente, Renzo tiene una urgencia: debe dejar Cremona. No la soporta más. No puede abandonar el trabajo —el taller está a punto de entregar un clavicordio y una viola que requieren cuidados extremos—, de modo que, a media mañana, tras despachar lo más urgente, sube a su fiel Veillantif y se enfila hacia el monasterio de San Sigismundo. Le arde su amor por Sofonisba. No tiene, como ella, un mar con el cual calmar sus ansias, confía en que la plática con los buenos frailes le traerá alguna serenidad. Llega a la hora en que cantan el ángelus. Se une a sus rezos. Pide con todas las fuerzas de su espíritu que regrese pronto y bien su Sofonisba, que el Altísimo se la conceda pronto como esposa.

Como siempre, los frailes lo festejaron muy cálidamente, especialmente el prior, fray Giuso Faustini. Interrumpieron su rutina y se dedicaron a agasajarlo. Sabían bien la historia de Sofonisba, imaginaban la tristeza de Renzo, conocían también la bonanza del taller. De tanto fingir quererlo, por precavida conveniencia, sospechando que terminaría por recibir el marquesado (título, tierras y monedas), fray Giuso había terminado por cobrarle verdadero afecto. Sus reportes a la vieja se habían convertido en los mejores enemigos del monasterio.

Tenían de visita a un famoso astrónomo, de apellido Haco, quien iba camino a Roma. No era la primera vez que visitaba

Cremona. Años atrás lo había pintado Sofonisba Anguissola, a cambio de que leyera el horóscopo de todos los Anguissola. Fray Giuso pensó que era buena idea pedirle que le hiciera su horóscopo a Renzo —tanto para entretenerlo y divertirlo como para aclarar de una vez por todas el futuro económico de su monasterio—. Le solicitó:

—Maestro Matías, ¿podrá decirle el horóscopo a este niño? Yo lo bauticé, es un poquitín mi hijo. Conozco a toda su familia. Le tengo aprecio. Mire, no podrá, no querrá decirle nada desagradable, tiene tan buena estrella… Lo tiene todo, padres, talento, encanto, belleza, inteligencia, es capaz de amar.

—Es el amigo de Sofonisba Anguissola, yo lo conozco. Usted, muchachito, estuvo en algunas sesiones cuando ella pintó mi retrato, ¿se acuerda?

Cómo no se va a acordar. Renzo recuerda *todo* lo que tenga relación con Sofonisba.

Preguntó Matías Haco a Renzo hora, día, mes y año de nacimiento, lo mismo el lugar preciso. Consultó un momento sus libros, usó sus instrumentos de medición y esto fue lo que le dijo:

—Tu estrella se ha visto afectada por los que están en contacto con la mujer que tú amas. El magnetismo de sus estrellas, pero sobre todo la relación con la Luna, alterará la tuya. Te digo:

"De Felipe II, que su signo no tiene igual: ¿cómo te explicas que un hombre dotado de todos los talentos posibles sea tan odiado por su pueblo? Si alguno se pregunta por qué razón un individuo dotado de tales virtudes, que se podría decir de él que es la virtud misma, es odiado de tal suerte, diré que la Luna, significadora del pueblo y los súbditos, está influida en forma negativa.

"De Isabel de Valois, que nació fuera de cauce, bajo la estrella equivocada. Habría amado la vida de haberle tocado otra en suerte. El lujo y el juego no son el deber de una reina. Sin embargo, tan ineficaz será como amada por el pueblo. Esta época es tan corrupta que no deja distinguir lo santo de lo que no lo es.

"De Juana de Austria: siempre será del hermano, de él fue desde su cuna. La muerte acecha lo que la aleje del rey.

"De Sofonisba Anguissola: vivirá muy larga vida, será amada por los que ella ama, vivirá con el hombre de sus sueños, pero tardará en poder hacerlo. La virgen esperará paciente la llegada del Amor. La influencia paralela de Venus y de Virgo en su nacimiento anuncian que cuando por fin llegue su hora sobrevivirá, y no tendrá una sino varias muertes.

"De ti, Renzo Klotz: tu estrella te ha traído belleza, suerte, fortuna y terminará por otorgarte el mayor de todos los deseos, a costa de un inmenso sacrificio que no querrías pagar. Ahora bien, cuando lo alcances, será mucho más grande de lo que tú imaginas, y su memoria sobrevivirá por los siglos de los siglos".

Haco vio más cosas, pero se las guardó por no desagradar a los frailes.

Renzo lo oyó con atención. Se despidió muy amablemente. El prior no estaba equivocado, las palabras de Haco le habían hecho la mar de bien. Volvió a Cremona con el corazón henchido. Justo antes de entrar en la ciudad, el viento lo golpeó en la cara, extrañamente cargado de polvo. Como a Sofonisba, le repugnó el polvo. Cerró los ojos y dejó que su fiel Veillantif cruzara sin guía las puertas de la ciudad. No le hacía falta, era un caballo fiel. Llegó al taller poco antes de caer la tarde. Aún tuvo tiempo de contestar un correo y despacharlo para que saliera muy temprano en la mañana, supervisar el tallado del emblema que llevaría la viola, y discutir la calidad de las cuerdas que este mismo día habían llegado a ofrecerles, para los clavicordios y para entregar encordados propiamente violas, chelos y violines.

En cuanto a Sofonisba, a los tres días de camino se encontraron con las damas francesas —y una italiana, la hija del conde Santena, siempre en silencio, o porque era idiota o por extrema timidez (todo parecía confirmar lo primero)—, acompañadas por la recién nombrada camarera mayor, la condesa de Ureña, enviada por el rey para ir enseñando a las damas lo diferente que era el ceremonial español, mucho más rígido y ordenado que el que ellas tenían por costumbre. La reina iba en litera. Ella y sus damas habían perdido el equipaje en una borrasca cuando cruzaban los congelados Pirineos, todas sus camas habían quedado en poder del viento. Así lo imaginó Europa cuando recibió la carta de Sofonisba que contaba cómo parte de la carga de la reina se había perdido, y cómo hubieron de abastecerlas con ropa de cama, camas y a algunas hacerles "incluso los vestidos por haberlos perdido en el camino". Minerva imaginó en cambio que estos bienes cayeron en manos de unas villanas, cambiando las maneras completas de una remota aldea miserable, ahora mal comida pero muy bien vestida, ¡y bien dormida!; intentaba entender qué era precisamente un temporal, cómo se veía y si se sentía algo o era algo que sólo ocurría a los ojos como una alucinación colectiva provocada por el clima. ¿Pero cómo si, si era así, se habían perdido las camas de las francesas? ¿Y cómo eran las camas de las francesas? ¿Cómo las transportaban? Imaginó una procesión de turcos cargándolas, cuatro cada cama, uno en cada pata, cama por dama —por ser muy principales—, y a cada dama le imaginó su ama —todas con la cara de Antonietta—, y a cada cama de cada ama, sus cuatro moros cargándola. Los acomodaba en un tablero inmenso, y ahí, al pensar que todo esto se lo había llevado la borrasca, volvía a caer en problemas. ¿Y sus vestidos? ¿Y en el temporal? Lucía, por su parte, imaginó que la borrasca se refería necesariamente a algo marino, embebida aún en la descripción del mar que había hecho Sofonisba, e imaginaba a unos piratas (de los que entonces tanto se hablaba en Italia) vistiéndose con las sábanas, algunas prendas femeniles amarradas a los cuellos como mantos, navegando en las camas, llevando por velas los vestidos de las damas francesas.

Amílcar no imaginaba nada, oía la carta de Sofonisba como si estuviera hundido en cómodos cojines, como entre sueños.

Aliviado venía de recibir el importe de la renta a los impuestos, una considerable cantidad, porque los pagos a la Corona corrían con retraso considerable que él supo cobrar, echando mano del orgullo que sentía la ciudad por Sofonisba. Blanca tampoco imaginaba, ni hacía cuentas ni pensaba en el dinero. Estaba preocupada por qué vestido llevarían las niñas al cumpleaños de la tía, no podían repetir, no sabía qué hacer.

En Guadalajara, los monarcas se instalaron con la corte en el palacio de los Mendoza.

En su primera entrevista, la reina niña mira y mira al rey —tiene diecinueve años más que ella—, y Felipe le dice:

—¿Qué tanto me ves? ¿Si tengo canas?

El baile de la fiesta de la boda permite a Sofonisba lucir por primera vez su gracia italiana. El baile abre cuando la saca el señor Ferrante Gonzaga, suena una gallarda. ¡Qué bien baila Sofonisba! También tiene un papel preponderante al final en el baile de las hachas. Es la última mujer que recibe la antorcha del príncipe de la Rocha, primo de la reina, debe sacar al señor de la casa, el duque del Infantado —su mujer no se ha presentado a la fiesta, aduce estar enferma, hay un conflicto de protocolo porque acompañan a Isabelita mujeres principales francesas, parientas muy cercanas, que deben ocupar el lugar que correspondería a la del Infantado—, y después pasa el hacha al rey. Felipe II la honra con una marcada reverencia, con lo que muestra a los cortesanos cuánto le place la Anguissola, la dama, la artista italiana.

Entraron con el séquito en Pamplona. De ahí Tafalla, Villafranca, Audela, Ágreda, Gomara, Morón, Baraona, Jadraque, Hita y por fin Guadalajara. En cada lugar que entraban se celebran fiestas públicas, desfiles, ceremonias notabilísimas, hay arcos triunfales construidos expresamente, el pueblo sale a las calles a recibirlos. Corridas de toros, misas solemnes, banquetes, bailes, en todo debían participar las damas de la reina.

La suerte del conde Brocardo está echada. No se la debe a ningún mortal ni a las estrellas, sino a los caprichosos dioses del amor —y al éxito que Sofonisba va teniendo en la corte, que la sube de valor a sus ojos—. El conde estaba irremisiblemente enamorado. Trata de conquistarla. No avanza un ápice. Sigue intentando. Nada. Sofonisba no cede.

—¡Ya caerá! —se dice. Planea estrategias de conquista.

Ahora era cosa únicamente de esperar. Esperar y protegerse. Para empezar, interceptando la correspondencia entre ella y Renzo Klotz, el hacedor de violines. La oportunidad le cae del cielo. Como el ama Antonietta y Julio tienen órdenes expresas de Amílcar y de Blanca de impedir que Renzo haga cualquier contacto con Sofonisba (o viceversa), ambos confiaron en que podrían hacerlo vía Fulvio —criado del conde, amigo de Ciro—. Éste se ofreció feliz a hacerlo, pero los traiciona, y cuanto llega a sus manos de ida o de vuelta de Cremona pasa por la inspección de su amo. Las cartas de estos dos enamorados no obtienen sino raras ocasiones el salvoconducto del celoso enamorado, por lo regular van a parar al cofre del conde Brocardo.

Renzo no era el único rival —aunque sí el dueño del corazón de Sofonisba, pero, como era obvio para todo el mundo menos para Sofonisba, no tenía posibilidades reales—. Varios caballeros habían caído rendidos por los encantos de la bella italiana. Con todos hacía amistad el conde Brocardo y a todos les daba a entender, engatusándolos según conviniera, que la pintora de la corte no podía pertenecerles porque era suya. Llegó tan lejos que a uno de ellos le hizo creer que, de facto, Sofonisba había pasado por las armas del conde Brocardo, que éste esperaba solamente la dote que le daría Felipe el rey para casarse con ella.

No mentía del todo: el conde Brocardo se había convencido de que Sofonisba era de él por legítimo derecho. Sus habladurías no tenían ningún impacto. No faltaba quien quisiera cortejar a Sofonisba, más por un juego muy gustado en la corte, el cortejo amoroso, que por una pasión verdadera, auténtica, incontenible, irreprimible, profunda. Era como los otros actos de la corte, como hacer representaciones teatrales donde el equipo contrincante tuviera que adivinar qué era lo que se intentaba fingir, quién se escondía atrás de la máscara, cuál imitación se duplicaba. Porque ¿habría alguien ahí que de verdad quisiera a Sofonisba para esposa? ¿Para qué casarse con una mujer que no tenía dote ni más cercanía que todos los aquí presentes con el rey Felipe II? A los cuatro vientos se decía virgen, se comportaba como si lo fuera. Totalmente encantadora, dulce y graciosa, perspicaz, y con un talento bizarro: pintaba. ¿Quién querría casarse con una pintora? ¡Ninguno de esos nobles, que no están locos!

Como Sofonisba *todavía* no cede, Brocardo se enreda un poquitín, *peccata minuta*, con la bordadora de Milán que ha viajado con ellos. Siguiendo su estrategia habitual, a punta de promesas la hace su querida, deshonrándola. Pero esta María tiene suerte, es más lista que Berta. Se queda en la corte. Finge que no pasa nada. Engaña a todos, incluso a sí misma, y meses después también al conde Brocardo, que, obtenida la conquista, pasado el tiempo, aburrido del gusto magro que le puede dar una mujer vencida, vuelve a ignorarla.

Cuando se instalan, la vida cortesana se parece muy poco a lo que había imaginado Sofonisba —y menos a lo que Amílcar creyó que iba a encontrar—. La casa de la reina es un barco sin rumbo. Rencillas, desorden, derroches. La reina detesta las rutinas, quiere comer cuando le da hambre, levantarse cuando le venga en gana y por supuesto no gobernar, eso le parece un fastidio.

La vida de sus cortesanas, sometida por su naturaleza a ser comunitaria, al estar sin timón se convierte en un diario remar contracorriente. Las francesas pelean por ganar su favor, se destronan repetidas veces; las españolas se ofenden; las francesas no obedecen a la guardadamas mayor, porque se sienten superiores; las españolas entonces las emulan, tampoco obedecen. Al desorden se suman algunos notorios amoríos, un suicidio, regalos desproporcionados de la reina, visitas a deshoras, y la ansiedad de esa reina niña se expande sin control.

Sofonisba libra todo esto como mejor puede. No es ave de temporal, no le gustan los conflictos y quiere concentrarse en pintar. Cuando las borrascas sociales se lo permiten, estudia las pinturas que hay a la mano. Tiene que aprender a hacer los retratos reales, sin participar de ningún taller. Por una parte, los pintores establecidos en la corte la ven como a una rival, Sánchez Coello no la aceptaría en su taller, pero, por otra, ella no podría asistir sin perder su lugar de dama de la reina, de modo que usa todo momento que le queda libre para ver, observar, estudiar los retratos que están a la mano. Escucha lo que se dice de ellos. Va comprendiendo.

También imparte lecciones de dibujo a la reina, retoca lo que la niña traza con torpeza, esto la divierte, dedican horas del día al nuevo juguete, hasta que cesa de divertirla. La verdad es que a la reina le interesan más los vestidos —estrena uno a diario, en alguna rara ocasión repite alguno usado si le gustó sobremanera y no lo vio el rey—, le chiflan los peinados, los sombreros, las telas y las joyas, estas últimas le gustan sobremanera. Sin darse cuenta, ya no toma lecciones de pintura. Ha comenzado las de baile.

Sofonisba entabla buenas relaciones con tirios y con troyanos. En cuanto puede, sin causar a nadie líos o tener que decir que no a algún capricho de la reina, comienza a pintar. Lo primero es un retrato de la reina, para lo que debe esperar a que se restablezca de una viruelas que le dieron al llegar a Guadalajara. Adelanta preparando la tela y la piensa detenidamente.

No le sobra tiempo para estar con el lienzo. Hay muchas actividades cortesanas, paseos frecuentes, comidas públicas y fiestas al menor pretexto. Debe acompañar a la reina si recibe una visita de gran importancia. Debe a veces servirla en la mesa —es un grandísimo honor, si las trifulcas de los cortesanos se tornan en verdaderas disputas, usan a Sofonisba como una carta blanca, dándole el lugar que otras pelean encarnizadamente, porque ella está fuera de concurso—. El ceremonial de la corte española es rígido y consume energías y tiempo, pero nada como el desorden, éste come tiempo de lo lindo. La casa de la reina va sometiéndose a la etiqueta española, muy poco a poco y con un sinnúmero de conflictos. La reina de la Paz no lo es tanto en casa. Candil de la calle.

Cuando Sofonisba comienza el retrato de la reina ya sabe qué es lo que se espera de ella. No, no pintará el mar ni nada que se le acerque. No cuenta con la libertad cromática que exigiría su color, sino, por lo contrario, con las restricciones del lenguaje del retrato regio. Trabaja intenso en él para conseguirlo. Isabel de Valois debe aparentar ser una verdadera reina. En el retrato no debe verse que cuando puede se encierra en su habitación a vestir y desvestir muñecas. No debe verse tampoco que es todavía una niña, que no ha menstruado, que su cuerpo no da señas ningunas de madurez. No debe verse que quiere comer todo el tiempo, que a veces sufre de almorranas, que la pereza es su mejor consejera. Y debe parecer verdad, asemejarse lo más posible a Isabel de Valois.

La reina se impacienta: quiere el retrato terminado, ¿por qué le toma tanto hacerlo? Sofonisba no se deja presionar: estará cuando esté. Sofonisba escribe a Renzo: "Necesito saber halagar sin pasar por imbécil o estragar el gusto, sin traicionar la verdad ni ofender lo que se considera bello. Hay unos versos que tengo todo el tiempo en mente, de una tal sor Jacinta María Altamirano, que recitan algunas de las damas españolas dando muestra de… ¡Tú dirás de qué! Los transcribo para tu deleite —perdonarás mi traducción al italiano, jamás podrá ser tan precisamente lo que es en su lengua castellana: 'Real pollo alemán que al sol / bebes la luz sin desmayo, / águila crezcas y rayo / del Júpiter español'. Pues bien, Renzo querido: pinto huyendo del pollo". La carta fue a dar al cofre del conde Brocardo, con todo y pollo.

El retrato avanza más lentamente que la rapidez natural de Sofonisba. El lío no está en el pincel. El lío está en Sofonisba. No quiere hacer el ridículo del pollo. No quiere balconear a la reina. Quiere pintar lo apropiado, ser una pintora de la corte. Siempre ha pintado y dibujado con espontaneidad a sus seres queridos, con total libertad. Su pincel tiene que convertirse en otro tipo de herramienta. Hay que añadir un lenguaje. Le gusta el aprendizaje.

Cuando el retrato satisface a Sofonisba, lo muestra. El rey lo aprueba —y cómo no, en él ha representado Sofonisba la esposa que él quisiera fuese Isabel de Valois, una verdadera reina—, la reina lo aprueba —el vestido luce bellísimo, el cabello "precio-so", la princesa Juana lo aprueba —es digno, mayestático y se ve muy católico—, la tela está ya lista para salir. Obligada a obedecer las reglas del retrato cortesano, su oficio crece.

El retrato de Isabel de Valois es para el papa Pío IV. Cuando sale hacia Roma lo acompaña una carta de Sofonisba —"Padre Santo", escribe, le explica que ha querido mostrar *il vero*, lo verdadero, lo real—. También en Roma es un éxito rotundo. Lo real que pinta aquí Sofonisba es lo que debería ser. Sí, se parece a la reina, pero le ha borrado algunos de sus rasgos —desordenada, indolente, indecisa, siempre incómoda, caprichosa, insegura, infantil, holgazana—. Todos lo aplauden. El retrato tiene oficio, rigor, belleza, y obedece a la perfección al código del lenguaje de los monarcas. El Papa le envía de regreso una joya de regalo y unos meses después una pieza de mobiliario de factura excepcional, una cajonera trabajada muy bellamente.

El siguiente que emprende es más difícil, tiene que hacer un retrato de Juana de Austria, el polo femenino de poder en la corte. Sofonisba piensa antes de comenzarlo. Sigue el ejemplo de Moro (Antoni Moro, el flamenco pintor de la corte española, que dejó por las revueltas en Flandes y por su amistad con algunos reformistas, previendo se suscitaran problemas durante la regencia de Juana, enemicísima de los "enemigos" del catolicismo), quien la representó de pie, con un esclavo negro niño a su derecha. Sofonisba lo suple por una niña noble de las que están por entrar al convento de las Descalzas Reales fundado por la princesa. La niña lleva en la mano las tres rosas que simbolizan los estados de la vida monástica (castidad, obediencia, pobreza), están un poco marchitas. La princesa toca a la niña, ésta sutilmente se encoge, se retrae. Nos mira con una expresión que no tiene desperdicio, algo asustada, algo asombrada, el cuerpo encogido, como vemos en los botones, que no están en vertical. Esto, no "a lo pollo" sino con delicadeza. Las envuelve un ambiente enclaustrado, donde no hay espacio sino encierro. La ventana que hay a las espaldas de las dos retratadas es y no es real, representando la vida espiritual; es un símbolo, no un objeto real, su marco carece de profundidad, es como un agujero en el lienzo, y en ese caso es tela y no pared lo que hay a las espaldas de las modelos. El cielo azul que hay atrás tiene algo de no terrenal, de imaginario. La mano de Juana de Austria —la derecha cubierta con un guante de cetrería, para controlar el halcón con que limpia los campos de ratas y otros bichos inmundos— es la que limpia Castilla de herejes, su presencia es la que ronda por los autos de fe. Sofonisba no reprueba, no juzga, sólo nos lo cuenta. El retrato también es muy celebrado, también gusta al rey, a la reina y a Juana. De éste, hace una copia para el conde Brocardo, se lo ha pedido Amílcar, cree que es necesario darle las gracias por haber acompañado a Sofonisba. Pero no hace más copias. No tiene taller, no tiene asistentes, no tiene tiempo. Otros copiarán sus retratos, especialmente Sánchez Coello; le encargan a veces hasta una docena de reproducciones.

El tercero que pinta es el retrato de un enano de la corte con una mona, de tamaño natural, seguido de un retrato de Alejandro Farnese, a quien no le pinta las piernas tan delgadas como son. Omite también representar su bragueta ¿tal vez pensando que era inconveniente que una virgen se detenga en esto?, ¿protegiéndose de las habladurías y decires de la corte, marcando los límites extremos de su castidad femenil?

Ella ha encontrado su lugar: es la pintora de la corte y la dama de la reina en una casa notoriamente caótica. Alaba a los poderosos, los retrata —fortalece su imagen de gobernantes y hace obras maestras—, se apega a la verdad, esté en la realidad o en la necesidad. Está muy lejos de ningún tipo de "pollerías". Pinta un autorretrato donde muestra lo orgullosa y satisfecha que está. También deja claro en él que está contenta, que le han regalado joyas, que se divierte, su mano juguetea con una cruz enorme engarzada, lujosa. La contrarreforma estará persiguiendo a los amigos de Moro, pero no a ella, lo deja aquí bien claro. Ella es amiga del Papa, no lleva encima una cruz que sea un peso sino una de adorno.

6

A la mitad de una de las muy reducidas noches de Elena —entre los maitines y su bizarro dibujar le restan muy pocas horas para dormir—, la despierta una pesadilla: está sobre un enorme tablero de ajedrez, una más de las piezas con aspecto de personas de tamaño natural, atrás de ella está Sofonisba —rígida y triste—, ocupando el lugar de la torre, sigue Elena, ¿tal vez el caballo?, e intenta acercárseles, pero una mano de proporciones fabulosas la levanta y la lleva hacia una casilla que la aleja de sus hermanas. Apenas la suelta, Elena quiere desplazarse hacia Sofonisba, pero otra mano enjoyada, también inmensa, toma la torre que es su hermana y la retira, ¿hacia dónde?, Elena busca con la mirada, ¿dónde está Sofonisba?, descubre a Minerva en otra casilla, de inmediato a Europa, las manos gigantes de los dos jugadores parecen ser más rápidas y ágiles que su vista. ¡Allá está Lucía!, el tablero es inmenso y cada que baja una mano a tomar alguna pieza, retira más a sus hermanas, ¡le quedan tan distantes! Siente que tanto ella como las otras Anguissola están bajo peligro inminente. No puede moverse aunque quiere hacerlo, sus piernas no la obedecen. La rodea sólo personas que no conoce, que parecen más fichas que humanos, son piezas aunque tengan cuerpo y cara. Ve a la distancia a Amílcar, es el rey, tiene el aspecto del que está por perderlo todo. En la otra punta, está Blanca, en extremo agitada, no guarda la compostura. Una mano pasa rozándola y Elena cae, no puede levantarse, no tiene brazos, es una ficha. La mano la deja acostada sobre la mesa que sostiene el tablero. A su pesar, se columpia sobre su propio cuerpo, se balancea, se resbala, está por caerse, pero la esquina de la mesa tiene un bordecito que la detiene. Desde ahí, porque por suerte ha quedado mirando hacia fuera de la mesa, ve: los que juegan la partida son un rey y una reina que ríen, están algo embriagados, la reina se carcajea, está comiendo cositas, roe algo que parece un trozo de queso, luego una galleta, un higo, una nuez, qué apetito; la reina se distrae, no pone atención al juego; atrás de ella está su corte, un grupo de gente revuelta, en desorden, pelean entre sí, una dama le jala el cabello a la otra; atrás del rey rubio están sus generales armados; ve con asombro que uno le roba al otro la bolsa del dinero; el rey concentra su atención sobre el tablero; la reina ríe, ríe, sigue comiendo con la mano izquierda, mientras pasa con descuido la derecha sobre el tablero; las fichas le quedan fuera de la vista pero comprende el efecto del tropiezo de la reina, oye cómo varias caen de un golpe por la torpeza regia, ¿qué va a ser de sus hermanas?, grita: "¡Sofoooonisbaaa!", ahí despierta sobresaltada. No consigue volver a dormirse antes de que llamen a maitines. Acabado el rezo, regresa a su duro lecho. Siente que apenas ha cerrado los párpados cuando ya están anunciando prima, sale el sol, es la siguiente hora de los rezos.

Casi todas las religiosas envían a sus esclavas a rezar por ellas, tanto maitines como la prima. Otras se hacen cargo de su ropa, participan en la cocina, en la limpieza del convento, etcétera. Elena reza, limpia, lava cazuelas, cocina, lava ropa, hace en persona todas las labores que corresponden a un miembro del convento. Ya habíamos hablado de esto cuando la dejamos enclaustrada. Sofonisba lo tiene presente. Por esto, cuando, ya establecidos en Guadalajara, llega su primer pago de dama de la corte, así lo adeude prácticamente todo (es su deber cubrir los sueldos de su servicio personal, el cuidado y la alimentación de su caballo y el burro, más el cuidado y la confección de sus vestidos), separa una cantidad para Elena. Sabe que no puede enviarla directamente, toda su correspondencia es rígidamente vigilada. Sabe que no puede recurrir a Amílcar —enfurecería, no lo ha consultado con él—. Esto no es asunto para el conde Brocardo, no tiene con él intimidad alguna, así sea el único correo confiable que tiene a la mano. Sólo puede ayudarla Renzo. Así que escribe una carta:

12 de marzo de 1562, Guadalajara

Querido Renzo: no he oído de ti. Quiero creer que es por buenas razones. Mis hermanas me cuentan que el taller de los Klotz crece. Extraño Cremona. Extraño la comida. Extraño mi casa. Extraño tu risa. Extraño… Pero no te escribo para atolondrarte con mis pesares de hoy, sino para pedirte un favor de hermano: que des estos dineros a Elena. Sé que está sin servicio, ¿tal vez tú podrías contratarle a alguien, arreglar que una jovencita la auxilie con la carga rutinaria que no le permite llevar una vida digna de una persona de su condición? ¿Puedo fastidiarte con esto? Enviaré la cantidad cada que sea necesario. Tú especifica cuánto y cómo es conveniente que viaje. No puedo pedirle este favor a nadie más. La situación de Elena me humilla y abruma, no podía ni mencionarla hasta tener para ella solución; por fin esta semana ha llegado mi primer dieta como dama de la corte. Confío en que me ayudarás en este asunto enojoso, comprenderás que para mí es de vida o muerte.

De lo demás ya te he tenido al tanto, la vida en esta corte, las pinturas espléndidas, mi amor por Tiziano —tu rival—, el respeto por Moro —tu rival—. Moro y Tiziano… El único de los grandes que queda aquí es Sánchez Coello, pero no es de la misma altura, no lo digo porque me deteste y desprecie, prefiero no hablar del tema.
Te envío mi corazón en la mano, tu

SOFONISBA

La carta llevaba dinero, la cantidad que Sofonisba calculó haría falta para poder contratarle una sierva a su hermana monja. Las cuentas venían abajo de la firma. Sofonisba tenía una precisa idea del dinero.

Entregó la carta al conde Brocardo, como todas las que iban destinadas a Renzo. Sin decírselo, el conde la leyó, según costumbre. Comprendió que no podía entregarla. Había claras alusiones a los correos perdidos, de los que nadie sino él podía ser responsable. Así que la guardó en el cofre con las anteriores, mientras pensaba cómo salir del lío. No le parecía bien interceptar dinero, las cartas de amor eran otra cosa. Pero no le dio tiempo a pensar en una salida. El rey lo favorece con una comisión: se encargará de negociar el subsidio de veinte galeras para la Corona en Roma. Sale de inmediato, lleva consigo a su fiel criado Fulvio, necesita tener todo en la mano para cumplir como lo hará: de manera expedita y eficaz que satisfaga sobremanera al rey.

Fue por este motivo que la siguiente carta proveniente de Renzo sí dio con el camino a Sofonisba, porque no encontrando a Fulvio, llegó a Álvaro, que no estaba al tanto de la necesidad del salvoconducto. Al descubrir que no era para Fulvio sino para Sofonisba, se la remitió de inmediato, con la mala suerte de que no era una de esas largas y explicativas a las que Renzo era tan afecto, sino más una nota informativa, que dejó a Sofonisba totalmente desconcertada. Renzo la había escrito apenas recibir de Elena una en la que le describía vivamente el sueño que nosotros ya le conocimos, su partida de ajedrez. No resistió enviar estas líneas a Sofonisba, así llevara tanto tiempo sin contestarle las cartas:

Cremona, 4 de abril, 1562

Sofonisba querida: Sabes que puedes confiarme todo, ¿por qué entonces no me escribes, no me has dicho nada? Elena me escribe, le he enviado más papel, ¿qué te parecen sus dibujos? No envío hoy más por lo del papel, fue un descuido por mi parte no proveerla de éste antes. Disculpa mi apresuramiento. Son líneas sólo para instarte a que por favor me contestes. A todo te digo que sí. Pienso siempre en ti. Tu

RENZO

Sofonisba no entiende ni pío, pero conociendo a Renzo y su ánimo juguetón, después de darle muchas vueltas toma por hecho que la carta quería decir que le reclamaba no haberle explicado antes cuál era la situación de Elena. Respiró hondo: dibujos, papel, Elena viviría en mejores condiciones. Renzo no le decía cuánto había que enviar, ella llevaría las cuentas. Volvería a poner dinero al correo cuando volviera a hacer falta según sus cálculos. ¡Ah, qué cabeza la de Renzo! Pero podía confiar en él, de eso no le cabía duda, él no dejaría zozobrando a Elena.

Sofonisba le atribuía a él la ausencia de una comunicación más fiable y rutinaria. ¿En qué estaba, que no quería escribir sino esas parcas líneas?

Las palabras de Renzo la entristecieron de manera profunda. Se sentía como cuando él dejó Cremona, como cuando supo que no se casaría con él. Regresaron los siniestros pensamientos. Le contestó lo siguiente, sin fechar:

Renzo querido: No me dices ni pío de mi envío anterior. Dime si es suficiente, si te es posible; te vivo agradecida. Pintar, Elena, dibujar… ¿Qué puedo decirte de esto? Sí, sí, sí, me alegra, y también tengo mi "aunque"… Tengo que confesarte que el don tiene un lado que me enfada. Mira: porque lo tengo, pude pintar mi casa, mis hermanas, mi familia, lo que yo más amaba; pude exhibir mi mundo a los ojos de otros, compartirlo, hacer a otros partícipe de la alegría única que conocimos ahí las Anguissola (y de la que *tú* también formas parte). ¡Minerva, su risa, su temperamento;

Europa, su humor, sus comentarios; Elena, soñando; Lucía!
Pero porque tuve este don nos despojé, a mí y a Elena, de
la alegría de la casa. Mira, Renzo, si yo no lo tuviera, si en
mi mano no viviera ese pincel, estaría ahora en Cremona,
rodeada de las niñas a las que tanto quiero y tanto extraño
(y estaría cerca de ti). Estoy convencida de que si yo no lo
tuviera, mi papá me habría permitido casarme contigo. Porque pinto lo he perdido todo. ¡No que no quiera yo pintar,
no! No volveré a expresar esto porque me parece que es
contrario a Dios, que es una muestra de ingratitud sin perdón. Sólo tú puedes saber esto que aquí te confieso. ¡Que
no lo escuchen en el cielo! Lo digo mirando al piso. Si acaso,
lo oirán las alimañas. ¡Y tú, mi bello confidente!

Aquí… pintar es otra cosa. La casa de la reina no es la
mía, aunque aquí viva, aunque ella sea una niña dulce.

Sí, sí, sé lo que me dirás y tienes razón, porque pintar
siempre es lo mismo, y representar también, pero los que
aquí retrataré no serán Minerva, Elena, Europa, Lucía, sino
los reyes de España, príncipes poderosos, regentes o gobernantes. Mientras, aprendo de Tiziano, de Moro, de los
grandes, hay lienzos impresionantes en las paredes de estos
palacios. Pinto siempre que puedo. Tú sabes, lo has visto en
mis autorretratos. Todos tuyos, como yo, tu

SOFONISBA

Apenas cruzaron estas tres cartas el cerco del celoso, éste se res-
tauró. Fulvio pidió por escrito a Álvaro que le remitiera las cartas dirigidas a él, que era petición expresa del conde Brocardo,
"parezcan lo que parezcan, son para mí", volvió a estar a cargo
del cruce de esta correspondencia y el conde Brocardo tomó
las riendas; así continuara un poco más de tiempo en Roma, las
comunicaciones entre Renzo y Sofonisba quedaron intercep-
tadas y tragadas por el cofre tragón que había viajado a Roma.
Las tres que escaparon bastaron para atizar el fuego de una
pasión recíproca, honesta, real.

El conde Brocardo regresó de Roma. Pasaría un tiempo en Milán, donde recibió felicitaciones del rey Felipe por su buen desempeño y con éstas otra pequeña comisión, en este caso en esa misma ciudad. Los servicios secretos de Felipe II necesitaban una pulidita y le confió la responsabilidad al conde, sabiéndolo su incondicional. No hay testimonio escrito. La petición fue verbal, verbalmente informó de su cometido, en persona, ya de vuelta en Madrid, donde recibió una noticia importantísima: el Papa le ofrece hacerlo cardenal. Sólo tendría que hacer los votos sacerdotales y comenzaría para él un espléndido futuro.

Imaginemos si no: Gerolamo Vida requirió un sinnúmero de logros profesionales, ser aceptado por sus pares como un gran humanista, publicaciones bien recibidas, constancia en sus labores intelectuales, para alcanzar el nombramiento de obispo de Alba, una culminación de su trabajo. En cambio, este muchacho no excepcional en ningún sentido, sólo por haber nacido en tan buena cuna, cuyos méritos mayores eran su sangre, buena mano y cercanía con el rey y el Papa, recibe el nombramiento de cardenal. Hecho, pero el conde Brocardo (¿quién lo habría imaginado?) lo rechaza y dice abiertamente que no puede "aceptar tan gran honor" por amor a Sofonisba. Antes de conocerla habría dado saltos de alegría. Pero ahora, qué hacerle, está perdido. Quiere esperar a que el rey la dote —cosa que él cree ocurrirá en poco tiempo—, y se casará con ella. Maldito el momento en que Sofonisba había cedido a su padre la renta aquella del impuesto a los vinos menores de Cremona. Lo lamenta haciendo cuentas adentro de su cabeza, porque ya los da por propios, o mejor dicho: por pérdida personal.

7

Los dos últimos clavicordios que ha comprado el rey Felipe provienen del taller Klotz. El monarca toma en mucha estima las opiniones de Sofonisba. Tiene una enorme virtud: sólo opina de lo que sabe: la pintura y la interpretación del clavicordio. Como intérprete, no tiene el genio del que sí da muestras como pintora, pero no es de segunda, se diría que es incluso espléndida con la música italiana, sabe infundirla de un aire muy espontáneo, ligero, muy Sofonisba —sólo toca y muy rara vez en los salones de la reina, para las comedias o máscaras que montan para divertirse, tanto el rey como la reina tienen músicos en sus casas—. Lo cree el rey y lo sustentan los entendidos, a los que Felipe sabe dar oídas. Así que cuando ella insiste ante Felipe II en que el taller de Cremona es muy superior al de Mofferriz el de Zaragoza, y le explica que este lutier fue aprendiz de Klotz, Felipe II no la pone en duda, deja en manos de Sofonisba encargar, ordenar, dirigir la hechura de los nuevos instrumentos. Sofonisba también trata de convencer a la joven reina de que no encargue un clavicordio a París sino a los Klotz, pero sabe que perderá la batalla desde el momento en que la emprende; la indolencia de Isabelita no le permite escuchar argumentos, hace sin excepción lo que sea más sencillo, más fácil, menos lío, lo que está ya decidido, ella no va a gastar un céntimo de energía en tomar una decisión que contravenga lo que otros decidieron antes que ella, o nada que se oponga a alguna inercia. No hay razón para pedirle ayuda en ningún tipo de asunto. Valga de ejemplo el duque de Ferrara, hijo de René de Francia. Primero, Francia le solicitó a Isabelita intercediera ante la princesa Juana para que accediera a casarse con él, ni siquiera se atrevió a proponérselo a Juana, así la viera a diario y tuviera con ella la relación más estrecha. Más adelante, le rogaron ayudara a facilitar al mismo duque un alojamiento en Madrid, pero incluso en un tema tan insignificante su eficacia fue nula, aunque sí lo intentó, incluso ayudada por su entonces dama favorita, la Vineux (primero lo había sido Madame Clermont, a quien la prima de la reina, la Montpensier —incómoda ante tantas cosas en su estancia en la corte española, creyendo a menudo que no le daban el trato que demandaba su rango—, acusó de monopolizar las mercedes y la atención de Isabel).

Así que cuando Sofonisba le aconsejó que comprara el clavicordio de los Klotz, fue más por hacer saber a las otras damas cuánto creía en las virtudes de éste que por confiar que llegará a ningún lado. Sabe que Isabel es incapaz de aplicarse a conseguir lo más sencillo. Saca el tema de los instrumentos Klotz, y la reina le dice: "¿Para qué?", en un español voluntariamente champurrado, "un clavi *quoi*?". "Para las representaciones de teatro, majestad", le dice una de las damas cerca del oído. E Isabelita ríe, no porque se crea la muy graciosa. Sí, sí, sabe y de sobra qué es un clavicordio, aprendió a tocar un par de piezas correctamente, por empecinamiento de su mamá.

Hubo una sola excepción en la que la reina Isabel se distinguió por llevar la contra —y a su mamá—, de la que se ha escrito mucho y que a nosotros nos importa por lo que ocurrió entre Sofonisba y Catalina de Médicis. En Bayona, en representación de su marido, Isabel se atrevió a amonestar a su mamá, pidiéndole apoyara a "los buenos" y dejara de hacer alianzas con los hugonotes. Por ésta que llamamos excepción, el Papa le otorgó la Rosa de Oro, se la entregó el nuncio en una ceremonia solemnísima ahí mismo, el 26 de julio de 1565. Sofonisba viajaba con la reina, en su honor Catalina de Médicis hizo montar la obra que lleva su nombre, *Sofonisba*, que no había sido antes representada, una adaptación francesa de una tragedia neoclásica italiana. Sofonisba atendió la oportunidad y le recomendó que encargara a Cremona sus instrumentos de cuerda. La reina regente, muy atenta, pidió para el rey su hijo Carlos IX no uno, sino cincuenta y cuatro instrumentos (chelos, violas, violines grandes y pequeños, muy decorados. Pronto firmarían el contrato los Klotz), porque siempre quería dejar muy atrás a los españoles, demostrar al mundo que la corte francesa no tenía nada que envidiar a esos palurdos. Ni un solo clavicordio, también para hacer distancia con los españoles. Chelos y violas y violines exigen mayor maestría interpretativa, la retribuyen con mejor sonoridad; esto por recomendación de los Klotz mismos.

La correspondencia que cruzaron Renzo y Sofonisba sobre la hechura y la fabricación y compraventa de instrumentos musicales no acaba en las fauces del cofre tragón del conde Brocardo. Va por otro camino, la posta real.

Cuando se anuncia que está listo el tercero de los clavicordios Klotz para la corte española, se les invita a venir. Aceptan. El instrumento llegará acompañado de la familia de artesanos, Matías, el lutier mayor, jefe del taller y padre de familia; Verónica, su mano derecha y mujer, y el hijo de estos dos, el cada día más bello Renzo, el hermosísimo Renzo que han amado todas las hijas Anguissola —excepto Ana María, todavía no nacida cuando cayó la desilusión, cuando Amílcar no lo aprobó como marido generoso de Sofonisba y Elena entró en el convento.

El viaje debe esperar a que el rey regrese de Aragón —hacia donde fue en agosto del 63, sin la reina, muy a disgusto de ésta (el régimen al que la confinaban en su ausencia era un verdadero fastidio, los "grandes sufrimientos" que le causaba la separación del rey respondían a que la vida en la casa de la reina se convertía en la de un monasterio. El rey permitía que siguiera yendo a oír misa en la capilla del palacio y comiera en público, todo lo demás era quedarse encerrada en los salones privados, donde no se permitía entrar ni salir a nadie después de las dos de la tarde, y esto la enfadaba sobremanera, porque a Isabel no le gusta seguir ninguna rutina, se aburre infinito sin sus visitas, a las que acostumbra recibir a las horas más variopintas. Tiene que escoger de antemano qué damas quiere tener cerca de ella, y a las diez de la noche esta parte del palacio queda clausurada, sellada a piedra y lodo).

Felipe estuvo de vuelta el 10 de mayo de 1564. La pareja real pasa unos días en Aranjuez, pero no sirvió de gran cosa para reconciliarlos. En julio de 1564, cuando están por llegar los Klotz, el rey apenas le habla a Isabel.

Sofonisba no sabe qué vestido ponerse para recibirlos. En los autorretratos que le ha enviado, se viste invariablemente de negro, pero como es un color que en Lombardía sólo se usa para el luto (así ella lo portara en Cremona durante un tiempo, cuando perdió el matrimonio con Renzo), sería inapropiado, una muestra de pesar que es lo último que quiere enseñar a Renzo. Desea mostrarse con la alegría que le da su visita, pero también reforzar la idea de que, si no es de él, Sofonisba es y será virgo, no puede pertenecer a ningún otro hombre.

Elige un vestido azul claro. Elige perlas con las que la peinarán, y un collar también de perlas. Elige un anillo. Quiere dar idea de riqueza que no sea irritante. Sabe que las finanzas de los Klotz están mejor que nunca, pero ha comprendido también que no son tan ricos como ella lo creyó en Cremona; por la orfandad de Verónica son sólo burgueses acaudalados, no se parece nada lo que ellos tienen a las fortunas de algunos nobles españoles. Por ser nobleza menor, por cuidar su padre excesivamente su patrimonio, Sofonisba creció sin tener mucha idea de algunas cosas mundanas. La corte le ha dado los ojos que no obtuvo en casa.

Entonces, el vestido azul, y sobreimpuesta llevará su bata de pintora. Se la pone cuando pinta; de hecho suele llevarla por los pasillos de palacio, con ella marca una distancia que nadie

puede interpretar como altanería, se distingue de las otras veinticuatro damas (siempre prestas a frivolidades y distracciones,
expuestas en esta vitrina magna para hacerse atractivas a importantes maridos —de hecho, quedan ya pocas de las que llegaron
al empezar el reinado de Isabel, sólo cuatro en total, y al terminar este periodo de la vida en la corte, sólo quedará una de las
que originalmente formaron el cortejo de la reina, además de
Sofonisba—), la bata marca su distancia sin causar irritación.
No es que sea "más" que las otras, es que tiene un don, no puede evitarlo, se entrega a él sin manchar sus ropas nobles, para
esto es la bata.

Sofonisba recibirá a los Klotz en el salón donde, minutos
antes de su entrada, tendrá frente a sí al rey sentado, posando
para ella. Al rey sometido a su mirada, inmóvil para ella. Le
está haciendo un retrato. A este salón precisamente llegará el
clavicordio. Mientras pinta el retrato del rey, ella es quien le
platica, quien lo entretiene, su voz es lo único que se escucha.
Otros pintores quieren alrededor a los locos (los bufones), enanos y meninas para atrapar la atención del retratado. No Sofonisba, ella quiere una proximidad cálida con su modelo. Por su
parte, el rey disfruta de su compañía. Le gusta la inteligencia
de Sofonisba, le encanta esa belleza virginal, dulce, juguetona,
inaccesible, y su sentido del humor. Le divierte lo que piensa.
Le agradece su intelecto cultivado. La tiene muy en alto. Sofonisba quiere estar a solas con él, él a su vez quiere estar a solas
con Sofonisba, pincel entremedio. Es la única mujer con la que
tiene una relación así.

Así que Sofonisba estará pintando el retrato del rey cuando entren al palacio los Klotz. Verán cómo va el lienzo, prácticamente está terminado. De hecho, el rey viene a sentarse más
para estar con ella que para otra cosa. Son los últimos detalles,
Sofonisba podría trabajarlos ya sin él, pero todavía no terminan de estar juntos. Mientras pinta un retrato, Sofonisba traza
un arco con la relación que entabla con su modelo, pintar es
para ella un acto "social", se acerca y toca al otro y deja este

tacto impreso, deja en imagen la sensación de haberlo percibido. El arco tiene un principio y un fin. Pues bien: el retrato de Felipe está por llegar al fin, y el arco ya va a tocar tierra. Esta última sesión será la despedida de este pasaje juntos.

Para Sofonisba, el acto de pintar es un ejercicio táctil, y es un lenguaje, un hablar en alta voz llevando leyendas. Después de esta última sesión con el modelo, el retrato madurará al punto ya de verse en él la persona que vivió en el "arco social" con Sofonisba, lo que Felipe fue con ella. Felipe todavía no lo ha visto, Sofonisba quiere mostrárselo cuando ya esté a punto. Todavía han acordado una sesión, pero la verdad es que ya no lo *necesita*. Lo disfruta, le gusta tenerlo frente a ella, conversan. Pero el retrato ya no lo requiere, puede terminarlo casi con ojos cerrados. En un par de semanas tendrán otra sesión: el modelo se verá a sí mismo. "Es la sesión del espejo", dice Sofonisba.

Los Klotz sí que verán el lienzo. Sofonisba tiene pensado mostrarles los demás retratos que ha hecho en su estancia en la corte. Quiere enseñar a Renzo lo mucho que ha aprendido, cómo ha incorporado a su escuela lombarda la flamenca —le debe mucho a Moro, con cuyos lienzos convive a diario en palacio—, también la española y, sobre todo, la veneciana, por Tiziano.

Sofonisba sabe que quien más apreciará el retrato que está pintando será Verónica, y esto la verdad la enfada, ¿por qué no Renzo? ¿O Matías? Lo primero será contenerse, no impacientarse: dar la bienvenida propiamente al clavicordio. Será un encuentro entre pares: los lutieres, la pintora. Quiere dejarlo muy claro ante los Klotz, ella es *la pintora* de la corte. Quiere enseñarles también la vida en palacio, la rutina del cortesano.

El día no ha comenzado de suerte: la reina niña ha despertado de malas, no quiere dejar su habitación, pretexta otra de sus enfermedades que más responden al mal talante que a otra cosa. Sofonisba sabe qué hará: va a pasarse el día vistiendo y desvistiendo sus muñecas mientras canturrea canciones de cuna francesas. Esto no lo verán los Klotz. Tendrán que tragarse en cambio a la princesa Juana de Austria, seguramente se hará presente al caer la tarde. Suele esperar la noche al lado de la reina Isabel, pero si ésta enferma de uno de sus ataques de holgazanería o indolencia, busca a alguien más. Ya sabe lo que ocurrirá con la princesa Juana. Vendrá un momento, verá de lejos el clavicordio, con una actitud despreciativa —como acostumbra poner ante todo aquello de que no sabe un ápice y en lo que quiere hacerse pasar por sabiondita (en esto no hay excepción)—, ponderará que no hay nada que obtener de estos visitantes, y luego de tasarlos, al siguiente salón. Si hay alguien allá de más poder o que más le convenga, se quedará con ellos; si no, presa del aburrimiento, regresará, dirá dos o tres comentarios altaneros —y de preferencia con algún tajo de rezo, frases que deja caer para que todo huela en ella a misa, a un fervor que (quiere hacer creer al universo entero) la tiene poseída (Sofonisba sabe que no hay en ella nada parecido a arrebatos místicos)— y después se retirará a su habitación, a lamentar la reclusión de Isabel —a quien también detesta aunque crea amarla; no pierde oportunidad para hacerle sentir que ella comprende mejor a Felipe, que Felipe pasa más tiempo con ella que con la esposa; que ella ha conversado más con Felipe, una rivalidad por abajo del agua pone el picante a su relación.

No hay riesgo de que la princesa Juana ofenda a su Renzo, lo ha puesto al tanto en su correspondencia (donde no tiene el deber de retratar a los protagonistas de la corte con rasgos favorables ni con mensajes públicos) de cómo se las gastan los modos de la princesa. La princesa siempre está incómoda consigo misma y hace sentir igual a quienquiera que se le acerque. Sofonisba lo ha dejado bien claro en el retrato que le pintó. De modo que Renzo sabe ya, piensa Sofonisba, qué sabor tiene el trato con la princesa Juana, de ella no puede temer sorpresas. Más difícil será Felipe el rey. Pero no hay riesgo, los Klotz no le verán ni el pelo. Cuando pasen al salón, lo habrá ya dejado impaciente. Lo esperarán los agentes reales comisionados para rescatar reliquias en peligro de los territorios amenazados por el fuego luterano. Vienen de Alemania y los Países Bajos, donde los herejes pretenden destruirlas, convencidos de que los santos no tienen ningún poder de intercesión ante Dios. Traen consigo: cincuenta cabezas de las once mil vírgenes, un dedo de san Juan Bautista, retazos del vestido de éste y muchos huesos de san Marcos, san Agapito y san Gedeón —reliquias que irán a dar intactas al monasterio que ha fundado Juana de Austria, el de las Descalzas Reales—. Con el tiempo juntará un número importante, en El Escorial entrarán siete mil.

Sofonisba cree que Renzo ha recibido todas sus cartas, que está muy al tanto de la gente que la rodea, pero aun así está nerviosa (¿qué va a pensar Renzo de su vida en la corte?, ¿de ella misma?; al verla ¿dejará de amarla?, han pasado siete años, siete años) y siente una combinación de tristeza y alegría. La alegra saber que lo verá, que los verá —también tiene aprecio por Verónica y respeto por el viejo y su pasión—, pero que Renzo la visite es la confrontación con un hecho lamentable: no han hecho vida juntos. La escasez de su correspondencia le ha permitido crecer y afianzar un espacio imaginario donde siguen juntos, se acompañan a diario, están en Cremona. Éste no ocupa toda su vida, no; es un capullo aislado, muy precioso. Renzo viene: se confirmará que este espacio no existe. Gracias a su silencio, está y no lejos de él. Pero la felicidad termina por vencerla: ¡viene Renzo! ¡Viene Renzo! Sofonisba es una campanita.

El hecho era que durante toda la estancia de Sofonisba en la corte, salvo contadas excepciones, Renzo recibía cartas de ella sólo cuando eran portadas por la posta real, o cuando alguien la visitaba en su nombre, porque todas las demás se las comía el cofre del conde Brocardo; muy hambriento estaría de amor porque no parecía saciarse. ¡Ay, cómo y cuánto come el cofre del conde Brocardo! Quién fuera ello, que nada lo sacia ni lo conmueve, ni pierde por motivo alguno el apetito. Es pura boca, no tiene culo, es el desanado, el desanizado. ¡Cofre,

cofre! "Tendrá el avariento el cofre lleno de escudos y no se enciende lumbre en su casa sino las Pascuas". Cofre avariento, puro tragar, cofre tragón, cofre maldito, impermeable a su propia maldad. La mala es que la mayoría de las cartas que sobrevivían al cofre del conde Brocardo y llegaban a la mano de Renzo, por ser de naturaleza mercante, tenían un tono impersonal, frío, acompañaban la compraventa o el encargo de instrumentos de los Klotz para alguno de los palacios de la corte española o para las familias de las damas o nobles que la rodeaban. Hablaban de dinero, de varas, pies, fanegas, de las habitaciones donde los instrumentos llegarían a vivir, de la temperatura y humedad que les esperaría, del aspecto que deseaban de éstos, de si era necesario enjoyarlos particularmente. Más que cartas parecían documentos públicos. Los otros pocos correos, por venir en manos de amigos, solían ser notas muy breves, así cálidas, y contenían objetos. Sofonisba le enviaba a Renzo algún autorretrato —eran la mayoría— en que vestía de negro, reiterando "virgen" y "tuya". Renzo encontraba qué enviarle de Cremona que le hiciera gracia, le trajera memorias o le diera placer. Él nunca dejó de recibir noticias de ella por vía de las otras Anguissola, Elena —con quien mantenía continua correspondencia—, Minerva —le hacía llegar de vez en vez sus versos, epístolas y el comienzo de su "Octamerón", que debió suspender porque por un descuido los cuentos cayeron en manos de Amílcar y le sacaron sus demonios familiares (con toda razón: los cuentos pícaros, cargados de risa, eran de lo más inconvenientes); de todos los que recibió hizo hacer una copia que envió a Sofonisba, mismos que terminaron en las fauces del cofre dicho (de donde concluimos que tenía hambre de diferentes platillos, de amor que no se saciaba, de fábula, de risas, de dinero, de enfados y tristezas)—, Europa —de vez en vez le enviaba dulces, y ella a él cortos recados— y Lucía —con quien tenía tratos en Cremona, su cómplice también, y quien le había pintado a veces, a espaldas de Amílcar, uno que otro instrumento, decorando violas, clavicordios o violines con sus imágenes—. A ninguna le había contado que no estaba en contacto continuo con Sofonisba, porque todas daban por sentado que sí. Nadie sabía que las más de las cartas que esos dos jóvenes se enviaban, como los regalos y los dibujos, iban a dar al cofre del conde Brocardo, excepto Fulvio y el conde.

Los Klotz no se hospedan en palacio aunque han sido convidados a hacerlo. Hay un ala donde llegan los artesanos, mercaderes, artistas, sastres, bordadoras venidos de todos los puntos del Imperio a satisfacer los caprichos o las necesidades de la familia real, pero los Klotz quieren moverse con toda libertad —y guardar prudente distancia con quienes tienen cautiva a Sofonisba—, usarán su estancia madrileña para otros asuntos. Quieren también esquivar ser castigados por el rasero de la etiqueta española, más rígida que la italiana. Matías está un poco ansioso. Sus fuertes nexos con los flamencos no le hacen grata esta corte. Verónica está impaciente por ver a Sofonisba. Renzo está en un lugar que se parece tanto al cielo como al infierno. Muere por ver a Sofonisba pero, como ella, sabe que encontrarla en palacio será la confirmación de que tienen vidas separadas. Esos dos están atados en un mundo al que nadie más tiene entrada. Viven en un terreno que no necesariamente comparten. Eso ¿quién puede comprobarlo? Coinciden en imaginarse juntos, ¿pero eso qué tiene que ver con el uno y con el otro? Los años no pasan en balde, Sofonisba ha cambiado, Renzo también. Aunque no fuera así, suponiendo se hubiesen conservado idénticos, como si las experiencias, los viajes, el trabajo, las compañías no los hubieran alterado nadita, ¿somos todos previsibles? ¿Cuántas veces no nos sorprendemos de nuestras propias reacciones? ¿Cómo puede otro imaginar exactamente la respuesta que vamos a tener frente a esto o a lo otro? Fundados en la pasión y el amor, se imaginan inamovibles como las estatuas. Pero los dos ahora tiemblan ante la entrevista.

Camino a palacio, encuentran una visión que encanta a Matías: una mujer canta y baila un poema africano. Renzo la reconoce: es Magdalena, la de Roma. ¿Qué hace aquí? Matías se detiene a escucharla unos largos minutos.

En donde se reproduce
lo que Magdalena cantó aquel día

Mamar, el hijo de la hermana del rey Sey,
el hijo de Kasaye que es la hermana del rey,
el hijo que Kasaye hace pasar por hijo de la cautiva
de Bargantché, ya no anda en brazos.
Mamar jala las barbas al rey Sey.
"Este niño no me da confianza",
dice el rey Sey,
"hay algo en él que me huele mal".
¿De qué sospecha el rey Sey?
"Hay algo mal con este niño,
algo que no está bien".

Todos lo saben: el hijo de Kasaye matará al rey Sey.
Por esto el rey ha hecho asesinar a todos los hijos de
      Kasaye.
Pero éste, éste, pasa por ser de su cautiva.

"Anda, anda, anda, mátalo,
hermano mío y rey, rey Sey,
mata si te da la gana al hijo de tu cautiva.
He dado a luz ocho hijos, has matado a los ocho,
y yo no he abierto la boca.
También al hijo de la cautiva,
también dudas del hijo de la cautiva.
El que mata al hijo de la cautiva
es un perdedor, está derrotado".

Pasan los años.
Al hijo de Kasaye lo protege el hombre que viste de
blanco.
Es un muchacho fuerte, tan alto como aquí,
como llegar a mi nariz,
no, no, como llegar a mi frente.

Kasaye habla con el rey Sey:
"Te doy al hijo de la cautiva para que se encargue de tu
caballo".
Lo llaman "El pequeño esclavo de Sey".
Los otros niños le dicen burlones: "No tienes papá, ja,
eres esclavo del rey Sey, el que mata los niños de su
hermana,
ja, no tienes papá, ja, cuidas el caballo pardo del rey Sey,
el que mata los hijos de Kasaye".
Los muchachos se burlan de Mamar:
"¿Quién es tu papá? ¡No tienes, no tienes, sólo tienes
mamá,
tu mamá es cautiva, no tienes papá!".
El muchacho como un niño llora con su mami.
Kasaye le dice:
"Ve y siéntate, ya no me molestes,
ve y siéntate ahí, verás a tu papá".
Estuvo ahí hasta la celebración de las fiestas religiosas,
hasta que terminaron, sentado, espera, espera sentado,
pero no vio a su papá.
Él sabía bien que Kasaye y no la esclava
es su mamá, Mamar sabe la verdad,
nadie le ha dicho, ¡ni falta!:
como cualquier niño, Mamar la sabe.

Sofonisba, pues, se ha puesto un vestido azul, perlas en el cabello, un anillo, un pequeño medallón, y sobre sus ropas, bata
de pintora. La reina Isabel dará todo el día rienda suelta a su

indolencia y pereza. Se toma días de vez en vez, ahora que está embarazada se siente con más derecho a hacerlo. El clavicordio llega a palacio, entra en el salón, lo desembalan, el afinador lo visita, lo cubre de elogios que escucha Sofonisba. Cuando Sofonisba está ya lista para comenzar la sesión de pintura con el rey —el pincel en la mano, los colores dispuestos—, vienen a decirle que no se presentará. Tiene un imprevisto, pero vendrá un poco más tarde. Tres damas francesas entran corriendo, ya saben que el rey no está aquí, traen un chisme que corre como fuego por palacio: "Il tenochca est devenu fou!". Un noble tenochca, venido de la Nueva España con un reclamo sobre la herencia de su madre, hija del gran Moctezuma (Isabel para los católicos, Tecuixpo para los nahuas), ha caído en una rara postración. "Il on dit que c'est le diable!". Andan diciendo que son los demonios. Sofonisba las calma: no hay demonios en palacio. Lo dicen, ¡pero la princesa Juana se ha retirado al convento!, ¡y qué novedad!, ésa cada que le sobreviene jaqueca o algún cambio de humor, jala hacia el monasterio. Las demás damas de compañía deambulan como perros sin dueño, les vienen pisando la cola a las francesas, buscan que Sofonisba las tranquilice —o las divierta—, no tienen eje propio, y a falta de la reina Isabel y del imán de Juana, no saben qué hacer.

Aquí es cuando llegan los Klotz a palacio. Sofonisba ha dejado a Julio indicaciones precisas de cómo recibirlos y guiarlos por patios y salones hasta llegar a donde ella cree que estará pintando el retrato del rey. Pero a Julio no le gusta el papel, no le acomoda eso de ir tras palurdos. Le pide al criado de otra dama, un amigo de parrandas que le debe favores (y dinero), que los reciba y encamine. Él a su vez suplirá al amigo. Con la mala de que en sus idas y venidas topa con el grupo de los tres Klotz que él quería rehuir. Finge no conocerlos, hace una elegante inclinación ante el amigo que los guía, y sigue con los afanes ajenos. Los Klotz no tienen que fingir, Julio se ha convertido en un regordete y se ha teñido el cabello. Entran al salón donde las damas de compañía pululan alrededor de

Sofonisba. ¡Maldita la hora, por qué han de encontrarla rodeada de tantas bobas! Pero la maldición le dura una fracción de instante. ¡Renzo! ¡Ahí está Renzo, más hermoso que nunca! ¡Parece un ángel! Las damas lo rodean.

—C'est beau, n'est c'est pas? C'est tres joli! Est voi, voi, le vêtement… ils sont trop trop!

—Est oui! Trop, trop!

—Trop, trop!

Parecen caballos.

Lo examinan como si hubiera salido de una jaula, como si fuera un mono venido de las Indias, un papagayo. ¡Es un italiano, niñas! Sofonisba no halla cómo espantárselas. ¡Son tan mensas que hasta duele! Tres acaban de llegar. Los aristócratas amigos de la reina Catalina han aprendido que desde esta plataforma se encuentran muy buenos maridos y las envían como anzuelos con cebo; las escogen para que den ganas de cogerlas como cosas.

Matías y Verónica abrazan cariñosamente a Sofonisba. Renzo ha quedado envuelto por las niñas. Sofonisba está feliz. ¡Renzo!

La guardadamas llama a las damas desde la puerta:

—¡Señoritas! ¡Dejen sola a la dama Sofonisba! ¿No ven que recibe?

—Vous avez dit quoi?

Repiten la misma frase como micos. Todas como abejitas salen atrás de ella, obedecen como corderitos su llamado. Pero no son lo uno ni lo otro: son anzuelos.

Renzo queda en el centro del salón como desplumado, atolondrado, ¡era lo último que esperaba encontrar cuando puso un pie adentro del salón donde estaba su adorada Sofonisba!

Él le toma la mano y así se quedan un largo momento.

—¡Renzo! —no dice más Sofonisba, porque es cuanto le rebota en la cabeza. ¡El divino Renzo! Viéndolo, recuerda Cremona, sus hermanas y todo lo más bueno que ha tenido en la vida; quiere llorar.

Verónica contempla el retrato de Felipe II. Matías, en cambio, fija los ojos en el pincel de Sofonisba. Piensa: "Deberían tocar con plumillas siempre las cuerdas. No está bien el dedo, es obvio, la yema del dedo no puede obtener de la cuerda la apropiada resonancia". ¿Pues qué ese hombre no tiene otra cosa en la cabeza que no sean instrumentos musicales?

—¡Que este momento fuera eterno, Sofonisba! —se atreve Renzo. Sofonisba ríe, feliz, le sale una risa larga y franca. ¡Qué maravilla oír la lengua materna, el acento de su Cremona, los modos de su barrio!—. Estás bellísima, Sofonisba, qué preciosa en tu vestido, con tus perlas, mira, tu cabello, ¡qué bella! ¡Mírala, mamá! ¡Papá! ¡Mira!

Matías no lo escucha. Está ponderando el ambiente que rodea al clavicordio. No, sí, los marcos de las ventanas, los objetos. Pasa a ponderar todo lo que ve como parte de la prolongación de la caja de resonancia.

Verónica no le presta atención tampoco y en cambio llama a Sofonisba, quiere ver con ella el retrato, trata de atraer la atención de Renzo al lienzo, pero él no tiene ojos sino para su Sofonisba, ¡Sofonisba!

Verónica no abre la boca. No sabe mentir. Se dice a sí misma: "Muy superior a todos tus retratos anteriores, parece el de un maestro, pero, Sofonisba, ¿dónde has dejado la risa?, ¿dónde tu calidez o espontaneidad que te hacía ser única, la mejor del mundo? ¡Que juntaras las dos cosas! ¿Pero cómo podrías, en la corte? ¡Ya déjala, por dios, qué perdedera de tiempo!". Verónica piensa dios en minúscula. No tiene un espíritu obediente. No conoce el fervor religioso. Cuando necesitó de Dios, le suplicó, le pidió auxilio, le imploró. Y él, ni muestras. Para ella, Él no existe.

Sofonisba consigue articular una frase. Pregunta a Renzo:

—¿Y Veillantif?

Entonces entra el rey, sin que lo anuncie ningún protocolo. Anda como un poco perdido. Contesta a la pregunta de Sofonisba:

—¿Quién dice Veillantif? "A los puertos de España ha pasado Roldán sobre Veillantif, su buen y veloz caballo". ¿Dónde está mi dama predilecta, la genial Sofonisba?

El rey trae dos botones de la camisa sin abrochar. Sofonisba entiende con un vistazo dónde ha andado el rey, comprende por qué no llegó a la hora señalada, ¡otra vez la de Éboli! Cada que la reina niña enferma, o finge que enferma, o cree que enferma, la princesa de Éboli le cae al rey al cuello. Porque ya hay otra en la vida del rey, pero como la Éboli está confinada en palacio, aprovecha cuando puede. Es tan ducha para el amor como para la espada. Si el rey tuviera ojos para algo que no fuera él mismo, vería la excitación de Sofonisba —muy diferente a las usuales—, habría sabido interpretarla, y habría girado la cabeza para conocer a Renzo. Pero desde su más tierna infancia Felipe ha aprendido que él es el centro del universo, que alrededor de su persona giran las otras, contradictorias las más de las veces, de modo que es inútil intentar comprenderlas, y es absurdo querer hacerlo, ¿para qué? Es el deber de todos los demás satisfacerlo a él. A fin de cuentas, él es Felipe, el rey.

(Debe quedar muy claro de una vez por todas que Sofonisba se habría reído hasta el desmayo de la leyenda de que don Carlos e Isabel se enamoraron y que Felipe suspiró por algún día tener su amor, como escribe Schiller. Lo cierto es —Sofonisba lo ha visto con sus propios ojos— que Isabel es una niña, que Felipe ocupa el rabo en otras cuando puede, entre las cuales está la afanosa y ambiciosa princesa de Éboli —a quien poco le importa el rabo, y mucho el poder y el entretenimiento—. Sofonisba también sabe de sobra que es imposible enamorarse de un imbécil deforme como el príncipe Carlos, un adicto a la tortura que cuece las ardillas vivas y según algunos dicen marca en la piel a sus amantes en las partes más íntimas, valiéndose de una navajita.)

—¡Sofonisba! —repite el rey en tono mandón.

Sofonisba, el rostro encendido de emociones, hace una reverencia al rey y quiere presentarle a sus amigos, decirle que Matías es el Klotz y Verónica la Cavalcabò y Klotz, y que Renzo es el bello Renzo.

—¡Venga aquí, Sofonisba!

Él rey está como fuera de sus cabales. Algunas veces tiene estos jaloneos con la de Éboli. Lo alebresta y lo echa afuera del lecho, creyendo que así se garantiza su deseo. Entonces cambia el ánimo del rey, sólo por muy breve tiempo. Muy pocos lo conocen así. ¡No hay que repetirlo frente a nadie!

—Majestad, éstos son mis amigos queridísimos, los grandes hacedores de…

—¡Dígame Felipe, Sofonisba! ¡Nadie vive más solo que un rey! ¡No soy el rey, soy un hombre, soy Felipe, el hijo de su padre!

Pisándole los talones al rey vienen varios de sus hombres, todos comentan la historia del tenochca poseído, lo dan por hecho.

El rey les hace poco caso.

—¿Dónde va a comer usted, Sofonisba?

—Con los Klotz, Su Alteza.

—Conmigo comerá, Sofonisba. No quiero comer solo. No quiero comer con nadie más. Quiero comer con Sofonisba.

Da grandes pasos, es un energúmeno en dulce, a punto de salir del salón mira el clavicordio y se detiene:

—¡Llegó!

Sofonisba se avienta mirando la oportunidad en su comentario.

—Llegó, aquí están los Klotz, han venido a traerlo, llegaron expresamente de Cremona para revisarlo y ver si le ha gustado a Su Alteza el envío.

El rey alza la vista. Ve a Verónica —¡bella!—, a Matías —tiene aspecto de hereje—, a Renzo —¡bellísimo!, qué hermoso muchacho—, hace un ademán hacia Verónica.

—¿Querrá comer con ellos?

—Si no le enfada a Su Majestad, sí, quisiera comer con ellos. En la tarde, espero no lo olvide, hay un concierto.

El rey sigue su camino hacia afuera del salón, uno de sus secretarios dice a Sofonisba:

—Tendrá que ver a esa hora a los agentes de Flandes, se ha perdido en la mañana…

—¡Tráigalo! —demanda Sofonisba—. ¡Le hará bien!

—Ya tuvo hoy suficientes divertimentos, créame. Bien no le falta.

El paso de esta ráfaga real ensombreció sobremanera a Renzo, desconcertándolo del todo, tanto como a Sofonisba. ¡Por qué tenían que ver al rey así! ¡Era una situación totalmente inusual!

Renzo pensaba: "Conque conmigo comerá, Sofonisba", y se repetía el *tráigalo* que ella dijo, interpretándolo de otra manera. Quería irse cuanto antes de palacio.

Verónica, más sabia, lo tomó del brazo y dijo:

—¿Nos enseñas otros lienzos, Sofonisba?

—Ahora mismo.

El resto de la tarde transcurrió ya sin tropiezos. La mala racha terminó donde hemos dicho. Pero ya no recobraron la alegría de un principio, ni Sofonisba ni ninguno de los tres Klotz. El aparato de palacio, la etiqueta, el despliegue de lujo de la comida tampoco ayudaron gran cosa. Pero lo que verdaderamente hundió a Matías fue el concierto. Sí, era un buen clavicordio en la medida en que ese instrumento podía ser bueno. Pero no era nada comparado con lo que él soñaba como el sonido que un instrumento musical debería tener. Definitivamente —pensaba—, no quería volver a hacer un clavicordio más, éste iba a ser el último maldito ingrato, incómodo y torpe. Regresaría a las violas y los violines, había sido un error dejarlos. Para acabar de agravar su desgracia, hubo cantante, una italiana de voz prodigiosa, la mujer de Marenzo, que interpretó de manera deliciosa los madrigales del marido. Esto fue la gota que derramó el vaso. Matías se sintió el peor de los miserables comparando el sonido de su clavicordio con la preciosa voz de la Marenzo, el golpeteo de las cuerdas era como un rajar con mazos de piedras. Le avergüenza el ruido que hace el instrumento, quiere correr a esconderse. Cuando estalla el aplauso, cuando Sofonisba le pide se levante de su asiento para dar las gracias, lo único que quiere hacer es irse a llorar a solas sus miserias. Todos lo felicitan.

El aplauso es largo, va para la cantante, para el intérprete del clavicordio, para el rey, para Matías, otra vez para Matías, el rey ha hecho un gesto dando a entender a la corte que le encanta el trabajo de los Klotz, sólo por hacer feliz a Sofonisba, y un aplaudir más intenso suena para el taller de los lutieres, parece eterno, retumba, retumba, corre por los pasillos del palacio. Más. Más. Más.

Salones más allá, el dicho aplauso que retumba perturba al tenochca, nadie lo está atendiendo, cuidando, está solo, había escuchado los sonidos del concierto con el oído alerta, ahora esto truena, ¿qué tanto crepita?, se le vuelve a soltar el rapto de la mañana, se echa a correr, irrumpe en el salón donde todavía seguían los nobles aplaudiendo, viene ataviado de manera muy irregular, por así decirlo, se para al lado de la Marenzo, hace una respetuosa reverencia que consigue el silencio de la estupefacta audiencia, la cantante y el intérprete se desplazan. El tenochca, impostando la voz de manera en exceso artificial, comienza a recitar esto que aquí reproducimos; lo dice en parte en su lengua, en parte en castellano, mientras golpea un pequeño tamborcito con el que lleva un ritmo muy extraño, pone acento en esta o aquella palabra —el tamborcito era, por cierto, de aquellos que se fabrican en el taller de los Klotz y que la mano afortunada de Verónica sabe hacer llevar a todos los mercados europeos—, y sus meneos eran en extremo de ver, inesperados, tenían su lado magnífico, no se diría festivo pero sí muy venéreos:

En donde se reproduce una parte de lo que el poeta tenochca, hijo de un rey caído, dijo aquel día en palacio

Ay, mi rey, mi abuelo, el padre de mi padre,
ay, cayó traicionado por un soldado raso
que se hizo capitán cuando se sublevó
y desobedeció a Alvarado en Cuba.
Cortés le decían, pero no lo era tanto,
de cortés ni un pelo,
todo en él era arrebatar como un Hernán.
Ay, mi rey, mi abuelo, murió asesinado
a traición por un cristiano que no lo era tanto.
Ay, perdimos nuestro reino
a cambio de una nueva fe
que nos ha abierto las puertas del cielo
—y también las del infierno, ay—.
Ay, nuestra herencia es una red
que no ha pescado nada que no sean
sus propios agujeros.
Ay, fuimos el ombligo del universo,
Ay, mi rey, mi abuelo, si vieras
a tus hijos.

El tenochca tomó aire, y se oyó una voz atrás decir:
—Como los indios, indias, criollos y criollas hechos ya-
naconas y hechas chinaconas son muy haraganes y jugadores
y ladrones, que no hacen otra cosa sino borrachear y holgar,
tañer y cantar, no se acuerdan de Dios ni del rey ni de ningún
servicio, ni del bien ni del mal.

Fue dicho con un tono de desprecio enfadado muy agrio
y paró en el momento en que el que hablaba se dio cuenta de
que todos lo oían, pues se había soltado esas palabras mientras
el tenochca hacía su interpretación.

El canto había sido noble aunque en exceso extraño. El
aplauso le había soltado libres eso que las damas de la reina

llamaron demonios, pero el silencio de su sorprendida audiencia le arrancó otros más osados del fondo de su pecho, y el tenochca recomenzó a cantar con voz excesivamente tipluda y a bailar de la más bizarra manera, zangoloteándose; estaba descalzo. Algunos guardias del rey entraron convocados por alguno de los ahí presentes salido momentos antes de su asombro, e irrumpieron dispuestos a prenderlo, y el tenochca, por algo este día demasiado alerta, viéndolos venir, asimilado el acre comentario aquí anotado, bien por la emoción o por efecto de su propio baile, cayó desvanecido. Los guardias lo levantaron y lo cargaron en andas. De inmediato, como si aquí no hubiera pasado nada, los cortesanos en bloque dejaron sus asientos, tal y como si el tenochca no hubiera estado nunca presente, y comentando el concierto pasaron a otros salones donde se sirvió un banquete muy notable. La Corte ya no vivía la austeridad que sufrió en los tiempos de la regencia de Juana.

Era entrada la noche cuando los Klotz dejaron el palacio rumbo a su hospedaje. Iban cabizbajos, Matías atormentado por el sonido de su instrumento, recordando con delicia ansiosa la música en extremo extraña del tenochca y la voz prodigiosa de la cantante; Verónica simplemente cansada, había sido un día demasiado largo, y casi del todo perdido desde el punto de vista de los negocios Klotz; Renzo atribulado por la manera en que el rey se había dirigido a su Sofonisba, su amor por ella renovado con mayor fuerza, el corazón se le salía del pecho.

A la mañana siguiente vendrían a despedirse de Sofonisba, una entrevista corta, fría, interrumpida varias veces, nada memorable. En el camino de vuelta, toparían otra vez con Magdalena, quien, apenas reconocer a Renzo, se acercaría a saludarlos, un gusto para Matías, que había quedado seducido por su representación del día anterior. Estaba de lo más parlanchina y, a petición de Matías, sentados en una taberna que encontraron a pocos pasos, esto fue lo que les contó:

La vida de Magdalena, contada por ella misma

Señor Klotz, yo te cuento quién soy —comenzó Magdalena en un italiano algo extraño—. Nací en la ciudad que se llama Gao, mi familia mudó a Timbuctú. En mi familia somos *yeserés*, sabes tú, músicos, cantores; somos la voz; contamos la historia de nuestro pueblo; somos maestros, somos *gewel*, cantantes, no *rabbs* como los que sólo hablan de su Dios, ésos también lo tienen por único. Los *yeli* o *gawlos*, ésos insultan a su gente para obtener dinero. Nosotros somos *yeserés*, mi mamá era *yeseré dunka*, que es decir maestra, no *maba*, como son los que sólo hablan con nobles, nosotros los *dunka* somos de la gente. Guardamos la memoria de nuestros ancestros, sabemos invocar su favor o su ira.

¿Que de dónde vienen los *yeserés*? Se lo tengo que contar, ésa no es mi historia pero es de mi incumbencia.

Los que no quieren a los de este oficio dicen que somos despreciados pero temidos, que somos brujos-músicos, parásitos viviendo a expensas de los jefes a los que les cantamos elogios y recitamos sus árboles genealógicos.

Yo le voy a contar la historia de cómo es que los *yeserés* nacimos. Cuando Mamar, el hijo de Kasaye, asesinó a su tío, el rey Sey, su primo, el hijo de Sey, dijo: "Lo hiciste tú solo, sin que nadie te ayudara, tú, tú solo, *zungudaani*. Lo hizo él solo, nadie lo ayudó, la gente no lo ayudó. Hijo de Kasaye, lo hiciste tú mismo". Y entonces Kasaye giró a ver a su sobrino: "¿Qué no te da vergüenza, humillarte así?, deberías avergonzarte; tú eres el hijo del hombre, y aquí estás suplicando al hijo de la mujer".

Y entonces el hijo de Sey le dijo: "Yo, yo le canto alabanzas. Yo lo sigo, yo me he vuelto un *yeseré*. Y es por esto que somos *yeserés*. Yo, yo soy un *yeseré*, yo sigo al hijo del hombre. Pongo mi parte en su parte, que valga a todo lo largo de Songhay". Así nacimos nosotros, los que cantamos lo de otros.

Desde que nací me prepararon para heredar el oficio. Llegando me bañaron con agua de lluvia, venía de los nueve barrios de Gao, la trajeron de nueve diferentes casas de nueve diferentes partes de la ciudad. Querían que yo cantara poemas, que entendiera la memoria, que supiera decirla. Que fuera *yeseré*. Eso era allá, en Gao, en el reino de Songhay, gran ciudad. Vecina de Timbuctú, su rival.

La invasión, la desgracia de Gao, llegó cuando un ejército marroquí barrió el reino. El rey se fue al suelo, como figura de barro que se quiebra. El fuego enemigo derritió la cera. Nosotros salimos huyendo para no tragar el fuego. Porque llegó la guerra, cayó mi ciudad, acabó la gloria del imperio Songhay —que era más grande en sus tiempos que ningún otro del mundo—. Todo era guerra. Huimos a Europa. En el camino por la mar océana, perdí a mi madre, a mi padre y a mis dos hermanos. No diré cómo para no llorar; quedé sola. Aquí estoy yo. Tengo conmigo la memoria de los míos, de mis ancestros. Llegué a Mesina, alguien se dio cuenta de que yo espantaba a los espíritus malignos, que me tenían miedo los demonios, ¿yo cómo iba a saberlo? Dejé Mesina asustada de este conocimiento. Llegué a Livornio, pronto aprendí lo mismo, que en este lado del mundo los espíritus malignos me obedecen.

Fui echando mano de las cosas que había yo escuchado o visto hacer allá en Songhay para encontrar remedios a mis males y a los ajenos.

Cuando supe que no hay remedio, que los demonios me escuchan, comencé a observarlos. Los revisé de pe a pa.

Cuando los demonios salen libres de aquel o aquello a que se han adherido, viene la tentación: el que quiera puede someterlos. Son demonios enclenques, debiluchos, sin fuerza. El que quiera se los echa en la bolsa. No hace falta siquiera llamarlos.

Encuentran a un alma desesperada y se le trepan. En el fondo son demonios buenos, quieren dar al que pide.

Y amén. ¿Me invitan a un vaso de vino?

Los Klotz la invitaron a beber, y también a cenar, y Matías le dio unas cuantas monedas. Verónica refunfuñó para sus adentros. Cuando por fin los dejó la parlanchina negra, que tardó horas dándoles las gracias con bailes, recitaciones incomprensibles y reverencias algo obscenas, le reclamó a Matías su innecesaria generosidad:

—Verónica, uno nunca sabe cuándo puede necesitar a estas personas. Magdalena controla un territorio en el que muy pocos tienen algún gobierno.

—¡Demonios! ¡Fantasmas! ¡Espíritus! ¡Con un demontre, Matías! ¡Son habladurías para espantar a los niños! Pero bah. No nos agriemos el ánimo: le diste algo de pago por sus cuentos y por el baile y por el poema que le oímos. Eso lo acepto. Aunque, ahí también, con invitarla a la cena era más que suficiente, pero tú sabrás…

Regresando a Cremona, Renzo envió por correo todas las cartas previas que había recibido de Sofonisba, el cuerpo importante lo formaban cuantas le escribió viviendo en la ciudad y en su estancia milanesa, con una nota: "Si eres del rey, que se quede contigo y con todo lo que tú escribiste porque no me pertenece". La nota, junto al bultoso envío, fue a dar en el cofre del conde Brocardo (previa lectura del conde dicho, que ya por un pelillo enloquecía por Sofonisba al leerlas; decíase: ¡qué mujer!, ¡qué mujer!). Sin saberlo, Sofonisba escribió a Renzo una nota muy amorosa, en la que le hablaba de la alegría que le había dado verlo, de lo mal que había ido todo (las damas aglutinadas "como moscas", la irrupción de un hombre fatigado por los deberes públicos, buscando compartir "con un amigo" —en masculino— sus pesares, etcétera).

La envió por la posta real, acompañada de una nota en la que pedía a los Klotz otro clavicordio, ahora para el duque de Alba, "lo he visto, hemos hablado de los instrumentos del taller Klotz". Al leerlas, nota y carta, Renzo lloró lamentando haber perdido sus cartas "queridísimas" y le escribió pidiéndoselas de nuevo y disculpándose de haber enviado la previa, le decía que le era imprescindible recuperarlas, pero a esta nota también se la comió el cofre tragón del conde Brocardo, porque hacía alusión a una anterior que no había llegado nunca a Sofonisba. No la siguiente, que llegó un día después, donde con el mejor de los ánimos contestaba "en nombre del taller Klotz" que sería un orgullo inmenso, que con gusto emprendería la construcción del instrumento para el de Alba, y le solicitaba todas las especificaciones.

El conde Brocardo entrenaba su intelecto, atajar cartas lo había convertido en lector, debía cuidar cuál iba, cuál venía, cuál podía pasar sin delatar las fauces del cofre y cuál no podía ser atajada sin pisar los intereses de la Corona. Pero no le cansaba, le gustaba esta labor de censor o proveedor de salvoconductos.

Sofonisba, sin ser suya, le había dado una vida muy superior a la que habría tenido de no conocerla. El hombre estaba transformado. No todo para bien, qué va, pero se había operado en él un cambio radical.

Un día después, Renzo se vio obligado a escribirle otra carta. La noche anterior ha muerto Minerva. No le da ninguna explicación, escribe sólo una larga, amorosa misiva, desde el más vivo dolor por esta pérdida, entregándole su corazón para acompañarla. Ésta es tan conmovedora que termina en la barriga del cofre del conde Brocardo. Ese cofre estaría tan hambriento de amor como de muerte.

Febrero de 1568, Madrid. El príncipe Carlos había mandado encuadernar dos libros vacíos para llenarlos. Lleva días escribiendo en ellos. Decían lo que aquí citaré. Apenas terminar el más largo, hace llamar a Sofonisba. Tengo un regalo para ti, Sofonisba, tengo dos regalos, te doy dos regalos porque tú pintaste el único lienzo que deja ver lo que soy. Ten, un anillo de diamantes y este libro que he escrito. Cuando Sofonisba ve el contenido del libro de Carlos, lo envía hacia Cremona de inmediato, no quiere que se quede en palacio, no se atreve ni siquiera a deshacerse de él. Sabe que Renzo sabrá hacerse cargo de él. El príncipe Carlos había escrito lo siguiente —y se verá que no hace falta citar lo que puso en el segundo de sus libros, porque aquí viene incluido—:

Yo, futuro rey jurado de la Corona española, yo, nieto del gran emperador Carlos V, el César de la nueva Europa, yo, Carlos, que maté al nacer a mi madre —no lo lamento, no fue mi culpa, quisiera tener memoria si en efecto fui yo quien lo hizo—, yo, el contrahecho, traído al mundo a mi propia forma y medida, a imagen y semejanza de mí mismo, obediente a mi aspecto inusual —no lo lamento, por mí que una tercera mano no me iría nada mal, sería una más para empuñar mejor la espada, la hecha por Dios para ahorcar al Turco; ni lamentaría tampoco tener pezuñas, dientes de león, coraza de lagarto—, yo, el gibado; yo, que mordí los pezones de mis amas —no lo lamento—; yo, que lloré cuando me dejó mi segunda madre, mi tía Juana de Austria, por quien yo tenía adoración, yo, yo, que grité:

El niño cómo ha de quedar aquí solo sin padre ni madre, y teniendo el agüelo en Alemania y mi padre en Monzón...

Yo, el zurdo, el que juega su propia baraja; yo, que, cuando pierdo el control, me araño la cara desde que me llamaba a mí mismo "el niño" hasta hoy, que me digo a mí "don Carlos", por no poder aún usar el rey, o el gobernador de Flandes que debería ser, o siquiera virrey de Sicilia; yo, Carlos, a quien mi padre robó la novia; yo, yo, yo controlaré el mundo, le haré al mundo la guerra por el gusto puro de hacérsela y no me arrepentiré; ganaré todas las batallas del brazo de Juan de Austria; yo, y otra vez yo: Carlos, que seré el VI y el II; yo, que me comeré del mundo lo que aún no es de España; yo, amante de las conquistas; yo, atrapado en mi vida de perro, atado a un amo ñoño: dizque me levanto antes de las siete, rezo y desayuno, a las ocho y media oigo la santa misa, me dedico al estudio, como a las once, platico, meriendo a las tres y media, practicamos juegos de mesa, intento esgrima, hago lo que puedo con la ballesta. Terminada la merienda, regreso al estudio y salgo al campo si es verano. A las nueve, rezo el rosario; yo, que soy un aturdido para montar a caballo —porque no controlo bien los movimientos corporales—, batallo contra un ser que tiene dos patas más que yo, en lugar de emprender campañas dignas de mi nombre.

Yo, que le arranqué con mis dientes la cabeza a la serpiente que me trajeron de regalo cuando se atrevió a morderme; yo, que si Adán hubiera seguido mi ejemplo habría él devorado a la serpiente y en ella al mal, y si Eva lo traía ya encima, también a Eva, comenzando por los pechos, luego el cuellito, seguir los brazos, los muslos, las caderas, dejando a un lado los huesos; yo, que si te dicen que ofendo con infame atrevimiento tu cama y tu honor, no podré negarlo, que lo que uno imagina es cosa cierta, ¡y no me arrepiento!; es mi amiga la mujer de mi padre, yo soy el hacedor de un caso tan feo, ¡no me arrepiento!; yo no entiendo que "amor ha de ser por gusto, y no ha de forzarse", que en todo necesito echar mano de violencias, yo, yo, yo que subo por la escalera a las habitaciones de las criadas y fuerzo a la que me quede más cerca; yo, cobarde, mal nacido, perro, perro, yo; yo, que cuando fue lo propio declaré que "si mi padre se empeña en hacerme casar con mi tía, primero me dejaría matar, porque no la amo con el amor que es debido para eso, así me digan *por ser éste el matrimonio que más conviene al reino*", porque mi tía, la virgen —aunque madre, casta—, Juana de Austria, me abandonó, que conste, cuando yo tenía tres años, dejándome para irse a casar al Portugal; yo, Carlos, quien será el VI de Alemania, el II de España; yo, que amo cazar, que luego de atrapar liebres o zorras quiero verlas asar vivas, no me arrepiento, me da placer su sufrimiento; yo, que buscando dejar de amarla he espiado cómo aplican jugo de perejil en los pechos de la mujer que me robó mi padre, cuando ha tenido fiebre por la subida de la leche, al nacer su primera y su segunda hija, que debieron ser mías.

Yo, yo, que cuando estoy enfrente de alguien se me viene al pensamiento darle un bofetón y morderle el pescuezo; si voy a algún entierro, me dan ganas de reír; si veo a dos jugando, imagino que les arrojo un candelero; si veo a una dama, quiero asirle el moño, tirarle el cabello, morderle los pechos como los mordí a mis amas; yo, yo, que quisiera ser mi homicida; yo, yo, que me compongo de muerte y de vida…

A mí me pintó Sofonisba Anguissola, con la majestad que yo conozco en mi persona. Yo, yo le regalé un anillo de premio. ¡La italiana Sofonisba! ¿Quién no ha de quererla? Yo le rompería la falda en un descuido. Yo, yo, yo le regalo este libro, porque ella podrá entenderlo, comprende mi gloria.

Yo soy el loco, el rey es mi padre, mi papá, el que va por mujercillas viles sembrando pedazos de honor... Ahí se deja la fama, allí los laureles y arcos, los títulos y los nombres de sus ascendientes claros, allí la salud y el tiempo tan mal gastado, haciendo las noches días en esos indignos pasos; él, él, mi padre, que ha hecho el Argel de su palacio...

Entrando en materia: yo, yo, en un segundo libro que también he mandado hacer vacío, titulado *Los grandes viajes del rey don Felipe* mi padre, escribí:

"El viaje de Madrid a El Pardo, de El Pardo a El Escorial, de El Escorial a Aranjuez, de Aranjuez a Toledo, de Toledo a Valladolid, de Valladolid a Burgos, de Burgos a Madrid, de Madrid a El Pardo, de El Pardo a Aranjuez, de Aranjuez a El Escorial, de El Escorial a Aranjuez, de Aranjuez a Toledo, de Toledo a Valladolid, de Valladolid a Burgos, de Burgos a Madrid, de Madrid a El Pardo, de El Pardo a Aranjuez, de Aranjuez a El Escorial..."

En él repito páginas y páginas el trayecto, sin cambiarle el nombre, con letra clara, para que claro se vea que fueron preclaros latinistas los que me llenaron la cabeza de claras ideas y claras costumbres, golpeándome con la clara vara del castigo. ¡Claro que soy como soy, si soy su alumno! ¡Claro que a alguno empujé, enviándole la capa al brasero!: ¡no me arrepiento!

Lo que no cuento en aquel libro, cuyo único propósito es repetir los sitios que mi padre visita, fiel a su título, es que en todos sus viajes el rey se hace acompañar por las damas de la corte —las de Juana la princesa, las de la reina; más las pegadizas que él adquiere aquí y allá para satisfacer sus apetitos carnales, que no le basta con lastimar a quien debiera haber sido mi esposa, pide más, y no lo llaman lascivia porque viene de rey, sino virilidad, ¡capricho de los frailes perdonársela, pensando en las limosnas con que llenará sus alcancías! ¡Pero se quedarán esperando, porque las arcas de este rey siempre andan vacías!—, más los poco graciosos bufones —el mejor es Alonso, el de Juana—, los cocineros —sólo uno de Juana es notable—, los capellanes, el organista, los mozos de capilla, las mozas de retrete, los oficiales mayores —el caballerizo mayor, los mayordomos, secretarios, acemileros, despenseros, coperos—, los pajes, aposentadores, reposteros, mozos de cámara, lacayos, escuderos de pie, cocineros, mozos de cocina, y siempre más de diecisiete oficiales de manos (sastres, bordoneros, cordoneros, esas cosas).

Como un juego de niñas. La que debiera ser mi esposa se enfrasca en juegos más serios en su perpetuo vestir y desvestir muñecas. ¡La desgracia del reino es tener a la cabeza un hombre así! Yo, yo, yo llevaría a Flandes la guerra eficaz, la llevaría a Inglaterra en lugar de casarme con viejas pretendiendo arrancarles de un vientre ya seco el heredero. Entre él y Juana la princesa, y el desplante de regalos a la que debería haber sido mi esposa, y una hilera notable y nunca menguante de estupideces y sanquintines mal llevados —batallas perdidas, batallas mal planeadas, batallas vergonzantes de cobardes pellejos sin garra ni alma—, han conseguido vaciar las arcas. Han ido llevando esta Corona a la ruina. Yo, yo, yo, yo soy el rey jurado, yo el futuro con futuro para este Imperio. ¡Conmigo!

Yo, yo, yo llevaría la guerra al Asia, a la China, que debería ser nuestra; y nuestros y católicos todos los confines de la tierra. ¡Juan de Austria, que tiene la mitad de mi sangre, el bastardo, él será mi aliado, mi gran general!

Por el momento no tengo para mí sino la corte. El cobarde que por casual designio dio la semilla para hacerme parir, la semilla que mató a mamá porque era casi una niña —no llegaba a los trece cuando me dio a luz, no la maté yo sino una bala más astuta, la de un irresponsable que gusta poner en buen estado a las que no tienen el cuerpo aún de mujeres—, yo, que podría ser amo del mundo, el águila que reinaría sobre el reino de los reinos, no tengo sino un trato de bestia, la corte por corral, el confesor altanero por pastor, los llamados nobles, los secretarios, los latinistas, los maestros, los cocineros, las damas de la corte, los pintores, los retratistas y etcéteras por compañeros en el rebaño. No hay nada aquí, en esta corte, sino puro "beee", "beee", las cabras.

Yo, yo he visto a Isabel de Valois llegar casi niña a palacio. La he espiado vestir y desvestir a sus muñecas, indolente tirarse en la cama días enteros, reír intentando aprender a usar la ballesta. La espié el primer día en que menstruó. La espié cuando la poseyó mi padre, lo mucho que le dolió y le sigue doliendo su penetración y empeño viril. Yo jamás le habría hecho eso. Habría esperado a que dejara de ser niña con paciencia. Jamás le habría dado dolor para darme a mí placer. La espié cuando tuvo un primer aborto y un segundo. Imaginé sus tripas de niña reventando por cargar un hijo.

Yo he visto cuanto pasa en esta corte. Yo el gibado. Yo el idiota, el imbécil, el intratable, yo he sido el ojo que los ha vigilado. Yo sé quién roba, quién abusa, qué criadas se escapan por la escalera trasera, qué dama de la reina está encinta. Yo vi caer el cuerpo de la que cometió suicidio, aunque dirán que no, que yo no había llegado aún, que no estaba en el Alcázar de Toledo, pero ahí se equivocan: lo vi desde la pequeña isla del Tajo, puesta ahí para divertimentos. Acababa yo de cazar una zorra y esperaba prendiera bien la hoguera en que la asaríamos viva para verla morir como Dios manda. Vi el cuerpo de Chesnau, así le decían a esa niña, caer desde una ventana bien alta del Alcázar. Se tiró ella misma, nadie la empujó, fue su propio gusto. Era el 5 de mayo de 1560. Era bella, su piel era tersa, tenía un lunarcico aquí bien escondido, y algunos dicen que llevaba un niño, que estaba encinta, que ya no podía esconderlo;

otros que estaba enferma, y otros más que fue un arranque, un impulso, que le pasa a cualquiera. Yo, yo la vi caer, y reí porque lo supe todo, lo vi venir desde antes que ella se despeñara por gusto o para salir de aprietos.

Yo sé de los enfados entre ellas, sé quién le tiene celos a quién; por cuál pelean; quién tiene más y quién menos; de quién es el burro que apedrearon los niños y por qué motivo.

Y el ridículo de todas, las de Juana, las de Isabel, que son como muchachuelas sin pies y sin cabeza. Hasta tú, Sofonisba, que te dicen tan sabia. ¿Qué eres? Una pintora a la que dicen magnífica que no cobra un quinto por sus lienzos, subida al barco de locos de Felipe. ¿Por qué, si tus colegas, Moro el luterano, Sánchez Coello que aturde de tan solícito, Jorge de la Rúa, Rolán Moys, están ricos, por qué, Sofonisba, andas a mendiga, a veces sin tener con qué pagarle el pienso al caballo? Dependes del bolsillo del rey, que sólo muy a veces paga a tiempo sus mesadas, y esto cuando las paga.

Un día iban a matar a Carlos de Estréet, paje de mi padre, lo estaban por condenar por hereje, y la que debería haber sido mi mujer intervino y lo absolvieron. Y yo rabié, porque entonces sólo hubo cuatro quemados, ninguno en vida.

La reina le reza a diario a un crucifijo.

Yo a todas les hago preguntas, y me dicen muy impertinente, les zumbo miles, miles de preguntas. Me gusta poner mi voz tipluda, y hago más, ¡que les pique como dardo!

Un día un zapatero me trajo unas botas que me apretaban. Se las hice comer en castigo.

Aquí todos leen o libros de caballerías o libros piadosos. Sólo al niño lo obligaban a leer a Cicerón. Juegan barajas francesas o españolas, apuestan dineros, se dejan ganar o ganan, según convenga. La que debería haber sido mi esposa tira los dados, de marfil o de cristal. Cuando llegó, tomaba clases de dibujo con Sofonisba. Las cambió por clases de baile que toma con un maestro. En público sólo baila con mujeres.

Yo, yo, Carlos, don Carlos, yo, que presencié en Valladolid cómo un tipo, acusado no sé de qué —y no me importa, y no me arrepiento de que me tenga sin cuidado—, vi, decía, cómo en el auto de fe, luego de ser condenado, llevado a la puerta del Campo Grande donde habían levantado quince piras, perdió las ataduras, se quemaron primero, y el infeliz trepó por el tallo del mástil, gritando de dolor. Le decían: "¡Arrepiéntete!", y él no los escuchaba. El otro, más fastidioso, un Carlos de Seso, mientras lo quemaban también vivo decía que el acto repugnaba a la naturaleza humana y era contrario al amor de Dios. "¡Te equivocas!", yo pensaba, "¡nada podría gustarnos más a Él y a mí —Dios y hombre— que verte asado!". Otro gritaba: "La vida no es nada sin la virtud de la fe verdadera, la salvación es el goce eterno; la existencia temporal es un soplo fugaz y la muerte para el arrepentido es la resurrección a la vida eterna". "¡Ah, imbécil!", pensé de él; entonces trajeron a la mamá de uno de ellos, exhumados sus huesos del cementerio de San Benito el Real en el mismo Valladolid, puestos en un ataúd con la efigie que la representaba encima de éste, vestida con un sambenito y una corona de espinas en su cabeza; y yo reía, y no me arrepiento. ¡Que haya más, y más reiré!

Yo soy el loco. ¡Los demás locos sin serlo!

Yo, yo estaba con mi tía Juana cuando fuimos a visitar el crucifijo de Burgos, de madera y cuero, articulado, con cabellos postizos, los ojos de cristal que brillan, las pestañas que no sé a qué cola de caballo arrebataron, y reí con el mono y mi tía me abofeteó y reí más para sentir sus dulces bofetones que tanto me gustaban, ¡y no me arrepiento!

Yo, yo, que he querido participar en las corridas de toros y no me lo han permitido. Yo. Yo he visto que la que debió ser mi mujer cena sobre alfombras a la morisca. Presencia torneos para divertirse, no recordando que su padre, Enrique II de Francia, murió en uno en el que festejaban su matrimonio (en ausencia) con Felipe II.

Yo, yo, yo, Carlos el deforme, el colérico, el altanero, el cruel, el impulsivo, el que llaman vanidoso porque sabe pensarse en alto como bien conviene al ya firmado heredero, el extravagante, el brutal, el irritable, yo, yo, yo, llevo todos estos epítetos a mucha honra y sin que me pesen —no me arrepiento de ser quien soy—, yo que soy sobreviviente, cuando se infectó la herida malamente llevada por los médicos imbéciles, la herida que fue de amor, cuando caí de la escalera que lleva a uno de los cuartos de servicio del Alcázar, que tenía yo querencias con quién que no les importa a ustedes.

Total, yo no era casado, no le había robado a otro la mujer de su vida para luego dar rienda a una viciosa libertad, como la de mi padre.

¿Que me agrada mi madrastra? ¡No me lo digan! Yo, yo, yo mismo puedo decirlo. Venía para ser mi esposa, me la robó el rey. Mi vicioso padre que ha vivido indignamente.

Yo, yo, yo, yo vi cómo sus relaciones pasaron de agrias a buenas cuando ella se embarazó, en agosto de 1564, y lo vi a mi padre dejar "sus otros amores", con todo se pone muy alegre y muy contento, la visita a diario y se queda a su lado un buen rato, todo yo creo más por haberse desecho de la dama de Juana, doña Eufrasia de Guzmán, que se había casado en la primavera… Y yo vi cómo ella pierde el bebé, y cómo Felipe regresa a sus costumbres.

Yo vi cuando dio a luz una niña. Yo bailé de alegría cuando la segunda para su desgracia volvió a nacerles niña, reí como el loco que soy y pasé la noche entera de parranda, volví a palacio a las cuatro de la mañana, me embriagué y emputé la noche entera de alegría. ¡Y no me arrepiento!

Agarré una fiebre, o una me agarró a mí. Entonces mi tía, Juana de Austria, que hizo el papel de ser la madre mía antes de abandonarme, con la reina, que es la esposa de mi padre y debió haber sido la mía, hacían procesiones día y noche, llevando al frente la imagen de la Virgen, y la princesa Juana iba caminando descalza hasta el monasterio de su fundación, donde oraba por mi salud con las monjas, y rogaban y pedían por mi vida velando la noche completa. Ella que es una amazona, que sabe cazar, que tira a la perfección. Que es mujer y está por ser una vieja pasa podrida de vieja y vieja.

Y todo parecía decir que yo, yo, Carlos el príncipe heredero, el ya jurado heredero de la Corona, iba a morir, hasta que alguien tuvo la idea de traer a visitarme el cuerpo de fray Diego, que hacía verdaderos milagros, y lo exhumaron del panteón donde estaba, en el convento de San Francisco, y lo trajeron a mi habitación, lo cargaron en procesión solemne hasta mi alcoba, y al llegar me aproximaron su cuerpo lo más cerca que pudieron, hasta casi rozarme con sus restos, hacía más de cien años que había muerto.

Ni los rezos ni las curaciones de los doctores tuvieron el efecto benéfico del milagroso santo, que Dios lo tenga en su gloria. Para el cumpleaños diecisiete, estaba yo ya completamente restablecido. Bendito sea el de carnes ya podridas hace mucho, el que se llevó el gusano, bendito. Óyelo bien, Sofonisba Anguissola, ¡bendito! ¡No me arrepiento!

Sofonisba ni siquiera acabó de leerla. Se detuvo antes de llegar al párrafo donde se mofaba de ella, y no por evitarlo, temblaba de ver lo que el hijo había escrito de su padre. Quiso sacar de la corte la libreta enviándola a Renzo con una nota ("no la enseñes a nadie, no la veas, guárdala, es un secreto abominable"), por lo que va a dar en las fauces del cofre del conde Brocardo. Sofonisba habla con Felipe. La tensión entre padre e hijo es ya intolerable, no hacía falta que ella se lo dijera. Además de las dos libretas, estalla la noticia de que tramó su salida de España, quería ir a rescatar el trono que le correspondía de gobernador en Flandes, donde podría esperar tranquilo a que su padre muriera y heredar su corona imperial. Planeando salir, habló con don Juan de Austria y otros que él creyó podrían darle apoyo, algunos de los cuales lo traicionaron.

A los pocos días, el rey toma preso a su hijo.

Los guardias reales entran en la habitación donde duerme el príncipe. El rey va con ellos. Carlos se echa a llorar diciendo:

—¿Vienes a matarme, papá?

Semanas después, todavía preso de su propio padre, muere, según algunos creen envenenado, según otros enfermo.

Una sombra cae en la corte. La reina Isabel está triste. La princesa Juana está triste. Poco después muere la reina. En Cremona, muere Lucía.

Verano, 1570. Excepto por la pérdida de las Anguissola (sólo resta Europa, porque Ana María, la menor de todas, nacida
cuando Sofonisba se había instalado ya en la corte, no cuenta
en el corazón de Renzo), la vida del hijo de los Klotz va viento en
popa. El taller de la familia crece y con él su fortuna. Alrededor
de ellos, una comunidad cada vez más versátil se da cita. Viajes,
dinero, alegría familiar, dedicación al trabajo, relaciones generosas, conexiones con poderosos y ricos, con artesanos y expertos,
con intérpretes y compositores, con artistas y escritores. Todo
crece, incluso los recuerdos que Renzo tiene de Sofonisba se
agrandan, se magnifican con el paso de los meses, se agigantan
con los años. No quería olvidar a Sofonisba, lo que deseaba era
tenerla para sí. En las noches desesperaba de amor. Los días eran
nobles, tenía a su lado el movimiento y la alegría del taller Klotz,
cada día más intensos; los pequeños tambores ya circulaban por
toda Europa, había enorme demanda. La comisión de Catalina de Médicis para Carlos IX de Francia los había obligado a
ampliarse; eran cincuenta y cuatro violas, violines y chelos, y al
tiempo que los lutieres, bajo el mando de Andrea Amati —a su
vez supervisado por Matías Klotz, todo quedaba en familia—
se afanaban, pues ningún taller de Cremona había recibido nunca una comisión tan grande, los pintores y artesanos preparaban
la espléndida decoración. No sólo serían los mejores violines
del mundo, también los más bellos, joyas para los ojos y para los

oídos. Matías, por su parte, probaba violines que no tenían destinatario directo, buscaba, hacía pequeñas reformas, cambiaba el corte, el barniz, tanteaba, obsesionado, buscando el instrumento perfecto. Durante las noches se encerraba en lo suyo, pero de día compartía con Verónica y Renzo sus vacilaciones y hallazgos, de las que participaban con intensa devoción.

Las noches eran muy distintas para Renzo. Deseaba a Sofonisba. Quería a Sofonisba. Necesitaba a Sofonisba. Los monstruos de la desesperación se desperezaban, abalanzándose sobre él, ensañándose; le sacaban hora tras hora los ojos de su conciencia, sin piedad, infligiéndole dolor.

Tomó una determinación: iba a entregarlo todo a cambio de su objeto de amor. Ya se había cansado de pedirle a Dios se la concediera; ahora iba a hacerle el ruego a otro señor muy poderoso.

Escribió una carta a Magdalena: "Necesito tu ayuda para mi desesperanza. Mis criados correrán con todos tus gastos para traerte. Es buena temporada para viajar por mar, ven, ayúdame, sólo tú puedes curarme de un mal que mi alma viene padeciendo desde que te conozco; me aliviará tu presencia". Con ella iban algunas monedas de oro, un caballo y dos criados para traerla a Cremona. La encontraron bailando y diciendo su historia en alguna plaza de Roma:

En donde se reproduce lo que Magdalena cantó aquel día

Pronto llegará el día de mañana,
esto que es hoy será el ayer.
Después que acabe la noche,
esto será el ayer.
Llegará el día de mañana.
Pronto verán la luna,
la celebrarán con gran fiesta al día siguiente.

Es de noche cuando el *yinn* viene a ver a Kasaye,
la hermana del rey Sey,
la que tiene un hijo, Mamar, que se hace pasar por hijo de
     su cautiva.
Kasaye lo ha tenido con un hombre que viste de blanco,
que es un *yinn*, un demonio.
El hombre de finas ropas
es un *yinn*, que es decir un diablo, un demonio.
Es también el jefe, el mandatario, el gobernante,
el dueño del libro que está bajo el río,
allá está la tierra que él gobierna,
la luz de la luna no la toca, ni el sol,
ni el ayer, ni el mañana.

Él la llamó:
"Kasaye, Kasaye, hermana de Sey".
Se quita un anillo de su dedo medio.
La luna brilla, él es un hombre y reina en el otro mundo.
"Toma el anillo, el que viste me quité del dedo medio,
dáselo a tu hijo, Mamar, al que es tu hijo;
dile que debe llevarlo en la mano.
Cuando se acerque a la orilla del río,
que se lo ponga en el dedo.
Dile que si lo hace verá a su papá".

Pasó la luna y con ella la noche,
y el día que es hoy pasó.
Cuando el sol calienta,
Kasaye llama a Mamar.
Le dice: "Mamar".
"¿Dime?".
"Ven acá.
Mira, toma este anillo con la mano.
No te lo pongas en el dedo medio
hasta que te acerques al río.

Cuando estés en la orilla del río,
ponte el anillo en tu dedo medio y verás entonces a tu
     papá".
Mamar lleva el anillo al río.
Ahí se lo puso en el dedo medio.
El agua se abrió.
Abajo del agua hay tantas, tantas ciudades,
hay un mundo allá abajo, hay tanta, tanta, tanta gente.
Su papá es el gobernante de ese mundo que está abajo.
También allá salen a rezar.
El papá le dice: "Las cosas son como son. Óyeme bien,
las cosas son como son, no hay nada que hacer contra
     ellas".
Su papá lo recibe con un abrazo.
Es el hijo que engendró cuando estuvo lejos.
"Ahora regresa a tu casa, no te quedes aquí.
Vete".
Su papá le da entonces un caballo blanco,
como las ropas que usara cuando visitó a Kasaye,
blanco como el percal.
Le dio todo lo que era necesario, dos lanzas, un escudo,
le dio un sable con la sabiduría para usarlo.
Le dio todo lo que era necesario
y le dijo *adiós*.

Los criados de Renzo abordaron a Magdalena cuando todavía cosechaba aplausos. Le dijeron ahí mismo qué los traía a la ciudad. Sin tentarse el corazón, ni leer siquiera la invitación de Renzo, dijo que sí: iría con ellos a Cremona, pero no mañana, hoy mismo. La llevaron a Ostia, tomaron una galera hacia Génova, de ahí una cabalgata y el viaje por el Po hasta llegar a Cremona. Los caballos eran espléndidos. Magdalena venía contentísima (de la nada le había caído un paseo regalado y en monturas de lujo. ¡En buena hora Renzo desesperaba!). La invitación a salir de la ciudad le había llegado en un momento perfecto. Al día siguiente de haber dejado su casa, se presentaron a buscarla tres oficiales de la Inquisición, tenían la orden de tomarla presa para proceder a juzgarla. Nadie les supo decir dónde había ido. A Vittoria Colonna la salvó de esas garras la Muerte. A Magdalena, la desesperanza de Renzo.

¿Lo sabía la bruja? ¿Ella invocó que Renzo la buscara? Nos atrevemos a ponerlo en duda. Sus poderes eran de un cierto tipo y esos enlutados no tenían nada que ver con éstos.

Llegando a Cremona, los criados la hospedaron en una posada, y corrieron a informar a Renzo de que habían llegado. Abruptamente dejó lo que estaba haciendo para salir de inmediato a verla. Estaba impaciente, nervioso. Los últimos días, tanto Verónica como las mujeres de la cocina lo habían visto dejar de comportarse como un león enjaulado y volverse como un insecto caído adentro de una botella. Daba señas de irse quedando sin qué respirar, así que al verlo dejar el taller como si le hubieran prendido una mecha en la cola, les pareció muy bien.

—¡Ya se quebró este arbolito! —dijeron las de la cocina queriendo invocar la madera mal curada que al curvarse, en lugar de ceder, se rompe, cuando Renzo cruzó la puerta con paso apresurado. No paró hasta llegar a la posada donde habían hospedado a su reciente importación romana.

Magdalena estaba más bella que nunca. No pasaban los años por ella. Ahora parecía ser de la misma edad que Renzo. Ella pensó de él lo contrario: "Cuánto ha cambiado, ¡cómo pasa el tiempo!, era un niño, es un hombre, ¡y qué bello! A mí no me gustan los de pecho, pero los hombres, ¡ah!, ¡chuparé los huesitos de este joven, no le dejaré nadita de carne sin tocar; éste será todo mío; lo bien que me va a saber su rico cuellito!". Escuchó después lo que Renzo le pedía: otra mujer. Estaba dispuesto a lo que fuera para tenerla. Le confesó las proporciones de su amor por Sofonisba, le contó desde cuándo la quería, "desde que tengo memoria". Magdalena le ofreció un remedio sencillo:

—Yo sé cómo hacer para desenamorarte y atarte en cambio a una mujer que llene tu corazón de calor y de risas.

—No quiero. Pago lo que sea. A ti o a quien haga falta. Quiero a Sofonisba. Eso es lo único que necesito. Dime, Magdalena, cómo lo convoco. Llevo años suplicándole a Dios que me la dé, y él lleva todos esos años sin oírme. Quiero rezarle al otro Altísimo, el señor del infierno. Él me la entregará. Sólo indícame cómo llamarlo, yo me encargo. No quiero cargarte a ti con su proximidad. Lo hago yo, lo necesito. Entiende: si no, no quiero la vida. No quiero vivir si no tengo a mi Sofonisba.

Por un instante Magdalena pensó: "¡Ay! ¡Qué exagerado, mi niño! No hace falta irse tan lejos. No tientes al dueño de los infiernos, no necesitas llamarlo. Eso es muy fácil: basta esperar a que llegue la noche y ser honesto. Lo llamas, le ofreces algo que le apetezca, y hecho. Pero no lo necesitas. Yo te puedo ayudar. No te preocupes".

Se lo dijo en voz alta. Le hablaba con toda sinceridad, pero apenas hacerlo le jugó ahí mismo un pequeño truco, en parte para medirlo, saber si hablaba de una pasión verdaderamente intensa, y en parte para gratificar el antojo que había sentido de su cuellito. En ese momento, en esa habitación a media luz donde la habían hospedado, masticó cierta goma venida de la tierra del Turco en cuyos poderes ella confiaba tanto y le habló lo más cerca posible, probando a ver si caía embelesado con su aliento. Había practicado el truco la mar de veces con suerte. Pero Renzo permaneció hablándole de Sofonisba, parecía que la goma sólo crecía en él su afecto por esa mujer. Así no fuera insensible ante la belleza de Renzo, notándolo arder por otra dejó de sentir interés por su cuellito. Caprichos de la atracción erótica, tiene una buena dosis de Narciso: narcicción. Si Renzo deseaba a otra, que con su pan se lo comiera, y sin ella.

Entonces Magdalena le volvió a decir que sus pesares tenían arreglo y de nueva cuenta sus palabras eran sinceras. Lo hizo hablar largo de Sofonisba. A la mañana siguiente, uno de los criados que la habían traído de Roma la acompañó por la ciudad, enseñándole los lugares que ella le pidió visitar, dónde estaba el *palazzo* Cavalcabò Klotz, dónde el de los Anguissola, dónde la iglesia que frecuentaban, dónde el taller de Campi, dónde compraban esto y lo otro. A partir de ese momento, Magdalena operó sola. Hizo sus vagabundeos despertando habladurías. Era demasiado bella. Era demasiado negra. Andaba demasiado sola. Renzo pagaba su hospedaje. Los cremonenses creyeron que era una querida venida de lejos; perdonaron a Renzo, qué más daba, el chico amaba a Sofonisba, ésta lo había abandonado, que tuviera una negra o una china, cosa de él. Pero a Magdalena le cobraron tirria.

Magdalena estudió el caso Renzo-Sofonisba con la cabeza fría. Esperó a que hubiera luna llena. A media noche, cuando todo Cremona dormía, caminó hacia el Palazzo Anguissola. Frente al balcón que fue de Sofonisba, Magdalena se acuclilló, se arremangó las faldas y orinó. Un haz de luz lunar cayó en el delgado chorro de sus translúcidos y brillantes orines perfumados. Luna de Cremona, luna intensa. El haz rebotó bajo sus faldas, dividiéndose en dos sin que lo previera Magdalena. Uno de éstos golpeó la vulva de la bella, una vulva más oscura, mucho más oscura que las más oscuras carnes, una vulva que siempre olía fuerte e intenso, una vulva que vivía siempre despierta, la vulva de una mujer que tiene la voz de la memoria, que tiene el arte del canto y del baile, que sabe la historia de los suyos; la vulva sacra de su pueblo; la vulva consagrada por la vida de los muertos. El haz lunar delgado y filoso la golpeó. Magdalena sintió en su corazón la irresistible flecha del enamoramiento carnal por el hermoso Renzo hiriéndola. Casi se cayó al suelo, así fuera de sus propios pies como si se desplomara como aquella pobre Chesnau desde la ventana más alta del Alcázar de Toledo. Se apoyó contra la pared del Palazzo Anguissola. "¡Renzo, Renzo!", se dijo, lo repitió, "¡Renzo, Renzo!", cada que pronunciaba su nombre le sonaba a otra cosa, le develaba misterios, le despertaba sensaciones, la hacía olvidarse de sí, perder el control de las cosas, ¡se reventaba, la bella Magdalena-Xóchitl-Flor, se reventaba! Estaba tocada por la vara encantada de la pasión carnal. Estaba herida. Rajada. Su sangre ardía y quemaba.

El otro delgado y filoso haz de luna cae sobre el balcón de la habitación que fuera de Sofonisba y comienza de inmediato su labor. Busca a Sofonisba, sabe bien que va tras ella. La encuentra en Aranjuez —la corte lleva años ya instalada en Madrid, están aquí para un descanso que fue el deleite de la reina, quieren alegrar a las infantas; han pasado el día montadas a caballo, ordeña con sus manos una vaca, beben leche tibia, se sientan a comer a campo abierto sin ninguna etiqueta o formalismo, se mojan los pies en un arroyuelo, vuelven al castillo agotadas, están felices—, Sofonisba despierta, brinca fuera de la cama con un sobresalto. "¡Renzo!". Nunca, nunca lo olvidaría. ¡El bello, bellísimo Renzo! ¿Debió irse con él ya no sólo a Roma, a las Indias? No aceptó escaparse por no abandonar a sus hermanas. Ahora, en la corte, ¿cuánto tiempo tiene sin verlas? No ha ganado libertad, ni ha ganado dinero. Tiene ropas, un recadero y un criado, ella paga el salario de éstos y el del ama, más los gastos de sus dos monturas —un asno y un caballo—, pero sus sueldos llegan siempre atrasados. No tiene un céntimo guardado (si exceptuamos las entregas a Elena que se come el tragón avaro cofre del conde Brocardo, ahorro involuntario del que Sofonisba no tiene conocimiento). Tiene joyas, regalo del Papa, la reina Isabelita, Catalina de Médicis, el rey y el anillo que le dio el príncipe Carlos. La reina Isabel le ha dejado en testamento, además de una cantidad que se añadirá a su dote, una pieza de brocado para su boda, se la entregarán cuando se case. ¿Pero con quién ha de casarse Sofonisba? Con nadie que no sea su Renzo.

Se quedará sin hijos. Se ha quedado sin hermanas. Allá en Cremona su padre cobra la única parte constante, contante y sonante del contrato firmado con la Corona. Si tuviera dinero, tal vez se iría. No lo había pensado antes, pero ahora, en este instante… Se iría. ¿Pero adónde? Renzo le escribe muy de vez en vez. ¿Por qué? Sabe que no se ha casado, que habla a diestra y siniestra de su amor por ella. ¿Entonces?

Abre las portezuelas de su ventana. La luna brilla intensa y cruel. Su luz cae encima de Sofonisba con todo su peso, casi insoportable, envolviéndola, arropándola, abrazándola, el dardo de aquel haz que la ha seguido desde su balcón en Cremona se le clava en la carne, abrasándola, diciéndole: "Amas a Renzo, deseas a Renzo, sientes pasión por Renzo". Sí, sí, la luna tiene razón: amaba a Renzo. ¿Lo había amado antes? Lo había *querido*, que es diferente. Ahora lo ama con su cuerpo. Para su propio escándalo, siente algo así como una vulva en lugar de la propia, una enorme vulva, de boca abierta, oscura, descarada, reidora, burlona; una vulva que no ha estado nunca antes en su cuerpo. Y sintiéndola, no sabe lo que está ocurriendo, qué es esto que siente, incluso no sabe si eso que siente es sentir o es qué. Una vulvota casi bestial se le ha encarnado en el corazón, la mente y el cuerpo.

Sofonisba había vivido siempre vigilada. Su privacidad absoluta, total, no había existido nunca, ni un instante sino en su imaginación. Todos sus actos, movimientos, eran vigilados celosamente por su ama, Antonietta. No sus sueños, porque ella dormía más profundo que ninguna, pero eso sí, muy pocas horas. Con algunas excepciones, Sofonisba se iba a dormir después que Antonietta y era ella quien la llamaba para levantarla. Antonietta no tenía otra razón de existir que no fuera atenderla. En Cremona, algunas veces se distraía poniéndole un ojo encima a otra de las niñas Anguissola, pero como siempre estaban juntas, terminaba por rebotar su ojo y caer en la que era su principal obligación, Sofonisba, la mayor, ejemplo de las siguientes.

En la corte, Antonietta no había entablado ninguna relación con las otras amas. Algunas no habían nunca oído siquiera su voz. Vigilaba a Sofonisba y dependía de ella para todo, hasta para lo más mínimo. Antonietta se había en verdad transformado en su perro. Como un perro, con el tiempo terminó por no poder llevarse la comida sola a su boca. Sus últimos días, Sofonisba tuvo que contratar a una criadilla para que la peinara y la vistiese. Por último, dejó de moverse. La peinaban y la vestían, Antonietta se quedaba sentadita en el borde de su cama, hasta que llegaba la hora en que le daban de comer, y más tarde la de desvestirla.

Antonietta había muerto hacía cosa de veinte días, poco antes de salir hacia Aranjuez. Sus restos descansaban en paz en el panteón. Sofonisba presidió el entierro, acompañada por las amas de otras damas de la corte, un puño apenas, varias recién llegadas. Antes de emprender el regreso a palacio, se habían detenido en la capilla del cementerio, Sofonisba las había dibujado y les había regalado sus borradores, un pequeño tributo a las distantes compañeras de su ama. A cada una de ellas les dibujó a un lado, como vigilándolas, la cara incomparable de Antonietta.

Sofonisba tenía la impresión de que Antonietta se había precipitado con rapidez hacia su muerte, de que no había pasado tanto tiempo desde que las acompañara, a ella y a Elena, al taller de los Campi, cuando Amílcar las tomó como aprendizas. Durante dos años estuvieron las jornadas completas donde los Campi, y con ellas Antonietta, vigilando atenta sus lecciones y movimientos. Cuando Sofonisba conversaba con la esposa de Campi, Alicia, de quien se hizo amiga, Antonietta se clavaba a dos pasos de distancia. A veces, aburrida, se echaba siestecitas. Entonces bajaban la voz y hablaban de cosas de mujeres, Alicia le preguntaba por Renzo, Sofonisba soñaba en voz alta. Era la única persona con quien soñaba en voz alta. Con Alicia se podía hablar de todo, de pintura, de poemas, de cosas "de mujeres" que Sofonisba no entendía, como por ejemplo el enojoso asunto de Issota Nogarolla. Cuando terminaron su entrenamiento con Campi, la continuó visitando, y tras ella venía su sombra, Antonietta. Pero apenas llegaban se ponían a hablar de cosas que aburrían a Antonietta, recitaban poemas en latín, por ejemplo, y en breve el ama roncaba. Así podían hablar con libertad de sus cosas por un rato.

Siempre la había acompañado, la había celado, la había vigilado, había sido su sombra. Sofonisba no conocía la intimidad sin Antonietta, pero ha muerto, su sombra ha muerto. El golpe de la luz de la luna, encontrándola sin escudo, despierta en ella una sensación por completo desconocida. Una vulva oscura, gorda, acostumbrada a los placeres corporales, se le apersonó como si fuera parte de su persona; Sofonisba se sobresalta, se agita, se enciende. El olor de la dicha subió por sus narices, penetrándolas. Todo olía a *eso*, eso que Sofonisba no sabía qué era y que era el olor del coño de una mujer hecha a los placeres erógenos. ¿De dónde venía? ¡De la luna! ¿Le gustaba? ¿No le gustaba? ¿Cabía usar la palabra "gusto" o "gustar"?, ¿esto tenía algo que ver con "gustar"? ¿Cómo podía saberlo? La sensación era una forma de posesión sobre su cuerpo virginal, en nada preparado para percibirla. Le caía encima como una losa, casi como un castigo. El olor era la gota que derramaba el vaso.

"¿Qué tengo, qué me pasa?". Cerró las portezuelas del balcón. Apenas estuvo a salvo del golpe directo de la luz lunar, la intensidad de la sensación cayó de golpe, pudo respirar sin sentir una fragua en el centro del pecho, pero ésta no desapareció del todo. Dio dos pasos hacia la cama. Hacía muy poco que había conquistado una habitación individual para ella. No tenía taller como los otros pintores de la corte, todos varones. Nunca lo había tenido. Pintaba donde decidiera la persona que retrataba. Sofonisba era un pincel portátil. Deambulaba por los salones, las alcobas, los pasillos de palacio con su bata de pintora cubriéndole el vestido. Su rango social no le ganaba el espacio de una cámara privada, pero poco a poco, con las hechuras de los retratos, lo obtuvo. Del espacio no se lamentaba, lo que sí del no tener más tiempo para pintar. Sus otros deberes le consumían buena parte de sus días. Tan no tenía taller como no tenía asistentes. Ella misma preparaba sus propios lienzos, sus propios tintes. Era su propia ayudante. Los hacía al aire libre, Julio a su lado, siempre distrayéndose; a él le parecía una humillación verla hacerlo, a veces incluso agachada sobre el piso. ¡Que lo supiera Amílcar! Sofonisba se cuidaba de que nadie la viera trabajar como un albañil, pero lo hacía. Ahora tenía alcoba propia en la casa de la reina, cercana a las infantas pero independiente. O había sido independiente hasta el momento en que el haz de luna había venido a invadirla, no sólo su habitación, su cuerpo mismo. Sofonisba pasó la noche con los ojos abiertos sin saber qué decirse. Pensaba y pensaba en Renzo. Ardía en Renzo. Desesperaba en Renzo.

El haz de luna que topó con el balcón del Palazzo Anguissola tras rebotar en los orines de la bruja había tenido este efecto en el cuerpo de Sofonisba, en su corazón y en su conciencia, pero no tenía mala voluntad, ni deseaba sólo ser causante de desconciertos. De inmediato, el haz se aplicó a allanar obstáculos: el primero fue el conde Brocardo, que estaba en Milán y se vio enredado en un asunto en extremo enojoso que lo absorbió por completo; quedó muy fuera de sus manos atajar la correspondencia entre Renzo y Sofonisba y transferirla a su cofre tragón. En la que se metió el conde Brocardo: hemos de detenernos unos momentos en la situación en que se vio enredado; tienen que ver don Juan de Granada y el alzamiento morisco que comenzaba en el reino de Granada. Los moriscos se habían negado a abrir las puertas del Albaicín a Farax Abenfarax, que deseaba verse coronado rey. El único candidato a rey morisco que contaba con un consenso mayoritario y conciliador era el bisnieto de Muley Hazen, el pelirrojo don Juan de Granada. Desafortunadamente estaba aposentado en Milán bajo el mando del duque de Albuquerque desde que éste había sido nombrado gobernador de esa plaza. Era su asistente, su pago eran veinte escudos. Su hermano Hernando se había reunido con él. Los dos hicieron amistades con la nobleza, y también con gente de otra condición. Sus mejores amigos entre estos segundos eran su antiguo maestro de esgrima, Antonio Sánchez

—"y por ser mi amigo me daba una cama donde él se hospedaba"— y un soldado de apellido Chaves que llamó la atención de los servicios de espionaje del rey Felipe porque había sido esclavo muchos años en Constantinopla: ¿cómo no sospechar que el soldado Chaves fuera oreja del Turco?

Pero esta sospecha no habría pasado a mayores de no ser porque don Juan de Granada pidió permiso para regresar a Valladolid a visitar a su mujer exactamente el día en que estalló la sublevación morisca. El duque de Albuquerque se lo negó. Volvió a pedir permiso al comenzar el año 69, arguyendo que necesitaba ir a curarse de una enfermedad, y el duque de Albuquerque volvió a negárselo. Ya para entonces los moriscos tenían rey, Abén Humeya, descendiente de los califas de Córdoba, pero no contaba con el respaldo de la mayoría. Don Juan de Granada era el que convocaría a todos, pero por el momento no tenía dinero, ni, como ya dijimos, permiso para dejar Milán. Pidió auxilio a su amigo Cifuentes —y dinero a un prestamista— y abandonó la ciudad antes del amanecer, acompañado de Chaves, quien sí era, como sospechaba con razón el servicio secreto de la Corona, un renegado plantado ahí para llevarse a don Juan.

A las afueras de la ciudad, el posadero les negó caballos, así que emprendieron el camino sobre una mula y a pie, enviando adelante de ellos su equipaje, no hacia los puertos que podían llevarlos a Barcelona, sino tomando la ruta recomendada a los moriscos para abandonar España y llegar a los dominios del Turco, por Padua para acercarse por río a Venecia. Lo que mal empieza, mal acaba, y don Juan decidió regresar a Milán; lleno de premoniciones fatales, quería esconderse antes de volver a huir. Su amigo Cifuentes lo acogió y lo llevó de noche al castillo del conde Brocardo, pidiéndole ayuda "para un amigo" sin especificar quién era, porque don Juan había dicho repetidas veces que no fueran a decir al conde Brocardo una palabra de sus movimientos o sus planes. Pero el fiel secretario del conde, Álvaro, algo había aprendido de andar en el chismerío y la parranda, e informó al conde, quien de inmediato dio aviso a las autoridades. Don Juan fue tomado preso y todos los implicados fueron llamados a testificar, sospechando un tramado más enredado y peligroso. Durante los interrogatorios parecían develarse otras conjuras, para luego desinflarse. ¡Hasta Fulvio, el criado, que estaba en Madrid, fue llamado a declarar! Encima, lo de siempre: algunos enemigos del conde Brocardo ven en ésta la oportunidad de hundirlo, le echan tierra, quieren culparlo, hacerlo el centro de una de las conjuras inventadas. Llevará un tiempo deshacer el embrollo y volver a salir bien parado con el rey de España.

El segundo obstáculo que el haz de luna tuvo el poder de allanar fue que se concretó el matrimonio entre Ana de Austria y Felipe II de España. Ella se hará responsable de las infantas, con lo que Sofonisba queda libre. El rey da precisas indicaciones a su caballerizo mayor, Diego de Córdoba, a quien le confía el deber de encontrarle marido. Tiene que respetar la única condición que ha puesto Sofonisba: que sea italiano. Sofonisba escribe una larga carta a Renzo, le explica la situación, le pide que solicite su mano al rey. Explícitamente le dice que nada la hará más feliz que casarse con él. Le lleva unos días terminarla (hace los retratos de las infantas, y quiere acompañar la carta con un nuevo autorretrato en miniatura), y otro más encontrar cómo hacérsela llegar, pues por su situación el conde Brocardo ha hecho llamar a todos sus hombres, no ha dejado ni uno instalado en Madrid para atender y cuidar a Sofonisba como hacía siempre. Después de darle vueltas, decide enviarla con Julio. Ya no era el mocito que se moría de hambre en el Palazzo Anguissola. Los años no han pasado en balde en él tampoco. Hace muchos lo vimos sonrojarse avergonzado ante los Klotz cuando Amílcar los humilló haciéndolos pasar por la cocina. Cuando se cruza por error con ellos en palacio, lo vimos en cambio fingir no verlos. Como criado de la corte se creía de condición superior (y mucho más mundano) a la de los hacedores de violines; criado de cortesano, cortesano. Algún día le habían apaciguado el hambre en su cocina, Cesarina le preparaba bocaditos cuando lo veía venir con mensajes de la niña Sofonisba, pero eso era vidas atrás. La vieja Cesarina llevaba años bajo tierra, como el hambre de Julio, ni quién se acuerde de ella. Ahora era un hombre regordete, harto de todo tipo de placeres. Sus años en la casa de la reina han dejado muchas huellas en él. Dejó de pintarse el cabello porque pasó la moda. Parece en efecto muy mundano, conoce la etiqueta, lo que se llama ahí elegancia. Lo que gustaba a la reina lo emulan los criados de la casa: la holgazanería, la pasión por el lujo y el juego. Lo esconden mejor que lo hizo ella. Si lo hubiera sabido Sofonisba, tal vez no le habría confiado una carta tan querida. Le dio también correspondencia para Amílcar, Blanca, Asdrúbal y Europa. El único riesgo que Sofonisba ve es que ellos intercepten el envío a Renzo. Pero las indicaciones son muy precisas: Julio debe llegar directamente donde los Klotz, antes incluso de ir a visitar a su madre (para quien Sofonisba le da unos dineritos). Ahora Julio la obedece a ella.

En cuanto a la otra mitad del haz de luz de luna, el que rayó a Magdalena: si ella hubiera sabido que el causante de su nuevo ánimo era el dicho, se habría curado con sus propias artes de la pasión que contrajo por Renzo. Pero no lo supo y no intentó liberarse, no quería quitarse la enfermedad de encima porque es natural en los enamorados dar su mal por bien. Nunca había visto nada más hermoso que Renzo. Creía, como las niñas Anguissola tiempo atrás, pero con su carne adulta y gozadora, que Renzo era el hombre más extraordinario jamás hecho por dios alguno. ¿De qué iba a curarse?, ¿de esa visión? Para agravar el asunto, Renzo procuraba de continuo su compañía para hablarle de su amor por Sofonisba.

Como estaba enamorada, se autoengañó. Se convenció de lo siguiente: si había practicado la magia que iba a atraerle a Renzo la mujer que él amaba, y ahora ella se sentía flechada por él, ¿quería decir eso que Renzo la había amado siempre a ella? ¿Que le había dicho mentiras para atraparla? En el juego del amor, todo se vale. Tenía razón, sólo que la única que se engañaba con todo esto era la misma Magdalena.

Si no fuera así, decía Magdalena otro argumento para crecer su locura, ya andaría por Cremona "la otra", la dicha Sofonisba. Porque el juego con los orines y la luz de la luna no tenía pierde, no fallaba nunca, nunca. Si el invocado sentía predisposición hacia el otro, era infalible. Los recuerdos se avivaban, los deseos despertaban incontenibles y los obstáculos caían uno tras otro —así explicaremos que incluso Amílcar hubiera tenido dulces sueños con Renzo, y que a Blanca le hubiese dado por sacarlo en las conversaciones (Europa, que no tenía ni idea del haz de luna, se decía: "Mis papás ya están chocheando").

Era verdad que el haz de luna tocado por sus orines era infalible. Magdalena estaba en lo correcto, hasta un cierto punto. Hay que seguir la pista de la carta que Sofonisba envía a Renzo en manos de Julio. Sana y salva, cruza la península hacia el Mediterráneo, va viento en popa, todo es miel sobre hojuelas, inspiración de orín con luz de luna, hasta que Julio está por emprender la última jornada para llegar a Barcelona. Ha dormido como un lirón en una amable posada, despierta con el primer rayo de luz, el posadero tiene ya el caballo dispuesto, traspone la puerta y respira hondo el aire fresco del amanecer cuando escucha venir un grupo gritando a viva voz procacidades, desgañitando tonadas con letras altisonantes, insultos y exclamaciones exageradas. Vienen a rematar en el lecho una noche de fiesta. Son tres parejas, si así puede llamárseles a las que forman los clientes con las de placer por unas horas. Julio los ve, e intenta esquivarlos pensando que le traerán problemas, no quiere tratos con ellos, se enfila rumbo al caballo que el posadero sigue sujetando de las riendas, así haya comenzado ya el intercambio verbal con sus próximos huéspedes. Julio sube a su caballo, y oye que le gritan:

—¡Pero si es el buen Julio!

Uno de los tres briagos, antiguo criado de palacio, reconoce a Julio, y oliendo monedas en sus ropas (sobre todo en el sombrero, que es muy elegante) y en la buena montura, se le abalanza muy amistoso.

—¡Julio! ¡El de Sofonisba Anguissola! ¡Adónde tan de prisa!

Julio alza la vista. ¡Valdés!, sí, era su compañero allá en los dormitorios de los criados en casa de la reina. No recuerda su primer nombre, pero Valdés sí es.

—¿Valdés?

—Soy. ¿Adónde vas?

—A Barcelona, debo tomar camino hacia Génova.

—¡Mal día! No podrás sino hasta el próximo sábado, ¿verdad, amigos? No hay galera, barco, lancha, bote, burro marino que puedas tomar antes del fin de semana, ¡ni a lomo de sirena! ¿A qué correr tanto si te encuentras con amigos? Martes o sábado, no hay más salidas. Hoy es miércoles.

Todos su cómplices asienten.

—¿Es verdad? —pregunta Julio al posadero.

—Es cierto, señor —lo de "señor" halaga infinito a Julio y lo convence más que ningún otro argumento—, deberá esperar en la ciudad. Quédese aquí, si quiere, puedo darles posada a todos.

No le dan tiempo a decidir, prácticamente lo desmontan, el posadero pensando que así se ahorra líos con los recién llegados —que si no quieren pagar ellos por no tener con qué, responderá el ingenuo—. El tal Valdés, ya salivando lo que ha olido, suelta a la cusca y se avienta sobre el antiguo amigo.

—¿Todavía en palacio?

—Todavía.

—Yo me dedico ahora a labores más… ¿Cómo decirlas?

Piden algo de comer al posadero y se sientan ahí mismo a ver llegar el amanecer mientras reseñan para Julio su vida de crápulas pintándosela como un envidiable paraíso, con muy poco ánimo de contarle la verdad y mucho de quitarle cuanto trae en el bolsillo. Comen largo, beben lo mismo, llega el mediodía, ceden una cusca al joven Julio para inocuos placeres rápidos, mientras se tiran a dormir su borrachera, y tras fingir que han pagado lo debido, pero encajando en la suma de Julio lo bebido, dormido y vivido, salen al caer la tarde rumbo a la costa. En cosa de una hora llegan a un antiguo refugio de nobles que se ha convertido en cueva de jugadores y maleantes o, según palabras del pícaro Valdés, "que tanto visitan nobles, estudiantes, sabios, viajeros del mundo entero, es el mejor lugar de encuentro de estas regiones. Nadie podrá decir que conoce Cataluña si no la visita".

La cusca no suelta a Julio. Por darle un poquito a jugar, él le ha dado más dinero que seis noches de trabajo juntas. ¿Julio cómo va a saberlo? Para pagarle ha sacado parte de la plata que lleva a su mamá, el regalo de Sofonisba. Ya está vieja, se dice Julio justificándose al sustraerla, no hace demasiada falta, tiene casa y comida donde trabaja, lleva con la misma familia medio siglo de cocinera. ¿Para qué lo va a querer? Vestidos no le hacen falta. Comida no le hace falta. Zapatos no usa. ¿Para qué darle dinero a mamá?

Tantos años de entrenamiento en la casa de la reina no han pasado en balde, llegó el momento de mostrar lo bien digeridas que tiene las lecciones. Pronto las monedas se esfuman. No hace falta imaginar demasiado para saber dónde quedaron todas las que Sofonisba dio para ir y venir por mar, ir y venir por tierras italianas, más el regreso a las españolas que acababa de cruzar.

Primero, Julio apostó hasta el último céntimo de lo que traía y lo perdió completo. Los que se habían dicho sus amigos ya no quisieron jugar con él. Buscó otros contendientes. Puso sobre la mesa su sombrero a cambio de una guitarra, la baraja no estaba trucada y ganó la partida. Aquí viene lo segundo: había aprendido en palacio a tocar el instrumento, de modo que mucho cantó mendigando monedas, y todo habría estado bien para Julio y para la carta que Sofonisba enviaba a Renzo, de no ser porque hay una tercera cosa que ha aprendido también en casa de la reina y ésta es a beber. Bebió tanto como cantó; jamás volvió a juntar las monedas suficientes para reemprender el viaje. No que tenga prisa de dejar el sitio. Pero a veces se acuerda de su ama Sofonisba. "¡Total!", piensa, "mejor no ir. Uno no sabe nunca las vueltas de la vida, entrego esa carta y me enemisto para siempre con el señor Amílcar y doña Blanca. Mejor no ir. Ha sido una suerte llegar aquí".

Y ahí se quedó, con cartas, autorretrato en miniatura y esperanzas de Sofonisba, los dineros hechos aire. ¿Cómo iba a saberlo el oficioso haz de luna? Los dados y las barajas le hacían sombra a su luz. Nada más lejano a su naturaleza pura que estos antros plagados de trampas, impostores, hijos falsos y traiciones. Para ser honestos, no era el único lugar donde podría haber ido a guarecerse de su influjo.

En Cremona, mientras tanto, las cosas seguían su curso. Una noche, los dos desesperados de amor ya no pudieron contener su impaciencia. Magdalena habló con Renzo, confesándole el suyo. Renzo, que sí tenía ojos y veía la belleza brutal de esa mujer aunque estuviera poseído por Sofonisba, hizo lo que aconseja el dicho: "Un palito y un vaso de agua no se le niega a nadie". Si no fue por la reacción masculina que el dicho justifica, achaquémoslo a los untos que fabricó Magdalena, mucho más poderosos que la goma turca. Pasaron una noche en delectaciones carnales que ninguno de ellos conocía, aullando de placer, estirando y estirando incansables el placer. Si bien Magdalena ha disfrutado muchas veces de los goces eróticos, jamás de este aquí dicho, es único, está habitado por la desesperación de Renzo, su amor por Sofonisba, el enamoramiento y la alegría de ella. Pero esto sólo empeoró la situación: a la mañana siguiente, Magdalena estaba más enamorada, más enloquecida, y Renzo hastiado y deprimido. Copular con la que no quería le produjo una sensación de absoluta tristeza. Huyó de Magdalena como pudo, esquivándola tres días. Al cuarto, la impaciente Magdalena irrumpió en el taller de los Klotz, y ante la negativa de Renzo de volver a verla en privado ("Me equivoqué, Magdalena; no debí hacerlo; no lo volveré a hacer; mi corazón tiene otra dueña; lo siento mucho"), le armó un sanquintín enfrente de todos. Maldijo a Renzo y a sus padres. Los criados la echaron por la fuerza mientras ella continuaba desgañitándose en procaces improperios. Los cabellos revueltos, las ropas fuera de lugar, cuando la fueron a dejar en la posada parecía una gárgola, ni quién pudiera ver hermosa a esa mujer desecha.

En este ánimo, Renzo le escribió una carta a Sofonisba. Como era de un carácter tan íntimo, la dirigió al conde Brocardo, a Milán, con una nota pidiéndole la protegiera de toda lectura y la entregara en la mano directa de su amada. Y fue así como, aunque esta carta pudo haber llegado a la mano de Sofonisba, terminó en las fauces del cofre tragón que conocemos.

Renzo esperó tres espeluznantes semanas. Estaba loco por Sofonisba. Su apetito erótico se había despertado, estaba loco por follar. Estaba loco por las magias que hacía Magdalena intentando jalar su apego, magias que no hacían sino poner en un estado de extrema agitación al fiel Renzo. Seguro de que no podía contar con la ayuda de esta llamémosla bruja, Renzo invocó al otro, al señor de los infiernos. Hizo como le había recomendado Magdalena: fue sincero, formuló con claridad su petición.

Pero antes de escuchar la plegaria de Renzo, vayamos un momento a la corte con Sofonisba, que ya no tendremos tiempo más adelante para detenernos en esto.

Como ya habíamos dicho, la corte espera la llegada de la nueva reina. Los reacomodos de poder adentro de palacio son el pan de cada día. Sofonisba pudo haber suscrito la frase de Quevedo: "ándase tras mí media corte y no hay hombre que no me haga mil ofrecimientos en el servicio de vuecelencia, que aquí los más hombres se han vuelto putas, que no las alcanza quien no las da". Estaba bien parada con el rey. Sólo ella y una dama más restan de las primeras que llegaron con Isabel de Valois, tiene el privilegio de antigüedad y el favor que ha sabido conservar nivelado durante años en aguas muy revueltas.

Hay dos personajes que se le han hecho especialmente fastidiosos a Sofonisba. Uno es un poeta. El segundo un cortesano. Del poeta, otra vez Quevedo: "A la orilla de un marqués / sentado estaba un poeta: / que andan con reyes y condes / los que andaban con ovejas". Del cortesano, lo que más fastidiaba a Sofonisba eran sus efusivas muestras de lealtad y sus elogios. Se cansaba de alabarla, de citar esto y lo otro de sus lienzos, de hacerle saber cuán genial le parecía. Le decía:

—Por fin, Sofonisba, tengo la oportunidad de estar cerca de ti. ¡Cuánto lo había querido siempre! Pero no encontraba el modo, la corte es tan difícil. No hay ninguna mujer que tenga la elegante inteligencia, la belleza, la discreción de que tú haces gala. ¿Quién no quiere tu cercanía?

Etcétera, o cosas por el estilo. Los dos fastidiosos la procuraban infatigables en espera de que los ayudara a quedar bien con el rey para apenas estarlo intrigar en su contra, tirarla. Lo sabía de sobra Sofonisba. ¡Quién fuera como ella! ¿Quién no ha visto amigos queridísimos abandonar el barco cuando uno ya no le es útil? Los discretos se van sin pelear, como perros a los que se les ha rociado con agua ardiendo. Otros, que se sienten humillados ante ellos mismos, por haberle apostado a alguien que iba a caer en desgracia, insultan a su antes querido, lo llaman "despreciable", y algunos llegan tan lejos como para decirle: "Me pareces deleznable, me repugnas".

Renzo lanzó su plegaria. Cansado de rogarle a Dios sin obtener respuesta, dirigió su rezo al otro Altísimo, el bajísimo Satanás, quien reina en las tinieblas y controla el fuego del infierno.

Había entendido que a éste no se le molesta sin darle todas las muestras posibles de respeto. A Dios se le puede invocar como sea, qué más da, todos andamos siempre con el Jesús en la boca. Con el otro hay que ser muy cauteloso. Klotz y Cavalcabò, pasión y perseverancia; constancia y arrojo; el norte y el sur: Renzo puso todas sus cartas sobre la mesa para pedirle el favor al Altísimo de los infiernos. "¿Para qué quiero la vida si no tengo lo que necesito para vivirla? ¿Qué me importa a mí cuanto hay, aquí y en la eternidad, si he de estar sin mi Sofonisba?", dicho lo cual comenzó su imploración:

> Te suplico, Altísimo de los infiernos, con todas las fuerzas de mi alma, que concedas a esta casa nuestro máximo deseo, lo que desvela insoportablemente nuestras noches y nubla nuestros días. Danos por favor lo más preciado, lo más querido por nosotros, a cambio del cuerpo nuestro. No te puedo dar mi corazón porque éste tiene ya dueña, pero el cuerpo que nos pertenece, por el que nos llaman con nuestro nombre, es tuyo. Tú, Espíritu de las Tinieblas, te invocamos para solicitarte que vengas a este hogar a abastecerlo del deseo que nos consume. Danos lo más deseado, lo más querido en esta casa. Proporciónanos el bien que inflama de manera desesperada nuestra voluntad y corazones. Danos lo que tanto anhelamos y toma a cambio nuestros cuerpos, que no nuestras almas, desde el bautismo comprometidas con el otro Señor.

Lo repitió dos veces. Cuando comenzaba la tercera, un intenso olor a azufre invadió su habitación, seguido de un estallido atronador, como nunca se había oído en Cremona.

La ciudad en pleno despertó.

No hubo niño en su cuna, ni viejo en su lecho que no lo oyera, hasta el más sordo fue sensible al muy intenso vibrar de la tierra. Muchos corrieron a intentar dar auxilio, pero no había ninguna ayuda que dar. Un rayo había caído sobre el ala del edificio en que estaba la habitación del matrimonio Klotz. Un rayo había pulverizado sus vidas, desgajándolas de golpe. Un rayo había matado de un golpe a los dos amantes Klotz, llevándose en un tris el cuerpo de los Klotz, lo que sostenía a los tres miembros de esa familia con tierra y la vida.

Ahora el demonio estaba listo para pagar. El mayor deseo que circulara en los muros del Palazzo Cavalcabò Cavalcabò estaba a punto de cumplirse.

Los sirvientes de los Klotz corrieron hacia la cocina. Tenían las bocas selladas. Nadie conocía la expresión que necesitaban con tanta urgencia. ¿Había en la música algo que pudiera explicar o ilustrar lo que ocurrió? No entiendo qué ocurrió. Tienen miedo. Un puño de ellos se echó a la calle, hacia la iglesia de San Giorgio, en busca del cura Tonino. Los demás se apelmazaron alrededor de la vieja Claudia, el ama, que estaba muda.

Afuera de la casa se congregaba toda Cremona; viejos, jóvenes, niños se reunían frente al *palazzo* de los Klotz para intentar ver el espectáculo que había dejado la caída del rayo. La noche era una noche negra, pero algunos cargaban hachones, iluminaban lo suficiente como para ver que faltaba un trozo al Palazzo Cavalcabò Cavalcabò, y que en su lugar siseaban carbones rojizos en el piso y cenizas negras, ardientes. Los que veían se desplazaban para que vieran otros. En medio de la multitud, Magdalena, la cara tapada, hizo el ir y venir dos veces. No podía creerlo. Hasta que entendió: "¡Qué ha hecho Renzo!". Regresó a su habitación, tomó sus pocas cosas apresuradamente, hizo un bulto con ellas, tomó el burro que los criados de los Klotz le habían dejado en préstamo y dejó la ciudad en la noche cerrada, sin despedirse de nadie, temiendo que la culparan, y tomaran en contra de ella represalias. Se acordaba muy bien de cómo había maldecido a los Klotz enfrente de todos los artesanos y artistas que trabajaban en el taller, se acordaba de que los criados lo sabían, que había seguido gritando mientras la llevaban a rastras hacia su posada, que medio Cremona la había oído. El instinto de supervivencia no se aturdía con el dolor. Porque Magdalena tenía el corazón roto y estaba horrorizada. "¡Qué hiciste, Renzo!, ¡qué hiciste, Renzo!". A Magdalena le repugna el diablo, le produce un miedo incontrolable sólo pensar en que alguien haya tenido con él trato. El hecho de que haya sido quien es el dueño de su corazón, el objeto de su deseo, le sobrecoge el espíritu de tal manera que se siente morir. Corre por esto, y para salvar el pellejo, cree que la tocará el diablo, que la lincharán los cremonenses si se queda, culpándola de lo que no tiene nada que ver con ella, de la mala hechura del bello Renzo. "¿Cómo pudiste, Renzo, Renzo?". Por primera vez desde que dejó su caída Gao, sabe que debe volver al África.

Los criados que esperaban en la cocina, azorados, querían ver llegar a los artesanos del taller, o al cura Tonino siquiera, deseando que todo tuviera remedio, aunque pues cuál, no había uno posible. Los criados varones le tienen miedo a la bruja. Creen que todo es hechura de Magdalena o sus maldiciones, y temen por ellos mismos, porque algunos de ellos la habían sacado a fuerzas, otros la habían paseado, otros habían tenido tratos con la maldita, otros más la habían traído de Roma. Los que habían echado a correr a la iglesia llegaron a ésta cuando el cura, despierto y extrañado por el estallido como toda Cremona, se vestía para salir y daba indicaciones al niño con que había dormido (el campanero) de que no se dejara ver por ningún motivo, pasara lo que pasara. El rayo lo había agarrado con las manos en la masa, tan a punto que la eyaculación y el azufre tocaron la atmósfera en el mismo segundo. Los criados de los Klotz golpeaban y gritaban contra las puertas de la iglesia, y no cejaron hasta que el cura se las abrió de par en par y los bañó en agua bendita. Oyó la explicación del estallido, y echó a correr hacia el Palazzo Cavalcabò.

El campanero, que lo había seguido a pocos pasos, desobedeciéndolo, al escuchar la historia corrió carrera arriba, y en el momento en que el cura entraba a donde los Klotz, el tilintilón de la torre de San Giorgio se sumaba lloriqueando al susto de Cremona.

Todos los criados de nuevo reunidos en la cocina del Palazzo Cavalcabò Cavalcabò recibieron la bendición del cura Tonino

—las manos todavía manchadas de semen—; esperaba, decía, a que se apersonara Renzo o aparecieran los artesanos del taller para decirles qué hacer, para tranquilizarlos o siquiera aconsejarles qué expresión cabe ahora usar para describir o explicar lo ocurrido. Claudia llevaba la voz cantante de los rezos, los dice de manera mecánica, está paralizada.

Cremona se arremolina a las puertas del Palazzo Cavalcabò Cavalcabò. Amati, con sus asistentes, dos mudos y pasmados muchachos, se hace paso entre la multitud. Tras ellos viene César, el tallador de maderas, el negro que tenía buena suerte con los caballos. Éste entra directo a la cocina, sin reparar en nada, no entiende un capizco, todo se le escapa menos el camino al hogar, así esté apagado, es un refugio natural, instintivo; Amati y los muchachos quedan un poco atrás, están preguntándose todo a cada paso. Cuando llegan a la cocina se preguntan si el cura allí presente podría darles explicaciones, pero cuáles, el cura Tonino está igual de asustado y perdido que ellos. Las jovencitas y la vieja están de pie, los hombres se han acuclillado para recibir la segunda bendición de la noche, como si una no bastara (y a juzgar por sus expresiones, tampoco sirvió de nada la segunda, seguían aterrados).

La más nueva en la casa, la recién llegada Esperanza, tomó a César de la mano. No hubo quien le dijera: "¡Que no toques al negro, que te vas a enfermar!".

—Vamos a revisar.

Él asintió sin entender aún pío. Ya no estaba dormido, pero se había quedado azorado. Encendieron los hachones y salieron al jardín central del *palazzo*. Caminaron hasta el centro de éste. Desde la calle eran visibles las dos antorchas que César lleva por el jardín central. En ese instante, otro rayo cayó muy cerca, pero fuera de la ciudad, arrancando una reacción de pánico de todos los cremonenses. El piso retumbó. El relámpago iluminó unos instantes la noche. Difícil creer lo que veían los ojos: el Palazzo Cavalcavò Cavalcavò estaba intacto excepto por el ala que ocuparan la habitación de los Klotz en el segundo piso y el salón en el primero; habían desaparecido, como si las hubiera borrado un pincel maligno.

—Ven —ahora habló César, despertando.

No se habían soltado de la mano. Subieron las escaleras para reconocer el territorio. El pasillo estaba todo en pie, como un aro, intacto. El área central de la construcción seguía ahí, lo mismo que todas las cortas columnas, pero apenas terminar la escalera, al torcer por la derecha, el resto del edificio estaba vacío, donde había estado la habitación de la pareja Klotz no quedaba nada, las ruinas se habían desplomado hasta el piso, carbonizadas. Inclinaron sus antorchas hacia el vacío: nada, oscuridad, humo. Un olor vomitivo, para el que no hacía falta la luz de sus fuegos, disminuidos patéticamente por las circunstancias, los obligó a retirarse.

Caminaron hacia su izquierda, hacia donde la edificación estaba intacta, abajo estaba la cocina, las habitaciones de los criados. Arriba, a su lado, las puertas de Renzo estaban cerradas. César tocó, dos golpes. Ninguna respuesta. Tres golpes más. Nada. César empujó una de las dos puertas con todas las fuerzas de su cuerpo y ésta cedió.

Ahí estaba Renzo, de pie, en el centro de la habitación. Parecía petrificado. César se le acercó. Lo tomó de los dos antebrazos. Lo sacudió. Renzo parpadeó.

—Vas a tener que ser muy fuerte. Muy fuerte. Se acaban de morir tus dos padres. Les cayó un rayo.

Renzo lanzó un grito para el que sí hubo frases calificatorias en la cocina. Siguió gritando como enloquecido hasta que rompió a llorar, sin prestar atención a las palabras del cura Tonino, muy dispuesto a socorrerlo, ni a las de los artesanos que entraban y salían queriendo que el joven tomara las riendas y les dijera qué hacer en esta situación.

Las siguientes semanas se hicieron humo, igual que lo había hecho la habitación de los Klotz. Cremona convirtió en vapor el humo y olvidó el hecho, desplazándose de lo que no le parecía grato con rapidez magnífica. Era demasiado espeluznante para guardarlo en la memoria. Habían padecido la peste, ejércitos enemigos y hambre en sus calles. Esto lo digerían combatiendo, trabajando, buscando soluciones, inventando remedios, o haciendo bromas que sólo ellos entienden. Pero para esto no había qué hacer que no fuera olvidar.

El joven Klotz se quedó solo con el peso de la muerte de los suyos, tan solo que parecía haberse abandonado también a sí mismo, como que Renzo no es ya el buen Renzo, él es lo primero que se ha dado a la fuga. El taller demandaba su atención. La empresa de los Klotz no era únicamente la compleja hechura de los instrumentos, ni la venta de éstos, también había que mantener viva la complicada red de relaciones que sostenía los puentes de abasto de las maderas provenientes del norte y del sur, el blanco marfil, el carey, el nácar, los ingredientes de los barnices, los materiales para hacer las cuerdas tensas que tampoco eran de fabricación local, las piedras preciosas con que se enjoyaban los instrumentos, más los artesanos, los orfebres y los pintores; el trazo de esta red cruzaba Europa, el África meridional, partes de la costa mediterránea de Asia y más allá, donde los lugares tienen nombres que no pueden repetir los italianos.

El joven Klotz tenía un hoyo en el corazón por la ausencia de Sofonisba y ahora estaba falto de los dos que fueron el cuerpo en su vida, sus sostenes. Al morir, se le habían clavado en su ceño convirtiéndose en dos malhabidas piedras preciosas, perforándole el cerebro. Hoyo en el corazón, agujero en el cerebro: todo lo decidía mal. En poco tiempo destruyó lo que a sus padres y a sus antepasados les había llevado décadas levantar y lo que él había cooperado a robustecer con tino durante los últimos años. Cedió a Amati la completa responsabilidad de los cincuenta y cuatro instrumentos que se entregarían al rey de Francia, deslindando al taller Klotz de la hechura, y con Amati se fueron todos sus asistentes. Rompió con las otras comisiones, acabó con todo antes de que los pintores se negaran a trabajarle más, hartos de su mal humor, malos modos, pésimas indicaciones y monedas jamás a tiempo; antes de que los importadores de marfil lo acusaran entre sus pares de incumplimiento de pagos y se negaran a abastecerlo, los que sabían seleccionar y portar las hojas de las maderas sin detrimento de la memoria de la raíz bebiendo de la tierra, la del viento, la del sol, la de las nubes, la de los insectos de habitación subterránea, la de las carreras de las gacelas, la de los pasos de las jaurías de lobos que venían del norte, le negaron sus servicios.

Dijo no a todo.

El ausente Renzo paró la vida del taller Klotz de golpe. Parecía hasta haberse vuelto mudo. Se encerró en él mismo. Dejó el herido Palazzo Klotz abandonado. Sólo el fiel César, Claudia y Ciro quedaron ahí, viviendo en una casa que era mitad ruinas; pero en breve Claudia se fue al campo, a la casa de su familia, llegó a morir de tristeza. Ciro quedó al mando de todo. Llevaba y traía cosas para Renzo, lo proveía de comida, sacaba de sus ahorros para mantenerlo. Porque Renzo ya no pensaba en nada, sólo en hacer violines. Lo demás se le había borrado de la cabeza, de la memoria, de la imaginación. Casi no comía. No se cambiaba jamás de ropa. Olvidó los lujos a que estaba acostumbrado, el esplendor doméstico en que había vivido siempre, lo que era dormir en una cama muelle y bien vestida, pasarse un peine por la cabeza, ponerse una camisa blanca y limpia. Encerrado en el taller, echaba mano de lo que a otros les había parecido sin importancia. Usó las maderas más viejas que estaban por ahí olvidadas, lajas cortadas tiempo atrás, hechas a un lado ante la tentación de mejores recién llegadas. Renzo estaba de súbito poseído de la pasión que había tenido Matías en vida, pero había roto con todo lo que no fuera perseguir la construcción del instrumento musical más perfecto. Ni siquiera dormía. No hacía nada más que trabajar en conseguirlo. Si hubiera salido a la calle, la gente no lo habría reconocido.

Amati, separado por la fuerza del taller Klotz, no quitó el ojo de Renzo. Con sus asistentes visitas diarias a Renzo, se alternaba sin importarle sus borrascas. Veía en lo que todos interpretaban como la debacle la aparición del genio.

Cuando la noticia de la muerte de Verónica y Matías llegó a escuchas de la viejísima marquesa de Cavalcabò Cavalcabò, cayó en el lecho enferma de la impresión. ¿Por qué, gente tan buena, qué sentido hacía, en qué estaba pensando Dios? ¿Era para despertarla a ella? ¿Era? ¿Pudo haberlo impedido, si meses atrás hubiera dado en vida su herencia al niño Klotz? ¿Dios los inmolaba para que su hijo tuviera una vida digna? Llamó a su confesor, a su médico, a su abogado. Con los tres tuvo conversaciones muy distintas. La caída del rayo había definido su siempre pendular decisión: definitivamente sus bienes irían a dar a las manos de Renzo, respetado el doble diezmo para el convento. Giuso Faustini, el prior del monasterio de San Sigismundo, su confesor, le pidió dejara pasar un poco de tiempo antes de informar a su sobrino, "si no quiere usted terminar por enloquecerlo, apenas puede asimilar lo que ha ocurrido a sus padres, se ha encerrado, no quiere ver a nadie, sólo acepta la visita de Amati, el otro hacedor de violines". Era honesto, pero también pensaba en los bienes de su monasterio, y uno nunca sabía, la marquesa podría volver a cambiar de opinión. Le habló entonces largo también de la gran amistad de Renzo con la virtuosa Anguissola. Nunca le había contado nadie a la vieja marquesa que Renzo Klotz había pedido y dos veces la mano de Sofonisba Anguissola, y que las dos se la había negado "el arrogante de Amílcar". Por supuesto que Amílcar sí la casaría con Renzo si éste heredaba el título de marqués de Cavalcabò Cavalcabò y la fortuna de la vieja. La vieja, viejísima marquesa quedó más desolada aún. No le quedaba ni la menor duda de que el rayo era obra de Dios para proteger a su sobrino Renzo Klotz. Dios había actuado con su infinita sabiduría.

El médico le recetó una dieta diferente. Sabía de sobra que la viejita tenía salud de hierro. No se daba abasto estos días con la cantidad de impresionados por la caída del rayo, docenas se habían enfermado con esto. La receta cambiaba sus hábitos: una copa de vino al día.

Al abogado le dio instrucciones precisas de cómo quería su testamento y órdenes de que lo terminara cuanto antes. Volvió en pocos días, la marquesa aprobó y en una semana estaban los documentos ya firmados.

Con el secretario trabajó varias sesiones dictándole cartas. Una para Renzo, por supuesto, que no enviaría hasta que el confesor la avisara de que estaba ya en estado de recibir la buena nueva. Otra para Sofonisba, debía llegarle simultánea con la nueva a Renzo. Al que no le escribiría sería a Amílcar, ni una línea a Blanca. No le gustaban ninguno de estos dos, le desagradaban tanto como a Verónica y a Matías. Sofonisba se encargaría de hablarlo con su familia. Con Sofonisba de aliada, protegería a Renzo "de un matrimonio oportunista". Sofonisba era la gloria de Cremona, bien haría el marquesado en tenerla en su familia. Si era verdad lo que el fraile le contaba —que los dos jóvenes se querían bien—, tanto mejor. Serían felices, su felicidad le abriría las puertas del cielo. Tal vez, si no es que estaban selladas para ella para siempre.

Renzo, ya lo dijimos, había encarnado la obsesión de su padre y a la quinta potencia: debía hacer el violín perfecto. Matías había dejado muchos modelos, moldes para cortar las partes. Renzo revolvió unos con otros, y fue encontrando el punto perfecto de distancia para que la onda de sonido que producirá la cuerda procure la perfección completa del sonido. Tiene adentro de sí varias voces aconsejándole, unas más racionales e inteligentes que las otras. Ellas lo van orientando, guiando, le dan consejos, lo reprenden cuando va por mal camino, lo alientan a seguir, le dan fuerzas, lo aplauden. Sus manos entienden y obedecen las voces, ahora Renzo piensa con ellas, como lo había hecho el lutier Matías, pero éstas tienen los sabios mensajes de las voces que su muerte ha convocado.

Renzo ha roto con todo. También con el tiempo. En una semana consigue lo que generaciones atrás han venido buscando los hacedores de instrumentos musicales. Termina sus labores al rayar el alba. A esta hora recibe la visita de Amati o de sus fieles asistentes. No les explica nada. Ellos ven, devoran con los ojos, tratan de entender los caminos que va tomando. Lo admiran. Lo van copiando en lo que pueden. Cada día Renzo les permite llevarse algo más del taller, incluso las costosas herramientas, todo lo que él no use, lo que quieran, materiales preciosos. Pero lo que en verdad quieren llevarse es su genio.

Un domingo, a solas como todas las noches, hace una última modificación en la forma de la espalda de un violín. Se deshace de una pequeña porción que él sabe (se lo han dicho las voces) le estorba a la resonancia, será la proporción perfecta. Arma lo último que le falta. Las viejas maderas abandonadas en el taller, lajas de muchas décadas atrás, tomadas de vigas preparadas hace siglos, tenían una sabiduría acústica que nadie había tentado.

Trabaja con la celeridad que espeluzna a Amati y sus asistentes. Parece estar bajo otro sol, bajo otra luna, respirar de otro aire, contar con otras manos, unas que son oído puro.

Fija las clavijas que sostendrán las cuerdas. Deja unas hojas.

Vuelve, continúa puliéndolo. Ya barniza, ha cuidado la hechura del barniz, ha hecho su propia fórmula. Ya deja secar. Ya pone las cuerdas. Ya pasa sobre éstas el arco: el sonido es perfecto. Ya vuelve a pulsar las cuerdas. Un sonido excepcional. ¡Necesita traer un intérprete, oírlo, percibe que su instrumento está vivo, sabe que la calidad del sonido es simplemente *perfecta*! Otra vez pasa el arco. El sonido es complejo, es rico, está cargado de cuanto el oído puede esperar —incluso de *más* voces que brotan de las cuerdas y muy claramente—. Estas voces le hablan:

—¡Bravo, Renzo!

—Lo hiciste. Tu padre se enorgullecería de verte.

—No le habría importado pagar con tu cuerpo, que era el de Verónica y el de Matías, o ¿tú tenías cuerpo?

—¿Qué cuerpo ibas a tener si eres sólo un trapillo de Sofonisba?

—¡El trapo de Sofonisba!

—¡El sin cuerpo!

—Ya estás pagado, ya tienes la máxima obsesión que jamás existió ni pudo existir en esta casa, y más adentro de los muros de Cremona.

—¡De toda Italia!

—¡Calma, calma, esto es exagerar!

—¡Del mundo, cuál Italia!

—Qué más, es día de exagerar.

—Pagaste con la muerte de tus padres el cumplimiento del deseo de tu familia.

—¡Felicidades!

—¡Felicidades!

Empavorecido, Renzo se subió a la mesa donde había terminado de fabricar su violín. Sobre la mesa subió una silla y trepó en ella. Amarró una cuerda a las vigas del techo. Estaba ahí cuando las voces le regresaron la palabra:

—¿Y Sofonisba Anguissola? ¿No que todo por ella? Ahora vas a poder tenerla, espera un minutico, la tendrás. Tienes el violín, tendrás la virgen.

—¡Al diablo con esa virgen! —gritó exasperado Renzo, y de inmediato, horrorizado de lo que ha dicho, de lo que ha hecho, espeluznado de ser quien es, de ser Renzo, volvió a gritar—: ¿Dónde estás, Sofonisba Anguissola, dónde? ¿Dónde se perdió tu Renzo?

Patea el violín arrojándolo roto al piso. ¡Ay del violín, de la virgen…, ay!

Se ató el otro extremo de la cuerda al cuello, volvió a subirse a la silla, tiró de la cuerda, la amarró más firmemente. Pateó la silla. Sus pies perdieron sostén y Renzo colgó sin vida, desnucado.

El diablo tomó el alma, la sacudió un poco y se la metió al culo, le gusta caminar hacia el infierno con las manos libres, por lo que se ofrezca. Va muy contento, agitando la cadera, baile y baile; le gusta lo que carga. Le dura poco la risa. Cuando está por trasponer las puertas del infierno con Renzo, un ángel lo toma desprevenido por la espalda. Sacándoselo al diablo de la cola, lo toma en sus brazos y tras sacudirlo repetidamente —¡fuera mierda del diablo!—, lo lleva directo al cielo, donde merecía estar. Renzo había muerto por los engaños del dueño del infierno, no por un pacto firmado en limpio. El diablo tramposo no tenía derecho sobre el bello Renzo.

En el cielo lo esperaban sus dos padres, que ya sabían las buenas del violín más perfecto. Lo celebran. (Dicen que Matías le receta a Verónica a diario una cantinela: ¿No que no había Dios? Ella le responde: Yo nunca te dije que no había cielo, qué te traes. Lo de dios o no dios está por verse.)

El ángel no fue lo único que quiso acercarse ese día a Renzo. La vieja tía viuda había muerto en su lecho esa mañana. Vimos que en su testamento dejaba a Renzo el único heredero de su patrimonio y el título de marqués. La carta que la vieja le había dictado al secretario días antes de morir llegó justo cuando acababan de descubrir al "joven" —por un pelo marqués— Renzo, balanceándose, colgando ahorcado de una cuerda.

Lo poco que restaba del taller fue subastado por la ciudad. Lo compró Amati, su colega, el hacedor de violines. Pero como él ya tenía el propio, con los años lo vendería a su aprendiz estrella. El *palazzo* de los Klotz, más todas las propiedades de la vieja marquesa Cavalcabò Cavalcabò (pues muerta la esposa, la propiedad pasaba a ser de nuevo de su familia), pasaron a ser propiedad del monasterio de San Sigismundo. El prior Giuso Faustini había hecho valer las cartas de la marquesa como si fueran su última voluntad: "Si no viviera Renzo mi sobrino, ni mi sobrina Verónica a quienes tengo en alta consideración, dejaría todos mis bienes a su convento".

Las noticias le llegarían a Sofonisba a cuentagotas. Esperaba impaciente la respuesta o la visita de Renzo para pedirla en matrimonio cuando recibió la primera: habían muerto los dos padres de Renzo, a quienes ella conoció tan bien, Matías y Verónica, los queridos y amorosos Klotz.

—¿Por qué? —preguntó—, ¿los dos juntos?

Le contestaron:

—Un accidente.

—¿Pues dónde estaban?

—Dormían.

—¿Dormían? ¿Alguien prendió fuego a la casa? ¿Está bien Renzo?

—No, no te preocupes, Renzo está bien, el Palazzo Cavalcabò Cavalcabò en pie. Les cayó un rayo encima, pero sólo calcinó el ala donde ellos dormían.

—¡Un rayo! ¡Dios mío!

¿Cómo iba a poder digerir eso? ¿Un rayo? ¿Le estaban diciendo la verdad? ¿Le estaban ocultando algo peor? ¿Un rayo?

—Sí, sí, Sofonisba, es verdad, un rayo. Cayó encima de su habitación, la calcinó enteramente.

—¿Quién lo vio?

—Verlo, lo que se dice verlo, no, nadie lo vio, porque era medianoche. Pero todo Cremona lo escuchó, todos se levantaron, corrieron a verlo, encontraron el humo, el olor. Pero no cabe duda: toda la noche continuó la tormenta eléctrica. Como si Cremona fuera un puerto, fue algo de ver.

Todo esto por carta, sin que llegara alguien en persona a contestarle las preguntas que ella misma formulaba y contestaba con la escasa información que tenía, que no le cabían en el pecho. Una carta escueta de Amílcar, en la que con ira percibió un dejo burlón, un "te lo dije", un "ya sabía yo que éstos acabarían muy mal".

Entonces Sofonisba se encerró a pintar. Hizo un retrato de los Klotz. Les quería rendir un homenaje. Los pintó juntos, mirando con tristeza a los vivos, interrogándoles: "¿Por qué nos llevaron tan pronto de la tierra? Todavía teníamos qué hacer, ¿por qué nos hacen eso?". En su manera de preguntar hay un dejo de tristeza. Verónica está vestida con algunas joyas, pero muy sobria. Matías mira con esa melancolía que fue siempre tan suya, agudizada por el hecho de que ya está muerto. Ni en sus ropas ni en sus actitudes pretenden ser aristócratas. No son personas de poder, son seres que bregan con la vida cotidiana sin que entre ellos y las diarias tareas intervengan las manos de una legión de servicio, viven sin escenario ni público, son los que hacen, los que no quieren que nadie haga en su lugar lo que ellos trabajan, los esclavos de sí mismos, los amigos y cómplices. Uno percibe, al verlos, que conocen muchos matices de diversas emociones, que tienen familiaridad con el temor, que están vivos, y también una ráfaga de dolorosa tristeza. Terminado el lienzo, lo envió a Renzo. Le dejaría vivir su duelo. La boda de todas maneras debía esperar un poquitín, la corte española estaba dedicada en pleno a celebrar la bienvenida a la nueva reina.

La siguiente noticia que recibió fue la nota del secretario de la marquesa de Cavalcabò Cavalcabò con la carta de la misma marquesa. La nota daba noticias de la muerte de la viejísima marquesa. La carta le hacía saber la herencia que acababa de hacer a Renzo —ya no sería en vida, pues la viejita había muerto—, y que esperaba que esto allanara las objeciones de "su familia" y pudiera sin ningún obstáculo matrimoniarse con su sobrino Renzo, hoy ya marqués de Cavalcabò Cavalcabò. Podemos imaginar la alegría que esto daba a Sofonisba. El rey no pondría ninguna objeción a un matrimonio que ahora sí parecería provechoso, no sólo se celebraría entre iguales, Renzo era de nobleza muy superior. Su Renzo podría presentarse como parte de la vieja nobleza cremonense, así ejerciera un oficio, sería fácil hacerse de la vista gorda si carga bajo el brazo el título de marqués.

La siguiente noticia fue que Renzo había muerto. Al oírla —puesto que ésta llegó de viva voz; el viejo Ciro, el criado de los Klotz, vino en persona a comunicársela—, una parte de su persona sufrió el efecto del rayo que calcinó a los Klotz. Quien la viera desde un cierto ángulo la encontraría igual, pero el observador astuto notaría que una parte del edificio Sofonisba se había convertido en cenizas. La estructura estaba intacta, pero la habitación donde vivía el amor se había deshecho en un instante, pulverizado justo cuando ella se había convencido de que el amor de ellos dos podría saltar los obstáculos. Su casa del amor estaba destrozada, rota, calcinada.

Aparentemente Renzo se había suicidado. ¿Qué le había pasado? ¿Enloqueció por la muerte de sus padres? Ciro traía una carta de Europa que no le decía más, no abundaba, le escribía lo que ya sabía, la historia de la muerte de la vieja marquesa de Cavalcabò Cavalcabò y su herencia, "que habría hecho de Renzo un marido digno de Sofonisba". A tirabuzón sacó más información de la triste boca de Ciro. También traía en la mano las tres últimas escritas que Renzo no alcanzó a enviarle —el pobre viejo estaba deshecho, venía a ver a Sofonisba buscando alivio a su inmensa tristeza—. ¿Qué le contestaba Renzo? Pero leyéndolas no tardó en darse cuenta de que no le estaba contestando a la que ella le había escrito.

¿Qué pasaba aquí? No había respuesta ninguna a sus muchas preguntas. ¿No había recibido la carta? Preguntó a Ciro. No. No había recibido carta de Sofonisba. Casi nunca llegaba carta de "la niña". ¿Qué de sus autorretratos, las miniaturas que le había pintado? No, no habían llegado, el joven Renzo se las habría enseñado, sin duda. ¿Y las cartas de los años anteriores? No, ya le dije, casi nunca llegaban cartas de usted. ¿Y el asunto de Elena, la ayuda que le pedí a Renzo para servicio en el convento? ¿Cuál, niña Sofonisba? No. Renzo la surtía de papel desde un principio, se carteaba con ella, pero nunca llegó esa indicación de Sofonisba. ¿No le había llegado a él por vía del criado del conde Brocardo, Fulvio, que era su amigo? ¡Ninguna! ¿Y Renzo me escribía? La escribía. ¿A menudo? Por lo menos cada semana, le extrañaba no tener respuestas sino muy rara vez. ¿Sino muy rara vez? Sí, niña Sofonisba, de usted no le llegaba nada, y él le escribía a usted largas cartas. Muy al final le dio más por anotar todo en unas libretas que están en el taller. Y estas tres cartas que le traigo, que no sé la verdad exacto cuándo escribió. Lo veía yo frente a las libretas, si no estaba pegado a su violín estaba en ellas, creo que anotaba cosas del violín, no de usted, pero no lo sé de seguro, disculpe mi descuido, con la pena las olvidé, ahora vengo a recordarlas. ¿Cuántas libretas? Muchas libretas, se las traía yo, me las hacían los encuadernadores a cambio de casi nada.

Sofonisba ató uno más uno, y supo lo que debió haber sido capaz de ver años atrás: la correspondencia entre Renzo y ella no arribaba a su destino.

Rabia. Tristeza. Sucesivos "si hubiera", bla y bla, y bla.

Jamás imaginó una traición así del conde Brocardo, porque Fulvio no se habría atrevido, esto era del conde Brocardo, sin duda. El conde Brocardo. El conde Brocardo. Sofonisba le escribió muy categóricos reproches ("traicionaste mi confianza", "me engañaste", "la muerte de Renzo es tu culpa", "no quiero volver a verte jamás"). Nunca iba a perdonarle que hubiera interceptado su correspondencia, nunca se lo habría perdonado, pero con este final trágico se le encendía un desagrado contra Brocardo que no podía tener remedio. No quería volver a saber nada de él. Le retiraba su amistad. Por culpa de él había muerto Renzo, por su culpa.

El conde Brocardo, que ya se estaba desafanando del asunto de don Juan de Granada, que ya se preparaba para pedirle al rey Felipe la mano de la artista y que ya se relamía pensando que se casaría pronto con Sofonisba, pues ya había sido informado de la dote y lo demás, cayó enfermo de tristeza. No tuvo la cara dura de negar los cargos ante Sofonisba. Sí era un hombre distinto. Participar como testigo de su amor auténtico lo había cambiado lo suficiente como para impedirle fingir o mentir de plano.

Sofonisba tiene una corta charla con el responsable de encontrarle marido, el caballerizo del rey. Le había pedido paciencia. Ahora le explica sin entrar en pormenores que no tiene candidato. El hombre tiene la obligación de encontrarle marido. Que se apure, que se apresure, que se apreste a cumplirlo. No es tan fácil: Sofonisba ya no se cuece al primer hervor y no tiene riquezas para competir con las dotes superlativas de la aristocracia que rodea al rey.

Sofonisba no piensa en la edad y en la precariedad de su dote. Sabe que ha perdido además su primera serenidad, que fue uno de sus mayores atributos, y cree que no la va a querer nadie, nunca más la va a querer nadie.

Mientras, intenta arreglar el asunto de Elena. Ciro le dice que nadie tiene corazón para darle la noticia de Renzo. Que él podría ir a verla, si le parece bien a la señorita Sofonisba, ella sabe que él está para servirla, que es su devoto. Perfecto. Sofonisba arregla el viaje, hace cuentas, le da monedas que no tiene porque la bolsa del rey otra vez no ha pagado, sabe cómo solucionarlo, hay prestamista a la mano, siempre dispuesto a ayudar a cambio de tórridos intereses. Lo arregla todo y Ciro sale. Lleva las tristes nuevas y un alivio, se encargará de contratarle servicio a Elena, le va a cambiar la vida para bien.

Aparece un candidato a marido que conviene al rey y que llena el requerimiento de Sofonisba. Fabrizio Moncada, hijo menor del príncipe de Paternò, virrey de Sicilia hasta su muerte. Es bastante apuesto, le dicen a Sofonisba, tiene su misma edad —o la misma que Sofonisba dice tener y que aparenta—, su familia es nobleza vieja, recibió su título en el siglo XI, ha jugado un papel preponderante en Cataluña. A la caída de los Aragón, fueron a gobernar Sicilia, y ahora son nobles hispano-sicilianos.

A Felipe II le place la idea de enclavar una aliada entre la nobleza siciliana. Sabe que no soplan allá vientos muy católicos, también Sofonisba lo tendrá al tanto de brotes heréticos.

¿Y la dote? Sin ésta, la alianza habría sido impensable, porque es la costumbre que la mujer llegue con dote al matrimonio y porque un segundón es por definición un necesitado de fortuna ajena. El negociador asegura a la familia Paternò que Sofonisba ya la tiene. Oro, joyas, plata, muebles, vestidos, ropa, una caja de oro para retratos, y en dinero doce mil ducados. El rey añade una sola condición que crece la dote: que Sofonisba viva en alguna propiedad del rey y en territorio de la Corona. Se decide que Sicilia, en un *palazzo* del monarca, en Palermo.

La boda es el 5 de junio de 1573, en la capilla del Alcázar de Madrid. Asisten las infantas, la nueva reina Ana y algunas de las damas de la reina. Si hubiera sido meses atrás, cuando los acomodos con el rey viudo, habría sido la ceremonia más lucida del año, cuando sobraban las, diría Quevedo, putas que buscaban el apoyo de Sofonisba. Ahora su situación era menos prominente, pero los festejos fueron dignos, no dejaron nada que desear. Sofonisba trae un vestido muy lujoso, completamente blanco, cuajado de perlas, "de valor de novecientos escudos".

La familia del novio viaja a Madrid para la ceremonia. El hermano mayor (heredero del título y de las propiedades principales), su mujer, también rica y de nobleza vieja siciliana, la madre, en extremo vieja, y dos que se dicen amigos incondicionales de Fabrizio —lo son en las buenas y anguilas si llegan las malas—. La partida del novio no deslucía en lujo ni etiqueta frente a la corte, la casa de la reina aún a medio modelar, las damas austriacas recién llegadas, las nuevas españolas, todo el personal había cambiado con la llegada de Ana de Austria. Juana se había retirado ya definitivamente al convento. No hace falta decir que el conde Brocardo no asistió. Sofonisba lamentó inmenso que no estuvieran presentes miembros de su familia. Amílcar no está bien de salud. Pero la boda no debe ya retrasarse, lo ha decidido el rey.

Los novios son presentados el mismo día de la ceremonia. El rey lo ha decidido así —sólo a veces Sofonisba da muestras de un temperamento meridional, pero prefiere evitar convocarlo—. Sofonisba debe casarse, y éste es el elegido, ¿para qué sentarlos antes a la mesa? Ya tendrán la vida por adelante para conocerse.

Cuando Fabrizio la ve por primera vez, a la distancia la encuentra idéntica a sus retratos. Ha visto copias e incluso dos originales. No sabe bien qué siente. Le gusta y no le gusta que sea la misma. Tampoco sabe qué pensar del oficio de su esposa. Pero Diego de Córdoba, el caballerizo del rey, lo ha dejado bien claro durante las negociaciones matrimoniales: Sofonisba Anguissola deberá seguir pintando, es la voluntad real. Esto lo desconcierta; conoce la fama de Sofonisba, "la divina pintora de Cremona". Es la primera vez que está en Madrid, también lo desconcierta, toda España le ha parecido tan diferente a Sicilia, tan distinta a la bella Italia. Fabrizio depende de las opiniones de la princesa de Paternò, su madre. Pero la mujer ya no tiene opiniones; senil, se ha ido refugiando en un mundo encerrado en sí mismo del que sólo sale para manifestar su adoración por Fabrizio. Fabrizio lo ha consultado todo con ella, y a todo ha asentido la vieja. El hombre no tiene demasiadas luces pero sí las suficientes para darse cuenta de que la aprobación de la princesa no es muy confiable. Quién sabe, tal vez despierte de su sueño senil y lo repruebe todo. Esto lo teme, casi tiembla al pensarlo. Pero no es el temor a esta reacción —por demás improbable— lo que tiene desconcertado a Fabrizio. Es que la verdad no sabe qué sentir, qué pensar. No es que sea fea Sofonisba, no. Tampoco es bella. Es *demasiado* especial.

Su cuñada, la esposa del hermano primogénito, encuentra a Sofonisba infumable desde el primer minuto. La envidia es su consejera. La enfurece todo: el esplendor de la corte, el vestido de la novia, la presencia de las damas, la rigidez de la etiqueta, la riqueza del Alcázar. Todo lo que debería parecerle bueno le parece fatal. Pero, como no es honesta, no puede confesarse que es la envidia lo que la mueve. Así que ha puesto a andar una maquinaria complicadísima de crítica a todo tipo de detalle, gesto, situación, comentario. Todo lo va atesorando, ya se saborea cómo lo contará en Sicilia, será la comidilla de la corte allá. Detesta el encanto de Sofonisba. Sofonisba, por su parte, no le pone a ella ninguna atención. Es amable con la madre del novio, con el hermano y con la nueva reina, pero ella es hoy la novia, que todos se le acerquen, la feliciten, no que ella se acerque a los otros, procurándolos. Y la cuñada se cuida muy bien de ponérsele cerca, como si necesitara distancia para criticarla mejor.

A la vieja princesa Paternò le duelen los huesos. Llora en las noches. No le ocurre en Sicilia, pero el clima —y el viaje, que ha sido verdaderamente una paliza— la ha puesto en esta situación. A Fabrizio esto le rompe el corazón. Su imán, su hueso, su centro es su mamá. La princesa no es una Catalina de Médicis, nunca lo fue, es una niña mimada, concentrada en sí misma, con caprichos, dada a las fiestas. Cuando era joven supo ser la esposa de quien regía Sicilia, y lo hizo bien. Ése fue el mundo en que vivió su hijo mayor, el primogénito. Pero viuda desde hace años se ha dedicado a complacerse, a darse pequeños placeres. Ése es el mundo donde creció Fabrizio. Es como si tuvieran dos madres diferentes. Es la misma pero en dos diferentes épocas: la primera era la ambiciosa, la celebrada, la joven, la bella, la rica, la esposa del virrey; la gente venía a rendirle tributo. La segunda es la viuda, como tal perdió todas las batallas del poder y buena parte de su prestigio. Ya no es joven, el primogénito controla los bienes de la familia, la gente no le hace mucho caso, nadie la atosiga con elogios ni intenta complacerla para obtener favores a cambio. Ya no es útil. No le importa ya nada sino ella misma, y Fabrizio, su *bambino*.

Al primogénito Paternò le gusta la alianza porque trae dineros a la inestable condición de la familia y porque sabe que Sofonisba ya no tendrá hijos. Lo sabe de cierto. El patrimonio de la familia que corresponde a Fabrizio será para sus hijos y nietos, a la muerte de su madre no habrá necesidad de dividirla. Claro, hay mujeres que dan el santanazo, eso que ni qué, pero para eso habría que ver si Fabrizio es capaz de engendrar algo que no sea un berrinche. Porque Fabrizio es berrinchudo, lo fue desde niño. Entonces se le cumplían todos sus caprichos. Ya no, pero el modo no se le quita. Que él sepa, a su hermano le interesan muy poco las mujeres. No lo ve haciendo hijos, menos —si cabe decir menos— con ésta. No es muy joven, y a sus ojos es evidente que no le interesan un pelo las cosas de la carne. ¿Por qué no mejor entró a un convento? En lugar de andar casándose a esta edad. Qué gente. No se lo explica.

Los amigos del novio le son en extremo desagradables a Sofonisba. No puede explicárselo: tiene un buen temperamento, no suele pescar tirrias personales. Pero éstos no le gustan. No sabe por qué. Son dos jóvenes de cabezas totalmente huecas, aristócratas ricos, holgazanes, hablantines, seductores, demasiado lacios para nuestro gusto; mucho menores que Fabrizio. Alguno podría conjeturar que Fabrizio tiene con ellos algún quever erótico, pero se equivocaría. No hay tal. En cuanto a Fabrizio: Sofonisba prefiere no juzgarlo. Ya el tiempo dirá. No le gustan algunos de sus gestos. No le parecen apropiados sus comentarios. Le parece demasiado sin gracia, de verdad que no tiene lustre. Las pocas ganas que le dan de pintarlo; no hay nada *formidable* en su rostro. No puede reprimir hacer algo que se había prometido evitar: lo compara con Renzo. ¡Qué diferencia! ¡De pe a pa! Maldita la hora en que murió. Y entonces la novia llora. Y todos creen que es de emoción. Pues sí, pero no de casarse, sino de coraje por la muerte de Renzo, de que él no sea el novio de la boda. Recuerda una frase que ha oído decir mil veces a las jóvenes damas de la corte: "Ningún matrimonio es perfecto, no hay boda ideal". Siempre creyó que era una vulgaridad. Encima de sus pesares, se descubre esto, vulgaridad, llora más lágrimas, encontrar en sí misma un sentimiento *vulgar* la humilla. Pero este mal talante pasa de inmediato. A fin de cuentas, es su boda, y ella siempre se quiso casar. No estaba para quedarse a vestir santos, la idea de irse al convento le desagradaba en extremo. Dejará la corte. Irá de vuelta a Italia. Todo esto la alegra. Más el vestido, que está primoroso, ¡pri-mo-ro-so!

Piensa en las infantas, sobre todo en su predilecta, Micaela Catalina. No volverá a verlas. Se suelta a llorar de nuevo. Son sus niñas. Otra vez perderá a sus niñas. Recuerda a sus hermanas niñas, las que dejó en Cremona, y más lágrimas.

Las infantas, la reina, las damas, están enternecidas con sus lágrimas. Ven la emoción de la novia, ven también que llora porque se va. "¡Es tan dramática!", piensa el hacedor de la boda, don Diego de Córdoba, el caballerizo real, "cuando murió Isabel de Valois lloraba y decía: ¡ya no quiero vivir, se murió mi reina!", se acuerda de la escena y le sobreviene la risa. Su mujer se da cuenta de que está por reírse y le asesta un codazo. Santo remedio.

Siguió un banquete, el entretenimiento con Estebanillo el enano y Luis López, que fuera el loco del príncipe Carlos y lo era de la nueva reina, los músicos —habían salido ya los que llegaran con Isabel de Valois, los más italianos, ahora tocaban españoles—, y el baile. Sofonisba está en el mejor de los ánimos y hasta parece por momentos que el marido despierta de su extraña melancolía, como tal lee Sofonisba su timidez. La verdad es que le sobrecoge la pompa, la riqueza y el fasto, que le impresiona mucho estar sentado cerca de la reina, y que no sabe qué pensar de "su" mujer.

Antes de dejar la corte, Sofonisba pinta cuatro retratos más de despedida, uno del rey, vestido de negro y con rosario (en realidad no es un retrato nuevo, viste de luto a uno más antiguo), las dos infantas, y la reina Ana de Austria. Lo del rosario es porque el papa Gregorio acaba de declarar la fiesta del Rosario, para conmemorar la victoria de la batalla de Lepanto, un milagro que ocurrió —a quién le cabe duda— porque rezaron a coro el santo rosario el Papa, el rey de España y todas las tropas. Sofonisba maneja a la perfección el lenguaje indicado: borra los veintidós años de diferencia entre la reina y el rey y a todos los emparenta de tal manera que más parecen hermanos. Son un regalo más de Sofonisba para el rey y su familia.

Al tiempo que Sofonisba pinta y se despide de la corte, Fabrizio y sus dos amigos conversan en palacio, pasean por Madrid, pero más que nada se impacientan, lo mismo que los Moncada. El día en que van a emprender el camino a Italia (los Moncada se detendrán con ellos en Génova para ahí embarcar hacia Sicilia, los novios continuarán hacia Cremona), Sofonisba recibe la noticia de la muerte de su padre, Amílcar Anguissola ha muerto. Decide no posponer el viaje. Barcelona, viaje en mar, Génova, despedida de la familia y los amigos sicilianos, Cremona, donde van a visitar a los Anguissola.

Antes de llegar al *palazzo* de los Anguissola, Sofonisba pasa frente al Cavalcabò Cavalcabò, es inevitable, tendrá que ver lo que resta de la casa de los Klotz. Los frailes la están sometiendo a una restauración absoluta. Un hormiguero humano —de albañiles, carpinteros, yeseros, asistentes, pintores que ya van preparando mezclas— se afana en jornadas que son tan largas como la luz del día. Están en su territorio, es más que un lugar de trabajo, es su pequeña ciudad, temporal aunque la están convirtiendo en eterna para que la habiten otros. Gajes del oficio: construyen para echarse a sí mismos afuera, y mientras con afán van haciéndola, la pueblan con olores, voces, martilleos, cinceladas, y también melodías, porque aquel que golpea con un marro silba, el otro que aplana el yeso canta, los que están poniendo los últimos ladrillos en una de las paredes que el rayo calcinó silban turnándose unas tonadillas que hacen su coro cómico. Trabajan a todo vapor, no le falta dinero al monasterio. El edificio parece de fiestas con tanto ruido, tanta luz —han levantado buena parte de los techos para rehacerlos—, tanto ir y venir. Esta febrilidad armónica, organizada, tiene algo de alegría que llena a Sofonisba de una extraña clase de felicidad. Mira, y ya no ve lo que querría encontrar, se ha perdido la casa del hombre que nació para ella, pero éstos que ella no conoce le dan un no sé qué que va naciendo. A fin de cuentas, ésta siempre fue de artesanos, en ella se respiró el aire que da hacer para que otros disfruten.

Su alegría —que Fabrizio no compartió en lo más mínimo— le dura un instante. El *palazzo* de los Anguissola se ha vuelto sombrío, no sólo por la muerte reciente. Sofonisba lo sabe desde el momento en que entra. Ahí está el lienzo que pintó con su padre, el retrato de Minerva con Amílcar y un niño que nadie reconocería en el adulto Asdrúbal. No es que la presencia del muerto, en la flor de la edad, sonriente, sea lo que tiende este manto de negrura. Hay algo más que el luto. Sólo quedan Asdrúbal, Europa y Blanca; la "pequeña" Ana María está a punto de casarse, han retrasado un año la fecha de su boda para respetar el luto. Sin Amílcar, sin Lucía ni Minerva, sin Elena, la casa ya no es lo mismo. Y aquí no hay artesanos silbando, no hay afanes, ires y venires. En la casa hay una languidez, un abandono. La vejez de Blanca, el ir Sofonisba rumbo a Sicilia —"¿por qué Sicilia, habiendo Roma?"— se propagan por los salones y el patio.

Los recién casados reciben visitas. Amati es de los primeros, llega con los instrumentos que está preparando para Catalina de Médicis, están ya casi listos, quiere mostrárselos. Los exhiben en el patio, sobre un tapete hermoso que han portado para esto. Sofonisba admira el trabajo de Amati. Le basta una insinuación de éste para dar instrucciones de que le traigan su bata y sus pinturas. Ahí mismo se dispone a pintar algo en uno de los violines. Lo termina sin interrumpir la conversación, cuando ya ha caído la noche, a la luz de las velas que Amati ha hecho traer de su taller. No lo firma, por supuesto, es la gran Sofonisba Anguissola. Ha pintado en el violín la figura de un ángel —que a nuestros ojos se parece al que llegó a salvar a Renzo.

Recorren la región, visitan al duque de Mantua, al virrey de Milán, otros palacios. Ya terminado el periplo, Sofonisba no quiere esperar más. Fabrizio también quiere salir, regresar a Sicilia. Cuando están en los últimos preparativos para emprender el viaje, llega una noticia: Elena ha muerto en el convento. No de enfermedad alguna. Nadie sabe el motivo, que aquí se dice: sin el oxígeno que eran las cartas de Renzo, se marchitó a pasos agigantados, su flama se apagó. No la alcanzó el alivio que le llevaba Ciro. El leal criado no tuvo suerte. Tras sólo tres jornadas de viaje sin contratiempos, en un trecho en que viajaba a solas, lo atacan un puño de bandidos. Pelea sólo un poco, son muchos contra uno, la ve perdida y les cede su envío sin oponer ya resistencia. Pero aunque ya tienen el botín en sus manos, los bandidos lo tunden a golpes. Se ensañan con el viejo. Lo desnudan. Lo tiran a la vera del camino. Es incapaz de moverse. Pasa las siguientes tres jornadas tumbado como un bulto, soñando. En sus sueños sigue la ruta que había planeado: se ve llegar al convento de Elena, se ve viajar hacia Cremona, se ve siendo gratificado por Sofonisba, se ve acompañándola a Sicilia, se ve viajando en el mar. Luego ya no se ve. Pero sigue soñando. La sed le provoca imágenes que pasan rápidamente y aparecen sin orden ni concierto, esfumándose antes de que él pueda apreciarlas del todo. Tampoco escucha nada. Algún carro pasa no lejos de él, pero no escucha. Muere exactamente donde lo dejaron. Tres jornadas después, el perro de un viajero lo encuentra. Su amo es un hombre con piedad. Pide a sus criados envolver el cadáver y cargan con él hasta el siguiente caserío. Ahí nadie reconoce a Ciro, no hay en su cuerpo con qué identificarlo. El amo del perro da unas monedas para que lo entierren. Ahí está, sin sepultura digna. Esto tampoco lo sabrá Sofonisba.

La familia Anguissola celebró una misa en honor de Elena. La pareja emprendió el viaje a Sicilia, llegaron sin mayores contratiempos. Aquí podríamos terminar este libro con una frase: los casados fueron felices.

Segunda parte

Palermo, 1579.

¡Murió Fabrizio Moncada! ¡Lo perdimos!

La noticia acaba de entrar en Palermo. Las dos galeras comandadas por el duque de Terranova entran en el puerto, enarbolando sus banderas desgarradas, las velas rotas. Habían salido rumbo a Barcelona con ciento veinte esclavos galeotes, un puño de nobles, algunos mercaderes y una cantidad considerable de mercadería. Sicilia es el granero de Europa y sus artesanos trabajan el oro de manera admirable.

¡Nos atacaron los piratas!

Las galeras del duque de Terranova no entran a puerto solas: una flotilla española las acompaña. Son galeras militares, retacadas de soldados muertos de hambre, pero traen dos o tres pasajeros, van de un enclave del Imperio a otro.

Los que vienen a bordo de las galeras del duque de Terranova, apenas tocar Palermo, difunden sus tribulaciones en un tris: estaban por llegar a Nápoles, no lejos del castillo de Capri, cuando fueron sorprendidos por piratas berberiscos. Los galeotes, viendo en los atacantes la posibilidad de ser liberados de esa abominable esclavitud, se niegan a remar. Si las galeras son tomadas por los piratas, serán hombres libres. Los nobles los someten con las espadas desenvainadas y con armas de fuego. El conde de Camarata hiere a algunos de los que no quieren remar, mueren tres galeotes en la revuelta. El duque de Terranova resuelve pelear contra los piratas, por el zafarrancho de los galeotes han perdido la posibilidad de huir, no les queda sino enfrentarlos. Se enfilan hacia el castillo de Capri para pedir refuerzos, disparan sus cañones pidiendo auxilio, pero el castillo está vacío. Hace un par de meses la peste barrió con la mitad de los habitantes de la isla.

Los piratas están ya a dos tiros de arcabuz cuando varios de los nobles se arrojan al mar y nadan hacia el castillo, huyendo del horror de verse hechos prisioneros y de ser convertidos ahora ellos en galeotes. Entonces, quién sabe por qué, los piratas amigos del Turco se dan la media vuelta. El capitán pesca a los nobles que se han tirado al mar, recoge a los caídos, algunos han llegado ya a la playa. Todos regresan con vida, menos Fabrizio Moncada.

La noticia corre como un perro rabioso apenas tocar tierra. Su paso despierta aquí compasión por don Fabrizio Moncada, allá por lo mismo tristeza, acullá alegría, en Carlos de Aragón —enemigo acérrimo de Fabrizio Moncada y amigo y aliado del duque de Terranova, que según alguien sospecha la esperaba impaciente—, sensación de triunfo y satisfacción, pero no tenemos tiempo para sus celebraciones porque la noticia sigue corriendo. Entra en el *palazzo* del primogénito de los Moncada.

¿Que murió Fabrizio?

¿Quién le manda andar metiéndose en esos asuntos enojosos?

Qué ocurrencias, viajar con plata prestada, yo se lo dije, porque esos dos todo lo deben, si gastan como manirrotos, ella se da ínfulas de reina.

La noticia llega al regazo de la vieja Moncada, la princesa de Paternò, la esposa de quien fue virrey. Hablando de ínfulas, ahí tenemos para dar y regalar.

Está sorda como una tapia. No oye si no le gritan. Le gritan:

—¡Se ahogó Fabrizio!

—¿Que lloró Fabrizio?

La vieja cree que el pequeño Fabrizio llora —o Fabrizio cuando era pequeño, como si el tiempo hubiera corrido atrás treinta años—. ¿Para qué lo vienen a decir? Criadas ineptas, ¡que le den dos nalgadas, y si no se calla que le den tres!

Pero paciente pregunta:

—¿Por qué?

—Iba camino a ver al rey de España, y los atacaron los piratas.

—¡Que le den dos nalgadas!

Dice esto, pero está pensando: "¿Quiere más nata? No me vengan a decirlo. Yo rezaba. ¿Para qué me interrumpen? ¡Aunque no rezara!".

La vieja ya no entiende cuando oye y ya no dice lo que piensa, cuando piensa. Es casi incapaz de articular sus pensamientos, deambula entre temores a los espíritus, los fantasmas y los piratas. Teme. Y cuando no teme, ríe, de cualquier cosa. También recuerda, con una precisión que sobrecogería a quien lo supiera. Y cree que lo que pasa por su memoria es lo que tiene enfrente y que se relaciona con lo que le gritan y oye a medias.

A la vieja Moncada se la está royendo despacito la muerte. Pero ella no se da cuenta. De lo que tiene miedo es de otras cosas. Ella recuerda un ataque a la ciudad, cuando tenía once años, ve a las criadas huyendo despavoridas, a los piratas violándolas o prendiendo fuego a las ropas, los muebles rotos a hachazos. Las imágenes se le entremezclan con hadas y duendes, cosas que todos sabemos que no existen, y entre ellas va muy campante su hijo Fabrizio, que en sus imaginaciones, contra toda lógica, tiene cuatro años.

¡Ahora mismo te están diciendo que tu hijo está muerto! ¡Y te importa un bledo!

En realidad es que no lo entiende, pero si lo entendiera, tal vez le importaría un bledo. ¿Qué es eso de morir? ¡Algo que tiene tan poco que ver con ella! —pensaría—. Sus criadas lloran al joven Fabrizio a gritos, salen a la calle a demostrar el dolor que es incapaz de sentir la vieja.

La noticia de la muerte de Fabrizio Moncada sigue corriendo por Palermo. Toca a los pies de las primas de los Moncada. Una descarada se ríe. Otra musita: "¡Pobrecito!", otra tercera: "¡Se lo merece!".

La noticia entra en el palacio de Felipe II donde vivía el matrimonio Moncada-Anguissola. Sofonisba la escucha sin abrir la boca ni dar la menor muestra de ninguna emoción. Abre la boca y pregunta. Quiere saber más: ¿qué había pasado con los piratas cuando estaban por abordar las galeras sicilianas? El duque de Terranova ordenó dar dos tiros de cañón para llamar la atención del castillo, pero no les sirvió de nada. ¿Y luego? Que algunos nobles se echaron al mar, queriendo salvarse de ser vendidos como esclavos. ¿Y luego? Los berberiscos se dieron la media vuelta, se retiraron a todo remo. ¿Algo los hizo creer que venían refuerzos del castillo de Capri? No. ¿Qué les hizo detenerse cuando tenían en sus manos la presa? Pues quién sabe. ¿Por qué irse sin el oro, sin vaciar las dos galeras de sus mercancías, y sin llevarse consigo a los nobles prisioneros para venderlos en el primer mercado de esclavos de las costas africanas? Pues quién sabe. ¿Qué no vieron a los que podrían haberles puesto resistencia aventarse al mar?, las galeras estaban ya en sus manos. Pues quién sabe y pues quién sabe.

Sofonisba escucha los pormenores sin perder el aplomo. Pregunta por más detalles. Pide le devuelvan el equipaje con que viajaba su marido, las cartas de Sofonisba al rey, un lienzo de la Virgen y el niño que iba de regalo también para el rey, la caja que le fabricaron especialmente los orfebres, llena de dulces de frutas, para la reina, las dos miniaturas que pintó para las princesas. Ya le dirán que todo *también* se ha perdido.

Mientras tanto, la noticia sigue corriendo. En otros puntos del mismo palacio de Felipe II, cae como piedra. En el ama de la casa cae como piedra. Varios lloran con ella, el palafrenero llora, la chica que lava la ropa blanca, que conoce sus más íntimos secretos desde hace años, también llora. El panadero llora. La cocinera no. A ella le tiene sin cuidado. Ya estaba pensando dejar a esta italiana insoportable para irse a trabajar con la otra Moncada. Rebota desde hace años de una casa a la otra, va y viene, en ningún lado se encuentra a gusto, alternativamente la cortejan, cuando no la tienen la persiguen y adulan para luego regañarla y fastidiarla cuando está con ellos. Los hermanos se la pelean: guisa como una diosa (siciliana), pero qué malos modos, qué carácter, que del todo insoportable, y luego encima con un carajo esta manía maldita de servir la comida sobre pan, no hay quien soporte que siga amarrada a la vieja costumbre de servir los guisos en una cama de pan corriente —que luego tira a la calle para que lo recojan los miserables—. Como esto, más; tiene carácter de cocinera, todo la enfada. Por ella, que se muera dos veces el señor Fabrizio. Si estuviera donde su hermano Luis, otra cosa: lloraría por él y de qué manera, no habría mejor plañidera en toda Sicilia. Pero estando bajo su techo, ¡puag! ¡Que se pudra!

Para este entonces, toda la ciudad sabe ya la historia. En cualquier lado se habla de esto, se murmura, se conjetura, es pasto de chismes, agrandan las nuevas, las visten con detalles. Cuando llega al virrey Marco Antonio Colonna —capitán de la flota pontificia en la batalla de Lepanto, el mismo que no supo contener las camorras desatadas entre los ejércitos italianos y españoles en Mesina, el que por torpeza hizo ahorcar a un soldado español, alebrestando a todas las tropas hispanas, y para acabarla de amolar puso velas negras en señal de luto por la muerte de la hija, causando entre los mesinenses (muy dados a las supersticiones, como buenos sicilianos) las peores habladurías—, la noticia de la muerte de Fabrizio Moncada ha engordado lo suficiente como para alarmarlo de verdad. Está entre dos frentes: los nobles sicilianos —y en éste las facciones enemigas a la Corona— y Sofonisba, su amistad con el rey es de sobra conocida por Colonna.

Frente a la tragedia, la única distracción en la ciudad ha llegado a bordo de la flota hispana. Es una mujer. Viene acompañada de dos músicos y cuenta en lenguas extrañas unas raras historias. No faltan africanos en la ciudad, negros y blancos, y todos corren a oírla. Dicen que baila mientras canta y que cuando canta en realidad está contando la historia del monarca que dio al reino de Songhay sus mejores años. Y dicen que como gran *yeseré* ella sabe invocar los espíritus de los ancestros, y al mismo tiempo que la admiran le tienen miedo. Para ellos la muerte de Fabrizio pasa desapercibida.

Sofonisba vuelve a las preguntas, ahora no en voz más alta: ¿es cierto que los atacaron?, ¿de verdad eran piratas? Seguramente sí, la mentira es demasiado gorda como para hacerla pasar completa, alguien debió por lo menos pretender atacarlos. Está por confirmar el resto de la versión: el aspecto de las galeras, si hubo cañones y balas sobre ellas. ¿Es que los contrató don Carlos de Aragón para fingir un ataque que no se consumaría, y de esta manera cortarle el cuello a Fabrizio? Todo se puede fingir. Pero al final se termina por saber que esto y lo otro eran fingimiento. No puede ser que haya sido teatro puro. No, no, es ir también demasiado lejos. Si de verdad está muerto, ¿lo asesinaron manos traidoras, que después contaron la fábula del ataque para limpiarse de toda culpa? ¿O fue simplemente que no lo ayudaron a salvarse, que murió por no tener cerca una mano amiga, sino varias voluntades enemigas? Porque que eran enemigas, ni hace falta decirlo, esto lo sabe todo Palermo desde antes. ¿Verdad? ¡Verdad!, le dicen las criadas y los amigos que la visitan, ¡verdad, verdad!, atizando el fuego.

No cree que Fabrizio esté muerto y lo declara a los cuatro vientos. No le importa quedar mal con el duque de Terranova ni con el conde Camarata ni con toda esa punta de mierdas que le han robado al marido. Si no le traen el cuerpo es que no está muerto. Va a reaparecer y se sabrá la verdad. Sofonisba escribe una nota al virrey. Pierde la mesura, quiere contratar una galera e ir a buscar al marido. El virrey lo lee y cree que se ha vuelto loca. Sofonisba piensa también, pero esto no lo escribe, que tal vez negociaron con los piratas la persona de Fabrizio a cambio de las de los otros, junto con todo su cargamento. Si es el caso, el rey sabrá pronto de él, no tardarán en pedir su rescate a la Corona. O a la familia, que no dará un quinto por él; de todas maneras lo sabrá el rey.

Sofonisba está convencida de que lo traicionaron. No quiere hablar con nadie. Fabrizio Moncada no está muerto.

Sofonisba escribe a Asdrúbal, su hermano, y al rey, informándoles. Incluye en sus cartas todas las dudas y preguntas que ella se ha hecho a sí misma. La situación es tensa, está por ponerse terrible, no se ve claro nada, puede ser que Fabrizio esté muerto o simplemente desaparecido.

Marco Antonio Colonna sabe que el asunto es en extremo desafortunado, y no porque le importe un bledo Fabrizio, pero sí los Moncada, sus enemigos, y Sofonisba. No puede tomar partido, no puede dar por hecho que la palabra del duque de Terranova es falsedad. Ha hecho testificar a dos galeotes, los desamarraron del remo, caminaron por la ciudad como dos andrajos, los niños les arrojan piedras, las mujeres se apiadan de ellos. Tienen los tobillos llagados por las cadenas, los músculos recios, las carnes secas, son flacos pero no esmirriados, caminan tambaleándose, hacía cuánto que no estaban de pie; apenas pueden abrir los ojos, que el mismo tiempo llevaban viviendo en las tinieblas; las barbas largas, los cabellos larguísimos, en la sentina no hay barbero. Les dan de comer antes de presentarlos al virrey. Alguno tiene la idea de ofrecerles también vino para soltarles la lengua. Los galeotes dan cuenta a Colonna de la muerte de los suyos. Detalladamente, hasta impacientar al virrey, relatan qué ocurrió en el viaje, la historia para ellos fue otra, parecerán hombres arruinados pero son fabuladores de primera, y la revuelta de los galeotes se convierte en sus labios en una épica heroica. Que si hubo piratas, les tiene sin cuidado. ¿Y Fabrizio Moncada, quién era ése?

Los devuelven al barco, condenándolos a más años de remo y cadena por revoltosos, alebrestados. Los niños les echan piedras, les escupen, altaneros. Envalentonados, contestan con improperios, son los mismos, pero mentir los ha dignificado, se exhiben sin pudor, parece que bailan, brincan; la gente a su vez también sube de tono, les avientan baldes de basura, ellos gritan procacidades, el populacho les responde con otras, van armando un alboroto, son la fiesta del pueblo. El dueño del circo los ve, los sigue al barco, ofrece pagar por ellos, quiere llevárselos para exhibirlos peleando contra el león, la ciudad ya los vio, los querrá ver más. Los bautiza: Damocles y Temístocles. ¡Bonitos nombres para los moriscos! ¿Cuándo iban a imaginar estos granadinos que acabarían de pasto de leones en Sicilia? Porque el empresario en breve los ha comprado. Soborna al del fuete, el del rebenque, le paga unos pesos, suplen a éstos por un par de infelices quiensabequienes. Corre la voz, y tras ella la gente a verlos al circo.

Sofonisba insiste en sus notas al rey: deben enviar a buscar a Fabrizio. El virrey, a su vez, insiste en verla. Por fin ella acepta y hablan. El virrey le dice muy claro:

—Sofonisba, acepte mi consejo: por más doloroso que sea para usted, delo por muerto, no podrá recuperar su dote si no lo hace. *Le conviene* tomar la versión que da el duque de Terranova. Le está haciendo un favor.

—Pero usted sabe que es mentira.

—No puedo poner la palabra del duque de Terranova, la del conde de Camarata, la de los otros acompañantes nobles, en entredicho. Lo que aquí interesa es que le hago esta recomendación en seña de amistad.

No le miente el virrey Colonna, quiere tenerla de su lado, pero tampoco quiere enemistarse con la nobleza de la ciudad.

—Voy a hacer algo para satisfacerla. Pero oiga por favor mi recomendación.

Alentada por el virrey, la ciudad toma cartas en el asunto, envían a la isla de Capri una comisión a investigar si hay alguna noticia de Fabrizio Moncada. Regresan con la nueva: encontraron allá su cuerpo, lo traen en el barco. Ya se viene pudriendo. Se fue a estrellar con las rocas que están al pie del castillo de Capri. Las gaviotas le sacaron los ojos, lo picotearon de lo lindo.

El virrey escribe al rey.

Funeral. Honores. Los Moncada cargan a Sofonisba todos los gastos. Ella pide le devuelvan su dote. La ignoran. No llegan los pagos del rey —que de hecho ni siquiera han salido de sus vacías arcas.

Escribe a diario cartas cada día más desesperadas. "Ayúdenme a salir de Sicilia. Mi situación es en extremo incómoda. La familia Moncada no quiere devolverme la dote, la ley manda que, si el marido muere, la dote regresa a la mujer —excepto el cuarto, estipulado así desde un principio, ése resta en los bolsillos de los deudos sanguíneos—, ¿por qué no la respetan? Así ha sido desde que llegamos a Sicilia, bregar contra estos Moncadas que tan en poco aprecio tienen… tenían a Fabrizio. La madre lo adora, pero ésa no despierta ni un minuto del sueño senil".

¿Sabía Felipe II, el llamado prudente —aunque en realidad era más bien indeciso, detestaba decidir, de ahí su empecinada negativa a atender asuntos en persona; prefería todo por escrito; o dejar que el secretario tomara cartas en el asunto y sólo le pidiera un visto bueno—, cuando tomó la decisión, a qué lugar estaba enviando a su Sofonisba Anguissola? Años después, en los noventa, en un memorándum dirigido a él, escrito por el obispo de Patti, el rey subrayó esta frase: "Por ser los sicilianos naturalmente inclinados a pleitar", y a su lado escribió con su propio puño: "Ojo, que conocidos los tengo, y quanta verdad es lo que aqui se dize".

Sofonisba le escribe: "No tengo dinero para viajar, ni soñar con recuperar la joya empeñada, el anillo de diamantes que me regaló la familia real —por delicadeza, no restriega que fue del príncipe Carlos por no molestar al rey con enojosos recuerdos—, no me voy a ir de aquí sin él". Buscando cómo resolver este enojoso asunto, envía cartas incontables y gasta las suelas de sus zapatos yendo y viniendo al palacio del gobernador. En una de esas idas y venidas, ve a lo lejos a la africana formidable que arribó al mismo tiempo que la mala noticia de Fabrizio.

Agita sus faldas, cantando y bailando. Recuerda aquella carta de Renzo que recibiera años atrás en Cremona, cuando fue a visitar a Miguel Ángel. Por esto, se acerca a escucharla:

En donde se reproduce la última parte
de lo que Magdalena cantó aquel día

El rey Sey y su gente se preparan para rezar.
Mamar viene de encontrar al que es su padre,
un yinn, un espíritu, él gobierna el otro mundo,
el que está abajo, el que nos desconoce;
el mundo grande que ahí vive.
Le ha dado un caballo blanco,
le ha dado dos lanzas y un escudo.
El rey Sey está con su hija
y sus dos hijos varones, van a rezar.
Están rezando cuando Mamar se acerca.
Le dicen: "¡Detente, tú! ¿Quién eres? ¡Espérate!
Un príncipe de otro lugar viene a rezar con nosotros.
Un príncipe que no es de aquí viene a rezar con nosotros".

El caballo galopa suavecito, suavecito se acerca.
De pronto, les queda a la vista,
inclinándose hacia el frente desde la silla de montar.
Hasta que,
hasta que,
hasta que toca la alfombra sobre la que están rezando,
roza la alfombra en que rezan el rey Sey y sus tres hijos,
el rey su tío. El rey que es el hermano de Kasaye, su mamá.
Ahí mismo tira de las riendas de su caballo.
Los que lo reconocen dicen:
"Se parece al pequeño cautivo.
De hecho, sí, se parece al pequeño cautivo de Sey,
su palafrenero, el que cuida los caballos del rey.

Se ve igual.
Se ve idéntico.
Este príncipe es idéntico al pequeño
cautivo del rey, el que le dio Kasaye
para que cuidara a sus caballos".

Regresó sobre sus pasos sólo para volver.
En su caballo blanco como un trozo de percal blanco,
dio vueltas alrededor del rey y su familia.
Hasta que,
hasta que,
hasta que trajo el caballo al mismo lugar,
otra vez de las riendas.
Al acercarse a la alfombra donde los hijos de Sey rezan
con el rey Sey que es su padre,
jala las riendas. Desenvaina su lanza
y perfora a su tío con ésta,
hasta que,
hasta que,
hasta que su lanza toca la alfombra donde el rey rezara,
traspasando al rey Sey.

Kasaye está entre la gente reunida ahí para rezar
y cuando todos se apresuran a atrapar a Mamar dice:
"¡Suéltenlo!
Déjenlo en paz, es Mamar, hijo de Kasaye,
Mamar es mi hijo, déjenlo ir.
El rey Sey mató a ocho de mis hijos.
¡Déjenlo en paz!".

Lo dejan ir.
Lo sueltan.
Retiran el cuerpo de Sey y Mamar viene a sentarse en la
    alfombra de su tío.

Rezan.

Se llevan a enterrar el cuerpo.

Así fue cómo Mamar tomó el trono de Gao.

Qué extraña historia, piensa Sofonisba, el hijo de la mujer hereda el reino, pasa el apellido, tiene el poder; no el hijo del hermano varón. "Más extraña sería si Kasaye la hermana tomara el trono". El canto de la *yeseré* tuvo en ella también un efecto peculiar, la alborotó, nada le trae paz, está fuera de sí, tiene otra vez perdida su serenidad.

Sofonisba necesita quien haga valer sus derechos para poder salir de Sicilia. Todos sus bienes están en manos de los Moncada. Por fin llega la respuesta del rey, en las manos de dos emisarios, son dos embajadores que viajan rumbo a Orán. El rey quiere a Sofonisba de vuelta en Madrid. Está por empezar la decoración de la basílica real de El Escorial, nada le daría más gusto que contar con ella para formar parte del proyecto artístico más importante de su reinado. Regresar a Madrid: es una invitación, puede que también sea una orden. Con la carta, la Corona ha enviado dinero suficiente para recuperar la joya empeñada y para pagar el viaje de Sofonisba y su menaje; no más, aunque promete que ya lo habrá; las arcas españolas están, según costumbre, vacías. Los dos hombres que acompañan la posta real traen el poder del rey, en teoría pueden obligar a los Moncada a devolver lo que es por justo derecho de Sofonisba: las joyas, los muebles y sus ropas. Pero en la práctica lo que pueden hacer es *recomendar* a los Moncada que devuelvan lo que pertenece por ley a la viuda. La respuesta a esta recomendación es que no tienen un céntimo. Prudentemente, conversan con banqueros sicilianos que quieren quedar bien con el rey, los Moncada se enteran, entregan a regañadientes una porción, diciendo que en un año darán lo demás. Aquí detienen las negociaciones. Ya obtuvieron algo, de hecho más de lo que pensaron que iban a conseguir. No deben irritar *más* a los nobles Moncada. Sofonisba se irá de Sicilia sin recuperar el resto de lo que el rey ha pagado de su dote y que le pertenece. Los hombres del rey obedecen las instrucciones que traen de Madrid. El rey ha dicho, le dicen, que si Sofonisba se vuelve a casar, él la volverá a dotar. Y que, mientras esto ocurra, debe residir en la corte, donde se le dará su lugar debido, de pintora genial y de noble leal al rey.

Con Asdrúbal ha cruzado ya correspondencia. "No puedo, querida hermana, viajar a Sicilia para ayudarte a salir del aprieto". Alega que no hace ni dos años que la ha ido a visitar, para lo que tuvo que pedir al Consejo de la Ciudad un salvoconducto, y que no está en posición de volver a emprender el viaje. Por el momento su apoyo reside en recomendarle volver de inmediato a casa, donde la necesita su madre. Los Anguissola quieren de vuelta a su hija favorita, la que les ha traído una renta fija con el pago generado por los impuestos reales de los vinos menores de Cremona, ahora les traerá otra segunda, y confían también en el importe de su dote, creyendo que los Moncada no serán tan frescos como para birlársela. No lo aconseja la avaricia sino la necesidad, Asdrúbal ha abierto una botica, siguiendo un poco los pasos del padre, pero, como éste, no tiene ninguna habilidad comercial. Sofonisba debe ayudar a la familia.

Los hombres del rey saldrán de Sicilia rumbo al sur. Apenas arreglen el asunto de la artista en Sicilia, irán como una embajada real a Orán. Son dos porque dos son necesarios para lidiar con los nobles sicilianos y porque dos impresionarán al pachá como un gesto de fasto en el correo. Dos para vigilarse el uno al otro. (Lo que la Corona no previó es lo que pasaría en el África: se quedarán, entre ensoberbecidos y mimados por el lujo de esa corte, hasta que envíe el rey un tercer mensajero a reclamarles su regreso, un jovenzuelo pobretón, su nombre es Miguel de Cervantes, pero para esto falta tiempo.)

Los dos emisarios del rey esperan en Palermo hasta ver salir con bien a Sofonisba. Hacen bien. Es como arrancar un trozo de carne de una jauría. Porque desde su llegada a Palermo, Sofonisba ha sido objeto extremo de atención en los círculos más selectos de la alta sociedad, ha perturbado la vida de la corte siciliana y alterado la vida de los artistas y pensadores. No porque ella sea de las que traen problemas o acarrean tempestades, todo lo contrario. En la casa de la reina Isabel de Valois sobraban conflictos —entre las españolas y las francesas, entre las francesas y las francesas, entre las españolas y las españolas, porque el ambiente era como el de un barco sin timón, la reina no podía llevar el mando—, y nunca fue Sofonisba un motivo de éstos. Lo contrario: atemperaba enfados y enojos, serenaba los ánimos. No ponía orden, no, para no provocar más tensiones. Se hacía al margen cuando era lo conveniente, intervenía cuando esto reducía los alegatos o calmaba un pleito. Jamás añadió tensión a la inestable situación de esa casa. Pero Palermo es otra cosa. Su simple presencia despierta encarnizadas reacciones. En su cuñada, por ejemplo, que veía el estilo de vida y la persona misma de Sofonisba como una amenaza. Que la visitaran todos esos letrados y artistas, que el virrey le tuviera tanta consideración, que tuviera tanto encanto; todas sus virtudes se convertían en defectos. Lo que hiciera Sofonisba lo interpretaba como arrogancia. La dote no había sido aún pagada en su totalidad, tampoco las rentas de Sofonisba fluían con regularidad; hacía diez meses que no había llegado un céntimo de Madrid. Para empeorar las cosas, los malos manejos financieros de su marido los habían puesto en una situación muy difícil. Por esto Fabrizio había abordado la galera del duque de Terranova, para presentarse a cobrar siquiera algo. Además de empeñar la joya de Sofonisba, debían dinero a otro prestamista, al sastre, a la costurera, a una media docena de comerciantes, a los criados. La cuñada le echa la culpa de todos estos problemas económicos a Sofonisba, absurda e injustamente, convencida de que la artista es avara, que cobra fortunas por sus lienzos, como sus colegas varones; da por hecho que está sentada en montañas de oro y que las esconde, forzando al imbécil de Fabrizio a vivir de prestado. Lo cierto es que Sofonisba revolvía el precario balance de poder en la familia, y que ni ella ni Fabrizio querían tomar el cetro, lo que sólo alborotaba más los ánimos.

Esto, adentro del seno familiar. En la corte, también jugaba un papel irritante. Era la amiga del rey de España. Algunos decían que incluso su amante, un infundio que llegó a sus oídos, por lo que pintó un número importante de vírgenes para que se supiera que ella era una mujer honorable y muy católica. Eran unas vírgenes esmirriadas, en exceso dulces, muy poco Sofonisba, hechas con su pincel maestro pero carentes de su sabor característico, porque eran sólo su escudo. Con quienes tenía menos fricciones era con los simpatizantes de Valdés, los que deseaban conciliarse con los reformistas y consideraban que la Iglesia debía limpiar sus instituciones. Pero incluso en este círculo algunos desconfiaban de Sofonisba por razones obvias, su proximidad con el rey y la intolerante Juana de Austria.

Los aristócratas la despreciaban y la temían. No provocaba admiración sino desprecio. Sus colegas sí respetaban su arte, había un número importante de pintores en Sicilia, también entre ellos hacía olas Sofonisba, acarreaba muy a su pesar tempestades. Porque Sofonisba tenía *demasiadas* conexiones. Y lo que no les cabía en la cabeza era que no ocupara el lugar de gloria que ella merecía. No ganaba un céntimo por sus magníficos lienzos, no era una rival: sólo por esto le perdonaban la vida. Si los hubiera vendido, tal vez la habrían matado a ella antes que al marido. Pesaba demasiado entre ellos el hecho de que fuera mujer. Por esto había los que la llamaban "listilla", "siempre se sabe acomodar en el lugar apropiado", corrían chismes de todo tipo, que si Campi la había corrido del taller, que si Miguel Ángel le había corregido los dibujos por quedar bien con su padre, "un poderoso cremonense". ¡Qué de mentiras para expresar la tirria que despertaba en ellos una mujer genial!

Cuando se anuncia su salida inminente, los ánimos se exaltan más. Los pintores creen que es una traición que deje Sicilia, se dan por ninguneados. Los jóvenes sienten un desamparo, los maduros y viejos amenaza, es mejor tener cerca a la rival femenina donde creen que pueden hundirla. La colman con peticiones de cartas de recomendación, que Sofonisba se esmera en escribir. Le piden consejos. Los pensadores, los ilustrados, la visitan también, discuten frente a ella hasta altas horas de la noche. Necesitan decírselo todo antes de que se vaya. La familia Moncada ha arreciado la furia contra ella, sobre todo por motivos económicos. Devolverle lo que han recibido de su dote será su ruina. Los cortesanos están convencidos de que los traicionará, de que irá con el cuento al rey de que no han sido favorables, ni a la Corona ni a ella. Y la agobian con entrevistas, visitas, escondidas recriminaciones, amenazas veladas, lambisconerías, imposturas, mascaradas.

El palacio del rey será desalojado. Esto también enfurece a la cuñada. Sí, irracionalmente, pero la enfurece. "Si esa inútil hubiera tenido un hijo, sería nuestro, de los Paternò". ¡Está soñando! Pero a saber: tal vez sí, si Sofonisba hubiera tenido un hijo, el rey se lo habría regalado. Lo que no pasaba por la cabeza de la cuñada es que de haber habido un hijo de Fabrizio, los propios perderían parte de la herencia de la abuela porque así estaba estipulado en su testamento.

Sofonisba no se toma ni un día más de los necesarios para preparar su partida. Tiene muy en cuenta que el rey querría verla de inmediato en España, que le debe a él poder dejar Palermo, pero ya lo decidió: se enfilará hacia Cremona. Enviará un correo al rey informándoselo al tocar Génova, aducirá la salud de las dos Blancas, abuela y nieta, sobrina y mamá. No quiere volver a la corte. Es viuda, tiene casi cincuenta años —o un poco más de cincuenta años, dependiendo de cómo llevemos la cuenta—, otra vez viste de negro, como cuando estuvo en la corte de Isabel, o como cuando dejó Cremona, sólo que ahora ella es mayor de lo que era su mamá cuando dejó su ciudad. No la ilusiona en lo más mínimo la vida de la corte. No quiere pasar sus tardes jugando barajas o dados, ni viendo cómo otros las juegan, ni participando en montajes de escenas insustanciales, pintando escenarios a las prisas para darle marco a un enigma, entretenimientos para combatir el aburrimiento de las cortesanas. Ya no quiere perder el tiempo en juegos de niñas frívolas. Las intrigas no le apetecen tampoco, de esto tuvo de sobra en Palermo. Basta. Quiere pintar. Más bien *necesita* pintar. Quiere estar cerca de su mamá, ver crecer a Blanca su sobrina, regresar con los ojos —que son la vida del pintor— a la infancia. No va a instalarse otra vez en la corte en Madrid, eso lo tiene decidido, cueste lo que cueste. El rey lo comprenderá. Encontrará alguna corte italiana si tiene problemas económicos. Si Asdrúbal fuera suficientemente hábil, no tendría por qué pasar ninguna zozobra, pero ese hermano es como un balde sin fondo. Tiene las manos más agujeradas que un Cristo, el dinero se le escapa, no puede manejarlo, hacerlo crecer.

Un año y ocho meses después de haber enviudado, Sofonisba embarca en una galera que saldrá rumbo a Génova con su patrimonio, muebles, tapices, sus joyas, algunos de los lienzos que pintó en Sicilia, un número considerable, los más con temas religiosos. Cuando llega al muelle, lo encuentra lleno de africanos. Han venido a despedir a la *yeseré* que anduvo por Palermo, va rumbo a Italia, aborda otra de las galeras de la flotilla. Cantan palmeando sus manos, agitan sus togas, son un espectáculo único. Antes de salir, desde su cubierta, la *yeseré* baila y canta meneando sus vistosas faldas. Sofonisba vuelve a recordar aquella escena que le describió años atrás Renzo, antes de que ella dejara Cremona. Renzo. El bello Renzo. Y recuerda lo que la *yeseré* cantó en Palermo, y trata de entenderlo. Ya a bordo, mientras terminan de subir los pasajeros, mira el puerto. Quiere despedirse de Sicilia con el mejor ánimo, decirle adiós sin malos sentimientos. No es ave de temporal, su fuerza está en la serenidad. Pero su ánimo está, en la medida en que esto es posible en ella, con las aguas revueltas. Europa su hermana acaba de morir, lo que ha sido un enorme pesar. Con su muerte la revisita el dolor de las pérdidas anteriores, la de Minerva —se lo dice sin pesar: era su predilecta—, la de Elena —enterrada en vida y en muerte en el convento—, la de Lucía, la de Amílcar, la de Antonietta, la de los Klotz, la de Renzo. Le alegra saber que hay niño en casa, la ya dicha de Ana María, la hermana menor; Blanca Shinchinelli, su primera hija, en alguna medida la compensa, "pero no gran cosa, no la conozco, con ella no voy a tener nunca lo que viví con mis hermanas".

Quiere reconciliarse con Sicilia en estos momentos de adiós. Desde la cubierta, observa el puerto, con los ojos abiertos recuerda lo mejor de sus años sicilianos, la compañía de Fabrizio, que tuvo cierta gracia, los paseos con él, las reiteradas visitas a Paternò; borra los pleitos, los enfrentamientos, los conflictos; dice adiós al palacio que les asignó el rey, bellísimo, donde tuvo espacio y tiempo para pintar, donde por primera vez también contó con asistentes que la ayudaran con pinturas y telas. Deja su último pensamiento para sus amistades, no fue difícil encontrarlas, en Palermo se han concentrado un buen número de hombres de letras que debaten con gran libertad, ha sido muy estimulante escucharlos —aunque no siempre muy santo ni muy apropiado para los oídos de una amiga del rey de España, sobraban los comentarios irrepetibles, "estarán embelleciendo la ciudad, pero por los huesos de santa Rosalía que nuestro sistema jurídico se ha ido a la porra con los castellanos, ni qué decir que el país entero está abandonado y que todos nuestros recursos van a dar a su bolsillo sin fondo", entre otros muchos.

El adiós no le devuelve el alma al cuerpo. Sofonisba se siente como sin piel. Cuando entró el cadáver de Fabrizio a Palermo, tuvo una reacción cutánea, se llenó de marcas rojas, le ardían más que picarle, no encontraba alivio. Su marido había llegado sin ojos, a medio pudrirse. La sensación en la piel le duró un par de semanas, el tiempo de los servicios fúnebres y los primeros trámites de un largo proceso engorroso que aún no puede dar por cerrado. Aunque las marcas rojas han desaparecido, y no siente ya ningún ardor o picazón, siente su piel distinta. Le han salido unas arruguitas alrededor de los ojos. Y —el espejo no miente— alrededor de sus mandíbulas los músculos y la piel han comenzado a relajarse. Se siente diferente. Quiere pintarse, hacer un autorretrato, observarse y embellecerse. Pero ahora no hay tiempo.

La galera genovesa en que viaja es mucho más cómoda que las otras que ha tomado Sofonisba, es más rica, con un espacio idóneo para pasajeros. El capitán, un joven encantador, Orazzio Lomellini, tiene un don especial. Su galera capitana es muy hospitalaria —excepto, por supuesto, para los galeotes, atados allá abajo; pero incluso en esto ha tenido cuidado, al llegar a puerto hace limpiar la sentina, vaciándola de todos los desechos, de modo que son un poco menos apestosas que las mercantes o las militares.

Pero la joya de las galeras es el capitán. ¡Qué persona! Inteligente, cultivado, elegante, bello en todos los sentidos. ¡Y su risa! Se ríe dulce y picarón. Pasan dos días y Sofonisba se ha convencido de que no hay un hombre más culto, gracioso, varonil, incluso sensual y redomadamente divertido en toda la madre tierra. Ya se siente mejor, ya no está pelada, sin piel. Le ha vuelto el alma al cuerpo. Se siente mejor de lo que se ha sentido en años. Está feliz. Sofonisba se ha enamorado de Orazzio Lomellini y por suerte también el capitán de ella.

No es precisamente cierto que el amor sea ciego. El enamorado sí ve, lo que pasa es que su visión no tiene los pies en la tierra. La volada de Sofonisba tenía un punto de partida firme: él la miraba con ojos de adoración. Le pidió cientos de veces le volviera a enseñar los lienzos con los que viajaban. Él ya conocía algunos —de hecho él transportó retratos de una familia noble en Mantua que Sofonisba pintó años atrás—, creía, porque lo había oído decir a otros y por su propio juicio, que no había otro artista mayor que Sofonisba Anguissola. Lo llenaba de orgullo transportarla. Y era tan bella (se decía) y tan especial (se decía), y sabía tantas cosas y era tan divertida, y qué sentido del humor, y había sido dama de la reina de la paz y era de Cremona, que a él le gustaba tanto. Dos veces había ido a encargar instrumentos, un clavicordio para su padre y una viola que era un pedido especial del músico predilecto del virrey, cuando era un muchacho, y lo tenía rendido. Conoció al viejo Klotz. Sofonisba le confía su historia con Renzo, y le cuenta que su padre no le permitió casarse, "porque no era de mi condición y por no darme dote, por querer guardar todo el patrimonio de la familia para Asdrúbal, por creer que de mi pincel sacaría con qué casar a todas mis otras hermanas. Sólo se casaron dos, Europa y Ana María. Lucía murió muy joven, Elena fue a dar con sus huesos a un convento porque las dominicas la aceptaron haciéndole un favor a Gerolamo Vida, que era amigo de mi padre, llevó bajo el brazo sólo tres lienzos que ella les pintó, luego... ésa es otra historia, que me enfada sobremanera, ya te la contaré, también tiene que ver con Renzo.

"Murió de tristeza. Minerva, ¡Minerva!, murió también, era la menor, excepto Ana María. Escribía, ¿sabes? Asdrúbal es el quinto de la familia, el primer varón y por ello el predilecto de papá. Asdrúbal es una cosa algo enfadosa. La vida que yo llevé, dejar a mi familia, no casarme, fue para que él tuviera con qué casarse bien y diera continuidad a los Anguissola descendientes de Amílcar, la ilusión de mi papá. Pues bien: no se ha casado, no pinta que se vaya a casar nunca".

Sofonisba cambió el tono de su voz, dijo casi en un murmullo: "Si yo fuera madre, ni loca le daba a mi hija. ¡Y menos un solo décimo, ni un pedacito de moneda! Yo, como soy su hermana, le doy, qué más puedo hacer: él lleva la renta que el rey me donó cuando entré a su servicio, los impuestos de los vinos menores de Cremona son nuestros, de los Anguissola. Los cobró Amílcar mi padre, ahora los cobra Asdrúbal. Le hacen mucha falta".

Pasan las horas charlando. Orazzio se levanta muy temprano, sigue la rutina de navegación, tiene un ojo en todo. Pero encima de lo que debe ver está Sofonisba. La mejor del mundo, pintora milagrosa, mujer magnífica, discreta, bella, divina… De tanto decirse a sí mismo cosas de Sofonisba, va quedándose sordo, deja de oír, luego deja de decir, ya no juzga, está embelesado.

Orazzio le confió todo, como si de pronto hubiera encontrado en medio de la mar océana a un amigo entrañable. Le contó del hijo que tenía fuera del matrimonio, de la malhabida historia con la madre del chico, de su pasión (se la describió con pelos y señales), del hermano que tuvo y que perdió en la batalla de Lepanto, de su madre medio loca cuando él murió, de su padre perdido en el África, buscando minas de oro que nunca aparecieron. Le habló de sus viajes, de cómo había ido haciendo su flotilla, de cuando transportó a qué importantes. Sobre todo charlaba al llegar la noche, sobre cubierta, mirando al mar, el uno muy cerca del otro, bañados de luz de luna, iluminados por las estrellas y su reflejo en el agua. No le faltaban anécdotas. "¡Qué conversador!", se decía Sofonisba, "¡qué delicia!".

El mar les fue favorable. Los vientos les fueron favorables. A medio viaje descubren que a los dos les gusta el ajedrez. Empieza la partida: pero en ésta, la pasión no será aportada exclusivamente por la dama. Frente al tablero, él tiene la idea primero:

—Vamos a casarnos. Tú eres viuda, yo soy soltero. Quiero pasar contigo el resto de mi vida.

Pero el matrimonio no es para habitarlo de pasiones, es para hacer alianzas, encontrar un lugar en la sociedad, refrendar posiciones. Sofonisba se lo dice. Él le contesta:

—¡Mira quién habla! El burro hablando de orejas. ¿No querías casarte con Renzo Klotz? ¿Y sabes qué? Tenías toda la razón. Si no habitas el matrimonio de gusto y de pasiones, no tiene el menor sentido. ¿Quién quiere vivir a diario en un cascarón vacío? Pero supongamos que te obedezco. Cierto: no es por pasión. Cásate conmigo. Me convienes, pajarita marinera, me conviene tener por esposa a la más grande pintora de este siglo, la que tomó el cetro de las manos de Miguel Ángel. Quiero casarme contigo. Tú eres tu propia dote. Nos casamos.

La partida de ajedrez continúa sobre el tablero. Los dos contendientes tienen la misma habilidad, son iguales, ¿quién puede ganar? Cambian de mano una y otra vez, nadie pierde ni gana, son iguales. Por lo mismo, Orazzio Lomellini y Sofonisba Anguissola arden de amor, el uno por el otro, y los dos por los dos y por sí mismos. Qué deliciosa pareja. No hay la más mínima sombra de incomodidad, todo es gozo, alegría, serenidad y pasión por la vida. Una súbita intimidad nace entre ellos. Son íntimos amigos.

—Tengo que hacerte una pregunta, Sofonisba. ¿Te gusta hacer el amor?

—¿Cuál amor?

—El amor, el carnal. Follar.

—¡No!

—Vamos a estar en problemas. ¿Lo has intentado?

—Dos veces, con mi marido. ¡Fue horrible! No sé qué le ve la gente a esa gimnasia. Es un mal trago. Bueno, la verdad es que ni siquiera pasamos del todo el mal trago. Comenzamos a apagarnos, y luego ya no pasó. Hicimos la gimnasia, le probamos el sabor, nos repugnó y nos fuimos corriendo. Bueno, no corriendo. Despacito. Ni siquiera lo hablamos. Nunca hablamos del tema. Lo dejamos de lado.

El hermano de Fabrizio tenía razón: ahí no se había roto un plato. Nuestra virgen seguía siéndolo. Orazzio la tomó de la mano y casi se rio.

—¡Dos veces y ninguna! No hay de qué hacernos líos. Conmigo sí te va a gustar. Es cosa de tener paciencia. A mí tampoco me gustó las dos primeras veces. Sentía disgusto hasta de mí —se rio—. Mi propio cuerpo me daba ascos. Luego, ¡va! ¿Has oído el dicho? En comer y en rascar, todo es empezar. Pues más todavía en follar. Me vas a pedir: "Dame más".

Sofonisba se ruborizó. Nunca había hablado con ningún hombre de esto. De hecho, nunca había participado en las conversaciones en que otros hablaban del tema, les encantaba a las damas del palacio, usando velos hablaban de esto. Vamos, ni con la reina niña, la había oído describir "el acto", era la palabra escogida por ella, como algo verdaderamente espantoso (lo saben todos, escribe el embajador francés: "La constitución del rey causa grandes dolores a la reina, que necesita mucho valor para evitarlo…"). Sofonisba no pensaba en esto. Cuando la visitó el haz de luna tocado por orines de Magdalena, no pensó en "el acto". Tampoco después de haber pasado por "ese mal trago". La suerte es que no le interesaba tampoco a Fabrizio. ¿Y para qué, si no iban a tener hijos? Ya no era joven. Todavía menstruaba, sí. Cuando enviudó, cuando las manchas rojas se le presentaron en la piel, se le interrumpió la menstruación, con la mala suerte de que regresó exacto a medio camino de este viaje en galera. Muy incómodo, pero el servicio se encargó de los inconvenientes.

Orazzio le había sacado de la boca toda información posible. Supo hasta de aquella noche en el balcón y sus resonancias físicas, que las hubo.

Están locos el uno por el otro. Sofonisba intenta calcular con la cabeza fría, pero hasta en frío lo encuentra perfecto, perfecto. Por fracciones de segundo piensa con un pie afuera de esta emoción: "¿Pero por qué? Es un escuincle, tiene veinticinco años menos que yo, es un marinero, no un intelectual…".

Pero Sofonisba sabe que no es cierto. Orazzio Lomellini es el hijo primogénito de una ilustre familia de Génova, es un hombre apuesto, es rico y noble, no es un latinista pero es un hombre muy educado, y sí es muy joven. Así que contraviniendo las costumbres de la época, pero no sin los pies en la tierra, a pesar de la diferencia de edad deciden casarse por amor. Quieren estar el uno al lado del otro, vivir juntos.

El viaje se les hace corto. En Génova se hospedan en la misma posada, un sitio encantador frente al puerto donde suele hospedarse el capitán Lomellini en lo que finiquita los asuntos de sus llegadas antes de ocupar la casa de su familia.

Prolongan su estancia ahí porque —también contraviniendo todos los gustos de la época— pasan largas horas juntos, en total privacidad, antes de casarse. Sofonisba mintió a diestra y siniestra, y a diestra y siniestra repartió besos y caricias, las dos cosas por primera vez en su vida. Pidiendo ayuda con los impuestos de importación de su menaje, escribió al gobernador que se había indispuesto en el viaje, que se había mareado, que para reponerse reposaba en un convento. Lo mismo a su familia.

La verdad era que habían estado metidos en la cama días completos. Hasta que Sofonisba pasó de la curiosidad al goce, y del pequeño gusto al supremo.

Tenía esto con Orazzio, un deseo renovado, placentero, un gozo extremo, y continuaban siendo amigos, cómplices, hablaban de todo, se querían entrañablemente, se deseaban, se acompañaban, se dejaban solos cuando hacía falta. Sin esperar la autorización del rey, su amigo y protector, sin esperar la de sus familias —la Anguissola se la habría negado—, contraviniendo los usos y costumbres —pues en esos años una mujer nunca alcanza su total independencia, está atada a la de los varones de su familia, y en el caso de Sofonisba, al Varón Mayor del Imperio español, que era su tutor en justo derecho—, salen de Génova y se casan en la capilla de San Eufrasio en Pisa. De inmediato, Sofonisba escribe al rey poniéndolo al tanto de lo que ha ocurrido y dando sus nuevas señas. No dirán nada a sus familias ni a nadie más, esperando la respuesta del rey, y está pendiente además el pago de los impuestos de la aduana, que Sofonisba no puede cubrir, necesita se lo condonen. Por el momento están en Pisa, viajarán pronto rumbo a Génova.

Este libro podría terminar aquí: se casaron y vivieron inmensamente felices. Ya oímos el violín de Renzo. Ya perdimos a la virgen. Ya supimos que el hijo de Kasaye mató a su tío. Ya murieron casi todas las niñas Anguissola, Amílcar, Renzo, los Klotz, Ciro, el conde Brocardo, y hace ya muchos años Miguel

Ángel, con quien comenzamos esta relación. De alguna manera termina aquí. Lo que sigue no es libro, pero no podemos dejar ir a Sofonisba sin verla pintar la que será su obra maestra. Lo que sigue no es libro ya, es una coda.

Tercera parte

1582, en Génova. La pareja de recién casados se refugia unas
semanas en una casa de campo que tiene la familia Lomellini
en las afueras de Génova. En cuanto reciben el beneplácito
to del rey y están arreglados los asuntos de la aduana del
menaje de Sofonisba, difunden la noticia de su matrimonio.
Los Lomellini la celebran en el centro de la ciudad —su temperamento
peramento aplaude espontáneo la idea del matrimonio, les
conmueve lo amoroso, que ella sea tan famosa, que él sea
menor (y por lo tanto valiente), les gusta muchísimo, además
más no ignoran que Orazzio podrá sacar mucho provecho
para todos, la adquirida proximidad con el rey español los
halaga y satisface—. Pronto emprenden un viaje para visitar
las propiedades de los Lomellini y para ver amigos y relaciones.
nes. Cuando llegan a Génova, donde se instalarán a vivir, los
esperan correos, un nuevo contrato donde el rey le confiere
dote ("industriae, ingenii et sedulitatis a devota novis sincera
cera dilecta Sofonisba", escribe Felipe II), y con notas muy
amorosas los regalos de las dos princesas. Está el anuncio de
la próxima visita de la reina María de Hungría y una larga
nota recriminatoria de Asdrúbal —tanto a él como a su mamá
má les ha parecido muy mal lo del matrimonio, "tú no sabes
a lo que te estás exponiendo, y no tienes temor al ridículo: es
un joven veinticinco años menor que tú, ¿en qué estás pensando?,
sando?, serás el hazmerreír de toda Lombardía" (carta que

Sofonisba rompe apenas termina de leerla, no quiere que ofenda a su marido querido).

Había algo más, acompañado de una nota de un tal Cifuentes, amigo del conde Brocardo. La nota le informaba de que éste había muerto "en santa paz cristiana, arrepentido de todos sus pecados. Su último pensamiento mundano fue el amor puro que le profesó durante toda su vida a Sofonisba Anguissola. Su última voluntad fue que le entregáramos a usted el cofre sellado que acompaña esta nota". Ni que decir que el comentario de Asdrúbal queda sepultado bajo este otro arribo, no volvió a dedicarle el más pequeño compartimiento de sus preocupaciones afectivas. En el cofre del conde Brocardo dormía guardado el cuerpo de la correspondencia que Sofonisba enviara a Renzo desde su llegada a la corte española, las miniaturas que le pintó —autorretratos en su mayor parte—, las cartas que le escribiera Renzo a ella, un buen número de las de Elena, que Renzo le reenviara luego de leerlas, todas cubiertas con esos extraños dibujos, y los cuentos de Minerva, que Renzo había hecho copiar para Sofonisba. Todo esto arreglado escrupulosamente por la mano eficaz del celoso Brocardo.

Pasaron sus primeras semanas en Génova viendo que el *palazzo* en que habitarían acogiera las dos casas. Acomodar las dos en una no fue una empresa fácil, pero terminó armoniosamente. Contrataron a nuevas personas para su servicio. Una viene a cuento: una joven miserable, que no viene buscando servir sino amparo, llama a la puerta del Palazzo Lomellini. Pidió ver a "la señora Sofonisba, dígale que vengo en nombre de mi papá, el conde Brocardo, que tengo algo para ella". Sofonisba aceptó recibirla en el jardín. El anuncio le había incitado la curiosidad. Ese "maldito", como lo llamaba para sí, anteponiendo el adjetivo a su nombre siempre que pensaba en él, ¿tenía una hija? No le extrañaba, pero ¿por qué no se lo había comentado nunca?

La mujer se llamaba Berta, como su mamá. Traía consigo la carta de despedida que algún día le escribiera el conde

Brocardo a su mamá, en la que informaba a la infeliz de que dejaba Milán para ir a acompañar a "mi prima, Sofonisba Anguissola". La extendió a manera de presentación.

Cuando Sofonisba alzó la vista luego de leerla, ve en la joven la misma forma de la cabeza, los hombros un poco caídos del conde Brocardo. Sí, es su hija. ¡La pobre! Le repite la historia.

—Señora, gracias por recibirme. Mi mamá, que se llamaba como yo, Berta, trabajaba en la casa de la señora Brocardo, y él la engañó. Ella era una persona muy honorable, muy buena. Nunca se casó por culpa de él. No pudo regresar a casa de su familia porque estaba en estado. Le tuvieron piedad las monjitas de un convento, no le diré el nombre, entró a su servicio, ahí crecí, pero ha entrado una nueva abadesa que se niega a mantenerme. Llevo semanas vagando, tengo hambre, quiero pedirle su ayuda, no sé qué hacer. Esa carta es todo lo que me dejó mamá.

Ahora que lo decía, sí, parecía monjita. Por esto engañaba y no mostraba su idéntico parecido con el conde Brocardo, porque en ella todo es virginal. Sofonisba la tomó a su servicio. Era servicial, casi invisible. Había crecido en los pasillos, escondiéndose, seguía comportándose como la niña que nunca tuvo derecho a un juego. Ya encontrará su lugar en la casa. Escribe a la familia del conde Brocardo, informándoles de su existencia. Espera su respuesta. La mamá ya no vive, pero tiene una hermana.

La casa ya en orden, los esposos quieren volver a sus respectivos trabajos, Sofonisba a pintar, Orazzio navegará hacia Sicilia, encargado de una comisión real, aprovechará para finiquitar hasta donde le sea posible los asuntos pendientes de su esposa (no tiene mala relación con los nobles sicilianos, incluyendo los Paternò, está seguro de que él llegará a un arreglo conveniente para ambas partes). Sofonisba emprende la revisión del cofre. A solas lloró, rio, vivió en unas semanas lo que debería haber alimentado de un caudal sentimental su vida durante años completos. Porque todos esos años Sofonisba no vivió ninguna otra historia de amor. El conde Brocardo decía que la adoraba, y si al principio le creyó, con los años dejó de hacerlo, sabía con qué criadas tenía el dicho aventuras, oía decires sobre su comportamiento. Se había vuelto un ser que como un péndulo frenético mudaba de estado de ánimo creyendo pender siempre de su apego por Sofonisba.

Sofonisba vivió, pues, una vida leyéndolas. Otra vida, muy diferente a la que había llevado. Entendió más de lo que las cartas decían, midió la soledad en la que se había abismado Renzo.

Con él rio, disfrutó, sufrió. Lo extrañó de nuevo. Se enfadó por su adulterio —así lo llamaba él— con Magdalena. Pero su confesión era tan simple y tan franca que de inmediato lo perdonó. Más todavía: le tuvo compasión. El dolor espiritual desatado por los placeres carnales que había gozado con esa mujer era un castigo que el buen Renzo no merecía. Lo extraño de este castigo es que sólo pueda caer en quien no lo merece.

Con Elena dejó de reír demasiado pronto. El universo que creaban sus dibujos era temible. No se parecían a los del Bosco, que tanto gustaran a Felipe el rey, pero de alguna manera pertenecían a la misma familia. Con los años, estos dibujos se habían ido haciendo de tal manera violentos que ya no podrían provocar en nadie la más pequeña sonrisa. Asombro, sí.

Miedo, también. La risa dejó de tener cabida. Las palabras dejaron de tener cabida. Corrían por una pista de mudos y mutilados, de locos y espantados, de desaforados, exasperados, desesperados. ¿Quién iba a creer que el resto de las horas de sus días Elena llevara una vida apacible? Todo lo que decían sus dibujos era familiar al horror, a la locura, a la desazón. Era lo único que Sofonisba veía en ellos. Y no había más. Porque Elena no tenía ningún interés en cruzar cartas con ella. La rivalidad filial —si se puede llamar así a un territorio donde Sofonisba lo ganaba todo, desde el genio en la pintura hasta el bello

Renzo—, su confinamiento, lo que oía decir de los éxitos, viajes y glorias de Sofonisba, que sólo exacerbaban aquel primer sentimiento, la habían dejado ya sin un ápice de apetito por la hermana. Vio en el cofre que entre Renzo y Elena se fue estrechando un lazo. Elena era la virgen de Renzo, la que lo fue a todo lo largo y ancho de su vida, su devota más fiel. Elena no lo perdió nunca de vista, estuvo al tanto de sus zozobras y alegrías. Fue su compañera. Fue su par. Murió sin saber que él había muerto.

Sofonisba se pone a pintar. Hace un busto de Renzo. Seguido, diríamos que casi con el mismo brochazo, pinta un Cristo en la Sagrada Cruz. No será un Cristo muerto, sino un hombre vivo, un Renzo sin ropas, como ella lo imaginara. Su Cristo Renzo, Renzo crucificado, sacrificado para redimir a los hombres. Al terminarlo, pinta un tercer lienzo: el descendimiento de la Cruz. Evita poner a la Virgen o a María Magdalena a sus pies. Cristo (Renzo) depuesto es representado solo, lo cual agrega intenso patetismo. De él sólo aparece el rostro, el rostro inigualable del bello Renzo. El lienzo es intensamente triste. La Cruz le parece a Sofonisba como una cuna vacía. No resiste una tentación. Hace cuánto que quiere pintar a Elena. Pero no la pintaría como Magdalena o la Virgen, no. ¿Qué podemos esperar de Sofonisba, si ella es la antimagdalena, si ella no dejó los "pecados" de la carne para encontrar su verdadera devoción, sino que por lo contrario accedió a su vida erótica como la más grande adquisición de su vida? Sobre la Cruz, pinta una mujer con los brazos extendidos, la Crista, el torso apenas cubierto por un delgado velo translúcido. Una Crista joven, de treinta y tres años, bella, la cara como la de su Cristo, mirando el piso. El rostro aquí no es lo más importante. Pero ella sabe que esa cara es la de Elena. Sacrificada en vida, redimida en la tela, desmonjizada, desvirginizada, liberada, expuesta. En todo el lienzo se respira la placidez erótica, el gusto por el amor carnal. Y Elena, como en vida, se parece enormemente a su hermana Sofonisba.

No dejó que nadie viera los lienzos que pintaba. Los terminó. Los guardó, atándolos celosamente. Eran su memoria. Eran su secreto. Eran el martirio que no debió vivir Renzo, un martirio injusto, un sacrificio más sobre la faz de la tierra. Eran el martirio de Elena, que tampoco debió vivirlo. Nadie debía ver estos lienzos. Los ató juntos, como un bulto, y los dejó atrás del mueble que años atrás le había regalado el Papa.

Cuando regresó Orazzio de su empresa siciliana —un éxito, por cierto, consiguió que el virrey le firmara la aprobación para que de ahora en adelante Sofonisba cobrara para sí las rentas del rey, y no la familia Moncada, que hasta la fecha las tenía (todas, aclaremos, simplemente hipotéticas)—, encontró a su Sofonisba más reidora y más inteligente y más Sofonisba que nunca. Aunque más radiante, una sombra la habitaba: había perdido su segunda serenidad. No por esto lo amaba un pelo menos, ni dejaba de desearlo un ápice, no. Lo contrario. Los amantes eran amantes. Pero los besos de Sofonisba habían perdido una largueza relajada. La sombra de un remordimiento, la conciencia de cuán lejos estuvo de su querido Renzo, hacía que se culpara de perezosa, de no haber tenido un interés sincero —pudo haber roto el cerco impuesto por un cofre atajador—, le robaba su luz anterior.

Sofonisba entró en una etapa de verdadero fervor creativo. Necesitaba pintar. Volvió a los retratos. Uno tras del otro. Veía a las personas diferentes, a la luz de la vida que ella no tuvo con Renzo, a la luz del conocimiento del amor carnal que ahora, al pasar los cincuenta años, había encontrado, un descubrimiento inesperado.

La familia Brocardo no contesta qué hacer con la hija del conde. Sofonisba la sigue conservando, esperando, ya dirán. Lo que Berta no le dijo, por pudor, por vergüenza, porque no sabía cómo formularlo, era que la habían ultrajado en el camino a Génova. Había quedado embarazada de alguno de esa punta de infelices. A los cinco meses, no pudo ocultar ya su estado. Lo resolvió de la mejor manera que supo: muy temprano una mañana de domingo, en lugar de vestirse con las buenas ropas que "la señora" le había dado para ir a misa, se vistió las miserables que traía el día que llegó. Salió del Palazzo Lomellini y se echó a caminar hasta alcanzar las afueras de la ciudad. Ahí dejó el camino y se arrojó al río. No sabía nadar. Aunque hubiera sabido, no habría nadado. Algunos dicen que el diablo se presentó a reclamarla y que el ángel que salvó a Renzo se apersonó para evitarle un castigo injusto, pero no somos de la misma opinión: el diablo es perezoso, no se mueve por cualquier presa; Berta no lo hubiera hecho desplazarse un centímetro. Dejó que su alma se hundiera, se hundiera, sin intentar ir a sacarla del fango, y tal vez siga ahí.

En cuanto a su cuerpo, nadie lo identificó, y al verlo tan mal vestido lo tiraron a la fosa común, sin buscarle amigo que viniera a rezar por ella o que le hiciera una misa. De esta manera el nieto y único heredero directo del conde Brocardo fue enterrado como un miserable, adentro del cuerpo de una que parecía pordiosera y cuyo único mal en la tierra había sido haber nacido sin padre honrado.

Sofonisba no podía explicarse la salida de la niña que ella creyó parecía "incapaz de una ingratitud" y tan indefensa. "Sus razones tendrá".

Pasemos zumbando por los años que van de 1585 a 1595, como si el diablo nos viniera pisando los talones. No, no hay ya diablo aquí, pero no queremos detenernos en esta década de felicidad conyugal y placeres varios (y acumulación de deudas, el matrimonio se ve atrapado en la red de pagos incumplidos por la Corona, él por comisiones y ella por sus rentas), excepto para tocar un par de cosas, de hecho tres retratos, sólo tres entre los muchos que Sofonisba pinta entonces, especialmente en los viajes que hace con su marido a Milán y a Mantua, parando a visitar a la nobleza de la región. Fue entonces que también visitaron Cremona. Se hospedaron en el Palazzo Anguissola, "ya nada es igual, pero todo está idéntico". En el salón principal cuelga el lienzo que pintara años atrás Sofonisba, donde Minerva sostiene un ramito de flores contra su pecho, la falda sin terminar, creando una imagen que Sofonisba creía suficiente y necesaria para dar sentido a los retratados. El borde de la falda de Minerva conecta con el *sfumato* del paisaje que deja ver la ventana. Los dos varones del retrato tienen los pies bien plantados en el piso. La falda, tanto como los inexistentes pies de Minerva, la conectan de una manera profunda con el mundo. Para ellos, los varones, el suelo, para ella la sabiduría, por algo se llama Minerva; de ella es la tierra, la ciudad, la naturaleza. ¡Era tan diferente de un retrato de la corte!

Sofonisba visitó el taller que fue de los Klotz, ahora es propiedad de uno de los asistentes del joven Amati. Quiere recuperar las libretas de apuntes de Renzo. ¿Quién las tiene? Debía comprarlas. El nuevo dueño, que sabe de sobra quién es esta vieja —y que no tiene un quinto, aunque sea gente de calidad—, le dice:

—No podemos entregarle nada, no sé de qué me está hablando, no sé de qué libretas me está hablando.

—¿Pero existen?

—Yo no sé si existieron.

Sofonisba le clavó sus ojos. Ese miserable polluelo las tenía.

—Démelas.

—Usted no las necesita. Yo sí, haré un violín que nadie olvidará. Renzo hizo uno y lo rompió, llevo años buscando lo que él encontró.

—Démelas.

—Le juro ante Dios que yo, que soy un hombre honorable, por mi padre que llevó mi apellido, Estradivario, no puedo entregárselas.

—Si usted las va a usar, úselas. Pero no se deshaga de ellas. Si un día ya no le interesan, yo quiero guardarlas. Envíemelas. Soy Sofonisba Anguissola. Yo conocí bien al viejo Amati, y a Renzo.

¿Y esto quién no lo sabe?, se dice para sí Estradivario. ¡Todo Cremona sabe la historia del violín y la virgen!

Regresan a Génova. Como decía, Sofonisba ha dejado de lado los lienzos de temas religiosos y ha vuelto al retrato. Trabaja prolíficamente, pero no es el volumen lo que impresiona sino el genio. Llega el anuncio de la visita de la infanta Micaela, se ha casado este año con el duque Carlos Manuel de Saboya, van camino a su reino. Un matrimonio, por cierto, muy inferior. ¿Qué pasaría con la princesa? ¿Viviría cómo? Sofonisba sabría pronto que Felipe II ha dado indicaciones precisas a su hija de montar su casa en Saboya tal como la ha tenido en Madrid, exportando el estilo de los Habsburgo. La etiqueta será la misma. El rey celará que la forma de vida sea la misma, porque lo que sí perderá Micaela Catalina es su lugar social. Saboya no es Madrid o Viena. El duque, por su parte, cree que ha hecho un gran matrimonio. Lo cierto es que Felipe nunca le pagará sino una minúscula parte de la dote de la hija, que le negará todo apoyo militar, que no le dejará aumentar su poder. Así son los asuntos de familia.

Cuando los duques de Saboya se acercan a Génova, los recibe una embajada de la ciudad, es la galera *La Serenissima*, capitaneada por Orazzio Lomellini. En ella va Sofonisba Anguissola. Los acompaña después hacia Turín, pasan los montes sobre sillas, en coche por la llanura y en barca por el Po hasta llegar a la ciudad. Durante el viaje, Sofonisba ensaya dibujos de Micaela. La traza con carboncillo. La estudia. La vuelve a dibujar. Ella es el modelo con el que Sofonisba pintará su obra de plena madurez, una tela al óleo, retrato de Micaela Catalina, quien fue "su" niña, Sofonisba la vio nacer, la tuvo cerca sus cuatro primeros años. Mantuvo siempre una relación amistosa por correspondencia. De las dos hijas de Isabel de Valois, es su predilecta, es la más hermosa y la más espontánea. Sofonisba la pinta en todo su esplendor juvenil y sensual. No es un retrato público, sino íntimo, una mirada afectuosa en extremo. Va vestida con ropa de casa, es visible la dicha sensual de la recién casada. En ella está presente su propia nueva vida erótica.

Pintó también, ya que estaba en vena, al hijo bastardo de su marido. Un joven precioso, aún casto, a quien hace aparecer también como un ser erótico, esperando descubrir esa joya de la vida, la del amor carnal.

Ya advertimos que correríamos. En 1592, Sofonisba pinta a la primera hija de Micaela y el duque de Saboya, nacida en abril de 1589. Es un retrato de cuerpo entero, de pie, y a su lado hay un enanillo que le ofrece un búcaro. Sólo lo mencionamos aquí porque el búcaro nos interesará más adelante.

El matrimonio Lomellini-Anguissola decide mudarse a Palermo. Están seguros de que allá se recompondrán los negocios de Orazzio, tiene de sobra conexiones en Sicilia. Ahí se establecerán en el *palazzo* de la familia.

15

Palermo, 1623. Sofonisba llamó a Magdalena, la mujer que ha entrado a su servicio a raíz de sus problemas de vista.

—Tengo que pedirte algo muy delicado. Hay un lienzo que necesito enseñarle a este muchacho que va a venir hoy. Pero quiero que lo separes de otro que nadie, absolutamente nadie debe ver. La única que podría y debería verlo soy yo, pero ya ves que yo cómo, estoy frita. Óyeme bien, no te vayas a confundir.

Sabía de sobra que Magdalena no se iba a equivocar. Su asistente es listísima. Se ha vuelto sus ojos y su mano derecha desde que ni la mano ni los ojos le responden. Magdalena es su cómplice en todo aquello en que Orazzio no puede serlo. Y Orazzio podía serlo casi en todo, pero, por ejemplo, ¿por qué fastidiarlo con pedirle que le relea las cartas de Renzo? Sofonisba las sabe casi de memoria, pero no del todo. Magdalena se las lee. Y mientras más veces las escucha, más las disfruta. Renzo fue un tesoro, Minerva una gran escritora (¡qué cuentos, los suyos!), y encima Magdalena es una mujer genial, les ha ido poniendo una especie de música que les va de lo más bien. Lo único bueno de estar ciega, se lo ha dicho muchas veces, lo único único bueno es no ver nunca más los dibujos dolientes de Elena. Con la cantinela de Magdalena, las cartas se han ido llenando de una cantidad de festejos y celebraciones que no podría hacer ella a solas y que ni Renzo ni Minerva imaginaron. Revive cartas y cuentos y al traerlos al territorio de los vivos les da algo que Renzo habría deseado tener pero que no consiguió.

—Magdalena, ponme atención. Están escondidos atrás del mueble que me regaló el papa Pío IV. Tengo todavía por ahí su carta, la tengo. Me envió con ella dos joyas preciosas. El mueble llegó después. ¿Qué año fue eso exacto?

Sofonisba comenzaba a distraerse. Tenía su cabeza en espléndido estado, la memoria, la razón, la imaginación, nunca las había tenido mejores. Pero por lo mismo, por el peso de la imaginación y el de la memoria, la razón parecía a ratos desvencijarse. Era sólo una ilusión, insistamos. Nunca había pensado mejor. Así que comenzaba a distraerse en ensoñaciones que tenían que ver con la memoria y con la imaginación. Magdalena la regresó, jalándola a la razón:

—Señora, ¿decía?

—Atrás del mueble de marquetería, el de los tres cajones pequeñitos, hay dos lienzos. Los puse ahí. Son dos lienzos. Tráelos aquí.

Magdalena fue hacia el salón azul, buscó atrás del mueble dicho, sí, ahí hay un bulto empolvado, prácticamente envuelto en telarañas.

—Aquí está.

—No me grites.

—No le estoy gritando —pero de hecho sí le gritaba. Los oídos no estaban tampoco del todo bien. No es que no oyera, se le empalmaban algunos de los sonidos. Los agudos. Había que evitarlos.

—Que no me grites. Mira. Ábrelo.

Magdalena dejó caer el bulto polvoso en el piso, se puso en cuclillas, desató el cordel que lo envolvía y extendió su contenido. Tres lienzos. Hasta arriba había una pintura extraordinaria, un bellísimo Cristo en la Cruz. No estaba muerto, era obvio. Lo rodeaba una oscuridad luminosa. Un espacio oscuro, indefinido, pero en nada siniestro.

—¿Qué ves?

—Es un Cristo.

—Velo bien, ¿sí?

—Sí. Un Cristo.

—¿Y el que está abajo?

—Parece que hay dos más.

—¿Dos?

El segundo era el torso del Cristo. No miraba hacia abajo, sino de frente, el pecho desnudo. El lienzo sólo cubría esa parte de su cuerpo, la cara, el cuello, la parte principal del pecho. Y la cara era la de Renzo. Magdalena volvió al lienzo del Cristo: era el cuerpo de Renzo. ¡El Cristo de Sofonisba era su Renzo! Tuvo deseos de llorar.

—¡Bellísimo! —exclamó—, ¡bellísimo!, ¡bellísimo!

—Déjate ya de bellísimos. ¿Qué es?

—Es la cara de Renzo, señora Sofonisba.

A Sofonisba le dio un vuelco el corazón. Sí, era la cara de Renzo, ¿pero por qué lo sabía Magdalena?

—Dirás: el rostro de Cristo.

—No, señora, no. Absolutamente no. Es Renzo. Y el tercero… —Magdalena movió los dos lienzos a un lado—. El tercero es usted, señora, clavada en la cruz, y disculpe que se lo diga pero está desnuda. Usted muy joven, pero su cara inconfundible. Está viva, como el otro Cristo, el del primer lienzo. Bellísima, también, bellísima. El velo tiene una transparencia… —dejó la frase incompleta.

—Había olvidado la cara del Cristo. Creí que sólo había guardado los otros dos. Sólo quiero enseñar el Cristo en la Cruz. Los demás, guárdalos, no quiero que los vea nadie.

—Y al pie de la cruz donde está usted hay un hombre desnudo, un poco doblado, y es también Renzo, no hay duda…

Sofonisba guardó silencio. Recordó la imagen. Recordó a Renzo. Recordó a Minerva, a Elena, a Europa, la casa donde eran niñas; el día en que nació Asdrúbal, la risa de Amílcar. Sintió deseos de llorar. De todos sus hermanos sólo sobrevivían

Asdrúbal y Ana María, todos los otros miembros de su familia habían muerto, uno tras otro. Quedaba la hija de Ana, sí, Blanca, pero apenas la ha visto, no cuenta.

Magdalena se levanta, le acerca uno de los lienzos.

—Se lo voy a poner lo más cerca de los ojos para que lo vuelva a ver.

—No, no, no quiero ver.

—Véalo, señora. Es Renzo.

Sofonisba abrió los ojos. Era Renzo, un retrato de frente de Renzo Klotz, como se veía cuando entró el rey en el salón del clavicordio, la expresión de sobresalto y desencanto, sorpresa y enfado; una expresión muy particular en un rostro extremadamente único, el de Renzo.

Otra vez silencio.

—Déjame afuera el del Cristo. Los otros dos, regrésalos a la espalda del mueble, y ahí los dejas. No los debe ver nadie. Amárralos bien.

—La tercera pintura es una Crista, le digo. Y es usted.

—No soy yo, es Elena, mi hermana.

—¿La monja?

—Ella.

Silencio.

—¿Me regala el de Renzo?

Sofonisba no pudo contener preguntarle:

—¿Conociste a Renzo?

—Señora Sofonisba, yo soy Magdalena, la Magdalena de Renzo. Usted ya sabe…

Apenas decirlo, de un salto se alejó de Sofonisba, con la misma agilidad se agachó a tomar el lienzo que estaba en el piso, el del Cristo, y lo extendió sobre la mesa. Juntó los otros dos, y salió con ellos. Pero no los puso de vuelta en su escondite atrás del mueble papal. Los acomodó bajo su brazo, fue hacia las habitaciones del servicio, extrañamente vacías —era media mañana, a estas horas todos estaban en sus labores; al caer la tarde, los servidores se apiñaban, tropezaban los unos con los otros, eran sólo dos cuartos para las ocho personas de servicio, más los hijos y sobrinos que ahí llegaban a dormir, más la nueva esclavilla—, guardó sus cosas en el mismo saco de donde las había sacado meses atrás, cuando entró a servir al Palazzo Lomellini, y salió cargándolo. No dijo adiós al ama, ni cobró sus últimos días de trabajo. Con pasos apresurados, cruzó la ciudad y llegó al puerto. Subió a bordo de una mercante sin llevar consigo nada más. Cuando le preguntaron si ya había subido su matalotaje —los abastos para su comida en el viaje, agua y galletas—, dijo que pagaría por el agua, pero que la comida a ella no le hacía falta, "yo como aire".

El viaje fue sencillo en extremo. El mar estaba calmo, los vientos favorables, y en menos días de los previstos se vieron entrando a puerto.

Llegó cargando a Renzo —¡por fin juntos, por fin él en poder de ella!—, y a la Crista crucificada.

Sofonisba se había quedado en silencio ante la confesión de Magdalena creyendo que la chica había enloquecido o que ella oía visiones, "visiones seniles, como las que tuvo la vieja Paternò. Conque *¿yo soy Magdalena?* Claro que es Magdalena", pero no podía ser aquella Magdalena de la que hablaba Renzo, porque "sería tan vieja como yo, y no joven como esta chiquilla entusiasta, ahí acuclillada, ya voy a ver que alguien de mi edad pueda andar así de ligera y así de bella, por más que me engañen mis ojos, simplemente no puede ser".

Pero era.

No volvió a pensar en ella en todo el día. Vino su visita, el chico Van Dyck, una persona en extremo agradable y respetuosa, hasta donde sus ojos le permiten ver tiene madera para convertirse en un gran artista. Ha tomado apuntes para hacerle un retrato. ¡Qué cosa! ¡Machetazo a caballo de espadas! Nadie la ha retratado nunca. De un dibujo que ella se hizo, un flamenco torpe hizo el grabado que hemos visto, donde viste su bata de pintora en la corte. Hay también una medalla conmemorativa que hizo acuñar su ciudad cuando salió hacia la corte de Felipe II. Pero ni siquiera sus hermanas la han pintado. Ahora este chico, Van Dyck, ha hecho en su libreta un dibujo y le ha dicho que le hará un retrato al óleo.

Sofonisba le ha dado indicaciones de cómo mirarla para que se le noten un poco menos las arrugas. No tiene ganas de pasar a la historia como una pasita.

A Magdalena la echó de menos hasta llegar la noche. No hubo quien le quisiera leer. Orazzio estaba algo fatigado, ¡tan joven!, los jóvenes requieren más descanso que los viejos. Sofonisba no sospechó que Magdalena se había dado a la fuga con su Crista y su Renzo bajo el brazo. Estuvo toda la noche despierta, oía en la alcoba vecina los ronquidos de Orazzio, tan fuertes que llegaban a los sordos. Pensaba en Renzo.

Magdalena tomó el camino a Roma. Quería ver al hijo de Pero, que había heredado la misma afición que el padre y la colección del indiano, dejada en regalo a los Alí para que conviviera con sus otros diosecillos —se enteraría al llegar de que ya ha muerto—, mostrarle una diosa más, la que sería la joya de su reunión de ídolos. Buscaría después con quién pudiera adorarla, le inventaría un culto, le bailaría, la amaría, la veneraría. Era lo más cercano a Renzo. A su Renzo, que también viajaba con ella bajo el brazo.

Llegando a Roma, la esperaba la noticia dicha y algo más: la muerte. Agazapada, parecía haberla estado aguardando a la entrada de casa de los Alí, pues traspuso la puerta para preguntar por el Pero hijo, oyó la mala nueva, e ipso facto cayó muerta. ¡Parecía tan joven! Hasta el último momento pareció capaz de derrotar la edad. Pero era en extremo vieja, tendría diez años más que Sofonisba. Había vivido demasiado, la mitad de su vida consumida por un amor imposible.

No alcanzó a celebrar ninguna ceremonia con su "lienza".

La nieta de Pero y única hija del Pero hijo la hizo enterrar a un lado de la cripta de la familia. No celebró ninguna misa por ella. Pero pronto había difundido la nueva: en su casa vivía una Crista. Era de la divina Sofonisba Anguissola.

16

La peste llegó a Palermo. Los cadáveres se apilaban en las fosas comunes. La ciudad se daba escasamente el tiempo de recogerlos. Niños, jóvenes, viejos, la peste arrasa por igual. Víctima de la epidemia cae enferma la viejísima Sofonisba, ya ciega, y ahora tan sorda que no oye ni roncar a su marido. Resiste como un toro joven, para asombro de la ciudad, infundiéndole fuerzas. Delira. Habla de un tal Renzo, de los violines de Amati y Estradivario "que son los de Renzo", de Micaela Catalina la infanta, del príncipe Carlos, de "su" rey Felipe, de Minerva, de Amílcar, de Elena —y de "una Crista". Orazzio se da cuenta de que su mujer se irá, está perdiendo la cordura, "una mujer tendida en una cruz", la cuida noche y día, la toma de las manos, no teme contagiarse. La ama. Es su mujer. La divina Sofonisba. Su hijo la visita continuo. No sabe todavía que ella lo ha nombrado su heredero. Sofonisba espera la muerte acompañada por ellos dos. En su último delirio, ve ante las puertas de la vida al demonio, viene a reclamarla:

—Pintaste una Crista, Sofonisba, eres mía. Tendré que llevarte a mi reino.

A lo que ella quiso responder:

—¡Ya te llevó el diablo, Sofonisba Anguissola!

Fueron sus últimas palabras, así estuviera demasiado débil para pronunciarlas en voz alta. Las dijo con toda claridad adentro de sí, pero no las escuchó nadie.

El diablo se restregaba las manos de gusto. El mismo ángel que había recogido a Renzo se interpuso. Es un ángel que se dedica a eso. Juegan estas partidas entre él y el diablo. Deben arrebatarse la prenda antes de que el otro llegue a su meta.

—Es nuestra. Retírate, Satanás, vade retro.

La cargó y la llevó a reunirse con Renzo y las otras niñas Anguissola. Cuatro años más tarde, su fiel Orazzio levantó para ella un monumento: "A Sofonisba, mi esposa, hija de los nobles Anguissola, por su belleza y los dones extraordinarios de que la dotó la naturaleza. Se cuenta entre las mujeres más ilustres de este mundo. Fue la más grande artista de su tiempo. En 1632, Orazzio Lomellino, sin consuelo por la pérdida de su adorada esposa, dedica este modesto tributo a una mujer excepcional".

Poco después, en la corte de Madrid, otro gran pintor, Velázquez, levanta para ella otros homenajes que así no sean de piedra han permanecido. Retoma aquel lienzo que ella pintó en la corte, de un enano representado en su tamaño natural acompañado de un niño de la familia real. Y pinta también su búcaro, el búcaro rojo que Sofonisba puso en el retrato del vástago de Micaela Catalina. Lo vuelve a pintar para rendirle un homenaje. El agua que Sofonisba dio a beber a sus retratados es un agua excepcional que Velázquez supo apreciar.

Le hizo uno tercero: copió el Cristo que ella pintó de manera tan inconveniente, su Cristo Renzo, su Cristo vivo sobre la Cruz. Es el que llaman el Cristo de Velázquez, por esto no está firmado. Es el Cristo de Sofonisba.

Lo que él no vio fue la Crista. Ésa ha tenido otro destino. Ha viajado en manos de practicantes cultos secretos. Es otra historia.

Matías Haco tenía razón: Sofonisba viviría muy largo, tardaría en encontrarse con su amado, moriría varias veces. Pero lo que no alcanzó a leer, o no quiso contar a los frailes, es que volvería a nacer. Y que su amor con Renzo sería el centro, el motivo de que hoy regrese a esta memoria.

NOTA DE LA AUTORA

Me encontré con Sofonisba Anguissola en una exposición del Museo Metropolitan que seguía los pasos del naturalismo en Lombardía de Leonardo a Caravaggio. Ahí estaba ella presente con dos piezas, un dibujo (*Niño mordido por un cangrejo*) y el pequeño autorretrato con medallón que me imantó desde el primer momento. Empecé entonces a perseguirla.

El medallón que Sofonisba sostiene en el primer autorretrato miniatura que le conocí contiene un enigma: ¿a quién se refiere con la letra "K" y con la letra "R"? Leí que Amílcar Anguissola, su padre, no aceptó una petición de matrimonio, alegando que no tenía con qué pagar su dote. Vi cómo firma "Virgen". Vi también cómo Sofonisba recrea en los autorretratos sus estados de ánimo, y que aunque sabe lo que es la alegría y la serenidad, a veces la habitan tormentas y tristezas. De ahí nació un personaje, Renzo Klotz, el amado imaginario que la ha acompañado en estas páginas. Renzo fue la lámpara que usé para iluminar con un rayo de luz la vida de Sofonisba. La ficción, como suele ocurrir, ilumina la realidad, indica al autor qué camino seguir para rastrearla.

El conde Brocardo existió, pero no el cofre ni su mal comportamiento; es invención de la autora y me hago responsable. Es cierto que ayudó a esclarecer el lío de Juan de Granada en Milán y que acompañó a Sofonisba hacia la corte, lo demás es imaginado. Matías Klotz fue un lutier renombrado, el resto de la familia Klotz nació cuando escribía la novela. Es estrictamente cierto que los violines han sido como Sofonisba la gloria de Cremona, de donde son en efecto los legendarios Stradivarius y los violines que Amati fabricó para la corte francesa —que algunos creen que fueron decorados por las Anguissola—. Forcé por unos pocos años la aparición del joven Estradivario, para coincidir con Sofonisba.

Magdalena, la *yeseré*, es hechura mía completa, lo mismo que Pero Alí, el indiano y este nieto de Moctezuma. Pero no el poema que canta Magdalena, hice una muy libre interpretación de la primera parte de la versión fiel al inglés de Thomas A. Hale, según se la oyó cantar al *yeseré* Nouhou Malio. Quise incorporarlo porque ahí también se hace presente la desigualdad que las reglas sociales imponen entre un hermano y una hermana.

Ciro, Julio, Cesarina, Rossaria, Fulvio, Álvaro el secretario, los artesanos del taller, son inventos míos —o mejor dicho: exigencias de la novela—, tanto como la mamá y la cuñada de Fabrizio.

Estoy convencida de que no miento al imaginar el taller de Cremona habitado por artesanos de diversos continentes, Europa no era una isla, los ánimos imperiales la habían conectado de una manera práctica al resto del mundo.

En cuanto a los demás personajes, puedo decir que los tomé de la realidad. Elena sí murió en el convento, Minerva sí fue latinista, Sofonisba sí se casó dos veces y en las circunstancias aquí reseñadas, etcétera. Todos los lienzos de Sofonisba a que hago mención existen o existieron —algunos se han perdido—, excepto tres, el Cristo, la Crista y el retrato de Renzo Klotz. Ésos viven únicamente en este libro. El Cristo pudo haber sido del que Velázquez bebiera para hacer el propio. En cuanto a la Crista, yo sé bien que no, pero es la metáfora que describe tanto a Elena como algunos años de Sofonisba y la vida de muchas mujeres que en ese siglo y en otros han sido literalmente sacrificadas para redimir un orden social, sacrificadas por el bien del Hombre, de todos los hombres, por el bien del mundo. Como si fuera posible matar a un hombre o a una mujer por un bien imaginado, en esta tierra o en otra.

La novela fue dictando libertades y fidelidades a la vida de Sofonisba Anguissola y quienes fueron sus contemporáneos. Revivía el paraíso novelesco, la verdad de la novela, el diálogo entre memoria, imaginación, realidad, traición y fidelidad que toda novela exige.

He escrito el libro siendo profesora en City College, en la Universidad Pública de la ciudad de Nueva York (CUNY). Debo a la institución la posibilidad de vivir en esta ciudad que me ha acompañado y alimentado para escribir, a mis alumnos, iluminaciones y vitalidad, a Juan Carlos Mercado y mis colegas del departamento de Lenguas Extranjeras, su incondicional apoyo. Los bibliotecarios de la ciudad de Nueva York fueron de extrema ayuda. A todos mi agradecimiento.

Una última mención sobre la protagonista, la magnífica Sofonisba Anguissola. La historia del arte ha sido injusta con ella; los siglos que despreciaron a las mujeres artistas la sepultaron, fue fácil deshacerse de ella pues muchos de los magníficos lienzos que pintó en su estancia en la corte no llevan su firma, y no hay comprobación de su autoría en documentos que testifiquen transacciones económicas. Fue, es, una de las más grandes de su tiempo, los siglos se encargaron de borrarla. Muchas de sus pinturas fueron atribuidas a otros artistas: Zurbarán, Sánchez Coello, Pacheco, incluso Leonardo, el Greco, Tiziano, entre otros. Van Dyck, que se confesó su admirador cuando la visitó en Palermo, es el primero que al parecer le arrebató una autoría: hizo pasar en Londres como un auténtico Tiziano un lienzo de Sofonisba que era de su propiedad, el retrato de Farnese. Si los siglos le arrebataron la gloria no fue porque Sofonisba Anguissola pintara como un camaleón. Su espíritu es inimitable. Esta novela se suma a lo que amantes de su obra vienen intentando hacer desde hace cien años: restaurar su lugar en la historia del arte, recuperar la memoria de la artista. Como toda memoria, camina por su propio camino, es infiel, busca un espejo, dialoga y también combate. Sin lo que se ha escrito sobre ella previamente —los trabajos de Herbert Cook, la brillante María Kusche, Silvia Padgen—, este libro habría sido imposible.

Carmen Boullosa, Brooklyn, 2005-2006

ILUSTRACIONES

Página 784: *La partida de ajedrez* (*c.* 1555, óleo sobre tela, 70 × 94 cm), Sofonisba Anguissola. Museo Naradower. Poznan, Polonia. © Bridgeman/alinari Archives, Florencia.

Página 978: *Retrato de Elena Anguissola* (1551, óleo sobre tela, 68.50 × 53.30 cm), Sofonisba Anguissola. Southampton City Art Gallery, Hampshire. © Bridgeman/alinari Archives, Florencia.

Página 1006: *La dama del armiño* o *La infanta Catalina Micaela con abrigo de piel* (1577-1580, óleo sobre tela, 62 × 49 cm), Sofonisba Anguissola. Pollok House, Glasgow. (Atribuido también a El Greco, pero Carmen Bernis ha demostrado la autoría de Sofonisba Anguissola.) © Archivo Oronoz.

EL LIBRO DE ANA
(Novela karenina)

—Dígame la verdad: ¿por qué se suicidó la mujer de su cuento?

—¡Oh!, habría que preguntárselo a ella.

—Y usted, ¿no lo podría hacer?

—Sería tan imposible como preguntarle algo a la imagen de un sueño.

FELISBERTO HERNÁNDEZ

En viaje hacia la redención,
la luz no deja de pulsar.
Creo en el amor porque nunca estoy satisfecho.
Es mi salvaje corazón
que llega justo a tiempo.

GUSTAVO CERATI

Any woman who spent her whole life with Tolstoy certainly deserves a good measure of sympathy.

SUSAN JACOBY

Ana escribe como un deporte para ejercitar su inteligencia… Lo que escribe es para jóvenes; nadie sabe más de esto que yo, porque yo fui quien enseñó el manuscrito a Vordkief el editor. Se lo llevé a él porque, como es también escritor, puede juzgar… Él me ha dicho que es de primera calidad, un libro notable.

LEÓN TOLSTOI, *Ana Karenina*

En que se explica de qué irá este libro:

Tolstoi escribió que Ana Karenina fue autora de un libro "de primera calidad… notable". Vordkief, el editor, lo quiso publicar (así atestigua Levin el día en que conoce a Karenina), ella no se lo cede, considera que es sólo un borrador, algo en su relato la deja insatisfecha.

Después de este pasaje, Tolstoi no vuelve a dar cuenta del manuscrito; omite contarnos que la Karenina lo retoma; en sus escasas mañanas de ánimo calmo, empieza por hacerle correcciones insignificantes, termina por reescribirlo de principio a fin, a cualquier hora, hasta convertir al manuscrito en un colaborador de sus noches de opio.

Ana dejó, pues, dos libros, el que conocieron sus contemporáneos y el que fuera su compañero hasta el final —la noche anterior a su caída escribió aún algunas palabras.

Aquí el recuento de cómo salieron del olvido los folios de la Karenina, en 1905, en San Petersburgo. El relato es minucioso donde se tienen informes. Inserto en él, se reproduce el segundo manuscrito de Ana, en una versión apegada al original. La transcripción no altera las decisiones de Ana, aunque por su naturaleza de libro en proceso hayan sido muchas las tentaciones de precisar, limar o borrar.

El destino de Karenina traía grabado el suicidio. Los rieles del tren fueron para ella el alfabeto que deletreó su muerte violenta. Pero las líneas en las palmas de Karenina no previeron el contenido de sus folios. Tampoco decían que un miembro de su familia los encontraría en los albores de la primera Revolución rusa. Aquí lo imprevisto por el destino de Ana:

Primera parte

(San Petersburgo, 1905. Enero, sábado 8)

1. La carrera de Clementine, la anarquista

A tiro de piedra de la majestuosa avenida Proyecto Nevski, la bella Clementine, envuelta en una capa que en la carrera ha resbalado hacia sus espaldas dejando descubierta una línea del color rosa de su vestido y algo que lleva en brazos, advierte a un gendarme vigilante. Disminuye al acercársele su presurosa marcha, cambia de actitud, susurra un arrullo, "sh-sh-sh-sh". El uniformado la escucha, no desvía la mirada hacia ella, son demasiadas las miserables que deambulan cargando críos; para él, ésas no tienen la menor importancia; le han dado órdenes, debe estar alerta, esto no incluye fisgonear famélicas.

Clementine lleva la cabeza cubierta con una prenda cortada y cosida también por sus manos que le protege el cuello y se enlaza con su graciosa capa de retazos de diferentes pieles. Se detiene frente a un cartel mal reproducido, las imprentas se han sumado a la huelga: "Queda prohibido agruparse en las calles con fines ajenos al orden de la ciudadanía, so pena de muerte".

Reinicia su marcha, de nuevo veloz, se dice en silencio, "¡Acaban de pegar ese afiche!". Y repite sin parar, "¡esto no pinta nada bien!, ¡nada bien!", con la frase aviva el paso.

Llega a la caseta del tranvía que corre sobre los rieles que reposan en el congelado río Neva. Pide su boleto, ida y vuelta.

—Es la última corrida del día, señora, va y regresa de inmediato.

Clementine duda.

—No tengo su tiempo, señora. ¿Ida y vuelta?

—¿Puedo usar el billete después?

—¡Por supuesto!

—¿Menor costo por viaje si compro ida y vuelta?

—¿Para qué pregunta si ya lo sabe?

—Deme los dos.

Clementine recorre el embarcadero repitiendo el "sh-sh-sh" del arrullo, entrega al jovencito que custodia la puerta del tranvía la mitad de su boleto, sube y ocupa el asiento del fondo a la derecha. El operador (y despachador de boletos) aborda el último. El jovencito que custodiara la puerta grita al operador, "¡Lo veo mañana!". El tranvía echa a andar.

Cruzan al otro lado del Neva y se detienen en la boca de un afluente del río, en el embarcadero Alejandro. Los pasajeros descienden, excepto Clementine. El operador le lanza una mirada de reojo, impaciente. Como Clementine no se mueve del asiento, la voltea a ver de frente, los brazos en jarras. Sin levantarse de su asiento, Clementine, arrebujada en su capa, dice:

—No bajo. Olvidé algo, tengo que volver.

—¡Mujeres! —mascula el operador—. Señora, ¡los tiempos no están para desperdiciar monedas! ¡Menos aún para gente como usted; qué modo de perder dinero…! ¡Piense en su niño, señora!

Clementine asiente con expresión apesadumbrada.

—Tiene usted toda la razón.

El operador le repite:

—Se lo dije, hoy no hay más corridas, es la última del día.

—¿Qué más puedo hacer? Debo regresar. ¡Tenga, mi regreso! —Clementine hace el gesto de levantarse del asiento para entregar su pasaje. El operador le hace una seña negativa con las dos manos.

—No me dé nada. Hagamos de cuenta que no vuelve. Pero no se baje…

—No me iba a bajar.

—Ya no abra la boca, señora; no diga nada más, no vaya a ser que me enoje. Quédese ahí.

Farfullando quién sabe qué entre dientes, el hombre se acomoda el cuello del abrigo y desciende del rústico tranvía para trabajadores. Cierra tras él la puerta.

Clementine se reacomoda en el asiento. La recorren pellizcos de nerviosismo, se los sacude agitando la cabeza. Bajo su capa, extrae del bulto que lleva en sus brazos —al que ha cargado como si fuera su niño— una bomba casera. La desliza cuidadosa, acariciando con ella su tronco, su cadera, su pierna derecha, y la acomoda con cuidado bajo su asiento, sujetándola entre sus pies; se queda con el torso inclinado, para dejar la bomba escondida por su capa.

El operador abre la puerta del tranvía y desde el pie del vano revisa los boletos de los pasajeros que van entrando uno a uno hasta llenar el pequeño tranvía. Emprende la marcha.

Regresan hacia el embarcadero de la ribera sur. Apenas llegar, los pasajeros se apresuran a salir. Sin moverse de su asiento, Clementine se inclina aún más. Bajo su capa, manipula la bomba con las dos manos, tira con la derecha del detonador y la empuja hacia la esquina del fondo del tranvía. Se levanta, reacomoda su capa, pretende abrazar lo que le queda del falso niño y desciende la última de los pasajeros. El operador cierra la puerta del tranvía y, caminando más rápido que ella, deja atrás el embarcadero y se enfila hacia el este.

El viento sopla brutal, cargado de punzantes briznas de nieve. Clementine camina hacia el oeste, cada paso más largo que el anterior. Conforme va alejándose del embarcadero, su expresión cambia, de la satisfacción pícara pasa a las ansias de huir. Avanza haciendo un esfuerzo por no girar la cabeza, el oído alerta. Su semblante continúa modificándose, de la tensión al miedo, del miedo a la excitación, a la impaciencia, a la desilusión, al enojo. Masculla:

—¡Nada! ¡No estalló! Qué idiotas somos, ¡incompetentes! ¡Tenía que estallar en un minuto, ya pasó de…!

No termina de decirse la frase por el miedo filoso. Sube el bulto que lleva en brazos (el falso niño) hacia su cuello, enreda la capa en su torso. Sigue caminando. Proveniente del embarcadero, se escucha un ruidillo. Similar a la flatulencia de un viejo —larga, calma, manifestación resignada de malfuncionamiento—, es un estallido ridículo, nada parecido al clamor de la pólvora que Clementine esperara oír y que debiera haber volado en astillas tranvía y embarcadero, roto los rieles, fracturado el helado Neva. Nadie correrá a ver de qué se trata.

Un largo minuto después, se escucha algo que no alcanza el nombre de diminuto-estallido, como si cayera una muñeca de tela de un anaquel. Clementine, la expresión desencajada, da largos, apresurados trancos, deja la cercanía del río. Ve de reojo el cartel que le llamó la atención, el que alude a las manifestaciones. Encuentra otra vez al gendarme que la oyera arrullar al falso niño, finge otra vez el arrullo "sh-sh-sh" al pasar a su lado. Se contiene, no echa a correr. Seis pasos adelante, desmadeja el "sh-sh-sh" en una canción de Shevshenko. Calla. Piensa: "¡Esa bomba no servirá sino para hundirme a mí!", y apresura aún más su marcha.

2. Claudia y Sergio

Claudia entra al comedor con cortos pasos rápidos, sacudiéndose la falda con la mano. Mientras camina, su sonriente mirada va de un rincón a otro, de un mueble y un objeto a otros, sin detenerse, juguetona. La que se fija en un punto es Claudia. Asienta unos instantes los ojos en Sergio y dice:

—¿Por qué tanto alboroto?

En la casa se respira, igual que en su mirar, alegría. El comedor, arreglado y ordenado con esmero —como el resto del edificio—, es sobre todo acogedor. Sergio está sentado en una silla frente a la mesa, la expresión atribulada, los gestos tensos, en alerta. Responde a la mirada dulce de Claudia casi saltando felino de su asiento, y da muestras de enfado en su áspero silencio.

—¡Ya, ya! —dice Claudia, tranquilizándolo—. Lo que es, es, y lo que fue, fue; como dice la gente, ¡a otra cosa, mariposa!

Advierte que en su falda se marcó una línea de harina que intenta borrar sacudiéndola, por ello termina hablando de dientes para afuera:

—Saldremos de aquí a las siete en punto, tiempo exacto.

Sergio no escucha sino el principio de la primera frase de su mujer. "¿Que qué me preocupa?" La frase rebota en su cabeza, "me preocupa, me preocupa". Deja las palabras ir y venir tres, cuatro veces, y responde airado:

—Claudine, no pareces entender: no es que "me preocupe". ¡Por Dios! Sólo toma en cuenta un detalle: el escándalo. ¡El escándalo! Me va a ser intolerable. Pero no puedo negarme… la petición viene del escritorio del Zar… Ya me estoy viendo, encadenado, en las islas de Solovkí… ¡Prefiero los grilletes al escándalo!

—¡Las islas Solovki! ¡Qué ocurrencia! No vivimos en los tiempos de Iván el Terrible.

—¡Son peores para mí! ¡Me espera el oprobio, el…!

—Sergio, cálmate, Sergio, Sergio…

—¡Peores!

—Vestidos de gala, saldremos a las siete y diez, exacto, como ingleses —no le importa cambiar la hora, y aprovecha que Sergio está en otra.

—¡El escándalo! No puedo enfadar al Zar… si acepto, ¡el escándalo! No lo tolero.

—¿Cuál escándalo? Comportarse como ingleses no es para escándalo. Sí, pues, Afganistán… —interrumpe la parrafada que pensara decir a Sergio porque cae en la cuenta de lo que él acaba de decir—. ¿Enfadar tú al Zar?, ¿por qué se va a enojar contigo? —alcanza a tragarse la conclusión, sabe que haría estallar a su marido, y cierra los ojos para que no la traicionen: "¡Ni pienses que puedes negarte!".

—¿Imitar ingleses? ¿De qué estás hablando, Claudine? ¿No puedes concederme más de dos minutos de tu atención?

—Sergio de mis amores —con fingida paciencia, Claudia responde, la voz apenas audible que pone a Sergio los pelos de punta.

—No empieces con tus "demisamores". ¡No me demisamores a mí! ¡No! —está enfurecido. Sólo con su mujer tiene estos arranques que no llegan a ser de cólera.

—No sé qué hacer contigo, Sergio, Sergio, Sergio —Claudia lo cubre con el manto de su mirada, que él no percibe porque clava la propia en la ventana; respira hondo, quiere calmarse. No ve nada, comido por su propia furia. Claudia dirige los ojos hacia donde calcula está observando su marido, encuentran la ventana, la brillantez de la nieve cayendo, pequeños diamantes—. Sergio, Sergio —sigue repitiendo el nombre sin prestarle ninguna atención, gozando del deslumbre silencioso de los copos.

Antes de que ella termine su rosario de Sergios, él musita, la quijada comprimida y los puños cerrados, la voz aún ahogada por el enojo:

—No es "conmigo" el problema… ¿No te das cuenta? ¿No te das cuenta? —y añade, como para sí—: No lo ves porque tienes la cabeza dura, o por insensible. ¡Como ingleses!, ¡venir con eso!, ¡es el colmo!

Claudia no escucha sus calificativos. El gozo de la luz refractada en la nieve la recorre como una descarga eléctrica, intensa, rápida, algo incómoda también porque no es momento oportuno.

En menos de lo que lleva describir su reacción, Claudia ya en un asunto diferente, ligera se desliza a la habitación vecina: sabe que debe retornar a la cocina.

La levadura que tenía tropecientos años en su familia presenta una anomalía, un cambio de color que ha causado alarma a la cocinera, Lantur —a saber de dónde saldría su apodo—. Lantur había mostrado la charola de la masa del pan a la "Niña Claudia", mientras que con las manos llenas de harina gesticulaba explicándole el asunto, de ahí había salido el rayón en el vestido. Lantur confiaba que Claudia contestara con su reacción natural, descartara toda preocupación, dijera "no es nada, Lantur, nada, ¡a lo tuyo!". Pero, en lugar de esto, la expresión de Claudia cambió al examinar la masa, y aunque intentó reponerse ("Voy a darle una vuelta a Sergio, ahora vengo"), al salir tan apresurada como había llegado, dejó claro que el asunto no pintaba nada bien, "estábamos en problemas".

Claudia regresa a la cocina. La cocinera, atribulada con lo que ocurre —celosa de su deber—, continúa varada donde Claudia la dejó, cambia la charola de la masa de una mano a la otra. Claudia palpa la masa con los dos índices. Lo peor es al tacto: "sin duda mal" pero, como tiene a Sergio hecho un basilisco en la habitación vecina, despacha a la cocinera, "Ya veremos, Lantur, haz el pan como siempre, esperemos que hornee bien", y regresa sobre sus pasos, involuntariamente diciendo en voz alta:

—¿Se estará acabando el mundo?

—No se está acabando nada —contesta Sergio, irritado—. Apenas comienza el lío. No sé cómo sortearlo... Ayúdame a pensar, Claudine... ¡Por Dios!, ¡estate quieta!

Claudia lo mira de frente. Detiene su mirada en él —las dos manos apoyadas en su pecho, las palmas al frente, sus índices aún sintiendo la anómala textura de la masa, extendiéndolos para no mancharse la ropa con ello— y, al caer en cuenta de la posición de sus dedos, extiende los brazos sin cambiar el gesto de las manos, se las acerca a Sergio y le dice, juguetona:

—¡Ole!, ¡torero! ¡Ole! ¡Mi cuerno aquí, aquí!

De niña había ido a una corrida de toros en un viaje de los muchos en que acompañó a su padre, el Embajador —un hombre de sangre ligera y despreocupado, que supiera disfrutarlo todo y que se ufanara de su intensa vida diplomática, diciendo "Mi mujer y yo no recordamos con claridad dónde nacieron nuestros hijos, cada uno en un lugar distinto". Era verdad, su mamá confundía partos y embarazos, y para él todo era la misma fiesta. Eran once hermanos nacidos en once ciudades distintas, en la memoria de sus papás no siempre en distintos años o lugares, ni con distinto nombre.

Claudia es la octava hija. Ella y sus hermanos llevan el nombre acorde con el país de nacimiento, "Para ayudarme a la memoria —decía su mamá—, pero ni así". Diez varones y una mujer, ella, la niña Claudia, que nació en España.

Sergio ve a su mujer jugando a embestirlo y su broma le sabe a ataque, porque está en lo suyo, "Me han hundido; no voy a encontrar cómo salir del embrollo. Esto es el fin. Soy un muerto. No puedo soportarlo".

—Escúchame bien, Sergio. Leo lo que pasa por tu cabeza, ¡qué cara pones!, ¡parece que estás peleando en el Japón y que has perdido a tus hombres! Cambia esa expresión. Te hundes en un vaso de agua. Hasta que regresemos del teatro, no vamos a hablar del correo del Zar. Porque quiero, quiero, *quiero* ir al Concierto de Año Nuevo. Y lo quiero por ti: tienes días deseándolo. ¡Ya! ¿Te queda claro? Volviendo a casa, pensamos qué responder y qué hacer. Por el momento, déjalo ir; piensa en algo más… Deja de atormentarte. Basta.

—No hay nada qué pensar, Claudine, estoy perdido… ¡Llamar "un vaso de agua" al Zar!

—¡Ya, ya! —dulce, paciente Claudia— ¡Respira hondo!

En Claudia está impreso el sol de Sevilla, su ciudad natal. Su mamá dio a luz a mediodía, en esa ciudad. Entre un paso y otro, sobrevino el retortijón intenso; antes de siquiera ponerse en cuclillas apareció la niña; la propia parturienta detuvo a la criatura con sus manos para que no golpeara el suelo. El cortejo que acompañaba al matrimonio rodeó a la esposa del

Embajador, pero aunque ella no requería ni sentarse (podría
haber llegado caminando adonde hubiera que ir), no la dejaron
dar ni un paso.

—¡Si estoy muy bien! ¡No pasa nada!

—¡No hace ninguna falta! —repetía el Embajador, sin sentir preocupación, pudor o vergüenza. Así le nacían los hijos
a su mujer, a lo sumo se podría reprochar un mero error de
cálculo. Lo enorgullecía su fertilidad gustosa. Feliz con su nueva
niña (su primera mujercita), al ponérsela en brazos casi a gritos
dijo en español: "¡Vivo Sevilla!, ¡viva Sevillo!, ¡vivo Sevillo!",
confundiendo femeninos y masculinos, su conocimiento del
castellano era precario y estaba conmovido hasta las lágrimas.

Cargaron a la parturienta en vilo al palacio en que los alo-
jaran —el Palacio de las Dueñas, el de los Duques de Alba—,
donde un médico llegó a atenderla.

La ciudad se hizo voces del parto público, la pródiga madre y la reacción jubilosa del Embajador. Todas las mujeres de
buena familia llevaron regalos a la Embajadora y la niña, y algunas la fueron a visitar al palacio, sin respetar la cuarentena.
Los primeros días de la vida de Claudia fueron una fiesta continua. Los músicos de la ciudad cantaban en la puerta de Palacio
(notable aquella Teresa, que tenía voz de ángel). Los hombres
acudían al salón a compartir con el Señor Embajador ruso su
perpetua fiesta —celebraba con vodkas la llegada de "mi hija
de Sevilla"—. Cuentan que a las veinte horas del nacimiento, su mamá intentó bailar una sevillana —y decían "intentó"
porque la bailaba muy mal, pero de que la bailó, la bailó, y
completa—. Así fue como Claudia conoció la luz, el huerto
claro, la fuente y el limonero, bañada por el cielo sevillano.

Sergio nació en el palacio Karenin, en Petersburgo, en el más
completo sigilo, como si llegar al mundo fuese un asunto vergonzoso. Desconocemos los detalles precisos. Es un hecho
que los dos partos de su madre distaron de ser sencillos o indo-
loros. En el segundo contrae una fiebre, agoniza (ha quedado

escrito), y si tuvo virtud es que congregó a personas irreconciliables cuando parecía que celebraban su anticipado funeral.

En el primer parto —el de Sergio—, no contrajo fiebre, la ansiedad y el dolor ocuparon enteramente la experiencia. Es posible que el parto haya ocurrido a la media noche, que no nevara, no lloviera, no hubiera viento. Que el frío cortara la piel. Ninguna de sus dos abuelas estaba ahí; la única compañía, además del doctor, fue Marya Efimovna, la mujer madura que acababa de entrar al servicio de Ana, la habían contratado para hacerse cargo del recién nacido. El hermano de su mamá tardó más de cuarenta días en llegar al palacio, y de la familia del padre no recibieron una sola visita.

3. Clementine se resguarda

Desmoralizada por el malhadado estallar de su bomba, abrazando a su adelgazado hijo falso, Clementine camina, observa el movimiento en las calles, ve los masivos preparativos militares hechos sin fanfarria alguna, con la mayor posible discreción.

Debe retomar el plan original, y regresa hacia Proyecto Nevski. Recupera su sangre fría. "No importa; no importa; habrá otras… ¡socialismo y anarquía!; ¡el gobierno es nuestro enemigo!". Ya en la Proyecto Nevski, en una esquina donde se encuentra un magazine de ropa, Clementine se detiene frente a la entrada para empleados. La puerta se abre dos pequeños escalones abajo del nivel de la calle. Acerca la mano al marco de la puerta, en la ceja superior hurga con los dedos, encuentra la llave. Gira la cerradura, regresa la llave a su escondite.

Apenas trasponer la puerta, deja en el piso el bulto con el que venía fingiendo un crío y lo patea, deshaciendo su forma. Se derraman tiras de tela desgarrada. Toma una lámpara de aceite y la enciende. Recoge los retazos de tela del piso y los enrolla en un brazo. Se descubre cabeza y cuello, la tupida cabellera sobresale, salvaje, y la va agitando conforme recorre el oscuro pasillo que desemboca en la parte de atrás del comercio. Clementine deposita el bulto de tiras de tela en una mesa y se vuelve a envolver en su capa mientras habla para sí misma:

—Hace frío.

En el amplio taller de costura, nadie se está quemando las pestañas frente a las máquinas de coser. Aquí trabajó Clementine, fue por años sostén de su familia —mantuvo a la abuela y a sus hermanos hasta que murieron, la primera de vieja, los menores de influenza, su mamá cayó en otra epidemia cuando ella tenía cinco—. Es de profesión costurera (y una de las mejores de Petersburgo), de corazón activista, su situación desempleada, la "liberaron" del taller por haber participado en una huelga, la confinaron al encierro, aunque por corto tiempo, porque viéndola bella y mujer no mesuraron el papel que había jugado en organizar a los trabajadores, desoyeron al único informante que lo sabía, convencidos de que él se las brindaba para esconder al pez grande. Clementine es el pez grande. Es cauta y furiosa como sólo sabe serlo una ballena. Ahora es una radical, pero en aquel entonces su intención era mover a los enriquecidos a la caridad, pedía piedad para los pobres y un trato digno para las trabajadoras; la experiencia le enseñó que su fe era absurda. Dejó la aguja por la espada, y esto es un decir porque cambió el hilo y las tijeras por bombas caseras.

El taller está a oscuras, excepto por su lámpara y la tímida bujía que brilla en la esquina izquierda, al fondo. Clementine repite en voz alta:

—Hace mucho frío. ¿Cómo pueden coser en este frío, los dedos ateridos…? ¡Qué frío! —empieza a acomodarse el cabello para cubrírselo de nuevo—. Aquí sentadas, sin luz natural, el aire húmedo… ¿cómo lo soportan?

De la oscuridad, le contesta una voz muy varonil, de modulación limpia, educada:

—Once horas y media al día.

—¿Qué haces aquí, Vladimir? —Clementine sorprendida—
¿No me prometiste que ya no usarías la ganzúa?

—Tenía que entrar… Once horas y media al día.

—Sin interrupción… —contesta Clementine al tiempo que
cambia su cara, llenándose de otra luz (porque luz siempre tiene), bañándosele de una especie de alegría—. Once horas y
media su jornada.

—Comparadas con las catorce que trabajaban hace un par
de año, les parece pan comido.

—¿En el frío, sin una ventana, sin baño, sin permiso de
poner un pie afuera… con tan poca luz que los ojos se van apagando? ¿Eso es "pan comido"? No. La resignación es indigna.
¡No les des ideas! ¡Sólo hay una solución: Revolución! ¡Una
solución: Revolución! ¡Una solución…!

—Once horas y media son casi tres menos. Acéptalo.

—¡Revolución! Además, les cuentan las piezas y ellas terminan siempre trabajando más tiempo. ¡Ni Dios, ni amo!

—Si están forzadas al cuerpo frío, por lo menos tener la
cabeza caliente…

—Ya no me provoques. Antier que pasé al taller, decían
"El domingo iremos a la manifestación. Con el Padre Gapón",
"Llevaremos retratos del Zar, y estandartes que cosimos, es
nuestro padrecito, nos oirá". Y el Padre Gapón para arriba
y para abajo, le tienen fe ciega, es su Flautista de Hamelin…
Cuando me abrazaron para despedirse, yo tenía ganas de ara-
ñarles la cara por estúpidas. Les repetí varias veces: "¡La única
iglesia que ilumina es la incendiada!".

—¿Cómo? ¿Les dijiste esa consigna? ¡Ya me imagino sus
caras!

—También les dije: "Mejor morir de pie que vivir de rodillas". Y les dije…

Clementine deja de hablar, tiene otra vez el gesto de preocupación ansiosa, se calza la prenda de su cabeza.

Desde la oscuridad, atrás de la única bujía vuelve a hablarle
la voz, ahora con tono de súplica:

—¡No, Clementine! ¡No te cubras el cabello!

El que le habla deja la esquina donde se resguarda y camina hacia ella. Es muy joven, pálido y delgado, vestido con pulcritud. Por la ropa, por su voz, resulta difícil saber su profesión. ¿Trabaja en el servicio doméstico, es empleado de Palacio o de otra oficina de gobierno, y si es así de qué rango? Trae el abrigo abierto; se estremece como una hoja de árbol en el otoño. La ropa es buena, pero el ojo entrenado reconocerá en ella que no fue hecha a la medida, es de tan buen material que sospechará que sea de segunda mano. Tiene manos delicadas, no son las de alguien acostumbrado a picar piedra, en ellas está escrito el oficio que aprendió de niño, dedos de relojero. Su fragilidad encendida le da entereza por la vía de la ternura.

Clementine se descubre la cabeza y lo abraza.

—Clementine, fui a Tsárskoye Seló a llevarle una carta al Zar, me lo pidió el Padre Gapón.

Clementine lo suelta.

—¿A Tsárskoye Seló? ¡Qué ocurrencia!

—Se negó a recibir el correo. Arrestaron a los dos que me acompañaban. Me dejaron ir para que le quedara claro al Pope que el Zar no tiene el más mínimo interés en oírlo, para que alguien de su confianza se lo dijera con todas sus letras.

Silencio. Clementine se talla los ojos, hace el gesto negando con la cara, con un dejo de impaciencia.

—No debiste ir tras el Zar a Tsárskoye Seló, ¡qué locura!, ¿para qué meter la cabeza en la boca del que sabemos es un león? ¡Padrecito le llaman, al tirano...! ¡Están perdidos...! ¿Cómo que fuiste...? ¡Absurdo...! Me alivia saber que estás bien, y que estás aquí.

—El Zar no nos quiso recibir el correo.

—Ya, ya, ya oí; no necesito me expliques, Vladimir, eso era lo previsible. ¿Un mensaje para conminarlo a venir a San Petersburgo mañana y recibir la plegaria de sus "hijos"? ¡Era imposible lo recibiera! Fue una estupidez gaponista más... Pero ya dejemos eso, estás aquí y estás bien.

Vladimir siente vergüenza de su propia inocencia, y el color de su tez lo delata. Colorado como una fresa, busca un tema de conversación que él cree inofensivo:

—¿Pero por qué no hay nadie aquí hoy?, ¿qué está pasando? ¿Dónde están las demás costureras? ¿Y los niños que tiran del hilo de los encajes? ¿Ya van a cerrar el taller?

—Órdenes de la policía, Vladimir. No quieren a los trabajadores concentrados en esta área durante este fin de semana. Obligaron a todos los talleres del área de Nevski a cerrar. Por mí, mejor: tal vez me habrían tomado presa, me hubieran identificado y habrían venido al taller con represalias para mis excompañeras. Aunque no tuviera su complicidad, ellas habrían sido víctimas… ¡Y habrían dado contigo aquí…! Yo no me lo perdonaría… Jamás me imaginé que usaras otra vez la ganzúa para entrar, ya habíamos quedado que…

—Olvida la estúpida ganzúa. Explícame, estoy perdido. ¿Esto quiere decir…?

—Sí, Vladimir. Hoy fue mi misión. ¡Propaganda por el acto!

—¿Hoy?

—Lo que ni imaginé es lo que pasó: planté una bomba inútil… ¡Una bomba huera! ¡No estalló! ¡Apenas hizo un ruidillo! Como si no tuviera explosivo… ¡Qué fracaso!

Clementine lo vuelve a abrazar, temblando.

—Cálmate, Clementine. Piensa lo bueno: nadie murió. Cálmate.

—Te abrazo porque te quiero abrazar…

Clementine recobra la compostura.

—Ya pasó.

—No del todo. Fracasé, y no por mi culpa. Dejé la bomba antes de lo que tramamos porque suspendieron el servicio del tranvía. Son detalles, no interesan… El caso es que no sirvió la inútil bomba. ¡Si la hubieras hecho tú!

—Yo no hago bombas, Clementine. Reparaba relojes, que es muy distinto…

—Ya sabes manipular explosivos. Si tú la hubieras hecho…

Se vuelve a separar de Vladimir. Cambia su gesto. Está de nueva cuenta completa, restaurada. La bella Clementine, única entre las mujeres.

—Clementine… Yo no hago bombas. Te quede claro.

—Giorgii me recoge a las ocho, me sacará de aquí. ¿Quieres venir conmigo? ¿Te llevamos hacia El Refugio? ¿Vas a dar las nuevas a Gapón?

—No puedo, Clementine. El Padre Gapón ya lo sabe todo, y no quiere la noticia se disperse. Por esto me ordenaron que permanezca escondido hasta que termine la manifestación mañana. No debo ir hacia Nerva, ni debo presentarme donde esté ningún otro contingente de la Asamblea… Yo temo a otros —no ir a dejar un mensaje al Zar—, y a los que más temo es a los que protegen al Padre Gapón. No voy a desobedecer, no serviría de nada que lo haga yo. Además… yo no quiero ir a la "plegaria" de mañana… ¿Viste? Lo llaman acto religioso. Me quedaré esta noche donde mi hermana Aleksandra, la señora Annie no se da cuenta nunca… Así la tranquilizo, le hice llegar un mensaje de que iría a entregar el correo del Padre Gapón y que estaba yo algo alarmado… estoy seguro de que estará preocupada.

Clementine vuelve a cubrirse la cabeza.

—Muy mal, todo se ve venir muy mal. Han pegado hoy unos carteles… Anuncian que está prohibido manifestarse. Esto va muy mal. Muy mal.

—La marcha no debe celebrarse.

—De acuerdo. No… aunque… como algo pasará, algo espantoso, un rastro… las masas se moverán en rebelión, se les quitará todo ánimo de plegaria y lo que exigirán será sangre de los culpables. Y eso no servirá de nada.

—No me hables así a mí, Clementine.

—Habrá un héroe que se ofrezca a llevar la bandera roja. Eso sería la señal para matar a no sé cuántos inocentes. Van a ser ellos los que revienten la plegaria. Plegaria inútil, sí, y que tal vez podría bastar… pero… Si no hay bandera roja, qué sé yo, tal vez no haya rafagueo…

—No lo sé.

—No podemos hacernos ilusiones. Lo han anunciado de mil maneras. Si mi bomba hubiera estallado… No hubieran podido seguir con sus planes, habría detenido la manifestación.

Sin despedirse, Clementine se va. Dejan atrás de sí deshilvanado

el pequeño bulto que fue por unas horas su falsa cría,
tornado en una maraña de tiras medio deshilachadas,
otro ingrediente de la oscuridad
que pocos minutos después Vladimir vuelve total,
cuando apaga la bujía
y se va.

4. Hacia el concierto

A las siete y treinta y cinco minutos —ni uno más, ni uno menos—, Claudia y Sergio abordan su coche de tiro. En el momento en que los caballos empiezan a andar, Claudia deja caer una frase: "Pasaremos por Annie". Sus palabras estallan como una granada. El asiento de Sergio se vuelve una trinchera. Con las dos manos en la barbilla, pregunta, la voz distorsionada:

—¿Por Annie? ¿Por qué me haces esto? —Sergio no soporta ver a su hermana menor, menos aún si es en el teatro, donde la sociedad en pleno se da cita. Casi gritando pide al cochero:

—¡Giorgii! ¡Detén los caballos!

—Sergio, por Dios, ¡calma!

—¡Ve tú! Yo no voy. Me arruinaste lo único bueno que iba a tener este maldito día.

Giorgii disminuye la marcha pero, escuchando la discusión —y acostumbrado a éstas—, no detiene del todo a los caballos.

—Llevamos tiempo suficiente, no pasa nada —argumenta Claudia para tranquilizarlo, porque para justificar el disgusto que le causa ir al teatro con su hermana, Sergio ha argumentado que lo que no soporta es el tiempo que Annie tarda cuando van a recogerla, lo cual es absolutamente irrefutable—. Ya tomé cartas en el asunto, estará lista de inmediato.

—Ningún tiempo es suficiente para Annie, la conoces. Va a tardar años en bajar, siempre olvida algo… Además… —Sergio querría poder explicarle a Claudia el alcance de su disgusto, pero se entorpece su lengua.

—Ya, Serguei, es tu hermana. Por eso no te dije antes. Para ahorrarnos una escena. Vamos por ella, ¡y punto!

Giorgii conserva el paso calmo del carro.

El tiempo parece detenerse. Insensible al movimiento en la avenida, Sergio exhala:

—¡Adiós concierto!

—¡Qué exagerado! No crujas los dientes, ¡deja ya de restregarlos, que los rompes!

—No los estoy crujiendo.

—Claro que sí, hasta cuando hablas. Ya, ¡deja, deja!, ¡suéltalos! ¡Vámonos ya!

—Yo no voy al concierto.

—Basta. Vienes. Tienes que venir —agrega al hilo en voz alta, aplomada, al cochero—: ¡Giorgii!, ¡Sigue, sigue!, ¡vamos por la señora Annie! —el carro retoma velocidad y Claudia la palabra, sin bajar el tono de voz—. Estoy viendo que maltratas tus pobres dientes, como si ellos tuvieran la culpa de los absurdos corajes que haces por Annie. ¡Absurdos!, ella es un caramelo. Cálmate, Sergio, no pasa nada. Le pedí estuviera preparada para salir. Le dije que estaríamos por ella a las siete y veinte (la engañé un poco). Todo está bien. Tampoco quieres llegar muy temprano, te conozco. Eres la única persona de todo San Petersburgo que va al concierto sólo a escuchar música.

En el momento en que el coche se detiene, como un resorte se abre la puerta del Palacio Karenin, y sale Annie. Sergio entreví tras la hoja a Kapitonic, el viejo portero, al cerrarla.

—¡Los oí llegar! —Annie dice apenas subir al coche, sonriendo—. Quise agradar a mi cuñada, los esperé de pie junto a la puerta, lista para salir, con el manguillo en la mano y el sombrero puesto… Por un pelo me distraigo. Alexandra me estaba pidiendo un permiso absurdo… se lo negué, por supuesto.

Annie tiene las mejillas encendidas, como si acabara de estar junto al fuego. Sergio la saluda con un leve movimiento de cabeza, mirándola de reojo. Claudia le pregunta:

—¿Alexandra tu mucama? ¿La protegida de la princesa Elizabetha Naryshkina?, ¿la que…?

Annie interrumpe impaciente:

—Sí, sí, ella, Aleksandra, la de Naryshkina, dama de la reina.

—¿Qué te pedía Aleksandra?

—Ya sabes, Aleksandra es la chica que…

—Sí, sí, ya sé quién es, si te estoy diciendo… ¿recuerdas que yo te la recomendé cuando se fue Marietta?

—¡Claro! ¡Bendita elección! Es una joya, siempre está de buenas y dispuesta, ya ves cómo se han puesto, renuentes, dobles, remolonas… Me pide permiso para salir, sin darme aviso previo. Salir hoy, así nada más, en este momento, y regresar mañana al atardecer.

—Le hubieras dado permiso, ¿qué te quita? —Sergio.

—¡Se dice fácil, Sergio! Y entonces, ¿quién me viste si se va? Imposible. Mañana es domingo. No puedo dar un paso fuera de casa sin arreglarme, y sin ella estoy hundida. Y no sé hacerme el pelo.

Sergio, aún sin dirigirle la mirada, farfulla:

—¿Quién "te viste"? ¡Quién "te" viste! ¡Ya estás grandecita! ¿Y qué es esa expresión, "hacerme" el pelo? ¡Hacerme el pelo!

Claudia desvió la conversación:

—¿Cómo estuvo el día?

—¡Vi pasar dos coches de motor!

—Automóviles, así se llaman —la corrige con aspereza Sergio.

—¿Qué hiciste durante el día? —insiste Claudia.

—Fui al Magazine Eliséev…

—¿Qué no fueron ayer? —se entromete de nuevo Sergio—. Podrías quedarte un día en casa.

—¡Mañana es domingo! Tú lo dices fácil, pero yo, ahí, sola…

Como pensando para sí, Claudia deja escapar:

—No quiero ni imaginar tu despensa.

—Yo tampoco —espontánea, cándida Annie—. Eso lo dejo en manos del servicio.

—*Eso* no se puede hacer. ¿Cómo crees, Annie? Te roban, ya no es como antes, vives en tiempos de tus bisabuelos…

—Yo no sé ordenar. Para *eso* es el servicio.

Annie y Claudia continúan conversando durante el corto trecho que recorren para llegar al teatro, sus frases casi tropiezan unas con otras. Sergio deja de escucharlas. Regresa a pensar en el correo recibido el día de hoy, en la imposibilidad de salir bien librado. Tan absorto está que no puede lamentarse haber perdido el primer gusto que le da asistir al concierto, los minutos previos le suelen llegar envueltos de un placer especial, único, infantil.

Decir "infantil" referido a Sergio tiene su tinte. De niño había sido feliz. Tuvo alma de poeta, y le duró hasta que *ella* se fue y, para hacerlo más difícil, él dejó de ser su único hijo. Su cabello perdió sus rizos, cambió el tono de sus ojos, su mirada —hasta entonces idéntica a la de su papá— adquirió la inquietud de la materna.

Algo más había pasado. Desde muy pequeño, cuando estaba frente a su papá y él le dirigía la palabra, sentía que no le hablaba a él, sino a un niño ficticio. Por cortesía, pero más por temor, Sergio fingía ser ese niño imaginario. Cuando murió

Ana, Sergio se convirtió en eso, lo que él sentía que su padre creía que él era, un niño ficticio. Gradualmente, se tornó en un hombre, pero tal vez por haberse despojado de su ser poeta fingiendo, aún le quedaba algo del ansia nerviosa.

5. El correo del Zar

El correo que recibieron Sergio y Claudia Karenin este día, proveniente del escritorio del Zar, anuncia el deseo del Emperador de poseer el retrato de Ana Karenina que hizo el "gran pintor" Mijailov, que, de acuerdo con el testamento de Karenin, es propiedad de Sergio.

Mijailov lo pintó por la paga, a petición de Vronski, cuando la pareja de amantes vivía en Italia. El pintor trabajó en la tela con rapidez (por la premura que tenía para solventar gastos domésticos), pero esto no disminuyó su calidad. Se decía que era magnífico —eso se rumoraba, pero no había sido visto con detenimiento sino por Tolstoi y un puño de personas (casi todas ellas de ficción)—. De esto ya hace casi tres décadas, porque a partir de la muerte de Vronski, su mamá, la Vronskaya descolgó la pintura y ordenó que la guardaran contra la pared. Contra la pared ha seguido todo el tiempo, excepto por una vez.

La nota que viene del escritorio del Zar termina anunciando que su intención es adquirir la pintura para el fondo del Nuevo Hermitage. Escueto, el correo tenía algo de mandato, más que de solicitud.

6. En el teatro

El coche de los Karenin se detiene frente al teatro Mariinski. Las lámparas apuntan a los diminutos, temblorosos copos que, en lugar de reflejar la luz pura del sol de la mañana, replican los pardos, apagados colores de la pisoteada nieve, un lodazal a punta del girar de ruedas, el trote de los caballos, el deslizar de los trineos, el goteo del kerosene y aceite de los motores, y el paso de los transeúntes. Claudia desciende con la vista al piso, la mezcla la deja cariacontecida, "No debimos venir", piensa, y su mirada se diluye y enturbia, como si hecha de esa misma nieve sucia, como si el paso de un carro siniestro la hubiera enturbiado. "Ya es el 8 de enero de 1905". ¿Por qué diría en voz alta la fecha del día, usándola como una cortina de sus pensamientos? Annie repitió atrás de ella, "1905, 1905, ¡a mí me gusta el 1905!".

Sergio levanta la mirada a las lámparas. La luz dispersa los malos pensamientos que lo abruman. Annie escudriña el piso, buscando dónde pisar, y cae en la cuenta de la húmeda suciedad que amenaza su buen calzado. "Parece que por aquí ha pasado una multitud" —dice—, "¡como si viniéramos a ver a la Pavlova!" Sergio le contesta en tono de burla: "¿A ver a La Escoba sacudir la caja del apuntador? ¡No cuentes conmigo, hermanita!". Los hermanos Karenin desprecian la danza de la nueva estrella por los errores técnicos, y porque su amaneramiento les parece sentimental. "Es una preciosa ridícula", "No hay espíritu en su danza".

Una limousine Mercedes verde oscuro se detiene frente al teatro, es la del Príncipe Orlov —en ella suele viajar el Zar—. La maneja un chofer malencarado, una lámpara ilumina su rostro al momento que abren la puerta para dejar salir al pasajero.

En el foyer, un viejo valet los reconoce de inmediato, le llama a Sergio por su nombre —dice de memoria dos o tres líneas atribuidas a él—, a las señoras por su apellido, les retira los abrigos, sombreros, manguillos, las botas para la nieve y el bastón que lleva Sergio. No les da a cambio ningún boleto, "Pregunten por Fyodor, yo se los entrego". El Príncipe Orlov los saluda, dándoles de inmediato la espalda, los Karenin responden sin dejar de caminar. La tercera llamada ya suena cuando trasponen la puerta de su balcón.

Los candelabros encendidos y el animado ruido de la audiencia regresan el buen ánimo a Claudia. Annie ocupa el asiento del centro y en primera fila, dividiendo a la pareja, por lo que también rabia Sergio. Ocupan el quinto palco del primer piso —el *baignoire* Cinco—. Annie atrae las miradas, radiante, su hermoso rizado cabello, abundante y oscuro, sus gestos, sus pestañas tupidas y negras, su piel del color del mármol viejo, los ojos grises resaltados por el tono atrevido de su vestido, un púrpura rojizo que se ha puesto de moda. Es casi idéntica a su mamá, nadie lo anticipó cuando era niña. Si acaso difería de ella, era porque en sus rasgos y gestos era más evidente que la chispa final que iluminó a Tolstoi para crearla, prendió cuando conoció a la hija mayor de Pushkin, nieto de un africano, el Negro del Zar Pedro.

Al percibir las miradas y los murmullos sobre la hermana, Sergio imagina lo que la gente piensa —"¡Desafortunada!, ¡y tan bella! ¡Es idéntica a su mamá!"—, y rabia.

Que fuera idéntica a su madre es la razón central del malestar que le causa a Sergio estar con Annie. Sólo por verla siente el ultraje; si Annie aparece, no hay nadie que no piense en "la" Karenina y los identifique como sus hijos. Pero la verdad es que este efecto, al subrayar, no cambia la apreciación de sus personas. Con Annie o sin ella, Sergio está marcado porque es el hijo de la bella suicida. Incluso el balcón que ocupan para el concierto les está reservado porque es precisamente el que usara su mamá en un célebre pasaje de la novela que lleva su nombre.

En este balcón, Sergio ocupa exactamente el asiento que ocupó Ana, cuando, acompañada por la Princesa Varvara (de dudosa reputación), asistió al teatro para desafiar el ostracismo al que la habían condenado por amasiato. Fue en ese concierto cuando Madame Kartasova le escupió "Es una vergüenza sentarme a su lado". El humor en que lo ha puesto el correo que llegó a casa lo ha vuelto hipersensible, desde la nieve sucia al llegar al teatro hasta el balcón que conlleva la frase de la Kartasova, todo acucia la sensación en carne propia de aquel insulto, latigueándolo, como si se lo estuvieran dirigiendo a él, tan intensamente que se le presenta informe, monstruoso, una nube agresiva que lo abrasa, asfixiándolo.

Pero lo que más lo irrita es la presencia de Annie. Por su parecido con Ana, ella es el altavoz que le repite: "Eres el hijo de la Karenina; *ella* se enamoró de Vronski y te abandonó. ¿Y qué le veía *ella* a Vronski? Tú sí le viste algo, y fue la calva, la notaste desde la ventana de la habitación de Marietta, tu nodriza".

Annie le refregaba, además, la tristeza de su papá y, más intolerable aún, le restregaba el hecho de que él y Annie habían sido escritos por Tolstoi. Esto le era insoportable.

"¿Qué te pasa?, ¿Sergio?", le pregunta Claudia con la mirada (porque Annie está entre ellos). "No respires tan hondo", le dice también, "¡tranquilo!".

—No sé qué pesar me dio —responde en silencio Sergio, viéndola, ansioso.

Al bajar las luces para empezar la música, permanece en Sergio la misma sensación, impidiéndole escuchar con placer. "Estoy hundido", se repite, "estoy total y completamente hundido", como en un una ópera, de pronto más agudo, de pronto más grave, más rápido o más lento, "hundido, ¡hundido!". A su manera, Sergio compone un aria para su oído exclusivo.

Annie escucha sin oír. La música tiene sobre ella un efecto placentero mediano y con una contradicción: acentúa su ánimo sociable y le provoca recogimiento. Resuelve la incompatibilidad de estos sentimientos auscultando con los hermosos gemelos de nácar que heredó de su mamá. Los prismáticos desde el balcón y la relativa inmovilidad de los presentes la enlazan con la gente y la encierran en sus pensamientos.

Usa los lentes al ritmo de la orquesta, se los pone o se los quita con un golpe de cuerdas, alientos o percusiones. Su gusto innato es por las personas que no provienen de alguna novela, y entre éstas las menos relevantes, aquéllas que dedican su concentración y energía a vivir en los detalles. Los binoculares de Annie pasan de largo sobre el médico o el secretario personal del Zar, a sus esposas, a aquellos que flotan en los círculos sociales detentando puestos insignificantes en algún ministerio, o a los hijos de mercaderes acaudalados, o a los diletantes que cambian seguido de afición, o a algunos viajeros. Con los años ha aprendido a apreciar también a aquellos que, como su hermano, su mamá, su padre legal y el sanguíneo, han nacido por escrito, ya sea imaginados por completo por su autor, hurtados parcialmente de la realidad o pensados al vuelo con la marcha del tintero, pero le interesan menos que la gente parida por una madre.

Los binoculares son un medio ideal para ella, le gusta ver creyendo aproximarse, sin escuchar ni tener cercanía. Difiere de su mamá en que no lee más allá que pasquines románticos, no procura conocimientos, no tiene curiosidad intelectual. Pero aunque es frívola y sagaz, no es sorda, y la oscuridad de su propia persona la hace apreciar hondamente a algunos compositores.

Llegada la segunda pieza de la orquesta, Claudia deja a un lado su hábito de vivir con dos o tres partituras simultáneas. Wagner consigue lo que jamás logra su marido. Tal vez si hubiera tenido un hijo, éste ocuparía el lugar de Wagner, pero tendría que haber sido un hijo en problemas, porque el compositor la perturba. Le quita su paz natural; en lugar de resistírsele, ella se le entrega por completo, dócil y llorosa, como no tiende a serlo nunca. Con Wagner le cuesta trabajo no llorar, no es propensa a las lágrimas. Si hubiera sabido que iban a interpretar una pieza del compositor, tal vez no habría ido al teatro, pero no puso atención al programa, iba "al concierto", no al contenido de éste. Estaba ahí por darle gusto a Sergio (él ama la música), y por hacerle compañía a Annie, por sacarla de casa. La llegada del correo del Zar hizo más oportuna la salida.

Así Claudia no fuese tan hermosa como Annie y careciese de algún ingrediente inusual (o "exótico") que la hiciese más atractiva —aditivo que su cuñada tenía de sobra— porque es de piel muy clara y ralo cabello lacio, Claudia no es en ninguna medida fea. Annie es alegrienta (su alegría siempre ligeramente pintada por algo agrio), y en contraste Claudia es de natural feliz; esta felicidad la viste de gracia y belleza.

El cambio de tonalidad en sus temperamentos hoy se disuelve bajo el efecto Wagner —porque Wagner es la gran pasión musical de Annie—. Sólo en lo que dura la pieza, Annie retira los lentes de sus ojos, la emoción la pinta más bella, y Claudia en cambio parece disolverse distraída, ausente.

Sería imposible intentar enumerar las diferencias entre las dos mujeres, porque para ello haría falta detenernos en todas sus características. Hay una diferencia que no puede dejarse pasar: Annie es un personaje de ficción y Claudia no. La cuna de Annie fue la tinta, la de Claudia tuvo sábanas sevillanas. Ya mencionada es insuficiente, porque Annie difiere de otros seres de ficción en que apenas tiene presencia en la novela donde nació, y esto le da más flexibilidad a su persona. Los hechos claves son inamovibles: su mamá jamás sintió por ella el apego que tuvo por Sergio, su padre biológico apenas se relacionó con ella, el adoptivo (el papá de su hermano) sintió siempre por ella ternura, incluso cariño, y el deseo de protección —esto desde que nació; cuando lloraba porque la nodriza no tenía suficiente leche, Karenin fue quien se conmovió—, pero también despertaba en él amargura, frustración, y humillación. Las combinaciones afecto-desafecto, ternura-ultraje, y el ingrediente de ser de ficción, aunque de modo insuficiente o marginal, la hacen ser algo especial: es casi real.

7. *De lo que hizo Giorgii, el cochero de los Karenin*

Giorgii, el cochero, regresó en dirección al palacio de Claudia y Sergio Karenin. La gente apoda al edificio el "Seryozha", que es decirle el "Pequeño Sergio"; las malas lenguas se ensañan diciendo que es el fruto de una donación anónima al hijo de la Karenina, pero son meros infundios, porque lo obtuvieron con la dote de Claudia.

Apenas detenerse el coche, sube una mujer, la cara escondida tras el velo.

—Gracias, Giorgii. Gracias.

—Por un pelo se regresan los señores.

—¿Cómo? ¿Discutían otra vez?

—Lo de siempre.

—¿Estás seguro de que tienes tiempo para llevarme?

—Aleksandra, no voy a dejar que te vayas sola. Se ve que no conoces…

—Pero, Giorgii, sé que te pedí el favor, pero no te quiero ver en problemas. Y sí conozco.

—Me pediste un favor muy grande. Yo lo haría todo por ti. Y más si te casas conmigo.

—Pero Giorgii, ¡ya estás casado!…

—Sólo un poquito. No en San Petersburgo…

—Estás casado. Calla.

—Tengo que ir de cualquier manera, con otra encomienda. Llevo a alguien más.

Toman la primera calle hacia el este, y giran hacia el norte. Dos cuadras después, Giorgii detiene el coche. Se abre la puerta.

—Aleksandra, ésta es la otra pasajera que llevaré a El Refugio. Ahora sí, vámonos ya —cambia el tono de su voz, como si hablase con un superior—. Buenas tardes, Clementine.

Clementine se acomoda en el asiento enfrente de Aleksandra, lo más lejos que puede de ella, y no le presta la menor atención. Arrebujada en su capa, va concentrada en sus propios pensamientos. Aleksandra, en cambio, la observa con curiosidad cuando se lo permiten las luces de la avenida, su ropa es en extremo singular, esa capa hecha de trozos de diferentes materiales, de muy segunda mano. Clementine cruza las piernas, Aleksandra le ve bajo el vestido ajustados largos calzones hasta el tobillo, al pie como polainas.

El coche se dirige hacia el suroeste, alejándose del centro de la ciudad, y continúan el viaje a considerable mayor velocidad aunque circulan por calles estrechas, enfilándose hacia el área industrial de San Petersburgo.

Clementine va concentrada en poner orden en sus pensamientos. Pero al detenerse en una esquina muy iluminada, siente los ojos de Aleksandra devorándola —Aleksandra se repite lo que pensó cuando la vio subir al coche, "Otra de las novias de Giorgii, los hombres no tienen remedio".

—¿Qué, niña? ¿Qué me ves? ¿Te gusta mi capa? La hice yo. Y mira: mi vestido.

Clementine desanuda el lazo del cuello de la capa y se la abre de par en par. A plena luz de la mañana, identificaríamos que Clementine porta el vestido que Ana Karenina usó hace treinta años para asistir al concierto donde la insultó Madame Kartasova desde el balcón vecino, humillándola en público —afrenta cuyo espíritu revivía Sergio esta misma noche.

El vestido es una de las prendas de la Karenina que su semisuegra (la mamá de Vronski), la Condesa Vronskaya, en ánimo vengativo y perverso, donó a una institución de caridad, deseando que las usaran mujerzuelas. Al salir del confinamiento, se lo habían regalado a Clementine, porque se había "perdido" el que llevaba puesto al entrar a la cárcel, un vestido notable en su hechura, tanto el corte como la costura, que algún vivales hizo propio para regalárselo a su mujer, hija o amante.

La prenda de Karenina sigue siendo magnífica, pero no como lo fue décadas atrás. Hecho en París especialmente para ella, cortado a su medida en pesado terciopelo y ligera seda, armado con precisas indicaciones, ignoramos el color preciso que tuvo originalmente, no lo proporciona Tolstoi y sería imposible reconocerlo en su estado actual. Sólo sabemos que era de un tono claro. Tal vez fue entre crema y lila, pero lo más probable es que haya sido de un pálido vino que el tiempo ha deslavado, porque es de algo parecido al rosa que melancólico desentona con los otros colores de moda en esta temporada de San Petersburgo. El vestido tiene el escote bajo, deja desnudos también los hombros y va ajustado a la cintura con listones de seda que fueron, y aún son, de un tono más claro. Clementine no lo porta, como hizo Ana, acompañado de una mantilla adornándole la cara, sino que con jirones de ligera piel ha hecho esta especie de sombrero que, rodeando la cara y enmarcándola, le cubre el cuello, la garganta y los hombros.

Ana Karenina usaba un buqué (bouquet) de pensamientos frescos, las flores de pétalos coloridos sobre el lazo del corsé, y otro más pequeño en su rizado cabello, adornado con pequeñas plumas y un lacito de encaje. Para acompañarlo, Clementine trenzó plumas rotas emulando flores, las anudó con el corsé y entremezcló en su hermosa cabellera bajo la especie de sombrero que a primera vista parece ser parte de su capa.

Aleksandra ve el bizarro atuendo y no entiende su valor. Por cortesía le sonríe en silencio, pensando "Giorgii está más loco que una cabra, qué mujer levantó, de verdad tan extraña...".

8. El intermedio en el concierto

Al empezar el intermedio, Claudia dice en voz alta y en tono contundente, "¡Wagner me aturde!", con un gesto de "esto hasta aquí llegó", y pasa de inmediato a otro tema. Hay demasiado que atender, da por olvidada su reciente desazón. En su hermoso vestido, blanco, de encajes sobre seda, queda la huella de su inquietud: el adorno a gancho que llevara sobre el cuello, tan delicado como una mantilla, está fuera de lugar, torcido hacia un lado.

Sergio se levanta, aún en mente la última pieza, el Concierto para piano 4 de Anton Rubinstein. Se dispone a caminar hacia la salida del balcón cuando lo ataja un desconocido. En francés se le presenta como nuevo embajador en San Petersburgo, mascula un nombre incomprensible y omite el de la nación que representará.

—Sin duda a quien usted debe desear conocer es a mi mujer, es hija del Embajador…

—Sé quién es ella, sí, y sería un placer conocerla. Pero por quien tengo particular interés es por usted. ¿Sabe? —da un paso adentro del balcón, acorralando a Sergio—, he leído tantas veces la novela de Tolstoi que puedo ufanarme sabérmela de memoria. La extraordinaria posibilidad de hablar con uno de sus personajes me emociona…

—Excelencia —interrumpe Claudia, levantándose de su asiento; ha escuchado, e intenta distinguir en el perfecto francés parisino algún acento extranjero—, un placer conocerlo. ¿Bajamos a tomar un champagne para festejar su llegada a Petersburgo? Ya tendremos ocasión para conversar de más temas, sin duda. Lo primero es darle la bienvenida.

Claudia le ofrece el brazo, sonriéndole, y sigue hablando:

—*Enchantée. Je suis Claudine Karenina* —acentúa la á final, como los franceses pronuncian ese nombre—. ¿En qué país estuvo anteriormente? Sabe…

No para de hablar, y se lleva al extranjero, quien no puede declinar la compañía. Claudia no impone un castigo con su compañía, en los gestos del parlanchín y en su tono de voz es evidente que ella tiende sobre él la red de sus encantos.

Sergio alcanza a oír al Embajador decir a su mujer:

—Cuando leí *Ana Karenina*…

Annie ha pasado desapercibida a los ojos de ese astuto lector. Ni su belleza ni su parecido con la protagonista le atrajeron un ápice. "Otro que no se acuerda que yo nací", dice en voz baja, en tono resignado y, alzando la voz, levantándose de su asiento:

—Sergio, ya que nos acaban de robar a Claudia —acentúa la última a—, ¿podrías ser bueno?, ¿me acompañas a beber algo?

Le da el brazo y salen juntos del balcón. Enfadó tanto a Sergio la impertinencia del embajador desconocido que se deja llevar por ella. No han dado más de diez pasos cuando un grupo de hombres, deshaciendo su círculo, los detiene.

—Conde, ¿qué opina usted?

—¿De qué? —Sergio no tiene ni idea de a qué se refieren, piensa para sí "Otra vez hablan de la estúpida guerra con Japón".

Un hombre de barba rojiza pasa entre ellos, en voz muy alta despotrica, "Anton Rubinstein, tocar Anton Rubinstein cuando el complot judío…", pero ninguno del círculo le presta atención. El pelirrojo se sigue de largo, y el círculo sigue con su tema:

—Se dividen las opiniones, y nos interesa la suya: ¿es todo trabajador ruso un portador de la Cruz, un campesino, un krest'ianin? ¿O tenemos ya lo que en Europa llaman "clase trabajadora"?

Viendo la expresión de Sergio, que es fácil interpretar como "¿De qué demonios me están hablando?", otro del grupo agrega:

—Discutimos el tema por la huelga. Yo opino que el General Panteleev no se equivocó: es necesario aumentar la paga, además de atender el problema de la vivienda y abastecer de servicios médicos.

Todos tienen opiniones:

—¿Y quién va a subsidiar esto?, ¿nuestros impuestos?

—Deben pagar los dueños de las fábricas.

—¡Eso es un sueño!; la crisis económica que provocaría dejaría a muchos miles sin empleo. Peor el remedio que la enfermedad.

—Lo que es importante es mantener el orden. Se requieren fuerzas especiales, los costos a cargo de los empresarios.

—¿No sería menos oneroso a la larga remediar las condiciones?

—Ésa es una argumentación absurda.

—Hay que crear un esquema de repartición de las ganancias que dé aliento a los empleados, facilitando adquieran su propia vivienda. Y sí, por el momento mantener supervisión policial. Esto sería un seguro contra los disturbios. Van quinientas cincuenta huelgas en los últimos dos años.

—Ese número es una exageración.

—No, es la cantidad precisa.

—La fórmula mágica la tenía Zubatov: "Sólo con el matrimonio de la policía y la clase trabajadora puede el Estado mantener a raya a las fuerzas revolucionarias".

—Yo quería hablar de este fenómeno, el cura Gapón y sus seguidores —vuelve a tomar la palabra el primero.

—Se oyen decir tantas cosas, que si es un impostor, o un revoltoso, o un agente de los japoneses; o sólo un interlocutor al que hay que preciar, porque puede ayudar a alcanzar un acuerdo.

—O un iluminado, o sólo un vengador por un asunto estrictamente personal o administrativo…

Annie escurre su brazo del de Sergio, sin dejar de sonreír. La aburren las intrigas de la corte y los pleitos en las entrañas del ministerio, pero más todavía "esos asuntos de la política". Sergio tampoco tiene ningún interés en el tema, pero que Annie lo suelte es un alivio, y está por intervenir con otra pregunta cuando el joven que da las llamadas pasa con su campana, reconoce a Sergio, "Conde Karenin, tanto gusto", y su frase cortés más su mirada chispeante producen en Sergio un efecto helado. Piensa: "¿Alguien entenderá que no soy un títere, sino una persona? Incluso yo creo que eso soy, un títere, un títere que está por perderlo todo".

La frase no es una profunda reflexión sino la cantaleta que se receta a menudo y que conoce bien Claudia. Eso de "perderlo todo" no necesita de una nota del escritorio del Zar para brincar a la superficie. De niño lo perdió todo. Si volvía a flote era porque, sin saberlo, intuía el razonamiento que se dijera su madre a sí misma: "Renuncio a todo cuanto añoro y aprecio más en el mundo, mi hijo y mi reputación. Si he pecado, no merezco la felicidad ni el divorcio, y acepto la vergüenza, así como el dolor de la separación".

Con ese ánimo se separa de la conversación animada de los hombres, y busca a Annie. Regresa con ella al balcón, donde ya los espera Claudia.

—Las cosas están mal, Sergio —le dice su mujer muy quedo al oído—. Se han salido muchos del teatro después de la pieza de Anton Rubinstein, porque es judío, ¿cómo puede ser?, ¿qué le pasa a la gente?

Pero Sergio no le presta la menor atención. No la escucha. Lo aturde su incomodidad. Asiente como si le hubiera dicho cualquier comentario banal. Sólo quiere atender al concierto y olvidarse de todo. Empieza la música y él se le entrega; por completo sumergido en sus notas, zozobra en ella, de tal suerte que se le diría catatónico.

9. Cerca del puerto

No lejos del paso del río, al suroeste de San Petersburgo, el coche de los Karenin se detiene frente a la fachada de una bodega de las fábricas Putinov, las que empezaron la huelga. Clementine desciende sin decir ni pío, y de inmediato se pierde de vista. Giorgii, el cochero, baja del coche, directo a un piquete de huelguistas y algunos activistas reunidos alrededor de la hoguera:

—Volodin, buenas noches. Traigo a la hermana de Vladimir, el mensajero, quiere saber si hay nuevas de su hermano…

—¡Calla! Sí. Yo la llevo, sé quién le dirá —habla Volodin. Sin esperar respuesta o reacción de Giorgii camina al coche, abre la puerta de los pasajeros, y dice a Aleksandra: —Yo la voy a llevar a quien le explique todo, soy Volodin. No se preocupe, su hermano está bien.

—¿Ya regresó?

—No.

—¿Cómo pueden saber si está bien, si no ha regresado?

Giorgii se asoma también por la puerta:

—Tengo que irme ya, se acerca la hora en que los Karenin salen del teatro. Aleksandra, te dejo en buenas manos —y a Volodin: —¿Regreso por ella?

—Nosotros la cuidamos, no vuelvas.

—¿Está bien, Aleksandra?

—Gracias, Giorgii, gracias. Está bien.

Aleksandra baja del coche. Giorgii se despide, toma las riendas, y los caballos tiran a buen trote.

—¡Por eso matan niños! —Volodin dice a Aleksandra—. Cruzan por las calles sin atender a nada que no sea el capricho de los ricos… se sienten dueños de la ciudad.

Se adentran en una oscura callejuela, Aleksandra dando inseguros pasos y pequeños saltos torpes —los elegantes zapatos veraniegos que lleva puestos, herencia de su patrona, le impiden avanzar en la nieve—, Volodin como un pez en el agua.

10. *Otras precisiones sobre Sergio*

No es fácil precisar las fechas de la vida de Sergio. En 1873, cuando Tolstoi lo escribe —el hijo de Ana Karenina aparece desde el principio de la novela, y fue la fecha en que se comenzó a publicarla en fragmentos en *El Mensajero de Rusia*—, Sergio tiene ya ocho años. Es un neonato de ocho. Vuelve a tener ocho años cuando aparece impresa la primera edición de la novela completa, en 1878, y páginas después, al tiempo que corre la trama, es dos años mayor. Tiene para nosotros tres fechas de nacimiento: 1873 —cuando lo crea Tolstoi—, 1865 —fecha de nacimiento en la ficción— y 1878 —aparición impresa que lo fijará para la posteridad—. Para un lector monolingüe anglosajón, Sergio entra al mundo en 1886, año en que apareció la primera traducción a esa lengua, de modo que desde su punto de vista podría creer que nació en el 78, pero para nosotros en esa fecha ya tiene más de diez.

Hay que tomar en cuenta el mareo de cifras para comprender el estado en que Sergio cae en el concierto, en el balcón, un estado de coma espiritual que no podemos sólo atribuir al correo que llegó hoy a su casa, o a la compañía de su hermana Annie, o a que se hayan sentado en el balcón que hiciera famoso la Karenina, o al comentario del embajador recién llegado a San Petersburgo. Porque Sergio cae de tal manera en su ensimismamiento musical que es cosa de ficción —o podría serlo de místico, pero no es su caso—. Del coma espiritual, Sergio regresa resoluto, estado inusual para él porque tomar decisiones no es lo suyo.

Su resolución no es algo voluntario; al salir de esa especie de catatonia o coma en que lo sumerge la música, ella (la resolución) lo ha tomado ya a él. Sabe con claridad qué va a hacer. Su vida va a cambiar. En su expresión se trasluce una comodidad plácida que desconoce. "Hoy defino mi futuro". Se siente orgulloso, como un *verdadero* hombre, como si él se hubiera parido a sí mismo, salido de la inercia de su condición ficticia.

(No piensa que es difícil, si no imposible, que un ser dotado de un pasado fijo, inmoldeable, pueda acceder a un mañana voluntario. El mañana no cae como una lápida en las personas. Conforme va haciéndose el presente, se moldea, le da también nueva forma a lo que fue el pasado. Pero el ser que tiene un pasado fijo, escrito, es de natural inerte, indeciso, como las estatuas de marfil de los juegos de niños. Otro le dicta la forma de su inmovilidad o le permite avanzar en un rango muy limitado. Es la música lo que le da a Sergio la ilusión de total humanidad, él puede, como cualquiera, tomar una decisión. La toma, se aferra a ella. Es feliz.)

Al terminar el concierto, los tres Karenin dejan el balcón. Claudia saluda a algunos amigos, Annie recibe incontables cumplidos —"siempre la más bella", "los años no pasan por usted"— y Sergio se las arregla para parecer absorto en sus propios zapatos, sólo despega la mirada de éstos cuando el viejo ujier Fyodor le musita algo al entregarle sus abrigos, reacciona pero tampoco lo escucha, que es una suerte: el "Siempre me acuerdo de su mamá" de Fyodor hubiera sido otro bofetón para su ánimo.

Ya en el carro, no son sus zapatos los que Sergio ve, sino la calle a la distancia. Las dos mujeres charlan animadas. Sergio no las escucha, abstraído en el júbilo interior del "hoy cambiará mi vida". Cuando dejan a Annie en el Palacio Karenin, como único gesto de despedida, Sergio alza los hombros. Las dos mujeres cruzan miradas, conteniendo la risa:

—¿Qué te decía, Annie? Es la música, ve cómo lo pone, está en otro planeta.

Tampoco escucha Sergio su comentario, ni advierte las risas cómplices a su costa.

La pareja sigue el trayecto a casa en silencio. Giorgii, el conductor, va silbando una canción que los ruidos de la avenida le impiden a Claudia escuchar.

11. Kapitonic, el portero del Palacio Karenin

Kapitonic le abre la puerta a Annie. El viejo portero que aparece en la novela de Karenina sigue idéntico a como nos lo dejó Tolstoi, el tiempo no ha dejado huella en él. Desde el suicidio de Ana, no ha vuelto a poner un pie afuera, excepto una vez; no salió ni para estar presente en el entierro de su propia hija, la exbailarina del ballet ruso, hace cinco años. Vive encerrado a cal y canto, dedicado a conservar el Palacio Karenin tal como fue dibujado en la novela, con dos cambios. Uno es que el Conde Karenin se encargó personalmente de habilitar la habitación para Annie cuando llegó de la mano de Vronski. El segundo es que se removió el retrato de juventud de Ana Karenina del estudio del Conde, aunque representara a su mujer antes de que se convirtiera en "otra" al enamorarse de Vronski. Ningún otro objeto ha cambiado de lugar y las cosas se conservan en perfecto estado, gracias a los infinitos cuidados de Kapitonic (y a su naturaleza ficticia).

Pero Kapitonic no es hoy el de siempre. Annie lo percibe desde el momento en que le abre la puerta. Esa calidad que lo convierte en el portero perfecto —en el emisario impecable de la hiperestabilidad—, hoy tambalea. Kapitonic guarda silencio —es lo habitual—, pero en su expresión y en su postura hay algo distinto, diferente.

—Buenas noches, Kapitonic. ¿Todo en orden?

Kapitonic tarda en contestar. Más notable es que no extiende los brazos para ayudarla a quitarse el abrigo. Con la voz muy queda, pero con una exhalación casi furiosa, espeta:

—No, señorita Annie, no estamos en orden.

La manera en que dice las escuetas palabras es como un golpe para Annie.

—¿Qué pasa?

—Es que…

Ahora Kapitonic es quien parece distraído, ausente.

—¿Qué pasó, Kapitonic? ¡Me tiene en ascuas!

El portero del Palacio Karenin la mira como si de pronto se diera cuenta de que está frente a él. Reaccionando, toma el abrigo que ella sostiene en las manos, y retomando su habitual aplomo, con voz descompuesta, Kapitonic contesta:

—¡Marietta salió!

Annie entiende de quién habla, y no intenta corregirlo para que llame con su nombre a su ayuda de cámara, Aleksandra, la joven que suplió a Marietta. No lo hace porque no puede creer que Aleksandra se haya atrevido a desobedecerla.

—¿Qué hizo Aleksandrina?

—Se fue.

—¿Cómo que se fue…? ¿Se llevó sus cosas?

—No, no, no, señorita. No se llevó nada —el experimentado portero sabe que actúa un papel que no es el propio, y se siente en el deber de tranquilizarla. Porque sabe que el honor de su trabajo es personificar el orden, la tranquilidad del hogar. Desde el momento en que alguien traspone la puerta, Kapitonic debe hacerlo sentirse cómodo.

—¿Qué dices, Kapitonic? No entiendo.

—No *se fue* Aleksandra. Salió.

—¿A esta hora? —Annie sigue alarmada, como si no percibiera que Kapitonic regresa a su hora habitual.

Kapitonic respira hondo. No le contará que Giorgii pasó por ella, que es el cómplice. Es demasiado, no puede decírselo. En cambio, le explica:

—Hace tres días, Aleksandra recibió un correo. Hoy le llegó un telegrama. Cuando usted se fue al concierto, Aleksandra subió y bajó las escaleras varias veces. Yo no podía entender qué estaba pasando por su cabeza… Después me llamó y me dijo: "Señor Kapitonic, ¡yo voy!, ¡no puedo negarme! Si la señora no me quiere de vuelta, lo entiendo, pero no puedo no ir…" —el portero vuelve a perder el aplomo—. ¡Siquiera se cubrió la cabeza, la pobrecita! Le insistí en que lo hiciera…

Annie calcula su respuesta. Tiene sentimientos mezclados, enojo y preocupación.

—¿Dijo Aleksandrina si volvería?

—Sí, sí, señorita, volverá mañana al atardecer, ¡sólo mañana!, tal vez pude no haberla alarmado, pero… Dejó para usted unos papeles —Kapitonic los pone en manos de Annie—. Señorita Annie… yo intenté disuadirla. No pude hacer más… Iba con zapatos de verano, señorita Annie, mademoiselle Annie…

Con que se fue, a pesar de que ella no le dio permiso. La está forzando a despedirla. Un pesar, porque… No, no es impecable, ¿para qué exagerar?, pero la necesita, y las de servicio andan tan revueltas, que… Con un disgusto mayor, que amenaza con comerle todo juicio, Annie revisa lo que Kapitonic le da.

Uno de los papeles tiene pocas líneas manuscritas que Annie lee presurosa, de pie, aún al lado de la puerta, pero ya sin el abrigo. Aleksandra escribía que ella, "yo" (con letra clara) "tengo el deber de ir a buscar a mi hermano, que por instrucciones del Padre Gapón salió de San Petersburgo hacia el palacio del Zar a entregar la petición de los trabajadores", documento "del que aquí le dejo copia". Como su hermano no regresa, teme por su vida, "lo que me fuerza a salir a buscarlo: es mi único hermano vivo. Espero usted, Señorita Annie, sepa comprenderlo. Le ruego que con su enorme bondad sepa perdonarme. Tengo muy presente que usted me ha negado el permiso para salir. Por favor, le suplico valore que mis actos no son un capricho. Debí explicarle con más detenimiento, pero no quise retrasarla, sabiendo que su cuñada la quería puntual". Etcétera, formalidades que la pobre muchacha se dio tiempo de garrapatear, desesperada ante la idea de perder un empleo estable, porque de éstos no hay.

El otro papel es un impreso, una reproducción de la carta que el padre Gapón escribió al Zar y la que había enviado a Tsárskoye Seló:

"Señor: Nosotros, trabajadores y habitantes de la ciudad de San Petersburgo, de diversos rangos y condiciones, nuestras esposas, nuestros hijos, y nuestros desamparados ancianos padres, hemos acudido a vos, señor, en busca de justicia y protección. (…) No rehuséis el auxilio a vuestro pueblo. (…) Liberadlo de la intolerable opresión de los oficiales. Destruir el muro entre vos y vuestro pueblo, y permitidle que gobierne el país junto con vos".

Mientras leía, Annie se debatía, se regañaba a sí misma, rechazaba como intolerable la salida de Aleksandra, se la perdonaba, la despedía, la perdonaba… "¿Pero qué demonios es esto? ¿Qué está pasando? Ojalá hubiera prestado atención a lo que decían en el corrillo del teatro sobre el tal cura Gapón. ¿En qué se metió mi dulce, mi buena Aleksandra? ¿Y para qué me pidió permiso, si de todas maneras lo iba a hacer? ¿Cómo no me di cuenta de su grado de desesperación? ¿Por qué no la dejé hablar? Pude entonces aconsejarla, así tendría alguna idea más precisa de lo que está pasando."

12. A la mesa, Claudia y Sergio

A la mesa, festiva y elegante, adornada con el estilo de Claudia, los esperan ostiones y como plato principal carne de venado en salsa de almendra. El pan había levantado sólo medianamente, con él se preparó en la cocina una sopa que no estaba nada mal pero que no fue a dar a la mesa de los amos. Aunque Sergio se siente excepcionalmente vivaz al sentarse, el champagne con que llenan sus copas lo vuelve soñador. Fantasea con el futuro que acaricia. Abstraído en esto, Claudia lleva la batuta de la conversación, pide de Sergio sólo monosílabos, y pocos. Cuando les recogen los platos, pasa al francés para que no entiendan los de servicio:

—¿Qué vamos a hacer con la petición del Zar, Sergio? ¿Quieres hablemos de esto?

—Ya tomé una resolución.

Claudia lo ve a los ojos, con su ternura, pero también con algo parecido al asombro.

—¿Y? ¡Gran y grata sorpresa!

—Intercambiaré una por otra. Le doy el retrato de mi mamá que pintó Mijailov, porque no puedo negárselo, y le pido nos trasladen. Lejos de cualquier ciudad. Sé que necesita hombres de confianza contra los propagandistas que están corrompiendo...

—¿De qué estás hablando? ¿Has perdido la razón? ¡De ninguna manera! ¿Por qué vamos a sacrificar la vida que llevamos? Sergio, Sergio, Sergio —de nueva cuenta los ojos de Claudia empiezan a recorrer el comedor, tocando todo detalle. Con cuánto cuidado ha armado la vida doméstica que los rodea. Ella no está dispuesta a perderla, por ningún motivo. Y jamás se quedaría sin su Sergio, tampoco—. ¿Tú crees, honestamente, que puedes servirle de algún tipo de policía secreta? —y aquí baja la voz, pues en francés es la misma palabra—, ¿de verdad te ves como un Ojrana, tú? —alza la voz—. ¡No durarías más de dos semanas! —pasa al ruso—. No tienes huesos para eso —de nuevo brinca al francés—. ¡Tú de la policía secreta! ¡Imposible!

Sergio no da muestras de ofenderse por sus comentarios. El champagne y él lo han previsto todo. Se dispone a exponer con paciencia, en francés, y en voz muy baja, empieza por explicarle que si permanecen en San Petersburgo no podrá aceptar la petición que proviene de la oficina del Zar, porque eso le es intolerable. Pero si el Zar lo desplaza... y con esto además ganaría bonos por su incondicionalidad, su ofrecimiento de sacrificarse es prueba de lealtad. Dejarían todo, pero está seguro de que a cambio obtendrá el favor zarino. Tal vez les dará tierras (siervos imposible ya, aunque el sueño de su clase no se desvanece, y en lo que sueña él es en siervos). Tierras. No se detiene en la detallada relación que él y el champagne han previsto. Pasa a algo que piensa importará a Claudia: le otorgarán otra condecoración.

—Además —dice, ahora él en voz baja y en ruso—, en el campo dejaré de ser sólo el hijo de Ana Karenina —termina alzando de nuevo la voz, y en francés—: Tendré vida propia. Seré algo más que un títere.

A Sergio le brillan los ojos. Se golpea el pecho con los dos puños exhalando un "¡aaaaahhhh!", y sonríe. Pone las dos manos en la mesa, y voltea a ver a su mujer, esperando su reacción. Claudia pone cara de póker. Le habla en un tono suave, aún en francés:

—No es un sacrificio lo que ofreces, Serguei. Estás ofreciéndole dos sacrificios: el tuyo y el mío. Somos tú y yo los que estamos en juego. ¿Qué haré yo si no vivo en esta ciudad, y sin nuestra casa? ¿Qué será de mi vida, lejos de la tacita de plata en que vivimos?

—Harás otra casa... —Sergio le contesta rudamente y en ruso. Levantándose de la mesa con la copa en la mano, camina hacia el salón.

—¡Eso es imposible! Sergio...

Claudia sale tras él, hablando y haciendo énfasis con las manos.

La idea de entregar al ojo público el retrato de su mamá repugna a Sergio por el escándalo, la afrenta de verla expuesta, las murmuraciones a que dará cabida. Exponer la pintura provocará un ambiente intolerable. La suicida, la adúltera, la mujer perdida estará en boca de todos. Y Sergio, otra vez, no será sino el hijo de ella, esa pobre mujer, si es que puede uno llamarla así...

—Lo que importa es la calidad de la pintura, no las anécdotas alrededor de ésta. ¡Se trata del Hermitage, Sergio! ¡Entra en razón! —Claudia no da rienda a la idea del escándalo, quiere desviar la atención de Sergio para poder encontrar una salida airosa—. Hay que responder con la altura que lo demanda. Contestemos que con gusto enseñaremos la pintura a quien ellos consideren pertinente venga a evaluarla. Que es necesario confíen en un ojo crítico profesional. Que venga un experto y la juzgue. No vamos a decir una palabra de nuestros pruritos —no creas que no te comprendo—, porque no se trata de nosotros, sino de los tesoros artísticos de nuestra Rusia. ¿Es, o no es una obra de arte? ¡Es lo que importa! ¡Y no lo sabemos! Responderemos que es un gran honor haya su majestad fijado su atención en el retrato, pero que nosotros no tenemos ninguna expectativa en la pintura, más allá que su valor sentimental. Que no estamos autorizados para saber si es conveniente incorporarla a una colección y un museo tan importantes.

—Que lo pertinente es que vengan a evaluarla.

—Exacto. Si en verdad es una gran pintura, lo importante no serán los chismes, sino su cualidad. No es tu mamá quien estará en exhibición, sino una obra maestra. Al Hermitage sólo deben entrar obras maestras, porque ese museo es el orgullo de Rusia.

—Les diremos "vean con sus propios ojos si el retrato que está en nuestra posesión no es más que un Constantin Guys" —el pintor francés acababa de ser destrozado en las páginas del periódico.

—Exacto, Sergio. Es el punto.

La salida satisface a Sergio, pero sólo por un momento. Vuelve a llenar su copa y la de su mujer. Permite se asienten algo las burbujas, y dice:

—No, no creo. No, no puedo aceptarlo sin que nos vayamos, tiene que ser una condición previa. El sueño del tío Stiva era Texas... dejar Rusia atrás, cruzar la mar océana, vivir en la Gran Pradería, allá donde los caballos crecen por sí solos, las vacas se reproducen sin la mano humana, y los buenos apaches...

(¿Quién hubiera podido creer que ese muchacho iba a casarse, y que además se casaría bien? Tímido, incapaz de tomar decisiones —blandengue y pusilánime—, heredero de un capital minúsculo a compartir con su hermana, la que Karenin padre adoptó cuando se la entregó Vronski tras el suicidio de Ana, y a quien su abuela paterna dejó con triquiñuelas y malversaciones sin un céntimo, por vengarse de la hacedora de la desgracia de su hijo y por avaricia, diciéndose "A fin de cuentas la adoptó ese Karenin". Annie de niña era idéntica a Vronski —al punto que la Karenina no soportaba ponerle los ojos encima—, pero ni el parecido con la carne de su carne atenuó el ánimo vengativo de la Condesa Vronskaya, falta de corazón de abuela... Los bolsillos del padre Karenin se adelgazaron más durante sus últimos, difíciles años por su descenso en la administración pública y por los malos manejos de sus recursos cuando cayó en manos de un abogado sin escrúpulos que, aprovechándose de que Karenin quería estar lejos del escrutinio público, lo cebó con trampas. Disminuido, entristecido, tenía por única compañía a la Condesa Lydia Ivanovna (mujer insoportable) y como único soporte emocional al cristianismo. Hay que darle a la vieja Condesa Ivanovna su crédito: aun tras la tragedia de Ana siguió siendo su incondicional. El cristianismo lo aisló aún más, porque después del asesinato del Zar Alejandro II —el emancipador de los siervos—, su hijo, Alejandro III, no veía con buenos ojos a quienes no fuesen ortodoxos puros. El viejo Karenin jugó todas sus cartas mal… La llegada a la adultez del primogénito Karenin no tuvo estrella protectora. Su tío, el príncipe Stefan Oblonski, también cayó en desgracia por un error administrativo que se podría pensar minúsculo pero que fue magnificado por el disgusto que causara la presión de Tolstoi sobre el nuevo Zar, exigiéndole perdonara la pena de muerte a los asesinos de Alejandro II… Igual de difícil de contrarrestar era el apellido de Sergio. ¿Quién podría querer llamarse Karenina? La mujer que se casara con él llevaría un nombre marcado por la memoria de la bella y rica que, en un arranque de rabia, celos y exasperación, se arrojó al andén, a la vista de los demás viajeros. No tenía una razón *aparente* para suicidarse. Los celos eran figurados, la mención de cualquier mujer o lugar donde pudiera encontrar alguna, especialmente si ésta era la Princesa Sorokina, la enloquecía. Se convenció de que Vronski estaba por abandonarla, creyó que su mamá lo alentaba a un matrimonio más conveniente, dio el paso, y terminó con todo. Pidió perdón a Dios en el último instante, pero no a Sergio. Craso error, Dios tiene tanto y el pobre Sergio sólo la tenía en su corazón a ella.)

(A pesar de lo anterior, Sergio Karenin se casó joven, con Claudia, una mujer de no pocas luces, joven y rica. Tienen más de quince años de matrimonio. No tienen hijos. En la pareja no existen tormentas, malos pasos, fluctuaciones, siempre están engarzados en su minúscula batalla. Es más que una relación estable, es un hecho, como lo son las montañas o las barrancas que algunas veces los acompañan, el uno par del otro.)

(Que antes de aventarse a las vías no le pasara por la mente la pequeña Annie es algo más comprensible, esa niña no ocupó nunca un lugar central en sus afectos, ¿pero Sergio, su adoración, en quien ella decía haber volcado todo el cariño de que era capaz? Engendró a la hija, la parió, pero le era ajena. No es reprobable si pensamos que no quería tenerla, que su obsesión era Vronski y que el embarazo no fue nada más que un inconveniente, un mero accidente biológico. Ella se explicaría que se había secado la fuente que podría ligarla a un vástago, que el torrente fue todo para Sergio, y no porque fuera de corazón duro, si protegió a la familia del jardinero inglés borracho, que a la muerte de éste quedara desamparada. Llevó a la huérfana a vivir con ella, le dio lecciones para que aprendiera a leer y escribir con propiedad el ruso. Cuidó y protegió a los desamparados ingleses, pero tampoco pensó en ellos cuando se arrojó a las rieles. En el que sí pensó, fue en Vronski. Sólo, sólo en Vronski. Se mató *contra* Vronski. Cumplía la amenaza con que había fantaseado horas antes, pero no sólo por venganza. Sí quería castigar a Vronski, pero más que nada huir, sobre todo de sí misma, como bien lo dejó anotado el autor… Comparado con el último paso de la Karenina, el amasiato con Vronski es una corta pieza teatral cómica, el entremés de un dramaturgo frívolo. El suicidio fue una tromba, un torbellino. La Condesa Vronskaya quiso arrancar a su hijo de éste. Con orgullo lo acompañó a la estación de tren de donde partió a la guerra. Con orgullo lo hizo enterrar, y aunque héroe no fuera, ella le trabajó una condecoración y la obtuvo. "Dio su vida para liberar a nuestros hermanos del puño otomano". Alguien se atrevió a decir en la ceremonia funeraria que si Vronski no hubiese muerto, los voluntarios rusos habrían tomado Constantinopla. Para Ana, en cambio, no hubo lápida, ni misa, ni perdón. Él fue mártir de dos causas: la eslava, y la maldad de la mujer. Ella, de sí misma —ya se había sacrificado antes de morir "La mujer que no intuye dónde están la felicidad y el honor de su hijo, no tiene corazón"—… Es muy posible que Ana sea un alma en pena. Su alma no debe tener reposo, pero ¿cómo saberlo?, no somos médiums, no jugamos a la ouija, no nos interesa el destino de los fantasmas sino el de las personas que conviven en la faz de la Tierra, para su pesar o su gusto, con otros.)

(Mucho de los otros, ¿pero y de Vronski, no hay más? Se enroló voluntario en la revuelta serbia, al mando de un escuadrón independiente que él organizó y financió —fue uno de los numerosos rusos simpatizantes de la causa eslava, deseosos de ayudar a sus "hermanos serbios" (ortodoxos) a liberarse del "puño tiránico de los turcos"—...Cuando Koznyshev (escritor modólogo —de los que van con la moda, y que son mayoría—, por lo tanto reciente convertido a la causa serbia) fue a buscar a Vronski a la estación de tren cuando emprendía el viaje a Serbia, advirtió que la expresión le había cambiado, de neutralidad a dolor (y no sólo por el dolorón de muelas que lo atormentaba). Vronski había pasado seis semanas sin hablar tras el impacto de la muerte de Ana, sin ver persona alguna, encerrado, pensando en su vida —lo que nunca antes había hecho— y en la cercanía de la muerte. "Pronostico que está por empezar una nueva vida", le dijo Koznyshev a Vronski, más por no saber quedarse con la boca cerrada que para darle ánimos. No era pronóstico sincero, fue un gesto, una palmada verbal al hombro. Vronski intuía con claridad que lo que él deseaba era morir, con dignidad. A eso iba a la guerra. Iba a luchar porque quería restituir su honor, por vanidad y para no sentirse culpable, para mostrar que era un hombre de valor, no el protagonista de un enredo de faldas... Lo mató la bala de un KRNK modelo 1867 que se le escapó a un hombre de su propio escuadrón, justo cuando a Vronski se le cayó el sombrero y se agachó a recogerlo. Una bala atolondrada, buena para nada, que requirió de la cooperación de su víctima... (Lo último que la conciencia de Vronski percibió, y con gran claridad, fue la mirada de odio que Ana Karenina le lanzara años atrás, a través de su velo ligeramente púrpura, en el Jardín de Wrede. Esa mirada de Ana sí había nacido para Vronski, porque la Karenina nunca antes (ni después) había lanzado una así…) Pero nadie habla de esta bala perdida. Terminó por considerarse irrefutable la versión de un periodista ruso, escrita desde las trincheras en un estilo elegante y brioso que encubría la falta de rigor en los hechos: Vronski, montado en su caballo blanco, vestido impecable de blanco, agitando la melena, gritó: "¡Viva la independencia de Serbia y Montenegro!; ¡mueran los turcos!, ¡caerán Mehemet y Osman Nuri!" —los nombres de dos generales otomanos que luchaban en la frontera—, se abalanzó hacia el corazón del ejército enemigo (conformado de árabes, derviches, egipcios y las bien entrenadas tropas otomanas) y rompió sus filas Ya cerca del General Mehmet, le apuntó con su rifle KRNK, estaba por disparar, cuando uno de los gatilleros que protegían al líder turco le sorrajó un tiro entre los ojos. Y así, según este relato, Vronski murió, con melena (aunque fuera bastante calvo), vestido de blanco (aunque llevara el uniforme de los oficiales, que no era de este color), con valor e ímpetu (aunque por el dolor de muelas estuviera muy disminuido, y por la muerte de Ana demasiado cabizbajo), apuntando su KRNK (aunque la verdad fuese que a él lo había matado uno de éstos que ni siquiera le había apuntado). De haber sido cierta la verdad del periodista, al pegar la bala al entrecejo, habría cambiado su expresión de gravedad y dolor, por una desencajada, como una carcajada incontenible, un rapto o un delirio. Pero no hubo tal… En todas las épocas hay actores como Vronski, aparentando la precisión de su propia ruta, arrojo y heroísmo, actores medianos de su propio destino que no son más que cortina de turbiedad que desvían, entretienen con oropeles, ejercen un influjo obtuso.)

13. Aleksandra y Volodin hacia El Refugio

Aleksandra y (su ariadno) Volodin caminan en un estrecho callejón paralelo al muro lateral de la bodega frente a la cual hacen su hoguera los huelguistas, franqueada del otro costado por una hilera de malhadadas casuchas. El callejón no está iluminado, pero de las viviendas surgen algunas líneas de luz que, combinándose entre ellas, forman ángulos extraños que le hacen a Aleksandra aún más difícil caminar.

Por una de estas manchas de luz, Aleksandra cae en cuenta de que ha perdido su echarpe.

—¡Espera!

—¿Qué?

Aleksandra da la media vuelta, y tras ella Volodin. Ella no avanza más de cinco pasos, cuando, en un tramo por completo oscuro, tropieza con alguien y asustada tose un "¡ay!".

—¿Qué pasa?, ¿estás bien? —pregunta Volodin.

Desde la oscuridad, una voz de mujer que él no esperara oír le contesta:

—¿Volodin? ¡Eres Volodin!

—¿Y tú quién eres?

—Soy yo.

Volodin identifica a Clementine.

—¡Clementine! ¿Qué haces aquí?

Los tres se desplazan y la irregular luz los alumbra.

—Hago lo mismo que ustedes. ¿Esto es tuyo, niña?, ¿cierto? Es tu chal, lo tiraste pasos atrás. Volodin, veníamos juntas en el coche, nos trajo Giorgii.

Los tres retoman el camino en silencio. El estrecho callejón desemboca en una bodega que en su fondo se une con el cuerpo de las fábricas Putinov. Entran por la puerta lateral. En la bodega hay decenas de trabajadores en acalorada discusión:

—No podemos enviar a la cabeza de la manifestación a las mujeres y los niños. Hay riesgos…

—¿Cuál riesgo?

—Riesgo de muerte. ¿Te parece poco riesgo?

—Serán el escudo para los muchos otros. No se atreverán a dispararles.

—¡Y miren quién va llegando! ¡Volodin! ¡Con dos mujeres!

—Una es… ¡Yo te conozco! ¡Clementine! ¡La anarquista! ¿No que éramos unos… cómo nos llamaste? ¡Dijiste que nunca querrías nada con nosotros!

—Y tengo toda la razón. Ni con ustedes, y ni con su completa Asamblea de Trabajadores Rusos, porque olvidan que existimos las mujeres.

—La política no es cosa de mujeres.

—¡Otra vez con eso! La política no, pero sí el trabajo, ¿verdad?

—Coser, cuidar niños, eso sí.

—¿No somos colegas, iguales?

—Somos diferentes, por la gracia de Dios.

—¿Y yo por qué voy a aguantarme en silencio mientras mi corazón está hirviendo?

—Ya, Clementine, deja tus palabras necias.

—Todos tenemos derecho a cambiar de opinión, y espero que algún día sea su caso. Abrirán sus ojos, y nos verán sus pares.

—Que te calles. Hay trescientas mujeres inscritas en nuestra organización. Pregúntale a Vera Karelina.

—Somos un apéndice, la cola de la zorra y no la boca, las patas, la cabeza; como si nosotras no tuviésemos los mismos derechos que los varones. Pero no vine a discutir con ustedes, que para hacerlo no faltan puntos. Estoy buscando al Padre Gapón, necesito darle un mensaje personal.

—¿Vas a la marcha mañana?

—¡Clementine! Si vas a marchar, no será trayendo cizaña. Te atreviste a llamarlo un "infiltrado", ¿cómo olvidarlo?

—¿Fue ella? ¡Yo también me acuerdo!

—¡Que se largue!

—¡Los anarquistas: fuera!

—¡Anarquista!

—Calma, han llamado al padre Gapón cosas mucho peores que agente del gobierno.

—Tengo que hablar personalmente con él —repite Clementine, en nada fastidiada por el recibimiento.

—¿De qué?, a ver, dinos de qué hablarás.

—No lo voy a discutir con ustedes. Tiene que ser con él. Ustedes no me harán caso, sólo porque soy mujer.

Aleksandra escucha sin comprender. Del Padre Gapón ella sabe mucho, pero no entiende de qué están hablando. Y en cuanto a Clementine, ¿qué es esto de "anarquista"? No había escuchado el término. ¿Era contrario a revolucionario socialista?, ¿o era ser marxista democrático?, ¿o bolchevique? Todas esas palabras se le revolvían, su hermano Vladimir las dejaba caer encimadas como pilotes para levantar un puente que ella no consigue figurarse.

—Basta de discutir —interrumpe Volodin—. Ya me han dicho dónde está el Padre Gapón, vamos.

Se enfilan hacia el río, una parte baja que es muy propensa a inundarse y que se conoce como El Refugio, donde los trabajadores de los molinos, los hornos y otras industrias conviven en miserables casuchas improvisadas carentes de servicios públicos (el mundo que retrata Gorki). Cruzan el Campo Refugio, que podría ser un parque para los juegos de niños y es un tiradero de basura, lugar de vivienda y reunión de los parias.

Miles se han congregado en la iglesia de Nuestra Señora del Perdón, hombres, mujeres, niños. El Padre Gapón arenga en el podio:

—¿La policía y los soldados se atreven a detenernos?

—¡No se atreverán! —replican casi a gritos los asistentes.

—Camaradas, ¿es mejor morir por nuestras demandas que seguir viviendo como hemos hecho hasta hoy?

—Moriremos.

—¿Juran morir por nuestra causa?

—¡Juramos!

—Los que juran, que alcen la mano.

Miles de manos se levantan.

—Camaradas, ¿y si los que hoy juran se arrepienten mañana y no nos acompañan?

—¡Los maldecimos! ¡Los maldecimos!

El Padre Gapón pasa a leer la petición que llevarán al día siguiente al Zar, al Palacio de Invierno, se detiene en cada frase y la grey corea la línea —se las saben ya todas de memoria, como:

—Hemos venido a verte a ti, Señor, para buscar justicia y protección.

La multitud lo repite.

—Hemos caído en la miseria, se nos oprime, se nos aplasta con trabajo por encima de nuestras fuerzas, se nos insulta, no se nos reconoce como seres humanos, se nos trata como esclavos —palabra a palabra, corean lo que el Pope dice.

Aquí y allá se detiene el Padre Gapón para preguntar a la multitud:

—¿Es esto verdad, camaradas?

Asienten bramando, muchos levantan las manos y hacen con sus dedos la señal de la cruz para indicar que esas palabras que pronuncia el Pope conforman una demanda sagrada.

Gapón pasa a dar instrucciones:

—Todos deben vestir sus mejores ropas. Traigan a sus mujeres y a sus niños. Nadie debe llevar una sola arma, incluye esto las navajas. No se tolerarán banderas rojas, ni siquiera pañuelos rojos. Acudan en cuanto suenen las campanas de las iglesias, traigan cruces e íconos, y retratos del Zar; pídanlos de los templos y las oficinas.

Pausa. Gran murmullo. Sabían lo de la ropa y la prohibición de armas o banderas rojas, pero cruces, íconos y retratos del Zar es novedad, los murmullos son para ponerse de acuerdo y encontrar cómo; si el Pope lo pedía, los tendrían que llevar.

—¿Y si el Zar se niega a oírnos? ¡Entonces no tendremos Zar! ¿Y si el Zar se niega a oírnos?

—¡Entonces no tendremos Zar!

Rutenberg —colaborador cercano del Padre Gapón y su único amigo, porque son cientos de miles sus seguidores, pero sólo con él hay amistad— sube a su lado y habla:

—Tal vez nos ataquen. Daré ahora las indicaciones de dónde encontrarán armas para protegerse…

Lo abuchean gritando:

—¡Nadie debe llevar una sola arma!

—¡Apostasía!

—¡Eso es herejía!

—¡Al Zar no se le toca!

Otro de los lugartenientes del Padre Gapón brinca al podio y dice:

—¿Es posible acercarse a Dios con armas? ¿Es posible acercarse al Zar con animadversión o sospecha?

La grey corea:

—¡Es apostasía! —los gritos de nuevo llenan el recinto.

Es tanta la multitud agolpada que las velas se apagan por falta de oxígeno.

Gapón retoma la palabra, Rutenberg asiente entusiasta a su mensaje de paz, como un recién convertido. Gapón calma los ánimos. Rutenberg baja del podio. Gapón recalca el espíritu pacífico y religioso de la marcha que empezará en unas horas. Reza una plegaria. Canta y hace cantar a toda la audiencia un canto religioso. Después pregunta:

—¿Alguien llegará armado mañana? ¿Alguien lleva armas el día de hoy?

—¡Nadie!, ¡nadie! —grita a coro la multitud.

—Todo esto es bueno. Nos acercaremos al Zar sin llevar una sola arma.

El Padre Gapón —que ya tiene la voz ronca de repetir el llamado decenas de veces en las áreas industriales y la periferia de la ciudad— baja del podio, seguido de sus lugartenientes. Un joven toma su lugar y repite las palabras de Gapón a la gente:

—Camaradas, ¿la policía y los soldados se atreven a detenernos?

—¡No se atreverán!

—Camaradas, ¿es mejor morir por nuestras demandas que seguir viviendo como hemos hecho hasta hoy?

—Moriremos.

—Camaradas, ¿juran morir por nuestra causa?

—¡Juramos!

—Camaradas, ¿y si los que hoy juran se arrepienten mañana y no nos acompañan?

—¡Los maldecimos! ¡Los maldecimos!

—Camaradas, ¿y si el Zar se niega a oírnos?

Mientras, Volodin, Aleksandra y Clementine se abren paso hacia el frente, con dificultad se desplazan entre la apretada multitud anunciando que traen un mensaje importante para el Padre Gapón que deben entregarle en persona. Llegan a su lado cuando él está dejando la iglesia por una puerta lateral.

Clementine se le acerca y lo ve a los ojos. Le dice: "Esto es sólo para sus oídos, viene directo de Vladimir" —y suelta las tres palabras secretas que son el código—. El padre Gapón le toma la mano y se aleja de su grupo un paso al lado para escucharla. Con señas indica a sus hombres formen un cerco para poder escuchar en relativa privacidad lo que es sólo para sus oídos, las espaldas hacen con rapidez un cerco. El Padre Gapón se inclina para oírla, Clementine acerca su cara al oído del religioso ucraniano:

—El Zar no los recibirá en Petersburgo, Padre Gapón. Se lo han dicho claramente a Vladimir. Sólo regresó él, no soltaron a los otros mensajeros, los tomaron rehenes. Vladimir me pide que le transmita que el Zar no volverá mañana, que no recibirá el pliego petitorio.

El Padre Gapón se endereza, y dice en voz alta.

—Jovencita, lo sé todo.

—Y hay algo más, Padre —aquí Clementine no se cuida de bajar la voz—, el centro de la ciudad está tapizado de carteles con un nuevo decreto prohibiendo las manifestaciones, so pena de muerte.

El padre Gapón hace un gesto con la mano, dándole a entender que ya lo sabe y que no tiene la menor importancia. Clementine le contesta casi a gritos:

—No haga marchar a la gente, Padrecito. ¡Su mensajero le dice que el Zar no los recibirá, la policía le advierte que matarán a su gente!, ¡usted quiere llevarlos al patíbulo…!

Con los ojos, el padre Gapón fulmina a Clementine, con la mano la bendice en un gesto grandioso, y de inmediato le da la espalda, regresando a su contingente, mientras los lugartenientes corean:

—Una loca, ¡Señor, ten piedad de ella!

—No, no es loca, ¡es un agente de lo más corrupto del régimen!

Arropan a Aleksandra mientras expulsan a Clementine del círculo del Pope. Volodin queda al lado de Clementine e instintivamente la protege, la toma del brazo y echan a andar.

Apenas dejan atrás la multitud, Clementine maldice en voz baja, "¡Maldita bomba! Debió estallar, debió estallar", y a todo pulmón:

—Mi bomba no iba a matar a nadie intencionalmente. El Padre Gapón, en cambio… no es sólo que juegue con fuego, los está llevando a…

Y Volodin piensa "Sí, en verdad Clementine ya perdió la cuerda, se nos está volviendo loca; el Padre Gapón es el ser más bueno del mundo".

—Aquí te dejo, Clementine, tengo que volver por la hermana de Vladimir, me la confió Giorgii…

14. Nuestro gran momento

Al momento en que su mensajero confiable, Vladimir, salió con el mensaje para el Zar hacia Tsárskoye Seló, el Pope Gapón llamó a sus colaboradores cercanos:

—Se acerca nuestro gran momento. No se lamenten si hay víctimas. No nos enfilaremos hacia los campos de Manchuria, pero si aquí, en las calles de la ciudad, llega a correr sangre, ésta preparará la tierra para el renacimiento de Rusia. No me recuerden con malos sentimientos. Demuestren que los trabajadores no sólo son capaces de organizar a su gente sino también de dar la vida por la causa.

Sus palabras causaron una gran emoción, y en varios de ellos surgió por primera vez el miedo, pero lo contuvieron porque el Padre Gapón solía ser demasiado enfático. Como si su tono hubiera sido insuficiente, con la voz aún más grave, Gapón agregó:

—Nos vamos a tomar una fotografía antes de despedirnos.

—¿Por qué despedirnos? —este comentario era la gota que derramaba el vaso de su alarma— ¿Están en riesgo nuestras vidas?

—No, no, no. Recuerden que les he dicho que el General Fullon ha prometido no tomar a ninguno preso. Ustedes están todos a salvo. Pero mi suerte está echada. Me espera la prisión o la muerte.

Así intentara tranquilizarlos, había abierto la caja de Pandora del temor. Estaban ya informados, el destino de su pacífica marcha era más turbulento de lo que habían previsto. Rutenberg, el amigo de Gapón, fue el único que tuvo la suficiente cabeza fría como para tramar por si ocurría un desenlace temible.

Esto ocurrió hace una semana.

15. Con el Padre Gapón

Tras el incidente de "la loca" Clementine, el Padre Gapón recibe a Aleksandra con entusiasmo algo efusivo. "Es la hermana de nuestro Vladimir" —dice en tono convincente y en voz alta, hasta donde se lo permite su ronquera porque después de haberse dirigido a las multitudes en decenas de lugares petersburguenses —iglesias, bodegas, fábricas, calles— tiene lastimadas las cuerdas vocales. Repite "Vladimir, Vladimir" para que los más cercanos repliquen el nombre y quede explicado su entusiasmo por la llegada de la joven, así instruye sin deletrearlo que deben acogerla, darle fuerza en lo que regresa su hermano de la misión que le ha encomendado "la causa".

No hacía mucho, el Padre Gapón había explicado: "A Vladimir lo retienen los subordinados del Zar, tumores malévolos que rodean a nuestro Padrecito". Lo había dicho, y bien claro, aunque tenía noticia precisa de que Vladimir había regresado, de que el Zar no quiso recibir su mensaje, de que la policía retuvo a los compañeros de su mensajero. Clementine no le dio ninguna noticia fresca.

El Padre Gapón conoce, y bien, a Aleksandra, por otros motivos que sólo ser la hermana de su mensajero. Sabe que es protegida de Elizabetha Naryshkina, dama de compañía de la Emperatriz, cortesana fiel a su monarca y gaponista de hueso colorado a quien el Pope procura con celo, porque es su contacto con la Zarina. Esto debe permanecer secreto entre sus seguidores, no necesita hacer pública su alianza con la Naryshkina. La cuida tanto que no ha querido involucrarla ahora, no ha presionado para conseguir que la Zarina intervenga y promueva que el Zar los reciba. No querría fricción alguna con esa alianza.

Lo segundo es que Aleksandra creció en el orfanato donde Gapón literalmente reinó durante un tiempo. Gapón había sido el sacerdote a cargo del Segundo Orfanato de la Rama Moscú-Narva de la Sociedad de Asistencia para los Niños Pobres y Enfermos, al que la gente llama Orfanato Cruz Azu, cuando también era maestro del Orfanato Santa Olga. Por tener estos dos puestos, a Gapón le otorgaron una iglesia que en un santiamén llenó con sus seguidores, multitudes de miserables iban a escuchar sus conmovedores sermones a los que pronto se sumaron interesados en la justicia y activistas políticos de diversas clases. Sus sermones causan fervor, el estilo en que celebra los ritos, informal y conmovedor —permite que los fieles canten las oraciones con tonadas de canciones populares y los insta a pasar la mayor parte del tiempo de rodillas—, consigue un efecto de grupo, de solidaridad, de entusiasmo, de fervor no sólo religioso, también social, y, según sus detractores, de algo que raya en fanatismo. Es tan magnético que incluso los no creyentes asisten a su iglesia, como aquel socialista demócrata, que en breve se convierte en uno de sus aliados, que explicara que nunca había escuchado un servicio religioso como el de Gapón, "es un verdadero artista, con su mirar hipnótico y magnético, parece verlo todo y traspasarlo; su rostro iluminado, su gesticulación tan afable y tan profunda, su espléndida voz de barítono a la que él infunde un entusiasmo que se contagia en la audiencia; si reza por un muerto, todos lloramos; si arenga por la justicia, todos nos sentimos sedientos de justicia; si celebra por un nacimiento o un matrimonio, la grey ríe y llora de felicidad, y yo con ellos, aunque yo no soy creyente. Al verlo, sólo quiero seguir viéndolo y oyéndolo, y quiero seguir escuchándolo, aunque repita una y otra vez frases que todos nos hemos aprendido ya de memoria. Es un fenómeno, Gapón es un fenómeno".

Lo tercero, por último, es que Aleksandra es íntima amiga de la jovencita que el Padre Gapón sacó del orfanatorio cuatro años atrás. Llevó a la chica, Sasha Uzdaleva, a cohabitar con él, casi niña. Sasha es hasta la fecha su compañera, su concubina. Así le tuviera prohibido visitar a Aleksandra —temía que por ser protegida de la Naryshkina hiciera correr información sobre su privacidad en los círculos de la corte zarina—,

Gapón sabía que en cuanto podían se procuraban para conversar. "¿Pero de qué tanto hablas con Aleksandra, Sasha?, es una mujer tan poco interesante". "De cosas de mujeres, de eso hablamos ella y yo". Aleksandra visitaba a Sasha cuando tenía algún excepcional día de descanso —no abundaban, Annie Karenina dependía para todo de ella—, aunque su cerco fuera celoso, no tenía cómo hacer efectiva la prohibición absoluta. Pero sí tiene control, sabe de todas las entrevistas y encuentros de su amasia Sasha, porque Gapón fue un buen aprendiz durante su larga relación con Serguei Subatov, el jefe de la policía secreta (la Ojrana).

Sobre todo por su amistad con Sasha, Gapón quiere a Aleksandra a tiro de piedra. No la dejará dar un paso sin que la vigilen sus propios ojos. Aunque, claro, también a su debida distancia: Gapón piensa en la posibilidad de que alguien les tome una foto, de que la Princesa Elizaveta Naryshkina, dama de la corte de la zarina, sospeche que el Padre Gapón enlaza a su protegida con los de la Asamblea, se armaría un alboroto en círculos cuyos alcances provocarían una avalancha que no está en posición de poder enfrentar.

16. Clementine sigue la noche

Clementine deja su corta entrevista con el Padre Gapón en un ánimo fiero. ¿A dónde ir? Toma la decisión de inmediato, y se le hacen agua los minutos de camino a la guarida de sus cómplices, los camaradas de su círculo anarquista. No había pensado acercárseles, ninguna gana de ver a los procuradores de su fracaso. ¿Quién fue el imbécil que preparó mal la bomba que no voló rieles y tranvía? Pero tras el encuentro con el Pope Gapón necesita con urgencia su compañía.

El grupo de cómplices es pequeño y en nada parecido a las multitudes que rodean al Padre Gapón: recelan de toda autoridad, disgustan de la ceremonia, descreen de cualquier dios y de cualquier líder (incluyendo a Clementine) con una intensidad algo fanática pero de ardiente irreverencia (incluso procaz).

El círculo se llama Stenka Razin, para honrar al líder de bandidos, insurrectos, fugitivos, el "Daré rienda a la furia", un héroe cosaco que se enfrentó al Zar, a los persas, a los tártaros kalmukios y que fue leal únicamente al Río Volga y a quien consideraba su madre, Rusia.

Buscar nombre para el círculo fue un largo debate, porque para cualquier punto les cuesta ponerse de acuerdo. Alguien propuso que se llamasen Grupo Sansón, pero Clementine alegó que por qué como aquel hombre al que ya le habían sacado los ojos cuando tiró las columnas del templo para acabar con los filisteos y se autosepultó su "¡muera yo con los filisteos! es el acto de un ciego". Su proposición fue llamarse "Las Trescientas Zorras", aquellas que cazó Sansón, las amarró de sus rabos, les puso un hachón en ellas y las soltó libres, incendiando los campos de sus enemigos. Pero el nombre de zorras no tuvo el menor consenso. Stenka Razin concilió los ánimos, y con ése quedaron.

En las reuniones preparatorias para la primera propaganda de hecho del círculo, Clementine propuso colocar la bomba a un costado de la fortaleza donde aún estaban presos un par de legendarios rebeldes, pero lo descartaron por considerarlo, si no imposible, absurdo, "¿y a quién le va a importar? Debemos herir la vida civil, no donde están los confinados; sería correr un riesgo absurdo". Ella respondió: "Riesgo no existe para nosotros, ¡viva Nisan Farber!" —Nisan Farber es aquel anarquista que apuñaló a un empresario rompehuelgas y después puso la bomba en la estación de policía con la que mató a algunos, incluyéndose—. Después, Clementine sugirió poner una bomba al caballo del Zar Pedro, y la reacción fue "¡De ninguna manera, sólo nos traerá enemigos, es el símbolo de la ciudad!", "¡Pero si la ciudad no tiene nada que ver con esta figura!", "Eso lo dices tú, Clementine, porque vives en Babia, pero los petersburgueses creen que es el símbolo de la ciudad". Ella pensaba en la ciudad y lo que le venía a la mente eran los barrios cercanos al puerto, el anillo que la rodeara con un cerco de miseria, donde vivían los trabajadores, ¡no la estatua a media plaza! "Por lo mismo, debemos cambiarle el símbolo, tornar a Petersburgo en la ciudad de todos", pero no convenció a nadie. Alguno sugería un Café, otro un Hotel, no se ponían de acuerdo. Tampoco acordaban si la bomba debía ser suicida para garantizar su éxito "No hay otra manera, el error es…". Clementine creía, y en esto era la única, que no había que llevarse vidas inocentes, que lo importante era atraer la atención, provocar y hacer que las aguas corrieran hacia su causa, esquivando a colaboracionistas, infiltrados y corruptos.

Por fin, coreando un "¡Viva la anarquía!", llegaron a un consenso de lugar y estrategia. Sería en los rieles que descansan sobre el río helado, esto acarrearía la atención de buena parte de los petersburguenses. No sería una bomba suicida —aunque la empresa podía serlo—, porque quien la plantaría sería Clementine, y por ser mujer no se podía, etcétera, etcétera. Pensaron y calcularon mucho, pero no la probabilidad de que la bomba no funcionara…

Clementine llegó a la enfebrecida reunión de sus cómplices. Entrando escuchó:

—No tiró del detonador, sin duda.

Ella brincó en su defensa:

—Claro que tiré del detonador, si no la bomba no habría hecho el ridículo que hizo. Fue un minúsculo estallido. Sólo porque tengo oído de tísica me di cuenta de que ocurría. Créanme, sonó como si una cuchara cayera de su mano al piso.

—No fuiste la única que lo oíste…

—Pero no pudieron saber de dónde provino…

—Nadie sospechó que en el tranvía había una bomba…

—No hubo investigación…

—¿Están seguros? —Clementine.

—Absolutamente. De primera fuente es el informe.

—Es que no estalló…

—¡No estalló!

—Que les digo que sí… —de nuevo Clementine defendiéndose.

—No, Clementine, no estalló… ¡se pedorreó!

—¡Pedo de bomba!

—¡Buena flatubomba nos echamos!

Los anarquistas se echaron a reír. Los nervios contenidos los volvieron por un instante un puño de locos, no de activistas.

—Ya decía yo que la única manera es plantando en uno mismo la bomba.

—¡Sueño fútil! —opina Clementine—. Si me la hubiera hecho estallar abrazándola, ni siquiera me hubiera desgarrado el vestido. El problema fue la bomba. No estaba bien hecha.

17. En la cocina del Palacio Karenin

En la cocina del Palacio Karenin están reunidos los del servicio, excepto Kapitonic, el viejo, portero impasible. En inusual y ansiosa agitación por la escapada de Aleksandra, hablan todos, nadie oye a nadie. Subiéndose las frases de unos a las de otros, el tono no es de lamentación o de celebración, sino de alarma. Por la agitación, dejan salir del pecho cosas en total impudicia, porque aquello rebasa la franqueza. Aquí y allá los diálogos comienzan a darse:

—Dirán lo que quieran, pero la señora Karenina era un pan de dios. Murió por causa de las gotas de opio que bebía para poder dormir. Pobrecilla, no encontraba alivio a su tormento… Cada noche tomaba más gotas.

—El opio mata.

—Eso no fue lo que la mató, sino lo que hacía para no tener hijos. Eso fue lo que acabó con ella —dice la vieja cocinera.

—¿Qué hacía para no embarazarse? —esta pregunta no es inocente. La jovencita que la formula (Valeria) no quiere hijos, sin antes saber que no los condenará a la miseria. Para esto, Valeria se quiebra el lomo, pero es en balde, intentar ahorrar pero su esfuerzo no la lleva a ningún lado, cada vez más caro el transporte, el sueldo de su marido (el buen marino Matyushenko, a bordo de un submarino) no llega con regularidad, su mamá está enferma…

—El único que sabe qué diantres hacía la señora para no llenarse de hijos es Kapitonic —de nuevo la vieja cocinera.

—¿Cómo crees que lo va a saber Kapitonic? ¡Imposible! No es cosa de hombres.

—Dicen que él salía a comprárselo, que la señora sólo confiaba en él —la cocinera.

—¡Pero eso es falso, falso de toda falsedad! Porque cuando ella vivía en casa, no usaba esos ungüentos.

—¿Eran ungüentos? —de nuevo, la jovencita, Valeria, intercede para que se detengan en el punto de su interés. Muchas veces ha pensado, mientras lava los pisos, que "la señora", como llaman a Ana Karenina, aunque debió "cambiar de piernas" (la expresión es de su marido, "anda, bonita, vamos a cambiar de piernas", o "préstame un cambio de piernas", o "aquél ya anda cambiando piernas" con ésta o con la otra) y no una, sino muchas, incontables veces con el Conde Vronski, sólo tuvo una niña en tres años de relación… y con Karenin no había engendrado sino un varoncito en quién sabe cuántos años… Para ella es obvio que la señora no se había llenado de hijos porque no quería tenerlos.

—¡No usaba nada, por Dios, nada de esas malignidades! ¡Era una señora!

—Entonces, ¿por qué no tuvo más hijos? —Valeria.

—Eso sí no sé. Además, Kapitonic no siguió a su servicio, siempre ha estado en esta casa.

—La señora era buenísima.

—Sí, lo era.

—¿Y de qué estamos hablando? —preguntó la cocinera— ¿Pues qué no estamos aquí porque se fue Aleksandra? Nada

sabemos de ella. Con que no caiga en las manos de la policía
secreta del Zar…

—¿Policía secreta? ¿La Ojrana? ¡Eso sí que es una ocurrencia! —dice riéndose Valeria, cándida, inocente e ignorante.

—Ninguna ocurrencia, considerando en qué andaba el hermano…

Es a su mención, como un acto de magia, que entra Vladimir. Irrumpe en la reunión de la cocina sin precaución, seguro
de que nadie del servicio estará despierto a estas horas. No es la
primera vez que llega de noche, abriendo la puerta de la cocina
a la calle con la habilidad de su ganzúa.

Sabiendo que no puede retroceder, sonríe, repasa con rapidez a todos los asistentes a esta improvisada asamblea hogareña,
y pregunta con voz de pichón, fingiéndola tímida e inocente:

—¿Y Aleksandra?

—¡Te fue a buscar! —la cocinera.

—¿A dónde?, ¿a dónde me pudo ir a buscar? ¡Estoy aquí!

—Donde estuviera el Padre Gapón, ¿dónde más?

Vladimir había quemado tiempo en las calles heladas. No quiso quedarse más en el taller donde antes laborara Clementine
porque era verdad lo que ella dijo, si acaso alguien había escuchado el fallido estallido, si alguien la hubiera reconocido y la
ligaran con éste, irían por ella.

Lo movía a salir, además, una curiosidad que quería satisfacer. Con cautela se aseguró de que nadie lo venía siguiendo,
caminó arriba y abajo en la calle antes de dirigirse a ningún
otro lugar. Después echó a andar sin dirección hasta que cuadras después enfiló hacia la estación del tranvía que corre sobre
las aguas heladas del río Neva. A la distancia lo vio, varado
junto al embarcadero, como un juguete olvidado. Se dijo para
sí: "¡Intacto!, parece intacto".

Se acercó a la estación del tranvía. Otro hombre iba delante
de él concentrado en sus pensamientos, no fue sino hasta que

llegó a la ventanilla de la caseta que se dio cuenta de que ya no había servicio. En voz alta, dijo:

—¡Maldición! ¡Ya cerraron la caseta! ¡Por eso no hay nadie!

Giró sobre sus pies para regresar y casi topa con Vladimir, que fingía caminar distraído atrás de él.

—¿Qué pasa?

—Ya no corre el tranvía.

—¿Tan temprano? —dijo con tono inocente Vladimir— ¿No estará dormido el conductor?

Vladimir tomó al hombre del brazo y caminaron por el embarcadero hacia la puerta del tranvía. Desde ahí inspeccionaron su interior. El tranvía estaba intacto y vacío. Vladimir escrutó con la mirada, revisó con especial cuidado. No había ni huella. Pensó para sí, "¡No activó la bomba! Por algo Nisan Farber se voló a sí mismo; Nisan Farber…". La idea le ardió en la sangre. "Mi Clementine…".

—Tendré que cruzar el puente a pie —dijo su improvisado compañero—. ¿Vamos juntos?

—¡Buena suerte! Iré después.

Se despide con un gesto y emprende en dirección contraria. Aún no está preparado para retirarse al Palacio Karenin a pedir a su hermana asilo por esta noche. No puede acercarse a ningún enclave gaponista. En la Nevski se asoma a la reunión sabatina de una célula de comunistas que tiene por lema "Valientes hasta la locura, dispuestos a tomar el cielo por asalto". Recibidos y protegidos por el hijo de un exministro del Zar Alejandro —el Libertador, el emancipador de los siervos—, fue por ellos que conoció a Clementine, cuando ella aún laboraba en el taller, cuando se conformaba con organizar a las costureras para que demandaran sus derechos, antes de que la tomaran presa.

La última vez que Clementine asistió a un cónclave de la célula "El cielo por asalto", se despidió diciéndoles: "Si ustedes quieren el asalto, revertirán las órdenes sólo para regresarles el golpe. Lo pertinente es tomar al cielo con las manos. ¡Al

cielo con las manos!". Los comunistas la escucharon dándola
por loca, pero en cambio Vladimir cayó a sus pies. O cayó en
sus manos…

Vladimir se presenta, lo reciben sin ningún aspaviento, como si siguiera siendo un asistente regular. Se sienta a escuchar
en qué están. Algunos argumentan que no deben sumarse a la
marcha del día siguiente que preside el Padre Gapón, otros que
sí —entre éstos hay una mujer, Alexandra Kollontai. Habla de
tal manera que lo conmueve y quiere él dar su opinión, pero
no le dan la voz, ha perdido su espacio aquí, no tiene derecho
a hacerlo, ni a votar —tampoco a lo segundo la Kollontai, que
para entonces ha salido hacia otra reunión—. Vladimir presencia la votación, los que no querían tomar el cielo con las manos
marcharán con los gaponistas al día siguiente, "y no a asaltar",
pensó Vladimir", "a mendigar". Se dio cuenta de que era su
Clementine quien hablaba en su conciencia.

Después de ver terminada la votación y escuchar qué lugar
elegían de punto de encuentro, vagó un rato más por las calles
y se dirigió al Palacio Karenin, donde lo hemos visto entrar.

18. ¡Moriremos!

El Padre Gapón, rodeado de su halo de seguidores, dirige la última arenga que dará en esta fecha. Con la voz ronca, repite "Soy
cura sólo en la iglesia. Aquí soy una persona como cualquier
otra". Los que lo acompañan se lo han oído decir mil veces, en
la exaltación no puede callar, ni sus adictos quieren lo haga.

Aleksandra lo sigue un paso atrás. Zozobra. No sabe nada
de Vladimir, le dicen que no se preocupe, pero no le precisan
nada concreto. Siente remordimientos de haber dejado el Palacio Karenin sin autorización, "¿y para qué?", se reclama, "si de
cualquier manera no estoy buscando a mi hermano…", tiene
temor de perder su trabajo, pero sobre todo quiere saber qué
es de su hermano.

—Tengo que ir a buscar a Vladimir —dice, insistiendo.

Pero la respuesta que le dan es la misma: Vladimir está bien, no hay nada de qué preocuparse.

—¿Lo veremos adonde vamos?

—No es probable, pero todo es posible. Tranquila, está bien.

Llegaron al lugar, territorio de mendigos, entre casuchas y hogueras improvisadas, la multitud al aire libre. Acomodaron a Aleksandra en la primera línea, rodeada de los hombres que venían custodiando a Gapón, sus lugartenientes. El Padre Gapón repite el mismo discurso que ha ido diseminando a lo largo del día ("Hemos venido a verte a ti, Señor, para buscar justicia y protección", la multitud lo repite, "Hemos caído en la miseria, se nos oprime, se nos aplasta de trabajo por encima de nuestras fuerzas, se nos insulta, no se nos reconoce como seres humanos, se nos trata como esclavos... ¿Es esto verdad, camaradas?"). El único amigo del Padre Gapón, Rutenberg, de nueva cuenta sube al podio, propone las armas, se convierte al pacifismo. Siguen el mismo orden de la arenga anterior.

—¿Alguien llegará armado mañana? ¿Alguien lleva armas el día de hoy?

—¡Nadie!, ¡nadie! —grita a coro la multitud.

—Todo esto es bueno. Nos acercaremos al Zar sin llevar una sola arma.

Aleksandra se deja llevar, siente el fervor de la multitud enardecida, y esto la prende, queda unida a la posesión colectiva. Sin poder ni asombrarse, ya está gritando a coro con la multitud enfebrecida: "Moriremos", "¡Juramos!" y "¡Los maldecimos! ¡Los maldecimos!".

19. *La cena de los esposos Karenin*

La conversación de los esposos Karenin se prolonga hasta la madrugada. Ésta no tiene nada que ver con la calidad extraordinaria de un retrato al óleo que, sobrepasando la fidelidad, muestra con su factura los detalles únicos de un ser específico. El lienzo, con honesta persuasión, toca valiente los conflictos y las contradicciones de una persona, resolviéndolos en la imagen. Atractivo, como lo fue su modelo, lo es por razones distintas. Está dotado del don de la belleza, como Ana lo estuvo. Pero en Ana la belleza invocaba a la conquista, era irresistible para los que fueran sensibles a su atractivo. Aunque el lienzo sea escrupulosamente fiel al modelo original, no opera así. Delicado, invita a contemplar el color, la tela, la hechura, y un ser hipotético, hermoso pero sin el imán sensual de su modelo, provocando en el espectador una reflexión introspectiva. Es un clásico. Su creador —Mijailov— no imaginó ni por una fracción de segundo lo que conseguía al pintarlo. Sobrepasaba su ambición, con mucho. Supo que hacía un buen trabajo, se dio por bien pagado con el dinero que recibiría a cambio. Eso era todo —pero ese todo es nada en esta pintura vertiginosamente hermosa.

Durante la conversación, Sergio detalla los motivos que tiene para no soportar la idea de ver el retrato de su madre expuesto y en la boca de cualquier petersburgués. Claudia blande argumentos para disuadirlo. En algún momento de la noche, Sergio dice que aceptaría se exhibiera si lo muestran como "Retrato de una mujer", sin decir la identidad de su modelo. Claudia argumenta que el escándalo debiera tenerles sin cuidado, "Será ése o será otro; la gente se hace lenguas de cualquier cosa porque no tienen qué hacer; desidiosos y holgazanes descuidan a sus hijos, viven en habitaciones abandonadas, se ocupan sólo de los chismes y murmullos maledicentes", y que en cambio pueden vender el retrato y comprarse algo importante como… "¿un barco?, ¿un automóvil, de motor, como los del Príncipe Orlov?", le preguntó para distraerlo, "¿tierras en Texas?", "¿una villa en Italia?". La pintura podría alcanzar tal precio que haría accesible cualquier sueño. Además, congraciándose con el Zar al prestarla para la exposición, y haciéndoseles presente, es posible que Sergio obtuviese el puesto en el ministerio que tiene tiempo deseando. Y tras el puesto, varias condecoraciones. La pintura será una ayuda para la carrera de Sergio, no una molestia.

Los argumentos de Claudia y su estrategia sirven para desenganchar el pudor de Sergio, y el cansancio termina por regalarle a ella la partida. Decide Claudia: el correo saldrá por la mañana agradeciendo la invitación a que la pieza fuese parte de la colección imperial, siempre y cuando un experto en pintura lo evalúe para saber si tiene méritos artísticos suficientes para gozar del honor de ser exhibida en tal museo. Si no es una gran pintura, la tela no merecerá ingresar a la colección imperial.

Segunda parte

El domingo sangriento
(9 de enero)

20. Annie Karenina sin Aleksandra

En casa de Annie, la jornada del domingo empieza en total desorden. La ausencia de Aleksandra trastorna a los habitantes del palacio Karenin. La habitación de Annie se convierte en punto de peregrinaje: nadie puede encontrar el lazo de la falda, o el sombrero del tono indicado, o el fondo que hace juego, o el cuello, o la blusa, o el vestido. Cambian a Annie de ropas cuatro veces, sin conseguir armarle el atuendo completo. El tiempo corre, entran y salen de su recámara éstos y los otros, y Annie sigue sin vestirse. La cocina no da por terminado el desayuno. Es domingo y nadie puede salir al rezo. El más abatido es Kapitonic, no sabe cuándo debe acercarse a la puerta, las rodillas ya le duelen de esperar sin sentarse un rato en su cuarto.

Aleksandra, que en efecto tiene virtudes, es en extremo desordenada. Lo suyo es el caos, en él, como un pez en el agua, da con los objetos sin batallar, pero cualquier otra cabeza se ahoga en su torrente sinsentido; quien busque encontrará el son de guerra de las cosas: donde hay un par de zapatos puede esconderse una mantilla; donde un corpiño, el peine; donde una falda, el calzón, donde el cinturón, el frasco de tinta para escribir las notas de visita. Y aún nadie intenta siquiera peinar a Annie, ahí Aleksandra es canela en rama.

21. La respuesta de los Karenin al Zar

Ese domingo 9 de enero a primera hora, después de desayunar, Claudia contesta al escritorio del Zar en un estilo que en verdad está muy lejos de ser directo y fresco. Su carta dice que nada los haría más felices que ver el retrato de Ana Karenina en la colección imperial, "un privilegio imponderable". Que consideran, por honorabilidad, que, al ser el Hermitage "sin duda la mejor colección de pintura del mundo" (buena era la colección, pero la frase es por adular), incapaces de juzgar si la pintura tiene algún valor artístico, hacen la petición de que algún experto la revise y juzgue. El lienzo está a su total disposición para que, quienes consideren capaces de evaluar si merece el honor, accedan a verlo.

La nota es elegante (no hablan de dinero, pero lo dejan entredicho), y casi gusta a Sergio, por la dignidad de ésta, y porque da espacio a la negativa del Zar. Podría ser que la pintura sea ínfima, indigna en verdad, y sin ningún valor, artístico o financiero, excepto por el chisme, y en ese caso no sería necesaria que dejase su resguardo. Con suerte —piensa Sergio— se quedará de cara a la pared, como un infante castigado, donde le dice Claudia que está viviendo.

Marido y mujer firman la carta. Al pie de la firma y a un lado, Claudia añade, con letra más suelta, una pequeña nota: "No pasó un día sin que Papá recordara al Emperador, siempre con inmenso respeto, admiración y cariño", y dibuja sus iniciales de soltera, parodiando la firma del Embajador su padre. Otro gesto de lambisconería o de diplomacia. Sea el día que sea, temiendo Sergio caiga de nuevo en su natural indecisión, Claudia da instrucciones a un lacayo de casa (Piotr): debe llevar de inmediato la contestación a las oficinas zarinas, atención "Escritorio del Zar", asunto: "Retrato de Ana Karenina, pintado por Mijailovich". De esa manera, Sergio saldrá de su zozobra —y ya no podrá arrepentirse.

22. Piotr

El lacayo de los Karenin, Piotr, vestido muy de domingo para asistir a la Santa Ofrenda — "Iré a la Catedral aprovechando el viaje"—, para ir a chismear con sus amigos, única ocasión de la semana porque, como su patrona siempre lo trae corriendo, corre y corre pasa la vida. Quiere dejar el correo cuanto antes, librarse de esto y salir pitando a la iglesia. Así que se suelta a correr, sin prestar atención absolutamente a nada. Irá primero a entregar el de la oficina del Zar —le gusta la idea de entregarlo en el Palacio de Invierno mismo—, después el del segundo secretario.

A Piotr le gusta cantar. Al tiempo que corre, aunque no tenga una gota de vodka en las venas —no es usual, por el control que lleva Claudia, su vigilancia es estricta—, canta a voz en cuello una de su invención, o eso cree él, usando una tonada muy conocida, cambiándole al vuelo las palabras:

> Yo llevo un mensaje al de Invierno,
> lo llevo, lo llevo.
> Yo llevo un mensaje al de Invierno,
> lo llevo, lo llevo.

Muy inusualmente se le reúnen pronto tantas voces, las más de niños, que su canto improvisado queda fijo —eso no es lo suyo, siempre cambia las letras al camino:

> ¡Yo llevo un mensaje al de Invierno,
> lo llevo, lo llevo!

Pero aunque le hayan cortado las alas a su invención, Piotr va feliz, cantando, con el coro que se le ha pegado se siente en el cielo. Como es canto repetido, la cabeza se entretiene pensando en otra cosa, y lo que piensa es lo que tiene frente a sus ojos, y en silencio, mientras sigue su canto, se dice, "Mucha gente en

la calle, ¿por qué?, ¿porque es domingo?, ¿no es demasiada?",
y canta, y canta, y entre la gente va encontrando cómo seguir
rápido su camino, ya no tan a la carrera porque no hay cómo.
Sus acompañantes de canto se le van quedando atrás. De pronto
él va ya solo, y algo le dicta dejar de cantar. Alza los ojos: los
cosacos del Zar, a pocos pasos, en alineación militar. Suspende
su canto y se dice en voz alta:

—¿Qué estoy viendo? ¿Estaré borracho?

Los que tienen (y de sobra) vodka en las venas son los soldados que protegen el acceso a la Plaza de Palacio. Antes de
ponerlos en la calle les dieron triple ración.

—¿Por qué la formación? —se pregunta otra vez en silencio
Piotr. Como viene tan festivo, medio se burla de ellos—: ¡Pobres soldaditos, tienen frío! —gesticula con los brazos doblados, como si fuese un pollito interpretado por un niño—: ¡Brrr,
brrr!

Continúa acercándose. El jefe del pelotón que siempre está
en la puerta del palacio, lo reconoce. Le grita:

—¡Piotr! ¡Atrás! ¡Hoy no se recibe correo!

—¿Atrás?

Ninguna gana le da de echarse atrás. Eso quiere decir que
se quedará sin su visita a catedral, que es decir sin chismes, y
sin rezo. "¿No me van a dejar pasar?", piensa, entre preguntándose y exclamando. "¿Cómo que no? ¡Vengo del palacio
Karenin!", lo que no es muy preciso, porque él no venía de ahí,
sino de casa de Sergio y Claudia. Pero el Palacio Karenin suena
mejor cuando uno está a algunos pasos del Palacio de Invierno.
"Malas, malas nuevas... O no", piensa, "¡Se me hace que son
buenas! Me quedo aquí hasta que me reciban el correo; así tengo justificación para no volver, y si no regreso no me vuelven
a echar a la calle a correr llevando aquí y allá quiénsabequés".

—¡Atrás! ¡Retírate, Piotr!, ¡retírate!

El tono con que le dan la orden es tan enfático que Piotr
piensa, ahora sí un pensamiento real y práctico, "¡Pero cómo
no se me ocurrió antes! Voy a dejar el correo en otra oficina del

Zar, para hacerlo no tengo que viajar a las provincias". Piotr da la media vuelta, sale por piernas en dirección contraria, sabe perfectamente a quién puede confiarle el correo en un día como éste, es cosa de la oficina de asuntos particulares, qué necesidad, si es domingo, "Que me lo selle el portero, de ahí me voy donde el pesado de Priteshko y quedo con mi domingo libre", porque, piensa Piotr, pero sólo por un fragmento de minuto, ya no le dará tiempo de llegar a la misa donde están sus amigos, pero encontrará dónde reunírseles... No le pasa por la cabeza que Claudia lo está esperando.

23. Las tres mujeres

Tenemos en las manos a tres Alejandras, y sólo hemos presentado a dos. Sus nombres tienen ligera alteración de ortografía, son Aleksandra, Alexandra y Alexandra. Aleksandra es la desordenada, con su hermoso cabello, mal peinado ese día por excepción, por no haberse acicalado en su propia habitación. Está Alexandra, Sasha, la amiga de Aleksandra, amasia del cura Gapón, con el cabello tan severamente anudado en la base de la cabeza que es imposible saber si es poco o mucho, o de qué largo lo tiene. Y está Alexandra Kollontai, el cabello corto, el mechón muy esponjado. Las tres Alejandras están vestidas con la misma severa propiedad, con el vestido de cuello alto, cubriéndoles el cuello. La calidad de sus tres vestidos es muy distinta, basta que el corte se parezca, dadas las circunstancias.

Alexandra Kollontai tiene treinta y tres años, la edad de Cristo. La otra Alexandra, la bella Sa-sha (la amasia del Pope) y Aleksandra (la ayuda de cámara de Annie Karenina) tienen diecisiete. Pero aunque tengan la misma edad, parecería que no. A Sasha se la robó el Pope del orfanatorio cuando tenía trece años, se hizo mujer al lado de la fuerza de la naturaleza que es Gapón. Ha madurado del cuello a las rodillas, pero el resto de su persona no ha conseguido salir de sus trece.

A la Kollontai un puño de marchistas la llama "la maestra de marxismo". A la Aleksandra de Karenina, otro puño le dice "la hermana de Vladimir, el mensajero del Padre Gapón". A Sasha nadie la mienta, pero Gapón está por pensar en ella, agitando los puños.

La Kollontai (que hasta largas horas de la noche persuadió a comunistas a sumarse a la manifestación porque les sería propicio para su causa) marcha con su círculo de trabajadores bolcheviques. Aleksandra, en la primera línea —en la segunda va Gapón con sus lugartenientes—. En cuanto a Sasha, ella está en casa, por completo extranjera del momento solemne. No está rezando, como algunos aseguran. Este día quiere guisar remolachas, pero ¿cómo se cocinan las remolachas? Se las han dado de regalo a su marido. No tiene ni idea de qué hacer con ellas, ni a quién preguntar. Las ve con curiosidad, intentando descifrarles el secreto.

Así que, de las tres Alejandras, dos marchan, y una está pensando en un tema duro. La Kollontai dirá que "a partir de entonces todo sería distinto". Para Sasha no habría a partir de este día cambio alguno, seguiría lo de siempre, esperar a su marido (él llega a casa tan entrada la noche que la encuentra ya dormida, y no es raro el día en que salga antes de que ella haya abierto los ojos). Esperar, e intentar entender cosas que se le escapan. No tiene un pelo de tonta, porque la verdad es que la vida es algo inextricable, como bien dijo Perogrullo.

Para la otra Aleksandra —la hermana de Vladimir—, el cambio será total.

24. La impaciencia de Claudia

Ese domingo, Claudia piensa que cuanto antes deben tener el retrato de Mijailov accesible, por la probabilidad (aunque remota) de que la visita sea expedita. "Debe estar perfectamente bien expuesto, no quiero que se quede para siempre en el ático".

El problema práctico es dónde poner la pintura. Claudia no tiene estudio. La biblioteca no tiene espacio libre. El salón azul, donde iría muy bien, no es buena idea porque a Sergio le gusta estar ahí, y Claudia quiere el retrato donde él no lo vea.

En cambio, Sergio usa su estudio rara vez. Para estar seguros de que no se encuentre con el retrato, habrá que blindarlo. Su segundo secretario, Priteshko, que viene a casa tres veces a la semana —los demás días está la jornada completa en el Ministerio—, es quien lo ocupa, para él el retrato no será ninguna carga. Priteshko le es detestable a Sergio.

—Voy a pedirle a Priteshko venga todos los días, prevenimos que no lo vea Sergio, ni por error.

Piotr, el mensajero, lleva también la nota para Priteshko, rápidamente la escribió ella por la mañana. Es una línea nada más, le pide se presente en casa el lunes a primera hora. Ella se lo dirá en persona: todos los días, de sol a sol —aunque en el invierno petersburgués, más preciso sería decir de noche a noche—, lo espera en el estudio de Sergio. Lo siguiente es informar a Sergio de que Priteshko tiene que trabajar en casa las siguientes semanas.

Piotr, el mensajero, es también el responsable de manipular la despensa y la bodega siguiendo las indicaciones de Claudia. El retrato está en un rincón de la bodega que maneja Piotr, y él no aparece —"¿Por qué no regresará?, puedo imaginármelo, a veces le sale lo cabeza de chorlito"—, pero a Claudia ya se le queman las habas.

Años atrás, recién casados Sergio y Claudia, cuando se mudaron a su casa, ella pidió las pertenencias de Sergio niño, muebles, baúles, juguetes, retratos y libros. "Para nuestros hijos, yo quiero que jueguen con lo que jugaste tú, que lean lo que leíste tú", "¿Pero para qué, Claudine?, fui un niño infeliz. Mi hijo (Sergio pensaba la paternidad en singular) tiene que ser un hijo feliz, no debe compartir nada de lo mío", "No fuiste infeliz, te volviste infeliz, que es distinto, pero no hablemos de eso". "No hablar de eso" es parte de la clave de su armonía marital.

Claudia no conserva nada de cuando era niña —por la vida que habían llevado, yendo de una ciudad a la otra, y por el modo de ser de sus papás que no estaban para ocuparse sino del vértigo de su voracidad (por esto pudieron dejar fortuna para sus hijos)—, de modo que puso celo en guardar cuanto pudo de la de Sergio.

Sólo se llevaron del palacio Karenin los recuerdos de la infancia de Sergio. Claudia supervisó que los objetos, muebles, pinturas y ropas se acomodaran propiamente en su nuevo hogar: los arrumbó en el ático. Los tres retratos de Ana Karenina apoyados contra la pared —el de Mijailov, el que el papá de Sergio comisionó antes (pendió en el estudio hasta el suicidio de la mujer), y el que Vronski dejó incompleto, un diletante—. Ahí vivirán lustros las tres locas del ático, porque desde la mudanza Claudia no ha vuelto a tocar esa parte de la casa. No habían sido "regalados por la suerte" —esas eran sus palabras cada que alguien les preguntaba por los críos—, por lo tanto no requirieron ninguna de esas cosas, ¿para qué hacerlo (también sus propias palabras), si "los días se hacen agua"?

A las 12 del día, Claudia, impaciente, decide ya no esperar a Piotr, el lacayo cantor. Con otros dos sirvientes entra a la cueva de los tesoros de la infancia de Sergio, en el ático.

Junto al pupitre de Sergio —donde él rayoneara de niño pequeños barcos y jeroglíficos—, Claudia ve una caja azul forrada en tela y un listón de seda. "¿Qué es esto?… Las mudanzas son así, las cosas en éstas se evaporan, se pierden, tardan en reaparecer". Sopla varias veces sobre la caja para retirarle el polvo; la toma, cuida de que no roce su vestido para no mancharlo.

En el último rincón, apoyados contra la pared, están los tres retratos de Ana Karenina. Cara a cara con la pintura de Mijailov (una obra maestra) está el intento que Vronski comenzó a pintar en Italia (un borrador malhechón). Y contra la pared el tercero, de un retratista desconocido, con Ana más joven. Claudia indica que carguen el lienzo de Mijailov y lo acomoden en el estudio de Sergio. Los otros dos quedan de cara a la pared, en su rincón.

Claudia abraza la caja azul, olvida que el polvo le arruinará el vestido.

—¿Cómo no me acordaba de esta cajita? ¿Qué tendrá?

25. *Visitas inesperadas en el Palacio Karenin*

Pasa la hora del paseo sin que Annie salga de su cuarto. El desorden de Aleksandra se ha apoderado del palacio entero. Nadie tiene idea de la hora —son más de las dos y media de la tarde pero las rutinas se han trastocado, algunos hacen lo de las diez, otros lo de las trece— cuando un puño de jóvenes entra por la puerta de la cocina, llevan cargando a alguien envuelto en una capa oscura.

La cocinera duerme en su silla, frente a la puerta. Es de esos viejos que parecen estar dormitando siempre porque cambian la largueza del sueño nocturno por breves siestas, también diurnas. Aunque han entrado procurando no hacer mayor alboroto, lo hay por la dificultad de cruzar la puertecilla cargando el cuerpo inerte. Despierta la cocinera.

—¿Y Aleksandra? —les pregunta, como si fuera de lo más normal ver entrar a su cocina a un escuadrón de malvestidos prófugos. Teme lo peor por la expresión, el aspecto de los jóvenes y el inerte que cargan.

—Necesitamos agua caliente y vendas.

—Un doctor sería mejor.

—No vendrá. ¡Vendas, agua!

—¿Y Aleksandra? Respóndanme, ¿Aleksandra? —insiste la cocinera.

—Yo los vi. Los cosacos del Zar se dejaron venir a todo galope contra nosotros, las espadas desenvainadas, las alzaron y dejaron caer repetidas veces. Corrimos los que pudimos. Los cuerpos que iban cayendo, partidos en tajo por sus filos, fueron su único escollo. Avanzaron, avanzaron...

El muchacho se echa a llorar.

Alguien relataría después, con más calma, que la multitud se dirigió hacia la plaza del Palacio de Invierno dividida en cinco contingentes, procedentes de diferentes puntos de la ciudad y de su periferia. Iban en silencio, con excepciones (como aquellos que cantaron con Piotr). Las procesiones de masa compacta tenían en sus dos flancos a los niños, correteando, imitando la compostura de los adultos pero inmunes a la solemnidad de la marcha.

El Padre Gapón presidía el Contingente Neva, al que pertenecían los que se habían presentado en la cocina del Palacio Karenin. Llevaba sus ropas de cura cubiertas con un sobretodo, porque ya pendía sobre él la orden de aprehensión (esa misma mañana, el gobernador de la ciudad le había pedido acudiera a la estación de policía para una conversación telefónica; entendió Gapón que era una trampa para tomarlo preso y se negó), sabía que sus horas estaban contadas, que lo querían asesinar. Por esto marchaba en la segunda línea. En la primera iban los líderes de los trabajadores más sobresalientes, notorios, devotos, valientes. Llevaban una enorme cruz y otras imágenes religiosas —las acababan de tomar de una capilla cercana, otros contingentes habían tenido menos suerte con las imágenes religiosas, los Popes se las habían negado en préstamo—, y retratos de los Zares que tomaron de las paredes del local de la Rama Neva de la Asamblea de los Trabajadores de Fábricas y Molinos de la Ciudad de San Petersburgo.

En esta primera fila marchaban también, entre otros, Vasiliev (el trabajador líder del Contingente Neva y representante ante la Asamblea), los dos guardias de mayor confianza de Gapón, y Aleksandra (la de Annie Karenina), puesta ahí por el Pope para no perderla de vista. Exacerbadamente nervioso, fatigado de muchos días, ella era como la gota que ha derramado el vaso de su ansiedad. Aleksandra marchaba con la emoción que había probado el día anterior, poseída del fervor comunitario. Al lado de Aleksandra iba Volodin, no por legítimo derecho sino por creerse su custodio, había dado su palabra a Giorgii.

A la gigante manifestación de trabajadores se habían sumado los desposeídos de la ciudad, los activistas, y también los estudiantes, aunque en el punto de reunión, cuando uno intentó hablar lo abuchearon, "¡No necesitamos estudiantes, no necesitamos estudiantes!". Entre todos los contingentes sumaban más de doscientos mil. Cuando rompían el solemne silencio, rezaban a coro, cantaban al Zar (su "Padrecito") o entonaban el himno nacional. Obedeciendo las indicaciones, estaban vestidos en sus ropas de domingo, jóvenes, viejos, ancianos, muchas mujeres y los niños que ya se mencionaron.

En el cielo no había una nube. La helada barnizaba los tejados de las casas. Las cúpulas de las iglesias y catedrales brillaban. La blanca nieve relucía al sol. Parecería un buen augurio, porque llevaban días sin ver el astro, el clima era benigno para la fecha —cinco grados—. Pero el augurio se comprobó engañoso. No es día para estrellas nacientes. Como escribiría la Kollontai, "Ese día el Zar asesinó algo enorme, incluso más grande que los cientos que cayeron. Mató la superstición. Terminó con la fe ciega de los trabajadores que habían estado convencidos de que iban a conseguir la justicia por la beneficencia del Zar".

Las fuentes oficiales y los estudios demuestran que no murieron sino tres decenas de personas, aunque parezca increíble. Pero para la conciencia rusa eso representó un hasta aquí. Se recuerda al día como el "Domingo Sangriento". La petición que traían para el Zar, su carta, su plegaria, se quedó sin entregar.

26. ¿Qué demontres hacía el Zar?

Sería imposible precisar qué hacía el Zar a la hora en que la masa intentaba acercarse al Palacio de Invierno con su carta-petición, si nos atenemos a las diferentes versiones de sus biógrafos. Algunos argumentan que estaba a la mesa e incluso enumeran el menú, pero es mentira, como otras.

Nosotros sabemos de primera fuente que estaba muy al tanto de la manifestación y demás, y que para tranquilizarse tomaba un baño de burbujas en la bañera imperial.

Las burbujas eran de varios colores. Bajo la espuma, el monarca presionaba con los dedos sus muslos, tenso a pesar del efecto del jabón. Porque, en momentos así, al jabón se le advierte con más claridad lo bien que vuela cuando se le permite. Aun el más pesado jabón de barra, aun el más cargado de grasas, aun el más difícil de disolver, en situaciones como ésta y en agua tibia, levanta el vuelo.

Bajo el vuelo del jabón, el Zar pensaba. No en la multitud silenciosa. No en los rezos que en momentos coreaba. No en el pliego petitorio. No en su infantil ilusión de que él lo remediaría todo. Gracias al jabón, tampoco se atribulaba con la guerra ruso-japonesa, aunque ésta fuese un fastidio noche y día. No en su mujer, ni en sus hijos, ni en la comida que otros dicen se estaba llevando a la boca a esta misma hora. Pensaba mientras no pensaba, como si la espuma de jabón le hubiera entrado por una oreja, se hubiese estacionado en su calavera y no se encaminase hacia otra salida, tal vez por darle vergüenza de regresar sobre sus pasos, o por no saber el camino hacía la otra oreja. Era su pensamiento como jabón huidizo, volátil, sin contenido, más preciso como lo que lleva adentro la burbuja, sólo hecho de aire.

Estemos atentos porque pensar aire no es cualquier cosa. De haber estado pensando en algo concreto (así fuese algo fútil, como "¿por qué esa burbuja es más azulosa que otra"), eso específico le hubiese hecho sospechar que no se podía tratar

a la multitud, conformada por niños, viejos, mujeres, trabajadores, muertos de hambre y demás, como si fuesen unos rebeldes profesionales. Porque fuentes confiables aseguran que
el Zar había dado indicaciones de que se les diera trato de rebeldes. Una burbuja de jabón no es una rebelde, sino sólo una
vacua alborotada, aunque aquí la especificación sale sobran-
do, pero algo debió iluminar al bañoso Zar. Porque ser rebelde
levanta cañones. Porque a los que encabezan una rebelión,
el régimen los hace papilla. Hubiese el Zar pensado en cualquier cosa que no fuese aire de burbuja, habría hecho algo
por contener la catástrofe que terminaría por llevárselo entre
los pies. Cosa que entonces le habría parecido imposible, porque ¿cómo puede una fuerza llevarse entre los pies al mismísimo Zar? Al Zar que está muy por arriba de los pies. Al gran,
grandísimo Zar, tan grande que en inglés se le escribe con una
"t" de pilón. Al Zar, por haberse equivocado y creer que los
que le iban a mendigar por caridad eran rebeldes. No lo eran.
A lo sumo, un puño sí eran rebeldes —Kollontai es la prueba
más a nuestra mano—, pero los más, no.

La Guardia Imperial recibe la orden —que no del Zar, él
no puede dar órdenes porque se encuentra recubierto con una
capa de espuma de jabón— de atacar a la multitud. La orden pudo haberla dado el hermano, pero otros dicen que fue el tío, y
otros que no hubo orden alguna, que fue un grandísimo pánico
corriendo entre los cascos de los caballos, haciendo cosquillas a
las espadas de los cosacos, coqueteando con sus gatillos.

Ya fuera el pánico lo que se convirtió en sables desenvaina-
dos y balas, o bien la orden de atacar —la historia se inclina por
esto segundo, pero el error es tan obtuso que el sentido común
preferiría irse por lo primero, aunque no sea verdad—, algunos
cuentan que los cosacos bajaron las escaleras con orden militar,
sus botas pulidas pisando los escalones en una coreografía de
muerte. Pero no hubo escaleras, confunden la escena.

La nueva no corrió veloz por las avenidas, calles, canales y
ríos de la ciudad, sino que caminó azorada, y así fue como la

mayoría de los petersburguenses continuaron viviendo unas horas como si fuese cualquier otro domingo, incluyendo al matrimonio Karenin, y habría sido el caso de Annie si no hubiese sido por Aleksandra.

27. *Volviendo a la cocina del Palacio Karenin*

—Yo lo que oí fueron balas, señora. Antes de los sables fueron las balas. Estábamos a doscientos pasos del Arco del Triunfo de Narva, a la vista del río. Los militares aventaron tres descargas al aire. La cuarta fue directa contra nosotros. Siguieron disparando hasta que se les acabó la munición. Después los cosacos se fueron contra nosotros.

El que habla es un hombre maduro que suda exaltado. Trae las manos llenas de sangre, lleva en la cara un tajo abierto que apenas sangra, como si también azorado.

Balas o acero, tienen frente a sí un cuerpo inmóvil envuelto en una capa. Lo han acomodado en la mesa de la cocina. La sangre empieza a caminar por la superficie de la mesa, lenta, espesa. La capa es el sudario del vivo. La sangre remolona, perezosa, oscura, es su voz.

Para entonces, la joven Valeria ya fue a informar a Annie. La bella baja de inmediato, sin medias (los cambios de ropa siguen en proceso), los botines calzados sobre sus pies desnudos de un color dispar al de la falda larga que le cubre hasta los talones y que tiene que sostenerse con las manos porque no habían encontrado el cinto.

—¿Pero qué pasa?, ¿qué pasa aquí?

—Señora, que los hombres del Zar nos dispararon.

—¿Dónde? —Annie.

—Marchábamos, estábamos llegando al Arco Narva.

—Que no fueron disparos, ¡los sables!

—Que sí, disparos.

—Se fueron contra nosotros, y hubo balas y sables.

—Son cientos de muertos.

—Cayó Volodin, yo lo vi muerto, muerto.

—Sí, han muerto cientos. Hay muchos heridos.

—¿Y Alexandra? —Annie.

En este momento, ninguno de los visitantes inesperados recuerda lo que corearan los trabajadores: "Ocho horas, Padrecito —pues llamaban así al Zar—; ¡ocho horas!, ¡queremos jornada laboral de ocho horas!".

—¡Respóndanme!, ¿dónde está Alexandra?

Pisándole los talones, el leal Kapitonic, el portero, quien odia entrar a la cocina —los ingredientes de los guisos le revuelven el estómago, sobre todo los de origen animal aunque también le repugnen las remolachas—, pero escuchó con claridad el sonar de los pasos de la señora Annie corriendo carrera abajo los escalones (los tacones de los botines que trae puestos hacen un escándalo), y tras otear en los salones y el comedor, se vio obligado a buscarla aquí, sin comprender qué ocurre.

Annie ve el bulto humano sobre la mesa. Con decisión y cuidado, alza la capa que cubre un cuerpo desangrándose.

Extendida en la mesa de la cocina, la reconocen.

—¿Y mi Aleksandra? ¡Aleksandra! ¡Aleksandra!

Era imposible que Aleksandra escuche a Annie. Sus oídos están fijos en un momento, su atención toda puesta en un presente perpetuo: "Las caras grises de los mal vestidos y malnutridos trabajadores parecen muertas, aliviadas sólo por ojos ardiendo rabia por la revuelta desesperada. De pronto, el batallón de los cosacos galopó veloz hacia nosotros con las espadas desenvainadas. Yo vi las espadas alzarse y caer. Un sable cercenó el cuello de Volodin".

Los hombres que cargaran el cuerpo (no eran los guardias del Padre Gapón, hombres a sueldo que se echaron a correr con la estampida, sin pensar en nada sino en salir por piernas, aunque haya quien afirme que también fueron mártires de los cosacos), los que se arriesgaron a quedar arrollados por la caballería que se les había echado encima cuando la infantería se hizo a un lado, hablaban, trasfigurados de espanto.

La joven Valeria es quien dice lo que todos los ahí presentes ven:

—¡Se está muriendo!

Guardan un silencio tan oscuro como la sangre que empieza a gotear el piso. Contemplan el rostro pálido de Aleksandra. Por un instante abre los ojos, un movimiento tal vez involuntario.

—¡Ya no respira!

—¡Está muerta!

Sobre el viejo Kapitonic caen todos los años que habían estado esperando para morderlo. De un golpe, la pila entera. Ahí nadie advierte que envejece en segundos. Aún tiene fuerzas para coordinar lo que es dable ante una tragedia así. Sale por la puerta principal. Con una voz sin fuerza, temblorosa, llama a Giorgii —espera embelesado dos puertas abajo a la hermosa empleada—, le pide vaya a buscar al doctor —Giorgii cree que es para el propio Kapitonic, por su semblante y su voz, "¿Qué te pasa, Kapitonic?", "Apresúrate, Giorgii, hirieron a Aleksandra, ¿no viste a los que entraron?", "Estaba allá, esperaba a la bella Tatiana, no vi a nadie, ¿qué pasa?"— y le pide dos cosas más, que lleve las nuevas a los Karenin, y que encuentre quién le venda en domingo tela para hacer el lazo negro que pondrán en la puerta. Giorgii rompe en llanto al escuchar lo del lazo y pensar en la bella Aleksandra, se limpia los lagrimones y sube al coche, va guiando a los caballos entre accesos de llanto, y va aullando, "¡Aleksandra, yo te llevé, Aleksandraaa!".

Kapitonic no alcanza a ver el llanto de Giorgii porque entra al Palacio Karenin a buscar a Vladimir. Está en las habitaciones de los sirvientes, terminando de ajustar la figura que ha armado con unos diminutos trozos de hilo de metal. Es un regalo para su hermana, la figurilla de un hombre que se quita y se pone el sombrero si se le da cuerda. Kapitonic le pasa la nueva con delicadeza y la suficiente frialdad para ayudarlo a contener el primer golpe. La figura que Vladimir tiene en la palma de la mano se pone y se quita el sombrero mientras Vladimir queda paralizado ante la nueva. Se niega a ver el cuerpo de la hermana. Después de unos minutos, llora. Kapitonic retira la figura de alambre de sus manos, la deja en la mesita de noche que había sido de Aleksandra. Debe dejar a Vladimir a solas con su llanto para abrir la puerta, el doctor acaba de llegar.

El doctor ve el semblante de Kapitonic y es el primero que comprende le ha llegado de un golpe la vejez. Pero no alcanza a preguntarle nada, porque, con sus pasos de viejo, Kapitonic lo guía a la cocina y lo deja frente a la puerta abierta, no hace falta ninguna explicación, Aleksandra en la mesa, el gotear de la sangre.

Piotr entra en este instante por la puerta de la calle, viene cantando, pero nadie escucha su voz.

Kapitonic regresa a ver a Vladimir, ya no lo encuentra. Se ha escurrido del Palacio Karenin por no ver a Aleksandra. Kapitonic camina hacia la cocina, pero ahí el fémur pierde su ruta a la cadera, y el viejo cae al piso, con la minúscula voz que le resta pide ayuda, "ayúdenme, ayúdenme". Se le ha roto el brazo, tirado como un bulto, nadie le escucha su dolor porque Piotr, asustado, a todo pulmón retoma un canto, un canto fúnebre.

—Que su alma descanse en paz.

El médico asienta en el acta de defunción el nombre que le dio Annie, fecha y causa de muerte. Le darán la debida sepultura. Sale sin despedirse propiamente, ya va camino a su casa cuando Giorgii le da alcance para decirle que Kapitonic se ha accidentado. Regresa a atenderlo.

Valeria descubre la figurita de hilos de metal, "No sé de dónde salió, pero esto será para mi Matyushenko, cuando regrese del fondo del mar". Girando la cuerda del muñequito, al tiempo que se pone y quita el sombrero, Valeria repite: "odio ese maldito submarino, odio ese maldito submarino". Guarda la figurilla de alambre en su baúl.

Vladimir no vuelve ya nunca más al Palacio Karenin, no responde a las peticiones de Annie para presentarse a recoger las cosas de su hermana. Giorgii no da con él, "Parece que Vladimir se ha evaporado".

28. Las barbas del Pope

La derrota del Padre Gapón es total. Cuando su contingente fue atacado y sobrevino la desbandada, quedó protegido por los cuerpos heridos y los cadáveres —uno de esos escudos inertes fue Volodin—. Ahí es donde lo citan diciendo "Ya no hay Zar, ya no hay Dios". Repitió la frase dos veces más, pensando en silencio en su Sasha, y dijo en voz muy alta, "Sasha, Sasha", pero nadie lo escucha porque todos a su alrededor están coreando sus anteriores palabras, "Ya no hay Zar, ya no hay Dios".

Rutenberg, su único amigo, lo rescata y lo lleva a uno de los portales de esa misma plaza. No hay tiempo que perder. Rutenberg carga en el bolsillo navaja y tijeras, se torna en barbero en la urgencia, en el punto trasquila a Gapón, adiós cabello y barbas —sus seguidores recogen fervorosos los mechones que van cayendo, como si fueran un objeto sagrado—, le cambia las ropas talares por las de un trabajador cualquiera y lo lleva a refugiarse a casa de Máximo Gorki, el escritor. Pensar que Gapón empezó a formar el corazón de su movimiento en el campo El Refugio, entre los miserables, en un escenario que parecía obra de Gorki, para terminar acogido por ese mismo autor... Pero la gracejada absurda no es nada comparada con lo que le espera, y que por el momento no es asunto nuestro.

Tercera parte

(El retrato de Karenina, y tres meses después)

29. El retrato de la Karenina

Una sola vez ha visto Sergio el retrato de Ana Karenina que pintó Mijailov. La luz no era la más adecuada. Sergio era aún un niño, aunque todos insistieran en que ya era un hombre. Regresaba del colegio. La Condesa Vronskaya (mamá de Vronski) envió el retrato calculando la hora en que se encontraría con Sergio. Lo planeó meticulosa; ésta iba a ser su venganza contra el hijo de la mujer culpable de la caída de su propio hijo.

El retrato caminaba en las manos de un servidor de la condesa —perfectamente vestido de librea, a la francesa—, al que seguían dos más, ya no tan bien ataviados —aunque fuera muy rica, la Vronskaya celaba cada céntimo, sus servidores vivían con el estómago a medio llenar, los acreedores tenían que volver tres o cuatro veces antes de arrancarle un céntimo de las manos—. Rica, tacaña, despilfarraba en fruslerías. ¿Cuáles? Alguna pluma para reemplazar la de un sombrero que le disgustara, proveniente del más recóndito rincón del universo, dulces turcos que conseguía de contrabando y que no compartía con nadie, diminutos encajes belgas que acariciaba con las yemas de los dedos y guardaba en sus cajones para que no se fueran a romper, bombones de Francia.

El lacayo de elegante librea francesa que cargaba el retrato de Ana Karenina lo sostenía del marco con hoja de oro, un capricho tal vez excesivo de Vronski que para un ojo más entendido no favorecía la delicadeza de la coloratura de la tela. La madre, plumas iridiscentes; el hijo, chirriante hoja de oro.

El segundo de los lacayos —sus zapatos de tela gruesa, la ropa burda— llevaba en brazos un vestido de mujer, el único que la Vronskaya había conservado de la Karenina (los demás, ya lo contamos, habían sido donados a una institución de caridad anexa a la Casa para Pobres Olga que atendía a mujeres caídas, porque le daba gusto a la Vronskaya saber que los usarían mujerzuelas). El tercer lacayo —las medias con los hilos tan gastados que daban grima— llevaba en la mano derecha la caja azul en que Ana guardara su manuscrito, y al hombro izquierdo una inmensa bolsa de tela verde que contenía su correspondencia, mensajes y tarjetas de recibir.

Entregarían también un correo de la Condesa Vronskaya, una escueta nota garrapateada dirigida al viudo Karenin, en que le indicaba que guardaría las joyas de Ana Karenina para Annie, tanto las compradas por él, como las que le había regalado su hijo. Karenin entendió que eran palabras falsas que tenían por sola intención herirlo.

La llegada del retrato y el resto del cortejo al Palacio Karenin tuvo el desenlace que la Vronskaya anticipara, pero ocurrió de modo que no imaginó. Sergio sí iba camino a casa. Regresaba del colegio, los ojos clavados al piso. Por la mañana, cuando recorría la ruta en dirección opuesta, estuvo a punto de pisar un gorrión recién salido del cascarón, su cuerpecillo huesudo semivestido de plumón azulado aún palpitaba. La visión lo repugnó y asustó. El ser algo grisáceo como un trozo de cielo, de pico suave como un cartílago, las patas desfiguradas, tenía más de insecto o de víscera que de ave. Sergio tiene miedo de tropezar otra vez con el gorrión, le horroriza poder pisarlo. Por esto, escudriña el piso ansioso, buscando pero no queriendo volver a ver al pajarraquito. Sus ojos viajan del piso a su propia cintura, en un zigzag pesaroso. Alza la vista cuando escucha la voz de Kapitonic decir: "¡Cielos!".

Era la tercera vez que Kapitonic hipaba el bisílabo. Sergio, como venía absorto en la búsqueda del temido indefenso, derritiendo todas sus tribulaciones con la preocupación de encontrarse con el pajarillo, ansioso pero aliviado de sus otras ansiedades, no lo había escuchado.

Sergio estaba por ser enviado al internado. Lo temía; no lo deseaba; debía hacerlo; sabía que no había remedio; tres noches atrás, había mojado las sábanas dormido, lo que nunca antes había ocurrido, ni cuando era *realmente* pequeño; zozobraba su ánimo. Adentro de él se desencadenaba una tormenta que no quería describirle a nadie, ni a sí mismo.

Y ahora le caía encima el angustiado "¡cielos!" del sereno Kapitonic, similar a otro gorrión que se precipitara del nido antes de terminar de formarse. Sergio alzó la vista. De no ser por esta alarma, los lacayos de la Vronskaya habrían traspuesto la puerta sin que Sergio los viera. Los planes de la Vronskaya se cumplieron por la involuntaria colaboración de Kapitonic. Así dio Sergio de narices con la aparición más perfecta de la Karenina, más similar a sí misma que ella misma, la cara descubierta, el bello cuello, los hombros en parte desnudos por vestir traje italiano, la tupida melena rizada negra, los ojos, la magnífica boca donde su inteligencia, honestidad y pasión se hacían presentes, la piel de un color singular en esa latitud, el tono del mármol viejo.

El retrato, la mujer, caminaba en vilo, no flotaba porque de la cintura al piso parecía portar un par de pantalones, los del traje oscuro del hombre que lo cargaba. Parecía una gran mujer con piernas cortas de varón. Inmóvil de la cintura hacia arriba, sus piernas daban pasos nerviosos, como la caricatura de una carrera. El lacayo caminaba así por la incomodidad de ir cargando el retrato y por la carga moral, sabedor de la mala intención escondida en su misión, entendía que la Vronskaya quería lastimar al niño.

Años atrás, Sergio jugó con Marietta (su nana), a formar un ser entre dos personas. Lo hacían ayudados por una camisola con botonadura del cuello a la cintura y un par de zapatos, las prendas de hombre adulto. Sergio se ponía la camisola, la espalda al frente, la abertura hacia atrás, pero no metía los brazos en las mangas, apoyaba las manos sobre el asiento de una silla y las enfundaba en los zapatos.

Marietta se colocaba en la espalda de Sergio y enfundaba sus brazos en las mangas de la camisola. Después, escondida atrás de Sergio y pegada a él como estaba, gesticulaba con las manos, él movía los zapatos, y hablaba y cantaba. La gracia del muñeco era que faltaba a la proporción del cuerpo. Sergio se convertía en una especie extraña de enano. Ana se desternillaba de risa —otra que Tolstoi omitió: a la Karenina le encantaba reír.

La figura que formaban la pintura enmarcada y su portador parodiaba aquello que Sergio jugara con Marietta, pero no cobraba la forma de un enano: era su mamá, de la cintura para arriba, agigantada, sobre un par de pequeños pantalones. El efecto era grotesco, provocando el "cielos" de Kapitonic y en Sergio un doloroso espanto.

El niño al que le avergonzara extrañar a su mamá —que guardara en secreto el dolor de su pérdida—, y que batallara contra la certeza de que ella se había muerto y el ansia de saber que si la muerte había llegado podría también llevárselo a él, sobre todo si *ella* venía por él, se encontraba con ella a la luz del día, frente a la puerta de su casa. *Ella* aparecía, no distorsionada sino más *ella* misma aunque con el detalle de las piernas de otro, "el" Muerte, tornándola en "lo" Muerte.

El lacayo que la cargaba, al disminuir la marcha frente a la puerta del Palacio Karenin, inclinó el retrato, colocándolo en posición horizontal. Ana recostada, flotando sobre la calle, tendida, como en la cama del niño para acompañarlo a dormir, después de leerle un cuento. Así, a la luz del día, Ana, cara a cara con su hijo.

La visión, como previó a lo burdo la Vronskaya, fue un dardo para Sergio. Literalmente lo enfermó, cayó con una fiebre parecida a aquella que contrajo después de la visita de Ana en un cumpleaños, diecisiete meses atrás.

Aquella vez, cuando Ana Karenina irrumpió a visitarlo de improviso, Sergio no había sentido ni sombra de miedo; aunque le hubieran dicho que su mamá estaba muerta, él sentía, él sabía que no, que no podía ser, estaba convencido, para empezar, de que "la muerte no existe". Ese día, su cumpleaños, despertó y ahí estaba ella, sentada en la orilla de su cama, viva, entera, mirándolo, amándolo.

Pero cuando apareció su retrato, aunque le hubieran escondido que ella en verdad ya no vivía, él *sabía* que había muerto, lo sentía. A plena luz del día, contra toda lógica, ella se le aparecía. Luminoso, el más hermoso, el más perfecto —el más temido, el más deseado— de los fantasmas, de frente, en la calle, a punto de entrar a su casa...

En 1905, rescatada del olvido, el retrato de Ana por Mijailov no es la aparición de un fantasma o la encarnación de "Muerte". Claudia la observa mientras el servicio la desempolva y acomoda, reemplazando la pintura de un paisaje en la pared del estudio de Sergio: no es una experta, pero a sus ojos la tela es la creación cumbre de un pintor de ficción.

30. De Clementine

Intentemos rastrear la huella de Clementine hacia atrás, llegar hasta la fecha en que el hermoso dardo de la Vronskaya, el retrato de la Karenina al aire libre, atinó directo al corazón de Sergio. Como en el dardo de tierras remotas, al que han vestido para gran ceremonia, adornándolo con gran primor, no es el adorno lo que hace al retrato ser grande, sino su rigor —si el dardo aquel vuela con exactitud y perseverancia, es por contener los elementos que a la vista parecen ser para embellecerlo; su volar es certero por su elaboración preciosa, por los elementos que lo hacen bello se conduce estable y es capaz de bailar la ligera curva de perfección—. El dardo y el retrato son más ligeros por estar tan bien vestidos.

(Cabe preguntarnos ¿cómo el mísero Mijailov —porque a nadie le cabe duda de que no era un gran hombre, lo suyo eran la envidia, el desprecio por el otro, el desconocimiento de toda forma de simpatía o compasión, el egoísmo—, cómo, por qué él tuvo el genio para crear una obra maestra? Desnudo de atributos morales, fue dotado de la magia. ¿Con qué tipo de dardo podríamos compararlo?, ¿o es que el artista es precisamente lo contrario del dardo, y lo que le permite el vuelo no es lo que hace bella a su persona, sino el defecto, la fealdad?)

De Clementine, pues, intentemos rastrear la huella. Su historia queda cosida de piezas ensambladas de un taller a otro. Creció entre costureras, cosiendo, trabajando desde los cinco o tal vez cuatro años, a punta de aguja, hilo y tijera, acompañada a ratos de otros hijos e hijas de las trabajadoras. Ella era de buena tela —no como Mijailov—, era pieza para hacer vela de primera, resistente al capricho del temporal. Contrario a Mijailov, jamás se movía por oportunismo, o por pensar sólo en su propio provecho, o por envidia o mala fe o desprecio.

Pero lo que nos importa es que Clementine no tiene quién le ayude a cargar con su memoria, a atesorar sus recuerdos, porque su mamá se fue muy temprano y de su papá nunca supo. A los doce años, cuando le dieron banca propia para trabajar por ser muy habilidosa, supo que tenía abuela y dos hermanos, se le aparecieron para pedirle sustento, fueron su carga y quedaron bajo su responsabilidad, que ella asumió sin queja. Eran a fin de cuentas su raíz y su potencia. Le duraron pocos meses, se los llevaron la edad y la influenza.

Poco después, Clementine organizaba al taller entero, las labores de costura —sin dejar la aguja— y la batalla por los derechos de las trabajadoras. Se enlazó con otras cabezas de talleres. A los catorce, por lo mismo, la policía la visitó y cargó con ella. Entonces conoció a Vladimir.

Vladimir es un caso aparte. Fue asistente de relojero. Trabajó como lacayo, en la iglesia lo recomendó el cura que le dio vida digna. Pero en lugar de servir a un noble, está al servicio de los líderes de La Causa. Es confidente, mensajero, copista (aprendió a leer y escribir desde niño, con aquel cura) y suplente, un comodín. Cuando Clementine, como líder de las costureras, estuvo por ser devorada por el sistema zarista, la defendieron, era líder notoria, y era mujer. Vladimir fue el enlace, de ahí nació su amistad. Para Clementine, Vladimir fue lo que la pluma para el dardo, le dio a su vida el efecto. Él la mantenía en ruta. Le infundía aliento. La hacía ser más ligera.

Pero la muerte de Aleksandra había cambiado a Vladimir. Ya no era un comodín. Ya no quería sólo ser la pluma o el adorno del dardo. Deseaba él ser su propia punta, y más, quería ser la espada, la bala. Y con Clementine, empezó a tramar.

31. Los expertos juzgan el retrato

Tres meses después del Domingo Sangriento, porque las cosas se mueven lento en Palacio, el primero en visitar el retrato de Ana Karenina es James Schmidt, asistente del curador del Museo Hermitage. Observa con atención la tela y guarda silencio, pero no puede ocultar su entusiasmo. Cuando Claudia le da el reporte a Sergio (omitiendo lo del visible entusiasmo, que no es mentir porque Schmidt no había dicho una palabra), su marido piensa: "No lo comprarán" y siente un alivio. Le continúa repugnando la idea de que exhiban la pintura.

El Museo solicita una segunda visita, no de inmediato, porque como ya se dijo, las cosas en Palacio van lentas y mal, y paraliza las instituciones que de él dependen. Vendrá Ernest Karlovich Liphart, curador del Hermitage y artista. Tal vez por efectos del clima —ya estamos en primavera—, a Sergio le gusta la idea de conversar con él. Piensa, además —porque conoce los retratos y pinturas de Liphart—, que a él no le interesará el lienzo, no es de su estilo el arte cortesano.

Lo invitan a comer. Sergio y el invitado charlan de ópera, un tema por el que los dos tienen pasión, y con Claudia de los diseños de vestidos, en lo que Liphart tiene mucho que decir y Claudia que escuchar.

Tras la sobremesa, Claudia lo lleva a ver la pintura de Mijailov, y Liphart demuestra su entusiasmo y enumera sus virtudes.

La tercera visita es casi inmediata. Es Ivan Vzevolosky, director del Hermitage, que no dice ni pío, va directo a lo que vino, y sale tras una dilatada examinación del lienzo.

En los tres visitantes es grande el entusiasmo. Ven en la pintura rasgos únicos, la calidad técnica perfecta, la comprensión de la modelo, la comparan (verbalmente y en sus informes al Zar) con la novela de Tolstoi, y los tres la consideran incluso superior. No hay nada en ella que no sea compenetrarse en la persona, su calidad de visión sicológica, su revelación... Cuando Ivan Vsevolozhsky, el director del Hermitage, explica verbalmente su opinión, dice que lo único que pensó al ver la pintura fue "¡Levántate y anda!".

Una persona más pide venia para visitarla, la esposa de Vzevolosky, Ekaterina Dmitrievna, nacida Volkonsky. Como no es parte de las negociaciones, como no tiene nada que ocultar, llora al verla. No dice nada. Al día siguiente envía un canasto adornado con flores naturales conteniendo regalos para los Karenin, dulces y delicadezas que Claudia envía de inmediato a Annie, en otro recipiente, porque la canasta es demasiado preciosa y las flores con que llega adornada le permiten hacer tres adornos florales para la mesa. Envuelve uno más pequeño en papel lila, que sí le hace llegar el mismo día a Annie.

Después de estas cuatro visitas, no vuelve nadie. Los funcionarios tienen demasiados asuntos que atender, o debieran haberlos tenido. Pero la intención de adquirir el lienzo no se archiva y olvida. A fines de mayo, los Karenin reciben un correo en que se les informa que en la segunda semana de junio la pintura se incorporará a la colección imperial, que viajará directo a su exhibición en el Museo, y que el pago vendrá de inmediato. La cantidad es considerablemente mayor que lo que Sergio y Claudia calcularon, y se las ofrecen sin inflarla con sueños o persuasiones, dinero puro.

—¿Debemos informar a Annie de la venta, Sergio? En estricto sentido, el retrato es de los dos hermanos.

—En sentido legal, es mía.

—Dije en estricto sentido.

—Trajiste los retratos de mi mamá a casa porque sabías que Annie no tenía ningún interés en ellos. Ella es más hija de mi papá que yo. No recuerda a…

Sergio no mencionaba nunca a su mamá, ni por su nombre, ni con las dos sílabas familiares.

—Pero no tenía idea del valor pecuniario del lienzo. Es una pintura costosísima… Nosotros no lo necesitamos.

—No fue lo que me dijiste cuando me convenciste de venderla.

—Sabes que Annie vive al día.

—De eso no te preocupes. Retribuiremos económicamente, con arreglos al Palacio Karenin, si te parece, porque son cada día más necesarios.

El Palacio Karenin se ha venido abajo sin los cuidados del buen Kapitonic, que espera su partida al otro mundo en el área de servicio, en su cama, sin recibir visitas. La cocinera le envía la comida con Valeria, pero a ella el viejillo le repugna, le avienta los platos como a un perro.

—Sergio, si le das…

—De ninguna manera. Sabes que yo pago el servicio, incluyendo al nuevo portero. De tu bolsa sale su comida, y los vestidos…

—Ya, ya, no preguntaba por esto. Pensé que sería buena idea. También había pensado invitarla a cenar. Así le damos la noticia…

—Ni lo pienses. Definitivamente no.

La venta del retrato había despertado en Sergio al demonio infantil de los celos, y no tenía ninguna gana de echarlo fuera. Esa Annie, con Vronski, le había arrebatado a su madre. Nada, nada para ella. Odiaba tener que mantenerla —pero sabía que, en última instancia, ella dependía de él porque a él le daba la gana, y lo sabía ahora mejor que nunca porque se había tomado el tiempo para hacer con estricto rigor las cuentas—. La verdad es que no le convenía soltarle "su" dinero a Annie. Si le entregaba lo que le correspondía, según instrucciones del testamento de su padre, Annie obtendría mensualmente una cantidad casi igual a la que Sergio le desembolsaba. Pero no lo iba a hacer, no estaba obligado, porque la entrega, según el testamento, estaba condicionada a que ella se casara. Annie no se casaría nunca.

A Sergio le irrita y le complace hacer vivir a su hermana de su bolsillo, Annie está atada económicamente a los Karenin, es su mendiga.

32. Vladimir

Cuando Vladimir confrontó la muerte de Aleksandra, ésta ocupó el lugar del mundo, desplazándolo. Perder a su hermana le resulta insoportable. Una parte de él desciende hacia la tumba. Clementine lo rescata, por el camino de las tumbas. Lo lleva a recorrer el Cementerio de la Transfiguración (Preobrazhenskoe) en las afueras de la ciudad, hacia el sureste, mientras le relata los pormenores de la manifestación del Domingo Sangriento, lo que hicieron los cosacos, qué pasó con Volodin, el destino de los otros caídos y qué ha ocurrido desde entonces. Lo lleva al rincón del cementerio donde la policía aventó las tres decenas de cadáveres en fosas comunes el 10 de enero, sin ataúd, en bolsas de tela, "como jamones".

—Si a Aleksandra la hubieran llevado al Hospital Obukhov, como hicieron con la mayor parte de los heridos de gravedad y los cadáveres, aquí estaría, con mi amigo Volodin. Tú también lo conociste. Me dicen que murió porque quiso acompañar a Aleksandra cuando el imbécil del Padre Gapón la hizo marchar. Éstos son tus hermanos, Vladimir, cada uno de ellos. Es por ellos que tenemos que luchar. No te quitaron a tu única hermana —como me has dicho—: nos han quitado algo más, a todos. Nos han dejado sin nuestra Rusia. Se la quieren devorar. Tenemos que resistirlos y pelear contra ellos, arrebatárselas de las manos antes de que no quede nada de ella, ni un poco de vida. Aleksandra tuvo tumba, tuvo llanto. Ellos quieren que todos y cada uno de nosotros no tengamos derecho al llanto, al hermano, a la vida; nos quieren bajo una fosa común después de habernos estrujado hasta lo último. ¡Basta! ¡Ni uno más!, ¡ni uno más!

El crimen del Estado era "inconmensurable", habían matado a seres indefensos, muchos más de los que estaban ahí "aventados a un hoyo sin el menor respeto, como animales". Pero "No permitiremos ni tú ni yo, ni ninguna alma consciente, que el sacrificio sea inútil. Cayeron, pero su muerte provocará el fin del régimen corrupto. Vladimir, aquí hay niños, mujeres, viejos. ¿Te das una idea? Quieren hacer de la Rusia un rastro. Comen, beben, celebran, pagan sus lujos con la carne de los nuestros. De toda la Rusia quieren una fosa común, ¡ya basta!, ¡ni uno más!, ¡ni uno más!".

"Tú y yo Vladimir, lo que tú y yo debemos hacer es comer ricos. ¡Vayamos a devorar ricos!".

33. El origen de la propuesta de compra

No fue la calidad del lienzo o la infausta fama de la retratada lo que provocaron se buscara incorporar el retrato a la colección imperial. El pintor está en la cumbre, el prestigio que ha adquirido es inmenso. Lo respetan tirios y troyanos. Es lógico que estén peinando cielo y tierra para encontrar más pinturas de su autoría.

La espuma en que está subido el artista fue agitada originalmente por otro Mijailov, funcionario de más o menos alto rango del Departamento Especial (antes llamada Ojrana, la policía secreta), hijo y heredero universal de Mijailov el pintor. Él es quien ha movido los hilos para crear el interés por la obra del padre, con la única intención de elevar el precio de sus obras, ningún otro. Para esto ha procurado la adquisición de algunas de sus pinturas, para ello atrajo la atención al retrato de Ana Karenina. A fin de cuentas, el heredero es un buen policía, que no lector, porque él no ha leído la novela de Tolstoi, ni (dicho sea de paso, aunque no sea de nuestra incumbencia) tampoco ha leído ninguna otra; el arte en general, en particular y en todas sus formas le interesa un reverendo bledo. Lo que sí tiene en muy alto es su bolsillo.

Pero las acciones que emprendió Mijailov (hijo) para placer su avaricia, ¿son la semilla que provoca en el conocedor director del museo y el par de expertos el acaloradísimo entusiasmo? ¿Se dejan influir por la espuma en cuya cresta baila la obra? ¿Los columpia la balanza del mercado? Si fuera el caso, ¿cómo nos explicamos que el corazón honesto de la esposa del director del Museo, Ekaterina Dmitrievna, se haya derretido como nieve al sol frente al lienzo?

Busquemos con atención. La semilla para el prestigio fue la avaricia combinada con el tráfico de influencias, de esto no hay duda. Pero atrás de una semilla tiene que haber habido un árbol o por lo menos una hoja de pasto, y en ésta una raíz. La raíz que nos importa es la novela de Tolstoi, su argumentación de lo grande que es el retrato, en sus palabras: *Aquello era más que un retrato; era una bella mujer viva, de negros cabellos rizados, hombro y brazos desnudos con una sonrisa pensativa… y sobre su sonrisa, delicado vello.*

Algún defensor de Mijailov dirá que, antes que la raíz tolstoiana, importa la tierra de que ésta bebe, y argumentará que la pintura en sí es lo que tiene peso, que sí existe un valor intrínseco en el lienzo. Y sin embargo…

34. *Ya se va el retrato*

Es la noche del 14 de junio de 1905. A la mañana siguiente vendrán a buscar la pintura de Mijailov para mudarla e instalarla en el museo, en la exposición dedicada al ya dicho. Annie ya lo sabe, le dio la noticia Claudia. Su reacción ha sido virulenta, furiosa, obsesiva, confusa, tan irritada que hasta a Claudia le ha hecho perder la paciencia. Se niega a ver a su hermano y cuñada, y los inunda con correos conteniendo mensajes contradictorios. Es por esto que marido y mujer, en sus habitaciones separadas, sueñan lo mismo:

Alguien llega a la puerta de su casa, dan como hecho que se trata de otro mensaje de Annie. "Tengo que ir a visitarla", se dice Claudia, "debo convencerla de que no es para tanto". Sergio se dice, "Debí impedir llegar a esto". Los dos tienen presente a Annie —a Claudia le preocupa lo dicho y cuál regalo le podrá llevar en su visita, Sergio con un afecto filial que nunca siente en la vigilia—, cuando entra al salón León Tolstoi. Irrumpe vociferando a voz en cuello: "Quiero un mundo sin violencia, poder o gobierno… el gobierno es corrupto en sí, implica violencia, práctica o imaginaria, para detentar el poder". Tolstoi cae en la cuenta de que está frente a Sergio y Claudia, saluda escuetamente, "Señora Claudia Karenina", y sigue:

—No hay tiempo para desviarnos en cortesías de la razón central de mi visita. ¿Dónde está Sergio? Debo hablar con él.

Sergio:

—Aquí estoy yo —Sergio ve el asombro de Tolstoi, le aclara: —Yo soy Sergio Karenin.

—¿Tú…? ¿Tú? Ah, sí, sí; no te reconocí, ¿en qué estoy pensando…? No hay niño perpetuo… Te imagino siempre niño, Sergio, y si acaso como un jovencito al que apenas empieza a pintarle el bozo. Iré directo al punto: la gravedad de la situación me obliga a visitarlos. No pueden permitir que el retrato de Ana Karenina pase a manos del Zar, un hombre limitado, que actúa como su propio enemigo y que lo es, en grado extremo, del bien general. No pueden dárselo. A fin de cuentas, Mijailov la retrató por *mi* instigación. *Yo* soy el autor. Me disgusta reclamarlo —no tengo ningún interés en pelear mi autoría, me repugna toda forma de propiedad privada—, pero ustedes no tienen derecho a ceder algo que yo…

Claudia lo ha escuchado serena. Prudentemente lo interrumpe, cuando sabe que hacerlo será un alivio para su ansiedad:

—Nos queda claro, no tenemos ninguna duda de que el maravilloso lienzo es obra suya, y de que Sergio es *su* personaje…

—Basta con eso, Claudia —Tolstoi—. Tú menos que nadie tienes derecho a decirlo… ¡Sólo una mujer o un doctor pudo haber salido con esto! ¡Una indignidad, que la propia esposa…!

Sergio interviene, contrariando su temperamento, y con voz calma y clara:

—Es estrictamente verdad. Difícil de tragar y más difícil todavía de digerir para mí, posiblemente para nosotros, pero es cierto.

Sus palabras hacen estallar a Tolstoi:

—Basta, ¡basta! Ni una palabra más de esto. Yo *te encontré*, Sergio, ¿no entiendes?; ya estabas ahí; te vi, y te hice visible para los otros. Soy lo que es Mijailov en relación con el ser que aparece en el retrato, nada más. No hay un dios en mí. No soy un creador. Soy sólo un hombre, y no sé siquiera si soy un hombre bueno. Quiero ser un hombre bueno. Más importancia y mayor valor tienen las relaciones con las personas, que escribir un millón de palabras. Si actúas, ves el éxito o el fracaso, puedes corregirte. Pero si escribes, ¿qué? ¿Cómo sabes si te entienden, si hay reacción, si importa? ¡No importa! Lo que importa es el bien común. Por lo mismo, no podemos permitir que el retrato de Ana Karenina quede en poder del Zar —¡inadmisible!—. Y yo no soy quien puede dar la cara y pelearlo, aparentará ser megalomanía… ¡no lo es!, ¡no soy yo lo que está en juego! ¡Entiendan!, ¡entiéndanlo…! Ceder o no el lienzo es su responsabilidad, la de ustedes dos. Sergio, ¿entiendes lo que estás cediendo?, ¿sabes el provecho que le sacará el Zar? ¿Cómo crees que me siento? Intenta imaginar. Si pagar impuestos es financiar asesinatos, esto es algo mucho más grave que pagar impuestos. Tú recibirás dinero del Zar, pero, a cambio de éste, le darás tu pasado, tu propio pasado, tu raíz, ¡le estás entregando a tu madre! —Tolstoi estalla, prácticamente gritando y blandiendo un puño frente a la cara de Sergio—: ¡Miserable!, ¡miserable!

Tolstoi camina unos pasos, el salón ampliado en los sueños parece tan gigante como el de la zarina, lo recorre con trancos enormes que no permitiría la fuerza de gravedad.

Aquí, los sueños de marido y mujer se desconectan. En el sueño de Sergio, hay una chimenea encendida. En el de Claudia, no. Tolstoi recupera la calma en ambos:

—Dinero que el Zar ha arrebatado a los rusos para alimentar y robustecer su maquinaria de muerte. Dinero por el que le darás a cambio un bien limpio, puro, insustituible, que no tiene precio. No es correcto. No por mí, ¿qué importaría si fuese sólo materia de arrogancia u orgullo? Si así fuera no estaría yo aquí. Te lo exijo por respeto a los valores defendibles del Hombre. Atiende. Piénsalo. No está bien. No es algo bueno. Está ensopado en el Mal. Es decirle que sí al reinado del asesinato y la violencia. No entremos en explicación, baste lo elemental: dirigir un ejército no es un acto honorable ni importante, como en este momento le estarán diciendo los lambiscones del tirano, directo al oído. Preparar asesinatos es un acto vergonzoso. El ejército, siempre, es un instrumento asesino; el ejército zarista es un aparato suicida, porque con éste la Rusia se suicida.

Tolstoi aún no se sienta, pero en el sueño de Claudia y de Sergio se levanta de su asiento, responde a la lógica onírica en la que alguien puede subir y bajar escaleras que conducen a un mismo rellano (jamás ocurriría en una construcción de ladrillo y arena, pero en el sueño las escaleras que no suben ni bajan son sentido puro, metáfora, explicación de la vida).

En el sueño de Claudia y en el de Sergio, el escritor repasa con los ojos (y con desprecio) el salón que ella ha vestido con esmero. Lo ve con el ojo del novelista. Piensa lo que escribió en *La muerte de Iván Illich*: "Cosas que hace que se asemejen los unos a los otros: perchas, maderas, nogal, flores, tapices y bronces, mates y brillantes: cuanto acumulan ciertas personas para parecerse a las que realmente son opulentas". Después, ve el salón con su ojo de ensayista, y su desprecio aumenta, pero es por la mirada del ojo del moralista por lo que el Conde León Tolstoi hace un gesto de profundo disgusto.

—No sé que estoy haciendo aquí. No tengo tiempo que perder, soy viejo y es evidente que mi perorata es inútil. Ya sé que la vida de las personas de su clase —y quién sino yo es responsable de haberte colocado en ella, Sergio— ordenan su vivir para su propio provecho. Acomodan sus vidas fundándose en el orgullo, la crueldad, la violencia y el mal. Pero si eso proviene de mi persona —aunque no se encuentre en ésta—, de lo que no puede hacérseme responsable, es de que ustedes no se muevan hacia un cambio, que no hagan siquiera la moción hacia éste. Su egoísmo ha crecido, agravando sus maneras que, no voy a ocultarlo, me repugnan. Eso no les trae a ustedes sino insatisfacción, y a mí dolor. El hombre no puede vivir sin saber la verdad, ni siquiera si es un hombre en la ficción, o no de la ficción que yo he escrito, porque sólo escribí de lo que conozco y el único mundo que describo es el de los hombres.

—Usted puede darnos una orden, lo obedeceríamos —el nexo que hay entre un autor y su personaje tiene cualidades simpáticas como ningún otro lazo. Sergio dice esto porque comprende el desprecio de Tolstoi y, al hacerlo, simpatiza.

—¡Terrible, la costumbre de dar órdenes! Nada hay más perverso, nada que corrompa más la vida social razonable y benéfica que las "órdenes", ¡imponer lo que guiará a las personas como si fuesen borregos! ¡De ninguna manera te doy una orden! ¡Apelo al buen sentido de ustedes dos, a nada más! No voy a reaccionar provocándome a mí mismo un acto que me repugna aún más. No, no doy órdenes, no tengo esclavos a mi servicio. Hago un llamado a su sentido ético, a lo que hay de bien en sus personas.

En el sueño de Claudia, ella cruza miradas con Sergio. En el de Sergio, no hay cruce de miradas. En los dos sueños, Sergio musita:

—Pero no soy del todo humano. Lo sabe usted más que nadie: soy una creación ficticia, parte de una trama imaginada. Soy su ficción. Usted es el responsable de que yo exista. Mis actos son de cualquier manera condicionados por usted. No son órdenes sino algo que va más allá. Soy un títere, yo…

El comentario enfurece a Tolstoi, que en voz muy alta, ruge:

—¡Eres lo que eres, Sergio! Tan entero como lo soy yo, tan persona como nosotros. ¡No me cuelgues lo que no depende de mí!

—No es verdad. Basta ya de pretender.

—Para muestra, un botón: yo odio la ópera. Tú y tu hermanita aman la ópera.

El viejo escritor no esconde su furia. Sergio retoma la palabra. En el sueño de Sergio, tartamudea:

—Estoy hecho de pura tin-tin-tin-in… ta. ¡Títere de tinta!

En el sueño de Claudia, Sergio no tartamudea y dice otras palabras:

—La mayoría de la gente vive como si estuviera caminando de espaldas a un precipicio. Saben que atrás está el barranco en el que pueden caer en cualquier momento, pero fingen ignorarlo y se entretienen con lo que ven. Pues bien: yo no camino. Tú me engendraste en el barranco del no ser.

En los dos sueños, Tolstoi les contesta, casi gritando:

—Absolutamente falso.

Y Sergio en voz calma:

—Sólo la actividad inconsciente da frutos, y el individuo que desempeña una parte en los hechos históricos nunca comprende su significado. Si trata de comprenderlos, es castigado con la esterilidad.

—Basta, Sergio. ¡Basta! ¡Deja de citarme! Sé razonable…

El viejo los observa unos segundos en silencio y les dice, mirando a los ojos primero a Claudia, después a Sergio:

—¿No se dan cuenta? Así como los franceses fueron llamados en 1790 a renovar el mundo, así y para lo mismo son llamados los rusos en 1905.

—No estoy de acuerdo —le contesta Sergio—. Si permitimos que la vida humana sea regida por la razón, aniquilaremos toda posibilidad de vida.

—¿Y eso, a qué viene, a qué viene? ¡No me cites! —Tolstoi intenta contener un estallido de furia, repitiéndose las siguientes palabras en la voz más baja que le permite su estado—: Me hacen envilecerme. Esto es pecar, montar en cólera a propósito de mis obras. Hago trizas los lazos amorosos. Parece que sangra la herida… —Tolstoi da otra vez sin peso pasos en el salón de nueva cuenta agigantado por el sueño. Y dice, aún con voz alta, pero mucho más tranquilo—: Porque yo contigo, Sergio, sólo tengo un lazo de amor. No hay nada más. Por lo tanto nuestra relación es volátil. Sangra, sangra la herida… Sangra…

Conforme dice las últimas palabras, en el sueño de Sergio y en el de Claudia, Tolstoi se transforma en algo que asemeja a un zorro, e inmediatamente en un ser que asemeja a un erizo, cambia de forma y tamaño de uno al otro animal sucesivamente.

Ahí Claudia despierta, las palabras dichas en el sueño retumbando, "Sangra la herida, sangra la herida".

Sergio sigue durmiendo, se desvía su sueño en otros personajes y situaciones absurdas que su memoria no puede retener (como una cacería de zorro en la que los caballos son montados por erizos), borrándole el encuentro con su autor. Su sueño se detiene en una trama que sigue su camino con paso firme. Se desvanece, antes de poderla atrapar, en humo.

35. Entre el sueño y el Acorazado Potemkin

Cuando el sueño de Sergio aún se desbaraja en múltiples imágenes, en el Mar Negro, a bordo del Acorazado Potemkin, un chispazo se enciende con el acto atrabiliario de un oficial irrespetuoso, de cuyo nombre nadie quiere acordarse. Sobre éste hay diferentes versiones.

Según quedaría grabado para muchos, el oficial que enciende la mecha pasea entre las camillas donde duermen los marineros, sin respetar el precario espacio personal de la tripulación. Impertinente, el oficial altera su descanso.

Según algunos pocos de los que se apegan a esta versión, el tropezón contra un bello marinero joven (Ivan) fue un acto voluntario; según cuentan otros que también la defienden, fue involuntario, un accidente.

Alguien asegura que el mismo oficial no lo era de mucho grado, que bajó donde la tripulación con la expresa intención de visitar a un muchacho (Ivan) con el que se había acostumbrado a tener quereres; que el joven Ivan, su objeto del deseo, deseoso de zafarse de él, dio el grito de alarma.

Como haya sido el incidente, un oficial despierta a media noche a un marino, fatigado de su largo jornal. La voz ronca de otro miembro de la tripulación, Vakulinchuk, da forma al enojo ante el despropósito:

—Camaradas, ha llegado el momento de actuar.

La prédica sigue, no tan larga ni tan buena como las del Padre Gapón, más improvisada, y con un dejo de furia que el Pope no tenía el sábado en que lo escuchamos. Cuando termina, los marineros responden casi a coro, como si lo hubieran ensayado previamente:

—Ya no comeremos más el guiso de carne agusanada.

El predicador marinero, Vakulinchuk, retoma la palabra, envalentonado por la respuesta unánime:

—En Japón alimentan mejor a los prisioneros rusos.

Sólo uno de los marineros del Potemkin, Matyushenko, que tiene el sueño muy profundo, sigue en los brazos de Morfeo, aunque no del todo insensible a lo que ocurría en la vigilia colectiva. Sueña con Claudia. Posiblemente no la reconoce en el sueño, pero bien que la conoce, porque Matyushenko es el marido de la jovencita que trabaja con Annie, Valeria, la que tiene interés en saber cómo cuidarse de tener hijos no deseados. Claudia le está diciendo:

—Los marineros deben renunciar a comer.

Está sentada en una mesa transparente que se diría de vidrio cargada de platos y copas y botellas también de vidrio, repletos de comidas y bebidas. Llena su cuchara (no se alcanza a ver bien de qué, pues ésa no es traslúcida), la lleva a la boca, sigue hablando mientras salpica comida:

—Renunciar debes, marinero. Marinero que se va a la mar, ¡debe renunciar a comer!

Claudia come y come, y salpica; el marinero siente un deseo incontenible de arrebatarle la cuchara y avorazarse sobre los platos. Se impulsa para hacerlo, entre ella y él aparece una cerca de cuchillos enormes apretados uno contra el otro, apuntando hacia él su filo. Pero el joven Matyushenko no siente el peligro: está enloquecido de hambre.

En cuanto da el paso con el que se clavará los filos de la cerca de cuchillos, lo despierta el miedo de ensartárselos, y a éste se suma el hambre y el revuelo de sus compañeros, como él hambrientos, exacerbados los ánimos por lo que ya se dijo.

36. Remordimientos de Claudia

Simultáneamente, en el Palacio Karenin, en la habitación vecina a la de Sergio, Claudia, en la cama, piensa: "Soy yo, soy yo la responsable. Yo induje a Sergio a vender el retrato de su mamá. Yo, yo estoy poniendo en manos del Zar la pintura del personaje de Tolstoi. Sergio no quería. Yo, yo... ¿Será en verdad reprobable? Todo suena ahora distinto a como se sentía cuando lo aceptamos… Nuestra Rusia es otro país…".

Intenta calmarse diciéndose: "Lo de Tolstoi fue sólo un sueño, a él no puede importarle esto un pepino". Pero no tiene calma, no la consigue, "Según Lantur (la cocinera), los sueños dicen la verdad…". "Basta, es la cocinera, ¿ella qué va a saber?" "Pero lo sabe, lo sabe".

Trata de no pensar, de conciliar el sueño; en la ansiedad del insomnio que ella desconoce, los remordimientos la carcomen. Claudia deja la cama, toma su lámpara, baja las escaleras, camina hacia el estudio de Sergio.

Entra al estudio, prende una tras otra las tres lámparas espléndidas que iluminan el retrato en todo su esplendor: la magnífica, hermosa Ana Karenina, nunca más bella, es el sol de medianoche. Claudia le está dando la espalda, por la posición de las lámparas. Aún tiene las manos en la base de la tercera lámpara, cuando ve, al pie del escritorio de Sergio, en el taburete que hay al lado del asiento, la caja forrada de tela azul que encontró en el ático junto a los retratos. "La había olvidado", se dice, "desde que la bajé no la había vuelto a ver".

Toma la caja y la pone sobre el escritorio. Desanuda el listón de raso que la sella con un moño. Había sido blanco, pero por las décadas amarillea. Al deshacer su atado, muestra una variedad de tonos y colores.

—Este lacito pinta los años, es cuenta-tiempo…

Adentro de la caja está el manuscrito que Ana Karenina escribió cuando fue más feliz. Encuadernado bellamente en piel, cede su cuerpo a los dedos de Claudia. Ella lo extrae, lo pone sobre el escritorio, acomoda su lámpara al lado para leer. Entonces ve en el fondo de la caja otro manuscrito, más delgado, escrito con letra más menuda sobre folios que siguen sueltos. En la primera hoja lee:

"Sergio, hijo mío: jamás mereceré el perdón. Nada fue mejor en la vida que ser tu mamá. Te querré siempre, esté donde esté. Escribí esta novela dos veces. La primera fue teniendo en mente que fuera didáctica, y para jóvenes, queriendo que tú fueras el primer lector. Dos años después, la volví a escribir, de un hilo, ya sin pretensiones. No eras tú el lector. La escribí para mí. Sin embargo, es a ti a quien la dedico, pensando que algún día tú, Sergio, tendrás una hija, y que ella un día será un adulto, y estas páginas le hablarán a ella, mi nieta, cuando sea mujer. Mi amor…".

Las últimas palabras son de una frase incompleta. La firma es ininteligible e innecesaria.

Claudia se sienta en el cómodo sillón de Sergio. Elige el manuscrito de hojas sueltas, el libro de Ana, la novela karenina…

37. En manos de Claudia

Claudia tiene en las manos los pliegos sueltos del libro de Ana. Están unidos sólo con un lazo delgado y de menor calidad que el que rodeaba la caja azul, un simple lazo utilitario, de fibra gruesa y tosca, sin teñir. Al desprenderlo, cae una tarjeta de visita con un nombre impreso, Conde Vronski, en tipografía elegante y sobria, con unas líneas manuscritas:

Caía yo a menudo en estas ensoñaciones con el opio; me asomaba a la ventana en las noches de verano, contemplaba el mar y la ciudad, y podía quedarme inmóvil, absorto ante la vista, desde que salía el sol hasta que cayera la noche…

T. de Q.

Cuarta parte

(Sin lugar o fecha)

38. *Relato de hadas bañado en opio:*
EL LIBRO DE ANA *por Ana Karenina*

Un leñador y su mujer vivían en lo más cerrado del bosque con su hija de seis años, Ana. En la miseria, la niña era su única alegría. El invierno se prolonga, falta cebolla y pan en la mesa, pero la niña ríe, inmune al hambre, al frío, a los días sin luz y al malhumor continuo de sus papás.

Antes de que empezara a amanecer, el leñador (que no ríe nada, como tampoco lo hace su mujer) deja la cabaña y echa a andar su ingrata figura macilenta, en las manos el hacha y un cordel. Sabe que buscar es en vano. Los pájaros y los patos emigraron al sur; los osos, las serpientes, los felinos y rastreros dormitan escondidos; los peces se esconden bajo el hielo. Lo guía la memoria hacia la vereda, y ahí algo alcanza a ver por el pálido resplandor de la luna, que también parece helada.

El leñador camina, los pies ateridos, la cabeza pesada, como si la tuviera llena de agua fría. Raya la oscuridad un brillo, encandilándolo le vuelve imposible distinguir el trazo de la vereda. "¿Será el reflejo de la hoja de mi hacha lo que me ciega?, ¿pero cómo podría?", se lo dice sin palabras, a puro sentimiento, porque el hielo que ya tiene adentro no le permite pensar con claridad. Recuerda historias muy oídas de hombres que enloquecieron por sus armas. Instintivamente muda el hacha de mano, pero el brillo sigue igual. Alza la cara al cielo, oteando el rayo del resplandor; no se ve nada, la luna ha quedado comida por éste. Entonces sí piensa "Ya se murieron todas las estrellas".

Luz que se come a la luz es luz peligrosa, pero el leñador no lo piensa. Tampoco puede saber que el cielo parece de terciopelo negro, la pobreza le viene de nacimiento.

Espera un poco a que los ojos se acostumbren al nuevo orden. A riesgo de perderse, el leñador camina trastabillando hacia el punto de donde cree ver salir el destello. Éste irradia de una mujer vestida de un iridiscente raso azul, sus dientes y sus uñas echan chispas, sus cabellos lanzan también pajitas sueltas de luz. Abre la boca para hablar, atrás de sus labios está la fuente de luz:

—Sé que tu hija tiene hambre. ¿Por qué permitir que sufra una niña inocente si estoy yo? Tráemela, yo la cuidaré y protegeré.

Cada una de sus palabras echa chispas y apenas pronunciada truena con un estallido.

El leñador camina de espaldas, sin responder, sin dejar de ver a la mujer. Ella abre más la boca, como si un largo bostezo, y más luz le surte. Son sus entrañas las que así iluminan. Al llegar al camino, en silencio, la Iluminada se oscurece. El leñador tarda en orientarse. En el cielo ve el lejano resplandor del sol naciente, por lo tanto su casa debe quedar hacia la derecha. Camina hacia su izquierda, blandiendo el hacha, diciéndose con decisión:

—Voy a encontrar qué llevar para comer. ¡Tengo hambre!

Un par de ojos parpadean frente a él, a la altura de sus rodillas. El leñador levanta su hacha. Los ojos lo miran, son de un animal —cuya forma le es difícil distinguir— que con voz calma, habla sin sombra de acento extranjero:

—Seré tu comida sólo por una vez. Alimentarás conmigo a tu mujer y tu niña. Este invierno no habrá nada más. Ustedes morirán de hambre. No seas necio: entrega tu hija a la Iluminada.

El animal ríe con la misma risa que tiene la hija del leñador. Aunque sus palabras paralizan al leñador y la risa lo espanta, dejar caer el hacha sobre su presa. El hambre puede más que el miedo. La sangre tibia del animal le salpica la cara al leñador. Le ata las cuatro patas con el cordel que carga, sin reconocer a qué especie pertenece, y emprende el regreso a casa con su pieza de cacería.

Las dos, su mujer y Ana, lo reciben palmeando de gusto (y de frío). La niña ríe, con la misma risa que fue las últimas palabras del animal. El leñador cierra los ojos y la niña cree, como su mamá, que es por cansancio y por no tener nada en la barriga. La mamá se dispone a preparar la pieza para el guiso. Ana limpia la cara del padre humedeciendo la orilla de su falda en su cántaro de agua, lavándosela después, mientras canta:

—Ya tenemos comidita calentándose en el fuego...

Canta la niña y, como si fuera parte de su canto, ríe. Y cada vez que ríe, su risa enfría la sangre del leñador.

Los tres se sientan a la mesa. Cuando la carne del guiso está en su plato, el cazador no prueba bocado. No puede comer de quien lo vio a los ojos mientras le pintaba un destino de tristeza. Recuerda las palabras del animal: "morirán de hambre". Ana ríe. El hombre llora.

La mujer y la hija comen, por hambrientas y felices de probar bocado ni cuenta se dan de que el leñador está llorando. Él piensa: "mi mujer me comerá, porque a mí la tristeza me matará antes que el hambre". Antes de que ellas acaben sus raciones, se limpia los ojos, cierra los párpados, vuelve a abrirlos cuando la mesa está ya limpia.

Ana se queda dormida, y el leñador comparte con su mujer todo detalle de los dos encuentros. A ella no le queda duda:

—No podemos comer más de esta carne que has traído. Ni nosotros, ni Ana. No sabemos si es carne del Mal. Y debes depositar a la niña con la mujer de luz. Estoy convencida de que es la Virgen —sólo a ella le brillarían las entrañas—, y que

Nuestra Señora la cuidará, y que pasando este horrible invierno volveremos a verla. Nos la traerá sana y feliz.

—Esa mujer no puede ser un ser divino. Vieras que cuando habla uno siente…

Al leñador le falta verbo para explicar que a esa mujer le brillan las palabras como si fueran joyas arrancadas con el sudor de los hombres a una mina, entre otras cosas porque no puede hacer esta comparación, nunca ha visto una joya, no sabe dónde encontrar una mina, como es leñador no dejaría el pulido de la piedra olvidado en la imagen. Si supiera dónde hay mina o que se pule una piedra, habría ido a pedir lo contrataran, picar y pulir le sería más fácil que morir de hambre, y llenarse de negro los pulmones sería mejor que ser guisado sin sal por su propia esposa.

—Le entregas a nuestra niña. Como es la Virgen, ella lo sabe todo. Dásela, pero no le digas su nombre. Si acaso no fuera la Virgen, no podrá llamarla nunca Ana, y ella volverá a buscarnos, porque nadie puede vivir sin oír su nombre.

—Es que… es que… —al Leñador le era imposible explicar lo que quería decirle.

—Ya, pues —le dice ella, viéndolo como a un bobo ignorante—. Te llevas a Ana antes de que le regrese el hambre, porque yo de esa carne que trajiste no le doy más. La aviento hoy en la hondonada, para que la devoren los lobos.

Antes de que amanezca, el leñador sale de casa con Ana en sus brazos, dormida. Toma la misma dirección del día anterior, pero antes de que se le atieran los pies de frío, aparece el resplandor, y tras él la Iluminada. La niña se despierta de tanta luz, ríe a la Iluminada como ella sabe hacerlo, le extiende sus brazos; la Iluminada la abraza, y las dos se desvanecen. Se acaba la luz.

El gris día le cae encima al leñador, una pesada carga.

Camina de vuelta a casa. Como viene tan afectado, no escucha aullar a los lobos. Son los que han comido del guiso que su mujer aventó a la hondonada durante la noche. No emiten el aullido del lobo común. Parecería que hablaran, y lo que dicen suena espantoso.

El leñador no volverá a conciliar el sueño. Ni siquiera piensa en su hija. En lo que piensa continuo, es en que se lo comerá su mujer, que su cuerpo terminará en el plato de su mesa, que su esposa lo guisará mientras cante "Ya tenemos comidita calentándose en el fuego".

Piensa que ella servirá tres porciones en tres platos, uno para el marido, el segundo para la niña y el tercero para ella, y que se engullirá los tres, porque el hambre le habrá desfigurado el alma.

Desde el día en que llega al palacio de la Iluminada, la niña viste terciopelos, pero para el verano le hacen vestidos de raso, seda y encajes. Aprende el nombre de las telas y a distinguir hilos y brocados. La enseñan a tejer, a bordar y también a escribir y a contar. La llaman Niña del Bosque. Le asignan una persona a su servicio personal, Maslova. No siente más hambre, olvida los pensamientos que se tienen cuando falta la comida y pierde la risa que tantas veces sonara en la cabaña de sus papás.

Habitaban en un palacio enorme. La Iluminada vivía en el ala de la parte interior del edificio, a la que no tenía acceso la niña. Pasó un año completo, llegó el siguiente y se fue, lo mismo con otros diez. En alguno de esos años, la niña olvidó la cabaña y el bosque. Se desdibujó en su memoria la cara de su mamá, se silenció su voz. Recordaba borrosamente a su padre, soñaba con él, pero no podía verlo de cerca, ni en sus sueños. Un año, también él desapareció de sus recuerdos. En otro, olvidó el nombre con que la habían bautizado, y fue entonces cuando ya no supo cómo se ríe. Su cara, adusta y rígida, se tornó en la de una hermosa mujer, como su cuerpo.

En el bosque que rodeara la casa de sus papás (en el que ella jamás pensaba), los lobos aquellos que habían devorado con enormes bocados el guiso del animal no distinguible, ríen noche y día, con una risa idéntica a la que un día tuvo la niña, se la habían imitado por primera vez cuando la Iluminada la pidió al leñador, por simple maldad.

Alguien podrá decir que la niña de nuestro cuento no vivía en el paraíso, había perdido a los seres queridos, no tenía sino su Maslova —que de hecho desaparece de la historia, sólo se le menciona un par de veces, queda en difumino—, con Iluminada no había ninguna conexión. Con su papá tuvo una liga afectiva —¡ay, pobre hombre!—, con la mamá también (a fin de cuentas, las dos comieron de la sopa del animal parlante), y con Iluminada no había ni sombra de apego. Antes, no había tenido nada sino aquella risa que pasó en un tris a ser temible, y después, cuando lo tiene todo, no hay ni una coma, ni un punto, ni un paréntesis, no hay nada más que pura palabrería para llenar el buche.

Pero otros dirán que la niña tenía una suerte envidiable, porque vivía en la abundancia. Había pasado por arte de magia del hambre, al hartazgo, de vivir en la miseria, a un palacio tan grande que aún no había podido recorrerlo todo, de lavar la cara del padre con su propia falda, a tener varios vestidos y varios servidores sólo para atenderla.

Una mañana, muy temprano, Iluminada, que la seguía llamando Niña del Bosque, le anuncia:

—Voy a viajar. Te dejaré la cadena donde guardo las llaves del ala que ocupo en el Palacio. Puedes recorrer todos los salones, usar todos los libros, tocar todos los objetos, comer cuanto lo quieras. Sólo hay tres cerraduras, y aquí te estoy dando las tres llaves que las abren. La primera es la de la puerta que conecta esta parte de palacio con mi privado, la segunda es la cerradura del salón en que guardo mis joyas, y la tercera no la debes usar, por ningún motivo. Puedes recorrerlo y tocarlo todo, excepto esta última habitación, la distinguirás porque está al fondo y porque la puerta es de color púrpura. Ésta es la llave, inconfundible. Voy a dejarla también en tu custodia. Te lo repito: no la utilices, a riesgo de que lo pierdas todo.

La enorme llave estaba recubierta de cuero bien pulido, y aunque también tenía dientes, su forma curvada aquí y allá le daba una apariencia peculiar. Nada que la Niña del Bosque hubiera visto hasta el día de hoy, se parecía a la llave que, junto con las otras dos, colgaba de la cadena de la Iluminada.

Iluminada se va apenas terminar sus indicaciones. La Niña del Bosque, sin pensarlo dos veces, introduce una llave en la primera puerta y la traspone. Antes de poder poner atención en el lugar, los sirvientes (entre los que no reconoció ninguna cara conocida) le ofrecen dulces, la invitan a comer, la guían a un segundo salón donde una gran mesa está dispuesta con manjares.

La niña se sienta en la cabecera de la gran mesa. Los lacayos encienden los candelabros. Las habitaciones de esta ala del palacio son mucho más oscuras que las suyas, grandes cortinones protegen las ventanas, no entra un solo rayo de sol.

El primer platillo es un guiso con carne. Ella cree no conocer el sabor de esta carne, pero le gusta sobremanera y termina convencida de que le es familiar. Mientras la come, le escancian vino, prueba el licor por primera vez. Le ofrecen vodka, lo rechaza. Le dan de comer otros platillos en los que no reconoce el perfume o sus sabores, y también los rechaza.

La bebida la anima. Recorre otros salones, acompañada de las muchas personas de servicio. Sonríe, como hace mucho que no lo hace, pero no con la expresión que tuvo de niña. Ríe, pero su risa es otra, casi inaudible si no es porque tiene algo de metálica relojería. Los lacayos la retienen aquí y allá para señalarle objetos y pinturas, le dan explicaciones sobre los lienzos, le enseñan cómo debe manipular los objetos, cuáles son sus funciones o cómo jugar con ellos. Son sirvientes y tutores.

Llegan a la puerta donde es necesaria la segunda cerradura, pero la niña no siente curiosidad ("¿para qué quiero ver joyería, si estamos entre joyas?"), y se sigue de largo. Más salones conducen a más salones. Llegan a la última puerta, enorme y púrpura. Los sirvientes guardan silencio. La Niña del Bosque recuerda la orden de Iluminada, encoge los hombros y —siempre acompañada por los de servicio— regresa sobre sus pasos. En el salón contiguo a la puerta de salida, le ofrecen más dulces y bebidas, ríe otra vez —con esa risa de relojería— y la sonrisa se queda en su cara, como si se la hubieran pintado ahí para quedarse.

Vuelve a usar la primera llave en la cerradura para cruzar al otro lado. Se retira a su habitación. Apenas será el medio día, pero se acuesta en su cama y cae con un sueño pesado. Sueña con sus papás. El sueño le desdibuja la sonrisa. Despierta angustiada, sin saber por qué, sin desear recordar a los que acaba de ver tan claramente.

Salta de la cama. Es el anochecer. Traspone de nueva cuenta la puerta hacia el otro lado del palacio. Le ofrecen dulces y golosinas y vino de varios colores, pero ella los rechaza. Camina curioseando. Observa sobre todo el visible mecanismo de un hermoso reloj de péndulo mientras ríe sin darse cuenta de que los dos tienen una audible similitud, y contempla el óleo que representa a un joven desnudo, tendido frente a un hombre barbón entrado en años.

El joven del óleo extiende la mano intentando alcanzar a su mayor, pero el esfuerzo es inútil. La Niña del Bosque siente tristeza seguida de enojo: "¿Por qué no se levanta?, ¿por qué sigue acostado, como un recién nacido?, ¿qué le cuesta ponerse de pie, jalarle la barba si hace falta?, ¿por qué suplica?". Frente al reloj del péndulo no se dice nada.

En el salón que hace las veces de biblioteca, los libros reposan junto a los objetos. Al lado de un lomo que dice "El genio de la botella" hay una botella. Sobre el "Tratado de Geografía" descansa un globo terráqueo. Junto al que se llama "El Cofre del Tesoro", un pequeño cofre de madera. Al lado de "La bella durmiente" hay una pequeña rueca. "Maquiavelo", y una pequeña corona. Junto a "La Cenicienta", un zapatito de oro. Se sienta a leer otro libro de título absurdo: "Temática sin lengua". Los relojes marcan el paso de las horas. Las charolas ofreciéndole golosinas y comida pasan. "Quieren aturdirme con sus excesos. Yo no me dejaré. Lo voy a ver todo, todo".

Ya muy entrada la noche, la Niña del Bosque regresa, en el antecomedor a un lado de la cocina, come una rebanada de pan con una porción de arenque; bebe agua, lee y, sin haber vuelto a reír, anuncia a los sirvientes que se retira.

Como no acostumbra dormir siesta, sin sueño da vueltas en la cama y trenza un plan: a la mitad de la noche, cuando el resto del palacio duerma, cruzará al otro lado a explorar. Nadie la observará, ni le ofrecerá distracciones. Se levanta de la cama, toma el manojo de llaves que había dejado sobre la mesita, la acomoda a su lado, convencida de que sólo va a descansar un momento para tener la cabeza despejada en su próxima exploración. Pero cae en un sueño profundo. Cuando empieza a soñar, la llave recubierta de cuero, la de la puerta púrpura de la habitación prohibida, se desplaza, tirando de la cadena, y se acomoda entre sus piernas. Ahí, se acurruca y encuentra un camino, se arrellana más allá de sus ingles.

La Niña del Bosque la siente en sus sueños, y sin ejercer su voluntad, bambolea las caderas, como si caminara. La llave se pega más al cuerpo femenil. La Niña siente un placer que no conoce. Nunca había sentido eso. No hubiera podido comprenderlo, si acaso lo hubiese tocado su conciencia. En su sueño ya no camina, sino que corre, y así se menea, y la llave se encarga del resto del trabajo, dándole un placer casi doliente. Pero no despierta. Abre las piernas. Sin que intervenga su voluntad o su conciencia, ebria de placer, se deja poseer por la llave.

No despierta sino hasta la mañana siguiente. Le asombra encontrar la cadena de las llaves enlazada en sus desnudas piernas. Con repugnancia la separa de su cuerpo y brinca de la cama. Guarda las llaves en un cajón. Se promete nunca más cruzar a las habitaciones de la Dama de la Luz.

"Promesas, promesas, promesas": no ha acabado la mañana cuando saca la cadena de donde la escondió, y la primera llave gira en su cerradura. Apenas trasponer la puerta, le ofrecen quesos y panes que, sin ella saberlo, la regresan a su infancia. Explora con más curiosidad aún los objetos de los salones. Una mujer sostiene en una charola —idéntica a las que pasean para ella los lacayos— la bella cabeza de un hombre. Entiende que se refiere a un pasaje bíblico y piensa que será el caso del otro varón desnudo, un Adán intentando seducir a su Dios. Ver la cabeza del hombre en esa circunstancia no le repugna. Le despierta curiosidad.

Reconoce en los lienzos otros pasajes bíblicos, tanto en las pinturas como en los cuadros que forman los sirvientes —en un patio ve a José en el pozo rodeado de sus hermanos—, no puede identificar qué trama cuentan otras pinturas de épicas escenas de guerras desconocidas y caballos montados por mujeres.

En la penúltima habitación hay una representación al óleo de un paisaje en Alaska, recién cedida por Rusia a los americanos. Este lienzo la perturba más que ninguna otra imagen. Casi todo es blanco. Pero en esa blancura en distintas tonalidades van contenidos los colores, no silenciados, retenidos. En ese trecho de nieve, hay algo parecido a las palabras, tal vez más preciso. Es un lienzo que parece hablar, no palabras sueltas, articuladas de manera que tocan al silencio. Frente a la pintura siente miedo, éste se extiende hacia el resto de esta ala del palacio. Todo le da miedo. A duras penas puede respirar.

Regresa hacia los salones que conoce y se encierra en sus habitaciones.

Camina de un lado al otro del largo pasillo, hasta serenarse. Determina que esta vez, de verdad, no se quedará dormida, que quiere volver cuando no haya nadie supervisándola. Pero la noche es fría, los huesos le comienzan a doler. Está sola, despide a su Maslova. Así le pesa más la frialdad que cae con el atardecer, es una garra, no una cosa que entra por los ojos.

Se afloja las ropas. Se mete a la cama, cobijándose bien. No se acuesta; aunque sus huesos le supliquen la horizontal, se queda sentada. Porque ignora lo que pasó con las llaves la noche anterior, pone la cadena a su lado, pensando en no prender la vela antes de salir, para que la luz, escapando por la ventana, no revele que se ha levantado y que está dejando esta parte del palacio. Planea salir de su habitación a oscuras.

Las llaves no se inmutan esta noche. ¿Fue porque después de años (décadas sin girar en el complicado mecanismo de las cerraduras), hacerlo las ha dejado exhaustas? El día anterior giraron en el cerrojo dos veces. Para los goznes y los dobleces metálicos de la segunda cerradura, el paso de la llave había sido un evento mayor. Al sentirse tocados por los dientes metálicos, los intestinos de la herradura, acostumbrados a sólo percibir un tímido, austero, paso del aire, enloquecieron. Por la fracción de un segundo no supieron si cerrarse ante la intrusión, desobedeciendo la órbita para la que fueron trazados.

El primer eslabón de la cerradura intentó resistírsele a la llave. Quejica y mediocre, quiso ponerle freno a la intrusión. Pero la segunda sección de la cadena metálica, impuso el orden que les daba sentido, razón de ser, y no fue por razonable, sino por placer: la llave al entrar la tocaba. El aire, aire será, pero no es sólido; el tacto la siente, pero el goce es más ligero. Las palabras son a los suspiros, lo que la llave es al aire que va y viene por la cerradura.

Al percibir los dientes de la llave, un placer grande, carnal, hizo ceder a la segunda capa, la primera no pudo resistirse cuando la tercera y la cuarta —cada diente de la llave— cedieron, se dejaron ir, obedeciéndola. La cerradura, manteniéndose joven a pesar de los lustros de ostracismo, extendió sus manos con promesas, júbilo y animada conversación a la entrada de la llave, y habló con todas, porque las otras dos llaves sintieron, percibieron vía la cadena, el roce de ésta, y cuando la cerradura dio un quejido del gusto, respondieron a éste como si hubieran sido ellas mismas, electrizadas. El ejercicio, además de agotarlas, había sido más que gratificante —vertiginosa delicia.

Acostadas en la cama, al lado de la Niña del Bosque, las llaves se confiesan a sí mismas, al disponerse a descansar, lo satisfactorio de ejercer su función.

—¡Qué suerte la nuestra!

—¡No podemos quejarnos!

Y fue esta confesión lo que las dejó serenas, satisfechas, durmiendo como benditas.

La Niña del Bosque despertó pasada la media noche. Aún no terminaba el primer sueño de los demás habitantes del palacio, todos dormían profundo. Se levantó de la cama, tomó la cadena con las llaves en su mano derecha. Se calzó las zapatillas, se puso en la espalda su echarpe, llevaba la pequeña vela con que en las noches iluminaba las páginas de sus libros en la mano izquierda. Al salir de su habitación, cerró la puerta y entonces encendió la vela, como había pensado hacerlo para que nadie cayera en la cuenta de que en su ventana había luz. Se enfiló hacia las habitaciones de la mujer luminosa.

La casa bajo la vela era otra. La Niña nunca salía de noche de su habitación. Las sombras, el crujir del piso, el reacomodo de los objetos a su paso la atemorizaron, pero se sobrepuso y siguió su paso.

La primera llave abrió con facilidad la puerta que lleva al otro lado. La noche parecía día de aquel lado del palacio. El salón se iluminaba desde diferentes puntos con una luz blanca, intensa pero no inclemente o despiadada, una tonalidad cálida, fija, precisa. El espacio le pareció más amplio. La luz provenía de los muchos objetos, no de los candiles o las lámparas sino de las cosas y las pinturas, de una silla, de una alfombra. La más intensa de todas las fuentes de luz era la botella al lado del libro que tenía el Genio en su nombre. Cada lomo y su título era ahora distinguible, "Cabeza rota", "El animal que dormía como el comino", "Las capas de la cebolla", "Poemas sin corazón", "El corazón apagado". Los libros estaban acomodados por tamaño y color, sin que los uniera ninguna razón de ser de sus títulos. Al lado de los volúmenes estaban los objetos, de modo que aquél que tenía el globo terráqueo al lado ("Tratado de Geografía") debía su lugar en los entrepaños a las dimensiones del globo y no a otro motivo.

Apagó la vela con un soplo y la retuvo en la mano. Se acercó a la botella; entrecerrando los párpados, porque emitía una luz intensa que lastimaba los ojos, vio que un hombrecito gesticulaba desde adentro de ésta. Parecía quererle decir algo, hablaba y se movía expresivo. El hombrecito en la botella se hincó, las dos manos juntas, mirándola. Parecía estarle pidiendo que lo sacara de la botella, se lo suplicaba.

La Niña del Bosque tomó la botella en sus manos. El hombrecito dio saltos, feliz. La miró a los ojos. Ya no intentaba hablar. Extendió los brazos hacia ella. La joven retiró el tapón, y el hombrecito escapó por el cuello de vidrio, alargándose y adelgazándose para pasar, y expandiéndose al salir. Afuera, se sacudió y empezó a crecer, más, más, y más. El cuerpo del hombre duplicaba su volumen cada segundo, se volvió tan alto que le fue imposible estar de pie, se agachó, se dobló mientras seguía creciendo. Aquí y allá sus carnes comenzaron a topar con las paredes, ocupando el espacio del salón, empujando al crecer los muebles y tirando cuanto se interponía en el camino, jarrones, relojes, hasta ocupar todos los rincones. La Niña del Bosque se pegó a la puerta por donde había entrado.

La Niña del Bosque vio las carnes del hombre de la botella crecer también hacia el marco de la puerta donde se había guarecido. Abrió la puerta y la traspuso. El cuerpo del hombre que ocupara la botella se expandió hacia ella, siguiéndola. Quiso cerrar la puerta atrás de sí, haciendo presión contra la multiplicación de las carnes del gigante, "¡ay!", se quejó el de la botella, "¡me pellizcas!, ¡me lastimas!", y su voz resonó, retumbando en los muros, pero la Niña del Bosque no hizo caso a sus reclamos, temiendo que su enormidad cruzara e invadiera la otra ala del palacio.

—¡Salte de aquí!

—¡Me lastimas… me pellizcas! ¡No seas así!, ¡oooyeee!

La Niña del Bosque empujó con todas sus fuerzas y consiguió cerrar la puerta. Giró la cerradura, y sin sacar la llave, dejando la mano en ella un rato (que le pareció larguísimo), trató de percibir qué pasaba del otro lado de la hoja de la puerta, y pensó qué hacer.

Un ruidero; algo se rompe. Silencio. El crecimiento, la expansión del hombre debía haberse contenido, de no ser así, continuaría tirando objetos, y se oiría. Apoyó la palma de la mano en la puerta para sentir. Nada. No se atrevió a abrir la puerta para verificar qué ocurría. Tomó las llaves. Aún sostenía en la otra mano su vela, pero había extraviado las cerillas. No sabía si se le habían caído del otro lado o de éste. Pasó las manos por el piso; no las encontró. Los ojos se iban acostumbrando a la oscuridad pero no distinguía con claridad el entorno. Se dirigió a su habitación, muy lentamente y con gran cuidado para no tropezar y no causar estropicios. No quería hacer ruido que despertara al servicio. Por fin, tentaleando y tanteando, probando cada paso con cautela, llegó a su habitación. Caminó hacia un lado y el otro de ésta, sin saber qué hacer. Consiguió serenarse. Se acostó a dormir. Tardó en quedarse dormida.

Soñó que un sacerdote dormía. Que una mujer se acercaba a cortarle las barbas y el largo cabello. Soñó lo que él soñaba: que una jauría de perros atacaba las carnes del gigante. Que una persona vería la escena sin intervenir, aunque tenía en la mano las traíllas de sus perros. Que en los charcos de la sangre regada del gigante se veían parvadas de pájaros. Pasaron más cosas con el gigante del sueño, pero la Niña del Bosque se distrajo con el soñador: revisaba cómo vestía este hombre hermoso y barbón. Él despertó, y dijo "En el gigante yo reconocí a mi país, mi querido país, y a su gente".

Después soñó que era ella la que había quedado embotellada, que su botella vivía en la repisa de un librero. Nadie la venía a sacar. Se preguntaba, en su sueño, si ella también se convertiría en un gigante, de ser liberada. Y notaba que su botella no tenía boca.

Despertó bien entrada la mañana siguiente.

Llamó a Maslova. Mientras la ayudaba en su rutina, le preguntó si no había alboroto alguno del otro lado.

—¿Alboroto? ¿Del otro lado? ¿Dónde?

—Creí oír algo en la noche del otro lado del palacio… un… un *alboroto*…

—¡Nada! ¡Ningún alboroto! ¡Qué ocurrencias! Silencio, como siempre sólo hay silencio. Les pasamos el correo de la Señora, como siempre. Y les entregamos los quesos que muy de mañana llegaron, los que ellos ordenaron les trajeran, nos dicen que son para usted. Lo único inusual es que nos preguntaron si eran nuestras unas cerillas, tan largas como nunca antes se habían visto, del largo de dos brazos. Tres largas cerillas… Las llevamos a la cocina. Son algo de ver…

La Niña del Bosque no oyó el relato de las cerillas, ansiosa recolectaba imágenes del sueño.

—Unos perros… —tenía muy fresco el recuerdo de los ladridos de los perros de ataque.

—¿Perros?

—Soñé que alguien los soñaba.

La Niña del Bosque no podía borrar de su imaginación al gigante de la botella y al barbón que soñara, y para domarlos se repetía "Lo de anoche fue un sueño tras otro". Sólo el antojo de los quesos la distrajo y la movió a cruzar la puerta para ir a visitar el salón del otro lado.

La primera llave abrió como las otras veces, girando sin dificultad adentro del ojo de la cerradura de la puerta que llevaba al otro lado del palacio. La botella estaba en su lugar. No estaba vacía, pero en las sombras del librero no se alcanzaba a distinguir qué era lo que estaba adentro de ella. En todo caso, parecía inerte. Lo que fuera, estaba inmóvil, y no despedía ningún tipo de luz, mucho menos parecía una pequeña persona. El salón estaba en perfecto orden, nada parecía dañado o roto.

Este día probó la segunda llave. La suave cerradura cedió. Cuatro frescos inmensos, en cada uno de los cuales había decenas de personajes, cubrían las paredes, del techo al piso las pinturas tenían una particularidad: algunos de sus objetos se tornaban de tres dimensiones, se salían de la pared hacia la habitación. Era el caso de mesas, lámparas, y ropas de los personajes. La cola de un fauno también sobresalía de la pintura, rígida, como si fuera de yeso, brotaba de la pared. El techo, pintado como un cielo limpio, azul, luminoso, con dos nubecillas delgadas y traslúcidas, se interrumpía en sus orillas que representaban un techo venido abajo, en sus orillas los ladrillos tambaleantes, y entre éstos enredaderas derramándose.

Su falda rozó con una de las pinturas. El personaje con el que la tela tropezó, vestía una falda idéntica a la que ella traía puesta. El detalle le provocó desasosiego. Regresó sobre sus pasos, cruzó la biblioteca sin detenerse, lo mismo el salón principal, giró la cerradura y pasó el resto del día en sus habitaciones, con un sentimiento de malestar.

A la mañana siguiente, volvió a sentirse segura. Usó la primera y la segunda llave, traspuso las puertas, y sin dudarlo hizo también girar a la tercera en la cerradura. Ésta chirrió como ninguna de las anteriores; así estuviera recubierta de piel, crujía como metal oxidado. Recordó la prohibición: la tuvo sin cuidado.

Traspuso la puerta prohibida que también era de intenso púrpura del otro lado.

El salón no era un salón, sino el bosque, el frío y oscuro bosque de su infancia primera. Reconoció una vereda. Caminó, el frío le quemaba los pies y ardía en las manos. El sol asomó entre el cielo gris, levantando la temperatura. Los pájaros cantaron. Todo le era familiar. Se guiaba sin tener dudas. Dio con la cabaña de sus papás. Abrió la puerta. Una señora y sus dos hijas hermosas estaban sentadas a la mesa con su papá. Lo reconoció de inmediato. Él la miró con frialdad, inspeccionándola.

—Soy yo, papá —viéndolo a los ojos recordó su propio nombre, como si hubiera estado escrito en las pupilas del leñador—, soy Ana. ¿Dónde está mamá?

—Yo un día tuve una hija. No se parecía a ti.

—Yo soy. Tú me entregaste a la mujer Iluminada. ¿Y estas personas que están aquí?

—Ésta que ves aquí es mi esposa. Tu mamá murió hace años. Ellas son sus dos hijas, las dos que tengo.

—Tienes tres hijas, papá. ¿Dónde enterraste a mamá?

A señas, displicente, su papá le explicó dónde, añadiendo pocas palabras con indicaciones no muy precisas. La Niña del Bosque, Ana, fue sola a visitar la tumba. Un pedrusco rodeado de yerbajos indicaba el lugar del entierro.

—Si por lo menos estuviera limpia esta pobre lápida…

Ana puso manos a la obra. Barrió, arrancó las yerbas desordenadas, adornó con las ramas que pudo y bañó repetidas veces la piedra, arrancándole una belleza que nadie previó. La madrastra y sus hijas la veían afanarse, tapándose la boca para que no oyera sus comentarios, pero no se guardaban sus carcajadas burlonas.

Volvió a casa. La señora le dijo:

—¿Con que te gusta lavar, eh? Pues ahora me limpias la cocina…

La Niña del Bosque limpió las cazuelas, trapeó el piso.

Cuando los de la casa terminaron de comer —a ella le negaron el pan—, intentó regresar a las habitaciones de la Iluminada, con la única intención de pasar de largo y retirarse a dormir, tan cansada que no sentía hambre. Pero no había cerradura dónde meter la llave. La puerta púrpura estaba sellada a cal y canto.

La noche era fría. Se acostó a dormir junto a las cenizas del fuego del hogar.

A solas con su marido, la señora le preguntó a su marido:

—¿Es tu hija, de verdad?

—Sí, es cierto. Es la que le regalé a la Iluminada.

—Siempre creí que era un cuento cualquiera. Si es tu hija, se quedará a vivir con nosotros. Me ayudará en la cocina. Buena falta me hace.

A la mañana siguiente, Ana limpió los pollos, recolectó manzanas, preparó la sopa, amasó el pan, separó las lentejas.

La casa no sufría de hambre y precariedades. El leñador había tenido un golpe de suerte. Al cortar un árbol encontró guardado en él un tesoro, lingotes de oro, esmeraldas, era un hombre rico. Había construido más espacios para la casa. Las dos hijas de la esposa de su mujer vestían muy bien. A Ana no le permitían entrar a las secciones nuevas: "¡Tú estate ahí!, aquí te quedas, en la cocina".

Un día que su papá iba a salir a la feria, le preguntó:

—¿Qué quieres que te traiga? Tus hermanas pidieron vestidos y collares.

—Quiero una rama en flor de durazno, la planta predilecta de mamá.

Cuando el leñador regresó de la Feria —donde es muy posible hiciera actos muy poco santos; desde que tenía dinero se dejaba sueltas las riendas—, la Niña del Bosque llevó la rama de durazno en flor a la tumba de su mamá. La madrastra dijo a sus hijas:

—¡Idiota niña, su única oportunidad de vestirse como Dios manda, y salió con su tontera sentimental!

Después, se desentendieron de ella.

Ana se sentó junto a la rama de durazno y le cantó. También lloró sobre ella. Estemos de acuerdo en que esto es muy sentimental. Se justifica por el estado de Ana, fatigada de pasar los días fregando, desconcertada por saberse dueña de dos historias, con remordimientos por haber olvidado a sus papás y por haber desobedecido a la Iluminada. La combinación de esto, más la edad (eso de ser joven es poca ayuda) la hacía sentirse como un guiñapo. Estamos también de acuerdo en que usar el término "guiñapo" tiene algo de cursi. Pero la cursilería no entra en la situación de esta joven trinombre. Ana había pasado a llamarse la Niña del Bosque, y la Niña del Bosque era ahora Cenicienta la Fregona.

Lo que cuenta es que las raíces del durazno bebieron con provecho sus lágrimas. Considerado el estado del árbol y sus frutos y sus flores y el entorno que éste creó, las lágrimas son sin dudarlo mejores que la leche materna. Pero no es recomendación para el lector, ni mucho menos receta, porque mejor que la leche, mejor que las lágrimas, mejor que las explicaciones y mucho mejor que cualquier trama, es el vino, mejor que el vino, el champagne, y mejor que cualquier licor, el opio. La cadena puede tornarse siniestra, porque el tipo de pájaros y cantos que cada uno de éstos exige pide revisión.

Todos los días, al terminar sus labores, Ana visitaba el durazno, y todos los días lloraba sobre él. Con la continuidad, el durazno creció. A sus pies crecieron moras distintas. Ana trenzó las zarzas alrededor de la lápida y cercando el árbol. Al tiempo que el lagrimeo, a Ana le dio por bailar. La culpa fue de las aves, los ruiseñores, los búhos y otros.

Los pájaros anidaron y cantaron en el durazno. El leñador no tenía instinto alguno de cultivo. A él lo que le gustaba era talar. Cuando dio con la dotación de oro y piedras preciosas, ya había talado lo suficiente, así que alrededor de su casa no había sino tierra pelona que las lluvias y la nieve desgastaban. Su hacha dormía el sueño de los injustos. Los deslaves eran cosa de todos los días. Por esto, las aves se guarecieron en el durazno. Sin con qué compararlo en kilómetros a la redonda, les parecía la capital del Edén. Cualquier cosa que Ana les pidiera, era para ser cumplida. Porque la hija del talador era la creadora de su único refugio.

Las aves la protegieron. La joven ya no tuvo hambre. Ya no tuvo frío. Pero lo que sí es que seguía durmiendo entre las cenizas de la cocina, y que la insultaban y maltrataban las tres mujeres y el desprecio de su papá. Siempre tenía la cara sucia, como sus ropas.

Un día, se escuchó el pregón del rey: todas las mujeres jóvenes del reino debían presentarse a un baile. El rey buscaba esposa para su hijo. Harto de que fuese un solterón, fastidiado de que le descartara las candidatas que él le proponía, preocupado de tantas francachelas que posiblemente le dejasen convertido en un cabeza loca, el monarca quería asentarlo. Y quería un nieto, para saber dónde iría a dar su corona. Si dejaba suelto al príncipe, la corona terminaría rodando.

—¿Qué, ninguna mujer te parece suficiente? —arengaba al joven por las mañanas. En los mediodías—: Te ofrecí la mano de la hija de un emperador, y la desechaste. ¿Qué te pasa?, ¿por qué ninguna mujer te parecía buena cosa? —en las noches, subía de tono el discurso regio—: ¿Quieres algo más perfecto que lo real?

—Empecemos por revisar tus términos, papá. ¿Puedes llamar "cosa" a las jovencitas? ¡Son personas!

Cuando escucharon el pregón, las hermanastras de Ana, llenas de ilusiones, felices empezaron a preparar vestidos. Ana pidió permiso para ir. No pensaba en el príncipe, mucho menos en pescar marido. Lo que quería era bailar.

—De ninguna manera vas a ir, ¿cómo te atreves a pedirlo? ¡Para el caso, habrías pedido a tu papá te trajera un vestido! Dejaste ir la ocasión, ¿qué te podrías poner? Nos darías vergüenza —apresurada escupió la madrastra, con un tono burlón.

—Por favor, señora…

—Imposible. ¡Y dime "mamá"! ¡Qué falta de respeto, decirme a mí "señora"!

El día del baile, Ana volvió a pedir permiso cuando los cuatro —papá, madrastra y sus dos hijas— estaban ya hermoseados. Las mujeres la vieron con ojos socarrones y fríos. La madrastra tomó la vasija donde Ana reunía las lentejas limpias, la aventó a las cenizas del hogar y le dijo:

—Si eres capaz de tener las semillas limpias en media hora, podrás ir. Pero allá ni te nos acerques…

Los cuatro salieron, sin girar sus cabezas, aunque fuera de compasión. Ana los vio con el rabillo del ojo. Vestían fatal. El traje de su papá brillaba, "qué vergüenza me da, ¡parece trabajador de veinteava clase en el Ministerio!". Los vestidos de las jóvenes eran de un mal gusto doliente.

Ana convocó cantando a los pájaros del durazno:

Florecitas vivas del durazno en flor,
sepárenme lo malo de lo bueno.
Quiero bailar y ser amada.

Una docena de aves distintas entraron a la cocina, pescaron las lentejas, las dejaron limpias en el plato. Ana fue al durazno y le pidió:

Padre de las florecitas vivas,
ayúdame a vestir lo bueno.
Quiero bailar y ser amada.

Otra docena de pajarracos le trajeron un vestido dorado y un par de zapatillas de oro, depositándolos sobre la limpia mesa de la cocina.

Ana se bañó (en agua helada porque toda forma de ave detesta el agua caliente), se peinó y se vistió. Las zapatillas la hacían sentirse más ligera, de diario usaba tosco calzado de madera. Casi volando en éstas, corrió al castillo del Rey, y no hizo más lento su caminar cuando entró al castillo. Mucho más ligera y ágil que las matronas y niñas mimadas —gordetas, de más alimentadas— que intentaban llamar la atención del príncipe. Ana parecía un duendecillo y sobresalía entre la turba de pesadas.

El príncipe la vio, le dijo al rey:

> Padre mío, de las florecitas vivas,
> distingo lo bueno de lo malo.
> Ella es la mujer.
> Quiero bailar y ser amado.

Al rey, la chica no le pareció nada bien. No se movía con "nobleza", tampoco a lo campesino. ¿Qué era? Bella, sí, parecía de educación pulida. Retuvo el brazo del hijo hasta que ella empezó a inclinar la cabeza y a mover los brazos y los pies con una gracia que no había visto nunca. Entonces el rey soltó el brazo del príncipe, éste salió como la bala del cañón —qué burda expresión, pero no hay ninguna más precisa.

El príncipe bailó con Ana toda la noche. Eran como dos figuras en una caja de música. Magnéticos, casi mecánicos. Cuando entre una pieza musical y otra algún noble se acercaba a presentarle a su hija, en lugar de decir "Mucho gusto", el príncipe repetía:

> Entre las florecitas vivas,
> elegí ya amar y ser amado.

Los nobles pensaban para sí, "¡Pero qué muchacho tan necio, cómo no ve lo linda que es mi hija!". Pero las hijas no eran hermosas. Parecían pompones, o si acaso manguillos de piel muy fina.

Cuando dieron las doce de la noche, entraron al castillo dos docenas de pequeños pájaros de plumas coloridas, "pitpit-pit", repetían con tonos agudos. Nadie había visto a estas horas y en estas latitudes una nube avícola como ésta. Los pajaritos tomaron por la cintura el vestido de Ana, levantándola en vilo. La escena era algo de ver: Ana ascendiendo, bien extendido el dorado vestido. Algún pajarillo cantó a lo lejos (y por suerte casi nadie lo oyó, pero sí el príncipe, que de cualquier manera no comprendió):

> ¡Ay, tu perfúmene!
> ¡Anabélella!
> ¡Ay, tu perfúmene perfúmene!
> ¡Sale al lado de tu piernabélleda!

Nadie veía la escena con mayor festividad que el príncipe. Sin sentir miedo o asombro, considerándola como otro paso de baile, lo llenaba de un raro gozo. Por lo mismo, apenas desapareció de la vista Ana (veloz asunción), él fue quien advirtió que en el piso había quedado una zapatilla de oro. Era pequeña y olía a durazno. El resto de los asistentes seguía con los ojos clavados al cielo, preguntándose qué había pasado; el príncipe recogió y se echó al bolso la ligera zapatilla.

Porque el traje del príncipe tenía bolsillos amplios, bien cosidos, no eran sólo unos adornos. En ellos cargaba en pequeñas botellas ungüentos para no llenarse de hijos.

A la mañana siguiente, el príncipe, lleno de inusual vigor por no haber pasado la noche en gimnasias amatorias, fue de casa en casa con la zapatilla en mano, buscando a la joven que lo había enamorado. Cuando llegó a la del rico que había sido leñador, la hija mayor se probó en su habitación la zapatilla. El dedo gordo de su pie era demasiado grande.

—No hay problema —dijo su mamá—. Córtatelo. Total, qué más te da quedarte coja si serás una reina. ¡Ana! —gritó hacia la escalera de servicio.

—¡Sí, señora!

—¡Que no me llames señora! Baja la voz. Trae corriendo el hacha de tu papá, ¡anda, holgazana, anda!

La hija se cortó el dedo del pie. Se puso la zapatilla y se aguantó el dolor.

El príncipe subió tras ella a su hermoso carruaje revestido de hoja de cobre, el techo pintado muy chulo. Cuando pasaban junto al durazno, los pajaritos cantaron:

> Te estás llevando un pie tusado,
> de lo bueno, elegiste lo malo.

El príncipe volteó los ojos al pie de la bella joven. La zapatilla de hilo de oro estaba ensopada en sangre. Golpeó el techo de su coche, dio la orden, y regresaron a la casa del leñador:

—Me engañaron. Me ofrecieron un pie entero y me entregaron uno cortado. No quiero a esta muchacha, ¡esperen mi castigo!

La madrastra de Ana y el Leñador regañaron a la joven fingiendo no saber nada del engaño, diciéndole entre muchas otras palabras:

—¡Muchacha del demontre! ¡Cómo te atreves a hacerle eso al príncipe! ¡A la cama sin comer! —y suplicaron perdón al príncipe. La madrastra ordenó a Ana limpiara la zapatilla. Ya limpia, la madrastra se la pasó a su segunda hija:

—¡Córrele! ¡Pruébatela, pruébatela! Y más te vale te quede, que si no el principito nos hará decapitar.

De nuevo gritó por la escalera de servicio:

—¡Aaaaanaaa, córrele, suuube para arriba con el hacha de tu papá, anda, anda!

La joven, que no está de más decirlo sí era algo bella, se probó la zapatilla, pero no le cabía el talón. No dijo nada a su madre: cortó el talón de un tajo, y se enfundó la zapatilla. Comiéndose el dolor, bajó y sonrió al príncipe, como si hubiera bailado con él la noche entera.

El príncipe tenía el corazón puro, así que le creyó.

Es importante aquí aclarar lo del corazón puro. Era parte del motivo por el que su papá quería casarlo. El príncipe creía en todo, pero como no era nada tonto, descreía con la misma facilidad. Esto no conviene para un buen gobernante. Los hilos de poder no se hacen de inocencia de corazón puro o de candidez, y en esto el papá tenía razón porque ese príncipe no podía servir para nada. No era sólo por hacer alianzas que le buscara esposas bien educadas, sino por procurar la sobrevivencia de su dinastía.

El príncipe, ilusionado y atolondrado porque estaba enamorado, invitó a la segunda hija de la esposa del leñador a subir al carruaje principesco. Cuando iban ya a medio camino hacia el palacio, los pajaritos y pajarracos del durazno los rodearon, cantando:

De todo lo bueno que había a mano,
elegiste tomar lo peor.
Te estás llevando un pie tusado.
Ella no es la tuya, ella no es la tuya.

La idea de volver a revisar la querida zapatilla y encontrarla bañada otra vez en sangre le revolvió el estómago al príncipe. Y por esto merecemos o necesitamos hacer otro paréntesis. Un estómago principesco revuelto es un tema que no debemos pasar de largo. Mucho se ha escrito de las panzas vacías —no que haya servido de mucho, si atendemos a los índices de hambre de hoy, pero de que se ha escrito, sí que se ha escrito—. ¿De los estómagos revueltos de príncipes de alma pura, en cambio, cabe decir lo mismo? Hay que hacer distinciones. Una cosa es comer demasiado, otra hartarse de intentar digerir sangre humana, y otra aún —muy diferente— es no soportar una visión por tener la piel delicada. Es el caso del príncipe.

Le bastó con verle los ojos a la joven para darse cuenta de que el canto de los pájaros decía la verdad. No bajó los ojos. Los dejó clavados en la cara hipócrita y los dos ojos que como cucharas vacías brillaban mirándole el título, el padre, el trono cercano. Dos ojos que, entonces advirtió el príncipe, estaban cegados para él. No lo veían como aquel par de ojos de ayer lo habían mirado.

El carruaje regresó a la casa del leñador. Pidieron a la joven que hiciera el favor de bajarse. Sobre las piedras del piso quedó la huella de su pie marcada varias veces, marcas oscuras, casi negras. Los pájaros del durazno rodearon al carruaje cantando:

En esa casa, no todos son patas rajadas.
Ahí está la que calza oro,
tan bello es su pie, como fina es su alma.

Por algún motivo que escapa a la comprensión, el canto esta vez acompañado de cuerdas. ¿De dónde provienen las guitarras, arpas o laúdes? Pero no era momento para que el príncipe se preocupara por un detalle así. Bajó del carruaje, evitó pisar las marcas de sangre del camino y volvió a trasponer la entrada de la casa del leñador.

Los cuatro de esa familia lo miraron con espanto. Sin saber que ahí estaba el príncipe, Ana, con las manos mojadas porque acababa de lavar de nuevo la zapatilla, entró al salón diciendo en cantarina voz alta, "Aquí la tienen, ya se las lavé otra vez, el tejido de oro es tan fino que es fácil limpiarlo".

Todos la voltearon a ver. Ana vio al príncipe. Él reconoció su mirada. Ana se calzó la zapatilla. La nube de pájaros del día anterior entró a la casa, tendiendo sobre ella el vestido dorado. El lacayo del príncipe le acercó la segunda zapatilla que los pajarillos dejaron en sus manos, y recogieron el cabello de Ana.

Esta noche, otra vez, ella y el príncipe bailaron, pero no tanto como la noche anterior, porque a Ana le entró una premura. A las doce de la noche recordó a la Iluminada. Pensó que sin duda vendría a buscarla. Pasó del remordimiento al miedo. El resto de la noche el temor fue creciendo. Ahora no dormía sobre las cenizas, sino en la alcoba principal de la casa que había habitado su mamá, pero esto no le bastó. Más miedo le dio. Creyó que también su mamá vendría. Que los pájaros la traicionarían. Que su cuerpo sería atacado por éstos. El de ella no era un gigante, de su sangre no saldría ni un perro que la amparara, nada. No tenía remedio. Debía enfrentar a la Iluminada, después volvería por su príncipe.

Con el primer rayo de luz caminó el corto trecho del bosque que la llevaba de camino de regreso al palacio de la Iluminada. Apareció un pequeño ojillo en la puerta. Escarbó en éste con una varita. Los dedos de las dos manos se le llenaron de un polvillo dorado. El ojillo se develó cerradura, en la cerradura Ana metió la llave y la puerta se abrió.

La Niña del Bosque la cerró atrás de sí, giró la cerradura y corrió a lavarse las manos. Por más que talló, enjabonó y enjuagó su dedo, el color dorado siguió. Su mirada también había cambiado: el brillo de esa habitación, y que adivinara había algo atrás de éste, le llenaban el corazón de un intenso remordimiento: quería volver a bailar con el príncipe, aunque por esto tuviera que pagar quedar toda tinta de color dorado, como una Midas.

Esa misma tarde la Iluminada regresó al palacio. De inmediato vio el cambio en la mirada de la jovencita.

—¿Abriste la habitación que te prohibí?

La Niña del Bosque lo negó ("No, señora, yo no sé mentir").

—¿Estás segura de que no giraste la cerradura que explícitamente te prohibí abrieras?

La Niña del Bosque volvió a negar con la cabeza.

Una tercera vez le preguntó la Iluminada, y por tercera ocasión la Niña del Bosque le mintió, negándolo con tal énfasis que gesticuló con las manos. La Iluminada vio el dedo dorado.

—¡Me mientes!

La Niña del Bosque cayó en una especie de sueño profundo, y cuando despertó estaba en el bosque. Quiso gritar; había perdido la voz. Buscó alguna vereda, una salida, la vuelta al palacio de Iluminada, o a la cabaña del leñador, o al palacio del príncipe, pero esta vez el bosque parecía no acabar nunca. Sus pies se hundieron en el lodo. Perdió el calzado.

En pocos días, sus ropas y sus carnes no eran ya las del lujo y el mimo en que había vivido. El cabello se le enredó. Las medias se desgarraron. Dejó de buscar salida. Comió hojas, moras, hongos y raíces. Sentada, la espalda contra el tronco de un árbol generoso, sentía deseos de cantar, lo intentaba, y ningún sonido salía de su boca.

Doce caballos montados por once caballeros y el rey pasaron a su lado. La Niña del Bosque no se levantó, creyó estar soñando. El rey se enamoró de su belleza, nunca había visto a una jovencita como ella. Le preguntó su nombre, pero ella no pudo responderle.

—¿Quién eres? ¿Dónde naciste? ¿Qué haces aquí?

La Niña del Bosque no pudo contestarle con una sola palabra. Al rey le gustó aún más que ella fuera muda. "En boca cerrada no entran moscas". La Niña del Bosque le enseñó su dedo de oro. Al rey no le disgustó, y se la llevó consigo. Al entrar a su reino anunció que se casaría con ella. La reina madre y sus hermanas intentaron disuadirlo, pero el rey no renunció a su capricho.

La Niña del Bosque volvió a vestir bien y a comer, y pronto olvidó lo que había hecho y que la había echado del paraíso. El dorado de su dedo no desaparecía. En las noches, cuando ella dormía, el dedo dorado hacía lo que la llave cubierta de cuero había hecho una vez. Se acurrucaba entre sus piernas y encontraba el camino para darse gusto.

Las bodas se celebraron, la Niña del Bosque compartió la cama con el rey antes de que él se retirara a sus habitaciones, y después de algunos encuentros supo descubrir en estar con él de esa manera un gusto que no esperaba. El rey la amaba. La Niña del Bosque amaba el gusto que le daba el rey, amaba sus terciopelos y rasos, y amaba los buenos tratos que le daban las personas de servicio. Amaba a su peluquero que le decoraba con pequeñas piedras preciosas el cabello. Amaba al pastelero que le preparaba dulces deliciosos. Amaba los quesos del reino, y el pan. También amaba un recuerdo: el baile aquel que en un lujoso palacio había durado una noche. Y aún más que el baile, amaba la mirada y los brazos de aquel príncipe.

Recapitulemos: de tener papá, mamá, hambre y nombre (Ana), pasó a la Niña del Bosque. Retornó a ser Ana, pero el nombre se le volvió Cenicienta la Fregona, y de pronto, ahora, es reina. ¿Cómo una mujer pasa a otra, y después una diferente? Su historia es la del hambre y la risa, después la de entenada de su protectora fría y luminosa que pone en sus manos las llaves para conocerse, y la prohibición. Y antes de saber lo que le gusta, las llaves se satisfacen a su costa, dándole de paso un gusto sin que ella lo busque o se dé cuenta, jugando —a escondidas de ella misma— con lo que debiera estar buscando. Y ahí no acaba esto, pero puedo irme preguntando ¿quién está robándose a mi personaje?, ¿qué me lo lleva de una trama a otra?

Ana, Niña del Bosque, Cenicienta y Reina es dueña de ninguna de sus vidas. Cuando, armada de valor, se animó a moverse por su propia voluntad, ¡cataplún!, el dedo se le vuelve de metal. Le queda flexible, sí, pero dorado como si fuera un arete o un collar, una cosa. Nadie respetable quiere que su dedo sea cosa. Cada uno de los diez que tenemos en las manos las mujeres (aunque no ella, que tiene nueve, y en el décimo la satisfacción de su curiosidad), son para la persecución de un deseo.

Será Reina mi personaje, o será niña hambrienta o entenada favorecida, o mendiga o lo que les venga en gana, pero en realidad, sea lo que sea, no es sino una infeliz. Está a merced de una corriente que incluso ignora a su autora.

En la cuarta encarnación de su persona, Ana (la reina) también sueña. En sus sueños, se le acumulan los yoes que ha tenido, se suman por fin armónicos. Es aquí que por fin hace sentido, una persona de distintas caras. Así es como se torna en *La niña que caminó sobre el pan*:

Había una vez un leñador que vivía con su mujer en la orilla de un poblado miserable. Eran muy pobres, frente a la casucha en que vivían corría un riachuelo lodoso en el que sobrevolaban las moscas. Como el leñador y su mujer eran devotos y vivían en paz, sobresaliendo por sus virtudes del resto de los naturales, los Santos les regalaron una hija hermosa y llena de encanto. Era bella, pero era igualmente arrogante y de mal corazón. Despreciaba a sus padres por pobres y por su buena temperancia. Los llamaba con términos vergonzosos. Le divertía pisotear el mandil de su mamá.

—¡Qué vamos a hacerle! —decía su mamá— ¡Tiene toda la razón al despreciarnos: somos pobres, vivimos sobajados, nuestro único bien es la niña! Hoy me pisas el mandil, cuando seas grande me pisotearás la cara.

La niña jugaba con las moscas que volaban sobre el lodoso riachuelo, les quitaba las alas y se refocilaba viéndolas agonizar. A las más grandes las pinchaba con la aguja de coser de su mamá, prendiéndolas a las páginas de un libro y decía: "Esta mosca sí que sabe leer". Cuando su mamá quería enseñarle las letras, la niña se negaba, "Eso déjalo para las moscas".

La niña creció rápido, como la pobreza que la rodeaba y como su maldad. Atormentó a las dos gallinas del corral hasta matarlas, y escondió sus cadáveres para no darle a nadie el gusto de guiso. La hambruna y la enfermedad llegaron a la región. La niña sintió hambre a diario, sus tripas parecían estarse comiendo a sus tripas. Los padres de la niña la enviaron al castillo del Conde con un conocido que trabajaba ahí. Apenas verla, tan hermosa y distinguida, los condes la tomaron para su servicio. La vistieron con rasos y sedas, sus vestidos hermosos y el calzado de lo mejor. Le arreglaron el cabello. Quedó como una damita, que bien servía para llevar y traerles cosas a las damas, o para animar las llegadas de las visitas. El Conde le tenía singular aprecio. Era muy dado a los placeres carnales y tenía premura por verla madurar y hacerla otra de sus amasias. Le hacía regalos y la halagaba, preparándola para el papel que haría. "Eres la más hermosa de todas", decía, sin guardarse sus intenciones, y la elogiaba sin medida porque el antojo que tenía por ella aún no se había saciado. La frase le salía muy convincente, la había ensayado infinidad de veces. Al Conde no le gustaban las niñas, pero en la carne de la niña despuntaba ya la mujer.

La Condesa, que nada quería más que satisfacer a su marido —sobre todo cuando había para ella alguna compensación— fingía tenerle aprecio. Ponía celo especial en vestirla y en mimarla. "¿Y si un día mi marido ya no la quiere para sí, a dónde podríamos enviarla?", "¿Y si tiene hijos?, yo no los querré aquí, los haré enviar con sus abuelos, donde responderán por ellos como si fueran sus propios hijos". Con estos pensamientos en mente, envió a la jovencita a visitar a sus papás.

La jovencita se vistió con sus mejores prendas. Quería provocar la admiración y la envidia de su "pobladucho". Quería humillarlos con su elegancia. Cuando el carro del Conde la dejó a la entrada del pueblo —era tan pobre y poca cosa que sus caminos no tenían el ancho que permitía su entrada—, vio a los niños jugando al lado del pozo, y a su mamá cargando en la espalda un ato de leña y llevando en las manos sucias raíces para su cocido. Sintió tanta vergüenza por tener una madre tan "sucia", "tan poca cosa", que se dio la media vuelta, con todo y los regalos. Subió al coche.

—¿Señorita...? —le preguntó asombrado el conductor, sin atreverse ni a pronunciar más palabras.

—Usted se queda estos regalitos, no le dice nada a nadie, y me regresa al palacio... pero tenemos que matar algo de tiempo para que nadie sospeche...

Se sentaron a la mesa de un hostal del camino, bebieron licor, hablaron de temas imprudentes. ¡Vaya niña precoz! El conductor del carro cantó, y la jovencita se burló de él.

Meses después, la Condesa quiso volverla a enviar a visitar a sus padres, con la misma preocupación en mente, y le dijo, hipócrita:

—¡Pobrecita!, tan lejos de los tuyos, ¿no los extrañas? Te han preparado para que les lleves de regalo un gran pan, una magnífica hogaza a la italiana. También hay una canasta con queso y lo que no me atreví a añadir fueron ostiones, porque no sé si puedan sobrevivir el paso del camino, y no queremos envenenarlos, sino festejarlos, ¿verdad?

La niña sólo pensaba en envenenarlos. Pero por no llevar la contra a la Condesa, con quien ansiosamente quería quedar bien, se vistió con sus mejores ropas, tomó los regalos y se subió al carro.

En el camino se desató una lluvia cerrada. El conductor siguió el camino, paró la lluvia y salió el sol. Resplandecía el cielo despejado cuando dejó a la joven en la entrada del pueblo.

Maldiciendo su suerte, se bajó del carro, cargando los regalos. Se levantó la falda para que no se le ensuciara de lodo. Los callejones estaban vacíos, la gente se había guardado en sus casuchas por la lluvia. Frente a la entrada de la cabaña de sus padres corría un riachuelo lodoso que la lluvia había crecido. El agua se había comido a las piedras que permitían cruzarlo. Para no ensuciarse los zapatos, puso el pan en el suelo y pisó sobre él. Con su peso, el pan se hundió en el lodo, formando un remolino que la succionó, más hondo. Pronto quedó la jovencita totalmente cubierta por el agua, y sin dejar de girar cayó aún más profundo, hasta tocar fondo.

En el fondo lodoso, una bruja fermentaba cerveza. El olor que salía de los barriles era inmundo. Nubes de moscas danzaban junto a las arañas. La jovencita se abrazó a su pan, pensando, "¿Pero es que yo he hecho algo mal, queriendo conservar mis zapatos limpios?".

El tiempo pasó. Allá abajo, la jovencita escuchó lo que pensaban de ella su mamá y papá, y lo que decían sobre su persona los otros habitantes del pueblo. La despreciaban por arrogante, la creían tonta y nadie hablaba de su belleza. "¡Pensar que subida en un pan se mantendría a flote, eso sí que es ser tonta!".

La niña que caminó sobre el pan es el hazmerreír del pueblo. En el castillo del Conde, éste se había hecho de otra amasia a quien la Condesa finge cuidar, tramando su caída.

La Reina despertó de su sueño convencida de que nadie se acuerda de ella. Pocos días después de haber soñado con la niña del pan, nació su hijo, un varón. La Iluminada se presentó a las fiestas del bautismo. Cuando la Niña del Bosque se disponía a dormir, antes de que su dorado dedo encontrara su rutinario camino entre las sábanas y los muslos, la Iluminada se le apersonó.

—¿Abriste la puerta que te prohibí?

Iluminada brillaba con la misma luz de aquella habitación prohibida. La Reina negó con la cabeza.

—Piensa bien lo que me estás diciendo. ¿Qué te cuesta decirme la verdad? Si no eres honesta, perderás a tu hijo. ¿Qué, no quieres a tu hijo? Contéstame con la verdad: ¿abriste la puerta que te prohibí?

La Reina lo negó con la cabeza.

Iluminada desapareció, llevándose con ella al niño.

La Reina Madre y otras mujeres del palacio creyeron que la Reina se había comido a su propio hijo. Aconsejaron al Rey; debía castigar a su mujer, expulsarla del reino. Pero el Rey la amaba y no podría creer fuera caníbal. La Reina le escribió una larga carta confesándole todo. La Iluminada tornó a la tinta transparente, y lo único que vio el Rey fue un papel vacío. La reina le volvió a escribir: sus palabras aparecían a los ojos del rey como si hubieran sido trazadas en el agua.

La pareja fue bendecida con un segundo hijo, en este caso una niña. La reina retrasó por meses el bautismo, temiendo algo le ocurriera. Pero al cumplir el año, por deberes de Estado, tuvieron que celebrarlo. Iluminada se presentó, se mezcló con la multitud. Antes de que la Reina saliera hacia el banquete, se le apareció en la cámara real y le preguntó:

—¿Quieres a tu hija?

La Reina asintió en silencio.

—Dime la verdad: ¿abriste la habitación de Palacio?

La Niña del Bosque volvió a negarlo. Iluminada tomó a la niña en brazos y se esfumó en el aire.

Esta vez el poder del Rey no bastó para proteger a su esposa. La Reina fue llevada al cadalso. Caminó a éste descalza, desprovista de sus lujosas ropas.

La Iluminada se apareció como una sombra al final de las escaleras que la conducían a su muerte:

—¿Abriste la cerradura? —le preguntó—. Salva tu vida, arrepiéntete.

La Reina alzó su dedo índice dorado, y con la cabeza dijo que sí. La Iluminada encarnó a los ojos de todos, en cada brazo, a un hijo del rey. A la Reina no le hicieron el nudo al cuello. La cubrieron de nuevo con un manto real sin que ella soltara a sus reaparecidos hijos.

Los tres verdugos pasaron la tarde intentando atarle la soga al cuello a la Iluminada. Pero cada vez que creían que ya lo habían hecho, la cabeza estaba en otro lugar. Terminaron por ahorcarse el uno al otro, sólo quedó uno. Obedeciendo la luz que irradiaba esa mujer helada, el último de los verdugos amarró la cuerda a su propio cuello, y se ahorcó.

Al caer la noche, la Reina se asomó a la ventana. Sus dos niños dormían ya. El Rey atendía asuntos de gobierno. La Reina Madre tramaba. En la corte corrían rumores contrarios. Frente al palacio real se paseaba la Iluminada, seguida por los jóvenes de la ciudad, que con tambores y pitos bailaban festejando. Aquél hacía piruetas, el otro maromas, la de allá zapateaba y parecía cantar. Una ebria alegría recorría al grupo.

Como estaba sola, Ana, la Niña del Bosque, Cenicienta, la Reina hizo el intento de hablar. Primero salió un sonido carrasposo, pero la garganta se aclaró y produjo palabras que salieron como un torrente. Lo que acaban ustedes de leer fue lo que ella dijo.

Quinta parte

(San Petersburgo, junio de 1905)

39. Después de la lectura

Claudia llega a la última línea escrita de la novela de Ana. "Pero ¿así acaba?". El final no la deja satisfecha. Ojea la otra versión de la novela, para ver si la terminó diferente en su versión anterior. "¿Cómo?, ¡el otro manuscrito es totalmente distinto! No hay niña, ni Iluminada, ni reina, ni rey, ni madrastra, ni brujas, ni hadas. Es otro relato, completamente. Cuenta la historia del Negro de Pedro el Grande, es de aventuras, la leeré mañana".

Aún no amanece. A Claudia le espera un largo día, un día difícil. Con cuidado reacomoda el segundo manuscrito en la caja. Cuando está por cubrirlo con el volumen cosido y encuadernado, cae de éste una hoja suelta.

Es un papel muy diferente, de color ligeramente rosa, en el que aún se percibe el olor, "un papel perfumado". Está escrito de arriba abajo, en letra más pequeña aún que la del segundo manuscrito, apretada caligrafía trazada por la Karenina con gran cuidado. Palabras como pintadas. Empieza diciendo: "Estrictamente personal. Para A.V.".

—¡Es una nota amorosa! —a Claudia le cambia el ritmo del corazón. Esto la emociona, le encantan las historias de amor—. ¿A.V.? ¡Es para Vronski! ¿Qué le dice? —Claudia lee en voz baja, en su natural tono dulce—: "Querido mío: contigo he aprendido algo inconfesable a lo que además me he vuelto adicta".

Deja de leer. Sin darse cuenta ha puesto la nota contra su pecho. Está emocionada. Huele otra vez el papel.

—¿De qué está hablando? ¿Responde a las palabras que manuscribió Vronski en la tarjeta doblada de visita? ¿Va a hablar del opio?

La emoción de Claudia es enorme —más todavía que las historias de amor, le fascinan las confidencias—. Con nerviosismo exacerbado por pasar la noche en blanco, regresar a leer lo que tanto quiere saber.

—¿Hablará del opio? ¡Debe ser el opio!

Tomando fuerzas de flaqueza, empieza a leer, también en voz baja:

"La primera vez que te conocí, en sentido bíblico, sentí vergüenza y lástima de mí misma. No únicamente por saberme adúltera; en sí el acto conyugal siempre me había desagradado. Nunca lo busqué con el papá de mi hijo. Con él sólo cumplía mi deber, cerraba los ojos, eso pasaba, como otros inevitables actos corporales. Como sudar bajo el abrigo. Pero contigo… Contigo me encontré con los ojos abiertos. Esa primera vez mi avidez no obtuvo compensación. Fue con los siguientes encuentros que he descubierto contigo, y de ti, lo que yo no sabía que existía: el placer, el gusto por el amor de dos cuerpos. Me abriste una ventana en mí misma que yo desconocía.

"Debo hablarte de esta ventana. Distinta que la de todo edificio, en lugar de abrirse al espacio exterior, se abre a mí. Sin esa ventana que tú al tocar me mostraste —y que me enseñaste a tocar en mí—, esa ventana que ve por el tacto (no por los ojos) (tú dices que sí, que los ojos te dan placer: mi mayor deleite me ha llegado con los párpados cerrados, mayor aún cuando en la noche no hay nada que irradie luz), yo desconocía un continente en mí misma. No es que sea yo otra: la diferencia es que ahora entiendo cuáles son mis márgenes. Comprendo en carne propia que mis límites no están aquí, donde está mi piel, sino en otro punto, mucho más lejano. Recorrerme es cruzar territorios extensos que…".

En una frase incompleta termina la letra apretada que Claudia *comprende*. "Nunca se habla de esto" —se dice, ahora en silencio— "¿es que el libro de Ana habla de esto también?… no lo sé, porque… Pero eso no está en la novela de Tolstoi, ella también lo desobedeció, como nosotros, ¿lo supo Tolstoi? ¿El libro que acabo de leer habla de esto?"

Claudia está demasiado cansada para articular con alguna claridad. Es muy inusual que no duerma profundo la noche entera. La oscuridad es total, pero en la calle ya hay movimiento. Los criados a su servicio barren, la afluencia de paseantes en Prospecto Nevski es grande, a diario retiran la basura de la calle frente a la fachada.

Guarda la nota de Ana adentro del manuscrito encuadernado. Lo acomoda propiamente en la caja de tela azul, diciéndose "Otro día leeré el primero, es el que el editor y escritor Vordkief juzgó muy bueno, el libro didáctico. No puede parecerse a éste. Nada". Cierra la caja. Anuda el lazo, intentando dejar los pliegues y el nudo como habían estado. Acomoda la tarjeta de presentación de Vronski en el mismo lugar de donde la sacó. Enciende la pequeña lámpara que bajó de su cuarto y apaga las del estudio.

Sube las escaleras hacia las habitaciones mucho más lentamente que de costumbre. El ánimo exaltado, "estoy como una loca cabrita", con mucho sueño, en lugar de entrar al propio traspone la puerta del de Sergio, "por ningún motivo me acuesto sola", donde él duerme profundo, está sonriendo, los cabellos revueltos parecen rizados, algo tiene del niño que fue, el que adoró Ana. Claudia se quita las zapatillas, apaga la pequeña lámpara, se mete a la cama, se acerca a Sergio y abraza con su cuerpo el de él. Sergio se da la media vuelta y, sin sentirla, continúa su dormir profundo. Claudia se reacomoda, y sin darse cuenta cae dormida.

Lo primero que encuentra Claudia en el sueño es una escena con tres mujeres, idéntica a una fotografía de la Condesa Tolstaya, Sonia (o Sofía), la esposa de Tolstoi, (ella es una de las tres modelos) finge espontaneidad —es el calculado lente y la impostada actriz— sentada al lado de su hija, con la que acaba de pelear ásperamente, y su sobrina, díscola de natural, las tres en una pose dulce.

En el sueño, como en la fotografía, entra luz por la ventana, una luz quemante que casi grita, como el ánimo escondido de las presentes; las figuras resisten el filo corrosivo de la luz que no altera la dulzura que la Tolstaya se ha propuesto proyectar.

¿Qué hace esta imagen en el sueño de Claudia? No se lo pregunta Claudia, sino "¿Por qué no estoy siempre aquí? Esto es lo mío, de aquí soy; quiero estar entre mujeres", y sin añadir más, se suma a las tres mujeres. Queda como ellas estática, pero, como en la fotografía de Sonia, se siente el movimiento; todo ahí es móvil, recogido, íntimo, cálido: es como un hogar acogedor, con su natural vértigo, el afán doméstico y el orden de la dulce batalla para conseguirlo.

Alguien diría que ahora son cuatro mujeres, pero Claudia no necesita el número aparte. Lo que quiere es estar entre ellas, ser parte de su mundo lo natural para Claudia es la atmósfera dulce que las tres Tolstoya fingieron cuando posaban.

En el sueño de Claudia, las mujeres son el reflejo de un espejo. El espejo está en la mano de una princesa en cautiverio, el mago Koschei El Inmortal la encerró en su castillo. La princesa pasa los días suspirando por su querido.

Las caras de las mujeres se disuelven en una sola, la de Claudia. El Inmortal se asoma a su espejo mágico, ve el mismo reflejo que su cautiva, y en la cara de Claudia reconoce a su hija.

—Mi hija Claudia, ¿qué hace en nuestro espejo?

En el reflejo, Sergio aparece al lado de Claudia. La princesa cautiva (que es Claudia) también ve su espejo, y dice "Es mi amado, con otra", y se echa a llorar. En el reflejo, Sergio da un beso a Claudia (la hija del Sin Muerte).

El Inmortal tiene miedo, porque su Muerte vive encerrada en las lágrimas de su hija Claudia. Qué hombre, El Inmortal, con dos cautivas —Muerte, la princesa—. En esta historia, Claudia no reconoce los ecos de la ópera de Rimsky Korsakov que ella vio en el teatro. Al son de la música de Rimsky Korsakov, su sueño se desmorona, convirtiéndose en varios que no podrá recordar por la mañana.

40. La trama

Clementine trama. Con ella, su querido Vladimir. El dolor por la pérdida le ha cambiado el signo, lo convirtió en perro faldero, y desde hace pocos días es rabioso lobo. Perro o lobo, en ningún caso con brújula —el ama guía al faldero, la furia ciega al segundo.

La cacería contra los disidentes es rabiosa y faldera, como las dos etapas de Vladimir, ataca sin cejar y desea la aprobación del Zar. No cede ni de noche ni de día. Ha decimado a la célula de cómplices de Clementine. Los más han muerto, ella es la única aún libre.

Vladimir no ha estado inactivo, y no porque Gapón le asigne envíos confidenciales o misiones delicadas. El Pope pasó de la clandestinidad en Rusia, al exilio —de la casa de Gorki, a la conversación con Lenin y Kropotkin—. Tampoco usa la ganzúa, en la que es muy hábil.

Clementine y Vladimir buscan cómo ejecutar un acto extremo que propicie la desaparición del Estado "en todas sus formas". Un contacto les pasa preciosa información: el automóvil del Príncipe Oblov donde suele desplazarse el Zar, recorrerá la ancha avenida Proyecto Nevski, tal y tal fecha, antes del medio día. ¿Por qué sin guardia ni protección? Porque irá en una misión especial, a recolectar un bien muy querido. "¿Una mujer?, ¿será posible?" El Zar no está para arriesgar el pellejo por un par u otro de piernas. Temeroso de ser víctima de asesinato —lo atormentaba esto desde hacía años—, tiene las suficientes luces para saber que éste es un momento extremo. Aquí se juega todo, el presente, el futuro, la herencia del pasado.

Pero es el automóvil que usa el Zar, y Clementine y Vladimir desean creer que el Zar irá en él. Les convenía pensarlo para poder hilar trama: es el momento idóneo para que ellos planten una bomba. Vladimir tiene el primer cabo de la idea: Clementine cruzará Proyecto Nevski exacto cuando esté por pasar el automóvil zarino, forzándolo a parar.

—Si no se detiene, corres por tu vida, y fracasa el plan.

—No sé cómo avanzan esos animales que comen kerosene y fascinan a los enemigos del pueblo.

—Son lo mismo que un coche de caballo, algo más rápidos y bastante más ruidosos.

—Pero a un caballo o a dos ya los conozco. A éstos, no.

—Obsérvalos desde hoy, nota su velocidad y cómo se comportan. Es el primer punto, luego…

Arrebatándose la palabra, entre los dos arman el plan: "Cuando veas el automóvil venir, cruzas la Nevski dándole la espalda al carro. Detendrán la marcha, yo cruzo la avenida por su retaguardia y acomodo nuestra bomba en el parachoques trasero". "¡Que sirva de algo el gran invento parachoques!". "¿Pero cómo la sostenemos?". "¡Se resbalará!". "¡La colocamos adentro de un cojín!". "¿Un cojín?". "Sí, un mullido cojín, así se amolda donde lo pongamos, de relleno llevará el explosivo".

Sólo podía ocurrírsele a una costurera: plantar una bomba adentro de un cojín. "Un almohadón hermoso, bien cosido, que parezca regalo para el Zar". "Bordado llevará la palabra Padrecito". "Antes le habremos prendido la mecha, que saldrá por un ojal…". "¿Cómo vas a impedir que la mecha se apague al tocar el cojín?". "Por lo contrario: prenderá fuego, el cojín mismo servirá de pasto para las llamas". "El automóvil reiniciará la marcha, la bomba estallará pasos adelante. ¡Y adiós tirano!". "¡Liberaremos a Rusia!".

A los ojos de cualquiera con más sentido común, su idea era absurda, pero con el cojín relleno de una bomba en mente, y el plan de ensartarlo en el auto donde viajaría el Zar, Clementine y Vladimir pusieron manos a la obra.

41. Las cajas

El viento sopla constante en San Petersburgo, sólo duerme seis días del año. Y hoy es uno de éstos: el viento reposa cuando el retrato de Ana Karenina viajará hacia el Museo.

El Palacio de Invierno ha enviado la limousine Mercedes verde oscuro del Príncipe Orlov a recoger la pieza nueva de la colección imperial. Mijailov, el heredero del pintor (el que está en las filas del servicio secreto policial), no quiere que la pintura pase desapercibida y ha tirado otros hilos, sabe que "esa cosa de kerosene", como la llamaba el Zar, por ser la predilecta del emperador, llamará la atención. Transportarán en motor el retrato de Ana Karenina.

Mijailov es quien ha dejado caer la noticia del Mercedes recorriendo San Petersburgo, alterándola o, si se prefiere, cargando las tintas. "Algo precioso para el Zar viajará hoy en el automóvil del Príncipe Orlov…", difunde, planta la información en varios círculos, y se la siembra también a un periodista que siempre le da oídos, y que curioseará por la posible nota —sospechando Mijailov que la pintura le importe un bledo, aunque suela pasarle datos concretos para prearmarle las líneas, se la ofrece llena de adornos sin soltarle precisiones.

Así que el periodista sale a cazar la nueva, siente desilusión cuando ve que en el volante no está el Príncipe Orlov, comprende que ni sombra del Zar, pero de cualquier manera le sigue los pasos por aquello de la cosa preciosa que transportaría, tal vez ahí habría qué sacar para su nota.

Los carpinteros del museo han hecho ex profeso una caja de madera a la medida exacta de la pintura. Contiene rieles interiores donde las orillas del marco quedarán sostenidas sin que la tela roce los tablones pulidos recubiertos de grueso fieltro.

La limousine se detiene frente a la casa de Sergio y Claudia Karenin. El cielo es azul. Se congregan de inmediato alrededor del Mercedes los empleados del Museo Hermitage y de Palacio que esperaban ya su arribo. El servicio de los vecinos sale a curiosear, los paseantes detienen el paso; las cortinas de algunos ventanales esconden las miradas más discretas. El periodista observa la escena a cierta distancia.

La caja desciende. El chofer esperará frente a la entrada principal a que regrese con el lienzo embalado en ella. El periodista piensa: "¿Un regalo del Zar para los Karenin? Aquí no hay qué escribir, no de mi tipo", y se retira a buscarla a algún mejor lugar, esta vez le ha fallado su amigo Mijailov.

Giorgii bromea con uno de los lacayos del Palacio de Invierno —su hermana es un pimpollo, quiere congraciarse con él porque le ha puesto a la chica el ojo y confía así acercársele a la bella—. Pero el chofer de la limousine (sus problemas estomacales le han arruinado el ánimo) les agua el juego:

—Giorgii, ¿tú conocías a Aleksandra, verdad?

Aunque no viaje en el cielo una sola nubecilla, se cierne sobre ellos una sombra.

—Respóndeme, ¿la conocías, o no? Si sí, dime qué diantres hacía entre los revoltosos.

La nube que no existe, pero pende sobre sus cabezas, se vuelve más densa, más gris, más oscura, es de tormenta. Para el lacayo y para Giorgii, los manifestantes no eran "revoltosos". Para el lacayo, porque está convencido de que aquello empezó como una procesión religiosa, inocente fervor del pueblo. Para Giorgii, porque él sabía más, y porque simpatizaba con los manifestantes y ahora con los rebeldes —lo suficiente como para no dividir sus afectos entre ninguno de los bandos—. El malhumorado chofer del Mercedes insiste:

—Lo dijo el Zar, alguien con malas intenciones alborotó a los trabajadores, de eso no hay duda. Pero explíquenme, ¿qué hacía ahí Aleksandra? ¿Para qué fue a meter las narices donde...?

El lacayo lo interrumpe:

—Cállate. Ya sabes la historia, lo de su hermano... la has oído mil veces.

Pausa. El chofer de la limousine se escarba los dientes y en su poco ingenio, removiendo para encontrar qué decir. No hay viento, no hay palabras. Los caballos que pasan por Nevski pican el silencio con sus cascos, lo tronchan como a hielo.

Son estos cascos, de pronto desnudos del revestimiento de las voces, lo que despierta a Claudia. Desde la recámara de Sergio, no escucha a la caja entrar, o los pasos de sus portadores llevándola con cuidado, o la dificultad que tienen para girarla en el pasillo hacia el estudio. La cháchara de Giorgii (sonando sin parar desde que volvió tras dejar a Sergio en la estación del tren) le sirvió de arrullo. Ni siquiera la había despertado el sonar del motor a la llegada del Mercedes, acojinado por la voz de Giorgii.

Sergio no la despierta, salió temprano hacia Moscú a atender un asunto administrativo personal bastante enojoso, uno de los muchos hilos que ha dejado sueltos su tío Stiva (el príncipe Oblonski) y que le conciernen porque afectan a los intereses de la Karenina. A este específico (y engorroso), lo ha retomado justo hoy porque le sirve de pretexto para no estar en casa, no ha vuelto a ver el retrato de Ana Karenina desde aquella vez que se lo encontró frente a su casa y no tiene ninguna intención de hacerlo.

Contra su costumbre, Claudia se ha quedado dormida hasta esta hora. Le sorprende, además, encontrarse en la cama de Sergio. De pronto recuerda que la trajo aquí el manuscrito de Ana. Toma una decisión antes de saltar de la cama y, también contra sus hábitos, sin atender sus ropas, se sienta frente al secreter y escribe. Con cuidado traza una carta al Director del Hermitage:

"Estimado Ivan Vsevolozhsky: es nuestra decisión anexar a la entrega del retrato los libros…".

Aquí duda Claudia, "¿digo dos libros, o lo hago más confuso?", y se decide por dejar el singular, empieza otra vez:

"Estimado Ivan Vsevolozhsky: es nuestra decisión anexar a la entrega del retrato el libro que escribió Ana Karenina. Para ustedes será de máximo interés porque es también, a su manera, un retrato de ella. No pretenderíamos ninguna retribución monetaria. Lo que pedimos es que conserven el manuscrito en estricta reserva por cincuenta años, será entonces que los responsables de la colección del Zar decidirán si difundir su existencia y manera de publicación, si lo consideraran conveniente.

Usted recordará que, en su tiempo, voces autorizadas juzgaron al manuscrito de primera línea. Es de nuestro entender que la novela adjunta les da la razón".

Aquí Claudia se detiene otra vez. "¿Es apropiado?, ¿debo anotar algún comentario de la novela?" Decide no hacerlo, y continúa:

"La intención única que nos mueve a este gesto es dejarlo a buen resguardo y enriquecer la comprensión y estudio de la pintura de Mijailov que la acompaña. Si el Museo decide donarlo a otra institución, cuenta con nuestra autorización, la única condición es que respeten los cincuenta años de silencio. Reciba nuestra más alta consideración…".

Claudia estampa al pie la firma de Sergio, falseándola, y la propia, fingiéndola tímida. Después, escribe otra nota para el curador del museo:

"Querido Ernest, nos hemos guardado una donación para el último minuto. La estamos enviando con el lienzo. Se trata del libro de Ana Karenina. En realidad la caja azul contiene dos diferentes versiones, dos libros. Hemos pedido cincuenta años de silencio. Si por algún motivo se negasen a aceptar nuestra condición, es nuestro deseo tenerla de vuelta inmediatamente, sin mediar negociación."

Esta nota también va quesque firmada por los dos. Lleva una postdata:

"Mucho le agradecería no mencionar el tema a mi marido. Usted puede comprender lo difícil que es para él ceder las palabras (que son el alma misma) de su mamá".

Ésta la firma ella, sin fingimientos, una firma honesta, con su resolución característica.

Claudia toca la campana llamando al servicio. Auxiliada por la eficaz mucama está presentable en pocos minutos. Habla con el segundo secretario de su marido, Priteshko, confiándole a él ponga en manos de los enviados del museo sus dos correos y la caja azul.

—Señora, vinieron en coche de motor a recoger la pintura, el Mercedes del Príncipe Oblov.

—¿Mercedes?

—Es el nombre del automóvil… esa cosa de kerosene.

—¿Quién lo conduce? —lo primero que le pasa por la cabeza es la imagen del Príncipe Orlov, si Vlady está ahí ella debe salir a saludarlo; este Príncipe es uno de los más ricos y poderosos nobles, siempre al volante si va a bordo el Zar, por celo de su seguridad, lo ha tomado como un asunto de honor.

—Un chofer, señora.

42. Annie Karenina

La desazón de Annie por la entrega del retrato de Ana Karenina es muy grande. No recuerda a su mamá, aunque hace esfuerzos por obtener alguna imagen de ella en su memoria. Tiene bien grabadas a su nodriza y a Sergio, que era para ella la adoración de su infancia. La venta del retrato debiera no importarle, pero Annie la vive como la mayor traición de su hermano.

—¿Por qué?, ¿por qué me hace esto? ¿Y por qué me siento así…? ¡A mí que me importa! ¡Ni siquiera conocí a esa señora…! ¡Porque es mi mamá! ¿Por qué…? ¡A mí no debiera importarme!

Su ánimo es deplorable. Llama con la campanilla a Valeria para distraerse. No se atreve a salir —sabe que hoy es el día en que el retrato viajará, no tiene ninguna intención de encontrarse con el cortejo.

—Valeria, distráeme. Cuéntame de tu marido.

—Está en el submarino Potemkin, bajo el mar.

—¡Ya quisiera yo!

—No lo creo. Les dan carne agusanada, es repugnante.

—¿Y tú cómo lo sabes?

Valeria se ruboriza cuando contesta:

—Me envía mensajes el telegrafista.

—¡Ah! ¿Y esa cara, Valeria? ¿Él también es muy guapo?

—Como mi Matyushenko, ¡nadie!

—¿Y por qué te escribe el telegrafista?

Valeria vuelve a ruborizarse.

—No se lo puedo decir, señora.

—¡Ale, ale!, a otra cosa. ¿Te enseño hoy otras palabras de francés?

Annie suspira. Ella sí quisiera estar en el fondo del mar. Repite tres palabras en francés, pero están las tres mal, incuerdas. No puede pensar Annie ni en una cosa ni en otra.

—¿Le parece bien, señora, si sacamos el bordado?

Valeria le pone enfrente el costurero con sus decenas de hilos de colores, sus botones, sus trocitos de encaje. La vista de Annie se echa a volar entre ellos. Los ojos se pierden, sin ver, distraídos. Annie piensa: "Yo quisiera ser otra, quisiera ser otra". Cruza por su cabeza un paisaje submarino, bosque de corales, cavernas, una perla inmensa, un cetáceo, un espeluznante pulpo… el contenido del costurero le da con qué armar un mundo para Verne.

43. El viento

El viento, pues, no sopla. A bordo del automóvil palaciego, Piotr lleva en el brazo izquierdo la caja azul y los correos, sostiene con la mano derecha la esquina del gran estuche que protege el retrato de Karenina. Lo sigue a una distancia de treinta pasos el coche de caballos de los Karenin que Giorgii conduce, viajan en éste el asistente del curador del Hermitage y el secretario personal de Sergio, Priteshko.

Piotr va cantando. Es la primera vez que viaja en coche de motor. Con la emoción inventa una letrilla que dice:

> Con Ana, con Ana,
> Con Ana Karenina,
> volando, volando
> a bordo del Mercedes.
> Con Ana, con Ana…

En el Proyecto Nevski, una mujer con un vistoso vestido rosa de pesado terciopelo y encajes, cruza la avenida, obligando al malhumorado chofer del Mercedes a frenar en seco. A todo pulmón, el chofer le grita:

—¡Vaca malviviente!, ¿estás borracha?, ¿por qué cruzas sin mirar? ¡Un pelo y te arrollo! ¡Por eso son pobres, por imbéciles!

La mujer no se inmuta. Lleva en la cabeza un tocado de flores coloridas de tela, su hermoso cabello suelto. Avanza con lentitud, cruza la calle en una diagonal, forzando el ángulo.

—¡Bestia! ¡Quítate! —la increpa impaciente el chofer malhumoriento. El motor zumba, pero no avanza un centímetro— ¡Tómate tu tiempo!

Piotr no deja de cantar:

En un Mercedes voy que vuelo,
de mano de Ana Karenina…

Giorgii frena también en seco, guardando su distancia. Frente a él, dándole la espalda, un muchacho cruza la avenida, avanza en diagonal, como la mujer que sigue caminando remolonamente frente al Mercedes, pero él con paso decidido. Cuando está junto al automóvil del Príncipe Orlov, con una reverencia deja algo en el parachoques. Se detiene a un lado del vehículo, da dos pasos atrás y se inclina respetuoso.

Giorgii adelanta unos metros el coche para distinguir qué ha dejado el joven, de qué se trata. Es un almohadón bastante grande, bordado con la palabra "Padrecito".

—¡No tienen remedio! —piensa—, ¡aún creen en su padrecito! El Zar los condena a la miseria, los asesina a sangre fría y le dan a cambio tributos y regalos. ¡Imbéciles! ¡Aman a su tirano!

Sostiene bien las riendas. El motor del automóvil rugirá para avanzar en cualquier momento y no quiere se alteren los caballos. Se concentra en éstos.

Se escucha el canto de Piotr:

Voy que vuelo en el motor,
bailando con Ana Karenina…

La mujer finalmente permite el paso al Mercedes.

—¡Lenta! ¡Por eso eres pobre! —la insulta una vez más el chofer al avanzar.

Que duerma el viento no interesa a Giorgii, ni ocupa la atención de ninguno de los paseantes que recorren la Nevski, pero de no ser por su reposo, lo más probable es que el nuevo plan de Clementine y Vladimir hubiese fracasado. Gracias a la excepción, la chispa camina por la mecha trenzada por los dos anarquistas para la bomba que descansa revestida en el parachoques.

El Mercedes verde del Príncipe Orlov, adornado en su retaguardia con el almohadón vistoso, reinicia la marcha. El ruido del motor altera a los caballos, Giorgii tira de las riendas para calmarlos. Con el rabillo del ojo advierte que el muchacho que dejó el cojín echa a correr despegándose del automóvil en movimiento. "Extraño", se dice, "parece estar vestido como... ¿es Vladimir?". Delante de él —"¡Clementine!" dice Giorgii—, la mujer del vestido rosa también corre al mismo ritmo y en otra dirección que el automóvil.

La bomba estalla en ese instante. Los caballos del coche de los Karenin se encabritan, asustados por el estruendo. Giorgii batalla por controlarlos.

El atentado que voló el Mercedes cobró seis víctimas: el malhumorado chofer del Mercedes, Piotr (el lacayo cantor), la mujer que al cruzar la calle lo hiciera detenerse (Clementine), el muchacho que acomodó el almohadón en el parachoques (Vladimir) y las dos cajas que viajaban a bordo de la limousine, la recién fabricada de madera con el retrato de la Karenina, y la azul con su lazo de seda conteniendo el libro de Ana y otro manuscrito. El atentado hirió a once personas. Uno de los caballos del coche de los Karenin tuvo que ser sacrificado. Giorgii no se explica cómo a él no le pasó nada.

El vestido aquel cosido en París en el que la Karenina lució más hermosa que nunca una noche en el teatro, vuelto por la explosión sanguinolentos andrajos, fue lavado y reparado por las que un tiempo fueran compañeras de Clementine. Con él fue enterrada al lado de su querido Vladimir, a quien también le limpiaron y zurcieron aquel traje del que no tuvimos tiempo de contar su historia.

ÍNDICE

El mundo de Carmen Boullosa
se terminó de imprimir en agosto de 2018
en los talleres de
Impresora Tauro S.A. de C.V.
Av. Plutarco Elías Calles 396, col. Los Reyes,
Ciudad de México